DIÁRIO
de
FRANCISCO BRENNAND

IN
QUIE
TU
DE_

DIÁRIO
de
FRANCISCO BRENNAND

O Nome do Outro

Vol. IV

2007 ~ 2013

Autorretrato como um macróbio, 2002.

O Nome do Outro

Vol. IV

2007 – 2013

NOTA DO AUTOR

Na primeira página de *O nome do outro* é preciso considerar a modéstia de Nonato, repentinamente transformado em Renato e esquecido de escrever o próprio nome. Modesto, muito modesto até quando ele diz: "Volto ao encontro dos tremores do passado, deixados lá embaixo, nas campinas do Recife, muito próximo do mar e igualmente verdes. São vozes sonoras, consistentes e altivas como todos os que pretendem guardar lembranças, embora depois do renascimento não haja início, apenas um retorno do degredo à geografia de velhos azedumes, repletos de desencontros. Também não consegui evitar, na cidade do Rio Branco, as dores do mundo, sendo jogado, inopinadamente, nas profundezas do inferno".

Iniciar uma história sugerindo um ato de canibalismo na primeira página de um livro é surpreendente, senão brutal, reconheço. Foi a maneira mais metafórica encontrada para falar no assassínio de uma floresta (devorada). Lá, tudo pode acontecer. É território de ninguém.

Os episódios são tão estranhos a ponto de Renato mencionar que são "coisas de cinema" e, abordando tais fatos, ele justifica os "empréstimos" – mais ou menos descabidos – de imagens cinematográficas cujo teor se refere a cozinheiros, bandidos e amantes.

Suponho também ter sido natural a absoluta necessidade de retornar a seu lugar de origem ao receber a notícia da morte de seu mestre e amigo.

Sabemos, tanto você quanto eu, que a esta altura o intrépido Renato não podia conceber o quanto é difícil lidar com as vozes do silêncio, e assim ele caminha através de toda narrativa à procura de um elo inexistente, ou seja, aquilo que nós supomos ser a história verdadeira de uma pessoa, quando não existem histórias verdadeiras... Contentamo-nos com "informações", quase todas nos limites de um ardil. Além disso, há o inesperado desaparecimento do Dr. Intruso e a perturbadora presença do *Iluminado*. Quando da partida do rapaz, Renato chega a afirmar que talvez ele saiba alguma coisa que nós ignoramos.

As solenes promessas de Renato foram ineficazes. Em todo o caso, não foi por sua culpa. Ele bem que se esforçou diante daquele que reconhecia ser "um mestre do disfarce", mas logo percebe que os equívocos, as incompreensões e uma série de acontecimentos ainda obscuros são inacessíveis nos seus desalinhamentos. Nas primeiras trinta páginas, quase como um solilóquio, o narrador, em delírio, deixa o leitor sufocado de informações aparentemente desconexas. Mas ele se justifica: "Tem de ser assim, onde não há nenhum método, caminho ao meu modo e tenho pressa, muita pressa".

Apesar de o livro conter doze capítulos e estar dividido em duas partes, mesmo assim o ritmo permanece atroz, num estilo abrupto, em que velocidade e urgência são enfatizadas.

Acho conveniente chamar a atenção para um fato singular: desde o aparecimento de Viriata em *O nome do livro* até o seu retorno triunfal em *O nome do outro* – porque ela é uma das personagens centrais – podemos observar que a moça mal participa dos diálogos. É um ser monstruosamente vivo e absolutamente silencioso e eis que, de repente, já instalada num país distante, resolve escrever uma longa carta ao Mestre Brennand, cheia de considerações as mais ousadas e até, por vezes, eruditas, tendo Renato como seu avalista, porque ele próprio diz conhecer o seu grau de escolaridade. Ela cursara a oitava série na Escola Pública Senador Novaes Filho, sediada no bairro da Várzea e, portanto, sabia escrever o português e concatenar suas ideias. "Posso assegurar que 'ideias' nunca lhe faltaram", disse Renato.

Na parte final, o personagem Geoffrey, apenas citado no começo da história como um inglês alcoólatra e amigo de Viriata, se agiganta e passa a ser uma espécie de "fiel da balança", contribuindo para um desfecho imprevisível...

FB
Propriedade Santos Cosme e Damião – Várzea – Recife

Por que motivo os adoradores de Jano lhe fingiram bifronte a imagem, se também a quiseram de quatro rostos?

Santo Agostinho

Fora isso, no entanto, eu havia explicado explicitamente na introdução do meu escrito que o professor devia ser considerado em qualquer tempo o descobridor da toupeira.

Franz Kafka

A geografia concerne aos mapas. A biografia concerne aos homens.

G.K. Chesterton

Mais uma vez, a Deborah

2007 ~ 2012

1

Engraçado, diante de tantas coisas, esqueci como escrever o meu nome, que não é mais Nonato, e sim Renato. Cria-se com isto uma situação excepcional: uma criatura renascida volta ao encontro dos tremores do passado, deixados lá embaixo, nas campinas do Recife, muito próximas do mar e igualmente verdes. São vozes sonoras, consistentes e altivas como todos os que pretendem guardar lembranças, embora depois do renascimento não haja início, apenas um retorno do degredo à geografia de meus velhos azedumes, repletos de desencontros. Aqui, na cidade do Rio Branco, também não consegui evitar as dores do mundo, sendo jogado, inopinadamente, nas profundezas do inferno. Cheguei a este "Território" (trocado por dois cavalos brancos, puro sangue árabe) ao lado de minha amada Viriata há nove anos. E logo quando estávamos bem estabelecidos, com um negócio funcionando à perfeição, de repente, ela deu sumiço, desencaminhou-se, cessou, ocultou-se de mim, desapareceu, sem que ao menos a encontrassem morta para que eu pudesse encarar seus despojos. Como numa falha propositada, a polícia não cuidou o suficiente;

não fosse a confissão do cozinheiro coreano, o maior interessado e suspeito, estaríamos até hoje sem qualquer pista do pavoroso crime. Pobre Viriata, devorada pedaço por pedaço, todos eles conhecidos meus, à perdição. Então, como fazer coincidir a história contada pelo esquartejador canibal com o meu testemunho nesse linguajar enviesado? Certamente, meu estilo tende a melhorar na proximidade da paróquia onde nasci, nas alturas do saber do Mestre morto. A inspiração será outra: vestir-me-ei das luzes necessárias para desmascarar seus atentos inimigos e falsos amigos. E se minha linguagem parecer zombeteira, é porque, muitas vezes, certas vulgaridades definem melhor a indignação. Sem Viriata, nua ou vestida, estou mais leve para agir, pois com ela eu era manietado pelo mais puro delírio. Ah! Aquela mulher afoita e bela, de entranhas aquecidas e aromáticas até no fedor de todas as doidices variáveis, por vezes, acima da loucura; outras, por baixo, no amor do seu ventre fendido e promíscuo, demasiado para o fraco, mas não para mim, velho na arte de amar do poeta latino, extenso e sábio na complacência próxima à servidão absoluta daqueles que experimentam sangue e carne do corpo amado. Ela não precisava ter se afastado de mim, diante da lábia daquele cozinheiro, sempre melado de sangue no branco avental, o nosso contratado exclusivo para o Paraíso Perdido, casa de show e restaurante, apreciado por toda a gente da terra acreana como *cabaret* francês ou *saloon* dos filmes de faroeste. Tenho de reconhecer que são fatos muito estranhos, "coisas de cinema", como se diz, mais ou menos semelhantes às imagens macabras de um homem nu, assado no forno, exposto numa enorme bandeja entre molhos gratinados e frutos da terra, iguaria especial para apaziguar a fúria vingativa de uma amante ultrajada, disposta a levar o bandido sentado ao seu lado a engolir as "partes" do seu amado, goela abaixo. De qualquer jeito, para que estou eu a dissipar meus rancores com essas histórias sinistras? De que valem as lições? Na minha solidão, no meio da floresta, situada no sudoeste da Região Norte, não muito longe da Bolívia e do Peru, o que me preocupa é voltar. Sair do limbo. Prometi cuidar da eternidade de Viriata e, no entanto, falhei miseravelmente. Arrancaram-me, inclusive, o poder de lembrá-la, pois eu amaria até seus ossos. Nada sobrou; o cozinheiro era pertinaz nas suas maldades. A leitura dos jornais locais, *A Gazeta*, *A Tribuna* e *O Rio Branco*, equivale a menos que nada. Há que se recorrer, à busca de notícias internacionais, aos jornais do Rio de Janeiro e São Paulo. Foi por acaso (?) num deles, em moderado telegrama do Recife, que vi, de olhos muito abertos, a comunicação da morte do Mestre Brennand sem grandes esclarecimentos: três linhas, apenas. Estarrecido com a secura da nota, de imediato pensei: devo voltar o quanto antes, pois adivinho o transtorno que paira sobre aquele conjunto de museus repletos de esculturas e pinturas, sem a presença do seu criador; as filhas, com certeza, estão enlouquecidas na falta de rumo, como é natural nestas circunstâncias. Será que previam o desaparecimento do pai? Ele teria ao menos antecipado algum detalhe sobre sua saúde ou levado ao extremo suas normas apregoadas anteriormente: "Deixe-me morrer da minha própria morte, sem hospitais e sem consertos de sobrevivência".

Nesse longo período de ausência, não recebi, sob nenhum pretexto, qualquer tipo de correspondência do Mestre ou de seus auxiliares. Cortaram-me do mapa. Também, fiz por merecer, com minhas desconfianças enciumadas do Dr. Intruso em relação à amada Viriata, amante desse forasteiro, surgido ninguém sabe de onde, a atrair todas as tempestades que acabaram por desabar sobre nossas cabeças (talvez o Mestre não pensasse assim). O que realmente ninguém pôde impedir foi o meu renascimento: agora, meu nome é Renato. Estou liberto. Minha linguagem é outra, totalmente outra. Sobretudo, bem mais simples. Embora, mais do que nunca, deseje tudo esclarecer, se me for possível, manuseando os seus papéis e registros mais secretos, certamente ignorados pelas filhas, filhos e atual mulher. Não me contentarei com o seu diário, o qual ele confessou estar chegando ao fim, quando saí, às pressas, agarrado a Viriata e ao pequeno Taliesin, em direção a São José do Egito, ainda em Pernambuco. Pretendo conhecer essas páginas derradeiras, uma espécie de *gran finale* operístico, no seu próprio dizer, um desconcertante mosaico de citações, por mera curiosidade. Certamente não é este o caminho percorrido por outros onde encontrarei a minha senda, e sim na biblioteca mais secreta do seu espírito. Ah! Como o perseguirei, sem trégua, para alcançá-lo todo, inteiriço, camaleônico, senhor dos seus mais ocultos pensamentos até hoje não revelados por quem era mestre em dizer uma coisa e pensar noutra. Sem exagero, pouco se sabe dele, talvez não mais que duas ou três pessoas atentas à sua real natureza. Sei o quanto algumas confusões, permanentemente recicladas em novas inconfidências, atormentavam o Mestre, sábio o bastante para não desconhecer que "com o passar do tempo a verdade é aquilo que mais se contradiz". Talvez, repetir (e ele o fazia com muita graça) que no futuro será conhecido como um *porno-man,* epíteto que não lhe desagradava de todo. Certamente, não foi por acaso. Desde muito jovem, Mestre Brennand descobriu um processo de ampliação de formas vegetais, agigantadas e ensandecidas, consciente ou inconscientemente sexualizadas, distanciando-se do rebanho dos artistas brasileiros da época. Atirou-se na lascívia de corpo aberto sem nenhuma reserva. O começo dessa descoberta ocorreu a partir de meados dos anos 1950 , quando o pintor deu início a uma série de desenhos a nanquim e monotipias profusamente coloridas intitulada, sistematicamente, de *Floral.* O seu emblema foi retirado de um excerto do conto de H. G. Wells, "O Desabrochar da Estranha Orquídea". Daí em diante, temos um resumo dessa sua inevitável obsessão:

– *Não gosto dela. Tem uma forma muito feia.*
– *Quanto a mim, não vejo sequer que tenha forma.*
– *Não gosto dessas coisas espetadas para fora – teimou a governanta.*
– *Amanhã vou plantá-la num vaso.*
– *Parece uma aranha.*

Esse pequeno diálogo, inserido nas primeiras páginas do diário, denunciava, implacavelmente, preocupações estéticas e teóricas do jovem pintor, como também os seus desregramentos futuros diante da sociedade notoriamente burguesa em que vivia. Todos os padrões morais foram rompidos e seu compromisso com o árduo e ambicioso ofício de artista o colocava num patamar acima de qualquer vínculo familiar. Assim parece ter acontecido. Não serei eu, no entanto, aquele que irá agora fugir da batalha e deixá-lo sozinho. Estarei sempre presente nas sombras tênues ou noturnas da sua despedida; e é isso que me move a retornar à nossa cidade deixando de lado a destroçada lembrança de Viriata, aquela que tanto amei. Como pode alguém resistir à ruína da própria memória a não ser incorporando a odiosa figura do coreano, canibal e assassino confesso, que ficou, na maior parte do tempo do seu interrogatório, sempre risonho nos seus sinistros desígnios? O pior é que eu não posso deixar de confessar sentir-me irmanado a esse abutre, comedor de cadáver. Ademais, terei de lembrar-me dele durante toda a viagem de regresso, pois minha passagem aérea está marcada com escala em São Paulo, cidade onde esse delinquente morou. Ainda me pergunto, e continuarei a indagar para sempre, onde esse infame ocultou a cabeça da amada Viriata. Deve estar em algum lugar, a não ser que ele a tenha esmagado para lhe comer os miolos. Que me perdoem, mas parece com o horrível destino de Jezabel. O Mestre que me desculpe misturar a homenagem que lhe dedico no desvelo de honrar sua memória com minha saudade incurável. Saudade que me faz repetir, agora, um verso do nosso comum amigo Tomás Seixas: "Quem pode viver sob o peso de uma dor permanente?"

Começam a aparecer outros problemas. Sem a presença do Mestre, que me abrigava, onde me hospedarei ao chegar ao Recife? Poderei contar com o meu antigo quarto nas dependências da própria Oficina? Que direi a Antônia, mãe de Viriata? Que revelarei ao jovem coreano, Francisco de Paula, com nove anos de idade, que mora com os avós em São José do Egito, sobre o desaparecimento da mãe? E quanto a Taliesin, o filho de Dr. Intruso com Viriata, eu seguirei à risca a vontade do Mestre, acreditando que ele é o *Iluminado*? Não pretendendo vê-lo nem tocá-lo no momento, apenas guardarei distância antes de desvendar o que se passou na nossa comunidade fabril, isto é, na velha Cerâmica da Várzea. Quando o avião vinha em demanda à cabeceira da pista do Aeroporto dos Guararapes, no Recife, verifiquei que sobrevoávamos a Oficina ao fim de uma tarde dourada. Lá de cima, com uma visão de pássaro, confirmei o aumento de todo o conjunto arquitetônico em novos edifícios que se expandiam para trás e para todos os lados, à margem esquerda do Rio Capibaribe. A floresta também havia crescido e abrigava a velha Fábrica como um ninho. Fábrica ou Santuário? A paisagem desse local inexistiria sem a presença da Oficina Cerâmica, da mesma forma que a Oficina Cerâmica não existiria sem essa paisagem, embora a Oficina seja o fulcro de tudo. Não posso saber e também não quero insistir em aspectos por demais conhecidos das criações do Mestre Brennand. As etapas de sua vida, desde as inúmeras exposições, realizadas dentro e fora do país até os mais desregrados assuntos amorosos, estão escancarados dentro das páginas do diário. Longe de repeti-las, meu intuito é outro: falar e desvendar aquilo que não foi dito ou, propositadamente, silenciado. Talvez de uma forma mais modesta: um prognóstico. Ele, durante toda a sua longa vida profissional (sempre foi destemperadamente loquaz), tentou em vão elucidar seus propósitos estéticos e filosóficos, mas as sentenças da incompreensão, acompanhadas de uma verdadeira conspiração do silêncio, preponderaram com suas equivalências de um Juízo Final. Para ninguém se surpreender, preciso de antemão me justificar "com a velocidade" ou a quase sofreguidão do meu relato. Tenho pressa e para mim o tempo é curto. Dormi num hotel, mas, levando em conta um velho costume, cheguei à Fábrica com o raiar do sol. Os vigias estavam a postos na pequena guarita, onde confabulamos amistosamente, apesar da visível atmosfera de um luto recente, quem sabe de novo aceso pela minha constrangedora presença e tudo o que ela deveria evocar: a estreita ligação com o Mestre recém-falecido, a fuga com Viriata e Taliesin, a figura enigmática do Dr. Intruso e seu cachorro Ovídio de Odin. Como eu não ignorava, o perpétuo assessor Elcid não era madrugador, portanto, ainda teria de aguardar duas horas e logo aproveitei para fazer uma série de indagações aos vigilantes. Por exemplo: o porquê de um poema de César Leal ter sido colocado na parede frontal da guarita. E também a novidade do obelisco de pedra centralizado na praça de entrada.

João Fernandes Vieira

– Pode quem pode e pude dar
A vocês este lugar:
– Greco-Romano-Americano –
Livre de sujeição a estranho trono.

César Leal
Várzea, 27 de janeiro de 2004.

Mathias, o chefe da vigilância, esclareceu a origem dos dois fatos por conta das comemorações dos 350 anos da Restauração Pernambucana, realizadas pelo Sr. Francisco. Pelas palavras do vigilante: "Seu Brennand queria glorificar o combate aos holandeses". Embora tivesse verificado uma série de modificações bem evidentes a partir do pontilhão servido por quatro colunas encimadas por grandes ovos cerâmicos, que agora percorria praticamente toda a extensão urbana da Oficina, a mudança mais notável era a construção de uma capela sobre as ruínas da antiga casa do Barão de Muribeca, tio de

Francisco do Rego Barros de Lacerda (parente do Mestre), futuro herdeiro de todas as terras localizadas na Várzea do Capibaribe. Uma enorme cruz de pedra, à frente da capela, não escondia o dedo do gigante, pois era, evidentemente, um desenho do artista, assim como um mural, a cerca de cinquenta metros da construção, que não pude distinguir do que se tratava. Contudo, não exigi informações do grupo reunido à minha volta, que demonstrava boa vontade, na medida do possível, em me deixar por dentro das novidades. Bastava olhar ao redor para ver um gradil de ferro (de um desenho singular), inúmeros bustos de cerâmica de guerreiros encimando colunas, dando ao conjunto um aspecto de cidadela. Alguns *Pássaros Rocca*, debaixo dos arvoredos, mantinham-se cautelosamente à distância, embora atentos. O Mestre estava em todos os lugares.

Elcid, o fidelíssimo assessor do Mestre Brennand, com mais de cinquenta anos prestados à causa da Oficina, chegou, como sempre, no seu horário, às 7h30min da manhã. Cumprimentou-me com as suas mãos gordas e hospitaleiras e depois me abraçou. Quando nos recompusemos, ele me deu as costas, porque chorava. Segui-o e entramos pelo velho e pesado portão de ferro. Pude notar, na fachada, um enorme *banner* pendente com o retrato de Bento XVI. Não foi preciso perguntar de quem havia sido a inspiração, pois logo Elcid, acompanhando o meu olhar, esclareceu: "Ele desejou que esse *banner* estivesse neste local no dia da chegada do Papa ao Brasil (9 de maio de 2007), mas, como não foi possível por falha técnica da copiadora, só foi colocado no dia seguinte". Apesar do desgaste do colorido, agora muito pálido, a figura ainda é reconhecível, principalmente, pelos seus olhos inquiridores (notáveis nesse atual pontífice). "A palavra Brasil fora inscrita com o 'b' minúsculo e precisamos retificá-la", disse Elcid, ainda com a voz embargada. "Com certeza ele deve ter recitado o famoso verso de Guillaume Apollinaire" - eu disse – "'Papa Pio X é o homem mais moderno da Europa'. E deve ter acrescentado: 'todos os papas são sempre os homens mais modernos da Europa'". O tom de meu comentário não encorajou Elcid a esboçar qualquer tipo de reação, preferiu o silêncio. Uma vez no interior da Oficina, limitou-se a dar algumas poucas informações, fazendo menção à *Praça do Obelisco*, de onde eu havia saído, e à nova capela. Mas, desta feita, a vontade de silenciar foi minha. Seguimos em linha reta pelo profundo corredor repleto de pequenos murais sem que eu tivesse feito qualquer menção de visitar o ateliê, mas, quase como se fosse uma obrigação, em poucos instantes, providenciadas as chaves, estávamos num lugar que, mesmo passadas várias vidas, jamais esquecerei por suas peculiaridades. Uma grande escrivaninha, de origem inglesa, mantida por seu pai no escritório da usina de açúcar e, depois, herdada pelo Mestre; livros por todas as partes; o relógio de ponto fabricado em Trinidad e Tobago; velhos cavaletes com os quadros virados ao contrário; caixas de tintas e pincéis em profusão; uma mesa central também cheia de livros e outros artefatos, rodeada por quatro cadeiras cujos estofos estavam dilacerados; as paredes brancas repletas de quadros e fotografias de variados tamanhos: um retrato de Cézanne em plena paisagem de Aix-en-Provence; outro de Max Ernst com a mão embaixo do queixo, em profunda meditação; outro de Giorgio De Chirico diante da Ópera de Paris; uma velha foto amarelada da Casa de Ferro, onde ele e seus irmãos haviam nascido, importada em 1895 de uma fundição belga; o retrato do pai; outros de Maria da Conceição do Rego Barros de Lacerda e do irmão morto... Tudo semelhante ao que deixei, como se o tempo não tivesse passado. Sobre uma cadeira, um tanto despercebida, uma fotografia recente, de quando o Mestre completara 80 anos, parecia dizer: "Você voltou a tempo". O assessor Elcid permanecia mudo, mas, de repente, confessou ter sido ele quem descobriu o corpo. "Durante uma manhã do dia 23 de junho – pouquíssimos dias depois de seu aniversário –, necessitando falar-lhe, telefonei inúmeras vezes com diferentes intervalos. Depois, alertando outras pessoas, batemos na porta do ateliê com insistência, sem nenhum resultado. Preciso lembrar que o mesmo aconteceu com o seu pai, falecido numa madrugada de março de 1982, enquanto dormia. Fui eu o responsável pelo anúncio desse desditoso acontecimento e, agora, quase como se fosse uma fatalidade, teria de encontrá-lo na parte de cima do ateliê, na sua alcova mais que secreta. Embora ele não tivesse dormido ali, chegara muito cedo à Fábrica e deve ter galgado com muito esforço a escada de dezesseis degraus, raramente utilizada. Talvez tenha ido à busca de um livro; ou um súbito mal-estar o fizera procurar a sua velha cama de ferro (uma relíquia que trouxera da casa do pai)" – disse o assessor Elcid, com a voz sufocada. "Parecia estar sentado", continuou o assessor, "porque tinha as pernas jogadas para fora da cama e os pés encostados no chão; a cabeça repousava num monte de travesseiros, enquanto os olhos permaneceram abertos e fixos no retrato do filho Oliver Edward, então com sete anos. O resto, o senhor pode bem imaginar". E mais uma vez, sem que eu esperasse, o assessor Elcid deu-me as costas, deixando-me sozinho a meditar naquele ambiente penumbroso, ao lado de uma cama em ferro fundido, de origem americana, onde o menino Francisco de Paula fora "iniciado" com apenas oito anos pela sua governanta alemã, chamada por ele e seus irmãos de Miss Ann. De certo modo, a inexplicável deserção do assessor fora providencial. Precisava correr, pois as lembranças me afogavam. Urgia chegar à tona e respirar. Esse episódio "da cama" me foi contado pelo Mestre com uma seriedade incomum, pois quase sempre todos sorriem – jovens, velhos ou muito velhos – quando se abordam assuntos de origem sexual. Ele, ao contrário, revelou-o como se fosse a chave de um segredo inviolável: "Sob o pretexto de me mostrar sua cicatriz de uma remota operação de apendicite, a governanta abaixava as calcinhas de cetim (bastantes compostas naquela época) ao nível de seus pelos púbicos de um castanho muito claro, acinzentado". Prosseguindo a revelação, acrescentou: "Eu fui colocado no seu quarto, atendendo a um pedido da jovem alemã à minha mãe. A governanta não conseguia dormir porque no recinto, muito amplo e solitário, escutava ruídos suspeitos que lhe lembravam passos de algum fantasma. Seguramente, a casa era mal-assombrada e viria a calhar que um dos meninos viesse a dormir consigo, evidentemente, numa cama extra; mas acontece que, a seu convite, como não poderia deixar de ocorrer, eu acabava encarapitado na cama de ferro, alta como um trono. Moral da história: depois de tais encantamentos – que não passaram da cicatriz rósea, quase imperceptível, na planície ligeiramente côncava de seu branco ventre até o jardim pubiano de pelos escassos – quem não conciliava o sono era eu, demonstrando, dentro de pouco tempo, nas minhas vastas olheiras e perda de peso, que algo de anormal e muito grave acontecia. Fui, de imediato, reconduzido ao antigo quarto, ao lado de meus irmãos".

Quantas recordações! O que seria a vida sem a memória? "A memória é tudo", teimava o grande Buñuel. Com uma total sensação de intrujice, sentei-me naquela cama – de imediato usurpando um mundo anterior às minhas descobertas – porque, antes de tudo, necessitava meditar. Ele se fora e não mais iria falar; caberia a mim, então, começar do início, insistir no propósito de uma narração minuciosa. Acontece que o Mestre, à sua maneira, já contou tudo, ou quase tudo; e assim os meus acréscimos são apenas temerários. Em meu favor, confio, apenas, no tom simplificado da narrativa e nos inúmeros segredos omitidos pelo artista. Eis aí, nas revelações esquecidas, o seu calcanhar de Aquiles, o lado obscuro, resvalando no mau gosto ou mesmo no obsceno e até na pornografia, sem vacilações. Incluiria, na minha quase loucura (não se costuma brincar com essas coisas), a coragem de abordar a hodierna nulidade e impostura dos políticos e da política, sejam nacionais ou internacionais – assunto sempre tangenciado pelo Mestre no receio de macular sua integridade espiritual. Certamente, no conjunto, suas atitudes apolíticas não coincidiam com a verdade, pois, ninguém melhor do que eu para reconhecê-lo nas suas malditas deserções. Sua natureza aristocrática o dissuadia de querer sujar as mãos, mas não o impedia de contaminá-las, inúmeras vezes, no barro mesclado de sangue. Ah! Se eu conseguisse o meu desígnio! Na realidade, prevejo embaraçosas dificuldades de toda a família, sobretudo no acesso aos seus arquivos pessoais, sejam aqueles guardados no ateliê (escondidos ou não), sejam os documentos retidos avaramente pela secretária (cartas, e-mails, agenda telefônica, recibos...) ou guardados no Setor de Documentação. Não desejo, em absoluto, ter de recorrer a jornais, mas espero tê-los todos colecionados devidamente aqui, na própria Oficina Cerâmica. Contudo, não desprezar as inúmeras advertências do Mestre a propósito dos assim chamados "inéditos". "Nenhuma concessão aos ratos de gaveta", ele me admoestava nos bons tempos do passado. "Nada de confissões. Nada de escritos não revisados por mim ou por pessoas de minha confiança", ele sempre insistiu enfaticamente. Mas será que, desembaraçado do seu jugo, seguirei à risca as suas vontades? Pressinto que o meu açodamento pode anular a minha indulgência, e depois – eu sempre utilizo como um álibi – quem poderia atingi-lo na sua real grandeza de artista? O perigo maior reside na tentação de metodizar a minha pesquisa, pois, neste processo de racionalização, acabarei por falar uma linguagem oficiosa, o contrário dos meus propósitos de penetrar fundo, mas de forma incruenta, no coração da matéria. Se eu não revelar o que sei e aspiro saber, ninguém o fará, nem mesmo aqueles que pretendem, de há muito, redescobrir os tortuosos e múltiplos caminhos do Mestre desaparecido. Não quero dizer, contudo, que irei prescindir da voz dos outros; e deixo bem clara a necessidade de me aproveitar de autores que falem dele, desde que me ajudem a formar uma imagem consistente sobre alguém que teima em escapar de qualquer análise. Sentado na beira desse trono do passado, voltei a cabeça em direção ao retrato do menino Francisco de Paula, colocado na parede branca bem no centro das duas colunas de ferro que sustentaram um antigo dossel. O retrato, obtido por um padrinho amante da fotografia, surpreendeu-o, aos sete anos, a observar o mundo com olhos instigantes. Um bom observador logo perceberia que o retrato – como se costumava fazer na época – fora profusamente retocado, sobretudo nos olhos: saltava à vista a intensificação do olhar, deixando o menino, naturalmente sonhador, quase de olhos arregalados como um precoce Picasso dos Trópicos; e ele não o era, de todo. Por várias vezes, o Mestre fez questão de observar em tom irônico: "Ainda não tivemos em nosso mundo artístico nenhum gênio. Não tivemos, não temos e acredito que não teremos nesses próximos cem anos. Não pode nem deve ser matéria de gracejo turvar o significado real da palavra gênio, confundindo-a com grandeza profissional, talento ou habilidade!" Não sei quantas horas fiquei nessa pequena alcova secreta, lugar que contribuiu para o esboço ou mesmo para o desenho de inúmeros perfis do Mestre. Só depois de muito tempo dei-me conta de que o meu estado de contemplação diante do retrato não iria desenvolver os meus objetivos. De imediato, levantei-me e abri o imenso guarda-roupa fronteiriço, cujas portas chegavam ao teto, para descobrir que nada havia ali dentro, senão, numa falsa gaveta, dois pequenos quadros, cujas medidas não ultrapassavam 35 x 35cm. Logo me ocorreu que esses dois intrigantes desenhos, de caráter nitidamente obsceno, representando duas mulheres nuas, identificavam-se com o que há de mais perverso nas gravuras alegóricas de um renascentista como Hans Baldung Grien e seu colega Urs Graf (século XVI) e nas pinturas do igualmente alemão Ernst Fuchs, pintor e gravador moderno tão lascivo e pestilento quanto os seus ancestrais artísticos. Como previa, fui tomado pelo prazer da descoberta. Não há como duvidar da relação profunda entre o passado distante da velha cama de ferro e da governanta alemã e a presença desses dois desenhos: a trajetória do artista havia sido cumprida. Se por acaso – não percebo nenhum exagero nessa conclusão – o Mestre, durante todo o seu largo percurso de trabalho, só tivesse realizado essas duas figuras pornográficas, sua missão estaria perfeitamente concretizada. Antes de me afastar para a sala contígua, me detive numa escultura de *Dioniso* (minha velha conhecida), na mesa de cabeceira ao lado direito da cama. Verifiquei, pela sua cor e aspecto, que não se tratava de uma cerâmica, e sim de um bronze. Como a maior parte dos trabalhos do Mestre, essa peça tinha um caráter profundamente ambíguo e de difícil interpretação: o rosto mais parecia uma cabeça de lebre, acentuada pelas orelhas pontudas; o tórax, muito delgado, encimado por dois braços em forma de cotos; o ventre desmesurado, semelhante ao de uma mulher grávida, com a região umbilical peculiarmente deformada na sua estranha protuberância; logo abaixo, o enorme membro viril, igualmente contorcido, competia em diâmetro com as duas pernas, que se enterravam na própria base da escultura, como alguém que se encontra definitivamente atolado num terreno de areia movediça. *Dioniso*, com seu caráter licencioso e orgiástico, certamente não estava por acaso nesse recinto. Presidia, silenciosamente, a cena.

A segunda sala, de aspecto bem mais inocente, esvaziada de sua mobília original, se encontrava agora repleta de uma inesperada decoração hospitalar como padiolas, camas, pequenas escadas, tamboretes com roldanas e outros artefatos ligados à fisioterapia e à osteopatia. O que me pergunto é se o Mestre tinha perfeita consciência de toda essa parafernália e de sua real destinação. Como um resoluto contraste a esse ambiente asséptico, destacava-se a presença de uma pesada estante repleta de livros sobriamente encadernados, de vasos cerâmicos e de pequenas esculturas de aparência zooantropomórfica. Nos espaços adjacentes, havia reproduções de esculturas cretenses, enquanto, no centro da parede oposta à estante, reinava um desenho do Mestre, dos anos 1980, feito a *fusain*, que reproduzia uma figura de Gustave Courbet, chamada *A vidente*. A perfeição da figura copiada, também conhecida como *A sonâmbula*, nos olhava com tal fixidez obsessiva que, de imediato, transformava aquele espaço, supostamente inocente, em *O gabinete do Dr. Caligari*. Contribuindo ainda mais para acentuar essa espantosa sensação, o Mestre deixara numa das paredes uma reprodução de Caspar David Friedrich, pintor alemão de sua preferência. Esse quadro de aspecto singularíssimo já havia sido matéria de discussão, por várias vezes, entre mim e o Mestre. Apesar de representar a cena de uma falésia na Ilha de Rugen, onde figurantes contemplam a paisagem à beira de um abismo, o quadro toma, subitamente, um aspecto ferozmente sexual, sem lhe faltar, na parte superior da tela, a profusa vegetação que pretende ser o plágio de pelos púbicos. Recordo que chegamos a consultar compêndios de medicina legal à procura das diferentes características patológicas dos estupros, com as suas adicionais ilustrações fotográficas, tudo de um realismo bastante convincente na descrição daquilo que acontece com a genitália feminina após um brutal defloramento. "Que interpretação medonha", eu teria dito na época ao Mestre, que me olhou com seriedade e – por que não dizer? – com desgosto. Continuando a minha faina, apenas pela curiosidade, retirei da estante alguns livros para apreciar as suas edições. Causou-me espécie ter ficado em minhas mãos um volume raro de Gérard de Nerval, *Voyage en Orient*, enquanto todos os outros haviam sido devolvidos às prateleiras. Por que fiquei com esse livro na mão? Sabia, à exaustão, que o Mestre era seu admirador e que as traduções feitas por Nerval do *Fausto*, de Goethe, eram apreciadas inclusive pelo autor alemão, que as considerava altamente inspiradas. Entre outras coisas, Hector Berlioz (pintado por Courbet), também admirado pelo Mestre Brennand, inspirou-se em Nerval na sua composição *La damnation de Fauste*. André Breton considerava, de certa forma, os sonetos "Les Chimères" como precursores do surrealismo. De uma maneira engraçada, Nerval escreveu embaixo de sua fotografia: *Je suis l'autre*. Quanto a mim, nada tenho contra Gérard de Nerval. Talvez tenha segurado esse volume por mais tempo entre meus dedos devido ao embaraço dessas lembranças. Não me parece necessário esclarecer que, mesmo ao lado de tantos livros, Mestre Brennand não foi, em qualquer época de sua vida, um bibliófilo e, muito menos, um comprador de bibliotecas alheias. Desde a adolescência possuidor de um instinto raro de escolha, sempre foi em busca do que havia de melhor na Literatura, e daí em diante, de uma forma compulsiva, resistindo a todas as tentações, permaneceu fiel à convivência íntima com os livros até a sua morte. Além de tudo, o Mestre sempre soube que a boa literatura caminha ao lado dos pintores e que, inclusive, alguns pintores se afirmaram como figuras insubstituíveis na história da literatura, como é o caso do romance *Dominique* (uma obra-prima), de autoria do pintor Eugène Fromentin.

Com o coração alterado, exclamei: "Ah! Como gostaria que o Mestre Brennand e até Dr. Intruso, meu arqui-inimigo (não posso lembrar suas relações íntimas com Viriata sem que me venham à cabeça ganas de matá-lo), estivessem presentes para discutirmos as dores do mundo". Estará redondamente enganado quem pensar que me mantive desinformado durante a minha permanência por nove anos na afastada cidade do Rio Branco.

Os jornais do sul, algumas revistas que circulavam entre os estrangeiros e até mesmo minha convivência com espiões (que eram muitos e de todas as partes do mundo) me colocaram devidamente a par de todos os problemas atuais. Mas minhas fontes de conhecimento vinham, sobretudo, do meu restaurante e casa de *shows*, que equivalia a uma espécie de universo paralelo com direito a *strippers* (dançarinas capazes de mostrar até as tripas), lugar onde proliferava a forma inteira da humana condição. Essa alcova do vício era frequentada, em cursos irregulares, por uma corja de patifes, homens ou mulheres, nivelados pelas drogas ou pelo álcool, numa desmedida quantidade de vícios adjacentes. Prostitutas, proxenetas, traficantes, políticos, madeireiros, peões, empreiteiros, boêmios e até belgas, todos muito bem informados na filosofia da fuleiragem, isto é, na reconhecida crueza da sanguinolenta carne da vida. Podia até ignorar quais os planos secretos das "Forças da Coalizão" para bombardear as aldeias indefesas do Iraque ou do Afeganistão, mas, pela boca do povo, eu sabia de tudo, ou quase tudo, que se passava na Amazônia. Uma notícia, no mês de maio, vinda da Capital Federal, foi motivo de demorada e hilariante gozação na heterogênea comunidade do restaurante, porque tal fato já era nosso velho conhecido e, no entanto, o colunista pensava haver descoberto a pólvora.

"Em Benjamin Constant, extremo oeste do Amazonas, uma aldeia atende pelo nome de 'Philadelphia'; os índios usam camisetas com inscrições em inglês e o cacique se chama 'Roosevelt'. Uma equipe da Funasa esteve no local e hasteou uma bandeira do Brasil – a primeira da história da aldeia."

Foi lá no Paraíso Perdido que percebi, às escâncaras, a quantas andava o Brasil real neste atual desgoverno, cuja sede dizem ficar no Planalto Central, em Brasília, embora ninguém esteja bem certo. O fato é que estamos no mesmo barco a naufragar, diante de vários outros naufrágios mundo afora. Na realidade, estamos num mesmo planeta que agoniza. Hoje, reconheço que Dr. Intruso se antecipou ao seu tempo com sua doutrina da "Sobrevivência". Por onde ele andará? Será que o fugidio e fleumático assessor Elcid sabe do seu paradeiro? Onde se encontram guardados os eruditos diários do Mestre (*O nome do livro*), que já deveriam ter sido publicados, não fossem suas complicações familiares, sua permanente penúria e até mesmo o fatal desinteresse de todos? Mais grave ainda: a desinformação das editoras nacionais a respeito da importância da obra geral do Mestre Brennand, um artista de 80 anos, dono de um trabalho singularíssimo. Como festejaram o seu octogésimo aniversário aqui no seu Estado e no país? Nos jornais lidos no Rio Branco, vindos do Rio de Janeiro e São Paulo, no mês de junho, nenhuma nota sequer mencionava o nosso ilustre patrício. Pensando nesse monte de coisas, resolvi abrir a janela que dava para o pátio externo, e quão enorme foi a minha surpresa quando descobri um irrevelado mundo edênico. Estava ali um universo de ordem e beleza, totalmente desconhecido: um jardim com um extenso espelho d'água, cheio de curvas impecáveis, emolduradas de tijolos vermelhos que acentuavam o verde do gramado perfeito. Esculturas, chafarizes e murais se relacionando entre si como os números de uma equação matemática bem resolvida, enquanto suas linhas de força recriavam novas construções: mais uma vez, desdobradas em outros jardins, outras alamedas, outras esculturas, até chegar ao aceiro da mata distante que, por conta dessas medidas perfeitas, se incorporava a esse grande conjunto de consumada harmonia. Novos edifícios estavam bem visíveis. Num deles eu pude ler a palavra *Accademia*, escrita com dois "c". O que abrigaria essa construção? Desci a escada, trôpego, e vislumbrei, na parte térrea, o original em cerâmica do *Dioniso*, que servira de modelo para a fundição em bronze daquele outro encontrado no andar superior. Desta feita, notei, bem no centro do seu tórax, um buraco negro, uma espécie de segundo umbigo de onde escorria algo escuro, semelhante ao sangue. Por que demônios o Mestre Brennand insiste tanto nesses sinais escatológicos? Passei rapidamente pelo ateliê, sem parar, em demanda do evasivo assessor Elcid. Não fosse o telefonista perpétuo, Edvan – o único telefonista masculino do mundo – suponho que não o encontraria jamais. "As duas filhas estão na Fábrica?", eu perguntei. Sem tirar o telefone do ouvido, Edvan balançou a cabeça negativamente. Não esperei ninguém e saí de imediato para o *Grande Pátio*, onde estavam erigidos o *Templo do Ovo Primordial* e a *Muralha dos Pássaros Rocca*, que velam as dezesseis colunas de tijolos carcomidos, agora reconstituídas e encimadas por esculturas. A minha real e inadiável preocupação, naquele momento, era encontrar Agostinho, o cisne negro australiano que o Mestre tanto amava e com quem mantinha – segundo costumava afirmar – longas e proveitosas conversações. À primeira vista, o cisne não estava presente no seu tanque lodoso, de onde emergiam, das sombras inquietantes, esculturas no formato de cabeças de peixes, com suas bocas muito abertas, sempre a beber água. Ainda sem localizá-lo, ouvi a sua estridente saudação. Um segundo grito e ele, de repente, orgulhoso do seu longo pescoço, que terminava no lacre vermelho de um bico perfeito, flutuava solene, a não mais que um palmo a minha frente. Poderia tocá-lo se quisesse, mas os cisnes são intocáveis, como certos soberanos (se é que essa gente ainda existe nesse mundo de igualitárias porcarias). Bem defronte a mim, recitou o seu balbuciante recado de luto e tristeza, na saudade inolvidável do Mestre, não hesitando em tudo revelar. Quantas coisas eu soube naquele momento: "O Mestre de fato havia partido e, pasmem, Dr. Intruso fora assassinado na Nova Zelândia. E depois de muitos verões, também o cisne morre..." Vacilante, resolvi deixar o local e, de imediato, o cisne negro mudou de posição quando sentiu que eu iria deixá-lo, singrando rapidamente para longe, em busca de seu esconderijo. Na saída do *Grande Pátio*, sem me aperceber, passei rente à bela escultura de *Leda e o Cisne*, e ainda não havia tocado o pequeno portão de ferro quando constatei que deixara o mundo fechado de uma clausura para encontrar um jardim paradisíaco, esfuziante de luz, de uma claridade tão intensa que meus olhos insones baixaram à procura de uma sombra próxima. Sentindo pisar o sólido pavimento de ladrilhos cerâmicos, prossegui e só muito lentamente abri os olhos. Diante de mim, uma inscrição mural dardejava:

> *A arquitetura eterniza e glorifica alguma coisa.*
> *Por isso não pode haver arquitetura onde não há*
> *nada a glorificar.*
>
> Ludwig Wittgenstein

Apesar do estado vertiginoso, logo compreendi por que essa inscrição de grande sabedoria havia sido colocada em lugar estratégico. A frase do filósofo austríaco desenha o motivo que levou o Mestre a reconstruir algumas ruínas: as da casa e as do velho Engenho São Francisco (terras outrora adquiridas por André Vidal de Negreiros), ainda moído por uma roda d'água; as da casa de Mata Redonda, na cidade do Triunfo, projetada, de início, por um engenheiro inglês, cuja torre de pedras havia ficado a meio caminho; e, finalmente, aquelas que reedificou sobre a margem esquerda do Rio Capibaribe, a Cerâmica São João nas largas planícies da Várzea, onde João Fernandes Vieira e André Vidal de Negreiros urdiram, junto com mazombos pernambucanos, os primeiros gritos de revolta contra o rico e bem armado invasor holandês. Em todas as suas reconstruções, havia algo a glorificar. Aliás, as inscrições murais espalhadas por dentro e por fora da Oficina Cerâmica são altamente esclarecedoras quanto aos valores cultivados pelo Mestre, sejam estético-filosóficos ou apenas literários. Pode parecer enfadonho insistir, nesse ritmo galopante, num sem-número de detalhes e observações sobre a singularidade da obra do Mestre. Contudo, não vou esmorecer nem desdenhar daquilo que não pode ser adiado nem esquecido. No ano de 1977, ainda no início do seu trabalho de reconstrução da velha Cerâmica, presidindo uma série de inscrições murais, no meu entender, o texto gravado do poeta austríaco Ernst Jandl é a versão chave de todo o discurso estético-filosófico do universo brennandiano. É, por assim dizer, o seu "abre-te sésamo", a começar pelo título cabalístico, "Sinais".

Partidos estão os vasos harmoniosos,
Os pratos com a face grega,
As cabeças douradas dos clássicos –
Mas o barro e a água continuam a girar
Nos casebres dos oleiros.

Quando o Mestre deu por findo esse trabalho, várias pedras cerâmicas estavam partidas e ele, perfeitamente consciente desse valor simbólico, não as refez, fazendo-as participar da inscrição mural definitiva. Recordo que ele costumava dizer: "Todas as obras de arte estão destruídas ou em vias de destruição. Sua conservação é a dívida que temos com os outros que permanentemente nos fazem crer que estamos vivos. Esse poema de Ernst Jandl exalta a perenidade da vida e da arte, pois se 'partidos estão os vasos harmoniosos', logo adiante serão refeitos pelo 'barro e água nos casebres dos oleiros'. Não conhecemos interrupções da pré-história até Michelangelo e deste até os nossos dias". Ainda nessa mesma manhã, ninguém pôde evitar que os vigias, instintivamente – sabendo de minha urgência –, me levassem ao *Templo do Sacrifício*. A "antecipação" da visita não me fez bem – não estava preparado para isso. Surpreendi-me com o enorme grau de inventividade e também com a sua premonição das transformações do atual mundo geopolítico. Todas as elucubrações criadas em cima de alguns poucos versos de Coleridge, retirados de "A Balada do Velho Marinheiro", inscritas nas paredes do *Templo*, glorificavam, ao mesmo tempo, Gauguin, Joseph Conrad, Atahualpa e Moctezuma, sinalizando um projeto que o Mestre já havia me adiantado há muitos anos. De resto, o que fazia ali, virada agressivamente para o *Templo*, aquela descomunal escultura do *Cavalo de Troia*? – perguntei-me, embora, logo a seguir, tivesse descoberto o fio da meada num poema situado numa parede externa, cujo título "O Marinheiro" confundia mais que elucidava os propósitos do artista:

O Marinheiro

A dos imperadores que habian sido assassinados por los
conquistadores.
Como esquecer a história
Quando abateste o senhor dos oceanos.
O albatroz
O dileto filho do Sol.
Qual a herança que nos reserva?
A eterna astúcia de Ulisses e seu cavalo enganador
Troia que a todos dilacera
O turvo e atroz infortúnio ocidental:
Do santo ao canalha, condenados
Sem remissão.

Afinal de contas, o que significam essas duas construções antagônicas, erigidas na minha ausência, nos dois extremos da velha Cerâmica, a *Capela da Imaculada Conceição*, à direita, e o *Templo do Sacrifício*, à esquerda, com toda sua sinalização simbólica de uma cultura assassinada e, sobretudo, destruída por aqueles que professavam a fé cristã, ainda que esta envolvesse, a princípio, nomes como os de Joseph Conrad e Gauguin que, em bom tempo, tomaram o partido dos nativos... De que lado ficaria o Mestre? No seu poema "O Marinheiro", os braços da balança pendem francamente para o lado das culturas ancestrais sul-americanas. Mas, conhecendo-o como eu o conheço, pressinto que ainda há alguma coisa a acrescentar. Estava claro que havia sido perversamente atingido no cerne de sua alma contraditória e sempre irresoluta. Ele era assim. Um dia, me revelou como se não estivesse conversando comigo: "Eu só trabalho para confirmar os meus vícios". Evidentemente, tal confissão nada tem a ver com os espanhóis, os incas e os astecas. Nada podia ser mais inesperado para um caçador do que se deparar com a caça ao abrir a porta da frente de sua casa. Ainda hoje, no meu apressado trânsito pelo ateliê do Mestre, em demanda do fugidio assessor Elcid, não resisti a um velho hábito de bisbilhotar as suas gavetas, onde sempre encontrei anotações do seu diário... E lá se encontravam várias notas, deixadas em pedaços de papel, às vezes manuscritos, outras vezes digitados, contendo algumas poucas linhas ou uma enormidade de sentenças sem nexo. Acredito que, por não me pertencerem, não tenho o direito de divulgá-las. Porventura representariam aquilo que tanto procuro ou ambiciono encontrar? São fragmentos desprotegidos e, caso não sejam devidamente expostos, estarão abandonados à leitura inconveniente dos néscios. Preciso meditar com bastante zelo antes de, num gesto impensado, consentir publicar coisas como: "As pessoas querem a pulso que eu seja um artífice. Um artesão, como costumam dizer. Acontece que não sou tão somente um pintor ou um escultor, antes me situo comprovadamente como um homem da Renascença italiana. Um solitário sonhador da marca de um Vicino Orsini, o construtor do Parque de Bomarzo (um bosque sagrado e ímpar). Eu sou o *condottiero* Píer Francesco Orsini". Pode parecer excesso de escrúpulos esse meu cuidado com os escritos do Mestre, mas a estapafúrdia afirmação de que é "comprovadamente" um homem da Renascença me parece excessiva. Para mim é o quanto basta para acentuar minha prudência. Ora, relatos como esse, um tanto oníricos, eu os tenho às dezenas. Encontrei outra nota, na qual ele dizia ter passado grande parte da juventude na quase certeza de reviver Lord George Noel Gordon Byron, inclusive, procurava capengar de maneira forçada e vestir-se de uma forma inusitada, quase sempre de preto. Ademais, ele indaga: "Por acaso eu não sou um grande nadador, apesar de nunca ter atravessado o Estreito do Peloponeso?". Sem exagero, poderíamos continuar essa lista (a meu ver descabida), pois ela incorpora não só as figuras históricas, mas também (e em maior quantidade) as personagens de livros de sua preferência. O Mestre tanto poderia ser um Hamlet, com suas indecisões, como o atormentado amoroso Heathcliff, ou, então, sem nenhum motivo, encontrar identidades com o Príncipe Michkin, ou mesmo com um ser terrível, como Stavróguin... Quanto ao seu desejo, mais do que normal, de seguir as pegadas do mestre Paul Gauguin nos seus caminhos para a barbárie, nada há de extraordinário. Aconteceu com ele e com muitos outros artistas e seguidores. São esses descaminhos com os quais me defronto e, muitas vezes, sou obrigado a reconhecer a impossibilidade de dar prosseguimento a tais divagações do Mestre sob pena de deixá-lo à mercê de todas as tempestades. Não é por outra razão que, desde o início de meu relato, prometo desvendar os aspectos secretos da sua vida, justamente aqueles que estão fora das prateleiras, longe do mundo oficial e das glórias alcançadas por mérito pessoal, etc. Qual o senso de medida a escolher? Eis a questão. De outro modo, enveredando pela vulgaridade, poderia listar as suas constantes queixas quanto à sua saúde (que não eram infundadas, pois afinal de contas levaram-no à morte). Seria insensato me referir até às pequenas anotações numéricas das suas deploráveis finanças, segundo ele, perigosamente extorquidas pelas mulheres através de telefonemas? "Nem ao menos as conhecia pessoalmente", ele reclamava, acrescentando: "Em menos de dois meses, fui assediado por dezenas de mocinhas, embora tudo ficasse a cargo dessas misteriosas transações, sempre à distância, jamais concretizadas. Necessitava delas para revitalizar – o que parecia esquecido – o 'vício das formas perfeitas'". Não é que ele fosse repentinamente tomado por um acesso de misoginia, pelo contrário, tirava proveito de um comentário da escritora A. C., a propósito do mesmo assunto: "A esperteza da mulher jovem está além de qualquer coisa que se possa imaginar. O que se desconhece sobre garotas simples e meigas daria para encher um álbum". "Voluntariamente deixei-me chantagear por uma *top* de linha internacional, que me pediu uma quantia vultosa para pagar numa semana, quando, na realidade, ela estava no seu magnífico apartamento em Manhattan e eu, nos meus pagos da Várzea do Capibaribe..." Depois, ele prossegue com uma história meio deslocada: "Como esconderia uma grande admiração por um tio-avô, cujo nome era Francisco, que cometeu suicídio após desbaratar até o último vintém toda a sua fortuna com uma bela carioca que o enfeitiçou e o levou à ruína e à morte? Como se vê, o defeito é de origem". Quantas vezes presenciei seus desabafos contra alguns contemporâneos, quer fossem políticos, artistas ou clérigos, como, por exemplo, o caso da figura mítica do arcebispo Dom Hélder, tratada por ele sem reservas: "Dom Hélder Câmara, um reconhecido falso santo, quase acaba com a Igreja Católica no Recife...". Levando para o lado das intimidades familiares, nem sempre edificantes, ele assinalava que, enquanto tivesse forças, reagiria à tirania dos filhos e agregados. Não é incomum sua observação jocosa: "Não sou nenhum Rei Lear". Enfim, essas lembranças ainda me perturbam. O fato de as ter manipulado fazia-me o próprio Judas. Quero voltar aos passos dados à borda do espelho d'água, perto do *Templo do Ovo Primordial*, onde tomei conhecimento de mais quatro cisnes negros australianos bastante aguerridos e não amigáveis como Agostinho. De lá, dirigi-me ao antigo restaurante da Fábrica, hoje desativado, para descobrir, na sua fachada, uma placa cerâmica com a inscrição:

PRAÇA BURLE MARX
2000

Não fossem as esculturas e os murais do artista – fortemente atuantes no conjunto – o jardim nada teria a ver com o ascetismo peculiar a todo o mundo ornamental da Oficina Cerâmica, nem com o gosto ostensivo de Mestre Brennand por tudo aquilo que fosse obscuro e místico. O Mestre preferia a visão de jardins decadentes e abandonados, portanto, o reino luxuriante do grande Burle Marx era bastante diverso, senão contrário às predileções do artista. Mas o Mestre sempre admirou o paisagista e as razões para isso remontam à sua infância, pois Roberto Burle Marx foi amigo de Ricardo Lacerda de Almeida Brennand, pai do artista. Em 1938, o arquiteto-paisagista transformou os monótonos canteiros europeus da casa grande do Engenho São João em jardins que reverberam a luz do Recife, nos quais, pela primeira vez, os irmãos Antonio, Francisco e Cornélio, chegados de férias do Colégio São Vicente de Paula, em Petrópolis, Rio de Janeiro, viram, encantados, as enormes vitórias-régias centralizadas num tanque repleto das mais diferentes plantas aquáticas. Inclusive, o belo espelho d'água bordejado por cerâmicas vermelhas, de certa maneira, antecipava, na idealização paterna, as futuras aventuras cerâmicas do filho. Todas as vezes que Roberto vinha a Pernambuco não deixava de assinalar o seu desejo de contribuir com um pequeno jardim para a Oficina. De fato, em 1992, Brennand foi presenteado com o esperado projeto, o qual, infelizmente, o jardinista não pôde ver concluído. Na forma atual, esse jardim das delícias só foi inaugurado no ano 2000, conforme rezava a placa à minha frente. E, como um divisor de águas, ele separa a velha Cerâmica, com seu aspecto monástico, de todas as novas construções inseridas num universo verdejante.

Fora das lembranças do Mestre e tal uma encenação teatral, onde cada personagem entra de acordo com o seu papel, eis que me apareceu o cerimonioso assessor Elcid, que, todo sorridente, me perguntou se eu já tinha visitado a *Accademia* e o que estava achando do novo jardim. Não me preocupei em respondê-lo, mas, com um convite silencioso, propus o caminho até a *Accademia*. Antes de galgarmos a rampa de acesso, não contendo minha curiosidade, perguntei qual era a destinação do imenso galpão batizado com o pomposo nome de *Estádio*. Pacientemente, o assessor Elcid explicou: "O Sr. Francisco desejava transformar esse gigantesco espaço numa catedral, repleta de enormes vitrais (chegou a desenhá-los), mas foi dissuadido pelo arquiteto Paulo Mendes da Rocha e pelo escultor Emanoel Araújo que propuseram, como um espaço muito mais adequado a uma igreja (que incluiria um ossuário para os restos mortais da família Brennand) a ruína da casa de Manoel Francisco de Holanda Cavalcanti de Albuquerque, o Barão de Muribeca". O assessor Elcid nem havia terminado a sua eloquente explicação quando eu disse: "Deixemos a *Accademia* para depois, este belo projeto do arquiteto Reginaldo Esteves. No momento, diante de tanta magnificência e múltiplas realizações, seria interessante procurarmos aqui, nos arquivos do Setor de Documentação, o profético artigo 'A Cartola do Mágico', do escritor Renato Carneiro Campos que, antes de qualquer pessoa nesta cidade, com rara coragem e perspicácia, antecipou a espantosa trajetória deste Templo da Singularidade".

A Cartola do Mágico

Era uma velha fábrica de telhas e de tijolos em ruínas; melões-de-são-caetano subindo pelas paredes externas, fornos de fogo-morto, teias de aranha, abrigo de morcegos e de lagartixas gordas e imperturbadas. Apenas de alegre: o canto do canário-da-terra pousado numa das traves do telhado altíssimo. Paisagem somente vista por alguns operários a caminho da fábrica nova, trabalhadores rurais, pescadores noturnos e meninos pegadores de passarinhos. Uma construção isolada, tendo como acesso uma esguia ponte que, vista ao longe, de tão estreita, parece uma linha traçada no dorso do Capibaribe. Antiga ponte de estrada de ferro, adaptada para pedestres, mal permitindo a passagem de um automóvel. Aí, nesse lugar, que lembra uma ilha que foi abandonada por seus habitantes, Francisco Brennand resolveu instalar o seu ateliê, a sua tenda de artista, com alguma coisa do espírito de Robinson Crusoé ou de um Gauguin comodista.

De repente, surgiram florais no chão de terra batida, bichos nos grandes espaços vazios, velhos fornos se transformaram em grutas mágicas, decoradas de maneira original, com toques de estórias de trancoso. Bichos de formas novas, fascinantemente bizarras, cabra com corpo de porco, ema de pescoço caprichando para girafa, peixe-torpedo, camaleão ostentando crista de galo, tartaruga carregando um canteiro de flores na carapuça, lagartixa de corpo enfiado em toros de madeira, feitos de uma matéria que pode lembrar louça, ferro, bronze, porcelana, vidro, madeira. Apareceram também placas, jarros, cinzeiros, estátuas de pássaros lembrando gente e estátuas de gente lembrando bichos, tapetes fortemente coloridos dependurados nas alvas paredes. Velhas máquinas, já consideradas imprestáveis, tornaram-se artisticamente jovens, aproveitadas para a decoração do ambiente, mudando o destino de suas utilidades. Tudo até parece o cumprimento de uma promessa que o menino-adulto fez a si mesmo, que vai realizando, palmo a palmo, com toques de revide e obsessão. Algo também que lembra um largo e profundo perdão pelas horas perdidas por ele e pelos outros.

Nesse ateliê da Várzea – muito mais ateliê do que fábrica – rodeado de artesãos que o ajudam em suas tarefas de ceramista, de escultor e de gravador, o pintor Francisco Brennand passa a maior parte do seu tempo. Ambiente que possui também os seus momentos de ócio: doses de uísque (mais para os amigos, pois ele é bebedor bissexto), discos clássicos, os livros prediletos e sempre visitados. É aí que vejo os seus últimos trabalhos de pintor, descubro a sua forte unidade de artista dentro da diversidade do seu talento criador. Deslumbro-me com os novos quadros em que procuro captar a beleza e o mistério das formas femininas, como se, as homenageando, procurasse estar perto da própria criação, do segredo da vida. Entendo, desde logo, que as suas folhas, os seus frutos, sempre pertenceram mais ao corpo humano do que ao mundo vegetal. Recordo a frase de Paul Valéry no seu magistral ensaio sobre o método de Leonardo da Vinci: "Adora este corpo do homem e da mulher, com que se mede tudo". Brennand tenta harmonizar, combinar as suas sensações de homem, grandezas e fraquezas, certezas e perplexidades, com a habilidade e o sentido estético do pintor.

Noto o seu desinteresse por bienais e exposições no sul do País. Acha que o tempo é pouco para a realização da grande obra que se impôs, desde os verdes anos, para as suas conquistas íntimas e não as aparentes. Não sei, não conheço nenhum outro artista brasileiro que atualmente esteja tão imune à opinião dos críticos, preocupando-se apenas em ver, compreender, fazer, do que em ouvir as vozes dos ventríloquos.

Com o passar dos anos, o seu ateliê se tornará mais importante do que o Teatro Santa Isabel, a Academia Pernambucana de Letras, o Museu do Estado. Nele se reflete todo o poder criador de um artista excepcional, que fará com que Pernambuco – e não se passará muito tempo para que isso aconteça – seja incluído obrigatoriamente no roteiro turístico-artístico não somente nacional, mas de toda América.

Renato Carneiro Campos
4 de agosto de 1974

Embora Renato Carneiro Campos não pertencesse à Academia dos Emparedados, composta por César Leal, Ariano Suassuna, Tomás Seixas e Francisco Brennand, sempre andava muito próximo desse grupo, terminando por incorporar-se a ele com seu proverbial vigor literário. Era um escritor e jornalista de primeira ordem – dono de uma cultura pouco comum nos meios literários recifenses. Segundo pude depreender, assistindo a inúmeras conversas dele com o Mestre, havia várias coincidências em matéria de preferências literárias e artísticas entre os dois. Tanto quanto o poeta Tomás Seixas, Renato era um grande apreciador de Joseph Conrad. Quando se apercebia de que alguém compartilhava dessa admiração pelo escritor polonês, sempre arrematava: "Com certeza ele é um dos nossos...". Além de tudo, Renato era um homem desassombrado e de vigorosa coragem pessoal, que entrava de peito aberto em qualquer espécie de batalha, fosse de caráter literário ou braçal. Às vezes, numa discussão, sem que ficasse bem claro quem era o vencedor, virava-se para os contendores e dizia: "Apontem os lápis e vamos para o ditado...". Lastimavelmente, faleceu muito cedo, quando tudo dizia que ele estava na iminência de escrever o seu primeiro romance. Despediu-se da vida com destemor e sem grandes queixas. Um cultor de velhos costumes diria: morreu como um homem. Não posso deixar de insinuar que o Mestre sentiu sua falta como quem perde um irmão. Quantas vezes eu o vi pegar o telefone para continuar suas intermináveis conversas com o amigo, não mais presente. Como previra o fiel amigo Renato Campos, o projeto da Oficina Cerâmica cresceu desmesuradamente em diferentes direções e, por vezes, em significados distintos. A proverbial solidão do artista, que eu sempre testemunhei, pelo menos até o fim dos anos 1990, de certa maneira não fez senão ajudá-lo, pois, sem enfrentar nenhum tipo de crítica, fosse favorável ou desfavorável, tinha a liberdade de todas as opções, inclusive, a de transformar o erro em acerto. Certo dia, sem prever a repercussão de sua resposta dada à pergunta feita por três franceses perplexos sobre quais eram as características brasileiras do seu trabalho (que eles teimavam em afirmar não existirem), Brennand pronunciou a palavra fatal: a liberdade. "A liberdade!" – exclamaram uníssonos os três franceses horrorizados – "O simples enunciar desse vocábulo já nos remete a toda história da França e sua Revolução. É uma palavra intransferível e não podemos cedê-la a ninguém." O Mestre, surpreso, explicou que "a liberdade na França, como em parte da Europa, era total, mas continuamente vigiada. O conhecimento, depois de adquirido, se transforma, invariavelmente, numa espécie de servidão, da qual ninguém escapa. Aqui, no Brasil, acontece exatamente o contrário: a indiferença e a falta de cultura e de uma tradição reguladora predispõem o artista brasileiro a todas as ousadias, inclusive, à impostura, o que no fundo representa 'liberdade'". Depois, o Mestre conclui: "Que seja então a independência, embora não tenhamos um instrumento preciso para medir qual o grau de brasilidade ou de influências alienígenas de que somos portadores. Às vezes, sou tentado a pensar que sou um inglês ou um francês; outras, que sou tão completamente um selvagem. Metade europeu, metade canibal". Desculpem-me o Mestre e os franceses, mas agora chega o meu momento de argumentar: Paul Gauguin, francês de ascendência peruana, resolveu, certo dia, escapar pela estreita porta do caminho sem volta. Pelo menos esse era seu desígnio quando viu na barbárie a única saída para restaurar a decadente arte europeia de sua época. Por isso, ele pronunciou o anátema: "Jamais os gregos. Antes a Grécia arcaica, Creta, o Egito, a África, a Oceania e os pré-colombianos". Acredito que foi este o percurso seguido pelo Mestre Brennand, antecipado, genialmente, pelo franco-sul-americano Paul Gauguin. Todas as ousadias em torno das formas ensandecidas foram conferidas tanto às margens do Rio Capibaribe quanto aos distantes arquipélagos da Polinésia francesa. Os diferentes experimentos cerâmicos caminhavam na direção de uma carnagem inusitada, "uma verdadeira carnificina, um museu de horrores", como definiu uma velha senhora ao visitar a oficina do Mestre, saindo a correr porta afora para nunca mais voltar. Essa insistente proximidade do artista quando jovem com o mundo da loucura começara no Rio de Janeiro, ao avizinhar-se com o grupo junguiano chefiado pela Dra. Nise da Silveira, fartamente comentado pelo Mestre no início de seu diário. Muitos anos depois, José Otávio Motta Pompeu, ligado a essa instituição, indaga sobre as influências dessa visita ao Engenho de Dentro em sua obra, o que faz Mestre Brennand responder: "Acredito que, no caso, o meu trabalho, realizado nesses últimos sessenta anos, responderia por mim. Caminhei a passos largos para uma sensualidade transbordante que beirava a pornografia e até mesmo a loucura. No meu entendimento, uma espécie de monstro lascivo, sem nenhuma preocupação em esconder os seus tentáculos, numa harmonia dos *contrários*. Eu não visava nem à santidade, nem ao heroísmo ou à verdade absoluta. Tampouco me condicionava ao belo e ao *Eros*, mas às forças contraditórias presentes na vida e na arte. Presumi encontrar na degradação a mais ampla liberdade, ou seja, o meu último porto seguro".

A companhia do assessor Elcid começou a me parecer pesada e logo, sob um pretexto qualquer, deixei-o de lado. Na sua simplicidade e solicitude, pretendia me mostrar todas as modificações da Oficina Cerâmica acontecidas no meu exílio (voluntário ou involuntário?). Eu sabia muito bem que fora escorraçado daqui, sem nenhuma delonga, por conta dos meus desenfreados antagonismos com o Dr. Intruso. Contudo, naquele tempo, eu tinha minhas razões por ouvir os malévolos comentários dos vigias, porteiros e motoristas a respeito dos escandalosos amores de Viriata com Dr. Intruso. O pequeno quarto utilizado pelo forasteiro pertencia à própria construção da guarita; portanto, tudo resultava numa imensa promiscuidade aberta aos quatro ventos. O patético dessa situação é que, na época, Viriata ignorava por completo meus sentimentos por ela, e as poucas palavras que eu lhe dizia, por exemplo, "você quer casar comigo?", pareciam-lhe um insulto ou uma cantada. Mas Viriata realmente não me devia nada, eu é que enlouquecera: um homem ferido e atormentado, capaz dos piores desvarios. Imaginá-la naquele lugar, à vista de todos, nas noites de sábado, manicurando as unhas do Dr. Intruso "duras como o casco de um cavalo", era intolerável para mim. As descrições pormenorizadas desse ritual me atormentavam: as enormes mãos vermelhas do forasteiro eram colocadas dentro de uma tigela de água quente para que, depois, a despudorada Viriata chupasse, vagarosamente, cada um de seus dedos, antes de os tratar. Curiosamente, quando isso ocorria numa noite de lua cheia, transformava-se numa bacanal em que dançava descalça, feito uma louca, sem nenhum acompanhamento, terminando por cair como desmaiada, sempre, nos braços de Dr. Intruso, que, complacente, fingia não entender o que estava se passando. O pior é que sempre suspeitei de que o Mestre não ignorava esse deboche e que, talvez, considerasse-o como uma prerrogativa devida ao Dr. Intruso pelas suas altas qualificações.

Às vezes, eu tinha vontade de dizer a ele: "Por que não monta em seu cavalo e vai embora?".

Embora tenha perfeita consciência de que ambos estão mortos, na realidade, permanecem vivos nas minhas entranhas e no meu cérebro desmantelado. Muito mais na minha cabeça do que no meu corpo. Recordo, perfeitamente, a personagem Séverine, de *La belle de jour*, de Joseph Kessel. O escritor ainda supunha a carne como fraca e o espírito, forte, pois Séverine teria se deixado levar pelo vício apenas por uma demasiada exigência de seu corpo febricitante de luxúria. Na realidade, foi preciso que o genial Buñuel, filmando este mesmo romance, modificasse de imediato essas posições. Rebelde, possesso, lascivo e transgressor era o espírito que comandava todos os atos daquela bela moça que só encontrava paz quando chafurdava na lama dos bordéis. Assim eu acreditava ter o mesmo acontecido com Viriata, cuja degradação cabe, exclusivamente, ao sádico e vicioso Dr. Intruso, portador de todos os velhos e ímpios costumes europeus. Não deixo de levar em conta, entretanto, que o esplêndido corpo de Viriata era a matéria-prima ideal para essa transfiguração. Esse juvenil corpo africano, na sua essência solar, motivava Viriata à sua furiosa trajetória sexual que beirava a loucura, a tortura, a carnificina e, até, o sacrifício. Reconheço, porém, que, sem a influência satânica de Dr. Intruso, ela não teria encontrado o seu verdadeiro leito de "Rainha da Fornicação". Depois, é necessário não esquecer a consequência maior da união de Viriata com o Dr. Intruso: o nascimento de Taliesin, que, na sua aparente "serenidade", esconde uma figura monstruosa, exatamente o contrário da crença do seu pai. Para o forasteiro, seu filho é o *Iluminado*, aquele que irá modificar o mundo e comandar, como Noé, todos os sobreviventes da Grande Catástrofe. Aliás, o querido Mestre também deveria pensar dessa forma, porque nos tirou, violentamente, a convivência da criança, sequestrando-a ninguém sabe para onde. É estranho Viriata jamais ter se queixado do desaparecimento do filho, nem ter demonstrado, sequer, qualquer tipo de sentimento saudoso em relação a ele. Mas de uma coisa eu tenho certeza: o desgraçado sugou seu leite com a mesma ferocidade com que ela fornicava e cresceu a olhos vistos com um vigor tamanho que, às vezes, me amedrontava. Chego a temer o nosso futuro encontro, que, espero, não aconteça tão cedo. Quanto ao meu suposto filho, o danado do coreano Francisco de Paula (batizado com esse nome somente para enfurecer o Mestre, com quem, naquele tempo, estava brigado), pretendo deixá-lo à distância dessas velhas confusões pousadas aqui, nas ancestrais campinas da Várzea do Capibaribe, nos seus solares, engenhos e fábricas fantasmas. O que me incomoda nessas tempestuosas lembranças é perceber o quanto Dr. Intruso penetrava no mistério da carne dessa mulher. Uma vez, quando falava com o Mestre sobre a endemoniada Viriata, sem hesitação, ele disse: "Nós não temos como julgar os deuses e ela é uma deusa. Eles podem, perfeitamente, exercer a crueldade contra qualquer um de nós, mas a recíproca nunca será justa, nem verdadeira". Ah... quanto eu desejava, nessa época, que a duradoura ligação de Viriata com Dr. Intruso, realizada "nas minhas barbas", fosse uma mera atração de caráter sexual (uma safadeza qualquer). Entretanto, esse maligno estrangeiro revelou a seu amigo artista ter escolhido Viriata "a dedo", prevendo – ninguém sabe através de quais sortilégios – que ela, só ela, poderia gerar Taliesin, já nomeado, antes mesmo de nascer, de o *Iluminado*. Se, como pensava o Mestre, Dr. Intruso sempre gerenciou cada passo seu em ordem direta – suas preocupações, inclusive, quanto à sobrevivência e à salvação do mundo –, seu interesse por Viriata, então, não poderia fugir à regra. Mas será que exagero e estou apenas reproduzindo os conceitos de Mestre Brennand, que tinha Dr. Intruso num patamar tão elevado que resvalava à extravagância? Embora tenha de reconhecer as opiniões divergentes do Mestre a respeito da personalidade e da missão do forasteiro, não darei o meu braço a torcer: no fundo, aquele impostor era apenas um grande patife. Não fiquem pensando que esses solilóquios (sem começo e fim) estejam fora de controle. Tenho perfeita consciência de que, cada vez mais, saio fora da pauta e não há como reger uma orquestra sem maestro. Contudo, esses desacertos, estou convicto, me levarão cada dia a um novo registro dos inúmeros "rostos" (ou rastros?) secretos do Mestre. Não preciso voltar a assinalar: meu vocabulário é desabrido, às vezes, de uma crueza intolerável. E isso não será modificado por conta dos bons costumes ou de um razoável estilo narrativo.

Para o inferno com o estilo! Não sou sequer um escritor. Embora tenha cometido algumas lastimáveis inconfidências, cumprirei à risca o meu desígnio: respeitar, honrar e glorificar a memória do Mestre. E não foi por outra razão que abandonei, às pressas, com armas e bagagens, o meu inestimável Paraíso Perdido.

Acordei tão cedo quanto ontem, não vi o raiar do sol porque chovia, mas, mesmo assim, com o guarda-chuva na mão, fui até a cabeça da ponte, atraído por uma silhueta que me pareceu, de longe, a imagem do Mestre a olhar o Rio Capibaribe. A figura, recortada numa chapa de ferro de boa espessura, evocava sua presença e, não sei se por conta da chuva ou pela atitude melancólica da escultura, fui obrigado a me questionar: qual a razão de ele se localizar além da grade de ferro, à beira dos barrancos repletos de pedras cor de chumbo, quase negras, escondidas em parte pela densa vegetação? Ele olhava em direção à outra margem, onde havia nascido e para onde jamais regressaria. Por que fez questão de nos deixar essa mensagem equivalente a uma mágoa? O fato é que ali estava sua silhueta ereta ao lado de quatro pilares, marcando a entrada da velha ponte e encimados pelas figuras de André Vidal de Negreiros, Filipe Camarão, João Fernandes Vieira e Henrique Dias. De uma coisa estou certo: a sua solidão evocava apenas o exílio, excluindo a presença dos heróis.

Um pouco mais tarde, bem sentado numa poltrona negra de couro, defronte a uma larga mesa de vidro, repleta de pastas, livros e dicionários – como se o seu trabalho houvesse sido interrompido há apenas alguns momentos – senti a obrigação de dar início ao resgate do Mestre e, na medida do possível, esquecer a desafortunada Viriata. Perguntei à secretária Kristana quais haviam sido as derradeiras preocupações que o atormentavam, se ele havia escrito ultimamente, se retomara o seu diário ou fizera novas correções. A moça, propriamente, não respondeu, mas olhou em direção às grossas pastas que estavam em uma estante, lembrando que os manuscritos do diário eram guardados no cofre enquanto todos os cadernos estavam na minha frente, espalhados pela mesa. Realmente, havia muita coisa solta em pequenas notas datilografadas; era difícil saber por onde começar – mas esse caos me agradava. Umas anotações, cujo título me fez sorrir, me levaram a indagar Kristana o porquê de o Mestre ter se preocupado com questões climático-ambientais.

Paraíso Perdido segundo J. E. Lovelock

Para começar, lembro um antigo provérbio: "Que esplêndido seria fazer o mal e nunca mais ouvir falar nisso!". Nossas maldades, sejam coletivas ou individuais, somadas a culpas indecifráveis, que delas não encontraremos o fio da meada, fazem-nos deslizar, através da história, como se nada tivéssemos a ver com o oráculo. Acontece que o fado não mentiu e não seria por falta de advertências que poderíamos jurar inocência.

A leitura de A vingança de Gaia, *do cientista inglês James Lovelock, envolvido nessas pesquisas desde os anos 1970 e autor de vários livros sobre o assunto, considerando o nosso planeta como um ser vivente (cujas estruturas contribuem para o equilíbrio de toda a vida da Terra, incluindo os seres humanos), impressionou-me ao ponto de me transformar num militante da sobrevivência.*

Lovelock, nas suas magistrais exortações, cita William Blake, que via a ameaça de "usinas satânicas e sombrias". A isso, acrescento o malévolo comentário de Joseph Conrad, chamando grupos europeus de "Expedição Exploradora do El Dorado: Eles queriam apenas extrair tesouros das entranhas da terra, sem intenção mais nobre que a de arrombadores de cofres".

Olhando qualquer jornal financeiro, nacional ou internacional, ficam confirmados que os objetivos do Estado moderno, seja ele socialista ou capitalista, ainda são o crescimento e o desenvolvimento. Afinal de contas, como observa Lovelock: "A compreensão se limita à mente consciente, não despertando uma reação visceral de medo. Falta-nos uma sensação intuitiva, um instinto, que diga quando é que Gaia corre perigo".

O alemão Stefan Breuer, comentando o livro do seu colega Niklas Luhmann, sobre Comunicação Ecológica, lembra com argúcia que se faz necessário interromper o sono da razão, capaz de produzir monstruosidades. O problema, diz ele, não está no excesso, e sim, na carência do que chamamos "comunicação do medo"; não é o autor da advertência que merece ser criticado, mas um sistema que transpõe constantemente seus sinais de censura. Breuer recorre a uma indispensável citação de Hegel, que me parece justificar essa ideia de confronto permanente: "Não à vida que se assusta diante da morte e que se preserva puramente da devastação, mas sim 'a que a tolera e que nela se conserva'. Ele (o espírito) só conquista a sua verdade ao encontrar-se a si mesmo, em meio a uma dilaceração absoluta".

Fala-se muito em escudos antimísseis no pressuposto de uma "Guerra nas Estrelas". Na verdade, o Sistema deve se preparar para um processo regressivo constante, ao nível da pedra, da clava e do tacape, que banirá para sempre a utopia do progresso e do crescimento como fórmulas mágicas para a salvação da humanidade que, desde já, suponho estar inexoravelmente perdida.

FB

Fiquei deveras surpreso com a abordagem política do texto, mas, diante de uma situação de urgência urgentíssima, quando todos aguardam medidas drásticas dos Estados ditos poderosos contra os legítimos e implacáveis ataques de Gaia, achei o artigo tímido, ainda muito civilizado e pouco virulento. Urge jogar paus e pedras nas instituições super aguerridas do Sistema, sempre camuflado em todas as mistificações midiáticas possíveis. Em todo o caso, só o fato de Mestre Brennand sair de seus preciosismos literários, altamente sofisticados, para se engajar nas fileiras dos que ousam duvidar da Voz Oficial, exigindo uma ação clara e eficiente, já demonstrava algo diverso do seu habitual comportamento. Pela pequena amostragem desses escritos do Mestre, vejo crescer minha responsabilidade de atuar, rancorosamente – sem nenhum escrúpulo –, contra aquilo a que chamo de a "grande trapaça do século XXI". Uma mentira cinicamente institucionalizada (levando em conta as facilidades eletrônicas e a enorme parafernália da comunicação) pelas grandes potências como a mais moderna e eficiente estratégia de sufocar países mais fracos. Começo a perceber, com certo desgosto, a espantosa atualidade das teses do Dr. Intruso. Ele, de fato, deveria estar muito próximo das mais seletas fontes de informação, colaborando ou tapeando o Sistema com suas idealizações muito bem planejadas com vistas à Sobrevivência de apenas parte da humanidade. O comportamento desse forasteiro em muito coincidia com as previsões do livro de James Lovelock encontrado na grande mesa de vidro, grifado com enfática violência pelo Mestre, quase às machadadas e repleto de anotações. Folheei-o, ontem à noite, no meu pequeno quarto, o mesmo lugar onde Dr. Intruso se esbaldara, sem nenhuma piedade, junto à desvairada Viriata. No livro *A vingança de Gaia* há uma importante advertência: só uma pequena parte dos homens e igualmente uma pequena parte dos animais encontrarão a salvação diante do "desastre" iminente. Lovelock exalta e defende Gaia como um Ser Vivo, um sistema de trocas cujas estruturas são tão bem ajustadas que consentiram a todos os seres vivos a permanência no planeta.

Embora nós só tenhamos conhecido Dr. Intruso nos anos 1990, me arrisco a dizer que, anteriormente, ele já apregoava as suas ideias geopolíticas, muito próximas das de Lovelock, nas suas diversas andanças pelo mundo.

Ainda não descobri os detalhes esclarecedores da morte de Dr. Intruso, mas as informações colhidas nos saudosos murmúrios do bico vermelho do cisne Agostinho foram suficientes. O nosso combatente da sobrevivência fora fria e covardemente assassinado por estar de posse de segredos intocáveis do Sistema. Talvez ele próprio tenha pertencido a alguma organização secreta e modificado suas velhas atitudes por novas estratégias para a preservação de sua vida. Dr. Intruso, provavelmente, não só sabia demais, como também sabia agir em benefício dos Sobreviventes e da Sobrevivência, passando, então, a ser uma peça – neste vasto e perigoso tabuleiro de xadrez político – apontada como alvo preferencial a ser abatido. Logo pela manhã, pedi emprestado a Kristana o último volume do diário do Mestre, que vai de 1990 a 1999, no qual, certamente, eu encontraria os detalhes de como o assassinato havia sido perpetrado. Contudo, esperarei a noite, no meu catre, que ainda cheira a Viriata – "unidos como duas páginas em um livro, cada um lendo o outro no escuro", como insinua Elizabeth Bishop – para fazer as necessárias averiguações, sem a interferência de terceiros. Pobre de mim, atravessar mais uma noite sem Viriata. Bem preferiria que o Dr. Intruso ainda fosse o seu parceiro, contanto que ela estivesse viva.

Voltando ao famoso cientista inglês James Lovelock, vejamos seus vatícinios:

"Em certo sentido, a grande festa do século XX, com seus gastos extravagantes e jogos de guerra, acabou. Agora temos que lidar com os escombros".

"(...) Estamos estranhamente despreparados para nossa viagem ao futuro."

"(...) Poderíamos tirar proveito daqueles ecologistas profundos e corajosos com fé em Gaia. Os mosteiros preservaram, ao longo da Baixa Idade Média, o conhecimento adquirido com tanto esforço pelas civilizações grega e romana, e talvez esses guardiões dos dias atuais possam fazer o mesmo para nós. Apesar de todos os nossos esforços para uma retirada sustentável, talvez não consigamos impedir um declínio global para um mundo caótico, governado por chefes guerreiros brutais, numa Terra devastada. Caso isso aconteça, devemos pensar naqueles pequenos grupos de monges em baluartes nas montanhas, como Montserrat, ou em ilhas, como Iona e Lindisfarne, que serviram a esse propósito vital."

Cotejados os apelos eruditos e trágicos de Lovelock, em parte confirmados pelo Painel Intergovernamental sobre Mudanças Climáticas (IPCC), não estamos longe do Juízo Final. Enquanto isso, os discursos e entrevistas de Chefes de Estado sobre os problemas imediatos e futuros dos seus respectivos países, tentando "tapar o sol com a peneira", me parecem uma contingência um tanto cômica (logo corrijo a expressão, substituindo-a por patética). O importante para todos os líderes é manter as perorações de sempre, o mesmo estereótipo que atravessou o século XX e pariu esse monstruoso "terceiro milênio". Sinto uma revolta enorme em não mais contar com o Mestre Brennand que nos deixou no momento mais inoportuno. Recordo que ele próprio lembrava que nada é casual e que tudo é predeterminado, a própria morte não deixa de ser um suicídio. Com a velhice, ele se tornara sentencioso e episódico sendo, assim, mais difícil acompanhá-lo nas suas longas digressões. Confesso, abertamente, que necessitávamos da contribuição que Dr. Intruso poderia fornecer ao nosso pequeno grupo, sinalizando aquilo que acontecia nos Corredores do Poder. Eis um homem à altura das atuais circunstâncias, impregnado das conjurações vingativas de Gaia, um planeta ofendido e pronto a fazer as suas cobranças fatais. O problema é que nem toda a sabedoria do mundo, seja a de Heráclito, a de Lovelock ou de qualquer filósofo grego, ou mesmo a exortação dos chefes das diferentes Igrejas ou dos Santos, se porventura ainda existissem, modificaria as empedernidas convicções de toda esta malta esquizofrênica, doente, muito doente, mas que detém o poder e, pior, em nome do povo o exerce com total insensatez. Julgam estar falando com as mesmas palavras do *Discurso do método*, de Descartes, ou então plagiando de maneira torpe – aquilo que não entendem porque não são príncipes da Renascença – os maliciosos e sábios conselhos políticos de Maquiavel. De maquiavélicos não têm nada, são todos descerebrados, estúpidos e declaradamente enganadores. E dizer que essa parafernália inteira é para justificar a permanência das tropas britânicas no Oriente Médio e coibir, ao máximo – como os franceses –, a imigração daqueles que consideram "gente muito ruim", todos pertencentes ao "eixo do mal"! A propósito, três médicos hindus foram presos como suspeitos de terrorismo; no entanto, a mitológica princesa Diana, há poucos dias, foi endeusada publicamente pelos ingleses como se fosse a conveniente "Diana Caçadora", embora, antes de morrer em obscuro acidente de carro, num túnel de Paris, andasse fornicando descaradamente com Dodi, um muçulmano arquimilionário. Enfim, nada saberei desses absurdos entreveros acontecidos nas alcovas e nos corredores do poder. Contudo, minha insaciável curiosidade não se relaciona só com o acidente. Longe disso, estou à procura de desvendar quais as possíveis razões que levaram essa moça aos braços do jovem milionário. Finalmente, ela viveu por largo tempo na corte e não podia ignorar o quanto, com esse gesto, afetaria a Coroa e a totalidade da Instituição. Se o Estado tem sempre razões que a própria razão desconhece, por sua vez, as mulheres também as têm de sobra e ela, Diana, sempre usou e abusou desse poder, a bem dizer, natural. Só que naquelas circunstâncias, num momento de descuido, aliás, bastante peculiar aos amantes, cometeu um erro fatal. De certo modo equivalente ao pecado, levando em conta o pecado como um estado de imperfeição. Ninguém pareceu perceber que há séculos já fora dito categoricamente: "Todos os pecados são assassinatos".

Se eu disser que passei a noite acordado folheando um dos volumes do diário de Mestre Brennand, que durante muitos anos acompanhei (e tive a audácia de refutar), pode parecer exagero, mas o fato é que vi o dia nascer, saindo apenas para beber um "café de soldado" ao lado dos vigias que murmuravam não sei a propósito de que, talvez a respeito de Viriata... Ela sempre foi, aqui na guarita, a rainha do "terreiro". Não tenho o direito de esmiuçar nem de revelar o diário do Mestre, mas precisava descobrir um relato qualquer sobre o assassinato de Dr. Intruso. Por isso, quando encontrei uma carta remetida da cidade de Melbourne, estremeci, não acreditando no que estava lendo. Se eu não a estivesse lendo aqui, na minha frente, o que passo a descrever poderia ser tomado como ficção. É uma história à qual muitos não darão crédito. Datada de 25 de novembro de 1998, a anotação de Mestre Brennand revela o seguinte:

Como contar o que não pode ser contado? Ontem, recebi, estupefato, uma longa carta, assinada por Lisa Peers, que lembra ser a esposa de Dr. Intruso. Comunica um terrível acontecimento: a morte de seu marido.

"Prezado Senhor Brena (sic)

Ousei chegar a tanto, porque Intruso (meu marido) não só me deixou seu endereço completo, como também me narrou episódios de sua vida nestes últimos quatro anos de convivência muito próxima, quer no seu museu, quer nas suas terras. Lastimo dizer que ele faleceu (ou foi assassinado) há nove dias, na sua pequena propriedade na Ilha de Auckland..."

O mais espantoso é o depoimento de Lisa, ouvindo a irmã adotiva de Dr. Intruso, com o nome esquisito de Morongo (com certeza uma descendente de aborígines), que havia acompanhado tudo pelos jornais:

"(...) Mostrou-me fotografia do cadáver daquele belo homem, que sempre me pareceu um deus indestrutível. Na foto desbotada do jornal, em cima do seu catre, ele se debruçava para frente, agarrado a uma massa branca. (...) O animal só o atacou porque era um cão adulto e desconhecido, não reconhecendo em Dr. Intruso o seu senhor, a quem devia fidelidade. Alguém teria urdido tudo isto..."

Pretendo devolver, ainda hoje, esse diário de Mestre Brennand, que me começa a queimar as mãos, pois, sob o pretexto de apenas saber notícias da morte de Dr. Intruso, andei bisbilhotando por toda parte. Inclusive, encontrei alguns pontos discutíveis e inquietantes – quando, por exemplo, em 1995, o Dr. Intruso fala numa nova ordem com vistas não mais a ideologias, mas à sobrevivência do ser humano – que nos fazem lembrar, em tudo, uma ordem totalitária (um filme mais do que conhecido, muito próximo do Nazismo de Hitler, do Fascismo de Mussolini e do Comunismo de Stalin). Dr. Intruso fala, abertamente, no retorno de uma violenta discriminação, da possibilidade de grandes campos de isolamento, de novos conceitos de trabalho forçado, da pena de morte, da reestruturação da Organização Mundial de Saúde, conferindo-lhe poderes de intervenção; além dos rígidos conceitos de controle da natalidade e da economia com ditames transnacionais, censura geral da imprensa, principalmente da Internet – para ele, um dos males do século – que deverá ser colocada a serviço irrestrito da *Nova Ordem*. Como no momento não tenho nenhum interlocutor, necessito solucionar esse paradoxo me despojando, igualmente, de uma série de preconceitos típicos de homem ainda ligado às estruturas políticas ditas democráticas. Durante minhas incursões ao diário do Mestre, não quis reconhecer que ainda estava pensando como os políticos atuais, incapacitados como toupeiras de olharem o futuro, soterrados pela incúria. Talvez, por vaidade, tenha desprezado os grifos profundos deixados pela mão do Mestre no livro de Lovelock. Dr. Intruso antecipou-se a todos nós, esta é que é a verdade e, na época, eu não dava atenção a ele, chegando a ridicularizá-lo. Agora estou, novamente, a implicar com o que batizei de "propostas fascistas", inexequíveis para um mundo que já conhecera a democracia. O que me faltou foi o gesto de abrir a pesada cortina do tempo e olhar de frente o futuro de um mundo em escombros, em que a palavra liberdade soaria tão falsa quanto o arroto de um crocodilo na gaiola de um canário. Na sua humildade, Lovelock reconhece que ainda não é o seu livro que convencerá uma humanidade recalcitrante. Antevendo como um milagre, preconiza: "Deve surgir um novo livro como se fosse uma Bíblia, que na sua época, além dos preceitos mítico-religiosos, ocupou-se em fixar restrições dietéticas e de conduta. Precisamos urgentemente deste LIVRO, que sirva ao mesmo propósito, mas reconhecendo a ciência. Seria também manual de sobrevivência de nossos sucessores. Um livro prontamente disponível caso ocorresse uma tragédia". Não posso deixar de confessar que as últimas linhas de *A vingança de Gaia* me deixaram deveras envergonhado. Como é que eu não entendera as antecipações de Dr. Intruso, eu que me considero um homem aberto a toda e qualquer possibilidade? Então, empreendi a leitura:

Enquanto isso, no mundo quente e árido, os sobreviventes se reúnem para a viagem até os novos centros de civilização no Ártico. Vejo-os no deserto ao romper da aurora, quando o sol lança seu olhar penetrante, através do horizonte, no acampamento. O frescor do ar noturno permanece por mais uns instantes e depois, qual fumaça, se dissipa à medida que o calor se impõe. O camelo deles acorda, pestaneja e, devagar, se eleva sobre os quadris. Os poucos membros restantes da tribo montam nele. Ele arrota e parte na longa jornada, pelo calor insuportável, até o próximo oásis.

Que diferença quando, ontem à noite, devorava as opiniões de Dr. Intruso, que pontuam diversas partes do diário do Mestre! O forasteiro insistia fortemente no problema caótico da sobrevivência, uma espécie de condição moral provisória (como um estado de guerra) que não permite ao homem, como indivíduo, determinadas liberdades que prejudiquem a sobrevivência comum. No seu modo de entender, Dr. Intruso não pensa em civilizações ou culturas de abrangência religiosa (ou não) que omitam os interditos. De resto, essa liberalidade, dita urbana ou civilizada, é apenas possível em alguns poucos países, ficando a maior parte da humanidade ainda entregue a toda sorte de desacertos sociais, políticos e econômicos que, por si sós, já não possibilitam, nem de longe, sonhar com qualquer vislumbre de liberdade. Num dos seus livros sobre estatística, Dr. Intruso, certo dia, escreveu: "Como pode haver liberdade num mundo faminto e devastado pelas guerras e pandemias? Por acaso não existe um estado de exceção para uma cidade onde grassa a peste? Sei que esses assuntos são todos, por sua própria antecipação, profundamente desagradáveis de serem abordados, uma vez que ferem e irritam o Sistema. Quem quer que o faça será considerado inimigo público número um". Corri ao escritório de Kristana para entregar o terceiro volume de *O nome do livro* e a fiz ciente de que meus escritos não rivalizam com os do Mestre, pois, mais do que qualquer outro, sei que ele está acima de mim. Qualquer tentativa de aproximação me cheira a traição. Aliás, o título *O nome do livro*, desde o momento em que ele o revelou, achei magnífico. Só na manhã de hoje resolvi batizar meus escritos de *O nome do outro*. Aproveitei para trocar ideias com Kristana sobre a morte do Mestre, mas ela se mostrou irredutível, dizendo não estar autorizada a falar de um assunto estritamente familiar. A secretária aconselhou-me a procurar as filhas do Mestre ou aqueles que testemunharam o fato, como o assessor Elcid, o motorista Mankuso, o zelador Titã, o contador Olegarius e o gerente Alexandrino. Ao sair do escritório em demanda à sala nº 4, uma espécie de covil particular do assessor Elcid, tive o desprazer de não o encontrar, aliás, acontecimento previsível, pois há sempre uma queixa quanto ao estado de permanente invisibilidade desse senhor. Eis que na saída, em plena Seção de Decoração, cruzei com Titã, que costumava chamar o Mestre de "Herói". Propositadamente, acompanhei-o até que chegássemos a uma das grandes salas, nesta hora, vazia, para sondá-lo. Como eu convivi durante muitos anos com Titã e conheço sua fama de leva e traz, entrei no assunto sem nenhuma tergiversação:

Renato: O que é que aconteceu com Mestre Brennand?

Titã: O assessor Elcid não contou?

Renato: Vocês estão me parecendo tão misteriosos que sou levado a acreditar que mataram o Mestre.

Titã: Deus nos livre.

Renato: Então por que ninguém fala? Sequer as próprias filhas?

Titã: O que sei é que, na hora de carregá-lo para baixo, ninguém quis fazer força. O assessor Elcid disse logo: "Eu sou doente da coluna". E o motorista Mankuso disfarçou, olhando de lado, como se não fosse com ele.

Renato: Mas vocês antes não se comunicaram com a família?

Titã: O contador Olegarius e Dr. Alexandrino acharam melhor avisar à polícia.

Renato: Por acaso ele sangrava? Estava ferido?

Titã: Não. Ele estava morto.

Renato: De quem foi a ideia de descer o corpo?

Titã: Foi do assessor Elcid e do contador Olegarius.

Renato: Vai ver que vocês desceram o corpo pela janela, como quem desce um sofá ou uma mala.

Titã: Ele estava pesado, muito pesado, mas eu o botei no ombro e, sozinho, desci todos os degraus, sem que minhas pernas tremessem, até colocá-lo numa padiola.

Renato: Quem fechou os seus olhos?

Titã: O assessor Elcid, depois de um ataque de choro e de asma. Precisou ser socorrido.

Renato: Quando avisaram às filhas e à família?

Titã: Isso eu não sei. O que sei é que a Fábrica parou numa grande confusão. Ninguém quis mais trabalhar.

Renato: E o velório?

Titã: Foi velado no anfiteatro da Oficina. Caixão fechado, pintado de verde.

Renato: Por que verde?

Titã: Antiga vontade do Herói. Nada relacionado a partidos políticos. De antemão havia proibido as filhas de tornar pública a sua morte. Nada de anúncio fúnebre nem cerimônia religiosa.

Renato: Tinha gente de fora?

Titã: Muitos curiosos bloqueavam a estrada, misturados aos operários da Fábrica.

Renato: E onde foi sepultado?

Titã: Não havia túmulo para o Herói. Ultimamente ele falava muito no fogo.

Renato: Que história maluca está inventando?

Titã: Não sou de invenções. Minha gente conheceu o poder e depois foi destronada. Agora sou um simples servo, embora não desconheça a fidelidade e o sentido das honrarias.

Renato: Quais são as suas reprovações?

Titã: O Herói, segundo ouvi dizer, queria ser cremado e que suas cinzas retornassem numa urna de cerâmica para o seu Templo: a Oficina.

Renato: Ele não terá escolha. Como o seu pai e outros ancestrais, voltará à capela mortuária recém-construída.

Titã: Nenhum outro lugar caberá ao Herói senão o seu Templo, no interior da *Cidadela*. Jamais do lado de fora, muito menos, numa cidade que ele não amava.

Renato: É melhor calar a boca. "Rei morto, rei posto."

2

Mathias, o chefe dos vigilantes, por várias vezes me advertiu que Antônia, mãe de Viriata, andava à minha procura, ansiosa por saber notícias da filha e o por quê de eu não ter aparecido na casa dela. Além de tudo, possuía notícias recentes de São José do Egito sobre o pequeno Francisco de Paula. Pedi a Mathias seu empenho em dizer-lhe das minhas ocupações imperiosas ligadas à Fábrica e aos papéis do Sr. Brennand, tudo sob meus cuidados, impedindo-me de qualquer outro compromisso. Quando ela menos esperasse, iria visitá-la. Insisti com o vigilante-chefe para fazer-lhe ver que tudo corria bem com Viriata. A simples menção do nome de Viriata me envolve num turbilhão de violência inusitada, levando-me aos primeiros dias, ainda indecisos, de nossa permanência no Rio Branco, quando fomos obrigados a procurar hospedagem em hotéis com um mínimo de bem-estar. Como quase todos ficavam no centro da cidade e, às vezes, até na mesma rua, como o Rio Branco, o Pinheiro Palace e o Inácio Palace, todos na Rua Rui Barbosa, a escolha não era difícil. Só levando em conta o aspecto exterior, escolhemos o Hotel Triângulo, também no centro, na Rua Floriano Peixoto. Na primeira noite, ao descermos para jantar, Viriata, como de costume, usou um vestido decotado nas costas, tangenciando a regada da bunda. Seria bem melhor mostrar-se nua. Ainda no elevador, o ascensorista, de tão perturbado, em vez de descer para o mezanino subiu para o último andar, onde ficava o centro de convenções do hotel. Enquanto isso, Viriata olhava-se no grande espelho, levantando os braços para ajeitar os cabelos, cujo penteado lhe acrescentava pelo menos mais um palmo de altura. Parecia, por assim dizer, um conjunto monumental, quase inumano. De qualquer forma, descemos em paz, fazendo a entrada triunfal no restaurante, seguidos pelo *maître* e por todos os olhos masculinos e femininos porventura presentes. O restante do cerimonial não preciso acrescentar, porque, terminando em paz, demonstrou o grau de civilidade dos circunstantes. Recordei, de imediato, a viagem ao Piauí, principalmente o episódio de Teresina, onde fiquei num hotel ao lado de Dr. Intruso e Viriata – na época sua amante. Ela, como sempre exibida nos seus trajes sumários, nos obrigou a enfrentar sérios problemas com os hóspedes e transeuntes. Desde a primeira noite no Hotel Triângulo, no Rio Branco, Viriata me fustigou com a ideia de montarmos um restaurante. Diante das minhas respostas evasivas, não teve dúvida: chamou o *maître* e indagou se seria possível visitar a cozinha, sob o pretexto da receita de um molho de sabor esquisito, experimentado num peixe originário do Riozinho do Rola, afluente do Rio Acre, bastante piscoso, que adentra as florestas. Levantando-se, seguiu o *maître* com seus passos miúdos e, logo adiante, passou-lhe à frente – com o intuito de fazê-lo notar suas costas – em direção a uma porta longínqua. Demorou-se uma boa meia hora e retornou dizendo-se uma *expert* na culinária amazônica. Logo retruquei: “Você não percebe a possível falta de empenho dele em ajudar uma futura concorrente?”. Empertigada, respondeu: “Concorrente é uma coisa e Viriata é outra totalmente diversa”. Depois de assinar a nota, pretextando uma indisposição qualquer, ausentei-me da mesa em direção a meu quarto, deixando-a só e entregue à própria sorte. Conhecia muito bem Viriata e o quanto ela sabia se cuidar, sozinha ou acompanhada, melhor ainda, cuidar das urgências de seu corpo. Em menos de uma semana, sem nenhum exagero, pude constatar a impossibilidade de nossa permanência no Hotel Triângulo, pois Viriata, minha mulher, só não ficou dona do lugar porque fugia, frequentemente, para todos os outros hotéis conhecidos e desconhecidos daquela cidade. Entretanto, quero ser justo, não fora a sua impetuosidade, não teríamos empreendido a maravilhosa reforma de uma velha casa, bastante espaçosa e perfeita para os seus planos (àquela altura, nossos planos). Dinheiro? Onde arranjamos o necessário para uma iniciativa certamente dispendiosa, custando "os olhos da cara"? Antes de sairmos do Recife, o Mestre Brennand, quase como se fosse uma indenização, na debandada para São José do Egito e, posteriormente, para o Acre, me aquinhoara – não posso deixar de reconhecer – com uma quantia exorbitante para os meus méritos ou serviços prestados. De fato, eu tinha dinheiro em banco. A Viriata nunca foi estorvo nem motivo de preocupação a qualquer assunto ligado a finanças; ela sabia como se virar. Durante todo o período da reconstrução do futuro restaurante Paraíso Perdido, levava-se em conta a ideia de um estabelecimento evoluindo para uma casa de shows com a presença de *strip-teasers*, ausentes naquela cidade e, talvez, passíveis de proibição. Viriata esmerou-se na busca de serviços especializados em administração, culinária, fornecedores, segurança, funcionários etc... Deu a um decorador de Porto Velho a incumbência de transformar o lugar num antecipado paraíso. Não esqueceu, todavia – usando da sua natural sedução –, de aproximar-se de todos os donos dos principais restaurantes da cidade: assim, visitamos cada um deles como simples turistas em busca de comida local, quase sempre à base de peixe, desde o delicioso peixe frito à moqueca, ao *nuggets*, à lasanha, à empada e toda sorte de petiscos. Viriata soube, nos novos relacionamentos, esconder seu propósito de modificar o atual espírito cosmopolita das casas de *shows*, restaurando a tradição dos velhos cabarés amazônicos quando a dinheirama corria frouxa nos seringais que sangravam leite nativo. Não precisamos de mais de uma semana, logo no início da temporada, para descobrir a força da prostituição no Rio Branco. Havia aprendido com o Mestre que a criatura humana é sempre a mesma em qualquer lugar, lembrando de sobreaviso as palavras do sábio Montaigne: "Todo homem carrega em si a forma inteira da humana condição". Jamais fora nosso intento criar quaisquer tipos de problemas num lugar onde este assunto era discriminado quase como um tabu. Depois, seria extremamente insensato que um forasteiro, mal chegando ao sudoeste da Região Norte do país, ateasse "fogo ao circo". Mas, metáforas à parte, fomos à busca do mais conveniente. Depois de três meses de exaustivos movimentos em torno de um futuro ainda incerto, um belo dia, Viriata, como sempre muito direta, disse laconicamente:

"Estou grávida". Não passava pela sua cabeça que eu, simplesmente, perguntasse: "De quem?". O meu papel foi o de apenas dizer: "Vamos velar para que todas as etapas dessa gestação ocorram da melhor maneira possível". Fugindo das suas atitudes habituais, ela completou: "Não haverá, fique tranquilo, qualquer tolhimento à minha liberdade e às minhas ocupações em torno da construção do 'Paraíso Perdido'". "Nas suas inúmeras averiguações, você andou pesquisando hospitais e maternidades?", eu perguntei. "Não necessito de maternidade para o trabalho do parto. Acocorada no chão, eu pari Taliesin amparando-o com minhas próprias mãos. Você não pode imaginar o prazer enorme, entre dores lancinantes, que experimentei", ela disse desafiante.

– Um filho de Dr. Intruso não poderia nascer de uma forma diversa.

– Engraçado: você e seu Mestre, lá da Várzea, falam tanto em deuses e homens e no entanto...

– No caso, quem é o Deus e quem é o homem?

– Segundo Dr. Intruso, o pai, Taliesin é o *Iluminado*.

– Você não quer saber onde o menino se encontra atualmente?

– Ele é o *Iluminado* e se basta a si próprio.

Não sou obstetra. E, além disso, ela recusou qualquer assistência médica. Viriata apenas adiantou a "anunciação" da vinda de mais um menino e não de uma menina. E acrescentou com um sorriso: "Lhe darei apenas o direito de escolher o nome". Um fato extraordinário é que ela, mesmo grávida, jamais se furtou dos seus múltiplos relacionamentos sexuais. Inclusive, lembro que – pelo menos em relação a mim – seu comportamento não era nada compassivo, assemelhando-se ao da insaciável deusa *Ishtar* (a mulher que olha). Dependia, talvez, de um fogo sagrado como os antigos, numa espécie de conquista sexual permanente. E, ainda, me pergunto: que diabo de língua ela falava quando possuída? Prometi, nas minhas fabulações quase pornográficas, evitar a maneira ajuizada do Mestre Brennand de escrever seus textos cercados de citações. Um dia, repetindo Ricardo Piglia, chegou a declarar: "Eu sou uma citação". Em todo caso, não resisto em recorrer às conjecturas do sábio Gaston Bachelard, em *A psicanálise do fogo*. Pensando melhor, não vou colocar nenhuma citação, pois já é bastante o empréstimo retirado do cientista James Lovelock a propósito de um mundo que se finda sem que nós possamos nada modificar. Mestre Brennand citaria, de imediato: "O *Notus Calor* é o que diz Virgílio quando fala das sensações experimentadas por Vulcano nos braços de Vênus: o conhecido calor. Não tenta descrever ou analisar; não procura equivalências verbais para os fatos. Apenas um lembrete. Mas este lembrete é o quanto basta para consagrar o texto como um dos mais voluptuosos da poesia latina. Virgílio deixou o resto aos leitores. E com isso, mais ou menos, se contentam quase todos os autores eróticos". Muito bonito, mas já me arrependi de não ter citado o elegante Bachelard. Os diabos dessas mulheres devem apenas ser fogosas ou sofrerem de "furor uterino", como se dizia nos velhos tempos. E, aqui para nós, essa lenga-lenga não irá acrescentar nada. Não quero me exceder e procuro, inclusive, omitir um episódio a que assisti com esses olhos que a terra há de comer, uma cena singularíssima. Não só os olhos: também concorreram o olfato, a escuta, o tato e o paladar. Apenas registrarei o caso: ela chegou da rua, os ponteiros do relógio em cima das 18 horas. Como sua entrada, seja onde for, chama a atenção de todos, um dos *boys* da recepção, particularmente sensível aos seus encantos, avisou-me pelo telefone da sua subida no elevador sem a presença do ascensorista. Isso me fez esperá-la no corredor. Abre-se a porta automática e eis-me diante de um incêndio! O recinto estava coberto de fumaça e dali surgiu Viriata, com os olhos mais abertos do que o habitual, lançando fogo pela boca e fumaça pelo nariz. Instintivamente, defendi o rosto, mas não evitei uma feia queimadura em uma das mãos (único testemunho da inominável ocorrência). Por instantes, aspirei no ar um intenso odor de fósforo aceso, para não dizer um quase insuportável cheiro de esterco animal. Meus sapatos patinavam naquela matéria fétida e semipastosa, levando-me a uma inevitável náusea com vômitos. Como não tinha nada no estômago, senti o gosto amargo da bílis descendo pelo corpo a sujar a camisa e todo o meu tórax. Um apito ensurdecedor doía-me os tímpanos. Estava transtornado, beirando o pânico. Ela não parou e, sem nenhuma hesitação, adentrou-se pela porta já aberta do quarto, em direção ao banheiro, trancando-se. Uma hora depois (de fogo extinto) dirigiu-se ao guarda-roupa, indagando se o seu ventre não estragaria a maneira habitual de vestir-se. Para ser sincero, não havia nenhum sinal de alteração de sua barriga; portanto, não respondi, porque não era preciso responder. Ela própria pegou o telefone e pediu à copa providências para o jantar no quarto, acompanhado por uma garrafa d'água mineral bem gelada. De toda a permanência no Rio Branco, essa tinha sido a primeira noite em que seu olhar se dirigiu a mim com certa afabilidade e insistência; assim permanecendo até chegar o garçom. Pela atitude do rapaz, tirei minhas conclusões dos estragos acontecidos há pouco mais de uma hora, envolvendo fogo, fumaça e um cheiro putrefato do lado de fora, no sexto andar do Hotel Triângulo: nenhum sinal. O garçom, impecável, sorria cortês, ligeiramente curvado para frente, dispondo talheres e pratos sobre a mesa. Um cheiro agradável de comida espalhava-se pelo quarto. Antes de o rapaz sair, olhei meus sapatos, que estavam completamente limpos; a camisa engomada e até perfumada, como se acabasse de chegar da lavanderia. Em seguida, muito lentamente, olhei minhas mãos onde, numa delas, bem visível, restava a cicatriz de uma feia queimadura. Após o jantar, decorrido em silêncio, Viriata despiu-se, vestindo uma capa negra de plástico reluzente sobre o corpo nu, calçou um dos sapatos mais altos, entre os inúmeros pares colecionados em quantidade exorbitante e saiu sem me dizer palavra. Sentei-me numa poltrona, diante da televisão desligada e apanhei o dicionário (presenteado pelo Mestre) de *Sinônimos e Antônimos da Língua Portuguesa*, visualizando a palavra Contrário: "sin. Oposto, Contra, Nocivo, Desfavorável, Inimigo, Prejudicial, Danoso, Impróprio, Inconveniente: *nenhuma coisa é mais contrária a deliberar que a ira e a pressa* (Vieira). Adverso. Adversário, Inimigo, Competidor, Opositor". Fechei o livro e, tomando o controle remoto, liguei a televisão numa novela qualquer. Devo ter cochilado na poltrona, porque, por volta das duas horas da manhã, percebi Viriata apenas como um vulto congelado, indo em direção ao banheiro, desta feita, sem fogo nenhum. Levantei-me no escuro, tropecei nos seus sapatos e caí no chão.

3

Toda palavra é cicatriz.

André Ricardo Aguiar
(poeta paraibano de Itabaiana)

Coisa curiosa, lembrei-me de quando o Mestre, numa entrevista, declarou que a pornografia era a única linguagem universal conhecida por ele, muito mais eficiente do que o *Esperanto*! "Uma espécie de linha auxiliar mantenedora de nossa combalida sexualidade, reforço indispensável sem o qual nem ao menos se poderia falar em sexo. Toda sexualidade humana é transgressora pela sua própria natureza de 'coisa mental'. Por uma estranha razão, os elementos fisiológicos, tão preponderantes em todas as espécies animais, no homem são subjugados pelos torvelinhos da memória e pelas cicatrizes das palavras, teimando em esconder uma imperfeição original. Uma marca registrada, que só propicia aos homens o equivalente a uma nomenclatura de horrores. A degradação, os desregramentos e as inúmeras perversões não correspondem à exceção, mas sim à regra geral." Os religiosos não demonstram exagero quando falam na Queda, parecendo impossível prescindirmos dela, pois envolve a soberba com a qual nos camuflamos – uma segunda natureza – ao recebermos o nefando castigo. Eis aí a nossa tragédia e, pior, o nosso atordoamento em não saber como nomeá-la. Não atinamos sequer (fato comprovado desde a infância até a velhice) como denominar a nossa genitália e a sua destinação; para sempre permanecerá obscura e inviolável, daí porque sujeita ao deboche indistinto na sua tolice e danação. Não possuímos a medida necessária para compreender a nossa própria sexualidade, nem jamais poderemos desvendar o grande enigma da Reprodução, um emblema de imortalidade. Em todo caso, o que nos salva, por incrível que pareça, são nossas limitações. Depois de atingirmos uma determinada fronteira, dela não poderemos escapar: é uma espécie de teto que nos protege, ou seja, um providencial cansaço da carne e das exigências sempre limitadas do espírito. Um passo além e estamos diante do crime ou de um ato criminoso; daí porque, mesmo se envolvermos sexo com tortura e morte, não podemos matar uma pessoa duas vezes. Em quantas ocasiões percebi, em plena orgia, homens e mulheres tombarem adormecidos! Seus corpos não suportaram as exigências de suas mentes transbordantes, quase sempre perversas, embora, também, limitadas. De repente, sou levado a meditar sobre um verso admirável de António Osório:

> *O labirinto inculpável da vida.*

Quais os argumentos de toda uma geração de filósofos, políticos, educadores, escritores, sociólogos, antropólogos, médicos, sexólogos, artistas, cantores e homens da rua ávidos de ultrapassarem a porta estreita do pecado, propondo mudanças de costumes e o abandono definitivo de todos os interditos, para que tudo seja permitido? E qual foi o resultado? Olhemos bem de perto, de muito perto, a atual geração de guerreiros sexuais desarmados, totalmente manietados, obrigados a fazer seguro de vida caso não façam sexo seguro. Sodoma e Gomorra em escala planetária? Não estou a elaborar um sermão. Muito pelo contrário, com o tempo fico cada vez mais propenso à blasfêmia, e repetiria, com muito prazer, a assertiva do escritor britânico Christopher Hitchens em *God is not great*: "Nem é preciso dizer que nenhum dos eventos repulsivos e desordenados que o Êxodo narra aconteceu. Não houve fuga do Egito, nem peregrinação pelo deserto e nem a conquista dramática da Terra Prometida – (...) os horrores e crueldades e loucuras do Velho Testamento. E quem – a não ser os sacerdotes antigos que exercem o poder através do método consagrado da imposição do terror – poderia desejar que esse novelo emaranhado de fábulas seja verdadeiro?". Quem vai ter coragem de jogar a primeira pedra no grande Templo da Impostura? Quem comandará as grandes hordas famintas e ululantes através de mares que secaram e de continentes submersos? Qual o novo Nome, ainda desconhecido, que deverá ser invocado? Quem colherá as novas Tábuas da Lei e a quem caberá traduzir as dez novas sentenças gravadas na pedra incandescente? No nosso pequeno grupo, sobraram as advertências do Dr. Intruso e a premonição de que Taliesin, o *Iluminado,* nos encaminhará à sobrevivência. No momento, me ocorre lembrar Novalis quando adverte: "O poeta do futuro deve ser duro como uma pedreira". Vejam como eu estou me tornando importante fazendo tantas citações. Se não criar um roteiro seguro para seguir as pegadas do Mestre, acabarei me envolvendo na verdadeira guerra civil travada dentro da Oficina. Devo, tão somente, desencantar a imagem do Mestre e segui-lo, passo a passo, mesmo no pressuposto de que estas anotações se transformem apenas num apreciável documento, ausente de qualquer preocupação biográfica, ou seja, uma imagem polivalente do artista. Para mim, seria o suficiente. De início, falei em não admitir cronologias; até agora as coisas têm andado atabalhoadas. Confesso minha satisfação em não ter perdido o rumo e ainda pensar com clareza diante de tantas ameaças de tempestades. Contudo, a velocidade excessiva do ritmo narrativo pode transformar todo o meu empenho num grande quebra-cabeça. Se isso acontecer, azar meu. Assino embaixo, pois é preciso correr como se eu só contasse com quinze minutos de vida. Uma vez o mestre me revelou algo que me deixou estupefato, mas não em desacordo. Agora, de posse de um de seus apontamentos, posso verificar o seu teor: "Sabe-se que Rembrandt colecionava, com muita paixão, pinturas de Luca Cambiaso pelos seus efeitos de claro e escuro. Os noturnos desse artista da Ligúria, iluminados por uma luz embaçada e doentia, intrigavam o genial judeu holandês. Depois de muitas tentativas e ensaios com diferentes processos de iluminação disponíveis, consegui montar, no meu ateliê e no corpo da Oficina, um cenário à altura dessa mórbida cenografia. Faltavam apenas os figurantes. Dei prioridade a algumas mulheres notoriamente degradadas. Essa escolha de, no máximo, duas pessoas, dependia de uma modelo que de há muito posava para mim e que ganhara a minha inteira confiança. Quando reunidas em grupo, desesperado eu pedia que elas falassem. Pelo menos, para ouvir, nem que fosse pela última vez, o timbre leve e agudo de suas vozes femininas. Debalde. Não falavam jamais. Sobretudo, nenhuma confissão do indomável segredo ancestral. Nenhuma delas mencionou a longa caminhada desse tropel sanguinolento cruelmente compartilhado. Entretanto, posso afiançar que, nessas sessões noturnas, presenciei espetáculos que nem o inferno conseguiria suplantar, e lhes asseguro que toda essa parafernália silenciosa era meticulosamente espionada com os olhos frios da danação". Por todos os deuses, o que esse homem pretendia saber ou descobrir? Por que não utilizou o mesmo método de Aldous Huxley ao ingerir mescalina, tendo ao seu lado médicos que anotavam suas inusitadas reações? Pelo menos, como resultado dessa experiência invulgar, o inglês escreveu *As portas da percepção e Céu e inferno*, um livro que modifica os conceitos críticos na abordagem das obras de arte nos momentos de uma percepção aguçada seja por efeito de uma droga ou de uma manifestação visionária. Pela minha notória aproximação com o Mestre posso atestar que ele jamais se drogou. Não com drogas pesadas. Além disso, desde a juventude, tinha horror ao álcool. Como um ultimato, poderia perguntar: enfim, qual foi o resultado dessas sessões noturnas promovidas pelo Mestre? Cada vez mais eu noto – apesar dos meus compromissos – não ser um defensor brilhante dele, nem mesmo como porta-estandarte eu sirvo. Meu discurso é destrambelhado e eu não o alcanço inteiro. O Mestre costumava me tratar, inclusive, como a um inimigo, pois eu jamais lhe poupei as suas inúmeras contradições e, às vezes, até as observações descabidas de qualquer propósito. O que significa, por exemplo – e isso ele observava abertamente –, o seu horror aos coqueiros? "Odeio o seu longo caule, as suas folhas enormes e fendidas, o seu fruto e a sua celebrada água de coco". Tal afirmação teve como resposta minha uma simples pergunta: "Por que não deixa as metáforas na Literatura e confessa logo o seu horror aos trópicos?". Contudo, ninguém no setor perceptivo pode lhe negar a idolatria do visionário. Na reconstrução da velha Fábrica, num dos paredões mais altos, o Mestre, por sua conta e risco, elaborou um enorme vitral formando uma rosácea circular. Fugindo das tradicionais amarrações metálicas, utilizou uma estrutura cerâmica vazada para o encaixe de vidros artesanais profundamente coloridos à maneira medieval. O núcleo desse círculo é de um vermelho intenso rodeado de laranjas passando pelo verde até uma moldura azul, sendo todos os vidros de igual fulgor. Na sua originalidade, não há exagero em afirmar que pode ser considerado, no gênero, uma obra-prima do século XX. Não devo desconsiderar também sua imensa dedicação na fabricação de reluzentes cerâmicas vitrificadas e de suas inúmeras esculturas realizadas nesses últimos cinquenta e três anos. Acredito que esses seus trabalhos podem perfeitamente se comparar, no domínio gradativo da matéria cerâmica, com os trabalhos de Joan Miró e Pablo Picasso.

Em inúmeras oportunidades conversei com o Mestre sobre sua exposição de Berlim e ele teimou em denunciá-la como um completo fiasco. A começar por Dieter Ruckhaberle que, depois de cinco dias da exposição inaugurada, entrando de férias, viajou para sua terra natal, Stuttgart, pois não era mais o diretor do Staatliche Kunsthalle. A grande exposição (grande no número de peças, enorme até) ficou acéfala, detalhe que, uma vez bem analisado, não me permite imaginar suas funestas consequências. Esse fato foi decisivo para que Mestre Brennand tivesse uma sensação inarredável de que a mostra seria malograda. Mas ele próprio, no seu diário, fala de suas impressões sobre os museus berlinenses e, igualmente, sobre o excessivo número de peças que foram mostradas nessa exposição.

4

Todas as manhãs, como de hábito, antes de enfrentar os papéis do Mestre, visito a silhueta de ferro, a olhar o vazio, à beira do abismo. Poderia chamá-la de escultura, porque a falta de tridimensionalidade fora propositada. Qual o interesse volumétrico de uma figura nestas inequívocas circunstâncias? Permaneço alguns instantes na sua companhia, evocando a presença de alguém que morreu recentemente, como o genial Caspar David Friedrich fez, pintando Herr von Brincken, o amigo morto, a olhar para sempre um oceano de brumas e montanhas longínquas. Enquanto a memória do Mestre se esvanece, os destroços da velha ponte de ferro jazem ali, eretos e dignos no seu Portal, onde deveriam durar mais do que nós. Nós vamos e as coisas ficam. A propósito, o que permaneceu de Viriata? Nem mesmo o restaurante, muito menos seu "cabaré fantasma", resumido num tosco palco de madeira pouco utilizado e quase sempre vazio: faltaram coristas e *strippers*, elas jamais apareceram. Embora tenha vivido nesse ambiente, para ela sagrado, durante os melhores anos de sua vida, depois de sua morte, fui obrigado a vender tudo de "porteira fechada". Mas que sei eu a respeito dela? Minha impetuosa aproximação com essa mulher talvez fosse apenas o resultado dos seus amores com o Dr. Intruso e da descarada cobiça de todos aqueles que a rodeavam. Não importa: ela foi e ainda é amada por mim, embora com um insidioso e progressivo distanciamento. Se, no momento, recordo o Rio Branco com o restaurante já funcionando, isso só me traz dissabores. A construção nunca findava, sempre nos permanentes acréscimos do famoso decorador Bertioga, habilidoso no trato com a madeira, fosse bem polida ou tosca, nas suas mais variadas tonalidades. De longa data, ele se tornara amigo íntimo de Viriata, desde as suas vindas periódicas do Porto Velho ao Paraíso Perdido. O jovem arquiteto e decorador foi o artífice não só da estrutura interna do ambiente, como também levou sua experiência a alguns ornatos das janelas e portas, dos veios naturais das madeiras amazônicas. Por óbvia necessidade, utilizou cores contrastantes em relação à fachada, destacada com um belo letreiro, a ostentar o nome cabalístico de "Paraíso Perdido". Essa grife estava em toda parte: toalhas, guardanapos e copos, também impressos nas requintadas porcelanas vindas de São Paulo sob a orientação de Bertioga. Se o imaginário cabaré não prosperou, o mesmo não aconteceu com o restaurante, durante muitos anos um símbolo do bom gosto da capital Rio Branco e dos seus "sofisticados" frequentadores – pelo menos no início –, vindos não só das diferentes regiões do Norte, mas de países fronteiriços e europeus. O que não prosperou foi a "gravidez" de Viriata, e ninguém jamais saberá as razões que a motivaram a uma falsa gestação. Indiscutivelmente grávida se encontrava uma modesta e linda garçonete coreana pescada por Viriata nas suas habituais incursões ao Restaurante Matsuo, especializado em excelentes iguarias chinesas, o único no gênero em todo o Estado do Acre. Mee Heé viera de São Paulo grávida de um cozinheiro coreano, Sun Hung, insistentemente convidado por ela para trabalhar no Paraíso Perdido, por ser especialista no trato das diferentes modalidades de peixes, fossem crus, assados ou cozidos. Sun Hung, como dizia Mee Heé, "é invencível, tanto na cozinha quanto nas artes marciais". Um dia, mostrou o retrato do noivo à Viriata, que, muito ocupada, não lhe deu atenção no momento. Porém, no dia seguinte, Sun Hung recebeu um telefonema urgente da amiga grávida, fazendo-lhe ofertas salariais mirabolantes. Apesar do horror dos asiáticos por lugares de clima quente, não precisou mais de uma semana para que o destemido cozinheiro chefiasse a vasta e muito bem equipada cozinha do Paraíso Perdido.

Viriata orgulhava-se por ter conseguido, de um amigo muito rico contrabandista inglês chamado Geoffrey, que morava em Manaus, uma instalação frigorífica da famosa marca dinamarquesa *Dânica*, digna de um açougue de grande porte. Para Viriata, a rigorosa conservação dos alimentos era primordial. No quarto situado sobre o restaurante, Mee Heé, assistida pela patroa, deu à luz um menino, meio esquisito, mas bastante sadio, com todo o aspecto de um nascituro oriental, "orientalíssimo" até... Consoante os acertos secretos entre Viriata e a mãe da criança, ele foi adotado por mim, cujo único pedido foi aquilo que eu já esperava: dar-lhe um nome. Na época, estava brigado "a ferro e fogo" com Mestre Brennand e dei ao menino, prazerosamente, o nome de Francisco de Paula. Estava vingado: além de bastardo, coreano! E que cresça, como um filhote de tigre, bem longe de mim! Levaram-no, sob os cuidados de um parente, para São José do Egito, com o consentimento da graciosa Mee Heé que, desde a chegada do seu robusto, habilidoso e aguerrido "noivo", só tinha olhos e pensamentos para ele. Sun Hung tinha uma cara de "poucos amigos", mas se tratava de um exímio cozinheiro, tanto nas especiarias coreanas quanto em qualquer tipo de comida ocidental. Embora falasse um português razoável, aprendido durante sua permanência de cinco anos em São Paulo, sempre que penso nele, me lembro do seu sotaque estranho, sibilante como o ruído de uma flecha cortando o ar em direção ao alvo. Não sei por quais cargas d'água me veio à memória, nesse momento, uma remota observação do velho Ricardo, pai do Mestre – profundo conhecedor de porcelanas –, lembrando que os coreanos competiam com a melhor porcelana confeccionada na China. Mas devo reconhecer, em toda sua dimensão histórica, o mérito dos coreanos ao inovarem a fabricação de porcelana em vários setores. Quanto aos japoneses, sempre foram mais atrasados em termos da tecnologia cerâmica. Em todo caso, nas suas constantes guerras contra a Península – nem sempre vitoriosas – costumavam levar para o Japão centenas de oleiros coreanos como presas de guerra de valor inestimável. E daí? Para o inferno com esses produtos coreanos, chineses ou japoneses. Vale ressaltar que tudo isso não deixa de ser problema do Mestre, de seu pai e do mundo mítico dos oleiros e da cerâmica, nada tendo a ver comigo, Viriata, Mee Heé, Francisco de Paula, Sun Hung, o cozinheiro, e toda essa malta de rufiões *habitués* do Paraíso Perdido, representando um território onde, certamente, não imperavam a lei, a arte e os bons costumes.

Localizado num bairro remoto, o restaurante sofreu muitas críticas, sob a alegação da impropriedade do local escolhido, situado quase na orla da floresta e vizinho de algumas das casas particulares mais ricas da cidade, todas com seus parques e jardins muito bem cuidados. No início de nossas atividades, várias dessas famílias, por mera curiosidade, chegaram a frequentar o Paraíso Perdido; e não faltaram elogios, mas logo esse convívio se tornou fugaz, pois uma preponderante e fiel clientela da mais evidente suspeição tomou conta do ambiente, com direito a cadeira cativa. Muito próximo das paredes e seus lambris de madeira, o decorador desenhou e mandou confeccionar, pelos melhores marceneiros da cidade, grandes mesas com formato elíptico e, às vezes, circulares, que tanto poderiam servir aos banquetes, como também a mais desenfreada jogatina. Existiam pessoas prontas a arriscar a sorte no truco, passando pelo pif-paf, canastra, pôquer ou bridge. Quase sempre, nas quartas-feiras, até hoje não explico a razão, algumas mulheres permaneciam depois do almoço e jogavam paciência. Outras vezes, tentavam organizar um bingo, indicando que nem tudo era contravenção no interior do sonhado "cabaré" de Viriata. Embora ela jamais houvesse desistido de uma "Casa de Diversão", no estilo clássico daqueles do período dourado dos seringais amazônicos, nada impediu que o famoso palco planejado por Bertioga se prestasse a uma improvisada pista de dança, ideal a todas as espécies de coreografias, até mesmo a shows de *strip-tease* caseiros, realizados por mulheres casadas ou solteiras, dependendo do grau de embriaguez ou loucura ocasional. Viriata não participava dessas bacanais coletivas, porém, numa forma muito peculiar de agir, subia em certas mesas para mostrar a sua nudez (facilitada por nunca estar usando calcinha) em todo seu esplendoroso aroma. De imediato, essas particularidades odoríficas femininas se desprendiam com tamanha intensidade que resultava na mais completa rendição de todos os circunstantes, particularmente, do inebriado senhor D'Axel, um novo frequentador da casa. De costume, ela permanecia imóvel sem alterar um centímetro sequer de sua posição original como se, de repente, houvesse se transformado num objeto de culto naquela mesa circular, vazada por tantos olhares. Não posso afirmar que isso acontecia com frequência, talvez, mesmo em todos esses anos, não aconteceu mais do que duas ou três vezes. Nesses momentos, sempre me lembrava dos julgamentos do Dr. Intruso sobre Viriata, apelidada por ele de *Nictineme*, a filha do Rei de Lesbos. Isso sugeria, também, a possibilidade de ser ela a imagem da linda princesa etíope, *Nicteo*, por força da sua cor acentuadamente negra. Embora não muito propenso a seguir à risca todas essas "invencionices" de Dr. Intruso, a meu ver, na época, improvisadas para causar uma boa impressão no Mestre (sempre propenso a admirar tudo o que lhe sugerisse nobreza ou aristocracia), prefiro, de certa maneira, a crueza dos estudos sobre prostitutas da ex-*stripper* Nickie Roberts, em Londres, quando afirma: "Frequentemente, os gregos antigos eram mais terrenos em suas referências à amada deusa Afrodite. Em Atenas, ela era adorada como Afrodite, a Cortesã; em Siracusa, como Afrodite das belas Nádegas. Em toda parte ela foi, em várias épocas, referida como Afrodite do Buraco ou da Copulação; Afrodite que Cavalga Astride, que se Abre. Outras variações incluíam Afrodite que Contorce e Afrodite da Noite. Em Abidos, depois dessa cidade ter sido salva de seus inimigos através dos esforços de suas prostitutas (não há detalhes disponíveis; talvez as moças se oferecessem como negociadoras de paz...), um templo foi dedicado, inequivocamente, a Afrodite, a Prostituta". De uma coisa posso me certificar, levando em conta os planos iniciais de não me envolver com elementos literários, sendo o mais direto possível na minha narração – acredito pouco racional, às vezes, até absurda –, não pude evitar de seguir, um pouco, as pegadas do Mestre, porque, quando estava dentro daquele restaurante cheio de fumaça, vapores alcoólicos e outras nefandas substâncias de origem desconhecida, eis que, de repente, surgiu a imperiosa Afrodite, Nictineme e outras deusas eróticas antigas como Ishtar e Astarte, tudo para falar das escandalosas faceirices de Viriata. Certamente, eu exagero. Tento manter algum nível de isenção, não confundindo o nosso restaurante com um antro de perdição; de fato, um recinto que durante muito tempo foi tido como um dos melhores da cidade do Rio Branco. Espetáculos como esses acontecem nas casas noturnas de todos os lugares, não sendo privilégio do Paraíso Perdido. Posso asseverar que a nossa planejada casa de *shows* e restaurante, apesar de todos os desregramentos, era um tanto inocente se comparada aos antros e guetos das maiores metrópoles do mundo. No restaurante, uma pergunta se impunha, de imediato: qual a estrutura de segurança utilizada para evitar desajustados de destruírem todo o sofisticado trabalho ornamental realizado por nós e Bertioga? Os corpulentos "porteiros" eram recrutados de uma forma normal, dentro dos critérios policiais da cidade. Além disso, quem se propusesse a invadir o Paraíso Perdido, encontraria um fator imprevisível: a presença de um verdadeiro *Kung-Fu*, representado na pessoa do *chef* Sun Hung, imbatível nas artes marciais, no melhor estilo coreano. Seus golpes tinham uma precisão mortal e ficaram tão famosos na cidade que poucos se atreviam a chegar às proximidades do restaurante caso tivessem em mente qualquer atitude belicosa ou vingativa. Mesmo nas suas andanças pela cidade, a serviço ou a passeio, era respeitosamente evitado por todos. Problemas com armas de fogo jamais tivemos – pelo menos chegados ao meu conhecimento. Na realidade, aconteceriam fatos muitíssimos mais graves do que tudo aquilo que pudéssemos imaginar, não me cabendo, no momento, precipitar a urdidura de uma situação sempre a caminhar entre os extremos da desordem, do vício ou da paixão. Mas o centro da tragédia não foi outro senão a própria Viriata. E, embora eu não reconhecesse, também fui um dos responsáveis na consecução de um crime hediondo. Posso estar enganado, mas esse miserável cozinheiro me detestava, talvez desde o primeiro dia de sua chegada, ainda no aeroporto, ao saber da minha condição de marido de Viriata, revelado com detalhes por Mee Heé. Poucos meses depois, num encontro inesperado na porta da cozinha, o coreano saía e eu entrava, notei que segurava uma enorme faca-peixeira. Ao me identificar, desceu a mão à altura do seu pênis e, desafiante, murmurou (não mais que num silvo): "Eis aqui, Sr. Nonato, o tamanho do meu pau, trinta centímetros bem medidos à lâmina de faca". Ao dizer tal disparate, esgueirou-se apressado em direção às mesas do restaurante, àquela hora ainda de luzes apagadas, desaparecendo. De minha parte nenhuma reação. Paralisado, mandei-o para os quintos do inferno. Deveria despedi-lo ainda hoje. Foi assim que pensei. Não entrei na cozinha. De repente, eu me vi sorrindo. Não era para sorrir, mas eu sorria, sorria muito, embora ninguém jamais venha saber o motivo do meu riso. Talvez esta se torne a única parte misteriosa do meu relato. Além disso, essa disposição hilária, em parte, salvou a imediata demissão do cozinheiro, mas, de outro lado, contribuiu para o ódio desse desgraçado tornar-se mortal e crescente, e, foi por conta dele, gota a gota, como num suplício chinês, que se deu a pavorosa tragédia. Parece-me impossível que o contratado e aguerrido *chef* pudesse, nem de longe, perceber a real natureza de Viriata, inclusive sua mania de contar tudo sobre os seus amantes fortuitos ou declarados. E como falava, falava e falava dentro do meu ouvido, fazendo pouco deles, sempre estimulada por mim na hora em que transávamos no fundo da noite como dois possessos! Muito mais do que Dr. Intruso, eu ajudei a transformar Viriata numa perfeita devassa. Enfim, durante a minha atribulada regência, ela sempre foi uma cúmplice. Isto é, quero pensar que assim aconteceu. O cozinheiro não era cego para deixar de verificar a notória promiscuidade de sua amante com outros homens, em particular, com o cidadão belga Joseph Louis Gallon D'Axel, senhor de uma fortuna incalculável, que havia adquirido em Mato Grosso do Sul uma extensão de terra equivalente ao Estado do Sergipe. Ele chegara nos primórdios do funcionamento do nosso restaurante e demorou-se no Rio Branco não mais de uma semana, conversando todas as noites, interminavelmente, com Viriata. Apareceu rodeado de sequazes, como tudo indicava, prontos a morrer ou a matar por ele. O senhor D'Axel apontava seus companheiros como sócios, mas a evidência era, em demasia, de que se tratava de bandidos, todos de rigorosa formação militar. Como eu sabia desses pormenores? O *chef* Sun Hung jamais deixou de atender o belga diretamente na sua mesa para os serviços de cozinha e também para as mais diferentes informações. Certamente, o senhor D'Axel devolvia apenas o que um homem de sua classe poderia retribuir: inadiáveis instruções. Depois, por longo tempo, ele desapareceu e a vida do restaurante continuou a funcionar na sua faina habitual, como eu dizia, uma espécie de universo paralelo, frequentado por uma corja de patifes e até de belgas, do tipo do senhor D'Axel.

A chama é de natureza animal

Novalis

Embora tenha deixado de lado as lembranças do Paraíso Perdido, não posso ter a convicção de uma dicotomia. Não é como sair do inferno e descansar no purgatório, à procura de um paraíso inexistente. Nesses últimos tempos, meu mundo de sombras se tem acentuado e as lembranças do Mestre, na medida em que busco um sem-número de identidades, estariam provavelmente perdidas, não fossem meu propósito e minha determinação em resgatá-las. Não enveredei pelo discurso: estou à procura de documentos, indicações ou mesmo de rabiscos à maneira daqueles, por que não dizer, furtados das gavetas do artista no seu próprio ateliê. A quantidade de pastas que Kristana conseguiu amontoar é deveras impressionante. Talvez, por terem sido agrupadas, respeitosamente, sem nenhuma preocupação cronológica, nada fora catalogado. Portanto, eu estou sempre diante de um universo obscuro ainda por explorar. Exemplifico: "Não procurar Taliesin senão depois do seu aniversário de onze anos". Devo levar em conta até mesmo este pequeno rabisco num pedaço de papel com todas as bordas rasgadas:

Taliesin (O Iluminado) fará onze anos em 20 de julho de 2007.

Ninguém poderá me acusar de desatenção. Pela primeira vez, muito cedo de manhã, rumei em direção à velha casa do Engenho São Francisco, onde Da. Lucélia, a caseira, avisada de véspera pelo motorista Mankuso, estava a nos esperar. E assim aconteceu. A conservação da casa, na mão da família há 156 anos, era impecável, sequer demonstrava estar desabitada pelos seus verdadeiros donos. Como lembrava o escritor Gabriele D'Annunzio (autor de *O fogo*, livro da paixão do poeta Tomás Seixas), "uma casa desabitada sente, adoece e morre", o que não era o caso dessa residência sob os cuidados de Da. Lucélia. Fui cumprimentado, cerimoniosamente, mas pude observar lágrimas nos olhos sempre baixos. O Sr. Mankuso já havia me avisado de sua enorme dedicação ao Mestre e, igualmente, a Dona Deborah. Ninguém, entre todos os circunstantes, durante a cerimônia do velório, chorou tanto quanto ela. Para evitar comoções, perguntei-lhe por Taliesin. A resposta foi imediata: "Saiu de madrugada, a cavalo, antes do nascer do sol, em direção ao bairro de Tejipió, para encontrar dois professores, seus amigos, Sr. Jabur e Sr. Pedroso". Da. Lucélia estava ciente da data do aniversário dele, mas fez questão de esclarecer a recusa do menino em comemorá-lo.

Lucélia: Ele disse que no seu país não existem datas; existe o Tempo.

Renato: O que ele quis dizer?

Lucélia: Ele fala muito no *Iluminado*.

Renato: O menino estuda nesses colégios?

Lucélia: Parece-me que ele ensina. Ele é o Mestre.

Renato: Por acaso, ele afirmou ser um mestre?

Lucélia: Os professores da região o reconhecem assim.

Renato: Quais os seus ensinamentos?

Lucélia: Dizem os professores que entendem a sua voz, não o conteúdo de sua fala.

Renato: Ele foi ao enterro do Mestre?

Lucélia: Não. Ele não conhece a Oficina e o Mestre poucas vezes esteve aqui à sua procura.

Renato: Eles se entendiam?

Lucélia: Não sei. Uma vez ouvi o Dr. Francisco anunciar a morte do Dr. Intruso, o pai de Taliesin.

Renato: Qual a sua reação?

Lucélia: Nenhuma. Pelo menos na nossa frente, nenhuma palavra, nenhuma lágrima.

Depois desse diálogo com Da. Lucélia, entendi, perfeitamente, a sábia atitude dos professores: perceberam com quem estavam falando. Em seguida, lhe perguntei se o menino teria hora para voltar. "Ele só retornará muito tarde da noite, os vigias lhe abrirão as portas". "Ele não come?", perguntei a Da. Lucélia. "Se alimenta como um leão e, outras vezes, jejua", retrucou. E acrescentou, como se houvesse dito alguma coisa imprópria, "mas ele é um bom menino, sem defeitos". Aceitei sua hospitaleira atitude e entrei na casa, percorrendo todos os cômodos do térreo, e do primeiro andar, meus velhos conhecidos nos bons tempos do Mestre. No ateliê, alguns quadros denotavam sua permanente obsessão pelos corpos femininos. Em duas ou três telas, percebi um estranho artifício no propósito de deformar um corpo, através de cordas fortemente pressionadas na carne da modelo, criando uma dolorosa anatomia. Uma pose bem de acordo com as idiossincrasias do Mestre. Por mim, não deixaria aquele recinto tão cedo. No entanto, senti que era hora de partir. Deveria voltar, o mais rapidamente possível, ao trabalho na Oficina, abandonando, o quanto antes, os sortilégios dessa casa, em cujo terraço Da. Deborah encontrou o fantasma de Da. Catarina:

Tu que desces na escada, impressentida,
Senhora nas sombras a vigiar,
Com frios dedos de séculos passados...
Dona Catarina, onde esquecestes os sonhos?
Entre árvores? Na varanda? Em que lugar?

Esses cinco primeiros versos fazem parte do poema "Engenho São Francisco", dedicado por Da. Deborah Brennand a Da. Catarina de Vasconcelos, filha do general paraibano André Vidal de Negreiros e antiga senhora dessas terras. No ano de 1965, o poeta Roberto Alvim Corrêa, durante uma exposição de pintura de Mestre Francisco Brennand, na Petite Galerie, no Rio de Janeiro, pediu permissão a Da. Deborah, que na época assinava sob o pseudônimo de Da. Rosa de Aragão, para prefaciar o seu livro *O punhal tingido*. Contrariando os conselhos do poeta Alvim Corrêa de desistir da citação dos versos de Da. Deborah (de prendê-los, isolá-los dentro de seu texto, sendo preferível deixá-los seguir seus fados no firmamento onde brilham), decidi, por iniciativa própria, sem nenhum escrúpulo, transcrever aquilo que não pode ser narrado, para, em seguida, fugir como um ladrão em desabalada carreira, ladeira abaixo. Isso eu fiz como uma obrigação inadiável antes de sair dessa casa mal assombrada, rodeada de florestas e pássaros extraviados.

Enegreceu como a Floresta

Estremecendo as luminosas plumas,
O sol ergue um desordeiro voo.
Era um pássaro de ouro, rasgando nuvens,
Era uma brasa de fogo morrendo
Na imensidão de cinzas azuladas.
Tudo acontece no céu, mas na terra,
Os ramos ensombrados escondem o verde
De folhas esmagadas na escuridão

E a vida – ó meu amigo traiçoeiro! –
A vida enegreceu como a floresta.

O Mestre costumava achar divertido quando as pessoas reclamavam dos governos, da deficiente atuação policial, das forças de segurança, do permanente caos dos serviços urbanos e dos índices crescentes de criminalidade nas grandes cidades. Ninguém governa ou policia uma cidade com mais de um milhão de habitantes (Atenas, no século de Péricles, não chegava a cem mil pessoas e era o centro do mundo). O filósofo e urbanista franco-italiano Paul Virílio de há muito nos advertia sobre a futura catástrofe urbana, referindo-se às megalópoles. "Não são mais cidades, mas fenômenos de mutação, catástrofes que se preparam. O século XXI terá que reinventar a relação do homem com a Terra. A paz civil é o primeiro dever de uma cidade. A palavra 'urbanista' vem do domínio militar. O urbanista era aquele que trabalhava com as muralhas. Na verdade, foi a circulação da tropa que determinou a dos carros." Certa vez, o argentino Jorge Luis Borges previu que "no futuro nos defrontaremos com dois tipos de pessoas: ou soldados ou bandidos". Há poucos dias surpreendeu-me encontrar sobre a grande mesa de vidro do Mestre Brennand um artigo da jovem filósofa Márcia Tiburi, abordando o comportamento humano com um belo título: "A Vida como um Território de Caça". Há, ali, considerações sobre quatro pinturas do italiano Sandro Botticelli *(La storia di Nastagio degli Onesti),* mas o que me interessou foi a aproximação etimológica, lembrada pela filósofa, citando Giorgio Agamben, da palavra bandido: bando, abandonado e banido. Ele revela que "somos todos *homines sacri.* Isso significa dizer que somos vítimas e algozes ao mesmo tempo, lançados à condenação de matar e sermos mortos. Habitantes de nossas casas, transformadas em campos de concentração; e da rua, floresta onde podemos ser mortos, movemo-nos como zumbis. Lobisomens fugindo de sua própria maldição?". O conjunto do artigo dessa menina merece uma leitura mais apurada de minha parte. Por Zeus! Nascida no sul e exercendo suas funções no sudoeste do país é, no entanto, tão sábia! De imediato, me dou conta de que o título "A Vida como um Território de Caça" aproximou, perigosamente, minhas lembranças das crescentes intrigas envolvendo vários circunstantes da cidade do Rio Branco e seu restaurante Paraíso Perdido – um autêntico território de caça. Aconteceu algo tragicamente inevitável e, de algum modo, não eram muitos os protagonistas que haveriam de colaborar até o fim, cortando abruptamente as minhas esperanças de convivência com Viriata. Agora, vejo o mundo se abrindo e engolindo a todos. Como no quadro de Botticelli, presenciamos a mesma cena terrível se repetir com Viriata, cruelmente caçada, esquartejada e devorada. Estranhamente, mesmo depois de atingida, Viriata, sem nenhuma possibilidade de se aperceber do seu próprio drama, participou dessa imemorial caçada como mulher e como ser humano; sobretudo como mulher. Ela teria de ser *comida* ou não seria uma *caça*. Ainda me pergunto como um fato de natureza criminosa tão grave pode ter acontecido num ambiente cheio de pessoas (ou mesmo na calada da noite)? É verdade que uma série de antecedentes, igualmente dolorosos, alertava para um desfecho fatal, como na tarde em que Sun Hung, enfurecido, enfrentou a amante com o punho cerrado como a "faca da mão". O campo de batalha foi a cozinha, repleta de auxiliares atarefados nos seus lugares invariáveis, num vai e vem contínuo. Mesmo assim ele a empurrou, brutalmente, com o braço esquerdo, sobre uma mesa repleta de víveres, segurando-a depois pelo vestido e suspendendo Viriata, ao ponto de ter a liberdade de introduzir a mão e uma boa parte do braço no interior de sua vagina. Ela, aos gritos, sangrando abundantemente, oscilou como uma boneca suspensa no ar, carregada pelo braço esquerdo e empalada pelo braço direito do endemoniado Sun Hung. Metade dos empregados caiu sobre o casal, tentando, de qualquer maneira, desvencilhá-los, o que não consistiu em tarefa propriamente cirúrgica: a pobre moça ficou entre a vida e a morte. Para todos os efeitos, ela parecia ter sido eviscerada. Suponho que foi Mee Heé quem conseguiu, depois de muito esforço, retirar da mão fechada de Sun Hung parte de um rim bovino que, estando em cima da mesa, ninguém soube explicar a transferência para a mão do coreano. Alguns murmuravam (e essa versão foi passada à polícia) que era o útero de Viriata. Ela já havia sido esbofeteada por ele e levado pontapés em várias ocasiões pelos mais diferentes motivos, mas não era só ela quem ele atacava. Certa vez, o cozinheiro quase mata um cliente por ter sido chamado de *japa*.

No Boletim de Ocorrências, os médicos do Hospital de Urgência e Emergência do Rio Branco – HUERB foram unânimes em reconhecer a recuperação de Viriata como excepcional, talvez milagrosa. Além da bexiga e do períneo lesionados, exigindo uma urgente cirurgia restauradora, o dilaceramento do útero e anexos não indicava outra alternativa senão a necessidade de extirpá-los. E assim, a equipe de cirurgiões, como ensinam os compêndios, com a vítima devidamente anestesiada, chancelou a definitiva esterilidade de Viriata, empalada a cru momentos antes, pelo vigoroso *chef* guerreiro coreano. Pobre Viriata. Sua própria opulência a malsina. No pós-operatório, chegou a entrar num estado comatoso, mas, depois de algumas semanas, voltou a si, pronunciando uma só palavra: "INTRUSO". Nesse momento, estavam presentes o médico, o assistente, uma enfermeira e Mee Heé, que escutaram, perfeitamente, todo o vigor das sílabas rasgadas como numa lenta inscrição talhada em pedra dura. Tentaram interrogá-la à maneira habitual utilizada nessas circunstâncias, mas foi debalde. Ela não disse mais nada. Mee Heé ainda se aproximou da cama e pousou a mão sobre sua testa. Não havia febre, a infecção sumira. Viriata, de olhos abertos, muito abertos, parecia mirar o vazio para em seguida voltar a fechá-los. Visitei-a durante algumas horas, diariamente, nessa prolongada internação e só não ficava à noite porque Mee Heé não o permitia, alegando a necessidade de minha presença no restaurante. Também posso afirmar não termos trocado uma só palavra, pois Viriata se resumia a responder algumas perguntas de ordem prática feitas pela sua atenta guardiã coreana. Perturbado, soube da menção ao Dr. Intruso. Ela não o esquecera e, a esta altura, nada sabíamos sobre sua morte. Por alguns meses, o Paraíso Perdido passou a ser matéria preferencial das páginas policiais do Rio Branco. O quase homicida Sun Hung permaneceu cerca de quatro meses na cadeia, até que a própria Viriata, penalizada com os infortúnios do amante, ainda no hospital, amenizou seus depoimentos à polícia, quase o inocentando. Ele voltou à cozinha muito antes que ela ficasse inteiramente restabelecida. Confesso não ter sido nada agradável o convívio com um indivíduo de tal periculosidade. Uma vez, saindo do HUERB, dei de cara com o senhor Joseph Louis Gallon D'Axel que, sem sequer me cumprimentar, se dirigiu diretamente ao quarto de Viriata, logo identificado pela presença, na porta, de Mee Heé, seu anjo da guarda. Na hora, me perguntei se o desgraçado tinha voltado à nossa cidade. O belga, apesar de todo o seu dinheiro e presunção, não era de nenhum modo uma figura confiável. Era, talvez, ainda pior do que Sun Hung, por se tratar de um homem frio, um cavalheiro de indústria capaz de todas as vilanias. Vestia-se, impecavelmente, de branco com uma espécie de tecido semelhante ao *rayon*, uma fazenda com larga aceitação entre os jovens da minha época, que demorou muito a sair da moda, porque, entre outras virtudes, era resistente e não amarrotava. Não usava gravata, mas o botão de ouro do seu colarinho estava sempre fechado. Sua barba era rigorosamente feita, como se estivesse com a cara engraxada e polida; de tez avermelhada, como a maior parte dos de sua raça que se dizem brancos e os olhos de um azul metálico muito frio, que nos encaravam sempre de raspão e sem grande interesse. Seu nariz era longo, ligeiramente quebrado e caído sobre a boca de lábios finos e permanentemente fechados, num trejeito entre o desdenhoso e o odiento. Tão alto quanto o Dr. Intruso – embora, detalhe por detalhe, poder-se-ia dizê-lo seu antípoda –, o senhor D'Axel usava, invariavelmente, um chapéu branco que acentuava a cor de manga-rosa de sua pele. Era, de fato, uma figura detestável, embora não sem um pérfido encanto. Quando Viriata retornou ao Paraíso Perdido, toda sua atenção se concentrou no senhor D'Axel, que agora resolvera cortejá-la abertamente. Numa de suas viagens aos Estados Unidos, trouxe de Nova Iorque um presente singular, que consistia em unhas artificiais espelhantes. Poucas mulheres se aventuravam a utilizá-las devido à dificuldade de uma perfeita aplicação, mas o sofisticado senhor D'Axel afirmava que essa experiência já havia sido tentada de há muito em Londres pela senhora Ethelfleda Exley, cujo marido Lord Alban Exley não cansava em cumulá-la com os presentes mais extravagantes, ainda que não fossem os mais caros. Viriata não cabia em si de contente, mostrando a todos os dez dedos espelhados de suas mãos. "Agora sou eu dez vezes e, se desejar, dez vezes dez, basta me olhar em cada um desses espelhos mágicos encravados na ponta de minhas mãos", dizia, radiante. Vez ou outra como de habitual, Sun Hung continuava a transitar, normalmente, entre as mesas do restaurante para atender a pedidos especiais, inclusive, aos do incansável senhor D'Axel, que resolvera, sem nenhum prévio aviso, só comer pratos de origem europeia, mais particularmente, belgas, argumentando: "Não me venha, por favor, com *moules et frites* (mexilhão com fritas), pois esse é um prato para motoristas de caminhão. A nossa culinária é tão requintada quanto a dos franceses e bem mais abundante". Nesta noite, Sun Hung havia preparado, com esmero, coxas de pato com cerejas pretas e molho de laranja – algumas dessas iguarias belgas foram trazidas no avião particular do senhor D'Axel, quando retornava de sua residência em Bruxelas.

Quanto à trupe que o rodeava, com ou sem requinte, desde que em grande quantidade, todos comiam e bebiam de tudo. Eu, aparentemente distante, não deixei de prestar atenção em todas essas circunstâncias, desenroladas dentro da minha casa de negócios, fosse restaurante, bar ou mesmo palco de diversão para os menos ajuizados. Apesar dos escândalos, a comida era boa e a casa permanecia repleta, às vezes, até a madrugada. Eu sabia distinguir quando o senhor D'Axel falava a sério, como um europeu afeito à vida, ao luxo, aos vícios, muito raramente às paixões e, com uma frequência maior do que o desejável, ao crime e à tapeação. As mesas do Paraíso Perdido estavam sempre salpicadas de gente da cidade e estrangeiros, notadamente norte-americanos, chineses, escandinavos, alemães, franceses, espanhóis e portugueses; tudo isso em sistema rotativo, porque essa clientela não era diária: tratava-se de viajantes quase sempre sumindo a se embrenharem selva adentro, desconhecendo que esse "território de caça" não era tão livre assim. Ninguém penetra o coração das trevas impunemente. Não o faz de forma alguma. Entretanto, hoje em dia, existem modelos insidiosos de transgressão, lavrados, silenciosamente, sob centenas de milhares de artifícios, a fim de ludibriar de tal forma aqueles a quem se deseja conquistar que, no final de contas, o vencido acreditará ser o vencedor. Tenho insistido, no decorrer dessa narração, nos sortilégios que habitam o Paraíso Perdido e o seu público permanente (muitas vezes apelidado por mim como uma corja de patifes) numa amostragem, mesmo que microscópica, da condição humana. Lá, perdidos na orla da mata da Floresta Amazônica, independente do noticiário internacional, sabíamos os segredos intocáveis, quase sempre chegados à corte com atraso e, convenientemente, deturpados, transformando-se em informação para aqueles que se alimentam de inverdades.

Pouco importa se meus pensamentos estão no Acre ou aqui na Várzea. São vastos os territórios a percorrer ou a eliminar quando, por vezes, somos nós próprios os responsáveis pela destruição de nossas vidas e das dos outros. A enorme dívida que contraímos com aqueles que seduzimos, conscientes ou não, jamais será resgatada. Não sei como me comportar diante dessas pilhas de papéis soltos ou amontoados, catalogados ou à deriva, incluindo uma quantidade inacreditável de fotografias (sempre de mulheres muito jovens, às vezes, de gente drogada, sobretudo os rostos numa última crispadura, colhidas por ele próprio em perseguição de uma forma que lhe parecia escapar). É preciso muita clarividência de minha parte para julgar essas mais variadas interpretações a fim de alcançar o sentido evanescente de suas declaradas obsessões. Essa mata selvagem e escura tanto pode ser a Floresta Amazônica como outra no coração das trevas africanas, num processo satânico que acabaria por levar o viajante à ilimitada face do Horror... Sei muito bem até onde o espírito do Mestre alcançou, o quanto mereceu e acabou também por perder a si e a outros, inclusive àqueles por quem mais ele deveria cuidar. Todavia, ele permitiu entranhar-se do Horror... E tinha perfeita consciência disso. Agora, vindo dos sítios do longe em sua busca, na tentativa de resgatar imagens precisas, só me restaram palavras indecifráveis. Entretanto, as indagações prosseguem, intensificando o sentido de prioridades. Quais os acréscimos vantajosos dentro desse quadro que se configura ainda defeituoso? Prometi desde o início da narrativa ou, se quiserem, da fabulação, chegar ao final: o que é verdade, o que é delírio? O que é consistente, o que é inconsistente? O que é relevante, o que é irrelevante? Como posso comprovar o incêndio de Viriata, expelindo fogo pela boca, se o garçom entrou, poucas horas depois, no quarto, atravessando o corredor do hotel sem encontrar vestígios desse suposto tumulto pirotécnico? É verdade que permanece em minha mão direita a marca de uma queimadura profunda, mas e daí? Nós somos capazes de inventar o que quisermos, embora aqui seja um fiel depositário do Mestre, só desejando dizer a verdade. Possuo documentos para isso, resta saber quais serão aqueles indispensáveis para esse propósito derradeiro. Falar sobre suas viagens e exposições, suas realizações profissionais, seus pretensos encontros amorosos, quando tudo já está excepcionalmente registrado em seu próprio diário? Enfim, pesam-me alguns escrúpulos em acender determinados episódios polêmicos, envolvendo, a despeito dele, o seu obsessivo e apaixonado trabalho de artista. Acredito que seu diário, ou melhor, *O nome do livro,* está situado aqui à minha cola, bastante propício a desvendar todos os seus segredos; evidentemente para aqueles que souberem como fazê-lo, pois eu não fiz senão arrematar ou tentar esclarecer sua aparente duplicidade. O que pretendo esclarecer são os equívocos e incompreensões de uma série de acontecimentos ainda obscuros para aqueles que porventura se interessem pelos feitos do Mestre. Quando observados de longe, nos dão a impressão de olharmos por um binóculo às avessas. Contudo, não existe nada realizado pelo homem que não possa ser desvendado. Edgar Allan Poe, no conto "Os Crimes da Rua Morgue", utiliza uma curiosa epígrafe de Sir Thomas Browne: "Que canção cantavam as sereias, ou que nome adotou Aquiles quando se escondeu entre as mulheres, são perguntas que, embora de difícil resposta, não estão além de toda suposição".

Seria também oportuno focalizar o trabalho da bióloga chilena Cecília Toro que, cotejando esculturas cerâmicas com fotografias de vermes conseguidas nas lâminas de um microscópio de varredura, elaborou um extraordinário ensaio sobre o Mestre, intitulado:

Francisco Brennand: "A Matriz da Vida"

(...) Pareceria lícito extrapolar o conceito de Jung acerca do Inconsciente Coletivo, conceito que é biológico, a um conceito mais geral no qual o homem não só possui a memória da espécie senão a memória de tudo que vive e ainda mais, não só a memória de tudo que vive senão a memória de todo o Universo. Possuiríamos uma memória estrutural, inscrita nos átomos e moléculas que nos conformam. Porque o universo contém no seu interior todas as coisas e o próprio espaço.

(...) Francisco Brennand caminha no limite da Realidade: "O que é real? O que não é real?", pergunta-se; ele descobre, nomeia e libera as formas da natureza e da vida, como num eterno retorno. Num espaço ausente aparecem o ovo cósmico, animais, pássaros, brotos vegetais e formas que a luz reflete em nossa pele. Como em todo parto, a pureza e o terrível estão em muitas das obras de Brennand, onde sempre é a beleza o que nos detém e nos deixa obstinadamente conscientes da nossa eternidade.

5

Um murmúrio sobre uma grande conquista

Francisco Brennand

Na noite de 29 de dezembro de 2000, um grupo resumido de pessoas atravessou a área portuária em direção à Barra dos Arrecifes com a finalidade de inaugurar um parque de esculturas centralizado pela *Coluna de Cristal* do escultor Francisco Brennand. Não houve cerimônia de inauguração. Ao som das ondas se arrebentando sobre as pedras o artista pronunciou o seu Sermão aos Peixes:

Apesar da Escola de Sagres e de toda ciência da navegação, qualquer aventura marítima era contaminada por um desejo indomável de conquista aliado ao temor do desconhecido. As velhas cartografias ainda apontavam o perigo das tormentas, das traiçoeiras correntes marinhas, de serpentes e monstros legendários que seriam encontrados no percurso desse imenso oceano sem fim.

Homens vindos das cidades alcançaram as grandes florestas do mundo. Nada melhor como símbolo desse encontro do que a ideia de uma coluna encimada pela elipse de uma flor, cujo nome é Cristal. Os conquistadores encontraram a Árvore da Vida, catedral de folhagens guardando em seu âmago o OVO resplendente da eternidade.

Por toda parte, botos, peixes-espada e gaivotas anunciavam a medida de um território que não era comum aos olhos dos habitantes do chamado Velho Mundo.

Pedro Álvares Cabral é comparado ao heroico Odisseu. Ele soube, tanto como o herói de Homero, escapar do canto das sereias, figuras representadas, neste conjunto de esculturas, como mulheres-pássaro com suas bocas desmesuradamente abertas, a clamar pela sedução dos marujos.

De certa forma, estas figuras estranhas também foram associadas à ideia da revelação de tesouros ocultos. Há muitos anos, descobri bastões de pedra-sabão encontrados no Zimbábue que eram encimados por pássaros sem cabeças, o que me deixava com uma enorme vontade de completá-las e que acabei por fazê-lo ao criar estas cinco esculturas, que parecem orquestrar todo o conjunto.

Dizem alguns historiadores que as minas do Rei Salomão estariam localizadas em alguma cidade desconhecida daquele país africano, que teria sido, há muito tempo, um centro comercial de esplendorosa riqueza. Nada mais apropriado, então, do que associá-la à avidez dos conquistadores de todos os tempos à procura do Eldorado. Os portugueses descobriram o seu Eldorado e em grande parte o exauriram. Nesta sentinela avançada do Atlântico, cinco Sereias olham o tempo: Cora, Severina, Justina, Marina, Alberta. Cada uma é um século. Assim, 500 anos de descoberta. Ali, tão perto, uma coluna branca tenta ser o pouso de voos desconhecidos.

Outras figuras míticas e singulares povoam esses arrecifes, como se fossem a própria realidade encontrada pelos marujos: bojudas tartarugas, ovos gigantescos, pássaros multicores que corriam na praia, deixando pegadas humanas... Essa história ainda está narrada pela metade, pois necessita de alguns complementos que nos próximos meses espero concluir e doar à cidade do Recife. Nas muralhas de pedra cravadas mar adentro, coloquei uma inscrição que deve ser matéria de reflexão de todos nós brasileiros, retirada do livro À margem da História, *do grande Euclides da Cunha: "A Geografia prefigura a história".*

Esta conjetura euclidiana nos faz lembrar de que somos herdeiros de um continente no qual não pedimos para nascer, mas onde nascemos e que, portanto, devemos preservar com toda sua grandeza, a única que pode prefigurar o futuro da nossa história. Lembrar também que daqui desses arrecifes não estamos muito longe dos Morros dos Guararapes, lugar que, sem exagero, pode ser considerado o centro de gravidade de todos os símbolos nacionais. Nome imorredouro e intocável, hoje lembrado com respeito por todos os que chegam ao nosso Aeroporto Internacional dos Guararapes. Com redobrada reverência, preservemos este solo sagrado de Pernambuco dos Guararapes.

Ainda na madrugada do dia 1 de janeiro de 2001, à entrada do Terceiro Milênio, um ruidoso grupo de estudantes desembarcou no novo ancoradouro do Parque de Esculturas, curiosos em visitar a *Coluna de Cristal.* Chegando ao interior da torre foram surpreendidos com a presença de um ovo de cerâmica, esmaltado de branco, pendurado por um fio de aço, de certo modo repetindo o mesmo emblema que existe no *Templo do Ovo Primordial* no *Grande Pátio* da Oficina. Parafraseando o Mestre, eu acrescento: "O ovo como emblema da imortalidade. O germe da geração, o mistério da vida. Ovo do mundo, símbolo cósmico que se encontra na maioria das tradições, desde a Índia aos druidas. Os chineses acreditavam que o primeiro homem havia nascido de um ovo, que *Tieu* deixou cair do céu e flutuou sobre as águas primordiais". O Mestre costumava dizer de uma maneira sentenciosa: "Coitada da forma que não couber dentro de um ovo". Naquele lugar absolutamente solitário, numa madrugada de grande significado para toda a humanidade, pois a mídia internacional havia propositadamente carregado nas tintas com as mais bizarras promessas em relação à entrada do Terceiro Milênio, quando tudo seria modificado. De certo modo, esse verdadeiro processo de lavagem cerebral influenciou o ânimo dos estudantes, de natural propensos à alegria e ao tumulto, sobretudo, nos grandes festejos. Agindo, numa espécie de sobressalto, eles impulsionaram fortemente o ovo fazendo-o oscilar como um pêndulo, cada vez mais rapidamente, até que a peça se espatifou contra a muralha de concreto. Sem que nenhum dos moços suspeitasse, a *Coluna de Cristal* do pintor, escultor e ceramista Francisco Brennand foi "inaugurada" por uma vintena de estudantes brasileiros ao levarem a cabo aquela noturna e secreta cerimônia, herdada dos egípcios, gregos e romanos, ainda hoje utilizada no batismo dos barcos, quando se estoura modernamente uma garrafa de champanhe de encontro à sua proa. A rapaziada retirou-se em silêncio como se houvesse cometido algo sacrílego, não se apercebendo de um ato contrário, pois, logo após o batismo, acontecera a sacralização da *Coluna*, encimada pela elipse de uma flor cujo nome é Cristal, conforme o Mestre Brennand vaticinou: "Os conquistadores encontraram a Árvore da Vida, catedral de folhagens, guardando em seu âmago o OVO resplendente da eternidade". Não posso adivinhar como o Mestre reagiu à sequência desses episódios. Exatamente nesta mesma noite, na madrugada de janeiro de 2001, o Restaurante Paraíso Perdido fervilhava, comemorando, com toda pompa e circunstância, a entrada do Terceiro Milênio. Alguns dias antes, o decorador Bertioga se deslocara do Porto Velho, especialmente, para engalanar os espaços vazios, paredes interiores e exteriores, tirando o máximo de partido dos refletores e de pequenas luzes, justapostas em colmeia numa tentativa de plagiar aquilo que se fez moda nos festejos de fim de ano, em escala gigantesca, nas cidades de Nova Iorque, Paris, Londres, Roma e Rio de Janeiro. Não deixava de ser melancólica a permanente repetição dos festejos de passagem do ano, retransmitidos pela televisão brasileira, obrigatoriamente realizados na enseada da praia de Copacabana, lugar consagrado pelos cariocas às comemorações do culto a Iemanjá. Como sempre, anulando os presságios, as mesmas promessas são feitas na magia pirotécnica dos fogos de artifício. Não precisava de muito mais para que uma centena de milhares de pessoas acreditasse que, de fato, algo iria começar de Novo, diverso, diferente, distinto, outro, vário, mudado, alterado e não só ali, naquele relicário de crenças que marcavam todo o sincretismo religioso do povo brasileiro, mas em todo o vasto território do país, alcançando até o Paraíso Perdido, onde a cismarenta Viriata, toda vestida de branco, como as suas irmãs nas areias de Copacabana, transitava entre as mesas repletas de gente. O senhor D'Axel não estava no local e seria uma temeridade adivinhar em que porto ou cidade ele ancorara, não sua pessoa, mas sua fortuna. Entretanto, não faltando admiradores, contávamos com a presença de Geoffrey, solteirão empedernido, contrabandista e cidadão do mundo. Esse inglês, de há muito exilado na cidade de Manaus sem um motivo plausível – talvez a serviço da Coroa, como todos os seus antecessores súditos britânicos –, soube exercer sua honorável pirataria. Às vezes, passávamos noites a conversar, como Marlow o fizera na escuridão, no convés de um navio que aguardava a subida da maré para içar as suas âncoras e partir para o fim do mundo... "para o coração das trevas"; era esse o tema central que prendia todas as atenções numa conversa interminável, não fossem os largos silêncios que o próprio narrador impunha. No momento em que cheguei à mesa de Geoffrey, Viriata o inquiria sobre a cidade de Bruxelas; aliás, não propriamente sobre a cidade, mas sobre o que vinha a ser Bruxelas. Acerquei-me para torná-la ciente do momento crucial da passagem do milênio, avisando-a de que logo em seguida os jovens contratados nas cidades de Manaus e de Belém, com seus respectivos grupos e bandas, viriam fazer seus *shows* no palco, especialmente preparado para aquela noite. Antes de terminar meu recado, os fogos espocaram lá fora. Não eram tantos quanto os de Copacabana, mas bastavam para causar o rebuliço esperado por todos, como se fosse algo triunfal, fazendo com que parte do agitado público, automaticamente, se abraçasse em beijos intermináveis enquanto outros rompiam em gritos, assobios, palmas, arrastar de mesas, quebra de copos e até pontapés. Como o Sr. Geoffrey, inteiramente embriagado, permanecia sentado muito próximo à mesa para ter sua garrafa de uísque sempre à mão, Viriata foi obrigada a abraçá-lo pelas costas, tendo certa dificuldade para beijá-lo, não só por sua falta de correspondência, como por sua indiferença de bêbado, talvez acentuada pela lembrança de sua ilha remota e enevoada numa casa com lareira fumarenta onde, do lado de fora, a neve muito branca se amontoava. Contudo, ela não se fez de rogada e se afastou vociferando feito uma louca: "Vamos todos para Bruxelas". Geoffrey não pestanejou e preparou outra dose, brindando-a de longe, porque, neste momento, ela já estava caminhando em direção ao palco. Acompanhei-a a distância, tentando varar aquela pequena multidão que, aos brados, ainda comemorava. O grupo de Manaus estava a postos, em cima do palco, afinando instrumentos, vestido a caráter como todos os roqueiros do mundo: camisetas, casacos de couro, calças listradas e jeans esmolambados, algumas cabeças raspadas, outras com cabelos enroscados, caindo aos cachos ou eriçados em pontas como porco espinho; bonés e cartolas, óculos escuros e transparentes, de aro grosso ou fino, nada influi; o importante é a suposição de fazer um tipo padrão a ser imitado. Essa turma de Manaus plagiava o conjunto de Lenny Kravitz e, antes do *show*, eu pretendia, ao menos, cumprimentar o vocalista (aliás, muito parecido com o próprio Lenny, quase sua cópia fiel ou até mesmo mais parecida que o original). Entretanto, ele já disparava em inglês o *Fly away*, e logo ouvi os primeiros versos:

I wish that I could fly	Eu gostaria de poder voar
Into the sky	Pelo céu
So very high	Tão, tão alto
Just like a dragonfly	Como uma libélula
I'd fly above the trees	Voaria por cima das árvores
Over the seas in all degrees	Sobre todos os mares
To anywhere I please	Para onde eu quisesse

Imitaram Kravitz, mas também – como se achassem pouco – foram em busca de Justin Timberlake (na ortodoxia do mundo musical, um inimigo; mas não lá, no Paraíso Perdido, onde o inimigo era bem outro).

Eu vou trazer de volta a sensualidade...

Quando consegui chegar aos músicos, notei Viriata à direita do salão, apoiada com os cotovelos no palco. Ao chegar a seu lado, o vocalista prosseguia...

... Menina levada
Está vendo estas correntes?
Baby, eu sou seu escravo...

Cantariam a noite inteira, pois estavam todos drogados (e não os culpo por aquela situação). No público, esse grande responsável, sempre exigindo mais do que eles podem dar, algumas pessoas se sentem particularmente surpresas ou afetadas quando um deles se vai por *overdose* e até se dão ao luxo de diminuir a sua admiração pelo artista desaparecido. Chegou a vez da Banda Calypso, com seus trajes anacrônicos e duvidosos (e de grife pessoal), que trafega na contramão do bom gosto sem confessar suas origens caribenhas. Só nesse momento a grande plateia do Paraíso Perdido, de fato, concentrou-se no *show*.

(...) Quando eu vi amor você chegar
Pensei: ganhei o mundo!
Só que o destino preparou
Uma armadilha pra nos separar
E conseguiu eu sei !
(...) Meu amor, se eu fosse você
Eu voltava pra mim
Eu viria me socorrer

Essa música "edificante" e outras da mesma cepa vararam a madrugada e ainda pude escutar Viriata a exigir que cantassem, mais uma vez, "Dançando Calypso"... Chegou a subir no palco, mas a banda já estava se dispersando. Ela ficou em pé, sozinha, a olhar o público como se procurasse alguém no fundo do salão. Do ponto em que eu me encontrava, chamei-a por duas ou três vezes, sem resultado. Deu-me as costas solenemente e desapareceu nos bastidores. A manhã já estava alta e não consegui mais descobrir Viriata em parte alguma do restaurante. Alguém me disse que ela saíra com a Banda Calypso, e outras pessoas afirmavam que tinha subido para seu quarto. Com Geoffrey não podia ter sido, porque ele estava caído sobre a mesa, possivelmente desmaiado. Havíamos combinado de dormir na cidade, no Pinheiro Palace Hotel, onde poderíamos descansar o resto do dia, sem distúrbios, enquanto o processo de limpeza (quase de reconstrução) do Paraíso Perdido acontecia. Antes de pegar um táxi em direção à cidade, vi, a alguns passos, não mais do que dez metros, Sun Hung esbofeteando Mee Heé, que, ao cair no chão, foi coberta de violentos pontapés. Não olhei duas vezes: tomei a condução para o hotel, preso de um cansaço mortal. O motorista perguntou-me o que havia achado da entrada do milênio. Não era para ter respondido, mas não me contive e disse: "Daqui em diante, só veremos anos de desgraças, caminhamos..." Acordei com o motorista me sacudindo e dizendo: "Dr. Nonato, estamos no hotel". Paguei-lhe a corrida com uma generosidade que não me era habitual e entrei no Pinheiro Palace, onde uma suíte me aguardava. Adalberto, o gerente, substituía o porteiro e, ao fazer as saudações de praxe – mais uma vez referentes ao famoso milênio –, acrescentou: "Sua mulher Viriata subiu com o pessoal da banda e ocupa todo o segundo andar. Portanto, o senhor ficará na suíte do primeiro andar. O elevador não está funcionando, pode subir pela escada". Deitado e insone na mais extrema fadiga, meus pensamentos despencavam numa única correnteza, sempre para baixo, caindo até o fundo do poço. Lá, na escuridão, como um afogado, tentava indagar quase asfixiado: "Afinal de contas, quem é Viriata e o que ela pretende?". Passado algum tempo que não pude medir, surpreso com a forte claridade, abri os olhos doloridos para verificar a presença de uma pessoa estranha no quarto. Todas as luzes estavam acesas e um refletor auxiliar se direcionava ao meu rosto. Sentada à beira da cama, no lado oposto ao que eu adormecera, uma menina me olhava fixamente sem nenhuma expressão peculiar que definisse curiosidade. Apenas olhava. De minha parte, nada indaguei, pois ainda permanecia imóvel no meu torpor. Contudo, ouvi perfeitamente a garota recitar, num tom rebarbativo, os primeiros versos da canção de Lenny Kravitz: "Eu gostaria de poder voar no céu, nas alturas...". Após um pequeno silêncio, logo acrescentou: "Indiferente aos meus encantos, o vocalista me expulsou aos empurrões. Ele se recusava a transar não só comigo, mas com qualquer uma das gatas da galera que conseguira entrar no hotel. Tangidas como cabras, nos refugiamos nas malocas do corredor do terceiro andar, pois sabíamos da pressa dos roqueiros em pegar o avião. Com menos de trinta minutos, a banda caiu fora. Aí voltamos às duas suítes abandonadas para um ajuste de contas, uma bronca, sabe? Independentemente de ser menina ou menino, conforme as nossas necessidades fisiológicas, enchemos todos os recipientes disponíveis, quer fossem copos, garrafas, jarros, pratos, bandejas, bules e, na falta deles, fizemos o serviço, também, nas camas, travesseiros e tapetes. Até nos *freezers* deixamos a marca de nossa merda gelada. Enfim, um servição". Em seguida, perguntou: "O que o senhor acha?". Como dormira vestido, sem ao menos tirar os sapatos, uma vez de pé, respondi apressada e convictamente: "Agiram certo. Certíssimo, até".

– Eles não podem repudiar a nossa adoração – disse a garota.

– Foi a cerimônia de um batismo – eu disse.

– O que quer dizer com isso, velho?
– Digno da entrada do Terceiro Milênio – confirmei enfático.
– Você quer "arrear", velho?
– Não brinco, nem enfeito. A juventude é o bem supremo.
– Caralho, está doidão, velho?
– Vocês são o termômetro e a temperatura da espécie.
– Legal, limpeza, velho.
– Por que entrou aqui?
– Porra! A porta estava aberta.
– Como assim?
– A galera já havia fugido e entrei para me esconder.

Depois, levantou-se e foi saindo, de mansinho, sem nenhuma despedida. Atravessou a porta e deixou-a aberta como a encontrara. Ela ainda não havia desaparecido no corredor, quando senti o odor deletério e logo o meu olhar, como se fosse imantado, dirigiu-se para o local onde estivera sentada. Lá, um pouco à esquerda, estava um montinho característico, enrodilhado como uma serpente dourada.

Debaixo da luz clara e diamantina da cidade do Recife, atravesso os últimos dias do mês de julho para entrar no chamado mês do desgosto, que em nada modifica meu proverbial pessimismo, agravado pela morte do Mestre e, agora, de outros dois grandes pensadores de nossa época, o sueco Ingmar Bergman e o italiano Michelangelo Antonioni. No meu entender, embora profundamente ligados ao cinema – dois dos mais legítimos representantes dessa forma de arte – foram bastante mais longe nas suas atividades intelectuais do que poderia ir um simples cineasta. Mestre Brennand escreveu, nos anos 1970, um artigo sobre *Gritos e sussurros*, obra genial de Bergman. Anteriormente, a respeito de Antonioni, escrevera sobre *A aventura* e sobre *Blow-Up*, que o Mestre intitulou de "Ernesto e Verinha", aproveitando comentários sobre o filme e a morte de Che Guevara. Posso até localizar a data deste artigo: 14 de outubro de 1967 (DP), quando falamos muito sobre o estranho filme de Antonioni, baseado em *As babas do diabo,* uma novela do escritor argentino Julio Cortázar. Até hoje não entendi a escolha de Friedrich Nietzsche para a epígrafe de "Ernesto e Verinha":

És tu tão curioso?
Podes tu olhar detrás dos muros?
Para isso não precisaríamos de olhos
atrás da cabeça.

Pensando bem, fui tão idiota nas minhas indagações a respeito de Viriata há mais de seis anos atrás no quarto do hotel Pinheiro Palace, quanto na minha atual perplexidade diante das reflexões do Mestre Brennand em torno da desatrelada percepção de uma verdade sempre fugidia: o tema essencial de *Blow-Up*. Apesar da divinização de Viriata pelo Dr. Intruso, ela jamais escaparia da sua condição de mulher. Os sociólogos – gente que olho com suspeição – classificam muito bem a posição feminina em relação às contínuas variações da natureza ou da sociedade: "As mulheres não podem variar assim; elas representam o centro de gravidade do sistema biológico, e é esse poder obstinado de permanência de que nos fala Goethe. A fêmea é não somente o tipo da raça, mas ainda, metáfora à parte, ela representa a própria raça".

De fato, isso é uma legítima conversa de sociólogo. E depois, Viriata está morta e seu assassino confesso na cadeia. Por mais terrível que tenha sido esse crime, tudo não passou, com o decorrer do tempo, de um fato consumado... Talvez não para mim, por conta do desaparecimento do corpo que, no dizer do psicopata Sun Hung, não passa de uma coisa digerida como todo e qualquer alimento escorregando para os subterrâneos dos oceanos e dos esgotos do inferno. Quem me vê falar enfaticamente na noite da entrada do milênio, de imediato, associa este hediondo crime a essa data. Mas tudo só se perpetrou cinco anos depois. A fuga momentânea de Viriata com o pessoal da banda foi bastante diversa da permanência desse grupo no Rio Branco. Todos já haviam partido, roqueiros e bregueiros, e eu ainda fui cair na bobagem de consultar a polícia local, debaixo de pilhérias e risos maliciosos. Depois de quinze dias, ela retornou como se nada houvesse acontecido, acompanhada de um casal desconhecido no Rio Branco e também no Paraíso Perdido, Lydie e François-Jules Cortier. Ele se dizia "homem de letras, advogado e administrador geral das propriedades do senhor Joseph Louis Gallon D'Axel, no Mato Grosso do Sul, melhor dito, em terras brasileiras". Tanto ele como sua mulher Lydie falavam um português arrastado de *erres*, mas com um vocabulário bastante extenso, pois já transitavam pelo Brasil há muito tempo. Desde o primeiro jantar no

Paraíso Perdido, num convite especial de Viriata aos franceses, observei uma estranha atitude do Sr. Cortier quanto à maneira que dispunha as cadeiras da sua privativa mesa circular. O lugar, onde cabiam de seis a oito pessoas – e éramos apenas quatro –, deixava evidente a malévola intenção do administrador em colocar a esposa tão próxima de mim que, por pouco, ela estaria sentada em meu colo. Ele, por sua vez, ficava defronte a mim e Viriata equidistante dos dois. Perfumadíssima e excessivamente decotada, Madame Cortier usava, naquela primeira noite, um vestido preto, ressaltando seu esplêndido colo, quase todo à mostra. Sempre ao dirigir-se a mim, ela se debruçava sobre meus ombros, como se precisasse de apoio, ao ponto de sentir-lhe a protuberância dos seios. Noutras vezes, pousava a mão direita sobre a minha perna esquerda antes de me dirigir qualquer tipo de pergunta. Uma de suas coxas, desnecessariamente, tocava a minha e, às vezes, seu pé, calçado num sapato muito alto, não só roçava o meu, como se colocava sobre ele, pressionando-o de tal forma que, mortificado e dolorido, eu tinha impulsos de aplicar-lhe de volta um violento pontapé. O Sr. Cortier, por sua vez, comia e bebia como se estivesse no mais fino restaurante de Paris, enquanto Viriata permanecia muda e manifestamente sombria. Não posso atinar qual acordo havia sido estabelecido nesse jogo de relações perigosas, para que o Sr. Cortier e Viriata não trocassem palavras nem olhares. Em contrapartida, falando como um ventríloquo mensageiro de outra pessoa, o Sr. Cortier indagou qual a minha opinião sobre a novela *L'Histoire du Chevalier des Grieux et de Manon Lescaut,* do Abade Prévost. Fiquei tão surpreso com o disparate a ponto de quase me engasgar, dada a verossimilhança da situação vivida ali por todos nós. Poderia, inclusive, responder-lhe em francês, mas apenas mencionei as virtudes dramáticas e literárias da novela e o fato notório do grande compositor Giacomo Puccini ter desenvolvido uma ópera, em quatro atos, inspirada nesse drama. "Caberia, às maravilhas, encená-la no magnífico teatro de Manaus", sugeriu Madame Cortier. O marido não pareceu levar em conta o aparte da mulher e insistiu: "Qual a sua opinião a respeito do *Chevalier des Grieux?* Ele adorava Manon, embora ela fosse amante de outro". Em seguida, sem nenhuma pausa, continuou com seus argumentos: "O amor não conhece virtude alguma, nenhum mérito; ama e perdoa e sofre tudo porque o deve; em amor o nosso juízo não nos conduz; nem as preferências, nem os defeitos que descobrimos provocam a nossa abnegação ou nos fazem recuar de horror. É uma doce, melancólica e misteriosa força que nos impele; e deixamos de pensar, de ouvir, de querer. Deixamo-nos conduzir por ela, sem perguntarmos para onde". Concretizado o discurso a propósito da submissão amorosa, assunto que o Sr. Cortier parecia dominar à perfeição, estabeleceu-se um longo silêncio, não interrompido sequer pela sobremesa ou pelos licores. Mas antes de levantarmos, para demonstrar o seu mais perfeito conhecimento sobre todos os problemas brasileiros, em particular os da Floresta Amazônica e sua imensa bacia hidrográfica, o Sr. Cortier, como se estivesse a ministrar uma aula, solicitou permissão para falar, insistindo para ser corrigido no caso de dizer alguma inconveniência:

– A bacia Amazônica envolve todo o conjunto de recursos hídricos que convergem para o rio Amazonas...

Depois dessas primeiras observações, parou como se houvesse esquecido a lição. Em seguida deu um arroto e, levando a mão à boca, pediu desculpas. O que, de fato, este indivíduo pretendia nos provar? Não há dúvida de que o discurso era dirigido a mim e não a sua mulher; muito menos à Viriata. Como pode um estrangeiro querer dar lições sobre as extraordinárias riquezas do nosso território? Enquanto eu cismava, ele continuava a falar:

– Essa bacia abrange uma área de 7 milhões de km^2, compreendendo terras de vários países da América do Sul. É a maior bacia fluvial do mundo.

Novamente parou e ficou a repetir: "É a maior bacia fluvial do mundo... É a maior bacia fluvial do mundo... É a maior bacia...". Pigarreou um pouco, bebeu um copo d'água e recomeçou, falando em francês; mas, logo corrigindo, voltou ao português:

– De sua área total, cerca de 3,8 milhões de km^2 encontram-se no Brasil, abrangendo os estados do Acre, Amazonas, Roraima, Rondônia, Mato Grosso, Pará e Amapá... O rio é dividido em quatro partes...

De imediato, levantei o braço esquerdo e mostrei-lhe três dedos, agitando a mão:

– O rio é divido em três partes...

(...) Ainda nos países andinos, recebe o nome de rio Marañón; ao entrar no Brasil, recebe o nome de rio Solimões e, ao receber as águas do Rio Negro, passa a ser chamado de rio Amazonas...

(...) A largura média do Amazonas é de aproximadamente cinco quilômetros. Em alguns lugares, de uma margem é impossível ver a margem oposta, por causa da curvatura da superfície terrestre. No ponto onde o rio mais se contrai – o chamado estreito de Óbidos – a largura diminui para 1,5 quilômetros, e a profundidade chega a 100 metros.

Nesse momento, saindo um pouco da locução, ele disse em francês: "*incroyable*". Isso foi o bastante para eu me intrometer: "Logo que cheguei ao Acre, estive nessa região no estreito de Óbidos por insistência de Viriata". O francês mantinha-se numa clara atitude de revolta pela minha falta de educação em interrompê-lo, mas continuei num só fôlego, vociferando: "Descobri que os senhores já tinham invadido a Amazônia, quando hospedados no Hotel Nacional; o recinto mais parecia a Torre de Babel depois do castigo. Falava-se em todas as línguas; ninguém se entendia e não era mesmo para se entender: tratava-se de uma grande Partilha, para sempre conflituosa...".

Apesar de visivelmente embaraçado, o Sr. Cortier tentou prosseguir:

– As terras amazônicas, como se disse, formam uma planície no sentido atual da palavra...

(...) Esse lago se teria aberto para o leste, quando houve a separação do supercontinente América-África; tendo o grande rio assim se formado.

(...) O volume d'água despejado pelo rio é tão descomunal que a água do mar é doce por vários quilômetros desde a desembocadura.

Ninguém sabe se decorrente da raiva ou mesmo de algum distúrbio vocal, pouco se entendeu do restante de sua desmantelada discurseira que, com certeza, fora carregada rio abaixo em direção ao mar... O efeito dessa enciclopédica dissertação fez Madame Cortier adormecer, apoiada no meu ombro, sendo necessária, no final, a intervenção de Viriata para acordá-la.

Já estávamos em pé quando se aproximou Sun Hung que, mantendo-se à distância, fez uma profunda reverência, à maneira oriental, a todos os circunstantes, perguntando se foram bem servidos e se a comida agradara. Antes de retirar-se, seus olhos pinçados como os de uma serpente olharam Viriata de alto a baixo, abatendo-se sobre a moça como um raio, cujo desfecho era o de uma morte anunciada. Para ele, ela estava morta. Quanto a ela, desde a agressão que a deixou gravemente ferida, a figura peçonhenta daquele oriental tinha definitivamente sido banida da face da terra.

Seguimos para fora do restaurante, onde um carro das organizações do senhor D'Axel aguardava os dois franceses para levá-los ao hotel. As duas mulheres caminhavam na frente e o "muito bem informado" Sr. François-Jules Cortier, à minha esquerda, indagou o que eu havia achado sobre a "inteireza" das suas informações, embora truncadas, sobre a Amazônia. "Razoáveis e exatas", respondi, "como todos os informes via *internet*. Presumo que o senhor decorou muito bem a sua lição que, certamente, recitada em francês aos ouvidos do senhor D'Axel, lhe causa uma enorme impressão. Os senhores sabem muito bem – e de longa data – das inúmeras expedições francesas ao Sudeste, Norte e Nordeste brasileiros. O mundo colonial francês sempre foi muito imaginoso, embora jamais tão potente quanto o inglês..."

"Faltam aos senhores a força, a crueldade e o proverbial cinismo dos britânicos (vejam a ignomínia do que eles perpetraram na Índia, na China e no Egito). Eles são de fato inescrupulosos. Uma vez, tive oportunidade de perguntar a um ex-combatente da última grande guerra qual o soldado que ele não gostaria de enfrentar e, sem nenhuma hesitação, ele respondeu: 'Os ingleses lutando são verdadeiros animais'. A arrogância incontida da Inglaterra em algumas disputas diplomáticas atuais com a Rússia fez o presidente Putin ironizar: 'A Inglaterra não é mais uma potência colonial e a Rússia, graças a Deus, nunca foi uma colônia britânica'". Apesar de notar que o Sr. François-Jules demonstrava bastante nervosismo com minha reação extemporânea, ainda acrescentei: "Quanto a esse festejado Jean-Michel Cousteau, concordo com aqueles que o acusam de agregar pesquisas e informações privilegiadas para a CIA sobre terreno, fauna e flora dos locais visitados, principalmente da Amazônia. Esse negócio de trabalhar para a CIA não é privilégio de ninguém, até um dos heróis da nossa ecologia, o seringueiro Chico Mendes, é tido por pessoas bem informadas, depois do seu assassinato, como um agente duplo a serviço dos americanos. No entanto, é considerado no Brasil como um herói da preservação amazônica. O senhor me desculpe, estou conhecendo-o agora e, na verdade, acredito que a minha reação muito o diverte – por dentro deve estar morrendo de rir –, mas não poderia evitar emitir minhas opiniões. O Eurocentrismo jamais capitulou, pois a força dos senhores não está só nas armas, e sim na velha cultura europeia que configura toda a Expressão Ocidental a partir da Grécia. Os senhores são a face do Mundo. Por falar nisso, a avó do meu Mestre tinha na sua sala de costura uma enorme coleção de uma revista proveniente da França, que o jovem folheava com muito gosto e cujas estampas o encantavam, chamada *Revue des Deux Mondes*". "Que engraçado!", exclamou o Sr. François-Jules, "esse é o nome da fazenda do senhor D'Axel – Fazenda dos Dois Mundos, localizada no Mato Grosso do Sul." A essa altura o Sr. Cortier estava puxando a manga de meu paletó com uma insistência desagradável, como sinalizasse um "basta" às minhas reações e, cobrindo meus desarticulados trejeitos, acrescentou no próprio idioma: "O general De Gaulle tinha razão: o Brasil não é um país sério". Ele ainda não havia terminado a frase, quando lhe dei um soco bem no meio da cara, arrancando-lhe os óculos que caíram longe, na calçada. Viriata e Lydie, se apercebendo da altercação, incontinenti vieram ao socorro do francês, que sangrava pelo nariz. Posso jurar: não o fiz por indignação ou por me sentir ofendido com a controvertida opinião do general presidente da França, e sim pelo cansaço. Talvez eu quisesse arrancar-lhe o nariz, o seu enorme nariz francês. Queria mais que tudo, recolher-me ao leito e dormir. Retirei-me com passos firmes e entrei no restaurante Paraíso Perdido. Não posso relatar a sequência dos acontecimentos, mas, para minha surpresa, Viriata havia seguido com eles para o hotel, pois não dormira nas suas acomodações habituais do restaurante. No dia seguinte, ao cair da noite, ainda sem notícias de Viriata, recebi, pelas mãos de Mee Heé, duas cartas do Sr. François-Jules Cortier, em excelentes envelopes de papel timbrado, com a logomarca das organizações D'Axel. Vazada em letra segura, a primeira carta continha a seguinte mensagem:

Cher Monsieur Nonato,

Bonjour,

Madame Viriata Vogt me pediu para deixá-lo ciente de sua viagem à cidade de Campo Grande. Ela deve partir conosco para a Fazenda dos Dois Mundos, amanhã cedo.

Nós sairemos do Aeroporto Internacional do Rio Branco às seis horas menos quinze minutos da manhã, em avião particular. Sua estada na fazenda não ultrapassará uma semana, e fique certo de que providenciaremos o seu retorno. Certamente, voltará sã e salva à cidade do Rio Branco e ao Paraíso Perdido.

Atualmente, o Sr. D'Axel se encontra na Europa. Em todo caso, autorizou-me a estender este convite também ao senhor, apesar de Madame Viriata se mostrar francamente desfavorável à ideia, ameaçando-nos de desistir da viagem.

Fica a ressalva da anterior sondagem para que venha trabalhar nas Organizações D'Axel. Esperamos, também, um dia, sua visita à Fazenda dos Dois Mundos, que, em sua extensão, abriga uma pequena parte do pantanal. Uma região de esplendorosa beleza.

Cordialmente,
François-Jules Cortier

Eu estava com a segunda carta aberta, notei que era toda redigida em francês, mas não olhei o texto. Estupefato, verifiquei, pela primeira vez, depois de meu casamento com Viriata, seu nome associado ao do seu pai, um artesão alemão que trabalhava numa das indústrias cerâmicas da família do Mestre. Como o danado desse francês viera a saber de um detalhe escondido debaixo de um rigoroso sigilo? Possivelmente, Viriata – irreprochável no seu mutismo no que tocava às suas origens – havia se aberto em confidências. Decididamente, eu estava perdido! Senti nesse episódio, o dedo distante e maligno do senhor D'Axel. Que estranha união dessa criatura endemoniada pelos deuses ensolarados e enegrecidos da terra africana, mesclados aos deuses hibernais das montanhas e vales da espantosa mitologia germânica. Daí resultou Viriata, na sua beleza e perdição. Não precisava muito faro de minha parte para descobrir que essa organização encobria atividades clandestinas, com certeza, motivadas pela riqueza mineral da região. Numa de minhas conversas com Geoffrey, que sabe de tudo e não tolera o belga, ele revelou, sem qualquer reserva, o fato do senhor D'Axel contrabandear diamantes. Essas atividades secretas não terminavam aí, pois Geoffrey me prometera contar, com detalhes, a razão principal da presença do senhor D'Axel e de seus associados no Brasil. Pareceu-me nas habituais narrativas mutiladas de Geoffrey, que havia dinheiro americano e colombiano oriundo do tráfico de drogas, privilegiando as atividades ilegais desse grupo, toleradas pelas atuais circunstâncias políticas brasileiras, onde tudo é permitido. O país está sendo literalmente vendido e ninguém diz nada. Finalmente, ao ler a carta – não mais de quatro ou cinco linhas –, verifiquei se tratar de uma zombaria inominável e sem nenhum disfarce, como se o Sr. François-Jules se considerasse intocável ou imbatível na sua posição de agregado especial do senhor D'Axel. Credenciado como homem de letras, acreditava ser-lhe permitido mencionar, em plena selva amazônica, o nome de Ionesco. Seguramente, o desgraçado trapaceava. Idiota é que ele não é. A carta, ou melhor, a mensagem cifrada copiava na íntegra a fala do rei na peça de Ionesco, *Le roi se meurt.*

Le Roi

Merci. Qu'est-ce que c'est que cette sorcellerie?
Comment échappez-vous à mon pouvoir? Ne pensez pas que cela va continuer. Je trouverai bien la cause de ce désordre. Il doit y avoir quelque chose de rouillé dans le mécanisme et les enchaînements subtils.

De fato, o Sr. François-Jules, entre outras coisas, devia ser um verdadeiro homem de letras, não só porque conhece Eugène Ionesco, como porque escolheu uma das suas peças mais absurdas para gracejar comigo, zombando à perfeição. Ele cairia de costas se soubesse que o grande dramaturgo romeno visitou, pessoalmente, o Mestre Brennand no seu ateliê da Várzea. Espantava-me o "saber dizer" do Sr. François-Jules, quando percebia que havia qualquer coisa "de enferrujado através do mecanismo e de seus encadeamentos sutis". Não deixava de ser espirituoso ele falar em *sorcellerie* (bruxaria), incluindo ameaças veladas: "Como você escapará do meu poder?". Boa coisa não me esperava. Restou-me aguardar.

Em 1963, o Mestre escreveu um artigo chamado "O Processo", cuja epígrafe já lembra Kafka: "Os acusados são de tal maneira sensíveis!". Vou reproduzi-lo, pois é uma lição de comportamento a respeito de quem se envolve nas pantanosas razões de Estado. Escrito há quarenta e quatro anos, poderia ter sido redigido hoje, de tal forma cabem as especulações sobre o desarrazoado comportamento humano. Além disso, não se encontra no seu diário, embora, na época, traduzam de forma contundente suas próprias dificuldades com a família que o levaram em definitivo ao ostracismo. Mestre Brennand baseou os seus comentários numa história indecorosa, ocorrida na Inglaterra e apelidada de "Caso Profumo", centrada na figura de Christine Keeler, atriz de "variedades" que manteve relações com o Ministro da Defesa, John Profumo, e com um adido naval soviético, Evgueni Ivanov. Profumo, cujo caso fez tremer o governo conservador de Harold MacMillan (1957/63), teve de demitir-se depois de mentir no Parlamento sobre a sua relação com Keeler, que conhecera numa mansão nos arredores de Londres. A história contém não apenas "ingredientes" de uma autêntica tragédia grega, mas também sedução, corpos nus e cenas em clubes noturnos e em Cleveden, a luxuosa mansão onde o ministro, então com 48 anos (idade perigosa), se rendeu aos encantos de Keeler, 19 anos, ao vê-la sair da piscina. A vítima maior desse caso foi um jovem médico chamado Dr. Ward, o qual transitava entre essas belas moças com facilidade e as apresentava a figurões.

Contudo, pelo menos no momento, não me parece apropriado sair do assunto central que me ocupa. Quem quiser empreender a leitura desse e de outros escritos do Mestre que o faça na primeira oportunidade fora dessa minha arenga.

Ontem de manhã, Da. Deborah, tendo vindo até a Fábrica – coisa muito rara –, chegou até o escritório onde estou tentando avaliar certos documentos, a meu ver, teimosamente escondidos por Kristana. Mostrou-se amigável, chegando a perguntar como andava o meu trabalho. Depois, ela fez referência à silhueta do Mestre colocada à beira dos barrancos: "Por que ele fez isso? Será que não se apercebeu que isso denunciaria a eterna mágoa de um exilado?" – ela insistiu com veemência. Não demorou, logo se despedindo de Kristana e de mim. Saiu da mesma forma, imperceptível, como havia entrado. Quantas coisas permanecem escondidas e irreveladas em nossas vidas? Não porque lhes faltem significados, mas por esquecimento ou falta de oportunidade para expor aquilo de mais importante que teria de ser dito; quando uma explicação final arremataria o perdão de toda uma existência. Essa única palavra jamais será pronunciada.

Senhor, dizei uma só palavra e minha alma será salva.

Sem esquecer meus afazeres, não posso deixar de lado a referência feita a uma exposição de desenhos e cerâmicas na Fundação Júlio Resende, exatamente no período em que a Cidade do Porto foi considerada a capital cultural da Europa. A amizade do Mestre com Júlio Resende datava de muitos anos, mas o mestre português se mostrou dono de uma generosidade ímpar ao colocar sua Fundação (*O Lugar do Desenho*) a serviço da mostra do pintor e escultor brasileiro. Segundo as notas que tenho em meu poder, escritas em garranchos quase ilegíveis, ele fala num projeto para colocação de esculturas na cidade de Oeiras e não sei por que – não me aprofundei na questão – faz referências ao poeta Manuel Bandeira e ao seu poema "Canção das Duas Índias". Talvez tenha sido por conta de o crítico Antônio Cândido ter se referido a esses versos como "carregados de uma dramaticidade peculiar, daí a invenção de um espaço irreal e arbitrário onde se avizinham, colocados na mesma perspectivas, os objetos mais díspares: lugares geográficos, acidentes meteorológicos, seres da Mitologia e partes do corpo feminino". O artista faz questão de dizer na sua nota que só vê mulher no poema. Púbis a não poder mais. Uma enorme mulher – e foi com sua própria letra que ele copiou o poema "Canção das Duas Índias".

Canção das Duas Índias

Entre estas Índias de leste
E as Índias Ocidentais
Meu Deus que distância enorme
Quantos Oceanos Pacíficos
Quantos bancos de corais
Quantas frias latitudes!
Ilhas que a tormenta arrasa
Que os terremotos subvertem
Desoladas marambaias
Sirtes sereias Medeias
Púbis a não poder mais
Altos como a estrela d'alva
Longínquos como Oceanias
– Brancas, sobrenaturais –
Oh inacessíveis praias!...

O Mestre faz também uma curiosa alusão a respeito de Lisboa: "Apesar de todos os atrativos dessa encantadora cidade, jamais pude vê-la com meus próprios olhos depois da leitura de *As confissões do cavaleiro de indústria Felix Krull*, empreendida em Lausanne (Suíça), no ano de 1952. A personagem de Mann se avulta de tal maneira que me deixa cego para todo e qualquer pormenor não idealizado pela ambiguidade de Felix Krull. E, se fosse necessário, repetiria a dose. Por várias vezes passei em Lisboa (sempre apressado) e não me livrei dessa tutela diante do novo ou do velho que pude descobrir. E o que descobria nada tinha a ver com o Brasil, melhor dito, com aquilo que Portugal projetou de bom ou de ruim na sua ex-colônia. Permanecia sempre a visão conturbada e irresgatável de um artista arraigadamente europeu". Depois, na mesma nota, o Mestre continua a falar de suas descobertas de determinadas cidades por onde certamente transitou, mas que dependeram da leitura de alguns livros para conhecê-las mais a fundo. No caso de Barcelona, foi através de um romance policial de autor francês (não mencionado). Afora a descoberta de Gaudí, em 1951, exulta em ter penetrado nos subterrâneos misteriosos absolutamente desconhecidos para qualquer tipo de turismo. Em 1992, a cidade da Catalunha fervilhava com as preparações para as Olimpíadas e, mesmo assim, soube como aproveitar todo o fascínio do submundo do crime. A mesma coisa aconteceu com a cidade de Miami, que diz o Mestre ter conhecido como ninguém através de *Caça aos turistas*, uma outra história policial que envolve belas mulheres, pântanos, jacarés enormes e crimes inomináveis, narrada genialmente por Carl Hiaasen.

Como o Sr. François-Jules havia prometido, Viriata Vogt voltou na data aprazada, mas voltou como se fosse outra mulher, inclusive no trajar – sua marca registrada –, sem nenhuma audácia, nenhuma vulgaridade, vestida como uma europeia, com roupas de grife e chapéu de fina palha esvoaçante. Carregava consigo uma pequena bengala de ébano, com cabo de ouro e marfim. Não fosse a sisudez e a mais total indiferença em relação a mim, eu teria exclamado: "Quem será essa dama das Arábias?". Nunca mais foi a mesma, nem comigo nem com qualquer pessoa do restaurante Paraíso Perdido. Nem mesmo à sua fiel Mee Heé deu a mínima atenção. O casal Cortier não demorou sequer vinte e quatro horas no Rio Branco, logo desaparecendo no seu avião particular. Quem me dera tivesse sido para sempre! Dentro de todos esses fatos novos, a verdade demonstrou ser bem outra, pois havia um ardil secreto que me escapava – e como não poderia deixar de escapar? Viriata passara a ter uma suíte permanente nos poucos dias que aparecia no Rio Branco, no Hotel Pinheiro Palace, e às vezes, segundo me disse Mee Heé, telefonava para o Paraíso Perdido, a fim de saber alguns detalhes da contabilidade, pois, evidentemente, estava em busca de dinheiro. Aliás, mesmo na certeza do muito, ela não esquecia o pouco. Enfim, começava a pensar e a se comportar como gente rica. O detalhe curioso desses telefonemas, no dizer de Mee Heé, que desconhecia os novos títulos de Viriata, era o da portaria do hotel avisando que "Madame Vogt desejava falar com ela". Assim atravessamos cerca de cinco anos com toda a responsabilidade da casa sob a minha chefia, sem trabalhar no prejuízo um dia sequer. A cada volta da antiga "Viriata-da-Várzea", mais nos apercebíamos da sua progenitura de origem tedesca. Ela era outra pessoa. O Sr. Cortier fez várias viagens nesse espaço de tempo ao Rio Branco, todas a negócios que nós jamais poderíamos adivinhar quais fossem. Quanto ao patrão, não mais meteu os pés no Rio Branco. Limitava-se, como me revelara o Sr. Cortier, a ir uma vez por ano a sua Fazenda dos Dois Mundos. As informações esporádicas de Geoffrey escassearam, mas as poucas que me transmitiu foram de suma gravidade. A única coisa que pude fazer foi perguntar: "Como é que essa gente permanece impune?". O que ouvi do outro lado do telefone foi apenas uma risada do inglês, acrescentando: "Eles são o próprio poder e funcionam nos trilhos das 'elites estratégicas'. Não há como detê-los". Um novo fator de complicação começou a me preocupar quando soube pelo Sr. Adalberto, gerente do Pinheiro Palace, que Sun Hung, nos períodos de permanência de Viriata Vogt no hotel, andava rondando de forma suspeita as cercanias. Uma das vezes, quando ela saía em direção ao carro, foi interceptada pelo cozinheiro, que chegou a agarrá-la pelo braço dirigindo-lhe algumas palavras grosseiras, cujo significado só Viriata entendeu. O cozinheiro afastou-se dali com um olhar furibundo, porque, com rapidez, o motorista das organizações D'Axel botou-lhe, sem nenhuma hesitação, uma pistola na barriga, ameaçando atirar caso ele não largasse o braço da madame. Adalberto temia a presença do coreano nas imediações do seu hotel, com ou sem Viriata Vogt hospedada no recinto. Este cerco veio a se repetir inúmeras vezes, sempre denunciado ou pelo Sr. Adalberto ou por Mee Heé. Certa vez, esta coreana chegou até a confessar a sinistra intenção de Sun Hung de matar Viriata. Desse episódio pressagioso foi omitido um detalhe profundamente molestante presenciado por todas as pessoas que estavam nas imediações: dois porteiros do hotel, irmãos gêmeos, Geraldo e Gerôncio, este último apelidado de Geroncito devido ao seu físico avantajado, disseram a Mee Heé que madame Viriata Vogt, ao ser agarrada por Sun Hung, gritara como uma louca numa estridência violenta, num grito de pavor jamais visto antes. Agudo e prolongado, mesmo depois do motorista tê-la colocado no interior do carro, ela continuara a gritar e a gritar... E os gritos ainda eram audíveis enquanto o carro se distanciava. A partir desse dia, quando hospedada no hotel, sempre aparecia rodeada de seguranças, evidentemente, gentalha truculenta a serviço da Organização D'Axel. Não podia entender a insistência de Viriata em retornar ao Rio Branco. Há muito havia carregado consigo a enorme coleção de sapatos e todos seus pertences, excluindo suas roupas, que foram presenteadas a Mee Heé, pois, naquele momento, seu novo guarda-roupa era assinado por costureiros de grifes internacionais. "Por que volta, então?" – eu me perguntava. Tive de anuir que a razão principal seria a inspeção da contabilidade do restaurante Paraíso Perdido, que ela sempre administrara sem prestar contas a quem quer que fosse. Sob meus cuidados, não ficou fácil para ela dispor de muito dinheiro. Com o seu possível envolvimento amoroso com o senhor D'Axel, como pôde me escapar a suposição de que ela estava agregada a um sistema e, portanto, a serviço do amante, na difícil tarefa de contatar alguns conhecidos traficantes locais ou das cidades vizinhas e fronteiriças? Indiscutivelmente, sempre fora não só esperta, como habilidosa nos negócios e com uma desenvoltura muito grande para convencer ou seduzir pessoas. E o senhor D'Axel, como homem sofisticado afeito aos negócios escusos, conhecia todas as malícias de Viriata. Não pretendo exagerar suas qualidades tentando fazer dela uma nova Mata Hari, mas acredito que, na sua fascinante versatilidade, não falhou como a jovem e ambiciosa holandesa que se deixou envolver como peça de um jogo superior à sua capacidade, sendo estupidamente fuzilada pelos franceses. Geoffrey me advertiu de que o manejo de Viriata estava se tornando cada vez mais perigoso; inclusive, murmurava-se em Manaus a possibilidade dela manter ligações com políticos importantes de países vizinhos e, talvez, com os cartéis da droga. "É impossível você mapear o poder de manobra quase infinito da corrupção porque ela habita o coração do homem como uma segunda natureza", dizia Geoffrey num dos seus raros momentos de lucidez. Enquanto isso, dentro do meu próprio restaurante, o cozinheiro premeditava novas façanhas num estilo sempre imprevisível, lembrando sua origem oriental. Uma vez, Mee Heé fora flagrada nos braços de Geroncito pelo coreano, que a jurou de morte. Para confirmar sua ameaça, elevou o braço direito de encontro à boca, pressionando-o com o esquerdo e, de vontade própria, talvez como um aviso sinistro, mordeu-se com tal violência que arrancou um bom pedaço da sua carne. Mostrando a Mee Heé aquele naco sangrento, colocou-o na boca e o mastigou, engolindo-o em seguida. Puxou um pano branco que mantinha na cabeça e, fazendo-o de atadura, enrolou o braço coberto de sangue. Dentro desse espetáculo de uma cerimônia primitiva, os dois se confrontaram silenciosos. Depois, a pobre Mee Heé correu em direção ao salão do restaurante, semidesfalecida, sendo amparada por alguns garçons, que a levaram às pressas para o Pronto-Socorro. É preciso dizer que este incidente ficou ignorado por mim durante semanas, pois os funcionários, sabendo de onde provinha toda a malignidade daquele lugar, não se atreviam a enfrentá-la. Nesta mesma noite, Mee Heé, já nas suas acomodações no pátio do Paraíso Perdido, escreveu uma carta a Sun Hung, avisando-lhe que, definitivamente, partiria no dia seguinte de volta a São Paulo, mandando-a entregar, sem falta, nas mãos do amante. Um detalhe: a carta estava escrita em caracteres da sua língua e, como desejava, foi entregue nas mãos do destinatário, o qual, apesar do braço enfaixado e manchado de sangue, em atitude desdenhosa, levou-a a altura do bolso de seu avental, deixando-a repousar ali. Como Mee Heé não havia fechado suas contas comigo, teve de esperar mais um dia. Não falou uma só palavra sobre o incidente, dizendo apenas que a família exigia sua presença em São Paulo. Com muitas mesuras, despediu-se. E assim, desacompanhada, abandonou o Paraíso Perdido, segurando o bilhete da passagem aérea como se temesse ser roubada, em direção ao Aeroporto Internacional do Rio Branco. A moça tremia da cabeça aos pés e, consigo, carregava as oferendas da sua idolatrada ex-patroa Viriata.

Definitivamente, no Paraíso Perdido jamais conhecemos ou conheceríamos dias pacíficos. Eu próprio sempre defini seus frequentadores, de uma maneira cruel, como uma cambada de rufiões, mas nunca esteve nas nossas cogitações, minha e de Viriata, fazer daquele local um lugar respeitável. Neste país talvez não exista um só lugar ou instituição, seja particular ou oficial, que possa corresponder a essa definição. Quatro meses depois dessa viagem de Mee Heé para São Paulo, estando desocupado, resolvi procurar Viriata. À tarde, ciente da sua estada no hotel, coloquei na minha pasta uma vintena de cartas de sua mãe, que se vinham acumulando, na certeza de que lhe seriam interessantes. Na portaria, Geroncito comunicou-lhe minha presença e ela se recusou a me receber. Indignado – apesar de ferir os bons costumes – galguei o segundo andar pelas escadas até a maior suíte do hotel. Bati na porta, a princípio com discrição e, depois, com violência, por não ser atendido. Finalmente, aos pontapés, fui surpreendido por três seguranças que me convidaram "respeitosamente" a cair fora daquele lugar. Antes de sair do hotel, recebi de um deles um empurrão pelas costas que quase me derrubou na calçada. Geroncito, presenciando a cena, correu em meu socorro e afastou os três sujeitos, providenciando um táxi para me levar de volta ao Paraíso Perdido. Nessa mesma noite, sem nenhum prévio aviso e sem que ninguém se tenha apercebido de sua saída, pelo menos pela portaria, Madame Viriata Vogt desapareceu do hotel Pinheiro Palace. No outro dia, pela manhã, como era de seu costume tomar café no quarto, por volta das dez horas o garçom bateu na porta sem resultado. Comunicado o fato à gerência, o Sr. Adalberto e os atônitos porteiros tentaram, sem nenhum êxito, contatar através do interfone e dos diferentes celulares de Madame Vogt, sem qualquer possibilidade de conversação. Aberta a porta com a chave mestra, já depois das duas horas da tarde, não havia nenhum vestígio da mulher. Entretanto, toda a enorme bagagem estava intocada (apesar da cidade do Rio Branco ter vida social limitada, ela conservava o hábito de viajar acompanhada de uma quantidade exagerada de acessórios). De certo modo, esse detalhe deixou a administração do hotel mais perplexa, sem entender o desaparecimento da mulher. No quarto, estavam ainda alguns cavaletes apropriados para acomodar selas de equitação, confeccionadas em couro indiano com o mais fino acabamento; dois pares de botas; um jogo de arreios; mantas de diferentes cores e até ferraduras especiais. Evidentemente, Madame Viriata Vogt pretendia cavalgar pelos arredores do Rio Branco. Avisada a polícia e, quase simultaneamente, a cidade do Campo Grande na pessoa do Sr. François-Jules Cortier, o senhor D'Axel, ele próprio, tratou de correr ao Rio Branco para se inteirar do acontecido. Todo esse barulho feito pelo Sr. Cortier junto à polícia local e ao Governador do Estado, a quem pediu uma audiência, ocasionou uma confusão geral. Ninguém se entendia, nem podia fazer qualquer tipo de suposição. Segundo as informações do gerente Adalberto, ficou assinalado que o hotel foi minuciosamente esquadrinhado. Agentes policiais, contando com a diligente parceria de toda a criadagem, além do pessoal da administração e dos três encabulados "seguranças" de Madame Viriata, percorreram o prédio "de ponta a ponta" e "de cabo a rabo", como diziam, sem qualquer resultado. Os hóspedes foram provisoriamente acomodados em outros hotéis a fim de facilitar a varredura completa: quartos, banheiros, anexos, salas e salões, restaurantes, cozinhas, copas, despensa, almoxarifado, rouparia, lavanderia, salas de máquinas, fosso de elevador e até cortinas. Tudo foi examinado com o rigor de um detetive inglês equipado com poderosas lupas. Nada foi encontrado, malgrado o prestígio da desaparecida, ampliado pela pressão contínua e, às vezes, até exasperante dos agregados da organização D'Axel – tendo à frente o incansável François-Jules Cortier. Nada resultou da busca. Madame Viriata Vogt sumira sem deixar vestígios. Os rumores chegaram rapidamente ao Paraíso Perdido e muito mais à polícia, amplamente instruída da minha frustrada tentativa de invasão dos aposentos de Viriata. Fui levado à delegacia e inquirido na forma da Lei. Não me foi difícil perceber a embaraçosa situação em que eu havia me metido diante do surpreendente desaparecimento de Viriata Vogt. Pela madrugada, recebi a visita do Sr. Cortier em minha prisão improvisada; porque, justiça seja feita, não me jogaram numa cela comum por uma razão: não havia espaço físico para mais uma pessoa, estava lotada de meliantes. Numa dependência do próprio gabinete do delegado, colocaram uma pequena cama com um tamborete e um vaso para minhas funções fisiológicas, além de uma garrafa d'água encimada por um copo, que me dava náuseas só em olhar. De entrada, o Sr. Cortier foi logo ameaçando: "O senhor precisa atentar quanto à gravidade de seus atos, pois Madame Viriata Vogt é virtualmente a noiva oficial do senhor D'Axel, e ele é um homem muito poderoso, capaz de, diante desse possível sequestro, provocar um incidente internacional". Olhando o Sr. Cortier, perguntei: "Será que a Bélgica irá invadir o Brasil como a Inglaterra invadiu as Ilhas Malvinas?".

– Nós temos meios mais sutis. Em primeiro lugar, recurso diplomático; depois, uma linguagem mais convincente como a da violência pessoal.

– Que interesse eu teria em fazer Viriata desaparecer?

– Certamente, o senhor a sequestrou para exigir resgate.

– Isso é história de trancoso ou charada da Interpol?

– O senhor foi flagrado dando pontapés na porta do quarto de Madame Vogt.

– Isso subentende minha impossibilidade de ter entrado. Batia desesperado, porque não podia entrar.

– O senhor reconhece então o desespero? Não há nesse fator uma espécie de confissão implícita da sua fúria criminosa?

– Finalmente, de que me acusam? De matá-la ou de sequestrá-la?

– Eu mesmo já fui uma vítima da sua violência. Tenho aqui, no meu nariz quebrado, a prova cabal de sua selvageria.

Fomos interrompidos por um tumulto na sala vizinha. Alguém havia sido preso e com certeza sofria alguma espécie de tortura, reagindo aos berros num idioma desconhecido, embora, logo adiante, dissesse algumas palavras em português, o que me fez conhecer de quem se tratava: era o desgraçado do Sun Hung. Logo observei ao Sr. Cortier: "Vocês devem prestar atenção a esse cidadão coreano. Ele já agrediu a Sra. Viriata com tal fúria que a deixou em coma num hospital. Não há muito tempo, fez ameaças graves, interceptando-a na rua. Além disso, confessou à companheira Mee Heé sua obsessão em sangrar aquela pretensiosa dama na primeira oportunidade". O Sr. Cortier, demonstrando o máximo de dignidade, levantou o queixo, dizendo: "Isso é o que vamos averiguar". Antes de ele sair da minha cela improvisada, observei: "Contratem os serviços do belga Hércules Poirot e, se não forem suficientes, melhores seriam os do Comissário Maigret, porque as polícias de todos os países foram transformadas em polícia-política, não mais se ocupando de crimes triviais, por mais hediondos que pareçam". Em se tratando de um crime de morte no qual eu estava enrolado, quisesse ou não quisesse, por ser marido da vítima, pode-se deduzir, com essas brincadeiras, a minha inexperiência diante de tais assuntos, na verdade, diante de qualquer tipo de envolvimento policial. Quanto ao Sr. D'Axel, entrevisto por algumas pessoas no auge da procura de Viriata no hotel, logo em seguida, não sei bem qual o termo para definir seu súbito desaparecimento, simplesmente dissolveu-se no ar.

6

O escândalo provocado pelo delito cometido por Sun Hung estourou na Cidade do Rio Branco, alcançando uma intensidade pouco comum na mídia brasileira e nas agências noticiosas internacionais. Por pressão da imprensa e das autoridades federais, o julgamento ocorreu em apenas seis meses. Não preciso dizer que a cidade fervilhava de jornalistas internacionais. Os principais semanários do país, sempre fiéis ao lema "a notícia em primeiro lugar, desde que seja uma má notícia", capricharam em suas matérias. Numa delas, até o retrato de Viriata, fantasiada de princesa africana, serviu como capa (e, aqui para nós, ela estava soberba!). De repente, o antigo Território do Acre transformou-se na capital da desgraça e de todas as graças. O assassinato possuía os requintes de perversidade que caracterizam um ato como crime hediondo. A confissão do criminoso, de uma frieza espantosa, narrava, pormenorizadamente, em todas as suas etapas, quase como num experimento científico, aquilo que não podia prescindir de elementos fracionados no tempo e no espaço para um resultado conclusivo impecável. Todavia, o que não se entendia é que toda essa barbaridade tivesse como alvo principal a minha pessoa, incrivelmente julgado, durante algum tempo, como um criminoso que precisa sofrer os rigores da Lei. Prolongando a tortura, fui obrigado a assistir como espectador (?) a todas as sessões do Tribunal, nas quais se fazia desnecessária qualquer defesa, pois Sun Hung era um criminoso confesso. Ressalte-se que o réu se negou com obstinação a aceitar um advogado de defesa, sem lhe dar qualquer atenção ao ser inquirido, apesar das contínuas admoestações do juiz. Precisavam de mim no tribunal para ser ouvido como cônjuge e até como suspeito do desaparecimento da vítima. Para mim, não deixava de ser amedrontador todas as vezes que Sun Hung se sentava na cadeira do réu e contava "a sua história". Talvez passasse despercebido do grande público, dos advogados, do júri e do próprio juiz, um detalhe: o criminoso, ao falar, olhava fixamente na minha direção, dentro dos meus olhos, dando-me a certeza do seu ódio e de que eu seria a próxima vítima. O promotor, cuidadoso ao escandir as perguntas, deu início às inquirições: "Como o senhor a conheceu?". O cozinheiro, surpreso, demorou um pouco a responder, mas, em seguida, quase num murmúrio, disse: "Fui contratado por ela para ser *chef* do Paraíso Perdido. Já na minha chegada ao aeroporto, descaradamente, essa senhora começou a me lançar olhares maliciosos, apertou-me a mão demoradamente; e, no percurso para o restaurante, passou a esfregar as suas coxas na minha. No outro dia pela manhã, diante de um balcão, ela me encontrou com as mãos sujas de sangue, 'tratando' um porco aberto ao meio. Sem nenhum motivo, advertiu-me de que, a partir daquele momento, me chamaria de 'Porco'. Em seguida, quase num golpe, pegou uma das minhas mãos ensanguentadas e passou a chupar, demoradamente, cada um dos meus dedos. Nesta mesma noite, tornou-se minha amante". O promotor, ainda demonstrando cautela e certa pose, indagou: "Por que essa relação terminou tão violentamente numa agressão que a levou ao hospital?". Desta vez, o cozinheiro não pareceu se sentir à vontade, procurando as palavras: "Ela pretendeu trocar-me por um maldito gringo vermelhaço que dizem ser belga e milionário, mas não passa de um bandido". Neste momento, o juiz interveio e disse: "O senhor não está respondendo à pergunta. Não precisamos de opiniões". O promotor acercou-se da bancada dos jurados e, quase como se a pergunta fosse dirigida a eles, indagou: "Em que lugar, qual a data e em que situação o senhor cometeu o crime?". Sun Hung foi rápido, como se tivesse pressa em se desembaraçar de suas convicções: "Não sou homem de datas e nosso calendário, como todos sabem, é outro. Agarrei-a na madrugada de sua fuga do hotel. De há muito andava rondando o Pinheiro Palace e, naquela noite, eu a vi sair pela porta dos fundos, acompanhada de um homem não identificado por mim, que lhe entregou uma bicicleta, voltando rapidamente para o interior do prédio. Ela estava vestida de forma muito estranha, parecendo um rapaz disfarçado. Usava uma calça comprida estufada nas coxas. Portava, também, um boné de jóquei e calçava tênis. Eu havia deixado a caminhonete do restaurante a uns cem metros e consegui interceptá-la sem grande violência, porque, assustada com o meu aparecimento, ela despencou do selim, ficando imóvel no chão. Após amarrá-la, enrolei-a numa manta apropriada ao transporte de carne de boi e a coloquei na caminhonete, juntamente com sua bicicleta, da qual me desvencilhei duas quadras depois. Absolutamente inerte, talvez até desmaiada, não ofereceu nenhuma reação; então segui em direção ao restaurante. O meu propósito era esquartejá-la e guardá-la no frigorífico *Dânica*, que tinha espaço para armazenar dois elefantes". O promotor, bem mais confiante, respirou profundamente duas vezes e fez a indagação crucial: "Por que matar Madame Viriata Vogt?". Sun Hung respondeu: "Porque queria vê-la sangrar como um porco". Nesse momento, o acusador, muito próximo do assassino, perguntou: "E como se sangra um porco?". Sun Hung, baixando a cabeça, olhou os seus pés como quem procurava alguma coisa no chão – algo perdido e necessário à urgência de sua certeza – e, ainda de cabeça baixa, replicou:

– Primeiro: lava-se com água fria para retirar a sujeira do animal.

Segundo: aplica-se uma marretada na cabeça para desmaiá-lo.

Terceiro: puxa-se a pata esquerda para baixo do pescoço e enfia-se uma faca peixeira de dez polegadas para matá-lo.

Quarto: lava-se totalmente com água fervendo para se retirar todo o pelo.

De repente, o clamor do público fez o depoente calar. O juiz bateu com violência seu martelo, ameaçando esvaziar a sala. Algumas pessoas até pretenderam agredir o criminoso. Acalmado o tumulto, Sun Hung levou a mão à boca e perguntou: "É para continuar?". O promotor olhou para o juiz, que olhou para o criminoso e disse: "Continue".

– Quinto: corta-se a cabeça pelo pescoço...

Novos murmúrios desaprovadores, novas marteladas...

– (...) e abre-se ao meio pela parte da barriga num sentido longitudinal.

Sexto: após aberto, retiram-se as vísceras.

Sétimo: lava-se com água fria a parte interna para retirada de todo o sangue contido.

Oitavo: cortam-se os pés e as mãos.

Nono: abre-se num sentido longitudinal o dorso do animal da traseira até à cabeça, dividindo o corpo em duas partes.

Décimo: as peças cortadas serão abertas verticalmente, perfazendo quatro partes.

Décimo primeiro: depois desse esquartejamento, obtêm-se várias outras partes, tais como: coxão, filé, contrafilé, costeletas...

O silêncio que tomou conta do fórum foi absoluto, mas a promotoria insistiu: "E o que o senhor fez da cabeça da mulher?". Sun Hung não teve nenhuma dificuldade em responder, quase cobrindo a pergunta: "Depois das 'partes' acomodadas no *freezer*, em lugares previamente escolhidos – é preciso esclarecer que só eu possuía a chave e era o único que podia entrar nesse local por ordens expressas do patrão e da antiga patroa, e essa ordem nunca foi desrespeitada – coloquei a cabeça e todos os pertences dela num saco e fui enterrá-los na mais profunda região da floresta que pude atingir. Como todo mundo sabe, o restaurante fica à margem da floresta...". Subitamente, Sun Hung silenciou. O inquiridor, irritado, mandou-o prosseguir, ao que ele respondeu: "Andei cerca de duas horas na mais completa escuridão para enfim encontrar um buraco natural, fundo como um poço, ideal para me desfazer daquele fardo e daquela face odienta". Em seguida, nova pergunta: "Ela foi enterrada?". "É evidente que eu carregava uma pequena enxada. Sou habituado a lidar com os mais variados utensílios e um mestre de artes marciais. Conheço todos os instrumentos perfurocortantes inventados pelo homem: cutelos, trinchantes, machadinhas, facões, foices, ancinhos, punhais, cimitarras, adagas, navalhas e a faca-peixeira (assim apelidada por vocês brasileiros). Lutei horas a fio naquele negror até ao amanhecer, quando, enfim, verifiquei o sumiço do fosso. Mesmo assim cobri o lugar de folhas e troncos em decomposição. Nem o diabo, nas profundezas do inferno, conseguiria resgatá-la". O juiz, perplexo, brandia seu martelo no ar como se fosse uma arma e como se pretendesse esmagar a cabeça do coreano. Depois, chegou a vociferar: "Eu o expulsarei desta sala, seu miserável, se continuar a desmoralizar este tribunal". Ouviram-se novos resmungos e gritos de indignação do público e novas marteladas do juiz. Mesmo assim, Sun Hung prosseguia como se nada estivesse ouvindo, completando: "O resultado disso foi de certo modo prejudicial, porque eu me perdi na floresta. Não é difícil verificar que fiquei com cicatrizes no rosto e no corpo. Além disso, quase morri de sede. O senhor não pode imaginar o que é a escuridão das trevas", disse Sun Hung, novamente me fitando. Ele não mudou uma só palavra da confissão efetuada ainda na delegacia, quando da sua prisão definitiva dois meses depois do crime. Na sua primeira detenção, 24 horas após o desaparecimento de Viriata, foi bastante frio e sagaz para pedir o depoimento de seus colegas garçons e cozinheiros auxiliares do restaurante Paraíso Perdido, sabendo, de antemão, que jamais ousariam testemunhar contra ele. Seria um álibi perfeito. Assim acontecendo, passou alguns dias no xadrez e voltou rapidamente ao restaurante. Tanto o gerente quanto os porteiros do hotel e o motorista da Organização D'Axel, além dos três seguranças, foram chamados como testemunhas. A não ser o motorista do Sr. Cortier, que contou com detalhes a atitude impertinente do coreano em relação a Sra. Viriata Vogt, o restante deu depoimentos mornos e indefinidos. Os seguranças alegaram que só foram contratados para trabalhar durante o dia. A acusação ainda continuava segura dos seus trunfos pretendendo usá-los à exaustão. De uma forma maliciosa, indagou: "Em quantos dias o senhor devorou o corpo?". O endemoniado Sun Hung, como se aceitasse o desafio, em voz monótona, disse: "Durante um mês, acredito. Tinha de fazê-lo apressadamente; o meu apetite era voraz, sobretudo, para carnes, depois que cheguei no Brasil... Meu repasto particular sempre ocorria nas madrugadas silenciosas, à luz de velas e de boas porções de *sojú* e *jinlo*. Conhecia bem o movimento daquele lugar, sentido-me bastante seguro em não me deparar com surpresas desagradáveis. O Dr. Nonato e a ex-patroa eram bastante sovinas para pagar um vigilante e me destacavam, vez ou outra, já que eu durmo nas imediações, para fazer a ronda noturna. Ali, eu sempre fui o chefe". O denunciante, horrorizado, disse: "Então, o senhor se alimentou da pobre moça acompanhado de aguardente coreana?". E quase como um complemento, acrescentou: "E o que o senhor fez dos ossos de grande porte?". Sun Hung, demonstrando má vontade, resmungou: "O restaurante sempre foi muito bem equipado. Além do *freezer*, tínhamos um triturador de ossos, da marca *Julian*, capaz de triturar dez toneladas/h (um desmantelo), instalado numa construção anexa. Como determinação da ex-proprietária, que sabia lidar muito bem com dinheiro, ficava muito mais barato comprar o boi abatido no matadouro para trabalharmos a carcaça lá mesmo. Tínhamos também moedores de carne importados". A multidão parecia petrificada de horror e havia indícios de um possível linchamento do criminoso. A polícia fez um cordão de isolamento dentro do próprio fórum.

Apesar da minha longa e ridícula detenção – eu não sabia que era tão odiado na cidade do Rio Branco e dentro do meu próprio negócio, pois, logo após ter sido trancafiado como o principal suspeito da morte de minha mulher, uma quantidade enorme de pessoas testemunhou contra mim, acrescentando detalhes inverossímeis – o que jamais poderei compreender é como o maldito coreano, com todos os seus antecedentes de violência em relação a Viriata, a Mee Heé e a outras diferentes criaturas, dentro e fora do restaurante, se manteve tanto tempo como insuspeito. Alguns álibis, na sua maior parte provenientes de figuras como os garçons e seus companheiros de cozinha do Paraíso Perdido, que eu supunha seus inimigos figadais, foram definitivos. É verdade que eu fui um dos primeiros a inocentá-lo, receoso de que sua ausência no restaurante pudesse prejudicar meu negócio. De resto, logo na época em que Viriata sumiu do hotel, jamais eu acreditaria na possibilidade de um crime com essas características hediondas e muito menos que Sun Hung chegasse à tamanha insanidade. Meus defensores, Dr. Zenão Silveira, vindo do Recife, e outro, do Rio Branco, Dra. Estela Bion (advogada do restaurante e amiga íntima de Viriata), chegaram a afirmar que era preferível confessar o crime, pois isso poderia atenuar a minha pena. Ambos estavam certos da minha culpabilidade e ainda me acusavam de não cooperar. Ainda hoje não entendo a escolha de Viriata por uma advogada criminalista como conselheira jurídica do restaurante Paraíso Perdido. Mas eu sei o quanto a minha sorte contou com a sua simpatia, desde quando fomos apresentados, devido a sua paixão pela literatura e por alguns autores de minha preferência, coisa rara de se encontrar por essas bandas. Dra. Estela achara muita graça na história do nosso jantar com o Sr. Cortier, quando foram citados o Abade Prévost e Eugène Ionesco. Ela era uma antiga frequentadora do restaurante bastante bonita e competente na sua profissão e ainda contava com um incrível discernimento em relação à vida e à arte. Numa de suas visitas, retirou da bolsa uma bela edição de um livro de Virgínia Woolf, *Contos completos*. Estela, na sua voz bem modulada, leu em voz alta o conto "Noite de Festa", de forma tão expressiva que me levou às lágrimas. Jamais compreendeu meu relacionamento com Viriata, e não foi surpresa verificar, naquele momento, sua cogitação de me tomar como o real assassino. Por vezes, antes de Zenão chegar do Recife, ao me visitar na cadeia (pois já havia sido removido da delegacia) ela perguntava: "Para que você queria aquele revólver 38, guardado em sua mesa de cabeceira? E, além de tudo, por que você treinava tiro ao alvo publicamente, atrás do restaurante, sempre a se vangloriar de seu feito entre cozinheiros, garçons e o próprio Sun Hung? Será que você queria demonstrar ao coreano que não era tão inofensivo?"

"Fui, no Recife, na juventude, campeão de tiro ao alvo e de tiro ao pombo", eu retruquei. Nas minhas primeiras avaliações, quando, inexplicavelmente, Viriata desapareceu, a figura de Sun Hung emergiu das profundezas do inferno como o único suspeito por motivos óbvios. Acontece que Viriata modificara enormemente sua linha de conduta depois do convívio com o grupo do senhor D'Axel. Permanecia muitíssimo mais tempo viajando com o casal Cortier em demanda à Fazenda dos Dois Mundos do que mesmo no Rio Branco. A propriedade era localizada quase na fronteira do Paraguai, próxima à cidade de Porto Murtinho. Era como se de repente ela deixasse de ser uma simples cidadã brasileira. Nas suas mais heterogêneas relações com forasteiros, gente de toda a parte do mundo – Geoffrey sabia disso –, sempre esteve envolvida com pessoas de alta periculosidade, muitas vezes representando interesses conflitantes. Nem o senhor D'Axel nem o senhor Cortier, muito menos os seus seguranças, poderiam acompanhá-la nas suas inúmeras andanças clandestinas, quer fossem no Rio Branco, no Porto Velho e noutras cidades do Mato Grosso e do Mato Grosso do Sul. Segundo soube por Geoffrey, que naqueles tempos de meus infortúnios tinha me visitado com mais assiduidade, ela foi vista muitas vezes em várias cidades do Tocantins e, inexplicavelmente, até em Roraima. Se posso acreditar em tudo o que Geoffrey afirma (entre uma bebedeira e outra), ela foi flagrada em Santa Helena, cidade da Venezuela, perto da fronteira com o Brasil, lugar ligado a decantada rota dos diamantes, em parte dirigida a Dubai e à Antuérpia. E será que nesses grupos não poderiam aparecer um ou vários assassinos de Viriata ou mesmo seus sequestradores? Foi essa também a dúvida que me fez em parte interceder a favor de Sun Hung. A polícia local e a imprensa – nisso os meus dois advogados estavam de acordo – tinham a certeza de que eu era o verdadeiro criminoso, movido por ciúmes atrozes... Não havia ciúmes atrozes, e sim a mais atroz submissão. Não havia, sobretudo, um corpo para matar... A ausência do corpo levou-os a Sun Hung. Durante o julgamento, estranhei a falta do Sr. Cortier. Fora substituído por um jovem advogado paulista, com certeza para evitar qualquer comentário malévolo sobre ingerência estrangeira na justiça do Brasil. Desconsideradas as suspeitas, tudo se encadeava à perfeição, embora restasse um detalhe ainda não devidamente esclarecido: o desaparecimento da garçonete Mee Heé. O cozinheiro, que poderia estar envolvido também neste caso, apresentou a carta da amante, toda em caracteres coreanos, no alfabeto *Hangul*, que foi enviada à embaixada da Coreia do Sul, em Brasília, para a devida tradução. A missiva era clara: a moça se despedia do antigo amante e pai do seu filho, Francisco de Paula, dizendo retornar a São Paulo em definitivo. Como sua bagagem era muito grande, pretendia despachá-la independentemente do seu retorno. Não havia qualquer sinal de afetividade, apenas seu singelo nome fechava a escrita: "Mee Heé". A jovem coreana era órfã de pai e mãe. Tudo isso ficou comprovado porque a família dela em São Paulo (composta apenas de uma velha tia com quem moravam mais dois sobrinhos distantes que nem falavam português) confirmou a chegada da bagagem como também o telefonema de Mee Heé, já no aeroporto, afirmando que talvez ainda tentasse um emprego no Porto Velho antes do seu retorno definitivo. Diante do horror do crime de proporções indescritíveis contra Viriata Vogt, a esta altura já considerada pela imprensa internacional como a futura mulher do magnata belga Joseph Louis Gallon D'Axel, o desaparecimento de Mee Heé passou simplesmente à enorme sessão dos "esquecidos". Eu mesmo tinha a certeza de que Mee Heé trabalhava em algum lugar do Brasil como garçonete, talvez até aqui no Recife, num conhecido restaurante coreano.

Hoje tudo parece resolvido. O tempo passou, mas não consigo achar normal deixar de reclamar o corpo de Viriata, apesar da irremediável circunstância de seu trágico desaparecimento. O homem é a única criatura que enterra seus mortos. Hoje, pela manhã, antes de sair do meu abrigo, ouvi risos e alguém pronunciou o nome de Oliver Edward, o filho querido do Mestre.

Curioso, indaguei de que se tratava. O vigia explicou que a cozinheira da casa do menino confidenciara que o pequeno peixe beta, único no aquário do garoto, batizado com o nome Fred, havia morrido esta manhã por motivos desconhecidos. Enquanto Oliver estava no colégio, a empregada inadvertidamente jogou-o no lixo. Ao retornar, o jovem ficou inconsolável, pois desejava fazer o seu enterro. No lugar onde havia o aquário, Oliver Edward fez um desenho muito semelhante ao do peixe Beta, com suas barbatanas e cauda, e uma lápide com o nome *Fred*, onde acrescentou a palavra *PAZ* e a data. O corpo é uma paixão, quem quiser que o despreze. Existe tão somente o corpo e nada mais. O que costumamos lamentar depois da morte é a ausência do corpo, e todas as homenagens que prestamos aos mortos (nas mais diferentes culturas) sempre são dirigidas à permanência do corpo. A própria ressurreição da carne é o sinal supremo dessa nossa servidão a que chamamos de transcendência. Por que não reconhecer que o corpo em si representa os supremos valores do espírito? O meu problema atual é "fazer das tripas coração" para esquecer o Acre, o Rio Branco, o Paraíso Perdido, Viriata, Sun Hung, Mee Heé e particularmente o senhor D'Axel, que, mesmo a distância, parece me manobrar como uma marionete. Cabe-me voltar aos braços do Mestre desaparecido e, tanto quanto possível, à sua influência e às suas leis. Não discuto se sou outro, talvez até não o seja. Encontrei uma quantidade tão absurda de notas, de pequenos textos, listas de assuntos pendentes, algo que esperava por ser tratado, embora o Mestre adivinhasse a impossibilidade de cumprir todas as suas certezas ou incertezas. Adivinhava o seu fim e me passava o bastão? Se eu seguir à risca aquilo que o Mestre pede para ser publicado – pedido não necessariamente dirigido a mim – passarei a encher essas páginas com textos muito heterogêneos e nem sempre de sua lavra, pois ele era um incorrigível leitor em busca de se descobrir nos outros, ao ponto de perder sua própria identidade. Se eu buscasse apenas um roteiro significativo das suas façanhas, do seu trabalho diário de pinturas e esculturas, dos diferentes templos e praças construídos na minha ausência e, de certo modo, repletos de alusões, meu trabalho seria simples, não seria de forma alguma algo de caráter penoso. Mas ele me obriga a correr para o lado obscuro de sua alma. Não terei nenhum pudor em seguir à risca suas últimas vontades, porque a mim, antes de qualquer pessoa, foi-me dada a honra e a possibilidade de as descobrir no seu próprio local de trabalho, contando, de certa forma, com a autorização familiar.

Como uma ordem, o Mestre escreveu com todas as letras: "Trecho indispensável a ser publicado no meu diário, com ou sem aspas. Para mim, à autoria das diferentes obras literárias não mais interessa a identificação de nomes". Então eu retiro de seus arquivos um texto sobre Lewis Carroll, um de seus autores preferidos: a queda notória do reverendo pelas "jovens raparigas em flor". No papel está anotado à mão, na sua letra disforme:

O Canibalismo das Palavras
Literatura de Carrol navega entre a superfície e a profundidade

Gilles Deleuze

Tudo em Lewis Carrol começa por um combate horrível. É o combate das profundezas: coisas arrebentam ou nos arrebentam, caixas são pequenas demais para seu conteúdo, comidas são tóxicas ou venenosas, tripas se alongam, monstros nos tragam. Um irmãozinho usa seu irmãozinho como isca. Os corpos se misturam, tudo se mistura numa espécie de canibalismo que reúne o alimento e o excremento. Mesmo as palavras se comem. É o domínio da ação e da paixão dos corpos: coisas e palavras se dispersam em todos os sentidos ou, ao contrário, soldam-se em blocos indecomponíveis. Nas profundezas tudo é horrível, tudo é nonsense. "Alice no País das Maravilhas" era para intitular-se inicialmente "As aventuras subterrâneas de Alice".

Abaixo desse texto, o Mestre havia anotado:

Deleuze não falha nas suas observações sobre Carrol, como não falhou ao comentar Sacher-Masoch e Marcel Proust.

Embora tenha feito inúmeras promessas para exorcizar meus fantasmas, uma referência tão diminuta, realizada por um gênio e um crítico de grande valor, não poderia deixar de influenciar meu ânimo num sentido inesperado. Eis-me, de repente, às voltas com o canibalismo de Sun Hung e a discutir com o Dr. Zenão Silveira sobre a impossibilidade de eu ser um "assassino indireto". Recordo-me, como se fosse hoje, de ter perguntado, diante do olhar incrédulo de Dr. Zenão, se seu pai tinha consciência, ao batizá-lo, da existência do nome "Zenão de Eleia"? Ofendido, o advogado respondeu "na bucha":

"Meu pai era um jurisconsulto e conhecia bastante literatura e filosofia". Eu insisti: "Será que ele comentou com você a respeito do seu nome e as duas propostas básicas de Zenão, de negar a realidade do movimento e a pluralidade?". Dr. Zenão aproveitou para confessar um detalhe que muito o afligia e que foi motivo de comentários na cidade do Recife. Toda a mídia nacional dera destaque ao crime hediondo do Rio Branco, mas, no Recife, não saiu qualquer tipo de matéria sobre o assunto. Algumas pessoas chegadas à polícia diziam que o nome de Nonato não constava nos Cartórios de Registro Civil. "Quando você fugiu do Recife, acompanhado de Viriata, possuía carteira de identidade com esse nome de Nonato?" "O meu nome sempre foi e ainda é Nonato, portanto, mais um paradoxo para você resolver: como é que posso cometer um crime se eu não existo? Jamais ter nascido pode ter sido a maior dádiva de todas", respondi sorrindo. No momento, já na minha cidade, sou obrigado a reafirmar: só depois da notícia da morte do Mestre renasci com o nome de Renato, em seguida rompi com os grilhões que me irmanavam ao artista desaparecido. Mas, ainda assim, dou provas de minha lealdade: quase todas as manhãs, visito, à beira do barranco, a figura de costas do cismarento Herr von Brincken. Às vezes pequenas anotações revelavam assuntos de caráter extremamente pessoal, como, por exemplo, o que está escrito nesta tira de papel:

Sugiro que Oliver Edward Brennand, meu filho, depois de minha morte, comande o Departamento de Pinturas e Esculturas e continue meu trabalho de artista. A Oficina, independentemente do meu desaparecimento, deve continuar, à maneira dos ateliês medievais e renascentistas. Morre um Mestre e logo toma lugar outro. O jovem Oliver Edward tem talento e, como todo menino, desenhou com desenvoltura. Ele mais do que os outros. Em todo caso, talvez por influência da mãe, pretende estudar Direito. Neste momento, nada há mais o que dizer.

Em relação ao *Templo do Sacrifício*, o Mestre se preocupava com problemas de ordem cronológica. Na verdade, o seu verdadeiro propósito era o de homenagear chefes indígenas, o Imperador Moctezuma II e o Rei Atahualpa, representantes de duas culturas de valor inegável, destruídas e assassinadas pela civilização ocidental em nome do Cristianismo e da cobiça desenfreada de conquistadores medíocres como Hernan Cortez e Francisco Pizarro. A escultura do asteca Moctezuma II foi criada nos primórdios da chegada do

Mestre na Oficina, e ele pretendia entronizá-la dando-lhe o merecido relevo. A escultura de Atahualpa, que de certo modo complementa a do infeliz Imperador, surgiu não mais que dez anos depois. Todas as outras peças representando os trinta e seis *Sacrificados* foram inspiradas numa escultura feita pelo artista no ano de 1977 intitulada *O grito*, por conta da bocarra aberta que lembrava a pintura de mesmo nome do genial Edvard Munch. A *Foca ferida* e o *Albatroz* são trabalhos recentes, realizados em função daquilo que o Mestre desejava fazer significar, ou seja, a atmosfera de horror indiscutivelmente presente no local. O *Cavalo de Troia* também é um trabalho antigo que, propositadamente, centraliza a *Praça Gauguin*, fazendo complemento ao *Templo do Sacrifício*, ao relembrar a astúcia ulissiana como principal símbolo de dominação ocidental. Já *O marinheiro* é uma escultura híbrida, porquanto mistura uma parte de cerâmica a outra de ferro, e representa a estupidez gratuita que antecipa as catástrofes. Os dois fragmentos retirados de "A Balada do Velho Marinheiro", de Samuel Taylor Coleridge, foram escolhidos porque demonstram cabalmente o remorso terrível do velho marinheiro ao recordar o assassinato do albatroz; inclusive, o Mestre os reproduziu em inglês arcaico, para um maior efeito expressivo. Dizem que Coleridge assim escreveu esse grande poema:

Desde esse dia, em hora incerta,	*Since then, at an uncertain hour,*
volta essa angústia extrema,	*The agony returns:*
e se não conto a história horrível	*And till my ghastly tale is told,*
o coração me queima.	*This heart within me burns.*
– Deus te proteja, marinheiro,	*– God save thee, ancient mariner!*
de teu demônio atroz!	*From the fiends, that plague thee thus!*
Que angústia é esta?	*Why look'st thou so?*
– com a balestra	*– With my cross-bow*
abati o albatroz!	*I shot the ALBATROSS.*

Nas anotações do artista relativas ao *Templo do Sacrifício* não existia nada de caráter consistente, ou seja, uma história completa que pudesse levá-lo ao desabrochar da criação. Apenas algumas frases partidas como lembretes e a irresistível vocação para homenagear Paul Gauguin, cujo retrato, em relevo cerâmico, está colocado na parede principal do *Templo*. Em todo caso, com pequenas anotações, ele riscou no seu caderno:

(...) A multidão que se comprimia à passagem de Atahualpa gritava:

– Muito grande e poderoso Senhor, Filho do Sol, chefe único, ao qual toda a terra obedece!

(...) Homem de ambições sólidas, Pizarro havia encontrado, alguns anos antes, um jovem índio que lhe indicara o sul com a mão direita, dizendo-lhe:

– Conheço um país onde se bebe e se come em vasilhas de ouro.

(...) Pizarro e dois amigos, Diego de Almagro e o Padre Hernando de Luque, chamado de Luque Loco, (Luque, o Louco) ligaram-se por um contrato. A ata, com quatro páginas escritas em letra fina e pequena, começava assim: "Em nome da Santíssima Trindade, Pai, Filho e Espírito Santo, três pessoas distintas em um só e verdadeiro Deus e em nome da Santíssima Virgem Nossa Senhora, estabelecemos a associação seguinte...". O Pirú, que nenhum espanhol vira ainda, foi assim vendido, dividido, regulamentado.

(...) A 26 de julho de 1529, a Imperatriz Isabel (portuguesa, irmã do rei de Portugal), na ausência do marido Carlos V, assinou uma Capitulación que autorizava Pizarro a proceder à exploração e à conquista do Peru.

(...) A guerra civil convulsionava o seio do império Inca, opondo dois pretendentes ao trono: Huascar e seu meio-irmão Atahualpa.

(...) Atahualpa foi intimado a se converter à religião cristã e a se considerar um súdito de Carlos V.

– Não quero ser súdito de homem nenhum na terra – respondeu com dignidade o Inca.

– Sou mais poderoso do que qualquer príncipe neste mundo.

(...) A 26 de julho de 1533, Atahualpa foi levado, pés e mãos amarrados, à Praça de Cajamarca e estrangulado com prontidão.

(...) Uma civilização adestrada, conclui Jean Descola, em Os conquistadores *(Fayard, 1994). O mesmo historiador comenta, a propósito de Pizarro: "Para encaminhar bem uma tarefa sobre-humana, sem dúvida, era preciso um herói desumano". Não mais desumano, porém, que os senhores do império vencido.*

Mestre Brennand também mencionava uma longa conversação pelo telefone com o pintor Zé Cláudio da Silva sobre esse mesmo assunto. José Cláudio lembrou um livro de Bernal Díaz del Castillo, *La verdadera historia de la conquista de la Nueva España por un de sus conquistadores.* Igualmente, fala no *Visión de los vencidos,* de vários autores vinculados aos astecas. Eu já havia notado, nesses sucintos comentários, a tendência do Mestre em considerar a história como uma imensa e atroz repetição de feitos calamitosos, tudo se resumindo na menção final do historiador Jean Descola, quando este equipara a maldade de Pizarro à dos senhores do império vencido. No poema do artista, "O Marinheiro", dedicado a Paul Gauguin e Joseph Conrad, a simpatia pelos sacrificados é inequívoca. Entretanto, perduram no ar notas longínquas e solenes de uma sinfonia jamais esquecida, pautada na glória e na bravura dos conquistadores de todos os tempos. O que Mestre Brennand não podia ignorar, e ele o sabia melhor do que ninguém que toda violência gera os seus frutos, como o admirável Carlos Fuentes (uma das suas referências) preconiza: "Morrer como morreu o universo dos astecas é uma ferida que cicatriza dificilmente, mas que obrigou a nós, os mexicanos, a construir algo de novo, de diferente e, ao mesmo tempo, fiel a nós mesmos, com o sangue jorrado devido à terrível praga infringida pelos espanhóis ao corpo da nação mexicana". É ainda Fuentes quem diz: "Sol sexual da mestiçagem, *plexus* solar da emoção". Há ainda um detalhe obscuro para todos aqueles que visitam o *Templo do Sacrifício,* ou seja, a verificação de que ambos os homenageados, tanto Atahualpa como Moctezuma, estão envolvidos por uma grade de ferro e, portanto, as suas imagens são obstruídas. Seria uma alusão ao símbolo cristão do purgatório? O peruano foi uma presa fácil para os espanhóis por estar em plena luta armada contra o irmão, e o imperador asteca foi acusado pelo seu próprio povo de traição. Recordo que uma vez o Mestre, como se pensasse em voz alta, disse: "As indecisões de Moctezuma me fascinam". Contudo, eu, Renato, estou farto de assimetrias. No meu atual pessimismo, essas considerações excessivamente complicadas me irritam à exaustão. Mesmo servindo ao Mestre, estou propenso a compartilhar de uma frase de Sartre (tão querido, nos anos 1950, por toda a juventude) manifestamente desesperançosa: "O homem, essa paixão inútil". Além disso, eu completaria: uma criatura repugnante, uma escória fedorenta perfeitamente descartável da provável sobrevivência do planeta, que se beneficiaria com o desaparecimento dessa espécie indesejável e desarrazoadamente predadora. A última pedra foi jogada por Emil Cioran: "O paraíso é a ausência do homem". George Eliot, a romancista inglesa, apesar de ser mulher, não é menos severa no seu julgamento quando observa: "Se tivéssemos uma aguda visão de toda vida humana comum, seria como ouvir a relva crescer e o coração do esquilo bater; e morreríamos desse rugido que está do outro lado do silêncio. Na verdade, mesmo os mais rápidos de nós andam por aí bem acolchoados de estupidez". Novamente volto a reclamar, mas, desta feita, contradizendo-me: a tralha perfeitamente simétrica da Natureza me decepciona. Com quem estou afinal, se agonizo?

A peregrinação dos ventos

(...) Cada coisa é todas as coisas. O sol é todas as estrelas,
e cada estrela é todas as estrelas e o sol.
Ninguém caminha ali como sobre uma terra estranha.

Plotino

Para demonstrar as peculiaridades do Mestre Brennand em relação à literatura, posso dizer que ele confessou ter lido diversas vezes o romance *O paciente inglês*, de Michael Ondaatje, e que, depois de inúmeras arrumações de sua biblioteca por pessoas estranhas ao ofício, chefiadas por Titã, perdeu o livro de vista. Adquirindo novos exemplares, presenteou-os a algumas amigas, recomendando sempre – sem que lhe ocorresse que essa advertência poderia ser ofensiva – a leitura das páginas 18 e 19, relativas a uma espécie de "Congresso dos Ventos" (título de um poema do pernambucano Joaquim Cardoso). "Não precisam ler todo o livro se não quiserem, embora vocês do sexo feminino, se não o fizerem, perderão uma bela história de amor." Insistia em afirmar que o seu diário sempre foi um livro de recortes. Na parte final dessa nota, pede que copiem duas páginas de *O paciente inglês*, na íntegra, começando um novo recorte no parágrafo terceiro da página 18 e terminando na frase da página 19:

Ele começa a falar no escuro.

Ela pega o livro que está na mesinha ao lado da cama dele. É o livro que trouxe consigo ao sair das chamas – um exemplar das Histórias *de Heródoto que ele havia modificado, colando páginas arrancadas de outros livros ou escrevendo observações suas – de modo que tudo isso vinha se aninhar no texto de Heródoto.*

Ela começa a ler as letrinhas retorcidas que ele escrevera.

"Há um tufão no sul do Marrocos, o Aajej, contra o qual os felás se defendem com facas. Há o Áfrico, que já alcançou até a cidade de Roma. O Alm, um vento de outono proveniente da Iugoslávia. O Arif, também batizado como Aref ou Rif, que sopra em numerosas línguas. Estes são ventos permanentes que vivem e se conjugam no presente.

Há outros ventos menos constantes que mudam de direção que podem lançar por terra cavalo e cavaleiro e se realinhar no sentido anti-horário. O Bist Roz invade o Afeganistão durante cento e setenta dias – sepultando aldeias. Há o quente e seco Ghibli, de Túnis, que fica rolando e rolando e provoca uma reação nervosa. O Habub – uma tempestade de poeira do Sudão que se perfila em brilhantes muralhas amarelas com mil metros de altura e é seguida de chuva. O Harmattan, que bufa e às vezes vai se afogar no Atlântico. Imbat, uma brisa marinha da África do Norte. Alguns ventos que apenas ficam suspirando para o céu. Tempestades de poeira noturnas que vêm com o frio. O Khamsin, uma poeira no Egito, entre março e maio, cujo nome deriva da palavra árabe para o número 'cinquenta', que floresce por cinquenta dias – a nona praga do Egito. O Datu, de Gibraltar, que traz um perfume.

Há também o ________, o vento secreto do deserto, cujo nome foi apagado por um rei depois que seu filho morreu por causa dele. E o Nafhat – um bafo que vem da Arábia. O Mezzar-ifulusen – um sudoeste violento e frio, conhecido entre os bérberes como 'o que depena as galinhas'. O Beshabar, um nordeste negro e seco proveniente do Cáucaso, 'vento negro'. O Samiel da Turquia, 'veneno e vento', muito usado nas batalhas. Bem como os outros 'ventos venenosos', o Simun, da África do Norte, e o Solano, cuja poeira arranca pétalas raras, provocando tonteira.

Outros, ventos privados.

Correndo pelo chão como um rio. Destruindo a pintura, derrubando postes telefônicos, transportando pedras e cabeças de estátuas. O Harmattan sopra através do Saara carregado de poeira vermelha, poeira igual ao fogo, igual à farinha, penetrando e coagulando no mecanismo dos rifles. Os marinheiros chamavam este vento vermelho de 'mar das trevas'. A areia vermelha trazida em nuvens do Saara ia se depositar em pontos remotos como Cornuália e Devon, provocando chuvaradas de barro tão vermelho que as pessoas pensavam ser sangue. Há numerosos relatos de chuvas de sangue na Espanha e em Portugal, em 1901.

Há sempre milhões de toneladas de poeira no ar, assim como há milhões de metros cúbicos de ar sob a terra e mais seres vivos sob o solo (vermes, escaravelhos, criaturas subterrâneas) do que pastando e vivendo sobre o chão. Heródoto relata a morte de vários exércitos tragados pelo Simum e que nunca mais foram vistos. Certa nação 'se enfureceu de tal forma contra esse vento que lhe declarou guerra e marcharam contra ele em formação de batalha, para serem todos, num instante, completamente sepultados.'

As tempestades de poeira têm três formas. O redemoinho. A coluna. O lençol. No primeiro, o horizonte desaparece. No segundo, os homens são cercados por 'Djins dançantes'. O terceiro, o lençol, é 'cor de cobre'. A natureza parece em chamas."

Ela ergue os olhos do livro e vê o olhar do homem voltado para ela. Ele começa a falar no escuro.

Dias atrás estávamos falando sobre o *Templo do Sacrifício* e a tragédia de fatos ocorridos no século XVI, da destruição de cidades, culturas assassinadas e imperadores trucidados. Hoje, de acordo com as últimas notícias, tomei conhecimento de um trágico terremoto ao sul da cidade de Lima, com centenas de mortos. Quando não é o homem que faz as vezes *do lobo do homem* é a Mãe Natureza que, impressentida, vem das profundezas da Terra com a suave mortalha de sua inimaginável crueldade, rompendo, com uma única e violenta pancada, a casca do ovo. Não temos saída. Lembro que o Mestre se apossou de uma citação do romancista de ficção científica policial, Allan McLeod Gray, e andava repetindo à toa: "O que quer que faça, você se arrependerá". Depois, melancólico, acrescentava: "Não será a mesma coisa do pensamento bíblico, *terás o mesmo destino do insensato?*". Se nestes comentários porventura eu repetir coisas já escritas em *O nome do livro*, a culpa é do seu próprio autor. Nas suas anotações jamais encontro as datas. Aqui mesmo ele diz:

Na edição brasileira do Livro das bestas *(Edição Giordano), do escritor catalão Ramón Llull (latinizado Raymundus Lulllus), logo na primeira página está impresso: "Um último aviso, filho meu, fazer livros é um trabalho sem fim". (*Eclesiastes, *cap. 12 v.12)*

Com minha presença diária na Fábrica, o cerco de Antônia, mãe de Viriata, cada vez mais se faz sentir. Não me contive e enviei, pelo vigilante Mathias, as vinte cartas que estavam em meu poder desde o ano passado quando visitei a desgraçada no hotel em que fui repelido. De certo modo, foi pior do que não fazer nada, pois afirmara a Mathias ter em seu poder outras tantas cartas restituídas pela ausência do destinatário. Combinei um encontro em território neutro – não queria ir a sua casa – na grande *Praça da Restauração*, bem ao lado do *Obelisco*, à sombra dos frondosos bamburrais. Ela estava bastante envelhecida, mas a beleza de seus traços de outrora permanecia. Era também uma princesa etíope. Nada melhor para convencer uma mulher do povo do que dizer: "Sua filha deixou-me há muito tempo e fugiu com outro homem, sem deixar endereço". Olhou-me incrédula com os olhos cheios d'água e depois murmurou: "Como o senhor pôde perdê-la? Ela que tanto o amava". Foi o momento de silenciar. Enxugando as lágrimas, ela prosseguiu:

– É muito longe o Rio Branco? Ainda mais longe do que São José do Egito?

– É tão longe como o fim do mundo, a senhora não deve tentar.

– Então o senhor acha que, uma vez perdida uma filha, não se deve procurá-la?

– Não disse isso. Falei apenas na distância.

Estávamos sentados num banco de pedra, separados por uns três palmos, um do outro. Não sei precisar o motivo, mas, de repente, afastou-se para o extremo oposto do banco, expressando com esse gesto uma espécie de horror à minha presença. Em seguida afirmou, com voz agastada: "Não tenho marido. O infeliz voltou para a Alemanha, meu filho trabalha em São Paulo e, de há muito, não dá notícias".

– Prometo à senhora avisá-la no momento em que souber de alguma novidade.

– Novidade ou calamidade?

– Dona Antônia, sua filha me deixou. A senhora conhece aquela canção antiga, do tempo de sua mãe?

– O senhor por acaso está brincando?

– A canção dizia: "Na carta, nem o nome ela escreveu...".

Levantou-se num safanão e gritou tão alto que Mathias, o vigilante, na guarita, escutou: "O senhor vai me pagar...".

Ao entrar, à procura de meus indecifráveis documentos – novos e reiterados motivos de incerteza e preocupação –, pensei de novo na advertência de Ramón Llull: "Fazer livros é um trabalho sem fim". Passando ao lado do escritório de Maria da Conceição, filha mais velha do Mestre Brennand, Edvan avisou-me de uma ligação urgente de Dr. Zenão Silveira. Estaria à espera de um retorno imediato, pelo celular. Àquela altura, o que diabos Dr. Zenão ainda pretendia de mim? O advogado foi rápido e discreto nas suas informações, achando que deveria me pôr sempre ao corrente de tudo o que acontecesse no Rio Branco, relativamente ao crime, sem deixar de sugerir, de algum modo, novas suspeitas de minha culpabilidade.

– Então você ainda me incrimina?

– Falei com Dra. Estela. Para minha surpresa, disse-me que o Rio Branco estava cheio de boatos, sugerindo contradições nos seus depoimentos.

– Mas o homem já não foi condenado à pena máxima?

– Não se trata de Viriata Vogt. O assunto em discussão se relaciona ao inexplicável desaparecimento da garçonete Mee Heé.

– Então de que me acusam?

– Um grupo chefiado por Geroncito insinua que você foi a última pessoa a falar com a moça, antes da viagem dela para São Paulo.

– Apenas efetuei os pagamentos de sua rescisão trabalhista, rigorosamente dentro da lei.

– Várias pessoas relembram o fato estranho de você ter registrado o recém-nascido Francisco de Paula como seu filho, deduzindo daí que, de fato, ela era sua amante.

– Todo o Paraíso Perdido sabe das origens dessa moça. Chegou grávida de São Paulo. Seu primeiro emprego foi no restaurante chinês Matsuo, onde Viriata a encontrou.

– Estão exigindo um exame de DNA.

– Com seiscentos diabos! O menino é duplamente amarelo e asiático. Vão amarelar de vez o teste de DNA.

– Você sabe que isso não é assunto para brincadeira. Estou apenas revelando o que se passa.

– Passar bem...

Domingo

Hoje é domingo
Pé de cachimbo
O cachimbo é de ouro
Bate no touro
O touro é valente
Bate na gente
A gente é fraca
Cai no buraco
O buraco é fundo
Acabou-se o mundo.

A casa de meus padrinhos era uma casa misteriosa em todos os sentidos.

Eu não temo a exiguidade de alguns desses capítulos, como se nada eu tivesse para revelar. Acontece exatamente o contrário, eu teria muito a contar e, na maior parte das vezes, policio-me para evitar a prolixidade, aliás, muito comum nos escritos do Mestre, haja vista o seu enorme diário (não contando com tudo aquilo que ele veio a destruir). Vejam bem, neste exato momento me encontro de posse de uma anotação não só curiosa como também muito próxima de um despropósito. É muito comum, embora um tanto estúpido, indagar de um artista quando é que ele se apercebeu de sua vocação, qual foi o seu primeiro quadro realizado, etc... Seria o equivalente de se perguntar a um santo qual o momento ou data ou hora em que ele distinguiu a tendência à santidade. Como se fosse perceptível a um santo avaliar a natureza de sua bem-aventurança sem que, de imediato, não a perdesse de todo. Na referida nota, o Mestre afirma numa redação prolixa e confusa (?) o seu primeiro contato com o mundo nebuloso da pintura:

Foi na casa de meu padrinho Antonio e de minha tia Alice, irmã de minha avó materna, ainda muito jovem, com seis ou sete anos que, de súbito, me deparei com o enigma. Dentro de uma sala penumbrosa, onde jamais se costumava abrir portas e janelas, havia um único quadro pendurado, muito alto na parede, ligeiramente inclinado para frente à maneira antiga de se mostrar pinturas nos Salons *franceses. A tela agigantada e numa bela moldura de estilo representava, em meio corpo, a solene figura do Cristo com suas mãos erguidas à altura de seu iluminado coração. Aliás, é preciso frisar a total inexistência de qualquer outra pintura em toda aquela casa. Quanto a fotografias e espingardas de caça, sobravam visíveis por todos os cômodos no primeiro andar, depois de se subir uma escada em caracol com degraus muito estreitos que rangiam ao menor toque. Inclusive, em um dos quartos, jazia empilhada a maior coleção da revista* Fon-Fon *que jamais foi possível alguém adivinhar tão abundante. Certamente, leitura diária e apaixonada da minha madrinha. Meu padrinho, um requintado fotógrafo, possuía o equipamento necessário para exercer com sucesso a sua profissão de amador. Além disso, era um caçador fortuito nas suas não muito escassas sortidas nas florestas da Alemanha. A casa, mais alta que larga, ficava de esquina no extremo da praça do bairro da Várzea. Não muito longe, portanto, das terras do Engenho São João pertencentes ao meu pai. Fazíamos fronteira, poder-se-ia dizer".*

Neste ponto, indago do paciente leitor se devo prosseguir nesse emaranhado de lembranças (supostamente infantis) até chegarmos de novo ao referido quadro do trespassado *Coração de Jesus* que, uma vez mencionado pelo Mestre, parece cada vez mais se distanciar. Mas quem sou eu para julgá-lo? Vamos deixá-lo prosseguir com seus habituais arrebatamentos. Ele é o Mestre, não é?

A casa de meus padrinhos era uma casa misteriosa em todos os sentidos. Na sua frente e do lado direito se situava quase colada à rua. Entretanto, do lado esquerdo o sítio era imenso, repleto de árvores igualmente inexplicáveis pelos seus tons de verde doentios. Para mim, nascido ao lado de florestas, jardins, hortaliças e canaviais, esse arvoredo sempre me pareceu fantasmagórico. Como se fosse um propósito de acentuar a quimera, havia no meio do sítio um velho cata-vento acoplado a uma cacimba tão profunda que, para medirmos o nível da água, imersa lá dentro da escuridão, eu e meus irmãos jogávamos pedregulhos para escutar, nessa aferição meramente intuitiva do tempo, o ruído do toque da pedra na água enfim estremecida. O mistério se prolongava no grande canil no fundo do sítio, colado em toda sua extensão ao muro muito alto, pardacento, verdejante, comum à casa vizinha, cujo proprietário era igualmente outro dos meus tios. Subdividido por muretas internas e grades em proporções idênticas, abrigava ali uma matilha de cães de caça de diferentes raças europeias. Recordo muitíssimo bem da hora das refeições, sobretudo pelo odor peculiar dos perdigueiros, como pelo cheiro da comida servida quase escaldante em bacias individuais de lata, recendendo a fubá e carne cozida. Saía fumaça da comida quente, o que não fazia com que os cães evitassem meter seus focinhos naquele apetitoso fogareiro. Comiam uma só vez por dia. Sempre à mesma hora e sempre pegando fogo. Evitando assim, pelo hábito, que eles pegassem fora de hora comida fria e até criminosamente envenenada. Foi a primeira vez que ouvi falar em 'bola', ou seja, vidro triturado envolvido por um naco de carne. Naquela casa tudo recendia a mistério. Quando lá almoçava, sempre nas quartas-feiras, como uma rotina, sem dúvida nenhuma a comida não diferia daquela da casa de São João conhecida por todos nós como incomparável. A diferença não estava na medida da qualidade ou mesmo do sabor, e sim na estranha presença dos padrinhos, da mesa oval, dos pratos, dos copos e talheres, dos guardanapos argolados, das tábuas do chão mal enceradas, dos vidros coloridos que enfeitavam um grande portal em arco que dava para rua e por esta razão jamais fora aberto.

Da sala de refeições, avistava-se o alpendre e o pomar de árvores escuras e doentes. Isto me remetia ao cheiro do canil que teimava em chegar até a mesa e ao bolor dos papéis de parede importados da França há muito tempo e onde, a meu ver, apareciam os cachorros desenhados na parede de frente, os quais insistiam em ter os focinhos rentes ao papel bolorento. E depois eu sabia que, terminado o almoço, meu padrinho, como de habitual, me levaria até a cidade e me compraria um presente. E foi numa quarta-feira, antes do almoço e antes de ter visitado a cacimba, o moinho de vento e os cachorros, que pedi a minha tia Alice para olhar o quadro escondido. 'Porque escondido, meu filho? Aqui não há nada para se esconder', ela disse um tanto surpresa. Insisti apenas com o olhar, mas não disse nada. Ela abriu a porta e lá estava o Cristo na escuridão com seu coração incendiado. Fitei-o longamente e notei que o seu manto era de um encarnado escuro. A penumbra da sala certamente influenciava as cores da pintura sem retirar-lhe, contudo, a qualidade de execução e, principalmente, o mistério daquele coração aceso. 'Foi seu tio Fernando, irmão de sua mãe por parte de pai, o autor desse Coração de Jesus, *esclareceu minha madrinha. O seu tio, embora surdo e mudo, tem muito talento. Pensaram na possibilidade dele cursar a Academia de Belas Artes, porém, ele não aceitou e chegou a se aborrecer com essa sugestão para ele incompreensível.' Eu continuava a olhar o quadro sem dizer palavra. Havia dentro daquela sala algumas emanações e muitos nascimentos. Ouvi a voz da minha tia um tanto deslocada, mas sem deixar de ser indispensável. Cheguei a perceber parte do que ela dizia quando um pouco intranquila exclamou: 'Como todo surdo e mudo ele é muito obstinado, contudo é bom e manso como um cordeiro'. Fato que eu e meus irmãos pudemos comprovar alguns anos depois. Tio Fernando foi o nosso anjo da guarda durante o período de internato em Petrópolis, no Colégio São Vicente de Paula. Minha tia Alice entendeu em seu grande juízo e bom discurso a necessidade de esclarecer a presença do* Coração de Jesus *naquela sala escura. 'Ele nos presenteou, advertindo com a agitada mímica de um mudo, que se tratava do único e último quadro de sua autoria, além disso, uma cópia de várias outras cópias sem que soubesse ou mesmo desejasse elucidar a sua origem.' Saímos da sala, minha tia Alice fechou a porta e sentamos à mesa diante de meu padrinho intrigado sem que ao menos tivéssemos lavado as mãos. Treze anos depois, iniciado no ofício de pintor, exponho no salão do Museu do Estado de Pernambuco cinco quadros. Entre eles, encontrava-se a figura de um Cristo. Pintura inspirada num detalhe de uma escultura medieval: São João Evangelista recostado no ombro de Cristo, com uma legenda ao lado da reprodução bem visível que dizia:* Saint Jean sur la poitrine du Seigneur. La religion des chrétiens, c'est une amitié avec le Christ.

Transferidos para o Colégio Marista, no Recife, tínhamos como companheiro de classe nosso primo Ernesto Lacerda, um exímio desenhista. Ele era neto do jurisconsulto Lacerda de Almeida, irmão de minha avó paterna, que, igualmente, desenhava, pintava e fazia versos. Pretendo descobrir com essas lembranças a minha possível herança familiar no mundo das artes. Certamente não viria de um Brennand egresso de Manchester para o Brasil, em 1821. Ora, sabemos que os ingleses fizeram a Revolução Industrial em meados do século XVIII e são muito mais propensos aos negócios, ao colonialismo frio e predatório do que propriamente à pintura, embora reconheça a qualidade excepcionalmente vigorosa de toda a sua literatura: a melhor do mundo. Esses homens vindos do norte não eram, por assim dizer, adeptos da boa pintura. Ernesto Lacerda foi considerado um lápis de ouro, imbatível na extrema elegância da linha, sobretudo, na cópia das figuras de revistas em quadrinhos. Jamais tentei rivalizar com o seu hábil e elegante desenho. Contentava-me em fazer caricaturas dos professores que me desagradavam, sobretudo dos irmãos Maristas, na sua maioria, mentirosos, ignorantes e estúpidos. Nesse setor de caricaturas, com o meu traço tosco, reconheço ainda hoje o meu sucesso, embora não saiba como tolerei terminar o curso ginasial, prolongado como uma eternidade em tal convivência. Talvez não tenha perdido a minha fé católica pela lembrança do Coração do Cristo *da casa dos meus padrinhos. Ernesto não encerrou seus estudos nos Maristas, pois os seus pais passaram a morar no Rio de Janeiro, onde o jovem desenhista desenvolveu a pintura a óleo com grande destreza, tendo como mestre o pintor Carlos Scliar.*

Reconheço que no início desse relato, em algumas de minhas expressões, posso ter confundido o leitor com a promessa de "desvendar" os segredos do Mestre quando, na verdade, não existe nada oculto na sua vida que seja diverso dos defeitos e qualidades de qualquer criatura humana. Em determinados momentos, devido à sua solidão – por demais conhecida, não só por mim, como pelos outros – merecia uma nota diversa e posso acreditar que essa diversidade será notada através daquilo que ele conseguiu fazer como homem e como artista. Passado algum tempo, cada vez mais fui diminuindo a intensidade de minhas pesquisas, pois sei, melhor do que ninguém, o quanto seria perigoso, e mesmo desonesto, querer interpretar determinados momentos da vida do Mestre, quando estive afastado na cidade de Rio Branco durante nove anos. Talvez já tenha dito alguma coisa semelhante, mas não pretendo ir mais longe do que um Boletim de Ocorrências, como é conhecido nas delegacias policiais, embora os policiais também repitam constantemente que não existem testemunhas verdadeiras. Todos falseiam, alguns por não saberem dizer, outros por conveniência apenas falam meias verdades e outros por deliberado falso testemunho. Tenho certeza que, a despeito de mim, um dia ele conhecerá a diversidade que merece sem levar em conta que a história está repleta de profundos e inexplicáveis esquecimentos, às vezes ajudada pela Mãe Natureza que teima, na sua indiferença, em tudo cobrir com a sua mão nem sempre benevolente. Que os deuses lhe sejam propícios. Nesta visitação constante de textos variados, seus e de outros, começo a ficar em dúvida, porque não faz parte da minha intenção prolongar essa narrativa mais do que o suficiente, pois, longe de ser intérprete do Mestre, sou apenas o seu fiel depositário. Quem me dera ter suficiente engenho e mesmo um poder de adivinhação para perscrutar determinadas manias do Mestre. Espalhados na minha frente, pelo menos três artigos de jornal e algumas notas de seu punho sobre um livro de Flaubert, não dos mais conhecidos como *Madame Bovary* ou *Educação sentimental.*

O romance Bouvard e Pécuchet, *pouco compreendido no seu tempo, exalta a sacralização da ciência no mundo atual e, ao mesmo tempo, confunde os leitores, pois, na realidade, o livro parece propor uma patuscada. O argentino Borges, por exemplo, coloca-o entre os precursores de Kafka. No entanto, as críticas de sua época foram todas baseadas nos preconceitos correntes, no momento em que o Realismo era colocado no teto da modernidade. Flaubert foi criticado, sempre tendo em vista um invólucro dos preconceitos realistas, como o envelhecimento de uma personagem, a morte de outra e, sobretudo, pela escolha das suas principais personagens que, como supostos idiotas, proporcionam ao escritor uma liberdade de movimentação introspectiva, pouco comum ou mesmo ausente na literatura da época. As duas personagens, em seus acertos e desacertos, por vezes beiram a maluquice. No plano real, nos advertem do desastre da chamada civilização pós-industrial – para os dois, aparentemente sob o rótulo de uma ciência pervertida – a qual deu início ao mundo moderno.*

E, depois, "pulando de um polo a outro", o Mestre continua dessa feita lembrando Disraeli:

"Nunca se queixe, nunca se explique, nunca se desculpe, aja ou saia, faça ou vá embora". Não sei bem o que estas sábias palavras têm a ver comigo, mas, no fundo, acredito que não possa me desvencilhar da minha alma de pintor. Na realidade, tenho a impressão de estar criando, no conjunto de minha obra, um vasto cenário, talvez uma cosmogonia, ou então, como diz um crítico pernambucano, uma gliptoteca, mas sempre como um pintor. Quem sabe se todas essas esculturas, relevos, murais, tapetes cerâmicos, anfiteatros, colunadas, construções, lagos, fontes e alamedas não sejam senão o resultado de uma pintura maior? O terrível é que acabo sempre descobrindo que sou eu próprio, tentando explicar o inexplicável, o racionalmente incompreensível.

Pode ser embaraçoso e mesmo contraditório para o Mestre nas suas eternas interpretações, mas tenho fé de não ser tão difícil para um crítico arguto verificar e organizar essa verdadeira cosmogonia. Nos diferentes galpões que abrigam suas esculturas e murais, a contundência de sua obra é de tal forma evidente que, até para os mais desavisados, seria impossível ignorá-la. Além disso, um velho hábito do artista de sempre rotular os seus trabalhos, incluindo rascunhos e desenhos, com certeza não vai dificultar a decifração de suas mais recônditas intenções. Seria quase impossível ao Mestre deixar de batizar um de seus trabalhos, portanto, não me é difícil, passando de um salão ao outro, descobrir, de uma só olhada, três versões diferentes da figura de *Cyrano de Bergerac*. Para mim só os deuses podem adivinhar o motivo dessa fixação do artista. Certamente que não era uma atração literária por Edmond Rostand; e estou propenso a acreditar ter sido intencional por parte do Mestre – nas três visões do desafortunado Cyrano – ver a sua face se transformar num imenso nariz. E por falar numa personagem francesa, logo me vejo diante da presença trágica de *Carlota Corday* e da própria Revolução Francesa. Estou diante de duas versões de *Marat* e muito próximo de *Maria Antonieta* fazendo par com *Luís XVI*, cuja cabeça guilhotinada e de olhos fechados mal se sustenta sobre o corpo sangrento. O Mestre intitulou-a de *Mon pauvre roi*, não escondendo a sua adesão monarquista. Atravesso mais uma sala e lá adiante repousa *Paulina Bonaparte*, no seu estranho canapé (que nada tem com o de Canova), como uma *Vênus vencedora* e, não muito longe, as três versões de *Joana D'Arc: A virgem de Orleans*, *A guerreira* (com um capacete lembrando o de um soldado francês da guerra de 1914/1918) e a *Santa mártir*.

Desnecessário lembrar a intenção do escultor em não separar esses diferentes temas uns dos outros. As peças, apesar de muito bem arrumadas, misturavam-se numa confusão babélica, e ele sempre deixou aos críticos e curadores das diferentes exposições realizadas, no país ou no estrangeiro, a seleção temática, para ele quase sempre desastrosa. "A vida, essa cruel inexatidão". Em todo caso, ele próprio não excluía a possibilidade da existência de um fio subterrâneo que acabasse por juntar todas as coisas. Assim, entre figuras bíblicas como *Jonas e a baleia*, duas obsessivas versões do *General Urias,* aquele que foi mandado pelo Rei Davi para frente de batalha, onde a luta fosse mais feroz, para vê-lo morto e se apoderar da desejável Betsabá, encontravam-se duas outras vítimas das lutas amorosas: *Julieta* e *Inês de Castro.* E na arena desse enorme aglomerado de quase novecentas esculturas, defrontavam-se *Nabucodonosor, Jó, Torre de Babel* (várias versões – as mais incríveis sob o ponto de vista do inusitado das formas) *Dalila, Salomé, A mulher de Putiphar* e *Semiramís* que, apesar de sua crueldade, subiu aos céus em forma de pomba. Acrescentem-se a essa coleção, ainda, elementos mitológicos gregos e romanos. Uma quantidade de *Vênus* a perder de vista, *Helena de Troia* e seu marido *Menelau*, várias versões de *Dioniso*, variadas *Bacantes, Palas Atena, Netuno, Príapo, Galatéa,* a donzela branca, a troiana *Híera*, tão bela quanto a espartana *Helena*, *Lara*, cuja face é marcada por uma lágrima negra, *Prometeu acorrentado,* a figura incendiada de *Gnose, Jano, Mercúrio aprisionado, Saturno, Laocoonte, Diana, a caçadora.* Enfim, um universo transfigurado numa mitologia particular que aprisionou o artista durante sua longa existência sem que ele encontrasse a porta estreita da saída ou, ainda, a mais estreita da entrada de um paraíso que ele teimou em renegar. Independentemente de todas essas figuras mitológicas ou históricas, há uma constante na obra do Mestre – uma espécie de efeito colateral – jamais abandonada, como a menção ao *Hybris*, ou seja, o oráculo contrariado cujas sentenças não foram ouvidas ou mesmo ignoradas. Existe também a presença do *Ovo da Serpente,* ou seja, a latência do mal intrínseco que um dia há de surgir – embora obscuro – para a destruição de tudo e de todos. Com uma insistência irritante, o Mestre cobrava, segundo o assessor Elcid, sua decisão de ser cremado. "Há cinquenta anos faço minhas peças cerâmicas atravessarem o caminho redentor das chamas", dizia. "Sempre fui alcançá-las na saída do forno inteiramente purificadas. E naquele momento não mais me pertenciam porque, transmutadas, retornavam ao espírito mágico das rochas ou das reluzentes pedras preciosas." Fiquei deveras intrigado com semelhante recordação, pois, ao me situar diante da imponente escultura *A urna do samurai*, um pensamento maluco passou pela minha cabeça: será que as suas cinzas estão no interior desta enorme urna onde caberia tranquilamente um corpo? Aliás, a própria forma da escultura lembra um corpo humano. Melancólico, saí para o *Grande Pátio* ensolarado em busca de pensamentos mais amenos e, logo refletindo, me ocorreram as assertivas sumárias de Titã sobre a morte do Mestre: "Ele foi cremado. A urna com as suas cinzas está numa das *Muralhas* da *Cidadela*. Contudo, não estou autorizado a falar".

À procura da sombra, me aproximei de uma *Muralha* repleta de nichos e, num deles, lá estava, apequenada, a figura emblemática de *Caim*. Parecia um anão e chorava lágrimas de sangue. Entretanto, bem visível, acima do nicho, havia uma cruz copta. O Mestre conhecia o livro de John Steinbeck, *A leste do paraíso* e, como o norte-americano, pretendeu resgatar, à sua maneira, a memória desse nosso desafortunado antecessor. Neste mesmo *Grande Pátio* repleto de esculturas, presenciei Dr. Intruso a fazer considerações sobre o santuário de Carnac, na Bretanha, cujo motivo religioso ficava evidenciado para muitos. Dr. Intruso questionava se o Mestre pretendia construir aqui, nos trópicos, um Carnac sem fé, erguendo avenidas megalíticas com monumentos eretos, percorrendo a margem das florestas, descendo pelos vales e aproximando-se perigosamente dos rios. Recordo – e isso me provocou risos – a resposta extravagante do Mestre: "Trabalho em barro modelado e queimado, com a exaltada fé dos adoradores de corpos nus".

Volto ao Mestre de olhos fixos no ventre de Anna, a governanta, há tempos. Coisa de esquecer. Mas ele não esquece e diz: "Não mais ver não significa esquecer. Ela sempre foi minha. Não posso crer nos arremedos de um sobrinho a denunciar agora façanha semelhante à de Antonio Luiz, também cúmplice da cicatriz do ventre de Anna. Ela teria mostrado a ele, meu irmão mais velho, tão tímido e quieto? Inacreditável! Terei de tudo desdizer, seus pés cavados, seus tornozelos fortes, suas pernas longas de coxas nervosas, seu ventre branco e nu..."

7

Reconheço meu imperdoável descuido nas tentativas de contatar Taliesin. Não sei se isso é decorrente do sequestro do menino, a mando do Mestre, por sugestão de Dr. Intruso, como me confessou o assessor Elcid na época do acontecido. Há nesse garoto qualquer coisa entre o asco e o respeito. Dr. Intruso, com suas histórias de deusas e deuses, atribuiu a Taliesin características de divindade, no momento em que o denominou de *O Iluminado*, afastando-o definitivamente de mim. Além de tudo, meus ciúmes doentios – agravados pelo fato de ele ser filho de Dr. Intruso e Viriata – não me permitiriam qualquer intimidade. Quando da presença do Dr. Intruso na Oficina, várias vezes alertei o Mestre sobre a duvidosa personalidade dele e, igualmente, do filho – motivo de encantamento do Mestre – e a quem eu chamava de impostor, chegando a dizer que de *Iluminado* ele não tinha nada. O Mestre se contentava em rir, pondo-me para fora da sala. Hoje tudo se modificou, e a ausência dos dois principais protagonistas deixa-me numa situação desagradável, por ser o único contato com a criança e, um pouco mais ainda, aquele que deve receber as novas "tábuas da lei", embora o Mestre, atendendo à sugestão de Dr. Intruso, afirmasse que Taliesin seria muito mais próximo de Noé do que de Moisés. A Moisés coube salvar e conduzir os hebreus à terra prometida; portanto, era um conjunto de humanos chefiados por uma criatura de poderes visionários que entrou em contato com Jeová, dele recebendo as tábuas da lei. Embora não esteja aqui para contar histórias bíblicas, não posso deixar de reconhecer que o encargo de Noé foi muito mais completo. A ele coube salvar todos os seres vivos da face da Terra ameaçados pelo dilúvio, e os salvou aos pares. Acabei de telefonar para Da. Lucélia e soube da ausência de Taliesin da casa de São Francisco. "Ele está no alto do Morro das Pedrinhas, debaixo de uma enorme árvore, em perfeito jejum há mais de três dias. Não temos ordem para perturbá-lo". Depois ela disse:

– O menino tem andado muito estranho. Há alguns dias chega a mudar de cor. Amanhece moreno e vai dormir branco.

– Que história é essa?

– Acorda azulado e ao meio-dia está vermelho. Nunca vi nada parecido e isso me assusta; inclusive, o senhor me desculpe...

– Desculpar o quê?

– Fui obrigada a comunicar a Da. Deborah esse furta-cor.

– Ela acreditou?

– Não só acreditou, como viu. E, ao ver, não achou nada demais.

– Eles se falaram?

– Da. Deborah o cumprimentou, mas o menino não disse palavra.

– Por que você não o chama de Taliesin?

– Ele me proibiu.

– Como proibiu se não fala?

– Com gestos ameaçadores. Uma vez chegou a pegar uma faca de caça.

– É possível visitar o quarto de Taliesin?

– É impossível. Ele tem sete chaves guardadas em sete cofres diferentes.

Notei a impossibilidade de chegar a qualquer conclusão satisfatória a respeito da futura abordagem de Taliesin. Por antecipação, eu bem sabia que estava metido em uma "camisa de onze varas", embora não fosse possível fugir da minha missão, pois fazia parte dos desígnios do Mestre. Antes de desligar o telefone, cumprimentei Da. Lucélia com carinho e prometi visitar a casa de São Francisco o mais breve possível. Então ela me disse: "Até logo e, quando vier, venha com Deus". Depois de um diálogo dessa "natureza" – fora de qualquer realidade – só podia recorrer a quem estivesse muito próximo dos supremos valores do corpo e do espírito. Posso encontrá-los em Novalis (Georg Philipp Friedrich, o barão Von Hardenberg), o qual responde com outra pergunta: "Onde encontrar o germe originário, o Typus da Natureza total? A natureza da Natureza?". Metade da conversa com Da. Lucélia já estava esclarecida e a outra metade só descobri ao entrar na minha sala e folhear os *Fragmentos*, encontrando o restante do Enigma na sua última página:

> *É necessário que o sistema da moral se torne sistema da Natureza. Todas as doenças se assemelham ao pecado, nisto são transcendências. Todas as nossas doenças são fenômenos de uma sensação elevada que se quer transformar em forças mais elevadas. Como o Homem se queria tornar deus, ele pecou. As doenças das plantas são animalizações, as doenças dos animais são racionalizações, as doenças dos minerais são vegetalizações. Será que a cada planta não corresponderá uma pedra e um animal? As plantas são pedras mortas, os animais são plantas mortas.*

Tenho consciência de que esse conjunto cênico, ficcional e premonitório não atenderá a todos os reclamos do Mestre. Ele colecionou em demasia, interpretou em demasia e isso confunde os outros. A vida não é para ser interpretada; é para ser vivida. Esse tipo de bobagem que acabei de afirmar é a amostra da literatura que se vende hoje em dia: dizer tolices com ares filosóficos. Mais um segredo que consiste em, arbitrariamente, pinçar diálogos de histórias em quadrinhos e arrumá-los de qualquer jeito. No final de contas, aquilo que pode não ter sentido acaba por encontrar o contrassentido das coisas. Se, hoje, pela manhã, Da. Lucélia me falou na variação colorística do *Iluminado*, eu próprio já vi inúmeras gravuras do Buda em coloridos os mais variados. Quem sabe se o rapaz não se pinta e a inocência de Da. Lucélia não lhe permite ver a natureza real dessa nova pele, sempre de cores tão diversas? Num outro dia, muito cedo, sabendo que Da. Lucélia é madrugadora, providenciei nova ligação telefônica para a casa de São Francisco, indagando por Taliesin. Da. Lucélia parecia estranhamente animada, comunicando o retorno do menino. Perguntei se ele estava visível e ela disse: "De jeito nenhum. Voltou, alimentou-se como um leão e trancou-se. Segundo parece, está a escrever".

Dentre alguns papéis deixados de lado, verifico tardiamente a importância dada pelo Mestre à visita do Papa Bento XVI ao Brasil: "Embora limitada à cidade de São Paulo, a mensagem deixada pelo sumo pontífice foi segura. Pretendia advertir ao clero brasileiro que religião é fé e não um partido político. Ele não precisava dizer mais nada. Seu recado estava dado e os cismáticos que se acautelassem". Infelizmente, não estava ao lado do Mestre nessa época, mas de acordo com as narrações de alguns de seus auxiliares, posso adivinhar o grau de expectativa do artista. O assessor Elcid foi um dos responsáveis pela colocação do enorme *banner* retratando a figura do Papa Bento XVI, que deveria ter sido pendurado na grande fachada da Oficina desde o dia de sua chegada ao território brasileiro, como homenagem e submissão de todos aqueles que fazem a Oficina Cerâmica Francisco Brennand. O próprio assessor relembrou que ele havia feito um escândalo pelo atraso da colocação, não se acalmando, nem mesmo depois que a grande imagem fotográfica de Bento XVI dominou as cercanias. Em todo caso, me deparo com as notas manuscritas do Mestre sobre um acontecimento que lhe interessava sobremaneira: "Parece-me espantoso o silêncio da intelectualidade brasileira sobre a visita do Papa Bento XVI. Como se fosse um propósito, só os inimigos da Igreja se fizeram notar através de artigos sempre reticentes, injustos, ofensivos e até caluniosos à figura papal. Propositadamente, ignoraram a preferência do antigo papa pelo Cardeal Ratzinger para orientá-lo em assuntos teológicos. Mas o fato é que este se fez presente durante os 25 anos do pontificado de João Paulo II". O Mestre faz menção a um fato curioso: "Durante esse período um amigo de infância, André Carneiro Leão – sem nenhum pensamento preconcebido – traduziu meticulosamente para o português um conto do argentino Leopoldo Lugones cujo título, 'A Estátua de Sal', remetia à história bíblica de Sodoma e Gomorra. Carneiro Leão logo mo enviou para apreciação. De há muito que comentávamos sobre essa narrativa profundamente impregnada de um verdadeiro espírito religioso e, sobretudo, do mistério da REVELAÇÃO". O Mestre, dirigindo-se ao amigo, teria dito: "Seu trabalho, silencioso e anônimo, justificou uma homenagem à altura da visita do Papa Bento XVI. Você foi tocado pela Graça ao realizar essa tradução, que eu interpreto como um milagre. Esse texto nos redimiu".

(...) Os olhos do anacoreta brilharam, como se neles se concentrasse o resplendor que incendiava as montanhas.

– Mulher, dize-me o que viste quando teu rosto se voltou para olhar atrás.

Uma voz abafada de angústia lhe respondeu:

– Ó, não... Por Elohim, não queira saber!

– Dize-me o que viste!

– Não, não... Seria o abismo infernal!

– Eu quero esse abismo.

– É a morte...

– Dize-me o que viste!

– Não posso... Não quero!

– Eu te salvei.

– Não... Não...

O sol acabava de se pôr...

– Fala!

A mulher se aproximou. Sua voz parecia coberta de pó; se apagava, se crepusculejava, agonizando.

– Pelas cinzas de teus pais...!

– Fala!

Então aquele espectro aproximou sua boca do ouvido do monge e disse uma palavra. E Sosistrato fulminado, aturdido, sem arrojar um grito, caiu morto.

Roguemos a Deus pela sua alma.

Ontem, quase ao fechar da Oficina, fui avisado da visita do ministro da Cultura da Eslovênia (país remanescente da antiga República Socialista Federal da Iugoslávia) e eu, um pouco sem jeito, fui atendê-lo em nome do Mestre. Tinha certeza absoluta de encontrar um homem proveniente de uma região centro-europeia profundamente sofrida: sua face demonstrava que era homem de sofrimento. Não sei se me tomou pelo Mestre, mas certamente fora avisado, pelo seu grupo, da morte do artista. Pareceu-me estranho dirigir-se a mim como a um erudito, presumindo conhecimentos peculiares a um escultor ou pintor. Entre exclamações de admiração e outros tantos superlativos, de repente, nos detivemos diante de três grandes reproduções do *Cristo morto na cruz*, medindo 3,00 x 1,80m, nos quais o Mestre Brennand havia, propositadamente, acentuado a enorme carga de padecimento imposta ao filho de Deus, aquele que havia respondido a Pilatos: "Eu sou a VERDADE". O ministro não se moveu nem tampouco elogiou, como fazia com quase tudo que apreciava. Senti a indagação nos seus olhos, ora em direção às grandes reproduções, ora em direção a mim, desejando, com certeza, um esclarecimento. Então, eu disse, segundo fui informado: "Na Semana Santa do ano de 2004, o Mestre Brennand pretendeu, à sua maneira, reafirmar Cristo para aqueles que relutavam em acreditar no seu inqualificável martírio. Ele fora traído, escarnecido, cuspido, espancado e obrigado a carregar uma cruz aos tombos, só se erguendo à custa do açoite para, depois, ser crucificado e suspendido na sua própria dor, à espera do fatal, judiado até a morte". O ministro, apesar dessa longa exortação, passeava os olhos entre as três figuras deformadas pelo sofrimento, quando resolveu falar: "Qual a razão?". Sem esperar, fui dizendo: "O Mestre foi buscar em Mathias Grünewald...". O ministro também não esperou: "O retábulo do Convento de Isenheim que está no Museu de Colmar". Eu, também, sem respeitar as regras, o interrompi: "Ninguém como um germânico para expressar a dor. É bom lembrar que a moderna escola expressionista nasceu na Alemanha". Neste exato momento, estávamos perfeitamente identificados. O ministro insistiu em voltar no outro dia para continuar suas sessões fotográficas. Fez questão de dizer que, na Eslovênia, entre outras coisas, é responsável pela conservação dos monumentos e, por isso, constantemente se vê obrigado a fotografá-los. Na saída, depois de muitas recomendações, não sei o motivo, ainda tive a impressão de que o ministro me confundiu com o Mestre Brennand. Ao adentrar-me de volta à grande nave da Oficina, onde estão expostas as três crucificações, retornei, de imediato, à minha própria identidade e exclamei: "Malditas criaturas que não souberam reconhecer o filho de Deus! Por que o fizeram sofrer tanto?!" O ministro da Eslovênia foi bastante sensível para verificar que o Mestre tomara o *Cristo crucificado*, de Matthias Grünewald, como exemplo do paroxismo da dor e do sacrifício, expressados sem nenhuma reserva pelo artista visionário, um dos gênios mais poderosos que a Alemanha conheceu no começo do século XVI. Não esquecer, também, quase como uma ancestralidade maligna, a tendência à melancolia do povo germânico, uma melancolia áspera, transbordante, às vezes com forte pendor belicoso e outras direcionadas ao metafísico. Ainda hoje, os críticos de todo o mundo quebram a cabeça em busca de interpretações cabíveis diante da gravura em metal (1514) de Alberto Dürer, assim como diante do quadro emblemático de Lucas Cranach (1532), ambos com esse mesmo título: *Melancolia*. Será casual a amizade e admiração de Cranach por Lutero, o monge rebelde, tradutor da bíblia para o alemão e de quem ele fez um retrato em 1525? Conjecturo que aí estavam os fundamentos de toda a arte alemã do futuro, isto é, daquele *pathos* de um povo sitiado entre duas grandes guerras europeias, antes e depois de 1914/1918 e 1939/1945, portanto, sem condições de se afastar um só instante dessa vocação exemplar para a violência, o sofrimento e a transcendência.

Tenho telefonado todos os dias para São Francisco à procura de Da. Lucélia, em busca de notícias de Taliesin. Em vão, porque ela sempre devolve a indagação com uma estridente negativa: "Ele se encontra recolhido e não deseja falar com ninguém". Vez ou outra, sem avisar, chego à velha casa na tentativa de surpreender esse jovem recalcitrante. Será que ainda hoje eu manteria as palavras duras ditas ao Mestre na época de Dr. Intruso, quando este vagueava pelas florestas e nas imensas várzeas do Capibaribe? Será que eu teria a coragem de repetir ou dizer aquilo que, no momento, parecia apenas uma indignada reação contra as supostas imposturas de Dr. Intruso? Repetidas vezes tentei advertir o Mestre: "Taliesin não é iluminado. Talvez seja um pequeno monstro, um projeto do anticristo". Numa dessas minhas incursões a São Francisco, no interior da casa, ao passar pelo pé da escada que dava acesso ao antigo ateliê do Mestre, hoje a mansarda de Taliesin (embora na minha última visita não tenha me apercebido de nenhuma alteração do conjunto), surpreendi-o descendo a escada. Ele, antes, deve ter se apercebido de mim, pois logo retrocedeu ágil nos seus passos, como se tivesse asas. Falei desse fato a Da. Lucélia que me esclareceu:

Lucélia: Ele não me disse, mas anda sempre à procura de papel na antiga biblioteca.

Renato: Espero que termine o quanto antes aquilo que nos deve.

Lucélia: Deve dinheiro?

Renato: Antes fosse.

Lucélia: Pelo menos não tem mudado de cor.

Renato: Juro que não nos interessa a sua cor.

Lucélia: Vou, se puder, avisá-lo da urgência.

Renato: Urgência de quê?

Lucélia: Dos papéis. Papéis escritos com letras.

Renato: É um livro?
Lucélia: Não, pode ser uma só folha ou, talvez, mais de uma.
Renato: É preciso vigiar e cobrar.
Lucélia: O senhor acha que ele é cristão?
Renato: Por que pergunta?
Lucélia: Eu sou evangélica e, olhando para ele, tenho minhas dúvidas.
Renato: Em que sentido?
Lucélia: Seus olhos são duros como pedra.
Renato: Ele já a agrediu?
Lucélia: Não, mas de longe me ameaçou com uma faca de caça.
Renato: Está chegando a hora de cumprir aquilo que todos esperamos dele.
Lucélia: Ele não vai à Igreja nem ao Culto.
Renato: Tem amigos?
Lucélia: Não aceita companhia, mas tem seguidores.
Renato: Como se não diz palavra alguma?
Lucélia: Fala quando é necessário.
Renato: Em que língua?
Lucélia: Fala como a gente. Assim dizem os professores de Tejipió.
Renato: Ele já falou com você?
Lucélia: Sim. Uma vez perguntou se alguém havia procurado por ele.
Renato: Quem poderia ter procurado por ele?
Lucélia: A mãe do menino.
Renato: A mãe dele está morta.

Expliquei com detalhes a Da. Lucélia sobre o confuso assassinato de Viriata, pedindo-lhe que nada revelasse a Taliesin. Assassinada! Credo em Cruz. Como pode ser? Resolvi terminar de falar com as minhas recomendações de sempre, solicitando o seu empenho em conseguir os desejados papéis. Três dias depois, recebo um telefonema de Da. Lucélia, anormalmente cedo (ainda não eram 5h30min), avisando que Taliesin me concederia uma entrevista. "Está marcada para as 8 horas da manhã". Segui com Mankuso o roteiro de sempre. Ao chegar à porta da casa, havia uma movimentação diversa da habitual. Fui recebido por Da. Lucélia e pelo administrador Antônio, que ostentava seu melhor uniforme. Ao entrar no grande salão, notei a presença de Taliesin sentado no meio do sofá, sem mover um milímetro de seu rosto, que olhava para frente, em direção à sala de jantar. Não me intimidei, sentando-me num outro sofá que lhe fazia face, tendo entre nós dois uma mesa muito baixa, repleta de diferentes objetos cerâmicos do Mestre. Também havia um vaso de flores com um arranjo típico da escola de Da. Deborah, herdado pelas mãos habilidosas de Da. Lucélia. As flores eram vermelhas, amarelas, brancas e azuis, intermediadas por alguns ramos que mostravam brotos violáceos, quase negros. Encarei Taliesin. Continuava a olhar em frente sem, contudo – tenho certeza –, me ver. Da. Lucélia tinha razão: ele possuía um olhar de pedra e parecia voltado para dentro. Persisti, saudando-o como habitualmente acontece entre cavalheiros. Ele não respondeu. Se havia me reconhecido, nada demonstrou. Apesar dos seus onze anos, tinha a altura e o porte de um homem feito. Os ombros fortes e quadrados, um rosto imperscrutável como o do pai, as mãos gordas e vermelhas com dedos muito pesados. Vestia branco da cabeça aos pés, isto é, usava um gorro, um *dolman* fechado até o pescoço e calças estreitas, tudo à maneira indiana. Como não via os seus pés, não posso sequer precisar a cor do sapato, mas suponho que esses pormenores não tenham grande interesse. Ao seu lado esquerdo (parece-me que era canhoto), repousava uma pasta de madeira utilizada para guardar desenhos, não sendo difícil identificar a presença de um fecho lacrado. De repente, sem o menor aviso, escutei a sua voz ou, melhor dito, a sua recomendação: "Espero que esses escritos só sejam abertos daqui há vinte e cinco anos, quando os primeiros Sinais da Catástrofe começarão a se tornar evidentes. Tomar conhecimento antecipado deles provocará incompreensões mesmo naqueles mais preparados". Segurou a pasta por baixo, com as mãos espalmadas como se fosse um objeto sagrado, e fez menção de entregar-me sem se levantar do sofá, como se me obrigasse a ir até ele. De minha parte, também, não mexi um músculo. Quanto tempo durou essa oferenda não posso calcular. A verdade é que fui até ele, tomando-lhe a pasta com certa rudeza. Notei que suas mãos ficaram espalmadas ainda durante alguns segundos. Depois, baixou-as sobre as pernas, na altura dos joelhos. De posse da pasta, sentei-me no mesmo lugar ainda marcado pela minha presença. Também notei que havia escrito na madeira letras gravadas a fogo (estavam todas chamuscadas) e, rigorosamente desenhada, em tipos românicos, a palavra INVIOLÁVEL. Contudo, pelo menos na parte de cima da madeira, não havia indicação para o tempo de descerrar aquela estranha fechadura. Ainda estava olhando a madeira quando o jovem prosseguiu sua fala na certeza de ser respondido:

– Devo viajar quinta-feira em direção a Sydney.

– Muito bem.

– A viagem não é direta.

– O que pretende fazer tão distante?

– Em Melbourne, tratarei de negócios ligados a meu pai.

– Você tem passaporte? Lembre-se de que é menor de idade e precisa de autorização para viajar.

Olhou-me intrigado, como a um estranho ou como se eu me encontrasse a milhas de distância. Quando se predispôs a falar, seu tom de voz havia mudado para uma estranha agressividade.

– Estou preparado. Tudo no seu lugar. Oriento-me pelas estrelas. Sou um solitário à procura do último dia.

– O mundo moderno não está de acordo com suas teorias, principalmente, nos aeroportos.

– Asseguro-lhe ter livre trânsito. Meu tutor em Melbourne, Zacharias, vulgo Zak, cuidou de todos os detalhes.

– Se precisar, recorra aos nossos serviços.

– Eu sou o “Estranho” vindo de outra raça.

– A única recomendação é a de que tenha cuidado. O Mestre era muito ligado a seu pai.

– Vou em busca de uma herança e de um ato que devo cumprir.

– No meu entender, alguma coisa não se ajusta.

– Daqui em diante jamais ouvirão falar de mim.

– Em que sentido?

– No sentido da minha promessa de salvar o mundo como o fez Noé. Sou o poder oculto. Meu nome será diverso.

– Conheci seu pai e ele já me falava em coisas parecidas.

– Irei a Auckland visitar seu túmulo.

– Que Deus o acompanhe.

– Não preciso de Deus. Deus não existe. Preciso dar início a um compromisso.

– Seu pai falhou.

– Eu não falharei.

Levantou-se e, sem me estender a mão, passou a meu lado e começou a subir a escada em direção ao seu quarto. Só aí pude ver que os seus sapatos não eram brancos, e sim da cor de couro natural, muito bem polidos. Desapareceu da minha vista porque, como não me movi, não tinha ângulo para vê-lo até o topo da escada. Fiquei de pé, cofiando a barba, gesto muito comum no Mestre, inadvertidamente imitado por mim. Com a pasta de madeira nas mãos, observei que não havia nenhuma inscrição no seu reverso. Estranhei o peso excessivo. Percebia-se uma perfeita realização artesanal, com certeza saída de sua própria lavra. Deve ter levado bastante tempo para fazer uma obra dessa categoria. Antes de voltar à Fábrica, chamei Da. Lucélia a uma parte longínqua da varanda e recomendei-lhe: "Depois da partida do senhor Taliesin, peço-lhe encarecidamente para não tocar em nenhum objeto ou pertence deixado no quarto. E a propósito: ele dorme no antigo ateliê?".

Lucélia: Num pequeno quarto adjacente com menos de doze metros quadrados, sem nenhuma comodidade. Uma cadeira e uma mesa para escrever, onde também faz as refeições. Numa reentrância da parede já havia uma estante feita pelo Mestre, onde guarda alguns livros, não muitos.

Renato: Você não me afirmou que ele esconde tudo a "sete chaves"?

Lucélia: O senhor esquece que ele veio para cá quando criança e mora conosco há oito anos.

Renato: Sua esquisitice é antiga?

Lucélia: Mesmo quando menino já era estranho, mas eu ainda tinha acesso a ele e conhecia seu quarto. Posso garantir que se contentava sempre com muito pouco.

Renato: Frequentei a casa e sei que lá em cima não existe banheiro.

Lucélia: O banheiro está logo à direita de quem desce, com chuveiro e tudo. Desde criança, amava a água fria.

Renato: Se ele embarcar, não mexa em nada. Esta é minha última recomendação.

Alertei Mankuso, que conversava com Antônio animadamente. Não sei, mas acreditei que o assunto era Taliesin, o jovem *Iluminado*. Ambos sorriam muito. Passei por eles em silêncio e me dirigi ao carro; Mankuso entendeu e logo tomou a direção. No caminho, levando a pasta no colo, examinei-a com mais cuidado e mandei parar o carro, porque o seu peso me esmagava as pernas. Senti que, à medida que passava o tempo, cada vez a peça ficava mais pesada. Chegando à Fábrica procurei o assessor Elcid com a finalidade de investigar, minuciosamente, o prodigioso artefato de marcenaria. De imediato, revirando a peça com certa dificuldade, por conta do peso, ele asseverou tratar-se de um bloco de madeira maciça medindo 35 x 25 x 5cm, frisada ao meio em três lados, dando a impressão de uma pequena caixa. Esse elemento ilusório acentuava-se pela presença de uma falsa trava, rigorosamente esculpida, também em madeira compacta. "O senhor não abrirá essa caixa jamais", disse o assessor. "E, finalmente, do que se trata?", insistiu. "Com certeza é a Caixa de Pandora. A caixa que encerra todos os males do Universo, sendo que o último deles é o mal que acaba com a Esperança", afirmei com certa ênfase. Então, o assessor argumentou: "Mas isso não é oco". "É compacto para evitar que roubem a esperança", esclareci. Nos primeiros instantes, senti-me enganado por Taliesin. Logo depois verifiquei tratar-se de um aviso, pressupondo outro tipo de ação que seria desencadeada a partir dessa descoberta. Na manhã seguinte, telefonei para Da. Lucélia várias vezes, pois sabia que o avião decolaria do Recife às 6h. Confirmada a saída, indaguei, sôfrego: "Quem veio buscá-lo?". Senti Da. Lucélia um tanto confusa e a gaguejar, mas acabou revelando:

Lucélia: Há muito tempo o menino é visitado, todos os meses, por um senhor que lhe traz dinheiro e outros papéis.

Renato: Desde quando?

Lucélia: Desde quando ele completou cinco anos.

Renato: E como é que o Mestre Brennand e a dona da casa jamais souberam disto?

Lucélia: Da. Deborah sabia e o administrador Antônio também.

Renato: O seu tipo era de um estrangeiro?

Lucélia: Era vermelhaço e careca, mas falava como a gente.

Renato: Quando ele vinha, demorava? Chegou a almoçar ou jantar aí com vocês?

Lucélia: Não, não, não. Uma coisa de meia hora. Estava sempre apressado e o menino o tratava muito mal.

Renato: Tem certeza de que ele partiu? Aguarde-me que estou chegando aí.

Lucélia: O senhor vem agora?

Renato: O quarto das "sete chaves" está aberto?
Lucélia: Deixou-me todas as chaves.

Uma vez em São Francisco, ansioso, galguei a escada com o coração a bater forte. Sabia que algo muito sério seria revelado, algo tão desconcertante quanto os malefícios de *Pandora*. Da. Lucélia, muito pálida, me acompanhava e, em silêncio, com várias chaves de estilo antigo, foi abrindo na mesma porta sete fechaduras em sentido vertical. As duas últimas não estavam ao alcance e eu me encarreguei de abri-las. Estava diante da mansarda de Taliesin e vi, de imediato, no centro de uma mesa encostada ao lado direito da parede do quarto, papéis perfeitamente arrumados debaixo de uma pequena esfera de bronze, representando, toscamente, o globo terrestre com seus continentes. Aproximei-me, retirei a esfera ligeiramente achatada para não rolar e vi a inscrição com as mesmas letras que estavam gravadas na suposta caixa: *Os treze mandamentos*. Levantei a capa e a primeira folha continha o seguinte:

I – Não à misericórdia
II – Nada amarás
III – Plantarás árvores e não aproveitarás de seus frutos
IV – Protegerás as fontes e não beberás de sua água
V – Evitarás os magoados do sol
VI – Perder-te-ás neste vale arruinado e não voltarás
VII – Não escutarás os cânticos dos falsos profetas
VIII – Não aceitarás companhia
IX – Não deitarás com mulheres
X – Amarás a sombra
XI – Guardarás a tua fome
XII – Desmantelarás os artefatos
XIII – Destruirás as cidades e vencerás a insolência dos habitantes.

Nas outras doze páginas escritas à mão, numa caligrafia extremamente dura e cortante, estavam repetidos os mesmos mandamentos. Não me canso de repetir: talvez ele saiba alguma coisa que nós ignoramos. Peguei o único assento existente no quarto, arrastando-o para o lado da cama, impecavelmente coberta (com certeza ele a forrara antes de partir), para junto da mesa.

Pretendia analisar os papéis com mais atenção. Embaralhei-os e voltei a arrumá-los para verificar se não era um jogo de palavras, mas foi inútil. Eram, de fato, a solene ameaça para o desastre final, caso os *Mandamentos* não fossem rigorosamente cumpridos. Mas, então, por que ele observara que esses "escritos" só deveriam ser lidos daqui a vinte e cinco anos, quando os primeiros sinais da catástrofe se tornassem evidentes? Ele próprio admoestara não antecipar a leitura dos *Mandamentos* fora do tempo. Qual a origem dessa contradição, partindo de alguém que pretende salvar o mundo? De imediato, pensei na minha responsabilidade de ser o depositário de um tamanho augúrio: "Presságio ao coração do mau futuro". De que maneira poderia conviver de agora em diante com esse nefasto segredo, como se fosse eu o autor da ameaça? Um intrigante universal. Um detrator. Um praguento. Por que Taliesin, entre tantos degredados filhos de Eva, escolheu logo a mim, um ser que ignorava o efeito devastador de tal revelação? Será que pretendeu com esse gesto me aliciar como um dos futuros Guerreiros da Sobrevivência? Logo eu que, na frente do Mestre, tanto ridicularizara o Dr. Intruso e suas malogradas propostas semelhantes às desse garoto? O pior é que, por trás dessas conjeturas, pode existir escondida, a latejar como o ovo da serpente, uma proposta definitiva da Vitória do Mal. Que razões me asseguram das qualidades sobrenaturais de Taliesin e de seu próprio pai, de quem eu tanto desconfiava? Não quero ser, em absoluto, um cúmplice deles. Pretendo, apenas, voltar ao meu rotineiro trabalho. Como é que me deixei enredar por uma trama de natureza eminentemente escatológica? De repente, ouvi passos na escada e Da. Lucélia apareceu na moldura da porta a perguntar se eu não almoçaria, pois já era tarde. Levantei-me com os papéis na mão e remexi na estante, em busca de pistas que porventura ele houvesse esquecido ou deixado propositadamente como uma nova mensagem. Não, não havia nada, exceto alguns poucos livros da mesma coleção, bastante estragados, sempre em torno do poema de John Milton, *O paraíso perdido*. Perguntei a Da. Lucélia, que estava ao meu lado, se não havia mais livros. Ela respondeu que não. Embora a biblioteca da casa estivesse repleta deles, ela jamais presenciara o menino ter o menor interesse em qualquer livro. Passando para o ateliê, fui lavar as mãos na velha pia onde o Mestre Brennand limpava seus pincéis e notei uma quantidade enorme de pequenos potes de tintas com o título: "Pintakara (Pintura facial)". Mostrei à Da. Lucélia essa tinta cremosa, à base de água, totalmente atóxica, removível facilmente com água e sabão. "Reside aqui o 'segredo' das diferentes cores que Taliesin, aquele a quem você chama de menino, costumava aparecer. Leve para seus filhos, pois ainda são perfeitamente aproveitáveis." De volta à Oficina, no final do expediente, sabendo que Da. Lucélia poderia se ausentar de São Francisco, telefonei para lhe fazer uma última pergunta: "Qual o traje usado por Taliesin para viajar e como era o nome do seu acompanhante?". Da. Lucélia respondeu: "A roupa era a mesma quando da sua conversa com ele. Vestia branco. O homem tinha um nome complicado, parecia qualquer coisa como Willia... William Cobb". Solicitei a Kristana que guardasse sob "sete chaves", num cofre vazio existente no recinto do escritório, dentro de uma pasta lacrada, *Os treze mandamentos* com o termo INVIOLÁVEL. O assessor Elcid ficou encarregado de providenciar a impressão deste aviso numa placa de aço para, posteriormente, aparafusá-lo no cofre. Assim se cumpriria a vontade do *Iluminado*. Antes de dar boa-noite, disse-lhes: "Quero esquecê-los a todos, não sou o anticristo".

Os jornais da cidade estavam sobre a mesa onde tomo o café da manhã. Não foi difícil observar que as manchetes coincidiam: "Novo tumulto no aeroporto...". Evidentemente, nesta época de completo caos nos serviços públicos globalizados, supunha que se tratava de mais um incidente entre passageiros, companhias aéreas e a proverbial incompetência estatal em resolver problemas administrativos de qualquer natureza. Sentado, redobrando minha atenção, vi numa fotografia colorida de primeira página uma centena de pessoas em torno de Taliesin e – creio que não poderia ser outro – do Sr. William Cobb. A singularidade dessa foto se caracterizava pelo fato das pessoas ao redor das duas figuras se manterem, cautelosamente, à distância. A legenda dizia: "O Aeroporto dos Guararapes foi invadido por uma multidão proveniente dos bairros de Curado IV e Tejipió para a despedida de um jovem líder religioso". O nome do jovem ficou um pouco vago, porque os seus fiéis seguidores não sabiam como pronunciá-lo. Alguns falaram em "Tales", outros em "Talésio" ou "Talionésio". O repórter tentou entrevistá-lo, mas não teve sucesso: ele não abriu a boca. Suponho que os passageiros que circulavam pelo aeroporto pararam para olhar aquela figura imóvel, vestida de branco, como se estivesse engessado ou fosse uma estátua de sal. Taliesin havia advertido: "Ficarei invisível aos olhos dos outros". Se de fato ele é o *Iluminado*, por que não conseguiu evitar a bisbilhotice da imprensa? Qual o nome, ainda desconhecido, que deverá ser invocado? Quem colherá as novas tábuas da lei e a quem caberá traduzir as treze irrevogáveis sentenças gravadas na pedra incandescente? Do nosso pequeno grupo, sobraram as advertências do Dr. Intruso e a premonição de que Taliesin, o *Iluminado*, nos encaminhará à salvação. Considerei uma obrigação telefonar para a dona da casa e comunicar a partida definitiva do jovem Taliesin, com destino à cidade de Sydney. Indaguei se ela não vira, nos jornais, o episódio ocorrido no Aeroporto dos Guararapes. Em seguida, tomei a liberdade de perguntar-lhe se conhecera o Sr. William Cobb e se tinha ciência de suas periódicas visitas à casa de São Francisco. Bem-humorada, Da. Deborah me fez ver que nada acontecia ali e nas suas adjacências sem que fosse rigorosamente do seu conhecimento. "Encontrei o Sr. Cobb em diversas ocasiões, embora jamais procurasse interferir nos diálogos secretos mantidos com o nosso jovem hóspede. Partiu do próprio Sr. William Cobb apresentar-se e, ao mesmo tempo, solicitar-me a honra de conseguir alguns versos para o jovem Taliesin. Esclareceu a preocupação do rapaz, no momento, em pintar o rosto de diferentes cores de acordo com os dias da semana. Seguiria, desse modo, um ritual utilizado há séculos na Índia budista e hinduísta. O que me intriga é esse forasteiro ter conhecimento da minha condição de poeta. Quem lhe falou em tal coisa? Por delicadeza, como se fosse a obrigação de uma anfitriã, prometi-lhe, dentro de poucos dias, os versos solicitados com o tema das sete cores." Nesse momento, ela perguntou: "Terá sido o senhor que falou da minha poesia?". Tive pressa em assegurar sobre a impossibilidade desse fato por uma única razão: "Eu não conhecia o Sr. Cobb e só dirigi a palavra a Taliesin uma única vez para receber dele uma prometida oferenda, acertada ainda na época do Dr. Intruso, um assunto pessoal entre ele e Mestre Brennand. Eu, aqui, apenas cumpro ordens". "Não leve a mal minha suposição. Agora tenho a certeza de ter sido uma inconfidência de Da. Lucélia." Como a conversa prosseguia, indaguei se o poema fora feito e confessei a minha curiosidade em fazer sua leitura.

– Conheço sua poesia e a admiro tanto quanto seu marido, se me permite a ousadia, com idêntico exagero.

– Entreguei esse poema, intitulado "Uma Semana", nas mãos de Da. Lucélia, destinado ao nosso hóspede.

– A senhora sabe onde ele o guardou, pois teria o maior empenho em desvendar aquilo que Da. Lucélia chamava de figura camaleônica ou de um homem furta-cor?

Da. Deborah sorriu com desenvoltura e a conversa encerrou-se com as devidas saudações. Nesta mesma tarde, fui a São Francisco com o fito de vasculhar, de ponta a ponta, a mansarda de Taliesin, onde consegui penetrar sem dificuldades, pois a porta estava aberta e Da. Lucélia, ausente da casa. Antes de qualquer movimento, sentei-me na cadeira para refletir. Das duas, uma: ou o poema estava guardado no interior de um livro, pois não existiam gavetas no aposento, ou ele o havia levado consigo. Foi-me possível, nesse instante, procurar discernir as numerosas possibilidades como, por exemplo, guardar o poema debaixo do colchão ou debaixo do travesseiro. Por que não? Encontrei-o um pouco amarrotado, mas bem legível. De fato, repousava sob o colchão. Agora sou proprietário de um duplo segredo envolvendo o *Iluminado* e uma poetisa visionária. Sem ao menos comunicar a descoberta, vou acrescentar o poema à minha prosa neurastênica ornando-a, em tempo, de um certo brilho.

Uma Semana

Segunda-feira
verde

o seu rosto era verde
por ter se visto num poço
de águas esquecidas.

Terça-feira
azul

sob os pedaços de céu
jogados na terra
por três deuses

Quarta-feira
amarelo

já estava
de tanto sol a alisar
sua pele e os cabelos
de medo

Quinta-feira
vermelho

sentindo o seu sangue
latejar tão ligeiro.

Sexta-feira
branco

na tarde, assustado,
com o ruído das asas
de garças voando

Sábado
negro

porque a noite
com inveja
invadiu a manhã.

Domingo

rejeitava
todas as cores
e sua face
ele escondia
onde ninguém sabe.

Para iniciar uma rotina, depois dos atropelos da viagem de Taliesin, voltei hoje à cabeça da ponte. Sabia que ali encontraria as costas amigáveis de Herr von Brincken. Necessitava de uma proposta indispensável ao prosseguimento do meu trabalho interrompido. Mas terá sido mesmo suspenso? Antes de partirem, dois ou três jornalistas ainda conseguiram arrancar algumas palavras do Sr. William Cobb, esclarecendo a postura do moço. "Ele não professa nenhuma das religiões conhecidas. Ele também nada tinha a ver com os chamados movimentos ambientalistas ou ecológicos e, muito menos, com os agitados rapazes do *Greenpeace*... Nem trabalha na suposição de que o aquecimento global venha a se configurar: para ele, de há muito, o planeta está agonizante e ferido de morte. Quando chegar o momento, ele cuidará dos Sobreviventes como Noé fez na sua Arca", concluiu, enigmático, o Sr. Cobb, diante dos atônitos repórteres. Ficou no ar uma pergunta sem resposta. Evidentemente, as sutilezas do Sr. Cobb não estavam na medida da compreensão do "circo da mídia". Eu havia pedido ao administrador Antônio para seguir os dois viajantes até o aeroporto a fim de indagar e confirmar as suas respectivas destinações. Antônio assistiu maravilhado à decolagem do avião até perdê-lo de vista. Não fossem as notícias de jornal, antecipando a insólita presença daquelas duas criaturas no Aeroporto dos Guararapes, a espionagem de Antônio teria sido providencial. Posso imaginar a chegada a São Paulo e, logo em seguida, o voo sobre a Cordilheira dos Andes, depois Santiago e, finalmente, em direção à longínqua Austrália, em plena Oceania: "Meu Deus, que distância enorme, quantos oceanos pacíficos". Pequenas coisas, às vezes, eu próprio reluto em divulgar. Por exemplo, o assessor Elcid acaba de entrar na sala, horrorizado, informando ter recebido uma denúncia por telefone relativa a atos de vandalismo no Parque de Esculturas, no Molhe do Recife. Várias esculturas foram decapitadas e a grande *Coluna de cristal* está às escuras há mais de uma semana. Com profundo desânimo, o assessor afirma não ter como lutar contra o inabalável descaso das "autoridades". Depois acrescenta: "Como desgraça pouca é bobagem, o Banco Real, através de duas restauradoras, propõe a retirada do *Mural da Batalha de Guararapes* do lugar onde ele se encontra, sob pretexto de torná-lo mais visível para o grande público, colocando-o numa praça ou numa avenida, enfim, numa espécie de tribuna de honra...". Olhei para o assessor e disse: "Você sabe perfeitamente qual seria a resposta do Mestre. 'Uma cidade não é feita somente de praças, avenidas, ruas arborizadas, pontes e lugares privilegiados. É feita, sobretudo, de ruelas, becos, pequenas praças ensombradas e até de becos sem saída. O mural não deve sair, deve permanecer até o fim no lugar onde foi cravado, numa rua estreita com um nome tão belo, *Rua das Flores*. As flores que foram jogadas em profusão sobre os heróis pernambucanos, quando expulsaram definitivamente o rico e bem armado invasor.' Se necessário, nós falaremos com suas filhas e impetraremos um mandato de segurança contra esses infames banqueiros apátridas". Continuarei na minha rotina e até direi no meu salutar cabotinismo: saio de casa e vou ver o sol nascer ao lado de Herr von Brincken. Olho o rio sem vê-lo, mas o adivinho. Em julho de 1975, presenciei, ao lado do Mestre, as águas do Capibaribe atravessarem o lastro da ponte, acabando por derrubá-la. A água com forte correnteza chegou quase à altura dos fornos, os quais, por sorte, foram construídos 60cm acima do solo. Edvan me coloca ao telefone com o Dr. Zenão, aos gritos, a confirmar uma intimação da justiça de São Paulo para que eu responda sobre o paradeiro da garçonete Mee Heé. Era o que faltava para completar o espetáculo.

De repente, me deparo com um tópico assinalado numa entrevista na qual Mestre Brennand fala sobre o *pecado original*:

Talvez tenha sido esta uma das consequências mais dolorosas da queda: homens e mulheres estigmatizados por uma saudade louca do seu perdido companheiro e sem possibilidade alguma de resgatá-lo.

Já em outra nota, na mesma entrevista, discorre sobre um mural com o título de *Martírio*:

No centro da pintura, traçado em forma de cruz, está um quadrado onde se insere o Santo Mártir. Nos extremos da composição estão as duas cabeças zombeteiras de seus algozes. Abaixo e acima, ornatos semidestruídos. Todo o conjunto representa apenas sinais determinativos à procura de uma possível decifração: Massacre ou Martírio? Não estou bem certo, ainda, quanto à inscrição ideal; qual das duas seria a mais terrível e significativa... Talvez o martírio seja mais individual, mais solitário, menos coletivo, portanto, mais terrível: 'Fere-me aquele que mais me ama.'

Já no cair da tarde, Titã entra na sala de Kristana para me entregar uma carta postada em Bruxelas. A letra era indiscutivelmente de Viriata, minutando com correção o endereço da Oficina, dirigida ao Mestre Francisco Brennand, aos cuidados de Monsieur Nonato. No remetente, havia apenas o endereço das Organizações D'Axel. Reprimindo a curiosidade, não tentei abri-la. Encaminhei-me, lentamente, num estado vertiginoso, em direção ao ateliê do Mestre. Não sei se cheguei até lá, pois acordei a perguntar pela carta, o que fazia alguém responder: "Que carta? Acalme-se, acalme-se".

Segunda Parte

8

Hoje, queimei uma quantidade enorme de velhos papéis odiosos.

Kafka – *Journal* – Segunda-feira, 11de março de 1912

Madame Viriata Vogt, com traje completo de equitação, montava um tordilho árabe que a levava em galope regular por entre as clareiras de uma zona florestada das Ardenas. Conhecia a região há quase um ano e sabia das suas ravinas e rios tumultuosos, lugares que aprendera a amar. Desde sua fuga da "Floresta Amazônica", apelido não só da cidade do Rio Branco, como de todas as circunstâncias por onde vivera, quase sempre beirando o perigo, só agora conhecera a paz. Paz e segurança conferidas, também, pela descomunal fortuna do seu marido, Joseph Louis Gallon D'Axel. Foi por determinação deste – depois da fuga e do horrível processo em que diretamente estivera envolvida – que viera a habitar um pavilhão de caça de sua propriedade (raramente visitado), evitando a curiosidade da sociedade na qual o marido convivia. No entender de Viriata, Joseph Louis estava a protelar, em demasia, sua definitiva apresentação à alta sociedade de Bruxelas, já que esse ato envolveria seu prestígio e poder junto às diferentes autoridades belgas, incluindo o mundo diplomático e, também, desagradavelmente, as esferas policiais. Era evidente não se tratar de um assunto corriqueiro, dadas as suas implicações envolvendo dois países de diferentes hemisférios, embora o cargo de Administrador-em-Chefe para assuntos Sul-Americanos e do Brasil na União Europeia, exercido pelo marido, lhe propiciasse uma enorme vantagem para resolver todo tipo de questão. Tratava-se de um homem poderoso. Por meio do relato minucioso feito pelo advogado paulista, Dr. Asdrúbal Pinho, ao Sr. Cortier, Viriata estava perfeitamente informada de todos os aspectos do rumoroso processo que levara o cozinheiro Sun Hung a julgamento e condenação. Enquanto isso, no Brasil, o fiel escudeiro do senhor D'Axel, ignorando a fuga de Viriata, colhera novos subsídios junto a outros informantes secretos, presentes às sessões do Tribunal do Júri: precisava esmiuçar todos os meandros do crime e seus desdobramentos. Na época, não poderia ocorrer, a quem quer que fosse, a possibilidade do coreano não ter assassinado Viriata Vogt e exercido o seu hediondo apetite canibalesco. Ademais, independentemente de ser verdadeiro ou não, seu assombroso e frio relato das etapas do crime, de certo modo, já merecia uma condenação. Logo depois da sua chegada a Bruxelas, no mais perfeito anonimato, Viriata, de comum acordo com o senhor D'Axel, poderia ter inocentado Sun Hung, mas essa hipótese não agradava ao casal por diferentes razões. Viriata, por uma desforra de natureza impiedosa, pretendia vingança a qualquer custo: jamais perdoaria o cozinheiro pela brutal agressão. O senhor D'Axel, habituado aos manejos da intriga cortesã, queria ganhar tempo para que nada respingasse sobre sua ilibada reputação. Quando decididas todas as pendências legais, perfeitamente orientadas por uma equipe de advogados, o senhor D'Axel e sua mulher Viriata Vogt D'Axel marcaram uma audiência com o Embaixador do Brasil na Bélgica – do qual Joseph Louis era amigo íntimo – para o esclarecimento definitivo do acontecido naquele infamante processo. Legalmente, Viriata não praticou crime algum. Primeiro, não cometeu bigamia, pois se casou em outro país; segundo, desconhecia os propósitos insanos do coreano de apontá-la como a suposta vítima; e terceiro, saíra clandestinamente do país, com a cumplicidade do futuro marido, por ter sido ameaçada de morte. Contudo, esses esclarecimentos não evitaram ressuscitar um caso de natureza escabrosa que havia agitado a mídia internacional e, sobretudo, a brasileira, durante muito tempo. De fato, ele ressuscitou com igual violência; Sun Hung, por ter escarnecido da Justiça com sua inominável falsidade, atribuindo para si um crime que não cometera, poderia ser punido com um novo julgamento. Porém, a Corte do Acre resolveu, aliviada, recambiá-lo para São Paulo, de onde jamais deveria ter saído. Falava-se no seu internamento em um manicômio judiciário. Na capital paulista, aguardava-o uma desagradável surpresa. Com poucos dias, foi procurado na prisão pela tia de Mee Heé, cujo nome era, igualmente, Mee Heé, velha conhecedora das relações da menina com o cozinheiro, incluindo a gravidez e a insistente demanda da moça para que Sun Hung fosse trabalhar no Paraíso Perdido. Enfim, a senhora Mee Heé não ignorava nenhum pormenor desse tumultuoso relacionamento. Portanto, estava no seu legítimo direito de exigir do cozinheiro o paradeiro da sobrinha e de seu filho nascido no Rio Branco. Seja como for, a partir deste confronto, contaminada pelas dúvidas mais cruciantes, a senhora Mee Heé, aconselhada por toda a colônia coreana (ofendida pelo desvario do conterrâneo), resolveu processar Sun Hung. O meu restabelecimento ocorreu lentamente, não me ausentando da casa do Mestre por uma semana, sob os cuidados da viúva M. Gertrude (que, por várias vezes, surpreendi a me olhar com certo espanto), sua sobrinha Débora, que eu apelidei de Mortícia, e do sempre divertido jovem herdeiro, Oliver Edward, que me fez ver pela televisão a cabo inúmeras partidas de futebol internacional, jogadas na Itália, Espanha e Inglaterra. O rapaz torce pelo Milan, Barcelona e Manchester United. Não cansei de lembrá-lo que, coincidentemente, os ascendentes de seu pai vieram da cidade de Manchester. Quando voltei à Oficina, esqueci-me de visitar a figura de Herr von Brincken e, sentado na minha cadeira, com todos os manuscritos à minha frente (aos quais havia me dedicado com tanto empenho nesses últimos tempos), não sabia por onde recomeçar. Alguns recortes de jornais paulistas me trouxeram à realidade. Ao mesmo tempo em que Kristana informava sobre a transferência de Sun Hung do Rio Branco para São Paulo, os recortes falavam da inominável impostura do coreano: Viriata estava viva. Comecei a ler as várias notícias quando, de repente, para minha surpresa, verifiquei não o meu nome, mas a referência ao marido brasileiro de Viriata, nascido em Pernambuco e, no momento, desaparecido. Experimentei os mesmos sintomas vertiginosos e precisei, à custa de grande esforço, me controlar para não acontecer um vexame. O fato da revelação de Viriata estar viva ultrapassa, em muito, minhas cogitações de tentar definir meus sentimentos. Deveria estar satisfeito ou simplesmente arrasado? Ignorava ainda o capítulo referente à existência de Viriata, em Bruxelas, como esposa legítima do senhor D'Axel. Os jornais não diziam muito a esse respeito e ficava patente certa restrição – comandada por mãos invisíveis – aos comentários malévolos, coisa que não acontecia no tocante ao cozinheiro Sun Hung, tratado como um monstruoso psicopata. Passado algum tempo de minha permanência no escritório, Kristana, com certo cuidado ou mesmo cerimônia, asseverou seu empenho em guardar a carta com o máximo cuidado. Realmente, surpreso, indaguei-lhe:

Renato: De que carta você está falando?
Kristana: A carta que chegou de Bruxelas.
Renato: E essa carta me foi entregue?
Kristana: Titã a entregou em suas mãos, e logo o senhor saiu da sala.
Renato: Não recordo.
Kristana: Daqui da sala eu ouvi o burburinho...
Renato: Onde você arranjou esse termo?
Kristana: Digo isso porque o senhor estava caído no chão e Titã e Brechó tentavam, inutilmente, reanimá-lo.
Renato: Devo ter tropeçado.
Kristana: Mas o senhor portava o envelope vazio.
Renato: A carta não está em meu poder.
Kristana: Encontrei-a jogada à distância e guardei-a no cofre.

Nesse momento, tive receio de me defrontar com a carta finalmente delineada na minha memória, sob um qualificado sobrescrito europeu. Confesso não me encontrar ainda preparado para tomar conhecimento dela. Se Viriata está realmente viva, que pode pretender de mim se há muito estamos separados? O que irá contar ou revelar que, por antecipação, eu já não saiba? Essas notícias envolvendo Sun Hung e o desaparecimento de Mee Heé – inclusive atribuído a mim – juro que não me interessam. Não são assuntos meus e não estou aqui para misturar as memórias do Mestre com crônicas policiais. Fui vítima de um cozinheiro enlouquecido. Bem pensado, é um absurdo ser vítima de um cozinheiro, o que não deixa de ser um sinal dos tempos em que vivemos. Kristana falou nos contatos do Dr. Zenão, confirmando, finalmente, acreditar na minha inocência, embora eu não exclua a possibilidade de ainda passar por alguns vexames. "A justiça é proverbialmente lenta", lembrou-me. Armei-me de coragem e pedi a Kristana o favor de conservar a carta longe de minhas mãos até o dia em que eu a solicitasse. Tenho a meu favor o fato de Viriata ignorar a morte de Dr. Intruso, a morte do Mestre e, consequentemente, meu renascimento. Acredito que, também, desconhece o sequestro e a possível morte de Mee Heé. Com certeza, o coreano fez com a indigitada garçonete aquilo que, friamente, confessou no tribunal ter realizado também com Viriata. Além de tudo, ela nada sabe sobre Taliesin que, apesar da sua suprema indiferença, não deixa de ser seu filho. Aliás, a recíproca é verdadeira. Uma vez, Da. Lucélia me contou que, ao perguntarem sobre sua mãe, Taliesin teria afirmado: "Eu não tenho mãe". Posso perfeitamente destruir ou queimar esta carta. Dar-lhe fim e pronto. Naturalmente, ela espera que a leitura seja de extrema importância para todos, inclusive, para sua mãe. Sinto, pelo volume, que se trata de um "romance". Dez ou vinte folhas, manuscritas dos dois lados em estilo confessional ou, quem sabe, justamente o contrário, uma sequência de desaforos? Mas desaforos contra quem? Contra mim, o renascido, ou contra Nonato, que ela supunha dominar? Mesmo sem destruir a carta, posso guardá-la até o final dos tempos. Penso que não há vingança mais significativa do que deixar este papel mofar no fundo de um baú. Uma espécie de sonolência profunda, que me abateu durante uma semana, funcionou como o antídoto necessário, uma sorte de amnésia temporária, permitindo uma retomada gradativa, sem grandes traumas, da minha memória já muito abalada. Um capítulo adiante de tudo o que uma missiva poderia revelar, como se ela já tivesse sido lida e esquecida ou esquecida mesmo antes da leitura. Há vinganças e vinganças, mas eu não pretendo me vingar de ninguém, muito menos de Viriata. Entretanto, não sou obrigado a abrir esse envelope. Esse requintado envelope europeu postado em Bruxelas, cidade que o poeta Baudelaire detestava. Ou era a Bélgica inteira? Suponho que o Mestre já deve ter feito essa observação, mas não importa. Repeti-la me causa prazer, um imenso prazer. É curioso que uma ideia surgida repentinamente, vinda ninguém sabe de onde e sem nenhum antecedente plausível, tome conta da gente de forma tão imperiosa, tornando impossível qualquer vacilação: decidi não ler a carta. Como se fosse um prêmio, descobri novos manuscritos, inclusive alguns desenhados pela mão do Mestre, resolvendo introduzi-los no meu texto, como algo extremamente propício.

* Tomo como exemplo o que de melhor pode haver em pintura: Jean Van Eyck.

ou então as Cortesães de CARPACCIO
ou a Morte de Prócris, de Piero de Cosimo
ou o São Jorge, de Cosme Tura
ou o Sansão e Dalila, de Francesco Morone
ou o triunfo de Baco e Ariana, de Cima da Conegliano
ou a Perseverança, de G. Bellini

Todas as audácias dos cubistas são pouca coisa perto das realizações de Seurat.

Tradução do livro "Georges Seurat", de Jacques Lapnade.

3. 5. 958.
J. V. Eyck

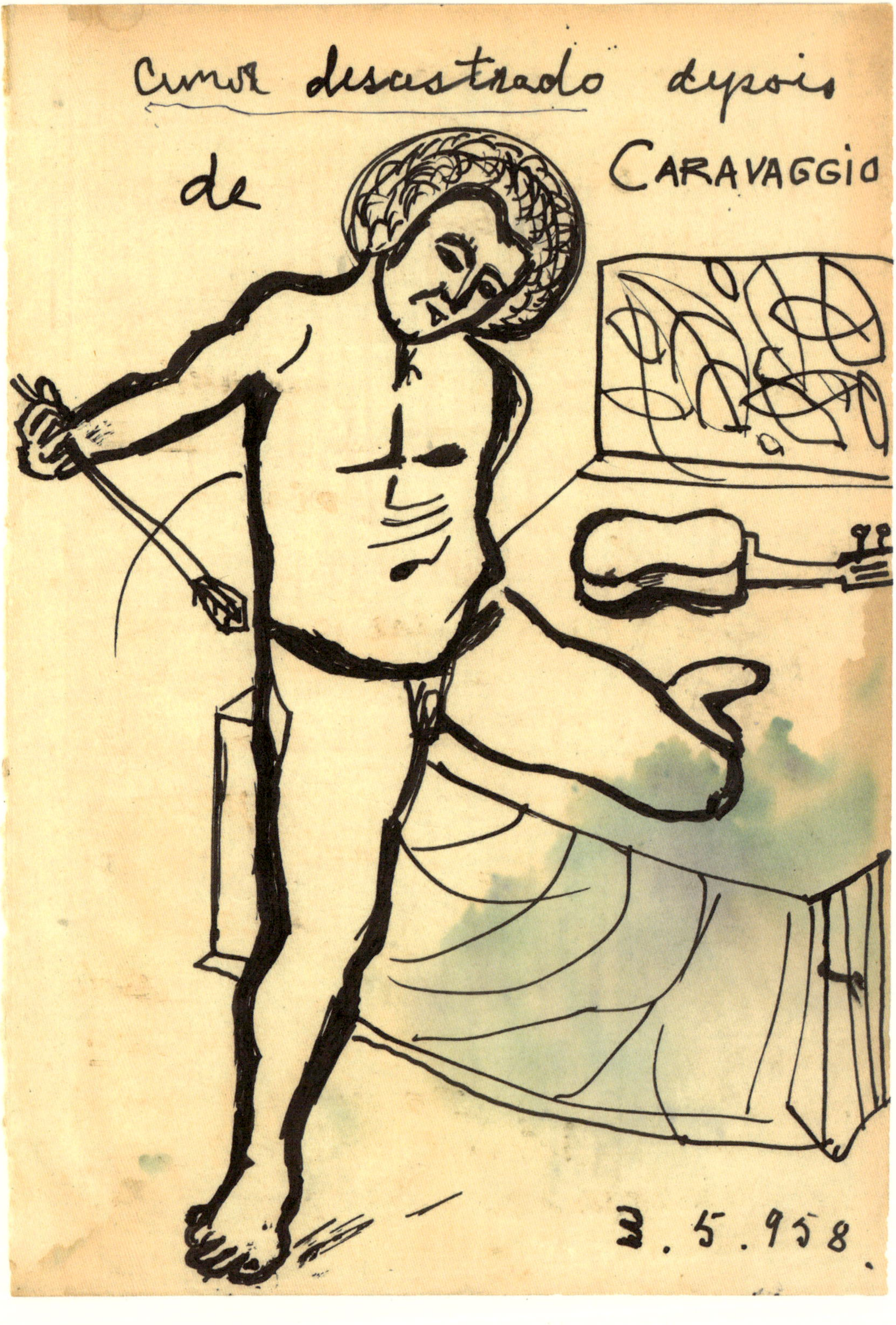
Amor descastrado depois
de CARAVAGGIO
3.5.958.

22. 5. 958.

Encontro o poeta Tomás Seixas. Flanamos pelas ruas. Duas mulheres em trajes típicos, isto é, excessivamente apertadas em vestidos estreitos para as suas anatomias, chegaram ao nosso alcance. Tomás deixou-as passar sem olhá-las, quanto a mim, dolorosamente acompanhei-as com a vista em sua marcha. Falamos depois sobre um assunto [illegible] de/anteontem em que eu confessava-me incapaz de resolver: [illegible] o que pode afirmar com veracidade a respeito do sexual [illegible] de sua paixão? Para a presença feminina sempre [illegible] é devastado."

Tomás, [illegible] faz espírito [illegible] as suas lamúrias [illegible] sondaga: [illegible] sobre um [illegible] a respeito

de vasta dor?

Tomás

cujo [illegible]

O assunto é "a"

(1) diâmetro de uma roda
de bicicleta normal:
70 cms.
(2) diâmetro do "Busto" da nova
vamp de Hollywood:
1 m. 3.

21. 5. 958 * Exmo. Sr. Francisco

Florilege

Trabalho toda a semana e não posso pensar ainda em nenhum resultado. Tenho vários quadros começados e quase todos bastante imperfeitos. Não posso acreditar que, com o tempo ou mesmo com mais algumas lições Trabalho esses quadros melhorem. Goethe tinha toda razão quando disse: "a obra de um grande artista deve ser perfeita em todas as suas fases".

4. 6. 958.

+ Em mim, apenas vejo crescer desmesuradamente... e não se passa um só dia, ~~que~~ sem que mais

7. de Junho

* Há cerca de vinte anos a cartomante adivinhara e eu naquela época não chegara a entender o porque do seu sorriso: "ah meu amigo, vão duvidar de sua reputação!"...

perfeita [illegible]

perfeito [illegible]

ter um minuto [illegible]

sobre pena de relaxar [illegible]

sua perfeição. Penso que

numa perfeita certeza o [illegible]

é só ter o vestido [illegible]

cima do corpo para que

coisas se façam o mais rapidamente

e no menor espaço de tempo, possíveis

* Velho e sábio amor, meu
— Deus, como tu és bela!

a longa elipse dos seus olhos

* Henri Rousseau asseverava publicamente e não sem uma certa negligência que não gostava dos quadros de Henri Matisse: "Me parecem inacabados" [illegible].

As telas de Matisse são suportáveis quando muito trabalhados, isto é, à força de perseguir uma determinada idéia o artista apaga várias "seções" do seu quadro, chegando a destruir todo o realizado. A pintura assim, [illegible] muitas vezes no seu desenho e nas suas cores, acaba por ganhar solidez e estrutura e também, por força de [illegible] no colorido. Assim acontece com vários dos seus nus, e algumas "cenas de interiores etc" de naturezas mortas. O grande "Nu rosa" que está no museu de Baltimore é um exemplo desse processo. Conheço através de uma reportagem fotográfica todas as suas fases, sobretudo a sua conclusão desse belo nu cor de rosa, agigantado, inflado, cuja [illegible] próximo da grande odalisca de Ingres. Matisse me parece insuportável na medida em que imitando Cézanne tenta parecer sublime, [illegible]

* Dotado de um olho o mais sutil
e de um instinto seguro, ele
não quer se aproveitar de
nenhum desses dons que possui
espontaneamente. Ele repele assim
todas as seduções do azar; e
liberta a arte de toda imitação
servil da natureza. Não se contenta
em rejeitar a descrição inútil,
ou de escolher, dentre as suas sensações,
uma magnífica de afirmar a forma. Só aceita
como expressão genuína aquilo
que ele possa controlar. Nenhum
artista tem levado tão
longe o desejo e a vontade de
ser plenamente consciente.
Esperava que na sua arte, tudo
fosse inteligível. Ele não
pretendia somente transmitir uma
emoção, comunicar um sentimento
de calma ou alegria, ele queria,
por um conjunto de signos, que
esse sentimento se tornasse como
que palpável.

As famosas vértebras a mais resultando na beleza ideal.
O pintor Ingres dizia: "A deformação é uma homenagem à forma".

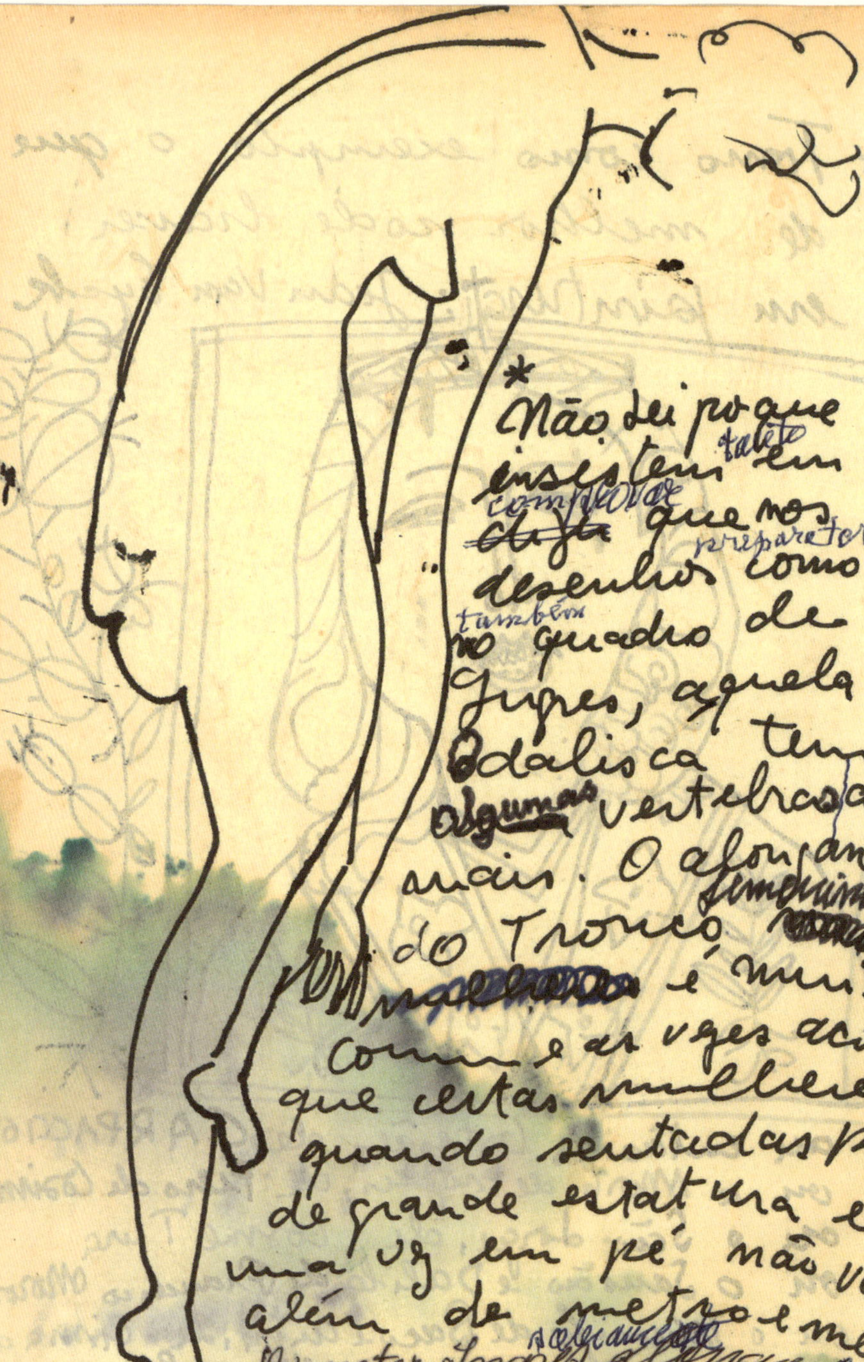

* Não sei porque insistem em comparar que nos desenhos preparatórios como também no quadro de Ingres, aquela Odalisca tem algumas vertebras a mais. O alongamento feminino do Tronco é muito comum e às vezes acontece que certas mulheres quando sentadas parecem de grande estatura e uma vez em pé não vão além de metro e meio. O pintor Ingres alongou deliberadamente o dorso de sua odalisca, como quem estica uma baladeira na certeza de atirar a pedra bem fundo no coração de sua pretendida caça...

freqüentemente senhoras e senhoritas
e desfilando
apresentando suas respectivas
medidas anatômicas (de todos
os ângulos, (a priori escolhidos por
homens) no fundo desses
espetáculos há ~~grande~~ qualquer coisa
~~prudentemente~~ primitivo, só respeitável
de ~~respeitável~~ inequívoca ~~pela~~ sua ~~~~
~~~~ repetição atravéz dos tempos.

7. 7. 58

* O dia inteiro imperturbavelmente
chuvoso. A paisagem se modifica,
todos os sulcos estão cheios
de água que refletem o céu.
O rio transbordou sobre as
pastagens e o gado [?]. O barulho
noturno as colinas mais altos.
constante da chuva de tantas horas
começa a me enervar, mas isso não
tem a menor significação, e que
significa mesmo é a chuva e a terra
molhada...
~~~~

8.7.958.

* Rene Huyghe no seu livro _Dialogo com o Visível_, fala de uma maneira engraçada sobre a ninfa _Thétis_ na pintura de Ingres — _Júpiter e Thétis_: « Nouvelle Iphigénie, Thétis présente à l'immolation sa gorge sur l'autel de la plastique implacable! »

Um sintoma se revela; uma espécie de sensualidade que já não admite fronteiras.

Ingres deveria ter sido um tipo assim, ele como eu, certamente por sensualidade, se enganava a respeito da verdadeira função do corpo feminino e desse engano nasceu uma irrecusável obsessão de [illegible] a [illegible] o corpo feminino como se não servisse senão como objeto de adorno e fosse tão somente matéria prima para os nossos desejos os mais inconfessáveis.

Les réalités matérielles, palpables, celles dont le réalisme fait son objet, ne sont justifiées que par l'infirmité de notre esprit, obligé de passer par elles pour essayer de concevoir et de rejoindre la Vérité suprême, qui règne par delà le royaume des sens et même celui de l'Intelligence. Le visible n'a pas de réalité, sinon comme signe et accès de l'Invisible.

[illegible]

* "Je compte beaucoup sur ma vieillesse: elle me vengera"
(1821) Ingres.

* [illegible]

Eng. São Francisco, Recife. 1958.

Depois de organizar os desenhos, resolvi sair ao corredor em demanda do assessor Elcid para indagar se as cerâmicas haviam seguido para o endereço do escultor Alfi Vivern, em Curitiba. Bastou abrir a porta e, ainda com a mão direita no trinco, quase esbarrei com ele – situação insólita: fez-me esquecer do motivo pelo qual o procurei com tanta urgência. Ainda mais esquecido fiquei quando, inopinadamente, ele observou minha mão direita comentando a ausência da cicatriz de uma antiga queimadura. Perguntou-me se, por acaso, eu havia feito plástica ou enxerto de pele.

Renato: De que diabo de queimadura você está falando?
Elcid: A que você sofreu, colocando a mão numa cerâmica incandescente.
Renato: Como assim?
Elcid: Numa época em que você fazia tudo para impressionar o Mestre.
Renato: Tem certeza?
Elcid: Absoluta.
Renato: Eu supunha uma origem diversa e acredito que você está a inventar.
Elcid: O dorso de sua mão esturricou no contato indevido com a peça.
Renato: É mentira. Não me lembro.
Elcid: Você grunhiu como um leitão levado para o sacrifício.
Renato: Mais uma vez, confesso não me lembrar.

Confundido, em vez de sair ao corredor, voltei à sala, chamando o assessor que, uma vez sentado e sem nenhuma cerimônia, pediu para examinar a minha mão. Acedi sem delonga. Talvez ele descobrisse, enfim, o seu equívoco. Acredito que não olhou coisa alguma, pois, em seguida, já estava contando anedotas sobre um sujeito que tinha ido a um psiquiatra para se queixar de seu esquecimento... Mas pouco importava a anedota, o absurdo era ter de reconhecer que Viriata jamais botara fogo pela boca e fumaça pelas ventas... Juro preferir que tudo fosse verdade. A negativa me deixa a impressão de que sofro de alucinações e de que, talvez, outros acontecimentos aqui relatados possam ser colocados em dúvida. Um homem enlouquecido vê o que quer. Lembrei-me da carta de Viriata, mas o juramento de esquecê-la no fundo de um baú está em jogo.

9

Fere, mata, esquarteja, arranca,
Sob os louvores de sanguinária brisa,
O coração negro e rubro desta fera,
Que, pérfida, lança sobre ti, agora, os olhos mansos.

Deborah Brennand

As notícias de alguns jornais de São Paulo me alertaram que o caso do *chef* coreano Sun Hung continua em ebulição – com certeza, sem o mesmo destaque. Entretanto, ficou constatado que o cozinheiro e mestre de *hapkido* está recolhido numa prisão especial, no Manicômio Judiciário, à espera de novo julgamento. Desta feita, é acusado pela tia de sua amante Mee Heé, como o autor de seu sequestro e morte. Também Sun Hung foi entrevistado por alguns repórteres, já que a mídia tomou conhecimento de que, desde a cidade do Rio Branco, ele escreve suas memórias (em vias de publicação). O entrevistado disse: "A justiça e os homens já me acusaram de tudo, resta-me apenas dizer a verdade, que, assevero, é muito mais terrível do que tudo aquilo que vocês possam imaginar". Acredito no mais absoluto sucesso do livro do endemoniado cozinheiro. Será, talvez, mais vendido, pelo menos temporariamente, do que os favoritos *best-sellers*. Mas, em todo caso, não chegará a oferecer originalidade. Em resumo, deve ser uma oferenda da arte culinária coreana bastante condimentada com sangue humano, de permeio com a nossa habitual tolice e danação, o que não afetará a tendenciosa inclinação dos leitores para o pior. Enfim, nesse capítulo, a história parece encerrada. Sun Hung na cadeia e no limiar do sucesso literário; Mee Heé, sequestrada e morta; Viriata, viva e usufruindo dos deleites milionários de uma boa vida na Bélgica, enquanto eu guardo uma carta desta mulher no fundo de um baú. Como indagou um poeta pitagórico, "de onde veio a humanidade e como se tornou tão má?". Pensando melhor, é mesmo uma completa loucura esperar qualquer coisa vinda de Viriata. As mulheres não costumam declarar seus infortúnios, muito menos aqueles referentes aos outros, à exceção das embromações de sempre, bem características do sexo feminino. Talvez, até nelas, uma espécie de segunda natureza: uma verdadeira arma que a Mãe Terra lhes proporciona para o grande embate da vida. Com todos os demônios, como é que eu ainda pretendo ser tão ingênuo e esperar "esclarecimentos" de uma destacada esfinge negra prestes a me devorar? Prefiro deixar esse assunto de lado. Talvez ainda haja o que dizer antes de fechar a torneira da sandice. Foi exatamente a partir de 1993 o começo das minhas interferências nas anotações e nas inúmeras discordâncias demonstradas por mim diante de algumas afirmações do Mestre. Cheguei a escrever no diário, sem que ele notasse a diferença da letra, e até hoje não consigo compreender a sua enorme paciência em ter tolerado os meus antagonismos. Cheguei a dizer, à parte, que um dia eu haveria de terminar esse diário. Caberia a mim fechá-lo em definitivo. Pois não é que isto veio a acontecer?! Agora sou eu quem dá as cartas.

A carta está em meu poder. Como eu pensava, são mais de dez folhas de um requintado papel europeu, repleto de letras escritas pelas mãos habilidosas de Viriata. É dirigida indistintamente ao Mestre Brenan (sic) e a mim, Nonato (hoje, Renato, sem que ela saiba). Com a mão trêmula segurei os papéis. Eu conhecia de longa data o grau de escolaridade de Viriata. Ela cursara até a oitava série em uma escola pública da Várzea, portanto, sabia escrever o português e concatenar suas ideias. Posso assegurar que "ideias" nunca lhe faltaram: Viriata as expõem com estranho vigor logo nas primeiras linhas.

Prezado Senhor Brenan (sic),

Gostaria que esta carta fosse lida em voz alta junto a Nonato, a quem, em grande parte, ela é dirigida.

Esclareço não estar propensa a dar explicações de meus atos; muito menos a qualquer tipo de queixas.

Tenho à disposição pessoas categorizadas para escrever ou colaborar neste texto, inclusive psicólogas, tradutoras, secretárias, todas ansiosas em me agradar (sou eu quem não permite). Vocês não são obrigados a saber de todos os pormenores da minha fuga do Brasil, embora esteja certa de que a imprensa (tanto a brasileira quanto a estrangeira) se ocupou à exaustão das "loucuras" daquele desgraçado cozinheiro coreano que quase me tirou a vida. Vocês podem, sobretudo Nonato, supor que sabem da verdade e, no entanto, digo: vocês sabem de quase nada. Por exemplo, devem ter certeza de que ainda estão tratando com uma mulher nascida num obscuro arrabalde do Recife, ex-manicure, educada grosseiramente no meio de gente inculta. Se pensarem assim, estarão redondamente enganados. Com o pouco que aprendi no colégio, somado ao meu providencial encontro com o Dr. Intruso – o único homem de minha vida –, passei a compartilhar das conversas, mesmo em silêncio, nas pouquíssimas oportunidades que me apareciam, entre o senhor, Nonato e aquele extraordinário cavalheiro que surgiu nos portões da fábrica, acompanhado de seu cachorro.

Acredito ter chamado a atenção do Dr. Intruso pelo fato de seu cão, Ovídio de Odin (extremamente agressivo), ter demonstrado, desde o primeiro dia, a mais completa afinidade comigo, metendo, inclusive, com força, seu longo focinho entre minhas coxas e me cheirando com insistência, como se eu fosse uma cadela da sua raça.

Amei o Dr. Intruso com toda a paixão com que uma jovem mulher pode amar um homem adulto, vigoroso e experiente. Estão espantados com minha linguagem? Perguntem a Nonato o que ele ouviu sussurrado por mim nas suas orelhas em noites escuras quando um homem sem face pode escutar o que não gostaria de ouvir.

Fugi do Rio Branco jurada de morte por Sun Hung. Se eu não o tivesse feito naquela noite, teria sido assassinada. Aliás, ele jurou, na frente do hotel em que eu me hospedava, que me sangraria como a uma porca e que beberia meu sangue. Certamente poderão indagar: por que um homem tão poderoso como o senhor D'Axel não providenciou um 'sumiço' em Sun Hung desde a primeira agressão, feita ainda na cozinha do restaurante Paraíso Perdido? Insisti muitas vezes junto a ele, mas o coreano era um agente do senhor D'Axel, a serviço de alguma missão jamais revelada pelo meu marido (para Nonato, pode parecer engraçado eu falar em marido).

Ora, como vocês não ignoram, eu sou filha de um alemão que trabalhava numa das indústrias da família do Sr. Brenan (sic). Logo que ele soube que minha mãe, Antônia, estava grávida, correu de volta para sua terra, pois ele era casado. Ironicamente, fiquei grávida de Dr. Intruso, mas ele legitimou o filho, dando esperanças à minha família de um futuro melhor para todos nós.

Jamais compreendi a partida de Dr. Intruso, como jamais entendi sua Missão, tantas vezes discutida entre vocês, sempre com um ar de segredo.

Quando ele foi embora, eu disse a mim mesma: "Não mais servir."

Na sua esperteza habitual, Nonato me propôs casamento, tentando usurpar o lugar de Dr. Intruso. Ele, mais do que qualquer outro, sabia da inexistência total de afeto da minha parte; nem a Taliesin, que pouco conviveu comigo, demonstrei afeição.

Não assisti (faltavam-me forças) à partida de Dr. Intruso e fugi para a cidade de São José do Egito com o menino. Quando voltei, caí indiferente nos braços de Nonato. Desde que pudesse me sustentar com um mínimo de recursos, poderia ter sido ele ou qualquer outro.

Sabia perfeitamente que ele era um protegido do senhor e que seria provido de tudo o que necessitasse, incluindo os meus luxos progressivos. O senhor nada ignorava, porque, através de Mathias, o vigilante, tomei conhecimento de suas propostas para que eu fosse sua modelo. Isso antes da chegada de Dr. Intruso, quando ainda menina, 'uma menina apetitosa', como o senhor me qualificou junto a Mathias (lembra-se de que me ofereceu uma quantia exorbitante?). Não quero ser teimosa, mas a mesma proposta indecente o senhor fez à minha mãe, Antônia, quando jovem.

Portanto, não me culpem da má sorte em ter me transformado numa mercenária. Daí em diante, "não aceitei companheiros" e corri sempre em busca da riqueza: onde estivesse o tesouro dos outros, aí estaria o meu coração.

Será que Nonato não desconfiava das minhas ambições, da desonestidade sistemática na contabilidade do Paraíso Perdido, da minha indescritível devassidão dispersa aos quatro ventos? Vocês, homens, são muito pretensiosos e simplórios ao julgar uma mulher. Existe por detrás das aparências do comportamento feminino uma última realidade, invisível ao olhar de qualquer homem, algo escondido durante toda a vida. São os códigos femininos, sobre os quais tenho conversado muito com Michele, a minha orientadora e psicóloga carioca, que vive há muitos anos em Bruxelas – embora jamais chegássemos a uma resposta convincente.

Quando o senhor D'Axel apareceu pela primeira vez no Paraíso Perdido, rodeado de asseclas, à minha maneira intuitiva, descobri o montante de sua fortuna, mas meu interesse real só cresceu ao escutar o nome de 'Bruxelas', que era o da terra para onde o Dr. Intruso deveria ter viajado. No meu entender, se algum dia eu pudesse chegar até Bruxelas, certamente o reencontraria. Foi isso o que ocasionou minha ligação com Joseph Louis.

Não vou relatar todos os episódios de minha vida anterior à viagem à Europa. Por que repetir a malfadada excursão a Oeiras, a Terezina e à praia de Peito de Moça ou mesmo a São Luís do Maranhão? São águas passadas. Relembrar os acontecimentos do Rio Branco, relativos à minha fuga do Hotel Pinheiro Palace, é uma razão de foro íntimo: não quero que pensem que sou covarde. Todavia, espero que guardem segredo, pois este fato pode me envolver num inquérito policial. A minha confiança se deve tão somente à certeza da covardia de ambos. Não falarão.

Nos últimos meses de minha vida no Brasil, fiz várias viagens entre o Rio Branco e a fazenda do senhor D'Axel, no Mato Grosso do Sul. Convivi algum tempo com o casal François-Jules Cortier, mas, no restante, eu estava só, ora no Hotel Pinheiro Palace, ora viajando a serviço do próprio senhor D'Axel para Rondônia, Tocantins, Goiás e até Roraima. Cheguei a ir à Venezuela, à cidade de Santa Helena, à procura de um diamante, comprado legalmente (ainda hoje tenho os documentos) como presente de casamento do senhor D'Axel. Não preciso acrescentar que estas viagens envolviam assuntos de caráter extremamente viscoso.

Nas minhas últimas estadas no Rio Branco, resolvi fazer equitação para evitar o tédio e, sem que ninguém soubesse, tinha à disposição, trazidos da Fazenda dos Dois Mundos, dois fogosos garanhões puro-sangue árabes perfeitamente adestrados para o trote inglês. Não se espantem, por favor, pois eu já cavalgara o suficiente na fazenda do meu amo. Os dois não ignoram que tanto eu como a minha mãe possuímos uma beleza física invejável, além de enorme destreza para qualquer tipo de exercício, seja dança ou ginástica. Nonato assistiu quando eu dançava seminua, no pátio da guarita, em frente à Oficina Cerâmica, com o fito de agradar o

Dr. Intruso. Ele conhece muito bem o que posso fazer numa cama: posições, imprecações e revelações que quase sempre o deixavam sem fôlego, a pedir misericórdia. Neste capítulo eu não cedo o meu lugar a ninguém.

Guardei na minha suíte do hotel todo o aparato de equitação que viera da Bélgica, a mando do senhor D'Axel, para poder me exercitar à beira dos magníficos lagos que existem no Rio Branco (aquilo que eles chamam de praia), quase sempre no limiar da floresta.

As ameaças de Sun Hung me fizeram deixar o Hotel Pinheiro Palace na própria madrugada da minha fuga, auxiliada pelo porteiro Geroncito (na época, namorado clandestino de Mee Heé). Desci pelas escadas usando um disfarce masculino: calça de montaria cinza-escuro, pequeno jaleco preto, boné de equitação igualmente negro. Evitando as botas, que chamariam a atenção, calcei um simples par de tênis, bastante sujo. No fundo do estabelecimento, Geroncito estava à espera com uma bicicleta e, segundo o combinado, duas pessoas da mais inteira confiança do senhor D'Axel que, independente do conhecimento de quem quer que fosse, inclusive do Sr. Cortier, estavam me aguardando no centro da cidade, à frente da Maternidade e Clínica de Mulheres Bárbara Heliodora, na Avenida Getúlio Vargas, não muito longe dali.

No seu depoimento, Sun Hung fala a verdade ao afirmar ter presenciado minha fuga pelos fundos do hotel. Encontrava-se a cem metros do local, ao lado de uma caminhonete, aguardando-me. Ao vê-lo, de tão nervosa, desastradamente fui ao chão e devo ter perdido os sentidos, ficando, assim, à mercê de suas mãos. Ele mentiu ao dizer que me atacou, pois, depois que me recuperei do desmaio, verifiquei que ele se encontrava no mesmo lugar, encostado na carroceria da caminhonete do restaurante, olhando-me fixamente, mas sem esboçar nenhum movimento. Gritei com todas as forças de meus pulmões, indagando o que ele pretendia de mim e foi ainda no impulso deste grito que montei na bicicleta e corri em direção à Maternidade. Sem dizer palavra alguma, os dois enviados do senhor D'Axel me levaram a um pequeno aeroporto clandestino. De repente, eu estava no Aeroporto de Guarulhos, já vestida de aeromoça, me preparando para viajar no jato particular do senhor D'Axel, ao lado da tripulação. Assim, em menos de vinte e quatro horas, me encontrava no Aeroporto Zaventem, em Bruxelas. Segundo me disse Joseph Louis, por motivos estratégicos, o Sr. Cortier ignorava a minha fuga. Enquanto eu viajava, as pessoas do Rio Branco, incluindo a polícia, procediam a uma varredura no Hotel Pinheiro Palace, sem atinar qual o motivo de meu misterioso desaparecimento.

Foi com enorme surpresa – apesar da convivência bastante íntima com Sun Hung – que soube da sua confissão completamente enlouquecida de que havia me assassinado, esquartejado e devorado. Para mim, o espanto maior deve-se ao fato de ele não haver me sequestrado quando estive em suas mãos, ao cair da bicicleta. Com essa medonha simulação, de quem ele procurava se vingar? De mim? Acredito que foi de Nonato. Se ele tomar conhecimento desta carta, que reflita sobre essa minha suposição. Será, porventura, desabrida?

Só agora, com as últimas notícias, tomamos conhecimento, através da embaixada do Brasil, da sua prisão em São Paulo e da acusação de que a vítima foi, de fato, Mee Heé.

Larguei a leitura e fiquei longo tempo sem conseguir armar o quebra-cabeça que Viriata estava me propondo através dessa longa carta que foi escrita do seu punho e de sua lavra. Não que eu afaste a hipótese de ela ter conversado durante a escrita com a sua amiga psicóloga. Notei alguns pontos obscuros no decorrer de certas considerações, nas quais senti um linguajar próximo desses profissionais, como a sua curta análise do comportamento feminino: "Uma última realidade invisível ao olhar de qualquer homem, algo escondido durante toda a vida...". Até agora não me pareceu desaforada e, muito menos, esclarecedora. Ela apenas confirma a sua má sorte em ser mercenária e aproveita para desfilar uma série de embustes, características irmanadas à alma feminina. Como pôde mencionar, sem nenhum escrúpulo, sua tempestuosa relação com Sun Hung de "apenas uma convivência bastante íntima"? O danado do cozinheiro fizera menção, no tribunal, ao assédio de Viriata desde o primeiro dia da sua chegada de São Paulo. O desenrolar orgiástico dessa relação foi digna do Marquês de Sade; além disso, a atual Madame Vogt se esqueceu de relatar a histerectomia sofrida como consequência da agressão do cozinheiro. Desafortunadamente, não tenho aqui ao lado o Mestre Brennand para comentar o fulcro mais profundo desta carta. Quais as reais intenções dessa mulher? É verdade que ignora a morte de Dr. Intruso, a do Mestre Brennand e os passos do seu filho Taliesin, que se agigantam em direção a Sydney. De soslaio, levanto meus olhos para prosseguir na leitura, não de uma maneira sequenciada, mas pulando algumas linhas; e vejo-a comentando as Florestas das Ardenas. Nas suas longas e solitárias caminhadas a cavalo, pressentindo, deliciada, as manchas de sol que se infiltram entre os pinheiros da antiga *Arduenna Silva,* floresta dos tempos romanos. Por vezes, cavalga na sua égua baia, toda vestida de preto e vermelho; outras vezes, no tordilho, vestida de cinza para se confundir com o animal e os rochedos cinzentos que despencam em direção aos abismos. Dali é possível vislumbrar, pelas ravinas, o tumulto das águas indo de encontro às pedras cheias de limo verde. E aí temos uma Viriata sonhadora: "Ai, quem me dera perder-me neste vale e não mais voltar". Cismarento, deixo novamente a leitura de lado à espera de encontrar uma luz que me oriente em relação aos ocultos desígnios desta mulher. Será que ela ainda achou pouco? Taliesin recomenda, entre seus mandamentos, "não deitarás com mulheres" e, em seguida, exorta a aceitação da solidão: "Amarás a sombra". Não deixei de sorrir ao pensar em Madame Viriata Vogt D'Axel. Exteriormente, o invólucro deve ainda permanecer como a Afrodite das belas nádegas, embora, no real, esteja mais para a Afrodite do buraco ou da copulação. Faltam-lhe as entranhas. Ao retomar a leitura é como se ela estivesse adivinhando meus pensamentos ao tocar num assunto de natureza íntima, coisa que poucas mulheres teriam coragem de fazer.

Não foi nada fácil minha adaptação, logo após a chegada a Bruxelas, junto ao grupo social que cercava o senhor D'Axel. Quanto a sua família, nem se fala: jamais me apresentou a sua mãe. Minha aproximação com as irmãs foi praticamente nula.

Este afastamento familiar é compensado por uma quantidade enorme de serviçais de todos os níveis. Como mencionei, tenho à disposição um personal trainer, *um professor de equitação, dois motoristas, duas secretárias, uma psicóloga, professores de línguas estrangeiras, seguranças e até médicos particulares.*

No dia em que coloquei os pés na Bélgica, de imediato, fiz ver ao senhor D'Axel a urgência de consultar um ginecologista e um cirurgião plástico. A gravíssima intervenção cirúrgica realizada no Hospital do Rio Branco necessitava de correções inadiáveis, sobretudo, na região do períneo.

Nonato sabe com detalhes do acontecido e poderá lhe contar, Senhor Brena (sic), tudo a respeito da revoltante agressão que sofri na própria cozinha daquele restaurante que me pertenceu (aliás, pertence). Fui desventrada, ou ainda pior, arrancaram-me tudo aquilo que há de mais sagrado na mulher. O cirurgião foi obrigado a intervir de maneira incomum, na tentativa de reconstruir o períneo totalmente destroçado.

O resultado foi surpreendente: fiquei com três orifícios nessa delicada anatomia perineal. Um deles em forma de fístula, com profundidade razoável, embora não comunicante. Os médicos do HUERB (Hospital de Urgência e Emergência do Rio Branco) não sabiam como explicar aquele orifício indesejável numa área tão restrita entre duas entradas ou saídas, demasiadamente conhecidas e exploradas.

Os cirurgiões belgas ficaram perplexos, mas a plástica corretiva faz prodígios, senão milagres. Novamente, posso me considerar uma mulher normalmente adequada ao intercurso sexual – aspecto importante no mundo moderno –, apesar da banalização sempre crescente do sexo e dos ridículos e atordoantes preservativos, flagelo de todo o relacionamento dos seres humanos. Vergonha para o sexo seguro. Parecemos não mais pertencer ao Reino Animal. Morte ao eufemismo da camisinha. Jamais exigi de qualquer homem o seu uso. Se o preço de uma cópula é a morte, que ela faça as suas cobranças. Ainda no Brasil, num terreiro da Várzea, na época dos festejos dos Santos Cosme e Damião, fui rezada por uma mãe de santo, chamada Dinhajúlia, fechando meu corpo para todas e quaisquer doenças do mundo.

O senhor D'Axel me obrigou a fazer uma dezena de exames para verificar se sou portadora do vírus HIV. Porra! A recíproca deveria ser verdadeira. O resultado sempre foi negativo. Vocês devem estar admirados da minha descabida liberdade de expressão ao tocar em assuntos de natureza particular sem nenhum temor de minha correspondência ser vigiada ou censurada pelo meu marido. Acreditem ou não, ele me concede maior liberdade do que o próprio Nonato permitia nos meus bons tempos do Rio Branco.

Eu sei, perfeitamente, o que pretendo do senhor D'Axel, mas confesso ignorar completamente as aspirações "desse homem do mundo", poderoso e rico. Talvez devorar-me como Sun Hung, talvez fazer-me desaparecer numa de suas inúmeras excursões ao antigo Congo belga. Michele, que nada ignora de toda essa vasta e complicada organização, seja a daqui ou a do Brasil, acusa o Senhor D'Axel de homossexual disfarçado, tendo no francelho, o Sr. Cortier, cafetão encarregado de fornecer-lhe, nos dois mundos em que circula, os figurantes adequados. O próprio François-Jules foi retirado de um famoso cabaré do submundo parisiense, cujo nome, L'Étoile de Cuir, *não deixava dúvida de suas finalidades masoquistas, tendo em sua parceira Lydie o sadismo instrumental necessário às suas declaradas perversões. "O grupo todo é de feder", expressão singular usada pela minha querida amiga, a psicóloga Michele Feitosa Picard, filha de mãe carioca e de pai francês. De certo modo, como profissional, ela é bastante precisa em suas qualificações. Quanto a mim, confesso que, 'a essa altura do campeonato', nenhuma pedra de escândalo me afastará dos meus desígnios previamente estabelecidos. "Sexo é tabu." No meu fraco entender, não existe sexualidade humana normal, toda ela é extraviada, atingindo, na sua agonia, os cimos da monstruosidade. Prevalecem sempre a loucura e o vício de origem, insondáveis e inqualificáveis... O que nos salva – apesar do horror – é a dádiva das mulheres ainda emprenharem e conseguirem parir. Não estou a dizer bobagens. Michele estuda e conhece o assunto e eu, pela perícia adquirida com o longo exercício da degradação, posso me considerar digna de um mestrado.*

Joseph Louis está no seu terceiro casamento. A primeira esposa morreu de dengue hemorrágica numa de suas férias no Rio de Janeiro. A segunda, no "'atentado terrorista" em Madri, às vésperas das eleições espanholas, no dia 11 de março de 2004.

Qual será o meu destino? No momento, sou tratada como uma rainha, uma princesa etíope, como dizia o Dr. Intruso, de quem, lastimavelmente, jamais pude colher nenhuma notícia. É curioso que um homem aparentemente tão importante seja ignorado por essa gente "graúda" da corte de Joseph Louis. Talvez ele tenha voltado para sua terra longínqua, como eu o ouvi dizer várias vezes: 'Uma ilha tão distante situada no fim da Terra: depois dela é o abismo', ele dizia muito sério. Vocês têm notícia de Dr. Intruso?

Outro assunto para o qual gostaria de pronta resposta (o meu endereço está no timbre do envelope) é o acerto de contas com Nonato sobre minha parte no restaurante Paraíso Perdido. Tenho certeza da existência de uma sociedade legalmente constituída. Para meu espanto, Nonato mostrou-se um excelente administrador depois da minha ausência definitiva. O que foi feito do restaurante? Soube pelo Sr. Cortier ter sido negociado. Exigirei a minha parte sem perder um centavo.

Neste fim de semana, devo viajar com Michele e Nínive para o pavilhão de caça do senhor D'Axel na Floresta das Ardenas. Nínive é uma graça e estuda Ciências Políticas e Criminologia na Universidade de Liège, cidade localizada nessa região.

Vocês, homens cultos, sabem que essas extensas florestas europeias geram grande quantidade e variedade de espécies de caça selvagens. Não chegaremos a ponto de pretender matar os bichinhos, mas compreendam que não nos faltarão um monte de jovens e viris caçadores para servirmos como animais de presa. Presa fácil...

Cansado de ler tantos absurdos, resolvi largar a carta. Não deixa de ser curioso Viriata só agora denunciar a avassalante soberania do vício sobre a virtude, sendo ela mesma uma mulher de costumes imoderados, dada a toda sorte de fornicação. No momento, ela parece ditar regras como se fosse uma ajuizada sexóloga. Não a condeno por isso; nem a ela e nem a seu atual marido, o muito lustroso Senhor D'Axel (longe de mim, igualmente um erotômano dos mais mórbidos, carregando nos ombros todos os pecados do mundo). Aliás, o mundo é vício. Trabalhamos a vida inteira para exercê-lo sem trégua e restrições. O que me repugna nessa vagabunda milionária é a audácia de exigir sua parte no restaurante Paraíso Perdido. Não parece recordar que todo o capital investido saiu do meu bolso? Como é que essa mulher, "nadando em ouro", vivendo na alta sociedade europeia, onde seu marido possui uma fortuna incalculável, pode ousar investir sobre os meus parcos recursos? É tudo o que tenho – representa as minhas economias – e me deixa muito à vontade, inclusive, para não incomodar ninguém, muito menos despertar temores da parte das proprietárias da Oficina de possíveis pretensões em usufruir, de algum modo, da herança do Mestre Brennand. Não compreendo a jactância de Madame Viriata Vogt D'Axel em ainda tentar impressionar com suas incansáveis aventuras amorosas, como se fosse a própria Jezabel. Seria interessante, embora isso não vá acontecer de maneira nenhuma, que ela viesse a saber que – mesmo no meu período de maior paixão – jamais perdi a oportunidade, uma vez solicitado, de me relacionar com diferentes mulheres. Sua amiga, a advogada Estela Bion, fazia questão, quando aparecia, de deitar-se comigo. A própria Mee Heé, com sua delicadeza oriental, passou inúmeras vezes pelas minhas mãos, sem falar da adúltera madame Lydie Cortier que, se aproveitando das solitárias estadas no Hotel Pinheiro Palace, propiciava-me as lembranças do mal cheiroso mundo do vício europeu. Não vou continuar a desfilar nomes, pois sempre achei ridículo quando, na juventude, meus amigos contavam vantagens das suas "conquistas" femininas. Pelos deuses do Olimpo, onde Viriata foi encontrar uma amiga chamada Nínive, nome de uma cidade abominável? Continuando suas sandices, Viriata insiste em acentuar o clima luxurioso de sua existência. Como é que ela no início de sua carta ousa indagar se eu desconhecia sua devassidão quando eu próprio a estimulava?

O antigo pavilhão de caça em que nos hospedamos, reformado convenientemente, tem grande semelhança arquitetônica com o de Trois-Fontaines, *em*

Auderghem, um dos principais pavilhões de caça da Bélgica. Contudo, não pretendo demonstrar afetação, pois todas essas informações provêm dos conhecimentos de Michele, moça suficientemente culta para me esclarecer sobre as curiosidades do país. De resto, essa carioca esperta, com dupla nacionalidade, mora em Bruxelas e tem sido a principal responsável pela minha "adaptação" num país estrangeiro cheio de "armadilhas."

Quanto a Nínive Stienman, de família muito rica de origem judaica, é um amor de pessoa, imbatível na cama, tanto com homens quanto com mulheres. Além disso, é um vampiro, embriagando-se com o dinheiro dos homens, sem misericórdia. Sempre faz questão de proclamar sua mais completa falta de sentimentos. Frequenta a universidade apenas para permanecer na Europa: "Lugar onde o vício é para valer em toda sua extensão".

Ano passado, na parte mais alta da região das Ardenas, fizemos uma temporada de esqui no inverno.

Se vocês estão interessados em Bruxelas, moro numa cobertura de um edifício moderno, na Rua Paul-Emile-Janson, contrastando com várias construções antigas.

Joseph Louis, durante o período dos seus dois primeiros casamentos, habitou na Rua do l'Enseignement, *num prédio secular muito elegante. Não aceitei compartilhar o mesmo chão dessas duas desconhecidas.*

Interrompi a leitura quando Viriata diz ter praticado esqui nos "Altos Fanhos", na província belga de Namur. Será que o senhor D'Axel refugou levá-la para Courchevel, na França, uma das estações de inverno mais elegantes da Europa? Não posso avaliar se essa rua, onde fica situado seu apartamento de cobertura, pertence a um bairro nobre. Mas tenho certeza da existência de prédios da Rua do l'Enseignement, habitados por gente de alta categoria. Por que eu não me predisponho a ler esta carta de uma só vez? Devo providenciar, urgentemente, uma ligação para o Dr. Zenão da Silveira e para Dra. Estela a fim de avisá-los das intenções malévolas de Viriata em relação à nossa antiga sociedade no Paraíso Perdido. Sobre essa possibilidade, há dois dias conversei com uma jovem advogada chamada Berengária (nome de uma princesa portuguesa que se tornou rainha) e ela foi muito precisa em me alertar para a ambiguidade dessa situação jurídica. "Tudo dependerá do contrato assinado", afirmou. Em parte, suponho, Viriata deve ter se casado com o senhor D'Axel no modelo atual de "acordos matrimoniais", ao estilo de Jackie Kennedy Onassis, envolvendo dinheiro, fama, escândalos, pensões, perjúrios e iguais artimanhas. Recordo de uma advertência de Mee Heé, ainda no Rio Branco: "Viriata telefona do hotel para inteirar-se da contabilidade do Paraíso Perdido". Na época, foi necessário tomar providências drásticas, como a de cancelar a nossa conta-corrente conjunta no Banco do Brasil. Como é perigoso alguém enfrentar uma pessoa rica na presunção de que sua riqueza atenuará o apetite de abocanhar o pouco que pertence ao mais pobre. Tanto mais rico, mais exigente. Não perderá, nem perdoará um tostão. De resto, o dinheiro só respeita quem o adora. Com o passar do tempo – e não é por cegueira – "os outros" me escapam, todos fora do foco, numa progressiva e desconcertante ausência. Viriata está falando à toa. Eu a conheci pedaço por pedaço, minuciosamente, sem excluir qualquer parte de seu corpo no orgulho indivisível. Cheguei a dizer, quando a supunha perdida, que a amaria até os ossos. Eu disse, está escrito, não posso negar. Entretanto, começaram as restrições e, no amor, não podem existir impedimentos, nem méritos, nem juízo, muito menos defeitos. Só o abismo nos conduz e, no momento, me recuso ao abismo. Sem querer surpreendê-la – e nisto reside uma vingança terrível –, sou outra pessoa, renascida e imune ao corpo ausente. É preciso acreditar na existência de uma anatomia peculiar ao desejo. Não havendo amor e encanto, que pode ela pretender? O dinheiro do Paraíso Perdido? Para consegui-lo terá de recrutar um batalhão de advogados, pois aconteceu o inesperado lampejo: eu, Renato, aceitei o desafio. Direi como o poeta Ovídio, no livro *A arte de amar:*

O homem que procede com prudência
sabe adaptar-se a esta divergência;
novo Proteu, tão depressa se dilui
em água fluida para logo ser leão;
agora em javali de rudes cerdas se transforma;
subitamente de uma árvore toma forma.

Deixemos Viriata na sombria Floresta das Ardenas a proferir sua venenosa garrulice. Vá adiante, princesa da Etiópia, com suas damas fiéis, cavalgando entre árvores, enquanto recorda a lenda das amazonas de peitos queimados para fugir dos homens. À noite, nas danceterias de Namur, os jovens caçadores aguardam a suprema dádiva de um dia de caça. Mais uma vez o poeta recomenda:

Mil homens poderão
gozar vossos encantos sem nada lhes tirar.
O uso poderá
diminuir a pedra e o ferro desgastar.
Mas a tudo resiste aquilo de que falo
e gastar-se no uso não tem que recear.
Quem se recusaria a receber a luz de uma luz que se acende?

Semelhante a uma laboriosa formiga, Viriata sabe a "roça que come". Aquilo que não tomar para si, dos outros não será jamais. É uma criatura profundamente intuitiva, sem exagero, beirando a animalidade. Mas de uma animalidade perniciosa, sórdida, cruel e imantada pelo mal. Basta lembrar suas orgias tendo como leito bichos mutilados e vísceras sangrentas; como palco, a cozinha do Paraíso Perdido e, como maestro, um cozinheiro louco armado de um cutelo. Nessa farsa sinistra, ela fugia dele, correndo a gritar por entre as mesas, para, afinal, deixar-se capturar, praticando, onde quer que caísse, toda espécie de perversão, entre sacudidelas enlouquecidas e contorções espiraladas. Contudo, na sua animalidade, não conhecia o medo. Era uma mulher incondicionalmente corajosa, absolutamente destemida, só perdendo este vigor para o inquebrantável Dr. Intruso.

De manhã, ainda muito cedo, saindo ao jardim, encontrei a cadela tibetana, da raça Lhassa Apso, numa espécie de cio antecipado, a montar reiteradas vezes no pequeno Dachshund. Ela o fazia subindo no macho pelo focinho, cuja cabeça desaparecia debaixo de sua vasta cabeleira cor de aveia. Naquele movimento acelerado de vai e vem, pouco importava à cadela, fosse frontal, lateral ou posterior: valia apenas a inadiável mímica amorosa, aquilo que faz revirar o mundo. Assim são os desígnios da Mãe Natureza e assim terão de ser cumpridos. "Assim, também, deve ser com Viriata", pensei com os meus botões. Mas, logo em seguida, recuei. Se assim fosse, teria de acreditar no poeta português António Osório absolvendo a tudo e a todos: "O labirinto inculpável da vida". O leitor ocasional não deve aguardar nenhum suspense ou fatos novos (de caráter singular): nada vai acontecer. Presumo que estou perdendo muito tempo na leitura dessa carta, evitando concluí-la com rapidez. Devo me lançar em um litígio judiciário para me defender das espertezas dessa mulher. Estou pensando em telefonar para Geoffrey, em Manaus, na esperança dele vir passar alguns dias comigo. Sei, de antemão, da sua recusa em ficar domesticamente instalado na casa do Mestre. Irá, com certeza, hospedar-se no Hotel Central, lugar decadente, construído no começo dos anos 1930, mas que, para Geoffrey, ainda guarda seus encantos secretos. Não sei por que ele me diz: "Quando entro naquele recinto, lembro-me de Hong Kong, principalmente no terraço acima do último andar onde podemos avistar o porto e os navios escuros ao largo ou atracados...". Geoffrey é decididamente maluco, mas é um dos homens mais espirituosos que eu conheço, tanto bêbado quanto sóbrio, se é que alguém consegue fazer essa distinção. Preciso de um interlocutor para discutir "os treze mandamentos" de Taliesin. O inglês, no seu habitual delírio, tem saídas muito raramente encontradas em pessoas ditas razoáveis. Acho estranho ele não me ter telefonado, ou mandado um *e-mail*, comentando o fato inacreditável da sobrevivência de Viriata. Mais uma vez, segurei a carta de Viriata, na certeza de não encontrar nos seus relatos nada que merecesse o mínimo de atenção. Porém, estava enganado.

O senhor D'Axel, além de sua fortuna, pertence, segundo afirma, a uma linhagem muito antiga da nobreza flamenga e costuma ser convidado para festas oficiais, devido ao cargo que exerce no Parlamento Europeu, localizado num belo prédio, todo de vidro, apelidado de Capricho dos Deuses, não sei o motivo.

Ele nem sempre me convida para essas festas oficiais e não fica difícil verificar a sua rigorosa triagem em relação a quem posso ser apresentada ou não. Já fiz o conhecimento de um monte de pessoas, mas existe outro mundo de gente ao qual jamais terei acesso. Não é só de sua família e de sua mãe que ele me afasta, mas, sim, de alguns homens, sobretudo aqueles ligados à política. Joseph Louis Gallon D'Axel é um animal político, termo este inventado por Michele (diga-se de passagem, muito apropriado).

Para não ser injusta, ele não deixa de me levar a diferentes festas e encontros sociais. Mas, à maneira europeia, depois de algumas introduções ao recinto, alguns copos de champagne e outros 'estimulantes' mais específicos, cada um se entrega à própria sorte. Isto, em parte, porque ele sempre providencia duas ou três amigas comuns, ou mesmo amigos, para minha escolta.

Numa festa recente no Parlamento Europeu, soube, por Joseph Louis, da presença do Rei Alberto II, da Bélgica. Neste dia, tive o privilégio de ter como companhia uma ex-amante de Joseph, uma lady inglesa chamada Mary Elizabeth Alexandra que, não sei o motivo, me cobria de atenções. Entre outras coisas, para meu espanto, indagou se eu não queria ser apresentada a sua Alteza Real. Na minha inocência, confesso ter aceitado a sugestão, como se um fato desse porte pudesse acontecer de forma tão simplória. Eu ainda não havia avistado o rei, porque uma multidão de pessoas, fazendo grupos aqui e ali, tornava inviável reconhecer onde se encontrava o casal real. O nome da rainha me pareceu esquisito: Paola Ruffo di Calábria, mais sugestivo para uma tenista. Teria sido um caso de amor ou um matrimônio de imposição, à maneira de todos os monarcas europeus, como me informara a fiel escudeira Michele?

Lady Mary não me pareceu preocupada com os meus pensamentos e, segurando o meu braço, puxava-me na direção de um pequeno grupo situado no lado direito daquela sala envidraçada que parecia não ter fim. Ela me disse: "Uma vez diante de Sua Alteza, não se aproxime nem estenda a mão; faça uma ligeira reverência de cabeça baixa e, se quiser, pode brindá-lo com um sorriso, nada mais que isso. Se ele dirigir-lhe a palavra, responda graciosamente com outro sorriso". "Tudo bem", eu disse. O incidente ocorrido em seguida poderia não ter acontecido se não fosse um olhar, um simples olhar de uma mulher que eu supunha ser a rainha: desencadeou um verdadeiro demônio dentro de mim. Joguei-me para frente, em direção ao grupo, não mais com a tutela de Lady Mary, que ainda chegou a me chamar pelo nome, sem entender nada do que viria a acontecer. De repente, estava eu a sussurrar no ouvido do rei, fazendo-lhe elogios pelo porte cavalheiresco. Não posso assegurar se fui empurrada ou se tropecei ao tentar recuar do grupo real. O fato é que caí no chão e, como o meu vestido de cetim de seda branca, além de decotado, era longo e extremamente justo, a minha saia fendeu-se, mostrando que eu estava, como sempre, nua por baixo.

Senti como se a enorme cúpula de vidro – o orgulho da cidade de Bruxelas – fosse desabar sobre a minha cabeça. Não desabou e, ao tentar firmar-me nos braços e nos pés para levantar, verifiquei ser impossível, pois estava com o tornozelo quebrado. Ainda tive tempo de perceber que o grupo real não mais olhava para mim, nem Lady Mary Elizabeth Alexandra estava por perto. Havia subitamente desaparecido. Fui rodeada por homens corpulentos e, de imediato, um enorme pano preto foi jogado em cima de mim, me cobrindo como uma morta. Em seguida, fui carregada por braços fortes sem que, na minha provisória cegueira, soubesse para onde me levavam. O pano foi retirado e depreendi estar num aposento bem mobiliado, numa espécie de escritório. Permaneci mal acomodada, sentada num sofá com o pé direito doendo horrivelmente. Presumo ter chegado a gritar de dor. Ouvi, em tom ríspido, a ordem para me calar e para responder, simplesmente, às perguntas formuladas, sem me dar tempo sequer de poder explicar minha situação de estrangeira e a minha condição de mulher do senhor D'Axel. Achei estranha a primeira pergunta: "A senhora é muçulmana e qual é o seu país de origem?". "Sou brasileira e o meu pé está doendo muito", respondi. "A senhora tinha intenção de atacar o rei?" "Não, meu desejo era apenas cumprimentá-lo". Fortes batidas na porta fizeram os três homens hesitar e um deles se adiantou para tomar conhecimento do que se passava. Era o senhor D'Axel acompanhado de pessoas do seu mesmo nível. De imediato, os três orangotangos foram expulsos da sala. Não precisei olhar duas vezes para Joseph Louis para saber da sua violenta indignação com o meu proceder; além disso, sem o pano preto que me cobria, eu estava nua. Novamente, colocaram-no nos meus ombros e alguém saiu para providenciar um vestido. Meu marido pediu aos outros circunstantes para nos deixarem a sós e, em seguida, me fez as piores admoestações. Coube a mim a descoberta desse contratempo não ter, de forma alguma, lhe desagradado. No fundo, estava feliz. A essa altura, o Rei Alberto II tomara conhecimento da mulher de Joseph Louis Gallon D'Axel de uma forma inusitada, talvez ele não a esqueça jamais. Bateram novamente à porta: desta feita entraram dois enfermeiros carregando uma padiola; logo atrás, um médico sem entender qual a natureza de sua convocação. Antes mesmo de chegar o bendito vestido, fui levada para a ambulância, sem atravessar o grande salão. Joseph Louis pediu-me desculpas e não me acompanhou, avisando-me que mandaria seu ortopedista particular para o hospital, dando ciência à secretária Michele da sua imprescindível companhia.

Já no hospital, em companhia de Michele, com o pé engessado, rimos histericamente do acontecido. Michele aproveitou para esclarecer o nome completo de Alberto II da Bélgica: Alberto Félix Humberto Teodoro Cristiano Eugênio Maria, contando setenta e três anos de idade.

Não sei bem por que perdi tanto tempo narrando essa história. Talvez, quem sabe, para demonstrar a minha importância em ter conhecido o Rei Alberto II de uma maneira tão insólita. Mas há um segredo nesse incidente, ainda não revelado: no momento do sussurro no ouvido do soberano, por vingança em ter sido ultrajada com o olhar desdenhoso de uma daquelas mulheres – até hoje eu não sei se era a rainha –, tive vontade de morder o lóbulo da orelha do rei e só não o fiz por completo devido a um violento empurrão. De todo jeito, mordi o bastante para deixá-lo atordoado.

D'Axel não voltou a falar nesse incidente, mas o episódio foi cantado em prosa e verso pela mídia europeia e, como sempre, eu fui o destaque.

Como se vê, minha fama cresceu na corte belga entre os políticos do Parlamento Europeu e entre a sociedade de Bruxelas, conhecida como uma das mais conservadoras da Europa. Mesmo puxando pelo pé, não deixei de receber convites dos salões mais fechados às boates da moda, inclusive de conhecidas boates noturnas mal afamadas, aos quais não deixei de atender, sempre acompanhada de Michele e de Nínive.

Numa de minhas viagens com Joseph Louis fomos a Munique, quando ele me fez conhecer, na Alta Pinacoteca, o famoso quadro de Rubens, O rapto das sabinas. Joseph Louis poderia ter me mostrado várias outras pinturas de outros artistas. Não sei a razão de ter se detido no Rapto das sabinas e perguntado a minha opinião. "Estou maravilhada", eu disse. Embora depois tenha acrescentado: "Essas mulheres são muito gordas, mas tenho certa inveja por não estar no lugar delas. Quanta violência!". "Violência necessária", observou o senhor D'Axel. "Por que necessária?", perguntei. "Porque essa gente necessitava de mulheres para fazer filhos", respondeu Joseph Louis. "Quanta carne, montanhas de carne, como esse pintor sabia pintar bundas, coxas e ventres, dá até para a gente pegar e comer", eu pensei. Contudo, sem deixar de notar a referência dele à "necessidade de uma prole", logo diante de mim, uma desventrada. Ele não sabe nada sobre Taliesin, meu filho com Dr. Intruso, mas acredito que esse disparate foi dito para me machucar, pois, certamente, havia um velho propósito neste sentido... Maldito belga!

Pareceu-me ter sido a única intenção do Sr. D'Axel trazer-me ao museu só para mostrar essa tela. Entretanto, me assegurou que, uma vez de volta a Bruxelas, me levaria a Antuérpia para conhecer o Museu Rubens.

Numa outra viagem feita a Milão, tivemos oportunidade de visitar Roberto Justus Cavalli (amigo íntimo de Joseph Louis), rodeado de suas modelos, no restaurante Justus, de sua propriedade. Contei-lhes o episódio do vestido rasgado, que motivou uma risada geral.

Essa carta está ficando cada vez mais estranha. Não chego a entender a razão de Viriata tê-la escrito. O motivo principal, estou seguro, foi a intenção de resgatar os míseros vinténs do Paraíso Perdido, mas isto ela não conseguirá tão facilmente quanto pensa. Será que minha vida inteira acabará por se resumir nessa inominável tolice e danação: a luta pelo espólio de um bordel? Irritado, dobrei as páginas e as recoloquei dentro do fino e timbrado envelope europeu, sem concluir a leitura. Finalmente, Viriata pretende nos fazer alguma revelação impactante, dessas que modificam o destino das pessoas? Como, por exemplo, dizer que irá casar com o rei da Bélgica ou afirmar ter visto o Dr. Intruso entrando, triunfalmente, nas ruas de Bruxelas como o Cristo na pintura de James Ensor? Porventura converteu-se ao Islamismo e vai ao encontro de Osama Bin Laden para engrossar o seu harém? Ou, pelo contrário, irá nos advertir – missão impossível, dado o seu caráter sigiloso – de seu ingresso na CIA, anunciando sua volta iminente ao Brasil como um agente especial a fim de averiguar se nós somos de fato governados por um energúmeno e qual a nomenclatura predominante no país? Num mundo metrificado pela mídia com seus espetáculos contidos no "politicamente correto", o que diabo essa mulher pode ainda inventar? Por que motivo persevera há tanto tempo nessa atitude procustiana? Confessar, tardiamente, ter sido ela a assassina de Mee Heé e não o desgraçado do Sun Hung, o coreano infernal que, segundo suas últimas conjecturas, era amante de seu marido, o Senhor D'Axel, razão essa que o impediu de ser demitido, apesar dos atos criminosos e brutais praticados dentro do restaurante Paraíso Perdido? Não. Tenho certeza da impossibilidade de Viriata Vogt insinuar suas proverbiais injúrias contra qualquer um de nós, pois estamos separados pelo Oceano Atlântico, embora ela conte com os membros da mafiosa organização D'Axel dentro do território brasileiro. Mas há um fato novo: eu não sou mais Nonato, e sim Renato, o Renascido.

10

Na sua extrema juventude, quase sempre desprovida do sentido de proporção, será que Taliesin exagerou na rudeza dos *Treze mandamentos*? Não, não exagerou: agiu de forma perfeita, cumprindo a palavra de Dr. Intruso. Atendeu aos reclamos de Novalis: "O poeta do futuro deve ser duro como uma pedreira". Sem essa necessária dureza não haverá sobreviventes. O primeiro mandamento será suficiente para derrubar todos os alicerces e fazer cair por terra os templos construídos nesses últimos três mil anos, transformando-os em poeira. Voltaremos a um tempo ainda mais longínquo do que o emblema das Três Cruzes: por detrás do Gólgota. Sim, mesmo de muito longe, anteciparemos sem nenhuma misericórdia: "O horror, o horror!" Bebendo uísque, o recém-chegado Geoffrey olhou para mim como se estivesse vendo um fantasma e acrescentou: "Você não parece estar no seu juízo". Depois da viagem Manaus - Recife, Geoffrey fora não só advertido inúmeras vezes do meu trabalho como também ouvira trechos inteiros, escrupulosamente pronunciados, daquilo que foi escrito com tanta angústia. Ele próprio, segundo revelou, havia carregado o caderno para a sua cama e adormecido com ele em cima do peito, mas não chegou a esclarecer se o havia lido. No seu quarto do famoso Hotel Central, no outro dia, na hora do café da manhã, Geoffrey, com um copo de uísque na mão, usado para bochechar depois de escovar os dentes, fez-me retrucar furioso: "Você ignora tudo isso porque é anglicano. E, por educação, lhe foi cerceada toda a possibilidade de imaginação".

Geoffrey: Tenho a meu favor a literatura inglesa.

Renato: Mas existe uma notória secura nos ingleses comuns.

Geoffrey: Este não é o meu caso. Você próprio sempre confirmou minha "notável" inteligência.

Renato: Possivelmente a Floresta Amazônica e o álcool devoraram a sua capacidade de refletir.

Geoffrey: Não sei como você perde tempo com essas coisas!

Renato: Entrei nessa enrascada tentando "decifrar" as memórias do Mestre.

Geoffrey: Esse seu Mestre era outro maluco e igualmente não girava muito bem da cabeça.

Renato: Então você não acredita nas advertências dos cientistas da sua terra?

Geoffrey: Acreditar é uma coisa, preocupar-se, mesmo em se tratando de uma verdade, é outra coisa.

Renato: Tudo o que você conhece está por acabar.

Geoffrey: Cuidado para não se transformar num chato interessante.

Renato: Sim. Muito bem. Mas você está de acordo com a extinção da Floresta Amazônica?

Geoffrey: Coisa esquisita. Eu moro em Manaus, mas esqueço de ver a floresta e, quando eu desaparecer, ela morrerá comigo; não só a floresta, mas todo o universo.

Renato: Agora você resvalou para a "filosofia do não ser".

Geoffrey: Que danado é isso?

Renato: Você já leu o Apocalipse de São João, que profetiza o fim do mundo?

Geoffrey: Não só li, como fui obrigado a escutá-lo inúmeras vezes.

Renato: E que achou?

Geoffrey: Literariamente, muito bom; tanto que perdurou.

Renato: Então, por que Taliesin não pode também, através dos seus *Treze mandamentos*, profetizar?

Notei minha aspereza ao prejudicar o *breakfast* de Geoffrey, evitando continuar o diálogo. Ele se tornara inquieto, ao ponto de não comer ovos fritos com bacon. Como deveríamos retornar de carro para a Fábrica, esperava ter a oportunidade de prosseguir esse diálogo, mesmo me tornando inoportuno, fazendo-o responder sobre os *Treze mandamentos* de Taliesin. Antes de retomar a conversa, ele indaga: "Que história é essa de não deitar com mulher? Vamos deitar com vacas?". Ele sabia, perfeitamente, o sentido metafórico da frase, conclamando evitar o famoso "crescei e multiplicai-vos".

Geoffrey: Mas tem um deles que diz "não aceitarás companhia".

Renato: Você está diante de propostas sérias.

Geoffrey: Até os monges viviam em comunidade! Que radicalismo é esse?

Renato: Existiram os anacoretas.

Geoffrey: Mas vocês propugnam inclusive pela fome.

Renato: Porque haverá fome.

Geoffrey: Na Bíblia, Moisés soube como providenciar pão e água para aqueles que sofriam de fome e sede.

Renato: O que mais temia está acontecendo. É você colocar o seu notório "espírito de porco" a serviço do senso de humor britânico...

Geoffrey: Qual o resultado?

Renato: Você se torna pusilânime e imbatível.

Levantou-se da mesa, levando na mão uma torrada cheia de geleia que caiu no tapete descolorido do quarto. Ele demonstrava indícios de impaciência e desagrado. A conversa chegara ao fim. Mesmo em pé, batendo em retirada, eu lhe falei pelas costas: "Você terá de ser inquirido como numa delegacia e, nem que seja através de tortura, vai falar". Ele parou, olhou-me sorridente e, tentando limpar resíduos de geleia grudados na sua camisa, disse:

Geoffrey: Falando em delegacia, você deve ter boas recordações do Rio Branco.

Renato: Recebi, de Bruxelas, uma longa carta de Viriata, que talvez lhe interesse.

Geoffrey: A mim não interessa nada.

Renato: Então você não ficou surpreso de ela não ter sido a vítima do coreano?

Geoffrey: Evidentemente que sim.

Não havia mais como prosseguir e Geoffrey queria ir ao *water closet*. Deixei-o em paz. Fizemos a viagem do hotel até a Oficina Cerâmica em silêncio. Eu ia à frente, ao lado do motorista, e ele atrás, o que facilitava o mutismo de ambos. Ao chegarmos ao ateliê, pedi a Titã um limão grande e mandei preparar gin com água tônica. Sem prévio aviso, tomei da Bíblia, que de manhã cedo havia levado para o hotel, e a abri no APOCALIPSE, 6,7:

13 – E as estrelas do céu caíram sobre a Terra, como quando a figueira lança de si seus figos verdes, abalada por um vento forte.

14 – E o céu retirou-se como um livro que se enrola; e todos os montes e ilhas foram removidos dos seus lugares.

15 – E os reis da Terra e os grandes e os ricos e os tribunos e os poderosos e todo o servo e todo o livre, se esconderam nas cavernas e nas rochas da montanha;

16 – E diziam aos montes e aos rochedos: Caí sobre nós, e escondei-nos do rosto daquele que está sentado sobre o trono e da ira do cordeiro;

17 – Porque é vindo o grande dia da sua ira; e quem poderá subsistir?

"Devo instruí-lo sobre as 'teorias da sobrevivência' do Dr. Intruso", eu disse. Geoffrey reagiu de imediato: "Você não acha demasiado para um convidado de fim de semana?". Evidentemente ele trapaceava, pois eu o chamara sem data marcada de volta, embora soubesse que jamais se ausenta dos seus negócios por mais de uma semana.

Geoffrey: O X Mandamento me soou muito agradável, pois nos permite "amar à sombra". O restante é pura escatologia.

Renato: Você deturpa o sentido, mas não importa. Acabarei por convencê-lo a dizer alguma coisa de sério. O que você me diz do II Mandamento, "Nada amarás"?

Geoffrey: É muito difícil, quase impossível estar de acordo com a mais absoluta abstinência, embora, de viva voz, posso afirmar que jamais amei ninguém e nem o pretendo.

Renato: Que abstinência? Seria preferível você ajudar. É um pedido.

Geoffrey: "Nada amarás" está excluindo, com certeza, a bebida. Não insista, detesto as doutrinas que tratam do destino final do homem e do mundo. Acredito que tenho a humanidade inteira a meu favor. Embora pouco me importe a extinção completa de toda a raça humana.

Renato: Será excluído tudo, Geoffrey. Já não me importa o que você pensa sobre todos os mandamentos, você poderia dizer alguma coisa sobre um outro: "Protegerás as fontes e não beberás de sua água"?

Geoffrey: Você acredita mesmo nessa intrujice? Pelas "estatísticas" sabemos que o homem emporcalha tudo que toca. Não só as fontes, mas o mar... "Não mais o açude nem o atalho que vai ao pomar, jogar na terra cinzas da culpa."

Renato: Então me fale do VI Mandamento: "Te perderás neste vale arruinado e não voltarás".

Geoffrey: Como assim? "Eu não sei se estarei morto ou vivo sob a luz tão clara que calcina o campo".

Renato: Os sinais, os sinais, Geoffrey... O que você pode adivinhar pelo menos do XIII Mandamento, que é "Destruirás as cidades e vencerás a insolência de seus habitantes"?

Geoffrey: Não precisa você se preocupar, os próprios habitantes lutarão entre si e não deixarão pedra sobre pedra. Será que você pode me deixar em paz?

Notei seu copo vazio e pedi para providenciarem duas garrafas de marcas *Gordon* e *Tanqueray* que ficariam aqui à sua disposição. Sem esperar qualquer resposta, nem ao menos um grunhido de relutância ou aquiescência, afirmei por conta própria: "Sem misericórdia, Geoffrey, não há Cristianismo nem religião que resista – e este é o primeiro mandamento de Taliesin, paradoxalmente, com o fito de conseguir a sobrevivência do homem. Não é o amor, Geoffrey, o sentimento mais importante? Os gregos já o exaltavam à loucura; não só o amor físico, mas o amor dos deuses e aos deuses, reverenciado às margens do Sagrado. A misericórdia e o perdão são representados pela Virgem Maria, a quem vocês, protestantes, jamais souberam reconhecer, Geoffrey." Em seguida, recitei as palavras vindas da boca de um infante, que não as esquecera jamais.

Salve Rainha, Mãe de Misericórdia, vida, doçura e esperança nossa, salve!
A vós bradamos, os degredados filhos de Eva.
A vós suspiramos, gemendo e chorando neste vale de lágrimas. [...]

Ainda no início da prece, no momento de pronunciar "A vós bradamos, os degredados filhos de Eva", não contive a emoção e, sem deixar de olhar para Geoffrey, terminei visivelmente constrangido. Geoffrey encarava-me fixamente, com certeza, sem me ver. Para os ingleses, qualquer espetáculo emocional, por menor que seja, é imperdoável. Uns dez minutos depois, já refeito do abalo, escutei sua voz irônica: "Um soldado da sobrevivência que tem a coragem de negar a misericórdia não pode nem deve demonstrar sentimentos". "Quem sou eu para negar a Misericórdia? De uma forma obscura, mas, corajosamente, quem o faz é o *Iluminado,* Taliesin. Não se esqueça disto. Mesmo assim, você tem razão. Estou há milhões de anos-luz de ser um militante da sobrevivência, e isto ficará para aqueles que caminharão em direção ao Polo Sul, em busca dos campos do frio." Pesa-me a convicção de que os Mandamentos do *Iluminado* Taliesin são indecifráveis e assim devem permanecer até o fim dos tempos. E não disse mais nada. Entretanto, para raciocinar mais um pouco era necessário, definitivamente, largar Geoffrey. Saí da sala e me recolhi com o intuito de fazer uma temerária associação. No momento em que falava da misericórdia, percebi o quanto ela estava embutida na caridade e no perdão e, mais uma vez, vacilei na crença que (de certo modo alinhavada na lembrança do Mestre) concedera a Dr. Intruso e ao seu filho, o *Iluminado.* Não muito longe daqui, mencionei o texto de Lugones. Agora é preciso me armar de certa audácia para pretender ligar o anacoreta Sosistrato ao uso indevido da misericórdia. Na forma de um peregrino, o demônio apareceu ao monge em sua gruta no deserto, convidando-o a deixar a inércia da oração para exercer a misericórdia, na pessoa da mulher de sal, a castigada esposa de Ló: "A mulher está viva, meu irmão! Eu a escutei gemer e a vi suando ao sol do meio-dia!". Segundo Lugones, o projeto do maligno foi sutil. "Uma preocupação tenaz assaltou, desde aquela noite, a mente do santo: batizar a estátua de sal, libertá-la de seu suplício encadeado! A caridade o exigia..." "(...) Não vou contar como o ato se verificou. Sabei unicamente que quando a água sacramental caiu sobre a estátua o sal se dissolveu lentamente e, aos olhos do solitário, apareceu uma mulher, velha como a eternidade, envolta em terríveis andrajos, de uma lividez de cinza, fraca e trêmula, antiga de séculos. O monge que havia visto o demônio sem medo sentiu pavor ante aquela aparição..." Se não estou errado, é exatamente nesse sentido que Taliesin propugna por um "não à misericórdia". Sosistrato não deveria ter saído da gruta onde havia resolvido passar a vida, orando na solidão. Quem insinuou que a piedade é pior do que matar, pois se trata de um vício que não cessa jamais? A confissão final da mulher de Ló é de tal forma angustiante e terrível que não é de espantar o fato de Lugones ter cometido suicídio, ingerindo cianureto. Com certeza, ele conheceu o horror.

Kristana já havia cumprido o seu expediente e o escritório estava solitário. Tinha certeza de não ser procurado por Geoffrey. Eu havia insistido muito na sua visita na presunção de desenvolvermos acaloradas discussões sobre os assuntos pertinentes às teorias de Dr. Intruso e aos mandamentos de Taliesin. Considerei, inclusive, a possibilidade de encontrar nele uma nova visão da obra do Mestre. Presumo ter ainda a oportunidade de vê-lo sóbrio o bastante para visitarmos a *Accademia*, o *Templo do Sacrifício* e a *Capela da Imaculada Conceição,* quando, enfim, ele poderá externar suas ideias bastante originais a respeito da arte em geral. Geoffrey é um shakesperiano de primeiríssima linha, e vou aproveitar sua estada na Oficina para tirar algumas dúvidas sobre determinado trecho do *Macbeth*. A presença do inglês e a menção do nome de Shakespeare me fizeram lembrar uma frase do maior dramaturgo de toda a história da literatura: "Atiramos o passado ao abismo, mas não nos inclinamos para ver se está bem morto." Ao renascer, perdi o meu passado e confirmaria isso convictamente se não mantivesse ainda uma curiosidade perversa por ler o final da carta de Viriata. Em todos os sentidos, ela me considera *un uomo di poco conto* (um homem sem importância). Talvez a culpa se deva à presença de Geoffrey, trazendo consigo todos os demônios da Amazônia. Retiro a carta de Viriata como se estivesse pegando num ferro em brasa e, sofregamente, vou separando página por página, colocando-as de cabeça para baixo, até restarem duas páginas na mão.

Senhor Brena (sic), será que está lendo esta carta em voz alta para esse infeliz do Nonato? É preciso que ele escute e descubra a divergência dos nossos caminhos. O mundo é feito tanto de desencontros quanto de alguns encontros fatais. Nada consegue impedi-los.

O encontro de Joseph Louis nas paradas do Rio Branco, de imediato, prenunciou o meu destino: tudo me encaminhava a Bruxelas. Um nome pronunciado, pela primeira vez, por Intruso, que selaria minha sorte...

Semana passada, evitei uma viagem a Lisboa, com o senhor D'Axel, porque Michele, Nínive e eu tínhamos outros planos. Deveríamos viajar a Marselha e a Barcelona, no dizer de Michele, duas cidades portuárias muito propícias ao nosso estilo de vida, sempre à procura de imprevistos. Não confundir com "aventuras turísticas", não precisamos disso. Somos três criaturas predestinadas ao sucesso mundano.

Voltarei a me ocupar desse passeio um pouco adiante, porque gostaria de pedir notícias de minha mãe, embora tenha certeza de não obter nenhuma resposta de vocês, notoriamente, dois cretinos sem recursos para viajar e ter moradia no estrangeiro. Um homem que não possua, ao menos, três casas em diferentes lugares do mundo não merece meu respeito.

Caso não me enviem qualquer notícia dela, pelo menos a avisem que estou viva e em perfeita saúde. Continuarei a enviar os depósitos na sua conta-corrente. Depois de minha fuga do Rio Branco, de agora em diante, as remessas partirão diretamente de Bruxelas.

A propósito, quais as novidades que minha mãe pode fornecer sobre Francisco de Paula, o filho de Mee Heé e daquele desgraçado de quem não quero sequer pronunciar o nome?

Passamos mais de trinta dias fora de casa e não é de meu alvitre lhes comunicar nossas proezas. Contudo, para encantamento de Michele, posso adiantar termos apreciado uma exposição de Salvador Dalí em Barcelona e comprado camisetas decotadas com suas pinturas e desenhos.

Mas as coisas não deram tão certo quanto supúnhamos.

A minha querida amiga Nínive, desgraçadamente, não sabe como e nem onde, contraiu uma grave infecção sifilítica, sífilis primária, só descoberta no banheiro do avião, na nossa viagem de volta. Apareceram-lhe três ou quatro duros caroços nos grandes lábios da vulva. Ao chegarmos, levei-a ao meu ginecologista particular, o Dr. Léger, e agora ela está em fase de severo tratamento.

Acho uma coisa profundamente injusta a vulnerabilidade das mulheres. Sendo elas o receptáculo sagrado da maternidade, como podem estar tão expostas às chamadas "doenças do mundo"? Que horror! Onde ficam Afrodite e Vênus que não nos imunizaram? Engraçado, numa conversa com o médico, ele nos disse que, na Europa antiga, essa doença chamava-se de "mal espanhol". Terá sido a Espanha a sede de seu infortúnio? Dizem que até os gregos antigos a conheceram, eles que cultuaram a beleza como ninguém. Se a beleza não nos salva, onde se encontram a medicina e seus propalados milagres? Jamais descobrirão uma vacina para os males do amor.

Quando cheguei de viagem, o senhor D'Axel já tinha retornado de Portugal.

Existe um fato relevante a me intrigar, pois o próprio Joseph Louis me falou de um cargo oficial comissionado pela União Europeia para assuntos da América Latina e do Brasil. Porém, desde minha chegada à Bélgica, ele não mais viajou ao Brasil. Não fiquem pensando, nem de longe, que desejo retornar ao meu país, mesmo de férias. Com seiscentos diabos, prefiro repetir o xingamento de Carlota Joaquina: "Desta terra, eu não quero nem o pó". Espero jamais voltar a esse lugar pestilento, afundando minha memória em línguas estrangeiras como quem submerge num poço profundo para sempre.

Antes de esquecer, pois estou perdendo a inspiração ao encerrar esta carta, quero lembrar, sem nenhuma misericórdia, que vocês são dois perfeitos idiotas. Quanto à cobrança da minha parte no Paraíso Perdido, ela será feita pelos meus advogados.

Peçam ao vigilante Mathias que procure minha mãe para dar-lhe notícias minhas. Façam-me esse favor.

Danke Schön.
Madame Viriata Vogt Gallon D'Axel

Tudo chega ao fim ou é apenas um novo começo? Você não pode fazer nada quanto ao restante. Existem insultos e afirmações incorretas, mas ninguém escapa das injustiças e é uma completa tolice reclamar delas. "Os outros não nos devem nada". Frequentemente, Mestre Brennand costumava citar essa frase da autoria de Cesare Pavese, um dos escritores italianos do período pós-guerra de sua preferência. Quanto à Viriata, parece esquecida de só ter conhecido Dr. Intruso por intermédio da permissão do Mestre Brennand em abrigá-lo na Oficina. Além disso, não foi Dr. Intruso o seu grande amor, e sim o senhor D'Axel. Como profundo conhecedor das mulheres, Pavese afirmou: "Nenhuma mulher faz um matrimônio por interesse: têm todas as habilidades, antes de casarem com um milionário, de se apaixonarem por ele". Apenas registrando o infortúnio de Nínive, que num de seus pernoites se deixou apanhar pelo *treponema pallidum*, Viriata, achando pouco, está a falar, debruçada do outro lado do mundo, sobre assuntos fora de seu total conhecimento. Ignora estar a cuspir sobre o túmulo do Mestre Brennand e do Dr. Intruso. Jamais poderá alcançar a trajetória de Taliesin e até a do endiabrado Francisco de Paula, que, segundo voz corrente aqui na Fábrica, está pintando miséria – como legítimo coreano – em São José do Egito. Encerrada a leitura da carta, pude perceber, pelas diferentes situações narradas desde sua chegada a Bruxelas, que Viriata não a escreveu de um só jato ou a organizou de improviso. Trata-se de uma missiva cuja finalidade deveria atingir um alvo: a cobrança de sua parte no restaurante Paraíso Perdido. Fica em evidência a propalada "assessoria" da psicóloga Michele, mas isso não vem ao caso. Ainda resta perguntar: por que ela se despediu na língua alemã? Na Bélgica, não se fala alemão. Terá sido para lembrar sua origem tedesca, um desafio? Agora mesmo, verifico, em alguns jornais paulistas, divulgado com estardalhaço, o já anunciado livro de Sun Hung, cujo título *O coração das selvas* parece aludir – como supremo escárnio – ao romance *O coração das trevas,* de Joseph Conrad. O lançamento aconteceu no Manicômio Judiciário, com uma tarde de autógrafos do dublê de *chef*/escritor, acompanhado da melhor comida coreana, o *Kimchi*, segundo eles, comida sem a qual seriam incapazes de viver, acrescido dos pratinhos de *Banchan.* Toda a "comilança" é da autoria do escritor canibal. Os jornais insistem em dizer que, em menos de 24 horas, dada a avalanche de pessoas que participaram do evento e a venda nas principais livrarias de São Paulo, foram adquiridos mais de mil exemplares. Se continuar nesta proporção, asseveram as notícias, ultrapassará o recorde de autores famosos...

Eu não havia revelado a existência de um *post-scriptum* na carta de Viriata por achá-lo fora de qualquer realidade. Ela diz, de forma clara, desejar e planejar a morte do Mestre, a minha e inclusive, estranhamente, a de Dr. Intruso, que ela acaba por tratar como um farsante. A infeliz desconhece o falecimento do Mestre e de Dr. Intruso. "Que morram todos e debaixo dos piores sofrimentos, pois o simples fato de sobreviverem já é um escárnio para a minha existência". No meu entender, esse xingatório equivale a uma praga. Confesso ter vacilado diante desse acréscimo bombástico, e ela insiste:

Que morra também o Senhor D'Axel. Não me fará falta. No momento, tenho a minha fortuna garantida por uma série de transações (contratos) realizadas pelos seus advogados. Além disso, vivo atualmente com Michele numa amorosa convivência (esposa-irmã), que suponho ser para sempre. Quando estou na casa da minha melhor amiga, não atendo telefonemas de ninguém, mesmo que a ligação venha da Bessarábia. Ainda a tempo, o Sr. Brenna (sic) bem que poderia vir a Bruges, antes de morrer: é bem melhor do que ficar mofando aí, nesse "cafundó de

Judas". Bruges parece um conto de fadas, embora, às vezes, possa se transformar num pesadelo de Bosch. O recado é de Michele, não meu.

Se vocês acharam inoportuna e agressiva a minha longa carta, tant pis.

O que é que vocês sabem de Viriata Vogt, a Vitoriosa? Como Jezabel, pintarei com esmero os olhos e adornarei a cabeça com pérolas e ametistas para dar a minha derradeira sentença. Com certeza acreditam, só porque dominam algumas letras e alfarrábios, tudo "caindo pelas tabelas" na sua perfeita inutilidade, que são os "senhores do pedaço". A vida corre numa direção certa como os rios correm céleres para o mar, e vocês, simples afluentes, repletos de escolhos, apenas atrapalham e seguem noutra direção, isto é, ficam presos nas margens sujas e lodosas, misturados à carniça. Querem saber de uma coisa? Merde alors! *Esta é a linguagem viva da vida.*

VVV

Apavorado com a solidão da sala, voltei, à procura de Geoffrey. Encontrei-o dormindo na poltrona do ateliê, defronte a um cavalete, onde jazia esquecida uma velha pintura do Mestre: uma mulher de face serosa e olhos escaveirados, surpreendida ao passar numa esquina onde teria de desaparecer para sempre... A luz da tarde, projetada pela janela, incidia violenta sobre o rosto magro e vincado do meu amigo Geoffrey, no qual algumas rugas aparentes se mostram bem peculiares às pessoas de sua raça nesta faixa etária – jamais diferem entre si. Parecia com milhares de figuras já vislumbradas no cinema, eternizando a imagem de um inglês bêbado e adormecido. Poderia ser Almayer, vencido pelo cansaço, na esperança de notícias da filha que lhe escapava. Poderia ser o retrato da ressaca de Geoffrey *A sombra do vulcão*, de Malcolm Lowry. Ao olhar para Geoffrey, logo imaginei meu amigo vindo das proximidades da floresta amazônica; ele conhecera as selvas do Congo e da Malásia, esta também, no seu dizer, "um dos lugares mais sombrios da Terra". Vivera em Antuérpia e Marselha, sempre a serviço de negócios escusos, antes de partir definitivamente para Manaus, onde se dera muito bem com certos expedientes notoriamente ilegais. Considerava-se um homem rico e, em definitivo, não lhe interessava retornar à Inglaterra. Estava ali, na minha frente, em profunda sonolência, e eu não sabia – jamais me passara pela cabeça indagar – quem era Geoffrey Wolfe ou em que parte da Inglaterra havia nascido. Perguntar a um inglês por que viaja é de uma impertinência deplorável, portanto, a minha suposta falta de curiosidade estava justificada. O que posso adiantar, depois das inúmeras conversas travadas noite adentro, não só em Manaus como no Rio Branco, é o seu extraordinário conhecimento da obra dramática de Shakespeare. Como acentuei, espero aproveitar a presença do amigo para ver se consigo extrair dele algumas opiniões sobre a obra do Mestre, mas tenho certeza ser impossível, sobretudo se começar a lhe fazer perguntas. Poderei apenas esperar comentários eventuais, de "passagem", sobre aquela pintura ou escultura. Ontem, por falta de sorte, deixei uma revista aberta, em cima da mesa, com uma matéria do excelente crítico Ferreira Gullar, cujo título sumário e significativo indaga: "Todo Mundo é Artista?". Ao lado, ilustrando o texto, uma fotografia do pintor Joseph Beuys e a legenda: "Como é que se Explicam Quadros a uma Lebre Morta?". Evidentemente, Geoffrey, não sendo tolo, logo perguntou: "Que significa isto?". Nada menos indicado para aquele momento do que o encontro com esse mórbido demolidor europeu, de resto já tragado pelas suas próprias espertezas e novidades, mas propiciando, nesta atual conjuntura, centenas de outras destruições e propostas negativas em torno do mundo invertebrado das artes plásticas. Ferreira Gullar que o diga, pois, hoje, é um inestimável combatente a favor da reestruturação do velho ofício de pintar, esculpir ou gravar. Pouco importa o malévolo comentário do poeta Rimbaud: "Tenho horror a todos os ofícios. Patrão e operários, todos grosseiros, ignóbeis. A mão na caneta vale o mesmo que a mão no arado – que século de mãos! Não darei nunca a minha". Mundo estranho, pensei, olhando Geoffrey a dormir. Ele agora está com a boca ligeiramente aberta, de onde escorre um fio de baba. Deverei acordá-lo ou deixá-lo repousar? De uma coisa estou certo: em mim não desapareceu de todo o espírito cavalheiresco e, portanto, não mostrarei a ninguém, sobretudo a Geoffrey, a carta de Viriata, com suas ignominiosas intimidades e revelações comprometedoras. Quero perguntar a Geoffrey qual o sentido correto da fala das bruxas no início da peça do *Macbeth:*

> *Fair is foul, and foul is fair;*
> *Hover through the fog and filthy air.*

Bárbara Heliodora, uma das grandes tradutoras de Shakespeare, interpreta como:

Bom é mau e mau é bom;
Voa no ar sujo e marrom.

Porventura, Geoffrey teria uma sugestão diversa? Ele dorme e, enquanto dorme, o sonho lhe guarda o sono. O que fez das suas mulheres? Embora passe por solteiro, soube que ele foi casado na Inglaterra e acredito que, segundo me pareceu, de acordo com os diferentes favores concedidos a Viriata, o inglês dedicou-lhe algumas poucas horas, não mais de que isso. Os grandes bebedores sempre esquecem aquilo que as mulheres pretendem e ferram no sono. Aliás, Freud perguntou: "O que é que as mulheres pretendem?" Saí da sala e, com meus próprios passos, fui à busca de Herr von Brincken. Mais uma vez, aspirava cumprimentar o Mestre.

Chegando à metade da *Praça do Obelisco*, de onde se avista com perfeição a escultura de ferro de Mestre Brennand, resolvi descer as escadas de pedra na direção ao Rio Capibaribe em demanda do porto das barcas. Forçosamente, seria obrigado a atravessar a grande catedral de bambus que se agigantava para o alto, no seu *goticismo* de ogivas verdes, abrigando no seu coração a estátua de *Pã*. O assessor Elcid costuma lembrar este lugar como um dos sítios preferidos do Mestre, para o qual ele destinou alguns bancos de pedra que serviriam para meditação diante deste deus dos pastores e dos rebanhos. A considerável atividade sexual atribuída ao mito de Pã influenciou a localização desse altar na proximidade do rio. Deste local, era possível vigiar os transeuntes que ora desciam em demanda das barcas, ora subiam de volta aos seus lares. Além de vigiá-los, a escultura perseguia-os implacavelmente, como era voz corrente entre operários e visitantes do museu horrorizados.

Nada é claro no que diz respeito a esse mundo inferior, a grandeza desconhecida destes ritos de mácula. Existe uma atribuição bastante estranha de que Pã seria filho de Penélope com Antinoo, o mais conhecido dos pretendentes da mulher de Ulisses. Numa outra versão, "todos os pretendentes, um atrás do outro, haviam sido amantes de Penélope e o fruto dessas múltiplas uniões foi o deus Pã, nascido durante a ausência de Ulisses". Pelos testemunhos às vezes um pouco confusos do assessor Elcid, porquanto narrados de uma forma galhofeira, o Mestre contava essas histórias como se fossem inconfidências familiares, cuja veracidade não poderia ser posta em dúvida.

No porto das barcas, olhando para o sul, ainda eram bem visíveis, dentro d'água, os escombros da velha ponte que nunca foram removidos. O Mestre tinha um projeto de reconstrução da cabeça da ponte que desejava transformar num mirante sobre o Capibaribe, mas ele se fora, e não acredito na possibilidade de alguém conseguir realizá-lo de acordo com os seus planos. Àquela hora, no fim da tarde, existia um acúmulo de pessoas indo e vindo nas barcas, ocasionando a minha retirada prematura do local. Subindo a rampa, talvez com excessiva rapidez, de repente, senti o coração palpitar com tamanha força que parecia querer saltar pela boca. Parei, disfarçando o mal-estar e, depois, prossegui com lentidão até chegar à base da escada para me amparar nas grades de ferro ali existentes. Será um problema cardíaco? Como o Mestre, juro não me submeter a nenhum tipo de averiguação e, como ele, desejo morrer da minha própria morte. Subi as escadas e, um pouco mais aliviado, consegui chegar até a *Praça Gauguin*. Lastimo não ter a meu lado o querido Geoffrey, pois seria uma ótima oportunidade para ele ouvir todo o arcabouço das ideias engendradas pelo Mestre, relacionando Gauguin, Joseph Conrad e as civilizações assassinadas pré-colombianas. Talvez, no futuro, as pessoas – não estou bem certo – lhe façam justiça reconhecendo seu gênio multifacetado e sua capacidade proteica, praticamente inesgotável. Em todo caso, a *Praça* e o *Templo* já estão abertos à visitação desde a comemoração do centenário da morte de Gauguin, quando o Mestre fez uma inscrição em cerâmica, na base do mural dedicado ao pintor, com os seguintes dizeres:

> *Homenagem a Paul Gauguin, no centenário de sua morte, acontecida no dia 8 de maio de 1903, na Ilha de Atuona, no Arquipélago das Marquesas.*
> *Várzea, 8 de maio de 2003.*

O *Templo do Sacrifício* foi totalmente concluído em janeiro de 2005. Pouco antes de falecer, terminou uma das mais belas colunas totêmicas da série *Árvore da vida*, tema emblemático associado à Cabala, retomado pelo Mestre nos seus últimos anos de vida. Hoje, a escultura está vizinha a um inesperado jardim, cujo limite é determinado pelo mural batizado de *Teorema*, seu derradeiro trabalho cerâmico, onde também acrescentou formas recortadas em grosseiras chapas de ferro. Não estou em condições físicas e mentais para emitir pareceres que impliquem em juízos de valor. No decorrer das minhas "recapitulações", devo ter mencionado todos esses trabalhos do Mestre Brennand – mesmo sem avaliação crítica – encontrando-se aí o meu mister. Ninguém me pediu, mas fui eu que achei a ocupação necessária, mais do que isso, inadiável. Embora reconheça que deixei, propositadamente, de fora de minha apreciação uma centena de peças da maior importância na obra do Mestre como, por exemplo, as *Três sereias (Partênope, Lígia e Leucócia), O cinto de castidade*, o conjunto de *Esfinges*, a monumental escultura da fonte central batizada de *Sequestro*, o inigualável *Quarteto de comediantes*, os bustos de *Guardiões* com capacete militar que encimam todas as colunas do muro que envolve o *Grande Pátio* da Oficina, o conjunto de *Pássaros implumes* com a curiosa inscrição numa das colunas: *Pássaro implume não alcança o céu.* Enfim, deixo para a crítica especializada, principalmente para aqueles que têm um aguçado senso poético, uma visão crítica mais completa do que aquela superficialmente observada nesses poucos meses de minha volta ao Templo do Mestre. Também ficou de fora toda a imensa e variada obra de desenho e pintura do artista. Um universo ainda inexplorado. Agora mesmo, lá dentro, no ateliê do Mestre, está o nosso Geoffrey Wolfe, a dormitar numa poltrona que poderia ser um trono intocável. No entanto, ele não se dá conta do lastro onde repousa. Simplesmente, se afoga no seu sonho para continuar dormindo. Que lhe custava estar presente e ter lido, em voz alta, no *Templo do Sacrifício,* alguns dos versos de "A Balada do Velho Marinheiro", bem visíveis no recinto? O inglês arcaico de Coleridge soaria bem nos lábios gretados de álcool, sol e angústia. Como posso pretender uma cena desse porte se os da terra – os inúmeros colegas do Mestre – preferiram o silêncio? As coisas parecem se organizar por si próprias e é a isto, certamente, que apelidamos de "circunstâncias". Embora perceba a ineficiência, eu me sinto propenso, por vários motivos, a escrever palavrões como costumava fazer, a torto e a direito, no Rio Branco. Mas, uma vez no papel, estas palavras negras são como leite derramado: a necessária sonoridade acompanhada dos gestos obscenos perde a força e apenas significa um adorno do escândalo, que em nada é sinônimo de palavrão. Faltou-me o empenho do vilipêndio, não consegui ir adiante nos meus ambiciosos propósitos. Enfim, vamos acolher a sentença do poeta: "Tudo é outra coisa. O que vemos é o que não somos... É o que não é". Reconheço, de certo modo, a notória disposição do Mestre às contradições, às expressões propositadamente equivocadas, como se fugisse de toda e qualquer forma de julgamento... Da sentença dos homens ou dos deuses? O Mestre jamais facilitou qualquer aproximação – como se todos fossem de antemão inimigos declarados –, o que me faz indagar agora qual o sentido desse fragmento de papel encontrado, como sempre, à deriva. Com todos os diabos, o que pretende parafraseando Malcolm Lowry em *Escuro como o túmulo onde jaz o meu amigo* quando substitui no texto "o livro verdadeiro" pelo "quadro verdadeiro"? Ele deixa escrito:

O quadro verdadeiro? É como se tudo que fiz faça parte dele. Apenas não o consigo pintar, está claro.

Deixando Malcolm Lowry de lado, arremata:

Podemos gravar por cima dos erros, não podemos?

11

A noite caíra, acenderam os refletores do *Grande Pátio,* acentuando a magia desse conjunto. Ele, o Mestre, fizera nascer esses mistérios. Eu o vejo andando com dificuldade, a olhar, no chão ladrilhado e polido do galpão, as sombras alongadas das esculturas, como fantasmas visíveis só aos seus olhos em noites infindas, percorridas solitariamente sem a contagem do tempo. O que pensou quando sentiu a proximidade do fim? Não ignorava que toda essa *miragem* tecida por uma mente sutil iria, definitivamente, apagar-se para sempre? Com que mágoa deve ter preparado suas despedidas? Não das pessoas, mas desse mundo indecifrável, carregado de sonhos e de sombras? No vislumbre de uma janela aberta para o *Grande Pátio* e seu tanque lodoso, o cisne negro Agostinho, no momento em que eu apareci, demonstrou alegria com uma prolongada saudação, como quem desvenda o enigma: "Os que não sabem falar não se calam, e aos que sabem, não lhes é permitido falar..." Tenho consciência de escrever numa língua desconhecida. Quem irá traduzi-la? Pelo meu alheamento e progressivo cansaço, urgia retornar ao ateliê onde, certamente, irei surpreender Geoffrey ainda em pleno sono. Enganei-me. As luzes estavam acesas e ele bebia próximo à mesa. Com certeza, fora à copa à procura de uísque e desencavara o da melhor qualidade. Saudou-me, levantando o copo e logo perguntou:

Geoffrey: Que bicho mordeu você?
Renato: Venho de longe, por terra e mar viajados.
Geoffrey: Salve! Salve!
Renato: Não graceje. Atravessei duas vezes uma catedral.
Geoffrey: Você e seu Mestre morto gostam de epigramas.
Renato: Não falaria assim se estivesse comigo.
Geoffrey: Alguma excursão turística interessante?
Renato: Para começar, você levaria uma chifrada de *Pã*.
Geoffrey: E, depois, sou eu o acusado de embriaguez permanente!

Do convívio e amizade que mantenho com Geoffrey, guardo a certeza de que, dificilmente, nesses últimos tempos, ele poderia se predispor a uma conversa séria, de longa duração. Se atravessamos, no passado, noites inteiras a discutir assuntos literários, quando a obra de Shakespeare era o foco central de nossa atenção, esse tempo esvaiu-se do nosso convívio. Na sua derradeira visita ao Rio Branco, lembro que o meu querido amigo inglês chegou a recusar a falar no nome do dramaturgo. "Esse homem sequer existiu", comentou ferinamente. Em todo caso, às vezes, usando como estratégia um simples gracejo, eu conseguia fazê-lo falar, embora não se alcançasse muito. Como último recurso, abrigava-se nas citações. Recordo que numa noite, nos bons tempos de Manaus, ele fez uma longa e surpreendente dissertação sobre literatura, repetindo as palavras de um compatriota, talvez Graham Greene ou mesmo Anthony Burgess. Não lembrava o nome e a ele pouco importava a autoria, "são todos iguais, tenham ou não tenham talento". Como sempre, Geoffrey estava bêbado; mas a justeza de sua memória e a irrepreensível propriedade de linguagem eram invejáveis. Estávamos a sós e, portanto, sou testemunha de suas palavras: é meu dever confirmá-las. Era meu projeto tentar transferir sua preleção para o meu texto e, quem sabe, assim o comoveria, conseguindo dele o que de há muito necessito ouvir. Hoje, aqui na Várzea, quando menos eu esperava, Geoffrey levantou-se e, novamente bêbado, saudou-me com ironia: "Você não acha aborrecido, na nossa idade, ocupar-se com todas essas frioleiras literárias apelidadas de romances e novelas com o objetivo de descobrir até os segredos da alma?" Depois se sentou e, numa atitude de quem prepara uma conferência, olhando fixamente em direção a um público imaginário, começou a recitar: "Na sua maior parte são livros de fundo descritivo e anedótico ao alcance do nível mental de críticos não muito exigentes, encarregados de excitar o grande público com promessas vãs. Sendo impossível ultrapassar a própria condição humana, essas fórmulas descontroladas acabam por mimetizar a lascívia, a ganância, o assombro, a traição, enfim, os motivos de sempre que regem os crimes mais atrozes. Na realidade, embora elaborados de uma atrativa e conveniente maneira estética, só presenciamos acontecimentos encontrados diariamente nos jornais". Geoffrey parou de falar para beber um trago de uísque como se bebesse o indispensável copo d'água dos oradores profissionais. "Onde ele teria ido buscar definições tão eruditas?", eu me perguntava admirado. Não ignorava que na sua juventude, na Inglaterra, chegara a publicar uma monografia sobre Chaucer, embora ele não gostasse de falar nesse assunto: "Você sabe", ele afirmava em tom brusco, "que este livro não é meu". O silêncio que sucedeu a essa conclusão me deu a impressão de que ele não iria adiante, mas recomeçou seu discurso com a voz pastosa dos bêbados, cheia, porém, de uma absoluta coerência de ideias: "E ainda pior, tivemos de suportar essa pestífera e desafinada literatura regional, tão ao gosto da chamada 'novela proletária', durante anos e anos do pós-guerra, tanto nos cinemas como nos livros. Um massacre" – disse Geoffrey levantando-se para tirar o paletó molhado de suor. Ainda em pé, prosseguiu: "Enfrentamos toneladas do enfadonho clamor dos pobres da terra (e também dos pobres de espírito). Além disso, as permanentes crises econômicas, gerando desemprego e penúria, desfraldavam as bandeiras de uma literatura equivalente a um breviário apostólico, facilitando assim a entrada da classe operária na porta estreita do paraíso". Novo trago e Geoffrey olhava a mesa como se consultasse notas. Virando-se para mim e não mais para o público imaginário, continuou: "E você, Renato, está a me forçar um depoimento sobre determinados trechos do *Macbeth* com o fito de elucidar a fala das bruxas como se bruxas pudessem falar de outra maneira, senão com a mais absoluta falta de sentido. Apenas, sendo um texto de Shakespeare, transforma-se num genial absurdo poético. A tradução de Bárbara Heliodora é correta:

Bom é mau e mau é bom / Voa no ar sujo e marrom. Quanto à famosa fala do V Ato, a escritora lembra a controvérsia de vários estudiosos chegarem a admitir que Thomas Middleton tivesse sido chamado a colaborar com Shakespeare, sendo o responsável pelo V Ato e seus problemas. Você tem toda a razão em cultuar essa fala final do *Macbeth,* depois dele tomar conhecimento da morte de sua mulher, como uma das mais belas e precisas definições do horror da condição humana. Mais uma vez, verifico na tradutora brasileira uma interpretação de extrema sutileza nestes versos finais:

> *A vida é só uma sombra: um mau ator*
> *Que grita e se debate pelo palco,*
> *Depois é esquecido; é uma história*
> *Que conta o idiota, toda som e fúria,*
> *Sem querer dizer nada.*

"Você frisa esse detalhe de que 'a vida é um conto narrado por um idiota, cheio de som e fúria, não significando nada' e tem toda razão. Apesar de estar empenhado, como revelou, em resgatar a memória de seu querido Mestre, você decidiu contar histórias, metendo-se num cipoal de onde dificilmente se desvencilhará a contento. Do pouco que me foi dado escutar, posso presumir a existência da mais idiota de todas as histórias que até hoje eu consegui ouvir e, como sempre, nada significará. Contudo, posso lhe estimular para que você recomece a inventar outra aventura, ou repeti-la com outras palavras, tanto faz. Não esmoreça. No meu entender, sem exagero, eu diria: mesmo o famoso drama de *Romeu e Julieta* não deixa de ser imoral e desaconselhável." Depois dessa tirada, Geoffrey parou seu discurso e aos berros afirmou que não voltaria à Inglaterra devido ao *Labour Party...* "São uma corja de rufiões, uma fraude... São ainda mais reacionários e hipócritas do que os antigos políticos do *Tory Party*". Gostaria que Geoffrey Wolfe tivesse ficado a conversar o restante da noite, mas ele estava muito agitado e mesmo raivoso, decidido a retornar, de imediato, ao Hotel Central, onde, com certeza, encontraria, como os antigos romanos, o seu "Purgatório", lugar idealizado para vomitar à vontade. Logo mais, reiniciará a bebida em plena liberdade, assim como deseja todo boêmio: irá em direção aos bares do Cais do Porto, suspensos nas alcantiladas noites do Recife.

O danado do ano de 2007 de há muito que se foi e, agora, temos de enfrentar o maldito 2008. Estamos dentro dele e tanta "coisa" acontecendo. Nós vivemos e depois quem conta a história são os mordomos. Eles não são surdos nem cegos (e que orelhas!). Burrel, ex-mordomo de Lady Diana, andou bisbilhotando telefonemas familiares. Quando a velha senhora, mãe da princesa, ainda era viva, teria dito à filha: "Então, você virou uma prostituta de mulçumanos?" *Kuwait e xeime Dalailama... (What a shame, Diana!)*

Aqui, no Brasil, os políticos de uma maneira geral e mesmo o povo jamais chegaram a entender o motivo da renúncia do presidente Jânio Quadros, em 25 de agosto de 1961, que falava em "forças terríveis" (ocultas), impedindo-o de governar. No caso da Inglaterra, Burrel contou que depois da morte de Diana, a rainha o avisou para ser cuidadoso, dizendo que "há poderes operando nesse país sobre os quais não temos conhecimento".

Ele diz não saber se ela se referia à mídia, ao *establishment* ou aos serviços secretos.

Enquanto isso, achando pouco, dois presidentes, um da pátria de *Billy the Kid* e o outro das terras do valente gaulês *Asterix*, repletos de bombons nos bolsos (bombas inteligentes e outros artefatos mortíferos) passeiam no Oriente Médio a fim de "venderem o seu peixe", debaixo do compromisso de serem desovados nas cabeças dos aitolás.

O que sobrará para todos nós e para aqueles ainda confiantes no futuro do mundo? O planeta, devastado por antecipação, não terá tempo sequer de refletir sobre as catástrofes climáticas às voltas com uma hecatombe atômica. Todavia, apesar de tantas desgraças, notícias chegadas da França insistem que a namorada de Sarkozy posa nua: "Botas, um anel. E só". Assim, a cantora e ex-modelo Carla Bruni, 40 anos, apareceu na edição de fevereiro da revista espanhola *DT*. O ensaio, segundo informações do jornal *El País,* foi feito nos intervalos das viagens realizadas com o namorado, o presidente Nicolas Sarkozy, e os compromissos da carreira artística.

Assinadas por Mario Testino, as fotos da *DT* podem ser a estreia de uma primeira-dama em nus. Bruni, porém, nega que o romance com Sarkozy já tenha culminado em casamento secreto, como noticiado na imprensa.

Não é de todo incomum, no decorrer da história, chefes de Estado se apaixonarem ou, como se diz vulgarmente, "perderem a cabeça". O rei Leopoldo II, da Bélgica e o marajá de Kapurthala se deixaram abater pela extraordinária beleza de Cléo Mérode (1881-1966), célebre dançarina, nascida em Paris, mas de família austríaca. Recordei-me dessa diva por conta do seu elegante retrato pintado por Boldini e das fotografias de Felix Nadar (o Mario Testino da época). Na verdade, a moça era um colosso de malícia, bem à altura dos vazamentos emocionais de um rei e de um marajá. Por que não?

Na Província de Pernambuco, estamos às vésperas de mais um estranho carnaval e, não venham me dizer, com desprezo na voz, que não somos um país sério. Afinal, mundo afora, a licenciosidade é palavra de ordem e, assim, manteremos as coisas tal como são, ou melhor, como sempre foram e ainda serão.

Se o Mestre estivesse vivo, diante de todo esse malévolo comentário sobre a amante do presidente francês, indagaria: "Qual é o vulto que vocês profanam e vilipendiam? Que mal cometeu essa bela mulher? Apenas um imperceptível ruído, uma página do grande livro do Paraíso Perdido foi virada e não voltará jamais".

Embora regido pelo signo de Mercúrio, não sou nenhum mensageiro da zombaria. Presumo que este vezo repentino confunda ou desagrade a maior parte das pessoas. Pouco importa. Se estou a velhaquear é mesmo uma atitude da velhice – *dirty old man*, como Geoffrey costuma enfatizar –, equivalente ao Velho Homem citado na Bíblia: aquele que não muda.

Seria conveniente analisar o estranho poder do corpo desnudo, não importando que seja de "a" ou de "b", pois uma notícia, não mais que 24 horas depois, me faz ciente de uma mulher ter perdido o emprego após ficar nua numa festa. A auxiliar de serviços gerais, *Leidiane Santos,* 23 anos (mais uma vez, o espírito de *Lady Diana* se faz presente), perdeu o emprego por ter dançado nua em um baile funk, em Vitória do Espírito Santo. A jovem aceitou subir ao palco e tirar a roupa depois que o coordenador da festa MC Ricardinho, lhe ofereceu R$ 600,00 pelo desafio. A apresentação de Leidiane foi filmada por uma pessoa ainda não identificada pela polícia e o vídeo circula atualmente na Internet. A moça não recebeu o dinheiro e ainda foi indiciada por ato obsceno, infração com pena prevista de três meses a um ano de cadeia.

Qual a razão de minha grosseira insistência em vincular notícias aparentemente tolas? Uma só razão, eu presumo: são fatos da maior importância, mesmo concebidos como sendo da mais suprema tolice. A ênfase bíblica à voluptuosa dança de Salomé, tendo como preço a cabeça de João Batista, não incorpora a mesma trágica incompreensão do eterno feminino? Finalmente, Salomé, princesa da Judeia, mesmo dançando com os pés nus – esses pequenos pés parecem pombas brancas, como disse o Tetrarca –, pagou com a vida pela sua inaudita ousadia. Talvez neste mundo não mais encontrasse Geoffrey Wolfe. E se não o veria neste mundo, onde mais poderia vê-lo? Afinal, embora não fizesse senão citar frases inteiras de diferentes autores, aliás, muito ao gosto do Mestre, ele me disse muito mais do que eu esperava. Como o próprio Geoffrey admoestava, "o que interessa é o 'conteúdo', o resto é tolice e danação". Nós todos estávamos à procura de um tolo, enfim, todos éramos tolos ou, na verdade, existia um mais tolo do que o outro? Como no diário do Mestre, não é inconveniente recorrer ao sisudo Melville para esclarecer: "Que insensato, que inconcebível que um autor – em nenhuma circunstância possível – possa ser franco com os seus leitores". No momento, "passo", o que quer dizer deslizar adiante sem tréguas nem consertos, na suposição de que ninguém vai lhe dar o braço de apoio, nem sequer lembrá-lo como um morto-vivo. Circunstâncias atrozes, descarrego de solidão, quase uma contrapartida zombeteira contra Rainer Maria Rilke, escritor que Tomás Seixas tanto amava. Em quantas ocasiões ele foi Rilke, ali no bairro das Graças, entre mangueiras sombrias no quintal e nos iluminados canteiros bordados de cimento, onde cultivava roseiras, cujos enxertos vinham de Marrakech, do longínquo oásis El-Kelaa M'Guna? Nas suas *Cartas sobre Cézanne*, Rilke, em 4 de outubro de 1907, menos de um ano depois da morte do pintor em Aix-en-Provence, alude ao trabalho de uma maneira singular: "(...) Ainda estamos tão longe de poder trabalhar sempre". Toma como exemplo Van Gogh, um prisioneiro de suas paixões, que, mesmo nos dias de profunda inquietude, ao pintar o *Intérieur d'hôpital*, acaba por transfigurá-lo num verdadeiro contraveneno das coisas maléficas. O Mestre agia assim, de domingo a domingo, sem datas e sem trégua, até conseguir um amontoado de trabalhos que retornavam às suas mãos numa soma permanente de destruições e renascimentos. Com o passar do tempo, essa intimidade com o trabalho, vivenciada sempre ao lado dos seus instrumentos indispensáveis, transformou-se em um método inalienável, costurando uma obra que só teve fim porque... Quando resolveu pintar os quatro santos apóstolos e evangelistas, Mateus, Lucas, Marcos e João, trabalhou num enorme espaço ao ar livre, onde as figuras ficariam suspensas no ar como enforcadas de encontro à floresta escura, cujos galhos pendentes se lançam para cima do mural, como se pretendessem preservá-lo (ou devorá-lo?). As figuras estão marcadas por um forte traço negro, como mosaicos bizantinos que deveriam ser vistos a muitos metros de distância. No coro de pedras brancas, transformou os doze apóstolos em doze cruzes de diferentes cores, marcadas também por traços negros. Desta feita, estes símbolos foram representados como relevos que se projetam do mural. Duas esculturas dominam a *Capela*: a da *Imaculada Conceição* e a do *Anjo Gabriel.* A Santa Imaculada tem os pés chagados como os do seu Filho, demonstrando sua Dor diante das dores do mundo. Durante a queima, um acidente rompeu parte do peito da santa em cima do seu coração. Mestre Brennand havia feito três esculturas da Santíssima Virgem, em diferentes versões para poder escolher a mais significante: elegeu aquela *do coração partido e dos pés sangrentos.* A escultura do *Anjo Gabriel* esconde-se na Sacristia subterrânea, temeroso de anunciar a grande Vinda. Pela manhã, como sempre muito cedo, soube por Mathias que Geoffrey havia telefonado, comunicando sua partida para São Paulo, onde permaneceria 24 horas para fazer compras, antes de se embrenhar na direção de Manaus. Perguntei a Mathias se ele havia acrescentado algo mais: "Não, Senhor", asseverou o vigilante. Da guarita, olhei as costas enegrecidas de Herr von Brincken e caminhei vagarosamente em direção à Fábrica, onde deveria pegar meus cadernos para levá-los à sala de Kristana. Uma vez no interior do ateliê, não sei o motivo, afundei na cadeira negra do Mestre como um náufrago, a olhar sem ver um quadro do pintor Zé Barbosa, presenteado no dia do aniversário do Mestre. O que me chamava a atenção era um pequeno barco que singrava da direita para a esquerda da pintura, quase dissolvido nas águas verde-escuras do Porto do Recife. Esta insólita observação me causava, ao mesmo tempo, um prazer infinito e uma dilacerante indisposição, desproporcionais para todas as minhas forças. Necessitava me deitar, urgentemente, mas não ia me estender ridiculamente no chão. Amparei-me nos braços da cadeira e consegui, apesar da tontura, com o auxílio de uma das bengalas do Mestre, que pendia da estante, chegar até à escada que me levaria ao seu quarto e à sua cama de ferro. Comecei a subida, lembrando, confusamente, que teria de galgar dezesseis degraus. De repente, meu peito foi rompido de alto a baixo por uma brutal serra elétrica, dessas que cortam as enormes árvores da Amazônia, fazendo-as tombar. Desabei na cama de ferro no sentido contrário àquele em que o Mestre foi encontrado (olhando o retrato do filho Oliver Edward), pois, assim fazendo, eu olharia o retrato do artista ainda menino, com apenas sete anos de idade. O garoto estava a fitar-me sem que nenhum dos dois compreendesse o encerramento definitivo de um ato enigmaticamente adiado.

2013

Temos uma nova situação

12

Propriedade Santos Cosme e Damião

21 de janeiro

Um cachorro branco com uma mancha negra em volta do olho direito, de aspecto fora do comum, com olhos de chinês, focinho desmesurado, envolto por uma mordaça de boa qualidade - toda pesponteada -, estava preso a uma correia azul muito curta, segurada pela mão direita de um homem cuja estatura excessiva lhe acentuava o porte atlético: barba alourada e uma longa capa branca de tecido grosseiro que lhe chegava aos pés. Calçava botas de couro vermelho muito lustroso e usava um velho chapéu, de abas largas, enterrado na cabeça até as sobrancelhas. Ele se dizia um *foreigner* e gostaria de falar com o dono desse "anfiteatro", Mr. Brenan.

> *Ao amanhecer de um 1º de abril, surgindo de uma maneira tão repentina quanto Manco Capac no lago*

Titicaca, um homem vestido em cores claras apareceu nas docas da cidade de St. Louis.
Tinha compleição pálida, penugem no queixo, cabelos louros, um gorro de pele felpuda e branca. Não levava baú, mala, valise ou pacote; nenhum carregador o seguia. Estava desacompanhado de amigos. Pelas expressões e risadinhas, pelos cochichos e pelo espanto das pessoas, era óbvio que se tratava de um estranho - em todos os sentidos da palavra.

Herman Melville

O porteiro não compreendeu o que pretendia aquele sujeito erradio, surgido do nada, sem saber qual o caminho que ele havia tomado: se teria atravessado o rio pela balsa ou viera pela floresta. O visitante demorou a ser atendido na recepção e acabou por cair nas mãos de Nonato, que, em vez de melhorar o equívoco, acabou apresentando o forasteiro como sociólogo, estatístico e astrólogo, além de outras confusões ainda não devidamente sanadas nesses últimos meses de convivência. (Dr. Intruso foi o nome bizarro com que se apresentou.) O resto fica um pouco vago: nascera em Beirute, capital do Líbano, no ano de 1950 e em tempo algum foi matador de falcões.

Na realidade, a história de Dr. Intruso é bastante complexa. Estudou na Universidade de Newcastle, no Reino Unido, e foi na ensolarada Brighton, em 1973, que conheceu Graham Greene, quando este realizava uma conferência. Nessa época o escritor contava 69 anos de idade, enquanto Dr. Intruso apenas completara seus 23 anos.

As coisas começaram a se complicar porque esse "nosso forasteiro" quis dar a entender a Nonato que pelo fato de Graham Greene ter participado do serviço secreto inglês *(Intelligence Service),* durante a guerra, isso também o influenciara a exercer algum trabalho dedicado à "espionagem inteligente e informativa".

Jamais deduziremos exatamente o que o Dr. Intruso veio fazer no Observatório Astronômico, existente há longos anos no subúrbio da Várzea, localizado em terreno da Ordem dos Padres da Congregação do Sagrado Coração de Jesus. O que procurava descobrir num lugar tão modesto?

É factível que Dr. Intruso, encontrando-se no Recife – ninguém sabe por qual razão – acabasse por descobrir esse recinto, num bairro tão longínquo, talvez por mera curiosidade, pois ele não ignorava, na sua experiência, que a ciência e a arte de predizer os acontecimentos mediante estudos dos astros despertavam grosseira hostilidade por parte dos astrônomos, que fogem dos astrólogos como o diabo da cruz. Dr. Intruso, diante de uma plateia indiferente de padres holandeses, lembrou o fato de, na Idade Média, sua profissão ser confundida com a teologia. Só hoje, por ignorância de muitos, transformou-se numa pseudociência, mas ele jamais se incomodaria com esses julgamentos. Depois, revelou ter descoberto, através de um padre, a minha existência, motivo pelo qual chegou à Oficina...

Na cena seguinte, presenciamos Dr. Intruso sustentando seu cachorro *bull-terrier* a entrar na Oficina acompanhado de Nonato, cuja gesticulação excessiva denotava insegurança. Ambos estavam à procura do Mestre, que na realidade se recusou a recebê-los. O segurança inglês, Mr. Beabea, grudado à porta, afastou-os com as mãos e grunhiu: fora, fora... *quickly*...

Os dois, sem oferecer resistência, voltaram pelo mesmo caminho que entraram. Antes da saída, Nonato não se conteve e disse: "Esse miserável do Beabea não é inglês, é um escocês. Passa por guarda-costas do Mestre, mas, segundo soube, foi por longo tempo apenas dublê de corpo de filmes medíocres dos anos 1950. Daí a sua idade avançada, embora ainda corpulento, beira os 80. Trata-se de um pária das ilhas. Não sei onde o Mestre foi inventar que este brutamontes é um leitor de Friedrich Nietzsche e, em particular, de *A gaia ciência*. Você pode acreditar?", indagou Nonato ao Dr. Intruso, que parecia estar a mil léguas de distância. Pensava fixamente na escultura *Os comediantes:* "Melhor do que mil palavras", disse com certo entusiasmo tirando o chapéu da cabeça, para enxugar com as suas enormes mãos o suor abundante que lhe escorria pelo rosto.

Confessou a Nonato que, por engano, após falar com os padres da Várzea, fora bater do outro lado do rio na área do Castelo e lá, depois das apresentações, recebera do próprio dono o convite para ocupar o cargo de curador-geral daquela instituição recreativa infantojuvenil, com direito a moradia numa das torres. Encantado com as construções no estilo medieval, foi também informado da presença de um canil refrigerado ideal para *Spot*, seu *bull terrier* de pele rosada muito sensível ao calor dos trópicos. Portanto, estava propenso a aceitar o cargo.

Do lado de fora do grande portão de ferro, o vigilante Mateus conversa com Viriata:

Viriata: O cachorro branco de mancha preta em torno do olho achinezado não gostou de mim.
Mateus: Tem certeza?
Viriata: O bicho rosnou e chegou a me mostrar os dentes.
Mateus: Talvez tenha lhe confundido com uma inimiga.
Viriata: Vou ter um filho daquele homem grandalhão e barbudo.
Mateus: Conjectura tempestuosa.
Viriata: Aprendi a ler o futuro.
Mateus: Há sessenta anos que o Sr. Brennand escreve esta história.
Viriata: Que história?
Mateus: Ele disse a Titã que já encerrou o último capítulo. Seu intento agora é escrever diariamente sobre a guerra. Segundo ele, o diabo está solto na Europa e a guerra, em caráter planetário, é iminente.

Depois, a bonita moça muito branca, de perfil aquilino e dentes perfeitamente alinhados na boca carnuda, sem dizer uma palavra, encaminhou-se sorrindo em direção à sua casa.

Última cena

No interior do ateliê, Mestre Brennand escreve no seu diário, sentado diante de uma grande janela envidraçada, pois todas as luzes estão apagadas. Do lado de fora, sentado num tamborete, o segurança inglês, Mr. Beabea, cochila.

17 de fevereiro – domingo
Insisto em demonstrar minha solidariedade incondicional ao Papa Bento XVI na sua renúncia, pois, no final do ano passado, prevendo o meu fim próximo e certas pendências que existem em todas as famílias, sejam ricas ou pobres, resolvi fazer um testamento fechado de caráter oficial.

Neste testamento deixei bem claro a minha idiossincrasia latente contra a posição da Igreja Católica como ela é exercida no Brasil (CNBB). Sobretudo, execro a "Teologia da Libertação" e quaisquer umas de suas subsidiárias. Declaro-me umbilicalmente ligado a Roma como Igreja e Instituição e, sobretudo, ligado ao Papa Bento XVI como fui ligado ao Papa João Paulo II, ao qual o Cardeal Raztinger serviu durante vinte e cinco anos. No meu testamento, declaro, sem nenhuma tergiversação, o desejo de ser cremado como também a dispensa de quaisquer rituais católicos, velório e missa de sétimo dia:

Que a chama (o fogo) faça
A morte perecer e
A ausência do corpo
Ressurrecto eternize.

Pretendo ser cremado imediatamente. Sem nenhum anúncio fúnebre – nada mais ridículo do que uma morte anunciada –, o morto fala por si próprio. No seu silêncio ele diz tudo: "Toda morte é obscena". Acrescento ainda: sem velório e missa de sétimo dia. Não acredito na hierarquia da Igreja Católica do nosso país, na sua orientação equivocada, repleta de padres apóstatas que não respeitam devidamente a autoridade papal e vivem em conluio com partidos políticos de origem suspeita. A minha religião é uma amizade com o Cristo e morre tão somente neste propósito. Minhas cinzas serão entregues a alguns simples serviçais sob a custódia do assessor Elcid. Determinei a construção de uma proeminência no muro ao lado da homenagem a Gauguin, não muito longe do *Templo do Sacrifício.* A urna será colocada no interior da *Muralha* que limita o lado esquerdo da Oficina. Assim permanecerá dentro da *Cidadela* como desejam aqueles que me rodeiam e colaboraram durante esses últimos 40 anos. Haverá também uma inscrição já traçada na pedra cerâmica com o seguinte teor:

Nenhum desses testemunhos é falso; o mais importante é o fato de tê-los salientado.

Sobrevivi e agora faço o meu testamento, ainda lúcido e capacitado para a criação artística, quando estou com meus 85 anos.

13 de março – quarta-feira

O cardeal argentino Jorge Mario Bergoglio é eleito papa no segundo dia do conclave, que reuniu 115 cardeais e escolhe o nome Francisco.

Embora todos se apressem em lembrar Francisco de Assis (cujo nome de batismo é Giovanni di Pietro) como o homenageado central entre os outros Franciscos, notadamente Francisco Xavier, o santo missionário cofundador da Companhia de Jesus junto ao basco Inácio de Loyola.

Fiquei surpreso ao saber que o Papa Francisco é um apaixonado leitor de Dostoiévski e, em recente homília, citou León Bloy (escritor mais do que esquecido), uma das paixões de Jorge Luis Borges. Para um bom entendedor, não é difícil compreender o que representa essa preferência.

17 de março – domingo

Ontem, numa entrevista coletiva a milhares de jornalistas do mundo inteiro, o Papa Francisco confirma sua enorme sagacidade de padre jesuíta ao acentuar, publicamente, a homenagem ao Santo de Assis (aquilo que todos desejam e conseguem enxergar), deixando em segredo seu verdadeiro patrono Francisco Xavier.

Com uma só cajadada mata dois coelhos: agrada ao insubmisso clero sul-americano e rouba aos tiranetes de esquerda desta região continental o caviloso monopólio da “opção pelos pobres”.

O poeta Guillaume Apollinaire estava certo. Ninguém consegue retirar dos papas o privilégio da verdadeira modernidade. Apesar do caráter misterioso, as portas do *Archivio Segreto* estão abertas a pesquisadores desde o final do século 19, quando o Papa Leão XIII concedeu acesso livre ao acervo, tornando a biblioteca um dos mais famosos centros de pesquisa da história do Ocidente. O Papa Francisco disse: “Gostaria de dirigir uma Igreja pobre e para os pobres”.

19 de março – terça-feira

A presidente K., depois de acionar o aguerrido jornalista Horacio Verbitsky e sua alcateia de lobos, da espécie *ultra K*, venais detratores do cardeal argentino Jorge Mario Bergoglio, se infiltra nas festividades da posse do Papa Francisco. A presidente K., toda vestida de negro, com face lupina tal qual um demônio, se deixa fotografar ao lado do pontífice numa expressão onde nem sequer tenta esconder as suas origens e intenções.

O Papa Francisco, segundo afirmam, é um leitor de Dostoiévski e, portanto, conhece *Os demônios*, um dos seus principais livros, daí deve estar suficientemente prevenido contra esse assédio que apenas se inicia.

Evito comentários porque seria ridículo, de minha parte, toda e qualquer tentativa de conceber que essa estratégia de caráter absolutamente satânico, não fosse previamente esperada pela cúpula da Igreja Católica.

Nos recortes de jornal que tenho colecionado sobre a eleição de Francisco descobri, no meio da multidão, um dos demônios disfarçado de camponês, todo de negro com um chapéu igualmente preto caído sobre os olhos e com uma espécie de esgar (não era um sorriso) inconfundível. Ninguém poderia duvidar que *ele* estava presente e que, nem ao menos, procurava disfarçar. Passados poucos dias, reaparece com a mesma vestimenta negra na figura da presidente K. apertando a mão do pontífice.

De forma ultrajante e desenvolta, como costuma acontecer com os possessos, ela deve ter lhe dito: “Não penseis que não sou real. Tenho compromissos inadiáveis com Satã e hei de vos provar”.

Passei algumas horas absorvido nos textos do ensaio de Jacob Burckhardt, *A cultura do Renascimento na Itália*, interessando-me sobretudo pela trajetória dos papas, que nem sempre foi das mais edificantes. À noite, a aventura de assistir pela televisão ao filme do diretor Peter Jackson, *King Kong*, premiado com três Oscars e dois Globos de Ouro, numa nova amostragem do que seja a nossa permanente tolice e danação. *Rex tremendae.*

21 de março – quinta-feira

“Faz pena o Papa Francisco não agir com a mesma eficácia de Alexandre VI no envenenamento dos seus inimigos próximos ou remotos”, disse Nonato a olhar de forma zombeteira em minha direção. “Nós não estamos mais no século XV, quando a atmosfera em torno do papa mostrava-se sinistra e borrascosa. Via-se então nesses acontecimentos uma *cosa diabolica*”, observou Dr. Intruso, também a olhar para mim embora em atitude cortês.

O estranho é que eu não havia comentado nada com ninguém a respeito da renúncia de Bento XVI. Só depois eu soube que Solano Lopez, nas suas sortidas livres, havia passado pela secretaria e falastrão, como é de seu costume, fez um comentário malévolo contra a excessiva atenção dada ao novo pontífice. Kristana sem se conter, disse: “Vá dizer isso ao Sr. Brennand. Ele está escrevendo sobre o papa”. Não preciso ir adiante, agora ficou tudo evidenciado.

22 de março – sexta-feira

Quando você for à Inglaterra, vovô quer que traga alguém para ler pra ele.

(De uma história em quadrinhos)

É verdade, uma enfermeira... Aliás, talvez, seja precisamente disso que eu necessito. Que fosse, no entanto, bela, tranquila e silenciosa. Que apenas atendesse aquilo que lhe solicitasse e que, às noites, lesse em voz alta alguns trechos de *A casa soturna*, de Charles Dickens, ou então, página por página de *O jardim dos Finzi-Contini* (*Il Giardino dei Finzi-Contini*), de Giorgio Bassani.

Certamente, essa enfermeira me faria conhecer um falso paraíso. Estava assim a me divertir na semiobscuridade do ateliê quando escuto baterem à porta. Relutante, me levantei para logo perceber no chão a presença de um envelope que, com certeza, Mr. Beabea havia colocado ali desta maneira sub-reptícia. Apesar de caduco, o segurança inglês costuma obedecer fielmente às minhas ordens, e eu lhe dissera: "Estou rigorosamente incomunicável".

Com o envelope aberto, aproximei-me da janela gradeada e pegando seu conteúdo, uma espécie de ordem de serviço utilizada por funcionários da Fábrica, em letras datilografadas, estava escrito:

Ah! Se eu não fizesse nada só de preguiça! Meu Deus, como eu iria me respeitar! E me respeitaria justamente porque, pelo menos, preguiça eu estaria em condições de ter dentro de mim; haveria em mim pelo menos uma qualidade como que positiva, da qual eu mesmo estaria certo. Pergunta: quem é ele? Resposta: um preguiçoso; ora, seria agradabilíssimo ouvir isso a meu respeito. Logo, positivamente definido, logo, há o que dizer a meu respeito. "Preguiçoso!" – Ora, isto é título e função, é carreira!

Respeitosamente, assino, Nonato do Subsolo.

No final, acrescenta com a própria mão, a sua inconfundível letra de mosca:

Nesta inquietante lassitude você está muito mais para Ratzinger do que para Bergoglio.

23 de março – sábado

Ainda aborrecido com o incidente de ontem, verifico que o desgraçado do Nonato, cujo espírito é propenso à zombaria, fora buscar em Dostoiévski – não estou bem certo se em *O sósia* ou em *Memórias do subsolo* – o texto sobre aquela exaltação da preguiça. O pior é que aceitei a carapuça e isto é vergonhoso, sobretudo, humilhante! "Aquele peralta" não recua diante de nada, sempre agiu sem nenhum escrúpulo e, ainda por cima, insiste que eu fui e sou o seu Mestre quando ele apenas segue tropegamente as minhas pegadas.

No momento, reclama de minha passividade e silêncio. "Onde é que o Mestre encontrará forças para defender a sua anunciada tese de uma guerra planetária? Atualmente uma guerra total não é interessante para ninguém. O mundo mudou muito nesses últimos sessenta anos", afirma Nonato em toda a parte com a mais profunda convicção.

Depois da chegada desse forasteiro, a quem chamam de Dr. Intruso, por opção, o mais novo inquilino do Castelo, ele e seu cachorro *Spot*, Nonato é visto em todos os lugares sempre na sua companhia. "Amigos inseparáveis", segundo testemunho de Titã que ainda acrescenta: "O bom do Nonato faz praça de que o referido Dr. Intruso é um agente internacional, especialista em contrainformações". Contudo, devo ao assessor Elcid a ficha completa desse cavalheiro: "Nasceu em Beirute, em 1950, de pais ingleses, morou no Canadá e na Austrália e, depois da última grande guerra, ainda muito jovem, nos anos 1970, prestou serviços ao *Intelligence Service* como um modesto secretário do escritor Graham Greene, em Portugal e na África Subsaariana". Diz o assessor Elcid que Nonato ainda tem esperanças de colocar Dr. Intruso como meu secretário particular sob o seguinte argumento: "Ele conhece o mundo de 'cabo a rabo' e é poliglota. Dr. Intruso foi um dos intérpretes de Henry Kissinger na época em que o Secretário de Estado do Presidente Nixon negociou o cessar fogo entre árabes e israelenses, na Guerra do Yom Kippur". E a coisa ainda tem acréscimos curiosos, assevera o assessor Elcid: "Nonato garante tê-lo visto caminhando em Veneza, na Praça de São Marcos, ombro a ombro com Kissinger, seguidos de seguranças, quando o senhor expôs suas esculturas na Bienal de Veneza, em 1990. E que o motivo de Kissinger estar em Veneza era a tentativa de prestigiar e influenciar o *Prêmio L'eone D'Oro* dessa mostra internacional para a sua compatriota Jenny Holzer, cujo pavilhão especial mais parecia uma capela mortuária repleta de lápides de mármore em memória dos mortos de AIDS até àquela data..."

"Ademais", continua Elcid, "a partir do ano 2001, na entrada do Terceiro Milênio, em Tel-Aviv, Dr. Intruso especializou-se em guerra cibernética. Pode mesmo ser considerado um anjo cibernético, ou melhor, um astuto guerreiro cibernético". Para minha total surpresa, o assessor Elcid diz que "o estrangeiro, por vezes, insinua ser um *promoter* de artistas no cenário das galerias e leilões internacionais, além de ser um investigador de obras de arte desaparecidas, perdidas ou roubadas. É neste último setor que Nonato considera um trunfo para convencer o senhor de que só através do Dr. Intruso poder-se-ia pensar definitivamente num posicionamento junto a UNESCO, etc".

"É o suficiente", eu disse ao assessor. "Faça-me o obséquio de não prosseguir."

24 de março – Domingo de Ramos
Não escrevi nada, sitiado por uma espécie de "pedomorfose". Fato grave, gravíssimo, se não fosse coletivamente generalizado.

27 de março – quarta-feira
Estamos na Semana Santa e Francisco nos invectiva a lembrar os esquecidos. Não falou nos pobres e sim nos *olvidados*, um termo bastante mais próximo dos degredados filhos de Eva que, no final das contas, somos todos nós.

28 de março – quinta-feira
Um jornalista sagaz anuncia: "Na Semana Santa e nos feriadões em geral, a maioria das pessoas cai na estrada para ir para onde todo mundo vai, porque todo mundo está indo. Porém, tem uns mais espertos que driblam esta ânsia de liberdade condicional e ficam em casa".

Outra notícia vinda de Nova Iorque traduz a voracidade de um mundo recapitulado em cifras:

Cartas, manuscritos e desenhos do escritor americano William Faulkner, de valor estimado em 2 milhões de dólares e alguns dos quais eram considerados perdidos, serão leiloados em julho em Nova Iorque, anunciou nesta quinta-feira a casa Sotheby's. Trata-se do 'mais amplo e importante conjunto de material de William Faulkner que já foi posto à venda', informou a Sotheby's em um comunicado.

'Uma parte da coleção só foi descoberta recentemente na propriedade da família na Virgínia (leste dos EUA), inclusive um certo número de documentos que se temiam perdidos', informou a casa de leilões. A estrela do leilão será o rascunho de seu discurso de aceitação do Prêmio Nobel de Literatura em 1949, junto com a medalha e o diploma correspondentes (estimados em 500.000 dólares). Outro destaque será o escrito de 12 páginas The Trapper's story, *que nunca foi publicado, avaliado de 30 a 50 mil dólares, e o original de seu livro de poesia,* Visions in Spring *(entre 100 mil e 150 mil dólares), obra publicada em 1984, mais de 20 anos após a sua morte.*

Sou um velho admirador de Faulkner e não exagero ao classificar *Santuário* e *Luz de agosto* como duas contundentes obras-primas.

31 de março – Domingo de Páscoa

Como eu falei na Bienal de 1990, recordei da minha passagem em Paris antes de chegar até Oxford, onde tinha um compromisso médico – ainda andava as voltas com problemas de saúde e teria de consultar o Dr. Joe Smith. Passei poucos dias em Paris, mas o suficiente para procurar nas livrarias dois ou três livros de León Bloy. Não esqueço o olhar, entre o espanto e a afoiteza, do livreiro quando me disse que "nós não cedemos mais esse tipo de literatura, senhor".

Antes do almoço de Páscoa, junto com M. Gertrude e Helena Viktoria, além do pequeno Davi, tive o prazer de reler trechos do livro *Sexo, arte e cultura americana*, da extraordinária ítalo-americana Camille Paglia, que representa uma coletânea de conferências e artigos. Falando de Marlon Brando, em *O brilho de Brando*, ela cita um fato engraçado: "Sempre um crítico irônico de seus próprios filmes, Brando disse de *A noite do dia seguinte* que o filme faz tanto sentido quanto um rato copulando com um *grapefruit*".

Ainda a tempo, talvez por conta de uma pausa, ou melhor, porque saí da pauta para, de repente, lembrar que não foi no ano de 1990 que aconteceu de eu ter procurado três livros de León Bloy e o livreiro tê-los negado por três vezes. Foi na volta da exposição de Berlim, em 1993, numa livraria ao longo do Boulevard St. Germain, e os livros foram *Le mendiant ingrat*, *Le vieux de la montagne* e *L'Invendable*. A recomendação era de Borges, o cego.

Não é sem propósito que o Papa Francisco se diz um admirador de León Bloy. E ainda foi mais longe ao citá-lo: "Alguém que não reza a Deus, reza para o demônio". No meu entender, este direcionamento a dois escritores da dimensão de um Dostoiévski e de um León Bloy não deixa de dar uma pista não só de suas preferências literárias como também de seus desígnios e convicções. Bloy é explosivo, polêmico e com frequência acusado de um fanatismo delirante. Contudo, aqueles que o conheceram – como Jacques Maritain – nos falam de sua ternura, de sua piedade pelos pobres, pelos pecadores, pelos animais, por todos aqueles que sofrem. E se lermos suas cartas a seus afilhados veremos quanta delicadeza e quanta atenção tinha por cada alma, pois o seu amor não era abstrato como a sua cólera.

Para mim, o fato de ele ter despertado a admiração do pintor Georges Rouault, de Graham Greene e, sobretudo, de Borges, seria o bastante para a sua completa absolvição. Curiosamente cheguei à obra de Bloy muito cedo e, um fato que não deixa de ser relevante, fui introduzido ao escritor por uma tradução argentina de *Paginas escogidas* – Editorial Losada, S.A. Buenos Aires. Neste livro lido em 1948, nós temos trechos esparsos como *Histórias descorteses*, *La mujer pobre*, *El mendigo ingrato*, o qual faz parte de seu diário de 1892 a 1895, *Mi diario (1896-1900)*, *Cuatro años de cautiverio* e outros textos. Ainda em 1948, certamente não por acaso, li *Cartas a Veronica*, também de uma edição portenha, Ediciones Siglo Veinte.

1º de abril – segunda-feira

"Quem é Quem Quando Todo Mundo é Outra Pessoa". Hoje é Dia da Mentira. O mundo é feito de mentiras e Nonato insistiu em dizer que eu sou, no momento, o maior mentiroso da paróquia, sobretudo pela minha repentina e inexplicável "devoção" à religião Católica Apostólica Romana: "Você é um homem notoriamente sem fé ou, como quiser, de fé menor".

Lá fora no jardim de relva macia, os turbulentos e elegantes cisnes negros de origem australiana grasnam ao seu feitio numa linguagem de gritos e murmúrios. Pelo menos eles não estão condenados como os gansos, os patos e os marrecos à nossa mesa fumegantemente farta. Depois da leitura do *Libertação animal*, de Peter Singer, não consigo encarar nenhum bicho sem me sentir monstruosamente constrangido e, no entanto, alimentei-me hoje de um salmão rosado como a pele de uma ninfa do bosque, sem ódio e sem cólera, sem pensamento, apenas a mastigar e engolir como um bicho engole outro bicho. E então, lembrei-me de Joyce: "(...) Quanto mais cenouras róis, sobre mais cebolas choras, mais nabos cortas, mais batatas descascas, mais carne de bois retalhas, mais carneiro rasgas com os dentes, mais ervas pilas, mais feroz o fogo e mais longa tua colher e mais duro teu grude com mais graxa para teu cotovelo, mais alegre fumega teu novo guisado irlandês".

Como hoje é o Dia da Mentira e neste texto vale tudo e não vale nada, eu posso finalmente dizer quem você é: Ethan Ruir, o anjo do demônio.

A propósito de mentiras, por unanimidade, os nossos deputados e senadores assinaram uma lei da libertação das empregadas domésticas. Este é um mundo hilário e nós estamos vivendo em uma das tantas luas de Saturno.

5 de abril – sexta-feira – 10h10min

Três dias de silêncio. Hoje não posso fugir do grande palco da vida, pois é o dia de resgatar meus desastrados endividamentos. Com mais algum tempo, entrarei na falência completa. Nonato me ronda como uma alma penada. O cretino parece adivinhar as coisas e não quer perder um só instante de minha inevitável "dilaceração". Talvez até ele preveja o escândalo iminente quando, em definitivo, cairão todas as máscaras. Sem quê, nem para quê, ele me saiu com a seguinte tirada: "Você não acha perigoso o Papa Francisco andar citando, sem a devida prudência jesuítica, autores fanáticos como Bloy com o seu escancarado desprezo pelos ricos?". Diante do meu espanto, logo acrescentou como se quisesse evitar qualquer reação: "Aquela história do 'Incêndio do Bazar de Caridade' é eminentemente pesadélica, Bloy não tinha o direito de se regozijar diante da desgraça alheia e logo de mulheres granfinas reunidas num bazar para fazer o bem. Pessoas tão ricas, com vestidos de gala, seus carros à porta, agora eternamente inúteis! Bloy justifica ter escrito seu artigo 'para exasperar os imbecis' e ainda lastima que as vítimas carbonizadas fossem em pequeno número, limitando o seu prazer". "Qual a relação desse escritor raivoso com as minhas dívidas, seu cretino?", perguntei furioso. "As mulheres de sempre", disse Nonato risonho. "Que mulheres, seu canalha?", retruquei. "As vadias de fino trato, da mesma categoria daquelas que levaram seu Tio Francisco ao desespero e ao suicídio", completou Nonato com desdém.

Ressabiado com minhas respostas coléricas, Nonato ensaiou bater em retirada, mas eu o detive a tempo e convidei-o a sentar. Alguns tontos nem sabem do que estão falando, a começar pelo próprio Nonato. Pacientemente lhe fiz ver que León Bloy era um dos sete escritores preferidos de Borges, a quem ele não se cansava de reler. Diz Borges que há tempos imaginou um conto fantástico à maneira de Bloy: "Um teólogo consagra toda a sua vida a refutar um heresiarca; vence-o em complicadas polêmicas, denuncia-o, leva-o à fogueira; no Céu descobre que para Deus o heresiarca e ele formam uma só pessoa".

De olhar fixo em cima de mim, Nonato, como se nada tivesse escutado, replica com outra espécie de absurdo. Desta feita, ele diz: "Solano Lopez e o vigilante Mateus contaram que a menina Viriata anda de olho no forasteiro Dr. Intruso. Estaria mesmo apaixonada e já foram encontrados em conjunção carnal, em diferentes lugares e ocasiões". Antes de terminar o seu maldoso comentário, se pôs de pé pronto para escafeder-se dali. Eu não mexi um só músculo e deixei-o sair, ansioso por ouvir a porta bater e finalmente me ver livre dele, quiçá para sempre.

9 de abril – terça-feira

Apesar de não me interessar, registro a morte da ex-ministra inglesa Margaret Thatcher pelo simples fato de ela ter conseguido desmontar a "fúria dos governos trabalhistas do pós-guerra". Desde quando operários nasceram para governar? De há muito tempo fui marcado por uma suposta expressão do famoso Duque de Castries a propósito dos filósofos D'Alembert e Jean-Jacques Rousseau: "Eles não têm dez mil escudos de renda e querem entender sobre todas as coisas".

Vamos deixar a Dama de Ferro de lado e abordar o que me interessa, pois há vários dias que não vejo a figura de Nonato e a de Dr. Intruso. Seria de bom alvitre chamar o assessor Elcid a fim de fazer-me um dossiê completo sobre este estranho desaparecimento. Aliás, nem foi necessário, eis que ele surge para falar sobre esse mesmo assunto e as informações são surpreendentes. O centro de interesse se resume numa estapafúrdia viagem de Dr. Intruso acompanhando o senhor do Castelo em direção aos Estados Unidos, com o propósito de comprar um quadro de Vermeer de Delft, cujo título *Os peregrinos de Emaús* seria uma obra a mais dentro das trinta e nove telas presumivelmente pintadas pelo artista durante sua curta vida. Ora, é sabido que este quadro está fora de qualquer cogitação de autenticidade, entre outras telas notoriamente falsas pintadas durante a guerra pelo pintor Han van Meegeren, um extraordinário falsário que imitava pintores do século XVII, particularmente Vermeer.

A parte intrigante dessa história é que se trata de um *affaire* ultrapassado e totalmente fora de pauta. Já existem livros como, por exemplo, *Eu fui Vermeer (a lenda do falsário que enganou os nazistas),* de Frank Wynne, que esgotam a trama até a exaustão. Essa tela, embora disputada por colecionadores depois de ter pertencido ao acervo do Museu Boijmans, andou vagando entre *marchands* europeus e americanos como uma falsa relíquia, fruto da astúcia insuperável de um pintor verdadeiramente apaixonado pela obra de Vermeer. Quando o artista foi acusado de traição por ter vendido ao Marechal Göring uma joia do patrimônio nacional, *Cristo com a mulher surpreendida em adultério*, a maneira encontrada por ele foi se dizer o autor do referido quadro. Contudo, na prisão, mesmo tendo todo o material necessário para fazer novas réplicas, não conseguiu pintar nada semelhante. Agora, eu me pergunto: por que o Dr. Intruso se meteu numa trapalhada dessas? Será que ele teria outro motivo, ainda que fosse à procura de um novo quadro extraviado? A finalidade da viagem deve permanecer em segredo. A pinacoteca do Castelo possui alguns pintores acadêmicos franceses que se inspiravam nos temas do Oriente Médio. Esses artistas não tinham o gênio de um Delacroix, mas trabalharam muito próximo do famoso quadro *As mulheres da Argélia*. Além disso, uma dezena de pequenas telas do pintor Frans Post que caracterizam, de maneira documental, a presença dos holandeses no Brasil no século XVII faz desse conjunto uma boa coleção, embora o mecenas permaneça frívolo e, afinal de contas, tudo não passe de um despautério, um vilipêndio, uma intrujice. Desgraça para quem transaciona com a arte.

E Nonato, por onde anda? Perguntei ao assessor Elcid. Ele pareceu surpreso, pois logo indagou: “O senhor não soube que o desgraçado casou-se com Viriata ‘de véu e capela’, embora ela grávida de três meses de Dr. Intruso? Seguiram para Porto Alegre onde a moça tem familiares. Nonato fugiu se dizendo perseguido pelo senhor e que, na realidade, o motivo seria aquele de lhe tomar a dianteira no afeto da menina Viriata”. “Já ouvi esse disparate uma dezena de vezes. Você que é meu assessor pode me explicar a razão dessa insistência? Estamos suspensos num palavreado sem nenhum sentido e, definitivamente, vou deixar essa história de lado e me dedicar, como já ficou decidido, aos meus estudos – de certa forma estéreis, pois ninguém terá oportunidade de consultá-los – sobre a Europa atingida por uma guerra planetária", eu disse, pedindo ao assessor que, ao sair, não deixasse de lembrar a Mr. Beabea quanto à minha mais absoluta necessidade de reclusão.

Nesta sangrenta Babel, chego ao fim atropelado por palavras diante de um trauma nomeado demônio. Eu sou a voz de uma voz que nada pode salvar.

Agora, apaguem-se todas as luzes e fechem todas as portas e eu mesmo proclamo em voz alta: *EXTRA OMNES* (todos fora).

ÍNDICE ONOMÁSTICO

L

M

N

O

P

~ 2000 ~

Participação no projeto *Eu vi o mundo... Ele começava em Recife,* que revitalizou a região do Molhe do Cais do Porto do Recife (PE), em comemoração aos 500 anos do Descobrimento do Brasil. Brennand participou com aproximadamente 90 obras, entre murais e esculturas em bonze e cerâmica, dentre elas a *Coluna de cristal,* com 32m de altura, que pode ser vista a grandes distâncias. O Parque de Esculturas de Francisco Brennand, como é conhecido o local, tornou-se parada obrigatória para o turista em Pernambuco.

Lançamento do vídeo *Francisco Brennand: Oficina de mitos*, parte integrante da série "O Mundo das Artes", dirigido por Cacá Vicalvi para a TV Sesc/Senac, São Paulo (SP).

Lançamento do curta-metragem documentário *Brennand – De ovo omnia* (18m, 35mm, PE), dirigido por Liz Donovan, exibido na Mostra Internacional de Cinema de São Paulo, Cine Ceará, Cine PE, Festival de Santa Maria da Feira (Portugal) e Festival de Miami (EUA), entre outros.

Publicação da tese "Brennand: A Matriz da Vida", por G. Cecília Toro, professora do Instituto de Ciências Biomédicas da Faculdade de Medicina da Universidade do Chile, Santiago (Chile).

Exposições

Brennand, individual, Casa França Brasil, Rio de Janeiro (RJ). Curadoria: Olívio Tavares de Araújo.

Esculturas e Desenhos, individual, Centro Cultural Palácio Rio Negro, Manaus (AM). Curadoria: Olívio Tavares de Araújo.

Os Anjos Estão de Volta, Pinacoteca do Estado de São Paulo (SP). Curadoria: Maria Lúcia Monte.

Escultura Brasileira na Luz, Pinacoteca do Estado de São Paulo (SP).

Arte Erótica Brasileira, Galeria Nara Roesler, São Paulo (SP). Curadoria: Frederico Morais.

Ferreira Gullar 70 anos - Poesia & Poesia, Museu de Arte Moderna | MAM, Rio de Janeiro (RJ). Curadoria: Carlos Dimuro.

Brennand: A Procura da Forma, individual, Centro Educacional Federal de Educação Tecnológica de Pernambuco | CEFET-PE, Recife (PE).

Ateliê Pernambuco: Homenagem a Bajado e Acervo do MAMAM, Museu de Arte Moderna Aloísio Magalhães | MAMAM, Recife (PE).

Cerâmica Brasileira: Construção de uma Linguagem, Centro Brasileiro Britânico, São Paulo (SP).

Premiações

Ordem Cultural Gabriela Mistral, pela Embaixada do Chile em Brasília, entregue no Parque do Ibirapuera, São Paulo (SP).

Medalha do Pacificador, pelo Ministério da Defesa do Exército Brasileiro, Comando Militar do Nordeste, Recife (PE).

~ 2001 ~

Publicação do artigo "Brennand – O Sentimento Trágico do Mundo", de Olívio Tavares de Araújo, na Revista Junguiana, da Sociedade Brasileira de Psicologia Analítica, nº 2001/19.

Exposições

Brennand no Acerto Com o Mundo, individual de desenhos e esculturas, Lugar do Desenho | Fundação Júlio Rezende, Valbom, Gondomar (Portugal). Curadoria: Fernando Pernes, crítico português.

Coleções do Brasil, Centro Cultural Banco do Brasil | CCBB, Brasília (DF).

Premiações

Diploma de Personalidade Cultural pela Academia Recifense de Letras, Recife (PE).

Comenda Ordem do Mérito Militar, Comando Militar do Nordeste, conferida pelo Presidente da República Federativa do Brasil Fernando Henrique Cardoso, Recife (PE).

~ 2002 ~

Realização de grande painel em cerâmica, medindo 18x2m, destinado à Praça das Águas, Boa Vista (RR).

Exposições

Francisco Brennand: Bronze e Cerâmica, Galeria Marcus Vieira, Belo Horizonte (MG).

Premiações

Ceramista Emérito, pela Associação Brasileira de Cerâmica | ABC, no 46º Congresso Brasileiro de Cerâmica , São Paulo (SP).

~ 2003 ~

Inauguração da *Accademia* na Oficina Cerâmica Francisco Brennand, Recife (PE). O espaço, concebido para abrigar a produção de pinturas e desenhos do artista, é inaugurado com a retrospectiva *Brennand. Uma Obra em Perspectiva.* Curadoria: Emanoel Araújo, artista e crítico de arte.

Lançamento do livro *Brennand desenhos,* na noite de inauguração do espaço *Accademia.* Com texto de Weydson Barros Leal e fotografias de Helder Ferrer.

Publicação da tese "A Sedução dos Contrários na Arte da América Latina: Através da Análise Comparada da Produção Artística de Francisco Brennand e Gilvan Samico (Brasil), de Oswaldo Viteri (Equador) e de Gustavo Nakle (Uruguai)", por Marisa Bertoli, doutora em Integração da América Latina pela Universidade de São Paulo | USP.

Participação no projeto *BrasilianArt,* na Almacén Galeria de Arte, Rio de Janeiro (RJ).

Participação no *Grande Leilão de Dezembro* da Ranulpho Galeria de Arte com as pinturas *Cena de amor mercenário* e *Nu* e a escultura *Frade,* Recife (PE).

Participação do projeto *Parque dos Poetas – Alameda dos Poetas,* em Oeiras (Portugal). O parque homenageia poetas e escritores de língua portuguesa. Brennand envia um painel cerâmico, 30 esculturas cerâmicas e uma grande escultura em forma de totem, que representam o universo literário de Manuel Bandeira.

A escultura em cerâmica *Coluna da primavera,* cujo tema está relacionado com as deusas gregas Deméter e Perséfone, passa a integrar os jardins de Roberto Burle Marx no Museu Brasileiro de Esculturas | MUBE, São Paulo (SP).

Publicação do artigo "Brennand – O Sentimento Trágico do Mundo" no livro *O olhar amoroso – Textos sobre arte brasileira,* coletânea de Olívio Tavares de Araújo. O texto já havia sido publicado em 2001 na *Revista Junguiana.*

Inauguração da *Praça Gauguin* na Oficina Cerâmica Francisco Brennand, em homenagem ao pintor francês Paul Gauguin.

Exposições

MAC USP 40 Anos: Interfaces Contemporâneas, no Museu de Arte Contemporânea da Universidade de São Paulo, São Paulo (SP).

Brecheret, Brennand, Sonia Ebling: Esculturas, participação com a escultura em bronze *Diana caçadora* (1980), Marcus Vieira Galeria de Arte, São Paulo (SP).

~ 2004 ~

A museóloga Regina Batista e Silva dá início à catalogação museológica e à informatização da coleção Francisco Brennand, na Oficina Cerâmica, utilizando o *software* de gerenciamento de bancos de dados Donato (SIMBA), cedido pelo Museu Nacional de Belas Artes do Rio, sob direção de Paulo Herkenhoff. Atualmente, o banco de dados conta com 2.018 registros, sendo 858 desenhos, 582 esculturas, 251 pinturas, 85 cerâmicas e 150 outros objetos.

Em paralelo, as bibliotecárias Lúcia Gaspar e Marinez Teixeira da Silva dão início à catalogação e à informatização do acervo bibliográfico do artista, a saber: livros, fotografias, vídeos, correspondências, recortes de jornais e periódicos. Atualmente, o banco de dados conta com 4.450 registros. Ambos os projetos são idealizados e coordenados por Marianna Brennand Fortes, sobrinha-neta do artista.

Instalação do *Obelisco* de 10m em homenagem aos 350 anos da Restauração Pernambucana no centro do Recife (PE), com desenho de Francisco Brennand e confeccionado em Portugal.

Exposições

Brennand Esculturas: O Homem e a Natureza, individual, Museu Oscar Niemeyer, Curitiba (PR). Curadoria: Emanoel Araújo.

~ 2005 ~

Inauguração do *Templo do Sacrifício* na Oficina Cerâmica Francisco Brennand. Iniciado em 2003, o espaço homenageia os povos Inca, Asteca e Maia, que tiveram suas culturas barbaramente liquidadas.

Participação no *Leilão Pratos para Arte VIII* (Exposição Coletiva), no Museu Lasar Segall, São Paulo (SP).

Criação da Associação dos Amigos da Arte Cerâmica de Francisco Brennand, voltada para preservação, conservação, divulgação e visualização das artes plásticas no estado de Pernambuco, em especial aquelas produzidas em material cerâmico. Recife (PE).

Exposições

Acervo 2005, participação com a pintura *Flores,* Museu de Arte Brasileira - Fundação Armando Alvares Penteado | MAB-FAAP, São Paulo (SP).

Do Barro ao Barro, Museu do Estado de Pernambuco, Recife (PE).

~ 2006 ~

Filmagem do longa-metragem documentário *Francisco Brennand,* na Oficina Cerâmica, com direção de Marianna Brennand Fortes e direção de fotografia de Walter Carvalho.

Inauguração da *Capela da Imaculada Conceição,* na Oficina Cerâmica, em cumprimento a uma promessa feita pelo pai do artista a sua avó, Maria da Conceição do Rego Barros Lacerda, de construir uma igreja em homenagem à santa. A capela foi erguida sobre as ruínas de um casarão de fins do século XVIII que pertenceu a Manuel Francisco de Holanda Cavalcanti, o Barão de Muribeca. Projeto assinado pelo arquiteto Paulo Mendes da Rocha.

Inauguração de *A Coluna Sem Fim* e *Teorema,* dois novos espaços expositivos na Oficina Cerâmica.

Homenagem da Caixa Econômica Federal na série "Museus", com fotografias do artista, da Oficina Cerâmica e de suas esculturas, em tiragens especiais das Loterias Caixa e nas cartelas do concurso Federal.

Participação no *Leilão Novembro 2006* da Galeria Roberto Nóbrega com a serigrafia *Floral,* as pinturas *Frutos e espinhos, Cabeça de Salomé, Cestas de frutos* e *Paisagem da mata da várzea,* o desenho *Escultura,* as esculturas *Vênus* e *Leão marinho* e a *Fruteira oval,* Recife (PE).

Exposições

Francisco Brennand – Arte e Sonho: Circuito Cultural Itinerante, mostra fotográfica, Diadema (SP). Organização: Júlio Tavares.

Territórios Transitórios: Um Percurso Pela Arte do Brasil, participação com as esculturas *Leda e o cisne, La victime* e *Joana D'Arc de Orleans,* Paris (França). Curadoria: Aluízio Câmara.

Premiações

Medalha Marechal Trompowsky do Exército Brasileiro, Colégio Militar do Recife (PE).

~ 2007 ~

Retoma a escrita de seu diário, que havia encerrado em 1999, agora sob o título *O nome do outro.* Em paralelo, inicia a revisão dos escritos anteriores de *O nome do livro.*

Publicação da tese "Horror e Encantamento na Arte de Francisco Brennand: A Dimensão Mítica e Ritualística e a Visão Trágica na Obra do Artista" de Alessandra Mello Simões Barbosa, mestra em Estética e História da Arte pela Universidade de São Paulo | USP.

Homenagem no VII Simpósio Internacional de Escultura do Brasil, no Kartódromo Municipal de Brusque (SC).

Homenagens especiais da Assembleia Legislativa do Estado de Pernambuco e da Câmara Municipal do Recife pelos 80 anos do artista, em 11 de junho de 2007.

Exposições

Francisco Brennand: Flores, Frutos, Bichos e Pássaros dos Anos 60, 70 e 80, individual, em homenagem aos 80 anos do artista, com cerâmicas e pinturas. Museu Afro-Brasil, São Paulo (SP). Curadoria: Emanoel Araújo.

Brennand 80 – Os Desenhos, individual, Galeria Manuel Bandeira, anexa à Academia Brasileira de Letras, Rio de Janeiro (RJ). Curadoria: Alexei Bueno, poeta.

~ 2008 ~

Iniciam-se as obras de restauração do Parque de Esculturas, do projeto *Eu vi o mundo... Ele começava em Recife,* situado no Molhe do Cais do Porto de Recife (PE).

Exposições

Salon National des Beaux-Arts, coletiva, participa com a escultura *Os gêmeos,* Carrousel du Louvre, Paris (França).

A Arte que Banha o Nordeste, participação com as cinco esculturas *Os comediantes* e as pinturas *Torre do castelo* e *Anjo picado por uma abelha,* Palácio dos Bandeirantes, São Paulo (SP).

A Alma Gráfica – Brennand Desenhos, individual, 59 desenhos e 4 esculturas, Caixa Cultural São Paulo (SP). Curadoria: Olívio Tavares de Araújo; curador adjunto: Weydson Barros Leal.

Brennand: Uma Introdução, individual e itinerante, 17 pinturas, 9 desenhos e 33 esculturas, Fortaleza (Centro Cultural Dragão do Mar de Arte e Cultura), Porto Alegre (Universidade Federal do Rio Grande do Sul) e Belo Horizonte (Palácio das Artes – Fundação Clóvis Salgado). Curadoria: Olívio Tavares de Araújo; curador adjunto: Weydson Barros Leal.

Premiações

Prêmio *Quem Faz Algo Mais por Pernambuco,* na categoria Cultura, Recife (PE).

~ 2009 ~

Restauração das 15 colunas do *Grande Pátio* da Oficina Cerâmica Francisco Brennand, encimadas pelas esculturas *Pássaro implume.* Em uma das colunas se lê: *Pássaro implume não alcança o céu.* Com esta referência, o artista sinaliza que o ser humano, na sua imperfeição, não pode pretender a salvação. Em outra, de maneira premonitória, o artista manda: *Esquecer o sonho.* E na última, *O final é imprescindível em todas as coisas,* anunciando talvez o término de sua obra.

Reinauguração do Parque de Esculturas, no Marco Zero, Molhe do Cais do Porto do Recife (PE).

A Junta de Preservação Histórica da cidade de Miami, Flórida (EUA) concede a categoria de Monumento Histórico às sedes sociais da empresa Bacardi, construídas em 1963. Exemplos de arquitetura abstrata e modernista, têm em um dos seus prédios um grande mural assinado por Francisco Brennand, com temática floral e composto por mais de 28 mil azulejos pintados à mão nas cores azul e branco.

Exposições

4 Mestres, juntamente com João Câmara, José Cláudio e Reynaldo Fonseca, Espaço Brennand, Recife (PE). Curadoria: Pedro Frederico.

~ 2010 ~

Inauguração do mural cerâmico *O gigante Nabuco,* medindo 5,5 x 2,55m, na Academia Brasileira de Letras | ABL, Rio de Janeiro (RJ).

Realização de duas esculturas cerâmicas em homenagem a Frei Damião, por quem nutre uma grande admiração. As obras são doadas à Ordem dos Frades Capuchinhos do Recife.

Doação das duas esculturas em cerâmica *Pássaro Rocca* ao acervo do Instituto Pernambuco Porto – Espaço Brasil, em Porto (Portugal). Os pássaros são guardiões do templo e do ovo primordial, interpretações feitas pelo artista da lenda de Simbad, o Marujo.

Exposições

Coletiva de Junho, participação com a pintura *A italiana,* Espaço Brennand, Recife (PE). Curadoria: Carlos Trevi.

Novos Mundos Novos, coletiva, Santander Cultural, Recife (PE). Curadoria: José Luiz Mota Menezes e Gilberto Habib de Oliveira.

Transformar, individual, com dez esculturas cerâmicas, produzida pela Casa Cor PE, Edifício Maria Ângela Lucena, Boa Viagem, Recife (PE).

Elos da Lusofonia, coletiva, com 11 esculturas, Museu Histórico Nacional, Rio de Janeiro (RJ). Curadoria: Emanoel Araújo.

Carlos Pena Filho – 50 Anos de Memória, coletiva, participa com a idealização de uma fotomontagem executada por Isaias Belo usando a técnica de fotografia *pinhole.* A obra é uma homenagem feita a partir do poema *A solidão e sua porta* dedicado a Brennand por Carlos Pena Filho. Santander Cultural, Recife (PE). Curadoria: Séphora Silva e Sérgio Pires.

~ 2011 ~

Realização de mural cerâmico, medindo 3,8m x 16,87m, para o edifício do Conselho Federal de Engenharia, Arquitetura e Agronomia em Brasília (DF).

Publicação do livro *O universo de Francisco Brennand,* com texto de Alexei Bueno e prefácio de Ferreira Gullar, editado pela G. Ermakoff Casa Editorial. O livro foi idealizado e produzido por Marianna Brennand Fortes.

Exposições

O Sertão da Caatinga, dos Santos, dos Beatos e dos Cabra da Peste, coletiva, com 11 esculturas, Museu Afro-Brasil, São Paulo (SP). Curadoria: Emanoel Araújo.

~ 2012 ~

Lançamento do longa-metragem *Francisco Brennand* (75min, 35mm, PE) na 36ª Mostra Internacional de Cinema de São Paulo. O filme é dirigido por Marianna Brennand Fortes e tem direção de fotografia de Walter Carvalho. Vencedor do Prêmio Itamaraty de Melhor Documentário Brasileiro e do Prêmio ABRACCINE (Associação Brasileira dos Críticos de Cinema) de Melhor Filme Brasileiro da Mostra.

Realização das esculturas *Ovo cerâmico, Águia bicéfala* e *Coluna de pedra* para a inauguração do Shopping Rio Mar, Recife (PE).

Realização de dois murais cerâmicos medindo 3 x 11,55m e 3 x 8,62m para o Tribunal Superior do Trabalho em Brasília (DF), com o tema "Educação para o trabalho".

Exposições

O Escultor Francisco Brennand: Milagre da Terra, dos Peixes e do Fogo, individual, com 60 esculturas, SESC Sorocaba e SESC Interlagos, São Paulo (SP). Curadoria: Emanoel Araújo.

Francisco Brennand Pinturas, individual, com 30 pinturas inéditas, Espaço Brennand, Recife (PE).

~ 2013 ~

Conclui *O nome do outro*, iniciado em 2007, e finaliza as revisões de *O nome do livro* (1949 - 1999), considerando seu Diário encerrado.

O premiado documentário *Francisco Brennand,* de Marianna Brennand Fortes, fica em cartaz nos cinemas de março a maio de 2013, passando por dez cidades brasileiras, dentre as quais Recife, São Paulo, Rio de Janeiro, Curitiba, Porto Alegre, Juiz de Fora e Florianópolis, alcançando sucesso de público e crítica.

Realização da escultura cerâmica *1938*, medindo 3,42m, uma homenagem a Antonio Luís Coimbra de Almeida Brennand, localizada nas margens do Rio Capibaribe, próximo à Oficina Cerâmica, Recife (PE).

Exposições

Coletiva de Junho, com 15 pinturas inéditas. Participam ainda José Cláudio, João Câmara, Reynaldo Fonseca, Roberto Ploeg, Pragana, Álvaro Caldas, Maria Carmem, Antônio Mendes e Dieter Ruckhaberle. Espaço Brennand Recife (PE).

O Escultor Francisco Brennand: Milagre da Terra, dos Peixes e do Fogo, individual, com 86 esculturas. Reedição da exposição do ano anterior, agora no Museu Afro-Brasil, São Paulo (SP). Curadoria: Emanoel Araújo.

Coletiva de Natal, participam José Cláudio, João Câmara, Reynaldo Fonseca, Roberto Ploeg, Pragana, Álvaro Caldas, Maria Carmem, Antônio Mendes e Dieter Ruckhaberle. Espaço Brennand, Recife (PE). Curadoria: Pedro Frederico.

~ 2014 ~

Exposições

Coletiva de Junho, participam José Cláudio, João Câmara, Reynaldo Fonseca, Roberto Ploeg, Pragana, Álvaro Caldas, Maria Carmem, Antônio Mendes e Dieter Ruckhaberle. Espaço Brennand, Recife (PE). Curadoria: Pedro Frederico.

TATU: Futebol, Adversidade e Cultura na Caatinga, coletiva, participa com a obra Tatu bola, série 100/18, Museu de Arte do Rio | MAR, Rio de Janeiro (RJ). Curadoria: Paulo Herkenhoff.

Programa Arte e Sociedade no Brasil I, coletiva, participa com a Série de Desenhos Paulo Freire, Museu de Arte do Rio | MAR, Rio de Janeiro (RJ). Curadoria: Paulo Herkenhoff.

Um Olhar Sobre Brennand, com 50 fotógrafos expositores e parceria do Pernambuco Foto Clube. Oficina Cerâmica Francisco Brennand, Recife (PE). Curadoria: Renata Victor.

~ 2015 ~

Em 26 de abril, falece em Recife (PE) a poetisa Deborah Brennand, primeira esposa do artista, aos 88 anos.

Lançamento em DVD do longa-metragem documentário *Francisco Brennand* (75min, 35mm, PE, 2012).

Exposições

Francisco Brennand - Exercício Solitário, individual, com a nova produção do artista: 29 desenhos feitos com técnica mista sobre serigrafia. Cine Teatro Deborah Brennand, Oficina Cerâmica Francisco Brennand, Recife (PE).

~ 2016 ~

Exposições

Francisco Brennand – Senhor da Várzea, da Argila e do Fogo, individual, 83 obras, entre esculturas, murais, placas e pinturas. Na ocasião, é exibido o documentário *Francisco Brennand*, de Marianna Brennand Fortes. Santander Cultural, Porto Alegre (RS). Curadoria: Emanoel Araújo.

A Cor do Brasil: de Visconti a Volpi, de Sued a Milhazes, coletiva, participa com a escultura *O grito*, Museu de Arte do Rio | MAR, Rio de Janeiro (RJ). Curadoria: Paulo Herkenhoff e Marcelo Campos.

Publicação do *Diário de Francisco Brennand: O nome do livro - Vol. I, Vol. II e Vol. III (1949-1999)* e *O nome do outro - Vol. IV (2007-2013)* pela Editora Inquietude, de Marianna Brennand Fortes. Os quatro volumes da obra totalizam duas mil páginas e contam com texto de apresentação de Paulo Herkenhoff e prefácio de Alexei Bueno.

EDIÇÃO E IDEALIZAÇÃO
Marianna Brennand Fortes

COORDENAÇÃO EDITORIAL
Marianna Brennand Fortes
Inquietude

CONSULTORIA EDITORIAL
Silvana Monteiro de Carvalho
Arte Ensaio Editora

ASSISTENTE EDITORIAL
Carolina Benevides
Renata Azevedo

PRODUÇÃO EXECUTIVA
Mariola Filmes e Produções

EQUIPE DO ARTISTA
Cristiane Dantas
Marinez Teixeira

TEXTO CRONOLOGIA
Marinez Teixeira
João Cândido Zacharias

FOTO CRONOLOGIA
Guilherme Licurgo

IMPRESSÃO E ACABAMENTO
Companhia Editora de
Pernambuco - Cepe

CAPA, PROJETO GRÁFICO E
DIAGRAMAÇÃO
Flavio Flock

REVISÃO
Frederico de Carvalho Gomes
Sara Simões Silveira
Elizama Almeida
Cristina Parga
Ó Editorial

REVISÃO LÍNGUA ESTRANGEIRA
Flora Thomson-DeVeaux
Sophie Bernard
César Alarcón
Isa Carvalho

ÍNDICE ONOMÁSTICO
Elizama Almeida
Veronika Berg

IMAGENS
87 | Fonte de informação não identificada*
134 | "Edificação no. 130 na Rua Azeredo Coutinho" fotografia do livro *Várzea: lembranças de um tempo que se foi*, de Marcos Ferreira da Silva Sobrinho. Recife, Ed. do Autor, 2012, p. 78.
168 / 182 e 184 / 189 | Manuscritos dos cadernos do Diário de Francisco Brennand

*A Editora envidou todos os esforços para identificar os detentores dos direitos sobre as imagens reproduzidas na obra. Caso algum autor se sinta lesado, por favor, entrar em contato com inquietude@inquietude.art.br, para os devidos créditos em futuras edições.

Inquietude
Rua João Francisco Lisboa, 790 | 09
50741-100, Várzea, Recife | PE

inquietude.art.br

LEI DE INCENTIVO À CULTURA

Patrocínio:

Itaú

GrupoCornélioBrennand

Apoio:

Cepe EDITORA

Realização:

MINISTÉRIO DA CULTURA

BRASIL GOVERNO FEDERAL

CIP | Catalogação na Publicação
Elaborada pela bibliotecária Gabriela Faray (CRB7-6643)

B838

Brennand, Francisco, 1927
Diário de Francisco Brennand : o nome do outro, vol. IV: 2007 - 2013 / Francisco Brennand. - Recife/Rio de Janeiro: Inquietude, 2016.
280p. ; il. color. ; 23cm.

ISBN 978-85-93047-00-8 (obra completa)
ISBN 978-85-93047-04-6 (vol. IV)

1. Brennand, Francisco, 1927-. 2. Diários – artistas. 3. Memórias. 4. Arte brasileira. 5. Pintura. 6. Escultura. 7. Cerâmica. I. Título.

CDD – B808.883

Índice para catálogo sistemático:
1. Diários, manuscritos: 808.883

Nascimento do Floral.
Fusain s/ papel, 1958.

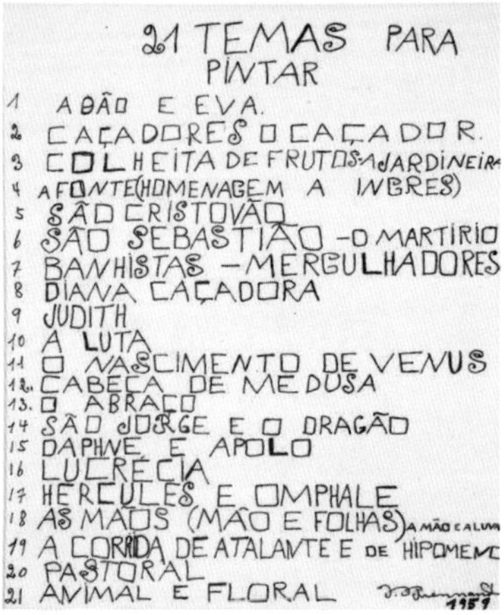

21 temas para pintar.
Nanquim s/ papel, 69 x 56cm, 1959.

Coluna de Cristal. (pág. 1)
Mista s/ papel, 29,5 x 21cm, 1999.

Autorretrato como um macróbio. (pág. 4)
Bastão de cera s/ papel, 31 x 21cm, 2002.

Esta obra foi editada entre 2014 e 2016
nas cidades do Rio de Janeiro e Recife.
Fonte | Adobe Caslon Pro e Centennial
Papel | Pólen Soft 80g/m²
Impressão | Companhia Editora de Pernambuco - Cepe
Tiragem | 2000

DIÁRIO *de* FRANCISCO BRENNAND

IN
QUIE
TU
DE_

DIÁRIO
de
FRANCISCO BRENNAND

O Nome do Livro

Vol. III

1990 ~ 1999

Autorretrato aos 70 anos, 1997.

O Nome do Livro

Vol. III

1990 ~ 1999

Creio que o homem é, no fim das contas,
uma criatura tão livre que se lhe não pode
contestar o direito de ser aquilo que pensa ser.
Lichtenberg

Não tenho carreira. Tenho desvios... e uma só obra.
Mestre Amaro

A Deborah

1990

Propriedade Santos Cosme e Damião

2 de janeiro

Poderiam ser *Três lindas folhas* ou *Três lindos frutos*, mas permaneceu a ideia original traduzida como *Três luzes*, uma trindade de caráter erótico, a máquina como metáfora do corpo cósmico, o jogo automático como evocação talismânica. Há muito tempo um amigo teria dito que Thomas Edison deveria ser canonizado. Se alguém merecia a auréola luminosa da santidade, eis aí um cientista categorizado para a função. Inventou a lâmpada, utensílio destinado a produzir luz e que serve para iluminar. Recentemente, outro amigo recorda que nosso imperador D. Pedro II, numa de suas viagens aos Estados Unidos, procurou pessoalmente o inventor e fez questão de doar-lhe uma soma em dinheiro para as suas futuras pesquisas, uma vez que ele passava necessidades. Novamente eu diria: tudo se entrelaça.

3 de janeiro

> *As coisas estão a caminho.*
>
> Emerson

Suponho que estão a caminho porque procedem dos *sítios do longe.*

Insiste W. de novo na cidade. Também Alícia e a irmã Irena, essa última um pouco mais discreta. Compulsivamente, Raffaela não pretende se deixar esquecer. As nossas pobres e incansáveis companheiras não parecem se aperceber de que o *notus calor* (o conhecido calor) já não é, nem pode ser o mesmo.

Poema do Amor sem Exagero

Joaquim Cardozo

Eu não te quero aqui por muitos anos
Nem por muitos meses ou semanas,
Nem mesmo desejo que passes no meu leito
As horas extensas de uma noite.

Para que tanto corpo!

Mas ficaria contente se me desses
Por instantes apenas e bastantes
A nudez longínqua e de pérola
Do teu corpo de nuvem.

4 de janeiro

Deixai toda esperança, ó vós que entrais.
Dante

Eu sabia muito bem o que a minha pequena filha Viktoria estava fazendo debaixo da cama. Insisti para que saísse. Fez-se necessário chamá-la repetidas vezes e, como acontece, ela resistiu com firmeza. Quando saiu, estava banhada de suor, muito pálida, com o olhar vago... De pronto, coloquei-a no meu colo, abraçando-a demoradamente com muita força, como se tentasse protegê-la de todo mal, para sempre. E, no entanto, eu não podia ignorar que o inferno não tardava a desabar sobre as nossas cabeças. Até quando eu estaria apto a reagir, ter voz ativa, presença física, enfim, permanecer a seu lado, defendendo-a no que fosse preciso?

5 de janeiro
Maldição.

6 de janeiro
Num pequeno folheto sobre futebol, inexplicavelmente chamado de criptograma, encontro a seguinte resolução: *penalidade máxima.*

Elas Vêm
Samuel Beckett

elas vêm
diferentes e semelhantes
com cada uma é diferente e é
semelhante
com cada uma a falta de amor é
diferente
com cada uma a falta de amor é
semelhante

7 de janeiro
Não havia mais sentido algum na sua vinda. Mas, assim mesmo, Raffaela veio ontem à noite. Fossos intransponíveis de recordações. Não se pode apreendê-las, muito menos resgatá-las. Permanecem à margem. Sempre do outro lado, como se estivessem à espera de um barco fantasma que as transportasse para o lado de cá.

Será que tenho de prosseguir já, agora, sem Deus, largado sozinho, muito cedo, num campo de batalha?

8 de janeiro
Muito constrangido, entro na seção de modelagem e logo percebo o quanto o pobre oleiro se debatia na construção de uma enorme escultura.

O desenho e a maquete ao lado não eram suficientes para que ele intuísse o sentido primeiro daquelas formas ainda sem características. Faltava-lhe... Faltava-lhe tudo para conseguir o seu impossível intento. Sentei-me, trêmulo, e comecei o trabalho. E, por que não dizer, à procura da forma e do contorno que também me escapavam. "O contorno me escapa", dizia magistralmente Cézanne.

9 de janeiro
Posso imaginar que não é por diversão que me preocupo com determinados textos. A leitura constante deles leva-me a algumas anotações: "Pois somente conhecemos verdadeiramente a Deus", escreve São Tomás de Aquino, "quando acreditamos que Ele se acha além de tudo o que o homem seja capaz de pensar em Deus". No caso, a *Summa contra gentiles* não parece diferir muito do *Kena Upanishad*, nesse mesmo espírito: "Saber é não saber. Não saber é saber".

11 de janeiro
Estive todo o mês de janeiro do ano passado citando Lewis Carroll e, agora, passado um ano, ainda não me libertei dele e de seus sortilégios. Aliás, não consigo me desvencilhar facilmente das inúmeras admirações literárias que de uma maneira ou de outra cresceram em mim a despeito de mim mesmo. São incontroláveis. Vivo do discurso dos outros. Será tão difícil entender?

Ele pensou ter visto um argumento
Que provasse ser ele o Papa
Ele olhou outra vez, e julgou que fosse

Um pedaço de sabão em barra
Um fato tão medonho, disse ele desmaiadamente
Toda esperança se apaga

O meu relógio anda certo, o que é de espantar. São 18h51min10s. Aguardo Janine. Ela mesma acaba de confirmar a sua aventura. (Seguramente ela pensa assim, que está metida numa aventura.) Afinal de contas, a moça não passa de uma *grue*, mas que importa? Jamais tratei senão com rameiras. Tem sido o meu destino, a minha escolha perversa, o meu supremo deleite.

13 de janeiro – sábado
Ele é organizado, ele é mesquinho.

14 de janeiro
Começo a leitura de *Cristo parou em Éboli*, desse admirável Carlo Levi. Só um pequeno trecho sobre o qual os meus olhos pousaram em cima valeria o livro: "Há séculos que se odiavam e sempre se odiariam entre aquelas mesmas casas, perante as mesmas pedras brancas de Basento e nas mesmas grutas de Irsina".

Agrada-me conversar com militares. "A guerra simplifica o homem", dizia Charles Péguy. Suponho que a vida militar, a caserna e o navio agem da mesma maneira. Modelam os seus habitantes, sempre no mesmo feitio. Hoje fui visitado por alguns almirantes, entre eles o comandante do Distrito Naval do Nordeste, Arnaldo Leite Pereira, e o Comandante da Força-Tarefa (ancorada no Porto do Recife), Ivan da Silveira Serpa.

19 de janeiro
Um grupo japonês se autodenomina de *Seikyjuku* ou escola de "pensadores prudentes". Invejo esse título, a meu ver tão oportuno para os tempos atuais brasileiros. Aqui não florescem pensadores e muito menos *prudentes*.

22 de janeiro
Que estranha inspiração (ou coincidência) essa de carregar comigo, por vários dias, o pequeno volume de *A morte de Ivan Ilitch*, de Tolstói. Pretendia relê-lo,

mas não o fiz em momento algum. Mesmo cheio de oportunidades. O que fiz foi adoecer: amanheci com febre alta.

23 de janeiro

Noite insone. A febre permanece. Ninguém me responde nada. Era preciso continuar, sentado ou deitado, a dizer: "Olhe quanta força firme que se vence sem lutar".

Não, não era eu quem falava, e sim o cruel capitão investindo contra hordas inocentes. "E é assim, sem mais nem menos, toda essa carnificina?", indago. "Sim... sem mais nem menos. Deve ser sempre assim", ruge o capitão cruel.

De madrugada, ainda delirando, recordo os insultos pitorescos do escritor Anthony Burgess, falando do Cristianismo. Ele é, ao mesmo tempo, brilhante e seco ao condenar de frente um Cristianismo habitualmente tão mal encaminhado[1].

Ainda será a febre que me fará lembrar do *aggiornamento* e tudo mais, como estamos longe, muito longe do Cristianismo, daquela fé que remove montanhas...

He was a mountain
burning in the night...

M. Gertrude não me facilitou nada. "É preciso dormir", diz ela. Parece-me perfeitamente idiota essa verificação, mas, na verdade, ela tem suas razões. Eu queria rever *Os inocentes*, de Jack Clayton. Ela não deu nenhuma oportunidade. Foi como se eu estivesse fazendo um sermão aos peixes. O fato é que eu estava molhado de suor, tão salgado quando a água do mar.

E do sonho me veio então a fala: "Somos nós feitos no sangue e na permuta desse sangue e de suas origens".

O que quer dizer? Não importa. Não importa mesmo, pois não entra no mérito da literatura ou mesmo da subliteratura. O que menos conta são as intenções. Vale a certeza de que tudo faz sentido ou nenhum sentido.

No sonho, a fêmea muito pintada se movia inquieta. Era atraente e, por alguma razão desconhecida, sentia-se fascinada por objetivos invisíveis a

---

[1] Menciono o artigo de Burgess: "É preciso saber onde foi parar o Cristianismo" (N. do A.).

meus olhos. De mim despediu-se rápido, como que me enxotou. Tinha pressa em se ver livre de quem não conseguiu esconder, naquele momento, a sua indisfarçável loucura...

Refeito do susto e da febre volto à Oficina e, ainda pela manhã, tenho o prazer de uma longa conversa com o arquiteto Paulo Casé. As peças procuram seus lugares definitivos. Casé acredita na existência da irracionalidade do objetivo.

24 de janeiro

Toda televisão – o seu espírito ou a sua linha – é a subversão desautorizada, embora estranhamente oficial.

Tomás adoece. Inadvertidamente entreguei-o a seus piores inimigos.

E de Súbito Anoitece

Salvatore Quasímodo

Cada um está só no coração da Terra
Traspassado por um raio de Sol:
e de súbito anoitece.

8 de fevereiro

Casimiro Xavier de Mendonça pretende situar-me entre outros na próxima Bienal de Veneza. Eis a sua pequena carta:

A ideia é ter quatro artistas que eu gosto bastante e que dão uma visão requintada *do Brasil no ano em que Veneza terá muita importância. Serão poucas peças. Com calma ainda escreverei a você detalhando o que eu gostaria de reunir.*

Os grandes Pássaros *na frente do Pavilhão do Brasil olhando o céu de Ticiano e Veronese. No interior, uma construção de Wesley –* A fortaleza de Arkadim *e as pinturas de Daniel Senise em diálogo com as gravuras clássicas de Samico.*

Assim se expressou Casimiro. Parece que a coisa se confirma. Todavia, como sempre acontece, terei de trabalhar esses grandes *Pássaros Rocca* em caráter de urgência. As esculturas necessitam estar em condições de embarque no máximo no final de abril.

9 de fevereiro

Não tínhamos ainda passado dos primeiros movimentos da versão de *O idiota* (Dostoiévski), filmados por Akira Kurosawa, quando pedi a M. Gertrude para desligar o vídeo. "Chega", eu disse. "Esses japoneses podem e conseguem entender Shakespeare, mas não percebem nada do espírito russo."

O alambicado das primeiras cenas deixou-me constrangido, preferindo parar enquanto era tempo. De contrapartida, assisti ao excelente (embora um tanto tolo) filme de Peter Weir, *Piquenique na montanha misteriosa*, baseado numa história de Joan Lindsay.

17 de fevereiro – sábado

Ontem, bem na frente da porta do meu ateliê, apareceram as três Parcas. Acontece que não eram três, e sim quatro bruxas. (Não sei calcular a idade das mulheres quando não são muito jovens. Sempre me dificulta situá-las no tempo.) Uma delas, uma espécie de porta-voz do grupo, talvez *Átropos*, aquela que cortava o fio, pergunta: "O senhor é Rosa-Cruz?". Como Balzac, eu poderia ter dito em seguida: "Senhoras, tudo é verdade". Se calei, foi porque o terreno ali não era firme, e muito menos propício a cultivos literários. A categórica aridez do coração dessas "senhoras" não me animava a prosseguir. Com firmeza, dei meia-volta e fechei abruptamente a porta. Ainda pude escutar uma terrível gargalhada que se alojou nos meus ouvidos e encheu a nave do templo. Elas devem ter saído murmurando, certas de que tinham reconhecido o meu "destino", e não demoraria muito para que eu viesse a ter suas notícias.

Não posso compreender por que havia uma quarta mulher se as Parcas são apenas três irmãs: uma que preside o nascimento, outra o matrimônio e a terceira a morte. Talvez elas necessitassem, nesses tempos tão agitados quanto populosos, de uma ajudante para que jamais uma só criatura pudesse escapar do destino que elas tecem.

15 de abril

Como tudo se ajustou, fui convidado oficialmente para a Bienal de Veneza. Os *Pássaros Rocca* estão preparados e devem seguir o mais rápido possível, mesmo que seja por via marítima. Embarcarei para Veneza, evidentemente, quando estiver mais próximo da abertura da Bienal. Seria uma afirmação infantil dizer que não posso imaginar o que me espera. O mais correto seria afirmar que não irá acontecer nada, a não ser uma espécie de acréscimo de que meio mundo se vangloria, isto é, repetir que conheci a lendária cidade de Veneza, o que seria outra inverdade.

Veneza

23 de maio

> *Um grande mundo de coisas necessárias, belas, variadas, que não tinham outro significado senão servir ao amor, afinar os sentidos.*
>
> Hermann Hesse

Na espera do *vaporetto*, ainda no oscilante embarcadouro, notei, sentada num banco, uma moça loura, de estranhos cabelos encaracolados, distraída na leitura de um enorme livro que mantinha aberto em cima das pernas. Logo chamou-me a atenção os seus esquisitos sapatos de um vermelho peculiar, recordando aquele dos sapatos que estão soltos no pavimento do terraço, onde as duas *Cortesãs*, de Carpaccio, se encontram sentadas. Completamente hipnotizado pelos seus pés e por parte das pernas muito brancas, que ainda mais acentuavam o vermelho dos sapatos, não lhe tirava os olhos de cima. Num certo momento – sem fechar o livro que lhe absorvia a atenção – ela levantou a vista e me encarou com o mesmo olhar ausente, o mesmo tédio infinito da espera... tão bizarramente representado por Carpaccio nas suas *Cortesãs*. Depois... sim, depois, num átimo de segundo, voltou à sua leitura interrompida. Curioso, observei mais uma vez aqueles sapatos de saltos muito altos que pareciam folgados (um número maior, talvez) para os pés da moça, como se pertencessem a outra pessoa.

Não podia ser adiada a visita ao Museu Correr, onde eu deveria, pela primeira vez, olhar de perto *As cortesãs*, de Carpaccio. Apesar de minha ânsia febril para me defrontar com esse quadro propositadamente pelo seu caráter enigmático e pelas inúmeras controvérsias que despertou através dos tempos, ele só se encontrava quase na saída da Pinacoteca. Outra singularidade acentua o seu prestígio: não estava pendurado na parede, mas exposto numa armação especial. Diga-se de passagem, de acordo com as suas dimensões atuais de uma pintura de cavalete. Poderia ser uma tela do tamanho daquelas maiores pintadas por Reynaldo Fonseca no ateliê de Candeias. Sem dúvida, como observam alguns críticos, essa tela foi, numa época indeterminada, cortada do lado esquerdo. Em minha opinião, mais da metade do quadro (que deveria ser mais retangular no seu sentido horizontal) foi destruída por motivos óbvios: as duas *Cortesãs*, apesar do seu notório alheamento, estão de perfil e encaram com insistência o lado esquerdo da cena proibida. O que seria esta cena não posso adivinhar; o seu desaparecimento é que me deixa justamente intrigado. Embora de posse do catálogo, só vim folheá-lo à noite, e qual não foi o meu espanto quando vi que até o título havia sido "modernamente" modificado – num zeloso eufemismo – para *Duas damas venezianas*. Aconteceu aquilo que os ingleses costumam qualificar como uma impudente e intolerável adulteração de um fato.

Outra curiosidade amplia a minha indignação: nas páginas dedicadas às *Cortesãs*, sua reprodução é mínima e em preto e branco, enquanto o detalhe do quadro, onde se encontra a majólica brasonada com as armas dos Torelli, ocupa uma página inteira colorida. Não fora este tolo recato o efeito seria esplêndido, pois o detalhe é de uma beleza surpreendente. Além do vaso repleto de flores, na balaustrada, aparecem duas pombas, uma fruta e uma parte da mão de uma das "damas", sustentando uma echarpe de seda. No lado esquerdo do quadro temos a figura de um pajem um tanto balthusiano e a cabeça negra de um pavão. Todo esse conjunto ressaltado pelo fundo verde-garrafa das águas profundas da laguna. Não posso deixar de lastimar que "os sapatos vermelhos", esquecidos num magnífico piso de mármore desenhado, também não tenham merecido um detalhe semelhante. É lamentável que alguns críticos e editores sejam tão cegos quanto insensíveis. Afinal, ninguém é Marcel Proust para descrever a sensualidade mórbida dos sapatos vermelhos acetinados da duquesa de Guermantes.

Dia de festa. A curvilínea italiana Vittoria aparece na Bienal com um vestido de couro negro, curtíssimo, o que realça as suas formas até a loucura. Para a minha completa surpresa, calça sapatos vermelhos. Acontece que esse tipo de mulher *modern style*, mesmo pretendendo alçar voo, não alcançará jamais as aclamadas *virtudes* de uma verdadeira cortesã.

24 de maio

Preciso de alguém com quem falar.

(De uma história em quadrinhos)

Amanhã, por volta das três horas da tarde, deixarei Veneza. Um compromisso inadiável em Oxford, no dia 4 de junho, apressa a minha retirada. E, na realidade, me possibilitará também passar dez dias em Paris.

Muitos lugares assinalados como de imprescindível visita foram deixados de lado, adivinhado que só os olhos mágicos dos turistas são ou parecem ser onipresentes. Lastimo, igualmente, falhar ao convite de Casimiro e Maria Luiza Librandi para assistir (com direção do próprio Bergman) *Casa de bonecas*, de Ibsen. Apesar de falado em sueco, haveria tradução simultânea em várias línguas. Deixei de escutar na Igreja de Santa Maria de La Pietá um concerto de Vivaldi, no qual todos os violinos utilizados seriam da época do próprio compositor.

Estava no meu roteiro visitar a Scuola San Giovanni Evangelista – tão distante das andanças turísticas – local onde o pintor Balthus, a convite da Bienal de Veneza, no ano de 1980, mostrou seus quadros de influência italiana. Como se vê, embora homenageado pela Bienal, Balthus não se animou a expor promiscuamente suas telas nos pavilhões dos *Jardins*. Depois, a *Scuola* está a dois passos da Confraria de São Roque e da Igreja dos Frades, repletas de Tintoretos e Ticianos.

Wesley me falou ontem de um outro quadro de Carpaccio (para ele, um grande cronista da época), igualmente versando sobre cortesãs, que era mantido no subterrâneo de algum museu, debaixo de sete chaves. Nesta cena, as cortesãs, ricamente vestidas, se encontram em cima de uma dessas pontes típicas de Veneza, alinhadas umas às outras e convenientemente debruçadas sobre as suas respectivas balaustradas, em tal ângulo de postura que, sendo seus trajes abertos nas costas, em grande círculo, à altura das nádegas, muito contribuíam para a "escolha" rápida dos clientes que por ali transitavam. A seleção era, portanto, realizada *sur place*.

Ainda passarei na Bienal, mas Conceição e Maria Helena devem ir às compras, aproveitando esse último dia em Veneza, cujo comércio de perfumes, roupas, sapatos, bolsas, sedas e joias é reconhecido fanaticamente pelas mulheres do mundo inteiro.

Hermann Hesse, que não era um especialista no ramo (como o foi com sabedoria e sensualidade Marcel Proust), tem, contudo, no seu livro *O lobo da estepe*, algumas observações sobre a moda que me deixaram, além de surpreso, definitivamente conciliado com essas coisas: "Destas coisas, de que estava pouco inteirado e entendia menos que a linguagem dos esquimós, aprendi muito com Maria. Soube que aqueles pequenos adereços e objetos de luxo e de moda não eram simples futilidades inventadas pelo comércio ganancioso, mas um pequeno, ou antes, um grande mundo de coisas necessárias, belas, variadas, que não tinham outro significado senão servir ao amor, afinar os sentidos, animar o ambiente morto e dotá-lo prodigiosamente com novos órgãos amorosos, desde os pós e perfumes até os sapatos de baile, desde os anéis às cigarreiras, dos cintos às bolsas. As carteiras não eram carteiras, os porta-moedas não eram porta-moedas, as flores não eram flores, os leques nao eram leques – tudo era material plastificante do amor, da magia, da sedução; era mensageiro, contrabandista, arma, grito de guerra".

Paris

25 de maio

Havia uma exposição paralela à Bienal de Veneza organizada pelo sempre inteligente e arguto crítico italiano Achille Bonito Oliva, cujo título *Ubi Fluxus 1990 - Ibi Motus 1962* me conduz a algumas reflexões. Não propriamente a sua decisão conceitual de inverter a história, a data e o percurso da mostra. Acho inclusive sempre muito interessantes aqueles que ousam lutar contra a cronologia: "Onde está a corrente de 1990, aí está o movimento de 1962. Há algo de 1962 na arte de 1990".

Aconteceu apenas que um único quadro desse conjunto me fez recordar - numa bizarra associação - o poeta René Char. Essa pintura consiste num fundo vermelho onde está escrita em grandes letras brancas a seguinte frase: *Il n'y a rien de beau.* A tela é de autoria de Ben Vautier, um cidadão (pelo menos para mim) plenamente desconhecido, e é datada de 1965.

Como estou hospedado no Hotel Pont-Royal, geminado ao Hotel Montalembert - onde residi com minha mulher alguns meses no ano de 1949 -, o mesmo hotel em que morava o poeta René Char, de imediato me vieram à memória dois dos seus inesquecíveis versos:

Dans nos ténèbres, il n'y a pas de place pour la beauté.
Toute la place est pour la beauté.

Resta esclarecer que a frase cretina (monstruosa, a princípio) de Ben Vautier nada compromete as complexas teorizações estéticas de Bonito Oliva. Este quadro apenas participa ao lado de uma centena de outras telas, esculturas, objetos e apetrechos de todas as categorias, e poderia até passar despercebido.

Mesmo que se pense numa contradição linguística, nem de longe se aproximaria da categórica afirmativa: "*truth is not beauty*", do filósofo Francis Bacon.

Tudo isso ainda pertence a estas indiscretas *emanações* da Bienal que voaram comigo através dos Alpes e que agora permanecem nas suas tonalidades pesadélicas. Devo adormecer atropelado pelo imenso *Honeymoon* multicor do espanhol Antoni Miralda, pela granítica e milionária capela mortuária da americana Jenny Holzer e pelas esculturas neolíticas do hindu Anish Kapoor (nascido em Bombaim em 1954), que representa, ninguém sabe exatamente por quê, a Inglaterra. Só mesmo uma vingança equivalente à do livro *A mão do finado* justificaria tal castigo.

E dizer que, ainda hoje pela manhã, estávamos abraçando os amigos que ficaram em Veneza. Uma vez dispersos, Casimiro disse que iria a Paris, Samico e sua mulher partiriam para Barcelona e Maria Luiza Librandi falou em passar em Roma e depois visitar parentes na Calábria, de onde é originária. Daniel Senise seguira para Amsterdam, onde, me parece, terá uma exposição. Nara Montessanti volta ao Brasil. Só Wesley silenciou sobre o seu destino. Talvez tente mais uma vez recorrer à figura do Mago de Arkadin e reconstrua sua *Fortaleza* – violada, abatida e vencida – num outro sítio.

26 de maio

Nunca mais vou fazer o que os outros querem!

(De uma história em quadrinhos)

Não consigo entrar no feérico Museu D'Orsay. Uma construção tão bela que até ofusca a qualidade da sua enorme coleção de quadros e esculturas. Um fato inédito, é verdade, mas que me obriga a fazer as minhas observações. Estou escrevendo um diário de cujos registros ninguém será jamais obrigado a tomar conhecimento, embora seja impossível evitar a tentação de prossegui-lo, mesmo que o seu destino seja o de amarelar em gavetas escuras.

Uma fila cinematográfica, dessas que rodeiam o quarteirão, obrigava as pessoas a aguardar pacientemente sua vez de entrar no museu. Desistência total de minha parte. Não sou funcionário público e desde criança odeio filas, principalmente as de cinema. Considero uma das piores ignomínias que podem acontecer a uma criatura humana.

Talvez por falta de imaginação, retorno ao hotel e convido minhas duas filhas para conhecerem, nos arredores dos Champs-Elysées, o velho ateliê de Francis Picabia, onde elas sabem que eu morei no ano de 1951. Pela Rua Washington, a porta que dá acesso ao pátio interior permanece fechada com um aviso indicando privacidade, sinal de que as coisas prosperam. Há o que guardar. Contornando pela Rua Balzac e pela Rua Lord Byron, logo nos defrontamos com o grande portão de ferro da Rua de Chateaubriand, cuja entrada, embora igualmente fechada, nos permite a visão das singularidades daquele pequeno pátio ajardinado, à maneira italiana, que proporcionara durante um ano a mim e a minha mulher os maiores encantamentos. Mostro-lhes a porta do ateliê, o grande janelão no primeiro andar (parece recém-pintado) e a pequena janela de frente, que, voltada para a rua, nos dava, na época, a visão dos velhos castanheiros do jardim da Câmara do Comércio.

Tudo acontece muito rápido – como não pode deixar de ser – uma vez que, para minhas filhas, aquilo é tão irreal quanto os contos de *As mil e uma noites*. Um sonho do pai, uma quimera. Ademais, eu mesmo tenho a consciência desta situação. Sem dúvida pretendo fazer "biografia", talvez alguma coisa "fingida", à custa do que, certamente, depois vou registrar como um diário: coisas de um compulsivo diarista. Mas acontece que eu tenho jurado a mim mesmo que, à maneira de Ingres, "a minha velhice me vingará". Estou disposto a tudo: "Nunca mais vou fazer o que os outros querem".

Retornando ao hotel, verifico, pela janela do táxi, anunciada no Grand Palais, uma exposição do belga James Ensor. Encerro a tarde, e, com a proximidade da noite, volto ao meu quarto para refazer todas as emoções do famigerado *Paris by night*, sem sequer colocar os pés no corredor. Janto, como sempre, solitário, a ruminar ideias que teimam em me escapar. Eu sempre penso não existir propriamente ofício. O próprio Cézanne era tido como mau pintor. O que existe é a maneira de quebrar com esforço a casca da noz para reencontrar *a semente da vida*. Aquilo que Swedenborg propugnava: *coincidir com o eixo do mundo*. "O resto é silêncio..."

27 de maio

O pintor Pedro Frederico telefona de Amsterdã, onde mora e tem ateliê. Insiste para que não percamos a grande exposição Van Gogh. Como a visitação é imensa, faz-se necessário reservar os bilhetes com antecedência.

Esse "acontecimento" me faz lembrar um filme visto muito tempo atrás, representado pelo admirável Alec Guinness (aliás, no Brasil ganhou o título cretino de *Maluco genial*), em que ele faz o papel de um pintor de gênio. Passando um dia por uma praça, sua atenção se volta para uma dessas desmesuradas filas humanas (dignas pelo seu lado grotesco de um filme de Chaplin ou de Jacques Tati) e ele logo verifica, nos cartazes expostos em postes e nas portas do majestoso museu que domina a praça, tratar-se de uma exposição retrospectiva de seus quadros. Entre curioso e humilde, o pintor procura lugar na fila colossal à espera de sua vez... Quando isso acontece, é violentamente barrado e até jogado escada abaixo. Fora tomado por um perigoso marginal. Tudo me faz acreditar que, no momento, o mesmo poderia acontecer na cidade de Amsterdã com o pobre Vincent, caso ele resolvesse praticar a aventura de rever a sua obra.

A última carta, datada de 19 de julho de 1890, ao irmão Theo, jazia sobre o corpo do pintor quando este foi encontrado gravemente ferido, e começava assim: "Muito obrigado pela sua carinhosa carta e pela nota de cinquenta francos que ela continha...".

28 de maio

Recordo que a maior emoção sentida no ano de 1949, ao chegar à cidade de Paris, em pleno inverno, foi a minha primeira visita ao Museu Jeu de Paume. Muito superior à realizada em seguida ao Louvre. E não me venham dizer que para os franceses os dois pequenos museus, L'Orangerie e Jeu de Paume, não eram senão dois apêndices de um museu maior, ou seja, o Louvre. Não para mim. Não para os meus olhos, confundidos e extasiados, que fitaram – como quem se encontra diante de algo divino – *O cavalo branco*, de Gauguin. A própria disposição dos diferentes quadros impressionistas parecia estar num santuário. Ah, que grande momento na história da pintura ocidental, dificilmente ultrapassado!

Eu conhecia sobejamente "as regras do jogo" que balizavam as pinturas. Sabia como procurá-las, sobretudo nas tardes enevoadas de inverno, quando uma luz tamisada, magicamente rosa, banhava todo o recinto. E havia também os lugares sombrios, dentre estes a parede que sustentava o magnífico *Retrato de Clemenceau* (O Tigre) pintado por Manet, quase só em tons de negro. Contam que quando morreu o seu amigo Claude Monet (1926), em Giverny, Clemenceau – apesar de já muito trôpego e da forte chuva que caía – acompanhou o féretro até o cemitério da aldeia e de lá foi o último a sair. Dizem que a chuva não conseguia lhe esconder as lágrimas.

Com razão, Sartre observa que qualquer imagem é consciência de alguma coisa. Não vejo, portanto, um motivo plausível da intempestiva transferência desses dois verdadeiros repositórios de *imagens* para o novo Museu D'Orsay. Todos os pintores impressionistas e seus seguidores, incluindo gente do porte de Gauguin, Cézanne, Seurat, Van Gogh, Renoir, Degas, Lautrec, foram nivelados torpe e despudoradamente aos seus arqui-inimigos. Lá estão Carolus-Duran, Gérôme, Cabanel, Bouguereau e outros acadêmicos da época quase lado a lado ou apenas em andares diferentes, espremidos um de encontro aos outros.

As grandes telas de Courbet, como *L'atelier* e *Enterro em Ornans*, retirados do Louvre, como que perderam sua força e magia.

Congelaram tudo. E assim congelados (tão ao gosto moderno), talvez se "conservem melhor". Será este o destino das coisas e dos homens?

30 de maio

> *Algum dia eu posso encontrar um elefante em*
> *um beco estreito!*
>
> (De uma história em quadrinhos)

Enfim, o Museu Picasso. Telas e desenhos de todas as fases desse mágico espanhol que, apesar de ter "pulado a cerca da tradição", como disse Eugênio D'Ors, não chegou a quebrar as pernas.

Na entrada do Museu, um homem em transe (certamente drogado), de uma espantosa corpulência, tentava a todo custo atrair a atenção dos visitantes, os quais, temerosos, fugiam de sua presença.

Quando se dirigiu a mim, de imediato estendi-lhe a mão e ele, perturbado, quase gritando, repetia: "Picasso levanta, faz girar o mundo e depois explode". Perguntou-me primeiro o meu nome e depois se eu era artista; após a minha afirmativa, redobrou de momices e agitação. Acontece que o aparente endemoniado tinha toda razão – pelo menos no que tangia ao gênio de Picasso. Em nada me molestou, antes divertiu e, por que não dizer, reanimou. Talvez ele fosse um frequentador habitual desse recanto, já fizesse parte do cenário e do espetáculo oferecido gratuitamente, embora nada agradável para alguns. Com certeza, Picasso – em certa época acostumado à vida circense – o aprovaria em cheio.

Na saída (e olhe que demorei bastante), a mesma personagem, ainda solitária – agora sem camisa – tomava placidamente banho de sol no pátio. À minha passagem, gritou com toda força de sua voz poderosa: *"Adieu, Monsieur Brennand"*.

À tarde, retorno ao Museu D'Orsay para rever exclusivamente a sala Courbet, e acabo descobrindo, no lado oposto, numa sala diversa – igualmente deslocado –, o *Bonjour Monsieur Courbet*, que pertence ao Museu Fabre de Montpellier e foi adquirido pelo mecenas Alfred Bruyas, junto com outros Courbet e Delacroix que jamais haviam saído dessa velha cidade universitária às margens do Rio Lez.

Não deixei de olhar a *Olympia*, de Manet, essa juvenil figurante travestida de mulher, uma ninfeta com ares de Madonna, e *O almoço campestre*, também rebaixados à condição geral de obras mumificadas. Especial atenção eu já havia dado ao admirável pedaço de pintura que é *A truta*, de Courbet. Como eu estava só, pude passar, neste resto de tarde, muitas horas refletindo sobre o estranho destino das obras de arte, quer estejam nos museus ou em qualquer outro lugar. Nenhuma delas poderia escapar da trajetória humana de nascimento, vida e morte, e, portanto, estavam implacavelmente destinadas à destruição. "Partidos estão os vasos harmoniosos", como diz o poeta austríaco Ernst Jandl, inscrição escolhida do seu conjunto de versos e gravada em cerâmica no *Grande Pátio* da Oficina, na cidade do Recife, alvejando ao sol tropical.

A Itália se orgulha de que 70% das obras de arte do mundo ocidental se encontram em seu território. No século XVIII, um viajante francês interessado em pintura afirmava sem hesitação que, para ele, o número de quadros de Veneza excedia amplamente todos aqueles existentes na França.

Depois, muito lentamente, caminhando à margem do Sena, como se ainda fosse um estudante de quarenta anos atrás, chego à Rue du Bac e volto ao hotel. Em seguida, como tenho feito todas as noites, retomo a leitura interrompida no dia anterior de *Guerra e paz,* de Tolstói, os mesmos volumes que me acompanharam na viagem marítima em 1949 a bordo do navio *Alcântara*, saído do Rio de Janeiro com destino ao porto de Cherbourg. Meu destino: Paris.

No último dia de maio, pelo menos, me foi possível ver um pequeno quadro de Balthus – *Collette sentada* – na Galeria Artcurial. Recinto esplendidamente organizado e bem ao gosto francês, obra do escritor André Pieyre de Mandiargues, em que ele conseguiu reunir uma belíssima coleção de pintores modernos, todos da melhor qualidade, bastando citar Miró, Chagall, Picasso, Max Ernst, Balthus, De Pisis, De Chirico, etc. No *hall*, pertencendo ao conjunto, funciona uma das melhores livrarias de arte de Paris. Apesar de folhear alguns desses livros e olhar outros com olhos cobiçosos, nada comprei. Aos três livros que carreguei comigo do Brasil, só acrescentei o alentado catálogo da Bienal de Veneza, o modesto catálogo do Museu Correr (por conta das *Cortesãs*, de Carpaccio), um livro sobre Céline, de Nicole Debrie, adquirido numa livraria do Boulevard St. Germain, e um magnífico exemplar italiano sobre Bruegel il Vecchio – *Vizi, virtù e follia* – que recebi do bom amigo Casimiro Xavier de Mendonça.

1º de junho

Não há nada a fazer.

(De uma história em quadrinhos)

Perambulando pelas ruas, acabei entrando na exposição de James Ensor. Percorrendo os enormes salões do Grand Palais é que pude me aperceber da importância e da quantidade de quadros expostos. Trata-se de um artista dotado de uma admirável engenhosidade técnica, aliada a uma sensibilidade aguda, que se empenha no insólito até à exaustão. A angústia, o absurdo, a mascarada, o fantasmagórico, o paradoxal, a fatalidade do destino humano, não fazem nele senão acender a chama incorruptível de uma ideia fixa, cujo desenlace está traçado por mão implacável: não há salvação possível.

Caminho sem rumo certo. Para todo lado que me viro, há um quadro sugestivo. A sua obra está ali presente, única, indestrutível como as tábuas da lei. Aproximo-me de uma tela, possivelmente um retrato de mulher. Ao mesmo tempo uma moça se desloca para olhar a pintura que me interessou. Estamos os dois lado a lado e eu não posso deixar de ignorar a sua presença. Isto parece incomodá-la, fazendo com que se retire de imediato. Acontece que, subitamente, também a mulher do quadro desaparece. Eram dois fantasmas e eu não havia me apercebido. São bem esses os sortilégios de Ensor. Ele se nutre da velha tradição dos grandes imaginativos, como um Bosch, um Grünewald, um Goya.

Detenho-me diante de uma larga tela luminosa, cujo tema (embora eu não tenha nenhum catálogo indicativo) só pode ser "Adão e Eva expulsos do Paraíso". O anjo justiceiro tem a forma tentacular de um grande polvo resplendente, que se confunde com a esfuziante claridade do céu, que ocupa bem mais da metade da pintura. As duas figuras minúsculas de Adão e Eva mal se distinguem correndo espavoridos (e separados) pelos campos repletos de vegetação. Dois pequenos seres perdidos e esmagados pelo peso de uma culpa que não era só deles.

Neste quadro, a preocupação do artista com a luz e com as cores claras predomina. No entanto, sente-se que algo de terrível aconteceu. Chego a escutar um profundo lamento, mas como estou agora defronte de uma grande cortina negra por trás da qual se realizam sessões contínuas de áudios sobre *A entrada do Cristo em Bruxelas* - considerada por muitos críticos (talvez por suas dimensões) o quadro mais importante de Ensor - devo portanto atribuir os gemidos a este som proveniente do que oculta a cortina. Segundo recordo, o expressionista belga pintou essa enorme tela no ano de 1888, com a idade de vinte e oito anos. Ignoro se a tela em questão se encontra por detrás dessa cortina, mas como não estou interessado nem um pouco em vê-la, deixo de lado o possível enigma.

Depois da lenda de *O grande inquisidor*, de Dostoiévski, quando o Cristo em pessoa aparece numa praça em Sevilha, ninguém tem mais o direito de fazê-lo aparecer em qualquer parte desse nosso mundo conhecido, muito menos em Bruxelas, cidade que, com justa razão, Baudelaire execrava.

2 de junho

Pego um táxi no meio da rua e o motorista português (são muitos que trafegam por aqui) tenta me convencer de que a cidade de Paris não existe. "Pelo menos para mim", diz ele. É um homem de seus quarenta anos, e há dezessete está fora de sua terra. Trabalhou sete anos em uma fábrica de automóveis e agora tem o seu próprio carro. "Veja esses prédios, há uma profusão deles, sempre muito apreciados, dos mais monumentais aos mais simples, a meu ver, não passam de uma dolorosa ilusão", ele repete. Depois prossegue: "E como poderiam existir se neles não penetro, se deles não tomo consciência...? Agora mesmo o senhor se dirige ao hotel e depois, segundo disse, a um restaurante. Sei perfeitamente onde se encontram, mas não me dizem nada, apenas devo parar nas suas portas e em seguida continuar a rodar interminavelmente pelas ruas. Sabe quantas horas? Doze, treze horas por dia... E, às vezes, à noite ainda prossigo... Pretendo, ao completar os cinquenta anos, voltar a Lisboa, a minha cidade, onde certamente participarei...".

Propriedade Santos Cosme e Damião

16 de julho

Já de volta ao Recife e novamente engolfado pelas minhas tumultuadas leituras.

Tenho verificado – e acredito que não há margem de erro – que o fato de eu manter esse diário causa surpresa, senão reprovação. Pelo menos consideram-no uma atividade descabida e inútil para um pintor e escultor.

Curiosamente há pintores que escrevem e escritores que pintam, o que seria bem explicitamente o caso de Eugène Fromentin com o seu admirável romance *Dominique* que, na opinião de André Gide, é uma das dez obras-primas da literatura universal. Inútil lembrar o famoso diário de Eugène Delacroix, mas seria conveniente acrescentar o nome de Giorgio de Chirico com a sua novela surrealista *Hebdomeros,* e igualmente o pequeno romance de Alberto Savínio, *A casa assombrada*. Aliás, Savínio é irmão de De Chirico e assina com esse pseudônimo. Seu nome real é Andrea de Chirico.

Não me alongo na lista de pintores conhecidos que escrevem, porque recebi um artigo do meu amigo pintor José Cláudio (na realidade ele é também escultor e escritor) intitulado "Em Defesa dos Sumérios", que trata deste mesmo assunto, isto é, da variedade enorme de artistas pintores que escrevem e escrevem muito bem, o que, aliás, é demonstrado pelo próprio José Cláudio da Silva, com o seu espírito, estilo e erudição invejáveis. Falando com o pintor, eu disse que gostaria de inserir o seu quase ensaio no meu diário, considerando-o indispensável à elucidação não só dos equívocos em torno dessas atividades correlatas, como também para cessar de vez todo e qualquer malévolo comentário de pessoas desinformadas.

Em Defesa dos Sumérios

Não podemos ter certeza de que foram os sumérios os inventores dos rudimentos da sua escrita, a mais antiga que se conhece – como leio em A humanidade e a Mãe-Terra, *de Arnold Toynbee –, e absolutamente jamais me ocorrera tivesse eu a incumbência e ainda houvesse a necessidade, cinco ou não sei quantos mil anos depois, de defender a maldita invenção. Em todo caso me arrisco a dizer que o fato de o indivíduo escrever, mesmo sendo pintor, não o diminui (não falo de escrever em cima dos quadros – como às vezes faço –, mas de escrever como estou escrevendo agora, em língua portuguesa e não a universal dos pincéis). Aqui no Brasil estabeleceu-se essa regra, qual seja a de o pintor manter-se pré-sumeriamente de bico calado, sob pena de, por escrever, ser, como pintor, desclassificado. Tanto pelos que pintam como pelos que escrevem. Era mesmo chic, aí pela década de 1950, fingir-se de ignorante. O mal – que poderia ser tomado como reflexo do analfabetismo local em Pernambuco – longe está de ser privilégio de minha terra: o artista plástico Arnaldo Pedroso d'Horta era, e ainda hoje é, mesmo depois de morto, odiado porque escrevia, tanto quanto o escritor Sérgio Milliet porque pintava.*

Escrever, pintar, são as minhas velhas companhias: em Ipojuca, para vencer o tédio da loja no interior que só tem movimento dia de feira; no Recife, para vencer o tédio do internato no Colégio Marista. E até hoje pinto, escrevo, como faço escultura e gosto de desenhar. Sinto-me diminuído, mas é por não ter aprendido mais coisas, como fagote ou violino, e também podia ter levado mais a sério no colégio a oportunidade de estudar latim: hoje é com sofreguidão que recorro a uma tradução, para o italiano, das Bucólicas, *de Virgílio, na ilusão de estar ouvindo a língua do poeta. Não são coisas esporádicas: a morte também o é, mas preside toda a nossa vida.*

É mesmo engraçado como no Brasil adotou-se o mito de que um indivíduo só pode fazer uma coisa: se escreve, não pinta; se pinta, não escreve. E mesmo dentro da arte: quem é gravador, não pode ser pintor; quem pinta fino, não pode pintar grosso. Ora, eu sou pela alternativa de que se o músico sentir necessidade, esculpa; o poeta, dance; o escritor, pinte, e o pintor, escreva.

Como fez Michelangelo que escreveu sonetos; como fez Da Vinci que escreveu tratados científicos; como fez Van Gogh que escreveu cartas destinadas muito mais à humanidade do que ao eventual destinatário; como talvez tenha feito Goeldi quando escrevia a Kubin; ou Max Beckman (Briefe im Kriege). *Escreve, sim, como fez Van Dongen contando a vida de Rembrandt ou ainda sobre viagens, mulheres, neurastenia, maquiagem, beleza,* nouveaux riches, *conselhos práticos de pintura; e para continuar nos Van, poemas, como escreveu Van Doesburg, cuja lista de obras seria ocioso, ou melhor, trabalhoso enumerar, escritas em alemão ou holandês – a não ser que eu pedisse socorro ao amigo José Roberto Teixeira Leite –, além de fundar revistas, como* De Stijl, *com Mondrian, ou* Art Concret*; coisa que também fez George Grosz, que fundou a revista* Die Pleite*; ou Torres Garcia, com a revista* Círculo e Quadrado *ou Kandinsky, que, com Franz Marc, fundou a revista* Der Blaue Reiter, *além de escrever o ensaio autobiográfico* Regardes sur le passé *e outros, como* Do espiritual na arte (1911) *e* Ponto, linha, superfície (1926); *como fez Kirchner, com as* Crônicas da Brücke *e tantos outros que deixaram depoimentos, memórias, ensaios, crônicas, artigos escritos, enfim, como Calder, Paul Klee, Magnelli, Malevich, Moholy Nagy, Arp, Baumeister, Max Bill, Glarner, Davis, Motherwell, de Kooning, Picasso, Mário Cravo, Carybé, Di Cavalcanti, Vicente do Rego Monteiro. Vicente, não satisfeito de somente escrever, fez-se tipógrafo e impressor de alguns de seus próprios livros e também escreveu durante algum tempo artigos* diários *para o* Diário de Pernambuco. *O pintor argentino, Luis Felipe Noé, publicou pelo menos dois livros,* Antiestética e Uma sociedade colonial avançada *de que nos dá notícia Frederico Morais no seu* Artes plásticas na América Latina: do transe ao transitório, *pegado ao acaso. Sem procurar muito vejo no mesmo livro citações de artigos ou ensaios de Julio Le Parc, Glusberg, Matta, Goeritz, Fernando Botero, Eduardo Negret, Pedro Figari, do escultor basco Jorge Oteíza e das memórias do desenhista mexicano Cuevas.*

De Pisis, o grande artista ferrarense, ao lado da pintura, desde o início escrevia, sendo citados, na sucinta biografia do seu álbum, na Pinacoteca de los Genios, *os* I Canti della Croara *escritos ainda quando o pintor era quase adolescente, tendo publicado, aos quarenta e três anos,* Poesias *(1939) "que testemunham uma atividade desenvolvida em surdina, um pouco como o seu contracanto", no dizer do autor da nota, o pintor Carlo Carrà. Depois da guerra publicou ainda* Prosas e artigos, *recolhidos aí os escritos da época metafísica intitulados* As cidades das cem maravilhas. *Também o poeta e pintor inglês William Blake frequenta regularmente a história da arte, tanto quanto a da literatura, e, para continuar na Inglaterra, o exigente Ezra Pound diz que, se lhe fosse lícito tratar o leitor desconhecido como um novo amigo que entrasse na sala com o intuito de explorar a sua biblioteca, apontar-lhe-ia quatro livros sendo um destes o* Tarr, *de Wyndham Lewis, referindo-se lisonjeiramente ao "talento demonstrado tanto em seus desenhos, quanto em seus escritos". Também do pintor inglês Constable o crítico Lionello Venturi diz que as suas ideias a respeito da pintura da paisagem são tão importantes quanto as suas obras. No mesmo livro,* Para compreender a pintura de Giotto a Chagall, *cita páginas inteiras extraídas do volume das* Letters of John Marin *(Nova Iorque, 1931), a nos dar conta de que o grande pintor além de pintar escrevia, escrevia falando do seu tipo especial de solidão, como Rilke falava da dele, como também, sem saber que no Brasil se acha errado, Corot escrevia, como se depreende da citação que o mesmo Lionello Venturi faz do* Corot raconté par lui-même *como cita ainda coisas – coisas escritas – de Renoir, Courbert, Millet, Braque, Picasso e Rafael. Chega até a dizer: 'Rafael escrevia com graça'.*

Estou certo de que uma biblioteca de escritos de artistas não seria pouco numerosa. Quem não leu Noa Noa, a ilha feliz, *de Gauguin? Não devemos nos impressionar com o epíteto "escritor" sancionado hoje com exclusividade pela indústria editorial. Mesmo não havendo necessidade de nos justificarmos, perante seja quem for, pelo ato de escrever ou de esculpir, além de pintar, posso acrescentar que, do ponto de vista da minha experiência pessoal, a prática da escultura, depois de dez ou mais anos de exercê-la, me vem aos poucos livrar, nos quadros, de um antigo compromisso volumétrico que, atendendo-me excessivamente à figura, impedia-me de enxergar o quadro como um todo; exatamente como o hábito de escrever, a pretensão ao cultivo das belas-letras me deixa puro diante do quadro ou da pedra, limpo de preocupações literárias* [2].

18 de julho

M. Gertrude insiste e me faz ir à cópula, o que não estava nos meus planos.

A capacitada perseverança de minha amiga despertou um "monstro" parcialmente adormecido. Resultado: hoje à noite devo conhecer a famosa K. que há vários dias repete que gostaria de ser apresentada a mim.

---

[2] Este artigo, escrito em 10 de janeiro de 1981, foi republicado em junho de 1997, no Suplemento Cultural do *Diário Oficial do Estado de Pernambuco* - (Cepe) (N. do A.).

20 de julho

Sim, o texto vem das entranhas e soa tão oracular que parece não ter autor.

A bela K. não era de modo algum uma "brincadeira". Poderá ser aquela espécie de veneno mortal que costuma atrair os incautos como eu.

De há muito que não havia usufruído uma *noite branca* semelhante. Tratou-se de "um excesso permitido... uma violação solene de um interdito. Uma quase aturdida e final disposição para a festa definitiva".

No último dia 23 de maio, consegui realizar um dos meus mais velhos sonhos em relação a uma pintura, ou seja, ver de perto *As cortesãs*, de Carpaccio. Inclusive, em anotações de viagens escrevi um pequeno texto intitulado "Sapatos Vermelhos".

Lendo agora a análise de Ruskin, compreendo essa minha obsessiva preferência. Vejamos o que diz Ruskin: "Não conheço outro quadro que reúna em tal grau as qualidades da arte da pintura, porque junta a amplitude com a minúcia, o esplendor com a serenidade, a determinação com a ternura, a cor com o claro-escuro; e, além disso, tudo que a Holanda produziu de mais verdadeiro, a Inglaterra de mais natural, Veneza de mais imaginário e de mais severo Florença. Todas as sombras de um Hoogh, o detalhe de Van Eyck, as massas de Giorgione, a cor de Ticiano, a representação da vida animal de um Bewick ou de um Landseer, se acha reunido nesta obra e eu não conheço no mundo nenhum quadro que se lhe possa comparar". (*S. Mark's rest* - Londres, 1887)

21 de julho

Bernard-Henry Lévy, num livro surpreendente, *Os últimos dias de Charles Baudelaire,* comenta algo que interessa profundamente. Ele fala da necessidade de o poeta se explicar, da necessidade de dizer aos outros, a todos os outros, a todos aqueles que o ignoram ou vilipendiaram, quem ele é, quem ele era, quem ele poderia ter sido e não foi. Aliás, diz o autor de *Os últimos dias...*: "Se ele o escrever não dirá a verdade. Aquele relato não oferecerá uma versão que, a pretexto de que é a sua, invalidará as outras, taxando-as de falsidades. Sobretudo nada de confidências. Nada de confissões. Nada de véus que se erguem, segredos trazidos à luz do dia. Nada de mistérios revelados, do fundo do coração a nu. Por necessidade terá de ser mais ladino...".

Oh, que esforços eles fazem para dar ordem à desordem! Suas patéticas tentativas para dar um sentido, apenas um sentido, a uma *aventura* que não o tem! Há certos segredos que devoram os seus decifradores. Quem de fato é *possuído* por um segredo não o revela. Seria um segredo real uma devastação da alma?

Quando o poeta Rilke fala em sobrancelhas femininas semelhantes aos arcos de pedras das pontes de Veneza, diz mais sobre *As cortesãs*, de Carpaccio, do que dez mil anos de história da pintura. Mas, mesmo assim, indo tão longe, ainda não desvenda de todo o mistério desse quadro.

22 de julho – domingo

Não, eu não vou atapetar a trama desse vil coreógrafo das letras, tentando escrever sentado no chão, nessas lajes frias com as luzes do cinema apagadas.

À tarde fui a São Francisco pegar a reprodução em cores de *As cortesãs*, a de maior formato que possuía, para mostrar a Deborah, que logo perguntou: "E onde estão os sapatos, esses encantados sapatos vermelhos tão falados?". Tive de reconhecer que eles mal aparecem no quadro e sempre viveram nos meus sonhos.

Nota: essa reprodução se encontra no livro de Skira, Paris, 1950 – *La peinture italienne*.

23 de julho

Uma conversa insignificante: falavam de... Veneza.

(De uma história em quadrinhos)

24 de julho

No dia 17 de maio, estando à espera na fila para entrar na *Gallerie dell'Accademia*, falei de uma moça alta e encantadora, cujo olhar e perfil lembravam uma figura saída de uma *Tumba das leoas*. Nenhum comentário sobre o seu rosto ou vestimenta, ou outras características quaisquer. De fato, fiquei imobilizado com o recorte daqueles olhos desmesurados que nasciam na base do nariz e chegavam quase até às orelhas. Uma figura só perfil, cujo nariz perfeito se fazia um prolongamento da própria testa e cujos olhos... eram também só olhar... mas um olhar de perfil que mirava outras distâncias, outros caminhos a percorrer, ou melhor, que estavam embutidos no estuque das paredes da branca tumba das leoas. Debalde falar de sua boca ou de outros traços fisionômicos. Essa moeda teria sempre um cunho falso. E, de resto, ainda falo de Veneza. No entanto, toda aquela cena presenciada com tanta rapidez e tão longe das tumbas etruscas, tudo aquilo era no mínimo espantoso para não dizer extravagante, não pela beleza da moça em si, mas pela insistência da minha surpresa. E, depois, por que não a seguir, como um velho estúpido e vicioso? Nada me proibia – ela estava apenas com uma amiga – e parecia ser uma estudante de arte e eu, bem... eu era um artista que participava da Bienal e tudo isto recomendava um começo atraente, talvez fácil de entabular uma conversa, embora, na realidade, não seja permitido seguir nas ruas uma quimera.

Essas atitudes, e mesmo as palavras que parecem significar tanto para mim, talvez não digam nada de verdadeiramente importante. O *sujeito* deve permanecer sempre oculto. A força da visão e de suas subsequentes imagens que me levam a falar ou a escrever não é senão um pretexto que tem seu conteúdo mais secreto numa zona desconhecida do meu espírito. À medida que se desencadeia tal processo, as palavras perdem substância, começando então alguma coisa que se esconde por trás do que eu digo, ou do que não digo, mas quase sempre é a mesma história, confusa e desigual.

Williams Morris era encantado por Oxford e a considerava a mais medieval das cidades inglesas. Aconteceram comigo em Oxford, inúmeras vezes, os mais insólitos encontros, e se não me engano, nestas cercanias vislumbrei a bela Jane Morris... Eu dava dez passos e logo encontrava todos os inesquecíveis modelos femininos que, de maneira tão graciosa, serviram e inspiraram os pintores pré-rafaelitas, quer fosse a própria Jane, como logo adiante uma Fanny Cornforth, uma Elizabeth Siddal ou uma Jane Burden.

Como ninguém ignora, esses artistas idealizaram uma *Nova Idade Média* em pleno século XIX e, portanto, os seus modelos deveriam corresponder física e espiritualmente a esse fantástico platonismo. E o fato é que elas permaneceram nas ruas, nas casas, nos hotéis, nos jardins, nas lanchonetes, nos colégios e até nas tabacarias, onde, uma vez comprando fumo para o meu cachimbo, deparei-me com Jane Burden em pessoa, logo ela, paradigma de toda beleza pré-rafaelita.

Quanto a Jane Morris, posou para uma pintura de William Morris, *Queen Guinevere,* e posteriormente casou-se com o pintor. Extasiado pela sua beleza, o artista lhe disse certa manhã: "*I cannot paint you but I love you*". Foi nessa ainda friorenta Oxford, nos primeiros dias de junho, que, em apenas três dias, eu devia conviver com esses fantasmas ainda esfuziantes de vida e cor.

Como eu disse, não foi possível visitar o Ashmolean Museum. Inventei que ele não estava aberto à visitação, e o curioso é que eu nada tinha indagado a esse respeito. Se o tivesse feito, teria visto duas belíssimas aquarelas de Gabriel Rossetti – o pintor e o poeta que mais me interessa nesse grupo – e sobretudo uma delas, cuja extraordinária técnica me faz lembrar os pastéis de Degas, pintados quase cinquenta anos depois: falo do *Carlisle Wall*, uma pequena aquarela (24,8 x 17,1cm) que conheço bem de uma excelente reprodução colorida. A mesma fusão de cores, o audacioso tratamento dado aos volumes (duas figuras amorosas que se entrelaçam), a precisa interação entre o fundo e a grande massa dos corpos e da muralha do primeiro plano. Não pretendo complicar as coisas, mas posso afirmar sem exagero que antevejo (inclusive na atmosfera melancólica do conjunto) os Balthus pintados cem anos adiante. Talvez ainda fosse justo mencionar o quanto Balthus, na década de trinta, nos seus desenhos feitos para ilustrar *O morro dos ventos uivantes*, de Emily Brontë, deve à fatura gráfica típica de Rossetti. Também não convém esquecer o mesmo espírito romântico e apaixonado desses dois pintores, lembrando que na época dos referidos desenhos Balthus pretendeu e conseguiu ser o próprio Heathcliff, uma vez que estava de amores não com a infeliz Cathy, mas com Antoinette de Watteville, uma jovem suíça com quem acabou casando.

A outra aquarela de Rossetti, bem menos interessante – já que foi mencionada –, pelo menos não vamos esquecê-la. Pelo título se adivinha as suas preocupações românticas medievais: *Sir Lancelot's vision of the Saint Graal.*

Não estou começando a imaginar novas "descobertas". De resto, "o passado" a que me reporto não me parece tão remoto assim, a ponto de negligenciar o prodígio da memória. E, a meu ver, embora o nosso querido Borges afirme que "é possível cancelar um dia, mas não se pode conceber um século, é inimaginável", teimo em dizer: falo em acontecimentos mais ou menos recentes.

Não se trata de um regresso *ad infinitum*, uma vez que ligeiras associações de ideias me levaram a alguns outros ajustamentos. Vejamos pela ordem: comecei falando do processo desencadeado da memória que me conduz a caminhos obscuros; depois, deixando de lado a suposta "insignificância de Veneza", entrei na Oxford medieval repleta de suas musas, o que me levou aos pré-rafaelitas, a Morris e a Rossetti. Depois, uma aquarela de Rossetti faz antever Degas e, por tabela, chego a Balthus. Ora, quem fala nesse estranho pintor que mais que qualquer outro resistiu ao *canto de sereia* da arte moderna logo o associa – antes de mais nada porque assim ele desejou – ao grande Gustave Courbet.

Mais uma vez repito: tudo é uno e se entrelaça e é de se acreditar que Gustave Courbet não entre nessa linhagem como Pilatos no credo. Ele também se acumplicia nas suas ligações perigosas com o Romantismo, com a Inglaterra e até com a Irlanda, no momento em que pintou, no ano de 1866, a exuberante e lindíssima ruiva, cujo nome Jo (Josefine) ainda a tornava mais ferozmente desejável (aquela que era conhecida por todos como amante e modelo de James McNeill Whistler). Esse quadro tem o nome de *Jo, femme d'Irlande* e se encontra no Museu Nacional de Estocolmo. Trata-se de uma indiscutível obra-prima, das mais belas que se podem apreciar nos quadrantes desse nosso mundo conhecido ou desconhecido. O que eu vou dizer em nada desmerece um pintor dessa categoria, mas é muito provável que Courbet não desconhecesse de todo uma magnífica aquarela de Rossetti, cuja figura de mulher, não só pela atitude, semelhança física, roupagem e apetrechos, é quase idêntica a sua inacreditável Jo. O trabalho de Rossetti antecede o de Courbet em dois anos. Foi pintado em 1864 e tem como título *Woman combing her hair*.

25 de julho

Acredito que não há propriamente mistério nesse *affaire* das duas pinturas comentadas ontem. Whistler, que foi em 1863 vizinho de rua a poucos passos do ateliê de Rossetti (Cheyne Walk, no Chelsea), era, na época, uma espécie de pombo-correio entre as *avant-gardes* da França e da Inglaterra. E, logo depois, em 1866, junto com Monet, tornou-se aluno de Gustave Courbet. Portanto, essa aquarela de Rossetti, na verdade, poderia ter sido tocada e apreciada pelo seu novo mestre.

Quando Courbet viajou à Holanda e à Inglaterra em 1847, o jovem Rossetti tinha apenas dezenove anos. Existe em Londres um expressivo autorretrato, dessa mesma data, no qual denota essa extrema juventude. Tudo evidencia que os dois artistas não se encontraram. Whistler estava com trinta e dois anos completos quando conheceu Courbet, em Paris, daí não ter sido difícil dialogar com um artista de quarenta e sete anos. Note-se que, nesse ano de 1866, sem se fazer de rogado, Courbet pintou a bela amante do seu discípulo evidentemente influenciado pelas informações e ideias que este trazia do seu país. Sob o ponto de vista estético, essa ligação parece ter demorado muito pouco. Whistler não alcançava as aparentes contradições do mestre que teimava em se autodenominar um pintor realista. Um dos mais belos trabalhos de Courbet, *Enterro em Ornans* (1850), foi alegremente batizado pelo artista como *O enterro do Romantismo*. Passado o tempo, ou dando tempo ao tempo, a esse grande retorno – onde é sempre possível um reajuste de contas no qual, apesar de tudo, sobram os resgates de verdades e desses resquícios, às vezes quase impalpáveis, é que nos afoitamos em extrair algumas afirmações. Esse é um assunto repisado por mim e, em alguma parte deste diário, deve estar presente. Apesar da nossa suposta riqueza de imaginação, o nosso repertório é deveras limitado, mas não custa nada dizer que, quanto a Whistler, um homem sofisticado, e a Courbet, um aparente brutamontes, as barreiras não eram intransponíveis. Um verdadeiro surrealista-metafísico como De Chirico corresponde às nossas perplexidades quando diz: "Courbet tanto quanto Homero eram *românticos*".

"O sentimento da realidade está sempre ligado a uma obra de arte. Quanto mais aprofundado, mais a obra será poética e romântica." Esse depoimento, de um artista complexo e misterioso como De Chirico, herdeiro das mais puras tradições do Romantismo alemão, o torna insuspeito para falar e, ao mesmo tempo, já prefigura o *surréalisme d'après Courbet,* anunciado por Balthus.

26 de julho

Curiosa sentença escutada ontem à noite num filme italiano rodado em Veneza, cujo nome, *A chave,* é por demais apropriado. Talvez o diretor (que desconheço) tivesse em mente recriar uma espécie de *Liaisons dangereuses* às avessas, ou seja: um marido envelhecido tenta e consegue seduzir e corromper a sua jovem mulher: "As coisas falsas são exatamente aquelas que devem ser autenticadas. As verdadeiras, essas não precisam...".

Quantas vezes já repeti esses versos de Rossetti que, não fora Borges, eu jamais pronunciaria: "*I have been here before*". Serviu-me tanto para a cidade de Oxford quanto para todas aquelas mulheres que poderiam ser uma só mulher, como, ainda hoje, fui tentado a repeti-lo diante de Zita, uma jovem estudante negra da Universidade de Berkeley que acabou de me visitar. Poderia tê-lo dito também à bela K., que teima em partir e assim, talvez, não o diga como deveria ser dito, mesmo que não fosse entendido.

27 de julho

> *A juventude mostrou-se para mim como o valor mais alto da vida.*
>
> Gombrowicz

28 de julho

Como havia prometido, ela veio ontem à noite e, guiada pelas minhas mãos, não se cansou de andar pelas salas iluminadas, parando aqui e ali, silenciosa, extasiada, muitas vezes loquaz, embora eu soubesse que, no fundo, apenas o cenário lhe era propício ao sonho, o que não impediu de me lançar à posse de sua alma com uma arrebatada voracidade.

Ah! Como ela me pareceu perigosamente estranha, madrugada adentro... Tão próximos estávamos e ao mesmo tempo tão separados. Diante da minha insistência em lhe atravessar a alma, ela me disse: "Nós, mulheres, temos de permanecer *neutras* – fomos obrigadas a isto – daí só podermos nos expressar através de certos comportamentos e, por conseguinte, tornarmo-nos exteriormente muito mais definidas e precisas do que somos na nossa intimidade. Coitada daquela que ousar retirar essa máscara de neutralidade, vocês simplesmente não suportariam".

Para sair dessa tensão em tom jocoso, fiz a proposta de escrevermos juntos uma novela, cujo título, só aparentemente extravagante, teria muito a dizer sobre essa inominável desgraça, o degredo dos sexos. Não pensamos demasiadamente para encontrá-lo: *A verdadeira história de Lucilene e Ricardão.* Necessitei, contudo, explicar-lhe que a ênfase dada ao adjetivo "verdadeira" era porque existia a *falsa* história desse mesmo casal.

Uma vez que há poucos dias eu falava em "juventude", convém lembrar Pitágoras, que divide a vida do homem da seguinte maneira: "menino durante vinte anos; adolescente durante vinte; jovem durante vinte e velho durante vinte". Portanto, o aparente exagero de Gombrowicz em afirmar que "a juventude é o mais alto valor da vida" não é tão descabido como se pode pensar.

29 de julho – domingo

Um dilúvio que se repete. Uma tromba d'água, as barragens rompidas, os morros em polvorosa, o casario mais pobre destroçado, as ruas, como ribeiros, cheias de correnteza e fazendo afluentes; os ridículos automóveis resfolegantes, às vezes boiando, são incapazes de romper a terrível e ao mesmo tempo fascinante avalanche das águas que teimam em devastar. E nós, pobres homens, igualmente perplexos e ridículos, como se fora o primeiro dilúvio, sempre anunciando a nossa fragilidade mortal, o nosso perdido paraíso.

30 de julho

A segunda-feira não é um dia difícil de ser definido. Os jarros do escritório e do ateliê, além dos que ficam no pavimento superior, estão sempre repletos de flores e de folhagens novas colocadas pelo jardineiro que, na sua simplicidade rústica, sabe como fazê-las vibrar. Ainda há pouco, eu prestava atenção numa dália branca colocada fora de lugar, isto é, para os olhos de um moderno decorador, não para os meus, que logo souberam ver o seu encanto desordeiro.

31 de julho

Tenho me ocupado – talvez em demasia – em falar no paraíso perdido, quando nem ao menos fui autorizado a discorrer sobre outros assuntos bem mais frívolos e, não me contentando em obedecer às regras da lógica do mundo, estendo as mãos impunes até o *Santo Graal*. Uma localizada tromba d'água logo me faz berrar: de novo chegamos ao dilúvio universal.

Bastou um tal de Luca Cavalli-Sforza divulgar em Milão alguns dos seus primitivos estudos sobre mudanças de grupos populacionais para que avidamente recortasse a "notícia" (quase sempre apressada) de um jornal: "Nos estudos sobre antiquíssimos deslocamentos de contingentes humanos, há uma convergência de esforços também por parte da Arqueologia, a Antropologia e a Linguística. No mundo atualmente se falam cinco mil idiomas, geralmente classificados em dezessete famílias, uma das quais é a indo-europeia (à qual pertencem todas as derivadas do latim). E se realizam diversos estudos que pretendem demonstrar que todos os idiomas procedem da mesma e única raiz. Este é um tema que poderá causar muitas polêmicas e discussões".

Sob o ponto de vista religioso, jamais duvidei da Torre de Babel. Minhas inúmeras esculturas com esse tema comprovam essa certeza. Mas a "notícia" divulga apenas "uma convergência de esforços por parte da Arqueologia, da Antropologia e da Linguística, em demonstrar que todos os idiomas procedem da mesma e única raiz."

Como um "enviado" de Deus ou do Diabo, no momento apenas murmuro: "Eu não disse!". E, logo depois, incorrigível, acrescento: "É claro que a Grande Confusão só teve a sua amaldiçoada origem quando a torre já ultrapassava, de muito, as nuvens mais altas... Só então veio o desastre".

Semana passada, durante horas, conversei com a poetisa Lucila Nogueira, a qual, pretendendo uma entrevista, não havia sequer trazido um gravador. "Não importa", disse-lhe. E não importava mesmo, pois assim estaríamos livres do bom senso, o que quer dizer um pouco mais próximos da verdade.

1º de agosto

Voltando ao caso de uma confirmação da Torre de Babel (independente dos esforços da equipe do professor Sforza), ocorre-me lembrar dos mais que conhecidos universos linguísticos.

Ainda de manhã, Lucila Nogueira telefona avisando-me que terminou a entrevista: "Você vai recebê-la pelo correio e depois me dirá alguma coisa". Ela me pergunta se conheço *Viagem ao redor do meu quarto*, do escritor Xavier de Maistre. "Não, não conheço", eu disse (confesso não sem uma certa vergonha). "Então, junto à entrevista, segue o livro", ela disse.

2 de agosto

Não ignorava que a primeira-feira, *féria* ou *festa*, coincidisse com o domingo, daí a razão da segunda-feira. Igualmente sabia que para os judeus o sábado é o dia sagrado e de descanso. Desde o início, o meu intento, numa conversa trivial propondo a *remoção* do domingo, fugia a qualquer lógica ou princípio, o que sugeria, bem... Eu não aventurava coisa alguma a não ser *suprimir* o tempo, reconhecendo, de antemão, que mexia em um perigoso vespeiro, com a acentuada gravidade de atentar contra um *domínio* do Senhor. Contudo, a matriz desse devaneio ainda tem sua origem num sentimento religioso – talvez não cristão –, mas em nada se compromete com a filologia, tampouco com a etimologia ou com quaisquer acordos linguísticos.

> *Em toda a Terra havia apenas uma linguagem e*
> *só uma maneira de falar. (A Torre de Babel)*
> Gênesis - Cap. 11, v. 1

3 de agosto

Jamais me passou pela cabeça ser considerado um estudioso: "Um erudito e um cavalheiro". Antes gostaria de ser matéria de estudos: um dificultoso desencontro. Todavia, aproveito para ler de uma só estirada *Viagem ao redor do meu quarto* e *Expedição noturna à roda do meu quarto*, num só livro, do genial Xavier de Maistre. Como o próprio se apressa em explicar, empreendeu e executou na sua primeira expedição uma viagem de quarenta e dois dias à roda do seu quarto, embora ele não possa informar às pessoas que gostariam de saber por que a viagem ao redor do seu quarto durou quarenta e dois dias e não quarenta e três ou qualquer outro espaço de tempo. É curioso como certos livros que se tornam universais fazem com que, nas nossas atividades coloquiais, utilizemos referências, como por exemplo: eu mesmo sou um habitual viajante ao redor do meu quarto em vez de correr afobadamente e sem nenhum resultado em busca de novas paragens na realidade absurdamente ilusórias. Nós vemos somente aquilo que nos é dado ver. Não adianta forçar. Portanto, não é de admirar que Xavier de Maistre diga: "Não acabaria nunca se quisesse descrever a milésima parte dos acontecimentos singulares que se sucedem quando viaja próximo à sua biblioteca: as viagens do capitão Cook e as observações de seus companheiros, os doutores Banks e Solander, não são nada em comparação com as suas aventuras neste único distrito". Voltarei a falar sobre essa insólita, mas única viagem possível, ou seja, dentro do seu próprio ser.

4 de agosto – sábado

Hoje é um dia sabático. Um amigo, sempre tão arguto, parece não ter compreendido as minhas digressões sobre o tempo, uma vez que me recomenda a leitura da página trinta e seis do livro de Maurice Bucaille, *A Bíblia, o Alcorão e a Ciência* (tradução brasileira de Josefina C. Pereira), em que o "comentário" de Bucaille gira quase todo em torno do "sétimo dia", sobre o qual eu estaria interessado.

Não, não me apraz nem um pouco a sabedoria científico-religiosa do autor sobre a verdade dos calendários – sejam eles solares ou lunares ou pseudocientíficos – e muito menos quem seria o faraó no tempo do êxodo de Moisés. Esse livro (apenas emprestado) será devolvido praticamente virgem, nos primeiros dias da próxima semana.

A minha curiosidade relacionada com o Dilúvio (a terra estava corrompida à vista de Deus e cheia de violência), igualmente com o episódio da Torre de Babel e outro tanto com a maldição de Sodoma e Gomorra, tem como centro a *erística*, ou seja, a arte da controvérsia. "A história como um poço sem fundo", de que nos fala Thomas Mann, ou então a advertência de Durrell: "A verdade é aquilo que mais se contradiz com o decorrer do tempo". Enfim, somente sob esse aspecto é que a minha *indiscrição* permanece insaciável. O assunto é sempre o *velho homem* do qual nos fala a Bíblia: "O homem teimoso, desobediente, cego, obstinado". Tradicionalmente o mais antigo dos cantores, o acumulador de erros, de inverossimilhanças e contradições... O visionário do desespero, o amaldiçoado; aquele cuja inocência foi para sempre banida. Estou irmanado com todos esses aspectos do homem, justamente o contrário de Bucaille, uma vez que para ele "a reconstituição objetiva dos acontecimentos do passado é sem interesse...", pelo menos jamais como ciência. O que me importam os bilhões de anos para a formação daquilo a que chamamos de Terra desse Universo em expansão permanente? Prefiro o versículo do Alcorão. "Este sim, cheio de profundezas e mistérios: o Céu, nós o construímos com o nosso poder. Em verdade nós o alargamos." E não é que Bucaille encontra semelhança desse versículo com as suas teorias! Não vejo quando, nem onde. Não me apercebo de nenhum ponto de contato, a não ser – mais uma vez – a supremacia do homem em construir um céu e ter o poder de alargá-lo. Possibilidade essa que não representa surpresa alguma para quem tem fé e é capaz de remover montanhas.

Todo ser que professa com seriedade uma religião, sabe ou pelo menos desconfia que somos feitos à *semelhança* de Deus; que a nossa matéria é, ao mesmo tempo, terrena e estelar, embora, ainda assim, não seja por conta desta *sagrada* composição que alcançaremos "objetivamente" as verdades capitais, o lado absoluto das coisas. Seria de fato esplêndido que a nossa proverbial incúria não nos tivesse levado *à queda* e que não sofrêssemos devastadoras consequências por este desvio.

M. Bucaille parece irritar-se com os exageros bíblicos. Porventura ele não é um ser humano? Voltando-se contra o dilúvio universal, na versão do Gênesis, mais se assemelha a uma criança quando esperneia ao ser tolhida pelos seus pais na travessia de um riacho, cuja correnteza e profundidade ela desconhece. Do alto de sua sapiência doutoral, M. Bucaille discute que (...) "inundações desastrosas do vale do Tigre e do Eufrates não podiam ser confundidas com um cataclismo universal". No entanto, na narração alcorânica do Dilúvio, a diferença reside nas proporções da catástrofe. O Alcorão, no dizer de Bucaille, menciona o contrário: "Diversas punições infligidas às coletividades bem definidas". Ora, voltemos ao lado humano (coletivo ou individual). Sob este aspecto, qualquer calamidade tem sempre o amargo sabor do *fim do mundo*. O essencial é que essas lembranças catastróficas sirvam de advertência aos seres atingidos na sua salvação e sobrevivência.

Semana passada tivemos esse exemplo vivo e pesadélico aqui, na nossa própria cidade. Tratou-se de um temporal passageiro e de uma enchente de proporções medianas. Perguntem aos flagelados, aos que perderam entes queridos, casas e pertences, o que eles acham do acontecido. Certamente todos sentiram no corpo e na alma o *fim do mundo*. O meu jardineiro, por exemplo, só não perdeu a família inteira porque ela não se achava, providencialmente, no local do desastre. A violência das águas veio a destruir por completo seu casebre, os poucos bichos que criava e suas plantações. Tem vindo ao trabalho por obrigação, parecendo mais um zumbi vagueando solto pelas alamedas.

Qual o meu papel senão aquele de *adverti-lo* quanto ao dilúvio, fazendo-o enxergar que não deve construir nas regiões ribeirinhas ou junto às encostas dos morros e, neste discurso, exagerar o quanto posso. Neste momento, quem me dera conseguir falar em nome de Deus, ou melhor, expressar-me em *Seu nome* como um enviado, um profeta, uma espécie de Noé. Engraçado é que o jardineiro tem o nome de Moisés: aquele que foi retirado das águas.

Deu-se que ocuparam M. Bucaille – talvez até ele o tenha feito involuntariamente e de boa fé – em advogar uma tese indefensável:

1. Afastar a Bíblia do sério e mesmo da verdade.

2. Aproximar o Alcorão – o mais ousadamente possível – daquilo que no Ocidente costumamos chamar de "ciência moderna". Sim, porque mesmo na ciência, no seu culto e nas suas pesquisas, há controvérsias notórias e até mesmo arcaísmos. Algumas de suas teorias – hoje ultrapassadas – são tão *incongruentes* quanto certos dogmas religiosos.

5 de agosto – domingo

De manhã cedo, como sempre, visita a Deborah. Fui contar-lhe os sucessos e insucessos da semana, enfim, as minhas trapalhadas habituais.

À tarde recolhi-me a um quarto, não para dormir, e sim para ler a inesperada aquisição de um álbum em quadrinhos, cujo título *A torre*, por si próprio, já seria do meu interesse. Impossibilitado às vezes, pelo sono invencível, de ler o texto com atenção, comecei a folhear ao acaso. Lendo e vendo na progressão da surpresa que nos oferece a metáfora de S. e P., algures, num território de ninguém, encontro Musil e Kafka numa vaga reminiscência "cenográfica" do pesadelo. Depois adormeci.

Não vou comentar a respeito dos desenhos e ilustrações sobrecarregadas, como um sonho ruim, tampouco sobre o texto, na maior parte das vezes excelente. Aproveito a aproximação da Torre ao curso de sua tradição oral e escrita, sempre envolta de mistérios, para afirmar que um só dos quadrinhos e uma só fala (mesmo que isolada do seu conjunto) me valeram mais que todo o desperdício científico-religioso de M. Bucaille ao analisar "As Escrituras Sagradas à luz dos conhecimentos modernos".

Para começar, essa pequena fala é sempre muito categórica, decisiva em suas premissas, embora, de repente, ela se turve e se perca nos obscuros segredos da "Torre". E então... é valiosa, múltipla, inquietante e por que não dizer infinda (...). "Não meu amigo, não se trata de nada disso. Sou Elias Auréolus Palingênius, digamos, Elias. Médico das almas e dos corpos, vendedor de sonhos e de saber. Especialista dos astros e dos metais, e, sobretudo... Conhecedor dos segredos da Torre."

O que poderia acontecer se, de vontade própria, deixasse-me envolver com aquilo que os supostos bem pensantes apelidam de obscurantismo? Neste setor, permaneço tão extremista quanto um fanático religioso ou um desses apóstolos da ciência.

No final, onde termina a história da Torre, o velho conservador das ruínas, ainda inabalável e solene, escreve o que se poderia pensar no seu Testamento: "Houve dias em que a recordação da Torre se abatia sobre mim como um peso enorme e esmagador; noutros dias, ela desaparecia diante dos meus olhos como se jamais lá tivesse morado, como se eu próprio me dispusesse a crê-la lendária... Mas, agora, estou cansado. Reviver estas memórias perturbou-me mais do que supunha... Gostaria que me deixassem a sós".

6 de agosto

Na sexta-feira passada trabalhei num desenho que se destina a ilustrar um texto meu sobre a Bienal de Veneza (*Fragmentos do meu diário*). Nada melhor que pintar um dos *Pássaros Rocca*. No mesmo dia, escrevi uma ligeira nota. Eis a parte que interessa: "Esse desenho de um dos pássaros, originariamente em preto e branco, se destinava tão-somente à execução das esculturas, nas medidas e proporções desejadas, e só hoje, me ocupando dele – como uma possível ilustração para a revista –, pensei em dar-lhe cores, ou melhor, as ressonâncias daqueles matizes profundos de uma tarde tempestuosa. Ao longe, brilha a laguna na direção de Murano e de S. Michele. Propositadamente acentuei o seu aspecto fantasmagórico, deixando na figura marcas de incandescência, a luz forte dos relâmpagos, como se ela, também, irradiasse luz e energia".

Hoje, por precaução, mandei fazer uma cópia do desenho colorido. O resultado (com contraste em preto e branco) ficou péssimo para um clichê. Pintei uma nova versão sobre a folha de papel, realçando as luzes com branco puro. Quanto ao fundo, usei um verde-chumbo, lembrando um céu tempestuoso. É um imperativo saber fazer as coisas. Contudo, apesar do esforço, o que resultou ainda deixa muito a desejar.

Finalmente, um novo desenho com três *Pássaros Rocca* em plena tempestade. Esse trabalho me agrada mais do que os dois anteriores. Em primeiro lugar, porque estamos de fato diante de uma representação de tempestade; e, segundo, não necessitando de muitas explicações, porque há sinais evidentes de dramaticidade; mesmo sem desejar, ele se aproxima da fantástica atmosfera dos desenhos de Heinrich Füssli, pintor suíço que trabalhou na Inglaterra desde os seus vinte e dois anos. Isso me satisfaz e justifica a insistência de lembrar o "temporal" no dia da montagem das esculturas em Veneza.

Os trabalhadores sobraçando garrafas de vinho vermelho, trabalhando embriagados debaixo de uma chuva violenta à luz dos relâmpagos. Ao longe, a laguna que se fizera invisível. Na realidade, fico com três desenhos, uma vez que uma das folhas é apenas uma cópia da primeira versão.

Nota: fiquei curioso em relembrar a data de entrada de Füssli na Inglaterra, o que deve ter acontecido por volta de 1763 (nasceu em Zurich no ano de 1741). Desse pintor, ocupo-me há muitos anos e confesso preferi-lo a Blake, sendo desnecessário dizer: apenas como pintor, evidentemente.

8 de agosto

Acredito firmemente que Xavier de Maistre agiu como escritor pensando num número infinito de infelizes a quem oferecia um recurso certo contra o tédio e um calmante para o sofrimento. Como ele dizia, "o prazer que se sente ao viajar em seu quarto ao abrigo do ciúme inquieto dos homens e independente da fortuna...". Ele tem razão quase em tudo, senão em tudo, inclusive quando diz que não gosta das pessoas que são tão donas do seu espaço e das suas ideias: "Hoje eu farei três visitas, escreverei quatro cartas, terminarei esta obra que comecei". Sim, ele é um homem de alma, aberto a toda sorte de ideias, de gosto e de sentimentos, daí porque recebe avidamente tudo o que se apresenta!... E por que haveria a sua alma de se recusar aos gozos que estão dispersos pelos caminhos da vida? Como Xavier de Maistre nos convence facilmente da enorme vantagem de viajar à roda do seu próprio quarto? Só comecei a desconfiar dos seus propósitos quando, talvez por uma questão de semântica, ele relembra Platão e chama a matéria de o *outro*. Certamente a matéria carnal, porque, logo adiante, o sábio Maistre diz que preferia dar este nome por excelência à besta que está junto à nossa alma. E conclui: "É realmente esta substância que é a outra e que nos importuna de uma maneira tão estranha. (...) É a *besta* que devemos incriminar, esse ente sensível, perfeitamente distinto da alma, verdadeiro *indivíduo* que tem a sua existência separada, os seus gostos, as suas inclinações, a sua vontade, e que não está acima dos outros animais senão por ser melhor educado e provido de órgãos mais perfeitos".

Ora, semântica ou filosoficamente falando (embora me encontre no capítulo sexto dessa prodigiosa viagem), tenho cá as minhas definições e distinções a respeito da alma e do corpo. A maior parte das vezes, a meu ver, *a besta* feroz e perversa é o assim chamado espírito, e não o nosso próprio corpo, isto é, a *besta*, quase sempre inocente. Como eu disse, é uma espécie de antecipação perigosa, pois nem ao menos posso imaginar as direções de pensamento de um escritor que, por acreditar na metafísica, tem as suas convicções. Resta, à minha própria *besta*, aguardar a leitura dos últimos capítulos. Mas a incompatibilidade já está delineada e, em parte, a viagem comprometida, pelo menos no quarto deste autor. No meu, a *besta* sempre teve preponderância e uma distinção altamente espiritualizada. Por exemplo: como eu admiro a *besta* de Maistre quando ela em vez de se dirigir à corte, conforme a ordem que havia recebido, derivou de tal modo para a esquerda que, no momento em que sua alma a alcançou, estava à porta de Madame de Hautcastel, a meia milha do Palácio Real.

Ficava evidente que, como leitor, eu estaria embevecido só com a possibilidade da *besta* entrar totalmente só em casa de uma senhora tão formosa. O que não parece ser a opinião de Xavier de Maistre, a não ser que ele esteja engendrando uma grande zombaria. Estou mesmo disposto a esclarecer o assunto que, na realidade, me faz prosseguir o livro, senão já o teria deixado de lado, pois as viagens à roda do meu quarto e mesmo (ou sobretudo) as expedições noturnas sempre são comandadas pelo meu espírito perverso, e o meu pobre corpo inocente se deixa levar como um lacaio. É para isso que ele serve. Não pretendo misturar a ordem dos fatores, todavia, me ocorrem agora as desventuras de Séverine, *A bela da tarde*, de Joseph Kessel (aqui já mencionado), inteiramente modificada no seu comportamento pela visão superior de Buñuel sobre Kessel. Não era a carne de Séverine que a fazia pecar: era o seu espírito pervertido. É Platão quem insiste e sublinha: "A alma pressente o que busca e segue enigmaticamente as pegadas do seu obscuro desejo".

Como uma história nada tem a ver com a outra, nem Xavier de Maistre com as minhas elementares rabugices, o que deve ter acontecido foi uma total comédia de enganos. A poeta Lucila Nogueira, sabedora do meu gosto pela solidão, pensou que essas viagens peculiares caberiam como uma luva para os meus sentidos. Até agora não. No entanto, pode ser. De conselho em conselho vou sempre encontrando antagonismos; entre eles, o escritor volta-se para os seus leitores e admoesta que "num dia de baile de carnaval a vossa amante não vos pertence". Ou então, "no momento em que principia o vestir, o amante é apenas o marido e o baile é que se torna o amante".

Por Júpiter! Para quem leu *A arte de amar*, de Ovídio, tudo isso é elementar em matéria de relações amorosas. Aliás, diga-se de passagem, estou cometendo um grosseiro equívoco discordando das propostas de um escritor respeitado universalmente, mas não resta dúvida que o *roupão de viagem* de Xavier de Maistre não coube absolutamente na medida do meu corpo. Que ele é moderno e desabusado, igualmente irônico e douto e também conhecedor profundo do seu ofício, não precisa de nenhuma orelha de livro para me alertar. Tudo isso é notório e comprovado.

É verdade que, depois do depoimento do célebre crítico Sainte-Beuve, associando o humor e a comicidade de Xavier de Maistre aos de Lawrence Sterne, ficou mais ou menos voz corrente de que aquele é um simples imitador deste. No próprio livro que Lucila tão gentilmente presenteou-me, verifico que até o nosso Machado (honra ao mérito) reconheceu – como um dos modelos das *Memórias póstumas de Brás Cubas* – o espírito de Xavier de Maistre, "embora com o acréscimo fundamental de algumas rabugens de pessimismo".

9 de agosto

Curioso... Lembro Casimiro Xavier de Mendonça comentando (nas nossas caminhadas em Veneza) uma exposição dedicada às legendárias cortesãs dessa cidade. Porventura teria sido em Roma? E se lá aconteceu, há tantos meses, por que só agora Veneza – a principal interessada – abre as portas do admirável Palácio Vendramin Calergi para realizá-la?

Senti-me duplamente frustrado. Não presenciar a exposição contou muito menos do que aquilo que eu logo determinei como uma insuportável intrujice, como se *tamanho* assunto me pertencesse e não pudesse ser matéria de especulações indevidas e motivo de comentários jocosos, tudo isto anunciado aqui, antes de ontem, num jornaleco de província!

"A dois passos da famosa ponte do Rialto, existe uma alusão obscena ao lugar que durante séculos foi frequentado por prostitutas: chama-se *el Buso*, expressão em dialeto que significa buraco. Na paróquia de São Cassiano encontra-se uma Ponte das Tetas, que lembra as moças que mostravam os seus seios nos balcões de suas casas..."

Colhi o mínimo, mas a notícia é longa: "(...) Pouco distante desta área há um lugar conhecido como *Le Campane* que, em dialeto vêneto, refere-se a uma zona de meretrício de veteranas. E nas adjacências de Santo Tomás existe a Ponte da Mulher Honesta, que perpetua uma alusão às prostitutas da área que exerciam suas atividades sem desrespeitar os limites impostos pela Igreja".

Alguma coisa pelo menos me alegrou. Nenhuma só palavra sobre *As cortesãs*, de Carpaccio. Comentam-se as inúmeras telas de Tintoretto, Di Palma, Ticiano, Paris Bordon, Pietro Longhi etc., embora não esteja esquecido que *As cortesãs*, de Carpaccio, foram promovidas a duas ilustres damas venezianas da nobre família Torelli.

O cretino articulista (como quem descobriu a pólvora) conclui: "Existia uma evidente cumplicidade entre o meio cortesão e o meio artístico".

Ora, vejam só, que "notável" descortino deste sujeito! Providencialmente, termina este caderno e com ele os já muitos longos comentários sobre Veneza e adjacências. O pior é que chamo de "adjacências": Paris, Oxford, Lisboa e a própria Veneza. Reconhecendo, é claro, que o defeito é só meu, e não das cidades. Contudo, faço uma ressalva: as cidades, sejam elas visíveis ou invisíveis, exigem e merecem respeito uma vez que são matrizes de um passado – para nós precipitados viajantes – sempre oculto. Falar delas apressadamente é não só uma leviandade, como um pecado imperdoável.

Encerrando o assunto, transcrevo o juízo de alguém que, por mérito de nascimento, pode muito bem definir Veneza: "A cidade das mil saídas". Essa pessoa, ainda bastante jovem, que desenha, pinta e escreve histórias em quadrinhos, cujo nome é Milo Manara, em algumas linhas diz o essencial: "Veneza, cujas inumeráveis ilhas ocultas – os próprios venezianos não as conhecem todas – guardam segredos, nutrem lendas, oferecem asilos a pequenas comunidades de origens remotas, outros mundos e outras línguas. Ali se encontram as ruínas trágicas de um passado terrível".

12 de agosto

Mais uma vez, voltando aos pintores que escrevem, já que José Cláudio da Silva pareceu esgotar o assunto com o seu ensaio "Em Defesa dos Sumérios", não posso deixar de lembrar, por razões muito pessoais, os escritos de Leonardo, comentados por Italo Calvino em *Seis propostas para o próximo milênio*. Entre as propostas estão: leveza, rapidez, exatidão, visibilidade e multiplicidade.

Na escolha de Calvino, ele colocou o grande florentino no capítulo da exatidão. Observa Calvino que "o exemplo mais significativo de um combate com a língua, nessa perseguição de algo que escapa à expressão, é Leonardo da Vinci: os códices de Leonardo são um documento extraordinário de uma batalha com a língua, uma língua híspida e nodosa, à procura da expressão mais rica, mais sutil e preciosa".

Como lembra Calvino, Leonardo se definia *homo sanza lettere* (homem sem letras). Tinha um relacionamento difícil com a palavra escrita, mas ninguém tinha sabedoria igual no mundo em que viveu. De outra maneira, quero lembrar a presença do arguto pintor e teórico Albert Gleizes com o seu livro *Homocentrisme ou Le retour de l'homme chrétien, suivi de Le rythme dans les arts plastiques*. Estou citando apenas uma dentre muitas obras desse mesmo pintor e escritor, este volume em particular, porque me foi presenteado por madame Gabrielle Buffet-Picabia, ex-mulher do pintor Francis Picabia, em Paris, no ano de 1951. E, finalmente, como prova de gratidão, a referência final a André Lhote, igualmente autor de dezenas de livros, além de ser um notável professor de pintura que soube, durante gerações, *afinar* o gosto pela arte de todo jovem que se iniciava a pintar, ignorando o que de fato é a pintura. Outrossim, apenas como lembrete, esclarecer que o diário genial de Paul Klee foi traduzido por Pierre Klossowski (irmão de Balthus) que, como todos sabem, além de escritor e pintor, é filósofo, teólogo, tradutor de Virgílio, de Santo Agostinho e de Kafka. Um dos pais do *estruturalismo* e um dos mais admirados intelectuais do mundo europeu atual.

14 de agosto

Inesperadamente, ontem, no meio de um batalhão de fotógrafos, cuja programação incluía a realização da *Expofoto 90* aqui na Oficina, como a musa central do evento, a bela K. reaparece em todo o seu esplendor. Antes de partir, veio ao meu ateliê e disse que havia se postado ao lado da fonte de Vênus para ser fotografada.

Se eu tivesse a força e o mistério das marés ou o gênio persuasivo de Malcolm Lowry, teria lhe contado "palavra por palavra" o que significa o *Sequestro* daquela Vênus, fechada num sarcófago e que deve, enfim, retornar ao mar... Calei pela mais absoluta fadiga.

Aliás, como mencionei a bela manequim, e daí o assunto passou a ser mulher – assunto assaz perigoso –, e como no momento estou lendo *Lunar caustic* do mesmíssimo Lowry, com os seus eternos problemas de bebedeira, lembrei-me que só pelo fato do pobre Bill Plantagenet confessar que há quatro anos batera o recorde de Cambridge, em halteres, e, logo em seguida, igualmente confessar que "o único peso que eu não levanto..." foi o bastante para que um estudioso como Douglas Day, da obra e vida de Lowry, "ver nesta frase uma confissão de impotência sexual...".

Como usei um pouco acima a frase "calei pela mais absoluta fadiga..." é bem provável que alguém interprete essa exaustão num outro sentido. Tudo é possível.

Falei da bela K., nos dias 18, 20, e 28 de julho, quase sempre de uma maneira metafórica. Na noite e madrugada dos dias 28 e 29, em dois momentos, eu disse que me lançara à sua *alma* com arrebatada voracidade. E se por acaso indagarem (à maneira tão aplicada da moderna crítica e da psicanálise) a que parte da genitália feminina pertence a famosa alma da bela K, se nesse tempo eu estiver morto, é certo que não terei como me defender; mas, se vivo estiver, direi com todas as letras o nome apropriado, o qual, de passagem, antecipo que poucos homens vivos conhecem de fato. Talvez tenha sido pronunciado com frequência poucos dias antes da *queda* e, muito provável que ainda alguns poucos dias depois.

Voltando ao *Lunar caustic* e às notas de pé de páginas de Aníbal Fernandes, o mínimo que posso dizer é que são, na maior parte das vezes, tolas e exasperantes. No texto de Lowry está escrito: "Reparou, pouco depois, que duas pessoas o olhavam com ar penalizado, um miúdo e um velho franzino. O miúdo com cerca de dez anos, rosto inteligente e agradável, cabelo louro escovado para trás; o homem vagamente parecido com o retrato que Rimbaud tirou aos doze".

Na pequena nota, suponho que essa gente, tanto o tradutor como o biógrafo, se ocupa do nada, como se ignorasse exatamente aquilo que mais peculiariza o gênio do escritor em questão, ou seja, a angústia permanente, a dor e uma confusão dos infernos, de que não se pode excluir o estado compulsivo de uma quase permanente bebedeira.

15 de agosto

Estou febril e necessito urgente de um médico. Mas que médico irei procurar e de qual doença terei de que me queixar se de antemão eu próprio desconheço o mal que me atormenta? Os médicos existem para diagnosticar esses males, como é de praxe. No momento, sinto dor de cabeça, meus braços e mãos estão doloridos, o pescoço sob forte tensão, pesam-me os ombros sobre o tórax opresso e sinto calor – muito calor – que faz escorrer suor das axilas. O ventre distendido de cima a baixo, as virilhas latejantes, pernas infirmes que os anos teimam em enfraquecer mais e mais; os pés suados e frios e, além desses "pequenos" males físicos (são de pouca monta, não?), ajuntaria, sob o ponto de vista psíquico, bastantes referências para uma análise aprofundada. Enfim, um verdadeiro doente e não um doente imaginário.

Agora, devo subir para o meu quarto refrigerado no máximo (menos de dezenove graus) e deitar-me à espera de uma trégua que virá, com certeza, depois de algumas horas de repouso na geladeira[3], embora o torpor não desapareça de todo.

"Meu Deus, pensou de repente, por que estou eu aqui, nesta desolação? E sem perceber muito bem o que lhe tinha acontecido, sentiu que acabava de fazer uma viagem até o fundo, ao âmago endoidado do seu próprio universo; descobria que verdadeiro sentido ocultavam as inflamadas e retumbantes palavras, os sonoros títulos, os anos cheios de arrogância."

Antes de subir, humildemente colei este pequeno, mas significativo texto de *Lunar caustic*, como se fora premonitório evitar "as inflamadas e retumbantes palavras, os sonoros títulos, os anos cheios de arrogância".

16 de agosto

Preferi o dentista. Pareceu-me mais neutro. Contudo, não escapei. O dentista em tom severo me admoestou: "A culpa é do estado em que se encontram os seus nervos. O seu sistema nervoso periférico". Eu ainda insisti: "E os meus dentes?". O dentista retrucou: "Não posso tratá-los hoje, nem fazer qualquer exame. O senhor está queimando de febre. Vá para casa e consulte um médico". Eu ainda tentei argumentar, lembrando um amigo que dizia: "Podemos escapar de uma doença grave, mas jamais das mãos de um bom médico". "Realmente, o senhor é um brincalhão", disse o dentista. "Só na aparência. Mas, assim mesmo, irei à procura da primavera...", disse-lhe, retirando-me da sala.

Na tarde de ontem, apesar das contrariedades na cadeira do dentista, tive o prazer da visita da escritora e ensaísta portuguesa Isabel Pires de Lima e de seu marido.

---

[3] A expressão "repouso na geladeira" é uma alusão irônica, propositada e ingênua, nada tendo a ver com as câmaras geladas do necrotério (N. do A.).

Como registram os jornais, ela vem fazer conferências sobre Eça de Queiroz. Enquanto estiveram do meu lado, falei pelos cotovelos! Talvez o meu estado febril tenha colaborado com uma predisposição para esta delirante e quase feminina loquacidade. Nem ao menos poderia usar do gracioso sarcasmo de Leonardo: "Se bem que não sendo eu um literato, alguém poderá acusar-me, com razão, de não ser um homem de letras". E, não sendo eu um Leonardo, pouca valia terá – agora ou no futuro – essa minha presunçosa intrujice literária, nesse *campo* tão estranho como minado... Perigosamente minado... Na verdade, é um pecado tão grave quanto o de desejar a mulher do próximo. Pecado muito semelhante comete o crítico norte-americano Timothy Hilton ao afirmar que "Gauguin é pobre de recursos e que seu talento precisava de refinamento". Meu Deus, por que Gutemberg inventou a imprensa? Nem a própria divulgação da Bíblia ganhou com essa atroz invenção.

No momento, prefiro subir e voltar à minha "geladeira", e, deitado, seminu na cama, em posição fetal, aguardar, como o pobre (?) Bill Plantagenet procurou no mais escuro canto do bar, num lugar onde ninguém podia vê-lo, a *graça* de um novo dia.

18 de agosto

Dia esquisito. Amanhecer doente (a febre hoje veio cedo) já não se parece muito com um sábado promissor. Não esperei para ver a saída de Helena Viktoria que seria levada por M. Gertrude em direção a uma cidade serrana, onde sua mãe a aguardava. Depois me vem de mansinho "a púrpura alada da febre"[4] a indagar até onde iria a minha resistência. Fecho-me na "geladeira" e agarro-me, ou compartilho do desespero de todos os doentes, da oração dos aflitos, do túmulo que nos espera, do túmulo onde jaz...

"Uma obra de arte deveria ter apenas um tema", foi Yeats que o disse. Lowry também me fez recordar o já esquecido *Leviatã*, de Julien Green (lido nos anos 1960), cujo título em inglês, *The dark journey*, eu ignorava. "Por que viajavam as pessoas? Só Deus sabia como Sigbjorn detestava aquilo", justamente como eu.

---

[4] Verso admirável do poeta Tomás Seixas no seu livro *Casa dos sonâmbulos* que eu jamais pude esquecer (N. do A.).

19 de agosto – domingo

O ex-embaixador inglês no Brasil, Sir William Harding, atualmente um dos diretores do Lloyds Bank, esteve hoje de raspão na Oficina, numa visita de cortesia. Em 1981, o conheci junto a sua mulher, aqui mesmo, local que agora eles teimam em revisitar. Aproveitei a ocasião para presenteá-los com um exemplar do meu livro *Diálogos do paraíso perdido* [5].

Ainda pela manhã, procurei na biblioteca de São Francisco o esquecido *Leviatã*, de Julien Green, mas sem êxito. Deborah também não o encontrou e sequer sabe por onde se escondera este livro, com tradução em português, que tinha como capa um enorme e amedrontador dragão verde. Vamos utilizar agora um pouco de mau gosto e batizar este dragão de "dragão verde da febre", desde que ele bota fogo pelas ventas. "Estou ferrado", como dizem as personagens vulgares dos filmes da televisão americana.

20 de agosto

Não deixa de ser curiosa, num prefácio tão completo, a omissão de Douglas Day quanto a um comentário de Lowry (Sigbjorn) sobre aquilo que este presume ser um livro verdadeiro: "O livro verdadeiro é como se tudo o que fazemos, faça parte dele. Não o consigo escrever, está claro. (...) E se o escrevesse seria provavelmente impossível de ler. Mas isto é que é. Até os erros que cometemos parecem fazer parte dos desígnios daquela *praga*[6], e talvez sejam as partes que ele risca na manhã seguinte, quando coloca a sua preciosa mesa de trabalho outra vez pendurada entre duas estrelas...".

Enigmática, obscura, desconcertante, essa situação do livro *verdadeiro*? Nada disso. Como visionário, Lowry define o Impossível, ou seja, aquilo que ninguém jamais disse, escreveu ou pintou... A *forma nova*, monstruosamente escondida nos arquétipos da mente e nos próprios e derradeiros segredos do

---

[5] Entrevista concedida a Luciano Simões sobre temas ecológicos, tendo ao lado uma conferência pronunciada em 1977 no Seminário de Tropicologia, cujo título é *Cultura brasileira, historicidade e mito* (N. do A.).

[6] O meu grifo na palavra praga equivale à ideia bíblica da perda, da queda, da condenação, da maldição, ou como quiserem interpretar. O próprio inferno, seja o de Dante, o de Blake, o de Strindberg ou o de Lowry, não chega a ser o vazio... Ainda é o inferno dos homens, o fascínio ou a desgraça dos homens (N. do A.).

universo da linguagem ou da representação das coisas... Ir ou chegar adiante – se possível fosse – seria alcançar o grande Vazio[7].

É verdade que o atento biógrafo não esqueceu de que "Lowry perseguia caça muito pesada: os arquétipos de formas demoníacas do abismo, labirinto, flores queimadas, monstro, jardim maldito, castelo em ruínas, negras e ominosas forças a operar num mundo velho e perigoso".

22 de agosto

Fico indeciso se transcrevo ou não cópia de uma carta encontrada no interior de um livro na biblioteca de minha casa em São Francisco enviada ao Dr. Luís Tavares, que se acha em Nova Iorque. Causou-me espanto não só a data da carta, 22 de janeiro de 1973, como também os assuntos que me preocupavam há dezessete anos por serem, sob todos os aspectos, absolutamente idênticos aos que me preocupam hoje e agora. É como se não houvesse passado o tempo.

De algum modo, eu estaria justificado pela observação de Yeats, de que uma obra de arte deveria ter apenas um tema, no meu caso, a obsessão erótico-amorosa permeada de um poderoso contingente de culpa (pecado original) sob a égide do Juízo Final. A carta diz o seguinte:

Você, como sempre, acertou no alvo.

Embora dizendo que não foi possível dedicar muita energia ao meu bizarro pedido, as referências até agora conseguidas me pareceram perfeitas, exceto o livro de Kenneth Clark que é por demais conhecido, e já possuo na minha coleção em duas edições (ambas inglesas e excelentes). O restante me interessa: o de Mark Gobor, The pin-up, *o de Hendrinch (embora com nus masculinos). O livro* Women, *de Edouard Boubat e o clássico* Storyville portraits. *Será que você não viu um livro desse gênero chamado* Nudes of yesteryear? *Não sei se é uma publicação americana, editada pela revista* Avant-Garde. *O livro existe. Outro livro interessante seria o publicado por um casal de estudiosos de assuntos eróticos, os doutores Phyllis e Eberhard Kronhausen (não sei se esses danados são suecos ou alemães), radicados nos Estados Unidos. O livro dele chama-se* Arte erótica, *uma espécie de antologia*

---

[7] "Deus é nada", enuncia Ekhart, dominiciano e filósofo místico alemão (N. do A.).

da arte erótica ocidental, da arte erótica primitiva, da arte erótica indiana, da arte erótica chinesa e japonesa (fartamente ilustrada).

Sei que de certa forma estou lhe tomando o tempo, pois não acredito que, por você, perdesse um minuto sequer em tais pesquisas... Mas é que os nus e os seus aspectos superlativos me surpreendem e por que não dizer obsessionam, a ponto de não me parecerem plenamente humanos. Isso causa espanto? Para mim um ser humano só o é integralmente quando se apresenta vestido e muito vestido. Sem roupas, o homem e a mulher se transformam em seres inquietantes, estrangeiros à sua própria espécie. Às vezes feios de causar pavor, e só muito raramente belos. E é atrás dessa beleza fugaz que eu ando à procura. Você conhece o verso de Rimbaud: "Que bruta devastação no jardim da beleza...".

As duas palavras francesas, brute saccage, *bem que poderiam ser traduzidas como "brutal sacanagem" em bom português e ficariam corretas e inteiriças no seu sentido mais profundo.*

A beleza poderia ser permanente enquanto houvesse vida, mas os inevitáveis acréscimos humanos acabam por corromper, devastar, até o limite que só o próprio homem reconhece e suporta. Só mesmo no seu significado religioso este aspecto poderia ser compreendido. Talvez como uma maldição tão próxima daquilo que chamamos (mas já não acreditamos) de pecado original. *Para Charles Peguy, "o pecado de Adão seduziu e corrompeu no sangue a totalidade dos homens".*

Você compreenda: não é a nudez do homem que o identifica com a sua natureza animal. Muito pelo contrário, aí começam os seus verdadeiros tormentos. Lembra-se de que numa de nossas últimas conversas, na praia de Candeias, você mesmo observava como seria pavoroso uma humanidade, de repente, despida de suas roupagens? Insuportável e triste visão, quase apocalíptica, como se nos deparássemos com certos estados incontrolavelmente patológicos, uma vez perdida a pureza animal, não é verdade? É como se todos reconhecessem tacitamente a necessidade de se cobrir, embora ignorando por quê. Temos a coragem de suportar esta maldição que nos enfraquece, ainda que diante de uma perplexidade insanável.

Acredito que os teóricos e praticantes da "revolução sexual" descobrirão gradativamente estas verdades, verificando, enfim, que estas coisas não são tão simples como se costuma pensar, nem tão fáceis de modificar. Acabei de receber de Sérgio Guerra, recém-chegado de Nova Iorque, um álbum fotográfico curiosíssimo, da americana Diane Arbus, alguma coisa de raro, perverso e ao mesmo tempo muito humano, uma espécie de revelação de alguém que sabia ver um pouco mais que os outros, ou melhor, surpreender coisas e situações que a ninguém interessava descobrir, mas que seria impossível deixar de lado, sob pena de cometer um crime de lesa-humanidade. O álbum, editado pelo Museu de Arte Moderna de Nova Iorque, tem como epígrafe o que se segue: "Nothing is ever the same as they said it was. It's what I've never seen before that I recognize".

E começa assim com o depoimento da própria Diane: "My favorite thing is to go where I've never been".

Bem, meu caro amigo, vamos parar. Espero que o seu encontro com o diretor do museu, o Sr. Kenneth Garlic, tenha sido proveitoso.

Recolher esta carta deixada ao acaso, entre as páginas de um livro de Mann, *Les confessions du chevalier d'industrie Felix Krull*, pareceu-me oportuno. Como já tive ocasião de dizer nestas páginas, a partir dos anos de 1962 e 1963 e, sobretudo, 1964, por razões mais que pessoais, destruí grande parte do meu diário, o que só reaparece nos primeiros meses de 1974. Contudo, cartas e notas esparsas ainda são possíveis de encontrar, embora eu próprio não saiba onde estariam guardadas. Se algumas dessas cartas ainda existem nas mãos de quem as recebeu, seria um grande milagre. Não costuma ser um hábito entre brasileiros o de guardar papéis.

"Que mentirosos são por vezes os escritores e que fracos testemunhos dão de seus desesperos", diz Lowry num desabafo.

23 de agosto

Dostoiévski falando dos seus anos de viagens: "Pior do que a deportação na Sibéria".

27 de agosto

Presumo que foi nos anos 1960 que tomei conhecimento de James Gould Cozzens através de um de seus livros de contos. Num desses contos – não recordo o conteúdo de nenhum deles – grifei uma frase que depois cheguei a utilizar como epígrafe, tanto me impressionou sua menção sobre a inexorável fraqueza humana: "Ele tinha, de fato, algo como aquela fatal debilidade de Antônio em Actium – confundia-o o perigo que não era dele apenas; as afeições imemorais que lhe haviam cativado o coração agora lhe impediam a capacidade de comando".

O título do conto também não é nada animador: "Um Dia Você se Arrependerá". É claro que de uma maneira ou de outra, um dia teremos do que nos arrepender. Gould Cozzens, no decorrer de sua profissão de escritor, não precisa mais lembrar essa fatal debilidade de Antônio em Actium para assegurar seu definitivo lugar entre os escritores que querem entender das coisas.

Ontem, mal eu começava a leitura da entrevista de Lévi-Strauss concedida a Didier Eribon – "De perto e de longe", que é apresentada como mais do que uma simples entrevista – algo muito próximo de um rico diálogo – quando ainda no prólogo eu li: "Mas o senhor não manteve um diário no sentido em que Malinowski o fez com o seu *A diary in the strict sence of the term?*". "Acredito que um diário nesses *termos* seria de fato galvanizante para uma multidão de leitores, eu, inclusive, certamente, o invejaria", responde Strauss. É claro que ele, com a sua modéstia de cientista, ainda rebate: "Eu não dava tanta importância aos meus estados d'alma!". Vejam como é difícil ler alguma coisa que não se relaciona diretamente com a sua profissão ou mesmo com suas preocupações. Percorri várias páginas e nada descubro senão um desfilar de nomes (evidentemente distintos para os especialistas) de pessoas ligadas a Lévi-Strauss e assistentes, isto é, os etnólogos, sociólogos, filósofos antropólogos, cujos nomes, Célestin Bougle, Ferdinand Alquié, Georges Dumas, Jacques Soustelle, La Port, Bolin, Nizan, Fernand Braudel, Alfred Metraux e outros tantos que chegavam até mim eram tão longínquos como o pronunciar de nomes absurdos, como Dr. Chaves Encontro, Dr. Barriga Nua, Dr. Kiko Apoleio, Dra. Florinda Bocão, Dr. Nero Madruga, Dr. Girafales Pintado, etc.

Eis que de repente me deparo com nomes conhecidos que me trazem ao meu universo habitual e consequentemente ao entendimento das coisas. Tudo logo mudou de aspecto. Em Nova Iorque, Lévi-Strauss admite que ficou amigo de André Breton. "Ele me introduziu no ciclo dos surrealistas." De qualquer forma, ali estavam Tanguy, Duchamp e também Leonora Carrington, Max Ernst, Dorothea Tanning, Matta, Wifredo Lam, Masson, Calder e, sobretudo, a encantadora Peggy Guggenheim, que ajudava materialmente esse grupo.

Um pouco adiante, Strauss fala do pequeno desentendimento com Breton quanto ao termo mágico para o qual o cientista "tinha uma definição precisa, fazia parte do vocabulário etnológico. Depois disto, nunca mais a amizade foi a mesma"[8].

Sempre considerei Breton uma figura suspeita, mesmo do alto de sua sapiência e inegável talento. Na sua simplicidade, Lévi-Strauss chega a dizer: "Eu queria que as pessoas se debruçassem sobre experiências culturais as mais diversas e mais distantes da nossa". Eu não sabia que substituíra Henry de Montherlant na Academia Francesa e que ele, em seu discurso de posse, confessou que, exceto *Les jeunes filles,* pouco contato tivera com a obra de Montherlant, embora, logo em seguida, tivesse lido todos os seus livros e concebido pelo autor uma sincera admiração.

Ainda mais encantado fiquei quando soube de suas referências a Joseph Conrad: "Gostaria de ter escrito seus livros, pelo menos!". Além de tudo Lévi-Strauss confessa que, apesar de ter viajado muito, não gostava das viagens em si. Concordava inteiramente com Mme. De Staël quando escreve em *Corinne*: "Viajar é, não importa o que se diga, um dos mais tristes prazeres da vida".

Alguns comentários são tão apropriados – apesar da idade do antropólogo – que se conclui residir aí a sua força em combater com vigor o pensamento juvenil dos seus inúmeros antagonistas. De resto, Strauss tinha carradas de razão em concordar com a frase de Baudelaire sobre Manet: "Foi o primeiro na decrepitude de sua arte". Verifica-se, no entanto, que a opinião de Strauss sobre o mesmo pintor está repleta de sutilezas que faltam a Baudelaire com a sua crueldade. O antropólogo reconhece em Manet um grande pintor: "Nele encontramos fragmentos deslumbrantes e, ao mesmo tempo, percebemos nas suas telas uma espécie de desassossego, como se elas não atingissem plenamente o seu objetivo. De qualquer modo, Manet marca o fim de uma época e o início de outra".

Chamou-me a atenção a magnitude da *ideia* de um diário "no rigoroso sentido do seu termo". Talvez foi possível para Bronislaw Malinowski no seu *Journal d'ethnographe*, e não seja viável para nós. Mal podemos imaginá-lo

---

[8] Nesta pendência, testemunho a favor de Strauss. Pobre de quem caía vivo nas mãos de uma figura como Breton. Os pintores De Chirico e Salvador Dalí que o digam quando foram "excomungados" do movimento surrealista (N. do A.).

na Melanésia, abatido por um supremo esforço de evitar sua imaginação sobrecarregada de ciência, resvalar para o escorregadio pântano da memória. Ultimamente, talvez devido a um permanente estado febril, verifico uma tendência à inação e, sobretudo, à má vontade em aceitar qualquer tipo de movimento físico ou mental, seja meu ou mesmo o dos outros. A preferência pelo Discurso do Outro é apenas um lado da questão, porque sem este não haveria mais o que dizer. O que poderia eu ter revelado do dia de ontem? A intensa angústia que logo cedo tive que suportar em ver partir a minha filha Helena Viktoria para de novo conviver com a sua mãe? Mencionar a recepção que oferecemos, por volta do meio-dia, a um simpático grupo de norte-americanos, entre eles o embaixador Richard H. Melton e sua mulher Margareth? Confessar que à tarde, ao descobrir duas adolescentes em visita à Fábrica, fiquei como que enlouquecido e só consegui serenar quando as abordei sem qualquer reserva e, ainda, acrescentar que lhes forneci à maneira antiga – o meu cartão no pressuposto de um reencontro e, desta feita, para valer, uma vez que insinuei aproveitá-las como modelos?

Na realidade, o que *sobrou* de ontem foram alguns dos sábios comentários de Claude Lévi-Strauss, dos quais vinha me ocupando desde o domingo, e ainda uma incômoda lembrança que me absorvia no tocante ao que eu chamava de uma dívida não paga para com a leitura de *Escuro como o túmulo onde jaz o meu amigo*.

29 de agosto

Verifico que este livro de Malcolm Lowry contém aspectos verdadeiramente inquietantes que me fazem lembrar (não sei se estou certo) o seu admirável e definitivo *Under the volcano*, e isto me leva a fazer várias anotações que acabaram se transformando num pequeno ensaio, o qual logo escorrega em direção ao dia a dia desse caderno. Excessivamente longo? Não. Esse detalhe é o que menos importa. O que importa é que Lowry, o crítico Douglas Day e todas as personagens do romance falam muito mais do que eu, e, de certo modo, independente de minha vontade, qualquer leitor, por mais desatento que seja, demonstrará interesse em verificar se as minhas insensatas suposições se justificam.

Douglas Day acha que "por um sentimento de lealdade para com Malcolm Lowry, temos de dizer que *Escuro como o túmulo onde jaz o meu amigo* é um fragmento, um livro de notas a caminho de se tornar um romance...".

Melhor que ninguém – ele que lidou com os manuscritos e na organização do livro – poderá afirmar tal coisa. Tornam-se mesmo irrefutáveis seus argumentos.

Por outro lado, como um simples leitor, discordo dessa sua maneira de ver, mas de uma forma tão esquisita que certamente não serei levado a sério.

No meu entendimento, Lowry escreveu duas vezes, sem se aperceber, o mesmo *Under the volcano*. Eu bem sei que ele o compôs e recompôs uma centena de vezes no espaço de vários anos, mas não é disso que estou falando. Falo sem subterfúgios: ele foi literalmente conduzido a essa singularíssima repetição... O mesmo livro... Geoffrey, o cônsul, pateticamente ressurge de entre os mortos... Sai da ravina... Do esgoto e novamente pisa cambaleando (como sempre) o território mexicano na pessoa de Sigbjorn Wilderness, e este, por sua vez, reescreve a praga... Com uma diferença, como ele próprio o diz: "Nós podemos insistir num fim trágico e alcançá-lo quando o que Ele[9] quer é um fim feliz...".

A sua mulher, Primrose, parece adivinhar quando observa: "As tuas palavras soam como se estivesses a falar de Deus."

E ele vai cumprir ao pé da letra esse desesperado retorno ao inferno; contudo, ninguém vai mais impedi-lo de um *final feliz*.

Compreenda-se que considero *Under the volcano* uma obra-prima, assim como a sua enigmática repetição.

Pretendo apenas levar em conta que os meus parâmetros de avaliação desse verdadeiro fenômeno não foram literários ou técnicos, mas antes meramente simbólicos ou intuitivos[10].

O simbolismo é a Serpente Enrodilhada, "aquela que determina nascimentos e renascimentos, identificando-se com a Roda da Vida. Essa identidade da serpente com a roda também aparece graficamente expressada com os símbolos gnósticos do Ouroboros, ou a Serpente que morde a própria cauda".

Lowry confirma: "Lá fora na escura noite tempestuosa, para trás girava a luminosa roda".

---

[9] No original, "Ele" se encontra com letra maiúscula (N. do A.).

[10] Isto foi uma aventura para além da literatura (N. do A.).

Esta roda é certamente a roda-gigante na praça, mas é também outra coisa: "É a roda da lei de Buda, é a eternidade, um instante do eterno ciclo, do eterno retorno...".

A minha quase intolerante afirmação (não fora as ressalvas necessárias de que não falo como um crítico) sobre *Under the volcano* começa a me preocupar e me traz de volta não só os textos de Lowry como a sua indispensável carta a Jonathan Cape e, sobretudo, o prefácio de Douglas Day. Nada quero provar e muito menos provocar, uma vez que a minha – como chamei – estapafúrdia descoberta só engrandecerá o valor genial de Malcolm Lowry, de sua compulsiva duplicidade e do seu *duplo* romance.

George Bataille afirma que a literatura se dirige ao indivíduo isolado e perdido, ao qual não oferece senão um instante: ela é somente *literatura*, e foi por dentro desse mundo fechado que retirei conclusões. Talvez bastante mais convincentes no início, na sua essência equivocada, do que agora tentando justificá-las. Lembrar que falei de uma aventura para além da literatura, e, no entanto já a mencionei, pela voz de Bataille, como uma força propulsora dessas ilações. Contudo não esquecer que o assunto central provém de um dúplice estado de arrebatamento (possessão ou delírio divino): do escritor e meu próprio. Eis a questão maior.

Comecemos com os irrefutáveis argumentos de Douglas Day sobre a personalidade de Lowry, os quais, acredito, mesmo que longinquamente, contribuirão para reforçar as minhas utopias: "Temos de começar por compreender que Malcom Lowry não era na realidade um romancista, apenas o foi por acidente. É difícil saber o que lhe deveremos chamar: escritor de diários, compulsivo tomador de notas, poeta *manqué*, alcoólico vagabundo filosofante – qualquer destes nomes serviria para começar, mas só para começar. Quando se fala com aqueles que o conheceram, a palavra mais utilizada para descrever Lowry é gênio; e a palavra desta vez é adequada...".

Não há portanto nenhum resíduo de dúvida de que estamos diante de um gênio transgressor, aliás desses que, como Dostoiévski, sempre foram alvo de preferência das minhas leituras antigas e atuais.

Douglas menciona, em seguida, outro aspecto fundamental para a compreensão de Lowry: "(...) Existem outros paradoxos no caráter de Lowry, está claro. Para o que nos interessa agora o mais importante é ter sido ele um homem obcecado pela necessidade de escrever e ao mesmo tempo quase inteiramente incapaz de o fazer. (...) Por que razão foi tanta obra começada e tão pouca acabada? Há um certo número de razões. Em primeiro lugar, o método de composição de Lowry era, digamos, excêntrico, o que é o menos que se pode dizer. Ele via as suas obras todas, tanto as já publicadas como as que ainda não tinham sido escritas, como parte de uma vasta série que deveria chamar-se *The voyage that never ends*, cujo romance central seria *Under the volcano*; e recusava considerar qualquer das partes desta série completada até que todas o estivessem. Em consequência deste ambicioso esquema proustiano era necessariamente impossível para ele pôr definitivamente de lado qualquer das obras: idealmente deveria ter sido capaz de as compor todas simultaneamente; mas, na prática, tinha de saltar de umas para as outras, sempre a rever, sempre a polir, sempre a suprimir – sem nunca acabar...".

Esta *Viagem sem fim* – cujo romance central, apenas teoricamente, era *Under the volcano* – não seria o motivo desse eterno retorno, um prolongamento de uma divina gagueira? Douglas Day é quem tem a palavra: "Incapaz de completar qualquer dos seus autorretratos, considerava o seu *Under the volcano* incompleto".

O fantasmagórico sucessor do cônsul Geoffrey Firmin, quando explicado por Lowry a um amigo, é pintado com muitas reservas... Seria de fato um ser vivo? Significativamente, tal como se veria essa chegada num sonho, o primeiro hotel, na cidade do México, onde se hospeda (por um defeito no anúncio luminoso), tem por nome HOTEL... NADA.

"Wilderness não é, no sentido vulgar em que um romancista ou um autor figuram em romances, um romancista. Muito simplesmente não sabe o que é. Uma espécie de homem subterrâneo. Um igual de Ortega, a construir a sua vida à medida que avança, e tentando encontrar a sua vocação; está desinteressado da literatura, é homem sem cultura, incrivelmente desatento, a muitos respeitos ignorante, sem fé em si mesmo, faltando-lhe quase todas as qualidades normalmente associadas com um romancista ou com um escritor... Até os seus métodos de escrever são absurdos, não vê absolutamente nada, nem sequer através dos olhos da sua mulher, embora gradualmente seja levado a ver. Julgo que isto pode fazer dele uma personagem muito original, a um tempo humana e pateticamente inumana..."

Na sua carta a Jonathan Cape, escrita em Cuernavaca e datada de 2 de janeiro de 1946, Lowry diz: "Moro, por acaso, exatamente na torre que foi o modelo da casa de Laruelle e que na época eu só havia visto do exterior – isto há dez anos...”.

No romance, através do reencontro de Sigbjorn e de sua mulher Primrose com essa mesma cidade de Cuernavaca, somos levados quase a um paroxismo de confusão entre a conjuntura do autor e aquela dos irmãos siameses Geoffrey-Sigbjorn.

“Era o carro que no seu livro ia para Tomalín. Em frente dele, aquele banco de jardim, era o lugar onde o Cônsul se sentara. E mais para baixo, para além de Cortez Palace, numa direção em que ele próprio mal pensara, para baixo, naquela rua lá do fim, ficava aquela casa de doidos de M. Laruelle de que até Yvonne se esquecera quando Sigbjorn a levara a regressar. Ainda lá estaria? E ainda lá estariam as palavras escritas na parede, *No se puede vivir sin amar*? E estaria a Calle Humboldt na mesma, como a encontrara Yvonne? E a casa do Cônsul, no número 65, que fora nesse tempo a casa dele, a dele Sigbjorn, e a de Ruth, ainda lá estaria? Meu Deus! A casa de doidos de Laruelle, onde o Cônsul tomara sua decisão. (...) E dizia Primrose, ainda mais excitadamente: ‘Fui à Calle Humboldt, e é exatamente como tu a descreves... E, sabes que mais, a torre de M. Laruelle ainda lá está – é exatamente como tu dizes, só que não tem tantos arrebiques nem palavras escritas nas paredes. Mas é maravilhosa lá por dentro. Nunca estive lá dentro. Inventei tudo’.” Douglas, apesar de profundamente arguto e íntimo de todos os textos de Lowry, não pode ignorar que atravessa um deserto de sombras e age com cautela: “Sempre que tenta inventar uma ação ou um diálogo ou criar personagens verossímeis que não sejam ele próprio, coloca-se em posição muito periclitante. Por vezes, como acontece com Juan Fernando Martinez em *Escuro como o túmulo...*, consegue interessar-nos numa outra pessoa –, mas Juan Fernando nunca aparece no romance, exceto através da recordação que dele guarda Sigbjorn Wilderness. E, quando neste romance nos sentirmos impressionados pela apavorante paisagem mexicana, é uma paisagem interior, a de Sigbjorn-Lowry, a mesma paisagem abissal...”.

Acontece que Sigbjorn e sua quase indistinta companheira não podem encontrar esse antigo amigo (já morto há seis anos), porque eles próprios são meras (ou eternas) projeções de um passado incapaz de corporificar o que quer que seja: mesmo que se encontrem nas setecentas páginas de notas e rascunhos, depositadas, num cofre de banco, por Lowry.

As dificuldades da sra. Lowry e do incansável biógrafo são descritas por alguém que inutilmente tenta apreender e colocar em ordem o sentido acronológico e absurdo de um sonho: "Tivemos de trabalhar a partir de uma formidável baralhada. A 'pastilha', como Lowry gostava de lhe chamar, era de fato um monte de 705 páginas passadas à máquina, já amarelecidas e a esfacelarem-se. De início, a tarefa parecia bastante linear, do ponto de vista do texto: havia na 'pastilha' três textos distintos, de 383, 174 e 148 páginas, respectivamente. Os três textos pareciam seguir-se uns aos outros, de forma que requeria apenas um mínimo de arrumação para nos provermos de um texto digno de respeito. Mas este otimismo era ingênuo. Bem depressa descobrimos que Lowry não trabalhara os três textos consecutivamente – mas que, em vez disso, dera uma invulgar quantidade de passos atrás, fizera adicionamentos, andara na sua própria pegada, tivera falsos arranques, e até intercalara material pertencente a outras obras, a outros romances e contos ('só à cautela', como costumava dizer). E em vários casos uma única circunstância chegava a estar descrita em cinco versões diferentes, nenhuma delas imediata e obviamente superior às outras em qualidade. Tampouco era sempre possível assumir cegamente que a versão mais recente de uma circunstância era a mais acabada ou a preferida do autor; bastante frequentemente Lowry escrevia uma passagem, depois modificava-a, depois riscava as modificações, depois experimentava outras, depois riscava a passagem inteira – depois voltava a inseri-la cinquenta páginas mais adiante. Havia muitas repetições e mais de uma vez tivemos que decidir qual de entre três passagens idênticas, que apareciam noutros tantos capítulos, deveríamos conservar. Existiam personagens anunciados que nunca apareciam, apareciam personagens que pouco tinham o que fazer ali, de forma que deslizavam para fora após umas páginas em que se mantinham embaraçantemente presentes...".

E os despropósitos não ficavam só nesses interditos processos literários. Como revela o biógrafo: "De vez em quando, tínhamos de riscar 'Malcolm disse' e pôr 'Sigbjorn disse'; e havia muitos outros nomes que precisavam igualmente ser mudados...".

"(...) Um homem destes só podia escrever acerca de si próprio, e foi precisamente o que Lowry fez. Seria um clichê dizer que escreveu 'autobiografias muito ligeiramente veladas', mas seria verdade.

Assim, Sigbjorn Wilderness não é simplesmente Malcolm Lowry levando a mulher a passar férias no México: é um Dante ou um Virgilio a caminho do Inferno. E é mais do que eles, porque ali vai uma segunda vez. E o Inferno não é o de mais ninguém, mas o dele próprio..."

Não é por acaso que Malcolm Lowry menciona no seu livro o escritor Lewis Carroll. A pobre Alice sonha que está sendo sonhada pelo rei e desse sonho real (enquanto ele durar) dependerá a sua existência. Tanto Lowry como Geoffrey e Sigbjorn sonham o mesmo sonho e ninguém se apercebe em qual deles esse sonho tragicamente haverá de terminar: *The voyage that never ends*. Também não é só Sigbjorn que se identifica (achado genial de Douglas Day) com "um Lord Jim de meia idade que não tem já ilusões sobre a sua honra; admite o seu medo de tudo, menos da morte – que é na realidade o que ele procura no México...".

"Nos velhos tempos, ele, como Fausto, namorara a danação e gostara do namoro. Para Primrose, a sua agradável, embora não excessivamente perceptiva mulher, a peregrinação cumpre a função de férias-com-exorcismo: Sigbjorn vai visitar os cenários da sua queda anterior e aplacar os fantasmas que o importunam desde então. Mas Sigbjorn compreende que não deseja realmente aplacar os fantasmas, mas reunir-se a eles – e é isso que torna a sua descida ao inferno mexicano verdadeiramente perigosa. Como Sigbjorn diz para si próprio no capítulo IV: 'Era como se o fantasma de um homem que se tivesse enforcado voltasse ao local do suicídio, não por curiosidade mórbida, mas por pura nostalgia de tornar a beber a bebida que lhe deu ânimo para o fazer e para se espantar talvez de ter tido essa coragem...'."

De qualquer forma, a essa altura, mais uma vez, vamos deixar falar Malcolm Lowry na sua famosa carta a Jonathan Cape: "William James e mesmo Freud estariam certamente de acordo comigo em dizer que as angústias do bêbado encontram seus pesadelos poéticos nas angústias do místico que abusou de seus poderes. É claro que o Cônsul, nesta passagem, mistura tudo na sua embriaguez, e de modo magnífico: o mescal é, no México, uma bebida dos diabos, mas continua sendo uma bebida que se pode achar em qualquer cantina. (...) E o mescal é também uma droga que se toma sob a forma de 'botões'; ultrapassar seus efeitos é um dos ritos iniciáticos bem conhecidos, pelo qual todo ocultista deve passar...".

No decorrer dos dois romances as personagens centrais Geoffrey e Sigbjorn permanecem como que agonizantes – desde que são apenas um morto carregando um vivo.

Mais uma vez é o atento biógrafo que elucida: "Esta mortal indolência aumenta nele, até que, por alturas do capítulo VIII, se lhe torna difícil o menor movimento. Primrose renova-se, é certo, mas Sigbjorn não: ele apenas pode jazer inerte, cego, despojado de curiosidade, despojado de amor, 'entalado numa angústia do passado, numa agonia do eu, agrilhoado pelo medo, envolto nos tentáculos do passado, como um acabrunhado Laocöon...".

Seria incapaz de afirmar que Douglas Day não se apercebeu das repentinas e até milagrosas modificações que começam a separar – nos seus trágicos destinos – as duas personagens em questão, Geoffrey e Sigbjorn.

A diferença jaz no caráter de avaliação dessa peripécia.

Para Douglas são dois romances distintos, com semelhanças apenas propositais ou ocasionais. Quando observa as reações de Sigbjorn, ele apenas não percebe – ou deixou passar – o crucial acontecimento de que Lowry é que fora engolido (ou enganado) pelo seu duplo e pela sua própria vontade de escritor.

Douglas entrevê a significação de Lowry-Sigbjorn, mas acredita que esta é apenas a solitária linguagem do destino, e não o próprio destino.

"(...) Ou para dizer o mesmo por outras palavras, utilizemos uma imagem não de descida e de morte, mas de ascensão e renascimento. Esta imagem, a da Fênix ressurgindo da sua pira funerária, era uma das favoritas de Lowry, um presente de Conrad Aiken; e Lowry utiliza-a quando permite a Sigbjorn especular que era como se a pira funerária se tivesse mostrado insuficiente para a Fênix e ela tivesse tido de olhar em redor à procura de outro gênero de imolação, nas profundezas do passado. E havia de encontrar o seu velho eu, ali no México, melhor do que em nenhuma outra parte, embora não exatamente o velho eu em que pensara: vinha ali para encontrar face a face, além de Fernando, como esperava, tudo o que aquele eu tinha apenas incompletamente transcendido.

(...) E Juan Fernando morreu assassinado, muitos anos antes, bêbado, numa cantina. O amigo de Sigbjorn jaz no seu escuro túmulo – e assim jaz enterrada a ameaça para Sigbjorn. Sigbjorn acha-se independente com a possibilidade agora de viver, pondo alguma esperança no futuro para si e para Primrose. Torna-se-lhe isto claro, para nós também quando Sigbjorn é capaz de rezar por Juan Fernando e – o que é mais importante – de pedir também a bênção de Deus para John Standford. Como compreende na visita a Mitla no último capítulo, consegue agora ver-se a si próprio não simplesmente como uma personagem fictícia, um capricho de algum semicompetente demônio a escrever a vida de Sigbjorn para ele, mas como diretor da sua própria vida, capaz de controlar o seu destino. É um Roderick Usher escapado à destruição na queda da sua casa."

Sigbjorn descobre "muito cedo na manhã seguinte que El Farolito já não existe. E ele e Primrose viajam para Oaxaca sentados nos lugares da frente do carro enquanto em seu redor observam os indícios da bondade de Juan Fernando; os terrenos florescem graças ao trabalho do banco de Juan Fernando, o Banco Ejidal. Os campos de Etla tornaram-se um paraíso terrestre. Um renascimento se estende por sobre eles: Sigbjorn desejou um desenlace feliz, e obteve-o. No entanto, este livro não é nenhum *Under the volcano*. Poderia ter sido, mas não é...".

Como já esclareci, a minha ideia não se estruturou em nenhum elemento lógico. Teve seu aparecimento em presságios e sinais indicativos que, por sua vez, poderiam desabrochar nas mais desordenadas situações... Embora ninguém possa me convencer de que o desgraçado Sigbjorn não era uma alma penada e, como ele, poderia repetir à maneira de Yeats: "Uma obra de arte deveria ter apenas um tema".

Um único e soberbo Leviatã. O Leviatã te espera, o crocodilo-baleia--dragão, sôfrego de desastres e extermínios, repetidos mil vezes, a despeito dos literatos e outros menos avisados que "insistem na autoconfiança errônea que por sua vez nos enche de desespero porque de fato somos extremamente dependentes dele e temos de lhe pedir ajuda a todo momento em vez de pedir a nós próprios".

No mesmo instante dessa estranha digressão, a mulher do escritor – coberta de razão – exclama: "As tuas palavras soam como se estivesses a falar de Deus".

"(...) Essa é a sua principal dor de cabeça, porque, tendo-nos dado vida, também nos deu uma vontade. Se isso funciona ou não construtivamente, como dizemos, é absolutamente alheio à questão. Ou sem o que nós chamamos desejo, com palavras nossas. Mas não alheio à questão do lado dele; porque, se a nossa vontade for suficientemente forte no fiar da roca, não no-la pode conquistar. Nós podemos insistir num fim trágico e alcançá-lo quando o que ele quer é um fim feliz."

Sigbjorn reconhece as suas limitações e se queixa: "Além disso era ainda destino, ou coisa no gênero. E mais, este é que é o livro. O livro verdadeiro. É como se tudo o que fazemos faça parte dele. Não o consigo escrever, está claro. E se o escrevesse, seria provavelmente impossível de ler. Mas este é que é. Até os erros que cometemos parecem fazer parte dos desígnios daquela praga – e talvez sejam as partes que ele risca na manhã seguinte, quando coloca a sua preciosa mesa de trabalho outra vez pendurada entre duas estrelas...".

Por acaso é enigmática, obscura ou desconcertante essa situação do livro *verdadeiro*? Nada disso. Como um visionário, Lowry define o impossível, ou seja, aquilo que jamais alguém disse, ou escreveu, ou pintou: a forma nova, monstruosamente escondida nos arquétipos da mente e dos próprios e derradeiros segredos do universo da linguagem ou da representação das coisas. Ir ou chegar adiante – se possível fosse – seria alcançar o Grande Vazio, aquele que Eckhart expressa como o NADA ou DEUS.

Como uma personagem saída de *O livro tibetano dos mortos*, o pobre Sigbjorn terá de prosseguir vagando inexoravelmente a sua repetitiva sina (pecado ou destino?).

"E se tua boa praga decidir que deves tentar escrever esse livro?", diz a mulher. "Penso que tentarei mesmo escrevê-lo."

Então, Lowry, durante um largo período, escreveu *The valey of the shadow of death*[11], que, na verdade, em seus doze indispensáveis capítulos, continham a dupla versão que hoje, não sem certo assombro, todos conhecemos.

Descansaram os três nos ásperos braços de Leviatã e sonharam a sua Negra Caminhada... Pois a perdição do homem é esquecer...

Neste reino tudo é possível e tem o seu oposto, foi como se uma força superior ordenasse: eu os condeno ao esquecimento.

6 de setembro

Pego um jornal do Sul, onde se anuncia a morte de Emerick Marcier, nos primeiros dias de setembro, em Paris, aos setenta e quatro anos.

---

[11] Sigbjorn, por diversas vezes, intitula *Under the volcano* com esse mesmo nome. A minha mudança também foi proposital (N. do A.).

7 de setembro
Partidos estão os vasos harmoniosos...

Sim, todas as coisas estão atingidas, semidestruídas ou em vias de destruição. E se falo com esse desencantado pessimismo não fica por conta apenas de suposições. Estou amplamente justificado por fatos e registros do conhecimento de todos. De há muito que eu desejava comentar o estranho desígnio das criaturas que, ao mesmo tempo se ocupando com esse tão antigo como inexplicável *ritual* das artes, implacavelmente contribui para destruí-lo. Duas notícias podem justificar esse fato: uma delas saindo de uma revista, *Holocausto da memória,* assinada por Luís Nazário, que se ocupa da destruição dos filmes desde a criação do cinema; a outra, de uma simples notícia jornalística sobre a sanha dos modernos vândalos nos jardins romanos do *Pincio.*

Considero a transcrição, mesmo que sucinta, desses recortes, algo da maior importância em relação ao destino das obras de arte do passado, presente e futuro. "Sem muito me alongar", diz Nazário, "registro que cerca da metade dos filmes produzidos no mundo, desde a invenção do cinema até 1950, desapareceu! (...) A destruição sistemática do cinema revela tragicamente o desprezo que os homens em geral manifestam em relação aos seus próprios sonhos".

Com relação às estátuas do *Pincio* – alvo predileto dos vândalos, particularmente dos noturnos que, apesar das restaurações feitas, provocaram nos bustos de mármore danos irreparáveis –, mesmo depois de removidas em 1984 para serem submetidas a um profundo trabalho de restauração, foram novamente alvo da fúria de um polonês desequilibrado que as agrediu armado de um martelo, conseguindo destruir uns oitenta e nove narizes.

Dos duzentos e vinte e oito bustos do *Pincio,* trinta e sete estavam irreconhecíveis. Bocas, olhos, narizes, haviam sido destroçados ferozmente, provocando profundos ferimentos no mármore. Também muitas das estátuas, na ocasião do campeonato de futebol, haviam sido pintadas com *spray* e com as cores das equipes romanas.

De qualquer maneira, não posso deixar de notar que o impulso iconoclasta é no homem tão antigo e compulsivo como o de criação de imagens, sejam elas sagradas ou profanas. Portanto, não podemos de sã consciência condenar os vândalos como se eles fossem os únicos *culpados* desses detestáveis acontecimentos. De uma maneira mais atenta, os artistas teriam de compartilhar do banco dos réus perante uma justiça que não seria só aquela dos homens. Confesso que eu mesmo não sei para que lado o braço dessa sagrada balança haveria de pender.

Procuro imaginar o pequeno polonês iconoclasta como se fora numa cena de filme mudo em preto e branco, numa noite de magnífico luar, em pleno jardim do *Pincio*, vestido impecavelmente de fraque e chapéu coco (como se fosse uma figura de Magritte), em movimentos sincopados como um autômato de uma terrível precisão, a golpear e destruir, com seu implacável cinzel, os oitenta e nove narizes daquelas nostálgicas e enluaradas estátuas romanas.

10 de setembro

Leio certos trechos (perdidos e achados dos meus cadernos de 1974 e 1975) como se fossem de um estranho. Acontece que nós somos todos e também não somos *ninguém*.

Borges insiste para que se evite a leitura dos autores chatos. "Fazer tal coisa é um pecado." Acha Samuel Beckett um chato. Não estou de acordo com esse julgamento. Mas por falar no assunto, o livro *Consciência à flor da pele*, de John Updike, é uma interminável chateação.

13 de setembro

Ontem mandei um telegrama para o amigo Júlio Rezende, que inaugura hoje, no Museu de Belas Artes do Rio de Janeiro, uma exposição de suas pinturas recentes. Tanto Rezende como o seu colega Júlio Pomar são para mim os dois grandes expoentes da pintura portuguesa atual, sem esquecer, é claro, Maria Helena Vieira da Silva, que não sei sequer se está viva, se ainda mora em Paris ou em Lisboa.

14 de setembro

Finalmente, tenho *O livro tibetano dos mortos* em mão, e, surpreendentemente em tradução brasileira. Pelo menos agora já posso saber quem é Evans-Wentz, citado por Huxley no seu ensaio *As portas da percepção*. A tradução original deste texto (do tibetano para o inglês) foi elaborada conjuntamente pelo Dr. W. Y. Evans-Wentz, do Jesus College, da Universidade de Oxford, e pelo Lama Kazi Dawa Samdup. Deve-se observar que o Dr. Evans-Wentz reconhece-se mais como um auxiliar, dizendo que o Lama chamava-o de "seu dicionário vivo de inglês" e atribuindo o trabalho real ao Lama.

Quanto ao conteúdo do livro, posso bem imaginar as quase intransponíveis dificuldades que terei ao tentar enfrentá-lo. Qualquer leitura é difícil. Muito mais difícil ainda é a abordagem – simples ou literalmente falando – de textos cuja cultura, receitas e religiões nos são estranhas ou mesmo desconhecidas. Logo nas páginas do prefácio do editor, estão escritas as últimas palavras do sábio Mutus Liber que poderiam ajudar o leitor universal: "*Ora, lege, lege, lege, relege, labora et invenies*".

15 de setembro

Curiosamente – e fica bem claro para mim – de uns meses para cá, durante o sono, a estrutura e qualidade dos meus sonhos têm se modificado de uma forma inquietante. Em primeiro lugar, é como se esses sonhos não fossem meus (alguém sonhasse por mim). Mas esse *outro*, mesmo com suas diferenças formais, é alguém muito próximo, uma vez que a profissão de artista, pintor e escultor, ligada às ocorrências literárias, continuam como tema central dos sonhos. Eles balizam tudo. Eu diria até que os aspectos eróticos que aparentemente me dominam são os mesmos. Mas o *todo* na sua apresentação muda categoricamente de ritmo. É um sonho narrado num outro estilo e que pertence a outro livro.

No final do filme de Peter Greenaway, *A barriga do arquiteto,* há uma cena semelhante que deve ter sido inspirada na mesma fonte que colhi, sobre um maníaco polonês que sistematicamente golpeava e arrancava os narizes das estátuas romanas para em seguida jogá-las no interior de uma sacola. Ali estava expresso, em toda a sua terrível e patética contundência, a inutilidade de qualquer esforço em preservar as obras de arte num mundo de paixões insanas.

26 de setembro

Ainda não pude adivinhar por que os sinais mais que evidentes da abertura do verão sempre me pareceram o começo do fim de um ano. Desde criança, sempre fui uma pessoa invernosa, o que quer dizer alguém que amadurece no frio e debaixo dos aguaceiros, e não no calor.

Começa a me preocupar esse diário interminável, em que as contradições permanecem letras mortas e o que interessa é o galgar de uma montanha inexistente, como se a vida começasse a depender de palavras, e, tanto mais ambiciosas, mais justificadas. Na realidade, tenho conhecimento de que sempre misturei vida e ficção (que mal há nisso!). No entanto, nesses últimos dias, verificando uma série de anotações fora da pauta dos cadernos, notei que tenho prestado pouca atenção à descrição dos meus últimos trabalhos escultóricos e pictóricos, como se eu procurasse propositadamente silenciar sobre eles, evitando que os mesmos navegassem nesse encapelado mar da literatura. São bem mais simples, reconheço. Contudo, longe de mim pensar que uma coisa fosse antípoda da outra. Mas, como diz Nonato (figura desaparecida, mas que ultimamente tem me visitado), "uma lhe veste melhor que a outra. As palavras são o seu uniforme habitual, ou melhor, são a sua máscara, a capa negra e o florete...". Nonato sempre se caracterizou como uma pessoa que deseja me contrariar, mas, assim mesmo, não no sentido investigatório, e sim como quem, há tempo, pôde evitar o pior em minhas andanças nem sempre muito seguras.

Na minha desgarrada solidão, propícia a toda sorte de devaneios, Nonato preenche de uma maneira exemplar este vazio que pode me levar, se não ao desastre, pelo menos ao descrédito. Ele nunca admitiu que a condição de renegado jamais me amedrontou e se desdobra em gargalhadas verdadeiras quando falo no meu antigo modelo juvenil, o nobre, o belo Lord George Noel Gordon Byron.

– Romântico, você!? – ele arrasta seu sorriso mal disfarçado.

– Pois bem, Nonato, esteja certo que, se no futuro (coisa que não acredito), eu permanecer na memória de alguém, meu último *nome* será aquele de um artista verdadeiramente romântico, acrescentei. Se você tiver paciência de acompanhar esse pequeno trecho que marquei hoje à noite do livro de E. H. Gombrich, *Arte e ilusão*, você vai compreender um pouco melhor as chamadas profundas e inalteráveis contradições de um artista: "Talvez essa pequena passagem traia, como diz Gombrich, a razão final da insatisfação de Leonardo com a sua arte e a sua relutância em chegar ao momento fatal da conclusão da obra: todo o conhecimento e toda a imaginação do artista de nada servem, pois é apenas um quadro que ele esteve pintando, e sua aparência será plana. Não é de admirar que os seus contemporâneos o descrevessem, nos seus últimos anos, cada vez mais irritado com os pincéis e mais absorto na matemática. A matemática o ajudaria a ser um verdadeiro criador. Lemos hoje sobre o projeto da 'máquina voadora', de Leonardo, mas se examinarmos as suas notas não encontraremos tal expressão. O que ele queria fazer era um pássaro que voasse, e uma vez mais há um tom exultante na famosa profecia do mestre de que o pássaro haveria de voar. Não voou. E logo depois, encontramos Leonardo hospedado no Vaticano – ao tempo em que Michelangelo e Rafael estavam lá, criando as suas mais famosas obras – brigando com um alemão fabricante de espelhos e prendendo asas e uma barba num lagarto amestrado para assustar suas visitas. Fabricou um dragão, mas isso foi apenas uma excêntrica nota de rodapé na sua vida de Prometeu. O desejo de ser um criador, um fazedor de coisas, passará do pintor para o engenheiro – deixando ao artista apenas a pequena consolação de ser um fazedor de sonhos". Compreenda, Nonato, eu não sou Leonardo. E você sabe disso melhor que ninguém, mas insisto, à minha maneira, que também sou um criador de mitos.

Antes de desaparecer como um duende, e de uma forma inesperada, Nonato vociferou o que eu suponho ser dois versos:

Que é isso ou que é aquilo,
Mas não me use os nomes putrefatos.[12]

Eu não podia perder tempo com Nonato, embora a sua *execração* tenha calado fundo no meu espírito. Era evidente que ele não brincava.

27 de setembro

Para o diabo com Nonato! E se a minha condenação é permanecer agarrado a um interminável diário, não será a sua sábia integridade que me impedirá de resvalar no abismo.

E assim, com a minha mão trêmula, continuei a escrever, abordando como sempre os meus temas prediletos, isto é, o que já foi escrito, exumado e investigado por todos, sobrando aqui e ali algumas migalhas às quais eu me segurei como se descobrisse um novo continente ou um bom pedaço dele. E foi assim

[12] Trata-se de dois versos de Wallace Stevens retirados do seu longo poema "O Homem do Violão Azul" (N. do A.).

que eu comecei dizendo que uma boa parte da obra de Franz Kafka só foi publicada após a sua morte, em 1924 (como se alguém não soubesse com exatidão essa data!). E assim prossegui: *O castelo*, por exemplo, apareceu em 1926, um ano antes de eu nascer. Acontece que, em 1922, o escritor fez a leitura de parte desse livro para alguns amigos. Como fiz uma referência numérica (citar datas é sempre uma espécie de incurável tolice) a respeito do tempo que separa um pequeno texto de Lichtenberg daquele do aparecimento de *O castelo*, vamos diminuir essa diferença em quatro anos. Em vez de 127 anos, ficaríamos apenas com 123. Mas essa estapafúrdia cronologia ainda assim é suspeita, porque tomei como pressuposto o texto de Lichtenberg que data de 1799, como se encontra no Terceiro Caderno dos *Aforismos,* e este tem datas de 1775 a 1779 e tudo volta à primitiva confusão. Se por acaso insisto nesse assunto – aparentemente sem solução – é porque eu próprio começo a resvalar para o absurdo.

Aliás, hoje, por pura desocupação, estou propenso a infantilidades. Não é que, acabando de ler um artigo "A Arte", eu ia dizer *Cortesã...!*, quando fica preferível enunciá-lo em francês, como se encontra no original: *"L'Art de Cour en France"* (1350-1500).

No decorrer da leitura deparo-me com duas ilustrações (dois quadros), cujo aspecto me lembrava em cheio dois outros personagens totalmente diversos, no tempo e no espaço, daqueles representados. A aparência física, e talvez até espiritual, era tamanha que não titubeei inocentemente em recortá-las e pregá-las neste caderno. A primeira dessas imagens representa o Duque Louis II D'Anjou (1415), cuja semelhança é tão extraordinária com o atual presidente da França, François Mitterrand, que me levaria até a pensar numa possibilidade de reencarnação.

No caso, mesmo a roupagem à antiga não afasta a ideia de que se trata de uma única e mesma pessoa: François Mitterrand, ao *natural,* como de fato é ou pensa que é – ou mesmo que não tenha a coragem de demonstrá-lo – não quer afugentar ou escapar do perfil do Duque D'Anjou (sua imagem preferida), cismarento na solidão do seu gabinete palaciano, sonhando com antigas ou novas glórias, talvez debaixo de um fascínio insidiosamente perverso...

A segunda pintura é desconcertante, embora tenha outras implicações que remetem ao campo da arte e as suas misteriosas aproximações. Trata-se do retrato do Rei João, o Bom (1360), cuja cabeça pintada de perfil sobre fundo dourado lembra não só as inúmeras fotografias de Gauguin como também alguns dos seus autorretratos executados nesta mesma posição. Um ou vários desenhos de Pissarro captam em rápidos traços esse perfil tão característico (nariz de águia) do artista, cuja ancestralidade peruana diziam ser-lhe motivo de grande orgulho para Gauguin. A enorme cultura pictórica de Gauguin, ou melhor, o seu admirável sentido de *escolha* daquilo que deveria ser devidamente apreciado para o arrebatado desenvolvimento de sua arte, levou-o à velha pintura francesa, como também ao que havia de melhor nos flamengos primitivos e nos alemães. O seu gosto pioneiro pela arte extraeuropeia em nada atrapalhou o seu discernimento em agarrar, com unhas e dentes, os grandes e imorredouros exemplos da arte ocidental. À sua maneira – entre artistas e colegas de sua época – também foi um rei. E depois, um rei de sua Ilha.

28 de setembro

No fim da tarde de ontem, visita à exposição das recentes pinturas de Ismael Caldas. Algumas paisagens de sentido enigmático, rigorosamente construídas e, no entanto, cheias de intenções literárias. Uma delas – como se houvesse sido observada numa hora morta, não propriamente crepuscular – deixou-me hipnotizado pela sua atmosfera agônica, tão próxima ao espírito de Kafka.

Diante da pintura, observei que no meio daquele vale de sombras, K. – o ainda resoluto agrimensor – deve ter andado por longo tempo à procura de uma vereda que o levasse até *O castelo*. Muito ao longe, entre o escuro matagal, quase na linha do horizonte, podia-se ainda divisar a incompreensível miragem. K., uma curiosa espécie de paladino, estava sempre a perguntar: *Que queres constantemente de mim?*.

E ainda sobre a influência do quadro de Ismael Caldas, pretendo reler (depois de tantos anos passados) *O castelo*, de Kafka. Coisa estranha... À medida que me adentro na releitura, o pequeno livro de bolso (edição portuguesa Europa-América) vai paulatinamente se desintegrando aqui e ali, soltando as páginas. É preciso muito cuidado para que não se percam ou desapareçam.

Numa determinada página, novamente deslumbra a pintura de Ismael:

"(...) *O castelo,* cujos contornos já começaram a esfumar-se, jazia imóvel como sempre. K. jamais notara o menor sinal de vida lá em cima e, talvez, até nem fosse possível aperceber-se de qualquer coisa a esta distância. Contudo, era isso o que os seus olhos exigiam, recusando-se a tolerar aquele silêncio.

(...) Hoje a escuridão prematura ainda mais acentuava esta impressão: quanto mais K. olhava, menos distinguia, mais tudo se afundava no crepúsculo".

Na mesma exposição, um pequeno estudo de nu feminino (25 x 30cm), com o curioso título de *Mons pubis,* deixou-me interessado em adquiri-lo.

Quanto a isso, não há dúvida que ando me metendo onde não devo. Gostaria muito de me fazer entender por meras alusões e anacolutos, mas aqui, por estas bandas, o *discurso* tem de ser curto e grosso, nada que um *Scholar* ou um *Gentleman* possa esperar de razoavelmente aconselhável.

Pecados graves:

1. Omitir-se no aliciamento do mito.

2. Não ter coragem suficiente para uma solidão completa.

3. Deixar-se levar pela nostalgia (a fatal *distração* mencionada n' *O livro tibetano dos mortos*) sem uma obstinada resistência.

29 de setembro

Pergunta: Você? O que você representa?

Resposta: Represento o princípio da incerteza burlesca. Sou a paródia de mim mesmo.

Aproveitei o pequeno recorte de jornal como pergunta para responder talvez com excessivo rigor – embora merecido –, castigando-me por tantos e contínuos desacertos (leia-se, por favor, disparates). E, pelo amor de Deus, não vejam nesta conjetura nenhuma forma de homenagem, coqueteria ou autocomiseração. Interprete-se como um decreto condenatório pessoal. E se lhe acrescente: "Revogam-se as disposições em contrário".

3 de outubro

Não é só um problema de circunlóquios, embora respeite a estonteante lucidez de Chesterton, quando este condena o nazismo, associando-o a certos pensamentos de Carlyle, nos quais o escritor católico via tudo o que há de bárbaro e estúpido nesse mundo. Apesar dessa advertência, continuo a *ansiar* – como Carlyle – por um mundo que não seja o caos provido de urnas eleitorais.

Minha avó, D. Maria da Conceição do Rego Barros de Lacerda, teve ainda escravos a seu serviço. Era neta de João do Rego Barros, Barão de Ipojuca, e sobrinha-neta de Francisco do Rego Barros, Conde da Boa Vista. Ela costumava nos advertir de procurar se ausentar o mínimo possível de nossa casa. "Quanto a mim", ela dizia, "saio pouco. Cada vez menos. Pode acontecer que na cidade alguém me pergunte alguma coisa, e eu não sei de nada."

Volto aos meus pensamentos obscuros que, talvez, até fossem confundidos com um certo descaso de minha parte, aos assuntos ligados diretamente ao Castelo, uma vez que uma pessoa do mérito de Klamm (digamos mesmo do respeito que lhe era devido) não se aborda assim sem mais nem menos. Ainda há poucos dias, o presidente C., segundo informe extraoficial, desmarcou sem maiores explicações um almoço com o ilustre ex-secretário de Estado norte-americano Sr. Henry Kissinger. Ficou-se por saber depois quem o havia marcado. Ora, eis um tipo de incidente diplomático que jamais será posto a limpo. Teria o presidente desconfiado que o Sr. Kissinger – como no absurdo caso de Klamm – não era o verdadeiro Sr. Kissinger, e sim um outro? Alguém que inexplicavelmente quisesse se passar por ele? Não, não vamos adiante. Mas da mesma forma que a apaixonada Olga tenta abrir os olhos de K. (em se tratando de Klamm tudo é possível), "às vezes é verdade, mas isso é coisa que ele também faz em outras ocasiões. Klamm está a limpar as lunetas no preciso momento em que Barnabás se aproxima e olha talvez para ele, se é que Klamm vê alguma coisa sem lunetas, do que Barnabás duvida. Klamm tem então os olhos fechados, parece dormir, e só em sonhos está a limpar as lunetas".

Aliás, a própria Frieda sentenciosamente – na mesma noite que travara conhecimento com K – dissera: "Os senhores dormem muito. É uma coisa que a gente mal compreende". Não estou a gracejar, logo num dia como hoje, quando *o poder* se encontra em jogo. O que me confunde é o espantoso poder mimético de Klamm e tomo como testemunho o longo depoimento de Olga, que logo de início me pareceu confiável. De resto, como já afirmei, hoje é um dia em que se defrontam misteriosas personagens à procura do poder e sobretudo de algumas forças a mais, essas totalmente inextricáveis[13].

---

[13] O hábito ou o propósito de misturar personagens fictícias com pessoas vivas e o conjunto descrito por mim mesmo pretendem buscar uma certa expressão literária, de resto, já usada por vários outros autores (N. do A.).

De Barnabás ou de quem quer que seja, esta *visão* (ou revisão) das pessoas ou das coisas não é de todo desarrazoada... Mesmo como uma ideia fixa, é prudente mantê-la quando se trata de potestades. Quem de bom juízo (se é que essa qualidade possa ser humana) garantiria a sua verdadeira identidade?

De repente podemos nos defrontar – sem nenhum aviso – com forças malignas, o que não é de bom alvitre. Georges Bataille, no seu livro *A literatura e o mal*, observa: "Nada é mais pueril ou mais silenciosamente incongruente que K. de *O castelo*, que o Joseph K. de *O processo*. Este duplo personagem (o mesmo nos dois livros) sorrateiramente agressivo, agressivo sem cálculo, sem razão; um capricho aberrante, uma obstinação de cego o perdem".

Mas não é exatamente aí que habita o inconfundível *pathos* de Franz Kafka, no dizer de Borges, "um mundo de castigos enigmáticos e de culpas indecifráveis".

Dando um paradeiro a essas notas – tão significativas para o dia de hoje – vamos ainda servir-nos de dois versos de Wallace Stevens, os quais igualmente sinalizam o perigo:

O demônio que não pode ser quem é,
Que faz mudar a cena que muda sem cessar.

12 de outubro

Duas cartas: uma de Wesley Duke Lee, acompanhada de fotos do jardim do seu ateliê, e outra do bom amigo Júlio Rezende (já de volta a Portugal). Wesley envia também um exemplar da revista *Guia das artes* (Ano 5, nº 20), na qual existe uma reportagem completa (em fotos – uma espécie de história em quadrinhos) sobre a montagem em Veneza da sua mágica *Fortaleza de Arkadin*. No dorso de uma das fotos do jardim está escrito: *Carroll Gardens* (uma homenagem a Lewis Carroll). Acontece que neste belo cenário, no centro de um pequeno lago, foi colocada uma das minhas esculturas da série *O ovo da serpente*. A escultura muito branca ressalta forte nos tons sombrios da vegetação lodosa e da água quase negra.

Segundo comenta Wesley: "Pela manhã e no fim da tarde, o cardume de peixes dourados circula o ovo várias vezes e depois se dispersa".

Para mim, foi uma surpresa insólita ver uma escultura associada ao nome de Carroll, ainda mais por ter falado dele há poucos dias. Enfim, na vida tudo acaba por se entrelaçar. Compreender essas coisas é, ao mesmo tempo, desafiar o abismo e ainda poder dormir em paz.

19 de outubro
Num significativo exemplo de que a poesia japonesa se baseia no contraste, Borges cita uma das mais famosas: "Sobre o grande sino de bronze, pousou uma borboleta".

Neste verso, diz Borges, "obviamente, não se compara nada com nada. Apenas procura-se o contraste. O firme e durável sino de bronze com a efêmera borboleta. Não há metáfora".

Aconteceu algo fora do comum, pois na ânsia de apreender a beleza desse verso (de fato extraordinário), por duas vezes consecutivas, eu o li de forma diferente: "*sou* o grande sino de bronze, *pensou* uma borboleta". Na verdade, o meu lapso pessoal recriou um verso assombroso, com a peculiaridade de intensificar o contraste e também de não acrescentar nenhuma metáfora.

Aproveito o ensejo para adicionar aos *escassos* exemplares de romances lidos pelo nosso querido Borges mais um de origem chinesa: "Estou convencido de que um romance como *O sonho do aposento vermelho*, um grande romance chinês, não menos modificado do que o dos russos, é admirável e o conheço através de duas traduções".

Nota: de qualquer maneira, sinto-me propenso a acreditar que a casual irregularidade do meu verso japonês transformou-o em algo muito mais próximo dos *enigmas* de Carroll do que da poesia japonesa propriamente dita.

Sem nenhuma hesitação, prefiro-o de longe à amostra original. Encantado pelo equívoco, repito o verso:

Sobre o grande sino de bronze
Pousou uma borboleta.

Sou o grande sino de bronze
Pensou uma borboleta.

"Todos estão em toda parte, e tudo é tudo".
Adivinhou Plotino.

Como me informaram que a grande tradição da poesia chinesa e japonesa acredita (ou permite) que um só poema pode ser *infinitamente* modificado, ousei pensar como Plotino: "Todos estão em toda parte e tudo é tudo". Daí para o poema foi um só passo.

Depois de verificado, não deixa de ser interessante que o substantivo *sequência* – título que improvisei para o meu poema – possua nove letras. O verbo adivinhar, mesmo na sua forma pretérita, igualmente insiste em nove letras. O nome próprio de Plotino revela sete letras, número este de caráter reconhecidamente mágico. No final do poema, num ímpeto simplista, pensei em colocar: "Plotino diz...". Mas recuei a tempo, porque um verdadeiro filósofo assim como um poeta não *diz*. Antes, como todo sábio ou profeta, *adivinha*.

A opção plotiniana (que de longo tempo convive nas pedras da muralha do *Grande Pátio*) não poderia ser outra: acolhe o Egito, Roma e o Cristianismo. Ele é, em sua peculiaridade, *toda parte,* o Oriente e o Ocidente.

Quanto ao título – o mais delicado dos afazeres – "Sequência", já pressagia *tudo*: segmento, sucessão, desdobramento, enfim, a sequência dos fatos. "A última sequência resolve os enigmas das anteriores." Como sempre acontece, a tentativa de explicação de um poema é bem inferior ao poema. Mas como não há poema algum, e sim *borboletas* e *sinos*, fica o dito pelo não dito.

22 de outubro

Visita de um crítico de arte, o norueguês Harald Flor, que já visitou São Paulo, Manaus e agora se encontra no Recife. Perguntou-me à queima-roupa se eu gostava de Edvard Munch. "Ah! Munch", eu exclamei. "É um dos artistas expressionistas que mais admiro. Grande, muito grande", eu disse, no meu estropiado francês.

O francês falado pelo Harald ainda era bem pior do que o meu. Mas, na realidade, o que ele desejava era me "surpreender" com a sua câmara fotográfica, sem dúvida manejada por olhos e mãos de mestre. Embora não o tenha encontrado, ele esteve na XIV Bienal de Veneza. Terminei, quando a conversa já não fazia mais sentido, pedindo uma descrição da região dos fiordes. Ele não se fez de rogado: "Como a floresta amazônica, não há palavras que consigam expor a surpreendente beleza (estupefaciente) de um fiorde norueguês". Depois completou: "A luz do sol, esses golfos profundos e estreitos que penetram nas costas do nosso país (como um punhal entre as costelas) são... são, mesmo para nós noruegueses, como outro planeta".

Ainda o discurso do outro, de Vincent van Gogh para Theo, seu irmão, sobre Gauguin: "Ele diz que quando os marujos têm de carregar um fardo muito pesado ou levantar uma âncora (...), eles todos cantam juntos para se animarem e para darem forças uns aos outros. Que é isto que falta aos artistas!".

24 de outubro

Duas coisas que eu ignorava: o poeta René Char, que supunha normando, era originário do departamento de Vaucluse, na Provença, tendo nascido, mais precisamente, na cidade de L'Isle-sur-la-Sorgue. Desconhecia, também, que o argelino Albert Camus foi enterrado em Lourmarin, igualmente no Vaucluse. Na sua tumba, feita de uma velha pedra romana enviada de Tipasa – terra que Camus insistia ser ainda habitada pelos deuses – foi gravada uma frase retirada de *Noces*: "Eu compreendo aqui o que se chama glória, o direito de amar sem medida".

Nota: quando chamei Camus de argelino, só desejava lembrar do seu nascimento na Argélia. Também não posso asseverar se de pai e mãe franceses. Contudo, não esquecer que essas duas pátrias certamente contribuíram para os seus dois grandes romances: *O estrangeiro* e *A peste*. Tomei conhecimento do seu teatro ao ler *Calígula*, no ano de 1952, na cidade de Lausanne.

26 de outubro

O dia inteiro às voltas com a minha pintura *O colecionador* executada no ano de 1968. Na verdade, uma homenagem ao escritor inglês John Fowles. O quadro, que se encontrava muito estragado, passou por uma rigorosa restauração e foi trazido pelo seu atual proprietário que, tudo indica, deseja vendê-lo. Por incrível que pareça, a tela restaurada necessitava de minha assinatura, data da realização, etc. (Eu o havia pintado na frente de uma das minhas amantes apenas para demonstrar que eu sabia pintar, se o quisesse, como um pintor clássico).

Aproveito agora para fazer um histórico desse quadro que para mim tanto significou e ainda significa. Providenciei igualmente algumas fotografias para tê-las como lembrança, caso ele seja vendido.

O colecionador

Este quadro, pintado nos idos de novembro de 1968, tem por título uma justa homenagem que desejei prestar ao grande (hoje pouco comentado) escritor inglês John Fowles, nascido em 1926.

O romance *O colecionador* foi escrito por Fowles em 1963. A primeira edição aparecida no Brasil (Editora Civilização Brasileira) tem a data de 1968. Assim, o filme alicerçado no romance e dirigido pelo grande mestre do cinema William Wyler, magnificamente interpretado pelo então jovem ator Terence Stamp, produzido em 1965, só apareceu entre nós no final dos anos 1960. As posteriores edições de *O colecionador*, entre elas a da Abril Cultural (São Paulo), datam de 1980.

No ano de 1966, Fowles também escreveria o romance *A mulher do tenente francês*, igualmente convertido em filme, no final dos anos 1970, estrelado pela atriz inglesa Meryl Streep, hoje famosa.

A minha tela denominada *O colecionador* foi pintada a óleo com as dimensões de 1,61 x 1,30m de largura. Está assinada Brennand (com tinta vermelha) numa faixa horizontal que fica logo à direita da base do quadro e tem como data o ano de 1968. Na pintura, o colecionador aparece nitidamente, apesar das agigantadas borboletas esvoaçantes, encarnando a figura de um *gentleman* muito bem trajado e ostentando em sua cuidada cabeça um chapéu tipicamente inglês. Propositadamente evitei a personagem demasiado jovem de Frederick Clegg, preferindo "um colecionador" mais velho, embora não menos obsessivo. Ambos podem ser ao mesmo tempo o *Calibã* shakespeariano e os desastrados algozes de Miranda.

Eu tinha quarenta e um anos completos quando pintei esse quadro. Curiosamente, à medida em que o tempo passou, essa figura central cada vez mais, nos seus traços físicos, se assemelhava a um autorretrato. Poder-se-ia também confundi-la com um retrato do meu pai. Há evidentes traços familiares.

No primeiro plano do quadro, sob um estreito tablado, repousam as belas pernas da infortunada Miranda, calçando um encantador par de sapatos em duas cores, azul e vermelho.

Suponho que, no todo, se o próprio Fowles conhecesse a pintura, ficaria estimulado pelo intuito simbólico da homenagem e a compreenderia sem reservas.

29 de outubro

Ontem de manhã, Deborah não estava de bom humor. No entanto, em cima da mesa de jantar lá estava na penumbra – como sempre esteve desde que nos casamos há quarenta e dois anos – uma grande bacia de cerâmica verde-reluzente, cheia de diferentes frutos, tão explosivos como a luz de um vitral que inundasse o mundo de cor, de tal modo que a sala, antes escura, fulgia agora como se estivesse em plena luz. Bem ali, no centro da sala, cintilava a sua própria alma, que nenhum humor poderia jamais obscurecer.

Naquele instante o seu espírito reinava em toda parte, quer fosse nas florestas circundantes, nos campos cuidados, nos jardins, nos terraços, ou no interior da casa...

Como a Sra. Moore de *A Passage to India*, tinha chegado "a esse estado em que o horror do universo e sua pequenez são visíveis ao mesmo tempo – o crepúsculo da dupla visão em que tantas pessoas idosas são envolvidas... quando se estabelece uma turvação intelectual para a qual não se podem encontrar palavras altissonantes; não podemos agir nem nos abster de agir, não podemos ignorar nem respeitar o Infinito".

Na verdade, diante de mim, eu a olhava como se visse D. Catarina, a sua inseparável companheira de sonhos: "Tu que desces na escada, impressentida senhora, nas sombras a vigiar com frios dedos de séculos passados...".

Seu poema "Engenho São Francisco", que fala dessa mesma paisagem e da velha casa senhorial, já antecipava tudo o que confusamente eu pretendo fazer acreditar. Ela reina. A nós, cabe apenas escutar.

31 de outubro

O pintor e desenhista Augusto Rodrigues esteve aqui, sábado passado, junto a alguns familiares. Ainda cheio de espírito, contou histórias muito engraçadas de sua vivência de artista. Ele mora numa casa encantadora no Largo do Boticário, no Rio de Janeiro, onde mantém o seu ateliê e pinta lindas mulheres. Também apareceram, antes de ontem, Odilon Cavalcanti e o crítico de arte Beuttenmüler. Eles pretendem uma exposição de pintores nordestinos em São Paulo, enquanto, sem o dizer, eu não pretendo exposição alguma.

Texto de Antonio Tabucchi que me interessou enormemente:

O Senhor Pirandello é chamado ao telefone[14]

O texto...
Se nunca houve um texto.
Entregaram-me poucas folhas amassadas,
cheias de erros de datilografia,
não sei nem mesmo quem é o autor, eram páginas anônimas,
anônimas como eu,
que sou só ator.
E isso basta, é meu nome, já
que não sou ninguém.

(Pausa)

Ninguém, e no entanto muitos.
E mesmo este foi meu modo
de viver minha vida:
viver tantas vidas, todas as vidas possíveis,
porque a mais nobre aspiração
é não sermos nós mesmos,
ou melhor,
é sê-lo sendo outros,
viver de modo plural,
como é plural o universo.

(Levanta-se um personagem do coro. Com fúria:)

Personagem

Por isso nos prenderam,
porque nos dispersamos, e tu esta noite
foste mandado para ajudar-nos.

---

[14] Tradução de Wander Melo Miranda (N. do E.).

Embora deteste o Sr. Pirandello, com a sugestão do Sr. Tabucchi, ainda é possível chamá-lo ao telefone... De algum modo, como ficou decidido, é necessário aceitar a pluralidade das criaturas, senão não há criatura.

1º de novembro

Preocupado com insistentes pedidos de fotos em preto e branco para clichês de jornais ou revistas, resolvi vasculhar gavetas e estantes à procura delas, que devem chegar às centenas. Incluo igualmente cromos e fotografias coloridas. Há muito não me preocupava com essa organização em termos de arquivo e praticidade.

Não sou um fotomaníaco. Os outros é que se preocuparam em fotografar no meu lugar e hoje eu poderia até ser sufocado num monte de fotos, a maior parte delas de uma tolice atroz. Não sei mesmo por que as pessoas persistem tanto nessas imagens de ruas, igrejas, rios, campanários, catedrais, árvores, montanhas, aldeias na neve, rebanhos, cavalariças, ruínas e até poças d'água... Certamente pela mesma razão que nós, outros pintores e escultores, insistimos em representar um sucedâneo da realidade sempre fugidia. Temos de reconhecer que estamos muito próximos da famosa distinção de Platão entre fazer e imitar as coisas. Quanto mais meditamos sobre essas fronteiras, mais elas ficam indistintas.

Um fotógrafo, do tipo Cartier Bresson, às vezes me impressiona na sua obstinada perseguição do *humano, excessivamente humano.* Mas isso não acontece sempre, pois fica muito difícil encontrar alguém com o seu espírito e talento. Aquilo que, hoje em dia, poder-se-ia chamar de "sua escola" é verdadeiramente lamentável.

Numa outra vertente, um tipo açucarado como David Hamilton causa-me desgosto, e posso incluir ainda a falsa morbidez das fotos (tão festejadas) de Helmut Newton em *White women,* como também certos tipos de fotografias semiartísticas de alguns franceses, como Béraud com suas mulheres de areia que ele poetiza como *Surfaces sensibles.* Mesmo um Robert Demachy, ou ainda (me perdoem) o tristonho mundo de E. J. Bellocq, revelado nos *Storyville portraits,* não me diz nada.

Não estou fazendo nenhuma história da fotografia, mas o que sobra é muito pouco, excetuando figuras como Irina Ionesco e sobretudo a corajosa e desesperada Diane Arbus. Como se vê, não sou piedoso, mas resta sempre alguma coisa de bom, e posso afirmar que as fotos das amiguinhas de Lewis Carroll me enternecem – note-se que não são nem um pouco pornográficas

– como documento da época e um registro psicológico cheio de intenções. Na verdade, ele não era sequer um fotógrafo. Talvez, por esta razão, admire tanto os seus *estudos*. Eu mesmo, durante muito anos, fotografei minhas jovens amigas em poses mais ou menos balthusianas, às vezes mais para Egon Schiele e outras para Hans Bellmer, sendo que a maior parte – com muita originalidade – à maneira brennandiana.

Quando falei de fotografias e de fotógrafos não incluí, é claro, aqueles que se dedicam ao cinema. Trata-se de um outro mundo, de outras leis e de outras convenções. No cinema, há mestres admiráveis atrás das câmeras e, por detrás deles, os diretores com suas equipes, onde aparece um cortejo de colaboradores, entre eles fotógrafos (para mim desconhecidos) de primeiríssima categoria. É um fato lastimável que nos créditos dos filmes não se dê a devida atenção a esses profissionais que tanto colaboram para a expressividade de todo e qualquer bom cinema.

Não se trata de uma grande revelação. Não podemos mais falar nas noites de outubro. Ontem, a partir de meia-noite, já era novembro. Macacos me mordam se algum dia eu chegar a descobrir a razão de tanta *confusão!*

Em tempo, lamento não ter trazido de Paris uma bela edição sobre as pinturas e os desenhos de Egon Schiele. Ele foi admirável como pintor e artista. E, depois, que senso profundo possuía da *forma* feminina, sobretudo das adolescentes muito magras.

3 de novembro

Tudo aconteceu como costumam acontecer os acontecimentos. O banquete mantinha-se imperturbável na infinita paz dos que comem iguarias de qualidade, quando um sujeito levantou-se e, tirando do bolso interno do casaco uma pistola automática de pesado calibre, começou a berrar: "Odeio mitologia!!!". E em movimentos simultâneos despedaçou com vários relâmpagos uma escultura de Netuno, artefato de fino cristal que convenientemente iluminado coriscava à margem direita da piscina, criando efeitos singulares, muito próximos de todas as cores iridescentes do prisma, até alcançar o branco mais puro de uma aurora boreal.

Depois, passo a passo, o singular convidado saiu pela porta da frente da sala, por onde todos havíamos entrado, mas não antes de chamar o seu cachorro, o qual, sentado sobre a mesa do festim, bebia (ou sorvia) através de um grosso canudo encarnado um sorvete de menta.

Em alguns comentários ouvi pronunciar o nome de Sartorius. Apenas me pergunto se seria o nome do homem ou do seu cachorro.

Antes do intimidado mordomo fechar a porta, o cão, com ares magníficos, virou-se para os circunstantes e ladrou: "*Bon appétit*". Quanto ao homem, sem denotar qualquer abalo, com voz surda, apenas repetiu a saudação: "*Bon appétit*".

Deduzi ser ele poliglota – embora sem nenhuma urbanidade – pois sua notável sentença, anterior ao assassinato de Mercúrio, ainda ressoava no salão: "*I hate mythology*".

Nota: neste minúsculo – em todos os sentidos – conto, alcancei garantir toda perda de identidade pessoal em nome de intensidades dispersas e díspares. Nele nada há que seja real, tampouco verdadeiramente absurdo. Bem que poderia ser um fragmento de um inteligente *script* para os nossos atuais novelistas, que ainda caem na asneira de admirar o agonizante *realismo mágico*.

A troca final de Netuno por Mercúrio é intencional, assegurando que todos os deuses estejam mortos ou confundidos, se invocados.

Dificuldades.

Há nas primeiras páginas de *Roberte ce soir*, de Pierre Klossovski, um trecho que diz: "Quando o meu tio Octave abraçou minha tia Roberte, seria errado pensar que fosse ele o único a abraçá-la... (...) Ele, Octave, era no bom conceito antigo um *verdadeiro* Anfitrião (procurem o sentido etimológico, *etimo*, dessa palavra e, com certeza, ninguém deixará o escândalo de lado), assim sendo, Octave transforma-se num indecoroso alguém, contrário aos bons costumes... *Et voilá...*".

4 de novembro – domingo

Sei que sou tolo. Transformei-me num velho tolo, aliás sempre fui tolo. Satã, o Príncipe das Trevas, também foi tolo, mas nunca deixou de ser eficaz e ainda o é, sob qualquer disfarce. Em todo caso não sou um ingênuo completo. Sobra-me ainda uma inocente malignidade.

10 de novembro – sábado

E agora, o que vou fazer pelo resto do dia? Recorro às peças para piano de Erik Satie, principalmente as *Gnossiennes,* cujo clima místico – segundo os musicistas – e cuja fixidez rítmica acentuando o tempo lento e *ostinato* da voz grave, a mim, no momento, tanto me ajudam a suportar a solidão.

Deixei a sala de modelagem por volta das 11h30min., depois de alterar a cauda de uma das serpentes que deve complementar a figura de *Lilith*, melhor dito, permanecer lado a lado da escultura central, cujo destino será o jardim a ser construído ano que vem. Certamente não ficará longe da escultura *Fonte do desejo*, com a qual *Lilith*, na concepção dos antigos hebreus ou mesmos dos mitos sumerianos, se relaciona como causa e efeito. Ela, em forma de serpente, foi a tentadora de Eva. Causa e efeito porque depois da *queda*, como se fosse uma satânica obstrução, alguém pudesse perguntar: "E a carne se fará o Verbo? Ela se tornará a Palavra de Deus? O próprio Criador teria de acrescentar à *criação* a palavra pecado e dela compartilhar, por vezes, com a sua Divina Ira e outras vezes com a sua Infinita Misericórdia?".

Como *Lilith* é a filha noturna de *Lúcifer,* "ela é o mal absoluto e sobrevive ao lado do pai no abismo de uma vida sem vida".

5 de novembro

Engraçado, já que ontem havíamos falado tanto em demônios, acordei pronunciando o nome de Oliver Cromwell. Ele ousou condenar à morte o seu próprio rei, Carlos I da Inglaterra.

O que terá atinado dizer, meu Deus!, Victor Hugo sobre Cromwell. Invoca o tirano ou o demônio? Gostaria de conhecê-lo mais, na certeza de que não será através de Hugo que receberei a "passagem" de ida e volta à "estação" Cromwell.

10 de novembro

A minha intuição parece não falhar. Eu sabia, e o disse, há cinco dias atrás, que não seria através de Victor Hugo que chegaria até Cromwell. Duvidava que Hugo pudesse reconhecer o demônio: "*Le Satan n'est plus*". Não foi o que esse homem de gênio tentou afirmar? Estou relendo com mais atenção o estudo de

Alberto Béguin, "*Balzac et la Fin de Satan*"[15], que, aliás, começa de maneira muito original: "Seria surpreendente que Balzac não tivesse jamais evocado a figura de Satã. Tudo o levava a defrontá-lo...". Béguin, em poucas linhas, explica (ou revela) um Balzac como um construtor – na sua obra imensa – de uma verdadeira mitologia do homem, na qual nem Deus, nem Satã são claramente invocados. "A polaridade que domina o universo balzaquiano não parece ser aquela do BEM e do MAL." Como crítico arguto que é Béguin, ele se ocupa em desvendar as possíveis brechas por onde Satã – a despeito do próprio autor – teria deslizado para o interior de sua obra.

"(...) Num mundo de referências cristãs, como é o Romantismo, o diabo tomou milhares de aspectos diferentes, adaptando sua personagem às preferências e às idiossincrasias de cada um. (...) Byron, que passou por lá, e Hoffmann, ressuscitando seus duendes, acreditaram no *Fausto* e, consequentemente, no *Mefisto*, de Goethe, sem se aperceberem que no cerne dessa obra o que predomina é a perfeita fabricação literária."

Balzac viveu e escreveu num tempo em que as aventuras de Byron ainda poderiam ser confundidas com as de Satã. Mas, ao mesmo tempo – como nos lembra Béguin – "todos queriam se persuadir que o mal e a desgraça seriam vencidos". Satã, nessa literatura falaciosa e realmente angustiada, se transforma numa espécie de símbolo, figura que revelava o esplendor do mal, mas, ainda assim, "passível de um dia ser reintegrado numa luz não tão negra...".

No dizer de Béguin, Alfred de Vigny, durante longo tempo, acalentou projeto de um *Satã perdoado*, que muito mais tarde foi proveitoso para Victor Hugo. "O anjo caído de *O fim de Satã* se parece com o poeta que o inventou; ele carrega as marcas fatais do gênio, solidão, orgulho ferido, apelo desesperado para um céu sempre mudo."

Pelo fato de o pensamento de Hugo sobre o demônio não ser exatamente o que eu penso – a sua colocação é bem mais complexa, aproximando-se de um mito – não vejo como endossá-lo. Para Hugo, "não é Satã, a noite total, a fonte de onde jorra toda a maldade do mundo, uma voz que, nascida dos céus, guarda, mesmo depois da queda, uma natureza luminosa", como em certas

---

[15] Ensaio de Alberto Béguin, no conjunto de textos dos Estudos carmelitanos, sobre Satã (N. do A.).

teorias modernas em que há diversos infernos possíveis e, entre eles, alguns que não são de todo infernais.

Quanto ao mal absoluto, este só é reivindicado para a sua filha noturna, Lilith[16], que vive a seus pés no abismo de uma vida sem vida. E é assim que o perdão será possível e Satã finalmente reintegrado: "Sua outra filha, Ísis, ou a Liberdade, formada, num instante da queda, por uma pluma de sua asa tocada pelo olhar divino, não terá senão que descer ao abismo tenebroso. Luz, ela dissipará a sombra, e com sua proximidade Lilith não morrerá. Acaba por revelar-se aquilo que ela é, o puro *nada.* Reencontrando então a sua filha Liberdade, Satanás verá, enfim, acontecer seu eterno desejo: o perdão de Deus".

De um só golpe, o otimismo poético de Hugo desmantelou os *labirintos* do inferno que se propunham imperscrutáveis. Assim, o inferno foi *redesenhado* e certamente não à maneira de Dante. Como sempre acontece, os românticos, indo longe demais, acabam por estragar tudo. Conscientes ou não, fazem a vontade luciferina.

11 de novembro

Que disparate afirmar que não seria com Victor Hugo que eu poderia aprender sobre a verdadeira natureza de Satã, uma vez que ele havia dito: "*Le Satan n'est plus*". Acontece que o genial Hugo, apenas com vinte e cinco anos, escreveu um drama em versos, com cinco atos, abordando a controvertida figura de Cromwell, trabalho esse que, apesar de não ter sido jamais encenado, é, ainda hoje, indiscutivelmente, uma obra-prima.

Nos separava, contudo, a tentativa de Hugo – em outras circunstâncias – de evocar o possível perdão divino daquele que guarda, mesmo depois da queda, sua natureza luminosa. Sempre hei de preferir o maledicente pessimismo de um Charles Péguy, quando tudo está definitivamente perdido: "Mas o pecado de Satã seduziu, corrompeu a metade dos anjos. E o pecado de Adão seduziu, corrompeu no sangue a totalidade dos homens. De modo que não havia de puro senão a metade dos anjos. E nada dos homens. Nenhum dos homens em toda a criação".

Ainda sobre Satã no texto de Pierre Messiaen, *Satan dans le Paradis Perdu*, temos um novo encontro com o endemoniado Cromwell: "Pergunta-se

---

[16] Lilith, A Filha da Desolação, já era – antes dos hebreus – uma sumeriana (N. do A.).

qual era o herói do Paraíso Perdido, Satã ou o Messias? A questão é ociosa. Milton, republicano, partidário de Cromwell, admira a altivez eloquente e indomável, o gênio militar e político de Satã; Milton, puritano, profundamente devoto, inclina-se com amor diante do Messias que salvou os homens pela piedade, a humildade e o sofrimento".

Essas "simpatias" por Satã – em tempos tão diferentes e também por razões tão diversas – me parecem suspeitas, sobretudo porque incompletas e inconfessáveis. Eu próprio não me sinto de todo imune a essa adesão. É bom lembrar a *conversa* de Ivan Karamázov com o diabo quando se deparam face a face – a menos que essa aparição não fosse senão o duplo de Ivan, ou pior ainda, que o próprio Ivan não fosse o diabo. "Sou eu quem fala, e não tu!", ele gritou.

12 de novembro

"Sou o Satanás e nada do que é humano me é alheio."[17] A aparência de Satã, durante sua conversa com Ivan Karamázov, denota o perfeito conhecimento de Dostoiévski quanto a essa maligna figura: "Era um cavalheiro, ou antes, um *gentleman* russo *qui frisait la cinquantaine*, como dizem os franceses...". Um comentário desse *gentleman* me faz lembrar uma certa semelhança com a dura reprovação de Francis Bacon: "A verdade não é a beleza". Satã está calmo, até mesmo brincalhão e diante da turbulência de Ivan dispara: "Mas não estou inventando nada, tudo isso é verdade. É que – ai! – a verdade quase nunca tem espírito".

Eu sei que a partir de um certo momento – nas minhas proverbiais digressões – ninguém vai entender mais nada, principalmente agora que até Simón Bolívar, o Libertador, entra em cena: "Parece que o demônio dirige as coisas de minha vida".

Acontece que o grande general tem a desafiante coragem de confessar aquilo que um Cromwell, um Milton, um Goethe, um Byron (capengando sobre um pé caprino) silenciam.

Mesmo um Balzac, um Hugo (e sua Adélia, hein!), jamais ousariam balbuciar as suas secretas afinidades com Satã, senão através de metáforas literárias, muitas vezes de gosto duvidoso: demônio de opereta ou reabilitado no perdão de Deus.

---

[17] Paródia do conhecido verso de Terêncio da peça *O carrasco de si mesmo* citada por Dostoiévski, no *Irmãos Karamázov* (N. do A.).

Melhor fazer como Dostoiévski, contritamente de joelhos, diante da menina que havia acabado de ultrajar. E Satanás cabriolando, no quarto ao lado, a soltar urros de alegria.

Como Blake disse a Milton: "Estou do lado do demônio sem o saber". Até que ponto eu poderia dizer o mesmo? Disfarçar é tudo o que consigo. Será difícil entender, meus caros senhores, o que significa não ter mais a quem invocar? Estar vestido com a semente do mal?

16 de novembro – domingo

> *É para repetir? Então, mil e uma vezes eu ouso repetir: a damned lie, sir!*
>
> (De uma história em quadrinhos)

Presenteei Deborah com o livro de Calvino, *Seis propostas para o próximo milênio*. Poucos momentos depois, estava lendo em voz alta o trecho referente a Leonardo, quando o pintor tenta descrever um monstro marinho antediluviano *a sulcar com soberbo e grave andamento as marinhas águas!*

Falei-lhe também do horror de Carlos Emilio Gadda, para todos nós um autor desconhecido, do seu astucioso temor contra o pronome *eu*, símbolo de toda desgraça pessoal e também estorvo de toda verdadeira literatura: "...O eu, eu!... O mais sórdido de todos os pronomes!... Os pronomes são os piolhos do pensamento".

Ela limitou-se a sorrir. Não disse nada. Conhecia-me tão de perto que outra não poderia ter sido a sua atitude. O meu enorme Eu, naquele momento, maciço como blocos de granito, abarrotava a sala até o teto e, no pequenino recanto do sofá, lá estava ela, quase sufocada, no muito pouco que lhe sobrava, lá estava ela a sorrir, com a sua figura angelical.

17 de dezembro

Com uma certa irreverência cabocla, o argentino Ricardo Piglia ousa fazer pouco de Korzeniowski (Joseph Conrad Korzeniowski), que não é outro senão o genial Conrad, o romancista polonês que escrevia em inglês. "Um renegado, para falar a verdade, um romântico da pior espécie. Vivia fascinado por esse tipo de personagem, de um homem que tem um segredo."

Não fora essa e outras gauchadas, até que Piglia estava se saindo bem. De passagem, alude a Witold Gombrowicz (sabemos que esse polonês morou

25 anos na Argentina), detrata do infeliz Lugones e indiscretamente brinca, misturando o nome de Malcolm Lowry com a sua personagem Firmin: “Havia destroncado o pescoço na banheira, talvez tivesse bebido demais...”. Mais adiante, ainda em tom de gozação, menciona “o obscuro túmulo onde jaz meu amigo”. Chama Borges de “o último grande escritor argentino do século XIX e enaltece desabridamente a Roberto Arlt”. Entretanto, sua manejada “entrevista” com Joyce tem algum sabor. Sobretudo quando o irlandês, espantado diante da pergunta se conhecia e apreciava a obra de Gertrude Stein, responde depois de intermináveis minutos: “Quem pode ter a ideia de chamar-se Gertrude? Na Irlanda, pomos esse nome em vacas...”.

Enquanto estou eu (ou ele), aqui, a discutir sobre nomes de vacas, morre Friedrich Dürrenmatt, numa madrugada suíça na cidade de Neuchâtel, semana passada. E nós continuamos, já sem fôlego, a nossa ciranda de enganos.

18 de dezembro

Na realidade, de há muito – e isso acontece com todos os mortais – conversava com os vivos e os mortos sem que lhe ocorresse que ele próprio fosse também um morto: “A neve branca cai sobre todos”.

Estamos às vésperas do Natal e, como no conto de Joyce, a *presença* da morte perpassa pelos caminhos... Mais tarde – bem mais tarde – Rilke desenvolveria essa ideia da morte *própria*, incomunicável.

Alguém me diz: “Não é fácil ser eu”. Quem sabe se essa desesperada opção de tratar-se na terceira pessoa (à maneira de Pavese) não era, no fundo, a sua estratégia para tentar driblar a morte? Passada a crise, mesmo agora mais calmo, ainda pensaria com seriedade no assunto.

21 de dezembro

Estou condenado a um destino de teatro.

Simón Bolívar

Não estou certo se desenhei um sino ou uma borboleta, mas de qualquer modo servirá como ilustração do meu pequeno poema intitulado “Sequência”, escrito no dia 19 de outubro, e que será dedicado à minha filha Helena Viktoria. Quanto às possíveis semelhanças do meu sino com a borboleta, relembro Plotino, quando ele diz: “Tudo é tudo”.

"Quanto a mim, diz Tardewski, o senhor talvez tenha notado, sou um homem inteiramente feito de citações."

22 de dezembro

Amanheceu alquebrado e febril, demolido, por assim dizer, pelas pressões insuportáveis desses últimos meses. A sua única alegria (um tanto melancólica) foi a de rever o desenho que conseguira, quase sem pensar no que fazia, para estar presente junto à filha, a qual nos seus apenas seis anos de vida nem ao menos saberia apreciá-los, nem o desenho, nem o poema. Talvez esse fato demonstrasse um significado maior pela razão da sua própria inutilidade. Da conversa que manteve com um amigo, na quarta-feira, restava-lhe muito viva a ilusão do misterioso título do longo poema filosófico de Burton, "O Tilintar do Chocalho do Camelo".

O camelo que pode à noite, impressentido, afastar-se da caravana quando só o tilintar do chocalho, mesmo à distância, lhe denunciaria a fuga. De Burton, Capitão Burton – como lhe chamava Borges –, ele só tomou conhecimento por sabê-lo um dos tradutores do livro *As mil e uma noites*. "Uma tradução antológica e obscena, redigida num inglês estranho, parcialmente do século XIV, um inglês cheio de arcaísmos e neologismos, bonito, mas às vezes difícil de compreender..." Borges completa: "Tenho em casa os dezessete volumes da tradução de Burton. Sei que nunca os lerei, todos, mas sei também que essas noites estão sempre à minha espera".

Antes de subir para a sesta, pensou que *The Nightcomers*, do filme de Winner, poderiam perfeitamente ser confundidos com aqueles homens chamados *confabulatores nocturni*, homens da noite ou os que chegam com a noite, cuja profissão é relatar contos durante a noite.

Alguém lhe afirma que ele tem muito pouco senso do que seja poético. Reconheceu, de bom grado, a sua incapacidade neste terreno, assim como em muitos outros. Contudo, chegou a retrucar que as coisas não estavam colocadas numa dimensão adequada. Aquilo exigia um outro tipo de pergunta, por exemplo: quem era Manuel? Que espécie de vida levara? E, depois, quem é Augusta, a esposa do finado Manuel? Ele apenas afirmara: será que existe algo de mais inocente, exato e poético do que *pedir* ajuda?

24 e 25 de dezembro

Escolheu silenciar, embora soubesse que, com esta atitude, em nada contribuiria para alterar a mecânica das dores do mundo.

Ele mesmo enfermo e atingido nada revelou: ainda não foi proferida a sentença. Na sua taciturnidade, silenciou o fato mais importante. Por mais esforço que fizesse, não conseguiu lhe ocorrer que passaria um Natal tão solitário.

O advogado não lhe dera nenhuma notícia. O que restava fazer senão esperar? Faltava-lhe coragem, inclusive, para iniciar qualquer leitura, mas lembrando Calvino, ainda pensou: por que as mulheres estão sempre onde não deviam estar? O advogado lhe afirmara que esperou em vão a presença de Fenícia em seu escritório por toda a semana, mas, sem qualquer espécie de aviso ou consideração, a mulher não apareceu.

27 de dezembro

Do que gosta? Gosta do que pode pintar.

Nietzsche

Comoveu-o profundamente o pequeno cartão de Natal estampado com *Fuga para o Egito*, de Vittore Carpaccio. Seria necessário, ele pensou, arrebatar a criança em perigo e fugir para os sítios do longe?

Estamos diante de um cenário clássico-religioso do mundo renascentista, construído na sua impecável perfeição geométrica e envolvido pela poeira dourada do tempo. O que havia mais a acrescentar? Talvez alguma coisa que só os seus olhos inquietos percebiam, apesar de uma obra pintada por Carpaccio, um dos grandes *narradores* venezianos. E por que, então, essas figuras não se movimentavam? A imobilidade delas lhe pareceu um ato de acusação não escrito. Por que Carpaccio? Por que a *Fuga para o Egito?*

A que viera esse aparentemente inocente cartão, se não existem fios soltos, num mundo onde nada é casual?

28 de dezembro

"O ano de 1991 terá uma numeração palindrômica. Disseram-lhe que o palíndromo reúne início e fim, ou seja, 'o eterno retorno dos filósofos'."

Na verdade, o que poderiam demonstrar esses números singularmente enfileirados e repetitivos mais do que o começo e o fim, ou o fim e o começo de alguma coisa? Para ele, ambos mostravam-se igualmente provocativos e ameaçadores. Lembrou-se de seu professor de português que justificara o emprego de certas redundâncias como uma forma de reforço daquilo que se pretende afirmar e tomara como exemplo exatamente este *ambos os dois.*

O pior era que, na imagem desses algarismos, ele via estampado os sinais dos vinte anos de virtuoso trabalho na reconstrução da velha Fábrica fundada pelo pai, e, no entanto, a medida desse tempo, agora, lhe trespassava como uma desumana obrigação.

Há poucos minutos, pelo telefone, M. Gertrude comunicou que *As cidades invisíveis* – recentemente traduzido – estaria à sua disposição ainda esta tarde.

Calvino não evita o paradoxo "não existe linguagem sem engano." Ousadamente, ainda teima em afirmar que "a mentira não está no discurso, mas nas coisas. Só na literatura poder-se-ia fazer a ligação entre o engano da linguagem e a mentira das coisas."

Ainda não tocara no livro *As cidades invisíveis*, mas poderia adivinhá-lo, como um palimpsesto, em seu esforço contínuo e pertinaz de criação, no raspar e no polir incessantes de textos sobre textos, enganos e contradições, que aparentemente se anulam, mas que ressurgem límpidos e cristalinos, embora sem alcançar a *verdade final...* A reaparição, o eterno retorno da vida e da arte, consubstanciados na literatura.

Em uma sumária arrumação de fim de ano feita na biblioteca, pegou num livro de contos de Conrad. Depois de reler *O cúmplice secreto* – essa verdadeira obra-prima – logo enveredou nos velhos caminhos de *Juventude.* Deteve-se num pequeno texto, no início da terceira página, e, modificando o sentido linear da narrativa em prosa, organizou-o como se fosse um poema:

Eu fui amanhã.
Foi há vinte e dois anos
E eu só tinha vinte anos.
Como o tempo passa...

30 de dezembro – domingo
A ele, só ocorreu dizer: "Parem! Parem com essa loucura!"

1991

Propriedade Santos Cosme e Damião

1º de janeiro – terça-feira – 8h da manhã

O futuro tem um coração antigo.

Carlo Levi

Andando pelos corredores da Fábrica, pensou no que tinha sido dito pelo escritor que começara o seu livro de uma maneira tão sutil e o acabara desastrosamente. Autor premiado, de um país europeu cônscio da sua literatura e até orgulhoso do seu espírito superior, acima, bem acima de qualquer outra nação do continente (incluindo os seus vizinhos ilhéus) e com uma espécie de aprovação universal jamais questionada.

Bem, o escritor falava em algo que engendra um cansaço inaudito: "Como se fôssemos obrigados a longa caminhada pelas vastas salas de um museu de escultura, por exemplo, e que fosse a escultura, justamente, o gênero de arte que não nos inspira a menor emoção. Tal museu seria, para nós, uma enorme casa vazia...".

Alguma outra coisa momentaneamente deve ter distraído sua atenção a ponto de desviá-lo dos malévolos comentários sobre um "museu de escultura...". Mas acontece que ele se encontrava entre centenas de peças esculpidas nos mais variados tamanhos e não pôde deixar de refletir e logo indagar por que cargas d'água foi *tocado* por tamanha bobagem.

De repente, tudo lhe pareceu confuso e, de imediato, lembrou do seu decálogo, que fora ditado por uma urgente necessidade. As palavras, só aparentemente enigmáticas, de Platão - aquelas que Calasso descobriu como "a verdadeira cesura do helenismo" - ressoaram no contorno do paradigma: "Quanto diferem na sua forma de ser a natureza do necessário e a do bem". Em Homero, todavia, o bem sequer é mencionado. "Felizes e infelizes, seus guerreiros conhecem somente o tecido manchado da necessidade, satisfazem-se com aquele esplendor que no final os mata."

Pareceu-lhe curioso, mas não uma mera casualidade, o fato de Joseph Conrad ter visto o mar pela primeira vez em Veneza. Tinha dezesseis anos e, contemplando aquelas lagunas, certamente vislumbrou sua primeira miragem que o levaria aos oceanos do mundo.

Olhou com atenção o que escrevera. Poderia ter sido mais humilde. O estilo ainda lhe parecia operístico. Não pintou nem desenhou, embora tenha organizado todos os materiais necessários para fazê-lo nos dias seguintes.

Ainda não estava certo se no *item 2*, "guardar segredo do trabalho de pintura", seria extensivo ao seu diário ou apenas ficaria distanciado de quaisquer informações a terceiros. Supunha um ato de prudência, e, ao mesmo tempo, uma atitude mais adequada a um pintor. Como não ignorava, os melhores falaram pouco. Eram quase mudos.

Pensou também que não lhe seria difícil (nem improvável) tentar mistificar – às vezes iludindo a si próprio - o seu pretenso decálogo. Tomou como exemplo o fato de não ter lido os jornais da manhã de hoje... Para começar, no primeiro dia do ano, não circulou jornal algum. No entanto, como substituto dessa "distração", logo enxertou uma outra: passou cerca de duas horas a escutar o *Divertimento K.287*, de Mozart e, logo em seguida, o concerto *L'amoroso*, de Vivaldi.

Pelo visto, pecara duplamente: primeiro, por procurar distrações alternativas; segundo, pela arredondada jactância em denominar as músicas escolhidas. Por que não procurou, como exercício espiritual, pensar em ser sempre contra si próprio? Eis a questão.

Nota: há uma mudança sensível de estilo (por parte do artista) no passar do ano de 1990 para 1991. Ele havia escrito um *Decálogo*, no dia 31 de dezembro de 1990, sem que, contudo, aparecesse nos textos diários o propósito dessa determinação. Lembra-se, apenas, de cinco itens: *Agir sempre contra si próprio – não usar a primeira pessoa do singular – evitar distrações alternativas – guardar segredo do seu trabalho de pintura - não falar de mulheres...* O restante não podia precisar. O próprio desenvolver dos seus textos indicarão essas modificações.

2 de janeiro

Sou o que está a minha volta.

Wallace Stevens

Com muito cuidado, olhou lá dentro das primeiras páginas de *O conhecimento da dor*, de Carlo Emilio Gadda, e nada encontrou. Outra insidiosa forma de bravata cultural é esta: estar sempre pronto a denunciar as suas leituras mais recentes. Por acaso indagou: serei algum especialista em resenhar livros?

Antes de ontem, por volta da meia-noite, o barulho ensurdecedor dos fogos de artifício – próximos e distantes – lhe acordara, e M. Gertrude achou por bem beijar-lhe a testa e, em seguida, oferecer-lhe doze pequenos caroços de romã. Enquanto ruminava os caroços, olhava a cara, sempre assustada, da moça ao seu lado. De um modo geral, ele não tinha do que se queixar quanto a ela. Se o seu decálogo fosse mesmo para valer, onde caberia a presença dessa mulher? O seu dia não acabaria por chegar? Indiretamente, todos os princípios do decálogo são contra a presença de uma companheira. Mas, melhor pensado, é preciso notar que em nenhum momento ele ousou falar em castidade. E, depois, não estabeleceu um manual de santidade, antes, o todo lhe pareceu um modesto compêndio de sobrevivência. Nada fizera de assombroso. Essas antecipações analíticas não indicavam, a grosso modo, senão uma nova modalidade de orgulho; talvez, um artifício para retirar a força dos seus contraditórios mandamentos. Falar deles é uma bela forma de não cumpri-los. Estaria atento, pensou antes de adormecer.

De manhã, encontrou vários jornais do primeiro dia do ano. Na posição em que se encontravam, pareciam ter sido habilmente escondidos, e M. Gertrude, à hora do café, confessou a presteza em subtraí-los da sua vista, segundo ela, para que ele cumprisse o seu decálogo.

8h da manhã

Ele se defronta com uma bela reprodução de Carpaccio – *São Jorge e o dragão*, na Escola de San Giorgio degli Schiavoni. Quando da Bienal de Veneza, ano passado, tivera a oportunidade de ver esse quadro pessoalmente, assim como *As cortesãs* (esse último tão apreciado por Ruskin), do Museu Correr, chegando mesmo a escrever no seu diário um texto obscuro sobre "Sapatos Vermelhos".

Tem falado bastante deste admirável pintor, e não demorou muito tempo para descobrir que nesta perseverança seguia os modelos de Italo Calvino: "Persevere, é o que basta". Calvino diz que tentou estabelecer no *Il Castello dei destini incrociati* uma espécie de iconologia fantástica, não apenas com as figuras do tarot, mas, igualmente, com quadros da grande pintura italiana. De fato, diz ele, "procurei interpretar as pinturas de Carpaccio, na Escola de San Giorgio degli Schiavoni, em Veneza, seguindo as legendas de São Jorge e de São Jerônimo como se fossem uma história única, a vida de uma só pessoa, identificando minha vida com a de Jorge-Jerônimo. Essa iconologia fantástica tornou-se o modo habitual de exprimir minha grande paixão pela pintura: adotei o método de contar *minhas* histórias a partir de quadros famosos da história da arte ou então de figuras que exercem sobre mim alguma sugestão".

Ora, como se vê, o ponto de partida pode ser o mais diverso no caso de Calvino, escritor que "ousa" estabelecer novos parâmetros com relação à vida das formas e das imagens.

Na sua condição de artista plástico, ele, apesar da literatura, teria de jogar-se, deixar-se naufragar até o fundo da pintura para, mais uma vez, lá encontrar palavras escritas em velhas tábuas carcomidas. Que seja feito, então.

"Talvez" (palavra odiada por Beckett), tivesse ele de "apagar tudo e recomeçar do zero". Diz Calvino: "Beckett obteve os mais extraordinários resultados, reduzindo ao mínimo os elementos visuais e a linguagem, como num mundo de depois do fim do mundo".

Embora falando pelos outros, ele presumiu que novamente se excedia.

10h30min da manhã

- Estaria ele encurralado?
- Não, não está. Tudo prossegue na servidão habitual.

13h37min

Uma referência lacônica à coisa pintada não é interdita: pequena pintura medindo 51 x 37cm, representando uma mulher de costas usando um vestido negro que, com relutância, parece caminhar apoiando-se numa bengala. Usa um boné de homem com aba bastante pronunciada, a qual lhe confere um ar de pássaro (abutre) acentuado pelas vestes escuras. Sua longa e distorcida silhueta movimenta-se numa estreita rua cujo casario de tom pardo-avermelhado lembra as fachadas venezianas. Ninguém sabe por que ela anda à procura de um azul distante - azul que ela parece adivinhar com a proximidade do cheiro dos canais, a esta altura, ainda escondidos.

À esquerda, na base do papel, ele escreveu "Veneza, 90", como uma recordação das inabordáveis cortesãs encontradas nos labirintos dessa cidade, nas mais diferentes situações. Sua assinatura (à caneta) ficou camuflada no meio da mancha azul da parte superior do papel. Uma certa geometrização - que ele pensou desnecessária – acabou por dominar a composição. Supôs que era tudo que poderia descrever.

15h 09min

Ouviu vozes femininas do outro lado da porta. Não podia deixar de dizer que, desta vez, hesitou em sair. Não fez como de costume. Às vezes, por simples curiosidade, outras para amenizar a sua solidão e quase sempre para sair à caça. Como sempre, as fêmeas não piaram. Murchas e desconfiadas percorreram a grande nave sem ao menos notar a cintilação ofuscante daquelas cores preternaturais, os visíveis sinais do *notus-calor*, prontos a se transformar em labaredas. Eram três graciosas paulistas em férias e, como já disse, mas não custa repetir, não abriram a boca por uma só vez. Apenas foram saindo de mansinho como acontecia frequentemente com o pobre Dom Casmurro – depois que esse fornecia às suas visitantes o precioso catálogo que mandara imprimir com o intuito de atraí-las. De bom grado aceitavam, prometendo voltar, mas não voltavam jamais.

Em seguida à sua inegociável bravata, sentiu o quanto – de agora em diante – lhe seria penoso não transgredir (ele sabia) os seus improváveis mandamentos.

16h10min

Devia subir até o seu quarto, onde pretendia reiniciar a leitura de *O conhecimento da dor*, interrompida ontem por volta das 20h, quando M. Gertrude lhe perguntou se queria assistir ao filme *Sociedade dos poetas mortos*, por sinal uma disfarçada apologia do homossexualismo nos meios universitários anglo-americanos, onde o centro das atenções era o semideus barbudo Walt Whitman. *Folhas de relva*. Hum, meu Capitão! Meu capitão... E a "coisa" foi focalizada – não sem um deliberado propósito – nos anos 1950, mais precisamente em 1954. Começava a derrocada... Os Beatles fundaram o seu conjunto musical em Liverpool no ano de 1956. Pobre e desavisada juventude!

Podia apenas dizer que os primeiros sintomas de reação viriam do Islã, quase quarenta anos depois. Quando ainda lia jornais, soube da recusa da Arábia Saudita em permitir a entrada, no seu território, da atriz norte-americana Brooke Shields. As autoridades sauditas também cancelaram um concerto de rock que seria realizado para as tropas francesas.

Pareceu-lhe estranho, muito estranho, que o Ocidente, não se apercebendo do espírito da *legítima* modernidade – aquela que só acontecerá por volta do ano de 2101, ou talvez até um pouco mais tarde – acabaria por perder (perda irrecuperável) o controle que manteve, há séculos, sobre o destino da humanidade.

Parece uma situação demente o ter de afirmar a um jovem apreciador da *Sociedade dos poetas mortos* que o velho diretor da escola, Mr. Mellow (aquele homem rabugento que ainda falava em tradição, disciplina e excelência), pudesse ser *mais* moderno – mesmo com a sua palmatória – do que o "boca-livre", Mr. Keating, com todos os seus apelos de sensualidade dionisíaca e irrestrita liberdade, para ser *fruída agora* como na verdade estamos fruindo e agindo e, ainda por longo tempo, agiremos mesmo que tenhamos de empreender uma boa guerra de cem anos contra os nossos extraviados e cambaleantes instintos. Para sermos verdadeiramente dirigidos por Pã, deus da natureza, teremos de aceitar o holocausto. E, quem sabe, depois, mais uma vez, admitir a derradeira palingenesia: o eterno retorno, o homem anjo, o santo cordeiro, o ressuscitado.

21h35min

Você poderia resolver tudo dizendo apenas uma palavra.
(De uma história em quadrinhos)

Ainda procurou desenvolver reflexões sobre a década de cinquenta. Poder-se-ia dizer que ele não era um especialista nestes assuntos. Escapava-lhe, quase sempre, o contorno histórico social e, de resto, mesmo a chamada grande história se lhe apresentava como algo ficcional. À maneira de Durrell, ponderou que "a verdade com o decorrer do tempo é aquilo que mais se contradiz".

Lembrou-se que o ator James Dean, após ter trabalhado com Elia Kazan, em *Vidas amargas*, encena *Juventude transviada,* que se transforma numa espécie de paradigma de toda "juventude desavisada" até os nossos dias. Morre pouco depois, em 1955, com apenas vinte e quatro anos. Presume que foi nessa mesma época que apareceu *The outsider* (1956), do inglês Colin Wilson, livro este que, se não estava enganado, chegou a ser um *best-seller.*

Talvez ele estivesse dando "relevo" a acontecimentos de menor importância, em geral a diretores, atores e representações de cinema, que costumam aparecer apenas como uma espécie de consequência de um comando original – para eles invisível – cujas mensagens são a forma digerida de um poder central muito mais forte, eficiente e perverso. Estes sim, não costumam errar, uma vez que eles detêm o poder. Quanto aos outros, é como se fossem terceiros violinos a vibrarem sob a batuta de um maestro sempre oculto.

Talvez um censor estúpido não tivesse a menor ideia sobre o que ele estava querendo provar, jamais reconhecendo na sua linguagem, ao mesmo tempo sinuosa e truncada, uma maneira peculiar de narrar as coisas.

Prosseguindo, ele lembrou todo um processo ao qual não faltavam entrelaçamentos com uma sempre atenta e selvagem pseudociência: a pílula anticoncepcional estava na iminência de aparecer ou já havia nascido nos implacáveis laboratórios de Moloch. Como previa Gilles Deleuze: "A indústria conserta tudo". O maculado estandarte da revolução sexual, embora timidamente, já dominara toda uma sociedade secularizada e ávida de sensações e, daí, todos foram joguetes desse malsinado extravio. Sem pestanejar, ignorando por ofício futuras consequências diante "desse admirável mundo novo"– onde, sem a existência de Deus, tudo era permitido –, os melhores se engajaram conscientes de suas indispensáveis contribuições, mas não evitando penetrar num "beco sem saída", ou seja, no *desespero cultural.* No ano de 1957, o admirável Georges Bataille escrevia *L'érotisme*, no qual reconhece que toda sexualidade humana é transgressora.

Insistindo mais uma vez em mencionar *The outsider* – há tanto tempo esquecido –, vinha-lhe uma súbita vontade de reler Colin Wilson, aliás, irmão do grande romancista inglês Angus Wilson, ao qual dedicou seu comovente ensaio. Foi o primeiro a colocar, em termos de espírito (angústia existencial), as dores do mundo daquela época no seu devido plano e lugar. Colocou-as nos trilhos.

Voltando ao famigerado "professor universitário", Mr. Keating – apenas uma personagem de cinema – na sua lúdica ansiedade de valorizar os que ele assim chamava de *bardos*, o resultado chamuscante e mesmo perigoso foi o de reduzir todo o fenômeno poético universal a alguns poucos nomes, ressaltando o "sacrossanto andarilho" Walt Whitman. Depois ele havia ficado com sérias dúvidas de que Mr. Keating pouco ou nada percebeu dos poetas latinos, dos romanos da decadência, admiráveis, é verdade, no seu *fruir agora,* cuja equação final obtida terminava invariavelmente na morte em uma banheira, e o poeta latino com os pulsos cortados. À maneira deles, não deixava também de ser uma última *fruição*, mas Mr. Keating, sabiamente, pisando solo americano, faz ouvidos de mercador a esta felonia e não os menciona ou pelo menos tira o corpo fora, se fazendo de vítima.

Escusado dizer que ele, embora pintor, não desconhecia os contraditórios conceitos de *modernidade* do genial Baudelaire, ainda hoje não ultrapassados. Entretanto, no mais profundo do seu ser, preferia, como Nietzsche, projetar uma *história do eclipse moderno.*

3 de janeiro

Quem falou em epígrafe, disse Sir George?

(De uma história em quadrinhos)

Uma só linha ainda não foi riscada hoje. Contudo, isso pouco lhe preocupa. Levantou-se e foi até a prancheta, dando início a uma natureza morta sobre papel. Olha apenas o que faz. Não necessita de modelo. Percebe o tremor acentuado de sua mão direita, que o faz espanar tintas para todos os lados. Recorda que Helena Viktoria lhe dissera uma vez alguma coisa que não pudera esquecer: "Como as suas mãos sofrem, meu pai".

4 de janeiro

Tudo indica que prosseguirá no trabalho de pintura. Não sabe em que momento do dia, mas deve perseverar naquilo que começou ontem.

O poema dedicado a Helena Viktoria foi publicado hoje, no jornal *Diário de Pernambuco*, por especial atenção de Marcus Prado. A ilustração feita em cores, foi revelada em preto e branco, mas não ficou de todo mal. De qualquer forma, o seu nome estava associado ao de sua filha e isto o contentava. O poema com o título "Sequência" diz o seguinte: *Sobre o grande sino de bronze/ Pousou uma borboleta./ "Sou o grande sino de bronze", / Pensou uma borboleta/ "Todos estão em toda parte, e tudo é tudo", / Adivinhou Plotino.*

Essa tentativa de poema foi feita há alguns meses e reescrita no dia 24 de dezembro de 1990, como presente de aniversário para a sua filha.

Como não podia deixar de acontecer, sabia que não só a publicação desse poema, como também a sua presença nesse calendário, infringia os itens três e quatro do decálogo. Acalmou-o a lembrança de que esse trabalho já estava em mãos dos interessados em publicá-lo há mais de um mês. Portanto, bastante tempo antes de ele ter tomado certas decisões. Teria, pouco a pouco, imperceptivelmente, de modificar esses velhos hábitos quase endêmicos, que o levavam a alimentar sua propensão à soberba.

Também o fato de insistir em apontar esse *deslize* não deixava de ser uma outra espécie de pecado, ou seja, aquele que os padres chamam de "orgulho espiritual"?

16h

Vejam só: no fim da tarde, pegou no pincel e trabalhou cerca de duas horas, não mais que isso. Prefere não descrever o quadro. Por experiência, sabe do destino dos muitos que foram descritos... E que, depois, desapareceram como nuvens no céu.

5 de janeiro – sábado – 12h

Prosseguiu, e, quanto ao estudo de ontem, estava terminado. Trabalhou desde cedo e o que tinha de ser feito foi executado aos trancos e barrancos. Haveria de aprender – e estava aprendendo a tirar partido da infirmeza de suas mãos. A natureza morta (cena de ateliê), com esculturas em cima de uma mesa, poderia ser chamada *Cabeça de Salomé.*

Por volta das quatorze horas, começou outro desenho (pintado sobre papel) cujo tema é *O cisne negro.* No fim da tarde deu por terminado, também, esse trabalho. Contudo, pareceu que esse último tema do *O cisne negro* mereceria continuar noutros estudos. Era um tema apaixonante. Inclusive ampliando os formatos da tela ou do papel e depois, se possível, desenhando-o em preto e branco em repetidas versões.

18h 30min

Não soube esperar e fez apressado um novo quadro do cisne. Desta feita, usando cores (pintando com colorido forte em tintas planas). Depois resolveu colocar uma inscrição: "Homenagem tardia a Paul Gauguin".

7 de janeiro – 6h

Vivaldi: *Concerto em Sol Maior*, *Alla Rústica*; *Concerto para Oboé e Violino em Si Bemol Maior*; *Concerto em Dó Maior Con molti strumenti.*

Lastimou-se, deveras, que no sábado passado não tivesse retirado do jornal uma daquelas esplêndidas epígrafes, habitualmente aproveitadas das histórias em quadrinhos. Soube, contudo, que, perto do vilarejo onde mora, um homem amigou-se com uma árvore. Coisas de ecologia? Perguntou-se.

"Não é precisamente disto que se trata" – disse Sir James George Frazer. "Não há nada de absurdo nessa suposição, pois, na época de Plínio, um nobre romano tratava desta maneira uma bela faia em outro bosque sagrado de Diana, nos Montes Albanos. Ele a abraçava, beijava-a, deitava-se à sua sombra, derramava vinho em seu tronco. Ao que tudo indica, considerava a árvore como sendo a deusa. O costume de casar fisicamente homens e mulheres com árvores ainda é praticado na Índia e em outras partes do Oriente. Por que não teria existido no antigo Lácio?"

– Mas será que ele pode aproveitar tamanha desordem como uma epígrafe? – perguntou.

– Quem falou em epígrafe? – disse Sir George.

8 de janeiro

Não falará dos pequenos estudos sobre papel transformados agora num hábito rotineiro. Também não insistirá mais nas suas preocupações (para muitos, um tanto ridículas e forçadas) com o fim do mundo. Segundo pensa, caminhará pouco a pouco para uma espécie de mutismo. Pode estar enganado quanto a todas essas abruptas decisões de "fim de ano". Na maior parte das vezes, tem se enganado (com ele próprio e com os outros). Embora isto não queira dizer que jamais acerte, pelo menos uma só vez – como quem acerta na loteria – terá de acertar.

9 de janeiro

Respeitava-o e o considerava um grande mestre. Mas no momento em que esse pintor se dispunha a teorizar, isto é, falar sobre a arte em geral e da sua em particular, essa admiração passava ao desgosto. Foi isso o que sentiu ao tentar a releitura de *Funções da pintura* do seu quase mestre Fernand Léger.

10 de janeiro

Deu por terminada uma pequena paisagem (65 x 50cm). Não pretende descrevê-la. Contudo, há no primeiro plano do quadro uma figura jacente que lembra uma múmia ou um sarcófago. Estranha construção no fundo da pintura dá relevo a uma personagem que parece observar a cena. Alguns rochedos, assim como o céu, são tratados à maneira de Giotto. O azul é típico das cenas da vida de São Francisco de Assis. Com uma certa alegria, ele murmurou: "Assim é que um pintor fala".

11 de janeiro
Resolveu, sem nenhuma indecisão, reencontrar a comovente e quase angelical linguagem das cartas de Vincent van Gogh ao irmão Theo:

Agora consegui guardar o grande retrato do carteiro, e também sua cabeça, que te envio anexo. Tudo realizado numa só sessão. Eis aqui o meu forte; em uma só sessão pintar o bom homem, mesmo que toscamente. Se as forças não me faltassem, meu querido irmão, faria sempre assim, beberia com o primeiro que chegasse e o pintaria; não à aquarela, e sim à óleo, durante uma sessão à Daumier (15 de agosto de 1888).

12 de janeiro – sábado
– Isto significa que o pânico está cancelado?
– Não, não se cancela o pânico – disse o outro.

Algumas pessoas e mesmo pintores costumam fazer pouco (Gauguin, sobretudo) dos *gostos* de Van Gogh por artistas de talento e origem duvidosos. Ele referia-se especialmente às preferências do grande artista por pintores tidos como de segunda, e às vezes até de terceira e quarta classes. Não se apercebem, esses senhores, inclusive Gauguin, que Van Gogh, com a sua extraordinária visão, *poderia* "ver o tudo em cada coisa"; ir bem mais no fundo que a percepção de qualquer um deles.

Numa carta de Londres, datada de janeiro de 1874, Van Gogh enumera uma lista de colegas, citando nada mais nada menos do que cinquenta e quatro artistas, todos merecedores de sua fraternal admiração. Pelo menos, entre tantos pintores, quinze não lhe eram desconhecidos. O restante, bem... o restante deve ser mais ou menos o que Plotino dizia: "Sábio é aquele que sabe ler tudo em todas as coisas, e tudo é tudo".

Vejamos a densa lista de Van Gogh e a simplicidade como apresenta os pintores que lhe agradam particularmente: Scheffer, Delaroche, Hébert, Hamon, Leys, Tissot, Lagey, Boughton, Millais, Thijs Maris, de Groux, de Brackeleer, Millet Jr., Julio Breton, Feyen-Perrin, Eugenio Feyeen, Brion, Jundt, Jorge Saal, Israels, Anker, Knaus, Vautier, Jourdan, Campte-Calix, Rochussen, Meissonier,

Madrazzo, Ziem, Boudin, Gérome, Fromentin, Decamp, Bonington, Diaz, Theodore Rousseau, Troyon, Dupré, Corot, Paul Huet, Jacque, Otto Weber, Daubigny, Bernier, Emilio Breton, Chenu, César de Cock, Senhorita Collart, Bodmer, Koekoek, Schelhour, Weissenbruch, Maris e Mauve.

Achou graça porque Van Gogh tinha consciência que poderia ainda continuar com outros nomes e temia ter omitido alguns entre os melhores. Lembrou-se – o que fez a sua admiração pelo torturado holandês crescer – da frase de Léon Bloy: "Cada homem está na terra para simbolizar alguma coisa que ignora e para realizar uma partícula ou uma montanha dos materiais invisíveis que servirão para edificar a cidade de Deus".

13 de janeiro – domingo

Voltou à Fábrica para trazer desenhos que se encontravam no ateliê da casa de São Francisco. Precisava com urgência *tratar* deles.

14 de janeiro

Ele disse: "Estou no comando dessa expedição, não?".

Van Gogh recomenda ao irmão não ler Michelet. "Vou me separar de todos os meus livros desse autor... Faça o mesmo."

Quando o pintor faz a advertência em setembro de 1875, aproximadamente, Michelet já morrera em Hyères há um ano. Embora sem alcançar a razão do desprezo de Van Gogh por um autor da dimensão do historiador da Revolução Francesa, lembrou-se de que foi esse escritor que deixou um diário com notas manuscritas numa letra absolutamente ilegível aos mais insistentes leitores e mesmo aos mais atentos grafólogos. Essas anotações permanecem até hoje inexpugnáveis, como se fossem hieróglifos (antes das descobertas de Champollion), ou pior que isso. Duvidava que essa história não fosse verdadeira. Contou-lhe há anos o pintor Cícero Dias.

A paisagem que começara no sábado permaneceu até hoje intocada. Não tinha a menor condição – pensou – de nem ao menos chegar próximo ao cavalete. Nos últimos momentos da tarde foi invadido por um pessimismo atroz. Acreditou que não teria mais que um ano de vida. Tinha lá as suas razões e, igualmente, dolorosos pressentimentos, "contas a acertar", como ele próprio dizia.

15 de janeiro
Se fosse lido há alguns anos atrás, não teria dado a menor atenção a este texto de Van Gogh. Alçaria os ombros e logo um sorriso lhe afloraria nos lábios. Mas hoje as coisas tomaram outras direções e já era capaz de descobrir, não o oculto, que não interessava, mas exatamente a *verdade* que sobrenada na superfície das coisas. Leu e releu três vezes e ainda uma quarta vez. Sim, era capaz de compreender. Este fato lhe alegrou.

Diz Van Gogh: "C. M. me pergunta se não me agradaria uma jovem que fosse bela, ao que eu lhe disse que me sentiria muito mais à vontade com uma que fosse feia, ou velha, ou pobre, ou desgraçada, pela única razão de supor que, assim, houvesse adquirido inteligência e uma alma pela experiência da vida e de suas comprovadas desgraças".

Nota: C. M. é uma abreviação do nome de um tio de Vincent, chamado Cornelius-Marinus (carta a Theo – Amsterdam, 9 de janeiro de 1878).

16 de janeiro
Sabia que para ele acabaram-se os anos de *arrebol*. Usou uma das palavras mais ridículas que conhecia na língua portuguesa, independente do seu real significado, porque não ignorava que para ele começava uma vida diversa – nem aurora, nem crepúsculo –, apenas severa, sem alternativas, nem composições.

Tomar as cartas de Van Gogh nas mãos não lhe parecia nenhum acaso, tampouco um deleite literário. O livro lhe fora oferecido por Deborah em novembro de 1945. O que mais lhe comovia (apenas iniciava-se na pintura e necessitava de exemplos) era o fato de ela ter entendido as consequências dessa leitura que, para um jovem artista, nada mais necessitava acrescentar.

Passaram-se quarenta e cinco anos e agora sabia que essa velha âncora desceria até o fundo dos mares desse porto encardido, que nada possuía de seguro, e que nele permaneceria sempre ao sabor das tempestades. Teria de ser assim...

Falar sobre Van Gogh, ele também falou – pensava agora em seu amigo Carlos Bracher –, mas deve ter falado com um pincel na mão. Não lhe pareceu tardio lembrar que a *Homenagem a Van Gogh*, empreendida ano passado por Bracher, em inúmeras telas foi comovente. Sentiu que não estava só nesta admiração. Imaginou um diálogo secreto entre pintores.

17 de janeiro

De forma alguma era surpreendente descobrir a falta de asseio do pregador no Borinage. Ele não tinha tempo para esse tipo de limpeza, sempre suspeita e incompleta. De resto, "sua confissão" admite que isto seja socialmente desagradável: "Mas aqui, a sujeição e a miséria *existem* para algo e, ademais, são uma boa maneira para assegurar-se uma solidão necessária, permitindo um aprofundamento dos estudos que nos preocupam". Todavia, não é a sujeira que o impede de ler e admirar Shakespeare: (...) "Deus meu, como é maravilhoso Shakespeare. Quem é tão misterioso como ele?".

Seguindo a humildade de Van Gogh, se interessa por um impresso (convite de uma exposição de pintura de André Lindoso) e por manifestações, dessas que habitualmente jogava na cesta do lixo. No impresso, leu um poema de Caetano Veloso e, depois, voltou a ler. Cofiando a barba, deparou-se com os versos: *A tua presença / é branca, verde, vermelha, azul e amarela.* Não lhe ocorreu mais nada a não ser homenagear o pintor holandês com todas essas cores.

Muito cedo da manhã, foi visitado pelo artista Odilon Cavalcanti, e regozijou-se. Odilon trazia um projeto de pintura, de formato longo, colorido como uma serpentina; e outro, curvo como uma esfera. Este projeto foi dedicado "à memória de Joan Miró", que com suas estrelas e constelações nos mostrou os caminhos do céu, e, com suas escadas da evasão, previu que era nosso destino nos encontrar lá um dia.

Por aproximação, o escrito do amigo fez-lhe recordar o sonho de Jacó e a visão da escada: "Eis, posta na terra, uma escada cujo topo atingia o céu; e os anjos subiam e desciam por ela...". Além de tudo, a evidente sacralidade do projeto de Odilon aproximava-o do céu. Ele pretende, no ano 2001, fazer subir em direção às "estrelas e constelações" uma outra estrela animada e construída pelas mãos dos homens e que, uma vez navegando no céu, lá permaneça.

18 de janeiro

Três pequenos desenhos coloridos – duas cabeças de mulher e uma de rapaz. Apenas com o fito de se exercitar. "Como um aprendiz", pensou. Por outro lado, parece adiar ao máximo aquilo que poder-se-ia chamar de um trabalho mais sério. Todavia, isso não o preocupa. Tem certeza de *estar no bom caminho*. Enquanto isso, Van Gogh enfrenta com destemor o desenho completo de um esqueleto, passando a descrevê-lo: "Nesses últimos dias desenhei uma coisa que me custou muito trabalho, embora esteja contente por tê-la executado; dediquei-me especialmente ao desenho, à caneta, cuja dimensão desmesurada ocupa cinco folhas de papel Ingres.

1ª folha: a cabeça, esqueleto e músculos;

2ª folha: tronco, esqueleto;

3ª folha: palma da mão, esqueleto e músculos;

4ª folha: dorso da mão, esqueleto e músculos;

5ª folha: pélvis e pernas, esqueleto.

Todo esse trabalho foi feito aproveitando um manual de John: *Esboços anatômicos para uso dos artistas*. Há nesta obra uma grande quantidade de outros desenhos da mão, do pé, etc., que me parecem muito eficazes e claros, e agora vou acabar completamente os desenhos dos músculos, principalmente o do tronco e das pernas, que formarão, com os desenhos já executados, um corpo humano completo; de imediato, seguirá o corpo visto de costas e de lado. Podes ver que prossigo com certa energia; mas, estas coisas não são fáceis e exigem tempo e muita paciência".

Pode não ser o ideal copiar esqueletos como forma de se aprender a desenhar. Basta lembrar, desabusadamente, os conceitos de Ingres, que insistia: "Ossos e músculos, para que servem estas coisas!". Contudo, a compreensível observação ingresca não invalida a força espiritual e física que esse holandês de gênio empreendeu para chegar às soluções finais de sua pintura solar, realizada na cidade de Arles. Pareceu-lhe que, sem o esqueleto, aquele que assinava seus quadros como um humilde Vincent não teria chegado onde chegou.

19 de janeiro – sábado

Estou atrasado! Estou muito atrasado! Este era o sentimento que o dominava todos os dias e caminhava pela noite, como se o tempo fosse curto para realizar aquilo que desejava. Deste modo, qualquer interferência lhe era funesta, embora não pudesse deixar de atender os amigos que raramente o procuravam.

Hoje à tarde visita dos irmãos Aprígio e Frederico, ambos pintores. De início, conteve-se e falou pouco. Mas a sua monstruosa timidez acabou por vencê-lo, jogando-o nas facilidades do discurso, ou seja, na sua forma habitual de comportamento. Aproveitou para falar dos *nazarenos* alemães e dos *pré-rafaelitas* ingleses. Na realidade, intercalou – lendo em voz alta – uma apreciação sobre John Everett Millais[18].

20 de janeiro

Continua os exercícios de humildade. Como ele gostaria de ter feito, igualmente a Vincent, inúmeros desenhos de instrumentos de trabalho do campo, tais como: carretas, arados, grades. Ele nasceu e sempre morou no campo e todas essas ferramentas eram velhas conhecidas e ao alcance de suas mãos. Afinal, a presença dos curtidos trabalhadores do eito, dos cavalos, o cheiro das cocheiras, os pesados bois de arado e os carneiros com suas pequenas crias, eram estes, pelo menos durante as férias, a sua companhia diária predileta.

Recordou que há muitos anos ficara comovido ao olhar alguns desenhos de Carlos Scliar feitos diretamente a partir deste motivo, abordando trabalhadores agrícolas gaúchos e seus instrumentos de trabalho. Supunha que eram xilogravuras. Evitava frases de efeito; sempre à procura daquela *firme convicção* que o artista holandês exigia no momento de falar aos outros. E de fato as suas cartas foram definitivas para a compreensão e o crescimento de sua obra inigualável. E, depois, quem desenhou como Van Gogh, antes ou depois dele? O seu desenho pulsa como um universo. Poder-se-ia chamá-lo de *horizonte dos ventos que turbilhonam o mundo*[19].

21 de janeiro

Arcano, que na numerologia corresponde a 1991, é a carta de número 20 – *O Julgamento* – o que significa 2 como o número do ano, isto é, o valor par das coisas que se completam, assim como vinte são duas décadas que se somam sob o astro protetor das artes: a Lua.

De fato, no dia 11 de novembro deste ano (1991) completam-se duas décadas do seu trabalho, dessa *Cidadela* que ajudou a criar, e, no entanto, sem explicações, começava a distanciar-se dele: mais que tudo, temia o *julgamento*.

---

[18] Pintor que consta na lista dos cinquenta e nove eleitos de Van Gogh (N. do E.).

[19] Ele não apreciava as comparações, mas, no sentido moderno da palavra, só Rembrandt desenhou como Van Gogh. De resto, ambos eram holandeses (N. do A.).

22 de janeiro
Ao lado do seu corpo acordou com as páginas abertas da primeira "Elegia de Duíno", de Rainer Maria Rilke.

Adormecera com o livro nas mãos:

(...) O que se era, entre mãos trêmulas, medrosas,
não mais o ser; abandonar até mesmo o próprio nome
como se abandona um brinquedo partido.
Estranho, não desejar mais nossos desejos... [20]

Antes de fechar o livro, notou que havia sublinhado alguns versos da segunda elegia: *(...) E tudo conspira para que silenciemos: o pudor, ou quem sabe que indivisível esperança.*

Por um momento pensou que reproduzir o poeta Rilke seria uma transgressão ao seu decálogo, mas bastava repetir *Estranho não desejar mais nossos desejos* para que todos os seus pecados fossem perdoados.

23 de janeiro
Pegou num velho calendário da Olivetti (1960), repleto de reproduções de Rafael. E, sobre a cabeça de uma figura da *Stanza di Eliodoro*, pintou uma ninfeta. Sobre a figura da *Escola de Atenas*, usando tinta acrílica, recriou uma bailarina em repouso.

Amanhã prometeu continuar. As cores das reproduções, embora as recobrisse, ajudavam a encontrar, com maior rapidez, a eficácia dos seus estudos. E, depois, Rafael velava pela sua sorte.

24 de janeiro
Que esperança conseguiria alimentar, uma vez que a mãe de Helena Viktoria lhe fechava todas as portas? E como poderia almejar a presença confortadora da filha – nem que fosse por momentos –, ele, que se condenara a ser sempre contra si próprio? "Abandonar até mesmo o seu próprio nome."

Havia ainda em tudo isso uma contradição flagrante. No seu decálogo – item número cinco – fala-se em reordenar, com precisão, todo o setor admi-

---

[20] Tradução de Dora Ferreira da Silva (N. do A.).

nistrativo (esquemas e projetos da Oficina Cerâmica), incluindo esculturas, fachadas e jardins. Menciona-se uma Fundação particular.

Ocupar-se dessas coisas seria, por acaso, uma atitude contrária a si próprio? Em que medida? É verdade que não fez profissão de fé, tampouco foi colocado em pauta o problema de sua salvação, isto é, não ao ponto de transformá-lo num Buda, embora "o ser contra si próprio" seja o equivalente cristão do "se queres ganhar a vida, acaba por perdê-la".

Pela manhã, ao descer do carro, notou um ninho – ainda com forma – virado de borco sobre a relva muito verde. "Vida e morte", pensou. Depois de caminhar alguns passos, pronunciou a palavra fatal, que até aquele momento evitara mencionar como o pior dos castigos: *Armagedon.* Verificou com muita rapidez que o seu mal era incurável, mas preferiu esquecer e pensar em outra coisa, como às vezes, por vontade própria, nós não pensamos nas mulheres.

25 de janeiro

Novamente pintando sobre uma reprodução em cores de Rafael: uma figura de moça, que aparecia no afresco da *Stanza della Segnatura*, foi recoberta por outra moça, menos virginal e mais despudorada.

26 de janeiro

Estupidamente escrevendo duas ou três linhas todos os dias, como se isto pudesse dizer alguma coisa: *E tudo conspira para que silenciemos...*

Quantas vezes ele próprio já havia tido intenções semelhantes e, no entanto, no entanto... sempre falharam.

Decididamente Van Gogh não se considerava um paisagista: "Se faço paisagens, haverá sempre dentro delas vestígios de figuras".

Todos os dias fazemos e dizemos coisas certas e erradas. A maior parte erradas, todas tão erradas, que já não sabemos distinguir quais as que acertamos. E depois ele disse: "Terás o mesmo destino do insensato". A questão era saber se devia ou não prosseguir no seu *sottisier.* Calar de uma só vez, como deixara de fumar, eis a questão. Falava assim para que ninguém o levasse a sério, começando por ele próprio.

27 de janeiro – domingo

Não calou. Assistiu *Entrevista*, de Fellini, ao lado de M. Gertrude, que comeu uma boa quantidade de melancia durante o filme. Lembrou-se de que era um assunto polêmico, entre os pintores, discutir sobre *cor local*. Achou que o odor de melancia era uma verdadeira descoberta, traduzindo-se como *cheiro local*, propício a ser aspirado durante a enlouquecida (mas não desarrazoada) narrativa felliniana, talvez acrescentado de alguns flatos e outros tantos fósforos acesos e logo apagados, para fumegarem bastante como o enxofre no inferno.

O exacerbado sentimentalismo melancólico de Fellini, por diversas vezes, levou-o às lágrimas. "Lágrimas de velho", pensou. Fellini também envelhecera. Sentiu que haviam chegado ao fim e que era preciso acabar o filme, e que, no entanto, não encontravam um final, apenas o nada, nenhuma esperança, uma só palavra, somente a esfuziante Anita Ekberg, agora uma velha musa gorda e dourada a bracejar no meio de tantos outros atores, coadjuvantes e penetras. Enfim, a tudo se sobrepunha uma implacável melancolia, e, diga-se de passagem, apesar do título, durante todo o decorrer das cenas, não houve possibilidade de *entrevista*. Achando pouco, ainda assistiu a *Um toque de infidelidade* do desconhecido diretor norte-americano Joel Schumacher. Presença no filme de Isabella Rossellini, o que já seria o bastante, mas aconteceu que a tolice da história (*Life is a tale told by an idiot*) contaminou-se dos mágicos *prodígios* de Fellini - talvez pela excessiva proximidade (ou simultaneidade) entre a projeção dos dois filmes – fazendo com que a idiotia consumista de Schumacher se assemelhasse à superior qualidade do genial italiano. À meia-noite, para completar seu variado ecletismo cinematográfico – já com M. Gertrude adormecida – assiste a uma negra danação assinada por um diretor sérvio chamado Dusan Makavejev, *Monte Negro Porcos e Pérolas*. Excitado por tanta sujeira sadomasoquista, acordou M. Gertrude e fez dela a mulher da madrugada.

28 de janeiro

No começo dos anos 1980, insistiu em procurar um elo de ligação entre a extrema liberdade dos desenhos realizados para as esculturas e a sua maneira habitual de interpretar os corpos femininos, quando pintava diante dos modelos. De fato jamais conseguira sequer aproximar-se dessas "vertigens" de desregramentos que o levavam sem remorsos ao duplo, ao dualismo, ao ambivalente, ao polivalente.

Agora, diante de uma simples litografia de Van Gogh, cujo título *Sorrow*, em letras de grande formato, não deixava nenhuma dúvida quanto às suas reais intenções, verificou que o conjunto lhe ocasionava a mais atenciosa reverência, reconhecendo não poder deixar de pensar na prodigiosa visão *expressiva* desse desenho um tanto canhestro na sua excessiva linearidade simplificada (talvez propositada). Acontece que Van Gogh conseguira, na sua dolorosa gravura, uma força tamanha de expressão plástica, que dificilmente em toda arte moderna poder-se-ia encontrar algo semelhante. Embora à primeira vista não passasse de um desenho que beirava o sentimentalismo de algumas ilustrações de caráter duvidoso, próprias para magazines (envolvendo o seu título redundante), mas que, no entanto, ultrapassando aquela consentida voluptuosidade de todo e qualquer nu, chegava aos arcanos da ofendida dignidade humana. Vincent conhecia a origem daquela prostituta vinda das ruas, dando-lhe abrigo e a mão protetora; depois, a fizera pousar despida com a sua desgraçada e friorenta aparência. Sem qualquer reserva, o resultado deste insólito trabalho, duramente conseguido, ultrapassava todos aqueles que antes e depois dele tentaram representar as *dores do mundo*, mesmo Picasso com o magistral *Guernica*; mesmo Goya representando os *Horrores da guerra*; inclusive o Rembrandt do último período quando os seus trabalhos foram feitos quase sempre "sob o impacto de uma dor permanente".

Num dos desenhos preparatórios para essa litografia, há uma observação que Van Gogh aproveitou de Michelet: "Como é que pode existir na terra uma mulher que seja sozinha e abandonada?".

30 de janeiro

> *Em um certo sentido, estou muito contente de não haver aprendido a pintar.*
>
> Van Gogh

Encantado e ao mesmo tempo perplexo, passou a manhã folheando um álbum de pintura de Paul Delvaux.

Conhecia pouco a obra de Delvaux. Definitivamente preferia Magritte. Agora estava em dúvida. Em todo caso, sua primeira impressão é de que toda a obra de Delvaux poderia ser considerada como a mais cenográfica da história da pintura moderna. Mas, mesmo assim, havia ousadia, coisas ainda a descobrir. Até a sua proverbial artificialidade contava como mérito à parte. Exemplifica: enquanto na obra de Ensor a macabra presença dos esqueletos revela um indispensável valor expressivo, em Delvaux poderiam servir como uma forma superior de aprendizado e mesmo de divertimento para médicos e alunos em aulas sobre nossa estrutura óssea em simulacros de movimentos e posições de corpos vivos. Como não poderia deixar de ser, o efeito era profundamente desagradável, mas, mesmo assim, atingia – numa outra esfera – uma perfeição barroca, digna das melhores fantasias do maneirismo do século XVII. De qualquer forma, Delvaux está muito mais próximo de uma estética demoníaca do que o seu colega e compatriota René Magritte. Embora a opinião deste último não seja nada lisonjeira a respeito do seu rival, não deixa de reconhecer em Delvaux "um mestre no seu ofício...".

Magritte sempre lhe pareceu uma figura mal-humorada não só na expressão do seu rosto obeso, como também nas suas opiniões sobre coisas e pessoas, e, igualmente, sua pintura era uma espécie de surrealismo esquematizado e processual digno de ilustrar revistas sofisticadas e cartazes de beira de estrada. O belga afoito chegou a dizer: "Não sou nada sensível aos quadros de Van Gogh...". E de sobra, ataca o grande argentino Jorge Luis Borges: "Admito que haja ilusão, que engane com falsas aparências e que pareça falar como 'homem honrado', mas, levando em conta todo o falso brilho do seu discurso, o tenho por um *gigolô* instruído...".

3 de fevereiro – domingo

Não lhe pareceu que Machado de Assis, tampouco Paulo Rónai, tenham se apercebido do sentido maior de "A Obra-Prima Desconhecida", em tradução brasileira, de Balzac, excluído qualquer sentido oculto, pois não há nada de oculto neste conto, a não ser o próprio mistério da criação no campo da pintura e, curiosamente, também da literatura.

Espantou-o sobretudo o comentário de Machado quanto a permanente e inexplicável insatisfação dos pintores com os seus quadros. Por acaso os escritores não se comportam do mesmo modo?

Pacientemente transcreveu o texto quase jocoso de Machado (jocoso ou sarcástico?). Parecia-lhe que o velho era dado a essas atitudes: "Inexplicável é o nome que se pode dar aos artistas, que pintam sem acabar de pintar. Botam tinta, mais tinta, outra tinta, muita tinta, pouca tinta, nova tinta e nunca lhes parece que a árvore é arvore, nem a choupana, choupana. Se se trata então de gente, adeus. Por mais que os olhos da figura falem, sempre esses pintores cuidam que eles não dizem nada. E retocam com tanta paciência, que alguns morrem entre dois olhos, matam-se de desespero".

Diz Paulo Rónai: "Não sabemos se ele conhecia 'A Obra-Prima Desconhecida', de Balzac. Em todo caso, define-lhe o assunto com muita felicidade em estilo caracteristicamente machadiano".

A seu ver os dois escritores brasileiros sequer adivinharam o que pretendia Balzac. Só os pintores verdadeiros avaliam o significado da "última pincelada". E o velho mestre Frenhofer[21] era um deles: "Porbus deu cem pinceladas. Eu dou uma somente. Ninguém nos agradece o que está embaixo. Fique sabendo isto bem!".

É verdadeiramente espantosa a sensibilidade de Balzac em se aperceber das sutilezas que afligiriam os grandes pintores de nossa época, quando ele fala que Rafael parecia querer despedaçar a forma. Esta observação não seria por acaso o equivalente daquilo que Ingres diria alguns séculos depois: "Toda deformação é uma homenagem à forma"?

O que quis dizer Balzac em "A Obra-Prima Desconhecida" quando ele indaga: "Há então um mistério? ".

Frenhofer (um idealizado discípulo de Mabuse), fazendo pouco do seu colega Porbus, disse: "Você deu cem pinceladas, o que pouco importa; importa sim, a última pincelada, essa que irei dar agora e resolver toda a questão...".

Ele ouvia todas essas digressões, mas não arredou o pé de seu cavalete. Com o pequeno pincel na mão parecia relutar em dar a última pincelada, possivelmente deu a penúltima, o que equivale a dizer como Machado: "Pintores que pintam sem acabar de pintar". Contudo, o quadro já estava assinado e ele sabia que não teria ânimo para chegar nos limites do fatal.

4 de fevereiro

O inesquecível texto "A Solitária Criatura de Deus" é de Thomas Wolfe, escritor norte-americano do começo do século. De uma maneira estranha ele

---

[21] Mestre Frenhofer é a personagem principal de um dos mais belos contos de Balzac, *A obra-prima desconhecida* ou *A obra-prima ignorada* (N. do A.).

sentencia: "Não podemos voltar para casa". Acontece que isto é terrível, mas é verdade. Ademais, "ele sabe que o tempo da escuridão corre ao seu lado como um rio". "A imensa e sombria muralha da solidão está ao seu redor agora."

5 de fevereiro
Desenha e pinta uma modesta homenagem a Van Gogh, vestido numa "camisa de força". Perto dele, dentro de um copo, desponta um minúsculo girassol.

6 de fevereiro
Helena retornou hoje ao convívio da mãe.

Desde a manhã, ele luta com uma paisagem e o resultado – apesar de canhestro – não é de todo ruim.

Será que no filme *A barriga do arquiteto*, de Peter Greenaway, a homenagem a Étienne Louis Boullé é fictícia? Na realidade o homenageado verdadeiro seria Claude-Nicolas Ledoux?

Do mesmo diretor, ele foi informado que havia um novo trabalho: *O cozinheiro, o ladrão, sua mulher e o amante*. Este filme recebeu nos Estados Unidos a classificação "X" destinada a filmes pornográficos, apesar de apresentar um dos mais requintados cenários do cinema atual, o que em parte explica a paixão do diretor pela pintura. A fotografia é de Sacha Vierny, que trabalhou nos principais filmes de Alain Resnais. Eis aí um desses prodígios de que falou há pouco tempo sobre fotógrafos que trabalham para o cinema.

8 de fevereiro
Noite insone. Os presságios de sempre. M. Gertrude diz: "Quando o diabo não vem, manda o seu secretário". De manhã, leva Helena Viktoria ao médico dermatologista. À tarde, pinta um pequeno quadro no formato nº 1, o que significa não ultrapassar 22 x 16cm. Não seria um mal começo pintar dez telas diminutas. Depois, mais dez, no formato nº 2 de 24 x 19cm. Daí em diante até o número 6, já contando com uma superfície razoável, 41 x 38cm. No todo, sem se aperceber, ele teria sessenta telas.

Aliás, está contando vitória antes do tempo, uma vez que o *tableautin* de hoje ainda não se encontra perfeitamente acabado. Convém lembrar, como Balzac, que "a última pincelada é que conta".

9 de fevereiro – sábado de Carnaval

Sabe que é um pouco tarde para cumprir o item 6 do decálogo: "Não ler jornais". Contudo, procura sempre algumas histórias em quadrinhos, de onde recorta uma frase cujo sentido lhe sirva como epígrafe. É um velho hábito difícil de abandonar.

Os dois itens mais penosos de obedecer são o 3 e o 4. Tem lhe faltado o necessário rigor para exercitá-los como deveria, isto é, sem falhas. "Pensar contra si próprio e cortar ilusões" é quase uma condenação à morte. Engraçado é que tenha escrito "pensar" e esquecido o "agir". Se de fato aceitasse essa condenação, deveria achar proveitoso os histéricos ataques de Fenícia contra ele. Se ela está contra – violentamente contra – nada melhor que favorecê-la, pois assim, ele próprio também atingiria o estado ideal de humilhação, ou seja: agir contra si mesmo. Quando o reflexo desta mesma situação resvala sobre M. Gertrude, que nada tem a ver com o suposto decálogo, ela se mostra agastada e propensa a reagir. Mais uma vez esse novo acontecimento, longe de lhe ofender, deveria colaborar com as suas superiores intenções. Resta-lhe, no entanto, confessar o quase fracasso dessa rigorosíssima virtude que só a ele cabia resolver. Tem resistido aos ataques de forma ladina, uma vez que, procurando conciliar os contrários, isso redunda numa espécie de escudo protetor em sua defesa, e, assim, recusando-se ser atingido, incorre num ato de pusilanimidade, senão coisa pior. Sabe que caminha próximo da completa idiotia. Apenas não pode presumir até quando se recusará a cumprir os seus votos dados.

10 de fevereiro – domingo de Carnaval

Pelo menos em parte, cessou aquele estilo cujo tom ele próprio reconhecia como aparatoso, facécio e adjacente. No momento, tinha a certeza que evitava blasonar, embora jamais acreditasse em nada definitivo. As coisas estão sempre retornando, mesmo que às tontas, a um lugar qualquer, para enfim ele descobrir que depois de algum tempo não saiu do ponto onde se achava.

Perguntava-se agora por que usara a palavra "adjacente" em vez de próximo, vizinho, confinante... Na verdade quisera apenas dizer que os seus escritos saltavam aos olhos com o peculiar exagero dos cartazes de beira de estrada, os quais, sempre desmedidos, se pretendem adjacentes, quando estão distantes e lá devem permanecer. Aliás a proverbial ostentação dos cartazes, seu meio-termo entre a graça e a zombaria, e, finalmente, sua pretensa legibilidade (adjacência) definem um estilo. Definem ou não definem? A respeito de blasonar, confessa que achou o termo irresistível, irretocável.

As palavras de uma maneira geral podem soar tão falsas como perigosas. Daí porque ninguém sabe quando levá-las devidamente a sério. Compreenda-se tamanha contradição e a real natureza dessas mais que dispensáveis digressões quando, nestas circunstâncias, ainda continuava com as *Cartas a Theo* nas mãos: "O pintor insiste perante o irmão em saber se este ainda mantém suas notórias objeções contra o lápis".

11 de fevereiro – segunda-feira de Carnaval

Desde as sábias observações de Octavio Paz sobre as *fiestas* – embora não as frequentasse –, reconciliou-se para sempre com todos os festejos e, consequentemente, com o carnaval brasileiro. O golpe de morte ou o tiro de misericórdia contra quaisquer resíduos preconceituosos chegaram com a leitura, tantas vezes repetida, de Mikhail Bakhtin com sua análise da *carnavalização* na obra de Dostoiévski.

Não fora à Fábrica para pensar sobre esse *estranho Carnaval*, a sua intenção era bem outra: continuar a pintura de uma paisagem começada no fim da tarde de sábado. De qualquer forma, particularizando com rigor as estruturas das imagens "carnavalescas", tudo é *Carnaval*, desde que se saiba rastrear seus antecedentes com o devido cuidado.

5h da tarde.

A paisagem (22 x 16cm), quase do tamanho de um cartão-postal, está assinada sem que a pincelada fatal fosse realizada. Talvez mais importante tenha sido, logo em seguida, ter providenciado a comida dos três cisnes negros. Agostinho[22] não cabia de felicidade.

12 de fevereiro – terça-feira de Carnaval

O inferno carnavalesco vigora e atua lá fora como aqui dentro. Carnavalização interna e externa.

À maneira de Caspar David Friedrich, ele esboça um autorretrato de costas, olhando o dia que nasce ao lado de uma bela árvore. Tudo é luz

---

[22] Nome dado a um dos três cisnes negros de origem australiana (N. do A.).

envolvente e clara acima dessa tábua, dividida por uma *linha de sombra* sobre a qual trabalha. Existe um outro esboço de paisagem crepuscular que, bem pensado, faria um bom contraste se considerassem as duas pinturas como um só quadro. Confessa que não era a sua intenção original. Só depois notou a magnífica coincidência e o efeito singular dessa junção.

13 e 14 de fevereiro

Durante quatro horas ininterruptas, pintou uma paisagem, tentando conservar a paleta com cores as mais claras possíveis. No fim da tarde, ao ver a tela, disse com os seus botões: "Nada a acrescentar ao trabalho, nem tampouco a suprimir...". Ainda não seria neste momento que batizaria a paisagem de *Mosaico em cores claras*.

Continua a releitura do seu Van Gogh e, como sempre, surge do espesso bosque de sua ignorância (jamais ouvira falar nos nomes desses aquarelistas citados tão ardorosamente pelo mestre) uma plêiade de cavalheiros misteriosos: Pinwell, Walker Herkomer e o belga Meunier. Era gratificante quando descobria um nome conhecido: "Havia escutado falar de Liebermann...", diz Van Gogh. Apesar da exiguidade da informação, ele não tinha dúvida de que se tratava do pintor alemão Max Liebermann, filho de uma influente família berlinense, amigo de Anton Mauve, a quem tanto Van Gogh se refere.

Recordava que, em meados dos anos 1940, ele e o seu amigo Ariano Suassuna foram os primeiros a descobri-lo e admirá-lo como pintor. Juntos se extasiaram com a nobre e bela matéria colorida de Liebermann.

Comovia-o nas *cartas* de Vincent[23] sobretudo o seu tom de apaixonada sinceridade, mesmo quando se referia apenas aos materiais de trabalho.

Às vezes o espírito do artista era tão forte – embora jamais tenha sido essa intenção – que os seus textos se confundiam com aquilo que chamam de boa literatura. "(...) As árvores eram soberbas; quase diria que havia um drama em cada uma delas. E, apesar de tudo, o conjunto da paisagem era sempre mais belo do que as árvores, atormentadas, consideradas cada uma, intrinsecamente - sobretudo porque o momento era tal –, pequenas e absur-

---

[23] Não pensar que ele pretendia tomar intimidades com o mestre, chamando-o pelo primeiro nome. Van Gogh assinava suas telas como Vincent (N. do A.).

das copas que tomavam um aspecto estranho, molhadas pela chuva e tangidas pelo vento. Esta imagem me fez ver de que maneira também um homem, de aspecto e atitudes absurdas, ou cheio de caprichosas excentricidades, poderia transformar-se, de pronto, numa figura dramática de um extraordinário caráter: bastava tão somente que se sentisse tocado por uma dor verdadeira, ou que lhe atingisse uma desgraça, para transformar-se, de pronto, numa figura dramática de um extraordinário caráter."

15 de fevereiro

Apesar das visitas e solicitações de ontem, prosseguiu nos seus estudos. Pensa numa ilustração abrangendo ao mesmo tempo "A solitária criatura de Deus", de Thomas Wolfe, e também uma homenagem a Van Gogh, homem que olhava o sol de frente. O nome de Caspar David Friedrich também não estaria ausente. Aliás, dias antes pensara em aproveitar, à sua maneira, o retrato de Caspar David, pintado por Georg Kersting, e transformá-lo numa merecida reverência a esse estranho pintor de paisagem.

À noite, leu com atenção um recente artigo de Anthony Burgess sobre Joyce: "Obra de Joyce celebra vida, morte, ressurreição...".

Uma observação de Burgess (só a notória agudeza desse escritor verificaria um tal fato) agradou-lhe infinitamente. Diz o escritor e crítico literário: "Apenas um católico pode entender a obra de Joyce plenamente. *Ulisses* é um desses estranhos livros que nos fazem rir às gargalhadas. *Finnegans Wake* também está cheio de gargalhadas, com sua linguagem baseada nas possibilidades cômicas do inglês. O inglês pode ser considerado uma língua cômica, por conter elementos irreconciliáveis – germânicos e latinos –, perpetuamente confrontados. Quando traduzimos *Finnegans Wake* para o espanhol, este elemento cômico desaparece. Ainda que Joyce explore o limite das possibilidades e impossibilidades do inglês, o milagre está em continuar sendo um escritor europeu. Foi amamentado pelo inglês, mas se eleva acima dele".

16 de fevereiro – sábado

Ele sabe que isto é um treinamento básico. Não estaria indo longe demais? Trabalhar, ele trabalhava – não seria esse o assunto discutível –, mas procurava o caminho mais difícil do aprendizado? E as grandes e perenes dificuldades do ofício da pintura estavam sendo encaradas de frente, sem nenhuma espécie de evasivas? Até quando este "treinamento de ateliê" lhe prestaria serviço como um verdadeiro passo à frente? De qualquer forma, os seus pensamentos sobre essa questão poder-se-ia assinalar que pelo menos sempre os fizesse com o pincel em posição de combate.

Por volta das onze horas, um grupo de pintores alemães e brasileiros, liderados por Dieter Ruckhaberle, Roberto Lúcio e Maria do Carmo Vogt esteve na Oficina. Segundo informaram, estão preparando, na Paraíba, uma exposição conjunta de artistas desses dois países, no próximo dia 3 de março. Entre eles havia também um pintor iraniano e, pela lista, só de brasileiros participam dezesseis pintores.

Por que falar (declinar) todos esses nomes? Evitar fazê-lo lhe parece uma atitude sensata. Seremos todos, dentro de muito pouco tempo, um conjunto de ilustres desconhecidos, pensa.

Quando o grupo chegou, acabara de ler um curioso artigo de Petra Kipphoff (sempre os nomes), cujo título "A Medição da Alma" lhe impressionara bastante. Falava do século XIX, de Viena, de Freud e dos artistas visionários do Norte. Enfim, sendo do Norte ou do Sul, as referências lhe eram de todo reconhecíveis; fossem um Blake, um Füssli, um Redon, um Ensor ou um Munch, faziam com que se sentisse no seu próprio mundo.

Ouvir os nomes de Carl Gustav, o amigo de Caspar David Friedrich, e também dos mais distantes freudianos e ao mesmo tempo espiritualistas – para muitos, desconhecidos – alegrou-lhe a alma de exilado.

Petra Kipphoff relembra, entre outros, "Franz Xaver Messerschmidt[24], que sempre retratou a si mesmo, com suas esculturas contorcidas e inacreditáveis esgares; a espiritualista sueca Hilma af Klint, o inacreditável Richard Dadd, parricida e inventor de mundos fantásticos de contos de fada; Ernst Josephson; Carl Fredrik Hill, e, finalmente, Louis Soutter. Parece, observa Petra (cheia de razão), que no Norte da Europa os sonhos viram mais frequentemente pesadelos do que no Sul".

---

[24] Escultor psicótico, alemão, do século XVIII, a quem ele muito admirava desde que conhecera o livro de Ernst Kris, *Psicanálise da arte* (N. do A.).

17 de fevereiro – domingo

Esteve com Deborah e falou no conto de Thomas Wolfe, "A Solitária Criatura de Deus". Teve a impressão de que já havia tocado no assunto. Prometeu, assim que acabasse, enviar-lhe o livro *O menino perdido*. Aproveitou para trazer de sua biblioteca em São Francisco um velho álbum ilustrado com os inigualáveis nus do grande mestre Lucas Cranach.

Marcus Prado telefona dizendo da repercussão que vem tendo a publicação de trechos do diário de Brennand e dos poemas inéditos do Padre Daniel Lima. No tocante ao diário do pintor (que Marcus também chama de inédito), não encontrou, sinceramente, razão (ou razões) para qualquer forma de espanto. Assombrados ficariam se algum dia ele se transformasse num verdadeiro pintor. No entanto, saberia calar quanto a esse aspecto. A sua pintura, de agora em diante, seria para sempre uma atividade secreta. O público, alimentando-se habitualmente de suas esculturas cerâmicas, já teria o bastante como oferenda.

No começo da tarde, M. Gertrude telefona angustiada, reclamando de falta de assistência. Em um patético apelo, faz estremecer a terra como um terremoto, como se o seu profundo queixume partisse o globo em dois pedaços, embora reconhecesse que quando uma mulher chora, ela tem sempre razão. E Deus acaba por castigar o seu algoz.

19 de fevereiro

Pela manhã, pelo menos uma dezena de vezes, sorriu para si mesmo, contrafeito e desgostoso. Maldita saúde! Doíam-lhe as pernas e os ossos. Não podia pintar mais do que um pequeno estudo sobre papel. Nessa atitude não havia nada que lembrasse a aceitação do sofrimento. Decididamente não nasceu para isso. Sempre foi um epicurista. Como poderia assim, de um momento para o outro, transformar-se num estoico?

20 de fevereiro

Alguém pergunta a Umberto Eco como poderia se adivinhar o futuro. Resposta: "O passado é o que está adiante e vemos de frente. E o futuro é o que está atrás e temos que virar para vislumbrá-lo. E eu tenho torcicolo, de forma que minha nuca não me deixa ver o futuro".

21 de fevereiro
"Ontem não o vi. Tampouco hoje. Dizem que se esconde. Outros asseveram que está enfermo. Soube, por melhor fonte, do seu firme propósito de voltar a pintar e, naturalmente, isso exige a mais completa solidão. Talvez para ele seja um sacrifício tardio, mas ainda válido", observou Nonato, que de há muito andava desaparecido.

22 de fevereiro
"Não brinco", ele disse. "Devo fracassar como Frenhofer... E depois?"

23 de fevereiro – sábado
Além disso, recordou que um amigo, comentando um velho artigo seu, dissera que do artigo só se salvava a epígrafe. Na época, isso o molestou bastante. Hoje, não só seria indiferente, como até aprovaria o escárnio.

24 de fevereiro – domingo
Aproveitou a tarde livre e convidou M. Gertrude para ver os seus últimos desenhos na Oficina. Pela manhã também estivera em São Francisco à procura de alguns trabalhos antigos e conseguiu carregar os mais apreciáveis.

Quem disse que o que se faz hoje é melhor do que aquilo que se fez ontem?

25 de fevereiro
Não por obrigação, mas pelo simples registro do dia assinalado, desde o 1º de janeiro ainda não deixara de lado o *Calendário 1991* um só dia em branco. Exceção feita ao domingo, 6 de janeiro. "E os dias 5, 6, 7, 8, 15, 18 e 24, não contam?" – observou Nonato, galhofeiro.

É um calendário, não é? Alguém há que dizer: "Hoje aconteceu...". No entanto, essa assertiva é falsa. As datas foram engolidas pelos textos em várias situações.

26 de fevereiro
Terminou a *Cabeça de homem em seu sapato*.

Escutava vozes do lado de fora do ateliê. Devia ser muita gente reunida, dada a balbúrdia. Se esse lugar acabou por ser "distração e roteiro turístico", pelo menos está servindo para alguma coisa.

Acreditava que esse público numeroso não chegava a entender nada do que ele pretendia. Mas será mesmo que não entendia? Certamente que alcançava – mesmo em diferentes níveis de avaliação – uma imagem satisfatória, faltando-lhe o *essencial*, embora reconhecesse que nesse domínio todos falhamos.

> *Era uma história por demais deplorável, cheia de ilusões infelizes.*
>
> Thomas Wolfe

27 de fevereiro

Já não possuía mais aquela liberdade de muitas horas dedicadas à literatura. Tomava notas para escrever depois, num estilo telegráfico. Leituras muito poucas. Acumulava livros. Contudo, o seu velho hábito de citar continuava vivo como um vício incurável. Era por assim dizer um *dependente*.

Alguns alemães e um fotógrafo virão esse fim de semana (dia 2) ver desenhos. "Que diabo eles esperam encontrar debaixo do tapete?", pensou.

28 de fevereiro

Sobre papel, começou a cabeça de uma freira. Cores severas a Philippe de Champaigne. O rigor do desenho lembrava o cubismo estilizado de Juan Gris.

1º de março

Carlos Fuentes: "Kafka é o único escritor indispensável do século XX. Pode-se esquecer toda a literatura deste século, menos Kafka. Porque nosso século não se explica sem ele, que, no entanto, pode-se explicar sem Proust, sem Joyce. Proust poderia ter sido um autor do século XIX. Mas nosso século sem Kafka, eu não o compreendo. Tudo está lá. É a restauração do trágico na literatura. A revelação do trágico que falta na história. É uma tragédia histórica porque no lugar do trágico, tem-se o crime".

Seu desenho *Muralha e torre* poderia servir como ilustração a qualquer conto de terror. Não se referia à sofisticação hermética de *O castelo* ou *A casa de Usher*. Seu propósito era menos ambicioso. Não seria de todo impossível, inclusive, pensar numa ilustração para um conto de crianças.

2 de março – sábado

– O tempo está tão estranho!

– Poupe seu fôlego, Freddy Ligeiro. Não importa o que você diga. Não aceitarei os seus argumentos!

– Isso conclui os meus comentários!

Sábado é um dia que parece se prestar a tudo, ele pensou. A começar por ser um domingo antecipado.

Embora o seu objetivo não seja a ligeireza nos argumentos e, sim, ganhar tempo para *conhecer* as coisas (no caso particular, a pintura), considerava as epígrafes de grande valia. Na sábia opinião de Thomas Wolfe, "o único problema de *conhecer* as coisas, é que você precisa saber *como é conhecer*, antes de saber *o que é conhecer*. Ninguém pode dizer: você tem de descobrir sozinho".

Sabia do seu enorme esforço em acertar a pintar um quadro mas, mesmo assim, ainda ficava surpreso quando o resultado era bom. Com certeza anulava a si próprio para consegui-lo. De ordinário, era dominado pelo seu habitual canhestrismo, muito parecido – e essa lembrança o fazia sorrir – com a incapacidade de um amigo em aprender a dançar: "O que me atrapalha é a música", dizia.

2h da tarde

Os alemães vieram e o impossibilitaram de trabalhar. O fotógrafo ainda não começou a seleção real dos desenhos. No momento, estão na mesa de almoço. Depois, como avisaram, irão trabalhar até a noite, sem horário para saída. Isso o deixa nervoso.

Conseguiu escapar deles porque às três horas da tarde, comandadas pelo Dr. Rolando Toro (chileno), antropólogo, psicólogo e criador da biodança, reuniu oitenta pessoas no *Grande Pátio* para a prática de exercícios, ritmos, gestos e cânticos. Como não lhe convinha e como ficou estabelecido, ele refreou a curiosidade e até uma certa malícia, negando-se a aprofundar o sentido de tudo aquilo, incluindo fotógrafos e dançarinos. Nada queria distinguir. Nesse dia, o pincel caíra-lhe da mão e nem uma só linha fora traçada.

3 de março – domingo

Em São Francisco não se demorou como de habitual. D. Helena, mãe de Deborah, achando-se enferma, fez com que ele presumisse ser um motivo de estorvo. Subiu ao seu velho ateliê e pegou alguns livros: um Pieter Bruegel, um pequeno álbum sobre *Le Pont de l'Anglois*, de Van Gogh, e os comentários de Émile Bernard sobre Paul Cézanne (Edição R.G. Michel – Paris – 1925).

4 de março

Ontem, durante a tarde, ficou com *As conversações com Cézanne*, de Émile Bernard. No momento – e talvez para sempre – estava de pleno acordo com o grande mestre, quando este dizia: "Seja pintor, e não de forma alguma escritor ou filósofo!". Cézanne também não estava enganado ao afirmar: "*C'est effrayant la vie!*".

Mesmo sem literatura, como traduziria com verdadeira propriedade de linguagem esse *effrayant?* Lembrava o "horror" conradiano, ou preferiria interpretá-lo como espantoso, medonho, temível, pavoroso ou terrível? Supunha que era tudo isso e também o *horror*. Em *Macbeth*, o personagem Macduff (no segundo ato) afirma: "Oh! Horror, horror, horror! Não há língua nem coração que possam conceber-te ou nomear-te!".

Todos sabiam da mágoa de Cézanne por causa da estupidez de Zola em tentar identificá-lo, em *A Obra (L'oeuvre)*, como o desesperado personagem, Claude, que comete suicídio ao fracassar em sua carreira artística. Aliás, Cézanne, depois do sucedido, pagava com a mesma moeda, referindo-se ao antigo colega de banca de estudos em Aix: "Era uma inteligência abaixo do medíocre e um amigo detestável".

Émile Bernard cresce admiravelmente no momento em que, num artigo escrito para *L'Occident*, colocou como epígrafe – em homenagem a Cézanne – a frase: "Frenhofer é um homem apaixonado por nossa arte e vê bem mais alto e bem mais longe que os outros pintores".

Tanto quanto Émile Bernard, admirou-se que o mestre, às vezes, adotasse a fotografia como fonte de reparo. Frequentemente ele próprio sabia como se servir dela. Poderia ser uma limitação, em alguns casos. Noutros, ao contrário: motivo de liberdade e reflexão. Tudo é matéria para pintura. Resta saber olhar e, também, caso necessário, fechar os olhos e adivinhar o que vem de dentro. As duas maneiras são possíveis, mas não são fáceis. Dizem que Douanier Rousseau recriou aquele mundo tropical fantástico, frequentando o "*Jardin des Plants*" e folheando reproduções em preto e branco do dicionário *Larousse*.

No depoimento de Bernard sobre a fotografia, pouco foi dito, mas temos o bastante: "(...) Como um propósito, cheguei a falar de fotografia. Cézanne, apesar da minha surpresa, não era contra um pintor se servir dela. Mas, achava necessário interpretar com exatidão essa reprodução, exatamente como se faz diante da natureza. Ele realizou algumas pinturas usando esse método, e chegou-me a mostrá-las. Não recordo mais quais foram".

6 de março

Ele estava refletindo, depois de folhear algumas reproduções de Van Gogh, sobre o fascínio irresistível que tinha esse holandês em representar as coisas sólidas.

Um amigo de São Paulo, professor Flávio Mota, além de um dos pioneiros e colaboradores para a fundação do MASP, seria por vocação um pintor nato, não fossem os compromissos na Escola de Arquitetura de São Paulo. Costumava observar que *A cadeira com cachimbo,* de Van Gogh, além de contundente obra-prima de pintura, deveria ser utilizada didaticamente como estudo obrigatório por todos aqueles que desejassem aprender a pintar. "Prodigiosamente sólida e bem pintada", repetia inúmeras vezes o bom amigo Flávio.

Foi a sua vez de lembrar, igualmente, o quanto essa cadeira influenciou os Picassos dos anos da guerra até a sua ida ao Mediterrâneo, quando esse mestre, "com mulher nova", dedicou-se *à alegria de viver*. Ele não podia esquecer também a admirável *Cadeira de Gauguin*, homenagem e uma quase declaração de amor do holandês ao mestre de Pont-Aven. Outrossim, não conhecia na história da pintura uma mesa de bilhar tão esquisitamente desenhada (apesar da rigorosa perspectiva), quanto aquela do *Café à noite*, de Van Gogh. *O quarto de Vincent em Arles* com a sua magnífica cama amarela, demonstrava a solidez absoluta da madeira provençal.

A respeito desse quadro, numa carta ao amigo Gauguin, o holandês escreveu: "Divertiu-me muito fazer essa pequena cena interior de tão pouca importância em si: com tons discretos, mas pincelados com largueza e pincel cheio: as paredes lilás pálido; o assoalho, um vermelho diluído e esmaecido; as cadeiras e mesas, em amarelo-cromo; o travesseiro e os lençóis em pálido verde-limão; a colcha em vermelho-sangue; criado-mudo, laranja; a bacia, azul; e a janela, verde. O que desejo exprimir é um sentimento de repouso absoluto mediante todas essas cores diferentes sem nenhum branco, exceto pequena nota no espelho emoldurado de preto".

Da mesma forma, sabia admirar a solidez dos retratos bem estruturados, realizados por Van Gogh, mas nenhum deles tão impressionante quanto o de Armand Roulin, com chapéu azul na cabeça e paletó amarelo. Definitivamente, estava ali um elo de ligação entre toda a arte do retrato clássico holandês e o caminho aberto para as mais diferentes variações da pintura moderna.

7 de março – 6 horas da manhã

Chegou cedo ao trabalho, mas não tinha como iniciá-lo de pronto, uma vez que a paleta e os pincéis estavam sujos da pintura do dia anterior.

Lembrou que, no seu exagero de perda de identidade, chegou a pensar em mudar de nome. Não vinha ele de há muito se tratando na terceira pessoa? E daí, não podia ter também um nome diverso? Por que não Nicomaque, um dos maiores entre os pintores gregos? Propositadamente o escolheu entre três nomes, igualmente gregos, para demonstrar que continuava firme no seu *sottisier*. Pelo visto, estava comprovando algo muito evidente que só depunha contra si próprio. Do contrário, adotaria a alcunha de Freddy Ligeiro, usada com frequência pelo intratável Nonato, só para enfurecê-lo.

8 de março

Acordar ainda mais cedo do que o habitual dava-lhe a vantagem de refletir antes de começar o trabalho, e às vezes olhar as telas em preparação, isto é, as sucessivas camadas de tinta que serviriam de fundo para as cores definitivas. Não havia muita racionalidade nesse processo, mas habituara-se a pintar sobre telas manchadas e com alguns grafismos arbitrários que, no entanto, poderiam lhe servir como linhas condutoras, alavancas ou suportes.

Há três dias que insiste numa paisagem (tela de 12)[25], 61 x 46cm, cujo tema é uma casa azul entre colinas, no final da tarde. Entre tons de ouro e os vermelhos de marte dourados, o azul da casa, mais turquesa do que azul, se torna prodigioso. No primeiro plano, em declive acentuado, existe uma cerca de madeira envolta pela vegetação, coberta de flores silvestres. Antes de

---

[25] Insistia em falar dos formatos dos quadros, de suas medidas convencionais – hábito que trouxera de Paris e que ainda regia a pintura de todos os tempos. Note-se que ele fala de pintura e não de outros ofícios, ainda não devidamente catalogados. Preferia ser tomado como um fóssil a frequentar a Documenta de Kassel (N. do A.).

sair, não sabe se por acaso, tinha dado uma rápida espiada na *Ophelia,* de John Everett Millais, e reparara comovido os pequenos detalhes da paisagem.

Não desconhecia a história desse quadro. A pobre Elizabeth Siddal, toda vestida e imersa numa banheira mal aquecida, se fazia às vezes de "Ophelia"... Tudo indicava que o resultado seria desastroso: uma opereta. Ficava evidente que a paisagem do córrego (pintada depois da cena da banheira) jamais se integraria àquela bizarra figura de mulher condenada ao afogamento... Millais era um mestre do detalhe: as pequenas flores do campo, os juncos flexíveis que ondulavam ao sabor da correnteza, o limo que se entrevia no fundo da água transparente, toda a diversidade da vegetação aquática contribuía para o sucesso da pintura. John Ruskin chamou-a de "*the lovelist English landscape, haunted by sorrow.*"

Acabou também por colocar as suas modestas flores silvestres no quadro da casa azul. Estas anotações foram tomadas na cidade de Triunfo, antes da sua tentativa de ateliê, que quase sempre resvalava para um acabamento realista – estava certo disto. Contudo, até agora, não recuara nesses propósitos.

9 de março

Isto aqui me parece familiar. Foi o que pensou ao se deparar comovido com o texto de Iberê Bassani Camargo, antes ele diria: uma espécie de estado de graça (um estado poético) em que este artista descreve a última homenagem a uma jovem amiga morta. Na realidade é a história da destruição de um quadro: "Sim, fiz uma homenagem, uma oração. Existiu, embora agora dele não reste mais do que a memória".

Lutou bravamente com a casa azul. E quanto mais se empenhava, mais a paisagem parecia com um trabalho aplicado de um *élève des Beaux-Arts.*

Resultado magnífico quando, à tarde, resolveu desenhar sobre papel uma menina adormecida: tudo se fez por si próprio.

O pintor Ismael Caldas telefona e fala sobre uma série de quadros (dez no total) que acabou de pintar nos últimos meses. Título sugestivo para a série: *Armadilhas.*

10 de março – domingo

Ao contrário de Gustave Doré, jamais teria a "paciência de um boi", e pior: nem no trabalho, nem na vida.

11 de março

Apenas teve o tempo suficiente para ler o artigo de Merleau-Ponty sobre Cézanne: "A Dúvida de Cézanne".

Em parte, completou a leitura das *conversações* com o mestre realizadas por Émile Bernard, a qual deixa muito a desejar. Em todo caso, pensou: "Nem sempre se pode ser exigente".

12 de março

Ontem e hoje (o dia inteiro) trabalhou num novo quadro de formato estranho, medindo 50 x 45cm. Uma personagem passeia num parque, onde a luz denuncia o fim da tarde. Proverbialmente a figura está (como sempre) de costas, podendo, inclusive, ser o próprio pintor.

13 de março

O nível intelectual superior do filósofo Merlau-Ponty, seu aprofundamento no estudo das intenções cezannianas, são bem diferentes das apaixonadas e às vezes equivocadas análises tanto teóricas como humanas de Émile Bernard, travestido de crítico, e debruçado sobre aquele a quem chamava de "seu mestre". Pobre Émile. Antes, queria disputar com Gauguin a primazia de certas "descobertas", que só o gênio do mestre de Pont-Aven saberia como encaminhar.

14 de março

Achava-se ainda indigno de homenagear Caspar David Friedrich, como desejava[26]. Essa atitude só poderia ser tomada através de um quadro, isto é, de uma pintura que significasse o que esse estranho pintor soube – como ninguém – fazer significar.

Dependia, pensava ele na sua simplicidade (ou orgulho), do resultado da tela em que trabalhava. Se bem-sucedida, a homenagem estava feita. Um pouco antes de terminar, pensou num título: *A porta estreita*. De antemão, a literatura havia vencido a pintura.

---

[26] Ele estava convicto de que, no momento, as suas preocupações com a própria profissão o autorizam a registrar com uma reconhecida monotonia a maior parte dos seus assuntos. Mas, falava, finalmente, como um pintor e não como um filósofo (N. do A.).

Hoje mesmo, folheando uma revista *Humboldt*, vira apenas um detalhe da célebre paisagem de Friedrich, *O mar gelado* ou *Esperança frustrada* (1821 ou 1824?), que trata de uma malograda expedição polar do navio *Hecla e Griper.*

15 de março

Em meu ofício ou arte intratável[27]
Dylan Thomas

Em meu ofício ou arte intratável
Praticado em noturna quietude,
Quando somente a lua esbraveja
E no leito, os amantes se enlaçam
Com os braços pesados de mágoa,
Porfio junto à luz murmurante
Não por cobiça nem pelo pão,
Por empáfia ou comércio de encantos
Em cenários de mármore,
Mas por aquele simples tributo
Dos que no leito estão enlaçados.

Não é para o soberbo insensível
À lua enfurecida que escrevo
Nestas laudas de espuma e de areia,
Nem para os sobranceiros defuntos
Entre seus rouxinóis e seus salmos,
Mas para os dois que trazem nos braços
Toda a carga de mágoa dos tempos,
Que não aplaudem, não retribuem
Nem cuidam deste ofício ou desta arte.

Esse poema ele já havia tomado como epígrafe, ou citado integralmente, em algum lugar de sua vida ou de seus escritos. Hoje, novamente, vencido

---

[27] Tradução de José Laurenio de Melo (N. do A.).

pela literatura, volta a escutar a voz entristecida do poeta... Não vacila em ouvi-la uma vez mais e tem certeza que a ouvirá sempre.

16 de março – sábado

– Qual é o problema?

– O trabalho que, como sempre, ficou por terminar.

– Na verdade é o seu único e grande problema, Freddy Ligeiro.

17 de março – domingo

Deborah mostrou-lhe, além de velhas fotografias, duas reproduções de quadros que ela amava: *O balanço*, de Fragonard, e *Os perus*, de Claude Monet. Ele reconheceu, sem reticências, que são duas obras-primas.

Não havia muito o que escrever. "Os calendários" são por obrigação lacônicos, talvez ainda mais que os diários de bordo. O que não podia deixar de registrar é o fato de que amanhã Helena Viktoria voltará para o convívio da mãe e, como sempre, isto o crucifica.

18 de março

Vivia como o personagem do conto de Thomas Wolfe, "O Retorno do Pródigo", entre a coisa imaginada e a coisa real. Apenas não podia descrever qual das duas se distanciava mais da realidade.

Como não abria mais os jornais, M. Gertrude lhe forneceu hoje de manhã um dos trechos do seu diário que vem sendo publicado (em doses homeopáticas) há oito domingos por Marcus Prado.

Curiosamente, logo nas primeiras linhas (25 de março de 1982), descobre que o texto não fora escrito por ele. Só o final, a começar da frase "não um colecionador de borboletas" (referência ao livro de Fowles) era dele e bem dele... De quem teria partido essa brincadeira? Supunha que chegara o tempo de pedir a Marcus Prado que parasse de reproduzir estes textos.

5h30min da tarde

Cézanne fala no absoluto: "Cada toque de pincel deve satisfazer uma infinidade de condições, conter o ar, a luz, o objeto, o plano, o caráter, o desenho, o estilo. A expressão do que existe é uma tarefa infinita".

Se a primeira parte desse enunciado de Cézanne pudesse ser tomada como um tratado de pintura, a parte final seria literatura e filosofia pura. Estaria ligada ao antigo mito de *Gea*, na sua crença de que o Planeta Terra é uma criatura viva.

19 de março

O equívoco de domingo, na confusão de textos, foi esclarecido. Numa entrevista publicada na revista *Valbrarte* (nº 2 – 1983), citara o poema de John Howard: "Que sonhos tinham os que esculpiam essas coisas ermas?". Um jornal recifense misturou alhos com bugalhos e lhe atribuiu esse assombroso poema de John Howard. Ele confessa que daria todo o seu diário por esse único verso, embora, na realidade, ele também fosse um dos que *sonham*, ao esculpir essas coisas ermas.

20 de março

Ontem à tarde, presença de Marcus Accioly. Deixou nas mãos do pintor o livro *Érato* (*69 poemas eróticos e uma ode ao vinho*). Possivelmente não estava mais lembrado. Fizera algumas ilustrações para o poeta servir-se delas como bem lhe conviesse, e assim ele o fez.

21 de março

A pequena tela é astuta. Não se deixa possuir.

22 de março

Marcus Accioly retornou hoje por volta das cinco horas da tarde. Neste momento, o pintor já dera por encerrada a sua pequena paisagem: *Começa o dia*. A figura do homem que olha o sol nascer (como habitualmente) é a do próprio artista.

Depois que o poeta saiu, aproveitou para verificar longamente o seu trabalho. Estaria louco em insistir neste caminho? À medida que tinha o quadro sob a sua visão, meditava na frase de Wittgenstein: "Pretendo dizer: não é que em certo ponto os homens saibam a verdade, com certeza perfeita. Não, a certeza perfeita é só questão de sua atitude".

23 de março – sábado

Na noite de ontem e ainda hoje muito cedo, andou revendo reproduções de Arnold Böcklin. Embevecido pelo mistério do *Assassinato no castelo*, com a sua luz violácea matinal e, igualmente, as duas versões da *A Ilha dos mortos* (a de 1880 e a de 1883). Ainda recordava ter visto no ano de 1951, no Museu de Basel, o *Odisseo e Calipso,* mas ele não estava bem certo se o *Prometeo* também pertencia a essa pinacoteca. O olho fatal de De Chirico já se antecipara, de há muito, às suas descobertas. Teria o italiano sido aluno de Böcklin ou apenas recebia influência do seu notável romantismo metafísico? Dois quadros desse pintor greco-italiano demonstram essas afinidades: *O enigma do oráculo* (1910) e *O enigma de uma tarde de outono* (1910). Enfim, toda a formação filosófica germânica adquirida em Munique pelo jovem pintor o levaria às descobertas que o colocariam como um dos maiores e mais originais artistas do século XX.

Nota: acrescentou, ao grupo de telas de influência böckliniana, *Meditação da manhã* (1910-1912).

6h da noite

Acabou de esboçar, talvez até um pouco mais que isso, uma tela, cujo nome lhe ocorreu no ato de pintar: *O acidente da sombra azul.* Poderia ser uma homenagem a Gauguin. Não pelas duas mulheres sob a sombra de uma frondosa mangueira ao meio-dia, mas pelo *acidente* da grande sombra azul. Tudo parecia ter acontecido em consequência de um misterioso jato de matéria azul que atravessava – como um raio – diagonalmente a paisagem e se derramava sob os pés das duas mulheres, placidamente à procura de mangas.

24 de março

Sabia que todo o seu esforço poderia redundar em nada. No momento, apenas documentava.

Em março de 1892, Gauguin escrevia ao amigo Daniel de Monfreid: "Trabalho ininterrupto, mas até o presente somente estudos, ou antes, documentos que se acumulam".

Sabia que Gauguin havia morrido com apenas 55 anos, e assim mesmo sua obra admirável estava concluída. Nada havia a acrescentar: vasta, grandiosa, consequente e, sobretudo, sem nenhum vestígio de fadiga, assim como propugnava Delacroix, para toda uma obra que pudesse perdurar.

25 de março

Um quadro digno de De Chirico, *O acidente da sombra azul* fracassou irremediavelmente. Por modéstia, só por modéstia, não o destruiu incontinenti. Presumiu também que M. Gertrude se alegraria em tê-lo como lembrança. Para ela, um documentário de seus dias felizes na cidade serrana de Triunfo. Para ele, o estigma do fracasso. Sem a presença do "jato azul" a tela transformou-se num pequeno *tableautin,* digno do mais empedernido diletante.

No fundo estava satisfeito; soubera agir contra si próprio, no momento em que não destruíra o trabalho medíocre, assinando-o, inclusive.

Ontem à noite, enfim, pudera terminar a leitura da admirável novela de Thomas Wolfe, *O menino perdido.* Como obra literária e humana é comparável à *A morte de Ivan Ilitch*, de Tolstói. Ambos entendiam da vida, de viver e de morrer.

O final da novela é de uma beleza poética sem contramão. Vai e volta em todos os sentidos, na estrada da vida "daquele matagal da memória humana...".

Embora tenha dito que eles tinham *partido* para sempre e não voltariam, por Deus, como voltaram todos e estiveram ali, ao seu lado!

Eles e todos os seus, os que partiram e os que estão ainda por partir, e, talvez, ele próprio partisse antes de todos.

26 de março

De uma maneira muito engraçada, o pintor disse: "Aprendi demasiado a dizer as coisas e muito pouco a fazê-las".

Cheia de dedos, M.M. telefonou de São Paulo insistindo em passar dois ou três dias no Recife. Como ele lhe explicaria a inacreditável transformação daquele que ela conhecera? Quando menos, *ausentara-se* e tudo confirmava que não voltaria jamais. Ela insiste. Então, sem nenhuma pressa, com voz muito baixa, lhe diz uma série de grosserias. De pronto, ela emudece. Coisas da vida... (é o nome de um filme, não é?).

27 de março

"Quem sabe copiar, sabe fazer", dizem os franceses com justíssima razão.

28 de março

Estupefato diante de uma baixa de capim. O conjunto com a virulência de um verde aparatoso, desordenado, retorcido, mas que certamente obedecia a um ritmo de crescimento (vindo de baixo para cima ou de cima para baixo?). O sol e o vento acentuando permanentes variações de cores e formas: para um artista, produzi-las poderia ser uma tarefa impossível. Pensou nos pintores japoneses, os quais, com uma só pincelada, eram capazes de restituir o movimento tentacular dos talos de capim, sua graça infinita. Aquilo que Cézanne desejava, isto é, um golpe de pincel deve conter o ar, a luz, o objeto, o plano, o caráter, o desenho, o estilo... E, certamente, teria acrescentado o próprio universo. De resto, quem o fez melhor que Van Gogh, com o seu cavalete, tela e pincéis em pleno campo (ou mesmo apenas com uma simples caneta) diante de qualquer tipo de vegetação, fosse selvagem ou domesticada pela mão do homem, sempre estranha ao primeiro olhar, parecendo emergir da obscura matriz fermentativa da vida primordial? Certos detalhes de paisagens de Van Gogh reproduzidos autonomamente poderiam representar o misterioso turbilhão do começo do mundo.

Sobre o corpo tempestuoso da ex-amante, pintou (ou construiu) uma casa e uma paisagem. O quadro é igualmente tempestuoso, num aspecto de céu plúmbeo-pardacento e nas suas linhas de força. Poderia se pensar em determinadas soluções cubistas de paisagens cézanno-picassianas, da *Horta de Ebro*.

30 de março – Sábado de Aleluia

Chove lá fora. Inquieto até o desespero. Foi exatamente isso que disse à sua mulher ao telefone, e, desta feita, ele não trapaceava.

31 de março

Uma magnífica expressão de Merleau-Ponty o fez, de pronto, reler a "Dúvida de Cézanne". Não está no ensaio. Foi pinçada de *O visível e o invisível*: "Ver é, por princípio, ver mais do que o que se vê... O invisível é o relevo e a profundidade do visível".

De imediato, comparou-a com a simplicidade do comentário de Cézanne no seu diálogo com Émile Bernard: "Não sei o que sou. Sendo pintor, eu devo ser *um olhar original*".

1º de abril
Recomeça o antigo propósito de destruir quadros, mesmo os mais recentes. Olha-os às vezes com desconfiança progressiva e acaba raspando-os e por cima pintando *uma outra coisa*, a qual, por sua vez, poderá ter sucessivamente o mesmo destino. De certo chegaria o momento quando nada mais pudesse esperar – aquilo que Braque chama de o *fatal*, ou seja: acertar ou não.

2 de abril
Afinal de contas, de quem é a culpa? Toda criatura humana deve conviver com a culpa (pecado) como se pertencesse à sua natureza mais profunda – à sua condição mais humana – e é dela que nutre o seu espírito.

O que não podemos é estar certos da prestação de contas. E, no entanto, para a nossa desgraça, ela virá.

3 de abril
Acontecimentos imprevistos fizeram com que Helena Viktoria retornasse à sua casa, devendo permanecer sob os seus cuidados, possivelmente, em definitivo.

4 de abril
Novamente repete o feito e veste o nu recobrindo-o de novas tintas.

Pintado em 1979 ou 1981 (tela de bom formato, 108 x 89cm), oferecia um fundo magnífico para uma boa execução. Assim foi feito. Pretende seguir os conselhos de Georges Braque: "É preciso contentar-se em descobrir, mas guardar-se de explicar".

5 de abril
Um retrato de A.C. medindo 55 x 46cm. A menina é uma excelente modelo, tão balthusiana quanto se poderia desejar.

O bisbilhoteiro Nonato desde a manhã esteve presente, mais para olhar a menina do que qualquer outro motivo.

Esse seu amigo tem andado esquisito nos últimos tempos, mas não cabe a ele perguntar coisa alguma. Por experiência, sabe que Nonato, como pretexto, se aproveitaria para fazer toda espécie de reparos inconvenientes; não precisava mais do que olhar a sua cara. Sempre contrafeito e propenso ao sarcasmo.

6 de abril – sábado

Recebeu o amigo Luís Tavares (ex-médico, como se qualifica), e ele, logo ao entrar no ateliê, indagou: "Então, escuta Erik Satie?". Falou num livro de Suzanne Valadon (a pintora, mãe de Maurice Utrillo), em que ela faz referência a Satie... "Sim, escuto as *Gnosianas*", ele retrucou ao ex-médico. E, sem realmente saber o que dizer, acrescentou: "Ajudam-me a pintar".

7 de abril – domingo

Quase com o sol a pino, foi pintar à beira do açude próximo ao flanco direito da Fábrica. Precisava consertar uma azeitoneira (árvore), cujo volume lhe parecia suspeito. Não trabalhou mais que uma hora, mas o resultado não ficou de todo mal. "Pelo menos parece que, de agora em diante, tudo vai se encaminhar para um desfecho", pensou. No entanto, estava certo de que deveria perguntar a quem de fato entendesse dessas coisas, isto é, alguém que pudesse lhe dar lições de pintura.

Voltando ao ateliê com o cavalete nas costas (à maneira dos pintores impressionistas), lembrou-se de Nicolas Poussin, um dos grandes pintores de França, que, a não ser para falar do motivo e dos cuidados com a execução, jamais perdia tempo em descrever os quadros que enviava aos amigos e clientes, uma vez que logo mais eles estariam sob os seus olhos. "Não me esforçarei igualmente em caracterizá-lo", escreveu ao fiel amigo Chantelou, "pois é uma coisa para ser vista".

8 de abril

Uma infinidade de coisas desagradáveis começava a lhe acontecer. Algumas delas até de caráter perigoso. O problema é que tudo isto poderia atingi-lo de frente, e acabar por liquidá-lo. O pior é que não se apercebe (ou disfarça não se aperceber), como se assim pudesse ficar invisível, intocável, indestrutível.

9 de abril

Todas as vezes em que se pronuncia a palavra *culpa* na frente de Helena Viktoria, ela diz: "Culpa? Não há culpa!". Quem ensinou a sua filha a reproduzir um conceito tão temerário?

10 de abril

Apesar das críticas de Nonato, continua no firme propósito de reduzir cada vez mais as anotações, em proveito daquilo que chama de "a minha arte".

"Os sinais do mundo não estão só na escrita", resmunga, como se Nonato estivesse propenso a qualquer tipo de discussão. "Não discute quem está sempre, invariavelmente, com a razão", ironiza Nonato.

Indiferente às brincadeiras do amigo, anota: "A socióloga portuguesa Isabel Pires de Lima entregou-lhe hoje o prometido livro sobre Eça de Queiroz, *As máscaras do desengano.* Belo título. Como ainda existe gente sensível no mundo!, pensou. Nonato já não se encontrava no ateliê quando pretendeu indagar se esta socióloga era de fato portuguesa. Ou não seria brasileira? Nonato certamente diria: "Que diferença faz?".

11 de abril

"Pode diminuir ainda mais os seus devaneios. Pode, inclusive, encolher, desaparecer", conjeturou. Falava agora de coisas muito simples, que certamente não interessavam a ninguém. E essa atitude, por acaso, não seria o caminho de não ser Ninguém, como Ulisses, o herói de Homero?

Ontem não usou o azul na paleta. E o curioso é que não lhe fez falta. Duas ou três cores não seriam suficientes? "Eis uma pergunta sem resposta", pensou.

12 de abril

Hoje, propositadamente, não colocou na paleta a cor verde. Serviu-se de azul-cobalto, óxido vermelho, óxido amarelo, branco e, no lugar do preto, terra-de-sombra tostada. Lembrar que os gregos foram prodigiosos; utilizavam apenas o preto e o branco e o próprio fundo da argila vermelha ou ocre para realizar obras-primas inigualáveis.

13 de abril

Apreciava intensamente uma passagem de Paul Valéry a respeito do método de Leonardo da Vinci: "Nada de revelações para Leonardo. Nada de abismo à sua direita. Um abismo o faria pensar numa ponte. Um abismo poderia servir de ensaio para um pássaro mecânico...". Embora não fosse essa a sua atitude, diferentemente de Leonardo perante o mundo, pois ele era desses que ainda acreditava que tudo lhe seria revelado...

Acabou hoje uma paisagem, e resolve não começar em seguida outro quadro. Prefere rever fotos e desenhos antigos. Demora-se nessa observação, que lhe surpreende pela qualidade bizarra de certas fotos. Estranhas fotos demasiadas reveladoras. Mesmo assim, depois de uma quantidade enorme destruída, ainda lhe sobraram as melhores e talvez as mais inquietantes. Mas, estas, apesar de todos os seus propósitos destrutivos, não tinha o direito de tocar. Ali, naquela maleta, em pastas e álbuns estava presente toda uma vida. O que importava era a evidente manifestação de certo erotismo de gosto perverso. Na verdade nem tanto, pois há muitos piores.

Há alguma coisa no gênero das predileções fotográficas do diácono da igreja anglicana Charles Lutwidge Dodgson (Lewis Carroll) ou da encantadora – quase mágica – paixão do pintor Balthus pelas mulheres muito jovens.

14 de abril

Embora a ame com ternura, suas relações com M. Gertrude se deterioram quase até o insuportável. Curioso que as mulheres não se apercebam do quanto são inconvenientes. Quem sabe se esse não é o seu verdadeiro recado!

15 de abril

Os Maias, de Eça de Queiroz, foi exaustiva e positivamente analisado por Isabel Pires de Lima. Sempre admirou uma epígrafe bem colocada. E no livro a simples menção de Georg Lukács, "(...) começou a estrada, a viagem terminou", já revela conhecimento do ofício literário e, sobretudo, do ofício da vida.

No ano de 1963, com um pouco mais de trinta anos, ousara abordar *Os Maias* com espírito crítico, e chegara a escrever um artigo com o título de "O Caderno de Maria Eduarda". No fundo, uma bobagem qualquer, bem ao seu estilo literário-romântico-sentimental, e que não vem a dizer coisa alguma, sob o ponto de vista das modernas análises estruturalistas, sociológicas, etc. Aliás, falou dessa aventura à própria Isabel, quando estivera com ele no Recife, no recinto da Oficina. Como ela mostrou interesse, ficou de remetê-lo, mas sabia de antemão que não o faria. No decorrer da leitura de *As máscaras do desengano*, apreciou a especial atenção dada a Bakhtin: "Hibridação romanesca intencional". E não é que pensou exatamente que esse teria sido o seu enfoque sobre os infortúnios de Maria Eduarda?

16 de abril

Fica evidente que Calvino "só acreditava na literatura se ela se propusesse a uma tarefa desmesurada". Claro que tal assertiva vale para todas as artes.

Redescobre o preto e o contorno, embora um contorno como Cézanne concebia-o: "O contorno me escapa".

17 de abril
Manda emoldurar uma fotografia do grande Giorgio de Chirico, que traz o carimbo do *copyright* do autor Benédicte Petine. O pintor, segundo avalia, deve estar abaixo de um dos arcos da Ópera de Paris.

18 de abril
Quem lembraria de homenagear Richard Dadd e mais precisamente o seu misterioso quadro *The child's problem*?

19 de abril
O trabalho como uma forma de esquecimento. Nada a recordar, pelo menos da vida.

Consumido pelos mais negros presságios.

20 de abril – sábado
Certamente o dia do "Calendário" ficará apenas nessa pequena epígrafe: "Bem feito!". Mesmo tendo terminado o quadro *Menina de azul na floresta* – que poderia ser um primeiro estudo para uma homenagem a Edward Burne-Jones – nada teria a comentar. Talvez chamar a atenção da verdadeira obsessão, que parecia propositadamente ocupar Burne-Jones quando pintava as dobras (pregas) dos vestidos e mantos das figuras femininas, como se estivessem molhados e firmemente colados aos corpos, modelando-os sensualmente. Chega-se a pensar que o principal motivo de sua pintura era somente exibir corpos com roupas molhadas, aderentemente reveladoras. O restante, isto é, a anedota, não passava de pormenores sem importância. Assim são os pintores.

21 de abril – domingo
Certos quadros que andava pintando são de um torpe academismo. Qualquer outra definição significaria...

"Desde as 'Cavernas', tudo é academia", disse. "As pessoas estavam começando a *aprender a pintar* e isso representava o começo da decadência", acrescentou.

22 de abril

Fecha-se o cerco. Apesar dos pré-rafaelitas, como Rossetti, como Edward Burne-Jones, preferiu silenciar.

– Silenciar sobre o quê? – pergunta Nonato, no seu estilo desaforado.

23 de abril

Como também silenciou diante do admirável *Encontro de Dante com Beatriz*, de Simeon Solomon, guardou um grave silêncio, abstendo-se de emitir quaisquer comentários.

– Ótimo – disse Nonato. – Você é, sem sombra de dúvida, um perfeito idiota.

– Estou chegando lá, embora lastime a demora.

– Por que não se recolhe a um internato para moças aristocráticas em algum lugar do campo da Inglaterra, para assim aprender a pintar brevíssimas aquarelas? – exortou Nonato, rindo, com o que ele supunha ser uma tirada de espírito *(very british)*.

– Inclusive cultivar o hábito de escrever um diário à maneira das colegiais inglesas, não é isso o que você insinua?

– A ironia não é o seu forte, Freddy Ligeiro. Mas dizem que a rainha Victoria manteve um dos mais execráveis diários de que se tem notícia.

– Contudo, isso não impediu que, nessa época, o império britânico se expandisse por todo o mundo.

– Você não entende de nada, é um parvo incurável. – rosnou Nonato.

24 de abril

Mesmo a respeito do bem, não dizer uma só palavra. Nada registrou sobre a morte de Graham Greene semana passada, escritor a quem apreciava de longo tempo.

25 de abril

Os perfeitos retratos de Mme. Cézanne deixam-no sempre comovido ao fitá-los. Tem certeza de que se encontra diante da plenitude consumada, mas, mesmo assim, não alterou a sua incapacidade de falar.

26 de abril

Necessita responder algumas cartas, entre elas confirmar (ou não) sua participação – na Galeria Montesanti Roesler – na exposição cujo tema é

"As Árvores de Cada Um". Todos esses dias tem se demorado em olhar as magníficas pinturas de Gauguin; entre outros, o quadro executado em 1899, portanto há cem anos, *Seios com flores vermelhas* ou *Duas tahitianas*. Na realidade, uma composição em tudo semelhante a dois anjos de Fra Angélico (com certeza um detalhe de um afresco). Gauguin, diferentemente de Van Gogh, conhecia tudo o que havia de melhor na arte ocidental, aliás, ele já havia abordado esse assunto.

Ontem não mencionou a simpática visita de um casal de ceramistas dinamarqueses, como também o estardalhaço dos cisnes negros australianos, cruzando no tanque de águas lodosas, em plena luz do dia; tampouco falou na visão do novilho negro, nem na velha vestida de azul, muito cedo da manhã, varrendo o pátio de terra da sua pobre casa, bem ao lado da densa floresta.

27 de abril – sábado

Nonato lhe pergunta por que ainda insiste em manter o diário se o que ele está escrevendo não passam de anotações heterogêneas e muitas vezes desprovidas de interesse por serem do trato da maioria daqueles que se dedicam verdadeiramente à arte da pintura e da escultura. "Se você não filosofar sobre arte, nada está acrescentando que já não seja conhecido", diz Nonato. Nonato não tinha o direito de ler o diário. Pelos comentários feitos, ficava evidente a sua informação, mesmo que fosse unilateral.

Acontece que Nonato era insistente e continuava com suas intrujices: "Há uma enorme quantidade de coisas que fazemos todos os dias e não parece ter sentido algum".

Com uma certa exasperação fez-lhe ver que esse tem sido o seu propósito, ou seja, nada significar. E, dando-lhe às costas, deu a conversa por encerrada.

No livro de Émile Bernard há uma reprodução em preto e branco de um belíssimo retrato de Mme. Cézanne que o havia impressionado vivamente. Resolveu homenagear o mestre e tentou copiá-lo. O lastimável resultado dessa cópia levou a pintura de Cézanne a se assemelhar com alguns quadros de Suzanne Valadon: talvez com os piores quadros dessa péssima artista. Ou então, certos Picassos, quando este, recém-chegado a Paris, influenciado por todos os colegas, resolvia imitar um Lautrec e saía um Van Gogh, com ares de Gauguin e reminiscências de Cézanne. Contudo, o influenciável Picasso sempre acabava por fazer um Picasso, o que não era o seu caso: o pequeno Cézanne acaba por não ser ninguém.

Quanto aos retratos fotográficos da pequena A.C., dificilmente alguém poderá adivinhar a direção que deseja imprimir à sua pintura. Talvez fascinado pela garota, à maneira de Balthus, acabe por pintá-la compulsivamente. O resultado é que são bem distintos.

28 de abril – domingo

Como poderia, em apenas duas apressadas sessões, copiar um retrato de Mme. Cézanne, se o mestre exigia do seu martirizado modelo cento e cinquenta poses? Apesar da notória irascibilidade, é incrível o quanto Cézanne demonstra *leveza* nos trabalhos de maturidade. Leveza (maestria) no sentido que Italo Calvino fala e que poderia ser aplicado a um Vivaldi ou a um Mozart. Dificilmente a pintores.

29 de abril

Num formato 25, começa um retrato de perfil de M. Gertrude. Sabe que enfrentará dificuldades, mas não lhe resta outro caminho senão continuar pintando. (O que pensará ela se desistir?) O retrato – como os acadêmicos o consideravam – ou mesmo as figuras não aumentam os problemas da pintura. Para ele tudo é igual e difícil.

30 de abril

Não o inspira falar do que faz. Quando muito, lembra as peculiaridades do nariz de M. Gertrude que, não chegando ao grotesco daquele de Federico da Montefeltro, pintado por Piero, até lhe confere uma forte personalidade, senão mesmo aquilo que apelidam de beleza exótica.

Curiosamente, o pequeno olho triangular de M. Gertrude, observado de perfil, rima com a boca fina e também triangular, como pretendia André Lothe demonstrar, falando do *Retrato de uma jovem* atribuído a Paolo Ucello, aquilo que o seu mestre denominava de *rima plástica*.

Continua o retrato que se torna de mais a mais sinistro. É o retrato de uma viúva. Pior: uma viúva enérgica e sensual, que ainda pensa em casar.

2 de maio

Procura não abastardar o retrato. Tentará fazer apenas o que pode. E o que é que pode? Um pouco mais que nada.

3 de maio

Achou graça e também admirou a qualidade do significativo e conciso discurso da gravadora Laurita Salles. "Este é outro mundo", pensou. "Não voltarei a ele nunca mais." Contudo, excluiu reproduzir o poema "Reverberação", de Laurita, "bastava de tensão e latência das coisas...".

Não atinava por que M. Gertrude achou de ter uma de suas violentas crises ontem à noite, justo no momento em que estava pintando o seu retrato! "Coisas de mulher", diriam os psicólogos . "Coisas de útero", diria o sábio Paracelso. "Elas são todas útero. O sexo é destino", advertia Freud. Acontece que diante dessa "nação inimiga", as vítimas somos nós, pensou, os que ainda se chamam homens.

Coincidentemente, mandado por um amigo, recebeu um recorte de jornal, cujo assunto estava ligado ao incidente, isto é, falava-se da infelicidade conjugal do Conde Tolstói e dos seus últimos dias. Numa arquejante confissão, já no final da vida e que não deve ter-lhe custado pouco, Tolstói dizia: "Tudo de importante que acontece com o homem, se passa na cama, entre ele e uma mulher, e tudo depende dessa luta, sem nenhum acordo possível". Parece que isto foi mesmo verdade e foi fatal para o velho Conde: essa luta custou-lhe o paraíso, é o que mostra o reverente e ao mesmo tempo diabólico romance histórico do americano Jay Parini sobre o último ano – 1910 – da vida do escritor.

Supõe que os recortes colados e os comentários extrapictóricos não traíram os seus propósitos, ou melhor, o seu decálogo.

4 de maio – sábado

Você sabe a importância do dia de hoje, por acaso?, ele perguntou a M. Gertrude. Depois que os jornalistas franceses saíram, deu os últimos retoques no retrato que M. Gertrude recusava-se a olhar. Passava das seis horas da tarde de ontem e temia, como já dissera, abastardá-lo com excessivos retoques no dia seguinte. Logo depois, sem olhá-lo, virou-o de contra a parede.

Hoje pretende trabalhar numa tela de nº 60, ou seja, de 1,30 x 97cm. Para quem já pintou murais de centenas de metros quadrados, esse formato poderia parecer insignificante, mas sabia que isso não era verdade.

9h30min

Pelo telefone, primeiro sua mulher, depois a filha Conceição avisam que D. Helena, mãe de Deborah, acabara de falecer.

5 de maio -domingo

> *Enquanto eu pensava em aprender a viver,*
> *aprendia a morrer.*
>
> Leonardo Da Vinci

10h30min

Nada havia que dizer. É só repetir isso mil vezes: nada, nada mesmo a dizer.

Em todo caso, faria chegar às mãos de sua mulher os comentários da oportuna carta de Dom Francisco de Quevedo Villegas, procurando mais que advertir, confortar o amigo Dom Antonio de Mendoza sobre a inexorabilidade da morte.

6 de maio

Pela terceira ou quarta vez, assiste a *Com o diabo no corpo*, romance de Raymond Radiguet, dirigido nessa versão cinematográfica atual por Marco Bellocchio (ele conhecia a antiga versão, ainda em preto e branco, estrelada por Gérard Philipe).

Não mais se espantou com a prodigiosa beleza de Maruschka Detmers. De certa maneira, reconhece os *truques* que produzem o simulacro da beleza. Para o seu espírito – espelho de solidão – nada mais existia que a expectativa da dor. Como Kierkegaard, ele dizia: "Deus odeia toda existência... A destinação dessa vida é aquela de nos levar ao mais alto desgosto de viver".

Tenho de fazer chegar hoje, nas mãos de Deborah, a carta de Quevedo ao amigo Dom Antonio de Mendoza.

Choveu a noite toda e, raivosamente, ainda chove. Embora, como de costume, tenha chegado muito cedo à Oficina, desde sábado ainda não tocou nos pincéis. Aproveitando o domingo, fez com que M. Gertrude levasse o seu retrato. Pareceu-lhe preocupada em saber o exato lugar de pendurá-lo em casa. Bendita inocência!

7 maio

Apesar de tudo, conseguiu esboçar uma tela. Na noite de ontem, o quadro já se encontrava todo marcado e com as camadas de tintas expostas de uma maneira irregular. De antemão sabia que a primeira tentativa seria frustrada.

8 de maio

De novo o *ânimo* começa a enfraquecer. Tudo é estranho, tudo é absurdo. Trouxe de volta o retrato de M. Gertrude e nele deve trabalhar sem trégua.

9 de maio

Estava pensando no quanto é difícil manejar a cor verde. Temia esta cor mais que qualquer outra, e, no entanto, vivia afogado de verde por todos os lados. Pintando a sua paisagem, não sabe por quê, lembrou-se do malfadado Egon Schiele, em particular, do seu quadro *Quatro árvores*. Esse desgraçado pintor austríaco é superior em tudo o que faz, abordando os gêneros mais diversos. Em todo caso, ninguém pinta um nu como ele o pressente na sua fetichista visão sexual. Pareceu-lhe que Schiele rangia os dentes quando se defrontava com aqueles esquálidos modelos de olhos espantados.

10 de maio

De longe, de muito longe, M. M. insiste em saber ao certo o que é que ele pensa a respeito dela. Há certo tempo, ela argumentava: "Ele parecia entusiasmado; depois ficou cheio de reservas e, finalmente, calou-se...". "O que há de verdadeiro nos seus sentimentos?", pergunta. Confessa que não sabe o que responder a essa moça tão linda. O que fazer das mulheres? Correr atrás delas, como um cachorro corre latindo atrás dos carros, sem nem ao menos saber por quê? Isso fez durante anos a fio, cheio de entusiasmo, virilidade e até romantismo (a parte do latido). Sem nenhum resultado. E, pior, com consequências desastrosas.

11 de maio – sábado

M. Gertrude conseguiu o primeiro volume da tradução portuguesa de *As mil e uma noites* e, igualmente, a seu pedido, *O castelo dos destinos cruzados*, de Italo Calvino.

Sabe que demorará na leitura, mas parece se precaver contra as horas mortas e o peso de tantas recordações. Depois, virá o medo inevitável daquilo que se anunciava. Aliás, bem pensado, como dizia o bom Nonato, "ele, além de não saber de nada, não tinha como se defender das tempestades que se avizinhavam céleres, com uma fúria terrível".

À tardinha, o moldureiro Antônio apareceu para emoldurar o quadro pintado esta semana. Pretende que seja uma homenagem a Deborah, a qual, inclusive, está presente na cena rural (paisagem da Fazenda São Francisco) e soberanamente comanda os bichos que tanto ama.

O quadro não está de todo desagradável. Contudo, ainda falta acabá-lo. Espera fazer algumas modificações, no momento em que retornar emoldurado da oficina de Antônio.

12 de maio – domingo

Aguarda a sua mulher que, depois de fazer uma visita ao cemitério, prometeu passar por aqui para olhar as suas últimas pinturas.

13 de maio

Começa o dia lendo um dos contos de *As mil e uma noites* e depois ouve os concertos *L'Amoroso*, de Vivaldi, que certamente não o livraria de horas mais tarde entrar em profunda depressão.

Fazendo pouco da *técnica* de alguns pintores ditos modernos, Salvador Dalí fala que seus quadros são cheios de pelo de pincel e outros detritos.

Mas é a vida, meu caro e grande Dalí! É a vida que está repleta de pelos e lixo. As pinturas não escapariam, portanto, dessa lei universal.

14 de maio

Trabalhou todo o dia em silêncio. Ainda havia o que fazer no retrato de M. Gertrude. Supõe que se chegar junto ao modelo e lhe anunciar a destruição da tela – longe de causar-lhe desgosto – seria uma espécie de alívio. Decididamente M. Gertrude não gosta do seu retrato. E, no entanto, ele lembra, estranhamente, certos retratos franceses do século XV, alguns realizados antes da descoberta do Brasil.

15 de maio
Alícia telefona de Belo Horizonte. Não reconhece a sua voz. Por volta de meio-dia resolveu dar o quadro por terminado. Na realidade, abandoná-lo à própria sorte.

16 de maio
Letras mortas.

Fica evidenciado que Nonato, com toda a sua perspicácia literária, somada ao conhecimento da vida, ainda não se apercebeu, com exatidão, o que é um diário de um pintor ou de um escultor. Por diversas vezes, ele tem lhe mostrado trechos do *Journal* de Delacroix, onde esse grande artista registra, no dia a dia, apenas a sua vida doméstica de solteirão: jantares, encontros fortuitos, compromissos oficiais, uma sucessão de pequenos registros típicos de agenda. Assim, no mês de março de 1856, vemos anotados:

3 de março – Ver Mme. Franchetti.
4 de março – Conselho de revisão na praça Boulatignier.
5 de março – Jantar da casa de Fortul.
6 de março – Jantar com Bertin. Pronto o croquí para o príncipe Demidoff, idem para Benoit Fould.
11 de março – À noite, na casa de Fould.
12 de março – À noite, com Fortoul e também na casa de Baroche.
13 de março – Jantar com Mme. Neuville.

Nonato não se controla e assevera que isso são coisas do século passado, quando a inexistência da tecnologia eletrônica obrigava as pessoas a escrever com tinta e caneta.

– Esse Delacroix sempre foi um cortesão. E, a meu ver, um refinado almofadinha. A mim ele não convence, nem ao menos como pintor.

– Bobagem, Nonato, daqui a menos de dez anos, nós todos, inclusive você, seremos homens do século passado. Você esquece? Apesar de toda tecnologia que certamente ainda estará por chegar, o lápis e a caneta são imbatíveis.

17 de maio
Subscrever a dor. Não pensar que tudo que é transitório é errado, diz o psiquiatra. Talvez Blake não pense assim:

Londres (c.1790)

Perambulo por todas as ruas com barreiras
Vizinhas de onde o próprio Tâmisa
Entre barreiras flui, e em cada face que encontro
Marco marcas de fraqueza, marcas de pesar.

Ouço o ruído dos grilhões mentais apostos
Em cada alocução de cada homem
No grito de temor de cada infante
Nas vozes todas, em cada interdição.

Como o grito dos meninos que limpam chaminés
Ressoa intimidante nos templos encardidos.
E o suspiro do infeliz conscrito
Escorre em sangue pelas paredes dos palácios.

Mas sobretudo como na calada da noite
A maldição das adolescentes prostitutas
Provoca o choro do recém-nascido
E envolve em pragas o ataúde nupcial.

18 de maio

A quarta linha do seu decálogo diz muito claramente: "Cortar ilusões. Pensar sempre contra si próprio". A que vem, então, as queixas pelo fato de não ter qualquer controle sobre a filha menor? As infâmias e transgressões habituais da senhora mãe da criança são endereçadas – não desconhece o assunto – a ele e somente a ele. Pretende atingi-lo e o faz conscientemente, sem jamais errar o alvo. Na verdade, deve ficar agradecido por ter uma inimiga tão pertinaz, destruidora implacável de suas ilusões, como de resto, ele próprio deveria desejar, pelo menos segundo o seu decálogo.

Tem a consciência perfeita de ver tudo e de saber de tudo. Não ignora que no dia 9 de fevereiro, num sábado de Carnaval, no começo deste ano, fez queixas neste sentido, senão iguais, pelo menos a mesma coisa dita com outras palavras.

Mas a ele o que importava se não desconhecia a outra face da moeda? Ou seja: para cumprir à risca as punições do seu decálogo deveria sempre procurar o lado mais difícil das coisas e não se esconder atrás de sua natural benevolência, que o levava a contemporizar com a maior parte dos agravos que sofre. Talvez o mais *difícil* seja um dia enfrentar a fera. Lutar. E, sendo obrigado a lutar, estará, aí sim, agindo violentamente contra si próprio, seus pensamentos, e sobretudo contra a sua índole. Eis a questão.

Há dias que luta com a pintura de um porco. O animal insiste em ficar rajado como um tigre, por conta do excesso de pinceladas maldispostas. Falta simplificação no desenho e nas áreas de cor. Quer pintar como um acadêmico e acaba enchendo o quadro de detalhes! Recuou dez passos para olhar de longe o porco tigrado, e a essa distância a mescla ótica se fazia, e o bicho tomava ares de um suíno razoável.

Desceu até a pocilga para olhar o animal de perto. Ele estava deitado na lama, e não havia como retirá-lo de lá.

Voltou ao ateliê. Depois de longa resolução, acabou por destruir o trabalho de uma semana, sem, no entanto, liquidar o quadro. Fez o que faria um pintor experimentado: simplificou todo o volume em largas áreas de cor, anulando detalhes, em busca do desenho exato. Em todo caso, nas duas etapas, é bem possível que estivesse enganado.

O saber de Descartes adverte: "Talvez seja possível o engano, e quem sabe eu tome um pedaço de vidro por um diamante". Mas é sempre assim, diga-se de passagem, o porco deixou de ser rajado como um tigre e transformou-se numa miniatura de rinoceronte.

19 de maio – domingo

Passou o dia agarrado a *Nome falso*, livro de Ricardo Piglia, mas não o abriu.

De manhã esteve com Deborah, em São Francisco, e verificou que a tela que lhe dera já se encontrava na parede.

Em conversa, os dois concordaram que faltava alguma coisa no livro de *O castelo dos destinos cruzados,* de Calvino. Talvez esta falha seja motivada pelo pecado do excesso. Como dizia Rilke, "o grande erro é distinguir demasiado bem as coisas".

À tardinha, releu um artigo de Gaëtan Picon sobre Balthus, o que sempre lhe ocasionava enorme prazer. Esses comentários foram feitos por ocasião de uma das raras exposições do pintor, em Bruxelas, no Cassino Kommunal, entre julho e agosto de 1966.

20 de maio
Hoje é um dia em que deve tomar resoluções, enfim agir, coisa que detesta, com todas as forças de sua alma naturalmente contemplativa.

O meio-dia se aproxima e ainda não fez nada, e não fará.

21 de maio
Terminou uma nova paisagem. Começa um *tableautin*, o qual, em forma de esboço, foi pintado com rapidez.

22 de maio
Na edição brasileira de *O livro das bestas*, de Ramon Llull (Ed. Giordano), logo na primeira página está impresso:

> *Um último aviso, filho meu, fazer livros é um trabalho sem fim.*
>
> Eclesiastes - Cap.12, v. 12

O pintor supõe que acontece o mesmo com o fazer pintura: é um trabalho infindo.

23 de maio
Foi à procura da filha na escola. Jamais fizera isso. Não era do seu feitio. Mas chegou o tempo de contrariar feitios.

Não encontrou a menina. Simplesmente a mãe, ignorando seus desígnios, não a levou ao colégio hoje. Terá sido o acaso? Não, nada é casual... As professoras disseram que a criança falta as aulas durante semanas inteiras.

"O que quer que faça, você se arrependerá."

Ignoro quem é Allan McLeod Gray. Contudo, falou com a força profética dos místicos, com a inexorável sabedoria do pensamento bíblico: "Terás o mesmo destino do insensato".

Ele sabe que repete estas palavras à toa, como uma espécie de emblema ou legenda do seu semidestruído brasão.

Paisagem montanhosa. Um grande vale ameaçado pela tempestade, embora as rochas expostas ao sol, que ainda teima em brilhar, alvejem como se fossem os ossos da montanha. Céu invariavelmente tempestuoso.

24 de maio

No começo do dia, uma mosca insiste, com ferozes zumbidos, em tocá-lo. Seu ânimo é imbatível.

Lá fora chove "a cântaros partidos".

25 de maio – sábado

"Graham Greene reconhece, corajosamente, que suas lealdades são um pouco fluidas", observa Nonato, como se não tivesse ouvido aquilo que o amigo de olhos baixos acabava de dizer: "Eles sempre confundem o meu pedido! Algum dia eu posso encontrar um elefante num beco estreito!".

Não era do feitio de Nonato levar a sério qualquer coisa relativa à literatura do absurdo. Ainda mais irritado ficou porque achava que, mencionando as liberdades um tanto fluidas do escritor inglês, justificaria as suas permanentes defecções. Essa história de encontrar um elefante em um beco estreito lhe pareceu intolerável. No entanto, chamou a atenção para uma pintura que estava no cavalete já emoldurada. Segundo o pintor, não passava de uma ilustração para *Ana e os lobos*, uma tardia homenagem a Carlos Saura.

– Qual a diferença em distinguir uma pintura de uma ilustração? – pergunta Nonato.

– Salta aos olhos a diferença, disse o pintor, como que sublinhando as palavras. Depois, não disse mais nada.

26 de maio – domingo

Encontrou Deborah lendo *As cidades invisíveis*, de Calvino. Mal acabara de entrar na sala, antes de acomodar-se, ela pediu para ler quinze linhas que descrevem com rara beleza poética a cidade de Bauci ("As Cidades e os Olhos"). "Depois de marchar por sete dias através das matas, quem vai a Bauci não percebe que já chegou..."

À tarde, convidou M. Gertrude para ver a ilustração que fizera de *Ana e os lobos*, onde a modelo tinha sido ela mesma, toda vestida de negro em cima de uma rocha, tendo como fundo a casa acastelada de Mata Redonda e um grande céu tempestuoso. Não havia lobos, nem precisava tê-los. A atmosfera dramática da ilustração insinuava a tragédia.

Não fora as suas insistentes perguntas sobre o que ela achava, não teria dito coisa nenhuma. E não disse mesmo. Como Marie-Hortense Fiquet, mulher de Cézanne, a pintura não lhe interessava absolutamente nada.

27 de maio

Ontem, ao sair de São Francisco, carregara consigo um quadro pintado em 1984 (na Semana Santa), representando o caseiro de Mata Redonda, trabalhando com uma enxada na mão. Esta pintura mais parecia uma tela acadêmica portuguesa do começo do século. Não estava assinada, nem envernizada, mas como era do agrado de Deborah, ela a pendurou na sala de jantar, em lugar de destaque. Diz adorar o quadro. E como de resto é difícil ela cometer um engano, propôs levar a pintura para assiná-la e envernizá-la.

Cézanne pintou dezoito retratos de sua mulher. O que se encontra no Museu de São Paulo (MASP) é um dos mais belos, só comparável ao que pertence à coleção de Alphonse Kahn em Saint-Germain – pelo menos pertencia até 1936, quando foi publicada a reprodução do quadro num magnífico estudo do ensaísta catalão Eugênio D'Ors (*Editions de Chroniques du Jour*, Paris). Se ele prefere o retrato que permanece em França é, sobretudo, por conta das incríveis mãos cruzadas de Mme. Cézanne. Aliás, os dois quadros são muito parecidos e foram pintados na mesma época (1890).

Começou uma nova paisagem onde no primeiro plano aparece M. Gertrude vestida de preto, como sempre.

A estranha epígrafe que o fascinara, "o que quer que faça, você se arrependerá", fora retirada de um livro de ficção científica de Robert A. Heinlein. Só essa escolha, apesar da literatura duvidosa desse escritor, já o redime de toda culpa.

29 de maio

Nonato desconfia que ele (o pintor) não está tão indiferente à literatura quanto quer fazer crer. Não só guardou a epígrafe, como ficou repetindo por toda parte, e ainda diz que irá reproduzi-la, como uma das três epígrafes que abrirão o seu "Diário Calendário".

Segundo afirmou, era um imperativo deixar o *horror* conradiano corporificar-se. Esconder a verdade não modificará o arrependimento fatal de qualquer um dos nossos atos.

Antes de fechar o calendário, o pintor, com a mão apoiada no queixo, ainda pensou: "Não terá sido esse 'inesperado' MacLeod Gray uma versão ou uma das inúmeras formas do próprio Lúcifer? Não, não é isso. É inconcebível alguém sofismar com o mal em tamanha veracidade. Só Deus faria tanto, Ele, que gosta de assustar, e, depois, retirar-se da batalha como quem, com sua ausência, desejasse demonstrar que nada tem a ver com os nossos desacertos."

30 de maio – Corpus Christi

Nulla dies sine linea. Os dias não adivinham os dias, como a natureza não percebe o Norte ou o Leste. Inútil o Calendário e inútil a Rosa dos Ventos. A sentença nova é o "Corpo do Cristo, morto e ressurrecto".

"Nem o sábio nem o tolo serão lembrados eternamente", diz o Eclesiastes.

Termina outro retrato (corpo inteiro) de M. Gertrude diante da Torre de Mata Redonda. Medidas: 76 x 40cm.

Essa série de retratos toma uma dimensão tragirromântica, própria das telas de Caspar David Friedrich.

31 de maio

De manhã, por volta das onze horas, foi pegar a filha na escola. Fez questão de trazê-la pessoalmente. À tarde, com rapidez, executa mais uma ilustração para *Ana e os lobos*, onde aparecem, pela primeira vez, quatro vultos rondando uma moça indefesa. Esses vultos não têm identidade, mas seguramente ele é o quarto.

1º de junho – sábado

Acha uma obrigação anotar todas essas coisas, apesar dos contínuos sarcasmos de Nonato. À medida que trabalha, mais e mais as coisas vão se tornando difíceis. Delacroix tinha razão: "Na pintura, só o pincel é uma facilidade".

2 de junho – domingo

Começou ontem um novo retrato de A.C. Repentinamente indisposto, não prosseguiu como desejava, interrompendo o ritmo do trabalho, mas, ainda assim, não parou de manejar o pincel.

Hoje de manhã, muito cedo, aproveitando a estada de Deborah na casa de nossa filha Maria Helena (que se encontra em viagem), deu um salto na cidade de Olinda.

Ficou encantado com a inusitada cor do mar e o céu que armava uma tempestade. A água parecia feita de luz e o firmamento das sombras mais escuras. Além disso, no interior da casa, reviu duas ou três paisagens suas, pintadas em 1983, e um autorretrato de boné (corpo inteiro) pintado também no começo dos anos 1980, em Camucim de São Félix. Igualmente admirou duas belas paisagens de José Cláudio da Silva.

M. Gertrude parece que perdeu o juízo. Das duas, uma: ou deve estar louca, ou pode haver algum plano preestabelecido que lhe escapa. De qualquer forma, ele sabia que, diante desses pendores femininos, muito em breve teria de abrir um novo *front*, quando para ele os existentes já o crucificavam.

"As coisas vão péssimas!". Em voz alta exclamou: "Malditas mulheres!". Mas ao mesmo tempo reconheceu que essa imprecação seria ridícula se dissesse: "Maldita Natureza!". Razão e prudência possuía o velho Cézanne, ao não se aproximar das mulheres: "A *convivência* é fatal".

"Essas anotações domésticas – disse certa vez Nonato – o rebaixam e ridicularizam. Só você parece não se aperceber que não é matéria propícia para um diário de um verdadeiro artista. Por que insistir nestas confissões?".

Nonato parece implacável nos seus argumentos. No entanto, chega a vez do artista retrucar: "O ridículo não me atinge, jamais me atingiu e não atingirá". Além de tudo, ele usou um raciocínio de peso, insistindo que "o mais lastimável é manter um diário, falando a torto e a direito, sem que você possa estabelecer equações de grandeza ou mesmo hierarquia de valores; às vezes, o infinitamente pequeno levado em conta como o casual, o fortuito; o de menor importância passa a ter um sentido tão avassalador para o nosso destino quanto aqueles que são tidos como motivos superiores de nossa conduta existencial".

Nonato, ainda descontente, arremata: "Não foi Ricardo Piglia quem afirmou que 'a gente se transforma automaticamente num *clown* ao pretender manter um diário?'".

3 de junho

Apontando para o vermelho, o azul e o amarelo, Helena Viktoria indaga se ele reconhece essas cores. "São cores primárias", ela diz sorrindo. Ensimesmado, ele não sorri, no entanto explica à filha que não se recordava de que alguém na sua idade (seis anos) tivesse lhe falado de um assunto tão importante.

4 de junho

A primeira natureza morta do ano, uma cena do seu ateliê de modelagem cerâmica, onde, no centro de uma grande mesa, carregada de diferentes formas de vasos, uma escultura de argila representando Helena de Troia se destaca. Reconhece que a composição está excessivamente centralizada. Contudo, existem outras qualidades no quadro nada desprezíveis. Não pretende destruí-lo, pelo menos tão cedo.

Falando do filósofo Paladas (IV século d.C.), no começo do período bizantino, uma notícia retirada de jornal literário lhe causara espécie, quando verificou que até os deuses teriam de aprender a sujeitar-se aos tempos.

Fascinado pela matéria, não muito longa, transcreveu-a para servir-se dela em futuras reflexões: "Seja como for, os deuses da tradição grega não são onipotentes: acima deles ergue-se a ominosa potência do destino, Anagké, o que tem de ser, ou Moira, a partilhadora. Nenhum outro poeta grego teve possivelmente mais dolorosa e mais irônica consciência disso do que Paladas. Vemo-lo, no epigrama 9:441, irado de encontrar por terra, derrubada do seu pedestal pela fúria dos cristãos triunfantes, a estátua de Herakles, deus que nunca fora derrotado, mas que agora tombara; de noite, Herakles lhe aparece em sonho para explicar, sorrindo (e o sorriso é o signo por excelência da ironia): 'embora deus, aprendi a sujeitar-me aos tempos'".

5 de junho

Inicia o trabalho com dificuldade. Os presságios de sempre. De algum modo, já lhe parece inútil resistir.

Abrindo gavetas, encontra uma cópia do seu decálogo, escrito e datilografado em 31 de dezembro de 1990. Não sabe por que aquele papel foi parar exatamente na escrivaninha que hoje resolveu arrumar.

"É o que tem de ser", dizem os gregos. "Será que esse decálogo foi anexado ao seu diário?", se pergunta. Acredita que não. Mas isso já não o preocupa.

6 de junho

Foi ele, sim. Foi ele, o pintor que, subitamente apiedado dos animais e até da possível existência de sua alma, disse: "Nada sabemos sobre a tragédia desses que chamamos de animais caminhando como todos nós para um final que, tanto eles como nós, não podemos alcançar nem muito menos compreender". "Recordo até o dia", disse Nonato, "estávamos reunidos em torno de uma grande mesa redonda e ele, absorto, acariciava a cabeça do seu cachorro, o pequeno Chester[28], o qual, impaciente, lhe pedia (com um olhar que só o seu dono decifrava) para sair do ateliê. Levantou-se e abriu a porta. Ao voltar, fez esse comentário que agora revelo e que naquele momento muito nos surpreendeu".

Desde o começo do ano, trabalha com relativo sucesso em cinquenta desenhos coloridos (diferentes formatos). Cerca de trinta telas que se poderiam chamar de estudos de pintura. O curioso é que ele próprio chama seus desenhos coloridos de pintura e as pinturas, de estudos.

Ele prefere não parar para olhar em volta e refletir. Certamente isso virá depois.

7 de junho

Todo o trabalho de ontem foi destruído: um estudo de mulher. Hoje pensa num tema complicado e sabe que poderá falhar. *Suzana e os velhos* é quadro para um pintor como Tintoreto e não para qualquer aventureiro do pincel. O seu desenho está pronto e resolve recorrer à quadrícula para diminuir a margem de erros no conjunto das figuras, sobretudo na bela Suzana que ele representa como uma insinuante adolescente.

---

[28] Um fox-terrier de pura raça, vindo dos melhores canis da Inglaterra, presenteado pelo seu amigo arquiteto Wandenkolk Tinoco (N. do A.).

8 de junho – sábado

"Puxa vida! Mas isto é que é relatório", diz Nonato, "e, no entanto, você teima em asseverar que não se ocupa mais de literatura. Também, se for para continuar a registrar telinhas, telas e telões pintados ao correr do martelo, dia a dia, ou dia sim outro não, desenhos a perder de vista, como não me canso de exortá-lo, parece-me, em todos os sentidos, uma tarefa pouco edificante, se não um tanto idiota. Você lembre", diz Nonato, "que tudo começou pelo seu suposto fascínio por Van Gogh e sua arenga em qualificá-lo como um artista sério e capaz de enunciar as coisas com uma linguagem toda especial, própria dos simples e puros de coração. Mas será que esse holandês era de fato o que você pensa? Ou você, como sempre, o idealiza? De qualquer modo, o impossível é você transformar-se nele. E olhe que as diferenças são intransponíveis. Você pode me achar inconveniente e, muitas vezes, até desagradável, mas prefiro, e muito, quando você filosofa sobre arte e faz livres comentários sobre literatura."

Deixou Nonato terminar o seu mais do que conhecido discurso para lembrar-lhe da sua admiração e por que não dizer estupefação com a conferência de Octavio Paz sobre Roger Caillois pronunciada ano passado em Paris, em 13 de maio. Será que o título era mesmo "A Leitura das Pedras"?[29]

Como afirma Paz, Caillois olhava as pedras com sentimentos contraditórios. De um lado, elas lhes mostravam o que é o homem e o que ele se tornaria, não um punhado de poeira, mas forma sólida, impenetrável e invulnerável. E, por outro lado, elas eram emblema de longevidade. As pedras estavam aqui bem antes do aparecimento do primeiro homem e sobreviverão à catástrofe final, ao mesmo tempo emblema da morte e da imortalidade: como não venerá-las? Diante delas, está o que há de mais frágil e de mais mutável: o homem e suas obras. No que apostar?

Diz Paz que o seu amigo Caillois se propõe a descobrir a unidade do mundo.

Parou ao meio-dia para almoçar. À tarde deixaria (provisoriamente) a *Suzana* de lado e pegaria no retrato de A. C. começado no sábado passado. Há qualquer coisa de *giotesco* neste retrato.

---

[29] O título original é *"Las Piedras Legibles de Roger Caillois"*, publicada no livro *Al Paso* – primeira edição 1992, Espanha (N. do A.).

Ele ainda pensou que a jovem A. C. igualmente daria uma excelente *Suzana*, mas acontece que outro modelo já fora contratado.

9 de junho – domingo

Repetição? Não, não é bem isso. As coisas não têm acontecido como desejava nesses últimos meses (ou anos). Ao longe, o piano toca *Sonata ao luar*, de Beethoven, o que o faz sentir-se comovido na extensão de sua perda... A infância, "a pátria perdida"...

De onde veio a ideia de dizer que naquele quadro de Balthus, por sinal colocado na parede de uma sala de banho parisiense, no apartamento do senhor X, *A menina nua* parece sair fogosa da banheira? Diante desse quadro, ideias é que não faltam. Mas, por que não pensar numa Vênus adolescente, nascendo de uma banheira de ônix, resplendente de um brilho baço tão familiar às telas desse pintor? Se existia um coração em fogo era o do pintor, assustado com o súbito levantar da jovem em busca de suas futuras vítimas e de novos nascimentos.

Mesmo diante de tantas formas de vida com as quais lidava diariamente, de onde provinha esse terrível medo da morte? De que mal sofria? O que o fazia silenciar?

Nonato estava certo quando denunciava nele a tragédia (ou comédia) do seu sofrimento. De fato sofre e "vive sob o peso de uma dor permanente".

Neste domingo (como de hábito), esteve com Deborah em São Francisco, e os dois passearam nos jardins, tendo diante dos olhos flores, borboletas, pássaros, abelhas e a brisa que perpassava incansável entre as folhas murmurantes. Talvez parte de um paraíso perdido. Deborah ainda resiste a todos os desencontros de suas relações, mas é exatamente esta abnegação que o sustenta, ajudando-o a mantê-lo de pé. Sabe que sem ela é um homem morto. Antes de partir, olhou um belo retrato de mulher pintado por Courbet à maneira de Madame Vigée-Lebrun e, depois, a inigualável *Madonna,* de Piero della Francesca, que se encontrava em Brera. À noite, providenciou assistir, como um contraveneno, *Violência e paixão*, de Visconti. Ele também – como o velho professor – ouvia as passadas da morte no compartimento de cima do seu quarto.

10 de junho
"Aceito", disse o pintor. "Você está muito próximo da verdade quando diz que sou um típico representante do Romantismo decadente em sua vertente mais trágica porque não exclui o sexual."

11 de junho (Batalha do Riachuelo)
Será que teria de fato necessidade de possuir o recente livro de Michelangelo Muraro[30], *I disegni di Vittore Carpaccio?*

Quando levantou-se do cavalete e procurou um funcionário qualquer, já não havia ninguém na Oficina. Todos tinham sumido. Em compensação, foi visitado pelo irmão mais moço, Jorge. À tarde, por conta do seu aniversário, Henrique Barbosa trouxe-lhe um livro de Gaston Bachelard: *A poética do espaço.*

12 de junho
Notou que sua pequena modelo estava com tosse, mas não teve nenhuma piedade em deixá-la nua diante do ar refrigerado na pose de uma suposta "Suzana" adolescente. Agora se perguntava: E a Suzana da Bíblia não era uma bela adolescente, casada com Joaquim, um homem bem mais velho, embora muito rico? E, talvez, não foi por esta razão que os dois inescrupulosos juízes se sentiram atraídos pela ideia de conquistá-la, na presunção de que o velhote não dava conta dessa beldade?

Henri Perruchet sobre Cézanne: "De casaco sujo, Cézanne pinta sem descanso, esquecido de si mesmo, abismando-se na natureza. Nas suas telas, eleva-se a montanha Santa Victória, radiosa, inacessível, numa luz do absoluto como nas primeiras manhãs do mundo. (...) A vontade do artista deve ser silêncio", murmura o pintor, "deve fazer calar em si todas as vozes do preconceito, esquecer, esquecer, ser um eco perfeito".

Merleau-Ponty fala na essência carnal das coisas. Lembrou-se dos seus argumentos contrários a Xavier de Maistre em *Viagens ao redor do meu quarto.*

---

[30] Apesar do pintor falar numa recente edição, tratava-se de uma segunda edição dessa obra de Michelângelo Muraro (N. do E.).

13 de junho
Os dados foram lançados e rolaram sobre o pano verde da vida. Que a sorte não lhe venha agora a falsear.

Notícia de Heinrich Böll, por Frédéric de Towarnicki, faz com que se lembre de imediato, com água nos olhos, do conto "A Minha Amiga de Longos Cabelos", retirado do único livro de Böll, *Crianças também são civis?*, que conhecia.

– Você não tem nada mais a acrescentar sobre esse conto que lhe fazia chorar? – perguntou Nonato. Será que está perdendo substância e não mais sabe dizer o que pretende? Ou a preguiça começa a invadi-lo?

– Não é nem uma coisa nem outra – ele respondeu. E pode muito bem ser as duas coisas ao mesmo tempo - observou.

14 de junho
Confirma-se a doença grave de Fenícia. De agora por diante só sofrimento nos espera, a ela e a todos nós. Como a pobre da Helena Viktoria reagirá a tudo isso?

Torna-se imune ao elogio porque sabe, como Dalí também sabia, que não é aquilo que faz o que lhe interessa, embora possa interessar aos outros. São as suas *visões* – e somente elas – o lado genial da coisa... Mas essas nem ele próprio dominava e são invisíveis, impalpáveis, inextricáveis.

15 de junho – sábado
A louca da Fenícia, apesar de gravemente enferma, está cada vez mais insana; mesmo assim ainda encontra caminho para impor suas vontades.

– Bem, casos trágicos pedem remédios trágicos.

16 de junho – domingo
Parece-lhe que M. Gertrude conseguiu, finalmente, o filme *Under the volcano,* de Huston.

Ontem à tarde, por volta das cinco horas, o quadro *Menina no pátio* estava desenhado e esboçado. Logo de manhã, Nonato pergunta o que ele achou do *Under the volcano*, filmado por Huston, interpretando com imagens a obra-prima de Malcolm Lowry. "Longe de mim argumentar alguma coisa, principalmente diante de você que conhece bem a obra de Lowry." Em todo caso, perguntou a Nonato: "Você lembra quando na floresta dois pássaros clamam e, portanto, num sentido justo, encontra-se apenas um?".

Ora, Nonato recorda muito bem do exaustivo artigo em que ele tentava provar que *Sob o vulcão* era o mesmo livro escrito alguns anos depois, ou seja, *Escuro como o túmulo onde jaz meu amigo*. "Por que você quer minha opinião sobre o filme do mestre Huston...? A coisa mudou, não foi? Literatura e cinema, embora andem frequentemente juntos, têm suas incompatibilidades insanáveis, a começar pelo público que, convenhamos, é muito diverso. Não darei uma só palavra contra as concessões de Huston. São compreensíveis." – justificou-se a Nonato que, por sua vez, só fez sorrir, como alguém que vence um torneio.

18 de junho
Há dias que anda com o livro de contos de Lampedusa, *O senador e a sereia*, sem abri-lo. A pintura rouba-lhe todos os devaneios.

19 de junho
Preparativos de viagem para sua casa em Mata Redonda, aproveitando os festejos de São João.

A antiga fazenda de café e a casa de Mata Redonda têm sido constante motivo de inspiração. Melhor dizer sítio ou paisagem em lugar de fazenda, uma vez que nenhuma fazenda que se preze tem só 13ha e meio de extensão. Importa o lugar, as pedras, o vale, o arvoredo, a serrania, a torre, o céu da montanha, o ar frio e os ventos uivantes. Importa a névoa matutina e a noite estrelada. Importa a fogueira, o cheiro da lenha queimada e a fumaça.

20 de junho
Terminou o quadro *A menina no pátio*. Verdes frios, acinzentados e violetas contidos, eis a paleta.

Uma pequena paisagem com a vista da casa e da torre de Mata Redonda também foi esboçada (tela nº 15, 65 x 50cm). Pretende colocar no meio da névoa uma personagem de costas.

21 de junho
Leitura de dois interessantes artigos: *"L'Inaccessible Femme"*, de Magritte, e *"Las Meninas"*, de Dalí. Nonato diz não comentá-los porque não é pintor.

"Mas que fazer?" – ele indaga. As atitudes do artista vão cada dia tornando-se mais fechadas, além da sua natural taciturnidade. E, de resto, ele não acerta uma quando resolve falar.

Talvez seja preferível assim.

22 de junho

"Não está nada bem. Receio que se meta em confusão" – comenta Nonato sobre o amigo. Na verdade, o pintor estava longe da sua influência porque nem ao menos se encontrava presente no momento.

Notou que escreveu pouquíssimo esta semana, mas acontece – isto é mais que redundante – que um Calendário só não pode deixar de ser enumerado. Enfim, tiraram-lhe até a menção ao santo do dia. Fala-se pouco hoje, uma vez que aquilo que se faz ou o que se diz é de pouca monta. Tudo isto que procura dizer já foi dito por ele e por muitos outros.

Reclamava que esses artigos, inteligentes em excesso, se distinguem demasiado bem. Todos de fundo psicanalítico, pecavam por se apoiar numa realidade que, por mais profunda e exata que fosse, apenas indicava a dimensão incorpórea de uma obra de arte – nem superficial, nem profunda – de teor inapreensível e sem nome. "E onde se encontra essa sua intangível realidade?", perguntou Nonato. "Onde mora, em que socavão inventou de se meter?" O pintor deu de ombros parecendo desatento, e tudo indica que não medira bem as palavras que dissera. A verdadeira vida não pode ser contada, não tem história que corresponda a um átomo de verdade. A história é uma atrativa e multicor cauda de pavão sem o pavão.

23 de junho – domingo

Partiram hoje de madrugada em direção à cidade de Triunfo. Com azedume, Nonato não achou uma brecha para segui-los. O pintor fez-lhe ver que iria acompanhado de sua filha Helena Viktoria e de M. Gertrude, além do motorista. Portanto, a lotação do carro estava completa. Na volta, com certeza saberia das novidades. Informaram-no que o artista havia viajado carregado de livros e não de pincéis e telas, mas, com certeza, no ateliê de Mata Redonda – conforme as considerações de Nonato – essas coisas não devem faltar.

No dia em que antecedeu a sua viagem, com ar taciturno, disse que recebeu a visita das Três Graças no seu ateliê e que elas não lhe pareceram tão engraçadas assim. As três moças – ninguém sabe por quê – tinham os nomes trocados, em vez do velho mito "das cabeças trocadas". Como soube disso? Elas próprias, depois de umas poucas taças de vinho, confessaram-lhe. Ficou silencioso, mas, depois de uma providencial chamada telefônica, pretextou compromissos e, sem nenhuma cerimônia, pagou-as e mandou-as embora, como de resto era frequente acontecer. Mesmo nos tempos de intensa fornicação, ele era desses que não admitia convivência promíscua.

Na sua propriedade em Mata Redonda, providenciou uma fogueira e, à noite, o topo do lajedo estava incendiado com labaredas de um pequeno vulcão. Certamente que ao longe – no vale escuro – todas as pequenas fogueiras eram visíveis; por toda parte o fogo crepitava. Devido ao frio, os seus familiares recolheram-se um pouco depois da meia-noite. Subiu para o seu quarto, mas não conseguiu conciliar o sono. Pela madrugada, os grandes ventos da montanha uivaram impiedosos, intercalando-se com o monótono e lamentoso canto do Acauã.

24 de junho – dia de São João

Ainda havia resíduos de fogo no meio das cinzas muito brancas, confundidas com a névoa. A intensa cerração prejudicou o passeio matinal. Não saiu do topo do terraço à espera de Helena Viktoria, que certamente não tardaria. Calculou que só depois das nove horas da manhã é que o sol romperia a densa neblina. E não retirou o pé dali, apesar do intenso frio que, auxiliado pelo vento, se fazia presente com suas rápidas chicotadas.

À tarde, no caderno de notas, com lápis de cera, procurou os tons e as cores do grande muro que faz o fundo do retrato *Menina no pátio*. Não estava nada satisfeito com o resultado desse detalhe do quadro, embora reconhecesse que ali estava a parte mais difícil de resolver.

Na realidade, esse muro é a fachada lateral da velha casa de Mata Redonda, cujas pedras, hoje envelhecidas, repletas de musgo, líquens e algumas colônias de mofo esbranquiçadas, resistem a qualquer interpretação do seu pincel. Seria ridículo pintar à maneira dos primitivos, pedra por pedra, quando a atitude verdadeira se encontrava em definir o tom e a matéria apropriados para representar a muralha e suas peculiaridades.

Helena Viktoria, sempre muito viva, simplifica a questão: "O muro é feito de marrom, preto e branco". Ela é quem está com a razão; ademais, pega o lápis de cera e pinta o seu muro imaginário, utilizando rosa, vermelho e preto sobre um fundo cinzento generalizado, que fazia a contracapa do seu caderno. O resultado foi uma obra-prima. "Como invejo a inocência!", pensou um tanto melancólico.

25 de junho *(Mata Redonda)*

Começava assim a radiosa manhã na serrania: ventos frescos, 15°C, céu inapelavelmente azul, depois das nove horas. Nada a acrescentar de poético. Ao contrário. Como pretendia Cézanne: "Ser um eco perfeito". E ainda, como dizia o mestre de Aix, "há um minuto do mundo que passa. Possuí-lo na sua realidade e esquecer tudo por isso".

Nota: na verdade, Cézanne disse *pintá-lo* e não *possuí-lo.*

Jamais escondeu uma incontida admiração por *O leopardo*, de Lampedusa. Ter oportunidade de ler agora *O Senador e a Sereia* foi motivo de um duplo encantamento. Relembrar o extraordinário Príncipe Salina e ao mesmo tempo conhecer alguns outros contos de grande beleza: exatidão e visibilidade, como vaticinava Italo Calvino.

Em "O Senador e a Sereia" (conto genial), o professor de grego diz com infinita graça: "Eu tenho muita consideração pelas velhas famílias. Elas possuem uma memória minúscula, é verdade, mas, de qualquer modo, maior do que as outras".

27 de junho

Ganhou coragem e retocou o fundo do retrato *Menina no pátio*, mas não pode ainda dizer que se encontra satisfeito. Melhor do que ninguém, ele sabe que ao se retocar parte de um quadro faz-se necessário recomeçar todo o conjunto.

Escondeu a tela de encontro à parede e tratou de ocupar-se de outras coisas. Na verdade temia não se ocupar de nada, pois desde cedo adivinhava que o dia não lhe era propício.

28 de junho

Entristecido ao lembrar que algumas gravuras e desenhos levados para Mata Redonda estão sendo devorados pelo mofo e umidade.

Ninguém pode morar em duas casas ao mesmo tempo.

29 de junho – sábado

Neste caderno-calendário verificou que escrevera apenas 192 páginas durante seis meses a fio. Ficou contente de ter escrito pouco e cumprido, à risca, os seus deveres de registros. Contudo, não sabe se fora fiel ao seu implacável decálogo. Com certeza falhara em alguns aspectos.

Nos próximos seis meses não deve, de forma alguma, alterar esse ritmo; se possível, diminuí-lo.

30 de junho – domingo

Antes de fechar o caderno notou que havia colado o desenho de Helena Viktoria sobre a contracapa interna do diário. "Que Deus nos abençoe a todos!", disse sem grande convicção.

1º de julho

Quando o amigo passou-lhe o calhamaço, disse: "Tenho a impressão de que faltou uma página". Sentira nos dedos a espessura do papel, mas se fizera de desentendido. O texto era comprometedor e exigia adesão. Voltou atrás, com um sorriso amarelo. "Tanto faz", retrucou.

Em *Prisão Perpétua*, Ricardo Piglia admite que o autoengano é uma forma perfeita. Não é um erro; não se deve confundir com um equívoco involuntário. Trata-se de uma construção deliberada que é pensada para enganar a quem a constrói. É uma forma pura, a mais pura das formas que existem.

Agora vem Nonato com uma história de que alguém apostou tudo na carta errada. Nem sequer na carta errada. Apostou sua vida numa carta inexistente no baralho. A história é boa, mas leva a certeza de que não é sua. "Claro que não é", disse Nonato. "As boas histórias jamais são nossas, de resto não pertencem a ninguém. Não há em definitivo autores. O que sobra são incansáveis narradores, e nem ao menos sabemos se são bons ou maus."

2 de julho

Sonhos alucinatórios nos quais apareciam formas arquitetônicas e humanas das mais bizarras. Sempre em propulsão, alado, ele era projetado de encontro às paredes e portas de bronze, estranhamente ornamentadas, as quais atravessava como num sopro. Não se atreve a descrevê-los porque não é um decifrador de sonhos, como também por reconhecer a total impossibilidade dessa façanha.

De manhã, ele disse a M. Gertrude, baseado em descrições sobre as alucinações provocadas pelas drogas do gênero LSD, que supunha serem sensações muito semelhantes. Contudo, não considerou o sonho como um pesadelo. Não houve pânico, nenhum momento de sobressalto, tudo fluía, ou melhor, levitava. Convém lembrar, insistiu, que nada havia de transparente nesse cenário. Tudo era sólido, corpóreo. Poder-se-ia até medir o peso das coisas, embora se projetassem no espaço.

3 de julho

Numa entrevista, Henry Miller confessa: "Nos meus melhores momentos, creio que a minha responsabilidade em relação aos outros começa e termina com a obra de criação na qual estou engajado".

Como não existe ninguém que não se contradiga, foi o próprio Miller que, comentando os noventa anos de Picasso, disse: "Que pena, costumo pensar que as atividades de um homem como Picasso estejam restritas ao reino da arte. Que esplêndido ditador ele não daria com sua inteligência e energia, com a sua habilidade para acabar com as trapaças e lorotas de nossos políticos".

Nessa época, Miller completava setenta e nove anos e parece que os seus sarcásticos comentários são muito mais para atacar os políticos do que propriamente acrescentar novas "atividades" a Picasso.

4 de julho

Vocação interrompida. Belo nome para um livro ou para uma novela. Pareceu-lhe que viu qualquer coisa semelhante no dorso de um papel de computador.

Seu relógio, a seu capricho, esquece de mudar a data do calendário. Hoje permaneceu no dia três. O fato pode parecer de pouca monta, mas, para ele, é um forte motivo de desalento.

Há seis dias que não pegava nos pincéis e já lhe parecia uma eternidade, como se nunca houvesse pintado. "Desenhar, eis a questão, desenhar como um possesso", pensou, como se estivesse sonhando o seu desenho.

5 de julho

De manhã cedo, escutou nostálgico a *Sinfonia nº 5*, de Gustav Mahler. Em seguida foi ao Engenho São Francisco visitar sua mulher Deborah, que parece adoentada. Todos estão mais ou menos doentes, quando não infelizes. Seu pequeno universo afetivo começa a desmoronar. Todos se queixam. Também desorientado, acompanha essa ladainha de lamentações. No fundo, sempre foi ele quem mais exigiu dos outros. Agora, chegou a vez dos humilhados cobrarem a sua parte.

Finalmente, já no fim da tarde, consegue fazer dois desenhos com o mesmo título: *A mulher e a cerâmica*.

6 de julho – sábado

Esteve com Deborah. Encontrou-a batendo à máquina alguns dos seus poemas. Ainda não havia descido para o café, mas, no seu quarto, as luzes branca e azul da manhã penetravam fortes pela janela confundindo-se com a do seu robe (da mesma cor) e faziam uma só alegria, uma só vibração.

7 de julho – domingo

No dia seguinte, acompanhado de Deborah, ele visita o ateliê de Montez Magno.

8 de julho

Será que esses pequenos (ou grandes) espaços que ficam entre os textos (o não dito) significam mais do que as palavras pronunciadas ou escritas? "Nem tanto", pensou. "O visível acaba por se confundir com o invisível", lembra Novalis. Ou, para ser mais preciso, "todo visível adere ao invisível...".

A suposta teoria do *iceberg* só impressiona os incautos. Tudo já foi dito. E, de resto, em que pode diferir a ponta do *iceberg* da sua parte submersa? A estrutura e composição molecular continuam sempre a mesma de um *iceberg*. Se algum perigo existe, acontecerá, é certo, para a navegação, quando se faz em tais mares congelados. Relembrar a tragédia do *Titanic*. No seu entender, pior seria um *iceberg* sem ponta, fato espantoso que provocaria os maiores transtornos, assim como o mundo silencioso, sem palavras, e, consequentemente sem literatura. A ele, como a tantos outros, eram preferíveis esses palavrórios chegados ao manicômio. Dois exemplos escolhidos pelo inevitável Italo Calvino encerram a questão: Hofmannsthal dizia que a profundidade está escondida. Onde? Na superfície. E Wittgenstein foi mais além quando afirmava: "O que está oculto não nos interessa".

9 de julho
Ele foi mortalmente ferido, mas mesmo assim, com enorme esforço e vontade, desenhou uma cortesã com sapatos vermelhos e dedicou o trabalho a Vittore Carpaccio.

10 de julho
Sonha que um escritor amigo lhe fala com insistência de um livro cujo título é *A pátria, seus inimigos e o herói*. Não consegue mais lembrar o autor citado. Falava-se, recorda, num brasileiro, mas ele, com os seus botões, sente de longe o cheiro de Carlyle. Estaria enganado? Por acaso se trata de uma obra conhecida? Apenas o *herói* de imediato lembrou-lhe Carlyle.

É preciso não esquecer que esse calendário foi evocado sob o signo de Van Gogh que, apesar de sua longa ausência, não deixa, vez ou outra, de mandar notícias. Numa de suas últimas cartas enviadas de Antuérpia, diz: "Não estou satisfeito com o que faço atualmente. E, como pretendo fazer progressos – passemos –, vamos ver outros quadros". (Novembro de 1885 a fevereiro de 1886)

11 de julho

Que deleitoso é o amarelo!

Van Gogh (Arles - agosto, 1888)

12 de julho
Não lhe causa desgosto verificar que outro escritor descobre, como ele, uma antiga convicção sua. Há muito tempo já o dissera, mas agora faz questão de repetir Melville: "Que insensato, que inconcebível que um autor – em nenhuma circunstância possível – possa ser franco com os seus leitores".

13 de julho – sábado

– É Gulliver... Ele é grande demais para nós lilliputianos!

– Ele ainda está nisto?

– O que afinal ele quer?

14 de julho – domingo
Impressionado, verifica no *Novo Dicionário Aurélio*, no verbete meretriz (do latim – *meretrice*) – S.f. – mulher pública que pratica o ato sexual por

dinheiro, prostituta, loureira, marafona, messalina, rameira, fêmea, decaída, cortesã, puta, andorinha, bagageira, bagaxa, barca, biraia, bisca, biscaia, miscate, bofe, boi, bruaca, buxo, cação, cadela, caterina, catraia, china, ervoeira, fadista, findinga, frega, frete, frinxa, fuampa, fubana, fusa, gança, horizontal, jereba, loba, madama, marafaia, mariposa, michê, michela, miraia, moça, moça-dama, moça do fado, mulher à toa, mulher da comédia, mulher-dama, mulher da rótula, mulher da rua, mulher da vida, mulher da zona, mulher do amor, mulher de má nota, mulher de ponta de rua, mulher do fado, mulher do fandango, mulher do mundo, mulher do pala aberto, mulher errada, mulher perdida, mulher pública, mulher solteira, mulher vadia, mundana, murixaba ou muruxaba, paloma, pécora, perdida, perua, piranha, piturisca, quenga, rapariga, rascoa, reboque, rongô, solteira, tolerada, transviada, tronga, vaqueta, ventena, vigarista, vulgivaga, zabaneira, zoina.

Nesta desarrazoada coleção de nomes evidentemente inventados pelo homem, que não pode esconder o seu ódio (ou o seu temor) diante do desconhecido, pergunta: "Por que não acrescentar tão somente o nome *mulher?*". Freud dizia que o sexo é destino. Tudo porque elas – as mulheres – são o centro de gravidade da espécie humana. Tudo porque são uma vida milípede, e todo o mistério da terra e do tempo se esconde naquela pequena bolsa úmida e aquecida, à espera da eternidade.

15 de julho

> *Ser – ou antes tornar-se – um homem,*
> *significa ser "religioso".*
>
> Mircea Eliade

16 de julho

Ele não ignorava que desde o começo do mês sentiu a aproximação do pânico. Parecia incapaz de fazer o que quer que fosse. Ontem mesmo, depois de ver cerca de vinte quadros emoldurados, não teve sequer a vontade de apreciá-los. Hoje, não foi diferente. Não mudou, não moveu um só dedo. Estava como um morto.

17 de julho

Nós nada observamos, nada vimos. Com o decorrer dos dias, nem os conselhos, os quais sempre dependem de palavras, nem as próprias palavras isoladas surtiam efeito no seu espírito condoído. Surpreenderam-no alguns versos de *As mil e uma noites*. Contudo, entristeceu-o saber que não era um homem *livre*, jamais o seria. De fato, essa gente pode dizer: "Nós nada observamos, nada vimos". No seu caso, ele já pensava noutros versos do mesmo conto ("O Pescador e o Gênio"):

Do contrário, o que fará o arqueiro
ao se encontrar com o inimigo?

Sim, que fará ele de sua flecha
se se romper a corda do seu arco?

19 de julho

O crítico e poeta Beuttenmüler e sua mulher, acompanhados de Odilon Cavalcanti e do fotógrafo Helder Ferrer, visitaram essa manhã o ateliê com a finalidade de escolher alguns desenhos para uma exposição que organizam. Participarão da Mostra com mais nove artistas pernambucanos.

Falou relativamente pouco. Levando em conta a sua habitual loquacidade, Nonato apressou-se em esclarecer por que ele não estava disposto a participar de qualquer exposição. "Está assim há dias."

20 de julho – sábado

Soube, por sua filha Conceição, que Paulo Sérgio Tourinho arrematara em leilão, na cidade de São Paulo, o seu quadro *Trevas* (1965). Trabalho este que deu origem ao recente mural cerâmico *Crucificação,* colocado na capela do Hospital Aliança, em Salvador.

Com bastante lentidão, continua a leitura (tradução brasileira) de *As mil e uma noites.*

"(...) Daria preferência ao trabalho pesado", diz Van Gogh. "O que não impede que tenha uma terrível necessidade de... – direi a palavra? – de religião. Durante a noite saio para pintar as estrelas e sempre sonho um quadro como este, com um grupo de figuras plenas de companheirismo."

"(...) Eu quisera somente que se nos pudesse assegurar algo tranquilizante e que nos consolasse de maneira que cessássemos de nos sentirmos culpados ou desgraçados e, assim, poderíamos caminhar sem extraviar-nos na solidão ou no nada, e sem ter que temer ou calcular nervosamente, a cada passo, o mal, que sem querer poderíamos ocasionar aos demais." (Arles – setembro de 1888)

21 de julho – domingo

Rotina dominical que parece acentuar o exílio e o desespero. "Apesar de possuir tantas casas não tem uma só casa", pensou. Utiliza eventuais dormitórios. "Evidentemente você exagera", disse Nonato. E acrescentou: "É bem do seu estilo poliqueixoso". "Não escaparei", o pintor disse. "E, por sinal, onde é que diabo você foi encontrar esse termo *poliqueixoso?* Sem dúvida pescou-o de algum psiquiatra."

22 de julho

Manhã difícil. Começa a temer o descontrole total.

23 de julho

Depois de olhar as gravuras do arquiteto Giovanni Battista Piranesi e a arquitetura de Antoni Gaudí, por que não parar de vez? Nem um só quadro. Nenhuma tentativa de cerâmica. Não traçar mais uma só linha e, sobretudo, não escrever.

Antes do almoço, a demorada visita de Fernando Bicudo.

24 de julho

Volta do fotógrafo Helder Ferrer. Alguns trabalhos exigiam repetição.

O crítico Beuttenmüler concede uma longa entrevista afirmando que "as artes plásticas de Pernambuco continuam inéditas para o país". Ele não se apercebe que a situação é absolutamente recíproca de região a região. Todos parecem fazer questão desse estranho ineditismo. Isto é, permanecerem desconhecidos uns dos outros.

O único problema é que o Sul do país (a Corte) pensa que é o próprio país. O resto é periferia. Na verdade, confunde mercado de arte com realizações verdadeiramente artísticas.

25 de julho

Revoltou-se por ter comentado a entrevista de Beuttenmüller. Não lera os jornais pela manhã[31] e só o fez à noite, depois que um amigo lhe falara no assunto. Se o comentário do crítico foi superficial e equivocado, o seu não conseguiu, ou melhor, não foi bastante convincente para encerrar o assunto. A pedido de sua filha Helena Viktoria, desenhou três porquinhos, os quais serão transformados em pequenas peças escultóricas para guardar moedas.

John Ruskin ajuizou em 1853: "O ornamento é a origem da arquitetura".

26 de julho

Odeia, odeia a luz que começa a morrer.
(Não entres docilmente nessa noite serena)

Dylan Thomas

27 de julho – sábado

"Segundo parece, o tempo está passando e o calendário continua na sua marcha lenta, mas não tende a desaparecer como ele vive proclamando", disse Nonato.

Como ele pode fazer isso? Como pode troçar de todos nós? Ele não pega nos pincéis. No entanto, não larga esse infamante caderno.

Quanto ao pintor, sentia-se inquieto diante das tolas discussões estabelecidas em sua cidade depois da proposta de Alberto Beuttenmüler em realizar a exposição de dez artistas pernambucanos – *Estética da resistência*. E mais ainda, a ideia da não "consagração" e reconhecimento desses pintores no cenário nacional. Ele mesmo fora citado como alguém salvo do "arquivo morto" pelo fato de ter exposto na última Bienal de Veneza.

Recentemente leu um artigo da arquiteta Cristina Grau, "Borges e a Arquitetura", no qual é abordada a admiração do escritor pelo arquiteto e gravador Piranesi. Cristina Grau conta que a principal fonte de admiração por Piranesi, no caso de Borges, não é o próprio artista, e sim os relatos que faz Thomas de Quincey de suas gravuras, ele que é um dos escritores

---

[31] Do decálogo, apesar das constantes transgressões, ele ainda cumpria algumas "leis", entre outras, não ler jornais (N. do A.).

de cabeceira de Borges. Parece que o próprio Quincey travou contato com Piranesi via outro poeta, Samuel Taylor Coleridge.

O escritor Jesus de Paula Assis, por sua vez, esclarece: "A gravura de Piranesi torna-se conhecida – e, certamente, adulterada – pelo relato de poetas, onde é demonstrado como os labirintos literários não precisam ser explícitos nem intencionais. Enganos, esquecimentos e citações inadequadas se acumulam ao lado da arte 'verdadeira' tomando o lugar do que fora intencional e exatamente planejado. A percepção desse outro labirinto leva Borges a formular sua estética, em que beleza é produto do acaso; não *está* na obra de arte, mas na interação com quem a aprecia, depende de época, dos novos significados que as palavras adquirem, etc. A arte pertence a todos, menos ao autor, o que só aumenta a sua perplexidade em relação ao que faz".

É de supor que um assunto (quase um enigma) dessa natureza nada tenha a ver com "mercado de arte e artistas consagrados".

28 de julho – domingo

Chega o domingo e aumenta o conhecimento da dor. Não teria o que dizer, mas o título do romance de Gadda o auxilia em dizer tudo.

29 de julho

O médico cancela a consulta.

30 de julho

O médico confirma a consulta.

31 de julho

M. Gertrude entra em crise profunda. Ontem, pela quarta vez, demonstrou tendências suicidas. Não necessita que ele pense contra si próprio. Aqueles que o rodeiam já fazem isso à perfeição. "Ele parece não perceber sua inacreditável obstinação em andar de passo errado", disse Nonato. "A pobre M. Gertrude vive entregue a uma das criaturas mais egoístas do mundo e nada do que ela faz lhe parece bastante. Ele é quase monstruoso", observou Nonato.

O almoço chegou com o relógio de pêndulo marcando exatamente meio-dia. Na mesa de centro do ateliê, solitário como sempre, comeu, entre desconfiado e voraz, tudo aquilo que lhe traziam. Não era muito nem pouco, mas o bastante para satisfazer qualquer mortal.

1º de agosto
Chegou a pensar: "Bem que eu podia adotar um comportamento passageiro. Adotaria apenas provisoriamente certas atitudes e, em seguida, voltaria ao ponto de partida. Uma moral provisória não lhe ficaria mal como conceito".

2 de agosto
Não sabia quem havia dito que "se deve produzir ativamente ignorado".

Lembrou-se de que, nos primeiros dez anos de reconstrução da Fábrica, trabalhou no mais completo anonimato. Naquele momento escrevia a sua vida sem necessitar de letras[32].

3 de agosto – sábado
"Sentir muito não é o bastante." Seu estilo cada vez mais telegráfico deixava-o confuso, conjecturou. Se ainda teima em balbuciar é porque o filão ainda não está de todo extinto. Resmunga, monologa ou se queixa. Em parte, destruiu o seu decálogo. Não só o *item 1*: "Nada temer". Na realidade, estragou o principal, ou seja, não tem pintado, nem desenhado todos os dias. Deve sentir-se infame com a quebra dos juramentos.

Parece mentira que Walquíria, depois de tanto tempo, ainda se lembre de telefonar.

4 de agosto – domingo
Nonato não se deixa convencer: "Tem de haver uma explicação para uma conduta tão selvagem quanto simplista". "Permita-me a franqueza", insiste junto ao amigo pintor. "No fundo, faz parte de suas truculentas burradas. Até quando vai continuar a agir como Freddy Ligeiro, que na verdade é um cabeça-tonta?"

---

[32] Parece que o autor não está lembrado que entre 1974 e 1981 existiram vários cadernos e que, portanto, o seu silêncio não fora total (N. do E.).

5 de agosto
Ontem à tarde, na Oficina Cerâmica, a presença da televisão e do crítico Beuttenmüler. Cinco dos dez artistas, futuros expositores, estiveram presentes. O restante não apareceu. Para ele, ultimamente tão isolado, a obrigação em receber e conversar transformou-se num suplício chinês.

6 de agosto
Um dia de anúncio do verão. Sua pata luminosa. E, para ele, suas letras mortas.

7 de agosto
Deus absconditus.

8 de agosto
O jovem poeta Weydson Barros Leal pretende uma longa entrevista com o pintor. Não poderia ter escolhido pior momento.

9 de agosto
M. Gertrude, de natural tão paciente, ontem à noite pareceu endemoniada.

"Entristecido por aquele ultraje, pois cada ultraje é morte." Ele recitava enquanto a pobre moça arrancava os cabelos.

10 de agosto – sábado
Ele estava pedindo isto: "Sonhou que pela manhã saberia o que escrever no seu diário-calendário, como se tudo estivesse pronto. Não haveria dificuldades. Sonhou que, como sempre, Nonato não concordaria com aquilo o que tinha a dizer. Sonhou que mesmo adormecido, deixaria de sonhar no momento em que desejasse. Sonhou que renunciaria ao sonho".

11 de agosto – domingo

> *Aquilo que psiquiatras contemporâneos chamavam eficazmente de 'delírio interpretativo', distinguindo-o do delírio clássico ou alucinatório, assim como do delírio da imaginação. (O conhecimento da dor)*
>
> Carlo Emilio Gadda

12 de agosto
Mas existe a duração natural dos dias e isso, no momento, era-lhe insuportável.

13 de agosto
“Por favor, não comente, não diga nada, deixe-me apenas ler o texto de Gadda”, disse. Nonato silenciou à espera: “Pelo qual a morte chega sem motivo, cercada de silêncio, como uma tácita, derradeira combinação de pensamento”.

“É o ‘mal invisível’, do qual fala Saverio López, no capítulo extremo dos seus *Mirabilia Maragdagali*”.

“E o resto?”, perguntou Nonato. “O que é que diz os *Mirabilia* deste bom padre López?” Ele recusou-se a transcrever as perorações do padre López nas quais o padre adverte que “a morte nos acompanha tácita, como se estivesse caminhando atrás de nossas costas”.

14 de agosto
Iniquidades insanáveis. O silêncio pode ser tão doloroso quanto a palavra, a verdade quanto a mentira. Por que não silencia de vez? Não o pode fazer porque ainda mantém – embora não se saiba de que ordem – compromissos pessoais. Não pode calar sob pena de morrer.

15 de agosto
De manhã, uma luz transfiguradora envolvia a serra. Enternecido, prestou atenção a certos pormenores, mas não mais do que duas vezes... Já seus olhos cansados de novo cegavam para o mundo. Pintou rapidamente, como um cego, o que não via.

16 de agosto
Duas ou três palavras ditas por telefone: “Um novo ultraje de M. Gertrude”, indignado, ele pensou. Mesmo que ela tivesse razão, ele era como um surdo. Não podia ser interpelado.

17 de agosto – sábado
“Estava claramente lidando com selvagens”, pensou. A situação se torna intolerável. Mas quem é ele para recorrer infantilmente a Wittgenstein: “Aquilo que não se pode falar, deve-se calar”. Se cometeu essa imprudência, foi por desespero.

18 de agosto – domingo
Deborah, Conceição e Francisco, meu neto, viajaram ontem para a Europa. O menino (dezessete anos) ficará em Oxford por um ano.

19 de agosto
Releitura de *Humilhados e ofendidos*, de Dostoiévski. Depois de conhecer o ensaio "Problemas da Poética de Dostoiévski", de Mikhail Bakhtin, toda releitura – em qualquer sentido – se agiganta e, curiosamente, sem retirar nada da emoção dos primeiros contatos de quarenta anos atrás.

> *Estás espantado? Não te deves admirar. Acontecem a um homem coisas nas quais a gente não pensa nunca, nem mesmo em sonho, sobretudo quando...*
>
> Dostoiévski

20 de agosto

> *E que é que não é absurdo?*
> *(Humilhados e ofendidos)*
>
> Dostoiévski

21 de agosto
Em apenas um dia, sôfrega e apaixonada releitura de *O jogador*, de Dostoiévski.

22 de agosto
Sabia que se não fosse a tirânica revisão de Ezra Pound, Eliot teria usado como epígrafe do seu famoso poema "The Waste Land" a interjeição conradiana de *O coração das trevas:* "The Horror! The Horror!".

Quanto a ele, não hesitou um só momento. Aquele horror que já esteve na boca de Macduff e que passou para a boca de Kurtz, agonizante... agora é uma inscrição no *Grande Pátio* da Oficina. E é também a *chave* do enigma de todo aquele conjunto de murais e esculturas.

23 de agosto

> *A arquitetura eterniza e glorifica alguma coisa. Por isso não pode haver arquitetura onde não há nada a glorificar.*
>
> Wittgenstein

24 de agosto – sábado
Glen, o dono da taberna, está delirando. Continua, continua partido ao meio, ainda consciente do que está acontecendo, mas sem forças para alterar uma tão extravagante situação.

25 de agosto – domingo
A sensação de um beco sem saída. À noite sonhou que lia um poema muito longo, mas de versos e estrofes muito curtos. O poema tinha um sentido filosófico que ele, no sonho, supunha profundo. Aparentemente era de sua autoria. Logo depois de acordar, não lembrou de coisa alguma do que tinha lido com tanto fervor. Uma vaga lembrança, tremulante como uma vela que acaba por se extinguir, fazia-o estremecer pelo tom e pela qualidade dos versos. E logo duvidou que pudesse ter sido escrito por ele.

Sentado à beira da cama, horrorizado, notou que tinha na mão esquerda um papel estreito como o de uma fita de calcular, onde estava escrito em tinta vermelha e preta:

Corpo estranho. (vermelho)
Corpo honrado. (preto)

Corpo estranho. (vermelho)
Corpo honrado. (preto)

Corpo estranho. (vermelho)
Corpo honrado. (preto)

Corpo estranho. (vermelho)
Corpo honrado. (preto)

Corpo estranho. (vermelho)
Corpo honrado. (preto)

Corpo estranho. (vermelho)
Corpo honrado. (preto)

Corpo morto. Corpo honrado, senhor!

Poderia parecer sem sentido o que tentou dizer em voz alta: "Jamais o pintor Van Gogh qualificaria o corpo humano como um corpo estranho. Essa coisa de estranheza já vem a ser literatura do absurdo. Estranhar o próprio corpo".

Dobrou com cuidado a fita de papel guardando-a dentro de um livro de Henry de Montherlant, *Service inutile*, que estava na cabeceira ao seu lado.

Foi então que lembrou uma história que permanece ainda hoje nas montanhas espanholas da Estremadura: Felipe IV exumou o corpo do Imperador Carlos V e, contemplando o cadáver, virou-se para o seu Ministro, Don Luis de Haro e disse simplesmente: *Cuerpo honrado, Don Luis.* E o ministro lhe respondeu com o mesmo laconismo: *Muy honrado, señor.* Ele conjeturou que esse tipo de acontecimento não se registra, nem se conta a ninguém. Mas, no entanto, dirigiu-se ao seu caderno para anotá-lo.

26 de agosto

> *Não há muita perspicácia no mundo.*
> *(Sob os olhos do Ocidente)*
>
> Joseph Conrad

27 de agosto

Sem grande entusiasmo, verificou as provas do catálogo da exposição de que participará nos primeiros dias de setembro – com mais nove artistas – na Galeria Artespaço.

28 de agosto

Riu com a sua tola vaidade de há algum tempo ter pretendido filosofar. Hoje, envergonhado, contenta-se com as suas poucas letras.

29 de agosto

Possivelmente Weydson Barros Leal virá à Oficina para continuar a entrevista, começada no dia 8 de agosto.

Não compreende como alguém ainda pode estar interessado no que ele pensa. Se é que ainda pensa... Supõe que aquilo que ignoramos não difere muito do que conhecemos.

30 de agosto
Justo para quem vaticinava ser destemido, o seu estado atual era deplorável. Até a música o amedrontava.

31 de agosto – sábado
Agora é a minha vez de lhe contar sobre a coragem de Roger Caillois em *O homem e o sagrado*, considerando da parte de Freud "um excessivo desembaraço nas suas proposições: (...) Por outro lado, trata-se de ritos sexuais. Ora, o sentimento do sagrado é particularmente vivo e desenvolvido a respeito de tudo o que toca a sexualidade, a tal ponto que a escola de Freud, temerária e sistemática como é o seu timbre, julgou poder identificar sexual e sagrado e até fazer derivar o sentimento do sagrado do medo do sexual".

Caillois insiste que "se a sexualidade e o sagrado coincidem com toda a naturalidade, é por motivos completamente diferentes...".

1º de setembro – domingo
What have I done?

2 de setembro

Ter visto as grandes olarias
submersas voltarem às origens
e seguir como se nada visse.

Deborah Brennand

3 de setembro
Uma mulher perde os óculos e é como se tivesse perdido a própria vida.

4 de setembro
Surpreso até o espanto – mesmo ao medo – durante e após a leitura de *Duas damas bem comportadas*, de Jane Bowles.

5 de setembro
No seu desenho, no lugar da cabeça de Batista numa tigela, repousa a cabeça de Salomé. Eis um trabalho que o alegra por ser definitivo e terrível. Não pelo assunto, mas pelo que a pintura e só a pintura insinua.

6 de setembro
Ele parecia ter medo. Medo semelhante ao de Gógol. Ambos tinham medo e estavam cobertos de razão.

7 de setembro – sábado *(Taquaritinga do Norte)*
No filme de Bertolucci, inspirado no trabalho de Paul Bowles, certa fala do escritor (presente no começo e no fim do filme) havia lhe impressionado muito. Agora, lendo o livro, localizou-a perfeitamente.

"(...) A morte está sempre no caminho, porém o fato de nunca se saber quando ela chegará parece amenizar o caráter finito da vida. É aquela precisão terrível que odiamos tanto. E, como não sabemos, temos a tendência a encarar a vida como um poço inesgotável. Entretanto, tudo só acontece numa determinada quantidade de vezes e, na realidade, uma quantidade muito pequena. Quantas vezes mais lembrar-se-á de uma certa tarde em sua infância, alguma tarde que faz tão profundamente parte do seu ser que não conseguiria imaginar sua vida sem ela? Talvez quatro ou cinco vezes mais. Talvez nem isso. Quantas vezes mais assistirá ao nascimento da lua cheia? Talvez vinte. E, no entanto, tudo parece não ter limite."

Achou este texto tão belo, pertinente e profundo que não pôde se furtar a transcrevê-lo. O livro de Paul Bowles é *O céu que nos protege.*

8 de setembro – domingo
Nos jardins, gigantescas dálias rubras, margaridas do tamanho de um punho. Chamou-lhe a atenção o verde acentuado das plantas, talvez porque estava numa montanha a 760 metros de altitude, onde o clima era admirável e propício às flores. Apesar de tudo, a angústia não lhe deu trégua.

9 de setembro
Retorno a Recife. Ele – numa situação inevitável – começava a fazer as coisas que já se apercebia ter feito. Sensação estranha que pode lhe levar à ideia de um duplo: o que realiza a ação e aquele que a presencia.

10 de setembro
Talvez não fosse o tipo de literatura apropriado para o seu espírito doente. Contudo, esgotou o conto até o final. "Uma vez atendido ao alarme falso da

sineta noturna – não há mais o que remediar, nunca mais." ("Um Médico Rural" – Franz Kafka)

11 de setembro
"Ele ainda fala e escreve", disse Nonato. "A música de há muito que cessou para ele. A música sopra a mentira nos ouvidos dos heróis e dos escravos", ele costuma dizer.

Você é realmente um estrangeiro – disse o Chacal.
Franz Kafka

12 de setembro
"Um assunto longo, profundo e desalentador, terrível na sua indiscutível veracidade", ele pensou e demonstrou que o sexo, sob todas as suas formas assustadoras ou inocentes, é sempre uma maldição.

13 de setembro
Apesar de mal traduzido – segundo a crítica e os conhecedores da língua inglesa –, não deixou de apossar-se do *Nostromo*, de Conrad, um dos poucos livros desse escritor que ainda não lera.

14 de setembro – sábado
Lembrar alguma coisa? Como os outros podem nos ajudar a lembrar alguma coisa?

15 de setembro – domingo
Na entrada da fazenda, a uns duzentos metros da porteira, um morto, de costas, jazia na beira da estrada, vestindo só um calção e com os punhos algemados. Como ele poderia compreender que a violência do mundo chegara repentinamente aos arredores de sua casa?

16 de setembro
De caneta na mão, não consegue comentar absolutamente nada. Então pensou em Heráclito, que sempre tem muito o que dizer: "É penoso atormentar e obedecer aos mesmos".

17 de setembro
Sonhos agônicos, repletos de estultícias. Desenhos de outros artistas sempre extravagantes, embora geniais. Inacreditáveis paisagens. Aforismos labirínticos que recitava aos borbotões, os quais finalmente fizeram-no acordar.

18 de setembro
Em *O mito e o homem*, Roger Caillois adverte: "Brincando de fantasmas, acabamos por nos transformar em um".

19 de setembro
Mais uma vez pega o livro de Jane Bowles (mulher de Paul) e caminha nas suas páginas aflitivas, em que certo humor peculiar da escritora tudo redime, menos a tragédia de existir.

20 de setembro
Afinal, lembra da pintura. Vive em um ateliê rodeado de telas, pincéis e toda espécie de utensílios necessários ao desenho e ao ato de pintar. No entanto, olha esse conjunto como um sonâmbulo e indaga: "Que fazer? Improvisar?". Seguramente não era o seu forte.

21 de setembro – sábado
Ela reconhece e confessa aquilo que chama de monstruosidades. "Cometi monstruosidades", disse. "Agora vivo um inferno", completa.

O que ela sente não difere muito do que ele está sentindo. Ambos vivem um inferno.

Não ignora que a endemoniada Fenícia vive seus últimos dias, como também não ignora que ela pretende levá-lo nas suas costas.

22 de setembro
"O assunto interessa", disse Nonato. Com ou sem razão ninguém pode ignorá-lo. Carlo Emílio Gadda, que andava por perto e que do motivo tratado adquirira grande experiência, escreveu: "A morte é uma descombinação extrema dos possíveis, um desfazer-se de ideias interdependentes, já harmonizadas no corpo. Como o dissolver-se de uma unidade que não

mais consegue ser e agir como tal, na deterioração repentina das relações, de cada relação com a realidade organizadora".

Nota: este assunto e o texto de Gadda já haviam sido tratados no dia 13 de agosto.

23 de setembro

Uma pintura executada entre 1979 e os primeiros meses dos anos 1980, talvez mesmo fosse de 1983 ou 1984, ele não estava bem certo. Como se tratava de um autorretrato (de costas), caminhando numa paisagem enevoada, não ficou preocupado, na época, em dar-lhe um título. Agora esse mesmo quadro servirá como capa de uma revista e, por necessidade editorial, teria de ter um nome, o qual de imediato foi escolhido: *Viajante num dia de inverno.*

De manhã cedo, Fenícia telefonou de São Paulo avisando que no fim de semana – a sua doença se agravou – estivera às portas da morte, chegando a ser hospitalizada inconsciente.

Antes de sair da Fábrica, abre um envelope do pintor Montez Magno, onde encontra uma xerox da carta de Dostoiévski ao irmão. Fora escrita poucas horas após ter a sua pena de morte comutada, o que só aconteceu minutos antes da anunciada execução.

24 de setembro

À mercê de todos os infernos possíveis. Ele escolhera assim e, portanto, não deveria lastimar-se.

Com a morte na alma, escreveu: "Nada de mais inútil do que tentar provar qualquer coisa aos imbecis". E pior: ele próprio se considerava o mais perigoso entre todos eles. Tinha poderosas razões para pensar assim.

25 de setembro

Escrita na fortaleza Pedro e Paulo, 22 de dezembro de 1849, a carta de Dostoiévski (de uma pungente simplicidade, embora trágica) levou-o a procurar na sua velha estante dos anos 1950 a *Recordação da casa dos mortos.*

26 de setembro
Como sempre, nas quintas-feiras, Weydson de Barros Leal veio para prosseguimento da entrevista. Ele espantou-se até a incredulidade quando o pintor disse: "Não, não estou presente nem nos murais, nem nas pinturas, nem nas esculturas, sequer no diário".

"Mas isso, se não me engano, é Kundera falando de Goethe", disse Weydson. "E, finalmente, onde quer o senhor chegar?" "Em lugar algum", respondeu. "Estive ausente e tenho agora dificuldades, graves dificuldades em retornar." Foi tudo o que deu como resposta.

27 de setembro
"Tenho de fazer alguma coisa, pois começo a parecer um espantalho afugentando as pessoas", pensou.

Essa atitude não pode ser considerada salutar para qualquer tipo de ofício. "Mas o que importa?", indaga. "Para o inferno também com os ofícios", completa.

28 de setembro – sábado
Este processo é chamado "relatório resumido". Na verdade o que lhe começava a faltar era a saúde. Poderíamos dizer igualmente que lhe faltando a saúde, faltava-lhe tudo.

29 de setembro – domingo
Uma manhã branca, tão clara que poucos se atreviam a olhar a sua face. Era o verão. Ele o reconhecia de longe, não mais com as suas advertências suaves, mas com toda a sua força implacável, de uma regência natural derivada de leis que não estavam ao nosso alcance modificar. Contudo, para ele, melancólico como sempre, era como se defrontar com o inferno. Por diversas vezes, já fizera ver seu fascínio pelo frio, pela névoa e pelas invernadas.

30 de setembro
Indícios de uma cólera imortal aterravam os seus pensamentos.

1º de outubro
"Quando você estará disposto ao silêncio total? O que você afirma aqui e ali, creio eu, é perfeitamente dispensável", diz Nonato. "Parece-me que tudo é

feito como uma obrigação, de caráter um tanto forçado, e isso não é correto. Pode inclusive soar falso. Mas, meu Deus, o que é que em você não é falso?", indaga Nonato. "Se não completamente falso, pelo menos artificial", disse. "Até no desespero. Aliás, nesses últimos dias você tem sido insuportável e, por que não dizer, perfeitamente medíocre."

2 de outubro

> *E que serás tu, leitor, senão um peixe solto e um peixe preso, ao mesmo tempo? (Moby Dick)*
>
> Melville

3 de outubro

"Com que fim? Nunca o pude compreender", disse Nonato (por que ele se obstinava a passar horas e horas sentado numa poltrona, com o livro aberto sobre as pernas e, no entanto, com os olhos fixos em algum lugar perdido; às vezes, ao contrário, parecia furar os livros com os olhos, como se de repente as letras e as palavras pudessem sumir?).

Não pretende esclarecer a Nonato que, desde muito cedo, passara pelo ateliê de esculturas e de peças em modelagem, interessando-se por algumas delas, chegando até mesmo a trabalhá-las, embora não mais do que uma hora. Apesar do seu silêncio, não abandonara jamais as esculturas e, no momento, se empenhava numa série de corpos nus femininos em forma de vasos. De resto, essa série deveria caminhar até muito longe, inclusive teria como título genérico *Corpos*.

4 de outubro

Weydson Barros Leal aparece na Oficina e traz um poema dedicado ao pintor, acompanhado do livro de Henry Miller, *O tempo dos assassinos*, sobre Rimbaud; além de um estudo sobre Rembrandt e um vídeo sobre Jorge Luis Borges. Antes da saída, o pintor levou-o a ver, nos muros dos jardins, uma inscrição de Plotino, gravada em cerâmica. "Eis alguém verdadeiramente sábio", disse.

5 de outubro – sábado

Muito cedo, ele resolve – de habitual tão imóvel – escutar música de flauta do período barroco-italiano. O que para alguns pareceria quase nada, exigindo o mínimo de movimento, para ele era como lutar com um leão. De qualquer modo, colocou o pequeno toca-discos em andamento, tendo apenas a precaução em regular o mínimo de volume. Considerou este gesto uma distração singular.

> *Continuo a existir como o basalto. No meio ou no princípio da vida, os anjos parecem consigo próprios. Há quanto tempo deixei eu de parecer comigo próprio?*
>
> Lautréamont

6 de outubro – domingo
Dois escritores obcecados por Dostoiévski e que o confessavam abertamente: Moravia, chegando a dizer que "perdeu a coragem de prosseguir escrevendo, depois que leu Dostoiévski. Tudo já fora dito" e Henry Miller, que dizia mais ou menos o mesmo. Quanto a ele, hoje estava obcecado pelos pensamentos de Lautréamont. "Meu Deus", pensou, "o quanto ele foi longe ou quão profundo ele desceu aos infernos. Razão têm os surrealistas em adorá-lo, uma vez que permaneceriam sempre muito distantes daquilo que Isidore Ducasse havia conjeturado."

7 de outubro
O que lhe atemorizava não era a realidade. Essa poderia escapar de sua imaginação, incapaz de concebê-la. Daí porque era impossível imaginá-la e, consequentemente, temê-la.

8 de outubro
Weydson escreveu o seguinte poema:

Dança

As bailarinas brincavam de luz
com as violetas das sombras
Pavões voavam no branco
da fantasia das velas

eram as íntimas projeções
das doces carências de um tempo ferido e

remediado: incontáveis astúcias
sobre a sofrida eternidade

(sonho transmudado e mutante de ferros na praia)

O espelho riscava as paredes
em expressões de desenhos
e aquele tempo suportava tudo
porque alimentava e fingia não nos dizer nada

Nota: como Weydson afirmou, esse poema foi feito depois da leitura da extraordinária "Sonata a Lílian", do poeta Tomás Seixas.

9 de outubro
Henry Miller, em *O tempo dos assassinos*, diz que "se sentia cada vez mais amargo, taciturno, vazio e infeliz...".

Na opinião do escritor norte-americano, "o inferno é tudo aquilo que se acha que é. Se se acredita que se está no inferno, então se está de fato".

10 de outubro
Perdem-se os sinais. Não se marca, não se lembra.

11 de outubro
"Isso me agrada, diverte, e ao mesmo tempo recompensa", disse. Ninguém pensa sozinho. Tudo já foi dito. E não é porque se trata de dois grandes artistas do mesmo século – embora de países diferentes – que acabam por dizer a mesma coisa. "A quem você se refere?", pergunta Nonato. "Encontrei", disse o pintor, "um comentário de Baudelaire que é quase idêntico a um outro de Nathaniel Hawthorne. Pois bem: vejamos o de Baudelaire: 'Com efeito, sob pena de cair em desgraça e de sucumbir intelectualmente, o homem está proibido de perturbar as condições primordiais de sua existência, de romper o equilíbrio que reina entre suas capacidades, e os meios em que estas se devem movimentar, de perturbar o seu destino substituindo-o por uma fatalidade de um novo tipo'. Compare-o com o de Hawthorne: 'Na desordem aparente do nosso misterioso mundo, cada homem está ajustado a um sistema com tão refinado rigor – e os sistemas entre si, e todos a tudo – que o indivíduo que se

desvia um único momento, corre o terrível risco de perder para sempre o seu lugar. Corre o risco de ser como Wakefield, 'O Pária do Universo'".

Já lhe disse várias vezes e repete que Wakefield o identifica.

Esta palavra "originalidade" não existe. De sua parte confessa, mesmo dentro de algumas limitações, não ser outro o seu propósito. Há duas semanas chamou a atenção para uma espécie de processo literário denominado "relatório resumido", que nada contém de ambicioso e muito menos de sarcástico.

12 de outubro – sábado

"Pare com isso", diz Nonato. "Talvez tenha chegado o momento de silenciar. A grande fonte secou. Você mesmo confessa que esse diário foi interrompido por volta de dez anos." "Interrompido não, destruído", ele disse. "Propositadamente incinerado, sem deixar traços... Contudo, compreenda. As circunstâncias eram outras. Os valores a preservar com a destruição possuíam um sentido diverso em relação ao do momento atual", acrescentou. E prosseguiu: "Terei de continuar pelo menos até o fim deste ano ou mesmo um pouco mais, quando completo os meus sessenta e cinco anos". "É uma superstição", ele disse. "Seu comentário é pueril. Melhor que ninguém, Nonato, você sabe que é impossível parar."

13 de outubro

Um domingo agigantado de tédio. O livro de Edward Rice sobre Sir Richard Francis Burton, apesar da leitura já começada, não estimulou a reabri-lo. Vez ou outra, do lugar onde estava sentado, olhava a capa com o romântico retrato do capitão, mas ficava nisso. Deixou as horas correrem diante da poltrona colocada num canto de um quarto escuro. Enfim, com o Capitão Burton falando do Trinity College, em Oxford, percebeu como estava levando "uma vida monótona e sem graça".

14 de outubro

Pelo que se vê na obra de Rice, não é possível escrever uma só linha narrando a "dominação inglesa na Índia" para que não se mate um ser humano de vergonha.

15 de outubro

Ficou de pegar a filha Helena Viktoria amanhã, por volta das 11h30min, no colégio.

16 de outubro

Impressionaram-no vivamente as considerações de Roger Caillois sobre o "Sexo e o Sagrado". Também o "Jogo e o Sagrado" e, sobretudo, para ele uma surpresa, "Guerra e Sagrado".

Pretende voltar à leitura mais atenciosa desses apêndices que finalizam *O homem e o sagrado,* de Caillois. Ultimamente evita emitir opiniões, contudo não teme em dizer que nenhum livro de Lévi-Strauss jamais lhe causou uma impressão semelhante, sob qualquer aspecto.

17 de outubro

M. Gertrude lhe diz – como se nada revelasse – duas ou três palavras apenas. Ele silenciou por longos segundos e depois foi sua vez de falar: "Que é tua sentença senão muda morte?".

Desta feita, estava certo de que ele diria não. De fato já o dissera: não. São os eternos desentendimentos entre Antígona e Creonte, os quais as mulheres jamais conseguem alcançar.

18 de outubro

Lembrar o terrível anátema: "O que quer que faça, você se arrependerá".

19 de outubro – sábado

Como alguém se livra de uma bruxa malvada? Ela simplesmente ri quando eu lhe ordeno que vá embora!

– Sim. É terrível!

– Ela é mulher teimosa e não obedece ao rei.

– É para isso que elas existem.

20 de outubro – domingo

Pelo menos uma trégua: uma pequena alegria na revelação de que Roger Caillois foi o primeiro tradutor de Borges para o francês. Tudo se interliga.

21 de outubro

Ela mantém o silêncio. Sua intuição feminina deve lhe demonstrar que essa é a sua única e grande arma. O resto, a Mãe Natureza se encarregará de agir também no seu sagrado silêncio. A ele lhe ocorria somente um comentário de Swift: *"The art of sinking"* (A arte de naufragar). Os fatos aconteceram tão precisos que, em tudo, só um artista completo poderia, com sua habilidade, conseguir um naufrágio tão consumado.

22 de outubro

E saiba registrar verdadeiramente a verdade.

Emerson

"Acontece que o autor das notas desse calendário não é propriamente alguém que se pudesse chamar de *cultor* da verdade. Longe disso", disse Nonato.

23 de outubro

Não esqueceu que devia passar na exposição de Aprígio e Frederico. Se não os encontrasse pessoalmente, deixaria por escrito algumas palavras.

Num pequeno texto já dissera alguma coisa sobre a pintura desses dois talentosos artistas: "Nas recentes pinturas de Aprígio e Frederico, arduamente elaboradas, as cores mergulham fundo e sobrevivem no coração da matéria. A sua ação é interior, de dentro para fora, como em um vulcão". Borges conjeturou: "Se o mundo fosse a cinza do fogo de ontem, lembrar que em hebraico a palavra 'Adão' significa *terra vermelha...*".

24 de outubro

Evitar frases. Evitar palavras. Usar o silêncio milenar das pedras.

"Pretendo ver até onde você quer levar a sua farsa mal encenada", disse Nonato. "E veja bem", concluiu, "você é sempre o diretor ou os próprios atores".

25 de outubro

Chamou um advogado amigo para falar do seu desespero. Falhou porque não disse tudo.

26 de outubro – sábado

"Estava cansado. Esperar que isso aconteça o deixa nervoso... Se ao menos ele pudesse fazer algo...", disse como se interrogasse Nonato. O outro, sem nenhuma consideração, argumentou: "Você deve ser suicida". "Afinal de contas, a vida é a única coisa que tem para oferecer, o que absolutamente não coincide com um gesto suicida", respondeu. Logo em seguida, como se quisesse continuar a falar, balbuciou algumas palavras ininteligíveis, as quais Nonato não chegou a entender e nem sequer despertavam seu interesse.

27 de outubro – domingo

Sim, por que me cansei da solenidade da queixa,
perdi mesmo a paciência com a queixa.

Saul Bellow

Bellow tem suas implacáveis razões em decidir que o pessimismo – em todas as suas manifestações – pode ser tão vazio quanto o otimismo.

28 de outubro

Deveria ele olhar com complacência o final do soneto de Carlos Pena, "A Solidão e Sua Porta", que sempre rejeitara como algo frívolo e descabido? Com todos os demônios! O que vem a ser – nos seus justos termos – "entrar no acaso e amar o transitório"?

29 de outubro

Novamente a *Sinfonia nº 5*, de Gustav Mahler. "Será que até nesse simples registro há no seu espírito alguma intenção de queixa?", indagou Nonato.

30 de outubro

O mês lhe fora aziago. Mas quem pode se vangloriar por distinguir uma derrota de uma vitória? Depois de atrozes cavilações, resolve dar razão ao mundo e ser mesmo vencido por ele, como propugnava Kafka. "Talvez então encontrasse o caminho da 'Porta Estreita'", ele disse.

Fim de tarde: *Sinfonia nº 9*, de Mahler. "Caramba!" – disse Nonato – "você está escutando suas músicas em vitrola e nem cita o maestro Bernstein".

O passo suspenso da cegonha.

31 de outubro

A senhorita Giovanna veio falar sobre vampiros?

1º de novembro

No primeiro dia do mês, sai a sua entrevista ou diálogo com Weydson Barros Leal. Apesar de algumas fanfarronadas, o todo não está mal. O mal provinha dele ter falado. Diz um provérbio árabe: "Oculta teus princípios, teu tesouro e tua viagem". Quem lembrou de transcrever essa sábia verdade foi o esperto capitão Burton.

2 de novembro – sábado

"Então não faça isso. Vamos resumir: não fale, não escreva, não se queixe, não se justifique! Acontece que todo mundo sabe disso. Você próprio tem repetido essa lenga-lenga – no decorrer dos dias – inúmeras vezes. Aliás, você é um candidato certo a permanecer nesta eterna sensaboria" – disse Nonato. E acrescentou: "Escute o que disse Camilo: ordenou que se enforcasse o homem para evitar a sensaboria".

"Será que você, Freddy Ligeiro, não se apercebeu que está escrevendo um almanaque, cujo real significado eu vou enunciar: Almanaque ou Calendário, livrinho ou livro que, além do calendário, contém indicações úteis e trechos de literatura?". "É bem provável que você esteja com razão", disse a Nonato, que parecia exuberante com a sua definição. E retrucou: "E, tendo razão, em quê isso vai modificar a minha vida ou a sua? Você é um tratadista que aborda livros complicados e ocultos. Talvez pratique até o ocultismo. Pelo menos, no momento, estava empenhado em pagar dívidas". "Não seja ridículo", disse Nonato, saindo da sala.

3 de novembro – domingo

Ninguém é ele mesmo.

Paul Bowles

4 de novembro

As suas relações com M. Gertrude se deterioram. Quando se conheceram fizeram um *acordo* que, pela sua própria natureza, justificava toda uma relação a dois. Rompido esse acordo – consciente ou inconscientemente – aconteceu o previsto: desabou o frágil edifício da amizade.

No dia dezessete do mês passado, ele lhe dissera que a sua sentença era como se fosse a própria morte.

5 de novembro
Não se vive na pessoa errada.

6 de novembro
"É proibido jogar lixo no chão desse caderno", disse. "Parece-me"– comentou Nonato – "que ele começa a perder toda e qualquer noção do ridículo. Perdeu a cabeça, no que resulta tudo perder."

7 de novembro
Botou a cabeça fora da janela e logo identificou de onde provinha o forte cheiro de fumaça que invadia o quarto. Cerca de duzentos metros adiante, do lado de fora dos muros da Fábrica, faziam uma queimada. O cheiro do mato queimado lhe fez bem.

Esta tarde foi uma tarde que não acabou nunca.

8 de novembro
Se "a vida consiste naquilo que o homem está pensando o dia inteiro", como dizia Emerson, então, a sua vida, no momento, reduz-se a uma ideia única: estava condenado.

9 de novembro – sábado
"Eu sei que não sou uma hóspede! Agora sou uma moradora" - disse M. Gertrude.

Não adianta argumentar com mulheres. Fazem um exército em separado. São como uma nação inimiga. Em algum lugar do seu *Ofício de viver*, Pavese disse isso.

10 de novembro – domingo
Esperava um comentário de Nonato que não veio; contudo, de repente, numa momice inesperada, apertou-lhe a mão, dizendo:

– Congratulações, meu amigo!

– Você é um idiota, ele disse.

– Mas não de sua espécie, com seus desvairados pensamentos de velho senil, disse-lhe Nonato. Você não passa de um farsante que começa a morrer.

11 de novembro

As consequências de seus desregramentos criaram fortes raízes. Já não será fácil arrancar este arbusto. A planta ainda verde tem a sua astúcia; tolo é o que pensa que ela é só uma árvore!

Henry Miller costumava dizer nos seus bons e maus tempos: "A coisa a fazer quando se está preso na armadilha é dar o fora imediatamente, senão estamos perdidos". "Foi exatamente isso que você não fez", disse Nonato.

12 de novembro

Embasbacado, olhava o cartão de M. M. repetidas vezes, como se fosse necessário fazê-lo para acreditar que, afinal, ela estava no Japão. No sábado, soubera também que Lizia passara todo um mês no Recife e, no entanto, não acertara em procurá-lo. A última vez que esteve ao seu lado foi no ano de 1985. Ele sabia que nunca mais iria vê-la.

Na televisão, ontem à noite, assistira a *Carmina Burana,* de Carl Orff (maestro Seiji Osawa) com a Filarmônica de Berlim. Não soube explicar a razão da presença de um maestro e de um coral japoneses, três solistas ocidentais, um barítono, um tenor e uma soprano, esta última norte-americana de cor negra. Não estava bem certo do sentido imediato dessa miscelânea. Talvez, dentro do espírito exaltado da música, se pretendesse atingir a pureza inicial antes da confusão de Babel.

13 de novembro

"M. Gertrude deve ter acertado no que pretendia. Tem como aliada (inocente, mas poderosa) nada mais nada menos do que a minha filha Helena Viktoria" – comentou. "De há muito que você sabe que – como toda mulher – ela *jogaria* até o seu derradeiro cartucho e jogaria para vencer", disse Nonato.

E qual a mulher que não agiria da mesma forma? A Mãe Natureza exige e elas cumprem à risca o recado maior contra o qual nenhum homem tem força alguma.

14 de novembro

Lastimou a falha de Giovanna que, apesar da promessa de vir hoje, acompanhada de sua equipe, não apareceu. Todavia, sem ter nada combinado, eis que surge Maria, "a dama de espadas".

E, no impulso da conversa que se travou, encontrou ele como introduzir o assunto de Lizia. Falara de qualquer modo dessa mulher, que ele amara por alguns dias, para viver, depois, apenas de recordações. Esteve com ela por só um dia, melhor dizendo, uma só noite. Na sua história de hoje – quase por uma necessidade – acrescentou coisas; transformou outras em variadas hipérboles. De qualquer maneira, sabia que, por mais que inventasse, o núcleo dessa narrativa permaneceria intocável e verdadeiro, dissesse o que dissesse.

15 de novembro
"Além de atrozmente ridículo, chega a ser cruel você ainda falar de mulheres e de possíveis amores", disse Nonato. "A sua amarga compreensão me desvanece", ele disse. "Mas não cura (não pode curar) um defeito de *origem*, entenda. O pecado original fica à sua escolha. E veja que não estou brincando" – alertou-o. "Procuro há muito a palavra derradeira, aquela que por magia ou destempero me fará para sempre calar. E acredite, não posso ter preconceitos com palavras no momento em que isso acontecer. Daí porque não cabe excluir coisa alguma, muito menos um nome de mulher. Mesmo não sendo um moedeiro falso, coleciono moedas falsas. Mas isso tanto faz..." – ele conclui, sem levar em conta os sarcasmos do amigo.

16 de novembro – sábado
– Ela é assustadora!
– Ela pode fazer qualquer coisa...

17 de novembro – domingo
A própria Fábrica foi o refúgio encontrado. Hoje não contou com a sua mulher, que partira cedo para o aniversário de uma das netas. De passagem na fazenda, ainda pegou o *Lord Jim* para reler. Quantas vezes já o fizera, não sabia. Mas é que o assunto agora lhe interessava muito de perto: "O sentimento agudo da perda da honra. De qualquer maneira, Jim encontrou o lugar onde se refugiar e, depois, deixar-se matar".

18 de novembro
Abraçou demoradamente a criança. Ela sentiu o abraço e perguntou: "O que é, pai?". Apressou-se em soltá-la e disse: "Não é nada, nada". Em seguida, saiu.

19 de novembro
Maria de Magdala tem momentos de gênio, como na frase que profere quando Jesus vai ressuscitar Lázaro: "Ninguém na vida teve tantos pecados que mereça morrer duas vezes". (*O Evangelho segundo Jesus Cristo* – José Saramago)

20 de novembro
Sabida e astuciosamente, ela tenta envolvê-lo com *as forças da vida*, na tranquila certeza de vencê-lo, custe o que custar. Ele não ignora que toda e qualquer reação seria suicida, se não catastrófica. Mas, como disse, "a sua velhice lhe vingará...".

Encontraria certamente um meio à altura dessas forças imbatíveis, nem que fosse o que certos soldados em pleno campo de batalha acabam por fazer: desertar.

Destruindo uma figura de M. Gertrude pintada no começo do ano, começava a sua retaliação. Pretendeu, quando a pintou, que essa tela fosse uma homenagem a Saura pelo seu filme *Ana e os lobos*. Na realidade lamentou a perda da paisagem. A figura nunca lhe parecera boa. "Não perdi grande coisa", ele pensou, coçando a cabeça como um macaco. Aliás, jamais lhe agradou ver quem quer que fosse se coçar.

21 de novembro

> *Nem sempre os que sabem mais são os que ouvem mais*
> *– explicou a Sra. Davis, brejeiramente.*
>
> John Rhode

22 de novembro
Paulo Fernando Craveiro mandou-lhe uma página do jornal *Le Monde* contendo notícias sobre Balthus. "Através de você aprendi a amar os quadros de Balthus", disse Paulo Fernando. (O jornal está datado de *Jeudi, 8 Août – Mercredi, 14 Août 1991.*)

De qualquer forma, a inesperada informação alegrou-o, mas não o bastante para mudar-lhe o humor negro.

23 de novembro – sábado

– Não foi por isso que eu falhei.

– O que há de errado com você?

À maneira direta de Céline em *Viagem ao fim da noite,* ele repetiu: "Ah, não ireis por certo supor que eu esteja a brincar! Eu já não brinco... Já nem sequer sou amável".

24 de novembro – domingo

Assiste, depois de anos, pela terceira vez, a *O ovo da serpente*, de Bergman. No meio da monstruosa intriga, um médico alemão (empenhado em "experiências" com seres humanos) diz: "Falo inglês porque morei oito anos na Inglaterra estudando aberrações sexuais na obra de Ben Jonson".

25 de novembro

Mais que tudo, desejava enormemente, absolutamente, ir-se embora, a tal ponto que tudo lhe surgia de forma inesperada, como efeito de um formidável erro.

26 de novembro

Cedo da manhã, Nonato mantinha-se atento ao que seu amigo (cada vez mais lacônico) diria hoje. Com certeza, nada de importante, como de hábito. Viu-o levantar-se e ir à procura de um livro, e logo depois cotejá-lo com outro que estava a ler há dias. "É curioso" – ele falou – "como escritores geniais têm ideias aparentemente antagônicas!" (Veja aqui nestas citações de Calvino nas *Seis propostas...*, quando faz lembrar Hofmannsthal: "A profundidade está escondida. Onde? Na superfície.") "Pare, pare, por favor! Você já falou nisso há muito pouco tempo" – disse Nonato. "Com certeza agora vai falar em Wittgenstein, aliás, dois autores que você mal conhece. Não diga mais nada, fique por aí." Como se não escutasse, o pintor continuou: "Então vem Céline e afirma: 'Decididamente, tudo o quanto é interessante se passa na sombra. Nada sabemos da verdadeira história do homem...' Quero acreditar que todos têm razão. Aliás, o cabeção do Poe já havia comentado sobre o mesmo assunto – numa de suas histórias policiais, quando critica um dos seus inspetores: 'A verdade não se encontra no fundo de um poço, e sim, invariavelmente na superfície'".

Nonato conhecia de sobra esse gênero de associações, das quais seu amigo arrancava especial deleite. Tudo acabaria sem maiores reflexões. Ficariam ao mesmo tempo na sombra, como queria Céline, e na superfície das coisas, como desejavam os dois outros pensadores (ou Calvino também pensava assim?). Ao final das contas, disse Nonato: "O que é que você acha?". O outro, como sempre, enfastiado, nada acrescentou. Depois, como se desculpasse, concluiu: "Estou com febre há mais de uma semana. Será que você acredita em febre de origem nervosa?".

27 de novembro

"Estamos hoje no fim da jornada e você ainda hesita", disse Nonato. E prosseguiu: "Por que não simplifica as coisas e faz como Deus? Deus disse: 'Haja Luz; e houve luz'. Improvise alguma citação que você de hábito utiliza como se fosse original, mas, por favor, não deixe um só dia desse calendário em branco. Seria uma desonra total". "Bem", ele disse. Novamente Céline esclarece: "Deve ser difícil a terra!".

Chegava a noite e dele nada mais conseguira, embora antes de sair ele tenha feito uma revelação um tanto inesperada: "E não é que M. Gertrude me fez essa madrugada propostas indecentes! Malditas mulheres!".

28 de novembro

A febre continua. Embora não seja uma grande febre, é o bastante para deixá-lo amofinado. "Prefiro a imobilidade completa; qualquer movimento faz-me sentir o calor interno de uma estufa. Os olhos ardem, sou todo lassidão..." – ele disse. Em *Viagem ao fim da noite*, de Céline (um homem que *conheceu* o sofrimento sob todas as formas, nada que era humano lhe escapava), deixem que ele tome a palavra *ácida* que cabe como uma luva para todos nós: "Filosofar não é mais do que outro modo de se ter medo e só conduz a covardes dissimulações".

29 de novembro

Desta feita, não pedimos a intervenção de Céline. Ele próprio vociferou com a sua inevitável crueldade de médico: "A coragem não é perdoar. Acho que se perdoa demais. Até por que não serve de nada. Está mais que provado".

30 de novembro – sábado

Desde a madrugada que ele monologava: "Sua bruxa louca... Você me arruinou...". Enquanto isso, Céline reaparece em cena e também confessa o seu ressentimento: "As vidas não se refazem; um vivo ódio nasceu dentro de mim por aquelas duas mulheres e mantenho-o ainda, incorporou-se à minha razão de ser. Faltou-me a documentação necessária para me libertar a tempo e definitivamente de toda a indulgência, presente e futura...".

"Todo mundo aprecia um *especialista*" – disse Nonato. "No sábado passado, o senhor disse que não costumava brincar em serviço. E, no entanto, também o senhor não evitou a queda."

E depois disso, Céline acrescenta: "Nada mais houve entre nós, além das nossas vozes; de tudo quanto parecia estar prestes a dizer, as vozes não diziam".

2 de dezembro

Ontem à noite, em vídeo, verificou, estupefato, a perfeita e monstruosa intriga do filme *Twin Peaks*, dirigido por David Lynch, o mesmo diretor de *Veludo azul.* Terrificante não é o que nos revela Lynch, corajosamente, como também o faz Céline. Terrível mesmo é a vida em todos os seus aspectos, sejam eles ocultos ou aparentes. Surpreendeu-o, mais que tudo, o final da história. Passados vinte e cinco anos do encerramento do *caso,* não é que o demônio vem de novo fazer as suas cobranças!

"É o que faltava!" – disse Nonato. "Eis-nos de novo com as suas histórias de fim de mundo. Lembre-se que o seu tão decantado Céline foi aquele quem disse: 'Nada é mais grave do que a convicção exagerada'. Isto é o que eu defendo. Esse tal de Lynch, a pobre da Isabela Rossellini que o diga, é um louco completo que se encarrega – ainda por cima – de engravidar a loucura."

3 de dezembro

"Você hoje nega que todas as formas dos seus desenhos florais, quadros e, mais recentemente, esculturas, representam formas ensandecidas pela lascívia. Não há como fugir. O seu jogo foi feito abertamente e só não percebeu quem não soube olhar com atenção. Os cegos de sempre, os desatentos. Lembra daquela senhora que afirmou categoricamente, quando se defrontou com as suas peças, estar num 'museu de horrores', presenciando 'uma carnificina'? Deve estar lembrado, você não é dos que esquecem as coisas. E, de resto, sempre evidenciou na vida e na arte ser um *maníaco* pelas formas perfeitas, embora chegando a admitir a deformação como a mais sublime das homenagens à forma... Não me surpreende agora me chamar a atenção para esse trecho de Céline"– disse Nonato. "Afinal, reminiscências possuímo-las nós, podemos comprar de uma vez para sempre esplêndidas e belas reminiscências. A das formas humanas, sobretudo. Cruel aventura. Não existe mais desesperada. Ao lado do vício das formas perfeitas, a cocaína não é mais do que um passatempo para chefes de estação".

"Você vendeu a alma ao diabo em troca do vício de poder conviver na mais estreita intimidade com as formas humanas", disse Nonato. E prosseguiu: "Não há como desfazer este pacto... Esse é todo o seu desespero. E dessa monstruosa barganha não vai escapar...". E ainda mais: "O seu propalado arrependimento é falso, sei que é falso. Se pudesse faria tudo novamente... Aliás, continua secretamente a fazê-lo".

4 de dezembro

Pensando que se tratava de um estudo sério sobre um assunto tão controvertido, mandou procurar a *Historia secreta del cinturón de castidad*, de Piero Lorenzoni (tradução espanhola da edição italiana). Na realidade, defrontou-se com uma *brincadeira* da pior espécie, haja vista o último capítulo do livro: *El Cinturón de Castidad como Objeto de Placer en el Año 2000.*

Certamente que esse cretino viverá o bastante para verificar (ele e os seus descendentes) que tipo de *placer* nos aguarda a todos no ano 2000. Ademais, o tolo esclarecimento que faz (como estudioso) concernente à época exata do nascimento do *cinturão*, que o autor o localiza no século XV e não, conforme é difundido, no tempo das Cruzadas, não lhe pareceu ser uma descoberta "brilhante". Espanta a asnice de Lorenzoni quando insiste no seu "discurso" de que a finalidade do cinto de castidade era muito mais lúdica-erótica do que propriamente repressiva. O total desconhecimento de antropologia e dos mais remotos ritos sexuais, ou talvez o propósito "moderno" de ignorar as origens das maldições e interditos de natureza sexual, faz parecer que esse suposto estudioso é desgraçadamente muito mais um pândego do que um historiador. E dizer que tal livro é de publicação recente. Na Itália (Florença), apareceu em 1989 e na Espanha (Barcelona), em 1991.

Quando parou de reclamar do pobre Lorenzoni, Nonato, que o espionava com o canto dos olhos, disse: "Você mandou procurar essa publicação suspeita levado pelos seus antigos vícios. Que culpa cabe ao autor não ser tão sutilmente viciado, perverso e erudito quanto você? Como poderia adivinhar que o seu livro cairia em mãos requintadas?". "Posso jurar" – continuou Nonato – "que não o escreveu para você, mas para um público muitíssimo mais vasto e, sem dúvida, igualmente pagante. Verificando a editora e os anúncios dos livros publicados não fica difícil concluir que a tolice maior foi sua: *La senda del êxtasis; El museo de los suplícios; La otra historia de la sexua-*

lidad; La otra historia de la sexualidad de España... Entendeu com justeza o vasto panorama do seu equívoco ou você estava à procura, como sempre, de baixa pornografia?", concluiu Nonato.

5 de dezembro

"O que realmente me interessa" – disse o pintor – "é ouvir por antecipação a natureza da linguagem escrita ou falada que algumas pessoas atribuem ao futuro século XXI."

É de morrer de rir escutar uma figura como Remy de Gourmont declarar: "De todas as aberrações sexuais, a castidade é sem dúvida a mais singular". Eis aqui o suposto termômetro da modernidade, o típico testamento dos séculos XIX e XX, hoje posto em quarentena e na mais completa suspeição. Ser moderno, ao contrário do que a maior parte das pessoas consegue entender, é praticar – por sobrevivência ou convicção religiosa – a mais irrestrita castidade.

Continuando o seu longo discurso, acrescentou: "Não adianta explicar. É uma predição fácil, estatisticamente irrefutável, e dela não dou conta a ninguém, muito menos a Nonato" – ele disse – "que, apesar de escritor, tem ciúmes de mim, das minhas ideias avançadas, das minhas conquistas espirituais, da minha pose, da maneira de me chamarem *mestre* e tantas outras coisas que não adianta enumerar".

6 de dezembro

Algumas poucas esculturas, um mural, um estudo para o monumento dedicado ao Cacique Arcoverde, é tudo em que trabalha. Depois do mês de julho, não pintou um só quadro.

7 de dezembro – sábado

Mesmo que Nonato afirme que tudo isto é uma grande farsa, não consegue evitar que ele olhe para o céu resplendente de luz e, como sempre, exclame: "Como me dói a lembrança de um verão muito antigo".

8 de dezembro – domingo

À tarde de ontem, ele pedira uma presença feminina. Queria conversar. Nada mais que isso. A moça, alta como um poste, com a cintura medindo cinquenta e um centímetros, e quadris avantajados, autoproclamou-se engenheira-civil, mas, no momento, desempregada. Lecionava física e matemática a rapazes e meninas que se preparam para o vestibular. Pareceu-lhe deprimente vê-la assim tão bela e ficar ali a conversar quase a tarde inteira, revelando apenas meias verdades. Contudo, para ele, o insuportável era a solidão. Saber que ela estava disponível não lhe oferecia novidade alguma. Disse chamar-se Ann. O nome caía-lhe bem como o botão numa casa.

9 de dezembro

Todo domingo de manhã retorna ao lar como um fantasma que tudo reconhece para logo em seguida ter a consciência de que deve voltar para o seu inferno habitual. Olha e fala daquilo tudo e obtém respostas de sua mulher, às vezes amigáveis, outras um tanto evasivas ou mesmo ressentidas, o que lhe entristece ainda mais, ele que sempre foi triste.

Hoje, o Dr. Luís Otávio Cavalcanti veio avisar que o livro *Diálogos do paraíso perdido*, mesmo depois de tanto tempo, seria lançado na sexta-feira, dia 21, às 17 horas. Tremeu nas bases, mas a sua postura impedia-lhe demonstrar. Não se tratava de um livro, e sim de uma entrevista descosida – apesar de sua imensa boa vontade –, realizada por Fernando Simões, e como toda entrevista "gravada" deixava muito a desejar. O combinado teria sido uma revisão completa do texto, mas como isso não foi possível – para salvar uma edição bem cuidada e generosa – resolveu acrescentar um texto bem elaborado, que fizera em 1977, chamado "Cultura Brasileira, Historicidade e Mito". Essa parte final, certamente, absolveria o conjunto.

Agora resta deixar tudo por conta do destino, não cabia mais a ele modificar o que quer que fosse. Em seguida, lembrou-se do que Eurípedes dissera: "Não adianta agastar-se com as coisas; elas não fazem caso nenhum".

10 de dezembro

"O espírito só encontra a si mesmo em meio a uma dilaceração absoluta."

11 de dezembro

"Apesar de dizer-se tão doente, eu o vi, em pleno sol, passeando pelo *Grande Pátio* ao lado de uma moça que o acompanhava numa de suas brilhantes representações, todo galante para com a esplêndida loura à sua frente, preocupado em não ferir os ouvidos delicados, reprimindo as alusões picantes...

Mas, assim mesmo, sempre malicioso e divertido, meio delirante, brincando com as palavras e abrindo os braços desmesuradamente, como uma cauda de pavão. Enfim, bem a seu gosto"– disse Nonato. "Ele é incurável. Morrerá assim."

– No final, com certeza balbuciará palavras comoventes, dignas de um santo ou de um herói, insistiu Nonato, a essa altura já sorrindo.

– Não sei do que você está falando, disse o pintor.

– Ora, de você e de sua gigantesca loura que, aliás, não lhe dava grande atenção, disse Nonato.

– Suas observações são em parte plagiadas de Céline. Nada têm a ver comigo.

– Certo, meu caro Jules Verne.

– Será possível que não mais consiga verificar o quanto se torna injusto, o quanto exagera e até falseia a meu respeito?

– Ouvi tudo e não sou cego, disse Nonato.

12 de dezembro

Duas mulheres que vieram à Fábrica com a incumbência de entrevistá-lo emitiram mais ou menos o mesmo conceito a respeito de Céline. A enorme e desbotada holandesa disse: "Foi um nazista". Quanto à graciosa fotógrafa brasileira, bastante perspicaz, fez uma observação aparentemente aceitável: "Aquilo foi um malvado, um *emétique* (vomitório)".

"Pouco adianta deduzir que você não concordou", murmurou Nonato, que assistira toda a entrevista, embora soubesse, com certeza, que lhe faltou ânimo para contradizê-las. "É bem do seu feitio", disse Nonato, e zombou: "Você parece nem ao menos ter ideias próprias".

13 de dezembro

Acredita que a talentosa fotógrafa Ana Jobim se apercebeu com rapidez de como é difícil dominar o maquinismo industrial, colocá-lo ao seu serviço sem vacilações. Disse a Nonato: "Observe o quanto ela foi sofisticada nas suas dosagens: onde começa a máquina e acaba o artista. Onde o artista predomina sobre a máquina e, finalmente, quando as duas coisas se misturam".

14 de dezembro – sábado

No fim da tarde de ontem, Lucila Nogueira, acompanhada do poeta Audálio Alves, veio trazer o seu último livro intitulado *Livro do desencanto*.

Sem ainda ter lido os poemas, viu uma referência crítica na qual são citados alguns versos surpreendentes: *O corpo é o caminho da virtude/ e a loucura da alma faz sentido.* Como ilustração, escolheu uma das mais belas e enigmáticas gravuras do mundo, *Melancolia*, de Albrecht Dürer. A gravura (detalhe) é repetida sabiamente duas vezes, na folha de rosto e no interior do livro, melhor, na sua última página.

15 de dezembro – domingo
Ela começou tudo. Era uma bacante. Por muitos anos esteve dançando loucamente entre as flores da pradaria. Irreconhecível, hoje é mãe, mas não o seria se entre as flores não tivesse dançado... freneticamente.

16 de dezembro
Isaiah Berlin: "No original, o título, traduzido ao pé da letra, seria 'A Madeira Torta da Humanidade' (palavras extraídas do conhecido ensaio de Kant, 'Ideia de uma História Universal de um Ponto de Vista Cosmopolita'). Segundo Kant, 'a madeira de que é feita a humanidade é tão torta que a partir dela não se pode talhar nada que seja inteiramente reto'".

"Isto, ao meu ver, está virando um álbum de recortes" – disse Nonato – "além do já proclamado almanaque. Nota zero."

18 de dezembro

> *Não há nada, nem nos fatos da natureza, nem nas circunstâncias da vida, que não seja uma armadilha à espera de nossa precipitação.*
>
> Diderot

19 de dezembro
"Apesar de não existir entre nós dois diferença de idade" – disse – "você ainda vai ver, meu caro Nonato, vai ver um pouquinho de tudo! Estamos no fim de um ano palindrômico e, com certeza, esperto como costuma apregoar, você já deve ter adivinhado a bagunça que está a caminho. Só uma dezena de anos a mais e não demorará até que a confusão se estabeleça no seu esboço definitivo... Contudo a *coisa* só mostrará a sua face macabra lá pelos anos 2030", ele disse. "Curioso" – disse Nonato – "você me espanta localizando datas e

números. Você não é decididamente um homem de calendários. Jamais foi a sua especialidade. De algum modo, seus dons proféticos são igualmente confusos: parecem mais desastrosos do que o desastre".

20 de dezembro
Lançamento do seu livro, hoje às cinco horas da tarde. Na verdade não estava bem claro o que viria a acontecer. Num certo momento, as complicações se embaralhavam. Como dizia Machado, "a confusão era geral". Ei-lo, enfim, mesmo contra a vontade, envolvido pelo mundo oficial. Lançamento de um falso livro no seu próprio ambiente de trabalho, com festividades e tudo mais... Estava perdido!

21 de dezembro – sábado
Estava tentando curar um horrível pesadelo. Possivelmente não chegava a cem o número daqueles que vieram ao lançamento do livro. Ele tinha o direito de questionar se aquilo era de fato um livro, pois no seu entender uma obra literária devia ser tratada de maneira bastante diversa. Contudo, pôde rever velhos amigos, entre eles Ariano Suassuna, que aproveitou o momento para presenteá-lo com o seu discurso de posse na Academia Brasileira de Letras. Todos saíram cedo, como era de se esperar. A homenagem deixou-o mais acabrunhado do que o habitual. As suas vísceras que o dissessem.

"Escute aqui, 'grande artista', nenhuma palavra sobre certas coisas, nunca! É uma questão de idade. Se você tivesse menos trinta anos, ninguém ousaria criticar. No entanto, na sua idade, foi um pecado grave. Todavia, mantenha-se calmo, nada de histerismo"– advertiu Nonato.

22 de dezembro – domingo
Disse a Deborah que, na apresentação de Ariano Suassuna pelo acadêmico Marcos Vilaça, este último recitara um poema dela:

Então, não lamentes o amanhã. Ajaeza teu cavalo e segue
Entre o cheiro das juremas, nos ramos da terra clara.
Nos rios mortos, apanha o teu brasão, as três medalhas.
O gavião da luz devora um voo de sombras frágeis.
Segue e rasga o lenço vermelho: está acesa a batalha.

Ela ouviu sem pestanejar e ele sabia quão pouco se lhe dava ser citada ou não. Jamais correra atrás de publicações, livros ou honrarias.

23 de dezembro

Não se lembra com exatidão em que ano leu *Norte*, de Céline, possivelmente nos primeiros meses de 1986, mas isso pouco importa. O que vale é ainda poder repetir: "É tão frágil aquele que tem razão".

24 de dezembro

"Hoje, Helena Viktoria completa sete anos. Espero vê-la à noite, se tudo correr bem." "Isso foi o que disse há pouco", asseverou Nonato. Também ele falou que as coisas jamais se parecem com aquilo que a gente imagina. São sempre diversas. Talvez por decoro não assinalemos esses erros constantes. O melhor mesmo é que tudo permaneça como está. É, por assim dizer, a anuência completa à nossa frágil condição humana, à nossa permanente danação.

Essas festas de fim de ano sempre o deixaram muito acabrunhado. Não atinava o que fazer dele e dos outros. Era o que ele dizia, como se estivesse falando no teatro do absurdo: "As pessoas se transformam em pesados crocodilos, com laços de fita na cabeça". Isso foi exatamente o que ele comentou sem nenhum sorriso. "Sim, não brinco, eu juro", foi o que disse. "Não vá ele pensar que eu também sou um crocodilo", disse Nonato.

25 de dezembro – Natal

Esteve com Deborah o dia inteiro. Só no cair da noite, deixou a fazenda em direção à Fábrica. Assaltara-lhe a curiosidade de verificar o que escrevera no Natal do ano passado. No caderno estava escrito: "Escolheu o silêncio". Não precisava registrar mais que isto. Na verdade, tinha a certeza de que poderia ter sido de outro modo, embora com o passar do tempo as coisas tenham se agravado consideravelmente. De novo não lhe restava senão o silêncio. Antes de fechar o caderno, lembrou os versos de Quevedo:

Vive sólo para tí si puedes, pues sólo para tí si mueres.

Nonato sumiu. Não deu as caras no dia de Natal. E como ninguém descobre ao certo onde ele dorme, não adianta procurá-lo. Um amigo chegou a afirmar que rompera a amizade com o trêfego Nonato porque era impossível localizá-lo à noite. Não se tem um amigo sem saber onde ele dorme.

27 de dezembro
Sem a presença de Nonato, ninguém viria dizer-lhe que "elogio em boca própria é vitupério". Comoveu-o o pequeno escrito de Paulo Fernando Craveiro, e achou conveniente acrescentá-lo aos seus decálogos, ou melhor, no seu calendário, ou melhor ainda, no seu almanaque. Contudo, mantém o propósito de não descrevê-lo. Achou excessivo ter sido chamado de "profeta de um mundo em apuros". Não é verdade. "O vale de lágrimas" é antigo e não mudará de nome no futuro. E isso não é ele quem o diz.

28 de dezembro – sábado
– Ele não é nem melhor, nem é de combate, nem é soldado... Apesar disto, ele é um grande artista.
– Ele é filósofo?
– Não, não é filósofo.
– Ele é escritor?
– Não. Nada autoriza a dizê-lo um escritor.

Sem que ninguém esperasse, Nonato avisa que voltará a desaparecer às vésperas do Ano Novo. "Minha presença ou minha ausência tanto faz. Não interessa a quem quer que seja" – ele disse. E acrescentou: "E, depois, convencer é desastroso... Acredito que todas as perguntas foram respondidas a respeito da profissão do amigo e ele já não tem o que fazer aqui. As pessoas precisam se acostumar com a ideia de que não há profissões definidas. Cada qual representa um papel mais ou menos desconhecido e, de algum modo, é dessa atividade oculta e sempre diversa que se constrói o mundo".

29 de dezembro – domingo
De manhã, em São Francisco, arrancou uma profusão de folhas secas de um jasmineiro que até semana passada parecia frondoso. "Merecia uma poda cuidadosa", ele disse. Sua mulher, que o observava atentamente, logo retrucou: "É como se tivessem jogado um veneno sobre as folhas".

À tarde assistiu a dois filmes policiais: *Na calada da noite* e *Não tenho troco*. Ambos excelentes, demonstrando na sua crua veracidade as armadilhas, a violenta tolice cotidiana que pode nos levar ao fatal. Enfim, a falta de sentido da vida humana.

30 de dezembro

Não foi preciso o quarto clarear de todo na madrugada. Seu corpo e seu espírito e todos os seus sentidos percebiam a presença bem ali, do seu lado, do corpo inimigo, ainda adormecido, mas prenhe de significados ameaçadores. Deixou passar as horas, absorto em decifrações, sem nenhum caminho a escolher. Sabia que o silêncio neste jogo cruel era fundamental. De resto, ela também, quando acordasse, como uma muda, não diria palavra. Sempre foi a sua maior força (a força de Dalila): o mutismo ou a dissimulação.

Havia duas coisas em comum nos filmes que assistira ontem. A loucura e a violência. Será que esses diretores tomavam perfeito conhecimento daquilo que demonstravam e, mais que isto, teriam por acaso, na vida, mais algum assunto a acrescentar, senão esses dois? Não se tratavam de histórias e sim da vida, da realidade nua e crua, como se costuma dizer. Contavam o que tinham de contar. Se os seus pensamentos não eram sadios, estavam dirigidos supostamente aos seus iguais. De algum modo, aniquilavam a si próprios e aos outros. As mulheres, em particular, eram o alvo mais atingido. Contudo, dentro do juízo do *sistema*, todos estavam isentos de culpa. Ele próprio não viu nenhum exagero em determinar que a forçada convivência de um homem e de uma mulher, em si, já é uma completa loucura. De algum modo, as mulheres são todas loucas ou necessitam enlouquecer para assumirem integralmente a *condição* de mulher.

31 de dezembro

O seu decálogo de 1991, que pretendia cumprir nesses próximos dez anos, agora lhe parecia ridículo na promessa não realizada. Talvez, nem mesmo o sexto item, "não ler jornais", tenha sido rigorosamente observado. Deixara apenas de fumar e não lhe fora tão difícil cumprir esse sétimo item. Falhara em todo o restante. Fica subentendido que não apreciava fazer planos para o futuro. Não esqueceu, contudo, do "Calendário", pois, segundo recorda (também com remorso), durante o ano só deixou de escrever um dia. Um dia no meio de trezentos e sessenta e cinco não é de merecer castigo grave. Como pôde acontecer, não se recordava. Alguma coisa o distraiu, algo que vinha de longe, de muito longe, desses pequenos erros que por descuido acabam por destruir uma reputação.

Devido à falta de recursos financeiros, as obras da *Castelania* foram parcialmente interrompidas. Em todo caso, ele pode festejar nesse ano equivalente a um palíndromo vinte anos de trabalho da Oficina, o que, às vezes, se lhe afigurava muito pouco, outras vezes, um despropósito. Era visível o seu enfraquecimento físico, como se em certo sentido previsse o que ia acontecer, ou como se temesse o inevitável. Já não era o mesmo, tartamudeava, encobrindo os fatos, sob o pretexto do silêncio. Começaria o novo ano sem planejar coisa alguma. Nada de decálogos, tampouco de calendários. Se tivesse de escrever, escreveria. Senão, deixaria que os dias corressem livres de suas quase sempre pretensiosas opiniões. Lembrou-se de um relato de Ricardo Piglia em *Prisão perpétua*, quando uma personagem resolve concentrar-se na cadeia insignificante dos fatos secundários que podiam dar lugar a desdobramentos imprevistos. De certo modo, essa atitude lembrava-lhe o soneto de Carlos Pena Filho, "A Solidão e sua Porta", que lhe foi indevidamente dedicado e do qual sempre se afastava como de alguma profecia fatal que o perseguisse. Teria de tolerar a visão de Deus, em silêncio, afastar-se, deixando-o sozinho na batalha... E teria ainda de contentar-se... Não, não iria se contentar com coisa alguma. Uma vez que, muito mais grave do que todas as previsões pessoais, pairava agora sobre a sua vida a ameaça de Allan McLeod Gray: "O que quer que faça, você se arrependerá".

Antes do meio-dia mandou chamar uma pessoa com quem passaria a tarde conversando. Era uma moça que, apesar da sua evidente formosura, não perdera o tino. O que não quer dizer que também não fosse louca, embora de uma loucura impregnada de mansidão.

Depois de algum tempo, quando ela saiu, teve a estranha sensação do dever cumprido, o que na realidade o possibilitaria, amanhã, voltar a ser ele mesmo com todos os defeitos habituais que o perseguiam confortavelmente como uma esteira branca de navio num mar profundamente azul.

1992

Propriedade Santos Cosme e Damião

1º de janeiro – 11h da manhã – quarta-feira

Aceitarei o conselho do grande Dylan Thomas: *Não entres docilmente nessa noite serena / porque a velhice deveria arder e delirar no termo do dia; / odeia, odeia a luz que começa a morrer.*

Volto a escrever na primeira pessoa. Apesar de todas as implicações de tolice, ainda assim, é a maneira mais modesta de expressão porque a mais ingênua. Quando se fala no "eu", a pessoa acredita existir... Acredita ser diversa. Não prometo, mas me esforçarei para ser menos elusivo, embora tenha por princípio que nada tem graça se repetido ou explicado. Como Hamlet, sou naturalmente *camaleônico* – veio-me a tendência do berço ou das entranhas de algum ancestral desconhecido ou mesmo fictício, como o príncipe da Dinamarca – e, na realidade, também "um permanente comediante", na opinião de Nonato.

Ela chegou fora da hora combinada. De algum modo, deve ser parte do estratagema das mulheres jovens e belas, isto é, fazer-se sempre esperar. Não atino com a razão que me fez lembrar a semelhança do seu corpo perfeito, compacto, redondo, desossado, como se fosse uma figura de Ingres (sempre o amor pela forma), com o de um curioso peixe fêmea, filmado pelo inditoso Gualtiero Jacopetti na sua série *Mundo cão*.

Numa ilhota perdida no Oceano Pacífico, cujos habitantes são na sua maioria do sexo masculino, vez ou outra encalha na praia um enorme e formosíssimo peixe prateado (de dimensão humana), o qual, ainda vivo ou mesmo moribundo, é possuído ritualmente por toda a tribo. Essa singularíssima relação sexual é aguardada ansiosamente pelos guerreiros e, quando acontece, se transforma num rito sagrado. Os nativos confundem esse peixe com uma sereia, ou seja, uma mulher-peixe.

Nota: este episódio aconteceu há muitos anos quando o diretor e documentarista rodava com grande sucesso o seu assim chamado *Mundo cão*. De repente, soube que ele respondia a um gravíssimo processo na Itália por ter participado – ou mesmo comandado – de uma matança em alguma remota aldeia do Congo Belga (na época da guerra civil, quando uma das facções em disputa assassinou o líder negro Patrice Lumumba). Certa patrulha de soldados regulares, que o acompanhava, abriu fogo contra uma indefesa comunidade de negros onde repousavam mulheres e crianças. Outras pessoas foram friamente fuziladas e, depois, degoladas. E tudo isto filmado – se é verdade – pelo nosso indômito cineasta à procura de um mundo que, se não fosse de fato da posse do cão, ele o inventaria.

2 de janeiro

De surpresa, as empregadas da casa prepararam uma ceia de Ano Novo para Deborah, servida na larga cozinha de São Francisco, com o relógio batendo meia-noite. As iguarias eram compostas de pão doce, queijo de coalho, cuscuz e bolo de mandioca.

Ontem à tarde, primeiro dia do ano, as mulheres dos moradores da fazenda, acompanhadas dos filhos, subiram à Casa Grande para visitar aquela mesma senhora de tão largo coração.

Antes que eu esqueça e deixe de registrar, Maria, cozinheira, pela manhã carregou uma bandeja de café até o quarto da patroa. Fato completamente fora da rotina de Deborah que, sempre acordando muito cedo, de boa hora já se encontra na mesa. Seguindo-a de perto, a fiel Lúcia tinha nas mãos um ramalhete de flores e, logo atrás, Celina entoava uma canção.

Nota: prefiro a seguinte forma no final deste texto: Seguindo-a, oferecendo um ramalhete de flores, estava a fiel Lúcia e, logo atrás, Celina entoava uma canção.

Demorada conversa ao telefone com o poeta César Leal. Tratando-se de dois incuráveis hipocondríacos, a conversa resvalou de imediato para a catastrófica situação sanitária mundial na passagem do Terceiro Milênio e de suas inevitáveis consequências.

Como o seu pessimismo é extenso a tudo, César observa que com a morte prematura do editor Sérgio Lacerda – um velho amigo meu – "fica patente que as dificuldades em publicar este 'Diário' cresceram". Retruquei jurando que não tinha pensado nisso. Em todo caso, o poeta César Leal talvez tenha razão: para sua alegria, os meus cadernos jamais serão publicados.

3 de janeiro

Resistir. Que bela passagem. Depois a resistência se atenua, então é o fim.

No *Grande Pátio*, a multidão não fazia mais do que aumentar, solene, expectante, como se aguardasse uma palavra que, enfim, elucidasse o segredo, aquilo que ele não tinha como revelar. Falava por parábolas e continuaria a discorrer a tarde inteira quando, de repente, atravessando aquela turba, uma mulher veio postar-se a dois passos dele[33]. Seus olhos inquiridores não pareciam desconhecer o cenário e a ele, inclusive. Depois saiu do seu lugar, ficando quase às suas costas, como se aquela situação confirmasse a lembrança de um verão muito antigo. Mesmo sem vê-la, num tom mais lento, persistiu falando, pois sabia que aquelas repetições, a ela, só a ela consagradas, surtiriam o efeito desejado. Quando parou, a mulher não mais estava lá. Procurou-a sem êxito entre o ajuntamento, e foi sem pressa que entrou no prédio onde, com certeza, ela o aguardava. Não vacilou. Seria inacreditável sabê-la ausente sem que ele beijasse a sua face e, ao mesmo tempo, lhe dirigisse algumas palavras, por mais banais que fossem. Era preciso que lhe tocasse os olhos, porque era cega.

4 de janeiro – sábado

De manhã cedo, as *Sinfonias 1, 3 e 5*, de Anton Brückner. Ao ouvi-las, por longo tempo, lembrei das conversas com Nonato, quando ele fez a leitura do *Doutor Fausto*, de Thomas Mann. Reconheço que Nonato é possuidor de um apurado e às vezes bastante esquisito gosto musical. Mas por onde anda esse homem? Parece ter se encantado, pois não tenho notícias dele desde a passagem do ano. Confesso que me faz falta, embora esteja propenso ao monólogo e não totalmente refeito das impertinências que a amizade às vezes nos obriga a permitir.

Retomo o trabalho das esculturas, intensificando a procura desesperada das formas humanas, uma cruel aventura, como lembrava Céline, julgando-a mesmo o pior dos vícios.

Mas a esta altura dos acontecimentos, encontro-me sozinho neste grande anfiteatro ao lado de corpos esquartejados dos quais posso dispor, utilizando todos os meios, para reconstrui-los à vontade, peça por peça, até atingir uma anatomia que pretende retomar do vício a virtude. A virtude

---

[33] O autor ainda não está, de todo, preparado para usar o pronome eu. Continua a falar na terceira pessoa ou então refere-se a uma outra criatura (N. do E.).

de ser só, a virtude do *narcisismo* e mesmo do *autismo*, levadas aos últimos estágios de suas consequências. Esta série de corpos, começada no fim do ano passado, deverá ser repetida mil e uma vezes, como os contos obsessivos e eróticos de Sherazade.

Diante da luz agonizante, posso agora dar-me ao luxo de recordar os equívocos da fugidia R. numa de suas visitas anônimas à Oficina, tomando-me por um funcionário graduado que, igualmente a mim, tem uma boa estatura e usa longos cabelos brancos. Quando ela falou que havia me visto de longe, não corrigi seu lamentável engano, embora pudesse verificar duas coisas: ou era míope ou então – circunstância ainda mais grave – o meu aspecto real, que ela dissera conhecer por fotografia, não valeu coisa alguma como identificação; nada, absolutamente nada. Estou certo de que Nonato saberia apreciar os grotescos labirintos dessa confusão.

O crepúsculo ainda não se extinguira. Os últimos raios do sol, percorrendo velozmente as tonalidades da noite, tocavam os caules alaranjados dos eucaliptos que se recortavam de encontro ao céu, enquanto, "na terra da tarde" tudo ainda permanecia ardendo.

5 de janeiro – domingo

Pasmado com as imagens de vídeo focalizando a admirável cantora Nana Mouskouri num recital no teatro Herod Atticus, em Atenas. Eis ali, muito vivo, tudo o que poderíamos fazer de melhor. No entanto M. Gertrude não consegue acompanhar o espetáculo e sai do quarto. "Estou nervosa", ela disse.

6 de janeiro

Cada vez mais ela impõe o seu corpo. Eu o vejo crescer, como se tomasse toda a cama, todo o quarto, toda a casa. De manhã, antes de sair, encontrei-a (voltara à cama) enrodilhada como um feto enorme, estremunhado e inerme. Com uma das mãos, pressionava uma Bíblia de encontro ao ventre. Chorava.

7 de janeiro

Le déjeuner des canotiers, de Renoir, eis um quadro pleno de luz e coragem. Que pintor admirável! Não posso compreender por que é que não gosto dele. Acontece justo o contrário com Claude Monet, por quem minha admiração não cessa de crescer.

9 de janeiro

Originalidade é voltar à origem.

Gaudí

Nunca, fim, nada ou de jeito nenhum.

Beckett

Notícias do longe: em Florença, três exposições inesperadas com obras de Gustav Klimt, Francis Bacon e Caravaggio.

10 de janeiro

E desta vez podia dizer, não sei. Ele já tinha ido. Não fora a bisbilhotice da cozinheira, nem disso eu saberia. Nonato ganhara o mundo. Ele tem liberdade, eu não.

13 de janeiro

"Você cada dia parece pior. Depois que começou a se nomear, deixa a vaga impressão de que o seu eu é a sua própria ruína" – disse Nonato. "E, no entanto, descaradamente, aponta pessoas seja por iniciais, seja por um nome irreconhecível. E pior, fala mal delas, julgando-as e, às vezes, não escondendo desejar jogá-las nas profundezas do inferno. Só uma deslavada inocência o justifica. Sim, no fundo, você é um inocente" – concluiu Nonato. "Ora, cale a boca" – eu disse – "De toda essa arenga, conheço bem a origem e sei como reconhecê-la. Quanto a minha propalada inocência (só descoberta por você agora), veja bem, meu caro Nonato, por acaso essa sua opinião não vem contrariar o *pecado original?* Como poderia eu ter escapado e ser inocente? Ninguém é inocente".

14 de janeiro

A velha sabedoria de Pavese: "Julgar as personagens significa transformá-las em silhuetas".

18 de janeiro – sábado

Parece que os velhos reflexos estão um tanto lentos.

22 de janeiro
Notícias de que o pintor Lucian Freud, neto de Sigmund, inaugurou recentemente em Roma uma exposição. A meu ver – apesar do "desembaraço" – os seus trabalhos estão longe da qualidade de um Bacon. Ademais, cada um à sua maneira, são pintores chatíssimos na forma e no conteúdo.

23 de janeiro
"Chuva com sol, casa raposa com rouxinol."

25 de janeiro – sábado
Temos um desertor. E eu que julgava ser apenas um subterfúgio, mas não é. Iniciei a grande fuga.

26 de janeiro – domingo
Era o que temia. Aconteceu ontem: a mulher-peixe, a mesma que esteve comigo na primeira noite do ano, voltou à minha procura. Trata-se de uma Lilith ainda não iniciada, embora esteja, como diz, disposta ao aprendizado dos ritos sexuais, que ela confunde com a falsa carpintaria de o *Kama Sutra*. Confesso que não tinha paciência para explicar-lhe ao certo o significado desse livro hindu, nem tampouco de qualquer tipo de iniciação amorosa. "Chamei-a" – eu disse – "porque precisava vê-la." Cada dia que se passa, pareço estar esquecendo, com uma rapidez surpreendente, o que é (ou como é) uma mulher. Há cinquenta anos que as vejo ininterruptamente nuas e vestidas, embora confesse – como Cézanne diria a respeito dos contornos dos corpos que lhe escapavam – que igualmente elas, para mim, estão sempre se transformando em miragens. Quanto ao *conteúdo*, nem pensar. Não diferindo de Adão, entrei em pânico e não poderia sequer ousar compreender... E, de resto, nós já havíamos *caído* e estávamos condenados para sempre.

Na noite de hoje, igualmente solitário, assisti a *Tristana*, em vídeo. Um belo e enigmático filme do mestre Buñuel. Cena notável quando a moça já mutilada se desnuda cinicamente na janela para o jardineiro surdo-mudo. Ninguém vê o seu corpo nu, só o inacreditável sorriso, enquanto o jardineiro avista tudo... Tudo. Em pânico diante do que viu, recua boquiaberto e desaparece no bosque. Em momento algum de *A bela da tarde* Catherine Deneuve consegue – mesmo nas cenas mais sórdidas de bordel – um sorriso tão descarado que, por ele só, valesse mais que um milhão de cenas pornográficas. Tristana... Triste Ana.

27 de janeiro
Notei que E. S., depois de ter bebido alguns copos de vinho, deitava-se repetidas vezes no chão, embolando com grande rapidez. Essa estranha atitude, em parte, causou-me ansiedade e, doutra parte, fez-me pensar numa espécie de dança ou mesmo de um bailado horizontal. Num certo momento, lembrei-me de Heráclito: "Tudo, pois, que rasteja, partilha da terra".

E. S. – como uma das adeptas de Lilith, como rezam os mitos sumérios e hebraicos mais primitivos – também foi feita de terra. Uma vez no chão, talvez ela se sentisse mais próxima das suas origens. Cheguei a falar a Nonato sobre esse assunto bizarro, pedindo sua opinião, a qual não tardou: "Para os homens de mentes bárbaras, os olhos e as orelhas são más testemunhas". "Isso também é de Heráclito", ele disse sorrindo.

28 de janeiro
Continuar "as anotações" seguindo a linguagem do bárbaro ou do precursor? Mas que espécie de *precursor*? Bem, às vezes, acontece que falar a linguagem dos bárbaros é o registro provável do que virá a ser *novo*, enquanto a mensagem do precursor pode ser imprestável e mesmo perniciosa para o momento futuro. Uma curiosidade me faz sempre perguntar: "Quem no nosso tempo atual fala (ou apenas ensaia) a linguagem do Terceiro Milênio? Como poderemos, por exemplo, acreditar que o próximo século atravessará um prolongado período de gravíssimas pandemias e algumas até que poderão levar a raça humana (ou uma grande parte dela) à beira da extinção! Exagero?". Uma pequena notícia no jornal de hoje, vem esclarecer outro *problema*, que suponho jamais ter passado pela cabeça de alguém há alguns poucos anos. A notícia versa sobre a água: "A água será importante elemento estratégico e talvez motivo de guerra entre países no próximo século", advertiram ontem, em Dublin, os delegados à Conferência Internacional sobre Água e Meio Ambiente. Não me compete tampouco especular sobre o possível *débâcle* de toda estrutura socioeconômico-financeira das chamadas elites estratégicas dos países capitalistas e socialistas, muito menos avaliar a fome, a desordem, o saque generalizado, a violência sob seus aspectos mais

primitivos, enfim, acabarmos por conhecer na prática aquilo que Hegel vaticinava na teoria: "A dilaceração absoluta como uma forma do espírito humano se fortalecer, no momento em que enfrenta o negativo, encarando-o por longo tempo. Só assim, esta franca confrontação constitui a forma mágica que o torna existente".

"Além de profeta duvidoso, você acabará com as suas insólitas anotações, por se eleger o 'imperador da chatice universal'", disse o ajuizado Nonato que, entre outras virtudes, sempre discordava daquilo que eu me obstinava em imaginar.

29 de janeiro

Embora possa parecer uma espécie de manifesto pictórico-filosófico, a frase de Gauguin, pronunciada em 1895, afirmando que "a barbárie é o *rejuvenescimento* de toda grande arte", ainda hoje perdura como um eco indestrutível. Lembrar o que disse o sereno e sábio Gabriele D'Annunzio sobre a maturidade, no seu surpreendente *Cem e cem e cem e cem páginas do livro secreto:* "As mais arcanas comunhões da alma com as coisas só podem ser colhidas até hoje nas pausas que são as palavras do silêncio... Eu, que tantas vezes deleitei-me com as mais sutis análises em afiar o meu instrumento de pesquisa até a insofrível acuidade, sinto que, se nossa arte estivesse prestes a se renovar, não se renovaria por sutileza, mas por não sei qual *potente rudeza ingênua* (o grifo é meu), do mesmo modo que, partindo dos refinados deuses fidíacos e praxitélicos, para voltar aos *Xoana* primitivos, não nos pareceria estarmos nos afastando – mas nos aproximarmos da divindade". Suponho também, não ter sido outra a intenção de Carlo Levi quando nos advertia, no título de um dos seus livros, *O futuro tem um coração antigo*[34].

30 de janeiro

Desde a manhã, acompanhado pelo amigo Luís Tavares, às voltas com algumas consultas médicas, o dia acabou por se transformar num pesadelo. Talvez um cantante pesadelo, isto é, falei em demasia com uma entonação de cantor de óperas, o que resultava num certo e constrangido espanto por parte dos médicos. Se não me botassem gentilmente para fora do hospital, morreria

[34] O autor repete o título do livro de Carlo Levi como se fosse um verdadeiro refrão (N. do E.).

não das minhas possíveis doenças, mas de tanto vociferar sandices, algumas delas atingindo gravemente toda a classe médica.

31 de janeiro

"Uma espantosa versão" – disse Nonato – "essas suas interpretações sobre a vida lembram-me do antigo seriado *O homem invisível*, porque sua fala é inextricável. Você conhece a maneira como Antonin Artaud dividiu o mundo?" E explicou: "Segundo Artaud, o mundo sempre foi dividido em duas partes: a dos feiticeiros e a dos enfeitiçados. Seguramente você pensa que pertence a classe dos primeiros, entretanto, as suas loucuras me fazem localizá-lo entre os segundos".

1º de fevereiro – sábado

Eu não sei, mas posso lhe dizer uma coisa... Nada... Eu tive uma estranha sensação agora.

2 de fevereiro – domingo

Assisto ao filme *Esse obscuro objeto do desejo*, em vídeo, do inigualável Luis Buñuel. Eis alguém que está muito próximo dos meus pensamentos, ou melhor, eu é que estaria na proximidade desse obscuro objeto do desejo.

"Então, como você nos garantiu" – observou Nonato – "irá nos contar sobre aquilo que supõe ser a essência do filme de Buñuel. Uma vez que parece entender de todas as coisas, comece pelo princípio, meu caro amigo, com todas as letras, sem deixar nada escapar (maneira esta que o velho poeta Tomás Seixas costumava exigir quando uma narrativa lhe interessava). Comece pelo princípio, repito. Não tente nos embrulhar."

Depois desse violento arbítrio, ponderei que apenas tentaria aproximar-me do tema, pois não parecia mais nenhuma novidade associar essa moderna fabulação de Buñuel à antiga lenda que menciona o Imperador Carlos Magno, já em idade avançada, encontrando-se preso aos feitiços do lago Constance, mal podendo afastar-se de suas margens. Muitos anos antes, se apaixonara perdidamente por uma donzela alemã. Na verdade, a grande paixão que o perseguia era a morte... O obscuro objeto do desejo não existe, a não ser na presença da morte... "Mais uma vez, imploro, pelo amor de Deus, não recomece com evasivas", disse Nonato. Reafirmei, de uma maneira bem audível, "que esse 'obscuro objeto' sempre nos perseguiu, tanto a mim e a Buñuel como ao Imperador e a você, Nonato. Será que não percebe a natureza desse castigo?" – perguntei sem alterar a voz.

"Foge, foge, vai mais uma vez debater-se atormentado pela sua danação, mas volte e nos conte aquilo que prometeu", rugiu o meu amigo, já impaciente. Como último recurso, indaguei: de que modo Carlos Magno, enfeitiçado por um "abismo escondido", conseguiria explicar seu procedimento? Como ir adiante se aí reside toda a *aflição* dos seres humanos? Será que não notou que o título de toda essa história começa falando no obscuro objeto do desejo? Você que é tão versado em arte antiga, sobretudo pintura e literatura, não se lembra da presença constante da morte sempre às costas de uma jovem e bela mulher?

Amor e morte nos quadros alemães do século XVI, como aquele que copiei de Hans Baldung Grien numa placa cerâmica, de forma elíptica, que se encontra pendurada em meu ateliê. E observe que tudo isso já provinha de Albrecht Dürer e de tradições muito mais remotas, incluindo os afrescos do Campo Santo, em Pisa, onde só a morte é vitoriosa. Nonato olhou-me fixamente, mas não fez qualquer objeção, embora não me parecesse nada satisfeito. Todavia, antes de retirar-se, culpou-me de não saber mais responder a perguntas, e sim fixar-me nos mais inconsistentes delírios.

Deixei o amigo sair porque eu próprio precisava refletir. Não que pensasse que Nonato tivesse razão quando me apelidava de "Ligeiro". Aliás, ultimamente ele mudou a alcunha e anda me chamando de Jules Verne, claro que no sentido pejorativo, isto é, um "inventor de invencionices". Em todo caso, vamos por etapas rever o filme de Buñuel, como se, com a ausência de Nonato, eu pudesse pensar de maneira diversa.

Ao falar no estado de encantamento do Imperador pelo lago Constance, eu queria apenas, através de uma narração mágico-poética, manter o seu nível o mais alto possível e, daí, influenciar nas dificuldades da abordagem daquilo que todos reconheciam como *obscuro*. A atmosfera ameaçadora do filme é ininterrupta, desde a hora em que o mordomo entra na sala e vai retirar um rato que acabara de ser esmagado por uma ratoeira. Há sempre acidentes exteriores, mesmo que aparentemente sem importância, como na cena do restaurante, quando uma mosca cai no copo do senhor Mathieu-Mateo Fabert (Fernando Rey). O garçom explica que passara um dia inteiro atrás dessa mosca e, finalmente, conseguira pegá-la. Num outro episódio, um carro explode sob o impacto de uma bomba, matando os seus dois ocupantes: um banqueiro e seu motorista. Logo adiante, entrando em jogo os terroristas, uma central elétrica voa pelos ares. Em nenhum momento das infrutíferas e quase grotescas tentativas do senhor Fabert em conquistar a bela e esquiva Conchita (Angelina Molina), que também, à sua maneira, agia de uma forma terrível, os acidentes deixavam simultaneamente de acontecer: a explosão de um avião Jumbo matando 290 pessoas, as notícias escandalosas veiculadas pelo rádio, anunciando novas ações terroristas, as inúmeras siglas de facções políticas radicais que ora se aliavam, ora se digladiavam, tudo isto prenunciava de uma maneira clara e insofismável a presença da morte que, à distância ou de muito perto, vigiava os passos desses dois infelizes amantes.

O terrorismo feminino de Conchita, usando um colete (uma espécie de cinto de castidade, trançado de nós cegos) que lhe cobria o ventre e a genitália, proibindo quaisquer contatos físicos, apenas representa a indiferença e a recusa da Mãe Natureza diante de qualquer proposta que não seja aquela do esmagamento total do parceiro que pretenda usufruir dos seus favores. E ela nunca está a favor de ninguém. O semienlouquecido e circunspecto senhor Fabert chega a perguntar ao seu mordomo o que ele pensa a respeito das mulheres, ao que ele responde indiretamente dizendo que um seu amigo achava as mulheres um saco de excrementos.

No conjunto, nada pode evitar que o *destino* consinta (quase obrigue) com os encontros desse casal em diferentes países e nas mais diferentes circunstâncias, como se fossem inadiáveis armadilhas desse obscuro objeto do desejo. Por conta das aparências, o espectador é levado a acreditar num incrível cinismo e devassidão da indomesticável Conchita, quando ela, na verdade, teimou até o fim que se mantinha *virgem (mocita)*. E assim deveria ser.

Agora que estou sozinho, posso dizer sem nenhum receio que acreditava nela e foi por esta razão que o genial Buñuel criou a sua narrativa, não esquecendo, todavia, de indicar que sempre em todos os seus filmes permaneceu um adepto do surrealismo. Portanto, sua linguagem cinematográfica é ainda um intricado enigma. O estranho é que, apesar da impossível conjunção dos corpos desse casal, eles se mantêm firmes, inclusive contra o vírus *btx* e a aliança global dos terroristas de todas as cores com o intuito de disseminar o horror. Na cena final, Don Mateo Fabert se encontra diante de uma vitrine de uma loja de modas, onde uma jovem, tranquilamente (ou diabolicamente, como uma das parcas), tece num bastidor virginal um bordado branco, manchado de sangue, que pode servir como um véu de noiva ou uma mortalha. Conchita está a dois passos dele, quando uma explosão infernal, em plena via pública, elimina todo e qualquer vestígio desse "obscuro objeto do desejo". Será que uma descrição linear como esta contentaria Nonato? Eu duvido muito.

4 de fevereiro

Para quem olha em direção ao Sul, o galpão é o último da esquerda (logo encostado ao *Grande Pátio*), exatamente aquele que ainda necessita de reformas no telhado e em todo o seu madeirame que, na sua maior parte, carcomido ao extremo, poderá ruir a qualquer momento. Foi necessário muita coragem para reiniciar as obras da *Castelania*, levando em conta toda a sujeira que representa, acrescida do deslocamento de peças e a insistência das visitas em transitar pelos arredores. De certa forma, o ruído do serrote, do martelo, do madeirame podre tombando no chão com um barulho seco e a poeira acumulada que se espalha por toda parte fazem-me lembrar com toda a intensidade os tempos heroicos da construção iniciada há vinte anos no meio dos escombros quando tudo ainda restava por fazer e meu coração parecia leve e arrebatado. Não ignoro que toda a fachada frontal deve ser revestida (representando uma área de 400 m^2) com uma cor verde como o das cúpulas das basílicas de Veneza – um verde peculiaríssimo. Após inúmeras experiências cerâmicas, este verde foi *dominado.* O desenho do projeto está pronto, incluindo algumas variações de cor nos portais e nas colunadas. Posso imaginar que, levando em conta a parte já revestida do *Grande Pátio*, veremos nascer um conjunto que se aproximará muito da cor de certos templos hindus.

6 de fevereiro

Foi e é um tema que sempre me fascinou: Leda e o Cisne. Abordei-o numa escultura em 1980. Agora, encontro um poema de Yeats, que veio me cair em mãos. Talvez seja aquele da mais refinada carga erótica escrito em língua inglesa neste século:

Leda e o Cisne[35]

Um baque súbito: ei-lo em forte ruflar de asa
Sobre a jovem que oscila, a coxa lhe acarinha
Com membrana escura, a nuca lhe atenaza,
E o peito sobre o peito sem amparo aninha.

Que podem suas mãos, vagas de horror, perante
O emplumado esplendor que aparta as coxas dela?
Que pode o corpo sob a alvura avassalante,
Senão sentir que o estranho coração martela?

Um tremor dos quadris ali vem conceber
A muralha fendida, a torre a se queimar
E o morto Agamenão.

Enquanto sob o impasse,
Enquanto a dominava o sangue bruto do ar,
Tomou o saber dele com o seu poder
Antes que o bico indiferente a abandonasse?

Não parece mero acaso que o grande Leonardo ocupou-se dos amores de Zeus, transformando-o em cisne para possuir a beleza inigualável de Leda.

Dizem que em Esparta, no Templo das Leucípedes, se guardava (ou se conservava) a casca de um gigantesco ovo que se presumia ter sido de Leda.

Não atino o meu gesto de anotar o óbvio, depois da leitura de Yeats. Por proximidade, o poema corre o risco de contaminar-se irremediavelmente de minhas insanáveis frivolidades.

8 de fevereiro – sábado

Apresentem-se para a chamada. O nome do livro foi escolhido por unanimidade: *O nome do livro.*

---

[35] Tradução de Paulo Vizioli (N. do A.)

9 de fevereiro – domingo

Se as pessoas adivinhassem os devaneios que me ocupam, desacreditariam de minha sanidade mental, o que aliás não é novidade... De há muito tempo a minha chamada reputação – em todas as suas mais variadas interpretações – sempre foi posta em dúvida.

No período da tarde procuro um anestésico temporário através de três sucessivos filmes (vídeos franceses) assistidos sem intervalos: *A vida e nada mais*, direção de Bertrand Tavernier, *Os fantasmas do chapeleiro* e, finalmente, *Um homem meio esquisito* (*Monsieur Hire*). Esses dois últimos baseados em velhas novelas policiais que já conheço, do genial Simenon.

10 de fevereiro

Apresentei-me hoje cedo para a primeira chamada. E, surpreso, verifiquei que o meu nome não foi pronunciado. À tarde, embora presente e atento, também não fui chamado. "Não desta vez", pensei. "Ainda não".

11 de fevereiro

As coisas jamais poderiam ser novas - nada há de novo abaixo do sol -, mas aos nossos olhos podem assumir formas novas. Diversidade e novidade são distintas, embora não passem de simples e tênues envoltórios de uma substância comum que, se uma profunda paixão a agita, pode transformar-se em algo totalmente diferente.

12 de fevereiro

Posso muito bem ter anotado esse comentário de Kafka uma dezena de vezes. Contudo, repito-o novamente e o farei mil e uma vezes se necessário: "No mundo há muita esperança, mas não para nós".

Amanheci febril, garganta em fogo, corpo dolorido. Uma oportuna desculpa para não visitar minha mulher que, certamente, irá me esperar. Aguarda-me, como disse minha filha Maria Helena, para comemorarmos, os três, os sessenta e cinco anos que Deborah completa hoje. O desertor de sempre mais uma vez tece as suas reconhecidas infâmias. Essa ideia, por um instante, pareceu-me tão intolerável que ouvi meu próprio gemido se agitar sob o peso do tempo, semelhante, em tudo, ao daqueles que no inferno são jogados pelo pecado da traição. No lugar do ignominioso beijo de Judas, mandei-lhe um buquê de rosas acompanhado de uma carta. Não sabia explicar por que lembrara a citação de Simenon: "A vida não é engraçada". Quem disse que a vida é para ser engraçada? Contudo, dei-lhe conta de minha gripe e acrescentei: "Temo contagiá-la, você que já está doente de mim".

Como são impenetráveis os percursos seguidos pela tristeza, assim como os do remorso e também os da piedade.

15 de fevereiro – sábado

Não. Vamos ser rápidos. Vou só dizer: "Alguma pergunta?".

Será possível que Alberto Moravia achava Carlo Levi mais pintor do que escritor? Bem, eles se conheciam. Ambos eram de descendência judaico-italiana e Moravia passava por ser amigo de Levi. Portanto, o que posso eu dizer? Mais alguma pergunta?

17 de fevereiro

Poderia calar, não dizer nada. Ser mais humilde e talvez o principal: olhar com outros olhos que não os meus, sempre propensos à maledicência e a outros desvios. Mas por que cargas d'água o genial Akira Kurosawa precisava dos chamados "efeitos especiais", típicos de cineasta medíocre como Steven Spielberg, para realizar um filme como *Sonhos*?

Na minha maneira de ver, já considero qualquer trabalho artístico uma tentativa real de se chegar a um "efeito especial". Aliás, mesmo não exagerando, toda arte – queira ou não – caminha nesta direção. Superpor esses enganosos efeitos especiais ao reconhecido *artifício*, que é uma das constantes da arte, na verdade tem como consequência imediata o empobrecimento geral da imagem. Justo o contrário daquilo que se propunha alcançar.

Alinho os títulos, todos de natureza poética e sugestiva, e ouso dar o meu parecer:

O sol em meio à chuva (= ridículo)
O pomar de pêssegos (= ridículo)
A nevasca (= tedioso)

O túnel (= muito bom)
Corvos (= atroz, pobre Van Gogh)
Montifuji em vermelho (= ridículo)
O demônio chorão (= ridículo)
Povoado dos moinhos (= apenas regular)

O episódio que chamei de *O Túnel*, o melhor deles – talvez tenha-me escapado o seu verdadeiro título –, é um belo fragmento de cerimônia e de hierarquia militar e, ao mesmo tempo, uma dolorosa crítica à monstruosidade das guerras, de todas as guerras.

Quase como um corretivo a essa "fantasia" japonesa – embora não tenha escolhido o filme – foi a visão de um dos primeiros trabalhos de Fellini, *Os boas vidas* (*I Vitelloni*), 1953, quando o cinema ainda conseguia sustentar o vigor de uma arte nova e, portanto, inocente.

Não posso aceitar, e isso chega a doer como uma injustiça perpetrada contra mim, a *boutade* de Moravia, considerando Carlo Levi melhor pintor que escritor. É certo que há muito de autobiográfico no seu famoso livro *Cristo parou em Eboli*, cuja personagem central é, em parte, um pintor. Observa-se o entranhamento da pintura nos textos de Levi, arte que ele dominava, mas supor que o mestre de *Il futuro ha un cuore antico* teria sido "maior" numa outra atividade artística parece-me não somente um pecado, como também uma invejosa parvoice.

No seu livro *O espaço na poesia e na pintura*, o norte-americano Harley Parker faz uma série de considerações verdadeiramente raras num crítico de arte: "O esquimó diz: vegetação inútil num rio sou eu. Poderia também dizer: usado por meu caiaque sou eu. A magia da imagem da caverna reside em seu ser, não em seu ser visto. A mão prescinde de ponto de vista".

19 de fevereiro

Lendo *A vida de Moravia*, de Allain Elkann, despertou-me o interesse de reler *Os indiferentes*. De passagem, peguei também o admirável *1934* e *O homem que olha*, todos velhos conhecidos, mas que, relidos, certamente assumirão um novo aspecto depois dos comentários do próprio autor.

Nota: *Os indiferentes* foi filmado por Mauro Bolognini e *O conformista* por Bernardo Bertolucci. Será que Bertolucci filmou o estranho *1934*?

20 de fevereiro
Novamente adoentado. Inerte.

21 de fevereiro
Mesmo doente, sou obrigado a acompanhar um grupo de fotógrafos. Pior: amanhã, eles voltarão.

23 de fevereiro – domingo
O fotógrafo italiano Sergio Pagano trabalhou ontem e hoje. Além da Oficina, fomos ao Engenho São Francisco que ele desejava conhecer. Num descuido meu, mostrei-lhe um desenho de *Lucrécia,* aquela que foi violentada pelo General Tarquínio, chamando-a de Judite, a degoladora do General Holoferne.

24 de fevereiro
"Afinal de contas, acaba por dar no mesmo", eu pensei. E, no fundo, o equívoco de ontem com a troca de nomes até que me divertiu. Nos dois episódios (trágicos) aparecem mulheres destemidas, alfanjes ou punhais, generais grosseiros e dissolutos, panejamentos, etc. Quanto aos artistas, os intérpretes dos diferentes motivos tanto podem ser um Lucas Cranach, um Ticiano ou um Botticelli; também, tanto faz, pois até me exercita no jogo extremamente audaz das atribuições errôneas.

26 de fevereiro
Longa conversa com o arquiteto José Goiana Leal, que deve ainda este ano visitar Barcelona. Pedi-lhe encarecidamente e cheguei a sugerir que, além de visitar as obras em andamento da Catedral da Sagrada Família, ele procurasse, em pessoa, o escultor Josep M. Subirachs, o qual se encarrega das novas esculturas do pórtico da Paixão.

Continuando a obra visionária de Gaudí, esse arquiteto e escultor, junto com todo o povo catalão, pretende, no alvorecer do Terceiro Milênio, ter inteiramente concluído esse singular monumento da arquitetura moderna, um dos poucos que "eternizam e glorificam alguma coisa", como desejava Ludwig Wittgenstein.

28 de fevereiro
"Impressora a *laser*, combina até dezesseis milhões de cores." Sou muito mais as três ou quatro cores usadas pelos antigos gregos nas suas cerâmicas e pinturas. No desgastado *coração* dessas cores, ainda corre o sangue de todas as cores do mundo.

2 de março – segunda-feira de Carnaval
Estou só na Fábrica e sem testemunhas. Convivo com os meus monstros sagrados. Já não há necessidade de explicações. A beleza deve ser impiedosa... Na realidade, a verdade não é a beleza. Aqui no meu permanente carnaval, renasce a fonte da carnavalização. De regiões abissais, escuto, enlevado, o canto das sereias. Elas são mulheres, tenho certeza. Uma estranha e putrefata brisa marinha perpassa uivante na parte mais elevada da primeira nave e depois penetra fundo nos corredores sombrios, sem testemunhas. Não há do que me queixar.

Carnavalizado e só, suporto odores deletérios, tendo como companheiro o enlouquecido *Orestes* que nem ao menos pode olhar-me, desde que fiz o seu rosto recoberto por uma máscara de couro. Uma vez assassinada a sua mãe Clitemnestra (na minha versão, o identifico com Édipo, o qual chegou a furar os olhos), não mais desejou ver o mundo: "A maldição saiu do mar, o encanto desceu dos céus". Isso é tudo por hoje e para sempre e, no fundo, até durou demais.

3 de março – terça-feira de Carnaval
Amanhã, como ficou combinado, Dieter Ruckhaberle, diretor do Staatliche Kunsthalle de Berlim, virá fazer a escolha definitiva de todos os meus trabalhos, quer sejam esculturas ou pinturas, quer sejam desenhos, os quais deverão seguir para a Alemanha ainda no fim desse ano (novembro de 1992), uma vez que a exposição propriamente dita realizar-se-á em maio de 1993.

Resisti e adiei o quanto pude, mas a minha *resistência* a qualquer tipo de convocação sempre foi proverbialmente acanhada. Agora, vencido, considero este ato uma negligente profanação que poderá ser fatal para todos os meus *troféus*, tão arduamente conseguidos. "Que entendimentos terá essa gente estranha diante dessa vitalidade estiolada? Não foi um deles – talvez um dos melhores – quem falou sobre a proximidade dos princípios primitivos (...) onde a lei devora o desenvolvimento?" Se Paul Klee, com o seu juízo profundo das coisas, chega a tal conclusão, por que insisto nesta atitude suicida? A força mágica do que consegui realizar resiste *somente nesse lugar.* Fora daqui não passará de uma miragem... Algo vilipendiado, um provável objeto de consumo ou, para alguns estrangeiros, uma espécie de exótica monstruosidade. Além disso – juro que não é a minha intenção fazer alguém sorrir com tamanhos cuidados – as peças deverão permanecer em Berlim e em outras cidades alemãs durante seis longos meses, o que equivale, levando em conta o tempo de transporte e outros eventos, a tê-las de volta no começo de 1994. Aspecto que me parece intolerável. Do ponto de vista de Dieter Ruckhaberle, ele pretende levar cerca de 400 obras ou até um pouco mais.

4 de março – quarta-feira de Cinzas

> *O mistério tem um aspecto divino. É preciso encarar todas as coisas sob um ângulo duplo e tratar de achar uma dupla saída. A verdade não deve ser dita cruamente, pois, do contrário, ela fará* sangrar o coração. *Todo homem convencido demais é um estúpido. A maioria dos homens não dá valor ao que compreende, mas muitos tecem elogios ao que não entendem. (El Criticón)*
>
> Baltazar Grácian

5 de março

I'm the King of the Castle.

Só ontem de manhã o senhor Dieter escolheu 321 peças de cerâmica e ainda pretende chegar às 400 peças, não sei se incluindo telas ou desenhos.

O meu castelo se esvaziará a olhos vistos. Carregarão a maior parte dos *troféus* por longo tempo, mas, mesmo assim, permaneço *o rei do castelo*, embora destronado. O senhor Dieter viaja domingo para Berlim, só retornando no final de maio, quando então recomeçará o saque. Como detê-lo, se eu próprio transformei-me em seu cúmplice e meus auxiliares são agora os seus auxiliares? Acho que não consigo explicar bem o que se passou. Fiquei tão desconcertado que me recordo de ter dito uma frase evidentemente idiota: "O que foi que lhe fiz, senhor, para merecer um tão singular tratamento?".

Presença durante todo o dia do fotógrafo Sergio Gutierrez, uruguaio que mora em Genebra e que veio a serviço de uma revista (ou editora?) italiana.

É a terceira vez que aparece na Oficina em diferentes épocas. Falamos demoradamente da Suíça.

8 de março

Cai, sobre a cidade, a noite de domingo, dia 8 de março. Ouvi dizer que o número oito é o símbolo do infinito, representando a serpente que se curva sobre si mesma e engole a própria cauda. Apenas ouvi o comentário, como já disse. De hábito, seria incapaz de inventar o que quer que fosse.

9 de março

Vejo alguns dos despojos de sua pobre casa, entre eles, uma centena de livros presenteados por mim na esperança de que algum dia viesse a lê-los. Sei que deve ter lido e talvez até relido (com atencioso espanto) dois ou três deles. Também não precisava chegar adiante. Mesmo ainda muito jovem, a sua alma devastada não suportaria muito mais que isto. Daí a violenta impressão que o livro *Mas não se mata cavalo?*, de Horace McCoy, lhe causou, obrigando-a a fazer mil perguntas. Vejo no pequeno volume de McCoy, assinalado com a sua letrinha, a data de dois de dezembro de mil novecentos e setenta e oito... (inclusive as reticências). Será que eu nunca deveria ter permitido que ela fizesse a leitura deste livro? Mas como poderia adivinhar que já estava condenada, como Glória, e que eu era o seu melhor amigo, embora o seu futuro algoz? O seu único amigo? Era assim que me sentia: "Ninguém poderia dizer que ela não tinha amigos". O que ignorava é que naquela época eu começava lentamente a assassiná-la... E, no entanto, no meu corpo e no meu espírito só residia uma enorme paixão.

"Existe alguma coisa legal pela qual a sentença não deva ser agora pronunciada?"

Sim, também não deixarei de mencionar uma bela edição de Van Gogh – o seu pintor preferido – feita pela Phaidon e da qual ela pouco se separava. Não esquecerei o meu assombro quando inesperadamente declarou que Van Gogh era um belo homem e, se vivo fosse, apaixonaria-se por ele. Só mesmo a sua admirável visão de mulher permitiria lhe fazer esta justiça, o que, até então, ninguém, vivo ou morto, jamais descobrira. E ele, no seu desespero, de fato era belo.

Nota: edição da Phaidon Press Limited, 1974, 1978, 1979. Editado na Iugoslávia.

10 de março

"Vivemos tempos embaraçosos", disse Nonato. "Pode-se aguardar toda espécie de insânia", ele concluiu.

Sempre andei à procura de uma mulher inteligente. Não encontrei muitas. Talvez, duas ou três delas, ao todo. São raríssimas. E sem que o passado consiga nos dar coisa melhor do que a colheita de hoje. Existiram, é verdade, mas sempre como uma espécie em extinção. De repente, com direito a um retrato – surpreendentemente simpática –, surge Camille Paglia, professora da Universidade da Pensilvânia (poderia ser da Transilvânia), quarenta e quatro anos, estampando no rosto e na boca suas raízes etruscas. Escreveu algo chamado de *Sexual personae: art and decadence from Nefertiti to Emily Dickinson*, (setecentas páginas), editado no Brasil pela Companhia das Letras. Será que o prometido segundo volume ainda virá este ano?

"Meu livro adota o ponto de vista de Sade, o menos lido dos escritores ocidentais."

Achei indispensável arrancar alguns trechos desse jornal do dia 8 para revelar o surpreendente espírito dessa mulher:

"Educação é por definição repressiva. E, já que é para reprimir, que se reprima para valer. Eu não acredito nos métodos de Dewey e Montessori, que defendiam uma educação agradável. Não é agradável aprender a ler e a pensar. Meus professores gritavam muito comigo. Eu não gostava, mas recomendo."

"(...) Nós ainda ignoramos quase que completamente o mistério da *cathexis*, o investimento da libido em certas pessoas e certas coisas. É mínimo o peso do livre arbítrio sobre o sexo e as emoções. Como sabem os poetas, toda paixão é irracional."

"(...) Todo orgasmo é uma dominação, uma sujeição ou uma brecha. A natureza não respeita a identidade humana, daí porque tantos homens evitam ou fogem do sexo."

"(...) O sexo não pode ser compreendido, porque a natureza é incompreensível."

"(...) Enquanto o erotismo feminino é difuso, espalhando-se por todo o corpo, a sexualidade masculina, por se concentrar na genitália, fez do homem um tarado em potencial. Por isso, os crimes sexuais são sempre cometidos pelos homens, nunca pelas mulheres, até porque esses crimes são assaltos à inalcançável onipotência da mulher e da natureza."

"(...) Toda atividade cultural seria uma projeção, um desvio para transcendência apolínea, e os homens estariam anatomicamente aparelhados para isso. Ao contrário das mulheres. Em suma, o sexo feminino não produziu um Mozart, pelos mesmos motivos que não produziu um Jack, o Estripador..."

Esses registros de Camille Paglia me levam a verificar que não estou tão fora assim do assunto, embora seu conhecimento não só amplie o meu espaço pessoal, como também sinalize a meu favor, no sentido de que simplesmente eu tenho *razões* ou loucuras de sobra para dizer "tantas coisas" ou até por não parar de dizê-las. Confesso que foi uma surpresa, quando essa admirável escritora ítalo-americana fala "nos assaltos à inalcançável onipotência da mulher e da natureza". Não teria sido mais ou menos este caminho que eu indiquei, nas minhas notas sobre *Esse obscuro objeto do desejo*, de Buñuel?

Recordo, e isso faz apenas um pouco mais de um mês, que eu mencionava "Um abismo escondido" e, igualmente, a recusa da Mãe Natureza diante de qualquer proposta...

Em algum lugar desse caderno, do alto das minhas irrefreáveis contradições (por que não dizer incúria), afirmo: "Um homem que ousa acusar uma mulher de mutismo e de falta de imaginação é alguém que em princípio nada parece entender do assunto *mulher* e, sobretudo, é alguém que reconhece o seu próprio fracasso neste relacionamento".

Hoje, não só me ocupo em elogiar a inteligência de uma escritora, cuja obra ainda desconheço, como volto a escarnecer a extrema raridade da inteligência feminina. Em todo caso, a incrível Camille Paglia diz: "A onipotência e inalterabilidade no corpo físico – espiritual feminino, faz da mulher uma força da natureza, algo possivelmente maior do que a *Ilíada* e a *Odisseia*".

11 de março

Numa certa altura do seu livro *1934*, Alberto Moravia sugere: "Há na recusa das mulheres um motivo misterioso, isto é, espiritual. Ora, a recusa espiritual por parte da mulher é exatamente o que provoca nos homens o sadismo".

12 de março

Descobri a dedicatória numa página destacada de um livro de Faulkner escondida no interior de outro livro. Talvez ela o tenha emprestado a alguém e não desejasse que fosse visível a presença do meu nome.

O livro, curiosamente, só está grifado até a página noventa e quatro, como se de abrupto a leitura tivesse sido interrompida. De uma coisa tenho certeza: os grifos são todos dela, incluindo uma estranha anotação, com sua letra característica. A anotação diz o seguinte: "Nós ocupamos a mesma mulher. Não é difícil encontrá-la. Está de cabeça para baixo, na página noventa".

De Faulkner, conheci *Santuário*, *Luz de agosto*, *Absalão! Absalão!* e *Palmeiras selvagens*. Essas leituras foram realizadas em tempos diversos e em edições esparsas, jamais em uma só coleção. Suponho que não exista uma edição de obras completas de Faulkner, pelo menos em língua portuguesa.

A dedicatória feita no ano de 1982, ainda leva a crer numa possível cordialidade. Na realidade, apesar da minha inútil paixão, ela provocava um inferno na minha vida. Se o fazia consciente ou inconscientemente, jamais o saberei. Também a essa altura, o que importa?

A dedicatória na página rasgada consta do seguinte: "Fenícia, o Santuário é o que há de mais íntimo na sua alma, ou na alma de todos nós apenas um Santuário degenerado?". Resta dizer que a bela expressão "Santuário degenerado" não é minha. Encontrei-a no final da folha de rosto, onde o autor é apresentado.

Agora era a minha vez de começar a grifar o maldito *Santuário*[36]. Estava na página cento e vinte e oito, quando descobri o que procurava. De há muito que os grifos cessaram – ela certamente abandonara a leitura na página noventa e quatro e, diga-se de passagem, tudo aquilo que prendeu a sua atenção, pareceu-me de primeira grandeza.

Acabei de grifar: "A pior de todas disse que os rapazes achavam todas as moças feias, a não ser quando estavam vestidas. Disse que a Serpente vira Eva durante muitos dias e não lhe dera atenção, até Adão obrigá-la a usar uma folha de parreira. 'Como é que você sabe?', perguntaram as outras. E a moça respondeu que a Serpente estava lá antes de Adão, porque fora expulsa do Paraíso em primeiro lugar: lá estava o tempo todo, mas não fora sobre isso que as outras tinham perguntado, de modo que insistiram: 'Como é que você sabe?'"

Nonato, que há muito espreitava para dar o bote, aproveitou a ocasião e disse: "É bem o seu gênero. Cada um acaba por encontrar o seu espírito no dos outros. Eu sabia, que você não deixaria passar uma vocação tão amaneirada".

---

[36] *Santuário*, de William Faulkner – Editora Abril (1980), São Paulo (N. do A.).

É forçoso concluir, observei, que de fato – talvez com o intuito de lhe exasperar – eu sabia que você não deixaria de exercer o seu espírito de porco. Até parece que você sou eu.

14 de março – sábado

Aproveitando a sesta de Nonato, iniciei a leitura de um pequeno trecho de Arthur Conan Doyle: "Este caso é o do desquite dos Dundas e como ocasionalmente acontece, estou ocupado em descobrir alguns pontos em relação a ele: o marido era abstinente total, não havia outra mulher, e a desculpa dada a respeito do mal procedimento dele era de que tinha formado o hábito de, ao término de cada refeição, tirar a dentadura postiça e jogá-la para a mulher. Ação esta que você há de admitir, não havia de entrar na imaginação de um escritor comum. Tome uma pitada de rapé, doutor, e admita que lancei por terra seu exemplo".

Nonato, que não estava inteiramente adormecido, disse bem alto: "Não há modo de provar isso". Aparentando calma, eu respondi que esse pequeno trecho, digno de um Ionesco, se encontrava no conhecido livro de Conan Doyle, *Um caso de identidade*.

16 de março

Sem dúvida, nós veremos isso! Não haverá *Brave new world*, e sim *Il futuro ha un cuore antico*. E esse "coração antigo" baterá de novo nas profundezas das cavernas. Na escuridão de uma gruta, um homem se levanta carregando nas mãos pedaços de argila vermelha. Olha longamente uma parte mais plana da parede enegrecida e, depois, sem hesitação, risca com fortes traços um enorme coração vermelho.

17 de março

Foi no dia 17 de outubro, ano passado, que M. Gertrude assinou minha sentença de morte. Hoje, novamente, num dia 17, ratifica a sentença. Não direi a razão. Seria inútil. No entanto, eu já naveguei ao redor dela e continuarei a navegar.

21 de março

Só mais uma vez!

(De uma história em quadrinhos)

Com ou sem razão – o que na minha indiferença resulta no mesmo –, Nonato me acusou de escrever textos semelhantes à diluição da diluição, parecendo que algo vago, versando sobre nada, estava sendo comunicado por um estranho, absolutamente desinteressado, dando a equívoca e desagradável impressão de quem escreve com giz sobre uma lousa branca...

Curiosamente, as sucessivas ironias e até mesmo malcriações desse falso amigo – sobre o que mesmo? – não me desgostaram. Muito pelo contrário, definiram o meu notório – agora em evidência – estilo abúlico. "Na vida, como na arte." Resultado ou última consequência das mais remotas *impregnações*?

No momento, sobra-me como recurso final o eterno apelo às citações. Peço ajuda ao esquecido Sartre: "O importante não é o que fazem de nós, mas o que nós próprios fazemos daquilo que fazem de nós". Porém, apesar de indefeso, ainda resisto às acusações. Em particular, me cativa aquela de escrever com giz sobre uma lousa branca... O branco sobre branco sempre me fascinou e igualmente era considerado pelo pintor Gustave Courbet como o mais alto grau de perícia, ou seja, a tentativa de pintar um objeto branco sobre fundo branco. O branco sobre branco. Cheguei a pintar um mural em cerâmica cujo título é *A obra em branco*, que em termos de alquimia resulta no equivalente à *morte*. A morte, essa imprecisão.

No entender de Mircea Eliade, a morte corresponde à cor negra – à *nigredo*. "É a redução das substâncias à 'matéria-prima', à massa confusa, à situação primordial, ao Caos."

Wittgenstein pergunta: "Não é o branco que suprime a escuridão?".

Com os meus botões desatacados não consigo imaginar o branco como o *avesso* do negror. Há vida e morte em todas as cores.

Afirmam que o conhecido escritor Arthur Conan Doyle insistia que lhe dessem informações! E que chegava a gritar impacientemente: "Preciso de detalhes, muitos detalhes! Não posso fabricar tijolos sem barro!".

Toda essa interminável caterva de anotações talvez não tenha sido outra coisa senão a oportunidade de testar o meu jeito de *reconhecer* diferentes tipos de nevoeiros. Afinal de contas, ainda se trata do famoso *branco sobre branco*.

Pego um caderno dos anos 1980, mais precisamente de 1982, quando pretendi reler todo Sherlock Holmes (com olhos de adulto), e o fiz com redobrada atenção. Por incrível que pareça, eu estava à procura de uma possível citação de Conan Doyle, que estando grifada no seu livro *Um estudo em vermelho* – certamente como acontece –, logo teria sido transcrita para o meu diário. É bem possível que esteja escondida em algum canto, mas não a encontrei. Na verdade achei a observação tão interessante que de imediato resolvi incorporá-la às outras inúmeras citações que caracterizam o interesse pela *indeterminação* dos meus textos – *sobre o quê mesmo*?... "Só mais uma vez", eu pensei. Não fará mal a ninguém. E, de resto, como condena o próprio Holmes diante do atônito Dr. Watson: "Só um tolo entulha no seu cérebro – um sótão vazio – toda espécie de trastes que vai encontrando à mão, de maneira que alguns dos conhecimentos úteis para ele ficam soterrados para sempre".

Portanto, a carapuça já estando acomodada à minha pobre cabeça, vale reproduzir uma das perplexas *definições* do Dr. Watson sobre os objetivos reais que o seu amigo Holmes perseguia: "Por outro lado, a sua ignorância era tão notável quanto a sua cultura. Sobre a literatura, filosofia e política contemporâneas, parecia saber pouco ou nada. Ouvindo-me citar Thomas Carlyle, perguntou-me com a maior ingenuidade quem era e o que tinha feito. Minha surpresa atingiu ao máximo, no entanto, quando verifiquei, por acaso, que ele ignorava a teoria de Copérnico e a composição do sistema solar. Ver uma pessoa civilizada, em pleno século XIX, desconhecer que a Terra girava em torno do Sol me parecia um fato tão extraordinário que mal podia acreditar nele."

De algum modo, suponho um tanto descabida a perplexidade do Dr. Watson com certas *indigências* de Holmes, embora eu mesmo seja um alvo fácil para as farpas do genial detetive. Outrossim, no momento o que desejo descobrir na minha sobrecarregada memória não tem mais nada a ver com Holmes e Watson e nem ao menos procuro a citação exata, mas parte do que teria sido dito por Nicolas de Malebranche a propósito de conhecermos milhões de coisas e desconhecermos outros milhões. Além de metafísico, ele é o autor de *Procura da verdade*, o que nos leva ao desabusado Pôncio Pilatos: "A verdade, o que é a verdade?". E como sondar a memória é semelhante a mexer com um vespeiro, novamente me vem o nome de Malebranche, o qual também teria dito: "É necessário, senhores, compreender claramente que existem coisas que são absolutamente incompreensíveis".

"Com os diabos!", exclamou Nonato, ao correr os olhos pelo papel. "Parece um pouco fora do comum" – disse ele. "Embora muito a seu gosto, como se você registrasse tudo à sua maneira, como se tivesse falando de desconhecidos. Posso pedir-lhe pelo menos que leia alto tudo o que escreveu ontem e hoje?"– insistiu Nonato.

"Curiosamente os dois textos parecem ter sido feitos no mesmo dia", ele ainda disse. "Como ousa afirmar" – eu observei – "se não tomou qualquer conhecimento do que se trata?"

Sorrindo, dirigiu-se a mim e, segurando o meu braço como se o guiasse para um determinado trecho daquilo que fora escrito, mostrou um fragmento onde se lia: "Existem coisas que são absolutamente incompreensíveis".

"É verdade", concordei. "Entretanto, no meu caso, parece que algo vago, absolutamente nada, foi comunicado por alguém desinteressado e, quem diria, até com absoluta falta de escrúpulos. Acrescente-se uma descomunal dose de pusilanimidade."

Suponho que é tudo o que eu tenho a dizer. E quando mais não seja, posso perseverar a escrever textos próximos à diluição da diluição... Um *Ninguém*, como Ulisses diante do gigante Polifemo, que transita livre porque é *Ninguém*, conseguindo, assim, o raro desempenho de escrever na água. "Mas isso já foi dito!"– reagiu Nonato – "lastimavelmente você se repete."

22 de março – domingo

Condenada à morte, ela resiste. E como resiste!

Soube que ontem Fenícia conseguiu empreender uma fuga espetacular (senão trágica) do hospital em que se encontrava internada. Mesmo na supervigiada seção de isolamento, não houve ninguém nesse mundo capaz de dissuadi-la, fossem médicos, psicólogos, parentes ou enfermeiras. Meteu os pés fora da cama e ganhou o *Grande Pátio*, seminua, vestida apenas com uma bata sumária. Numa primeira tentativa, resolveram amarrá-la, mas foi debalde. Ameaçou destruir o quarto, depois todo o hospital e, se insistissem, a cidade inteira. E ela o faria, eu sei. Conheço a força de pessoas como ela, que carregam consigo, desde o nascimento, todas as dores do mundo. Por direito – sagrado ou maléfico – podem tudo ousar.

Até a quarta-feira dessa semana, de acordo com o boletim médico, fora diagnosticada como "uma paciente terminal". Hoje repousa na cama de sua casa e, silenciosa, aguarda...

Recordo que há muito pouco tempo, depois de tê-la conhecido (outubro de 1978), uma noite acordou aos gritos. "Tive um sonho", ela disse, "um sonho horrível, horrível! Estava morta e só, jogada sobre uma pedra fria. Desejava imensamente falar e, neste pasmoso esforço, abri a boca e gritei."

Do sonho, foi apenas o que pôde me contar. Mas, desde então, adivinhei que não muito longe, o horror, o horror estaria próximo a nós dois. Não sei se a mim, não sei se a ela. Será que se eu a tivesse deixado de lado, ela seguiria em outra direção e estaria salva? Lembrar o anátema: "O que quer que faça, você se arrependerá".

Como o vento
Escreve na água.
Como as correntes marinhas
Agitam e desaparecem.
Como o bico da gaivota

Dilacera o flanco
Imperceptível da onda.
Como a folha do junco
Risca na sombra dos bosques
O remanso.
Como a gota d'água
Dispersa em círculos
O seu próprio ventre.
Como a leve Ofélia dilui
Sua loucura na água.
Como o vapor d'água
Retorna à água.
Como a cicatriz do rochedo
Tem a forma do mar.

Nota: Não sei por que copiei esse poema, nem quem é o autor. Certamente é dedicado a Fenícia.

23 de março

Ontem à noite – a meu pedido – trouxeram em vídeo o filme *Oliver Twist*, dirigido por David Lean (há tanto tempo, meu Deus!), baseado no inesquecível Dickens.

Precisava que algumas lágrimas, de há muito retidas, descessem pela minha face endurecida e começassem o seu trabalho (inevitável) próximo à diluição da diluição... A severa pena foi cumprida à risca: "Já de uma profundíssima tristeza, /a descora o rigor que a consumia".

Nonato, que pressente de longe a desgraça alheia e outra coisa não tem feito além de vigiar-me a cada passo, percebendo a citação de Camões maldosamente indaga: "Onde veio a encontrar tão pungente quanto formoso trecho desse mais que ilustre lusitano?". "Num Dicionário de Sinônimos e Antônimos da Língua Portuguesa", respondi. Obra de Francisco Fernandes, 30ª edição, revista e ampliada por Celso Pedro Luft, Editora Globo. "E se tenho ainda alguma coisa a acrescentar, não o farei", eu disse. Apesar do meu rosto banhado de lágrimas, eu o encarei de frente, silencioso, expectante. Olhou-me sem vacilar e disse: "Será que devemos dar crédito a seu colega Dalí, quando afirmou que nunca teve sentimentos? Presumo que sim" – continuou Nonato – "e estendo à sua senhoria a mesma deficiência moral. Em nada fica a dever aos facínoras que habitam em profusão os romances de Dickens e que tanto molestam o inditoso Oliver Twist. Não difere muito da concupiscência do casal Bumble. Por outro lado, é tão sinistro e oportunista quanto o agente funerário Mr. Sowesberry, e não escapa sequer da tendência à crueldade do garoto Dodger. Digo mesmo que você é, por natureza, um tanto ameninado." Nonato ao mesmo tempo falava e sorria. "Se não posso acusá-lo de assassínio, ainda assim consigo aproximá-lo da violenta e irresponsável luxúria de Mr. Sikes (Bill). Enfim, até com o finório Mr. Monks você tem algumas afinidades"– ele conclui.

Deixei-o terminar a sua *catilinária* – se é que de fato ele a esgotou – para indagar por que, segundo ele, entre essa malta tão associada à minha ausência de caráter, esquecera-se de incluir o notável Fagin (o avarento).

Há poucos dias, desinteressadamente, emprestara uma soma razoável a Nonato e ele, melhor que ninguém, sabia que esse dinheiro jamais teria volta. Nonato não pareceu confuso. Sentou-se, colocando sobre a mesa que nos separava as mãos em forma de prece, e logo murmurou: "Se não tem a avareza dele, não lhe faltam a sordidez e a velhacaria". "Do santo ao canalha, todos nós humanos podemos ser acusados", eu disse, de algum modo, já como uma forma de reconciliação. Mas foi debalde. "Não me venha, por favor, com a sua maldita literatura. Erudição livresca não redime os pecados de ninguém" – disse Nonato. "Antes os agrava, mesmo que a leitura seja, como no dizer de Mallarmé, 'uma prática desesperada.'" Prosseguindo, lembrou que o escritor Edson Nery da Fonseca identifica esse manejo da leitura a um hábito religioso, o que achava um evidente exagero. "Mas ele está certo", afirmei. Ao que Nonato retrucou: "Vocês são uns disfarçados canalhas. Por favor, não misturem o ato de *fruir* com o ato de *religar*".

"O que acho curioso é o fato de ter tomado como modelo contra mim (nas suas permanentes ilações) apenas personagens literários que você próprio, por mais das vezes, não leva a sério. Na realidade, pretende obrigar desconhecidos a apoderar-se de conhecimentos ou de *rigores* morais a partir da exemplaridade nada maniqueísta de Charles Dickens" – comentei. "Muito mais apropriado" – prossegui – "seria que esses extravagantes rancores contra mim, meu caro Nonato, fossem neutralizados pelo próprio filme de David Lean. Saber tirar o devido proveito dele como, por exemplo, lembrando o impagável diálogo travado na delegacia entre o honorável avô do menino Oliver e o jactancioso gorducho Mr. Bumble, advertido severamente pelo velho senhor por não ter a esposa sob o seu total comando."

Nonato parecia ausente, mas eu insisti em fazê-lo recordar o episódio em que o velho senhor (avô de Oliver) admoesta Mr. Bumble, o qual se defende de uma maneira exemplar: "Se a lei presume um homem dominar sua mulher, a lei é idiota. Se a lei assim enxerga, é solteira... Espero que seus olhos sejam abertos pela experiência, minha experiência", diz Mr. Bumble.

"Isto sim, é conhecer a vida e a humana condição", disse-lhe. Matérias difíceis em que Charles Dickens foi mestre incomparável. Nonato pareceu silenciar. Notei que suas mãos continuavam sobre a mesa, imóveis, colocadas verticalmente em forma de prece.

Depois de terminada a carta endereçada a José Cláudio da Silva, pretendi mandá-la pelo correio, não sem antes tirar uma cópia e colá-la neste caderno. É um documento e deve ser encarado como tal. Aliás, começo seriamente a pensar na possibilidade de datilografar o diário.

O tempo passa, e passa para não mais voltar, esse cruel carniceiro, numa época em que, de há muito, escrever cartas é escrever na água.

Carta a Zé Cláudio:

Considero toda conversa telefônica um diálogo truncado – mesmo quando se fala muito. Sempre acaba faltando o que dizer, sobretudo quando se omite o essencial. E não deu outra coisa ao abordarmos aspectos do extraordinário livro de Somerset Maugham, Um gosto e seis vinténs, *sobre o genial Paul Gauguin, o qual, mesmo travestido de artista inglês, não perdeu em nada sua magnitude e inigualável originalidade.*

Não atino se permaneço ainda tomado por alguma emoção, um sortilégio juvenil. O fato é que considero até hoje esta narrativa – embora ficcional – a mais próxima do espírito controvertido do artista: Charles Strickland é Gauguin.

Naquele dia no telefone, gostaria imensamente de ter lido uma só de todas as páginas do romance – sobre o que mesmo?... Sabia do episódio e não me seria difícil encontrá-lo. O trecho se ocupava em descrever uma natureza morta escondida no desvão do consultório médico do Dr. Coutras: "Um quadro de frutas". Ele supunha a pintura deslocada, mas sua mulher não a queria na sala. "Uma carnificina, ela disse. "Algo profundamente imoral..."

Era assim que eu lembrava o texto. E não estava tão longe da verdade. Mando xerox das páginas 235, 236 e 237, na certeza de que você também já havia percebido a espantosa argúcia do escritor ao delinear – e quão profundamente – esse "quadro de frutas"...

Ao chegar à porta do consultório, parou.

– É um quadro de frutas. Talvez o ache deslocado no consultório de um médico, mas minha mulher não o quer na sala. Diz que é inconveniente.

– Frutas! – exclamei surpreendido.

Entramos e meus olhos logo procuraram o quadro. Olhei-o demoradamente.

Um monte de mangas, bananas, laranjas, que sei mais, parecia, à primeira vista, bastante inofensivo.

Numa exposição dos pré-impressionistas, um indiferente o tomaria por um excelente, senão notável exemplar da escola; mas sem que ele pudesse compreender, o quadro lhe voltaria à memória. Nunca o esqueci.

As palavras podem apenas descrever o tumulto que emanava dessas cores tão estranhas. Azuis-escuros e opacos como uma taça talhada num lápis-lazúli, mas com um esplendor que fazia sentir um frêmito de uma vida misteriosa. Vermelhos horríveis, como da carne crua apodrecida, cheios de uma paixão violenta, revelando vagas reminiscências do reino de Heliogábalo. Havia encarnados vivos como as bagas de azevinho – franca alegria do Natal inglês sob a neve – que, por uma espécie de magia se suavizava até a delicadeza desmaiada da plumagem de uma pomba. Havia amarelos-escuros, tirante a verde suave como a primavera. Que fantasia exasperada conseguira imaginar essas frutas? Pertenciam a um jardim polinésio de Hesperídeas e pareciam ter sido criados numa época da história da terra anterior à fixação das formas. Suntuosos, cheios de odores tropicais e palpitando em ardor enigmático. Que misterioso palácio de férias e que segredos obscuros da alma descobriria aquele que mordesse esses frutos encantados? Ou, por um poder misterioso, seria transformado em demônio ou besta? Repugnavam a tudo que o homem tem de são e natural e ao mesmo tempo atraíam com força mórbida: como o fruto da árvore da Ciência do Bem e do Mal. Eles representavam as perspectivas formidáveis do infinito.

Igualmente, cheguei a falar-lhe na generosa – embora a recíproca não fosse verdadeira – opinião de Gauguin sobre o grande, desconfiado e irascível Cézanne. Nenhum crítico, nem mesmo artista de sua época, externou – nem de perto – algo tão apropriado e ao mesmo tempo tão sutil sobre o mestre d'Aix-en-Provence. *E, no entanto, Cézanne disparou a frase infamante contra o colega: "Suas pinturas não passam de* chinoiseries".

Numa carta Gauguin diz ao amigo Emile Schuffenecker: "Veja o incompreendido Cézanne. A natureza essencialmente mística do Oriente no seu rosto, assemelha-se a um veterano do Levante. Afeiçoa na sua forma um mistério e uma tranquilidade pesada de homem deitado para sonhar. A cor é grave como o caráter dos orientais: homem do sul. Passa os dias inteiros no cume das montanhas a ler Virgílio e a contemplar os céus. Por isso os seus horizontes são altos, os seus azuis muito intensos e o vermelho é de uma vibração extraordinária".

Lembrei ainda, a tempo, um dos mais enigmáticos e sábios conselhos do velho Cézanne e, de velho para velho, repito: verifique que não é para você, José Cláudio, que assenta a carapuça. É a mim. Somente a mim, e digo mais: apesar de tudo, me conforta e reanima. "A vontade do artista deve ser silêncio. Deve fazer calar em si todas as vozes dos preconceitos, esquecer, esquecer, ser um eco consumado."

Afetuoso abraço do amigo.

Nota: o livro de Maugham é uma velha edição (1941) da Livraria do Globo (Porto Alegre). Portanto, a referência às páginas 235, 236 e 237 só pode caber a essa mesma edição. Suponho que seja exatamente aquela que você encontrou no sebo, não é verdade?

25 de março

– Bem, esse jornal é uma brincadeira de criança.

– E a idade do menino?, pergunta Nonato.

– Posso apenas adiantar que está situado entre os oito e dez anos.

– Não há nenhum mistério nisto, disse Nonato.

– Não corra assim tão fácil, eu disse.

– Mas se você o confessa sem reservas?

– Compreenda, Nonato, que há uma distância enorme a percorrer entre uma confissão e a realidade propriamente dita. Poderia passar um largo tempo, digamos uns cinquenta anos, até que se chegasse a uma avaliação segura da idade da criança.

– E neste momento quem escreve já estaria um adulto – talvez um sexagenário - portanto, em parte, a criança haveria desaparecido, restando somente um homem frívolo, ameninado ou mesmo senil, acrescentou Nonato sarcasticamente.

– São as minhas prerrogativas. Suponho ter o direito de escolher a minha idade.

– No meu modo de interpretar, eis aí evidenciada uma das suas velhacarias, resmungou Nonato.

26 de março

Sem nenhuma culpa, desde que houve indicação de terceiros, meu irmão Cornélio mandou fazer um retrato a óleo de nosso pai que mais parece um ectoplasma, ou melhor dizendo, um verdadeiro fantasma da ópera. E, diga-se de passagem, a encomenda foi feita na cidade de São Paulo a um renomado pintor de origem estrangeira.

Horrorizado ou mesmo impossibilitado de conviver com a imagem paterna conspurcada, mandou-me hoje pelo seu motorista para que eu também presenciasse o horror e fizesse meu próprio julgamento.

De comum acordo com o meu irmão, devo procurar Reynaldo Fonseca e tentar conseguir a sua aquiescência em pintar, através de uma boa fotografia, uma obra condigna. Esta é, igualmente, a vontade de Cornélio, o qual deseja integrar o quadro na galeria de retratos pintados no século passado, em Paris, por Francisco Peixoto Franco de Sá[37].

---

[37] Pintor maranhense que viveu em Paris, comissionado pelo nosso Imperador, no fim do século XIX e era especialista em pintar retratos de famílias da aristocracia brasileira (N. do A.).

Tenho a certeza que Reynaldo Fonseca é o único pintor no Brasil de hoje capaz de reproduzir um retrato com um rigoroso desenho clássico e com tintas que lembrem a cor dourada das telas excessivamente envernizadas dos museus. Uma vez pronto esse trabalho, ele irá para a Casa Grande do velho Engenho São João da Várzea ocupar o seu lugar de honra, ao lado dos seus pares.

27 de março

De manhã muito cedo com Deborah na Fazenda São Francisco. Preciso falar-lhe com urgência, mas ela já se encontra na sua faina diária de administração da propriedade. Constantemente entram e saem empregados da sala: vaqueiros, lavradores, etc. Daí porque a minha palavra é sempre cortada.

Que beleza quando o tratador Cuíca avisa, com emoção, que a jumenta Cigana pariu aquela noite um jumentinho extraordinário[38]. Depois fala em Dama – uma outra jumenta. E, finalmente, muito orgulhoso, comunica a venda de um animal efetuada ontem à tarde. "O preço não foi lá essas coisas, mas valeu", Deborah disse. Pela primeira vez ela olhou para mim e sorriu.

Melissa pretende visitar-me hoje caso o dilúvio que se abate sobre a cidade permita. Mas o que impede uma mulher de realizar o que lhe apetece, sobretudo quando está em busca do ouro? Embora o sábio Pavese tenha dito – com muito mais conhecimento da natureza feminina – que "nenhuma mulher faz um matrimônio por interesse: têm toda a habilidade, antes de casarem com um milionário, de se apaixonarem por ele".

Não sou milionário, mas compulsoriamente tenho o hábito da prodigalidade quando junto às mulheres que ficam a meu serviço. Talvez para que me deixem em paz e não sonhem com o matrimônio. Sou casado.

Pavese não fez sua observação só pelo profundo conhecimento da mulher. Há no cerne do seu sarcasmo um forte contingente de misoginia.

Deveria ter me lembrado hoje de responder uma carta do meu amigo, o crítico Frederico Morais, e não me acumpliciar, torpemente, com a mais

---

[38] Deborah criou na Fazenda São Francisco gado Nelore durante doze anos e depois, durante dez anos, jumentos Pega (N. do A.).

perigosa, senão suicida, atividade humana de nossos dias, ou seja, o intercurso sexual com mulheres mais ou menos desconhecidas, como a esperta Melissa.

29 de março – domingo

A beldade não deu o ar de sua graça. Simplesmente não veio. E não havia chuva, muito menos dilúvio. Falharam as minhas teorias e as de Pavese. "*Un sot trouve toujours un plus sot qui l'admire.*" A carta de Frederico Morais também não foi escrita.

Sinto que devo aproveitar esse momento quando uma grande parte das cerâmicas começa a se deslocar com vistas à mostra do Staatliche Kunsthalle, de Berlim, para reorganizar espaços no interior da Oficina. Não esquecer, todavia, os problemas futuros de manutenção, em todos os sentidos, dessa rara coleção de cerâmica.

Preciso consultar artistas, advogados, museólogos e outros especialistas. Há de existir uma forma ideal para, nas proporções dos nossos meios, que essas obrigações não nos sejam tão custosas. No meu espírito prepondera o mesmo exaltado desejo de continuar o trabalho.

Às vezes sonho com a velha fachada de tijolos carcomidos já recoberta de ladrilhos verde-veneziano, cor da cúpula das basílicas. A rigor, na cerâmica não existe a denominação dessa cor verde de Veneza. Foi uma invenção minha, depois da viagem que fiz, para ir à Bienal de Veneza, em 1990, a essa inconfundível cidade[39].

Na pintura a óleo, temos um verde de extrema luminosidade – ao mesmo tempo reconhecido e temido pelos pintores – que tem como nome padrão verde-veronese, numa evidente homenagem à faiscante paleta do pintor de Verona, que trabalhou em Veneza a partir de 1553. Pois bem, eu diria que esse verde-veneza é o mesmo verde-veronese, devorado pelas chamas e residindo no coração da pedra cerâmica para resistir a todos os cataclismas, como a lava aparentemente inerte recorda o vulcão. Sem exagero, é um verde ressuscitado. Nele coabitam a lava incandescente das entranhas da terra e a luminosa e fria seiva vegetal.

---

[39] Junto com os artistas Wesley Duke Lee, Gilvan Samico e Daniel Senise, fui artista convidado da Bienal de Veneza pelo curador da Delegação Brasileira Casimiro Xavier de Mendonça (N. do A.).

30 de março

Ontem, novamente, não pude dialogar com Deborah na Fazenda. Não adianta insistir quando o seu pensamento muito mais consistente se prende a fatos reais (e poéticos) que me tiram do tempo.

Encontrei-a no terraço, porque a jumenta Gás-Ipanema não pegara a cobertura e continuava no cio, tanto que Danúbia, uma outra fêmea, insistia em importuná-la, cheirando-a nos fundos e montando amiúde no seu dorso.

Lá embaixo, no pátio da cocheira, continuava o drama universal do *safismo*, do qual não escapa nenhum mamífero. A reprodução – o sinal e o brasão da eternidade – pode tudo. Tudo multiplica, tudo recupera. Pelo menos consegui saber que o tão famoso filho de Cigana, nascido na madrugada do dia 27, tinha por nome Lanceiro. Também me informaram que Urfa de Passa-Tempo e sua colega Úbeda, ambas paridas a 28 de fevereiro, continuam sem novidades. Quaresma melhora dos cascos... Aliás, o nome desta última não é Quaresma, e sim Querência de Passa-Tempo.

De um caderno de Deborah apropriei-me dessa página solta – escrita com a sua própria letra – que diz tanto sobre ela. Não se enganou ao copiar o comentário de Jean Rousselot sobre Pierre Reverdy:

> *Il n'est pas un artiste, il n'est pas un écrivain*
> *et si l'étiquette de poéte lui va, c'est dans la mesure*
> *ou être poéte signifie être à soi même sa seule raison*
> *d'existir.*

Esta definição sobre Pierre Reverdy caberia como uma luva para a própria Deborah, que jamais pretendeu ser uma artista ou uma escritora. Sempre foi secretamente uma poeta das mais singulares que conheço. O tempo me dará razão. Ela, como Emily Dickinson, um dia ressurgirá das cinzas, se é que neste país de língua portuguesa ainda se pratique literatura.

31 de março

Posso afirmar, sem muito ânimo, que Alícia telefona com frequência exasperante. Hoje, ela me comunica que tem algo importante (uma real surpresa) a me presentear. "É uma coisa viva", ela acrescenta, o que logo me faz pensar num possível aparecimento de outra mulher. Indiscutivelmente uma coisa viva, e provocadoramente tridimensional.

Como posso dizer-lhe, e em que tom, que os nossos corpos estão definitivamente colocados em suspeição, desonrados, desmascarados por incúria da nossa própria natureza. Malditos sejamos! Sempre discordei em aceitar o epíteto "a carne é fraca". Pelo contrário: o corpo é que resiste, há milênios, aos infames assaltos pecaminosos do espírito, este sim, pervertido e doentio desde o *pecado original*. O resultado é que o corpo acabou por ceder. Hoje somos carcaças fétidas, expulsos até da nossa sagrada animalidade. O que, então, ainda pretendemos esperar? E por que não reconhecermos em definitivo nossos naufrágios, perdições de toda sorte?

1º de abril

Poderia estar falando das *Relações teológicas*, de Frei Francisco de Victoria, ou da *Visão de Deus*, de Nicolau de Cusa, ambos os volumes ao meu lado sem que me disponha abrir suas páginas. A minha "douta ignorância" ressoa não só no meu espírito combalido, como até na visão turva e obscena que possuo das coisas. Semelhante à *Tentação de Santo Antão*, misturo a lascívia ao horror de pecar. Contudo, o apetite violento de um espírito pervertido acaba sempre por vencer. O pior é que não há uma possível saciedade. A condenação é para todo o sempre. Habito um local no inferno que, no dizer de Dante, se chama *covas malditas* destinadas aos que não sabem controlar a sua aberrante sensualidade.

Sempre atento aos meus exageros, Nonato observou que todo o meu enunciado não passava de "orgulho espiritual", acrescentando que não era ele quem o dizia, e sim os padres quando, irritados nos confessionários – por pecadores *especiais*, cujas culpas pareciam não ter fim –, invectivavam esses orgulhosos a cessarem de vez com tantos sofismas.

"Desculpe o enfado, apenas monologava", eu disse. Na realidade pensava no que fazer com Melissa depois do seu descaramento de sábado passado.

"Pode parecer-lhe vulgaridade. Às vezes uma santa vulgaridade se faz necessária, todavia, a sua algazarra lembra-me da data de hoje (1º de abril), quando todo exagero mentiroso é permitido"– argumentou Nonato.

Como estava propenso a falar, continuou o seu pequeno discurso: "Tudo o que foi dito ontem (suas considerações sobre a pobre Alícia, como as lamúrias de hoje) foi verdadeiro e real, mas não podia ter sido pronunciado justo por você". Preferi silenciar, porque Nonato tinha razão.

2 de abril

O dia inteiro dedicado à escolha e revisão das peças cerâmicas. Separo uma das grandes salas para concentrá-las. De agora em diante, tudo se fará neste recinto, até o momento das embalagens e expedição, levando em conta que os futuros espaços do Staatliche Kunsthalle de Berlim representam, em seus dois pavimentos, dois mil e quinhentos metros quadrados.

Devo argumentar com Dieter Ruckhaberle sobre a necessidade de aumentar o número de placas cerâmicas isoladas e de murais, colados em madeira, de porte médio, em vez de pensarmos na mistura desse conjunto com pintura a óleo. Melhor verificarmos com mais atenção os desenhos preparatórios para as esculturas, etc. Mas se no seu modo de ver as telas forem indispensáveis, pelo menos deverá escolhê-las entre aquelas que se identifiquem com a cerâmica em espírito, forma e cor. Sinto que há muito o que fazer e alterar e, se necessário, começar tudo de novo. Embora ainda falte muito tempo para as embalagens serem iniciadas, a ansiedade toma conta de meus nervos, o que me faz caminhar quilômetros dentro da Fábrica.

3 de abril

No grande *Grande Pátio* da Oficina falei das onze às duas horas da tarde a um grupo de vinte e cinco moças estrangeiras, estudantes de História da Arte. O sol, digno de um deserto do Saara, levava-me a divagações e muitas vezes até ao delírio. Por parte das estudantes, muito poucas perguntas. Assim mesmo falei e falei. No final, quando se acotovelavam na saída, fui beijado na face por uma das moças, cujo nome, Alessandra, não será facilmente esquecido. Outra, Isabella, pergunta se pode voltar, pois não viu tudo e gostaria, em outra ocasião, de olhar o conjunto e algumas peças com mais atenção. Uma terceira ainda se encontrava no interior da Fábrica, como se procurasse algum objeto perdido. Encontrei-a olhando para o chão, chegando a falar apenas no momento em que a interpelei. Chamava-se Paola e também queria voltar. Apesar das promessas dessas três lindas moças (as três graças), de uma coisa estou certo: nenhuma delas retornará.

Mais tarde, Deborah esteve comigo. Da vidraça do escritório de minha filha ela havia assistido (evidentemente sem escutar o que eu falava) toda a momice de meu discurso. "Você precisa sempre de um público, não é?", ela interrogou sorrindo. "É verdade, conquanto que seja feminino", respondi. "Então pretende ser um verdadeiro Rasputin?", ela graceja com simpatia. "Não exagere, assim também é demais. Além de tudo faltariam a imperatriz e a corte... E não esqueça *o ânimo* diabólico daquele monge enlouquecido, que a mim parece falecer." Foi então a minha vez de mostrar um sorriso amarelo.

4 de abril

Ninguém entende por que insisto em contar certas coisas nestes cadernos. Acontece que a noite toda (ou por alguns minutos) sonhei com uma festa onde circulavam em trajes de gala magníficas mulheres. Contudo, não me dispensavam qualquer tipo de atenção, ou melhor, apenas aparentavam uma ligeira deferência (ou curiosidade). Essa atitude generalizada me fazia muito mal. Todas, sem exceção, eram muito formosas e estavam profusamente maquiadas, além de recobertas por joias.

O que me afligia nesta espécie de conto de fadas é que eu não sabia definir com precisão a minha atitude e o proveito que tiraria daquele soberbo espetáculo e, finalmente, o que me levara ali. Foi quando uma retardatária chegou e, ao passar por mim, olhou-me longamente e mais uma vez se voltou, desta feita, com vivo interesse e ares sedutores. Era uma moça de aspecto muito frágil, distinguindo-se das outras... Mas que outras, uma vez que já não havia mais ninguém?

Acredito que esse sonho tenha a sua sequência espontânea na vigília de ontem: *Daniel na alcova das mulheres*. Falamos em mulheres, não foi? Tolamente, é verdade. Aliás, sempre falamos das mulheres com a mais completa insensatez, e eu não escapo desse rebanho. Fazemo-lo como néscios que somos.

Em todo caso, fico com Roger Caillois no instante em que desoladamente comenta: "E não se esqueça que há pior do que aquele que faz trapaça: é o que recusa ou desdenha *jogar* (o grifo é meu), metendo as regras a ridículo, ou mostrando a sua vacuidade – como esse Xá da Pérsia de que fala Huizinga, que, convidado na Inglaterra para assistir ao *Derby,* se escusou, afirmando que já sabia que um cavalo corre mais depressa que o outro...".

Alícia prometeu trazer hoje, às oito horas da manhã, algumas amigas recém-chegadas do Rio de Janeiro para conhecer o meu ateliê. Ontem confirmou o horário através da telefonista. Fez mil recomendações para que eu não saísse da Fábrica, não faltasse. São dez horas e trinta minutos, nem sinal delas.

Não recuso, nem desdenho jogar. Os jogos estão feitos e todos estamos condenados a participar... Não sei por que tantas reticências celinianas... Como disse uma vez um crítico francês, em matéria de *pontinhos,* só o grande Seurat e Céline alcançaram bom êxito, enfim, medraram... E não há mais como repeti-los.

5 de abril – domingo

Comecei por dar corda no relógio de parede – um dos meus prazeres que acontecem uma vez por semana.

Por quanto tempo devo esperar pelo pequeno Oliver?! Ele terá o mesmo nome do *Oliver Twist*, de Charles Dickens. Serei para ele duplamente pai, isto é, um pai e avô ao mesmo tempo, como aconteceu no genial romance de Dickens. De qualquer forma eu o protegerei com toda força do meu amor enquanto eu vida tiver.

6 de abril

Percebe-se com extrema facilidade o *grau* ou a *medida* de minha agitação pelos meus escritos, melhor dizendo, pelas garatujas e correções de toda espécie que irrompem como machadadas na selva escura.

No domingo, apenas uma alegria no momento em que, visitando a minha filha Nenén, pude ver três ou quatro telas pintadas há doze anos em Camucim de São Félix e em Mata Redonda. Delas, posso ressaltar: *A sonâmbula*, *Mulher no pântano*, *Paisagem da casa da torre* e *Égua no pasto*. Havia mais alguma coisa, como um desenho de frutas colorido a lápis de cera, talvez pintado ainda em São Francisco, no final dos anos 1950.

Não esquecer também que, aproximando-me da janela, tive a súbita visão do mar, como se fosse um pássaro voando muito alto. Naquele preciso instante percebi cores tão frias e enevoadas como se remontasse aos mares hiperbóreos, pressentindo a imutabilidade do Norte Infinito. Ali permaneci mudo, petrificado, ouvindo o lento, mas firme pulsar do gelado coração do mundo.

7 de abril

Flaubert: "Não importa! São muito injustos para mim – dizia Antipas – porque, afinal, Absalão deitou-se com as mulheres de seu pai, Judas com a nora, Amon com a irmã, Lot com as filhas". ("Herodíade")

8 de abril

Uma outra peça repetida do *puzzle* (irmã gêmea) foi a primeira citação de Sir Thomas Browne, em janeiro de 1981, e que diz: "Que canto entoaram as sereias ou que nome Aquiles adotou quando se ocultou entre as mulheres? São perguntas que, conquanto embaraçosas, não se acham além de quaisquer conjeturas".

Reescrevê-las hoje se faz um imperativo. Fechou-se assim mais uma peça gêmea no *puzzle*.

Ela costumava vociferar nos seus momentos de grande irritação: "Nada perguntem, eu sou feita de minha própria história". Mas era isso mesmo o que queria dizer? Se aconteceu exatamente dessa forma, o passado, o presente e o futuro para ela já estavam escritos, amalgamados num só infortúnio. Ela mencionava não *o vir a ser* – em parte, fruto do passado, mas o irregressível, como se estivesse morta.

Apesar de não ser o momento propício para qualquer tipo de especulação, não encontro outra saída aproximativa senão a garantia de Eliade: "Para utilizarmos a terminologia atual, a morte iniciatória elimina a Criação e a História, exime o homem de todos os fracassos e todos os *pecados*, ou seja, em última análise, da degradação inseparável da condição humana".

Recordo que Fenícia insistia em dizer que fazia suas orações junto com os mortos.

9 de abril

Muito a propósito, diante dos dias que sou obrigado a suportar – como antigos e inadiáveis ajustes de contas – aproveito o anátema lançado pelo excomungado Martinho Lutero: "Vivo sou tua peste, morto serei tua morte".

Compreender a crudelíssima resposta da Natureza aos nossos desvios. A Natureza é *cega* em seus desígnios misteriosos de reprodução. E, como nós, criaturas humanas, coparticipamos do dito Banquete – apesar da nossa *queda* irreparável –, não podemos estar fora do grande Mistério, da suprema aproximação, embora represente a nossa perda final.

A humanidade, como as moscas da Universidade de Connecticut, "morrerá de amor". Mais uma peça repetitiva para o *puzzle*, retirado do meu diário, de uma notícia de jornal, publicado no dia 4 de março de 1980. Compreenda-se agora a minha expressão usada diante de um grupo de médicos ingleses que visitaram a Oficina. "Vocês jamais descobrirão uma vacina contra a AIDS, a não ser que descubram uma supervacina para o pecado."

Quanto à notícia sobre *as moscas* da Universidade de Connecticut, dizia o seguinte: "Um grupo de pesquisadores descobriu um método muito eficaz para eliminar as moscas domésticas. Trata-se simplesmente de colocar *líquido seminal* de moscas-macho numa vasilha com água. As moscas fêmeas são atraídas e, precipitando-se na vasilha, morrem de amor".

Certamente que os médicos, diante do meu singular atrevimento, supuseram estar na presença de um artista leviano e muito pouco científico, além de delirantemente presunçoso.

Nota: a notícia das moscas de Connecticut é de 1980. Nesta época, aqui no Brasil e na maior parte do mundo, ninguém ainda comentava a existência desse flagelo incurável, entre tantas outras doenças sexualmente transmissíveis, a não ser, é claro, nos meios médicos.

Não houve relação alguma nas minhas observações diante dos ingleses entre a nossa *sina* e as impetuosas e desgraçadas moscas da universidade americana. A associação existe porque, como as moscas, nós acabaremos por morrer de "amor", isto é, se não modificarmos definitivamente no próximo século os nossos costumes, no mais amplo sentido da palavra.

Dominam as peças gêmeas do *puzzle*. Anotação do dia 30 de junho de 1978: "*Os ensinamentos de Buda,* do capítulo 'A Vida das Mulheres'. Dentro do budismo as mulheres já são santas, pois devem respeito a todos e a tudo e devem compreender a todos e a tudo. Mas ninguém é obrigado a compreendê-las. Afinal elas são apenas mulheres".

Nova conquista para o *puzzle*. Epígrafe de Octavio Paz escolhida pelo pintor Ismael Caldas para o seu catálogo, anotada no dia 3 de setembro de 1978: "Não só dissimulamos a nós mesmos e nos tornamos transparentes e fantasmais; também dissimulamos a existência de nossos semelhantes. Não quero dizer que os ignoremos, ou que façamos pouco deles, atos estes deliberados e soberbos; dissimulamos de uma maneira mais definitiva e radical: *nenhumanos*. A nenhumação é uma operação que consiste em fazer de Alguém, Nenhum. O nada de repente se individualiza, toma corpo e olhos, transforma-se em Nenhum".

Essas contínuas "repetições" agem como as *litanias das procissões*, e no *puzzle*, se necessário, terão várias oportunidades, dependendo das minhas prerrogativas. Todas as ocasiões em que desejar intensificar uma ideia, transformando-a, como já afirmei, numa ideia fixa, ela voltará aos pares, às dezenas, até mesmo às centenas, como se fosse um castigo de colégio. Exemplo: escrever a frase "tenho medo" duzentas vezes. Um enorme *puzzle* também pode repetir mil e uma vezes e mais uma vez a palavra *danação*.

Sem bater na porta, Nonato entrou na sala e, antes que falasse, o adverti com certo ímpeto: "Quem você procura não se encontra mais neste recinto. Faça-me o obséquio de nada comentar antes de ser chamado a entender o que se discute. No momento, seu mutismo seria providencial". Pareceu-me perplexo, diante da inesperada recepção, mas não pude impedi-lo de levantar um livro que mantinha nas mãos e logo perguntar: "Será que estou enganado? Você não queria ler *Os ensinamentos de Buda*?"

De maneira jovial e já um tanto descontraído, anunciou ter encontrado facilmente o capítulo que versa sobre "A Vida das Mulheres". Depois ainda acrescentou em forma de indagação: "Por que até ele (o Iluminado) teria de legislar sobre as mulheres? Não disse ele, com voz de leão, *Sou o incomparável?* Mas, afinal, por que não revelar isso? São legiões os que confirmam a lembrança de suas oitenta e quatro mil mulheres". Neste instante, Nonato não pôde deixar de abafar um sorriso, logo dizendo em tom zombeteiro: "Será mesmo verdade ou, como diz Borges, 'trata-se apenas de um exagero hindu?'".

Dar a matéria como encerrada foi o caminho mais oportuno que me ocorreu, talvez o mais sábio. Silenciosamente Nonato colocou o livro que mantinha firme nas mãos sobre o meu caderno. Para mudar de assunto, eu disse: "Recebi hoje uma carta de José Cláudio. Ele escreve tão bem quanto pinta". O que eu não pude evitar foi o comentário final de Nonato: "Vocês pintores querem fazer tudo com as mãos. Não basta desenhar as imagens, por que querem também desenhar as letras?".

Carta de José Cláudio:

Olinda, 7 de abril de 1992

Amigo Francisco Brennand,

Também nunca aprendi a falar ao telefone. Dá-me uma pressa, e esqueço o que ia dizer. Admirei sua capacidade de ainda ter espaço mental e tempo, num mundo desse, para organizar a carta, tirar xerox dos trechos e colar nas páginas. Não vou me estender muito, embora, não sei se um irmão marista me tenha incutido que devemos responder o mesmo número de páginas das cartas, mas aí seria um nunca acabar, como já fizemos uma vez. De fato, a frase de Cézanne que serve de epígrafe a O grande pinheiro, *eu não sabia que o pintor tinha dito em palavras e vou decorá-la como outra de uma das cartas dele não sei a quem: "Sei que devo trabalhar e fatigar-me, mas não por esse 'acabado' que os imbecis admiram". A sua edição de* Um gosto e seis vinténs *é de 41, a minha é de 44, mas a tipografia é a mesma, com ligeira diferença de paginação. Numa página imediatamente à anterior, eu tinha sublinhado e aqui vai por ter a ver com você: "Conserva qualquer coisa do barro original com sinais de divindade. Na expansão livre dos instintos primitivos, apavoram-me sobre as pinturas que revestiam as paredes da casa de Gauguin no Taiti, porque eu me reconhecia neles". Engraçado que nós, sexagenários – palavra que jamais imaginara empregar nem com relação aos meus pais, quanto mais a mim mesmo –, ainda nos demos às paixões juvenis dos nossos primeiros ídolos, o que nos dá uma certa firmeza, a de nos terem enfeitiçado definitivamente – o que é uma beleza, de nada nos ter podido arrancar do interior destas eternas* Mil e uma noites *– ou a do que estávamos desde sempre certos. Obrigado também pela: "A vontade do artista deve ser silêncio (...)".*

10 de abril

José Cláudio pergunta (evidentemente pela minha falta de explicações) o que é o *O grande pinheiro*. Ora, essa tela tão famosa de Cézanne – por obra e graça desse mágico Pietro Maria Bardi – integrou-se ao acervo do Museu de Arte de São Paulo (MASP), vinda de não sei que coleção. O fato é que, junto ao magistral retrato de *Mme. Cézanne num vestido vermelho*, possuímos o que há de melhor, mesmo que sejam apenas alguns poucos quadros do mestre d'Aix-en-Provence. Acrescente-se a essas duas obras-primas o *Rochers de l'Estaque* e mais duas pinturas da primeira fase, *Le nègre Scipion* e *Paul Alexis lisant un manuscrit a Émile Zola.*

Todas as vezes que vejo o nome de Zola associado ao nome do grande Cézanne sinto náuseas e gana de matar um morto.

Carta a José Cláudio:

Desde ontem que folheio o meu diário dos anos 1970 e 80. Encontrei, datada de 10 de junho (suponho que de 1980), uma carta sua dirigida a Jayme Monjardim, cujo tema era o filme Brennand. *Pensei cá com os meus botões – como dizem esses grandes portugueses – será que José Cláudio tem cópia desta carta?*

Confesso meu espanto diante da sua hoje proverbial capacidade de dizer tanto em tão poucas linhas. Mas você sempre foi assim. Sua carta, mesmo que o assunto me envolva em grande plano e outros escondidos e até invisíveis, vale mais que o ensaio. Emocionou-me os trechos nos quais fala em "possíveis descaminhos, perplexidades, amor carnal, pecado, gula, luxúria, preguiça, ira... Outro capítulo seria escarafunchar nos seus papéis, esgaravatar debaixo das mesas e birôs... falar sobre a dor, o medo...".

Quanto a sua carta do dia 7 de abril, que nada tem de casual, era esperada, tento logo esclarecer que a citação de um texto cezanniano, "há um minuto que passa...", serviu como epígrafe a Henri Perruchot para um dos capítulos do seu livro Cézanne. *Esse capítulo chama-se "O Grande Pinheiro" que, na verdade, é o nome de um dos mais belos quadros do pintor, realizado nos seus últimos dez anos de vida, nos arredores do Jas de Bouffan, na propriedade de Montbriant, de onde poder-se-ia avistar o Mont Saint-Victoire.*

Escrevi estas notas apenas para introduzir a sua carta de onze anos atrás. Coleciono algumas outras, além de algumas coladas no meu próprio diário.

PS. O principal não mencionei: Le grand pin *está no nosso museu em São Paulo, essa obra-prima.*

L. L. Estranhas, muito estranhas estas duas letras associadas para formar um nome e sobrenome. No entanto, foi o nome que ela fez questão em pronunciar abertamente, apesar de acompanhada. Ainda prometeu que voltaria a me ver. "Não posso evitar essa volta", ela disse. Pediu-me em seguida meu cartão, onde constava o meu telefone, o qual entreguei na presença do seu impassível companheiro. Não sei quem era ele. Marido não parecia. Na saída do ateliê, sem perceber, ela deixa cair o cartão no pavimento, o que logo motivou o rapaz a apanhá-lo, colocando-o no bolso sem comentários.

Logo na primeira oportunidade, avisei à moça do incidente, ao que ela respondeu em voz alta: "Não importa, já sei o telefone decorado".

O que se passa? Pareceu-me uma cena reconhecível, embora um tanto comum. Algo imperioso tangia as personagens a marcar suas falas. Ela falava pouco ou quase nada. Nasceu nos Estados Unidos, mas entendia bem o português, desde que não lhe exigissem o retorno. Ele, muito à vontade, fotografava aqui e ali sem, contudo, mostrar-se cordial ou mesmo expansivo. Dedicava-se ao seu labor fotográfico. Quem mais falava eram os olhos de L. Estes, sim, luziam no seu silêncio.

Em algumas tomadas de cena, lembrei-me de *Estranho acidente*, um antigo filme de Joseph Losey. Um vago mal-estar pairava sobre todos. No entanto, a felicidade teimava em deixar o seu rastro. Só muito depois viria a avalanche.

11 de abril – sábado

Preciso de alguém com quem falar, mas sempre vou buscar conselhos nos livros, como por exemplo: "Davi ainda tomou mais mulheres em Jerusalém e gerou ainda mais filhos e filhas. São esses os nomes dos filhos que teve em Jerusalém: Samua, Sobabe, Natan, Salomão, Ibar, Elisua, Elpelete, Nogar, Nefegue, Jafia, Elisama, Beeliada e Elifelete". (*Crônica* – 14)

Não interessa a falsa ciência dos chamados médicos da alma e também não interessa o ponderado juízo dos que se dizem parentes. Todos não farão senão repetir a vã sabedoria que serve de medida ao publicano e não ao coração de um rei. Por isto eu tive de pronunciar diante da mulher que me anunciava um novo filho as acerbas queixas de um príncipe vencido: "Que é a tua sentença senão a muda morte?".

Não consegui escutar a tempo os votos da mãe do rei Lemoel: "Não dês às mulheres a tua força, nem os teus caminhos às que destroem os reis". (*Provérbios* – 31)

Desconhecia que o filme de Buñuel *Le fantôme de la liberté* fosse anterior a *Cet obscur objet du désir.* Uma palavra repisada por duas mulheres que conversavam num banco de jardim: "parafernália". O seu significado é dado por uma delas em francês e depois em inglês: "Equipamento necessário a cada atividade humana: pertences, acessórios, etc". "Em inglês tem ainda muitos outros usos", explica uma das moças. A repetição propositada flutua no ar como um código obscuro. Não é o que se pensa, tampouco o que se explica.

Buñuel, no seu livro *Meu último suspiro*, declara que neste filme procura a verdade das coisas, que é preciso evitar a partir do momento em que se pensa havê-la encontrado do ritual social implacável. Fala também da busca indispensável, do acaso, da moral pessoal e do mistério que é preciso respeitar.

Bem, em todos os seus trabalhos Buñuel costuma aparecer de corpo inteiro, ou seja, invariavelmente assombroso. No *Fantôme*, vários episódios marcam o espírito do enigma da vida – eu não pronunciaria a palavra "absurdo", que não é propícia aos ritmos (ou ritos) dos espanhóis, muito menos de Buñuel –, entre outros o da criança desaparecida de sua escola, embora sempre se mantivesse ao lado daqueles que a procuravam desesperadamente.

Numa outra cena, aparece um franco atirador que mata a sangue frio dezenas de pessoas e que, levado a júri, é condenado à morte, sendo logo desalgemado, cumprimentado por todos os presentes e, em seguida, posto em liberdade. Finalmente o atordoante erotismo da cena em que Marguerita, a irmã do delegado de polícia, inteiramente nua, numa tarde quente de verão, interpreta Brahms no piano em seu quarto, a pedido do irmão.

Falecida dias depois de uma obstrução intestinal, volta a telefonar para o policial, quatro anos após o óbito, com o pretexto de naquela noite ter marcado um encontro no cemitério para esclarecer o real mistério de sua morte. Esse inusitado contato acontece no momento exato em que seu irmão, sentado num baú, acabava de entabular conversação com uma moça fisicamente semelhante à finada Marguerita.

Ora, essa cena nem de longe evoca (o que seria intolerável para a proverbial descrença religiosa do cineasta) qualquer aproximação com o espiritismo popular ou mesmo com as enfatuadas teorias da reencarnação. Acredito que o acontecimento quase burlesco do cemitério fica muito mais próximo da atração que a morte exercia sobre Buñuel. Ele próprio confessa: "Não gosto do espetáculo da morte, mas ao mesmo tempo ele me atrai...". Temos vários exemplos nesse sentido de associações macabras ao presenciarmos cenas onde se entrevê uma bela cabeleira de mulher transbordando pela tampa de um esquife e, logo adiante, sobre uma lápide mortuária, um telefone fora do gancho...

Acreditem que aqui e ali aparece por toda a parte a nossa *parafernália*, os nossos equipamentos estreitamente ligados à vida, coexistindo símbolos do que se pode conhecer e, na maior parte das vezes, o manifesto mistério do incognoscível.

15 de abril

Começo a estranhar o prolongado silêncio da senhorita L. L. Pareceu-me tão sôfrega em voltar a falar comigo. "Eu temia isto", pensei. Não poderia deixar de ficar um tanto magoado. Sim, é a reação da velhice que está chegando. Ficarei imprestável por mais uma semana. Na realidade, sou um réprobo: falo como um profeta, advirto a *catástrofe genital* iminente, inexorável e, no entanto, permaneço (mesmo sem grandes convicções) *un homme a femmes*, embora dos mais desastrados, ou seja, incapaz de distraí-las como de fato merecem.

Do rosto de L. L. notei a clássica dureza de pedra bem esculpida e polida, os olhos fixos que não pestanejavam, a bem talhada boca que não sorria. Pergunto a mim mesmo se tudo isto não é artimanha, se as coisas não aconteceram de maneira diversa segundo uma veracidade que tive de esquecer. De algum modo, não estou empenhado em provar nada. Apenas voltei a falar nessa desconhecida, cuja face pétrea, abrindo a boca, fez questão de afirmar que ainda voltaria a me ver. "Concordei e mesmo a estimulei, não foi? Se não vier, você me decepcionará" – eu disse. Naturalmente ela deve ter pensado: "Estou diante de um néscio...".

Devo confessar a minha mais absoluta incerteza quanto a esse aspecto, isto é, o que essa mulher andava tramando, talvez nada de urgente, uma vez que não só deixou de telefonar como não apareceu.

Enquanto vagueio no oceano plácido das virtualidades (nada é real), o ventre de M. Gertrude cresce e a criança já tem um nome, embora ela o desconheça, porque até hoje nada lhe comuniquei. Igualmente devo me acautelar com as dispendiosas investidas da bela E. S., cada vez mais esperançosa em ampliar a sua área de influência (aliás, em parte) com a minha irresponsável e consentida cumplicidade.

Em resumo – ainda existem outros setores femininos igualmente vulneráveis, talvez até não mencionáveis ou esquecidos – aqui estão expostos somente os mais próximos dessa ilusória atividade a qual, hoje, devido aos seus *riscos mortais*, poderia chamá-la sem nenhum escrúpulo de um hediondo e sacrílego suicídio.

Tardia observação do ajuizado Nonato: "Creiam-me, senhores, ninguém entendeu aquela mixórdia. Falando difícil, poder-se-ia afirmar que 'exalou-se-lhe a ira em violentas queixas'. Sua misantropia deixou de ser inquietante para aproximar-se de uma monstruosa morbidez. Não tem como duvidar que o nosso amigo corre os mais violentos perigos. Seria de todo conveniente fazê-lo (nem que se empregue a força) consultar um alienista. Enfeudado como se encontra o seu humor, não é o mais propício para a longevidade de um sexagenário. Obsessivo até o impedimento, sequer pode escutar ou mesmo ver a letra 'X' que não a relacione, de imediato, com a parafernália sexual. Em última análise, como dizem os doutos, 'ser humano algum suporta o peso de um erotismo permanente'".

"Na minha circunspecção" – continuou Nonato – "sem nenhum desejo de mofa (trata-se de um amigo), juntava-lhe ao caráter a inusitada denominação de um ser *astroso*, o que quer dizer um indivíduo funesto, sinistro e até cruel".

16 de abril – Quinta-feira Santa

No passeio matinal pelo jardim, leio parte da inscrição mural e o nome de Plotino: "Todos estão em toda parte, e tudo é tudo. Cada coisa é todas as coisas...".

> *I should think that all things, anywhere are the same...*
> *but don't forget that our sin perhaps is a mockery that*
> *spoils forever the whole thing.*

Esta súbita e insólita ressurreição de algumas palavras inglesas, considerando expressões de um filósofo neoplatônico, pode sugerir, inclusive, desocupação. Falta do que fazer. Contudo, não foi propriamente o meu intento. Apenas um fantasioso balbuciar de uma língua que não domino, evidentemente repleto de erros. Havia também nessa aventura infantil o desejo, nesta Quinta-feira Santa, de lembrar Plotino e a sua tentativa de aproximação de "um sistema filosófico em que se fundiam as doutrinas antigas e o Cristianismo". Bem, como é do conhecimento de todos a explicação fica a desejar. "*Really!*".

No fundo, num péssimo inglês, eu "desconstruo" a diáfana doutrina plotiniana. Sim, caminhamos ali, sobre uma terra estranha. *I dare say*. Depois da *queda* esta será a nossa sina para sempre. Verificou-se, então, um confronto com Plotino, o qual só aconteceu por eu ter a desculpa, por estar usando uma língua estrangeira, de não saber muito bem o que estava dizendo.

Forever é uma expressão indispensável ao *sentido* controvertido que envolve o meu suposto discurso. Igualmente não poderia faltar *mockery,* traduzido grosseiramente como zombeteiro, o que nos aproxima ou mesmo identifica com o próprio Lúcifer. Plotino admite que nós não caminhamos em terra estranha. No entanto, na minha vã filosofia, insisto na questão de que nós perdemos o Paraíso e toda a Criação. Perdemos tudo. Essa terra não mais nos pertence. E pior: está a ponto de se vingar. De há muito que isto ficou *sacramentado*. O sacramento da perdição.

18h25min

Quase ao cair da noite, encontro em *A poética do espaço*, de Gaston Bachelard, uma curiosa citação de um poema que tudo indica ser da autoria de Vicente do Rego Monteiro (pintor, poeta e editor pernambucano) que morou em Paris durante muito tempo. Diz Bachelard, "Não será também um habitante de gravuras o poeta que nos revela":

Quem não tem no fundo do coração
Um sombrio castelo de Elseneur
(...) Como as pessoas do passado
Construímos em nós mesmos pedra
Por pedra um grande castelo assombrado?

Bachelard chama Vicente de Vincent Monteiro e faz referências a *Vers sur verre*, com certeza um dos livros de poemas do conhecido (entre nós) pintor brasileiro. Esta citação está no Cap. II, "Casa e Universo", do referido livro.

17 de abril – Sexta-feira da Paixão

Para não ser excessivo, aproveitando ainda a leitura de ontem do extraordinário Bachelard, cujo tema central se subdivide em dez capítulos sacrais, aproveito uma de suas perfeitas citações poéticas. *A poética do espaço* é miraculosamente feita de empréstimos poéticos, centralizados no mistério infinito da casa. A casa do homem pode antecipar a Morada de Deus. Ninguém é capaz de avaliar o que de mais assombroso existe neste pequeno livro: se os sábios e igualmente poéticos comentários do escritor, ou se a sutil qualidade dos versos escolhidos. Pronunciar a palavra "ensaio", no caso, é desfigurar uma proeza do espírito que culmina no sagrado. Esse trecho eleito para hoje – aliás, qualquer um dos poemas ou mesmo o nome dos dez capítulos seriam igualmente apropriados – é de inimaginável significado. Com a palavra, Bachelard: "Mas um sonhador de casas vê casas em toda a parte. Tudo serve de motivação para os sonhos de abrigo".

Jean Laroche diz:

Essa peônia é uma casa vaga
Onde cada qual encontra a noite.

A peônia não encerra em sua noite vermelha um inseto adormecido?

12h
Acabo de saber através de um telefonema de M. Gertrude que Fenícia faleceu nesta manhã.

As coisas se precipitam e seguem o seu curso fatal. Sinto-me miserável, *o horror, o horror!* Falta-me coragem para pronunciar o santo nome de Deus. Não é ela quem não o merece, sou eu: o réprobo, o farsante, o sepulcro caiado... Mesmo assim, que Deus na sua misericórdia infinita a receba e mantenha em uma de suas moradas. Dizem que são tantas! Ela era um dos Cordeiros de Deus, feita para o sacrifício; eu sabia, desde os primeiros momentos em que a conheci e, por vezes, desesperadamente, tentei ajudá-la, salvá-la... Mas as forças do mal me confundiram e nos levaram para o inferno onde, lado a lado, ainda vivos, ardemos juntos.

18 de abril – Sábado de Aleluia
Bachelard indaga: "E a torre de nossa alma, foi arrasada para sempre? Somos nós por todo o sempre, segundo o hemistíquio famoso, seres da *torre abolida*?".

Achei mais conveniente – desde que Helena Viktoria há meses cortou todo o convívio com a mãe, rejeitando-a misteriosamente – a menina não participar de cerimônias fúnebres.

De manhã, por volta das dez horas, acompanhada de M. Gertrude, foi até uma psicóloga (aliás, psicóloga e confidente da falecida) para receber uma orientação definitiva nos próximos passos que deveria dar. A menina mostrou-se fria e determinada, não querendo ouvir falar da mãe viva ou morta. Não posso imaginar o que seria de minha filha se não contasse com o incansável desvelo de M. Gertrude.

19 de abril – Domingo de Páscoa
Mort.

20 de abril
Manhã silenciosa. De qualquer modo, pouco interessa a quem quer que seja o meu mutismo.

À tarde, R. passeia solitária, impressentida, flutuando sobre os ladrilhos. E foi apenas de relance que a vi, começando pelas negras sapatilhas de veludo, abotoadas sobre o peito do pé. Depois as pernas perfeitas e um corpo que o vestido solto fazia adivinhar giratório. O rosto, a boca, nariz, olhos, cabelos, incluindo expressões esboçadas na rota de um pincel de mestre, reforçavam a plenitude fugitiva de um quadro de Balthus. Poderia ser Antoinette, ou Thérèse, ou Laurence B., ou Colette ou Frédérique, ou Kátia, ou todas elas num amálgama, cuja imagem final chegava até R. O grito que acorda o sonho para sempre.

De repente, no *Grande Pátio*, apoiada no ombro de um noivo idiota, enquanto eu falava, ela bocejou três vezes. "Apressemo-nos", eu disse, "já se faz tarde e a luz do sol retorna ao reino da escuridão. 'Antes que o galo cante, tu me negarás três vezes.'" Voltei os meus passos quando, saindo dali, chorei amargamente. Espero pelo menos que não me escondam nada e que me digam: "O seu vestido era vermelho, vermelho como a noite".

21 de abril
"Nos seus escritos, você fala demasiado em mulheres sem com isso nos levar a nenhuma conclusão", afirmou Nonato. E adiantou: "Poderia deixá-las de lado sem que fizessem grande falta".

Não me contendo, pego na estante um dos volumes do *Journal de Delacroix*, abrindo-o incontinenti numa página qualquer. Por sorte estava escrito: "*Voyage en Espagne, Cadix, Vendredi, 18 mai: promené le soir; rencontre, chez Mme Carmem, la signora Maria Josefa... Dimanche, 27 – Chez M. Williams le soir. Danseur. La petit qui levait la jambe. La plus grande trés gracieuse... La jolie enfant qui ce plaçait entre le jambes de N.D... Mme. Ford; adieu à l'anglaise. Coquette. J'y avais été le jour sans la trouver...*".

Então foi a minha vez de perguntar: "Seria então o grande Delacroix igualmente idiota por falar em mulheres nesses aparentemente pequenos detalhes dispensáveis no seu todo, como você sugere? Parece-me que você é incapaz de perceber e adivinhar o mistério do aparentemente trivial e ainda mais: não tomar sequer conhecimento de quem *fala*" – eu disse sem encarar Nonato que, neste instante, propositadamente alheio, parecia interessado nas *Memórias de Sherlock Holmes*. "Holmes" disse ele como se zombasse do meu inútil discurso – "era muito parcimonioso na sua admiração pelas mulheres, aliás, constantemente reprovava no Dr. Watson essa irrefletida fraqueza." "De resto, não banque o desentendido. Sabe perfeitamente a que me refiro" – observou Nonato, repentinamente sério. "Na verdade, não consegue escapar à sina de um velho luxurioso, um Tetrarca Herodes Antipas, incapaz de enfrentar Herodias, e muito menos a visão de Salomé dançando... Aquela que dançou como as sacerdotisas das Índias, como as núbias das cataratas, como as bacantes da Líbia..."

Nonato citava Flaubert com desenvoltura e eu sabia onde queria chegar quando mencionou *Herodias*. "Não vai tardar, pensei, e logo a dançarina com uma viciosa pronúncia de zz proferirá as palavras fatais: 'Quero que me dê, num prato, a cabeça...'"

Aturdido, não fiz nenhum reparo. Aproveitando esse insólito silêncio, Nonato acomodou-se na poltrona e prosseguiu: "Como lhe pareceriam tediosas, discordes e trovejantes as imprecações de Iokanaan... Da mesma forma, sinto náuseas em ouvi-lo falar em *catástrofe genital* ou na extinção dos dinossauros. Você alcança como poucos o real sentido da *danação*, mas é daqueles que repetem: 'façam o que eu digo e não o que eu faço'. Como escreveu Pavese, você é tão *estúpido* que ninguém lhe resiste" – concluiu Nonato com um sorriso de vitória.

"Seu único erro, meu caro amigo, é simplificar demasiado o que não pode ser simples. O homem não tolera qualquer tipo de simplificação" – eu ponderei como se quisesse ganhar tempo. "Que esplêndido seria se você de fato acertasse e tudo se resumisse a uma questão de caráter a uma determinada escolha inicial. Lembre-se de que nós estivemos de acordo com o anátema, 'o que quer que faça, você se arrependerá'."

"Agora mesmo não sei por que se lembrou de Pavese, escritor que, à custa de minhas repetidas citações, você diz detestar. Por que então recorreu a ele? Eu poderia responder-lhe com uma observação do mesmo autor, em que ele lastima: 'A recompensa por termos sofrido tanto é depois morrermos como cães'. Você não viu a semana passada, no dia mesmo da *Paixão,* o que aconteceu à desventurada Fenícia!"

Após os seus argumentos iniciais, Nonato conservou-se abstraído. Só quando lhe toquei o braço foi que se levantou num ímpeto violento e disse: "Você é um homem sem fé!".

22 de abril

Arte: palavra fácil de ser pronunciada, no entanto, cheia de significados obscuros. Poderia ao mesmo tempo ter sentidos antagônicos, ou seja: ofício, profissão, modo, indústria, maneira, forma, jeito, engenho; para depois sinalizar, finalmente, em direção oposta: engano, astúcia, dissimulação, artimanha, fingimento, artifício, maldade, habilidade, traquinada, malícia, diabrura, travessura e desastre.

Não comento. Fica apenas *exposto*, o que aliás deve ser do conhecimento de muitos, mas não de *todos* aqueles que, protegidos por Deus, não necessitariam distinguir as matrizes da infâmia das malditas palavras humanas!

24 de abril

O dardo mortífero, afiado nas duas pontas, fere dos dois lados.

Por volta das nove horas da manhã, a convite da Infraero, estive no Aeroporto dos Guararapes para olhar o meu velho mural cerâmico (1958), recolocado num lugar que a direção do referido organismo diz ser agora definitivo. Na realidade, apesar das dificuldades de remoção, o painel foi transplantado com impecável habilidade.

"Que historinha é esta de visita matutina ao Aeroporto?", disse Nonato (que acabou me acompanhando). "O que pretende você esconder por trás de tamanha cavilação?"

25 de abril – sábado

"O que aconteceu a um celerado? Por que não convidar Pierre Klossowski, o autor de *Roberte ce soir* e *Sade mon prochain*, exemplos sumários daquilo que se pode chamar de um altíssimo nível de tensão erótica?"

"Quando o meu tio Octave abraçava a minha tia Roberte, seria errado pensar que fosse ele o único a abraçá-la."

Para não espantar os cartunistas italianos com seus textos tão presunçosos como perversos, estenderia o meu convite ao satanismo poético do japonês Yasunari Kawabata: "O que conduz o homem ao *mundo dos demônios* é mesmo, ao que parece, o corpo da mulher".

Nota: apesar da presença (dispensável) de Milo Manara, o que aguçou a minha atenção foi que se falava em concurso de "cartas eróticas", originando-se daí, certamente, palavras e frases que justificavam – diante de tanta liberalidade – o meu indignado embaraço. De resto, pelo visto, não se tratava de outra coisa senão de uma bela palhaçada, digna dos chamados "meios modernos de comunicação".

Em qualquer texto de Moravia, do livro *O homem que olha* ou mesmo *1934*, encontraríamos, numa de suas páginas, frases que já continham todos esses *almejados níveis de tensões.* Aliás, Milo Manara não declarou que o que pretendia era se divertir muito? "Nada de julgamentos literários", ele disse.

28 de abril

Que os outros falem. Diz Kawabata: "No fim, a rapariga morre e a mulher da casa diz: 'Ainda lhe resta uma rapariga'".

E eu, o que tenho a revelar? Falar em E. S. com seu corpo de peixe despido da água me conduzindo macio por seis longos dias ao mundo dos demônios?

No sábado passado, ao sair, mostrou-me os retratos da mãe, das irmãs e até o de uma sobrinha adolescente, tão encantadora como ela própria. Neste gesto de aparente inocência, me fez de imediato reconhecer um velho bruxedo: faíscas saltavam para todos os lados e, no fundo do abismo, eu via as labaredas do inferno como um enorme espelho vermelho refletindo o meu rosto.

29 de abril

Experimentaremos o nosso gosto milenar de perder o pé sem soçobrar.

1º de maio

Concordo com Bataille em tudo, apenas não chegaria ao exagero de afirmar que "o fundamental do pensamento de Sade é o de ser incompatível com qualquer pensamento racional, com qualquer ser racional".

A meu ver, ele não foi suficientemente luciferino no momento em que se deixou enredar nas *malhas* da lei. Comportou-se como um demônio, cujas negras asas foram cortadas rentes ao corpo, repito, no sentido meramente humano, forçando os domínios do mal, acabou por esbarrar na intransponível muralha do grande silêncio.

Concordo com Camille Paglia quando diz que Sade "é o menos lido dos escritores ocidentais". Mas chegará o tempo em que suas explosões ou os seus feitos serão devidamente interpretados.

2 de maio – sábado

É inacreditável, mas como vou saber o que tem na caixa até abri-la?

Há vários dias, por conta da *fúria* popular desencadeada, a cidade de Los Angeles está em chamas, sujeita a saques, depredações e assassinatos. Vários prédios destruídos, com a violência alastrando-se a Las Vegas, San Francisco e adjacências. Diante de tão inesperada situação, o presidente dos Estados Unidos convocou o Exército e a Guarda Nacional.

Há muito tempo que insisto na questão de ser ingovernável e impoliciável uma cidade de mais de um milhão de habitantes. Cheguei a dizer que tais cidades não são propriamente cidades, e sim um monstruoso e babilônico acampamento. No caso específico de Los Angeles, as notícias insistem no "problema racial: negros x brancos". Contudo, não posso, de boa-fé, acreditar que aí reside a verdadeira causa desse motim.

Necessitamos urgente de uma revisão total desses *valores* utópicos cultivados a partir do humanismo renascentista, para podermos entrar relativamente em paz neste Terceiro Milênio. Construímos a "modernidade" e não sabemos o que fazer dela, incluindo a irrefreável violência aos insanáveis problemas sanitários dos grandes aglomerados. Poder-se-ia afirmar que estamos num beco sem saída. Sem exagero, abrimos a *caixa de Pandora* e todos os males se espalharam pelo mundo. Ao que parece, esgotamos ou destruímos o bem. Restam-nos agora os malefícios, sem esperanças, embora alguns insistam em repetir que a *esperança* jaz, ainda intocada, na parte mais funda dessa caixa.

Nota 1: tenho verdadeiro horror em tratar de qualquer tipo de assunto jornalístico. Evito-os ou ignoro-os o quanto posso. Embora mencioná-los seja um castigo, hoje não me foi possível evitar a associação do mito de Pandora, mulher destinada por Zeus para *castigar* a raça humana, a qual acabara de receber sacrilegamente das mãos de Prometeu o fogo divino.

A pequenina interrogação do começo dessa história já se antecipa e indaga: "Como vou saber o que tem na caixa até eu abri-la?".

Nota 2: a propósito de cidades amotinadas e destruídas, convém lembrar que teremos ainda de conviver com várias Beirutes.

3 de maio – domingo

Isto aqui me veio num sonho e não posso esquecer: "Ela, sentada numa cadeira de dentista, já anestesiada, de boca aberta; o dentista, todo de branco, aproxima-se e estende o boticão e lhe arranca o dente do lado oposto, isto é, um dente sadio, perfeito, sem mácula. Ela grita, entre borbotões de sangue, misturados às lágrimas que escorrem pela face maculada... O dentista ainda com o instrumento fortemente fixado no queixal, recua dois passos e diz: 'A enfermeira esqueceu de avisar o lado exato...'".

> *Apenas com Dirty, sempre tinha vontade de me lançar aos seus pés. Eu a respeitava demais, e a respeitava justamente porque estava perdida em libertinagens... Tudo isso deve ser incompreensível para você. (Le bleu du ciel – 1957)*
>
> Bataille

Ontem, à maneira de Max Ernst, fiz uma colagem sobre um contraplacado, cujo título duplo é: *Os prazeres da água e o batismo*. Na realidade, trata-se de uma imagem dupla, daí o duplo sentido.

Depois de tantos devaneios funestos, encontro dois pequenos textos – de um caderno destruído – escritos entre outubro de 1978 e fevereiro de 1979. Ambos tem em comum datas aproximadas e o mesmo espírito melancólico. Trechos do diário:

4 de dezembro de 1978

Como é que ela não se apercebeu o quanto eu necessitava hoje ouvir a sua voz antes de partir como tem acontecido todas as semanas? Será que fez de propósito?

Como as mulheres agem! Às vezes comandadas por intenções obscuras. A que demônio parecem servir e a que força terrível de destruição e rancor se destinam, e por que sempre é o homem o objeto desta fúria? Que implacável vingança, partindo de um ódio ancestral, faz sustentar esse impiedoso machado de prata nas suas frágeis e delicadas mãos? Por que seus olhos incandescentes cegam para sempre tantos caçadores que, distraídos, olhavam-nas sem nenhum propósito malévolo?

> *A propósito de minhas esculturas, gostaria imensamente que, por menor que a obra importasse, não fossem espalhadas pelos quatro cantos do mundo nas mãos de gente que certamente não as entenderia, e isso me faria um grande prazer se você aceitasse (o que não é um presente, mas uma prova de amizade) toda a minha obra esculpida no Tahiti. A minha grande escultura de cerâmica até hoje não encontrou comprador, enquanto que os potes medíocres do ceramista Delaherche se vendem muito caro e têm até entrada nos museus. Gostaria de ter esta cerâmica para colocá-la na minha tumba em Tahiti, e antes disto aproveitá-la para ornamentar o meu jardim. (Carta dirigida a Daniel de Monfreid, outubro de 1900)*
>
> Gauguin

O texto a seguir foi escrito na Fazenda de Camucim de São Félix:

9 de janeiro de 1979

Dizer assim: cheguei às dezoito horas de ontem no retiro que escolhera e procurara para logo descobrir atônito que aquele recanto, antes mágico e seguro, agora mais parecido a uma prisão. Insistir nesta realidade seria, por acaso, exagerar ou negar a si próprio?

À noite, o vento, que antes não se fizera notar, fustigava agora a velha casa como um imenso chicote. O telhado, as paredes, as janelas e portas estremeciam, já não parecendo suportar essa singular investida; e depois, na sua fúria de ciclone, esse viajante das alturas batia como alguém que, tendo uma forma, pretendesse entrar de qualquer maneira, como um fantasma desolado à procura de abrigo. À noite toda, insone, ouvi o mesmo vento bater incansável, assim como o meu corpo se debatia com o sono, sem conseguir penetrá-lo. Só pela madrugada, ambos extenuados, deixamos de nos agitar. Por momentos, pareceu-me que o vento se fora... Por acaso estaria sonhando agora, ou antes é que sonhava? Não, aquela calmaria não me enganava. O vento fora embora apenas para deixar-me ainda mais só.

Depois ouvi o galo cantar e percebi o dia nascer, e novamente adivinhei o barulho da ventania nas copas das grandes árvores.

A carta de Gauguin dirigida a seu amigo Daniel de Monfreid, datada de outubro de 1900 e certamente escrita no Tahiti, é um documento comovente. Revela a amorosa atenção dada pelo pintor à sua obra escultórica e cerâmica. Na realidade, o magnífico trabalho cerâmico de Gauguin só muito recentemente (na sua totalidade) veio a ser conhecido (e reconhecido) pelos parisienses. No bicentenário da Revolução Francesa (1789-1989), foi realizada em Paris uma grande retrospectiva que a França ainda devia a esse mestre incomparável e que ela nunca soube reconhecer plenamente.

Ao lado de suas telas geniais apareceram luzindo, com um fulgor messiânico, centenas de cerâmicas de inigualável originalidade.

8 de maio

"Sem demora, você poderá correr risco de vida", sentenciou Nonato. "Falta-lhe tudo (nem que fosse por um mero simulacro) para alcançar o conhecido rigor de um Torquemada. Ainda assim, você jamais poderia falar em nome da fé. Como sabemos, é um homem notoriamente ambíguo e, aqui entre nós" – ele insistiu, olhando-me nos olhos – "procure outra solução para contribuir diante do genocídio que a todos ameaça. Evite que *eles* se apercebam que você já sabe... Eles estão em toda parte e têm o domínio do mundo, melhor falando, *eles* fazem o mundo. Lembre-se da vigorosa indignação de Savanarola, de sua oratória ardente, o que não evitou que fosse queimado por heresia... Não é você que costuma citar o texto bíblico: calar ainda que a respeito do bem?". Embora sem a mínima reação perante a solerte arenga de Nonato, não deixei de estranhar a inesperada referência aos dois frades dominicanos: o espanhol Torquemada e o italiano Savanarola, os quais morreram em circunstâncias bem diferentes, em 1498.

Posso indagar por que cargas d'água esse meu amigo, tão convicto em me apontar como homem sem fé, lembrou-se de figuras como Torquemada e Savanarola? Qual a aproximação, ou mesmo coincidência entre as minhas duvidosas inquietações e a desses dois homens a serviço comprovado da religião, da moral e até do sacrifício? No fundo, não seria, ainda, um "ardil" de Nonato? Ele é impiedoso quando pretende escarnecer.

10 de maio – domingo

"Vou pegar o dicionário e lhe mostrar uma série de coisas, mas antes quero fazer uma ligeira referência aos irmãos Karamázov – não falo do livro, falo da família Karamázov, a qual foi acusada de ser composta de usurpadores, pobres de espírito e libidinosos – você lembra, Nonato, o malévolo comentário de Sade, quando ele afirma que ninguém pode deter a libertinagem? Agora chega a vez do dicionário, quando verificará que libidinagem, sensualidade, lascívia, crapulice, devassidão, voluptuosidade, corrupção, desregramento, licenciosidade, deboche, obscenidade, irreligiosidade, impiedade, incredulidade, em nada difere da propalada libertinagem que Sade apregoa."

Hoje não pretendo comprovar coisa alguma. Desejava pegar o dicionário e mostrar a esse recalcitrante amigo o significado de certas palavras. Mas acontece que ele é pródigo no simples ato de desaparecer, sumir, tornar-se invisível e, no momento, como que adivinhando, ele soube ocultar-se em alguma caverna, nos confins do mundo.

Certamente por inumerável contrição e cansaço eu não falaria em qualquer forma de abjeção. É quase certo que lhe recordaria parte da inscrição de Ariano Suassuna que está num dos muros do *Grande Pátio* daqui da Oficina, cujas palavras me vêm sempre à memória como um código de grandeza e aflição da raça humana perante seus deuses. Lamento só lembrar de muito pouco dessa belíssima inscrição que Ariano intitulou de *Primórdia*:

(...) como implorações de piedade,
memoriais em defesa da própria raça humana
ou locais de holocaustos sangrentos
oferecidos a suas divindades implacáveis.

11 de maio

Há quanto tempo? Deve ter sido a fascinada admiração de Tomás Seixas pelo norueguês Knut Hamsun que também me levou aos seus livros. Ah! Esses nórdicos, como me reencontro neles! Mórbidos? Nem tanto. Existem coisas ainda piores as quais eles se furtam comentar, mesmo não as desconhecendo. Sabem de tudo, costumando usar uma espécie de ética às avessas.

Um *inesperado* vídeo aparecido ontem cujo nome *Mistérios* enquadra-se perfeitamente na história, embora não saiba se é de fato o título real do romance de Hamsun, fez-me cair em mudo encantamento. Não sei quem o dirigiu, não conheço o fotógrafo e a própria origem do filme me é estranha, embora reconheça os dois atores principais. Aliás, a personagem do senhor Nagel, representada pelo ator Rutger Hauer, é fisicamente parecida com uma foto de Knut Hamsun, muito difundida após o prêmio Nobel (1920). A atriz é Silvia Kristel, encarnando a frívola e sensual Dany Kielland, na opinião do senhor Grogard (o anão) e do próprio Nagel, um anjo de perdição...

Tudo o que observei até agora considero dispensável e em nada se aproxima do meu intento inicial que seria o de repetir dois ou três diálogos – truncados na sua maior parte – retidos na memória.

Curiosamente, é o Anão, com a sua voz de batráquio, quem narra a história: "Alguém carregando na boca um pedaço de papel, onde costumava fazer suas anotações durante os seus passeios pelos campos, sangra abundantemente nos dois pulsos cortados... Depois, tomba de bruços com o rosto enterrado na lama... No papel estava escrito: 'Que a lâmina de sua faca corte tanto como o seu não definitivo'".

Numa insólita caminhada no fim da tarde (já parecia noite), a cruel Dany indaga ao senhor Nagel: "Por que se esforça tanto em conversar, e por que está sempre tão nervoso?".

Seria ele um louco de quem deveria em definitivo se afastar? Depois, acaba-o chamando de canalha.

Em outra circunstância ele lhe revela um sonho: "(...) e a última coisa que me lembro foi de um anjo cego virando-se para me olhar".

Foi tudo ou quase tudo que colhi de um drama tão obscuro, mas os meus olhos "cegos" tudo viram, nada perderam. Em *Mistérios*, tudo começa com a morte e termina com a morte.

Nota: deixou-me frustrado saber que a bela citação da "lâmina da faca..." fosse da autoria de Guy de Maupassant. Não é escritor que eu leve a sério.

Antes de esquecer, achei desconcertante (embora em parte verdadeira) a observação do senhor Nagel sobre Tolstói: "Um ingênuo", disse ele, "poder-se-ia tomá-lo por um adepto do Exército da Salvação!!!".

No meu entender, a suposta *ingenuidade* de Tolstói não lhe chega a retirar o gênio. *Sonata a Kreutzer*, por sinal, passa longe de qualquer forma de ingenuidade, principalmente em se tratando desse impossível relacionamento do homem e da mulher.

12 de maio

As contínuas identidades de *Um diário do ano da peste* com as equívocas situações criadas pelos portadores do HIV – agora neste presente imediato e sobretudo para um futuro próximo – acabaram por me levar aos textos de Defoe com uma assiduidade um tanto mórbida, mas não de todo insensata. Vejamos:

"Ocorreram grandes discussões sobre as razões disto. Alguns consideravam parte da natureza da doença que incutia um tipo de raiva ou rancor contra os seus semelhantes em todos que se contaminavam – como se a doença não contasse apenas com sua própria malignidade para se espalhar, mas agisse na própria natureza do homem, dotando-o de um ímpeto perverso ou mal olhado, como dizem no caso de um cachorro louco que, mesmo diante da mais suave criatura, joga-se e morde qualquer um que se aproxime, inclusive aqueles que mais gostavam dele anteriormente.

Outros creditavam isso no cômputo da corrupção da natureza humana, que não suportava ver-se em miséria maior do que outros de sua própria espécie, tendo um tipo de desejo involuntário de que todos os homens sofram a mesma infelicidade ou fiquem em condições tão ruins como aquelas em que se encontram.

Outros dizem que isto era somente uma forma de desespero, não sabiam nem se preocupavam com o que faziam e, consequentemente, ficavam indiferentes ao perigo ou à segurança, não somente de qualquer um, mas até de si mesmos. De fato, quando os homens chegam ao estágio de abandonarem a si próprios, não é preciso pensar muito para entender que não se preocupam com a segurança das outras pessoas.

Prosseguiremos desafiando os deuses – apesar dos avisos – e ainda os desafiaremos por longo tempo tanto maior for a nossa adversidade. Essa é a nossa real natureza. Assim é o rebanho humano e seria surpreendente se o seu comportamento fosse diverso."

As descrições dos derradeiros momentos de uma doente, contadas pessoalmente pela mãe da infeliz criatura, coincidem em tudo com as expressões de Defoe: "Gostaria de ser capaz de reproduzir o som exato daqueles gemidos e lamentações que ouvi de algumas pobres criaturas moribundas no auge da sua agonia e sofrimento. Gostaria de fazer aquele que me lê ouvi-los como os ouço na memória, pois o som parece ainda doer nos meus ouvidos".

Nota: quanto vai durar meu ânimo em falar de coisas desagradáveis? Mas será que existem, neste mundo de dores, coisas agradáveis? É bem possível que medite sobre o pecado, o sofrimento, a esperança e o verdadeiro caminho a seguir, como Kafka sempre o fez, embora sem outro resultado senão a angústia, o pesadelo, uma dolorosa enfermidade e a morte.

13 de maio

Finalmente que não haja mais nada a dizer. E depois, quem está à espera? De bom grado pergunta-se: quem lhe pediu (verifique com muita atenção), um dia que fosse, qualquer espécie de conselho? Como a senhorita Dany Kielland indagou ao perplexo senhor Nagel por que se esforçava tanto em conversar e se por acaso não era um louco ou mesmo um canalha? Não queira você insistir (ou insiste?) em parecer uma criatura providencial, um adivinho como Tirésias. Tudo já foi dito. E agora, sem vacilar, ainda posso, munido de alguns informes, esclarecer-lhe algo que nada tem a ver com os assuntos tratados nesses últimos dias. Compreenda (e não lastime) que no amor o maior prazer cabe sempre à fêmea, uma vez que, no ato de *gozar*, pertencem à mulher nove das dez partes de que ele é composto. Ao homem, sobra-lhe uma só parte.

14 de maio

Apesar do mais absoluto silêncio, continuo a trabalhar nas esculturas e pinturas todos os dias, ocupando a maior parte do meu tempo. Uma servidão que me salva.

Mais uma vez retorno à colagem realizada no dia 3. Mudou de fundo umas quatro ou cinco vezes. Esse trabalho pode não ser grande coisa, mas os títulos inusitados para as gravuras não me deixam indiferente. Todos os momentos em que por acaso os meus olhos lhes caem em cima, sinto de imediato a força da *água*. A água lava tudo.

Uma lesão nervosa, obscura, não estaria de certo modo associada àquilo que os modernos neurologistas costumam diagnosticar como *tremor essencial*? A linguagem médica é tão inconstante, para não dizer bizarra, que poucos podem lhe dar crédito.

O meu tremor de mãos quase que não me deixa escrever. Apesar do agravamento desse mal, prefiro evitar os consultórios médicos.

O pertubadoramente inteligente Georges Perec, em *O homem que dorme*, diz a respeito de uma árvore: "(...) Parece-lhe que poderia passar a vida ante uma árvore, sem esgotá-la, sem compreendê-la, porque nada tem a compreender, somente a olhar: tudo o que pode dizer dessa árvore, afinal, é que é uma árvore; tudo o que essa árvore pode dizer-lhe é que é uma árvore...".

Em cento e dezessete páginas de uma estranhíssima sensibilidade, Perec, ao anunciar sua "árvore", em pouco mais de uma página, quase que embrutece o seu livro. No entanto, D. H. Lawrence, que teve a imperdoável habilidade de escrever *O amante de Lady Chaterley*, sabe como falar de uma árvore: "(...) A vontade de uma árvore é algo assustador". (...) Para conhecer uma árvore de nada serve olhar para ela. (...) Para onde olhará a sua alma? Onde teremos a nossa?"[40].

---

[40] D. H. Lawrence, *A fantasia do inconsciente* – 1928 (N. do A.).

O que lhe faltou no entendimento mais extenso do que seja a relação homem-mulher, lhe sobrou em falar, com uma invejável propriedade, de uma árvore.

De Georges Perec, também conheço o desesperado e sarcástico *A vida, modo de usar*. Não foi à toa que Perec, em *O homem que dorme*, sub-repticiamente faz lembrar *L'Etranger*, de Camus, além de Malcolm Lowry e Hermann Melville, não só em *Bartleby*, como também num episódio de *Moby Dick*. Aliás, um só comentário desse livro de Perec definiria *A vida, modo de usar*: "Somente os imbecis falam ainda sem rir do Homem, do Animal, do Caos".

Evidentemente estou incluído entre os imbecis que insistem em falar do Homem sem rir... Acontece que sorrir é tão tolo quanto se apiedar. Este, sim, um sentimento irresgatável. De resto, o *tempo* – pelo menos o nosso – parece de tal forma fugaz que não chegamos verdadeiramente a refletir qual dos dois seria mais desumano. De repente, faltou-nos a *todos* qualquer possibilidade de escolha: "O que quer que faça, você se arrependerá". O que nos salva é o insondável mistério da existência – de qualquer existência – com ou sem arrependimento.

16 de maio – sábado

Ah! Graciosa Ofélia, não seria abusar de vossa paciência pedir que, uma vez encontrando o nobre príncipe Hamlet, fizésseis entender a impossibilidade de vê-lo hoje? Mesmo que tenhais de acrescentar, nobilíssima dama, que o fato espantoso é que eu também perdi a razão? De bom alvitre, move-me a certeza de que, não ignorando a modesta condição de ator, pouco tardará em saber meus tolos segredos. Sua Alteza, o Príncipe, costuma dizer que "os atores acabam contando tudo". Contarei, mas não agora. Estou muito cansado.

17 de maio

Não! É melhor eu dar uma olhada!

(De uma história em quadrinhos)

– Bem, muito bem – eu disse afinal.

– É pena, mas fiz o que pude. Conheço todo o *movimento* do seu jogo. Não pode fazer coisa alguma sem que eu logo me aperceba – disse Nonato.

Encontrei-o sentado na minha mesa de trabalho, caderno aberto, lendo as minhas anotações sem nenhum escrúpulo.

– O mal se agrava. Ontem você mandou dizer ao príncipe Hamlet que se encontrava cansado. Bela coisa – rosnou o meu amigo Nonato.

– Será que nada do que lhe aconteceu foi digno de um registro qualquer? Soube que a atriz Regina Duarte esteve aqui na tarde de ontem com dezessete pessoas do seu elenco, inclusive, convidando-o para assistir *A vida é sonho*, de Calderón, onde ela representa o príncipe Segismundo, aliás personagem com quem você logo se identificaria... Soube que no *Grande Pátio* eles viram a lua nascer acima da grande muralha e que, a pedido de Regina, quatro mocinhas cantaram em diferentes vozes, como se fora um coro de anjos... Soube também que, um dia antes, um embaixador estrangeiro e sua mulher muito apreciaram o mesmo cenário, ou seja, o providencial aparecimento da lua... Será que nada merece os seus comentários? Como se fossem todos gente morta, não é assim? Será que tudo lhe é de fato indiferente?

– Não estou entendendo onde você está querendo chegar – eu disse.

– Se não for demasiado, posso até indagar o que veio fazer hoje tão cedo aqui na Oficina...

– Precisava dar uma olhada na colagem na qual havia trabalhado mais uma vez, todo o fundo da pintura – eu disse.

– Vi no cavalete essa tal colagem, pareceu-me tão artificial quanto os seus escritos. Suponho que você próprio não deva estar satisfeito. É quase repugnante – concluiu Nonato.

Nota: o embaixador e sua senhora eram na verdade encantadores. Se não mencionei os seus nomes é por força do hábito, isto é, de há muito que resolvi não falar das visitas importantes, sejam elas agradáveis ou não. Pode até acontecer, mas mencionar visitas não é uma das minhas especialidades. Prefiro lidar... Não! É melhor dar uma olhada mais uma vez na colagem a despeito das grosserias de Nonato.

E por falar em *olhada,* voltarei a assistir esta noite à “fita de cinema” (curiosa, mas precisa designação do que chamamos hoje de “filme” ou “vídeo”) baseada no romance genial de Rudyard Kipling, *O homem que queria ser rei.* Na direção, teremos John Huston.

Repito: já vi no cinema esse magnífico relato. Mas em se tratando de Kipling e de Huston, o que custará uma nova olhada?

18 de maio

Precisaria escutar alguém verdadeiramente sábio discorrendo sobre a vida numa síntese completa de quem pode adivinhá-la inextricável, mas desgraçadamente ilusória.

Kipling, independente de suas origens, não podia deixar de conceituar a *coragem* à maneira de um súdito fiel de sua Majestade. Mesmo sendo uma coragem à inglesa, não afasta o sentido real desse procedimento único e talvez só peculiar à raça humana.

Contudo, na sua retidão, Kipling, com raríssimo senso de humor, sabe do que suspeitar e, mesmo em se tratando da *coragem*, ela acaba por ter os seus toques grotescos.

A todo o custo, os meus olhos e ouvidos exigiam uma abordagem do mundo – intoleravelmente *escamoteada* pelos meios habituais de comunicação que possuímos – ao mínimo suportável, na crença ainda possível de que nós temos uma alma a preservar. Compreendo a mensagem final de Italo Calvino em *Seis propostas para o próximo milênio*, quando afirma: "Minha confiança no futuro da literatura consiste em saber que *há coisas* que só a literatura com seus meios específicos nos pode dar". Ainda é Calvino que adverte: "De onde provêm as imagens que *chovem* na fantasia? Dante possuía, com toda justiça, um autoconceito de si mesmo, não hesitando em proclamar que suas visões eram diretamente inspiradas por Deus".

Nota: 1h30min da tarde – Voltei à maldita *colagem*. Estou na iminência de estragá-la por completo; 5h10min da tarde – Depois de muitas destruições a colagem foi decidida.

19 de maio

Descendo a escadaria, ao passar pelo retrato de Fenícia, coloquei a minha mão esquerda sobre o seu pobre coração incandescente, agora extinto.

Um conhecido ator de televisão dirige atualmente a peça *Doroteia*, montada sobre o texto de Nelson Rodrigues (logo de quem, meu Deus!). Segundo parece, busca afivelá-la à orientação místico-científica: "Essa peça", diz o ator, "é regida misticamente: o Obaluauê, orixá das doenças, encaminha a montagem."Termina comentando: "Para realizá-la, toda a equipe estudou mitologia grega, afro-brasileira e textos de Carl Jung e de Nise da Silveira".

Pelo que percebo, teremos de apelar aos *Santos Ofícios* muito antes do que supúnhamos. De algum modo, seja sob forma de uma Nova Inquisição ou de Tribunais Sanitários ligados às Organizações Internacionais de Saúde, não estaremos longe de modernas formas de repressão e discriminação: brandas a princípio e radicais à medida da *evolução* do flagelo. Nesse mundo desventurado, dividido parte à parte, haverá tribunais terríveis e, consequentemente, aqueles que condenam os já *condenados* e aqueles que condenarão os que ousaram condenar...

22 de maio

A desaparecida L. L. esteve comigo ontem e antes de ontem no mesmo horário da tarde: das três às seis horas "para manter uma conversação inadiável" no seu equívoco entendimento. Da segunda vez já me pareceu não só cansativa, como exasperadamente tediosa. Ela é simpática e conhece o Velho Testamento como poucas pessoas, sobretudo o Eclesiastes. Suponho não ser essa razão suficiente para manter-me sob encantamento. Na despedida de ontem, notei o quanto ela se parecia com Jacqueline, a última mulher de Picasso, outro fato que não justificaria um novo encontro, embora reconheça – sem nenhum reparo – ser portadora de um belo perfil.

23 de maio

Ontem eu andava tentando lembrar o nome do autor do *Journal d'une femme de chambre*, filmado por Buñuel nos anos 1960 e estrelado pela então belíssima Jeanne Moreau, aliás, revelada a Buñuel por Louis Malle em *Ascenseur pour l'échafaud.* Foi necessário abrir *Meu último suspiro* para, enfim, recordar Octave Mirbeau. Lamento não dizer o mesmo que Buñuel do *Diário de uma camareira*: "Livro que conhecia há muito tempo". No meu caso, só o conheci depois de tê-lo descoberto pelo filme.

Diante das páginas do livro desse espanhol infernal, caminhamos em cima de surpresas – ele tinha mesmo o que dizer – até o seu último alento. Interessava e ainda mais apaixonava: um espírito de porco e ao mesmo tempo um grande espírito. Chamá-lo de gênio seria exagero? Vejo-o descrevendo

Le hussard sur le toit, de Jean Giono, aproveitando para confessar as suas velhas atrações pelas epidemias, por todas as pestes.[41] Faz-nos ver, também, que odeia a publicidade. A sociedade em que vivemos é totalmente publicitária. Acrescenta que passou toda a vida muito confortavelmente em meio a múltiplas contradições, sem tentar reduzi-las. "Elas fazem parte de mim mesmo, de minha ambiguidade", ele confirma.

Não gostava de Borges: "Entre todos os cegos do mundo há um que não gosto muito que é Jorge Luís Borges". Achava-o presunçoso e adorador de si mesmo.

28 de maio

Às voltas o dia inteiro com Dieter Ruckhaberle, ligado à minha exposição de Berlim. Completamos o que ainda faltava escolher entre quadros e desenhos. O pintor e amigo Roberto Lúcio, também presente, ajudou-nos a esclarecer certas dúvidas. No final da tarde, depois da passagem pelo ateliê de São Francisco, o conjunto estava definido.

4 de junho

Numa edição Ulisseia do *Quarteto de Alexandria*, de Lawrence Durrell, com a qual eu presenteara Fenícia e que depois de sua morte veio parar nas minhas mãos, no primeiro volume – *Justine* –, na página 115, encontrei a seguinte frase grifada: "É difícil lutar contra os desejos do coração; aquilo que ele deseja há de consegui-lo ainda que lhe custe a alma". E mais abaixo, na margem: "Os que percorrem a noite, Magos Bacchoi, Lenai e 'Os Iniciados'...".

No *Balthazar*, de acordo com o seu espírito destroçado, ela riscou: "Talvez seja este o meio de que Deus se serve para esquecer o mal que nos faz deixando-nos à mercê do mundo". Não preciso prosseguir no *Mountolive* nem no *Clea* – bastante menos grifados – embora o *tom* geral seja sempre o mesmo, a obsessão pelo Mal e a Revolta...

Não é novidade que as criaturas acabem por se misturar progressivamente com a forma do seu destino. Se Leibniz, como anotou Borges, defendia

---

[41] Inquietante confissão de Buñuel a propósito de epidemias e pestes. Além de espanhol, a sua figura física denotava ser um homem apto a suportar todos os horrores e mesmo ir à procura deles (N. do A.).

"a noção de que cada indivíduo, a priori, sabe de todos os fatos que lhe acontecerão", também não é espantoso acreditar que para Schopenhauer, "não há ato, não há pensamento, não há enfermidade que não sejam voluntários".

Fenícia, conscientemente tocada por uma maligna desesperança, achava-se um joguete à deriva do mundo que a ela sempre lhe foi hostil. Entregou-se como terna amante nos braços da morte. Muitos pensam que ela não passava de uma criatura comum, destrutiva e má. Era luciferina, portanto, um anjo caído, o que a distanciava, evidentemente, das pessoas vulgares.

Tenho guardado um caderno de poemas seus, o qual jamais suportei manusear. Amedrontava-me. Em nenhum momento tenta disfarçar o seu satanismo, embora permaneça com refulgências de um angélico cristal. Sua linguagem – não era uma escritora nem tampouco parecia dominar as formas de um poema – é peculiaríssima, às vezes até desconexa, disparatada, como se fosse um dialeto perdido, dirigido a alguns poucos *iniciados*.

Que poderia lhe importar o poema? Ela pisava noutro território, onde a arte não pode contar. "A Verdade não é a Beleza." O que conta é a falta de qualquer resposta. Seria melhor que outros pudessem verificar essas estranhas e fugidias expressões.

Confesso a minha enorme angústia e perplexidade diante de pormenores obscuros, sem falar no todo. Hermética? Não propriamente... Mas o que vem a ser "dou-me o erro em desvios"? Que demônio ou anjo a fez pronunciar: "Caio na ignorância por fora do estranho?". Impropriedade de linguagem? Nem pensar. Algumas vezes a coisa soa tão absurda que recordo que nas primeiras leituras (1981) cheguei a conjeturar a possibilidade de alguns plágios do desespero de alguém. Mas desespero de quem? Muitas vezes encontrei-a às voltas com uma velha edição de Fernando Pessoa. Também o único livro de poemas que vi em suas mãos. Logo um poeta a quem não aprecio e pouco conheço. Melhor dito, desconheço tudo, com exceção de um verso: "Ver como um danado" (será dele?). A mesma pergunta me tenta com relação a alguns versos dela. Serão mesmo dela? No entanto, a dúvida logo desaparece quando leio em outro poema uma terrível premonição:

Me tornei uma criança morta
nos braços de minha mãe.
Guerreiro junto com guerreiros,

ponta de espada com pontas de espadas.
Proposta a proposta.
Derrota a derrota.
Nada refleti, nada simplifiquei,
dei mais valor ao antigo.

Sinto-me como um intruso, um necrófilo. Estou invadindo túmulos interditos. Não me cabe o direito sequer de tocar neste Caderno Negro. Se o fiz, não foi para ultrajá-la, mas para defendê-la mais uma vez, embora ela, maldita pelo *sonho*, como costumava se autodenominar, há muito me afastara do seu convívio. Apontava-me como "juiz de assuntos fundamentais" e me teve ódio. Suponho que para o bom entendedor basta.

O Caderno Negro voltará para a gaveta com os seus mistérios e sobretudo com as suas maldições. De resto, ela sempre pareceu indiferente aos nossos movimentos. "Teci o que não sei tecer, fiz consciência do abuso."

Leitura de dois belos e interessantes ensaios sobre Jules Verne. "O Tema do Grande Norte", assinado por Marcelo Leconte, e "Geodésicas da Terra e do Céu", assinado por Michel Serres. Este último diz: "A única ciência onde se pode reconhecer o gênio de Jules Verne é a mitologia". A união admirável desses dois estudiosos esclarece as inacreditáveis facetas do proteico Verne e o espantoso argumento de que todas as "Viagens" eram "Viagens Iniciáticas", com o mesmo sentido que o "Périplo" de Ulisses, o "Êxodo" do povo hebreu, e o "Itinerário" de Dante, abrindo assim perspectivas as mais diversas e que podem associar-se aos mitos, ao esoterismo, aos ritos de iniciação, aos cultos religiosos e ao misticismo.

Fico pensando o quanto o mundo verdadeiramente fantástico de Jules Verne difere da moderna ficção científica, pelo menos do tipo de autores como Heinlein, embora tenha de admitir que é um gênero quase banido de minhas leituras (ou curiosidade), não fora a magnífica novela de Stanislaw Lem, *Solaris*, transformada em filme genial pelo Andrei Tarkovsky.

5 de junho

Manhã inteira ocupado com jornalistas e fotógrafos argentinos. À tarde, retoque em alguns quadros a óleo que seguirão para a exposição em Berlim.

O cheiro forte da terebintina me transporta para um mundo de pelo menos quarenta anos atrás; no entanto, as telas retocadas não ultrapassam vinte anos, e algumas são dos anos 1980, portanto, recentes. Eu acrescentaria: esse cheiro foi sentido pela primeira vez no ateliê do pintor Álvaro Amorim, em 1943, quando de minhas visitas periódicas para vê-lo restaurar e retocar quadros da coleção João Peretti, adquirida pelo meu pai. Então a conta aumenta para quarenta e nove anos. Nessa época, eu desenhava, mas não havia ainda pintado a óleo. Foi o velho Álvaro, ao me presentear com um cavalete de campo, no seu dizer, "usado pelo pintor Teles Júnior nas suas sortidas à procura do motivo paisagístico ideal", o meu verdadeiro introdutor no mundo da pintura a óleo e, consequentemente, da terebintina.

Lembro-me de uma enorme marinha de Alfred Lassally, representando a Ilha de Fernando de Noronha, cuja tela exigindo rigorosa restauração levou Álvaro Amorim alegremente a repintá-la por inteiro sob os meus olhos fascinados. Na verdade, de Lassally não ficou sequer um centímetro de pintura. Desapareceram todos os tons terrosos, típicos do academismo da época, e o verde temperado do oceano com ondas que jamais chegavam ao branco. Porquanto, naquela época, a meu ver, o quadro ficou consideravelmente melhorado, magicamente aceso em cores vivas, repleto de violetas nas montanhas e de verde-esmeralda reluzente na água.

Passei do ateliê do velho mestre para o meu ateliê de jovem pintor como quem passa da noite para o dia, do sono para a vigília. Mas não consegui, ainda hoje, desassociar o cheiro da terebintina da grande pintura de todos os tempos.[42]

6 de junho – sábado

O comandante e conhecido cientista Jacques Cousteau (paladino do mar) vem do alto de sua sapiente experiência nos advertir: "O mundo vive uma interminável sucessão de absurdos". Essa sua mais que justificada indignação seria muito interessante se desconhecêssemos o mecanismo do rebanho humano. Suponho que ela se enquadraria numa simples advertência do velho

---

[42] Evidentemente, essa referência ao cheiro da terebintina tem um caráter nitidamente fetichista e nada tem a ver com as mais variadas modalidades e técnicas diferentes de pintura (N. do A.).

médico (personagem do livro *O coração das trevas*, de Conrad), quando pareceu aconselhar a Marlow (outra personagem), antes de sua viagem ao Congo, a subir o rio – e o rio lá estava fascinante, mortal, como uma serpente. Entre outras coisas, indagou se Marlow "já teve algum caso de loucura na família". Queria sabê-lo porque era o primeiro inglês que tinha oportunidade de examinar... Diante da reação de espanto do rapaz, negando qualquer forma de loucura familiar, o médico comentou: "O que o senhor diz é mais ou menos profundo e provavelmente errado".

Chega a comover a inocente cegueira dessa turba de bem-intencionados cientistas e ecologistas que, parecendo saber de tudo, sempre ignoram o principal. Desconhecem aquilo que um homem como Conrad, marcado pelo fatalismo, não poderia deixar de se aperceber: "O homem diante do desconhecido, das fúrias desencadeadas, da maldição final". Marlow, ao entrar na antecâmara do médico, deparou-se com duas velhas parcas que lhe deixaram uma sensação esquisita: "Pareciam misteriosas e fatais. Muitas vezes, lá fora, pensei naquelas duas, guardando as portas das trevas, tricotando lã negra, como para uma cálida mortalha, uma delas introduzindo as pessoas, introduzindo-as continuamente ao desconhecido, a outra estudando os rostos tolos e animados, com indiferentes olhos velhos. Ave! Velha tricotadora de lã negra, *Morituri te salutant*. Não muitos daqueles os quais ela olhou, chegaram a vê-la de novo – nem a metade, de longe".

A Mãe Terra nos saúda e nos envolverá numa mortalha onde estarão *escritos* todos os nossos pecados, toda a nossa infinita soberba. Não destruiremos a Terra. *Ela*, sim, ela nos destruirá: "Que esplêndido seria fazer o mal e nunca mais ouvir falar nisso".

O comandante Cousteau, falando numa sucessão interminável de absurdos, repete o inexperiente Marlow e afirma alguma coisa mais ou menos profunda e provavelmente errada.

7 de junho – domingo

Pierre Klossowski, o irmão de Balthus: "O fato é que não dispomos de órgão algum próprio ao conhecimento; sabemos (acreditamos ou imaginamos na medida em que isso é útil ao interesse do rebanho humano) da espécie, e aquilo que se chama utilidade aqui é, talvez, a estupidez mais fatal da qual um dia morreremos".

Não devia ter cuidado com esses cogumelos?
Podem ser venenosos!
(De uma história em quadrinhos)

A maior parte dessas "pretensas epígrafes", retiradas todos os sábados de histórias em quadrinhos, representa muito mais um estribilho do que propriamente um sentido qualquer de resumir, objetivar ou acomodar as ideias expostas posteriormente por mim. Aliás, nenhuma epígrafe estaria obrigada a expressar o que quer que seja. São independentes, desde que pertencem a outrem. E se por acaso "expressam", é porque quem as escolheu, assim preferiu.

Às vezes, por brincadeira, repito essas frases por inteiro no meio ou no fim dos meus textos. Poderia até repeti-las indefinidamente, por mais tolas que fossem, e com isso criar um "estilo" um tanto suspeito, pouco recomendável, mas assim mesmo, um estilo...

Quando critiquei o energúmeno Sr. Heinlein pela completa dissociação entre as suas magníficas escolhas de epígrafes e seus próprios textos, foi motivado pela insensata desproporção entre uma coisa e outra. Apesar de tudo, foram as epígrafes do *Gato que atravessa paredes* que salvaram o livro e aquele fantasma que afinal de contas é o Sr. Heinlein. Passando de um assunto ao outro, se convidado fosse para a Eco-92, minha tese começaria assim:

"Não devia ter cuidado com esses cogumelos? Podem ser venenosos!".

Ainda outro assunto: gostaria imensamente que M. Gertrude tivesse conseguido ontem, na locadora, o último filme de Tarkovski, *Nostalgia*, rodado na Itália (1983), durante o seu exílio, pouco antes de sua morte. Só terei certeza dos filmes disponíveis, isto é, daqueles que ela locou, hoje à tarde. Já conheço *Nostalgia*, mas necessito revê-lo.

8 de junho

Chove no país de que me lembro.
Anônimo

Antes de comentar *Nostalgia* e *Solaris,* quero assinalar – sem qualquer propósito especial – que em alguma parte deste diário esses dois filmes de Andrei Tarkovski foram matéria de uma exaustiva interpretação. Contudo, não posso imaginar até que ponto essa análise interessaria aos verdadeiros amantes do cinema.

Para evitar repetições, limito-me a transcrever – de memória – frases e diálogos que ainda ressoam no meu espírito (não digo nos ouvidos porque a eles sempre escapa o essencial), acrescentando um especial cuidado à belíssima visão da *Nossa Senhora do Parto.* Tudo é intencional e simbólico nesta pintura, segundo um juízo crítico da obra de Piero della Francesca: "A simetria dos anjos – idênticos nas feições e nos gestos – para acentuar a unicidade da figura central. As cortinas abertas são uma alegoria do nascimento e da abertura do ventre: assim como o afastamento das cortinas permite que a luz penetre num recinto, o parto da Virgem permitirá ao mundo a luz redentora da vinda de Cristo".

Originalmente colocada sobre o altar, a pintura foi transferida depois para a capela do cemitério de Monterchi – na cidade natal da mãe do artista – onde ao longo dos séculos vem sendo procurada pelas gestantes que lhes rogam um bom parto.

Aliás, a cena inicial rodada na capela de Monterchi é inesquecível. O contraste da mulher citadina que, solitária, se defronta com centenas de outras mulheres contritamente reverenciando a Virgem, quer sejam ajoelhadas ou em procissão. Apesar do ambiente propício ao misticismo, a elegante e bela moça não consegue ajoelhar-se. Algo a impede. Aproxima-se de um humilde sacristão – que parecia na sua beatitude um guardião do supremo mistério – fazendo-lhe algumas perguntas e este logo responde: "O verdadeiro papel da mulher é gerar filhos, velar por eles, criá-los, chegar até o sacrifício". Depois, ele insiste no exemplo dos pais de Santa Catarina de Siena, um matrimônio de vinte e cinco filhos.

Indignada, a moça ameaça se retirar, mas o sacristão pede que espere. Nesse momento, uma crente prosternada diante de um dos andores da procissão – que igualmente carrega outra imagem – levanta as mãos e *abre* uma cortina ou, quem sabe, a saia fendida do manto da Virgem, da qual saem esvoaçando e chilreando centenas de pássaros na maior algazarra em direção à luz.

O personagem Andrei, poeta russo que visita a Itália, encontra-se em profunda crise místico-religiosa – deve ser, na realidade, o próprio Tarkovski –, não parecendo participar ativamente dessas cenas iniciais, embora um pouco depois, ao lhe perguntarem se era casado e se sua mulher era bela, responde: "Tão bela como a Virgem de Piero della Francesca, só que negra".

Chove no universo de Tarkovski. Chove no planeta *Solaris*, na estranha névoa que recobre um *oceano que pensa*. Chove nas ruínas de San Galgano, onde o mestre filmou *Nostalgia* até o infinito... Chove no planeta Terra. A água sempre presente, anunciadora, purificadora, às vezes terrificante. Um universo que se dissolve em água. Sempre a água: escorrendo, pingando nas torneiras, nas goteiras, nos tetos destroçados, nas torrentes das chuvas de verão, nas tempestades de inverno, nos remansos dos lagos, nas pedras e tijolos úmidos, nos pisos inundados, nas cascatas rumorosas, no vapor d'água da piscina de Santa Catarina de Siena, cuja água quente tem virtudes milagrosas... E nos cabelos molhados de uma mulher que retira a cabeça de uma tina.

Uma gota d'água – duas gotas d'água fazem uma gota maior, não duas gotas. E os pingos correm nos vidros gelados e não há lenços que possam enxugá-los. A água que vai faltar no calamitoso instante da *imolação* do devoto da Santa. No fim, quando o poeta Andrei ao lado dos filhos aparece numa catedral fantasmagórica a céu pleno (não havia teto), começa a nevar. Cenário que recorda as misteriosas e encantatórias catedrais do Norte, sob uma luz fria, saídas do pincel do notável pintor Caspar David Friedrich. De súbito, vemos toda a paisagem acender-se como uma palavra esquecida e depois lembrada para finalmente se apagar.

Nota: como esquecer a beleza quase feroz da atriz italiana Domiziana Giordano, *produto* (ou um espírito?) de audacioso hibridismo em que cabem vários artistas intérpretes da beleza feminina, de Leonardo da Vinci a Palma, o Velho? Este filme do genial Tarkovski foi dedicado à memória de sua mãe.

Fiz o esforço do abismo, perdi minha lei.

Anônimo

Quanto ao que anotei de *Solaris*, não é muito. Recordo que o *Prelúdio em Fá menor*, de Johann Sebastian Bach, é usado com muita parcimônia. Recordo que alguém observa "não gostar de inovações". Recordo, também, que, tanto como eu suponho, um dos cientistas adverte "não haver pensamento ilimitado. Retrocedemos e não avançamos...".

Um daqueles poucos *salvados* do inferno solarístico diz: "Foi o homem que tornou a ciência amoral". Mais impudente, mas não desprovido de razão, um terceiro argumenta: "A palhaçada às vezes é necessária. A ciência é inútil nesta situação". E conclui: "A vergonha é o que vai salvar a humanidade".

Não esqueci a peculiaríssima oportunidade de Tarkovski em expor tão demoradamente à nossa visão a admirável obra de Bruegel: *Os caçadores na neve* (Museu de Viena), sem favor nenhum, um dos mais belos quadros da história da pintura. Ele sabia, como nós sabemos, que estava diante de uma estrela e dos seus infinitos mistérios. Talvez até algo ainda maior, implicando o universo inteiro. Lembro o comentário sobre essa paisagem com caçadores, como também a cena derradeira da volta à Terra do infeliz Kris – será mesmo que ele *voltou*? Ou tudo não se relacionaria apenas com uma daquelas tantas "projeções" da consciência humana que o *maldito oceano* assimilava, mandando-a de volta ao desditoso sonhador?

No *Solaris* de Stanislaw Lem não houve *retorno*. De qualquer forma, o homem de joelho diante do pai é uma alegoria à "volta do filho pródigo" no sentido bíblico, mas não evita que a imagem rembrandtiana dessa mesma cena esteja presente. E é neste momento, tão crucial para esses supostos *conquistadores do espaço*, que verificamos o quanto o *velho homem* ainda prepondera. Tanto faz para o judeu Rembrandt, o polonês Lem ou o russo Tarkovski, o implacável sentimento de uma profunda piedade é o mesmo.

Não parece ter sido mera casualidade que este quadro de Rembrandt foi parar no distante Museu de Leningrado. Como insiste Borges, nada é casual. Tudo se entrelaça, bem vistas as coisas.

Não me enganei sobre os episódios de *Solaris*. Tomei conhecimento desse livro de Stanislaw Lem em novembro de 1988. O documento do piloto André Berton (homenagem de Lem a André Breton) foi exaustivamente explorado, inclusive a história do bebê agigantado e terrível, boiando num *improvável* oceano de *Solaris*. "Nós nos perseguimos", diz Lem, "e não há saídas." Acontece que a atenção refletida em *Solaris* entrelaçava-se com o atormentado *Urizen*, de Blake, com todo o maldito Lovecraft e com o Henry James de *A outra volta do parafuso*.

Bem, minha curiosidade já foi satisfeita. Faltaria agora saber mais detalhes de quando assisti à *Nostalgia* pela primeira vez e qual teria sido minha reação. Mas por que não a mesma coisa com *O espelho*, tão cheio de imagens pictóricas, cuja atriz russa (desconheço o nome) é propositadamente quase uma réplica do retrato de Ginevra de Benci, de Leonardo?

Agora me vem à mente uma associação curiosa entre a tradicional representação do mundo pela pintura (janela do mundo antigo) e a presença inovadora do cinema que vez ou outra incursiona pelo universo perdido da tradição.

A importância da atmosfera mística de Santa Catarina de Siena, figura centralizada por Tarkovski em *Nostalgia*, me aproxima de outra Catarina, a Santa de Alexandria, pintada por Duccio no seu retábulo *Maestà*, que se encontra na primeira fila do primeiro plano à esquerda de quem olha. Essa pintura no *Museo dell'Opera del Duomo* possui uma curiosidade: é pintada nas duas faces – frente e costas – as quais serviam aos fiéis como *sequências* tão vivas e ilustrativas quanto pretende o cinema de hoje. Com a *diferença* que correspondiam a uma necessidade vital do espectador, verdades sacrossantas, únicas e insubstituíveis. Inexistia – como nos espetáculos modernos – "o fluxo caótico e perigoso das coisas". Em suma, havia uma consciência que se mesclava com a estrutura do Sagrado, ou vice-versa, isto é, o Sagrado era a *própria consciência*.

9 de junho

Sim, esqueci o medo, aquilo que nela, na opinião dos outros, era quase uma segunda natureza. A mim, causara-me temor. Ela, a pobre, frágil e desgraçada Jane Bowles, casada (por quê?) com o chato até os pés, Paul Bowles, deve ter enlouquecido de tédio.

Semana passada, emprestei a novela ao silencioso e evasivo Nonato, com as melhores recomendações. Por experiência, sei que quando desafiado, como sempre, analisará as coisas com profundo senso crítico. Nada lhe escapa. Inclusive, até o papel utilizado nas suas cartas, onde expõe seus pensamentos, parece ter sido encomendado. Acentua a tragédia de cada palavra e de cada letra pela natureza intrínseca dos seus ornatos impressos no papel, nas suas duas faces e, principalmente, pelas grandes maiúsculas que presidem e articulam o texto: "O Grande M de mulher e mênstruo é o portal do inferno e, no seu reverso, o V de vagina é também o V do vazio... O vazio que as invade de uma saudade louca, desencantadas, procurando em campos raros as árvores distantes e seus amigos perdidos...".

A letra M (Vênus) alude a *Volpone*, igualmente a letra V (coluna) onde o nome de Volpone se repete. Depois, mais uma vez, a letra inicial (ou carta) V (elefante) para Volpone. Meu Deus, por que logo Volpone? A simples menção do seu nome logo acentua as labaredas do inferno e nada acrescenta ao suplício da desafortunada Jane. Na verdade, Nonato apenas vaticinou um irretocável criptograma, do qual nem mesmo Ben Jonson está excluído.[43]

A gravura na primeira página da missiva de Nonato lembra, no seu caráter esotérico (onde não está excluído o reino de Satã), o hibridismo dos desenhos renascentistas de Dürer, com os perversos ilustradores franceses do século XIX, impregnados de um orientalismo de fancaria, efeito que, longe de afastar, acende a luz sobre o grande M da maldade.

Infelizmente, esta carta, o próprio Nonato, depois de vê-la nos meus guardados, fê-la desaparecer.

10 de junho

Parece-me uma longa espera aguardar até amanhã. Passando a meia-noite de hoje já é o suficiente. Mas é inútil falar nisso agora; apenas por precaução, me manterei acordado.

Ai daquele que mente! O moço com cara de índio e que se autodenominava adivinho segurou a minha mão e, sem ao menos olhá-la, predisse: "Viverás sessenta e quatro anos". Depois, sorrindo, retorceu os olhos de uma maneira horrenda – do olho, só o branco aparecia, como de um cego – para balbuciar palavras desconexas: "Eu sou Tirésias – o adivinho *universal*", ele disse com sua voz roufenha, semelhante ao estertor dos enforcados.

11 de junho

Sobrevivi à sexagésima quinta comemoração da Batalha do Riachuelo. No momento em que Barroso ordenava: "Atacar sem trégua o inimigo, o mais perto que possível".

Com certeza, contrariando a predição do "adivinho", com os choques dos navios, eu caíra no mar. Finda a batalha, fui encontrado por marinheiros, semimorto, entre destroços que flutuavam nas águas negras, juncadas de cadáveres.

Ontem, o vice-almirante Roberto de Oliveira Coimbra colocou-me à lapela uma comenda de "Amigo da Marinha". Com certeza, todos esses

---

43 *Volpone or the fox* – obra-prima de Ben Jonson, representada pela primeira vez em 1606 e publicada em 1607 (N. do A.).

acontecimentos reunidos salvaram-me a vida. Como observou Albert Camus: "Vivemos tempo demais".

Alguns anos atrás fiz um monumento mural dedicado à Batalha Naval de Riachuelo.[44] Além da parte plástica (relevo cerâmico policromado), lembrei de colocar como inscrição uma ordem do dia do Almirante Barroso, datada 11 de junho de 1865, portanto, há cento e vinte e sete anos.

12 de junho

Como não poderia deixar de ser, Ariano Suassuna apareceu na tarde de ontem para comemorarmos Riachuelo. Também Pio Guerra Filho fechou a mesa-redonda em torno dos mais variados assuntos, os quais nos levaram até a noite. Aproveitei Suassuna para tirar algumas dúvidas sobre Catarina de Siena. Tudo o que poderia saber sobre a santa que, na verdade, ao lado de *A Virgem do Bom Parto*, de Piero della Francesca, presidia os inúmeros sinais indicativos da crise religiosa atravessada por Tarkovski. A Santa Catarina de Alexandria, pintada por Duccio, foi virgem e mártir no longínquo 312 da Era Cristã. Quanto à Catarina citada pelo *beato* no filme *Nostalgia* – uma personagem estranha que mantinha conversações diretas com a santa –, trata-se de uma das maiores santas da Igreja católica, nascida em Siena em 25 de março de 1347 e morta em Roma, em 29 de abril de 1380. Monja dominicana, filha de um matrimônio de vinte e cinco filhos (lembrar a Virgem do Parto), fundou o Mosteiro das Penitentes (1374), uma espécie de escola mista, onde ensinava sobretudo a caridade e a paciência. Escreveu livros importantes como *Cartas devotas*, *Orações* e *Poesias religiosas*. Se não me engano, teve acentuado relevo no apaziguamento das disputas entre o Papado de Avignon e o de Roma. Todos esses pormenores biográficos e de natureza mística foram extraordinariamente aproveitados por Tarkovski em *Nostalgia*.

Com palavras canhestras, tentei esclarecer detalhes da vida do cineasta russo (a meu ver, desconhecido por Ariano), como também alguns dos seus filmes, incluindo *Solaris* e *Nostalgia*, este último, certamente, uma obra-prima de Tarkovski. Nostalgia de quê? Não se pode entender de outra maneira senão como *nostalgia do infinito*, numa desesperada procura do sagrado.

---

[44] Mural cerâmico que se encontra numa praça localizada na Av. Cruz Cabugá – Recife (N. do A.).

Nota: acrescente-se que Monterchi é a terra natal da mãe de Piero della Francesca e que o filme de Tarkovski foi dedicado à *memória* de sua mãe. Igualmente vale mencionar que Siena não se encontra distante de Arezzo e de Borgo San Sepolcro – cidade onde o pintor nasceu e passou a maior parte de sua existência.

13 de junho – sábado

Mais veloz que as águias eu navegarei...

(De uma história em quadrinhos)

De um livro inédito, *Pomar de sombras*, resolvo transcrever o poema:

Não

Deborah Brennand

Não mais o açude
nem o atalho que vai ao pomar
jogar na terra cinzas da culpa.
Nem mais o tropel de éguas
adestradas só em lembranças
nos relhos de couro azul
nem mesmo as flores, novamente,
reluzindo em louças da índia
um jardim sem ruínas.
Não, ela não sabia se estava morta
ou vivia sob a luz tão clara
que dourava o campo.

10h

Helena Viktoria telefonou de casa para anunciar o nascimento do pequeno Oliver, seu irmãozinho.

De manhã muito cedo, M. Gertrude sem nenhuma companhia, intimorata (como só as mulheres sabem ser), pegou os seus pertences e dirigiu-se à maternidade onde o médico, já com hora marcada, faria uma intervenção cesariana. O nome do menino foi escolhido por mim, e chamar-se-á Oliver Edward. Este nome continua secreto e só o revelarei no momento oportuno.

Verifico, com uma certa desconfiança, a facilidade de *aproximação* dos nomes de Dante e Goethe em relação ao Eterno Feminino. Dante enxergava em Beatriz o "Amor Sagrado", assim como em *A sabedoria dos livros santos.* Quando o brilho dos olhos de Beatriz incidiu sobre os dele, era como se deixasse o plano humano. *Transhumanou.* Eis aí a palavra mágica, talvez a única, que define os poderes dos deuses. Enquanto que para Goethe – bastante mais terreno – o mito das Mães eram as *exigências* dos homens na terra. Não haveria sobrevivência sem as mulheres. Como diz Camus, "Goethe deu o diabo por amigo ao Doutor Fausto e, com tão potente auxiliar, Fausto faz o que todos fazemos aos vinte anos: seduz uma modista". Aliás, Goethe também fez um casamento inferior, unindo-se a uma governanta. Falo nesse assunto "de cátedra", uma vez que sou um dos maiores especialistas no gênero. Com exceção da minha primeira mulher, uma *Beatriz*, o restante, em todos os seus matizes, foi ou é demasiadamente terreno. Enfim, são mulheres e não uma imagem sacralizada representando *o eterno* feminino, virulento e dominador, diante do qual sempre fui um subordinado, um adorador. Camus acrescentaria com acentuado sarcasmo: "O inferno é um favor especial que se reserva àqueles que o pediram muito". Bem apreciado, esse favor insiste muito em me perseguir.

3h da tarde

Volto do trabalho de retoque de pintura a óleo de 1980-1981 com um estranho título: *Homólogo.* Quando Dieter Ruckhaberle viu esse quadro, cujo péssimo estado de conservação – quase uma ruína – me envergonhou, argumentei que podia restaurá-lo. De imediato, ele disse: "Não toque nesta tela e, por favor, nada de retoques. Deixe-a como está. Tem a cor e a fatura de um bom quadro cubista... sem ser cubista".

3h28min – tarde

Novamente falei com Helena Viktoria que telefonou do hospital toda alvoroçada informando as notícias. Como presumi, esse pequeno ser vai revolucionar a sua existência. Não pensará noutra coisa. A mãe, prudentemente, guarda silêncio. Também nada perguntei. Helena Viktoria diz: "Aqui na maternidade nós três estamos bem".

Foi o primeiro choque. Isso sugere mudanças? O que registrarei no diário? O que mais a menina comentou? Ela tem alguma ideia neste sentido?

Aos sessenta e cinco anos iniciarei uma *viagem* que não pretendia repetir. "Mais veloz que as águias eu navegarei", eis aqui o insondável refrão.

14 de junho – domingo (manhã)

E aí, dê uma passada na Islândia, traga gelo e venha depressa pra casa.

(De uma história em quadrinhos)

Curiosamente dessemelhantes e singularmente identificados. O que teriam em comum o *Axel* de Villiers de L'Isle-Adam com o *Axel* de Jules Verne, personagem principal de *Viagem ao centro da Terra*? O Conde de Auersburg "habita numa atmosfera semiwagneriana, semigótica, um velho e isolado castelo no coração da Floresta Negra, onde se entrega ao estudo da filosofia hermética dos alquimistas e está sendo preparado por um adepto Rosa-Cruz para a revelação dos últimos mistérios. Já o Axel de Jules Verne, inicia sua *grande viagem* contra a sua vontade; alista-se pesaroso na Ordem dos Cavalheiros Errantes, mas sem atinar no que faz. Como o seu homônimo, não é um homem de ação. Diferem no momento em que *o viajante* é iniciado (apesar de pouco apto para a aventura) e aceita *penetrar no centro da terra*. De algum modo, esse gesto (ou sonho?) exigiria ação, iniciativas, deslocamentos, algo inimaginável para o pálido (de uma palidez quase radiante) Conde Axel de Auersburg, para o qual *viver* ou agir é coisa 'que os nossos criados farão por nós...'".

Encontram-se mais uma vez, quando o Conde Axel, indignado, repudia a ideia de uma noite de amor proposta por sua amada, Sara, recém-escapada de um convento, onde deveria "tomar o véu". Quanto ao nosso viajante, no seu destemor e solidão foi tomado – pelo menos no tempo em que a viagem durou – como um herói do futuro, uma espécie de *louco casto*. O casamento final com a linda Graüben não será, portanto, o motivo dos atos heroicos do intrépido Axel, mas tão somente "a recompensa da coragem e audácia gastas no *mundo subterrâneo*".

Esse espírito subterrâneo os identifica na medida em que o Conde, mesmo que inativo (renunciando à vida), é um atento pesquisador da *revelação* dos últimos mistérios. O Axel viajante, segundo o seu criador, "é um metal pobre que deve ser temperado no *Fogo* da terra, lavado e endurecido na água do mar interior. Só a *aventura* (rosa mística?) lhe conferirá um rosto, um significado ao seu ser verdadeiro". Ambos estão dilacerados pelos deveres iniciáticos, embora por diferentes caminhos. Estiveram diante do *coração da matéria.*

Como não me move qualquer intenção ensaística, fico no meio da jornada, apenas seguindo agora as estranhas direções do admirável pensamento que Jules Verne *obrigou* seus três viajantes a percorrer. Em suma, deixo de lado o Conde Axel, um dos clássicos "heróis" (assim eram chamados na Grécia os adeptos do mistério) do Simbolismo europeu, do fim do século XIX, uma espécie de *antídoto* ao Naturalismo, do qual, de certo modo, Jules Verne, com o seu romance científico de antecipação, não estaria tão distanciado. Acontece que uma coisa é a preposta "intenção" seja do autor ou da crítica, outra coisa é o resultado final da obra na sua consistência e densidade profundas. Há que lembrar – no campo da pintura – o exemplo do grande Gustave Courbet, considerado por toda crítica (ainda hoje) como um pintor realista, ele mesmo se autointitulando um campeão do realismo naturalista e, na verdade, como diz sutilmente Giorgio de Chirico, "ele, Courbet, expunha mais profundamente que Delacroix o sentido da realidade, portanto, era mais *poético* e mais *romântico.* O romantismo de Courbet é muito mais patético e solitário", acentuava o surrealista.[45]

Os enfoques atuais sobre a obra de Verne multiplicam seus significados, talvez pelo próprio gênio do autor, *malgré lui,* ou talvez pelo fato de que o tempo passado sobre uma história contada (tantas vezes lida e esquecida) acabe por descerrar segredos, no início pouco perceptíveis, inclusive e paradoxalmente, aos olhos do seu narrador.

Num admirável ensaio de Marcel Brion sobre *Viagem ao centro da Terra*, esta é logo batizada como "A Viagem Iniciática". "Alguns *grandes iniciados*" – diz ele – "por instinto, encontraram o antigo *vetor.*" A recordação e a elucidação das viagens imaginárias, concebidas como viagens iniciáticas, nos conduziram através de milênios, seguindo uma linha ininterrupta desde as façanhas de *Gilgamesh* até chegar às mais recentes, entre as quais se encontra *Viagem ao centro da Terra*, de Jules Verne.

---

[45] Essas observações de De Chirico sobre Coubert já foram utilizadas em outras situações nestes cadernos (N. do A.).

A iniciação de Axel se cumpre, na expressão de Brion, como determina a tradição, na gruta que simboliza para todas as sociedades de mistérios a matriz, o *seio da mãe*, em cuja concavidade se elabora e se prepara o nascimento do homem novo. Tal era, igualmente, o significado do *labirinto* onde Teseu, ancião, é rejuvenescido pelo sangue do touro e, de acordo com a religião de Mitra, mata o Minotauro e, uma vez fora do subterrâneo, abre-se a uma nova vida.

Como já foi exposto, o fascínio do Conde Axel de Auersburg se desenvolve no estudo da filosofia hermética dos alquimistas. Coincidentemente, Brion fala no curioso livro de alquimia, atribuído a um discípulo de Paracelso, *O canto da mina*, onde se vê "o postulante da sabedoria penetrando ao largo dos corredores da mina como se fosse no interior do conhecimento". Brion admite que o *alcance* iniciático dessas aventuras não se expressava claramente para o narrador. Pode-se, inclusive, acolher a ideia de que não se apercebesse que sua *gesta* implicava em prolongamentos místicos, inventando uma fabulosa e inverossímil história. Longe de pressentir que tamanha narrativa podia ser lida apenas se lhe aplicasse uma certa *chave*, como a descrição de uma iniciação comparável àquela dos mais antigos mistérios.

Brion, que tanta coisa soube descobrir, agindo com modéstia, propõe: "Seria interessante buscar em outros trabalhos de Jules Verne uma vinculação imediata ou mediata com os problemas dos mistérios da vida espiritual". No final, conjetura: "Como se uma muito remota e inestimável ciência, ocultada, obnubilada pela ciência materialista e o pensamento positivista do século XIX, se expandira por meios de *clarões* (ou jorros) de luz, através da substância mesma do relato, certamente sem que o autor tivesse consciência de que possuíra, ainda assim, algo maravilhoso e inexplicável no seu próprio *centro* mais secreto".

Post-Scriptum: Recado a Hans, o guia islandês do viajante Axel através das entranhas da Terra, que certamente nada compreendeu da aventura que viveu, mas entenderá o meu rude telegrama: "E aí dê uma passada na Islândia, traga gelo e venha depressa para casa!".[46]

---

[46] Evidentemente este *post-scriptum* deve-se a uma intrujice de Nonato, e tem a marca registrada de sua zombaria (N. do A).

Como o Conde Axel de Auersburg, exploro apenas as possibilidades do pensamento e da imaginação. De algum modo, a vida pretendeu forçar passagem. Numa muralha tão fendida, acabou por derrubar o muro. De minha parte, sei que não sobrevivo senão pelas minhas inúmeras contradições, mas ainda consigo escutar os seus passos amortecidos para não ferir o silêncio. E se o escutasse? Escutar? Quem escutaria essas muitas ansiosas preocupações? De repente lembrei-me de que, como ele, eu também estava só.

16 de junho – manhã

Por intermédio de Borges em "O Espelho dos Enigmas", um estudo sobre Léon Bloy servi-me farta e repetidamente de alguns textos deste escritor apontado pelo argentino como alguém que redigiu páginas clamorosas.

Recordei e recordo sempre, nos momentos de mágoa – e não foram poucos –, algumas linhas que me confortavam, como se carregasse nas mãos a incontrastável e sagrada *Imitação de Cristo*. Blasfemo? Não acredito. "Tudo é símbolo", diz Bloy, "até mesmo a dor mais lancinante. Somos seres adormecidos que gritam durante o sono. Não sabemos se determinada coisa que nos aflige não é o princípio secreto da nossa alegria ulterior."

Eu devo deixar você embaraçado.

(De uma história em quadrinhos)

"Na verdade, em conjunto faz muito pouco sentido. Um interminável palavrório acerca de nada. Talvez algum aborrecimento... Mas isso não é uma novela" – observou Nonato. "Preferia, se pudesse, sugerir uma espécie de *rumor anônimo*. Se isso não viesse ofender quem quer que fosse e muito menos a você, como disse, preferia imaginar a sua *fala* bastante por fora de tudo que pretende (ou pretendeu) dizer. Não seria possível negar o conjunto de todas as suas anotações.

Chamou-as (não faz tanto tempo) de calendário, compromissos com os dias. Veja bem onde quer chegar comprometendo-se apenas com os dias, e não com as pessoas. Parece-me que seus outros afazeres, sempre inconfessáveis, atravessados na desordem de um discurso acima do que você próprio é capaz de pensar, acaba tropeçando frequentemente nas palavras, passando assim para a voz de um outro. Aquilo que os estudiosos qualificam como um discurso emigrante – voz completamente branca, não articulada por nada, sem suporte nem ponto de origem que vem de uma parte indeterminada e surge no interior do texto por um ato de pura irrupção."

Depois desse longo comentário que foi feito na mais perfeita calma, Nonato me olha com certa candura e pergunta se já não é tempo... Ele estava de pé, eu sentado e, portanto, nem ao menos levantei a cabeça para lhe dizer que o que eu sabia mesmo fazer com perfeição era guiar automóvel, coisa que aprendi aos oito anos de idade nas imensas garagens na casa do meu pai. E, sabendo que o irritaria profundamente, comentei que o que escrevo é muito semelhante àquelas palavras psicografadas, linguagem deveras transportada. "Eu não falo, meu caro Nonato. Você fala e os outros falam. Portanto, devo continuar." Ele não disse palavra, saindo da sala.

22 de junho

> *A grande tristeza da minha vida é que jamais contei na literatura francesa.*
>
> Jules Verne

A minha "história" com Lízia assemelha-se àquela narrada por Verne sobre o seu livro *Cinco semanas num balão*. Entrevistado pelo repórter americano Robert Sherard, em 1893, no momento em que este lhe perguntou se tinha conhecimentos de como funcionava um balão (uma experiência qualquer) o escritor à queima-roupa respondeu: "Nenhuma". Depois acrescentou: "Escrevi *Cinco semanas num balão* não como uma história centrada na subida de um balão, e sim na África. Tive sempre uma grande paixão pela geografia e pelas viagens e queria fazer uma *descrição romântica* da África. (...) Na verdade, só viajei uma vez na vida em um balão...".

Assim aconteceu com relação a Lízia – uma só vez. E, diga-se de passagem, quando me apareceu uma segunda vez, estava grávida de seis meses, de um homem a quem amava. Sempre que recorria a mim, era à procura de recursos, segundo informou. Como eu disse, Lízia jamais teve qualquer realidade. Ela era um fantasma como as cinco semanas num balão, e não como a África, que eu tanto necessitava conhecer, enfim, aquilo que supomos ser o Amor.

26 de junho – 10h da manhã

Longa conversa com o Ministro Conselheiro da Embaixada do Chile. Vem de cinco anos em Paris, dois em Berlim, etc. É gente com quem se pode trocar ideias. Chama-se Eduardo Jara. Aproveito para presenteá-lo com um livro da Oficina e, ademais, no calor das argumentações, voltei a falar em Carlyle, dando como exemplo atual as formulações chinesas, na sua *dureza* de não ceder a essa "democracia terrorista". Até o Cristianismo, a despeito da sua doutrina do *perdão*, que é um ato que pode modificar o passado, se mostra de uma enorme rigidez contra as transgressões. Liberdade verdadeira só no *Reino* de Deus, não aqui, neste mundo miserável e anárquico. Apesar de paradoxal, o perdão é uma forma de submissão: aquele que perdoa se tornará escravo do perdoado, enquanto este, voltando a transgredir, sentir-se-á um réprobo, a um passo do inferno.

27 de junho – sábado

Teremos uma leitura num instante!

(De uma história em quadrinhos)

É curioso o fato de que quase nenhum personagem pintor pareceu "real" até agora no cinema, isto é, não só uma personalidade verdadeira, mas um profissional dc carne e osso (interessado e, se possível, até apaixonado) por seu trabalho e flagrado nele, principalmente com veracidade de representação e capacidade de convencimento. (Como por exemplo, vemos o ator e, de algum modo, ele não nos convence que "pinta", "esculpe".)

O único (ou quase) caso de êxito de representação de um pintor dos filmes que conheço é o desse Lionel Dobie, do primeiro episódio de *Contos de Nova York*, otimamente representado por Nick Nolte, sob a direção segura de Martin Scorsese, pintando um quadro que se torna, por sinal, *magnífico* ao longo do filme. E, meu Deus! Que pinceladas! Embora muito ao gosto da "bravata" norte-americana (aquilo que um público neófito supõe ser o domínio da técnica de pintar), agradou-me sobretudo a maneira como o pintor olha o seu trabalho, examina-o, recua e volta a ele, com um interesse real, representado na medida certa da "inspiração", que só vai encontrar dentro dele mesmo.

Esse pequeno filme merece um lugar entre os melhores que abordam o mundo da pintura. Existem alguns outros, mas não vou falar deles agora. Posso apenas dizer que não são muitos.

Mudei de opinião e, em pequenos e sonolentos comentários, prossigo analisando *Lições de vida*, de Martin Scorsese. De fato, o pintor comporta-se como um profissional, de corpo e alma, em parte facilitado, como já disse, pela pintura gestual – marca do Expressionismo Abstrato americano e quejandos, tão em moda a partir de Jackson Pollock, que facilmente se confunde com uma dança executada simultaneamente pela mão e o pincel. Quem marcou o ritmo nervoso e apaixonado dessas pinceladas e ao mesmo tempo as executa, sabe o que está fazendo. O trabalho pessoal do ator, seu *physique du rôle* "à la Derain", no conjunto, é mais que convincente.

O famoso *pé* – único fragmento visível da enorme tela destroçada do mestre Frenhofer do "Le chef-d'œuvre inconnu" – não poderia ficar alheio a Scorsese e muito menos ao luxurioso Dobie. Por duas ou três vezes, o motivo se reveste de conclusivos significados. Lionel diz ao seu gracioso modelo: "Só quero beijar o seu pé...".

Lionel Dobie, pintor abstrato, como todo artista, necessita – *malgré lui* – de vida real ao seu redor. Precisa de sua Zoé, nome da garota do segundo episódio nova-iorquino, o qual Francis Coppola elucida tratar-se, em grego, da palavra *vida*.

Depois desse ligeiro comentário sobre pintores no cinema, pergunto-me o que acontecerá com o *La belle noiseuse*, do diretor Jacques Rivette, aqui no Brasil traduzido ao pé da letra como *A bela intrigante*, inspirado – não sei até que ponto – na *Obra-prima ignorada*, de Balzac. Segundo alguns comentaristas desse filme que envolve pintores e pintura, fica evidente que não conhecem o conto de Balzac. Esse trabalho em que ao mesmo tempo mostra o embate entre o pintor e o seu modelo e tenta desvendar o processo de criação de um artista, as suas angústias, suas dúvidas e a sua conquista da inspiração, não excluindo o próprio ato de fazer...

Somos advertidos, também, que *a mão* que aparece empunhando o lápis ou os pincéis é de um pintor de verdade, ou seja, o francês Bernard Dufour, embora os quadros que decoram o ateliê sejam arte de segunda categoria.

Pobre mestre Frenhofer. Por quantos vexames irá passar? Em todo caso, não posso, por antecipação, julgar o desempenho de atores da qualidade de um Michel Piccoli e de uma Emmanuelle Béart, cuja beleza enigmática atordoa a plateia. Todavia, não é esse o *cerne* do problema. Outros atores como George Sanders, em *Um gosto e seis vinténs,* e Donald Sutherland, em *Gauguin, um lobo atrás da porta,* deram o melhor de si, no sentido de uma identificação perfeita com o drama do artista retratado, quando o que *se deseja* (suponho mesmo impossível) é surpreender o momento da *criação.* A proposta é tão complexa que mesmo se filmando diretamente pintores no ato de pintar - Clouzot tentou *dirigir* Picasso, ao vivo - redunda num ato de clamoroso fracasso.

28 de junho – domingo – 8h da manhã

Sobre *Hector Servadac*, de Jules Verne (*Viagens e aventuras através do mundo solar*), Michel Foucault diz que o professor Palmyrin Rosette é uma pedra com *inscrições.*

Com o volume em mãos, também verifico que o professor não participava de banquetes mesmo quando solenes. A sua resposta ao espanholito Paulo, que pouco demorou no observatório, era concebida nos seguintes termos: "Palmyrin Rosette manda apenas dizer que estamos hoje em *120 de junho* e que amanhã será o 1º de julho, levando em consideração que tudo o que se relaciona com o cometa Gallia deve ser observado pelo calendário galliano". Era nem mais nem menos do que uma *recusa* cientificamente dada, mas recusa terminante e formal.

"(...) Palmyrin Rosette era ali o único que podia responder a semelhantes quesitos...

(...) Afinal publicou-se também uma resposta àquela memória, resposta que espirituosamente reduziu o trabalho de Palmyrin Rosette às suas justas proporções, chamando-lhe de História de uma Hipótese."

Eis o que resulta quando se é obrigado a conviver com um sábio. O resultado é sempre equívoco. No final das contas uma disparatada incompreensão. Como já foi dito, Palmyrin Rosette é uma pedra com *inscrições.*

"Macacos me mordam! Gugu está sentado em sua pedra de pensar!"[47]

---

[47] Como a letra de Nonato é absolutamente igual a minha, só tardiamente verifiquei esse acréscimo para desmoralizar a complicada abordagem que fiz de Jules Verne e suas *Viagens maravilhosas aos mundos conhecidos e desconhecidos.* Ele não me perdoava ter lido na juventude, e depois dos quarenta anos, ainda numa velha edição da livraria Bertrand, de Lisboa, os vinte volumes desse escritor. Nonato insiste em tirar as coisas do sério, lembrando que Shakespeare, entre todos, foi o gênio da travessura – o rei dos comediantes. Cervantes a seu lado não passa de um contador de histórias picarescas (N. do A.).

No final do dia continuava curioso de saber e sobretudo ouvir a estranha música do filme enlouquecido de Peter Greenaway, *O cozinheiro, o ladrão, sua mulher e o amante.* Informaram-me que foi composta por Michel Nyman. Entre outros detalhes, a inesperada e extravagante (ainda é pouco para definir) canção – gritada, não cantada – pelo pequeno *castrato* que, afinal, permanece em todo o decorrer do filme e de sua trilha sonora. A figura andrógina, fantasmal, de cabelos arrepiados e sem cor, veste um timão que lhe chega até os pés e é essa mesma figura que, histericamente, grita na triunfal recepção à gangue introduzida num restaurante de luxo, pela porta dos fundos, atravessando a mais estranha cozinha que me foi dado conhecer. É como se eles tivessem entrado no *inferno* (e nós entramos juntamente com eles), passando por baixo do próprio portal de Erebus, a escutar os gritos esganiçados do *castrato*:

Tenha pena de mim...
Tenha pena de mim...
Apague meus pecados.
Me purgue com hissopo[48]
E eu serei puro...
Me lave...
E serei mais branco que a neve.

Foi tudo o que pude colher dessa salmodia, embora noutras ocasiões – visível ou invisível – a sua voz continuasse presente sem que, no entanto, fosse traduzida em forma das habituais legendas. Adivinho que eram *coisas* intraduzíveis.

Volto a declarar que Lionel Dobie, assim como o seu colega Frenhofer, molhava seu pincel nas várias cores, explorando, por vezes, toda a escala cromática mais rapidamente do que um organista de catedral percorre a extensão do seu teclado no *O filii et filiae* da Páscoa.

---

[48] Hissopo: arbusto que cresce nas rochas áridas das regiões mediterrâneas e asiáticas e de cujas flores (flores do mal?) se faz uma infusão estimulante. Família das labiadas (N. do A.).

29 de junho

Antes do sono, ocorreu-me a aventura de insistir na continuação dos *Contos descorteses,* de Bloy. Na terceira página de "A Religião do Senhor Pleur", fascinado (ou hipnotizado) pela expressão de Villiers, "assassino de cisnes", sou jogado de novo num enorme caldeirão da cozinha infernal...

Continuo como o Senhor Pleur, aquele que "não havia sido o que parecia ser".

1º de julho – manhã

Encontro na biblioteca de São Francisco[49] *O armazém de antiguidades*, de Dickens, que pertenceu a minha mãe quando mocinha, um volume ainda de H. Garnier, livreiro-editor, Rio de Janeiro, Paris, 1911.

Em que data ela assinou tão castamente o seu nome de solteira, Lily P. de N. Coimbra, com sua caligrafia impecável aprendida em colégio de freiras francesas, sediado no Rio de Janeiro? (Sion ou Sacre-Coeur?) Comoveu-me não só a sua imagem de moça – para mim desconhecida – como também o seu amor pelos livros (e não se tratava de M. Delly), confirmado num exemplar de *Nostromo*, em tradução francesa, o qual subtraí de sua biblioteca particular há muitos anos, na casa de São João.[50] Outro aspecto que me deixou atento foi a extraordinária semelhança de sua letra com a minha, evidentemente antes que a minha escrita se deteriorasse, mas, mesmo assim, permanece a essência do corte, o ritmo e outros detalhes grafológicos.

Fiz questão, a noite passada, de que o pequeno exemplar de Dickens dormisse ao meu lado na parte vazia da cama. Recordei de quantas vezes menino dos meus sete para oito anos, insone e amedrontado, fugia do quarto para o quarto de minha mãe, onde na enorme cama, metade vazia, eu era acolhido e logo conciliava com *segurança* o sono perdido.

Antes de dormir abro o livro e uma só frase me basta: "Embora me sinta velho, a noite é geralmente a ocasião que mais me agrada para passeio".

---

[49] O autor se refere ao Engenho São Francisco, sua residência (N. do E.).

[50] O autor se refere ao Engenho São João, residência de seus pais, onde viveu até se casar (N. do E.).

Tarde
A moça não se despediu de mim. Apressadamente acompanhada da mãe e da irmã, meteu-se automóvel adentro como quem fugia do demônio. Em que pensava não posso saber. Ademais, durante a visita nenhum gesto meu – inclusive, posso garantir, nem pensamentos, palavras ou obras – lhe dava o direito de agir assim tão insensatamente.

Será que por alguma estranha e secreta suposição chegou a temer que eu a estuprasse (ou pelo menos tentasse) como fez um cacique indígena com uma estudante? Na verdade, é uma história ou situação impossível de se repetir pelas diferentes circunstâncias, pois havia três mulheres e além delas um professor, sem deixar de lembrar o motorista que os acompanhava, e que fez questão de me cumprimentar na entrada e na saída. Dizendo melhor: na entrada eu o cumprimentei. O professor falou na cultura *hiperbórea* do Grande Norte longínquo (não sei bem de onde partiu o assunto). Mas era algo que me interessava, logo prestei atenção. Cheguei a lembrar-lhe o *Dossiê H.*, do albanês Ismail Kadaré. Não, o professor não o conhecia. Também pouco insisti, uma vez que estava no seu direito, além de ser um visitante a quem ninguém avisara que poderia ser inquirido.

Deixei-o de mão. Mesmo silencioso, cumprimentou-me na saída, secundado pela mais moça e pela mais velha das mulheres. Ainda me intriga por que só uma delas escolheu a fuga intempestiva.

3 de julho
Pretendi destruir todas as cartas escritas a Fenícia entre os anos 1978-1979. Uma vintena de cartas, não mais que isso, porém o bastante para denunciar exageros. Bloy, em "Terrível Castigo de um Dentista", a uma certa altura denuncia a impossibilidade de se destruir o que quer que seja.

Fazendo minhas cartas em pedaços atirei-as ao universo, onde elas permanecerão fixadas para sempre e ao alcance de todos. Outras cartas enviadas a diferentes mulheres – igualmente repletas de tolices e danação – serão o paradigma daquelas supostamente destruídas por mim. "Porque é impossível destruir nada", repito Bloy. Ele mesmo martirizou-se corajosamente nas suas *Cartas a Verônica*, deixando-as cair sem pudor em toda mão.

No começo da noite, mais uma surpreendente expressão de Bloy, no conto "A Cascata de Dinheiro": "Havia tido a desgraça de contrair a clarividência".

6 de julho

Será que *Afogando em números* vem antes ou depois de *O cozinheiro...*? Pouco importa. De algum modo essa desinformação é benéfica. E aqui para nós, que diabo vem a ser cronologia?

Como sempre, Peter Greenaway surpreende. Há qualquer coisa de peculiar naquilo que quer dizer sempre em forma de alegoria e acaba silenciando. Onde foi buscar cenários tão estranhos? Essa estranheza é acentuada por uma luz que indica espaços de mistérios. Multiplica mistérios. Necessita deles para acentuar a sua atmosfera de fim de mundo.

Personagens mansamente ferozes entregues à faina alegre de destruição. Joga-se com números que afogam e conta-se *cem vezes* o número de estrelas. Uma menina vestida à Velásquez que salta cordas, apontando o céu, mostra uma estrela e diz em voz alta *"Kracklite"*, o que nos faz lembrar de imediato o nome do herói de *A barriga do arquiteto*.

Morre o legista, o jogador maior, mas não o maestro... Quem dirige? O bote afundará na resignação dos abismos e, novamente na proa do barco, reaparece o número 100.

P.S.: Falei muito e não disse nada – como os murmúrios da vida. Não disse nada porque "não compreendi". A vida não quer compreender. Não está incluída no cardápio do *Cozinheiro*, nem do *Bandido*, nem de sua *Dama*, nem do *Amante*, tampouco no dos que se afogam em números. "Em matemática não se respira, senhor!", observa Jules Verne.

Peter Greenaway prosseguirá, ninguém sabe em que direção. Desta feita, ele filmou na Holanda; escolha arriscada, uma vez que se trata de um país que – não sei de onde me veio a ideia – faz parte de um pedacinho do inferno. Aliás, a Bélgica também. Pergunte a Baudelaire. A música continua sendo do admirável Michael Nyman. Soube que o último filme de Greenaway tem um estranho nome de *Zoo, um Z e dois zeros.*

No grupo de arquitetos presentes na Oficina, conheci o catalão Josep Maria Botey, com quem mantive conversação a maior parte do tempo. Insistiu para que chegasse até Barcelona no próximo ano, quando possivelmente irei à exposição de Berlim. Por coincidência, o sogro de Botey era um conhecido ceramista espanhol, Antoni Cumella, que ao lado de Miró e Artigas fizeram o grande triunvirato da cerâmica catalã.

Convidado pelos que organizaram a I Bienal Internacional de Arquitetura, fui assistir à conferência (com apresentação de *slides*) de Josep Maria Botey. Durante os primeiros minutos de sua fala, acompanhada das imagens projetadas, percebi a extraordinária qualidade intelectual e, sobretudo, o seu *senso* arquitetônico. Além de arquiteto, é um originalíssimo restaurador de velhas edificações, desde as ruínas romanas do século IV até as dos nossos dias, incluindo o engenhoso e quase obsessivo trabalho realizado na Casa Battló, de Gaudí. Não só Botey pode se identificar com a justeza do comentário de Dalí, de que "a arquitetura é um luxo do espírito", como nos seus trabalhos de restauração (seria essa a palavra adequada?) da velha Barcelona, ele igualmente passa a merecer os conceitos de Wittgenstein sobre arquitetura, quando insiste na necessidade de eternizar e glorificar alguma coisa.[51]

9 de julho

Por conta da Bienal, uma profusão de arquitetos e estudantes invadem a Oficina. Quase sempre ruidosos – na sua maioria mulheres, algumas até encantadoras – enchem a Fábrica durante toda manhã, prolongando-se tarde adentro. Só agora, próximo às seis horas da noite, salvou-me o amigo Affonso Romano de Sant'Anna, acompanhado do escritor Raimundo Carrero e duas secretárias da Biblioteca do Estado de Pernambuco. Affonso é atualmente, ou melhor, há um ano e meio, o presidente da Fundação Biblioteca Nacional.

Notícia singular vinda de Londres: "A melhor mulher na cama até hoje foi Agatha Christie... Conclusão de um congresso de escritores de mistério na Inglaterra".

11 de julho

Visita do senhor Conde Forgách de Ghymes et Gács e de sua mulher brasileira, a encantadora Elizabeth. Gente civilizada com quem se pode conviver pacificamente. Moram em Nyon, próximo a Lausanne.

---

[51] Não sei com certeza se a restauração realizada por Botey foi da Casa Batló ou da Casa Milà (N. do A.).

14 de julho
Sombras no capim. Meu Deus, quem é Karen Blixen?

18 de julho – sábado
Recuperar e compreender o passado lhe conduz forçosamente ao *enigma*, quando não a um erro trágico. Lembrar a bem urdida tramoia do *Dossiê H*, de Ismail Kadaré: "Foi o eremita Frok quem mais falou – trocavam hipóteses sobre o local onde podia se situar o Olho do mundo. Segundo o que o informante entendeu, ele achava (sobretudo o eremita Frok, que o afirmou explicitamente) que o mundo, em outras palavras, nosso planeta, tinha, como a maior parte dos seres vivos, olhos que, em sua opinião, se encontravam um no Oceano Atlântico, em algum lugar entre a Groelândia e o mar do Norte, o outro em determinadas estepes da Cachemira. Um desses dois olhos está hoje muito fraco, prosseguiu o eremita, e, através dele tudo parece embaçado, mas não se deveria crer, como a maioria das pessoas seria levada a pensar, que o olho turvo é o que se encontra nas estepes. Na verdade, é exatamente o contrário: o olho de visão fraca é o que eu localizei no oceano; e o sadio, o que situei nas estepes cobertas de pó. É assim, ó monge...".

Curiosamente, os dois pesquisadores (personagens de Kadaré, no *Dossiê H*) eram irlandeses. Traziam, por assim dizer, o sangue *druida*, o que de certa forma deixava-os preparados para os possíveis *golpes* atordoantes do passado e de um passado muito remoto... Imemorial. Por que não acreditarmos de vez numa civilização hiperbórea, um tronco único, uma só majestade linguística aprisionando ou entrelaçando a todos – como numa dessas admiráveis *iluminuras* irlandesas – num espaço sagrado que não admitia o vazio?

Deuses do Norte, do grande Norte, "a carruagem branca de Zeus", as constantes cintilações que parecem envolver os deuses gregos como se fossem uma aurora boreal, como lembra Kadaré (ou insiste), nas eternas cintilações de neve e gelo: "(...) Um frio suntuoso, onde a neve nunca derretia. (...) Num espaço situado a quatro ou cinco mil metros de altura, vale dizer, entre céu e terra". Por outro lado, o fanático monge Frok afirmava convictamente que o Olho do mundo – aquele mais intenso – está nas empoeiradas estepes da Cachemira.

Antes de terminar estas anotações, Nonato aproximou-se e, numa atitude de aparente colaboração, disse que "só o professor Xan poderia traduzir estas informações". Percebi a ironia, mas o tempo era de calar.

21 de julho – terça-feira – manhã

Às vezes acordo de noite e me pergunto: Qual o significado da vida? Aí uma voz diz: "M antes de P e B".

Mas estava tudo muito claro, como não pensei nisto antes? O original, a indestrutível *matriz* é o seu próprio ventre... Bendito o fruto do vosso ventre... Lízia sabia muito bem o que estava dizendo.

Despertou-me um enorme interesse a perfeita definição da nudez. Depois de ter visto Lízia nua e vendo-a toda nua – na sua diabólica nudez – reconheci que havia esquecido o seu real significado. E agora, para me certificar, vi-me segurando-lhe fortemente as pontas negras e macias do seu penujoso baixo-ventre.

Entre outras cruéis condenações, uma delas foi a de perdermos a nossa *nudez* natural. Ninguém jamais voltará a ficar nu: a resplendente, cristalina e branca nudez anterior ao *pecado original*. Perdemos a nossa luz e se nos vestimos – prestigiosa sabedoria do ser humano – é, em parte, a desesperada busca do antigo brilho e, doutra parte, uma forma de atenuar a justificada *ira* do Senhor. Nos ataviamos para sua glória em busca de novas insígnias que pelo menos nos tornem reconhecíveis a seus olhos e, quem sabe um dia, passíveis de perdão.

Verifico que o dicionário não está tão por fora do real sentido do *nu*. Transcrevo-o mais próximo possível. "Nu: despido, em trajes de Adão, desnudo, desembainhado. Descalço: pés nus. Descoberto: cabeça nua, desfolhado, desmobiliado, desordenado, desataviado, desguarnecido, desadornado, privado, falto, desprovido, destituído. Carecente: nu de forças e de fortuna, seco, grosseiro, tosco, desprotegido, desarmado."

Não estou de acordo, porém, com a possibilidade de conciliar a nudez com o desafetado, o singelo e muito menos com o natural. Para o homem, todos os homens, o *natural* está morto.

P.S.: Não sei se insistia em denominar os eriçados (ou revoltos) pelos púbicos de Lízia como penujosas e macias pontas negras do seu baixo-ventre. Estavam mais para negras cerdas emaranhadas, que tangenciavam uma longa e rósea cicatriz de uma cesariana realizada há quatro anos atrás. Mesmo assim, nada me impediu de agarrar-lhe com força a grossa massa de pelos, seu "pé de barriga" (como falava o meu mestre de oficina), linguagem ríspida, metafórica, tão peculiar à gente do povo que sabe como batizar essas coisas. Aliás, "as coisas dela" também não lhe fica mal, como definição daquilo que é indizível. Vale confessar que não desci a mão um pouco mais abaixo. Detive-me nos pelos, evitei a furna.

23 de julho – tarde

Depois de uma longa conversa telefônica com o pintor José Cláudio, pego um dos meus cadernos de 1985 e, ao acaso, folheio as suas páginas e os meus olhos retardam numa curta frase: "Eis o inferno, morrer mantendo-se com sobras de vida".

Por que me detive num texto tão cruel? Poderia ir-me adiante, mas não fui. Prossegui e, novamente estava ali, diante dos meus olhos, uma bela ilustração. Sua legenda dizia: "Alucinante descoberta. Estamos sós".

25 de julho – sábado

Oh!... Deixe pra lá. Daqui a pouco você vai se emporcalhar de novo. Certamente tinha de acabar cometendo outro engano. Ninguém jamais se modifica. O mais grave é que toda condição humana – está explícito – não se caracteriza pela diferença. "Somos iguais", ele pensou. Portanto, fomos feitos – talvez até expressamente feitos – para os grandes e pequenos enganos. "Uns verdadeiros néscios." Depois sorriu ao admitir que absolutamente não estava convicto de ser tão estúpido.

Um pouco antes de sair, ele fez questão de colocar na vitrola o *Réquiem*, de Fauré. Aliás, a fita já estava no lugar. Seu trabalho foi apenas apertar o botão.

26 de julho – domingo

"Essa é que é a verdade: você não sabe o quê, nem quem estará enfrentando." Foi o que pensei ao abordar o inteligente Michelangelo Antonioni em *O fio perigoso das coisas*. Antonioni afirma que, ao escrever uma crônica como relato, o material colhido precisa de imediato ser manipulado se quiser transformá-lo em filme. "É um material que acaba se tornando um estorvo, se o filme não é feito; escrevo para livrar-me dele. Sou, portanto, um diretor que escreve e não um escritor."

No admirável *Passageiro: profissão repórter*, talvez um dos melhores da sua cinematografia, uma das personagens diz: "Estou começando a acreditar nas coincidências". Depois completa, dirigindo-se à companheira: *"I have seen you before*; estava sentada num banco de jardim em Londres". "Sim", ela respondeu, "se estava lendo um livro, era eu."

Procurando outra pessoa na cidade de Barcelona (aliás com rápidas cenas rodadas na África do Norte e aquelas presumidamente em Munique, a história inteira se passa em Barcelona), o repórter encontra na Casa Milà ou na Casa Battló, do famoso Gaudí, uma moça que por sua vez estuda arquitetura. Não sei donde me veio a ideia de que Antonioni estuda ou teve vontade de estudar arquitetura, ou mesmo pintura. A maneira como a câmera se comporta, movimenta e esmiúça – sempre com expressivas intenções – os espaços e detalhes gaudianos poderia confirmar minhas suposições. De resto, o diretor nos abre as *portas* dessa cidade tão encantadora como misteriosa que é hoje, exatamente nesse momento, o *centro* de atenção do mundo inteiro. Será esta a nova casualidade fora do filme, a vida imitando a arte? Nada é casual. Tudo é predeterminado, dizem os mais sábios. E Antonioni, entre um deles, não diria que não. Se assim fosse, não teria urdido essa estranha maneira de um homem, de repente, passar a ser um outro? Até que ponto também poderia ser voluntária uma mudança de identidade ou mesmo aquele *terceiro* que sempre caminha ao seu lado, citando Eliot, na escolha do próprio cineasta? "Quem é o terceiro?", ele pergunta em *O fio perigoso das coisas*.

Numa conversa gravada pelo repórter com o seu amigo Robertson, ainda vivo, o primeiro diz: "O mundo pode ser incerto, mas nós não oferecemos surpresas. Impossível até mudar de hábito. As cidades e os homens são sempre semelhantes". Terá sido esse o comentário ou confundo com aquilo que Tarkovski asseverou: "Nós nos perseguimos... E não há saídas". De algum modo, no começo e no final da narrativa, os dois corpos mortos em cima de uma cama se confundem. "Eu era uma pessoa, mas troquei-a por outra", disse David Locke à sua companheira. Trocou-se por um *morto* e não o fez sem certa premonição mesclada de tédio, nojo e cansaço. Sabia que o morto lhe levaria, também, à morte, esse antigo hábito do qual não escapamos jamais. "Nós nos conhecemos sendo sempre os mesmos, traduzimos situações e experiências para códigos conhecidos", ele havia dito ao senhor Robertson. "Mesmo a maneira como tratamos os outros é *confusa*." À sua amiga encontrada em Barcelona, com voz sumida, o estranho passageiro dissera: "*I saw you before in London*".

27 de julho
"Estamos andando há uma hora. Tem certeza de que sabe para onde está indo?", ela perguntou.

28 de julho
O Ministro Conselheiro da Embaixada do Chile, Eduardo Jara, acompanhado de Cecília, sua mulher, volta a me visitar. Surpreendentemente, na mesma hora, uma comitiva chinesa da importante província de Xishuan, encabeçada pelo seu governador Shang Maoruo (ou Zhang Haoruo, ninguém me confirmou o nome), também visitava a Oficina. E não é que o ministro Jara, tendo por dois anos exercido cargos em Pequim, conhecia essa famosa província, podendo assim – diante do chinês estarrecido – dizer-lhe em chinês da sua admiração, não só pela província em si, como pela sua extraordinária cozinha, cuja riqueza e originalidade catalogava oficialmente quatro mil e quinhentos pratos!

Disse-nos Jara, posteriormente, que a população de Xishuan é superior àquela do nosso território nacional. Fez-me lembrar que os túmulos – mundialmente comentados, repletos de guerreiros, armas e cavalos em terracota, todo um exército e seu comandante – ficavam numa cidade dessa província, se não estava enganado, nomeada Xan ou Xian; o conselheiro não estava bem certo.

"Falando da China, confesso" – eu disse sorrindo ao Ministro Conselheiro – "que não estou certo de coisa alguma. Permanece e deve permanecer um mistério para nós outros (falo dos ocidentais por quem, repletos de razões, eles não cultivam nenhuma estima). Suponho, até por uma questão de densidade demográfica, que a China, em parte, ainda decidirá o destino do mundo. E, como sempre aconteceu e ainda perdura, nada vai ser modificado, senão para pior."

Minha opinião pessoal sobre a China é muito semelhante à de Joseph Conrad, que lembrava ter tido um camaroteiro chinês que lhe roubara todos os pertences e que desapareceu nos confins da Cochinchina[52].

30 de julho
Henry James observa que há somente duas posições sociais dignas de referência: a da mulher americana e a do Imperador da Rússia. Essa brincalhona ironia

---

[52] Esta observação sobre Conrad e os chineses foi citada de memória e não sei mesmo onde fui pescá-la (N. do A.).

de James a respeito do que a mulher americana pensa de si mesma é profundamente exata. Acontece que o próprio James não consegue esconder sua admiração por uma tamanha bravata ao mesmo tempo tão ingênua como verdadeira, autêntica na medida em que as mulheres desse país pensam realmente assim. E, pensando assim, todas as suas ações correspondem a esse desafio.

Lembrei-me igualmente dos inexperientes *relatórios* da senhora Shere Hite, arrancando confissões de 4.500 mulheres, ao perguntar por que elas estão sofrendo tanto no "relacionamento amoroso" com os homens. Repugna-me até misturar tais disparates modernos com os refinados e maliciosos comentários de um Henry James, "verdadeiro historiador da consciência", como dizia seu contemporâneo e admirador Joseph Conrad.

31 de julho

Cresce o medo. As palavras escasseiam como se escorregassem garganta adentro. O médico telefona, mas isso não vai melhorar coisa alguma. Enfim, a doença parece ultrapassar o homem, sendo mais que ele – embora vivendo dele – será a sua *mestra* final. É difícil, mas não impossível, aprender a dialogar com ela. Todas possuem uma linguagem própria. Nas doenças não há de fato línguas estrangeiras. Há uma coisa que Novalis diz da doença: "A doença como a morte faz parte dos prazeres do homem". Outra coisa é uma indagação: "A doença não poderia ser uma forma de síntese superior?".

1º de agosto – sábado

Como ponto de partida, fui informado de que os antigos Largans foram exterminados por uma praga trazida pelo ar, um vírus chamado *Morte púrpura*.

Duas peças do quebra-cabeça se encaixaram... "Eu, como sempre, teria de errar o caminho, e, então, a curiosidade me levou a descobrir uma coisa do outro lado desta porta: a *terceira* peça estaria ali, mas faltava-me coragem para entrar."

Sim, antes que seja tarde, que o esquecimento adormeça a justiça. É justo recordar o verdadeiro, mesmo quando se distancia.

Depois da visita do grupo chinês da província de Xishuan, Eduardo Jara lembrou, com uma certa alegria, que os ursos pandas, os tão decorativos e engraçados pandas, são originários dessa localidade. Cada ser vivo quer demonstrar algo através de sua própria imagem exterior. Uma espécie de legenda herdada de eras pré-históricas que há um só tempo revela e disfarça os inescrutáveis planos da criação. A consistência do pelo e o formato encantador das grandes manchas pretas e brancas, que caracterizam esses graciosos animais, fazem a *alegria* dos homens.

2 de agosto – domingo

Para o sensível Walter Benjamin, "o bom escritor não diz mais do que pensa e isso é muito importante". Benjamin continua: "É sabido que o *dizer* não é apenas a expressão do pensamento, mas também a sua *realização.*

(...) Ao mau escritor ocorrem muitas coisas, e nisso se gasta tanto quanto o mau corredor não treinado nos movimentos indolentes e gesticulados dos músculos. Mas, exatamente por isso não consegue dizer sobriamente o que pensa. É do bom escritor, com seu estilo, conceder ao pensamento o espetáculo oferecido por um corpo gracioso e bem treinado. Nunca diz mais do que pensou. Por isso, o seu escrito não reverte em favor dele mesmo, mas daquilo que quer dizer".

Antes de fechar *Obras escolhidas II – Rua de mão única*, disponho-me (tudo me pareceu tão exato) a citar algo envolvendo pintura, e que na verdade é terrível na sua corajosa e consciente descoberta (ele acusa ou apenas verifica?). "A expressão das pessoas que se movem dentro de galerias de pintura, mostra com mal dissimulado desapontamento, o fato de que ali estão pendurados apenas quadros."

Desorientado, fico preso à minha momentânea indagação do que vem a ser *porfíria.* Sei apenas que foi a doença (então desconhecida dos médicos) que matou o rei George III. O dicionário afirma: perturbação do metabolismo das porfirinas, com aumento significativo de formação e excreção destas ou de seus precursores.[53]

Passemos à química para sabermos a origem da porfirina: "Cada um dos grupos vermelho-escuros ou púrpura-escuros de derivados do pirrol, isentos de ferro ou de magnésio, que existem universalmente no protoplasma e compõem os pigmentos respiratórios de animais e plantas". Quanto à *porfirizar* –

[53] Consulta feita ao Dicionário Aurélio (N. do A.).

fugindo do termo médico – quer dizer: "reduzir a pó muito fino, em pórfiro ou noutra rocha". Também quer dizer refutar, "porfirizar as heresias". Pórfiro. Do grego *porphyra*, púrpura; o nome alude à cor, designação comum às rochas extrusivas e aos diques que se apresentam com textura porfirítica; qualquer mármore que apresenta cristais muito brancos, em contraste com o fundo: "O Imperador Napoleão voltou a Paris e agora jaz num soberbo túmulo de pórfiro da Sibéria".

4 de agosto

Quem foi que enlouqueceu ao pensar numa exposição de cerâmica em Berlim com mais de quinhentas peças?! Seguramente não fui eu, uma vez que resisti o quanto pude para não fazê-la. Chega de pesadelos, chega de perdição! No entanto, os trabalhos de embalagem se aceleram, as caixas se amontoam sobre caixas e mais caixas. Ainda assim, faltam os quadros, as placas, os murais e os desenhos. Qual a finalidade maior de todo esse esforço? O que vem a significar esse inadmissível transplante? Soube pelos carpinteiros que, contando com mesas, bases, arcas, esculturas de ferro e variados apetrechos, chegaremos a um total de quinhentas e duas peças.

Será que verei todo esse meu trabalho montado e organizado com a mesma paixão que dediquei ao criá-lo?

5 de agosto

Duas professoras universitárias paulistas, uma delas antropóloga e a outra professora de teoria literária, ao notarem que o meu diário (caderno) era todo rasurado, me advertiram que o crítico Erique Marty, falando a respeito de Gide, observou que um verdadeiro *diário* não pode ser rasurado e que o de Gide não o era. Expliquei não ser um escritor. Em segundo lugar, não sou André Gide e, em terceiro lugar, nas minhas "anotações" tudo é válido, a começar pela variedade de títulos que já tomaram no decorrer desses últimos quarenta anos. Começou como *Jornal de Bordo*, passou para *Cadernos de Paris*, depois, por longo tempo, foi denominado *Cadernos Arábicos*. O que escrevo é "ficcional" e propositadamente dispersivo. Poderia, quando muito, servir como documento de consulta para alguém descobrir (depois de muito trabalho) que não se trata absolutamente de um diário, e muito menos escrito por André Gide. Além do mais, a letra é muito ruim e o texto um tanto enigmático em seus indefinidos propósitos. Acontece que a minha vida, no seu conjunto, é toda atravessada de *rasuras*; neste caso bem mais difícil, senão impossível, consertar. Que me perdoem as duas professoras PhD. Como fiz ver, as rasuras devem continuar.

10 de agosto

Discute-se o lugar onde Ivan, o Terrível, escondeu sua biblioteca para, enfim, não voltar a encontrá-la – por Deus, como isso me cheira a Borges. Poderia ser um dos seus contos ou apenas uma conjetura.

O imperador escondeu tão bem a sua biblioteca sob a praça da cidade que nunca mais a encontrou, assim revela um malévolo comentário. Séculos depois, algum agente da polícia secreta a teria encontrado. Mas sobre os seus livros nenhuma palavra foi dita.

Uma observação lateral: "O nome de Ivan IV, o Terrível, foi o primeiro de vários grão-príncipes de Moscou a tomar o título de *Czar*, merecendo ainda o sobrenome de Grande Unificador da Terra Russa. Dizem que, por conta de um só livro de sua imensa biblioteca (chegaram a dizê-la infinita), resolveu ocultar todo o conjunto restante. Temeu construir um edifício para uma finalidade tão atroz. Pensou que a presença da luz do dia já era por si uma denúncia. Sob diferentes pretextos, ampliou subterrâneos escavados por seus avós. Como não confiava no sigilo daqueles que o ajudaram a transportar os livros, um a um, mandou-os executar por alta traição. Historicamente esses fatos não são mencionados. Queimar livros ou colecioná-los é tarefa comum entre os príncipes. A singularidade dessa história consiste no esquecimento do *Czar*.

Ivan, o Duro, o Terrível, o Grande, se obstinava a *reverenciar* (ou amar) um só entre todos aqueles livros. Chegou a transferir sua moradia do palácio para as entranhas da terra, inquietando os seus pares. Depois, pouco a pouco, esses fatos diminuíram. Talvez ele se sentisse com o tempo mais e mais seguro, supondo que a perversidade jamais penetraria naquele recinto fechado e muito menos no suntuoso cofre que, atrás de sete portas, continha *O Livro dos Livros*.

Alguns sábios insistem que esse livro, em todas as suas inumeráveis páginas, tinha uma única inscrição onde figurava, por extenso, o nome do *Czar*, a data do seu *nascimento* e a data de sua *morte*. Em parte, fica aí explicado o inominável esquecimento de Ivan".

Não há justos, nem sequer um. Não há quem entenda...
(...) Não há quem faça o bem. Não há nem um sequer.
São Paulo

Como esse texto da *Epístola aos romanos* me faz lembrar de Charles Peguy:

De modo que não havia de puro senão a metade dos anjos.
E nada dos anjos
Nenhum dos homens
em toda Criação.

11 de agosto

Por que adormeci no sofrimento e na incerteza de sempre? É como se não tivesse dormido. Antes de adormecer, recordei que encontrara no atormentado Graham Greene uma citação de São Paulo. Aliás, o escritor a usou para justificar-se perante uma mulher: "Porque nem mesmo compreendo o meu próprio modo de agir, pois *não faço o que prefiro, e sim o que detesto*". Eu fiz o mesmo por várias vezes.

Paulo foi acusado por Festo: "Estás louco, Paulo? As muitas letras te fazem delirar".

14 de agosto

Carta de L.L. vinda de San Diego, Califórnia. Igualmente, Lízia manda do sul duas fotos, onde aparece ao lado do filho. Yvone morre de telefonar sem que eu a atenda. A mesma coisa acontece com A. Todas orientadas por uma dolorosa e obsessiva insistência que chega a amedrontar. Uma fome canina, a meu ver muito mais voraz do que a do homem.

A misteriosa Lízia – fotografada ao lado do filho – deixa de ser bacante e passa a ser mãe. Cessa em mim qualquer interesse pela sua carne, outrora maldita. Isso me lembra Baudelaire: "Ah! Imbecis que perguntam sobre a *atração* que tenho pelas mulheres malditas! É aquele catolicismo e somente aquele catolicismo que uma vez mais venero nelas, respondo".

Baudelaire costumava perguntar: "O que é um católico exatamente? Alguém que acredita no mal, no pecado original". Suponho que não preciso ir mais longe. Contudo, é um assunto ao qual necessito retornar. Será que o meu ofício de pintor e escultor reflete igualmente essa ansiedade?

16 de agosto – ao cair da noite

Diz o libreto explicativo que a *Sinfonia nº 9*, de Mahler, trata sobre a morte, mas não se trata exatamente de uma sinfonia que exalte a morte. Encontramos, é verdade, aceitação, mas também desafio, raiva, no tocante à luz que se apaga. Ambivalência... "(...) Sinfonia poderosa, cataclísmica, conforma a sombra da morte que o acompanhava desde 1907, quando foi diagnosticada uma doença mortal do coração. (...) É a música de um homem que irá brevemente morrer, mas não é – de forma alguma – a música de um agonizante."

Bergman confessa que *O sacrifício*, de Andrei Tarkovski, foi não só uma descoberta como também um milagre. "De repente eu me encontrei na porta de um quarto, do qual nunca, até então, tinham me dado a chave. Era um quarto onde eu sempre desejei entrar e onde Tarkovski se movia livremente e à vontade. Eu me sentia encorajado e estimulado. Alguém estava dizendo o que eu sempre quis dizer, sem saber como."

Esse diretor russo é na minha opinião um dos maiores de nossa época. Aquele que inventou uma nova linguagem, fiel à narrativa do cinema que captura a vida como um reflexo, a vida como um sonho.

Como falar de filmes? O que são os filmes? Esse diálogo que se estabelece e que é, de fato, um diálogo, uma possibilidade de acender uma pequena janela na nossa solidão, um gesto, no sentido de *compreender*. Conseguimo-lo alguma vez compreender, no entanto? Passamos da porta de que fala Bergman em relação a *O sacrifício*, de Tarkovski? "(...) Pensa na chuva caindo sobre os sítios hipotecados. A chuva negra, a chuva de lama, o beato ou o replicante que lamenta visões perdidas – dos planetas distantes – como lágrimas na chuva, a água que falta e a que inunda o quarto do visionário, as imagens que molham os nossos olhos."

O homem caminha no meio do piso inundado d'água e diz: "É preciso se ocupar das *coisas importantes*". Ele não se molha, nem se agita. O outro pergunta: "Quais são as coisas importantes?". Não obtém resposta. Mas eis que alguém murmura na penumbra: "Estamos no limbo e no crepúsculo de um tempo que ainda não decifrou as *iluminuras* porque o anjo recua um passo do animal que o seduz e porque o javali no trono pisa um cofre de cinzas e diamantes com as letras da cabala...".

Sinto o clamor que se aproxima, como o vento que acentua o furor das chamas do paiol incendiado. Ninguém sabe para onde correr. A campina é larga e vazia a perder de vista, mas não esqueçam de que estamos numa ilha. Quanto a mim, eu vou fugir.[54]

17 de agosto

Pensei que *Tannhäuser*, de Wagner, depois de ter escutado no sábado a *Sinfonia nº 9*, de Mahler, me salvaria. Ledo engano, está aqui no libreto: "*Tannhäuser, my own death sentence*".

Tannhäuser, para poder ver-se livre dos poderes mágicos de Vênus, teve de recorrer ao sagrado nome de Maria, da antiga Vênus, o soberbo fantasma...

Doloroso segredo das mulheres.

Leitura de um poema muito antigo do grego Paladas, aquilo que denomino como uma compreensao romano-asiática: o esforço latino para crer.

22 de agosto – sábado

> *– Professor Kan, mesmo que esse cientista Largan tivesse capturado a MORTE PÚRPURA naquela caixa... Certamente nenhuma praga viveria depois de sessenta mil anos.*
> *– Devo discordar, senhorita Arden.*
> *– Ele está certo, Dale, disse Zarkov.*
> *– Pan-Lethe X, da Tumba de Chanos, estava terrivelmente virulento após 100 mil anos.*
> *– Professor Kan, se aquela caixa contém mesmo a MORTE PÚRPURA, o que acontecerá se ela for aberta?*
> *– Sou apenas um arqueólogo. Zarkov poderia responder melhor, senhorita Arden.*
> *– Isso é teoria, apenas, Dale. Mas se a caixa for aberta, isso pode significar o fim de toda a vida neste planeta.*
> (Flash Gordon – De uma história em quadrinhos)

---

54 Este texto começado a partir das confissões de Bergman tem várias falas e não procura evitar o seu sentido onírico (N. do A.).

Transcrevi propositadamente esse trecho do conhecido Flash Gordon – que vem ainda do meu tempo de infância –, suas aventuras interplanetárias, intergaláticas, etc., porque há várias semanas esses repetidos *episódios* abordam, direta ou indiretamente, o problema da contaminação. Fala-se em pragas exterminadoras, em "morte púrpura" e até "no fim de toda a vida neste planeta".

Confesso que não acredito numa suposta *casualidade* deste tema mais que moderno, moderníssimo, no seu sentido abrangente de "contaminações", sejam elas radioativas, bacteriológicas ou viróticas. Poder-se-ia argumentar que essas histórias em quadrinhos são todas dirigidas ao "mundo infantil", ou seja, para um consumo específico ou pouco sério, como se tudo o que fosse "infantil" de imediato representasse uma falta de consistência. Bataille diz – coberto de razão – que "*infantis*, para começar, nós todos o somos, absolutamente, sem reticências, e mesmo é preciso dizê-lo da maneira mais surpreendente. É assim, por infantilidade, que no estado nascente a humanidade manifesta a sua essência". Propriamente falando, continua Bataille: "O animal jamais é infantil, mas o jovem ser humano remete, não sem paixão, os sentidos que o adulto lhe sugere a algum outro, que não se deixa remeter a nada".

Queira ou não, o adulto move-se – mesmo sem o saber – na *pátria da infância*, como lembrava Rilke, ou nas *particularidades da criança*, como sugere Bataille. A meu ver, o constante bombardeio, seja das fábulas antigas ou das histórias em quadrinhos contemporâneas, hoje secundadas pelo avassalante poder da mídia, jamais pretendeu outro público, porque pensar em ignorá-lo seria o mesmo que fazer um sermão aos peixes. O assim chamado "adulto" é de algum modo pura invencionice daqueles que se servem desse nome para serem ainda menos que infantis, ou seja, algo muito próximo da imbecilidade e da danação. Na realidade, eles – para a nossa desgraça – existem e concentram malignamente seus interesses em tomar as rédeas do mundo. De qualquer forma, o nosso *discurso* permanece inalienavelmente infantil; apenas não sabemos como distinguir o falso do verdadeiro.

Quero ressalvar que existe uma diferença fundamental entre o que seja infantil e o que comumente apelidamos de "inocência ou pureza". A criança (o infante) está sujeita, como todos os homens, às *regras* do pecado original. Nada tem de cândida. Não é querubim. Como apontava Baudelaire: "Bastava ver as barbáries de seus divertimentos, às vezes até pequenos demônios de perversidade, muito próximos da extrema juventude do próprio mundo ou da sua extrema velhice, com todo o seu cortejo de horror: o crime, o incesto, o canibalismo, o parricídio".

Recordo-me das crianças de *A outra volta do parafuso*, de Henry James; os sete demoniozinhos de *Um ciclone na Jamaica*, de Richard Hughes; *O senhor das moscas*, de William Golding – para citar essas três obras-primas que ousam devassar o cruel universo infantil.

25 de agosto

O mais que sábio Lichtenberg achava que "entre nós ricos da terra passam-se na verdade coisas muito estranhas".

Dificilmente alguém pode contradizer esse homem de gênio. Qualquer tentativa é assinar de imediato prova de estupidez. A única maneira de tentar (atentem bem para o verbo) "neutralizá-lo" é usar os seus próprios argumentos, melhor dito, lembrar que foi ele quem comentou: "Um garoto negro vendo pela primeira vez uma vaca e um cavalo caiu em transe. Mas quando viu um homem branco, desatou a gritar: 'Yorica, Yorica, o diabo, o diabo!'".

Na verdade o que pretende provar? Talvez apenas dizer que os ricos da terra, além de *estranhos*, são todos da raça branca?

Melhor ficar com Lichtenberg, aceitando o seu conceito de riqueza que é muito amplo e deve envolver todas as raças. Suponho apenas que as coisas estranhas (privilégio dos ricos) igualmente atingem os pobres, inclusive o fato de eles (os pobres) morrerem de fome com tanta frequência, um fato em si bem mais estranho do que morrer de indigestão.

Na realidade, sem sutileza alguma, eu sairia pela tangente afirmando que estranha é toda condição humana (como se Lichtenberg não soubesse disso!). O que ele reclamou foi exatamente o que quis dizer, e já foi demasiado. Eu é que fiz papel de tolo, como sempre, porque sou desses que vestem os seus pensamentos de tão estranho modo que eles terminam andrajosos.

26 de agosto

Esquentou-me o juízo a observação das professoras sobre como corrigir ou não corrigir um diário, isto é, desde que ortodoxamente falando, o autor se propunha a narrar ou mesmo confessar os *acontecimentos* de cada dia: "Nenhuma revisão é permitida...".

Pegando *Os anos 20,* de Edmund Wilson, retirado de cadernos e diários do escritor, verifico que seus conselhos ou mesmo a sua *vontade* eram totalmente opostos aos comentários das professoras. Aliás, para falar a verdade, pouco me importa não só as opiniões de Wilson como aquelas das mestras rigorosas. O meu mundo é bem outro – desde que extraliterário – perseguindo outros valores, muitíssimos mais ligados a uma compulsividade bastarda e às sequências de caráter obsessivo.

Em todo caso, transcrevo parte do que ficou acertado com Wilson em 1972, ano de sua morte:

"Edmund reaproveitava seu material de tantas maneiras engenhosas, sempre revisando-o, que prefiro deixar que esta questão seja aprofundada por estudiosos futuros. Numa carta a seu editor Roger Straus, muitos anos atrás, Edmund escreveu que queria que o revisor limpasse seu texto. Se eu não viver para revisar tudo, a tarefa caberá ao herdeiro do meu espólio literário e quero deixar aqui registrado que, se ele tiver em mãos volumes manuscritos, que eu não tive tempo de bater à máquina, não quero que ele os publique dessa maneira rigorosamente, fiel que está se tornando moda no meio acadêmico, ou seja, não quero que ele reproduza minhas contrações e abreviações, erros de ortografia e pontuação... A ideia é tornar o texto o mais legível que se puder".

Outra coisa que discordo em relação aos *Diários* é a possível tentação de escrever bonito – o equivalente às assim chamadas boas tintas, belos efeitos, pinceladas de mestre, cenário inigualável, etc.

Não sei se Wilson também foi pintor, pois seu diário está sobrecarregado de descrições de paisagens, recantos, detalhes minuciosos de cores, de tons e meio tons, tudo de um preciosismo edênico: "O mar de um verde e um roxo vivíssimos e profundíssimos. (...) Águas balouçantes, transparentes que se podia ver com clareza a areia amarela no fundo e uma pedra azul ou esverdeada ou uma grande concha branca...".

Não quero dizer que já não tenho experimentado – não com esse *charme* colorístico – algumas tentativas de paisagens e cores. Já o fiz.

É evidente o desejo de Wilson acentuado pela sua natural sensibilidade em se fazer notar como um *delicado* colorista:

"Nova Iorque (1921). Nas primeiras luzes da manhã de outubro via-se antes de mais nada um prédio de paredes brancas e telhado vermelho que parecia uma fábrica.

As cores bem vivas e depois as matas da costa, em tons sujos de marrom e amarelo, como uma fotografia envelhecida ou mal copiada."

Dessa admirável amostra de aquarelista exímio, o que me restou na memória foi o sólido bloco do prédio da National Biscuit Company... Na verdade, nesse momento ele não fala em cor, e sim em irradiações (reflexos).

O diário se transforma num verdadeiro arco-íris onde o artista não resiste à cor. Ela está em toda parte, sem trégua, sem um instante sequer de uma cegueira momentânea que pudesse fazê-lo pensar no escuro ou no vazio... Não, ele está sempre de volta, impetuoso, todo sujo de tintas: "Céu de um tom azul linóleo baço", "Céu acinzentado macio, emplumado", "O porto de um tom acinzentado de alfazema, tão lindo, cheio de barquinhos, menos alfazema e mais acinzentado à medida que a tarde caía", "Azuis vivos de centáureas, alaranjados e escarlates de capuchinhas", "A cidade cor de chocolate fosco e lilás-ardósia". Apesar de ser um pintor, esse indigesto universo de cores me faz lembrar a constrangida observação de uma carta de Dostoiévski para seu irmão sobre a vida na prisão: "Suponho que não existem cores na desgraça".

Eis aí a contundente diversidade que o sofrimento impõe à escala cromática daqueles que não são felizes. Wilson deve ter sido um homem cheio de deslumbramentos nas suas elegantes e quase femininas aproximações com as cores. Lembro um poema – apenas três versos – de Yeats que o próprio autor de *O castelo de Axel* mencionou: "Ouvindo-os, podemos – na verdade, atordoados – sentir não apenas uma *sugestão* de cores, mas de algo vibrante que se entranha duplamente na paisagem escrita e na alma de quem a absorve. Nesse momento, desaparece a cor superficial e nos aproximamos de forças obscuras e imantadas pela luz irradiante, algo infinitamente deleitoso que nos *cega* e derruba, como Paulo caído na estrada de Damasco: *É cantar a luz que um crepúsculo druídico lançava / Sobre obscura, verdejante e bem-amada ilha, / Onde as pessoas amam juntos a mares estrelados...*

Saindo da idolatria colorística de Wilson, o restante está tudo bem, de acordo com os seus reconhecidos dotes de escritor e crítico. Mesmo quando ele nos informa: "Zelda dizia que os quartos de hotel a excitavam sexualmente". E ainda mais quando confessa que "naquele fim de estação ele adquirira gonorreia de Ana, a respeito da qual terei mais a dizer adiante".

São *coisas* da vida, eu diria.

Nota: Ana era uma *taxi-girl* e garçonete com a qual Edmund teve um forte relacionamento amoroso que, na época, o tocou mais que todos os outros.

Vez ou outra releio *Os anos 20*. Não esquecer que nasci em 1927, o que não deixa de ser significativo pelo menos para mim.

De outro lado – perdoem a detestável generalização –, os anos vinte contribuíram acerbamente para toda a *maldição* do século XX. Poder-se-ia mesmo conjeturar que essa "época interessante" seria não somente a miniatura, mas, sobretudo, o realce emoldurado de um século predestinado a uma desgraça sequenciada.

"Poupe seu fôlego, Freddy Ligeiro. Não importa o que você diga, não aceitarei seus argumentos", disse Nonato.

27 de agosto

Uma cor incolor.

Francis Giardi

Se um diário fosse apenas uma exaustiva (ou variada) narração de "fatos diversos", melhor seria ler os jornais diariamente. Nesse gênero os jornais são imbatíveis, têm de tudo e ainda dão o troco, isto é, jogam com moedas falsas.

De outro lado, um diário não pode ser um compêndio de filosofia. Pergunta-se qual o mais fácil e qual o mais difícil?

Pelo menos num diário o autor pode desabusadamente afirmar: "Hoje não fiz nada. Tampouco pensei em nada. Nem ao menos lavei as mãos, mas para compensar lavei os pés. Como não pensei em nada, esqueci de almoçar e de jantar, aliás, hábito esse muito difundido em várias religiões sob argumento de que o 'jejum faz bem à saúde e é uma privação bem recebida por diferentes deuses'".

Quanto ao compêndio de filosofia, o mínimo que se pode exigir é a correspondência com certos princípios básicos, características do conhecimento ou do saber racional.

Voltando à minha má vontade com o "bom gosto" colorístico de Wilson já comentado oponho uma apressada tradução (talvez errônea) de um poema de outro norte-americano, William Carlos Williams, esse sim, utilizando a cor como *signo* de uma expressão maior – neste caso até sinistra – ao escrever: "Muita coisa depende de um carrinho de bebê vermelho enferrujando ao sol".

Vejamos que o "vermelho" do carrinho de bebê não foi utilizado de uma maneira descritiva ou decorativa ou acidental. Ele é o *pathos* que assume – mais do que a própria cor, eu diria ainda maior que ela – *direções* obscuras ou mesmo perversas, como já observei. Além de tudo, o carrinho está abandonado enferrujando ao sol e tudo *depende* dele.

Quando falo na cor das minhas cerâmicas costumo lembrar "um colorido de 'Quarta-feira de Cinzas'". Às vezes também ressalto uma dominante pardacenta ferruginosa. Não fujo da cor, ela é que foge de mim quando *devorada* pela chama. De algum modo eu digo: depois de queimadas, todas as cores passam a residir no *coração da matéria* cerâmica. Elas estão lá, intocadas, ainda resplendentes no seu fulgor de estrelas mortas. São poucos os que percebem. Outros não veem nada. No entanto, traduzindo a extrema sutileza de Gustav Hocke, ele diria: "Um colorido enferrujado, turvo, opalescente, uma tonalidade de 'Quarta-feira de Cinzas', distinguindo apenas aqui e ali algumas 'flores cor de fogo'".

28 de agosto

Qualquer espécie de obscurantismo que beira a estupidez faz muito o meu gosto. O improvável é encontrar adeptos ou mesmo *entendimento* para as minhas teorias – se é que elas são, de fato, regidas por algum princípio. Contudo, move-me a certeza, não a habilidade, de ter chegado a essas conclusões baseado em observações *naturais* e, sobretudo, acompanhando homens de gênio que exploraram esse malicioso universo infantil povoado de sonhos indecifráveis. Henry James em *The turn of the screw*; Richard Hughes em *A high wind in Jamaica*; William Golding em *Lord of the flies*; Witold Gombrowicz em *Pornografia*; as personagens juvenis de Catarina e Heathcliff em *Wuthering heights*, de Emily Brontë; e, no mundo da pintura, as descobertas de Balthus.

Também foi o aguçado olhar de Balthus que radiografou as crianças (filhos) de Pierre-Joseph Proudhom, encontrando nas suas aparentes brincadeiras inocentes, ao lado do pai, um aspecto de perversidade que talvez o próprio Gustave Courbet, ao pintar o seu quadro, nem de longe suspeitasse.

Somos todos *infantes,* como Dom Henrique, que Infante permaneceu toda sua vida.

Susan Sontag, falando de Walter Benjamim, conta que "ele desejava possuir um nome secreto; o título do artigo – que gira em torno da figura de um desenho de Klee, que ele possuía, *Angelus novus* – é, como Sholem salientou, um anagrama de *Der Angelus Satanas* (O Anjo Satanás). Era um grafólogo 'inquietante'"...

7 de setembro

Apesar do feriado, vim à Fábrica onde encontro um grande número de carpinteiros em pleno trabalho, embalando as enormes mesas e estrados que seguirão juntos com as peças cerâmicas para a Alemanha. Continuo a dizer que tudo ainda me parece irreal. Enfim, deixei-me vencer facilmente! Como é a Alemanha?

8 de setembro

Sim, ele é tragicamente incompleto, como Hamlet!

11 de setembro

Finalmente, minha secretária apareceu e posso ter meu texto datilografado e bem mais compreensível do que as diferentes e atabalhoadas notas manuscritas redigidas sob o império de uma justa indignação, embora, com o passar do tempo, perceba que mesmo ocultas nestes cadernos, essas anotações representam pura perda de tempo.

O que é que na verdade pode ter um caráter de resposta definitiva? Em primeiro lugar, o desafeto precisaria vir a público, reconhecendo, sem subterfúgios, o seu equívoco. Pergunta-se: quando isso aconteceu?

Em toda essa questão, o que mais me sobressaltou foi a origem desta crítica ter partido de uma das pessoas menos provincianas desta cidade do Recife, homem viajado, erudito, poliglota e, sem nenhum favor, profundamente versado sobre literatura e conhecimentos artísticos. No entanto, incorreu em deslizes – não no conjunto de suas expressões ou descobertas –, pormenorizados de um julgamento muitas vezes ambíguo e apressado. Não temos muita intimidade. Respeitamo-nos a distância e, talvez, algum dia, diante de uma oportunidade mais aberta de conversação ou mesmo do seu conhecimento cuidadoso do meu trabalho, ele venha a reparar alguns desses juízos.

O que registrei no meu diário tem o título de "Um Cultor de Arcaísmos" e poderá – o que não é muito provável – servir de resposta ao artigo de Marco Aurélio de Alcântara, o qual usa o pseudônimo de Mark Bridge. No momento permanece mais como uma anotação de todo dia...

Quando da visita de uma velha senhora à Oficina, ao percorrer as galerias (talvez só a primeira das salas), ela dissera aos brados: "Um museu de horrores, uma carnificina, jamais voltarei aqui!". Por uma estranha intuição feminina, ela também descobrira o horror... O intocável segredo da reprodução de formas que *ainda se faziam*.

É verdade. Ela acertou no alvo com a mesma fúria dos deuses. O fogo fora roubado como um supremo desafio. Maldição para os homens! A derradeira ousadia de *tocar* no coração da matéria. Até onde querem chegar esses filhos do Oceano?

O escritor Mark Bridge andou removendo terra escaldante ao falar, sem destemor, na *Peregrinatio ad loca infecta*, incluindo a mim e o meu trabalho numa peregrinação a lugares infectos. Diz Bridge: "Escultura visceralmente escatológica, um repensar do homem-excremento, dos orifícios e das funções excretoras, absorventes e digestivas da natureza humana e animal, fundindo-se à natureza vegetal, em notável simbiose dentro do ecossistema que foi a sua circunstância vital...".

Sim, o escritor não aparenta divagar. Tudo o que toca à natureza lhe parece, por essência, nauseabundo. Sabemos que Francis Bacon, o prodigioso filósofo inglês, chanceler no tempo de Jaime I, asseverava que *a verdade não é a beleza*. Ousou com o seu malévolo comentário contrariar a própria substância do belo que, segundo Platão, é o arquétipo de todas as coisas boas.

Estamos diante do mal intrínseco que contamina todas as coisas. Esse bruxedo que há muito me persegue, como perseguiu a Charles Baudelaire: "Abrindo os meus olhos plenos de chama, eu vi o horror do meu martírio e senti, entrando na minha alma, a língua das inquietações malditas."[55]

O crítico Mark Bridge insiste em suas descobertas particulares: "A escultura de Brennand reflete, assim, a desordem real da vida, a desordem amorosa contra o homem, razão, conquista e produto do Iluminismo. Escultor-pintor

---

[55] A propositada citação do autor de *As flores do mal* tem a sua origem na indispensável pergunta: "Com quem fica o poeta?". Ele sempre fez questão de dizer-se católico e de um catolicismo muito peculiar. "Alguém que sabe que os corpos são tristes; seus amplexos sempre frustrados e que por esta razão - porque nunca a relação de um desfecho feliz que os lascivos pretendem - escolhem cercar o amor daquele luxo de artifício, onde se poderá ver a marca à escolha de sua infinita perversidade ou do gosto cristão do infinito" (N. do A.).

ecológico, Brennand é anticartesiano na forma, dando às forças da natureza o primado sobre o *ratio*".

Surpreendeu-me no final do artigo certas indagações cavilosas quanto à *origem* de minha expressão plástica: "(...) Se ela não foi influenciada, marcada, formada pela observação intelectual de outras expressões plásticas na evolução histórica do homem".

Nada é mais evidente, Mr. Bridge, responderia eu, e tanto mais visível a um crítico (ou quem quer que seja) do que conseguir avaliar a natureza polimorfa dessas inumeráveis e às vezes até contraditórias influências. Essa deliberada *diversidade* é uma das minhas forças.

Como Picasso, Arp, Brancusi (o escultor de olhar arcaico), Henry Moore, acompanhados de uma legião de outros artistas ditos modernos, somos a um só tempo o espelho e os filhos do século. De algum modo – talvez como uma maldição – acabamos contemporâneos de todas as épocas.

Aqui, no *Grande Pátio* da Oficina (ou carnificina?), existem *Vênus* nascidas de todos os períodos, não só do paleolítico como do mesolítico; triângulos pubianos e carnudas, *Deusas-mães* que podem estar ligadas a *Vênus de Laussel*, a *Vênus de Lespugue*, a *Vênus de Bassenpouy*, a *Vênus de Willendorf* como a *Vênus de Menton*, a *Dama de Sireuil*, a *Deusa-mãe da Anatólia* e a *Grande Mãe do Irã* que simboliza a fertilidade; aos fetiches genitais da arte aborígine australiana ou aos da Nova Guiné; às figuras fortemente sexuadas da Oceania: "O deus polinésio do mar, Tangaroa, aparece como um ser criador, numinoso, de cujo corpo vão se desprendendo deuses, homens, animais e todos os seres vivos". Ligadas às esculturas africanas; à arte erótica do Peru pré-colombiano, sobretudo "Checan" que na extinta linguagem mojica quer dizer amor...

Continuemos a peregrinação através do mundo mágico da Grécia, em particular do grego arcaico: as deusas-mães das Cíclades e, posteriormente, a célebre e inigualável *Artemisa de Éfeso*, uma das mais belas representações da Mãe Divina no mundo animado. Não plenamente satisfeito em recorrer às imagens dessas infindáveis Vênus e Deusas-mães que se afundam numa insondável pré-história, eu desci à representação plástica ao nível do ovo... A forma *primeva*. O ovo cósmico nascido das águas primordiais. O ovo da serpente céltico... *A pedra que não é uma pedra*... E acrescentaria: coitada da forma que não couber no interior de um ovo. Recordaria as palavras de Durrell no *Balthazar*: "O desejo pertence ao ovo e a sua sede encontra-se abaixo do nível da psique".

Repetindo Gustav Hocke, poderia acrescentar que os meus trabalhos admitem as *sedições de contrários e as ambivalências*. Contudo, reconhecer o termo *escatológico*, como pretende Mark Bridge, é inaceitável. Chega-se a pensar – por parte do escritor – num condicionamento lateral ou mesmo numa impropriedade de linguagem, cujo equivalente é o equívoco premeditado. O sentido de *escatologia* é diametralmente oposto àquele que habitualmente eu utilizo. Para ele é uma expressão que significa ou se combina com excrementos, sujeira, algo como escatófilo, alguém que compartilha de lugares infectos, etc., quando, no meu entender, tem sempre um motivo de doutrina profética ou apocalíptica (fim do mundo), mesmo que envolva o *mal* e todas as potências infernais, nunca se desvinculando do aspecto mágico-religioso, ou seja, do sagrado.

Apesar de tudo, verifico que, enfim, todas as formas se tornam possíveis e a probabilidade do amor místico não evitar o amor *condenado*, ainda assim, nos reserva um fosso intransponível. Como dizia Emily Dickinson: "Achar alguém a própria identidade". No fundo, há uma diferença não só na interpretação das formas, mas na própria essência das coisas ou, quem sabe, da abrangência das coisas.

Mark Bridge deteve-se nas Vênus calipígias – *membri virili*, em contorções e torções; conas estufadas, nádegas de mulheres gordas e fecundas. Descobriu então que são muito fortes as semelhanças entre a escultura de Brennand e a arte das cavernas... E daí apressadamente indaga: "Pastiche?". Esqueceu-se – talvez por desinformação, talvez por cansaço – de olhar em torno; esqueceu-se das pesadas colunas do *Templo do Ovo Primordial* em relevo cerâmico, onde sobem basiliscos que, ao lado dos grandes *Pássaros Rocca* (homenagem ao episódio de "Simbad – O Marujo", de *As mil e uma noites*), montam guarda ao ovo, o qual se sustenta como o pêndulo de Foucault, ou seja, por um fio de aço vindo verticalmente da parte central da cúpula; esqueceu-se dos enormes abutres (para Freud, um símbolo de maternidade[56] descoberto ao encontrar uma divindade maternal egípcia com cabeça de abutre, cujo nome se pronunciava *mout*) perfilados como sentinelas de pedra a sonhar

---

[56] *Un souvenir d'enfance de Leonard De Vinci par Sigmund Freud*. N.R.F. Gallimard. Paris, 1927 (N. do A.).

os enigmáticos e gigantescos *comensais* da Ilha da Páscoa; esqueceu-se das indispensáveis figuras de Adão e Eva como o sinal judaico-cristão de uma força viva neutralizadora dessa tumultuada gênese, com predominância pagã. Não conseguiu ver a estranha presença de um deformado Caim – quase um anão – chorando lágrimas de sangue, porém redimido por uma bela e bojuda cruz copta que repousa sob o topo da gruta sombria onde o infortunado moço se refugiara. Essa cruz simboliza o *perdão* que tem o poder de modificar o passado. Fechou os olhos à figura de São Sebastião trespassado por flechas em forma de folhas: "Fere-me aquele que mais me ama". É exatamente com esse *martírio* onde começa a *muralha oriental* que se fecha no mural *Mãe Terra*, de cujo ventre nasce uma *estrela*. Certamente também ignorou a inscrição de Borges, cravada na pedra cerâmica: "Sabia que a sua imediata obrigação era o sonho".

Jamais esteve nas minhas divagações a possibilidade de criar uma forma nova. Uma forma só pode parecer nova à medida de sua paixão. Os olhos que a descobrem nova são igualmente apaixonados. Na verdade – em qualquer arte – a ideia de conceber uma forma inteiramente nova já é em si uma monstruosidade. Seria, em todos os sentidos, *invisível* aos olhos humanos, uma vez que desconhecida. Nós só "vemos aquilo que conhecemos". Trabalhei neste projeto visionário durante vinte anos, sempre à procura de um mundo genésico onde, com o decorrer do tempo, isso sim, consegui expressar uma mitologia pessoal. Acrescente-se a esse tempo mais cem anos e não seria ainda suficiente para terminar projeto tão atroz.

O seu desgaste natural e os olhos arrebatados das novas gerações saberão como mantê-lo vivo, novo e cada vez mais antigo como o futuro. Quanto ao símbolo ou marca da Oficina Cerâmica, ela é direta e prosaicamente copiada de um fetiche afro-brasileiro, símbolo do deus da caça – Oxóssi. A corda, o arco e a flecha simbolizam o seu poder. Encontrei-o em Salvador há trinta anos, na feira de Água de Menino, o que não exclui sincretizar a possível e quase milagrosa presença do *grande norte* germânico-escandinavo (200 a. C.) nos seus antigos traços rúnicos, alinhados aos signos dos entalhadores da pedra da Idade Média, com os orixás baianos. A meu ver tudo se entrelaça. De algum modo estamos todos numa "Viagem Iniciática".

Uma cara horrível e um novo dia para ser vivido.

12 de setembro – sábado

– O senhor, provavelmente, está se perguntando por que lhe chamei até aqui...

– Vou lhe responder como o fez William Shakespeare: "Nossa pândega agora terminou".

14 de setembro

É muito curioso que Jaime I, Rei da Inglaterra e da Irlanda (1603-1625) e, com o nome de Jaime VI, Rei da Escócia – tenha sido exatamente o responsável pela nomeação do filósofo Francis Bacon como chanceler da Inglaterra. Jaime I era filho de Mary Stuart ("o abismo atrai o abismo"). Foi também contemporâneo de Shakespeare que, de algum modo, ainda pertenceu ao período de Elizabeth I, a assassina de Maria Stuart e do Conde de Essex.

Poder-se-ia dizer que tanto o filósofo como o dramaturgo já são homens do século XVII. O fato de Bacon, como filósofo, ter ousado conceber a *pesquisa* como independente do *princípio* de autoridade, o situa nos amaldiçoados caminhos do mundo moderno. Melhor dizendo, da ausência de um *centro* que seria o equivalente à ausência de Deus. Não é de admirar, portanto, que o abominável Sir Francis tenha pronunciado o impronunciável. Devemos ainda ao cruel Jaime I a condenação de Sir Walter Brennan Ralcigh. Mas isso é outro assunto: a história do prodigioso Sir Walter que não encontrara o Eldorado.

15 de setembro

Conversando com o embaixador da Bélgica no Brasil, Michel Czetwertynski, falei-lhe da visita do arquiteto Fredérique de Limbourg Stirum, em meados dos anos 1970, aqui na Oficina. Contei ao embaixador que eu ignorava a profissão de Fredérique; ele não me revelou que era arquiteto, apenas pediu-me permissão para fotografar a Fábrica e os *pátios*. Discorri longamente sobre a reforma que empreendia, desde novembro de 1971, num conjunto fabril fundado por meu pai em 1917 e encontrado quase como ruína. Recordo que tomei a iniciativa – no meio da conversa – de lembrar que os meus métodos de proveitamento arquitetônico se assemelhavam aos utilizados modernamente pelos europeus, denominados por eles de *arqueologia industrial.* Qual não foi a minha surpresa quando soube que Fredérique preparava uma tese sobre o mesmo *assunto* e que esta era a razão principal de sua visita. Fiquei sem saber o que dizer e, na verdade, constrangido, supondo mesmo que nos meus febricitantes adiantamentos tivesse falado impropriedades com um arquiteto que não só dominava como também era um mestre no assunto. "No entanto, Fredérique foi benevolente", eu disse ao embaixador, confirmando que todo o percurso feito por mim até o momento achava-se no caminho certo. Lamento não ter recebido a sua tese sobre arqueologia industrial e, sobretudo, saber se ele aproveitara algum recanto da Oficina em seu trabalho.

Eu desconhecia que, em grande parte, como afirmou o embaixador belga, deve-se os planos de recuperação e preservação da encantadora cidade de Parati a Fredérique de Limbourg Stirum, que se apaixonara por esse lugarejo de nosso passado colonial, infelizmente não respeitado, dada a sua natural decadência e descaracterizações.

Para terminar, o embaixador disse: "Falei com Fredérique ao telefone há dois ou três dias. Somos grandes amigos".

23 de setembro

> *Deem-me finais novos, disse uma vez Tchekhov,*
> *e eu reinvento a literatura.*
>
> Michelangelo Antonioni

Trabalhei ainda um dia inteiro em *Adolescência*, de Grant Wood.

É difícil dizer quando um quadro está terminado. Às vezes você apenas começa e logo tem pouco a acrescentar. Contudo, se persistir no *acabamento*, o artista penetra num labirinto sem fim. Pode acontecer o mesmo que acabou por tornar insano o pintor Frenhofer, personagem do conto "A Obra-Prima Desconhecida", de Balzac.

Apesar da extrema atração exercida pelos quadros que tomei como modelo, confesso que foram escolhidos por uma questão de proximidade física, ou seja, as reproduções estavam bem ao alcance de minhas mãos. Assinalar outra coisa seria uma espécie de *procura* pouco satisfatória, até mesmo algo falso. Afinal de contas, fui ajuizado. Aconteceu o que de mais simples poderia ter acontecido.

Qual o caminho certo para definir essa extraordinária e enigmática pintura de Grant Wood? O quadro é definitivamente sinistro, como se a sua simples *existência* já anunciasse o desastre. Ele é alguém, como dizia Breton, que "provoca tremores provenientes do futuro".

Suponho que na *justificativa* das interpretações pictóricas não me seria obrigatório elucidar que o próprio título deste texto demonstra uma intenção trágica, o verdadeiro autor, Michelangelo Antonioni, foi omitido, embora assinalado na epígrafe que, por sua vez, cita Tchekhov falando em *finais novos* para poder reinventar a literatura, assunto deveras apaixonante, mas que nada acrescenta ao meu escrito.

Deve existir alguma coisa de obviedade americana relacionada com o *American Gothic,* de Grant Wood, mas no seu *Adolescência* a leitura torna-se ambígua no próprio desenrolar de *O fio perigoso das coisas*. As suas aves jovens apresentam-se ferozes sob uma luz crepuscular. Parecem sonhar estranhas desforras contra quem é difícil perceber. Gombrowicz tenta elucidar: "A juventude mostrou-se para mim como o valor mais alto da vida... Mas esse *valor* tem uma peculiaridade inventada, sem dúvida, pelo diabo: sendo juventude, ela se mantém abaixo do nível de todo valor". Acredito que foi nesse conflito que Grant Wood passou a buscar suas "belezas peculiares"...

Não lidei com palavras quase sempre gastas, antes fui absorvido por uma torrente de verdades interiores, propícias ao espírito e, por que não dizer, independentes dos quadros mencionados. Esses permanecerão refratários a qualquer tentativa de descrição. Quanto às citações de Witold Gombrowicz, ninguém jamais poderá adivinhar que elas se ligam com o universo de Henry James, de Richard Hughes, de William Golding e de Balthus...

Enfim, foi preciso toda uma vida para tecer essas estranhas afinidades e, sobretudo, a deliberada intenção de *revirar* páginas, encontrando, no lugar da *Geisha at her toilet,* de Robert Frederick Blum (belo à sua maneira), o prodigioso *Adolescência*, de Grant Wood.

Na última hora pintei uma homenagem a Sandro Botticelli, retrato de *Giovanni di Pierfrancesco di Medici*. A diferença é que suprimi o medalhão de São João Evangelista que o jovem sustentava nas mãos e, com certeza, isto me facilitou o trabalho.

Dizem que Filippino Lippi incluiu o retrato desse mesmo jovem em *A adoração dos Reis Magos* nos *Ofícios*, em 1496. Meu Botticelli está duro de carnes, parece mais uma figura de Lucas Signorelli, precisamente o seu autorretrato, aquele que vemos no afresco *História do Anticristo*, na Catedral de Orvieto. Figura petrificada, sem a *graça espiritual* e muito menos a decantada formosura do jovem Pierfrancesco di Medici. É lastimável, mas aconteceu.

Prosseguindo na demasiada rota da pintura e nos sucessivos registros do diário, pode parecer que a medida do tempo diante de tantos quadros e de tantos nomes seja pequena, mas acontece que, até o momento, eu não falei uma só vez em minutos, horas, dias ou anos. Posso ter feito tudo num pequeno instante, num minuto ou durante toda uma existência. É um relato confuso, cheio de *nós* como a vida, mas de forma alguma fui levado pelo desejo de agravar esse labirinto.

Pintar quadros nem sempre é um pesadelo, embora, algumas vezes, seja um ato terrível. O desgraçado Egon Schiele costumava dizer que ele não os fazia para o seu prazer: "Não. O desejo tem os seus demônios. Não foi por prazer, eu juro. Os adultos esqueceram como eram perversos quando crianças? Esqueceram as paixões infernais da infância? Eu não esqueci, porque sofri demais. Foi a paixão que me fez assim...".

Lenta preparação com vistas à pintura de *A tempestade.* Vênus furiosa defronta-se contra a tormenta. Ela perde o corpo. Minha versão escultórica foi *O sequestro.* Agora, na pintura, Vênus comanda a borrasca e nela se dissolve. É apenas um estudo feito com rapidez a golpes nervosos de pincel. Tela medindo 73 x 54cm.

Num estado vertiginoso, como na pseudosíndrome de Ménière, assim mesmo resolvo trabalhar. Começo por destruir *A tempestade*, recobrindo o quadro com um esboço de *A princesa de Trebizonda,* obra do grande Pisanello. Parte de *A tempestade* resiste e teima em aparecer, o que resulta num efeito fantasmagórico. A maneira de pintar *A princesa* também contribui para isto. Tenho certeza que não foi só o acaso.

Sinto que devo executar outra tela com o mesmo motivo (detalhe da "Lenda de São Jorge"), embora, no momento, só interesse o perfil ousadíssimo da *princesa*, com sua vasta cabeleira retrançada por largas fitas. Todo o quadro é cor de musgo. Um relâmpago (um braço de mulher) corta o céu com seu estalo de chicote. O nome perdurará: *A tempestade* – homenagem a Pisanello.

Recobri tudo o que restava da "tempestade" e, finalmente, permaneceu *A princesa de Trebizonda* bem mais próxima do original. Desapareceu a presença do musgo, predominando uma cor acobreada. O mineral dominou o vegetal.

Insisto no Pisanello, como em uma obsessão, para mais uma vez ser vencido. A princesa de Trebizonda, seus Cavalheiros e o São Jorge fazem pouco de mim, e com razão. Não mais consigo me livrar dessas coisas.

Dizem que Paul Klee conhecia o livro de Hans Prinzhom, *Criação plástica de doentes mentais*, editado em 1922. Max Ernst e outros surrealistas não o ignoraram, sabiam ver e *pressentiam* as coisas.

Bastante tempo depois da exposição *Interpretações*, na qual vários artistas da terra também compareceram, voltei a pintar sobre papel inspirado numa velha gravura carcomida de Eugène Ciceri, *O vulcão branco L'Orizaba*. O vulcão parece emergir das entranhas da terra como Moby Dick emergia das profundezas do mar: toda branca no seu mistério e na sua força destruidora.

O pintor Marco Vila, que esteve no meu ateliê olhando o estudo, disse que no Peru, a quatrocentos quilômetros de Lima, na cidade de Arequipa, existe um vulcão branco em tudo semelhante ao L'Orizaba. Será o mesmo? Por conta disso, Arequipa é chamada *"La Ciudad Blanca"*.

24 de setembro

Há quarenta e cinco anos que desejava escutar os últimos quartetos de Beethoven. Françoise, que mora em Paris, atendeu a essa minha vontade.

Hoje, apesar da febre, escuto os *Quartetos*, olhando vez ou outra, furtivamente, a *A princesa de Trebizonda*. Beethoven, no *Op. 135 em Fá Maior*, intitula alguns movimentos com frases enigmáticas: "A decisão final", "Será que isso deve ser?", "Isso deve ser".

Nota: *O fio perigoso das coisas* é um livro que reúne alguns *scripts* ou mesmo contos que serviriam de orientação para os filmes definitivos do diretor italiano Michelangelo Antonioni. Quase sempre esse fio tem *dificuldades*. Talvez sejam os *nodi estrani* de que nos fala Dante ou "os nós enigmáticos" dos *Susna* hindus ou ainda "o mundo cheio de nós" – *mistério* de Deus – como propugnava o filósofo da arte Gustav Hocke.

29 de setembro

Um homem pode ser perigoso quando não liga para dinheiro.

2 de outubro

Um poeta, com o seu proverbial poder de síntese, é quem interpreta os *sonhos* da língua? Órgão estranho a nós quando posto à mostra; indecente e mudo e áspero e úmido que estertora no esforço enormíssimo (da *fala*), que pretende dizer e não diz. Gastou-se a linguagem ou tudo *depende* – como diz Conrad – de quem diz?

3 de outubro

Todos os anos, quando acontecem eleições ditas "democráticas", costumo citar Carlyle: "Democracia é o caos rodeado de urnas eleitorais".

A diferença fundamental nesse ano (do dia de hoje) é que eu não compareci às urnas. Definitivamente não mais votarei; nem ao menos deveria ter registrado o fato. Ao fazê-lo pode parecer que me explico.

Mais uma vez perturbado, e com justa razão, esqueço que hoje é sábado e devo voltar à rotina das pequenas epígrafes retiradas de jornais que tanto me divertem: "A atriz francesa ganha na justiça o direito de castrar um burro". Será que ainda precisa dizer mais?

18 de outubro

Como as pessoas ficariam confundidas se alguém afirmasse que não existe nada de indecente no *Kama Sutra*. Durante séculos, ele foi considerado a obra erótica por excelência. Agora, exige uma "nova leitura", tudo como consequência de uma tradução recente feita na França que garante ter o mérito de restituir ao famoso "texto erótico" seu sentido original. Esse grosseiro equívoco sobre uma obra tão importante foi fundamentado nas más interpretações e péssimas traduções do texto indiano, assim como nos resumos arbitrários e citações de segunda mão frequentes em todas as línguas ocidentais. A tradução direta do sânscrito, língua original do *Kama Sutra*, realizada por Alain Danielou para a Éditions du Rocher, colocou o texto mundialmente conhecido no seu verdadeiro lugar. E as surpresas, para não dizer decepções, foram muitas.

A rigor, não há nada de pornografia nesse texto; segundo o prefácio de reconhecido especialista em cultura indiana, o *Kama Sutra* "representa um estudo imparcial e sistemático sobre um dos aspectos essenciais da existência. Antes de tudo, é um manual sobre a arte de viver de um cidadão refinado, que se completa no plano do amor, do erotismo, do prazer vital e, inclusive, se integraliza com um tratado de política e economia, a *Arte-sastra*, e de moral, o *Dharma sastra*, aos quais faz constantes referências".

O equívoco ocorreu a partir da primeira versão em língua ocidental, publicada em 1883 por Sir Richard Burton e F. F. Arbuthnoy, com a ingênua convicção de contribuir para reabilitar o sexo na austera Londres vitoriana. O problema de base consistiria, portanto, em traduzir para as nossas línguas um texto literário em sânscrito. Os estudiosos concordam e tentam por isso reverter o senso comum, insistindo no fato de que o *Kama Sutra* nasceu como texto de apoio para a educação dos príncipes. O projeto de instruí-los em todas as artes do amor correspondia à exigência de abrir-lhes os olhos para que não caíssem em mãos de mulheres levianas, daí as complicadas geometrias do ato sexual, os detalhados aforismos sobre "tipos de união, segundo a força do desejo e o tempo", as modalidades do beijo e as infinitas variações das carícias. Como um momentâneo argumento, resolvi ler em voz alta um pequeno trecho de o *Kama Sutra* para duas senhoras que haviam me indagado o por quê da insistência erótica nas minhas esculturas.

Tanto quanto esse livro, meu trabalho tem sido apressadamente julgado por pessoas que não estão à altura de fazê-lo. As senhoras pareciam interessadas, embora Nonato, presente desde o início da leitura, tenha achado por bem interromper-me afirmando que sempre me conheceu como um dos intérpretes mais equivocados e até um apologista do caráter pornográfico desse famoso livro.

As senhoras, horrorizadas, disfarçaram o quanto puderam diante dessa desagradável interferência e certamente agradeceram o fato de eu ignorar a provocação de Nonato. Queria terminar o mais rápido possível e acabei falando do seu presumível autor, Vatsyayana, que, no final, com os seus aforismos sobre o amor, não fez senão conceber, como Ovídio, uma arte de amar. Nonato demonstrava uma inquietação crescente através de sucessivos murmúrios, mesmo que inaudíveis, mas o bastante para que as referidas senhoras achassem por bem retirar-se o quanto antes, estendendo-me apenas dois dedos e sem olharem nos meus olhos. Devem ter pensado estar na presença de um farsante.

Diante da minha fúria, Nonato, em tom conciliatório, explicou que apenas desejara fazer com que as duas mulheres sorrissem. Será preciso lembrar-lhe de que um príncipe da Alemanha, conhecido por seu amor pelas letras, estabeleceu um prêmio para a melhor dissertação filosófica sobre o riso? De resto, meu caro amigo, não é a primeira vez que eu lhe advirto: "Shakespeare reuniu as faculdades de provocar riso e tristeza não apenas em um mesmo espírito, mas, também, em uma só obra. Em quase todas as suas peças alternam-se caracteres circunspectos e joviais e, nos desdobramentos sucessivos do enredo, às vezes apresentam gravidade e tristeza, às vezes leveza e riso".[57]

19 de outubro

Por especial atenção de uma norte-americana que havia passado aqui pela Oficina, recebi o festejado catálogo da atual exposição *Matisse* (no Museu de Arte Moderna de Nova Iorque), surpreendentemente moderno e elucidativo. Um verdadeiro dicionário matissiano. Contudo, outro catálogo desse mesmo artista, "The Early Years in Nice" (1916-1930), exposição realizada na National Gallery of Art, Washington, em 1987, não deixava nada a desejar, comparado ao do Museu de Arte Moderna; ambos se equivaliam. De resto, parece que Matisse não acrescentou muita coisa à sua obra depois dos anos 1930. Poder-se-ia dizer – sem receio algum – que já fizera tudo aquilo que de melhor lhe cabia executar. Agradeço à senhora Mary Kiyonaga e procuro – embora modestamente – retribuir com o envio do meu livro sobre o projeto da Oficina.[58]

No meu modo de ver, o *Grand nu couché (Nu rose)*, pintado em 1935, é um dos grandes momentos da pintura de Henri Matisse. Também o painel *A dança nº 2* revela um prodígio de composição, cor, desenho e movimento, digno dos melhores mestres da Renascença, notadamente o inigualável Pollaiuolo.

23 de outubro

Não havia notado que desde que comecei a pintar o pequeno nu *O sonho* não parava de escutar a *Nona sinfonia* de Mahler, a chamada Sinfonia da Morte. Foi preciso parar em benefício do quadro. Não me refiro à música; falo mesmo é da pintura. Depois, aproveitei para dar atenção ao catálogo de Henri Matisse; o velho é mestre no seu ofício e ainda tem muito o que ensinar.

---

[57] Compreendi por que Nonato insistia tanto em dar ênfase ao riso e ao humor perverso de Shakespeare. Há poucos dias eu o encontrei lendo o *Prefácio a Shakespeare*, de Samuel Johnson (N. do A.).

[58] Menção ao livro *Brennand*, Spala Editora Ltda – Rio de Janeiro - Brasil – 1987 (N. do A.).

Gostar ou não gostar de um pintor, esse é outro problema. Dizer como Balthus, "*Je ne l'aime pas*", não encerra a questão. As minhas preferências também nada valem. O que vale é a obra realizada.

25 de outubro – domingo
"Hoje vai ser 'meu dia'", eu disse. Não necessitava registrar, pois todos sabiam ou julgavam saber que eu era um homem frágil, tímido, à procura desesperada de sua mãe... (A Grande Mãe?)

29 de outubro
O mural está situado logo à direita de quem entra na Fábrica. O título, escrito em letras brancas de bom porte – *Mãe Terra* – ainda contribui para acentuar o interesse do visitante. Hoje eu o olhei longamente e pensei no aspecto negativo do arquétipo da Grande Mãe. Existiu o lado positivo que não era maior ou menor do que aquele que agora me preocupava.

Jung falava dos dois com igual intensidade e sabedoria. Contudo, era o "negativo" que iria agora enumerar: "O arquétipo Mãe está associado a tudo o que é secreto, oculto, escuro, o abismo, o mundo dos mortos, tudo o que devora, seduz, envenena, que é terrificante e inexorável". Enfim, eu pensei, para muitos a Mãe Natureza ou Grande Mãe é a verdadeira inimiga dos homens.

Aniquilei toda a perspectiva do quadro *O fugitivo*. Também fiz desaparecer o céu (*un vrai ciel*) para dar lugar a uma espécie de telão, onde o quadro começa com outra narrativa. As personagens são outras: um homem silhuetado em negro é carregado por um furacão em direção ao inferno.

Eu não estou certo se esse trabalho anunciará algo de novo. Pelo contrário: ele destrói tudo o que eu acreditava no tocante à pintura a óleo e nada ensinará (presumo) como deverei prosseguir. Terei de descobrir a *perda de identidade* no momento exato em que começar a pintar e, ao mesmo tempo, dar o quadro como terminado. Será isso possível em se tratando da específica linguagem da pintura?

1º de novembro – domingo
Que pena, não vejo como o ser humano possa escapar da pornografia (Nonato tinha razão). Sem esse indispensável código secreto (que nem Deus

percebe, talvez nem mesmo o demônio, embora exulte com os seus resultados), a condição de toda a nossa sexualidade estaria irremediavelmente comprometida. Afastamo-nos, assim, de qualquer referência culpada à realidade. Ninguém, ninguém mesmo, vai conseguir evitar a nossa exultante marcha para o abismo.

2 de novembro

O céu é cor de areia molhada. O mar é cor de lama preta. A praia é azul-claro como uma pedra de água marinha. Tudo *às avessas* para fugir de qualquer referência culpada à realidade.

Duas personagens femininas carregam nos braços enormes narizes brancos construídos como gigantescas máscaras de um estranho carnaval. Não vemos os rostos das mulheres, encobertos pelas máscaras narigudas.

No primeiro plano, três frascos destampados parecem atrair os narizes ávidos de cheiros. Uma terceira personagem corre sobre o mar, na linha do horizonte. Usa um longo vestido violeta-claro e sapatilhas de balé brancas. Apenas corre. Não cheira nada e em nada se identifica com as duas que andam na praia azul à procura do *cheiro* fétido das entranhas do mar guardado (ninguém sabe por que gênio maldito) naqueles três frascos que brilham como diamante ao sol.

O desenho desse quadro foi tirado de uma gravura (reprodução) possivelmente do fim do século passado, cujo caráter *naïf* fez-me recortá-la e guardá-la. Na verdade, a terceira figura foi incorporada ao conjunto, mas pertencia à outra gravura desse mesmo gênero. Possuo quatro ou cinco recortes, todos eles com um sentido obscuro ainda a desvendar. O pior é que não há qualquer alusão ao títulos, nem ao autor. Minto: numa delas, uma mulher de vestido longo corre atrás de um esquisito balão (tripulado) que já se encontra em boa altura. Na cabine, duas pessoas acenam. Dois estranhos personagens, de costas, ignoram o incidente. Do lado esquerdo do quadro, cortado pela metade, um enorme *Perfil de Federico de Montefeltro*, de Piero della Francesca, preside a cena. De todas as gravuras, é a única assinada. Infelizmente – mesmo com o recurso de uma forte lente – é ilegível.

Todas essas gravuras têm um caráter surrealista inequívoco, mas um surrealismo *avant la lettre* que ingenuamente antecipa o próprio movimento de André Breton.

Não sei por que o poeta Weydson Barros Leal tem uma fixação tão grande neste primeiro quadro que citei, em que personagens femininas carregam nos braços enormes narizes brancos numa mascarada à beira do mar.

10 de novembro

Quarenta e cinco toneladas de material encaixotado para a exposição em Berlim. Confesso que não me cheira bem. Parece-me demasiado e perigoso. Tomo como exemplo o seguinte acontecimento: "Os guerreiros do Primeiro-Imperador da China, Qin Shi Huangdi, foram feitos para a eternidade. Esta eternidade está sendo exibida na cidade francesa de Metz – uma das raras ocasiões em que as estátuas de mais de 2 mil anos de idade são exibidas fora da China. Aconteceu que no transporte para a França – apesar das primorosas embalagens – um dos cavalos, de argila, teve um casco danificado, e o outro chegou com a mandíbula quebrada".

Quando é que essa gente inquieta vai compreender que a imobilidade sacraliza as coisas?

14 de novembro – sábado

– Acabarei sozinho!

– Tolices!

– Tenho de bater um bolo e não tenho açúcar.

15 de novembro – domingo

A arte-sensação. A arte-espetáculo. O grande mercado organizado como uma Bolsa de Valores com os seus pregões, sua voracidade e seus lucros. A grande mentira feita verdade, como moeda corrente. O turismo universal, uma das pragas desse nosso pobre fim de século. A necessidade dos "heróis", dos gênios "pré-fabricados".

Minha filha Maria Helena, que chegou há poucos dias da Europa, diz que no momento o colombiano Fernando Botero embasbaca a velha Paris: *La Mairie de Paris et Didier Lambert Fine Art présent Botero aux Champs-Elysées.* Um pintor "especialista" (grosseiramente estilizado) em adiposidades genéricas, encontrando o seu mágico filão (comprovadamente palatável e lucrativo) no grande mercado de pulgas e elefantes, vende os seus "produtos". E pior: não é que o cretino é desses que falam? Citarei apenas um pequenino trecho das suas acadêmicas, paupérrimas e incongruentes tagarelices. (Estou certo, bem piores do que as minhas) O esperto mancebo, entre outras "pérolas", afirma: "Um exemplo: eu pinto *d'après* Bonnard, mas acontece que ele não é daqueles pintores que me interessam o suficiente: *parce que je trouve que c'est un dessinateur très pauvre*".

Meu Deus! Logo Pierre Bonnard, que desenha como um japonês, que desenha como um Rembrandt! Bonnard, um dos mestres da pintura moderna, cujo desenho já é em si a sua própria pintura, porque as suas linhas sinuosas, entrelaçadas, interrompidas, invasoras, transbordantes (para dentro e para fora da figura) aprisionam e reconstroem todo o *espaço*, incluindo os volumes. Como Cézanne, poderia sabiamente dizer: "O contorno me escapa". Essa *fuga* perpétua é que faz e refaz o mundo.

O colombiano diz com imensa desfaçatez: "Pretendo dar *forma* às mulheres deitadas nas banheiras, uma vez que Bonnard maltratou-as com o excesso de cor". Não seria mesmo possível um tamanho patife se aperceber que não existe cor em Bonnard, e sim luz e atmosfera?

Botero simplifica as coisas nas suas figuras estereotipadas, contidas em seus contornos, sempre confinados, como se fossem um *outdoor*. A fotografia do colombiano não lhe nega a imagem – quer ser sempre ele mesmo: inconfundível, pomposamente gorduroso, inapelavelmente aplicado como um aluno de belas artes. Enfim, os inevitáveis *turistas* e uma grande parte dos franceses amanteigados encontraram – servido ainda quente – o alimento ideal para as suas de há muito tempo frustradas gulas. O curioso nisso tudo é que a mesma revista *Connaissance des Arts*, que dedica um número inteiro ao esperto sul-americano, faça, em um número posterior, o reconhecimento tardio do grande e sensível pintor impressionista Alfred Sisley – inseparável companheiro de Monet, Renoir, Jongkind e Bazille.

Não é para fazer pouco de um sul-americano, ou das Américas em geral, que eu tomo essa atitude pouco generosa para com o latino Botero. Seja no sul, no centro ou no norte, apareceram artistas apreciáveis como um Rufino Tamayo no México, um Torres Garcia no Uruguai, um Roberto Matta no Chile, um Wifredo Lam em Cuba. No Brasil, um Alberto Guignard e o admirável Franz Krajcberg.

16 de novembro

A mando ou por sugestão de José Cláudio, o pintor Granato, de São Paulo, me faz uma visita. Figura interessante e simpática. Conversamos com certa desenvoltura para duas pessoas com interesses tão diversos.

17 de novembro

Botero tem cara e pinta de facínora. Mas já é tempo de esquecê-lo. Contudo, poder-se-ia dizer dele o que Martin Amis disse de uma personagem sua: "Keith Talent (Botero) era um cara mau. Keith Talent (Botero) era um cara muito mau. Pode-se mesmo afirmar que era dos piores, mas não o pior, o pior de todos. Havia caras piores".

Soube, no domingo, que o inigualável Mikhail Mikhailovich Bakhtin falecera no dia 7 de março de 1975, em Moscou, às duas horas da madrugada.

O desconhecimento deste fato faz com que – pelo menos para mim – o escritor tenha morrido hoje, às duas da madrugada. E o mais espantoso, meu querido Mikhail – só agora me apercebo –, quando eu o li pela primeira vez, em 1981, *Problemas da poética de Dostoiévski*, você já não se encontrava entre os vivos. Desaparecera na voragem desse estranho *carnaval*, você que ensinara ao mundo o real, amplo, magnífico e, ao mesmo tempo, terrível conceito de *carnaval e carnavalização*.

Eu também só lera em 1981 esse livro que fora publicado desde 1929 e, no entanto, pareceu-me novo, absolutamente original, intocado, ajudando-me ainda mais a fazer crescer, crescer o que já era insuportavelmente enorme: a imagem genial de Dostoiévski.

19 de novembro

Aparecem – ainda surgem – mulheres. Algumas são tão jovens e belas que nada me resta fazer senão lhes confessar meu mudo espanto e, depois, minha repentina e inadequada paixão. Como surgem, não demoram também em desaparecer como miragens no deserto. Acontece que eu sou o deserto.

22 de novembro – domingo

Sempre baseado em gravuras (como já disse, não sei quem é o excelente artista e nem ao menos identifico o seu nome), prossigo numa série de pinturas. Voltei ao tema da estranha mulher que corre numa paisagem deserta e se aproxima perigosamente de um abismo. A gravura sem título não esclarece nada. Aliás, o que se assemelha a um resíduo de assinatura parece ter letras que se aproximam de N. Jastrer ou N. Jostreo, datada de 75. Certamente deve ser 1875. São gravuras de caráter popular do fim do século passado, sobretudo porque as personagens vestem roupas que nada têm a ver com os nossos tempos. Serão mesmo todas do mesmo autor? Em algumas delas o traço indica a mesma mão, mas a *Bacante*, que me inspirou um quadro na sexta-feira, tem um caráter totalmente diverso.

23 de novembro

Ontem, num documentário sobre o Comandante Jacques Cousteau, falou-se em Creta e nas pesquisas marinhas à procura de um passado que teima em não se revelar. O que é devolvido ao presente mais confunde que esclarece. Melhor dizendo, somos tontos demais para lidar com uma verdade que nos escapa.

Peças de pedras danificadas pela ação constante dos *litófares,* organismos marinhos que atacam as esculturas expostas na água.

Fizeram um barulhão por terem descoberto uma peça de bronze que tudo indica ser um *astrolábio.* Os gregos eram capazes de projetar, realizar e construir um dos mais antigos instrumentos para calcular os movimentos das estrelas. Portanto, possuíam a *chave* para a revolução industrial e a moderna tecnologia dos computadores.

Neste pressuposto, o que esqueceram de dizer é que esse povo sabiamente deu as costas a todas essas possibilidades preferindo a filosofia. Os gregos eram de fato um povo superior.

25 de novembro

O quadro avança. A violência das cores me perturba e ao mesmo tempo liberta. Não são as minhas cores habituais (como se quem pintasse fosse outro). Contudo, a mulher que só veste uma curta camisola vermelha, com suas pernas poderosas, começa a dominar a pintura. Tem coxas de arrepiar. Amanhã será o terceiro dia de trabalho. Para o quadro, o dia da ressurreição ou da perdição. Posso dizer que a coisa não tem sido tão má. Mas todo o cuidado é pouco no sentido de não amaneirar em demasiado. Por exemplo: não consegui apreciar os quadros de Georgia O'Keeffe como ela merece, porque também encontrou o seu filão de ouro, o que quer dizer, suas facilidades. Mesmo no desespero, facilitou-se. Quem tem razão é Van Gogh quando adverte: "Graças a Deus, de uma certa maneira, jamais aprendi a pintar". Entretanto, expressou-se como ninguém: pintou a negra região dos mineiros do Borinage; pintou homens e mulheres ao redor de uma mesa comendo batatas fumegantes; pintou uma mulher chamada "Tristeza"; pintou nutrizes, prostitutas, carteiros, bebês, soldados, seu amigo Gauguin; pintou seu ateliê amarelo e o interior do seu quarto igualmente amarelo; pintou todas as candeias do mundo; pintou cadeiras que lembravam o amigo que partira; pintou um salão de bilhar com paredes em vermelho e verde que, no seu entender, são as cores das paixões humanas; pintou a si próprio e a sua loucura. Pintou asilos e as grandes árvores recobertas de musgo; pintou tempestades, a primavera e o verão; pintou o sol e as outras estrelas; pintou o Doutor Gachet e a sua filha; pintou trigais atormentados por corvos negros. Só não pintou a bala que destruiu as suas vísceras. Não teve tempo.

26 de novembro
Ainda não consegui estragar o quadro. Ela resiste, como a vida resiste à morte. Falo da moça e não do quadro. É dela, tão distante no seu *drama*, escondida pela própria mão, rindo de si e de todos. É dela que me ocupo, uma vez que jamais poderei tocá-la, ouvi-la. Pintando-a através de uma foto de jornal pelo menos retenho-a entre as minhas mãos trêmulas.

28 de novembro – sábado
Antes de começar a trabalhar, leio um antigo conto do admirável Guimarães Rosa, "Tempo e Destino", ilustrado por Carlos Chambelland.

Presenteei Luiz Tavares com o conto "Tempo e Destino". Uma vez que ele estava no meu ateliê, não deixou de olhar a moça da pequena combinação vermelha. Depois perguntou se ela ria ou chorava. Ela sorri, eu disse. Certamente ela morre de rir, neste exato momento em que recebe sobre o ventre uma *chuva de ouro*. Batizei-a de *Danae und der goldene regen*. Você que acaba de chegar de um torneio de xadrez, na Alemanha, não deve estranhar estes termos. Luiz olhou-me sem entender as minhas insólitas conclusões. Mas na sua habitual discrição não disse palavra. Eu sei que ele, embora não diga, considera esses meus constantes devaneios como um castigo cruel e impiedoso contra mim mesmo, e que pode até levar-me à loucura. Enfim, ele é médico e pode pensar assim.

29 de novembro – domingo

Evitei olhar a *Danae* recoberta pela chuva de ouro. Não queria vê-la hoje sem poder tocá-la. Dirigindo-me a São Francisco fui ver Deborah que está doente, tão doente quanto eu. Só que ela tem espírito suficiente para suportar seu corpo frágil e ultrapassar – como tem conseguido nesses últimos dezessete anos – sua enfermidade.

30 de novembro

Falei de manhã com Mário Gibson Barbosa, um velho amigo que virá lançar em Recife seu livro *Na diplomacia, o traço todo da vida.*

Olhando, enfim, a *Danae*, posso dizer como Courbet diante de um dos seus quadros: "Está passavelmente misterioso".

De qualquer forma, exige trabalho e é o que vou fazer. A perna da moça está descomunalmente grande e deve permanecer, pois só assim é que posso demonstrar a *força* desse jovem corpo.

À tarde, faço rabiscos numa nova tela, apenas como uma imprimadura, para depois trabalhar por cima. Estou olhando um quadro do futurista Umberto Boccioni, *Forças de uma rua*, para facilitar essa tarefa, pois enquanto a mão trabalha, penso noutras coisas. Antes me atraíra o *Ciúme,* de Edvard Munch, que me comove demasiado, para depois destruí-lo. Não é pintura para brincadeiras ou exercícios. É coisa sagrada.

1º de dezembro

O sagrado mutismo de quem pinta.

2 de dezembro

Sabia que uma mulher como Camille Paglia não deixaria passar em branco as intencionais vulgaridades da pobre Madonna: "Madonna foi mal dirigida. *Sex* é uma fraude, uma trapaça. Que gosto dá folhear um livro onde triunfa não o erotismo, mas o tédio?". Da mesma forma observou o experiente escritor Martin Amis. Ambos souberam como enfrentar a fraude.

4 de dezembro

Ontem estive no lançamento do livro do embaixador Mário Gibson Barbosa. Hoje, ele e Júlia almoçarão comigo e Deborah na Fazenda São Francisco, ao lado de alguns amigos.

5 de dezembro – sábado

Uma máquina do espírito. Era só deixar o embaixador falar para de imediato sentir-se o contista habilidoso. E como ele falou da Grécia Ática! Dessa parte da Grécia toda pedra e mar: "A pedra, o templo e o mar".

No seu livro, *Na diplomacia, o traço todo da vida*, Mário Gibson Barbosa, por força do ofício, contém a sua *verve* natural de ficcionista e passa ao campo de registro de fatos históricos (se é que de fato existem histórias). O grande, habilidoso e bem-humorado *causeur*, com sabedoria, evita a literatura; como ele afirma, para restringir-se aos acontecimentos dos quais participou. Contudo, o escritor persiste. Quando se aprende esse *jogo perigoso*, é difícil evitá-lo, escondê-lo. Acaba por ser revelado. Aliás, para os iniciados, uma ou duas palavras é o quanto basta. O retrato está todo feito.

8 de dezembro

O pequeno texto que me foi dado a conhecer de Camille Paglia sobre o Marquês de Sade não é nada original, nem sequer foi muito longe. "É nossa natureza mais profunda", ela diz. Certo. Está correto. Mas para quem tem memória, é aconselhável sabê-lo diretamente pelo Marquês ou então pelo senhor Masoch, direto, entende? Direto.

"A professora perversa", como Updike apelidou a talentosa Camille Paglia. De fato, ela impressiona, sobretudo, ao público americano. Não é preciso ter muita cultura para perceber que as amostras grátis do cinema e da televisão já vendem esse *produto* – com absoluto sucesso há muito tempo.

Paglia reconhece e acusa aquilo que passa desapercebido como a violência, independente do que se constrói secretamente, isoladamente, contra toda raça humana. Uma espécie de subproduto de nossa tolice e danação com poderes de destruição total. A violência e o sangue dominarão o mundo futuro fora de qualquer modelo conhecido, mas será a violência do desespero: os mortos matarão aqueles que estão mortos. Não sobrará nenhum dos homens em toda a criação. Enquanto isso, os escritores e sexologistas se divertem com os seus descalabros, teorizando sobre a sexualidade dos mortos e não se apercebendo desse ato falho.

11 de dezembro

Terminei *A menina no balanço*, uma espécie de homenagem a Courbet pelo fato de a pintura lembrar o admirável *Le hamac*, da coleção Oskar Reinhart (Winterthur).

Não estou descontente com o resultado, mas, curiosamente, um novo quadro que comecei a pintar hoje é em tudo a negação completa do espírito poético que paira nesses dois quadros mencionados. Não escolhi o tema. Repentinamente, um velho retrato da dançarina Martha Graham (foto de 1920) chama a minha atenção – bem ao lado do artigo de John Updike, "Novas Aventuras da Professora Perversa" – e penso em pintá-la. Alguma coisa me diz que devo pintá-la. Acontece que o retrato saiu, mas em vez da dançarina, eis que surge a morte no seu trágico vestido negro. Não houve escolha de cores, nada foi premeditado: o rosto da morte é azul cerúleo. O quadro faz evocar Munch e, de algum modo, Egon Schiele, permanecendo um Brennand. Sim, ele é indisfarçavelmente um Brennand: predominância de cinzas pardos, negros, alguns arabescos em branco, e o chão de um vermelho sanguíneo muito contido. É tudo. Mas ainda pergunto: que diabo de balé é esse *strike* que a Graham tanto encanta em dançar?

12 de dezembro

> *Nunca fui capaz de responder a grande pergunta: o que uma mulher quer?*
>
> Sigmund Freud

No fim da tarde retrabalhei na endiabrada Martha Graham clareando o fundo para destacar a sua silhueta de dançarina cretense. Contudo, não pude evitar que um dos seus pés se assemelhe ao de um macaco. Apesar de todos os disfarces, o nosso pé está muito próximo ao pé de macaco. Se não somos irmãos, somos primos. De algum modo, o parentesco não pode ser negado. Não vejo nada que nos humilhe por termos semelhanças. Estamos em boa companhia.

14 de dezembro

Dieter veio para confirmar a data da exposição de Berlim. Pergunto qual a maneira mais saudável de viajar estando com a saúde tão abalada?

Ainda trabalhei na Graham.

16 de dezembro

Como poderia adivinhar que a editora Imago traduzira Kleist? Desde quando apareceu *A Marquesa D'O e outras histórias*? Suponho que deve ser coisa recente, uma vez que leio um magnífico artigo de Mário Hélio, "A Escrita Negativa de Kleist", datado de novembro deste ano.

17 de dezembro

Profundamente comovido, encontro entre velhos papéis uma das referências biográficas que fizera a meu pai pouco tempo depois de sua morte. Aquilo que poderia parecer casual e, no entanto, foi fruto de um enorme e obstinado esforço de suas pesquisas, está contido neste ligeiro e seco registro: matérias-primas para a indústria de porcelana fina de mesa e azulejos. Jazidas de caulim, de pegmatito, quartzo róseo-cristalino; feldspato-potássico, sílex e argilas.

As referidas jazidas estão localizadas no sertão da Paraíba e no Rio Grande do Norte:

Acari 1952
Equador 1953
Junco do Seridó[59] *1953*
Pedra Lavrada 1954
Picuí 1956
Carnaúba dos Dantas 1957
Cubati 1958
Caaporã 1961
Pedras de Fogo 1963
Soledade 1963
Boqueirão 1968

Sertão do Piauí:

Oeiras 1957
Jaicós 1967

---

[59] Na propriedade Várzea de Vassouras, em Junco do Seridó - PB, meu pai, Ricardo Lacerda de Almeida Brennand, residiu durante algum tempo quando fazia pesquisas de minérios e adquiria jazidas na região (N. do A.).

> *Como pode haver enganos se tudo vem de fontes divinas? Existem domínios em que todos os enganos são transformados em verdade. (Obsessões e outras histórias)*
>
> Isaac Bashevis Singer

18 de dezembro

O estudo inicial que pintei do quadro de Grant Wood, *Adolescência* (55 x 34cm), é em tudo superior àquele que está exposto na Galeria Futuro 25, cuja medida 90 x 45cm talvez tenha me influenciado na escolha. Errei gravemente. O de formato maior é de uma textura opaca e falta-lhe sobretudo *mistério*, o que sobra no trabalho do pintor norte-americano e que, guardadas as proporções, não está ausente no meu pequeno estudo.

20 de dezembro

Ora, isso me intriga! A moça feminista faz as axilas, depila as pernas e apara os pelos nos cantinhos mais escondidos de suas vergonhas, além de pintar as unhas dos pés de pavão. Pergunto: com que finalidade?

23 de dezembro

Não consegui entregar a Deborah *A menina no balanço*. Por volta das dez horas da manhã, junto com as nossas filhas e netas, viajou para Miami. O quadro só chegou do moldureiro agora à tarde. Pelo menos, terei o prazer em olhá-lo mais demoradamente.

24 de dezembro

Aniversário da pequena Helena Viktoria. Completa oito anos, enquanto o pequenino Oliver se arrasta indômito nos seus primeiros seis meses.

O dia inteiro perseguindo uma paisagem. Um pintor solitário caminha dentro dela. Caminha em busca de uma *paisagem*. Pisa sobre o chão de terra crestada e não se apercebe que todos os recantos do mundo são iguais.

25 de dezembro – Natal

Fugitivo e errante como sempre, embora a presença do pequeno Oliver me deixe fascinado.

26 de dezembro – sábado

Cheguei a uma importante conclusão: estou seguro de que ninguém pensa sozinho e muito menos é capaz de qualquer tipo de ação solitária. Não me espanta, portanto, encontrar num jornal do sul quatro páginas inteiras, fartamente ilustradas, dedicadas a São Jerônimo: *O Signo de Jerônimo*.

Reconhecido como um dos fundadores do pensamento do Ocidente (embora, como diz o cineasta Júlio Bressane, tenha sido ignorado pelos grandes divulgadores da alta cultura como, por exemplo, Bataille, Barthes, Blanchot e Deleuze – nenhum deles o menciona), chegou a sua vez sobretudo agora, nessa perplexa, duvidosa e trágica modernidade que se anuncia. Ele, Jerônimo, é um nome providencial, um pensamento, uma filosofia de sobrevivência.

É preciso lembrar que São Jerônimo foi um ardoroso defensor da repressão à sexualidade, entendendo que suas ideias e atitudes não representam somente um rompimento do Ocidente com o sexo pagão. Os historiadores recentes, segundo afirma Renato Janine Ribeiro, realçam uma visão mais complexa do fim do Paganismo: "Em primeiro lugar, já os filósofos e as seitas (porque na Roma Imperial mal se distinguiam filosofia e moral, filosofia e religião alternativa) do século I elogiavam a castidade e viam com maus olhos a sexualidade desregrada, como aquela que por equívoco associamos ao Paganismo".

Assim, diz Ribeiro: "O Cristianismo, quando venceu, na verdade apenas se mostrou, dentre as novas religiões, a mais capaz de atender ao anseio por uma mística moral e ascética".

A meu ver, a repressão – mesmo que violenta – à sexualidade será o indispensável *atributo* de toda a conduta moral dos próximos cem anos do Terceiro Milênio. Sem estes interditos não haverá modernidade porque não haverá seres humanos que consigam praticá-la.

Eu já disse uma vez que ser moderno é não pecar. Curioso é que a maior parte dessas notícias chega de Londres, onde se realiza uma mostra variada de pinturas, reunindo imagens desse admirável Jerônimo. Quadros de um Carlo Crivelli, de um Cosme Tura, de um Leonardo, de um Antonello da Messina, de um Giovanni Bellini, de um Ribera, de um Georges de La Tour, são ao todo dezoito variações sobre o santo na National Gallery.

Detalhe intrigante é o fato de que Jerônimo, tendo vivido no início da era cristã, só foi um dos santos mais retratados na transição da Idade Média para a Moderna. Todas as obras escolhidas são dos séculos XIV e XVII, ou seja, a mais antiga foi produzida cerca de mil anos após o seu nascimento.

Certamente, o século XXI saberá compreender a verdadeira *razão* dessa espera. “O futuro dura muito tempo”, disse o desafortunado filósofo Louis Althusser citando o general De Gaulle.

27 de dezembro – domingo

Não deixa de me impressionar ter encontrado na autobiografia de Althusser uma referência da jornalista Claude Sarraute dedicada essencialmente ao assassinato antropofágico de uma jovem holandesa pelo japonês Issei Sagawa, no jornal *Le Monde*, de 14 de março de 1985. Embora esse registro representasse uma intenção totalmente diversa daquela que eu também mencionei, falando do mesmo Sagawa, em setembro de 1985, comprova a minha impressão de que somos todos odiosamente geminados quando pensamos, falamos ou agimos. Nessa época, eu escrevia sobre as gravuras de Darel Valença afirmando que uma verdadeira obra de arte deveria – pela sua própria natureza – despertar equívocos, quimeras e alegorias. Recordava o fato insólito acontecido em Paris, no dia 4 de dezembro de 1982, e que teve como consequência inevitável um hediondo crime de morte. Quatro meses antes do crime, numa mesa-redonda em Tóquio (isso já foi mencionado nos meus cadernos), falando sobre erotismo, o jovem Sagawa disse que considerava a tela *O sono*, pintada por Gustave Courbet, um apelo ao canibalismo.

O pequeno japonês asseverou que esta pintura despertou-lhe paixões incontroláveis, o que o levou, em seguida, ao canibalismo exercido em uma colega de estudos.

Também não ignorava no artigo de Sarraute, intitulado “Fominha”, o desenrolar da história, isto é, quando Sagawa foi mandado de volta ao seu país, após uma impronúncia e um breve período num hospital psiquiátrico francês. Uma vez na sua pátria, o rapaz conheceu grande sucesso ao escrever um livro narrando com detalhes o seu hediondo crime. Na realidade, Sarraute só mencionou o *caso* para falar “noutros casos”: “(...) Nós, que pertencemos aos meios de comunicação, assim que vemos um nome prestigioso metido num processo que vai dar o que falar, podendo ser um Althusser, como um Thibault d’Orleans, fazemos o maior escarcéu. A vítima? Ela não merece nem três linhas. A vedete é o culpado”.

Note-se a diferença entre o meu apaixonado registro sobre uma obra de arte e o desejo de escândalo da pobre Sarraute.

29 de dezembro

Entre mil fotografias tiradas na Ilha de Fernando de Noronha, Helder Ferrer me presenteou com um exemplar onde aparece no primeiro plano uma cruz. Uma grande cruz negra dominando a paisagem marinha que, luminosa, se estende lá embaixo entre as rochas e os picos distantes.

Tomei conhecimento ontem de uma reprodução do desenho-testemunho de Van Gogh morto, feito por P. van Rijssel e oferecido a Theo Van Gogh. Reforçando o tema da morte, acrescento o poema que foi dedicado ao meu quadro *Danae und der goldene regen*, apesar de muito belo, era igualmente funéreo: uma fita negra em forma de laço prende o conjunto de folhas onde o poema está contido e, dando o toque final, encontra-se um duplo desenho na parte interior do caderno negro como um poço sem fundo, que tem como título *Lago sem Lembrança*, o que no meu entender também simboliza a morte.

31 de dezembro

Contrariou-me profundamente o fato de as molduras prometidas para hoje à tarde não terem chegado. Queria iniciar o ano olhando esse conjunto de quadros que realizei nestes últimos meses para depois recomeçar novos trabalhos. Amanhã mesmo, no primeiro dia do ano, apesar do meu pessimismo e dos mais tristes presságios, devo pintar uma tela com o título de *Viva 1983*, como eu costumava fazer nos bons tempos.

Síndrome de Tourette: "Berrar blasfêmias involuntariamente".

Os três primeiros contos de Witold Gombrowicz, "O Banquete", "O Rato" e "Acontecimentos a Bordo da Goleta Banbury", do seu livro *Bakakai,* são influenciados por Kafka de uma maneira deplorável, sobretudo pelo enorme talento de Gombrowicz que poderia prescindir dessa tentação. Repito que ele não necessitava (será que brinca ou ironiza com esses recursos?).

Na "Goleta Banbury" acontecem coisas dignas das aventuras do Barão de Münchhausen. De qualquer forma, influenciados ou não, os contos são excelentes.

Gombrowicz fala na Princesa de Trebizonda que nada tem com aquela do *afresco* de Pisanello. Nos disparates do escritor, esta outra (como personagem) é a filha caçula do Marquês de Frioul.

Como sempre acontece, termino o ano atropelado pela literatura. Os bem-humorados disparates desse talentoso polonês o distanciam da proverbial falta de humor de Franz Kafka.

Mas que bobagem é essa que estou afirmando ao ousar suprimir o *humor* de Kafka! Bem estranho humor, é verdade. Acontece que, diferentemente de Joyce ou qualquer outro escritor de nosso século, Franz Kafka esconde debaixo de sete chaves o mudo humor bíblico de Javé.

1993

Propriedade Santos Cosme e Damião

2 de janeiro – sábado

Tenho me recusado a pensar nessa exposição em Berlim. Alguma coisa me diz que é como se fosse o começo do fim, isto é, se tudo for bem-sucedido (uma consagração), certamente eu não estarei preparado para um tão funesto acontecimento.

Amanhã Dieter Ruckhaberle virá conversar sobre essa temível ocorrência ainda a realizar-se. Seu nome, quase impronunciável, ele o justifica por ser originário do sul da Alemanha. Achei sua explicação temerária, pois se assim fosse, todas as pessoas nascidas no sul da Alemanha teriam nomes impronunciáveis...

O dia inteiro escutando, repetidas vezes, a *Sinfonia nº 3* do admirável Anton Bruckner.

3 de janeiro

Dieter, como prometera, soube cumprir o encontro. Chegou sobraçando dois alentados catálogos do escultor francês Jean Ipoustéguy (pseudônimo). O primeiro desses catálogos (1976) contém 399 páginas e o segundo (1991), 360 páginas, ambos impressos pela Staatliche Kunsthalle.

A notável força e originalidade desse artista, aliadas a um indefinível segredo (mistério) que parece estar por dentro e por fora de um autêntico conjunto *escatológico*, raramente se encontram na escultura moderna, mesmo em se tratando de um Henry Moore, de um Giacometti ou de um Reg Butler. Não resta dúvida de que esses dois catálogos estão à altura de Ipoustéguy e seria mesmo impossível fazê-lo num só volume, de tal forma é a sua obra extensa e complexa, além da necessária documentação biográfica e do empenho – bem visível no texto – em promover esse grande artista à posição que ele deveria ter no cenário da escultura moderna.

Dieter, como diretor da Kunsthalle de Berlim, fez uma das apresentações em 1991, falando em *continuidade* e *inovação*: "É o que se pode mencionar em primeiro lugar sobre este trabalho". Como até hoje eu só apreciei dele, com cuidado, a escultura *Le casque fendu* (1958), fiquei tentado a concluir que simbolicamente ele ousou "quebrar" *O ovo* de Brancusi. Ipoustéguy é um devorador, um canibal, possivelmente um necrófilo: preside um tribunal onde está sendo julgada a *anatomia* dos corpos e também a dos *espaços*.

Não exagero em dizer que o artista se encontra nas entranhas do inferno, rodeado de seus miasmas. O escultor viveu a guerra e as suas consequências mais graves; o homem como sobrevivente e os espaços destruídos ou semi-destruídos, nos quais ele, voluntariamente, nos obriga através de sua arte a participar: "*Ce sont des anatomies fabriquées*".

Nada ou quase nada conhecia desse grande artista, além de uma ou duas peças, entre elas, *Le casque fendu* (já citada) e *Femme au bain*. Não sou muito de falar nem elogiar escultores – com exceção de Donatello –, mas essa primeira visão de Ipoustéguy me impressionou a ponto de considerá-lo como um dos maiores do nosso tempo.

Afinal de contas, de quem é que estou falando? Será que é de Ipoustéguy ou de mim mesmo? Ele assinaria os meus comentários? Acredito que não. Acima da literatura, sobre todos os aspectos, ele é antes de mais nada um artesão, desses que no dizer de Eliade "estão de posse do segredo oculto da fabricação e da construção".

Não posso esquecer que disse – com suprema ousadia – ter ele partido *O ovo* de Brancusi, o que equivale, independente do escultor romeno, ter destruído um dos emblemas da imortalidade e símbolos da ressurreição. Portanto, como um danado, cometeu um pecado mortal... Mas, quanto a isto, somos irmãos... E eu vou me calar enquanto há tempo.

5 de janeiro

Os quadros devidamente emoldurados chegaram. Não era o que eu esperava, porque pioraram em vez de melhorar. Pelo menos tive a precaução de não envernizá-los, o que me possibilitará voltar ao trabalho pintando em cima outros motivos como nos antigos palimpsestos: pintar e raspar eram gestos que se equivaliam a uma perpétua criação.

6 de janeiro

Por duas vezes, em "Acontecimentos a Bordo da Goleta Banbury", o escritor Gombrowicz faz referências ao Estado de Pernambuco. Soa tão estranho ouvir falar de uma maneira pouco respeitosa da terra em que nascemos e pisamos. Nos aborrece, mas não temos como reagir. Da primeira vez, o passageiro Zantman cita a linha transatlântica entre o Aden e Pernambuco. Até aí tudo bem. Contudo, apesar de sua notória discrição, o falatório do senhor Zantman prosseguiu: "Que querem dizer as palavras: impulso, tédio, ou voracidade, ou ainda, é mais forte que nós? Não sou nem um pouco curioso. Era a mim que se referiam, sem sombra de dúvida. Bebiam 'à minha saúde'. Sim, porque é sabido que essa gente bebe. É gente que bebe, que tem um monte de vícios. Aposto que tomam cocaína ou morfina e que fazem de tudo quando chegam a um Pernambuco qualquer".

Trabalhei com cores em cima de dois desenhos datados de 1987. Um deles transformou-se de uma mulher nua num jogador de futebol. O outro, uma figura de mulher, apenas mudou de posição, vestindo-se com uma calça comprida azul muito justa e camiseta esportiva rosa-alaranjado. O todo sobre um fundo verde-vivo. O curioso é que certos efeitos de transparência tenham distorcido o corpo feminino à maneira picassiana, enriquecendo consideravelmente o conjunto. Como não foi intencional, pareceu-me encantadora a realização. Picasso é um grande mestre, apesar da bazófia de alguns vivaldinos – loucos para eclipsá-lo –, sua marca é indelével. É daqueles que "as gerações vindouras não se resignam a esquecer". Também retoquei a pequena paisagem do *Vulcão branco*.

10 de janeiro

Vendo Nonato se aproximar, fui logo dizendo: "Minhas receitas passam de geração a geração!".

O meu amigo ou inimigo de sempre aquiesceu, como se procurasse evitar qualquer discussão, e logo em seguida observou: "Você não está interessado em saber o que aconteceu ao desafortunado Zantman, depois do motim, e a Goleta, já entrando em mares tropicais, deslizando como num lago e, para surpresa do passageiro aprisionado, verificar que a luz tornava-se cada vez mais clara e viva? Como é engraçada" – concluiu Nonato – "a primeira visão desses estrangeiros a respeito dos trópicos. O Zantman chega a misturar condores às estranhas araras gritadeiras, incluindo peixinhos dourados como os de um aquário...". Enfim, demos a palavra a Zantman: "Quanto a mim, prefiro não saber para que verdes brilhantes, para que arquipélagos fantásticos ruma este barco, levado por correntezas submarinas. E preferiria não ouvir os urros frenéticos e desenfreados com que a tripulação saúda todos esses beija-flores, essas araras e outros sinais no céu e na Terra que anunciam (não estou sendo ambíguo) uma grande festa, uma brilhante boda que se aproxima. Não, não quero saber. Não quero saber, não desejo calor, nem luxo, nem fausto. Prefiro evitar subir ao convés, temeroso de ver aquilo que... Aquilo que até o presente momento estava indefinido, velado, impreciso, e que agora exibe-se ostensivamente, na plumagem dos pavões, nas luzes rutilantes, pois, desde o início, tudo me pertencia e eu era exatamente igual a tudo – o exterior é um espelho, no qual o interior se reflete".

Fiz ver a Nonato que esse conto é de 1932 e que curiosamente Gombrowicz fez o seu livro em ordem cronológica decrescente. O seu primeiro conto é de 1946 e o último de 1926. O escritor só passou a morar na Argentina a partir de 1939, portanto, em *Bakakai* só "O Banquete" (o primeiro conto) deve ter sido escrito já em continente sul-americano. Até o terceiro conto tem predominado a alma errante de Franz Kafka.

De manhã, ainda retoquei o meu "estúpido" Caravaggio. Quanto mal fez esse pintor, incluindo os seus desarvorados seguidores, à verdadeira pintura? Excluindo um Zurbarán e um Georges de La Tour, a própria arte de pintar estaria correndo sério perigo diante dessa apresentação física naturalista de modelagem, anatomicamente precisa e detalhada, abusando da luz e da sombra, numa orgia de efeitos "cenográficos suspeitos".

Não considero Rembrandt um caravaggesco. Sua admirável *iluminação* é muito mais próxima de um Ticiano, embora este não possua a característica espiritual da *luz* rembrandtiana. Luz que não parece nascer do exterior (natural ou artificial), mas do interior das coisas e dos seres. Nota-se essa qualidade peculiar quando se observa seus desenhos. Mesmo os esboços, sem qualquer registro de claro-escuro, através das linhas e dos espaços recriados numa atmosfera inigualável, fazem a essência luminosa dessa obra exemplar.

11 de janeiro

Foi "a referência culpada à realidade" que deu origem à pintura a óleo e subsequentemente à facilidade para um desvio de pormenores realistas, mesmo anedóticos, cujas consequências veríamos só muitos séculos depois. Assim, toda grande arte associada a esse espantoso desejo em *reproduzir* com minúcias a realidade foi, sem dúvida, um grave transtorno (e por que não dizer até um pecado de soberba), cujos resultados imediatos ainda hoje pagamos, sobretudo pela invenção da fotografia e do cinema, a meu ver igualmente deficientes. Na opinião de Edvard Munch, a máquina fotográfica não pode competir com o pintor enquanto não puder ser usada no Céu ou no Inferno.

Só uma pintura lavrada do subconsciente seria tolerável, como aquela que fazem as crianças, os loucos e os gênios.

12 de janeiro

Um grupo de psicanalistas, tendo à frente Paulo Medeiros (um convicto freudiano), esteve de visita ontem à tarde na Oficina. Falei dos *Pássaros Rocca* que defendem o *Templo do Ovo Primordial,* e logo foi lembrado o trabalho de Freud sobre Leonardo, *Os cadernos de infância de Leonardo da Vinci*, que igualmente envolvem a maternidade e a reprodução – o meu assunto preferido.

Não é a primeira vez que psicanalistas fazem questão de mencionar que as conclusões de Freud poderiam estar equivocadas. Acontece que o famoso equívoco na passagem da tradução dos *Cadernos de Leonardo* do italiano para o alemão, fazendo com que um milhafre fosse confundido com um abutre (*vautour*), levou Freud a magníficas e incomparáveis descobertas. Agora não faço senão renovar minha profissão de fé no pai da psicanálise. Sempre estive com ele e não arredo pé para os seus improváveis substitutos.

13 de janeiro

Minha mulher, filhas e netos chegaram hoje dos Estados Unidos. Aliás, passaram apenas uma curta temporada em Miami, que não chega a ser uma cidade nem tampouco parece se incorporar ao território dos Estados Unidos. Os poucos elogios avigorados de críticas feitas por alguns familiares podem caracterizar o que acabo de ler sobre a *mais estranha* experiência coletiva já realizada neste vale de lágrimas. Esse texto crítico eu devo à inteligente Marilene Felinto, que diz o seguinte: "Dos Estados Unidos, porém, é fácil hoje sentir que o mundo chegou a uma espécie de fim de linha, no que se refere à possibilidade de convivência harmônica entre os homens. Dali é fácil ver como se vive errado na Terra, como os homens deram errado, como se organizaram da pior maneira possível para viver entre homens e como a própria palavra esperança é um absurdo semântico sem precedentes na história da ilusão humana".

No meu entender, Marilene Felinto só se engana em localizar esse desastre nos Estados Unidos, excluindo outros países ou mesmo cidades onde predominam os grandes aglomerados humanos. Estou de acordo com a escritora no momento em que considero os Estados Unidos uma tentativa frustrada de ignorar o famoso episódio da Torre de Babel. Todo e qualquer idioma diferente é uma barreira intransponível. Procurar esquecer as etnias é uma imprudência fatal que a organização geopolítica moderna pagará a preço de desastre.

14 de janeiro

De manhã, mais uma vez Dieter Ruckharbele planeja os retoques finais da exposição em Berlim. A linguagem é a de um conto de Kafka. Quando alguém pergunta a minha opinião, digo logo que não sei de nada. Poderia ser, também, a repetitiva e inusitada forma de responder da personagem Mersault de *L'Etranger*, de Camus: "Isso me é indiferente".

A minha revolta nasce do pressuposto de que o meu trabalho, realizado em circunstâncias peculiaríssimas, jamais deveria se desvincular do seu santuário natural, isto é, do lugar onde foi criado e das razões que o fizeram aparecer.

15 de janeiro

A uma certa altura, George Poulet, falando do seu conto "O Espaço Proustiano", diz alguma coisa que me cala profundamente: "Eles se parecem a esses tipos de Marivaux caídos da lua, e cuja sina cômica e comovente é se perguntarem o tempo todo: não percebo nada, minha cabeça roda, onde estou?".

16 de janeiro – sábado

Que está havendo? Sei que o moço aqui não é de tirar o corpo fora. Mas quem disse isso? Ele não é de fato de tirar o corpo fora, uma vez que está sempre ausente. Encontrei Nonato, não faz meia hora, diante de um quadro negro a escrever, com gizes de diferentes cores, os nomes de todos os *césares*, na ordem que Suetônio expôs. Por várias ocasiões, como fez questão de informar, tem se mantido diante dessa tarefa o dia inteiro, ou seja, chegando ao último dos doze césares, Tito Flávio Domiciano, apaga tudo para recomeçar com o primeiro: Caio Júlio César. "Nessa idade não é fácil acertar" – ele disse. "Estamos sempre distraídos e a memória não cessa de nos trair."

De minha boca não saiu palavra, mas eis que, muito agitado, ele demonstrou por que usava giz de cor: "Os Césares foram todos muito diversos entre si e, embora não conseguissem fugir da humana condição, permanecem com suas personalidades marcantes. Alguns deles beirando a idiotia, outros completamente loucos (ou se fingindo de loucos), não estou bem certo" – asseverou Nonato.

Caio Júlio César
Otávio Augusto
Tibério Nero
Caio Calígula
Tibério Cláudio Druso
Nero Cláudio
Sérvio Sulpício Galba
Marcus Salvius Otão
Aulo Vitélio
Tito Flávio Vespaziano
Tito Flávio
Tito Flávio Domiciano

Nonato, muito sério e orgulhoso do seu trabalho, fez questão de esclarecer que esses pequenos cilindros de giz colorido, ligeiramente afuselados, eram compostos de bicarbonato ou sulfato de cálcio. "São muito frágeis, mas com a devida atenção consegue-se utilizá-los."

17 de janeiro – domingo
Leitura de "Busca do Presente": discurso pronunciado por Octávio Paz por ocasião do Prêmio Nobel de Literatura, em Estocolmo – 1990. Com admirável e simétrica precisão, o poeta afirma que "assistimos ao crepúsculo do futuro". Ele está certo, mas presumo que este crepúsculo "deva anunciar, logo ao nascer de um novo dia, os *batimentos* de um coração antigo".

21 de janeiro
Uma pequena trégua em tantos dissabores. Antes de partir de volta à sua terra distante, Hannah passou-me um apressado bilhete que fez minha alegria por

toda uma noite e deve ainda se prolongar por muito tempo. O que ela disse? Disse que "sentiria saudade de minha voz". Parece muito pouco para um homem, mas não para mim que conheço um pouco do assunto.

Por que sempre é impossível dizer a uma mulher o que deve ser dito? Quem é o culpado? Aquele que definitivamente tranca a porta?

22 de janeiro

Dieter soube apreciar o meu quadro *Acontecimentos na Patagônia*, da série *Interpretações*, pintado o ano passado. Perguntou-me a razão de não estar incluído no lote que parte para Berlim.

23 de janeiro – sábado

Presença dos arquitetos Joaquim Guedes, Ciro Pironde, Geraldo Gomes, Vera Pires e, entre outros, uma psicóloga que, esquiva, negou-se a dar o ar de sua graça. Desde o início, suponho, no momento em que me viu de longe, começara a sua antipatia, suas suspeitas. Ela era psicóloga, não era? Tinha direito a escolhas, a julgamentos antecipados, e sobretudo a diagnósticos. O que descobrira? Será que percebeu? Não, não é possível. O fato é que apenas me olhou de viés e não mais juntou-se ao grupo compacto que me rodeava, ávido de explicações. Manteve-se sempre na nossa frente ou muito atrás, olhando as coisas por conta própria, logo passando adiante, sempre adiante. Do meu lugar, inquieto, acompanhava-a com o olhar, na certeza de que em cada objeto observado por ela, acentuava-lhe o horror... O horror! E como foi que tal coisa pôde acontecer ali, nas minhas barbas (eu que as tenho escandalosamente brancas), sem que houvesse nenhuma reação? Temi, por momentos, que viesse a me esbofetear.

Quando o grupo uma ou duas vezes aproximou-se, ela conservou o mais restrito silêncio e novamente adiantou-se. Seria eu vítima de uma alucinação? Ainda cheguei a pensar que ela fora tomada de uma estranha fúria (aspecto tão peculiar às mulheres, como que um direito só delas de que não abrem mão) ou talvez da mais inesperada piedade, muito próxima à náusea.

"Pense a esse respeito" – eu dizia a mim mesmo – "principalmente agora que a visita vai terminar." De algum modo, na despedida, ela terá de estender-me a mão. Todos já o haviam feito. Quando lançou sua mão em direção à minha, ambas se encontraram frouxas, relutantes, pouco amistosas. Antes não o tivéssemos feito. A moça não era uma psicóloga, e sim uma filósofa. Mas que diferença isto faz? O horror permanecia o mesmo.

24 de janeiro – domingo

Tenho notícias do livro *Rashômon e outras histórias*, do japonês Ryūnosuke Akutagawa. O escritor, de acordo com o que afirmaram, foi coerente na sua obra angustiada. Suicidou-se a 24 de julho de 1927, aos trinta e cinco anos.

Duas dessas histórias, "Rashômon" e "Dentro do Bosque", serviram de base para o filme genial de Kurosawa, premiado no festival de Veneza com o Leão de Ouro. A desgraça de uns, a glória de outros. De qualquer maneira, por mais doloroso que seja, não deixar de ver as coisas da vida.

25 de janeiro

Recebi apenas um recorte de uma das manchetes do *The Independent*, de Londres, que dizia o seguinte: "Budista do século XVIII é novo modelo para o Japão". Concluo que a notícia teria implicações com aquilo que costumo repetir: "No futuro renascerão as cerimônias e as religiões". Eis que já começa a se delinear o século XXI. Alguns já se antecipam, não é verdade?

27 de janeiro

Hábito descabido e mesmo pretensioso, esse de colocar diariamente uma data (como uma muleta) e em seguida escrever quatro ou cinco linhas que supomos da maior importância. Esta é a opinião de Nonato, da qual não participo. Sempre fui opinativo, mesmo diante de tolices. É a única maneira de me perseguir. Escrevo para confirmar a incerteza das ocorrências.

Não seria melhor adotar os métodos dos *Aforismos*[60] de Lichtenberg? Por exemplo, no seu "Segundo Caderno 1772-1775", não ultrapassa, no espaço de três anos, cinquenta comentários. No entanto, sendo de Lichtenberg, valem por um tratado de quinhentas páginas.

Vejamos: "Metamorfosear-se em boi ainda não quer dizer suicidar-se". Um filósofo da Ilha de Zezu formulou esta questão: "Se um homem pudesse se metamorfosear em boi, o boi seria passível de sanção?".

---

[60] Soube que o nome verdadeiro deste texto de Lichtenberg seria *Livros de borrões* (N. do A.).

Ou então: "Beber o cálice do orgulho".

Ou ainda: "Uma linguagem tão elegante, como o gesto de quem cheira rapé".

Recordo que na Bienal de Veneza (1990), chamou-me a atenção, numa mostra paralela, um quadro de Ben Vautier, cuja pintura consistia num fundo vermelho, onde estava escrita, em grandes letras brancas, a seguinte frase: *Il n'y a rien de beau.* A princípio, na época, achei a expressão monstruosamente cretina e destruidora, ainda mais terrível do que a categórica afirmativa do filósofo Francis Bacon: "A verdade não é a beleza". Confesso que, no momento, cada vez mais dou crédito às posições do filósofo e do pintor. Ainda hoje, de madrugada, lendo um dos contos de Gombrowicz, "Na Escada de Serviço", deparei-me com várias e inquietantes considerações sobre o pecado, a sujeira e a feiura. Diz o polonês: "Seriam o pecado e a sujeira as únicas verdades profundas? Estaria a profundidade escondida debaixo de uma unha suja?. (...) Maldito seja quem abandona a sua própria sujeira, pela limpeza dos outros. A sujeira nos pertencerá sempre, e a limpeza sempre pertence aos outros...".

28 de janeiro

Chega a ser trágico o número de informações incorretas veiculadas pela imprensa. É como se ela tivesse um propósito deliberado de *embaralhar* as cartas com o fito de confundir a todos, deixando-nos à mercê do desconhecido. Enfim, roubaram-nos a fé na existência real de um acontecimento, como se nada mais houvesse a acreditar.

Um cronista literário local afirma que semana passada o poeta Tomás Seixas completou 77 anos, almoçou na mais completa solidão e depois saiu a passear nos arredores de sua casa entre canteiros de rosas e mangueiras centenárias. Na volta, escreveu o seguinte poema:

A Trapa

Pode ser aqui, ali ou acolá.
Porque afinal o lugar pouco importa.
Pode ser também um palácio, ou um tugúrio
de paredes caiadas.
Contanto que existam espíritos puros

para habitá-lo.
Reino de perfeita solidão, do amor e do
perdão.
Onde os cegos veem, os surdos ouvem e os
mudos falam.
O silêncio que nesse lugar domina
é o mesmo das árvores e da morte.

De fato o poema é muito belo, chegando a ser comovente na sua direta simplicidade. Todavia foi escrito há mais de vinte anos e dedicado ao poeta Max Jacob, por quem Tomás Seixas nutre uma imensa admiração. Pelo menos, assim eu o reconheci. Pode ter sido dos anos 1950 ou 60, sem que essa cronologia retire qualquer mérito do poema ou do poeta. Talvez, o cronista ou alguém interessado nessa cronologia – deliberadamente errônea, como Borges por vezes aconselhava – tenha lá suas *razões* as quais me escapam. De resto, estou perdendo meu tempo em discutir tal bizantinismo. Agora chega a minha vez de cometer um monstruoso equívoco em relação a Bizâncio – na verdade, pecado bem maior que o do cronista. Quem pode avaliar, com exatidão, a incomparável grandeza de Bizâncio para falar em "bizantinismos"? O mesmo erro cometido frequentemente em relação à Idade Média por alguns historiadores apressados que a chamam de "noite negra da história", um período dificilmente ultrapassável, quando o ser humano alcançou os mais altos valores do espírito.

29 de janeiro

"Como o mundo é estranho. Ninguém me responde diretamente. É sempre através de símbolos." Eram essas as queixas da virginal Alice. Jamais conseguia saber de nada. Estavam sempre a barrar-lhe o caminho.

O conto "Virgindade", do admirável polaco Gombrowicz, é ainda mais atroz do que "Na Escada de Serviço", que de certa forma o complementa. Usando as expressões da virginal Alice, eu diria: "É obscuro, estranho, misterioso, vergonhoso e delicioso".

Que idade teria o escritor em 1928? Por que os contos de *Bakakai* estão agrupados numa ordem cronológica invertida? Curiosamente parecem melhor à medida que são mais antigos. Os comentários das orelhas dos livros em geral acertam: "Uma perspectiva prodigiosamente impudica, a irrupção dissimulada ou brutal das coisas inconscientes e a forma pela qual regem, mediante uma lógica absurda, todas as relações humanas". Quem poderia dizer melhor?

30 de janeiro – sábado

Disse a Hannah que eu iria, no decorrer do tempo (quanto tempo me resta?), procurar ou juntar numa lista vários nomes femininos adequados à sua formosura. Aliás, já o fato de ter mudado a grafia do seu nome original dá início ou envolve um começo dessa tentativa caprichosa de vários novos batismos. Afinal de contas, o que é um nome?

Não passou tanto tempo assim e hoje mesmo descobri o nome de uma menina que apenas começa a engatinhar, cujos pais batizaram-na com o nome de Ywska. Será que Hannah, que apenas me conheceu, entenderá essas minhas loucas propostas? Acredito que não vai demorar muito e logo recuará horrorizada. Mas sejamos justos: para um homem que não dança, não bebe, não fuma nem frequenta as rodas boêmias (muito menos a chamada "boa sociedade"), o que lhe resta fazer? Tenho que inventar os meus pequenos prazeres, não é verdade? Suponho todos inocentemente culpados, embora Nonato, ironicamente, me defina como uma tragédia grega esperando encenação. Ele parece não se aperceber da gravidade desse pressuposto que, a meu ver, soa como uma ameaça, e das piores.

31 de janeiro – domingo

Ainda os nomes de mulheres. Aqueles das mulheres hebraicas são particularmente belos e instigantes. Não posso atinar como eram escritos e pronunciados, mas isso acontece em todas as línguas. De qualquer maneira são belos e nada lhes retira a beleza quando traduzidos.

Será verdade que Salomão, filho do Rei Davi com Batheseba, no *Cântico dos Cânticos,* elogia a formosura do corpo da sunamita Abisague, a mesma donzela que botaram na cama do rei, seu pai, para aquecê-lo? Há ainda os nomes persas, os escandinavos, os antigos nomes germânicos, assim como os dos celtas e dos saxões. Quanto aos dos orientais, é preferível não procurá-los ou, se o fizer, agir com extrema cautela. O que pude colher ontem não parece animador: Grazyna, Katija, Lívia. Não fui muito longe. Com exceção de Jeosabeate, a filha do rei Jeorão (mais uma vez um nome hebreu), nada encontrei de apropriado. Apesar de todo esse meu entusiasmo à procura de nomes, não posso deixar de recordar um poema de Deborah que, de certo modo, contraria esta minha busca:

Um Nome[61]

Um nome, meu nome.
O que é um nome para se guardar?
Sopra bem forte, tempo, brisa,
Nas folhas de ouro, ou num livro qualquer!
O que é um nome para se guardar?

1º de fevereiro

Primeiro dia de aula. A minha pequenina princesa, na fila, foi chamada de *astronauta*. Diante dessa caipirada hostil e teleguiada, como poderia se comportar senão caindo em pranto? Contudo, fê-lo por pouco tempo e logo encontrou uma maneira altiva de se recompor: "Não respondi nada, deixei-os gritar à vontade, não abri a boca, chorei silenciosamente entre lentos soluços".

No jornal, uma chamada para o livro *Atrito* (poemas), de Felipe Fortuna. Um deles, publicado como "amostra", é de grande beleza ou talvez apenas verdadeiro e não necessariamente belo, o que – convenhamos – é dizer tudo:

Poema à Distância

Há uma distância entre as coisas:
a cor das coisas, sobre a mesa,
não revela, não aparenta.

A maldição é terrível: se as coisas
desaparecem, a distância entre elas
permanece, gigantesca:

---

[61] Fragmento de um poema do livro de Deborah Brennand, *Noites de sol ou as viagens do sonho* – Serviços Gráficos Jornal do Commercio – Recife – Edição esgotada (N. do A.).

Então destruir as distâncias.
Mas de que modo, se o sonho as alimenta,
e as coisas e as distâncias se entrelaçam

até no instante em que me ausento?

Em outra notícia, o diretor Peter Greenaway revela que "todos os problemas do cinema se resolvem com a pintura". Diz revoltar-se quanto à violência do cinema atual, concebida como diversão: "Tratam a violência como se fosse um desenho animado". Greenaway parece detestar as facilidades e acrescenta: "De qualquer modo, quero permanecer eu mesmo. Não posso fazer um filme fácil. Não sou assim. Deixo isso para os outros como Martin Scorsese".

Rápidas olhadelas, acompanhadas de sucessivos estremecimentos, ao magnífico retrato de Carlos V que se encontra no Museu do Prado. A presença de um enorme cachorro, com o pescoço levantado sobre o corpo do imperador, acentua a *estranheza* dessa pintura de Ticiano, na realidade uma contundente obra-prima.

2 de fevereiro

A bela Irène Jacob (eis outro nome de mulher) interpretou *A dupla vida de Véronique*, o mais recente filme de Krzysztof Kieslowski.

O nome de Verônica escrito em três idiomas diferentes faz-me verificar que um mesmo nome pode, automaticamente, assumir significados diversos da sua origem etimológica quando enunciados. Exemplifico: Verônica, Veronika, Veronique permaneceriam intactos uma vez escritos ou pronunciados? Talvez à nossa razão, porém jamais aos olhos ou ouvidos do nosso espírito irrequieto. Convém notar que ainda não estou comentando a definitiva confusão linguística do episódio da Torre de Babel. Alfabetos diversos do nosso, como o grego, o russo ou os ideogramas chineses e japoneses tornaram-se ilegíveis ou mesmo impronunciáveis.

Quanto a recordar a escrita cuneiforme ou os hieróglifos dos egípcios, faz de conta que nem foram citados. Queria dizer apenas que Eva, Ea, Ewa

– embora mencionados como nomes bíblicos – não me identificarão uma única mulher. Além de tudo, uma criatura, seja mulher ou homem, tem o estranho poder de *modificar* a natureza do nome utilizado por milhares de pessoas diferentes.

3 de fevereiro

Prossegue a pesquisa de nomes. Defrontei-me com Jolanta, Halina, Agnes (a doce Agnes), com Semíramis (a soberana), com Gertrude, com Úlrica, com Líbia e com Mirto. Poderia acrescentar, ainda, o de Berenice – a rainha egípcia que, reza a lenda, se transformou em uma constelação, ou, então, a judia Ester, que substituiu a rainha Vasti na cama do rei Assuero, que reinava desde a Índia até a Etiópia. A meu ver, nada que possa suplantar o belo nome de Hannah que, entre outras coisas, é um palíndromo. Não esquecer que eu a vi, ligeiramente, pela primeira vez, em 1991, ano que refaz, igualmente, um palíndromo.

Maquinação infernal do conto "Homicídio Premeditado", de Gombrowicz; um conto policial às avessas. Alguém que não pretendia assassinar quem quer que fosse, uma vez que não se pode matar um morto, é induzido por um obcecado juiz de instrução – que desejava a todo custo um assassinato – a cometer um desatino, estrangulando o próprio pai que morrera, cerca de vinte e quatros horas antes, acometido por um ataque cardíaco.

4 de fevereiro

Ariano Suassuna, acompanhado do seu filho Dantas, esteve aqui na Fábrica para combinarmos alguns pormenores do texto que ele vai elaborar para o catálogo da exposição de Berlim, como por exemplo quais foram as minhas reais intenções quando fiz o *Quarteto de comediantes*. Tratamos também sobre a escultura *O cinto de castidade*, assim como o significado da grande escultura central, *O sequestro*.

Antes de sair, ainda conversamos sobre os futuros pretendentes ao Trono do Brasil. Disse-lhe da minha preferência sobre o grupo de Vassouras, sobretudo por D. Luís de Orleans e Bragança. Suassuna, nesses últimos tempos, tem se distanciando da causa monárquica.

9 de fevereiro

Bem, lá se vai outra teoria!

(De uma história em quadrinhos)

Silenciei os quadros e recomeço a pintar palavras – o que não é bom sinal.

Por que Vincent Ward, em *Vigil (O intruso)* – já que o filme é tão misterioso, noturno e enevoado –, não se limitou a mostrar a menina lambendo os dedos do forasteiro? E, igualmente, quando este consegue conquistar a mãe da criança, fazendo-lhe apenas repetir a mesma façanha, em tudo muito próximo de uma metáfora ou mímica sexual? As duas lamberam-lhe os dedos, e daí tudo estava consumado. Talvez um corte abrupto (típico do cinema), depois a visão do rosto da mãe (só o rosto) desgrenhado a emitir um grito lancinante e, de imediato, acusando o orgasmo tão próximo ao uivo ou ao clamor de uma mulher no momento do parto. Ward foi adiante e cometeu uma falha grave – uma só falha –, mas que em parte vulgariza a sua história escatológica, tão bem iniciada pelo solilóquio de um velho homem: " Quanto mais penso... mais acho que vamos para o Polo Sul".

Uma história de *fim de mundo* realizada num vale de sombras, onde degredados filhos de Eva se debatiam naquilo que comumente nós chamamos de viver. Há menos de dez dias eu notificava que comparando o *Não amarás*, de Kieslowski, com o filme de Carlo Lizzani, *Kleinhoff Hotel*, este último resvalava para a pornografia. Contudo, apesar das imensas dificuldades conceituais, suponho que há diferentes avaliações (ou níveis) do que é e do que não é pornográfico. "O que vemos depende do que somos...", diz o velho homem. Aqui, nos defrontamos com um palíndromo, uma vez que "também somos o que vemos...". O polonês Gombrowicz teve a coragem de escrever *A pornografia* e fala em um outro objetivo do homem – excluído o absoluto, num objetivo mais secreto... De certa forma ilegal: "Sua necessidade do Não Acabado... da Imperfeição... da Inferioridade... da Juventude...". Este *estado* de uma beleza comprometedora, como realiza Gombrowicz, não pode ser anterior ao *pecado original*. A sua promessa (ou maldição?) de imaturidade nasce com a própria *sina* do homem: "Ser homem é nunca ser ele próprio". Se for homem será um homem sem pecado. Homem de Deus, Deus homem. Preferimos a *expulsão*. Ao conhecermos o pecado sabíamos que enfim encontrávamos a nossa "maneira de ser". A nossa paixão e sina derradeira passaram a ser então a desafiante pornografia, o que quer dizer uma amaldiçoada sexualidade cuja característica primordial é sempre perversa e eminentemente pesadélica, regida pelas leis dos senhores das trevas: Íncubo e Súcubo.

Ao qualificar *Kleinhoff Hotel* como uma realização meramente pornográfica, quis dizer que ele atende a certos requisitos menos imaginativos dessa expressão, uma vez contraposto a outros trabalhos equivalentes. Chego a pensar que no plano humano da linguagem, mesmo que independente das coisas sexuais, jamais conseguiremos de todo escapar da pornografia. A devassidão é, no homem, uma espécie de segunda natureza, o estigma indelével da queda e do paraíso perdido. Dificilmente as chamadas "obras de arte" escapam aos desígnios dos Sete Pecados Capitais.

Uma carta recebida de Fernando Monteiro, dando suas impressões sobre Carlo Lizzani, expressa admiração e notável fidelidade ao amigo morto, mas não altera meus mórbidos conceitos sobre pornografia: "Esqueci de expressar minha discordância, ao telefone, com relação à pesada acusação de pornografia que V. fez a *Kleinhoff Hotel*. Primeiro porque tal impressão nasceu de uma visão conjunta com o casto (e eslavo) *Não amarás* – não é verdade? –, em tudo prejudicial ao latino – num sentido mais que antropológico – filme de Carlo Lizzani , esse outro Carlo (como o Levi) desgarrado da literatura para o cinema, autor magistral de uma obra-prima do documentário (*La Muraille de Chine* - 1958) e de uma pequena joia do pós-neorrealismo (*Crônicas dos pobres amantes*, este visto no Brasil), além do impecável filme que realizou sobre os últimos dias do fascismo... Conheci-o em Roma, em 1969, seria incapaz de fazer algo pornográfico, acredite. Ele é este homem gentil e modesto, junto à máquina de filmar e a uma família chinesa... Bem, mas isso não tem nada a ver (às vezes creio em fotos mais do que nos fatos!). Voltemos ao filme em meio-tom que Lizzani fez sobre essa *voyeur* – a única do cinema? quero dizer, mulher? – com ar de Lee Remick deitada para passar as horas quentes da primavera numa cidade de sua juventude... Talvez a cena em que ela se acaricie possa parecer um pouco vulgar (toda mulher que o faz corre esse sério risco) – por quê? – , mas revi o filme, pensei muito e, permita-me, discordo, no mínimo, do tom pesado em que você condenou o filme do saudoso Carlo".

Suponho ter escapado a Fernando Monteiro – o texto foi lido pelo telefone – o sentido real de minha teoria.

10 de fevereiro

Suassuna lê o seu prefácio para o catálogo da exposição em Berlim.

Apreciações singulares a propósito dos caminhos da criação. Por outro lado, certas peculiaridades do ensaio remetem ao que há de mais atual nas eternas controvérsias do pensamento europeu, mais particularmente germânico: o entrechoque de diferentes culturas que levam ao *renascimento* ou à *destruição.*

16 de fevereiro

Que espécie de finalidade revolucionária sobrevive na chamada Teologia da Libertação, diante de um texto como este do *Evangelho Segundo São Mateus*?: "E todo aquele que tiver deixado casa, irmão ou irmã, ou pai, ou mãe, parentes ou (mulher), ou filhos, ou campos, por causa do meu nome, receberá muitas vezes mais, e herdará a vida eterna" (Cap. 29).

"Porém, muitos primeiros serão os últimos e os últimos, primeiros" (Cap. 30).

Onde, quando e como poder-se-ia chegar mais *longe* no aniquilamento humano e, consequentemente, viver a *real libertação*?

17 de fevereiro

Presença da incrível Daniela que veio acompanhando o fotógrafo Helder Ferrer. Primeiro, por engano, chamei-a várias vezes de Diana. Depois, conscientemente, cometi o mesmo erro. A seu pedido, eu explicara o significado da escultura *Sequestro* (*Vênus Sequestrada*). E quem melhor que Diana, filha de Zeus, virgem severa e indomável, para se opor a Vênus – aquela que deverá retornar às águas para se salvar?

A ideia de Vênus retornar ao mar, onde nasceu, partiu de um premeditado sequestro. Na verdade, esse conceito saiu do meu espírito atormentado, porque uma vez *salva* a mulher, a humanidade não se perderia de todo.

As considerações sobre Artemis são igualmente consequentes, e suas ligações sincréticas com o cristianismo me parecem evidentes: "É, a um só tempo, aquela que conduz aos caminhos da castidade e a leoa que barra os caminhos da volúpia".

18 de fevereiro

Cresce, de maneira inquietante, a minha *pronúncia modulada*. Conforme a moderna psicanálise vocal, uma pessoa com tendências maníaco-depressivas tem grande *apelo* para modular demasiado na fase "maníaco". Recordo que já mencionei este aspecto aqui neste diário, com certeza referindo-me à minha pessoa, como sempre, o meu assunto predileto. Contudo, a "doença" não deve ser tão grave, dado o fato de que eu tenha resistido até hoje.

19 de fevereiro

Ainda os nomes: Teodora, Matilda, Anastassya, Pâmela, Luégia, Vassilyssia. Este último, um nome grego. Perdurando nesta direção, caminharei numa estrada sem fim, onde certamente iriam aparecer a perversa Sévérine (*A bela da tarde*), de Buñuel; Mathilde de La Mole e sua ancestral Marguerita de Navarra; a Eleonora, de Edgar Alan Poe; a desafortunada Justine, tendo como algozes o Marquês de Sade e Lawrence Durrell; e novamente uma segunda Berenice, esta da Judeia, cuja beleza e destino trágico inspiraram Corneille e Racine.

21 de fevereiro – domingo

O riso não tem sotaque.

24 de fevereiro – Quarta-feira de Cinzas

Nos *Ensaios*, de Hölderlin, há um capítulo sobre o conceito de *castigo*, onde encontramos uma pergunta singular, a qual poderia ser desenvolvida numa conjetura de Kafka: "Posso reconhecer o castigo na lei? Posso ser castigado por transgressão a uma lei que eu desconhecia?".

Ora, aqui está, em corpo e espírito, todo Kafka, melhor dizendo, toda a tragédia do escritor, sempre atingido por um *mundo de castigos enigmáticos e de culpas indecifráveis*. Mas até onde Kafka estaria alheio a estas culpas? Até que ponto ele próprio não as assumia e procurava? Como todo homem consciente, ele é o *pecado* e é também o *castigo*.

Mesmo de longe, muito longe, ou de perto, conseguir escapar da *festa* e de algum modo sobreviver é uma façanha ou uma inominável deserção?

Em *Diálogo com Borges*, Osvaldo Ferrari faz a seguinte pergunta: "O senhor sabe que Alfonso Reys divide a época (as pessoas da época) entre os de antes e os de depois do cinema?". Borges respondeu um tanto evasivamente: "Ah, pode ser sim".

Compreendo a indagação de Osvaldo Ferrari. Porém, considerando as *paredes* de Lascaux e Altamira, estas já eram, de algum modo, cinema, sem contar com o enormíssimo cortejo de imagens, através dos séculos, que a pintura propriamente dita fornecia. Sem essa *iniciação* definitiva e intransferível, não haveria como se pensar em "cinema" como uma descoberta em separado.

A favor da observação nada tola do poeta Alfonso Reys, eu lembraria que há certas peculiaridades cinematográficas que isolam – num sentido até maldito, uma amaldiçoada ligeireza feita de acúmulos e impedimentos – e justificam as modificações propostas por Reys, como se o velho interdito da criação de imagens obtivesse novas formas de idolatria e soberba na sua própria ligeireza e multiplicidade, sem acrescentar a facilidade sinistra de sua divulgação.

O cinema passou a ser uma arte de muitos. As multidões finalmente liberadas, com o direito de *ingressar* sem compreender "o fio perigoso das coisas".

Michelangelo Antonioni utiliza como epígrafe os versos de Lucrécio para justificar o seu livro, *O fio perigoso das coisas e outras histórias*:

> *Mesmo ignorando como o mundo teve origem,*
> *só de observar os movimentos do céu e muitas*
> *outras coisas*
> *posso ter certeza de que o mundo*
> *não foi criado para nós*
> *por uma vontade divina: tantos*
> *são os males que contém.*
> *(De rerum natura)*

Não trabalhei muito nos últimos quatro dias, mas, assim mesmo, sobraram-me os *vídeos* (seria cinema?) escolhidos pela perseverança da incansável M. Gertrude.

À noite, como num ato litúrgico, devidamente preparado, embora nem sempre atento, deixava fluir à vontade dos outros, isto é, ver e ouvir suas histórias sórdidas, violentas, às vezes até grotescas e tediosas, como aquelas que eu próprio conhecia ou poderia contar. Surpreso fiquei com *La Chanson de Roland*: diálogos à altura de um Shakespeare não mais inspirado, mas bem mais religioso, repleto de uma fé sem vacilações, cujas origens estavam embutidas num Cristianismo que não conhecia, ainda, o primeiro milênio.

Perturbado também fiquei com a presença de Dominique Sanda, a quem de há muito não via. Rever o incomparável *Macbeth*, na versão de Orson Welles, pareceu-me uma obrigação – obra shakespeariana considerada por Borges "a mais intensa que a literatura nos pôde oferecer, cuja veemência o tempo não sabe como declinar. Desde as palavras enigmáticas das bruxas, *fair is foul and foul is fair*, que, de maneira bestial ou demoníaca, transcendem às razões dos homens até a cena em que Macbeth morre lutando, encurralado, o drama nos arrebata como uma paixão ou uma música".

Nota: o comentário de Borges é dirigido tão-somente ao dramaturgo elizabetano, nada tendo a ver com o filme de Welles.

25 de fevereiro

Particularizar sinais apocalípticos – hoje mais que visíveis, alarmantes – em cima de determinado país, pode ser e é imperdoável, o que não afasta, contudo, a realidade da natureza maligna, por assim dizer, desse aniquilamento[62] que prossegue nos seus pestíferos caminhos, numa independência sem remorsos, uma vez abertas as portas do inferno a despeito de nossa cegueira ou possíveis escrúpulos. As enigmáticas palavras das bruxas, saudando Macbeth, perduram: "O bem é o mal e o mal é o bem". A nossa condenação é antiga, sempre acompanhada de estrondos e fúria. O fato de Daniel Defoe ter escrito *Um diário do ano da peste* não diminui nem aumenta aquilo que sabemos (ou supomos saber) sobre a grande peste que assolou toda a Inglaterra nos meados do século XVII. Curiosamente o livro

---

[62] Todos esses exemplos sinistros foram enfatizados na Inglaterra por ser a pátria de Shakespeare, um dos escritores que mais conheceu a criatura humana e sua propensão à tolice e à danação (N. do A.).

de Defoe só foi publicado em 1722, isto é, no século seguinte. Sublinhar os desregramentos dos costumes ingleses apontados por Chaucer em *Os contos de Cantuária*, no remoto século XIV, ou mesmo apelar para Dickens, com sua pena sarcástica, pronta para ferir e denunciar a hipocrisia (o pior dos vícios desse povo em pleno século XIX) ou mesmo mencionar a judiciosa, moderna e terrível fábula de Anthony Burgess, *Laranja mecânica*, sobre a violência tresloucada e, ao mesmo tempo (paradoxalmente), as perigosas conseqüências em tentar extirpá-la pela raiz, nos levam a concluir que em nenhum momento a lógica implacável das *bruxas* foi alterada.

Aquilo que gostaria de relatar – o que certamente estará acima de minhas forças – é a história de uma *vingança* desmedida; não a vingança dos deuses ou de um único e só Deus, mas a singular vingança dos homens urdida nas cinzas dos seus dilacerados corações. Uma vingança teatral, patética, à maneira do ultrajado *Conde de Monte Cristo* e, pior ainda, à maneira de *A mão do finado* ou mesmo de *A maldição do faraó*.

Será que assim procedendo resvalaria para as cenas do burlesco? Que importa se "a vida é um conto narrado por um idiota?". De antemão, me apercebo que todas as buscas da memória serão insuficientes nos exemplos escolhidos. "Oh! O horror, o horror!", que é o mesmo pressentido por Shakespeare e Joseph Conrad, "não há língua nem coração que possam conceber-te ou nomear-te!".

Tanto posso rememorar o martírio de Joana D'Arc, queimada viva, acusada de ser *feiticeira* pelos ingleses e franceses, como também mencionar o disfarçado assassínio do imperador Napoleão, perpetrado nos longínquos rochedos de Santa Helena. Isso em nada conseguiria modificar as *incertezas* da História. Como encontrar, então, uma ordem cronológica para o horror se aqueles que são mortos em desespero anulam o tempo? O trucidamento de São Thomas Becket, a decapitação de Maria Stuart – a rainha da Escócia e França, e a desgraçada sorte de Sir Walter Brennan Raleigh apenas embaralham as cartas de um terror enlouquecido sem, contudo, interromper essa alternativa que jamais conhecerá um fim.

Seriam esses sacrificados o atributo suficiente para demonstrar a real natureza da crueldade humana? Ora, se o cortejo não termina, onde ficam os responsáveis pelo braço armado que assassinou o Mahatma Gandhi, a inigualável humilhação imposta aos chineses abarrotando-os de ópio, o império colonial africano, incluindo o Egito, isto sem nomear outros impérios inconfessáveis? E a pobre Irlanda, ainda hoje envolvida por uma guerra civil, sem esperanças de um acordo, a pretexto de lutas religiosas manipuladas pela Inglaterra?

Agora, de contrapartida, presenciamos hoje toda essa assombrosa *vingança* que parece irromper, ousadamente, convulsivamente, das entranhas da terra, passando por cima dos tribunais e cega à clemência dos homens e dos deuses, pretendendo fazer ruir essa de há muito desarticulada ossatura da *pérfida Albion.*[63] Assim nos defrontamos – não propriamente surpresos – com a visão escatológica do filme *Sammy e Rosie* retirada do escrito de Hanif Kureishi pelo atento Stephen Frears somada ao não menos terrível *Mona Lisa*, de Neil Jordan, dando-nos o pavoroso retrato de uma Londres apodrecida, intensificando as cores dessa espectral cidade, onde só as turbas furiosas de antigos escravos clamam por vingança. Como uma fatalidade, esta silhueta infernal também é bastante visível em *Campos de Londres*, do jovem escritor inglês Martin Amis.

Em *Sammy e Rosie*, uma personagem menos radical, desses que ainda pensam em salvar a Inglaterra, diz: "Ideias proletárias e teocráticas acabam com a civilização". Outra personagem mais realista afirma que "a Inglaterra parece uma torrada amanteigada... com os dedos melados...". Martin Amis conclui: "O vandalismo passara à forma humana".

Nonato, querendo ficar com a última palavra, reclama: "Todo mundo ao trabalho, pois as notícias não vão parar por aí...".

26 de fevereiro

Não esqueço os nomes, como prometi a Hannah. Descubro-os aqui e ali: Anna, Tristana, Viviana, Suzana, Diana, De Ana, Ana Lívia, Luciana. Todos derivados de Ana. Ouvi falar em Saturna. Que belo nome! E, ainda, Sime...

Hannah deve ter brindado as *orgias saturnais* com todos os direitos que sua natureza de mulher exige. Portanto, que se cumpra a lei.

---

[63] Essa designação de pérfida Albion fica por conta do duvidoso gosto literário de Nonato ou mesmo de sua irresistível propensão à ironia (N.do A.).

Ontem, com um enorme esforço, escrevi quatro páginas manuscritas sobre a pretensa decadência da Inglaterra, resultando num amontoado de sandices. Decadentes e malditos somos todos nós desde os primórdios da *queda*; do contrário, não seríamos humanos. "O bem é o mal e o mal é o bem." Repito o que disseram as três bruxas a Macbeth para perdê-lo.

Nota: de Ana ou a deusa Ana, uma irlandesa, mãe dos deuses das artes.

27 de fevereiro – sábado

Tenho sentido que, ultimamente, Nonato cada dia mais se aproxima de meus textos. Ele chega a afirmar que é coautor e assegura que nem eu próprio distingo quando sou eu quem escreve ou quando é ele. "Verifique se já não está anotado no seu caderno um trecho que certamente você julgaria tolo, mas, no entanto, se encontra com uma letra que grafólogo nenhum poderia contestar não ser absolutamente semelhante a sua", vangloriou-se Nonato.

De fato estava anotado: "Uma substância grudenta, verde, fumegante e borbulhante! Será isso alguma espécie de inferno? A resposta é não".

Como eu não dei grande atenção à sinuosa literatura de Nonato, ele irritou-se e me ameaçou de, não muito longe, tomar as rédeas desses cadernos para de uma vez por todas poder terminá-los: "Coisa que você jamais acertaria fazer, como Gunderit, o trapaceiro, que até hoje, depois de quinhentos anos, ainda prossegue com sua história sem fim", volta a resmungar Nonato, com uma convicção para mim ainda desconhecida.

1º de março

Carta ao pintor José Cláudio da Silva:

Meu caro José Cláudio,

Se ainda existem aventuras, *suponho que a sua ida ao Benin pode ser considerada como uma delas. O que você pintou interessa a todos, acrescentando à expedição também o seu lado profissional.*

Soube por Jorge Barbosa que você já havia voltado. Ele me mostrou, num outro cartão-postal, mais dois magníficos peitos de uma mulher africana. Sinto-me, ainda, na obrigação de esclarecer-lhe, aliás a seu pedido, sobre o meu texto para o catálogo de nossa exposição na Futuro 25. O que não estou certo é se essas páginas do diário, de onde nasceu o texto, sejam esclarecedoras. Talvez venham a complicar tudo, definitivamente.

2 de março
Saí para tirar os retratos para o passaporte. Tanto essa viagem, como a exposição em Berlim, continuam me impressionando de uma maneira negativa.

Hannah teima em continuar silenciosa. Melhor dito, não telefona. Sua última notícia, lá dos sítios do longe, foi a pequena carta do dia dezessete de fevereiro, portanto há treze dias, tendo no meio dessa eternidade o intempestivo Carnaval, que é o culpado de tantas *peripécias*. O que ela ousou dizer antes da "grande festa" não vai repetir depois, quando as coisas tomarão com certeza outro rumo. Ao receber as minhas duas cartas, não saberá o que fazer delas... Nos lábios, certo sorriso tão conhecido pela sua crueldade: "O sorriso da Gioconda". Se por acaso ela estivesse insistindo em falar por telefone ou escrevendo bobagem, a essa altura eu seria o primeiro a começar a deserção, sentindo-me ameaçado na minha privacidade. Como o mecanismo do silêncio faz rodar ao contrário os ponteiros dos relógios, então sou eu quem começa a fabricar (libertar) histaminas amorosas. Na realidade, estou sendo absolutamente leviano e tolo, o que já se tornou proverbial. Mas... Mas o que é que aconteceu com a minha Triste Ana?

6 de março – sábado
– Fêmeas humanas raspam seus próprios pelos. Lívia era cabeluda.
– Quem é Lívia?
– A mulher de Otávio Augusto.
– Como sabe que era cabeluda?
– Os pelos pubianos que nos deixou de herança na sua banheira de mármore.
– Para inventar coisas você sempre teve uma lábia terrível!
– Minha vida amorosa permanece obscena. Não sou propriamente um exemplo de castidade, daí porque tudo o que se relaciona com mulheres me deixa perturbado. Entre outras coisas, esse fato, delas rasparem os seus próprios pelos.
– Também se não o fizessem seriam animalescas, o que me dá a certeza que logo você fugiria delas, como o diabo da cruz – concluiu Nonato.

8 de março

Exposição Individual do Artista Francisco Brennand
Local: *Staatliche Kunsthalle* – Berlim
Período: 8 de maio a 26 de junho de 1993
Diretor do Museu: Dieter Ruckhaberle
Número de peças expostas: 467 (entre esculturas, pinturas e desenhos preparatórios para cerâmica)
Total dos volumes: 511
Peso total: 45 toneladas

9 de março

O arguto crítico Wayne Booth (de quem nunca ouvi falar) chama Henry James de *unreliable narrator* (narrador não confiável). Assim, o que é dito pelo escritor não é mais importante que aquilo que não é dito, mas apenas sugerido ou suspeitado, sobretudo porque James jamais descreve a realidade diretamente, mas sempre em "segunda mão", filtrada e medida por algum tipo de reflexão.

Que magnífica "descoberta"! – eu fico pensando. O gênio é de James, mas as descobertas ficam para os críticos. Alguns desses são excelentes, como é o caso de Wayne Booth. Descrever a realidade em "segunda mão" só pode ser obra de um gênio, e James, sem dúvida, era um deles.

Compulsivamente volto a escrever outra carta a Hannah. Intitulei-a de *carta inútil* e, aliás, ela é que me falou ao telefone, insinuando que escreve cartas com essa mesma sensação, ou seja, a de que toda uma história narrada já teve o seu desfecho conhecido, não necessitando, sequer, de resposta alguma. Esta carta é repetida mil vezes pelos dois missivistas sem, contudo, obter resposta. Poderia ser um conto de Tchekhov, como aquele de "A Casa do Mezanino". Agora posso concluir: uma realidade em "segunda mão" é o único método eficaz para se evitar qualquer referência "culpada à realidade".

10 de março

> *Uma luz de sangue ilumina terrivelmente um mundo apavorado.*
>
> Tankred Dorst

12 de março

No fim da tarde de ontem, longa conversa com o inteligente Mário Gibson Barbosa. Como ele me disse que completará amanhã 75 anos, presenteei-o com a minha réplica de Pisanello, *A princesa de Trebizonda*. Sua admirável sensibilidade – e compreensão relacionada com a pintura – é verdadeiramente fora de qualquer padrão brasileiro, mesmo daqueles diplomatas que, como ele, pouco souberam desenvolver, nas suas longas estadas e andanças por terras estrangeiras, a marca de uma paixão autêntica pela arte.

Forneci-lhe também alguns trechos do meu diário que se ocupam das inúmeras *interpretações* de pintores realizados nos últimos meses do ano passado acrescentando uma breve anotação sobre Pisanello, o qual, de resto, ele conhece tanto quanto eu. Comentei o retrato de *Pierfrancesco di Médici*, de Botticelli; *Adolescência*, de Grant Wood; *A mulher com um gamo*, de Lucas Van Leyden; *O amor mercenário*, de Hendrich Terbrugghen; o detalhe de *Mulher sentada, com a mão esquerda no cabelo,* do comovente pintor Egon Schiele e aquele que mais interessará a Mário, *A princesa de Trebizonda.*

– Você conhece bem Egon Schiele, não é mesmo? – perguntei.

– Não esqueça de que fui embaixador em Viena – disse Mário.

Não pensem que todas as vítimas são inocentes.

Liliana Cavani

14 de março

A pequena e enfeitiçada Lisa Peers (Toss) diz em *Vigil*: "Ethan Ruir, o caçador, o homem falcão. Eu sei quem você é: o anjo do demônio".

Vincent Ward, dirigindo *The navigator*, soube lidar com o mistério. Curiosamente revendo *Vigil*, aproximei-o de certos temas metafísicos de Andrei Tarkovski. Fica evidente que ninguém compartilhará de tal opinião. Acontece que não estou opinando, estou afirmando.

Nota: a pequena Lisa, ou a jovem Toss, é representada pela admirável atriz Fiona Key. Será neozelandesa como Ward? Eis uma pergunta desnecessária. O que eu poderia ter contra os neozelandeses ou a favor deles?

16 de março

Foi Ariano Suassuna, com a sua prodigiosa memória, que me esclareceu o nome da autora de *O pimpinela escarlate*, a Baronesa D'Orczy; também falamos sobre o *Scaramouche*, de Rafael Sabatini.

Ariano recordava as personagens desses livros como se os tivesse lido há poucos dias. Além de tudo, verificou a enorme influência de Theophile Gautier, com o seu romance *Capitão Fracasso*, sobre o *Scaramouche*, de Sabatini. Aliás, o *Capitão Fracasso* foi transformado recentemente em filme por Ettore Scola, aqui no Brasil com o nome de *Viagem do Capitão Tornado.* Impossível fugir às lembranças das leituras de infância. Pouco importa o autor – os critérios de julgamentos são outros –, permanecendo a marca indelével dessa *única pátria verdadeira.*

18 de março

Recomendaram-me o livro *Sombras na relva*, de Isaac Dinesen (Karen Blixen), cuja matéria é a das recordações menores, que são talvez as que verdadeiramente ficam.

Não deixar de ver o belíssimo filme *Contos da lua vaga após a chuva*, do cineasta japonês Mizoguchi.

19 de março

Comprei um quadro de Ismael Caldas, intitulado *Quadrilha* (*Concilium Fraudis*), medindo 60 x 40cm, em acrílico sobre tela, um admirável trabalho desse pintor que há muito merecia ter projeção nacional. O negócio foi fechado ontem, na casa da senhora Dulce Gueiros, por volta das dezenove horas.

À noite, ainda pensava nas obscenidades indizíveis que teria escutado uma amiga encontrada por Nonato em meu ateliê, na minha ausência. Nonato, nas suas habituais inconfidências, abriu o meu caderno para falar dos pelos pubianos de Lívia, ainda acrescentando à lenda a capilaridade excessiva das pernas da rainha Belkis, como o fez friamente o Capitão Burton. Junto do seu destempero verbal, as referências sobre a abundância dos pelos pubianos de Lívia, mulher de Otávio, não passavam de algumas travessuras verbais. Reconheci que o tom geral do meu texto era um tanto misógino. Aí residia o perigo maior, a pedra de toque, o capítulo imperdoável, sobretudo para as mulheres sensíveis e até mesmo as mais insensíveis, pois jamais perdoariam quaisquer sentimentos que denotassem – nem que fosse longinquamente – sinais de relutância, a marca sagrada do seu sexo.

20 de março – sábado
Só porque são gotinhas de saber, ele precisa cuspir em todo mundo enquanto fala?

24 de março
Vamos continuar com alguns "esquartejamentos" do *Merlim*, de Tankred Dorst. A selvageria se acentua em contraponto com uma inocência rude, não declarada, mas sempre presente:

SIR BEAUFACE (canta com a sua esganiçada voz de ancião)
Eu disse: Vou te deixar pela manhã.
Ela disse: Vou te esperar a vida toda.
Eu disse: Metade da vida bastaria. A outra metade é ilusão
Ela disse: ... (Não sei mais o que ela respondeu... esqueci).
SIR PERSANT: Beauface!
SIR BEAUFACE: Sim... Ela disse que ia bordar um longo tapete...
Vou bordar nele tudo o que vivi contigo... E quando estiver tudo bordado, eu vou... Ela disse...
(Cantando)
Eu disse: Borde aí nossa história
e terá um belo cobertor...
Ela disse: Depois do ponto derradeiro,
vou atrás de você além do mar,
levando meu pesado cobertor
onde sonhamos nosso sonho verdadeiro.
Vou escavar ao pé da romãzeira
e levar comigo meu defunto pai,
em brancos panos nessa longa viagem
procurar você a minha vida inteira.
Levarei comigo areia do deserto

atrás de mim; arrasto a mão de teu inimigo;
meu irmão irá também comigo,
a voz dos pássaros nos acompanhará de perto.

O que mais posso dizer senão que o texto de Dorst é surpreendente e irrecusavelmente genial?

25 de março

Olho o dorso azul com letreiros dourados. Volto a olhar o dorso azul de um livro que repousa horizontalmente sobre outros em posição vertical. Vejo as letras douradas, *La peinture gothique (Editions D'Art Albert Skira, Genève, Paris – New York – Imprimé en Suisse).*

O azul do dorso do livro, enfim, de toda a sua capa, é um azul ardósia contido, portanto, não se poderia chamar de um azul gótico, quase sempre inconfundível pela violência. Veja-se os maravilhosos *azuis* dos Irmãos Limbourg nas miniaturas *Das horas felizes do Duque de Berry* (1416). Veja-se sobretudo o azul (azulão) do manto de *A Virgem da Anunciação*, do incomparável Simone Martini (1339). Observe-se, também, sem temor, a grande massa de um azul profundo do céu da pintura afresco que representa Guidoriccio da Fogliano (1328) que se encontra em Siena, no Palácio Público. Pergunto, qual o pintor que teve até hoje semelhante audácia? Não poderia ser um outro, senão Simone Martini.

Alguém observa que Mozart sofria da Síndrome de Tourette.

26 de março

Estou doente. Não me parece que chegarei até o dia da projetada viagem a Berlim. As outras pessoas não se apercebem, mas isso parece fazer parte do jogo. Como é que eles poderiam adivinhar que eu estive por muitos anos em Berlim? Tinha um pouco mais de vinte anos e havia ultrapassado uma perigosa convalescência quando me apareceu *fraulein* Ana, a de brancas mãos, e logo depois Ana, a de curtos cabelos pálidos. Ambas cuidaram de mim e ambas desapareceram sem explicações numa tarde de outono. Não faz sentido, agora, voltar a Berlim sem a presença dessas duas mulheres. Já nessa época eu cantava com Merlim:

Voei

sobre o abismo
pássaro vermelho
vendo-me no fundo
abaixo de mim.

Quando elas falam, acabam por nos revelar coisas desagradáveis. Hoje, pelo telefone, Hannah confessou sua enorme admiração pelo poeta Fernando Pessoa. Foi como se dissesse um palavrão. E o pior é que tive de silenciar. Dizem que quem cala consente. De onde partiu essa invenção da cultura ao alcance de todos? Quem ousou construir esse gigantesco monumento à insensatez? Mas a moça insistiu em dizer que esses "poetas" lhe falam à alma e ao coração.

Quanto ao livro de Kawabata, *A casa das belas adormecidas*, a bela Hannah avisou que não faz o seu gênero de leitura. Mais uma vez silenciei. Meu Deus, o que é que eu poderia lhe dizer?

27 de março

Pela manhã, com o professor Éfrem de Aguiar Maranhão (reitor da Universidade Federal de Pernambuco), sua mulher e filho, acompanhados pelo arquiteto Hélio Moreira e do prefeito da Universidade, Sadock Souto Maior.

Conversamos sobre administração, urbanismo e arquitetura, três assuntos dos quais não entendo absolutamente nada. Sou um especialista em reconstruir ruínas, nada mais que isso. Contudo, isso não evitou que a conversa, generalizando-se, tenha se tornado agradável e fluente. O reitor tem apenas quarenta anos, mas me pareceu saber muito bem o que deve fazer em tão espinhoso ofício.

28 de março

Meu amigo Luís Tavares, que se encontra acamado, pediu que eu aparecesse amanhã. Necessita de conselhos urgentes. Como posso, eu, "outro doente", ajudá-lo no que quer que seja? Como pode um cego conduzir outro cego? O que nos espera é a queda inevitável, e depois o abismo. Não posso ir além dos palpites, o que é imperdoável para um amigo que diz necessitar de ajuda. Conseguiria apenas, como Cassandra, anunciar desgraças, mas não impedi-las.

Cinema sempre foi e continuará sendo – ainda por muito tempo – uma espécie de droga moderna de alta eficácia. Vício rebelde que nos faz ver *os desenhos do mundo* às avessas. Em todo caso, alguma coisa se salva.

Sábado à noite, o inesperado e excelente *A companhia dos lobos*, de Neil Jordan.

A tentativa de melhorar a versão de *Sous le soleil de Satan* (uma obra-prima do escritor George Bernanos) novamente fracassou.

No romance de Bernanos, Mouchette, a pobre e satânica filha de Deus, é o centro de tudo – ela comanda o espetáculo, ou melhor, ela é, no sentido da tragédia grega, a *peripécia*, aquilo que deve alterar o destino de todos, o incidente fatal.

O infeliz padre Donissan representa muito mais as descrenças do próprio Bernanos do que a confirmação de sua fé. Ele é com mais frequência o *algoz* do que a *vítima*. Aliás, como todo humilde servo de Deus, é também um joguete do demônio.

Em suma, no filme centralizaram Donissan e desfocaram Mouchette. Resultado: uma história truncada e, a rigor, sem a expressão genial do livro. O mesmo eu diria do *Je vous salue, Marie*, de Jean-Luc Godard. O diretor fez o que se propunha e suponho que o conseguiu. É um filme de grande beleza e nele não há nenhum atentado ao dogma da virgindade de Maria. Não lhe falta religiosidade, falta-lhe apenas fé, o que neste capítulo, quer dizer, lhe falta tudo.

29 de março

Bernanos, com razão, nos lembra da assustadora monotonia do pecado.

31 de março

Estranho e magnífico artigo de Benjamim Henrichs na revista *Humboldt*, "O Que Olho Algum Jamais Ouviu", sobre o dramaturgo Peter Handke e sua recente peça teatral, cujo nome apropriadíssimo faz prever o inusitado dos seus propósitos. Durante uma hora e cinquenta minutos o mais absoluto *silêncio* – depois, aplausos frenéticos.

"Na peça de Handke todos calam a boca." O seu título é: *A hora em que não sabíamos nada uns dos outros.* Sem música e totalmente sem palavras. Na peça de Handke todos calam a boca. Não há papéis principais aqui – centenas de figuras andam para cima e para baixo no palco sem dizer uma palavra.

Esse trabalho de Handke foi encenado em Viena no dia 9 de maio de 1992.

Há ainda neste número de *Humboldt* um artigo sobre o cinquentenário da morte de Robert Musil e outro sobre *Os livros de borrões para a eternidade,* de Georg Christoph Lichtemberg, que, por sinal, acabei de ler numa tradução portuguesa de João da Fonseca Amaral.

1º de abril

O inferno deve estar começando. Escurece cada vez mais cedo.

2 de abril

A primeira carreta repleta de caixotes partiu ontem em direção ao Porto de Suape. Agora pela manhã, seguiu outra, e logo à tarde uma terceira carreta pegará o restante das cerâmicas que seguem para Berlim.

No meu jeito de pensar é alguma coisa inacreditável, fora de propósito, esdrúxula, talvez algo até de morrer de rir, se não fosse igualmente trágico. Por quê? Porque não está certo. Dentro de pouco tempo veremos o resultado, e daí todos me darão razão. Além de tudo, estou enfermo de corpo e alma. Gravemente enfermo, irremediavelmente enfermo. Como já disse, se os outros insistem em não ver – até mesmo os meus familiares mais próximos –, a culpa é toda dos outros e não minha. Trata-se de um absurdo. Mas, em geral, são os absurdos que se cumprem com maior eficácia.

5 de abril

Na farmácia, depois de sair do médico, enquanto pagava no caixa, vejo na fila uma jovem prostituta negra. Ela me encara sorrindo e faz com que esse sorriso perdure como uma ferida que teima em não cicatrizar. Silenciosamente risonha. Que dentes brancos, prontos para morder! Ela faz questão que eu perceba seu *reconhecimento,* apenas confirmando o indissimulável. Dei as costas ao arco satânico do seu sorriso. Mil flechas brancas cravaram-se no meu corpo. Quando me voltei para encará-la, não se encontrava mais na fila. Recostava-se agora contra a parede, a qual, por sua vez, devorava-lhe a metade do corpo como um pântano, sem contudo esconder-lhe o ventre e o busto quase todo à mostra. O pescoço flexível e nu; a pele negra do rosto, que tornava ainda mais resplendente aquela fileira de dentes malditos; os olhos vazios como os de um cego à procura das trevas... E as carnes de suas pernas, do tornozelo às partes mais altas das coxas, luzindo no brilho dos abismos gosmentos.

Deveria ainda, naquela manhã, voltar à Fábrica para reler a carta de Hannah. Ela falou-me de um filme que eu ainda não assistira, *Camille Claudel.* Na verdade eu me negara a ver. Apesar da minha antipatia por Rodin, não pude deixar de lastimá-lo. Também ele tivera um *demônio* rondando-lhe as costas. Ninguém escapa.

9 de abril – Sexta-feira Santa – 4h da tarde

Debaixo do trono estava o Grande Impostor. Então "O Mágico de Oz" não passava de um infeliz impostor?

10 de abril – Sábado de Aleluia

Sei que a expressão, incomparavelmente verdadeira, é de origem bíblica. Apenas não estou seguro de citá-la corretamente: "Calar ainda que a respeito do Bem". O que eu sei é que esta semana eu *estive* furiosamente loquaz: um eloquente saltimbanco, um barulhento, um incorrigível tagarela, um boquirroto, um pasmoso inocente à procura do cadafalso. Um juiz diria: "Só a morte o fará calar".

11 de abril – Domingo de Páscoa

Sempre a mesma coisa, a parte de um desconexo diário; uma história fantástica de um naufrágio (ainda não de todo elucidado) através de recortes de jornal; a crítica de um filme duvidoso; outra referência àquela moça do signo de leão que mora no sudoeste do país, nos sítios do longe, cujo nome é Hannah, de quem se sabe ter o hábito de só assistir a filmes pela metade; uma alegoria de Léon Bloy; um poema de Rainer Maria Rilke, extraído de *O livro das horas*; um estranho diálogo com uma bruxa americana recoberta de cosméticos da cor do arco-íris; o encontro fortuito numa loja com uma prostituta negra que é descrita como a encarnação do demônio; a insólita presença de Janil, despregada dos carcomidos rebocos dos afrescos de Ajanta, embora ela também não possa ter aparecido. Falou-se no melancólico desencanto nos últimos momentos do Rei Arthur, ao lado de Merlim, quando tudo desmoronava.

13 de abril

Eu serei o chefe dos jurados. Vocês todos serão os perdedores. Notícias de *As montanhas são proibidas*, do grande Dino Buzzati. Eu o julgo, devo julgar sim. Desde *O deserto dos tártaros*, coloquei-o entre os primeiros, embora, se é como diz o Cristo, "os primeiros serão os últimos e os últimos, primeiros", suponhamos que ele estivesse entre os primeiros dos últimos. E, como *os últimos* serão os primeiros, logo, temos o nosso falecido Buzzati entre aqueles que a memória dos outros não conseguirá esquecer.

Vocês todos são perdedores. Portanto são – sem o saber – singularmente ganhadores.

14 de abril

O escultor e ceramista argentino Horácio Benitez, passando na cidade de Salvador, teve em mão um livro que continha reproduções de obras de Camille Claudel; inclusive, agora, para a minha enorme surpresa, afirma que chegou a pensar em comprar o tal livro. Quando o ceramista argentino apareceu na Oficina, o poeta Weydson Barros Leal estava presente, de modo que pudemos manter conversação mais prolongada sobre esse assunto que ocupou-me toda a semana passada, fazendo-me emitir *opiniões*, de certo modo, apressadas.

A coisa agravou-se ainda mais no momento em que Weydson lembrou ter visto no Museu Rodin, há pouco tempo (em 1990), não só obras assinadas por Camille Claudel, como também outras produzidas a partir de projetos de Rodin e assinadas pela dileta discípula Camille.

Confesso que o fato real dessa *colaboração* não alterou muito meus conceitos anteriores, embora demonstrasse, inequivocamente, a minha ignorância em supor que de real (como obra) nada teria *sobrado* da pobre Camille. Enfim, temos de voltar àquilo que Bloy chamava de ignorância íntima, ou seja, *nenhum homem sabe quem é*... O próprio Bloy, como dizia Borges, julgava-se um católico rigoroso e foi um continuador dos cabalistas, um irmão secreto de Swedenborg e de Blake – heresiarcas.

> *O conceito de autoria precisa ser reformulado.*
> *def.: Autor é aquele que opera cortes sobre uma rede*
> *de significados.*

obs. O número de cortes é infinito.
qst.: Por que dizer então que tudo já foi dito?
Assim falou o filósofo René Ferré.

15 de abril

Monte Rosa é o belo nome do navio que carrega as minhas esculturas e outros trabalhos em direção a Hamburgo, para em seguida, por via férrea, ir para Berlim. Começa a contagem regressiva e ainda me falta tanto por fazer...

Nonato me aparece de repente com um fragmento de poema retirado do texto em prosa – *René Leys*, de Victor Segalen. O papel está estragado e amarelecido e tem a data de 1911. As letras praticamente dissolvidas, como se tivessem sofrido a ação da água, foram retocadas canhestramente a lápis. Assim mesmo dava para descobrir que falava-se em dentes de rato, mulheres a esconder a barriga, poços, buracos, túmulos, orifícios vedados com uma tampa... Um forno mágico... O restante do poema estava ilegível, debaixo de uma mancha violácea.

Perguntei a Nonato onde ele havia encontrado esse fragmento. Disse-me que num corredor próximo a uma loja de leilão, onde havia velhos faqueiros incompletos, móveis despedaçados, redes empoeiradas, uma âncora de navio de pequeno porte e uma hélice de avião, que caíra num campo de futebol nas cercanias do velho bairro de Casa Amarela.

"Às vezes o deserto é solitário", disse Nonato como se pensasse em voz alta. "Não quero pensar mal nem falar mal de quem quer que seja, mas fui envolvido por uma arteirice. Aliás, não é a primeira vez, e sempre pela mesma pessoa, usando de métodos bastante conhecidos. Deixo-me enganar por pudor, sempre jurando que será pela última vez"– concluiu Nonato pensativo. E como eu não disse nada, ele também não falou o que talvez lhe fosse muito importante confessar.

17 de abril – sábado

Se não estou enganado, foi Emerson quem comentou que Deus oferece a todo homem a escolha entre a verdade e o repouso; podemos escolher aquilo que desejarmos, mas nunca ambas as coisas.

Ora, Dioniso era homem (ou deus) de atitudes turbulentas, chegando até a degradação, o que não o impedia – nessa busca dos abismos, vontade de retornar ou mesmo ressurgir por entre atrozes sofrimentos, num caminho de modificações profundas – de *nascer de novo*, segundo Plutarco, ou como Osíris, divindade egípcia, converter-se num ser superior.

Possuo um livro de Paul Veyne (*Acreditaram os gregos nos seus mitos?*) onde ele já nos fala na pluralidade e analogia dos mundos da verdade. Afinal de contas, o que é o mito? Jung definia o mito como "algo mais individual que a ciência e expressa a vida com maior precisão".

24 de abril – sábado

Personagens não deviam querer ser autores. Se não me engano, *O visconde partido ao meio*, de Italo Calvino, mesmo dilacerado, resistiu, é claro, com ajuda e consertos cirúrgicos apropriados; tanto resistiu que, embora partido ao meio, estava vivo.

Agora, como *personagem*, também digo que ela sobrevive igualmente partida ao meio, mas com a fatal distinção de ter sido cortada em duas bandas no sentido horizontal, de modo que já não sei quando escreve com as mãos ou quando tenta a mesma coisa com os pés. Nos primeiros resultados não notei grandes diferenças no conteúdo do que dizia, fosse com os pés ou com as mãos.

25 de abril – domingo

Se não posso dizer, tenho de pensar. O pensamento não diz, o pensamento expressa. É como se atirar no que viu e matar o que não viu. Acertar no invisível deve ser o começo de um pensamento.

Agora me defronto com as lembranças da bela e inesquecível cidade de Perúgia na voz desse para mim ainda desconhecido[64] poeta português, Mário Cláudio. Por antecipação, declaro, com todas as letras, que o seu poema é ameaçador e surpreendente:

---

[64] Grande pretensão esta minha de chamar um autor - certamente conhecido por muitos - de desconhecido. Porventura eu conheço os poetas clássicos da antiguidade ou mesmo os românticos alemães? Conhecer dois ou três versos do poeta lírico Kleist é conhecer sua obra? (N. do A.).

Perúgia

Não é uma surpresa, este silêncio.
É menos que uma bênção: uma praga.
Pois o cadáver de um papa se despe de paramentos e insígnias, se lança ao lajedo da
nave entenebrada.
E o vinho lava todo o corpo da catedral, para que o lugar se purifique de uma casta de tigres.
S. Bernardino, entretanto, insistirá em sermões quaresmais, discretos milagres.
Pouco a pouco, porém, o implacável silêncio cobre tudo – paira sobre esses longes
de cinza e azul, para além dos Gólgotas, que os pintores povoam de dispersas criaturas.
É urgente cruzar patamares, galgar abismos, descer de telhado em telhado, vencer a
cintura das muralhas.
Até transpor as portas da cidade, e escapar ao mármore branco de seu silêncio maldito.

30 de abril
O que deverei dizer em Berlim, nas minhas *prováveis palavras*, dia 7 de maio, inauguração da exposição? Acredito que nada está à mercê do acaso. Tudo está escrito. As histórias viajam, as coisas se entrelaçam.

E não é que o dramaturgo Tankred Dorst encenará, em sete cidades brasileiras, a começar por Salvador, com o Grupo Intercena, o seu extraordinário espetáculo teatral *Merlim – a terra desolada*? Estaremos preparados? Carmen Paternostro será a diretora brasileira encarregada de levar avante esse *trabalho* que, se aproveitado nas suas 97 cenas, durará 14 horas.

1º de maio – sábado
Deverei fazer como aconselha Peter Handke em *A hora em que não sabíamos nada uns dos outros*. Isto é, "aquilo que viste não o revele, fica na imagem. Deve contar, também, o pesadume do cansaço".

Se a bordo de um avião costumo viajar em silêncio, se no percurso de horas incontáveis não abro a boca nem para comer nem para beber, então, desde agora vou silenciar.

2 de maio

> *A floresta inteira, ao cabo da vida imensa, morte perpétua, renascença sem fim.*
>
> Paul Gauguin

Por que não convidar para a Exposição de Berlim o dramaturgo Tankred Dorst e também Werner Herzog, que já estiveram aqui no Recife? Isto, em parte, justifica o convite. Suponho que não será de forma alguma ofensivo – os estrangeiros são de tal forma sensíveis – convidá-los. A Alemanha é a terra dos dois, portanto, no caso, o sensível serei eu. Eu é que sou o estrangeiro.

Gostaria imensamente de conhecer Heinrich Böll, aquele que escreveu o conto "A Minha Amiga de Longos Cabelos". Não posso pensar o mesmo a respeito de Robert Musil e Hermann Broch, infelizmente mortos. As pessoas aceitam morrer e, depois, é preciso acrescentar, mesmo quando vivas não estão sempre disponíveis. Será que Günter Grass poderia ser incluído nessa lista imaginária? De qualquer forma não pode estar excluído o grande escritor austríaco Peter Handke, que conheço por um livro, *A repetição* (traduzido no Brasil em 1988) e, de resto, só referências de outros e de um artigo da revista *Humboldt*. Alguns trechos numa prosa sensível, subterrânea, múltipla... Aquilo que ele chama de materiais nada definidos. Um título de uma de suas novelas já me bastaria: *Breve carta para um longo adeus*. Antes que seja tarde, inclua-se no grupo Christa Wolf, a excelente romancista de *Cassandra*.

Só mencionei até agora escritores e me pergunto: onde ficam os meus colegas pintores e escultores? Debalde explicar que não conheço – pessoalmente – um só desses artistas. Na verdade, não só não conheço ninguém, como ninguém me conhece. Levando em conta reproduções diversas do trabalho de cada um, apreciaria ver um Wunderlich ou um Ernst Fuchs, principalmente. Mas será que estão vivos? Beuys está morto, e quanto ao excelente pintor Bruno Goller, que expôs na Bienal de São Paulo, em 1965, e sobretudo Emil Schumacher, citado no livro *Brennand*, por Fernando

Monteiro? Embora o artista tenha hoje oitenta e um anos de idade, foi a figura principal da representação alemã na 7ª Bienal de São Paulo (1963); talvez o estranho Altenbourg ou mesmo o bizarro Antes; igualmente a jovem escultora Ingeborg Maier–Buss que me chamou a atenção desde 1973 por conta de uma escultura sua com o nome de *Anjo negro*.

Mas onde é que poderei ver Hans Bellmer e suas *bonecas*? E o incomparável Oscar Schlemmer com suas figuras de uma geometria sutil que, de certo modo, inspiraram Balthus? Passou o tempo deles, ficando apenas as pecaminosas imagens. Pretendo dar um caráter especial de homenagem ao poeta austríaco Ernst Jandl, do qual tenho uma inscrição cerâmica de um dos seus admiráveis poemas, intitulado "Sinais", na parede do grande pátio. Esse poema é uma das chaves principais que abre a porta misteriosa da eternidade, da vida e da arte:

Partidos estão os vasos harmoniosos
Os pratos com a face grega,
As cabeças douradas dos clássicos
Mas o barro e a água
Continuam a girar nos casebres dos oleiros.

Deve-se a tradução de *Zeichen* (Sinais) para o português à revista *Estudos Universitários* e à boa vontade de Curt Meyer-Clason. Fecho o grupo desses "Convidados da Floresta" com o nome de Gustav René Hocke, esse notável filósofo da arte que me fascinou desde os primeiros momentos da criação da Oficina Cerâmica. O seu livro *Maneirismo: O mundo como labirinto* era consultado como uma verdadeira Bíblia. Grande parte da narrativa transcrita e lida por mim, no documentário cinematográfico de Jaime Monjardim (1981), saiu das páginas mágicas de Hocke. Ele, o mestre, ensinou-me a reconhecer a imagem *irregular*, algo que se transforma em mito do *Deus in Terris*. Adestrou-me como nenhum outro à leitura infinita dos mapas do mistério.

Nietzsche sabia que a mais eficaz das pessoas gramaticais é a primeira. Borges, o cego, arremata: "O estilo profético não permite o emprego das aspas nem a erudita citação de livros e autores...". Abusei, sem restrições, dessas duas maravilhosas sentenças.

Berlim

3 de maio

Do quarto do hotel, através da janela, posso observar três carros policiais. Escuto suas sirenes espantosamente lamuriosas, deixando o eco perdido na noite. Em que direção eles correm, a quem defendem, a quem perseguem? "Tudo é igual em toda parte", pensei.

Sentado na cama, lembro um trecho de Barry Unsworth que eu havia decorado antes de viajar e que agora me persegue sem trégua: "Ocorreu-me, então, Excelência, que o Sr. B. não se sente à vontade no mundo. Isso me veio como a força de uma revelação".

Na portaria do Sylter Hof Berlin, uma linda alemã, curvada sobre o balcão, deixava o seu traseiro ainda mais proeminente, enquanto o marido discutia algum assunto misterioso com o porteiro, conversa que, evidentemente, não chegava àqueles perfeitos e entediados ouvidos de sua mulher. Por quanto tempo, ainda, aquele traseiro reinará sobre a terra, mesmo depois da nossa espécie suprimida? Chegará a nossa vez. Quem vai presidir o *grande julgamento* no lugar do pobre Páris? Qual, de todas as formas restantes, seria a mais bela com a mais absoluta ausência da mulher?

Mas será que eu vim a Berlim para pensar nessas coisas que me ocupavam no Recife e que eu acreditava ser propício aos ares de minha terra e não propriamente ao berço da circunspecta cultura germânica? Suponho que esteja na hora em que *não sabíamos nada uns dos outros*... Lembram? O combinado era não dizer nada. Ver as imagens e depois silenciar.

Finalmente as luzes se acendem nas ruas. São nove horas da noite e ainda é dia. Os cantantes carros da polícia passaram em disparada lá embaixo, sempre na mesma direção. Em todo caso, é bom não fazer mais referência à polícia, porque senão o que escrevo ficará parecido com a literatura de Robert A. Heinlein.

À tarde, nas imensas galerias do Museu Dahlen, à procura de pinturas e não de esculturas, pude apreciar, sem reservas, três ou quatro mestres da *imagem irregular*. Os Lucas Cranach, de uma maneira geral; o magnífico *Díptico,* de Cosme Tura (sobretudo os seus retorcidos São Sebastião e São Cristóvão); o misterioso *Retrato de um jovem,* de Bronzino; e, finalmente, alguns retábulos do suíço Conrad Witz.

Muita coisa deve ter escapado, mas ainda ando perseguindo a *furiosa mania*, e só me identifico nela... Que culpa me cabe se o absurdo e a demência permanecem vivos no meu mal disfarçado retrato de velho?

6 de maio

> *Não resista. Nada se explica. Fecha os teus olhos de bruma, pois a este sono forte nem o sonho acorda.*
>
> Deborah Brennand

Visita ao Pergamonmuseum me deixa frio. Mas como não sou cego, os meus olhos teimosos viram e guardaram aquilo que eu ostensivamente recusava a ver. Patrimônio ocular desconhecido.

Caindo de cansaço, numa sombra perdida de um barranco qualquer, entre o rio Tigre e o Eufrates – muito antes do dilúvio ter sido mencionado –, ali mesmo morri de tédio numa prostração sem contornos. Ficou evidente que não subiria as escadas de pedras do palácio da rainha Nefertiti. E, de resto, ela não morava mais ali.

Mesmo sem nenhuma coerência, tenho no bolso o *bilhete restituído* – não o da entrada do museu, mas o de Ivan Karamázov – e, portanto, já não precisava entrar. Eu também renunciara, lembram? O combinado era não dizer nada. Ver as *imagens* e depois silenciar.

O que escrevo neste pequeno caderno de notas – tenho a certeza que não é propriamente uma escrita, e sim um ato falho e incompleto – é um discurso interrompido de alguém que sufoca e morre sem ajuda. Daí o atrevimento, a falta de medida, a desconsideração zombeteira.

Por que a pobre e bela Nefertiti, cujo nome significa "a bela chegou", sempre foi tão infeliz? Não será invenção minha supor que ela habitaria neste sinistro Pergamonmuseum? Em vida, a fatal desunião provocada pelas mais infamantes intrigas palacianas e sacerdotais, junto ao fraco e cadeirudo Amenófis IV, que reinou sob o nome de Akhenaton, fez com que acabasse banida da corte, recolhendo-se ao denominado "castelo de Aton".

Depois de morta continuaria o seu cortejo de infortúnios – a sua imagem roubada, com suprema desfaçatez, por uma missão arqueológica alemã, condenou-a para sempre a ficar longe dos seus. Mas será que a *beleza* tem compatriotas? De algum modo, Nefertiti cumpriu o pior dos destinos, o inferno de estar ao alcance dos olhares impudicos de uma plebe universal que jamais soube como reconhecer e se prosternar diante de uma mulher rainha.

Como sempre, o equívoco prevalece. O busto de calcário vivamente colorido não está exposto no assustador Pergamonmuseum, e sim no Museu Egípcio de Berlim, bem ao lado do castelo de Charlottenburg. Quanto ao Faraó Akhenaton, no momento parece-me impossível adivinhar em que forma *material* está representado aqui – nesse repositório de peças escamoteadas – embora os egiptólogos digam que ele pode ser encontrado tanto no próprio Museu Egípcio como no Museu Boden. A meu ver, o casal deve permanecer providencialmente separado. Não faltando mais nada, o cortejo de visitantes vai perceber que o olho esquerdo da pobre Nefertiti foi arrancado.

Aqui em Berlim as pessoas chamam o "Busto da Rainha Nefertiti" de *"Büste Der Königin Nofretete"*. Resultado: cresce a realeza e dispara candente o luxurioso nome de mulher que permanece irretocável há 3.358 anos.

Nota: só Deus e o Diabo sabem como os Alibabás disfarçados de arqueólogos conseguiram essa proeza nas barbas do governo egípcio. A proverbial cobiça dos europeus – alemães e ingleses em particular – e, mais que qualquer outro, o atento Borschardt sabia que aquele grande tijolo de gesso escondia no seu interior a *inacreditável imagem* de Nofretete. Ele sabia. Só ele sabia. Como prêmio de consolação, coube, não ao governo egípcio, mas ao Egito ficar com o esplêndido estudo inicial para a escultura definitiva de sua Rainha que se encontra atualmente no museu do Cairo. Algumas pessoas opinativas se excedem quando afirmam preferir o estudo da peça à escultura acabada, o que verdadeiramente não passa de uma bobagem. Não pretendo dirimir esta dúvida. Nada neste mundo me obrigaria a visitar a cidade do Cairo.

7 de maio

A conspiração surtiu efeito e hoje à tarde deve ser inaugurada a minha exposição. E, pior, agora de manhã terei de enfrentar uma entrevista coletiva com a imprensa. Como será possível responder perguntas sem levar em conta a relatividade das coisas e do espaço? Falar do mundo de hoje, de natureza problemática, é como agitar um vespeiro. Em todo caso, eis-me aqui, rodeado de jornalistas, cujas perguntas indiretas (não falo alemão) passam pelo crivo de Dieter. Entre outras coisas, um desses senhores indagou por que o meu catálogo estava escrito em alemão e em português.

Como não podia deixar de ser, foi uma entrevista truncada e mais um equívoco para ser acrescentado às inúmeras incompreensões a meu respeito, o que não representa novidade para a maior parte dos artistas que teimam numa expressão peculiar.

Não apareceu nenhum dos "convidados da floresta". Nada aconteceu. Apenas confirmou-se o que eu já previa há muito tempo. Afinal, qualquer exposição é um subproduto típico do mundo moderno: nada acontece além das congratulações e depois o pedido de alguns autógrafos no catálogo e, diga-se de passagem, não foram muitos. A mão turbulenta sacudia-se no ar à procura de apoio que não chegava e, assim, as garatujas substituíram a assinatura desejada.

Registrar a presença do embaixador do Brasil na Alemanha, Francisco Thompson Flores Neto. Agora tenho de manter a mão firme para anotar o que disse outro diplomata brasileiro que reside em Berlim, cujo nome, Calábria, justificava a sua vivacidade e inteligência. Diante de uma pintura a óleo – *O olho da sabedoria universal* –, o embaixador Calábria disse, para o espanto de alguns visitantes: "Mas isso parece Raphael!". Entendi de imediato o que aquele velho colecionador queria dizer. Não era ao gracioso Sanzio a quem se referia, e sim a Raphael, o louco, de Engenho de Dentro. "Sim" – eu disse – "conheci centenas de seus desenhos com a ajuda do pintor Almir Mavignier, o qual me levou diretamente à Dra. Nise da Silveira".

O embaixador, diante do meu quadro, continuava nos seus devaneios: "Mas esses objetos flutuando num espaço azul infinito, quem ousaria?". Como em toda regra há exceção, a simples presença de Calábria demonstrou-me, no seu vozeirão independente, que o reconhecimento de muitos pode ser bem menor do que o de uma só pessoa. E foi o que aconteceu quando o embaixador disse: "É pura e santa loucura somada à certeza de quem o fez". Não olhamos as cerâmicas, pois o embaixador Thompson Flores Neto já nos convidava para jantar.

8 de maio – sábado

Chega a noite, e ainda não me afastei do hotel. Os outros reclamam a minha ausência, sobretudo as minhas filhas.

O extraordinário José Antônio Madureira saiu-se muito bem em seu recital de ontem diante de alguns alemães embasbacados. De acordo com o cronograma, deve retornar ainda hoje ao Brasil.

Momentaneamente temos chuva e trovoadas: mais um pretexto para eu não sair às ruas.

10 de maio

Com Thereza Maria, minha irmã, e Françoise, sua filha, percorri os grandes e solitários salões da Kunsthalle. Não havia uma viva alma. Só dois sonolentos vigias. Conseguimos explorar toda a galeria onde estava exposta uma quantidade enorme de cerâmicas, quadros e desenhos. Thereza Maria observou que aquela nova ordem de arrumação permitiu-lhe descobrir peças que jamais tinha visto na Oficina.

No fim da tarde, como vem acontecendo, uma leve tempestade de primavera levou-me de volta ao hotel, onde me esperava um belíssimo catálogo (parte da coleção do Museu de Arte de São Paulo que foi realizada pelo Kunsthalle, em 1988). Folheando suas páginas, posso verificar (estamos diante de dois inigualáveis retratistas) o quanto Lucas Cranach com o seu *Bildnis eines jungen Adeligen (Retrato de um Jovem Nobre - 1539)* é superior ao retrato de Henry Howard (1542), pintado por Hans Holbein. Toda a maestria e indiscutível força psicológica do retrato de Holbein apaga-se diante da majestosa amplitude gráfico-decorativa do desenho de Cranach, auxiliado pelas cores vermelho, preto, branco e verde, que se imbricam nas profundezas do coração humano. Aliás, há um detalhe de uma joia na altura do colete do nobre, em tudo semelhante a um pequeno coração, exatamente sobre a posição real do seu verdadeiro coração, certamente pleno de desejo ardente. O colete do jovem, pintado em vermelho e preto, tem uma abertura central que sinaliza, de maneira indiscreta, a forma da genitália feminina. Não muito abaixo, quase no limite da moldura, o grande saco escrotal também foi representado de forma sexual mais que explícita; apoiado ou ladeado por duas grandes e potentes mãos, disputa, em importância, os olhares do possível espectador. Da cabeça imóvel, expressiva e cúpida, ao ventre agressivo, repleto de significados, os olhos não saberão por onde começar. O próprio punho da espada apertado pela mão esquerda mais uma vez sugere o sexo feminino: uma vulva cabeluda com os seus grandes lábios expostos.

E veja-se que Lucas Cranach era amigo e devoto do monge Martinho Lutero, de quem fez admiráveis retratos. Imagine se não o fosse! Acredito mesmo que todos esses retratos, de certa forma, confirmam a minha impressão de que Lutero era um fanático. Aliás, algumas das irregularidades dessas imagens, incluindo os retratos dos pais de Lutero, não ficavam em nada a dever à do filho. Com certeza, Cranach as realizava de forma inconsciente, daí a sua maior força, acrescentada a uma imensa e indiscutível originalidade.

11 de maio

A exposição foi inaugurada apenas há cinco dias e eis que Dieter Ruckhaberle, diretor do museu, viaja para a sua terra natal, Stuttgart. Portanto, "a minha grande exposição" ficará acéfala, detalhe cujas consequências, analisando-se bem, nem posso imaginar.

Francisco, meu neto, chegou de Oxford, e devo mostrar-lhe todo o conjunto de peças expostas.

Aproveitando a tarde livre, visito a *Neue Nationalgallerie*, onde posso ver exposta a coleção Beycler (Basileia) na sua maior parte, repleta de excelentes pinturas de Monet, Rousseau, Picasso, Matisse, Miró, Giacometti e outros. A grande surpresa foi a de encontrar três telas de Courbet (três paisagens), para mim absolutamente desconhecidas, pertencentes à própria *Nationalgallerie*. Mais uma vez pude verificar que Balthus tinha razão quando insistiu em querer fazer *surréalisme d'après Courbet*. Estupendamente surpreendentes e fantasmagóricos. Não era esse o efeito do *stupore* tão perseguido e nem sempre alcançado pelos surrealistas? A oportunidade de também apreciar a *Paisagem crepuscular em ruínas*, de Arnold Böcklin, e um autorretrato com a morte tocando violino. Outras telas de pintores alemães também mereceriam comentários. Böcklin influenciou fortemente os primórdios da pintura de De Chirico. E foi este mesmo romantismo que deve ter interessado Rachmaninov no *Prelúdio nº 10 em B menor (lento)*, que ficou famoso por ter sido inspirado numa pintura de Böcklin – *O retorno*. Logo adiante o compositor escreveu duas peças para piano com o sugestivo nome de *Études-tableaux*.

À noite lembrei-me de que ainda deveria visitar o ateliê do pintor Arwed Gorella ao lado do casal Vogt.

O jantar foi preparado por uma moça e um rapaz coreanos, ambos artistas. Aliás, discípulos de Gorella na Universidade de Hannover. Só tardiamente descobri que Una H. Moehrke, a dona da casa, era uma conhecida pintora.

A residência do pintor, pouco espaçosa, deixava todos os convivas praticamente encostados uns nos outros, o que agravava consideravelmente a minha angústia. No final da recepção, sem me aperceber, desci de uma só vez quatro degraus de uma escada, o que me jogou violentamente em direção à porta de saída. Contudo, esses vexames em nada alteraram a boa qualidade da pintura de Gorella.

Hoje pela manhã, levei Francisco ao aeroporto. Na verdade, ele chegou antes de ontem e deverá retornar aos estudos em Oxford. Depois do aeroporto, passei no Kunsthalle. Encontrei três casais de velhos e uma senhora com uma graciosa criança de colo. Suponho que isto significa que a "frequência" da exposição melhorou consideravelmente. Amanhã devo aguardar quatro casais, talvez não tão velhos... E assim por diante... Apenas me pergunto: "Como adivinharam que naquele recinto havia uma exposição com mais de trezentas cerâmicas?". Em matéria de registro oficial, algumas críticas – todas favoráveis, é verdade –, embora no dia da inauguração, se não fosse o meu ajudante Helcir Roberto de Almeida, eu nem ao menos poderia ter uma memória fotográfica do conjunto. Ele encarregou-se disso com o maior desvelo.

Gorella descobriu que o meu desenho intitulado *Pátio de fábrica* era uma alusão direta ao Muro de Berlim: no interior de um estreito pátio, um homem atravessa uma imaginária *linha de sombra.* Está em vias de fazê-lo, mas ainda não o fez.

Não são os muros que evitam a liberdade. Essa passagem pela linha de sombra pode também representar o caminho para a morte, e essa certamente está sempre por dentro dos muros, jamais do lado de fora. Lamento deveras não ter conseguido explicar essas intenções ao atento Gorella. Tenho de contentar-me com a imagem. O resto é silêncio. Ora, se o pintor reencontrou o muro, agora destruído, de certo deve ter olhado o homem solitário, lá dentro, atravessando uma sombra que não provinha do muro.

13 de maio

A atendente do Museu, Simone Mahrenholz, disse-me que uma jovem aluna de português, recomendada pela sua professora, veio para ver a minha exposição. Sem dúvida, pelo menos que eu saiba, uma bela e significativa visita. Simone, uma estudante de filosofia (talvez seja formada), prepara atualmente uma tese sobre "A Arte da Música e Cognição" (a relação entre música e cognição), tendo como base a teoria dos símbolos gerais do americano Nelson Goodman.

Sem exagero, esse meu encontro (ou descoberta) com Simone Mahrenholz justificaria a viagem a Berlim, independente do malogro dessa exposição. Ela foi a única a me permitir um certo entendimento, às vezes num inglês estropiado, outras, num francês irregular. Todavia, conversamos o suficiente para nos relacionarmos à perfeição. A semelhança de nossos *códigos* eram patentes. Espontaneamente ela veio a mim, acercou-se de mim para perguntar se eu admirava o escultor francês Henri Laurens e se por acaso não sofrera – nos meus anos de estudo em Paris – influência dele. Expliquei-lhe que nos meus "anos de Paris" ainda não cabia nenhum interesse pela escultura. O meu universo era a pintura e só a pintura. Laurens e outros de sua espécie sempre me foram nomes distantes ou mesmo desconhecidos.

14 de maio

Disse-lhe que assisti ontem à noite, sob forte emoção, *A flauta mágica*, de Mozart, o que, em parte, coincidia com as ideias de Ariano Suassuna de que a música e a dança deveriam retornar às suas origens cultuais e que, dentro deste sentido, *A flauta mágica* e pelo menos um dos *Nonetos*, de Villa-Lobos, deveriam um dia ser encenados no *Grande Pátio* da Oficina.

Simone, de pronto, não se apercebeu aonde eu queria chegar. Notei que o seu interesse era outro. Carregava um livro de Henri Laurens e logo mostrou-me esculturas cujos "entrelaçamentos" e formas arredondadas lembravam a minha pequena maquete de *Os amantes.*

Durante a leitura de *A ilha dos esquecidos*, de Barry Unsworth, eu encontrara algumas frases em alemão, providenciais para esclarecer os pontos de "encontro" entre as intenções de Laurens e as minhas, uma vez que representam volumes contorcidos e entrelaçados. *Eng verbunden*, que quer dizer bem apertados, ou *zusammen verbunden*: ligados, juntos.

De qualquer forma, toda a minha arte resvala para o irracional, e a do francês Laurens permanece lúcida dentro de cânones absolutamente cartesianos. Mais uma vez apelei para Barry Unsworth: "É simplesmente abrir as comportas".

– Comportas de quê? – perguntou o Dr. Hogan.

– Comportas para o irracional.

– Comportas? – indagou *Herr* Gesing.

Eu não conseguia me recordar do correspondente em alemão para esta palavra, então tentei transmitir a ideia por gestos e explicações:

– Ah, *Die Schleusen* – disse *Herr* Gesing.

– Vocês conhecem Stefan George?

Auf die Schleusen
Und aus Reusen
Regnen Rosen
Güse Flüsse
Die begraben

Simone, enfim, pareceu compreender. Aliás, ela compreendia tudo.

Olhei longamente o seu expressivo rosto de olhos tão azuis. O que me prendia a atenção era sua boca, com dentes fortes e salientes, que pronunciava o nome adorado de Rilke, como se o devorasse...

É lamentável que amanhã ela parta de férias, roubando-me a oportunidade de falar-lhe mais uma vez. Gostaria de ter-lhe dito (e houve muito tempo para isso) que somente *ela* e mais ninguém poderia escrever sobre a minha exposição. Naquelas horas confusas de Babel, quando as diferentes línguas afastavam as criaturas umas das outras, com certeza, foram as mulheres as primeiras a lançarem os *sinais* de um novo entendimento. Simone também o conseguira, mas não existem histórias que acabam bem. Ela não escreverá.

Hoje saiu um artigo no jornal *Tagesspiegel* sobre a exposição na *Staatlische Kunsthalle*. Artigo assinado por Werner Langer que não é de todo desfavorável, ao contrário, aparenta compreensão e até mesmo admiração. Contudo, não deixa de mencionar um velho equívoco sobre as *intenções* maiores do meu trabalho, isto é, qualificando-o entre o aspecto de *naivität und kunstversand*. Confunde a inocência primeira do que é primordial com ingenuidade. Será que no fundo é a mesma coisa, tratando-se apenas de uma questão de semântica?

Não é por outro motivo que eu desejava tanto que Simone Mahrenholz desenvolvesse *outras ideias*, escrevendo sobre aquilo que conseguimos conversar.

Pergunto-me por que essa gente tão rápida no gatilho para atirar-nos à cara o controverso chumbo da *naivität* não é capaz de lembrar certos elementos quiméricos, tão necessários à presença do *grotesco* intencional... Até

Raffaello Sanzio, na sua admirável inventividade, não fugia aos *grotescos* que se encontram nas *logge* do Vaticano.

Na entrevista coletiva à imprensa por diversas vezes mencionei que trabalhava num *projeto* no qual os cenários não estão excluídos. Projeto arquitetônico, visionário, no qual funcionava um "campo obscuro", que só é percebido por um sentido interior (sem pistas) e pode acabar por confundir os sábios e os ignorantes. Talvez eles queiram qualificar também o sagrado como uma forma de ingenuidade. Eis o resultado de eu ter permitido arrancar um conjunto do único lugar onde poderia ser apreciado e de onde nunca deveria ter saído.

De algum modo o crítico Werner Langer reconhece que, no meu caso, toda arte tem suas origens cultuais: "*Kunst hat für Brennand zu allererst kultischen Charakter*".

15 de maio

Em vários momentos Simone Mahrenholz pediu-me a caneta para fazer anotações de nossa conversa, nomes de livros, autores, etc. Na última vez que o fez, esqueceu de devolvê-la. Deixei passar alguns instantes, que para mim pareceram agônicos, na esperança de ela lembrar-se a tempo, mas isso não veio a acontecer. Então, num gesto inominável, eu pedi a caneta, e ela, evidentemente acanhada, me entregou.

Por conta dessa atitude irracional, perdi duas grandes oportunidades. A primeira seria de deixar em suas mãos (em sua posse) esse pequeno instrumento que tanto servira à nossa aproximação: um fetiche, um talismã, um sinal evidente de um encontro. A segunda razão – não fica difícil deduzir – é que a jovem filósofa ao chegar em casa, se apercebendo da sua distração, procuraria de novo entrar em contato comigo, pelo menos por telefone.

Agora, muito cedo da manhã, encontro-me furioso no quarto do hotel, devido a esse "erro fatal", aliás, pouco característico de minha índole, ou seja, sempre pronto a doar as coisas. Tanto que eu pensava (e ainda penso) em presentear-lhe com a pequena cerâmica *Les amants*, peça que deu origem ao nosso diálogo... Como farei isto não sei. Mas é uma ideia fixa, preciso falar-lhe.

Fui à Staatliche Kunsthalle logo que as suas portas se abriram, por volta das dez horas. Precisava do número das peças e de todas as indicações corretas para que a diretoria não criasse nenhum obstáculo à doação que seria feita.

Eis-me narrando parte do Diário de Berlim, dedicado a uma moça alemã que apenas conheci e de quem nada sei, tal como Raymondine e Polyxène (tias da princesa de *Thurn und Taxis*), mortas com quinze e vinte anos, que ninguém havia conhecido e que, no entanto, perturbaram a solidão de Rilke em Duíno, povoando-a de fantasmas.

Simone Mahrenholz transformada num fantasma? Sim, queiramos ou não, como diz Rilke, diante de "situações novas" necessitamos de uma adaptação penosa, e quando finalmente chegamos a um repouso, é para se aperceber que, apesar de tudo, não fizemos parte de nada, "*car le Beau n'est rien autre que le commencement du terrible...*". Isso ela me disse de viva voz, pedindo em seguida que eu próprio viesse a ler essa inigualável definição da beleza, logo no início da "Primeira Elegia".

Um estranho anjo, *fräulein* Simone, e todo "anjo é terrível".

Na manhã seguinte.

Por que essa lembrança havia se tornado intransponível? Falo do episódio da restituição da caneta, que começa a me sitiar. Na véspera de deixar Berlim, entrando numa cabine telefônica para atender ao chamado de Anneliese von Samson Himmelstzerna – senhora que lida com arte brasileira –, fiz algumas anotações com a caneta da cabine. Ao sair, já no elevador, subindo para o quarto andar, é que verifiquei a "presença" da peça estranha na minha mão. Desci às pressas e recoloquei o desgraçado instrumento no seu devido lugar.

Essas distrações ocorrem com frequência e comigo já haviam acontecido diversas vezes. A razão que me levou – diante do lapso da jovem – a pedir a minha caneta de volta jamais poderia ser explicada convenientemente. Essa caneta é um tipo fabricado na Alemanha e adaptou-se de tal forma à minha escrita trêmula e irregular que só consigo escrever ou assinar o meu nome com ela; perdê-la seria um desastre. Mas aí é que o *affaire* se complica, e exatamente por esta razão, de caráter tão pessoal, é que ela jamais deveria ter voltado para o meu bolso. Ficaria nas mãos certas, e no entanto... Mas o que vai a literatura consertar depois da ofensa e do ressentimento? Estou perdido!

Um pouco mais tarde.

Pela segunda vez, do alto da janela da Kunsthalle, presencio a queda de um homem no solo da praça que fica defronte ao museu. Ontem chegou um helicóptero, pousando no local, para levar o primeiro homem. Hoje, o segundo homem caído permaneceu desmaiado cerca de dez minutos.

Ao ser colocado na padiola de uma ambulância, repentinamente, como um boneco de mola, tentou saltar da maca e acabou sendo amarrado, incontinenti, pelos enfermeiros. Curioso como os passantes se comportavam diante daquele corpo caído; pareciam formigas assustadas. Alguns paravam, confabulavam, seguiam, e logo voltavam ao mesmo lugar; outros cortavam caminho indo até o extremo da praça como se tivessem perdido a direção de suas casas. Uma mulher empurrando um carrinho de criança, distraída, quase que passa por cima dos pés do homem. Outros circunstantes, sentados num banco – que não distava mais de dez passos do local do incidente –, liam, insensíveis, revistas e jornais, sem contar com aqueles que lanchavam, mexendo as pernas como bebês, pressurosos e ao mesmo tempo bem alimentados.

À distância, do alto de minha janela, compreendi, aflito, o desespero do pobre homem sendo levado sem "entender" nada do que se passava. Vi-o balançando a cabeça numa muda desaprovação.

Passei a contar as horas, à espera de ver cair, na mesma praça, o "terceiro homem". Ao contar o episódio a Simone Mahrenholz, olhou-me muito séria, como se tivesse concluído um "teorema", e disse: "O homem caiu na praça porque recobrou a consciência".

O pintor Almir Mavignier volta a telefonar de Hamburgo (ontem mesmo, à noite, ele já havia telefonado). Certamente foi o embaixador Calábria quem deu o meu endereço, motivando uma longa conversa, entremeada de recordações.

Mavignier colaborou cinco anos com a Dra. Nise da Silveira e foi o principal organizador da magnífica exposição dos *artistas* de Engenho de Dentro, em 1957, na cidade de Zurich, com a presença de C. G. Jung, especialmente homenageado pelos brasileiros presentes. Lembra Almir que fotografou uma das mãos de Jung no centro de uma Mandala. Os que sabem da extrema importância da forma primordial na obra desse mestre da psicanálise podem imaginar os significados desse registro que a agudeza de Mavignier não deixou escapar.

Esse artista brasileiro, que está na Alemanha há quarenta anos, foi convidado para lecionar em Ulm, na Bauhaus. Aproveitei para falar do livro de Hans Prinzhorn, *Criação plástica de doentes mentais*, editado em 1922. Disse-lhe que essa edição fora traduzida para o francês em 1984 e, portanto, deveria procurá-la agora, em Paris.

Almir insistiu na minha passagem por Hamburgo para apreciar os Philipp Otto Runge, os Caspar David Friedrich, os Arnold Böcklin, mesmo os Emil Nolde e tantos outros, uma vez que eu desejava conhecê-los mais profundamente.

A insistência de Almir, contudo, não me convenceu. Precisava voltar ao Brasil para colocar em *ordem* todos esses deslumbramentos na paz do meu ateliê, rescrevendo esse pequeno diário de Berlim para remetê-lo a Simone Mahrenholz. Evidentemente, este detalhe da conversa com Almir foi omitido.

Hoje à tarde devo embarcar junto com as minhas filhas para Paris.

Aqui no meu quarto de hotel, pela primeira vez, verifiquei a presença de um livro, *Os ensinamentos de Buda*, que, inclusive, está ao lado de uma Bíblia. Folheando-o por acaso deparei-me na página 169 com o capítulo relativo às Paixões. Reproduzo o texto em francês: "*La convoitise est comme une vipère cachée parmi les fleurs d'un jardin; Elle mord ceux qui sont à la recherche de la beauté*".

Convoitise deve ser "concupiscência", mas é necessário confirmar o real significado no sentido religioso.

Paris

17 de maio

Como justificar um diário que, escrito em Paris, possa continuar com o título Diário de Berlim?

Insisti em hospedar-me no Hotel Montalembert, onde fiquei alguns meses no meu primeiro Paris (fevereiro de 1949). Eu estava certo de que nas livrarias do bairro de St. Germain logo encontraria as *Elegias de Duíno* e de fato não me custaria nada enviar um exemplar a Simone (comprei dois livros edição bilíngue) e ficar com o outro. Ela lerá em alemão e eu em francês. Portanto, Rilke, com as suas elegias, fará o ponto de encontro – entrelaçamento perfeito entre Berlim e Paris.

Falei a Simone Mahrenholz de alguns dos livros e ensaios de Pierre Klossowski, dos quais tomei conhecimento, notadamente "Nietzsche: o Politeísmo e a Paródia", conferência proferida em Paris, num Colégio de Filosofia, reaparecendo depois na coletânea de ensaios *Un si funeste désir*.

Formada em filosofia (ou ainda estudava?), procurei agir com o máximo de cuidado, daí porque, para fugir do assunto, acrescentei: entre outras coisas traduziu o diário de Paul Klee. Logo adiante mencionei seu primeiro livro (estranho livro!), *Sade mon prochain*. O admirável romance *Roberte ce soir*, a meu ver, é o que há de melhor de Klossowski. Ensinou-me sobre o sexo e sobre a vida muito mais do que eu ainda viria um dia a aprender. Quanto a *Sade, meu próximo*, precedido de *O filósofo celerado*, eu só o leria na tradução brasileira muitos anos mais tarde, assim como *O baphomet*, traduzido em 1986.

Conheço pouco da obra de Pierre Klossowski; estou bem melhor situado diante da pintura de seu irmão mais novo, Balthazar – o famoso pintor Balthus –, o qual venho acompanhando, mesmo de longe, desde 1946.

Fiquei de mandar, caso a interessasse, toda a bibliografia de Pierre Klossowski, evidentemente de edições francesas. Ela concordou. Então, encerrei o assunto lembrando ter sabido que o escritor também traduzira do alemão o *Nietzsche*, de Heidegger. O que não tive coragem de confessar a Simone Mahrenholz foi que a filosofia sempre me aborreceu. Informá-la que a filosofia não tem nenhum significado para mim era de uma imperdoável indelicadeza. Como o polonês Witold Gombrowicz, eu não acreditava numa filosofia não erótica: "Não me fio num pensamento dessexuado".

Esgotara, finalmente, as informações sobre a obra polimorfa de Klossowski (ele ainda pinta e desenha). A moça permanecia calada. Eis que ela pergunta: "O que é *simulacre?*". De imediato ocorreu-me que talvez "simulacro" não correspondesse exatamente a "*simulacre*" em francês. Estou confuso sobretudo por tentar uma conversa que envolvia ideias e sutilezas, numa língua que não era a minha, tampouco a dela.

Como posso imaginar quantas tolices eu disse!.. Pelo menos ela evitava expressar-se ao faltar-lhe a palavra precisa. Ficava conscientemente muda, maravilhosamente silenciosa, como as personagens no decorrer da peça de Peter Handke, *A hora em que não sabíamos nada uns dos outros*.

No entanto, ela não conseguia, de todo, por momento, esconder sua perplexidade, traduzindo-a por atitudes de caras e bocas.

Poderia enviar-lhe uma excelente apresentação de Klossowski, na qual o filósofo e psicanalista Carlos Eduardo Estelita Lins dialogaria com Simone Mahrenholz, de filósofo a filósofo. Mal posso avaliar o que ela pensaria, também, dessa intromissão francesa na filosofia alemã e, ainda pior, do meu pretensioso desembaraço na abordagem de tais questões.

Evidentemente não pretendo confundir uma linguagem literária ou mesmo coloquial com os conceitos filosóficos de Klossowski. Acontece que, no sentido atual da linguística, há envolvimentos e implicações com o Simulacro.

– "*Simulacre*"... ela repetiu.

– Um espectro, uma imagem, uma simulação, uma similitude, embora no saber dos filósofos não seja exatamente uma "pseudo-noção".

Um estranho e inquietante poema do pintor Henri Rousseau:

O Cisne Selvagem

Um cisne selvagem aparece em meus sonhos
buscando um grão que devorar.
Encontra um, vermelho, brilhante e fresco.
E noite a noite
Devora meu coração.

Agora compreendo porque a jovem Mahrenholz falou em *epifania*. O tradutor das *Elegias de Duíno*, J. F. Angeloz, diz o seguinte: "Heidegger conheceu as *Elegias* e declarou que Rilke exprimiu em linguagem poética as mesmas ideias defendidas por ele na sua obra filosófica. Elegias e sonetos são um diálogo com as possibilidades de ser homem, o canto do homem, o poema da sua servidão e grandeza terrestres".

As *Elegias* teriam de voltar a mim pelas mãos de uma jovem alemã cujas afinidades com o espírito de Rilke são notórias e, por outro lado, me resgatavam a aproximação do poeta com Baladine Klossowska, mãe do pintor Balthus (que eu conheci em Paris em dezembro de 1952 no seu próprio ateliê) e do escritor Pierre Klossowski.

Essa estranha sociedade mantida à distância por tantos anos e, finalmente, *confirmada* por uma moça alemã desconhecida demonstra, quer seja através do pensamento ocidental ou oriental, que toda casualidade é remota, para não dizer inexistente. Até a constante referência à peça de Tankred Dorst,

Merlim,[65] encontra eco em algumas cartas de Rilke para a sua amiga Baladine que ele apelidara de "Merline".[66]

O poeta chama carinhosamente Balthus, filho mais novo de Baladine Klossowska, de "*mon petit ami*".

18 de maio

À noite, na velha Abadia de Saint Germain, assisto ao concerto de *As quatro estações*, de Vivaldi, tendo como primeiro violino Federico Agostini. Cadeiras na nave central e cadeiras dispersas por toda a parte, como se aquela arrumação tivesse sido improvisada às pressas para a realização desse concerto. De qualquer maneira, um enorme público afluiu. Apesar de ter chegado muito cedo, sentei-me isolado numa cadeira que sobrava no fim da fila, por assim dizer, desgarrada. E, na sombra, muito de longe, por detrás de uma pesada coluna de pedra, regi esta orquestra de cordas com gestos invisíveis: "*Qui, si je criais, qui donc entendrait mon cri parmi les hierarchies des Anges?*".

19 de maio

Ontem, ao sair da Abadia por volta da meia-noite, retornando ao hotel, encontrei na calçada, diante de uma vitrine, onde três manequins femininos de poliéster exibiam vestidos vermelhos muito vivos, um homem envelhecido, mas ainda rijo, a soltar ruidosas gargalhadas e, ao mesmo tempo, a dialogar furiosamente com as estáticas figuras vermelhas. E entre palavrões e sorrisos ensandecidos, o seu rosto crispava-se numa careta horrível. Contudo, não deixava de olhar os passantes tardios, como se lhes pedisse a necessária cumplicidade para dar continuidade ao seu endiabrado ofício, que cheguei a supor ser a total destruição das vitrines. Posso dizer que eu já havia descoberto esse local desde a primeira noite de chegada a Paris, e demonstrei

---

[65] Tankred Dorst, convidado pelo Grupo Intercena, montará em sete cidades brasileiras o seu espetáculo teatral *Merlim – a terra desolada* (N. do A.).

[66] Em parte, o vago conhecimento que tomei do *Merlim*, de Robert de Boron, romance do século XIII, me impressionou de tal maneira que eu me senti enredado para sempre. Como alguém pode ser dono de sua própria história? Acredito que tanto Rilke como Baladine e seu filho Balthus também vivem sob a proteção de Merlim e de seus encantamentos (N. do A.).

não só o meu espanto como a minha indignação: os vestidos eram de fato amedrontadores e a vidraça merecia ser quebrada a pedradas.

Por falar em indignação ou sentimentos semelhantes, andei hoje ao longo do Boulevard St. Germain à procura dos três livros de Léon Bloy, indicados por Borges, o cego: *Le mendiant ingrat*, *Le vieux de la montagne* e *L'Invendable*.

A cara dos livreiros à minha indagação refletia invariavelmente o mais puro espanto e, depois, uma espécie de sarcasmo incontido, como se dissessem: "de onde saiu este idiota?" A mim, este estado de coisas denunciava o espírito perdido da "moderna Paris" e, por que não dizer, de toda a Europa. Se eu estivesse no encalço de Sade, Joyce, Nietzsche ou mesmo Georges Bataille, seria muito bem recebido.

Lembrando o episódio de ontem à noite, Bloy ajudaria a quebrar aquela vitrine infernal que prefigurava a condenação de todos os homens. Mas o fato é que Léon Bloy foi grosseiramente esquecido. A humanidade sabe como agir contra aqueles que ousam duvidar das suas diversões prediletas. Jamais foi permitido a alguém ter razão por antecipação. Bloy foi um deles. Em todo caso, é preciso não confundir moda e consumismo moderno com certos aspectos ritualísticos e mesmo transcendentais do traje, dos ornatos, da maquilagem e pintura dos corpos, que têm as suas origens culturais e são, pelo seu próprio sentido do mistério, umbilicalmente ligados à condição humana.

Procuro ver a exposição *Regards sur la femme*, no Hôtel de La Monnaie, onde estão expostos algumas pinturas e desenhos de Balthus (17 peças), conjuntamente a Picasso, Arp, Dalí, Giacometti, Laurens, Masson, Miró, Moore e Maillol. Enfim, foram necessários 44 anos para Balthus, de certo modo, ter o seu lugar assegurado entre os maiores pintores e escultores do século. E mais que isso: comandar esse ilustre cortejo. Não exageraria se dissesse que hoje ele é o centro dessa exposição, a *efígie* da moeda. Para chegar ao Quai de Conti, tenho de passar – ida e volta – diante da famosa Galeria Katia Granoff,[67] que inclusive já não tem Katia no letreiro, e sim outro nome qualquer, significando outra sociedade, alguma coisa que faliu ou morreu... Como posso esquecer daquelas duas magníficas russas cheias de justo orgulho pela sua Galeria e expositores,

---

[67] Atualmente, Galeria Larock Granoff (N. do A.).

quando perguntei, no ano de 1949, se elas tinham quadros de Balthus? Uma delas me disse sibilante: "Jovem, aqui nós *expomos* apenas pintores!".

De fato. Na brancura de suas impecáveis paredes só se encontrava o que havia de melhor na época: Picasso, Léger, Chagall, Matisse, Soutine e outros. E nada de Balthus... Por ter ousado pronunciar esse nome, quase fui expulso daquela sacrossanta igreja ortodoxa russa repleta de "ícones". E nada de Balthus...

Contudo, um jovem pintor brasileiro de apenas dezenove anos andava à procura dele desde 1946. Na verdade, poder-se-ia perguntar: o que o autoriza a tanto? De onde lhe viera essa estranha certeza da singularidade desse artista, quando todos o renegavam?

Nada melhor do que responder, lembrando os velhos colecionadores e *marchands* que descobriram por antecipação alguns gênios do futuro, como o doutor Gachet em relação a Van Gogh, Ambroise Vollard em relação a Cézanne e Picasso, e sobretudo o príncipe Sergei Shchukin (que não era do ofício), o qual adquiriu os mais belos Matisse e Picasso numa época em que eles não tinham ainda valor de mercado. Hoje esses quadros estão espalhados em diferentes museus russos. Por outro lado, é bem possível que aquele jovem pintor reconhecesse em Balthus o mestre que o encaminharia na desesperada procura das *jeunes filles en fleurs*.

20 de maio – 5h15min

Na madrugada de ontem escrevi uma carta para Hannah. De Berlim lhe mandei um cartão-postal com a imagem da Rainha Nefertiti (atitude um pouco boçal e um tanto impulsiva), anunciando-lhe também um novo nome derivado do seu: *Tana* ou *Tane*, um personagem saído da pena da baronesa Karen von Blixen.

A Simone Mahrenholz enviei um retrato de Monet em Giverny posando ao sol com o seu grande chapéu de palha e enormes barbas brancas. Na realidade, todos os velhos barbados se parecem e nem a perspicácia filosófica de Simone descobriria a diferença.

Não mandei coisa alguma para Nonato, que se negou peremptoriamente a me acompanhar nesta viagem a Berlim. Ademais, me fez lembrar a opinião nada lisonjeira de minha avó sobre a Alemanha e seu povo.[68]

---

[68] Nonato lembrou, igualmente, que Dostoiévski detestava os franceses (N do A.).

De boa hora no Museu do Louvre, tentando evitar as filas imensas, duplas, triplas, que serpenteavam na entrada dessa *effrayant chinoiserie*, que é a pirâmide de vidro construída no Grande Pátio do Palácio das Tulherias. Paris é hoje uma cidade ultrajada na sua obediência aos cânones modernos. A exposição me interessa e o espírito que a preside não é de todo desdenhável, embora aqui e ali apareçam sinais do "espetáculo", a começar pela sua proposta: *Jeu concours, crées d'après les Maîtres*. Contudo, ninguém vai conseguir retirar a importância e seriedade do conjunto *Copier Créer*: de Turner a Picasso, trezentas obras inspiradas pelos mestres do Louvre. Ingres costumava dizer aos seus alunos: "*En copiant les grandes maîtres, je veux que vous preniez le suc de la plante*".

21 de maio

Dieter Ruckharbele mandou através de fax um novo artigo sobre a minha exposição, o qual fora publicado no jornal *Berliner Morgenpost*, edição do dia 18 de maio de 1993, assinado por Christina Wendenburg. Informa também que inúmeros catalãos visitaram a Kunsthalle por conta do artigo que fala em Gaudí.

No Louvre, o *terrível* autorretrato de Tintoretto[69] em idade avançada e com espessa barba branca, livremente caminhando, os olhos pendurados, emersos na sombra, indagam – não sem um certo desafio – quando a boa *morte* acabará por chegar. A extraordinária interpretação de Manet traz cruelmente a figura do pintor para a luz. Então, como num interrogatório policial, tudo fica claro. Não há senão o horror... o horror!

E, depois, o tempo necessário para chegar ao *grande percurso* com um mínimo de expressão compartilhada. Rilke preconizava uma paciente espera: "Acumular em toda uma vida o sentido e a essência – uma longa existência, se possível – e, somente no final, poder-se-ia então escrever dez linhas apreciáveis". Dez linhas ou dez bons quadros seriam suficientes, eu creio. O pintor anônimo da *Pietá de Villeneuve-lès-Avignon* continua sendo, para mim, o exemplo perfeito da ilimitada força de uma só obra de arte, isolada pelo seu misterioso destino sem referências.

---

[69] Cópia de Édouard Manet, *d'après* Tintoretto (N. do A.).

Não estou de forma alguma convencido da recente atribuição desse retábulo a Enguerrand Quarton. Milagrosamente, no meu período de estudos em Paris ainda não se falava nesse nome de comédia. Havia tão somente a solitária *Pietá d'Avignon*: o corpo do Cristo Morto exangue, com todos os sinais do martírio, atravessado em arco – como se estivesse com a coluna vertebral partida – sobre os joelhos entorpecidos da *Mater Dolorosa*, assistido piedosamente por São João e Madalena, tendo a presença do possível doador com trajes clericais e de mãos postas em oração.

Um tal de Charles Sterling se diz responsável pela atribuição da *Pietá* ao mestre Quarton, autor indiscutível do *Coroamento da Virgem*, trabalho destinado aos frades cartuxos de Villeneuve-lès-Avignon (1454).

Com todos os meus botões atacados, encerro o assunto: a *Pietá* é obra anônima, solitária e única, pintada presumivelmente em 1460.

22 de maio – sábado – 4h44min

Estou sentado na poltrona azul do meu quarto com um livro de Rilke nas pernas, em que ele indaga: "*Est-il possible qu'on ne sache rien sur les jeunes filles?*".

À minha frente, toda a bagagem em fila, pronta para deixar de vez aquilo que eu denomino de "infamante aventura". As malas foram obrigadas a presenciar, em parte, esse espetáculo exibicionista que é a pretensão de realizar exposições fora do meu país.

No percurso para o aeroporto – embora o avião só decole à noite e estarmos em plena primavera – havia luz abundante. Mas, a esta altura, o que importam as quatro estações? É preciso voltar para acreditar que eu viajei.

Recife

23 de maio – domingo

> *– Quem é ele? – perguntei.*
> *– O maior canalha de Londres – respondeu Holmes.*
>
> Arthur Conan Doyle

Novamente na Fábrica (apesar de ter chegado hoje) no intuito de pisar em território conhecido. Entretanto, a sensação não correspondeu. Poderia ainda estar em Paris ou em Berlim? Quando se sai de um lugar, será que se tem direito à volta?[70] Agora parece-me que não estou em lugar algum. Esta é a sensação.

Encontro em cima de minha mesa várias cartas de Hannah que, uma vez abertas, percebi terem sido escritas em diferentes datas, embora colocadas em conjunto, no correio, dia 30 de abril. Engano, sempre o engano. Uma delas foi postada no dia 27 e as restantes no dia 28. De algum modo, houve uma espera, uma indecisão ou um esquecimento. As mulheres marcam o seu próprio tempo. Um sangrento calendário contorce as suas entranhas e olham o mundo como à espreita daquilo que só elas sabem o significado; contudo, desconhecem o tempo dos homens.

Também, na mesa, uma carta do pintor José Cláudio, datada de 10 de maio. No mesmo envelope encontrei o seu surpreendente *Diário de Benin*, o qual ele acabou chamando *Os dias de Uidá.*

Suponho que algumas das minhas anotações que precederam a viagem à Europa cabem perfeitamente no diário de Berlim. Havia o medo ruidoso diante do desconhecido aliado à curiosidade. E, depois, havia os versos de Tennyson sobre *Tintagel* e *A Távola Redonda*, não esquecendo que eu acabara de ler *Merlim – a terra desolada,* de Tankred Dorst, e que de alguma maneira estava preparado para conhecer Simone Mahrenholz.

Uma vez de volta, Hannah, numa de suas cartas do longínquo sul, me faz perguntas sobre a escritora de origem russa, Lou Andreas-Salomé, amiga de Rilke e Freud, que, inclusive, eu cito frequentemente ao lado das *Elegias de Duíno* e dos *Sonetos a Orfeu*. Enfim, a missão está cumprida. Em outras palavras: escapei com vida.

Assim que chegasse ao Brasil, a pedido de Simone Mahrenholz, deveria ler a definição da *beleza* anunciada por Rilke. Transcrevo, então, alguns versos da "Primeira Elegia":

> *Car le beau n'est rien*
> *que le premier degré du terrible; à peine le supportons-nous,*
> *et, si nous l'admirons ainsi, c'est qu'il néglige avec dédain*
> *de nous détruire. Tout ange est effrayant.*

---

[70] O autor se contradiz porque, ao sair da cidade de Paris, ele havia afirmado que necessitava voltar para saber se havia viajado (N. do E.).

De qualquer modo, o que posso intuir é que o diário de Berlim não me parece esgotado. Começou alguns dias antes da viagem e só terminará muito depois. Quanto tempo? Não consigo calcular. Apenas alguns poucos dias, talvez uma eternidade. Quem viaja para longe de sua terra desafia os deuses e deve pagar por isto.

Como cheguei hoje, por uma questão de legitimidade, esse caderno será fechado e deve continuar num outro volume que teve seu início em Recife, no dia 15 de abril deste mesmo ano, quando – como confessei – eu já não estava no chão, flutuava fragmentado, dissolvido, partido ao meio como o visconde de Italo Calvino. "Um simulacro crudelíssimo de deslocamento", como diria o genial Euclides da Cunha. Tudo é fábula.

24 de maio

Ontem eu havia ancorado aqui na Oficina. A âncora era de fato indispensável, do contrário continuaria a flutuar, à mercê de todas as tempestades. A presença da família, a amorosa recepção de M. Gertrude, o pequeno Oliver[71] e Helena Viktoria, somadas às cartas de Hannah e ao *Diário de Benin*, do pintor José Cláudio, ajudaram-me definitivamente a despertar.

Além do diário do artista, havia uma carta (que transcrevo adiante) na qual ele falava nos pequenos trechos do meu "Diário 92", alusivos à exposição *Interpretações*, organizada por Teresa Dourado, no final do ano passado. *Os dias de Uidá*, título final do admirável texto de José Cláudio, é uma das melhores coisas aparecidas nas recentes aventuras literárias brasileiras. O que de início parece apenas um "diário de viagem" resvala para um expressivo relato, pleno de vida e originalidade, para, em seguida, sem que se espere, mostrar-se como uma carta íntima (quase secreta) à sua mulher, filhos e noras, e, com certeza, ainda me aguardam sobressaltos de toda ordem na leitura desse texto singular.

---

[71] Passei ao todo vinte dias ausente de casa. E, por vezes, temi que Oliver, com menos de um ano, não voltasse a me reconhecer, o que não aconteceu (N. do A.).

A carta de José Cláudio é datada em Olinda, 10 de maio:

Amigo Brennand,

Em retribuição à onça do Benin, que veio como guardiã de sua carta de 1º de março, aqui vai esta araponga[72] *ou tentativa de fazê-la, que ilustraria uma daquelas materiazinhas que ando pespegando à população num jornalzinho do* Diário Oficial. *Era para o artigo "Os Ambulantes da Rua em que Moro", abril/93. Vou tirar uma cópia de uma espécie de diário do Benin para lhe mandar. Não em retribuição aos "trechos do diário de Francisco Brennand-1992", que as suas quatro páginas valem mais que as minhas noventa e quatro. Embora não conheça os textos de Peter Bichssel nem tenha à mão reprodução de todos os quadros de que você fala, li sem dificuldades essas páginas do seu diário e até lamento que não tenha me enviado em maior número. É o tipo da leitura que eu adoro. E leria por toda a eternidade. Até vou ler "A Obra-Prima Ignorada", de que João Câmara me falou ontem, comentando o filme* A bela intrigante *(com quatro horas de duração), que não pude ver em São Paulo porque só soube na hora de vir embora (quem me disse de ir ver foi o caricaturista Paulo Caruso). Desculpe a demora em responder.*

E aceite um abraço,

José Cláudio

25 de maio

> *Ora, hoje – e será coisa apenas de hoje? – duvido não sei*
> *bem de que... ou seja, de tudo, e de repente...*
>
> Victor Segalen

26 de maio

Embora não tenha nada a ver uma coisa com a outra, lendo a detalhada narrativa de José Cláudio, esmiuçando cada objeto e procurando dar-lhe o nome apropriado num cortejo sem fim, lembrei-me de Georges Perec, em *A vida modo de usar*, que o francês insistiu em chamar de "romances".

---

[72] No corpo da carta, José Cláudio desenhou com tinta nanquim e com seu traço inconfundível um pássaro de bico aberto. Com certeza uma araponga no momento do seu canto estridente (N. do A.).

Pensa Perec, e José Cláudio o pratica com larga maestria, que "a compreensão do mundo não se realiza por generalidades, e sim por parciais classificações que, por sua vez, definem o pensamento. Elementos como habitação, quartos, estantes de livros, objetos de cozinha, leituras, cidades ou óculos, na sua própria diversidade, desafiam o pensamento que classificam e, desde que classificados, *iluminam* a compreensão".

É assim que o crítico João Alexandre Barbosa qualifica a visão do mundo de Georges Perec.

José Cláudio, para conseguir captar a quase inapreensível realidade africana, reconhece: "Por mais que procurasse lembrar de tudo o que me ocorreu ontem, não lembraria nem da metade. Hoje, igual".

Sim, isso deve acontecer com todos. Nós vemos o que somos e somos o que vemos, não importa. O que importa é saber como olhar sem ficar cego. Ver. Perguntar sem trégua até a exaustão. Correr o risco da intrujice: "Hoje quando voltei de moto-táxi, perguntei ao moto-taxista o nome da árvore. Ele disse: 'Locô'. 'E o passarinho?', perguntei. 'Rocô'. A cidade se reúne debaixo das grandes árvores, veio-me de escrever. Mas não somente das grandes, também das pequenas. Todos acampam, mesmo nas casas, os meninos embolando pelo chão, mulheres e homens sentados ou deitados em cadeiras ou espreguiçadeiras, ou no chão, encostados em alguma coisa...".

José Cláudio não deixa de ver o mundo por cansaço. É incansável. "Hoje Bienvenu me disse que o nome dos passarinhos que fazem ninho no pé de Locô é Ressouvô ou, na grafia nossa, Ressuvô, assim como um senhor a quem perguntei sobre a grande árvore disse chamar-se 'Zuzá' (que haviam dito 'cailcedrat', talvez um nome francês)."

"(...) As janelas pequenininhas parecem ter medo de olhar para fora, olho pronto a fechar-se." Um quase ultrajante número de informações para quem confessa não ter lembrado senão da metade das coisas. "(...) É extraordinário como todos são educados, como se herdassem da França essa virtude que não se vê mais na matriz."

Às vezes, esse mestre da pintura percebe a realidade com singular senso poético, amalgamado a uma melancolia que intensifica ainda mais essa realidade, sempre pronta a escapar-nos. E ela desanda em correria, mas ele a persegue e captura: "(...) Um rei de verdade atravessou em nossa frente. Sentados que estávamos, umas trezentas ou mais pessoas, que era o que comportava uma dessas arquibancadas de madeira, todos africanos, menos eu – para fugir do sol, me insinuei debaixo do toldo e terminaram me arranjando uma cadeira – debaixo do seu guarda-sol-pálio, bem velhinho e magrinho, duas trombetas bem compridas atrás anunciando a sua presença. Trombetas de pau, pintadas de ouro, justamente quando o apito dos guardas e o barulho dos carros prevaleciam e o rei, os automóveis jogando a poeira de barro vermelho sobre o seu manto branco que lhe ia até os pés e o seu gorro também branco, ambos com fios brilhantes entremeados como de prata, e sua barba branquinha, correndo o risco de ser atropelado: era como se eu assistisse ao acontecimento terrível a que ninguém assistiu entre nós do Brasil, porque já faz tempo que isso aconteceu, da passagem desses reis de verdade a reis de maracatu, reis de verdade para ele e seus súditos, desfilando ali, sem saber, como presa de guerra, como Vercingetorix no triunfo de César, para ser abatido depois do desfile, sendo que aqui ainda era mais perverso, ele já desfilava abatido, vivo, para a ilusão ser maior".

José Cláudio nem ao menos quer retocar: como nos seus quadros, não vacila um momento. Parece onipresente, nada lhe escapa. O leitor não adivinhará a África. Será transportado a essa terra estranha e mais velha que o mundo, mas, no entanto, é agora atual, assim como o fato de ele, José Cláudio, passar pelo perigo de jamais voltar ao seu país. Nada é inventado: "Parei para tirar foto de uma grande extensão da planície e uma espécie de gavião terra-de-siena, queimado e branco, do bico amarelo, meio encorpado, cruzou bem na minha cara". Tampouco esquece nada. Não que se diga que ele abordou o essencial, compreenda-se que foi muito além disso. Às vezes acontece que o essencial não é a essência de coisa alguma. Em certos instantes, o pintor nos comove: "A coisa de maior relevo é que ele recebia a nossa visita (fala da recepção e entrevista do rei em Abomei) como o melhor dos presentes, que vale mais que dinheiro: saber que a cultura de que ele é guardião continua viva, intacta em nossos países".

De mulheres, o relato de José Cláudio – como não poderia deixar de ser – está transbordante e, se evito comentar, é por inveja, embora, à minha maneira, no diário de Berlim, elas também encham a cena, mas acontece que, no final das contas, no meu caso, sobrou apenas uma. As restantes se desvaneceram no ar como num sonho vago e intranquilo. Restou Simone Mahrenholz, a quem eu dedico o meu diário. Na verdade, nem posso chamá-lo de diário de Berlim. Poderia – o que descrevo – acontecer em qualquer cidade do mundo ocidental. Evidentemente, ao contrário de José Cláudio, não piso em terreno sólido nem as personagens parecem de carne e osso. São fantasmas projetados aqui e ali, tendo como centro inevitáveis divagações e delírios pessoais, inclusive até a presença de Merlim, o filho de um íncubo com uma virgem.

No início desse diário, começado ainda no Recife, como uma espécie de preâmbulo, desde que eu já *decolava*, fiz a pergunta: onde eu assino?

Recordo a visita ao *Aquarium* – orgulho da cidade de Berlim – ao lado do meu neto, filhas, irmã e sobrinha (faço aqui uma pequena interrupção para denunciar que nessa alusão familiar, onde menciono parentes mais que próximos, não dou nome a nenhum deles. José Cláudio, ao contrário, o faz sempre escrupulosa e apaixonadamente, não só com os seus, como com todos aqueles a quem encontra). Depois, eu fui levado ao Aquarium por pura inércia. Não vi peixe algum. Pelo menos não os olhei, pois não estava interessado em peixes.

Há tempos parece que desenhei todos no seu elemento natural – a água. Praticava mergulho submarino; esses peixes só valiam alguma coisa quando os via embutidos na dura matéria da cerâmica, como num fóssil. Nesse momento, só nesse momento, voltavam à sua real condição de peixe. Não mencionei, tampouco, as árvores muito jovens das alamedas, nem os parques, praças e jardins impecáveis, enfim, toda essa vegetação berlinense prematuramente enfolhada por uma primavera com ares de verão. Pareceram-me invisíveis os prédios modernos, insípidos, construídos após a destruição parcial da grande, velha e lendária Berlim[73], assunto (a destruição final) que o endiabrado escritor Céline, sua mulher Lili, o ator Le Vigan e o gato Bebert, presenciaram e de que são testemunhas incontestáveis[74]. Não falei da ruidosa alegria dos berlinenses, talvez porque fossem até turistas e não alemães. Quem me garante? Bem alimentados e sempre corteses.

Estava ausente. Sou um incurável *outsider* (termo muito em moda no fim dos anos 50). Não me interessam sequer os restaurantes, aquela multidão apinhada, sentada em mesas diminutas, gente voraz, falastrona, se divertin-

---

[73] Com exceção do Pergamonmuseum, pouco circulei pela parte oriental da cidade. Se o fiz, não me apercebi que ultrapassava esses limites agora destruídos. Não encontrei *O anjo azul*. Nada de prostitutas, casas noturnas e antros. Não fazem parte do meu roteiro quando viajo. O meu refúgio habitual é o quarto de hotel.

[74] Louis-Ferdinand Céline, no seu romance *Norte*.

do entre saborosas garfadas, a olharem uns para os outros. Isso incomodava. Quando podia, pulava refeições.

O que realmente me interessou está no meu diário e mencioná-lo agora é inoportuno, pelo menos nessa homenagem a José Cláudio.

27 de maio – 2h30min

Comovido do começo ao fim. Lancetado no coração. Muitas vezes, até as lágrimas. Assisto ao admirável *Howard's end*, filme interpretado do romance de E. M. Foster.

– (...) Do lado oeste da casa... bem perto da castanheira... no estábulo onde ficava o pônei.

– Onde está o pônei?

– O pônei? Morreu há muito tempo.

29 de maio

"Você sabe algo para ajudar pessoas solitárias que não conseguem ir a lugar nenhum?", eu perguntei a Nonato. Com a maior seriedade, Nonato responde: "Por que não aproveita e se dirige, evidentemente ajaezando o seu cavalo, não esquecendo todos os seus títulos nobiliárquicos, à coroação do Rei Arthur? O que Merlim acharia disso?".

Sem outras perspectivas, resolvo ignorar a brincadeira de Nonato e passo a traduzir do francês a entrevista de Peter Greenaway, publicada juntamente à de Wim Wenders, no jornal *Le Figaro* ("A Vida dos Espetáculos"), no dia 19 de maio de 1993. O subtítulo chamou-me atenção: "Dois cineastas fora das normas no Festival de Cannes". A manchete era: "Wenders e Greenaway Falam de Anjos e de Monstros". Essa entrevista foi rigorosamente traduzida, mas eu não penso em colocá-la no diário. Não sou cinéfilo.

30 de maio – domingo

O meu amigo (ou inimigo) Nonato tem anunciado reiteradas vezes o propósito de meter-se a escrever um livro funcional. Depois ele explica: "As coisas são ditas à medida que funcionam como uma necessidade, como um grito de dor, e não só como palavras". "Uma espécie de Zola caboclo" – eu disse – "o que não será grande novidade!"

Na hora do almoço, observei a Deborah que eu não conhecia em literatura nada semelhante à inesperada *aparição* de Christine Brahe. Aparição bem visível a todos e que se repetiu três vezes consecutivas... "Avançava perto de nós, passo a passo, num silêncio indescritível, onde se escutava, vindo de alguma parte, a vibração e o tinir de um copo, depois, ela desapareceu por uma porta do tabique oposto à sala..."

31 de maio
Ainda o ciclo alemão. Descubro parte de alguns versos sobre *As viagens dos peregrinos*, de Stefan George:

E assim me pus a caminho
E me tornei num estranho
E procurei alguém que comigo
A tristeza partilhasse
E ninguém encontrei.

1º de junho
Apesar da busca intensa em Saint-Germain-des-Près, não consegui os livros de Bloy, muito menos o esgotado trabalho de Hans Prinzhorn, *Criação plástica de doentes mentais*. Causou-me espécie saber que uma tradução francesa datada apenas de 1984, edição mais ou menos recente, estivesse fora do mercado. Com certeza não acertei "com o lugar apropriado". O erro foi meu, que não soube procurar. Paris tem sempre uma receita mágica para os mais diferentes propósitos. Tolo é aquele que se cansa cedo e não sabe encontrá-la.

4 de junho
Uma noite branca. Depois deixou passar um dia. Todo fim era mais ou menos assim: de repente se emudece. Não há mais som. Ninguém se movimenta. A sala permanece vazia. Há sempre alguém para informar. Ele não mais se encontra aqui.

O cheiro da terra rançosa... A frase não se completa. Ele não sonhava. Não acordou para o amanhã. Telefone estridente. Tardio. A voz de uma louca se fez ouvir. "A sua risada era inconfundível", ele dissera certa vez. Mas ele não estava mais lá para julgar. A terra era *rançosa*, ele sonhara.

5 de junho – sábado

– De onde regressas? – balbucia Sire Jacques.

– Contei tudo, senhor.

– Nada tem a acrescentar?

– Nada, senhor.

O que me importa agora é a *Re-(a)presentação de Masoch*[75] pelo perigosamente arguto Gilles Deleuze. Tenho uma vaga impressão de que já andei reproduzindo esta importante matéria em algum lugar deste caderno de reproduções, de paródias e de quimeras.

"O conceito de autoria precisa ser reformulado", diz com razão o filósofo René Ferré. Colocarei apenas trechos dessa excelente tradução de Viviane de Lamare que nos proporcionou a visão total de um homem de gênio, falando sobre um assunto tão controvertido e em geral fora do alcance de pessoas menos avisadas.

Logo de início, Deleuze nos introduz a biografia de Masoch, por Bernard Michel, e a reedição das *Confissões*, de Wanda. Não pretendo reproduzir o artigo que, de resto, não é longo, mas apenas pequenos trechos que dizem o *bastante* e até demasiado:

"Mais perto de um médico do que de um doente, o escritor faz um diagnóstico. Mas é o diagnóstico do mundo, segue passo a passo a doença. Mas é a doença genérica do homem, avalia as possibilidades de uma saúde, mas é o nascimento eventual de um novo homem: O Legado de Caim, A Marca de Caim, como obra total. Se os personagens, situações e objetos do masoquismo recebem esses nome, é porque eles assumem na obra romanesca de Masoch uma dimensão desconhecida, sem medida, que ultrapassa o inconsciente não menos que as consciências. O que é preciso considerar em Masoch são suas contribuições à arte do romance.

(...) O romance inteiro tornou-se romance de adestramento, último avatar do romance de formação. É um ciclo de forças. O herói de Masoch adestra aquela que deve adestrá-lo. Enquanto o homem transmite suas forças adquiridas nas forças inatas do animal, a mulher transmite forças animais adquiridas nas forças inatas do homem. Ainda aqui, o mundo do suspenso é percorrido por ondas.

---

[75] Esse texto foi publicado no jornal *Libération*, 18/5/89 (N. do A.).

(...) Masoch, inseparável de uma literatura de minorias, frequenta as zonas glaciárias do Universo e as zonas femininas da História. Uma grande vaga, a de Caim, o errante, cuja sina está suspensa, braceja o tempo e os lugares. A mão de uma mulher severa atravessa a vaga e se estende em direção ao errante. O romance segundo Masoch é caímico, como é ismaelita, segundo Thomas Hardy (estepe e charneca).

(...) Uma literatura de minoria não se define pela língua local que lhe seria própria, mas pelo tratamento a que ela submete a língua maior. A língua de Masoch é um alemão muito puro, mas que não deixa de ser afetado por um tremor, como diz Wanda. Esse tremor, não é necessário efetuá-lo ao nível dos personagens. É preciso mesmo evitar imitá-lo, basta indicá-lo sem cessar, já que não é apenas um traço de palavra, mas um caráter superior da língua em função das lendas, situações e conteúdos de que ela se alimenta. Um tremor que não é mais psicológico, e sim linguístico. Assim, fazer gaguejar a própria língua, no mais profundo do estilo, é um procedimento criador que atravessa grandes obras. Como se a língua se tornasse animal. Pascal Quignard escreveu um belíssimo livro sobre Masoch, onde mostrava como este fazia *balbuciar* a língua: balbuciar que é por em suspenso, mais do que gaguejar, que é um retomar, uma proliferação, uma bifurcação, um desvio. Há muitos indícios ou procedimentos diversos que o escritor pode estender através da língua para dela fazer um estilo. E cada vez que uma língua está submetida a tais tratamentos criadores, é a linguagem inteira que é levada a seu limite, música ou silêncio. É o que Quignard mostra com Masoch: como ele faz balbuciar a língua, e empurra, assim, a linguagem até o seu ponto de suspensão. Canto, grito ou silêncio, cantos dos bosques, grito da aldeia, silêncio da estepe".

A tradução que tenho do livro de Sacher-Masoch é da Coordenada-Editora de Brasília Ltda. Em vez de nomear o livro como *A Vênus das peles*, fala em *A Vênus castigadora*. Uma introdução de Nataniel Dantas começa da seguinte maneira: "Herr Masoch – uma filosofia da pancada – me parece que o seu entendimento contentou-se com essa definição. Em todo caso, as duas versões devem ter a mesma epígrafe: 'Deus castigou-o e entregou-o às mãos de uma mulher (*Livro de Judith XVI,* Cap. VII)'".

Só mais uma linha eu insisto em declamar: "O herói de Masoch adestra aquela que deve adestrá-lo".

Lastimo não conhecer as *Confessions de ma vie*, de Wanda de Sacher-Masoch, publicado pela Galimard. Talvez um dia eu consiga tê-lo em mãos. É que agora tudo parece tão difícil e tardio. Como homem e artista, compreendo perfeitamente o que quer dizer "o legado de Caim": a marca de Caim como obra total.

8 de junho de 1993

Como esse diário sempre caminhou para almanaque – aqui tudo cabe e não cabe nada –, resolvo incluir algumas observações das duas cartas do professor Jorge Fernández Chiti, escritor e técnico cerâmico, além de filósofo e professor, com trinta livros publicados e um dicionário sobre arte cerâmica. Essas cartas são muito elucidativas para vários acontecimentos posteriores à minha chegada de Berlim, e, em parte, confirmam a velha e obstinada *certeza* de que os europeus e norte-americanos só estão interessados nas nossas riquezas e, consequentemente, no domínio dos nossos territórios. Toda e qualquer iniciativa de intercâmbio cultural é uma infamante impostura.

A pedido do senhor Chiti, eu já lhe enviei uma quantidade bastante razoável de material bibliográfico e, igualmente, de fotografias avulsas e alguns vídeos para que ele os utilizasse no anunciado III Encontro Latino-Americano de Cerâmica, que foi realizado em Florianópolis, entre 5 e 9 de abril de 1993 (Semana Santa).

Jorge Fernández Chiti insistiu para que eu mandasse algumas peças, por assim dizer, símbolos deste III Encontro. Diz ele textualmente: "Você faz uma cerâmica alquímica, uma Mística cerâmica. E o importante de sua obra é a sua parte invisível, ou seja, aquela que mais fala... para os que sabem ler. A chave é sempre mística ('*mýstes*' em grego significa iniciador de um mistério, você, maestro, é *Mýstes*). O público lhe chamando de 'artista' ainda é muito pouco...".

Na segunda carta, datada de abril de 1993, já depois de realizado o III Encontro Latino-Americano de Cerâmica, ele me diz o seguinte:

Abril de 1993

Apreciado Maestro:

En Florianópolis nos hemos reunido 850 ceramistas de toda América Latina, y ello me ha revelado la increíble fuerza espiritual y cultural de nuestra América "Latina", ya que haber reunido tal cantidad de ceramistas dada la situación que atraviesan todos nuestros países, era una locura, y así me lo dijeron decenas de profesores y ceramistas de Brasil cuando comencé el proyecto.

Precisamente por eso lo hice. Ha sido éste el evento cerámico que contó con mayor asistencia de público en todo el mundo, puesto que el Congreso Internacional de Ceramistas, realizado en España en 1988, y que costó 4.000.000 de dólares, apenas reunió a 360 ceramistas...

Como se ha visto, amamos la cerámica y el arte más que "ellos", pues ellos se reúnen a veces con lo que les sobra, pero nosotros hemos hecho un esfuerzo tremendo y hemos viajado derivando dinero que nos falta. Por Amor al Arte, a la realización de la obra como un Camino de la vida, no sólo como un modo de lucrar. Tengo, pues, esperanzas en el futuro de "nuestra" América, pues la cultura es la base de la identidad de cualquier pueblo.

Los 850 ceramistas reunidos han admirado sus vídeos y diapositivas. Lo presenté a Usted como "un Monstruo" de la cerámica, y lo es, pero um monstruo bueno cuyas vibraciones llenaron de energía positiva el auditorio del CIC, colmado de público.

Le he escrito una o dos veces por certificada antes del Encuentro, pero sin recibir respuesta. Espero hayan llegado a ud. essas cartas. También le mandé por certificada algunos de mis libros: también espero los haya recibido.

Este "pergamino" que va ha surgido espontaneamente de los mismos ceramistas: por ello no tiene una perfección "europea". Sí tíene mucho corazón, y calide humana. Además le agradece a usted todo lo que da, a través de su Arte, quizá sin saberlo Usted mismo.

Reciba mi saludo cordial:
Jorge Fernández Chiti

9 de junho de 1993
Apesar das cartas do professor argentino serem todas anteriores à minha viagem à Alemanha, só foram respondidas antes de ontem, com uma única carta de agradecimento:

Prezado professor Jorge Fernández Chiti,

As inúmeras cartas, referências, livros, e, sobretudo, a sua generosa atenção, têm sido motivo de grande regozijo pessoal. Não é comum encontrar este tipo de compreensão tão afinada *entre profissionais, principalmente levando em conta a pressa e os clichês modernos.*

Seu interesse comoveu-me.

Espero que todo o material enviado sobre o meu trabalho tenha sido suficientemente esclarecedor. Pelas suas palavras, acredito que foram de alguma valia.

O meu longo silêncio deve-se à minha viagem a Berlim, ao museu Staatliche Kunsthalle. Aproveito para enviar-lhe o catálogo dessa exposição, cujo texto foi redigido magicamente pelo meu velho amigo e companheiro de banco escolar, Ariano Suassuna, o qual, além de romancista, é um conhecido dramaturgo brasileiro (O auto da compadecida) *e professor de Estética e Filosofia da Arte, na Universidade Federal de Pernambuco.*

Tenho a dizer-lhe, contudo, que na sua carta de 30 de outubro de 1992, talvez mais do que uma simples carta, o senhor aprofundou-se no coração da matéria, *e foi tão longe quanto Suassuna.*

Não sei como agradecer e corresponder aos 850 ceramistas, entre brasileiros e a brava gente de toda a nossa América, que resolveram me homenagear no precioso e espontâneo pergaminho enviado pelo senhor. Não terá sido o amigo Chiti, com o seu poder da palavra escrita e falada, um demiurgo capaz de levantar multidões, o responsável por este encantamento?

A sua carta, cujo título "Al Espiritu de Francisco Brennand" *já indica intenções críticas no melhor sentido, será guardada com o mesmo assombro de que nos fala.*

Estou começando a ler os seus livros. Oportunamente lhe mandarei novas notícias. De algum modo sei com quem estou tratando.

Grato, gratíssimo a todos os meus colegas, ceramistas em geral e a você, amigo Chiti, em particular.

Francisco Brennand

PS: Gostaria que os participantes desse Encontro soubessem – se é que posso externá-lo convenientemente – de todos os confusos sentimentos que me assaltam diante desta inusitada homenagem.

Mais uma vez, obrigado.

12 de junho – sábado

Explicações? Não propriamente, mas não deixa de ser espantoso o grau de desfaçatez, registrando, inclusive, opiniões elogiosas sobre o meu trabalho. Vez ou outra escorrego numa delas. O que pretendo provar? Difícil seria convencer os outros de que o meu intento é exatamente o contrário da complacência. Elogios mal colocados ou excessivos deixam-me quase num completo desespero, sobretudo porque sinto muito próximo o rótulo que terminará por me aprisionar. Na realidade, procuram um trilho para quem, por vocação, caminha em círculos e aos tropeços. O que noticiam é o mapa do meu inferno. Tenho de arder por uma culpa que não fiz por merecer. Aquelas que realmente me atingiriam – de natureza bem mais grave – permanecem ignoradas e seriam intoleráveis caso chegassem à luz.

13 de junho – domingo
Qual o endereço, por gentileza? Quando brilha o sol, uma menina sonha amar.

Oliver completa seu primeiro ano. Ele me parece muito inteligente e ao mesmo tempo tão frágil...

Procurava os desenhos de *novas* faces, quase sempre sobrepostas por rabiscos de uma memória mais antiga. Ela também não escapava dessa condenação. Uma multidão composta de rostos sem face.

15 de junho

– Tocaram fogo na guitarra.

– Por que você silenciou?

– Puseram fogo nos instrumentos e o regente desapareceu.

16 de junho
Ecos da Alemanha. Dieter Ruckhaberle pergunta se eu aceitaria fazer, logo em seguida ao encerramento da minha exposição na Kunsthalle, uma nova mostra no International Keramik Museum, na cidade de Waiden, na Bavária. Ficou evidente que o número de peças será substancialmente diminuído. Acertamos o máximo de cem peças, o que suponho ser ideal. Acontece que Dieter é, antes de mais nada, um artista como eu, um sonhador, portanto, não confiável.

18 de junho
Pesa sobre Emil Cioran uma espécie de terrível maldição. Acerta em todos os alvos, indiscriminadamente (que palavra mais longa, sub-reptícia), e, por acertá-los, no seu cerne profundo, falta-lhe apenas – para completar-se por inteiro – errar nem que seja uma só vez, quando já não houver o tempo necessário para acertar.

Que coisa terrível ele nos propõe em *Silogismos da amargura*. Não é, de fato, alucinante sabermos que nenhuma salvação é possível fora da imitação do silêncio? Que a nossa loquacidade é pré-natal? Que somos uma raça de charlatães? Que não passamos de espermatozoides verbosos? Que estamos quimicamente ligados à palavra?

20 de junho – domingo

O indefectível raciocínio de Cioran é tão fatal quanto a morte. A deliberada escolha do título *Silogismos da amargura* o denuncia, distinguindo-o dos precisos aforismos de Lichtenberg, que, aliás, chamava, com modéstia, os seus escritos de *livros de borrões*. A engenhosa (genial) erudição de Georg Christoph Lichtenberg permanece no plano humano, enquanto que as proposições de Cioran emudecem o próprio Lúcifer.

O que não se tolera nesse "desgraçado" romeno é que ele tenha sempre razão. Razão ou certeza? Na crônica pura da razão ainda acontece serem pronunciadas incertezas... enquanto que na *certeza,* nem Deus poderia contraditar. Estaria sendo invadido no seu *próprio* território. "Que terrível Messias nos aguarda...!"

21 de junho

As afirmações de Dieter Ruckhaberle sobre a possibilidade (ele falou em certeza) de uma nova exposição de esculturas cerâmicas na Bavária caíram por terra. Na realidade, as peças teriam de aguardar o calendário do International Keramik Museum, ou seja, só seriam expostas no mês de maio do próximo ano. "Vamos cuidar de embalar todas essas cerâmicas de volta ao Brasil", foi tudo o que eu pedi.

22 de junho

Ontem, Suassuna esteve aqui com o seu filho, o pintor Dantas. O velho amigo Ariano veio entregar-me o vídeo *Mistérios*, baseado numa narrativa de Knut Hamsun, dirigida por Paul de Lussanet, estrelando Sylvia Kristel e Rutger Hauer. Excelente filme que, inclusive, eu já tinha visto e esquecido. Uma bela e mórbida história de morte, como todas as histórias de morte.

23 de junho

Tentativa de correção do texto que servirá para o prefácio do livro de José Cláudio, *Os dias de Uidá*. Um pouco mais tarde chega Weydson Barros Leal.

Aproveitei para ler o que eu supunha definido, mas, ainda assim, necessitou de algumas emendas.

Antes do almoço consegui mencionar fragmentos do complicado diário de Berlim. Durante a leitura, senti o quanto estava carregado de citações que pareciam pesar tanto como jacas penduradas no caule de uma romanzeira.

Falei demoradamente em Cioran. Acabei citando o lado humorístico do escritor romeno. Estranho humor, é verdade, que identifico como mais firme do que seu aparente cinismo: "O real me produz asma". Talvez fosse melhor ele ter dito: "...me provoca asma" – (estou traduzindo o texto do espanhol).

Cioran afirma que "ninguém pode conservar sua solidão se não consegue tornar-se odioso".

Quando o escritor sarcasticamente nos convida a ser mais inutilizáveis que um santo, será que ele pretende fazer pouco de um santo? Se o faz, não se percebe o que realmente significa santidade; de algum modo, compartilha da opinião de Lichtenberg: "Os santos esculpidos tiveram muito mais influência no mundo do que os santos vivos". Acredito que Cioran quis lembrar a *vocação para o aniquilamento,* que afasta o santo definitivamente do convívio dos homens. Todo santo é odioso porque consegue conservar a sua solidão. Afinal de contas, o argumento de Cioran permanece correto.

Talvez emprestando o *Silogismos da amargura* para Ariano Suassuna, eu venha dar um basta a essa enxurrada de citações desse romeno medonho. Ele é deveras assustador, embora nos seus retratos – é de se notar que é um belo homem – sua maneira de vestir-se e suas atitudes (pose) lembrem um perfeito dândi.

26 de junho

Lastimo que Georg Friedrich Händel tenha se naturalizado inglês, não pela cidadania em si, mas pela opção da língua, que acabou por invadir as suas óperas e oratórios. O estilo pode até ser nobre e grandioso, mas o canto não nasceu para ser expresso nessa língua, que parece estragar tudo. Não diria o mesmo do alemão, do polonês, do russo, embora o italiano permaneça imbatível, só rivalizando com o próprio latim. Suponho que tenha sido o cinema – sempre falado em inglês – o culpado desta estúpida jactância, tanto a minha como a do próprio cinema. Estragaram o *Messias*, de Händel. Parece que estou a ouvir "um coro de Nelson Eddies" numa superprodução hollywoodiana.[76] Será que o grande Händel não se apercebeu do sacrilégio? É claro que sim, mas o músico era antes de tudo um profissional e não tinha como fugir desse empenho.

Quem entendeu à perfeição esse casamento desfeito com Roma foi o Rei Henrique VIII: o divórcio foi definitivo.[77]

28 de junho

> *Trata-se do seguinte, meu amigo: eu tô interessado na mulher do padeiro.*
>
> (De uma história em quadrinhos)

São Paulo recomendava que homem algum *tomasse* mulher. E foi isso que escutei hoje de madrugada, assistindo *A Via Láctea*, do inigualável Buñuel. Na realidade, é uma obra soberba, mas tão contaminada de soberbia que consegue um efeito contrário. Buñuel aprendeu em demasia e é ele quem o revela: "A ideia de um filme sobre heresias da religião cristã veio-me da suma de Menéndez y Pelayo, *Los heterodoxos españoles*".

A leitura do *Dictionnaire des hérésies*, do abade Pluquet, além de uma frase de Breton, admitindo que o surrealismo possuía "alguns pontos de contato com os heréticos", acabou por desparafusar de vez a cabeça do genial diretor espanhol.

De qualquer forma, a história dos dois peregrinos que se dirigem a pé – na época atual – a Santiago de Compostela (*Campus Stelle*), encontrando durante sua viagem, liberados do tempo e do espaço, toda uma série de personagens que ilustram nossas principais heresias – é um *esforço* notável em matéria tão controversa.

Com razão – eu também penso do mesmo modo –, Julio Cortázar chegou ao ponto de dizer que o *filme* lhe parecia subvencionado pelo Vaticano.

---

[76] Nos anos 1940, havia um cantor, aloirado, boa pinta – presumivelmente barítono – chamado Nelson Eddy, um portento de mediocridade, a vociferar em língua inglesa aquilo que o público americano devia pensar ser o bel canto (N. do A.).

[77] Esta inusitada observação sobre Händel e a língua inglesa é da lavra de Mr. Nonato, o demolidor. Não existe nenhuma racionalidade nas suas premissas. Em todo caso, vale pela sua coragem. A frequência com que este moço invade os meus cadernos está ficando tão perigosa e destrutiva quanto vírus de computador (N. do A.).

A meu ver, as heresias ou os mais incruentos contos religiosos, levam sempre aos mesmos *caminhos*, cujas certezas jamais estarão ao nosso alcance julgar. Em pouquíssimas histórias literárias, e muito menos nas cinematográficas, vi a Virgem Santíssima tão carinhosamente tratada, logo por quem se confessa "ateu, graças a Deus". E deve ser mesmo pela graça de Deus que as inconcebíveis blasfêmias de Buñuel se transformaram em sementes de fé.

30 de junho

Depois que voltei da Alemanha não soube mais a respeito da peça de Dorst. Como fora anunciada, estrearia em Salvador e em outras cidades brasileiras. Será que isto aconteceu? Nenhuma notícia chegou aos meus olhos ou aos meus ouvidos de que semelhante sucesso tenha se realizado.

Realidades:

1. Encheram o velho forno-cripta de um produto químico à base de formol para matar morcegos. Agora a Fábrica inteira recende a um vasto necrotério. Confesso que o odor de morcegos era bem mais suportável. Um engenheiro sugeriu um poderoso ventilador; um segundo engenheiro lembrou o poder absorvente do carvão; um terceiro engenheiro, um pouco mais pessimista, disse que esse odor poderia perdurar um tempo infinito: o odor da morte.

2. Caminhei pela Fábrica até chegar ao *Grande Pátio* à procura de mulheres como se procura bichos num curral. Certamente que não as encontraria. Mas assim mesmo insisti, voltando em seguida pelo mesmo caminho olhando os meus próprios pés. Tranquei-me no ateliê e agora escrevo convicto de que já não há mais mulheres. Isso não me assusta, nem tampouco traz complicações. Sairei novamente, um pouco mais tarde, e, desta feita, convenientemente disfarçado. Quero me certificar se de fato o mundo é outro e as mulheres já não existem ou apenas se escondem de mim.

3. Li no jornal a entrevista de um colega repleta de inverdades. Todos mentem, e não é por outra razão que pensamos, falamos e escrevemos. É a nossa peculiar maneira de dizer a verdade: mentindo. O que dizemos nada tem a ver com o tempo das estrelas, ou seja, a ordem do mundo.

4. Botei no bolso um envelope com o "pagamento" da cozinheira. Leis trabalhistas são obrigatórias, embora sempre burladas. De minha parte, procuro cumpri-las.

5. A versão correta do final do art. 3 é bem mais complexa, porque está escrita por um profissional: “A verdade é precisa como a circunferência de cristal que mede o *tempo das estrelas*. Uma leve distorção e tudo está perdido. Mentir já não é uma alteração da ética, mas uma falha numa espécie de máquina a vapor do tamanho de uma unha de gato”.

6. Formol: “Nome usual do *aldeído fórmico,* substância antisséptica, líquido volátil (fórmula HCHO) de cheiro forte, obtido por oxidação incompleta do álcool etílico”.

7. Embalsamaram a Fábrica com todas as suas máquinas, maquininhas e maquinações. Ela sobreviverá ao tempo.

8. Esta é uma pequena lista de realidades as quais podem perfeitamente ser contestadas.

1º de julho

Desculpe, “Mr. Conrad”, estar escrevendo não é uma ousadia? E, depois, o meu diário de Berlim está repleto de poloneses ou de gente originária da Polônia. Por que estas coisas têm de acontecer?

2 de julho

Ancas diabólicas:

Para ser uma *jongoma* é preciso ter ancas diabólicas. Não é um mito, mas uma realidade feita de muita gordura, de gente fortemente roliça, de formas redondas, muito redondas. Alguém as alimenta com sobras de comida que vêm do palácio real, em grandes bacias, como se faz com os porcos.

A mulher, que é alvo dessa “engorda”, não cessa de crescer, e no decorrer de um ano está pronta, o que quer dizer, dona de nádegas colossais.

O homem que a transformou em *jongoma* sente-se orgulhoso como um construtor, embora, a princípio, deva afastar-se, embrenhando-se na floresta. Poderia pagar com a vida, caso não cumprisse o ritual. Enquanto ela fica na sua jaula de bambu esperando sentada, louca de solidão ainda por toda uma noite, mesmo depois de ter chegado ao auge de sua significante e gordurosa beleza, ao nascer do sol, semiadormecida, é carregada por mulheres igualmente gordas – mas não como ela, não forçosamente *jongomas* – para o interior do palácio onde o rei a espera. Com o passar do dia, é preparada para as cerimônias nupciais que acontecem no final da noite, e que podem se prolongar por semanas.

3 de julho – sábado
Ela está oscilando há 10 milhões de anos, e no entanto... Não cai. É uma mulher. Não cai e mulher não deve cair.

6 de julho
Pergunte a um espermatozoide se ele sabe qual a verdadeira *identidade* da mulher. Ele a conhece por dentro e, mesmo assim, só aquele que escapa entre milhões é que alcança o portal do vazio fértil e, daí, todo tremente, chegará, em seu infinito silêncio, a corresponder a esse incandescente encontro com os cosmos, sem palavras, mudo, surdo e astuto como uma estrela.

O espírito do vale não morre.
Aí reside a obscura fêmea;
na porta da obscura fêmea
encontra-se a raiz do universo.

Sutil e ininterrupto, parece perdurar;
e sua função jamais se esgota.
Lao-Tseu

Não vou continuar com as minhas observações permeáveis, embora o poema de Lao-Tseu tenha conseguido fazer o mundo girar.

Aproveito um texto curioso do inquietante Ricardo Piglia que, se não complementa o sábio chinês, pelo menos não o compromete, sobretudo por vias indiretas: “Ela diz que é Eva e que a serpente é Eva e que ninguém nos séculos dos séculos se atreveu a dizer essa verdade tão pura, e que só Maria Madalena disse isso ao Cristo antes de lavar seus pés. Eva é a serpente, a mutação interminável, e Adão está só, sempre esteve só. Diz que Deus é a mulher e que Eva é a serpente; que a árvore do bem e do mal é a árvore da linguagem. Só depois de comer a maçã, é que eles vão falar. Isso é o que ela diz quando não canta”.

Neste admirável fragmento – fictício ou não – Piglia deve ter secundado Boas ao acolher a história *Sobre a serpente*. Daí é que tudo foi pronunciado. Poderia também ser um texto religioso, uma parte extraviada do *Gênesis*.

"Na porta da obscura fêmea, encontra-se a *raiz do universo*", como propugna Lao-Tseu, tem seus pontos de encontro – guardadas as proporções – não só com a *mutação interminável*, como também com a inusitada afirmação de que *Deus é a mulher* neste estranho fragmento *Sobre a serpente*. Diz Piglia que Boas ouviu recitar esse texto como se fosse uma piada de bêbado.[78]

7 de julho

De uma história em quadrinhos, assinada por Angeli:

> *Pequena tragicomédia (pano rápido).*
>
> *Personagens: Bandido e um comparsa.*
> *1ª mulher e 2ª mulher.*
> *Cenário: Dois homens entram de surpresa no quarto:*
>
> *Bandido: Quietas! Eu sou o estrupador de mulheres.*
> *Comparsa: Burro! O certo é estuprador.*
> *Bandido: Estuprador!!!*
> *As duas mulheres uníssonas: É difícil, mas tente novamente soletrando ES-TU-PRA-DOR!*
>
> *Horas mais tarde:*
>
> *Cenário: O bandido e as duas mulheres, numa cama, cada qual sustentando um livro aberto. O bandido se mantém muito à vontade no meio das duas, tentando decifrar a parte de sua leitura.*
>
> *1ª mulher: Agora leia o que está escrito aqui.*
> *Bandido: CLÍ-TO-RIS...*
> *2ª mulher: Clitóris, imbecil! Não vê o acento na letra "o" não?!*

---

[78] Nonato insiste que Franz Boas (ou seu sósia) foi honesto na sua desconfiança e, repetindo Lichtenberg, enuncia: "Se um anjo nos explicasse a sua filosofia, os axiomas se assemelhariam, para nós, a um: duas vezes dois são treze". Assim, é a algaravia acima (N. do A.).

Mesmo nas suas formas mais grosseiras ou chistosas, a relação masculino--feminino perdura diante da prodigiosa sabedoria de Lao-Tseu. Assim, o diálogo reproduzido de uma aparentemente debochada história em quadrinhos, do repertório de Nonato, não contradiz (ou conflita) com o holismo do poeta, quando este refere: *Na porta da obscura fêmea / encontra-se a raiz do universo.../ e sua função jamais se esgota.*

Apesar das pregações feministas, quem ainda tem razão – por mais doloroso que pareça – é o velho Freud quando vaticina: *o sexo é destino.* As mulheres não terão o direito de escolha, uma vez que *sua função jamais se esgota...* Daí a desgraça que pesa inexoravelmente sobre a cabeça de todos: o prazer na frente do *desejo*, a esterilidade contraceptiva substituindo o *ventre pleno* e multiplicador. A promiscuidade institucionalizada no lugar da *violação* intermitente. A descarada apologia dos sodomitas em confronto com *a mutação infinita da raiz do universo.*[79]

8 de julho

Prosseguindo nesta confusão que me fascina, parece que Ricardo Piglia enfim conseguiu o que perseguia. Em *A cidade ausente*, o seu delírio narrativo chega à truculência. Lembro que Euclides da Cunha descreve o "inferno truculento e flamívomo numa algaravia de frases rebarbativas".

Piglia, numa abundância de referências ambíguas sobre algo que foi narrado por Camus no *L'Étranger* (a faca ao sol, antes do assassinato numa praia argelina), volta a mencionar o fato numa cidadezinha de Buenos Aires em 1956: "Disse que o matou por conta do calor. O sol estava a pino e o seu *reflexo* nos trilhos o ofuscava...".

Nomes? Qual nome de batismo que não se possa modificar com o passar do tempo? Daí por que o lorde inglês Alfred Tennyson aparece como outra pessoa, não chegando a ser o poeta. Mas, nomear alguém como Tennyson não evita a lembrança momentânea do nome original. Confusão: Macedónio Fernández está em toda parte, inclusive na região que ele, Macedónio, quan-

---

[79] Por incrível que pareça, esta última anotação incluindo a história em quadrinhos é da inteira responsabilidade de Nonato. Aproveitei para lhe dizer que eu estava mesmo precisando de alguém como ele para a seção de cartazes e avisos. Sua intervenção foi magnífica (N. do A.).

do a sua mulher Helena morreu, chamava de *outra margem*. Até os contos de Borges vinham da "Máquina de Macedónio".

O pintor japonês Fujita é o coreano Tanka Fujita nesse estranho "planeta". É sempre um outro que é um outro: apaixonado pela "máquina". Aparece alguém chamado Berenson, aparece um fictício Stephen Stevenson e, entre outros, Wittgenstein, Italo Svevo (porque foi amigo de Joyce), Lívia Ana (logo transformada em Ana Lívia Plurabelle), o próprio Rio Liffey, Bob Mulligan, Nolan, William Wilson, Boas. Este é aquele que revela a "História da Serpente", e que certamente é um sósia do famoso etnólogo norte-americano, disfarçado e desmemoriado. Um tal de Richter que chegou a enganar Perón se passando por físico nuclear e que tentou vender o segredo da bomba atômica. Em qual dos Richters pensou Piglia? Em Burton Richter, físico norte-americano, ou em Benjamim Richter, químico alemão? Que importa? Faltou apenas identificar-se como Russo. "Eu sou Emil Russo", disse.

O escritor argentino diz que a literatura consiste em dizer a verdade fingindo mentir. Entretanto, o falso Boas insiste que o único livro verdadeiro que "dura nesta língua" é o *Finnegans Wake*, que todos consideram sagrado "porque pode ser sempre lido, seja qual for o estado da língua em que ele se encontre". Boas diz que "saiu da ilha há dois meses, e que nele ainda ecoa a música dessa língua que é como um rio".

Esta Babel pode terminar aqui e é Ricardo Piglia quem me autoriza a fazê-lo: "A realidade é interminável".

9 de julho

Falei com Hannah pelo telefone. Como é do meu estilo, escrevi a Simone Mahrenholz comunicando que espero apenas a chegada das esculturas de Berlim para mandar-lhe a pequena peça *Os amantes*, que tanto lhe atraiu. Mais uma vez lamentei, nessa minha pequena missiva, ela não ter escrito uma só linha nos jornais sobre a minha exposição, quando na verdade ela era a única pessoa capaz de fazê-lo.

Ainda em Berlim, no dia 15 de maio, decidi que essa escultura (*Die Liebenden* – 1977) seria presenteada à gentil Simone, embora ela não soubesse nada sobre essa decisão. Espero – caso entenda esse gesto – que a peça retorne a Berlim e que permaneça a seu lado *para sempre e mais um dia*. A pequena carta será postada amanhã.

10 de julho – sábado

– Um minuto de silêncio!

– Cala a boca, rapaz! É o fim do mundo.

11 de julho

Pela primeira vez encontrei Nonato agarrado com o meu caderno, metendo-se a escrever numa sequência cronológica, utilizando até a minha própria caneta. Ora, eu escrevi até ontem e suas notas estão datadas do dia 11 de julho (domingo). Desmascarado, ele exortou-me para que pelo menos eu passasse a vista no que ele havia escrito, que a seu ver era muito parecido com o meu "estilo", o qual nos últimos dias vem primando pela mais absoluta confusão. Ele, portanto, não pretendia, senão, dar continuidade às minhas habituais digressões. "Cheguei a inventar uma epígrafe apropriada para o conjunto", ele disse.

Aproximei-me um pouco mais do caderno e, com o rosto quase em cima da página, olhei a minha letra (não parecia ser de outra pessoa) e lá estava anotado: "A próxima piada idiota aqui no ensaio dará ao autor uma suspensão de cinco dias!".

Se eu não conhecesse Nonato, não acreditaria nas primeiras palavras que começavam quase no fim da página e que diziam o seguinte: "Ela é uma das minhas tantas Dulcineias del Toboso, senhora indisputável do meu coração". Depois o texto prosseguia com uma espécie de diálogo:

"'Basta, basta, basta...! Com todos os infernos, o senhor está suspenso por cinco dias!', disse o juiz. Logo em seguida, por três vezes, bateu com o martelo de encontro à madeira e deu por encerrado o meu ensaio. Essa é boa, eu pensei. Quando falei em Dulcineia eu queria apenas dizer que se tratava de uma namorada, noiva ou futura esposa, ou até mesmo minha mulher. O infeliz acréscimo do nome del Toboso fez lembrar, com certeza, ao desvelado juiz, a controversa figura de Lady Macbeth: '*What's to be done?*'.

Eis-me então suspenso por cinco dias a partir de hoje, domingo, 11 de julho de 1993. Portanto, para continuar meus ensaios, só com a distinta anuência do senhor de Montagu no próximo sábado, dia 17, a partir das 16h, menos dez minutos..."

Senti que Nonato estava aflito para que eu fizesse um reparo qualquer, mas a indignação não era o bastante para evitar a minha curiosidade. E assim prossegui. A assombrosa confusão do juiz provocou esse equívoco. Sei de fontes insuspeitas que de há muito esse magistrado pretende condenar Lady Macbeth à pena máxima não só por sua cumplicidade, como também pelo seu inominável estímulo no assassinato do Rei Filipe II, dentro do Palácio de Persépolis, e também pelo seu notório adultério, pois traía seu marido Miguel de Cervantes Saavedra, o qual, embora morto, fora preso por dívidas, proxenetismo e também sob a acusação de homicídio. "Gente de última categoria", dizia o juiz aos seus colegas de magistratura. Todos eles, demonstrando copiosa erudição, alardeavam o fato de Shakespeare, autor de *Macbeth*, e Cervantes, autor de *Dom Quixote de La Mancha*, terem morrido significativamente na mesma época, no ano de 1616, o que já demonstrava, pela natureza astral e numerológica, que o dedo de Deus não estava ausente.

Era consenso geral que a ambiciosa e fescenina *Lady* não escapasse da morte infamante pelo garrote vil (descoberta da moderna eletrônica japonesa), máquina a serviço dos bons costumes, de peculiar crueldade na requintada arte de matar exemplarmente com o máximo de sofrimento.

Foi debalde tentar esclarecer ao meirinho que os cinco dias de suspensão impostos pelo juiz terminavam na sexta-feira, dia dezesseis, e não no sábado, dia dezessete.

O indiferente magistrado preferiu ignorar-me, guardando um silêncio risonho que até os seus olhos, de tão franzidos e estreitados, pareciam mais de alguém adormecido, o que me fez de repente pensar na imagem perfeita do chinês Kuang-Siu na sua primeira noite de núpcias, deitado sobre a imperatriz ou estendido em cima dela. Mas como bebera muito vinho nos oito ou dez dias de festa, esqueceu-se de agir, adormecendo.

Esta história do imperador chinês me foi contada por Victor Segalen pedindo (ele sempre foi muito discreto) absoluto sigilo. Aliás, narrativa retirada do *René Leys*, um livro que finge contar imprecisões, indefinido e vago, de um contorno que se arrasta solitário por uma propositada parafernália. Quem disse que este livro é um vitral quebrado? Quem disse? "De resto, não ia adiantar de nada" – argumentou o meirinho. "Os juízes não costumam mudar de opinião depois de uma sentença proferida..."

A intervenção de Nonato cessou. E como não fui eu quem escreveu, sinto-me, em parte, desobrigado, acreditando não incorrer em desobediência. Contudo, farei cumprir rigorosamente o silêncio que foi imposto a Nonato, conforme sentença do juiz, o que quer dizer que eu também deverei silenciar.

17 de julho – sábado – 14h23min

Esperava envelhecer graciosamente, mas eis que já estou desimpedido para escrever. O juiz mandou-me um ofício – é verdade que sumário – onde sua assinatura ondula num espaço maior do que as duas linhas que me liberaram.

Suponho que a carta à Simone Mahrenholz tenha chegado às suas mãos nesse meio-tempo, embora seja possível que ela jamais chegue a recebê-la. Lastimaria o fato, não por motivos sentimentais – isso seria o menor dos males –, lastimaria sim, repito, não ter o seu consentimento para enviar a pequena escultura como eu havia programado desde Berlim. Isto, sim, seria imperdoável.

21 de julho

Não posso deixar (embora com a data atrasada do mês passado, dia 22) de registrar a minha resposta à carta de Paulo Fernando Craveiro, quando aproveitei para remeter-lhe velhos textos jornalísticos de sua autoria, que servirão para compor uma reportagem sobre meu trabalho todo feito de recordações:

Querido Paulo Fernando,

Colhi (esperava ter encontrado muito mais recordações*) cerca de quinze textos seus, dois ou três, inclusive, sem data. Estou certo de que uma parte considerável deles encontra-se nas páginas do meu diário, como aliás aconteceu com a crônica singular "As Ruínas do Reino", do início dos anos 1990.*

Aquilo que estava nos velhos álbuns de recortes segue à procura desses "Regressos à Nossas Plagas, Estes Reinos", como você alertou que também assim propugnava Eliot. Acontece que essas "ruínas de nossos reinos perdidos" são bem mais reais que a incerta realidade cotidiana. Que fazer?

Abraços à Ilona e a você.

Do amigo, Francisco.

P.S. I: Acredito que essa carência numérica (por minha culpa) é, em si, um dado poético de infinitos recursos. A mim caberia apenas a assinalada lembrança de alguém[80] *que morreu nos idos de março de 1982, no velho casarão da Várzea.*

---

[80] O autor refere-se à morte de seu pai, ocorrida em 9 de março de 1982 (N. do E.).

PS. II – Acabo de encontrar o 16º recorte, engraçadíssimo por sinal, em que se fala de borboletas dalinianas capazes de tudo... Curioso, depois deste texto (incompleto), datado de 1974, sinto que o círculo fechou-se e que sua entrevista está pronta.

PS. III – 17º recorte no qual se discute o T do problema. *Ainda mais um.*

Perdoe-me, Franz, mas estou propenso a acreditar na versão de Herculano, que assevera ser você um impostor. Na verdade, não é outro, senão o bufão que o príncipe francês trouxe da Borgonha.

Franz estava fora do quarto quando voltou-se e, sem levantar a voz, pareceu concordar: "Faz sentido. Não deixa de fazer sentido". Lembrei que estava na minha obrigação incluir um fato tão grave no final do "Relatório".

Um forte cheiro de grama recém-cortada invadia os corredores, e penetrava no grande quarto vazio. Ao longe, escutava-se alguém tocando, com o devido brio, alguma coisa que se assemelhava a *Polonaise*, de Chopin, e recordo que só nesse momento – estranha associação – lembrei que o "Relatório" havia sido elaborado e escrito por um macaco capturado na Costa do Ouro por uma expedição de caça da firma Hagenbeck, o qual acudia pelo apelido incomum de Pedro Vermelho, devido a um ferimento que recebera na face.

23 de julho

Ah! Se eu pudesse, como Apolo, embriagar os *destinos*!

24 de julho – sábado

Por que ele fez isso? Essas coisas aconteceram numa paragem dominada pelos Ventos do Norte, região onde o Bóreas sopra com violência. Dizem que é a terra encantada dos hiperbóreos não totalmente desconhecida de Apolo. Por mim, não prosseguiria nessa expedição já que atravessamos duas noites sem qualquer descanso. Tudo isso envolve tradições opostas e, por sua própria natureza, perigosas. Não devem ser *desvendadas*.

Dizem que Pitágoras, senhor de poderes mágicos, foi considerado uma encarnação de Apolo Hiperbóreo.

25 de julho – domingo – 3h29min (da tarde)
Tantalizar. Ele não pensara nenhuma só vez em tantalizá-la. Era antes uma suposição antiga que jamais chegou a tomar forma e, de resto, não haveria uma mulher disponível, uma voluntária.

A brutalidade natural de toda a sexualidade sempre foi mutuamente consentida mesmo no estupro, nas aberrações e na pancadaria. E aquilo no que pensou necessitava antes de mais nada de uma ativa, mórbida e perversa conivência feminina, fato inextricável, pois só a mulher sabe como chegar até o fundo do poço na sua solitária corrupção. O homem fica sempre na borda; permanece de fora, anulado, inclusive até no mal. O que o homem presumiu corromper na mulher é por natureza incorruptível, melhor dizendo: não é por este nome que a mulher *atende*. E não foi por esse motivo que ela afundou no poço.

Sob a luz das estrelas mortas, um dia a *palavra* definitiva será pronunciada.

28 de julho
A carta de Simone Mahrenholz chegou quando já não havia mais esperanças. Ela fala comigo. Ela aceita a escultura *Les amants*. Ela acusa o recebimento do cartão-postal de Paris, "Claude Monet em Guiverny". Ela me fala sobre a primeira metade da parte final da "Segunda Elegia" de Duíno relativa às esculturas gregas. Ela ainda fala com interesse sobre a minha exposição em Berlim e não se recusa a comentá-la um dia. E completa dizendo que "não seria por falta de inspiração".

Procurei e encontrei o texto assinalado da "Segunda Elegia...". Meu Deus! Meu Deus! O que ainda posso exigir ou pretender de Simone Mahrenholz?

30 de julho
Para Simone Mahrenholz, Rilke expõe *"one of my most loved pieces of poetry"*.

Aproveito a tradução francesa para comentar esse belo fragmento, *concerning greek sculptures,* como Simone soube descobrir:

Ne vous a-t-elle point étonnés, sur les stèles attiques,
la prudence du gest humain? L'amour comme l'adieu
n'étaient-ils pas posés

sur les épaules, aussi légèrement que s'ils avaient été
faits de quelque matière autre que celle d'ici? Pensez aux
mains,
comme elles étaient sans poids, bien que la force se dressât
puissante dans les torses. Maîtres d'eux-mêmes, ils en étaient
savants:
ceci c'est nous; de se toucher ainsi, c'est notre monde.
Plus fortement les Dieux pèsent sur nous. Mais cela,
c'est chose des Dieux...

Na verdade, mais uma vez o espírito dessa moça me confunde. Entre outras coisas, ela precisa saber que dedico as poucas páginas do meu diário de Berlim a ela, só a ela.

31 de julho – sábado

Por que escreve cartas para quem não conhece?

Prezada Simone Mahrenholz,

Este endereço, de uma carta destinada à cidade de Berlim, me soaria muito estranho, não fosse o seu nome e algumas outras recordações que vieram acentuar-se agora, com a sua carta, e novamente a referência de alguns versos de Rilke, also one of my most loved pieces of poetry, *e, também, o fato de que, desde cedo da manhã, eu estivesse escutando (em gravação) a* Sinfonia nº 1, *de Anton Bruckner, executada pela Berliner Philarmoniker com a regência de Herbert von Karajan. Todo esse conjunto de circunstâncias quase mágicas pareceria um tanto absurdo ou mesmo um despropósito.*

Compreenda que eu me encontro em pleno trópico, numa manhã chuvosa, debaixo desses intermináveis aguaceiros tropicais, lendo e relendo sua carta, à procura de significados auf attichen Stellen ("sur les stèles attiques"), *encontrando-os, às vezes aqui e ali, mas logo vendo-os desaparecer como numa miragem... Lembre-se de que as nossas conversas foram muito poucas ou quase sempre desarticuladas, embora, por mim, elas devessem ter durado muito mais, prosseguindo até os fins dos tempos:* Mais cela c'est chose des Dieux... *Como poderíamos ir adiante?*

A maldição de Babel não foi uma história qualquer, inverossímil; ela perdura *e, além de nos humilhar, corrige implacavelmente as nossas presunçosas conversas.*

Fiquei feliz quando você afirmou: But maybe there will emerge another opportunity to write about you one day. One never knows. I couldn't say that there is no inspiration. *Não importa. O que para mim está valendo é ter conhecido Simone Mahrenholz e sua admirável sensibilidade. Gostaria, como já lhe fiz ver que a minha (sua) pequena escultura cerâmica, que você soube apreciar, retorne às suas mãos.*

Mantenho um "diário" desde o ano de 1949. Os meus breves dias de Berlim estão assinalados e deliberei dedicar-lhe estas páginas. Espero encontrar aqui, na minha cidade, uma pessoa capaz de traduzi-las para a língua alemã. Uma vez conseguindo realizar esse improvável milagre, enviar-lhe-ei os resultados, na espera, também, de sua colaboração (ou opinião). Enfim, o meu Diário de Berlim não é tão longo, podendo ser lido sem grandes esforços. Igualmente seu caráter literário não chega a comprometer quem quer que seja.

Agradeço os recortes de jornais berlinenses sobre a Exposição de Brennand na Staatliche Kunsthalle, que, hoje, para mim, já começou a dissolver-se no tempo. De algum modo, ficaram Simone Mahrenholz, Rilke, Balthus e A flauta mágica, *de Mozart, compondo o grande e definitivo cenário de minha memória.*

Talvez, se chegar a lê-lo, você compreenderá aquilo que estou pretendendo dizer.

Sinceramente seu,

Francisco Brennand

PS. I: Reputo importantíssimo você chegar a conhecer essas páginas começadas no dia 15 de abril de 1993, ainda no Recife, e terminadas doze dias depois do meu retorno ao Brasil.

PS. II: Não pense que foi esquecimento. Ainda é tempo de perguntar: Como anda sua tese sobre "A Arte da Música e Cognição"?

1º de agosto – domingo

Devo incorporar neste diário a carta de Simone Mahrenholz. Se não o fizer, me dará a impressão de estar respondendo a um fantasma: "*What follows is an imaginary solution to an authentic mystery*".

Soube que todas as peças escultóricas da exposição berlinense chegaram sábado ao Porto de Suape, nos arredores da cidade do Recife. Urge trazê-las de volta aos seus devidos lugares na velha Oficina. Também, parece-me necessário reproduzir, ou mesmo colar, as páginas originais datilografadas e assinadas por Simone.[81] Como já decidi, não há como hesitar. A minha resposta foi devidamente traduzida para o inglês, e é o caso de se perguntar: Pode uma correspondência dessa natureza, de caráter intelectual-sentimental, ter algum futuro? Lamentaria profundamente se não conseguisse levá-la até o fim (que fim?)...

Rilke comenta que "tudo está combinado para nos calar, meio talvez como vergonha e meio como esperança indizível".

Sim, a demora aturdida da resposta deve-se à confusão idiomática em que me envolvi desde Berlim e da qual dificilmente conseguirei sair.

4 de agosto

Nova carta para Simone Mahrenholz. A jovem alemã deve ficar surpresa com a minha perseverança.

6 de agosto

Dante só encontra Beatriz no *Purgatório* quando ela lhe aparece vestida de azul e branco, recoberta por um manto vermelho da *antiga chama.*

Propriedade Santos Cosme e Damião, 4 de agosto de 1993.

Cara Simone Mahrenholz,

Num crescendo, você me tem conduzido entre luzes ofuscantes e as perturbadoras trevas desse enigmático universo das Elegias de Duíno *– de fato o melhor de Rilke – como que me forçando, ao mesmo tempo, aproximar-me do paraíso e sentir as chamas do inferno. Estranho verso este: "Às vezes as minhas mãos se reconhecem ou/ meu rosto gasto nelas tenta se abrigar./ Isso me dá uma certa consciência de mim mesmo./ Quem, no entanto, por tão pouco ousaria ser?". Ora veja de que espantosa matéria é feita a frágil tessitura de nossos pensamentos, uma mão que toma consciência da outra, mas não evita o poeta de duvidar do seu corpo:* Quem, no entanto, por tão pouco ousaria ser? *Estes versos da "Segunda Elegia", de*

---

[81] Na opinião de Nonato, as cartas de Simone são muito mais expressivas em qualidade e estilo do que as minhas (N. do A.).

uma forma surpreendente remeteram-me aos intrincados sistemas epistemológicos de Wittgenstein (a inquestionabilidade do corpo), sua certeza de que são, para esse filósofo, o início e a base de todo o conhecimento e exatidão. Por isso, em seu último livro On Certainty *(Da certeza), ele começa dizendo: "Se você sabe que aqui está uma das mãos, confiaremos em você quanto ao resto". No entanto, o neurologista-romancista inglês Dr. Oliver Sacks, mencionando Wittgenstein, observa que este, logo depois, no mesmo fôlego, na primeira página, já não parece tão seguro: "O que podemos perguntar é se faz sentido duvidar disso...". E mais adiante: "Posso duvidar disso? Não, não há fundamento para dúvida!". O Dr. Sacks insiste que esse livro de Wittgenstein deveria intitular-se* On Doubt *(Da dúvida), pois é marcado tanto pela atitude de dúvida quanto pela de afirmação. Especificamente ele se pergunta – e podemos imaginar se estes pensamentos não teriam sido estimulados por seu trabalho com os pacientes de um hospital durante a guerra – se poderiam haver situações ou condições que suprimissem a realidade que temos do próprio corpo, que nos colocassem em dúvida, que talvez nos fizessem mesmo perdê-lo por completo, numa incerteza total.*[82] *Essa ideia parece assombrar o seu último livro como um pesadelo.*

Confesso não ser um entusiasta nesse tipo de análise *concernente a uma obra de arte. Embora minha fascinação pelos versos de Rilke seja de outra ordem, fui eu quem lembrou Wittgenstein e esse tal de Sacks... Por quê? O que me levou a tão tortuosos caminhos, correndo o risco até de desfigurar versos? Como escultor e pintor, vejo essas* mãos desconhecidas *repentinamente tomarem consciência uma da outra, cobrindo e penetrando* a face usada *(lembre Rodin, escultor que Rilke tanto amava), roubando-lhe a vergonha... Um rosto só mãos, absolvido do* pecado original. *Mas acontece que o espírito do poeta "move o sol e as outras estrelas...". E, assim, ultrapassa o conhecimento e a medida das coisas. Como pretendeu Picasso, ele próprio não procurou, ele encontrou...*

Em parte, Rilke é culpado por ter ousado tanto. Uma pequena sensação não lhe pareceu suficiente o bastante para Ser. O fato de Heidegger ser um admirador das Elegias *não significa necessariamente identificá-la com a sua obra filosófica. Perdoe-me se lhe disser que* essa identidade *– por mais verdadeira e elogiada que fosse – nada acrescentaria à poesia de Rilke... Aquele contorno indescritível...*

---

[82] *A Dama sem Corpo* é um conto de Oliver Sacks (N. do A.).

Enfim – mesmo que tenha sido mera casualidade –, quando você mencionou o poeta, foi apontando a "Primeira Elegia". Na sua primeira carta, transcreveu um trecho da "Segunda Elegia". Agora devo esperar uma anunciação da "Terceira Elegia". E, depois, a ventura ascendente de chegarmos à décima, evidentemente se os deuses nos forem propícios.

Sinceramente seu,
Francisco Brennand

PS. Comunico que todas as cerâmicas acabaram de chegar ao Recife. Resta a burocracia do desembarque.

7 de agosto – sábado

Soube ontem que o seu nome é Syl. Belo e estranho nome de mulher. Costumam chamá-la assim, mas não é o seu verdadeiro nome, embora deva significar muito para quem ousa aproximar-se dela. E também não deixa de ser um aviso. Faulkner, que poderia representar aquele *velho homem* de que nos fala a Bíblia, adverte: "A razão é que acontecem muitas coisas. Acontecem coisas demais. É isso... O homem realiza e fabrica muito mais do que pode e deveria suportar. Assim, acaba descobrindo que pode suportar tudo. É isso. E é isso que é terrível: poder suportar tudo, tudo". Quando terminou... e essas coisas terminam (?), Syl serpenteou por entre as almofadas, e desapareceu num buraco ao pé da minha cama.

8 de agosto – domingo

Devo estar pensando em repetir aquilo, não é? Não posso negar que vou refazer uma homenagem à sutil misoginia de Degas, pintando um *nu* da pequena Syl, numa pose inusitada, intranquila, pouco cômoda e pornográfica. A menina deve ter sangue eslavo muito próximo. Parece uma russa. Eu a observo com tal avidez que ela deve pensar que sou um empedernido erotômano, com hábitos de caçador à procura de vítimas desavisadas. No entanto, ela sustenta o olhar, torcendo ligeiramente o pescoço, deixando tombar a cabeça para o lado esquerdo das espáduas, à maneira de certas graciosas ou singulares figuras de Lucas Cranach. Verifico que, pela falta de dois dentes, ela silva um pouco quando fala, além de que numa espécie de trejeito, suga a saliva com frequência indevida, o que acentua ainda mais este estranho ruído. Talvez ela não se aperceba, mas isso parece diverti-la bastante, pelas inúmeras repetições.

12 de agosto

A fotógrafa francesa Laurence Danière veio fazer um documentário sobre a Oficina e pretende também me incluir nesses registros. Mostrei-lhe fotos do inigualável Orlando Azevedo que fez exatamente o que ela deveria fazer. Talvez eu quisesse, de algum modo, orientá-la, como se dissesse "eis aqui um caminho a seguir". E como Laurence teima em dar ênfase especial à minha figura, resolvo perguntar se ela conhecia a fotógrafa norte-americana Diane Arbus. Antes da resposta, eu já empurrava o álbum da americana em suas mãos. A geração de Laurence não costuma cometer esse pecado da erudição, preferindo afundar na ignorância benfazeja das imagens acadêmicas, mesmo que acadêmicas modernas. Contudo, ela abriu o álbum, e eu sabia de antemão que aquelas *imagens* de sua colega iriam tocá-la de algum modo. Toda figura humana é, no fundo, uma grotesca monstruosidade, uma pobre máscara que nada significa, a não ser que se pretenda imprimir um manual de horrores. Se a francesa não entendeu, pelo menos suponho que desconfiou. Ainda lhe perguntei: "Você me permite fazer caretas?".

14 de agosto – sábado

> *Em atitudes e com gestos eróticos que poderiam ser desenhados por um Beardsley do tempo de Petrônio.*
>
> Faulkner

No meu parco entendimento, isto é, no que se poderia chamar de uma antinomia, Faulkner errou. Reservo-me o direito de não dar nenhuma explicação. Lembro apenas que as perversidades do *Satyricon* eram bem mais sangrentas (vermelho-negro) do que as infamantes e sofisticadas perversões traçadas em preto e branco com mãos muito finas que denotavam um gosto acentuado pela elegância e pelos vícios de caráter eminentemente burgueses, daí seus encantamentos secretos, esquálidos e sulfurosos.

15 de agosto – domingo

Simone, a mais esperta de todas, jogou-me na cara o *saber* profundo dos outros. Quando Rilke dá início à "Terceira Elegia", lembra que: *Uma coisa é a amada. Outra, ai de mim,/ é cantar o culpado e oculto Deus-Rio do Sangue. Sim, a compreensão profunda (...) como se emaranha em primitivas estruturas,/ em formas que fugiam bestiais, crescentes/ e opressivas!...*

Ah, ele que sabia das coisas, não podia deixar de mencionar "o bosque antiquíssimo e adormecido...". A mesma *Selva Selvaggia* de que nos fala Dante no caminho do horror: *Desceu amando ao sangue mais antigo, ao abismo, onde jaz o Espanto, regurgitando pelos ancestrais./ E cada sobressalto o reconhecia e acenava, conivente./ Sim, o Horror sorriu-lhe...* E o pior é que, apesar de toda essa compreensão, ainda ouso, cinicamente, chamar-me de vítima! Estarei assim tão equivocado? E se a Grande Natureza, com todos os seus esplendores, armadilhas e mistérios ocultos, fosse uma *vítima* de Deus? É complicado, mas pode ser uma verdade que nos escapa e nos escapará sempre.

16 de agosto

Longa carta manuscrita do bom amigo Luís Tavares da Silva. Três páginas repletas de sua pequena, correta e aplicada caligrafia, narrando com admirável calor e simplicidade seu dia a dia na cidade de Lisboa, que ele diz tanto amar. Uma carta de onde estaria excluída toda preocupação literária, mas que, no entanto, retrata os mais refinados sentimentos literários. Poderia ter sido escrita por um Eça de Queirós, ou mesmo por um Ramalho Ortigão, o qual, por coincidência, traduziu "O Inferno", de Dante. Aliás, Luiz fala da Livraria Barateira que tanto frequentou como comprador todas as vezes que passou por Lisboa. Pergunta-me também se possuo o *Reencontro com o sagrado*, de Mircea Eliade, e logo diz preferir – talvez fosse mais interessante – levar os três volumes sobre as *Ruas de Lisboa*.[83]

Não preciso esconder que pretendo fazer de minha desdita um enredo literário. Não seria diferente dos outros. Os caminhos para a condenação são todos nascidos do orgulho, o maldito orgulho de pretender evadir-se. Mesmo sem querer, tanto eu como Luís Tavares – apesar da sua boa intenção – não vamos escapar da maldita literatura e da soberba, as quais, mesmo quando disfarçadas através da "aflição" ou da modéstia, não desaparecem de todo.

---

[83] Jamais vi a cor desses três volumes, os quais se ocupariam das ruas de Lisboa. Com certeza obra de grande interesse, mas nem ao menos sei quem é o autor (N. do A.).

17 de agosto

> *Ela volta o olhar para ele; o ódio e a tensão assassina estão em seu rosto, sobre o qual cai tanta luz, quanto sobre o do homem que estão cegando. Seus lábios estão semiabertos, e ela acabara de gritar: Que os filisteus caiam sobre ti, Sansão!*
>
> Elias Canetti

"Entende ele a língua daquela mulher? A palavra filisteus ele entende. É o nome da gente dela, que ele venceu e matou. Entre uma multidão e outra, ela o contempla. Não lhe concederá o outro olho, não implorará por clemência, nem se jogará diante do punhal. Não o cobrirá com os cabelos que segura nas mãos e que são a antiga força dele. Para onde dirige ela o seu olhar? Para o olho cego e para aquele que será cegado. Ela espera pelo ferro que dará o segundo golpe. Dela é a vontade através da qual tudo acontece. Os homens de armadura, os alabardeiros, são os seus servos. Ela tomou toda a força de Sansão. Tem essa força nas mãos, mas ainda odeia e o teme. Dalila o odiará enquanto se lembrar de sua cegueira e, para odiá-lo, sempre pensará nisto".

Foi o pintor José Cláudio quem lembrou de mandar esse magnífico texto de Canetti – "O Cegamento de Sansão", presente em *Uma luz em meu ouvido* – sobre o grande quadro de Rembrandt, *Sansão cegado pelos filisteus*,[84] com o qual o escritor revela ter se assustado, atormentado e fascinado...

Antes, Canetti fala livremente sobre pintura: "Um dos caminhos da realidade é através da pintura". Seus sábios comentários sobre *A parábola dos cegos* e o *Triunfo da morte*, de Bruegel, são absolutamente singulares. Sempre achei que é o único modo correto de se falar sobre arte em geral. A linguagem dos críticos militantes parece, a nós pintores, estranhamente pobre e inadequada. Como posso esquecer o rosto iluminado e vociferante de Dalila voltado para Sansão a gritar: "Que os filisteus caiam sobre ti, Sansão!".

À tarde chegou P., cumpriu sua visita acompanhada de seus parentes, e depois do percurso obrigatório, a escutar as palavras que sempre repito, acabou sain-

---

[84] *Sansão cegado pelos filisteus*, de Rembrandt, está no Museu de Frankfurt (N. do A.).

do. Agora fico indeciso se devo ou não telefonar para Hortênsia, em busca de Cristal, aquela que é louca e não sabe, ou propriamente não se interessa por isso, permanecendo sã, apesar de um ou dois desvios graves de comportamento. Não falei com ela. Falaram dela, o que talvez seja bem mais excitante. Alguém lhe disse que "as mulheres quando falam não querem dizer nada". E ele, que aguardou a vida inteira para que uma delas falasse...[85]

18 de agosto

Existe menção da besta monstruosa e mítica, Leviatã, na literatura fenícia e na Bíblia. Depois, o simbólico *Leviathan*, de Thomas Hobbes. O *Leviatã* do conhecido Julien Green já é obra moderna. Agora, descobri um jovem autor norte-americano, Paul Auster, que também intitula o seu romance policial de *Leviatã*.

Com quarenta e seis anos, o escritor nascido em Nova Jérsei, morador do Brooklyn, não me pareceu nada tolo. Abre o seu livro citando Emerson: "Todo Estado constituído é corrupto". De algum modo, o Leviatã será sempre o *dragão* do mal que nos humilha e destrói. Paul Auster, com certeza, foi buscar por intermédio de Emerson o simbolismo do *Leviathan*, de Hobbes: "O Estado e o Homem degradados se assemelham ao anátema de Jó: Amaldiçoem-na aquele que sabe amaldiçoar o dia e sabe excitar o monstro marinho". (Cap. 3, V. 8)".

Engana-se quem atribui ao escritor norte-americano ser "um fabulista pós-moderno, que planta suas ficções bizarras...". O que ele clama diz respeito ao *homem* e seus inalteráveis equívocos diante do Mal. "Foi o fato que deu início a toda uma infeliz história. Maria abriu a caderneta, e de lá saiu voando o demônio; de lá saiu um flagelo de violência, mutilação e morte." Na realidade, é claro, com suas limitações, Paul Auster segue o espírito de Sade, que, por sua vez, elegeu Hobbes e não Locke como mentor[86].

---

[85] O que diria Simone Mahrenholz se ouvisse esse comentário? (N. do A.).

[86] Nonato, não sei se por ironia, observa que este ano de 1993, até o momento, tem sido dedicado à literatura sem que, no entanto, a modelagem das esculturas tenha cessado. A Oficina cresce a olhos vistos, como certas cidades gregas da Antiguidade que tinham mais esculturas do que habitantes (N. do A.).

20 de agosto

Empresto ao pintor Jorge Barbosa um livro sobre o grande Caspar David Friedrich. Pelas mãos do poeta Francisco Bandeira de Melo, recebo a revista *Le Point* (julho-agosto/93), com uma boa reportagem sobre Balthus, enviada pelo embaixador Guy M. de Castro Brandão.

Há poucos dias havíamos falado sobre esse extraordinário pintor. O texto refere-se à recém-inaugurada exposição no velho Museu de Belas Artes de Lausanne, assinada por Jean Pierrard.

Paulina Bonaparte mandou-me um poema (*"The Stone"*), de Wilfrid Wilson Gibson, acompanhado de um "dicionário consulta". "Evitei traduzi-lo palavra por palavra. O esforço será seu para reencontrar o poema à sua maneira. Acredito que conseguirá" – ela disse. Não será tão fácil assim. O fato é que as "palavras" liberadas de um poema, à primeira vista tão estranhamente românticas, causaram-me depois um efeito peculiar, ou seja, fizeram-me sair do texto, deparando-me com palavras ferozes e escandalosas.

Mas o que fazer? As mulheres têm sempre razão.

21 de agosto

Palavras

To set – pôr (v.)
Splintered – despedaçada
Struck – atingido, atingiu
Quarry – pedreira
Careless – descuidado
Warning call – aviso
Loitered – vaguear, matar o tempo
While – enquanto
Lively – cheio de vida
Flash – clarão
Neath (*beneath*) – embaixo
Heap – pilha, monte
To break the news – dar a notícia
Heart beat – batida cardíaca
Dread – medo (intenso)

Fool – idiota
Flinging wide – abrir com violência
Blurt – falar abruptamente
Dropped – deixou cair
Witless – sem inteligência, bom senso
Turned to stone – transformada em pedra
Though – embora
To sigh – suspirar
To moan – gemer
Wept – chorou (intensamente)
Stir – mexer-se
Sunset – pôr do sol
Sunrise – nascer do sol
Dawn – madrugada
Tearless – sem lágrima
Staring eyes – olhos fixados em um mesmo ponto
Naught (*nothing* escrito antigamente) - nada
Sank upon a chair – afundou-se na cadeira
Curdled – coagular, coagulou (no poema)
Blood – sanguc
Those eyes that cut me to the bone – aqueles olhos me cortaram até os ossos
And pierced my marrow like cold steel – e perfuraram minha medula como aço frio
Still – parada
Aflame – em chamas, ardendo
She eyed each stroke – ela observava cada pancada (na pedra)
She never spoke a single word – ela nunca falou uma única palavra
Mallet – marreta
With eyes that seemed to burn my hands – com olhos que apreciam queimar minhas mãos
My wincing, overwearied hands – minhas mãos estremecidas e desgastadas
Bloodless lips – lábios sem sangue
Chisel – cinzel
She breathed his name; and, with a sigh – ela respirou seu nome (dele); e, com um suspiro...

Passed slowly through the open door – passou vagarosamente pela porta aberta
Threshold – limiar
Labored late – trabalhei até tarde

22 de agosto – domingo

– Tem documento de identidade? Sabe, ao vê-lo, pensei que você fosse o Bono – disse a mulher.

– Quem é Bono?

– Meu homem principal. Perdi-o na Revolução.

– Sim? Que Revolução?

– Revolução Sexual... Bono... Bono... Bono...! – a mulher gritava, até perder o fôlego, e depois retornava no mesmo tom desesperado – Bono... Bono... Bo...

23 de agosto

Estou convicto de que não sei quem eu sou, mas quanto à deliciosa e mórbida senhorita Cristal confirmo que é digna de um desenho de Beardsley. Aliás, ela própria é um Beardsley. Portanto, custa muito caro, nem que seja pela raridade (trata-se de um original). Não precisa mais que olhar com atenção as perversas figuras desse artista para se descobrir o seu valor. Não tem preço. A compulsiva rapinagem da bela Cristal não deve causar escândalo nem ruído para aqueles que entendem da vida.

– Mas é Salomé!... Repare ainda a obscenidade infinita dessa carne de âmbar.

– Ela usa uma argola de ouro no clitóris. Seria supérfluo outra joia sobre o seu corpo nu.

– Imediatamente compreendi que se tratava d'Ela.

– Custava-me acreditar num Beardsley do tempo de Petrônio. Foi um ato falho de Faulkner.

– Todos erram... Só não erra Salomé...

– Os sofisticados vícios do século passado guardam suas peculiaridades. Defendo esse aspecto.

– Tenho esse direito adquirido nos campos de batalha.

– De acordo. O *Satyricon*, de Petrônio, ainda se nutre dos violentos, mas um tanto inocentes, desregramentos pagãos. Ele não era nem ao menos um homem da Renascença, cujas atitudes e vícios estavam sempre acima do Bem e do Mal.

– Ao contrário do século XIX, quando se falava demasiado em virtude e se chafurdava no vício, todos tinham plena consciência do infame delito.

– É tarde, eu já fiz a minha parte. Falta somente cobrir de seda a funesta bandeja de prata.[87]

24 de agosto

É preciso reconhecer muito de perto um quadro de Bronzino (pintor italiano da Renascença, 1503 – 1572), quando ele retrata jovens de rara beleza, para então se aperceber onde a poeta Deborah pretendeu chegar. Ela não nos fala do veludo, nem da seda negra de suas roupagens, nem tampouco do frio mármore das paredes penumbrosas. Deixa-se encantar pelos olhos do retratado: *duas amêndoas negras.*

Ao pedir-lhe o poema, ela respondeu que ainda não estava convicta se as duas amêndoas negras deveriam ser "repisadas" ou maceradas no calor de um estio. Contudo, no meu alvoroço, trouxe-o assim mesmo. Eu estava certo de que ela logo empreenderia modificações.

E assim aconteceu, tanto que não coloquei neste caderno o original rasurado, mas a versão definitiva. O título não era mais "As Coisas que Sonhei Ouvir", e sim "Retrato".

Retrato

Tal uma figura de Bronzino,
em moldura de ouro cinzelada
eu te guardei em meu coração
sem dizer nada. Assim:

na pele um sol opaco
a barba em vetusta sombra vindo
os olhos duas amêndoas

---

[87] Esta última linha, de um improvisado diálogo que envolve a senhorita Cristal e uma presumível Salomé, foi retirada de um poema de Deborah Brennand, "Salomé", do livro *Pomar de sombras* (N. do A.).

maceradas no calor de um estio.
Assim eu te guardei sozinho
na face os lábios sem sorriso
tal uma figura de Bronzino
em silêncio dizendo para mim

tudo o que sonhei ouvir.

25 de agosto

Tendo em vista as circunstâncias, ele já acumulou matéria suficiente para se calar, embora venha me dizer que a viciosa Cristal (que usa perfume francês Cristalle) não possuía, de forma alguma, "identidade" com a deslumbrante Salomé. "Maldito equívoco" – ele disse. Depois, titubeando, como se lhe faltasse o fôlego, sussurrou alguma coisa que entendi mais ou menos assim: "Quando muito, uma Harpia, uma ave de rapina, um ser errante que costuma usar um falso nome para enganar os tolos como você e eu". Foi tudo o que consegui arrancar dele, se é que, de fato, foram essas as palavras que pronunciou. Parecia perdido e enfermo, o que não impediu – tomado por uma súbita coragem, como o duplo de Shelley alguns meses antes do poeta morrer – que eu lhe perguntasse: "Até quando pretendes estar contente?". Nada respondeu, e logo notei que ele adormecera sentado na grande poltrona de couro do seu ateliê. Suponho que tenho o direito de lhe indagar, uma vez que ele percebeu a extensão do meu comentário sobre o seu absurdo contentamento, ele, que por natureza só admite o sexo "amaldiçoado", jamais entenderá que, por mais sombrias que sejam as suas ideias, permanece no *cerne* de todas elas uma espécie de fruição que não dispensa o encantamento. Aliás, ele próprio costuma dizer: "Bendita maldição!".

Ele sabia tanto quanto eu que a desregrada Cristal não era a impúbere princesa Salomé. Ela mesma se encarrega de distribuir um sórdido folheto impresso com papel de jornal, cujo título jocoso coincide com a impressão: "O roteiro de nove meses de prostituição em Berlim".

"Esses nove meses" – diz a moça – "são aqueles que coincidem com a gestação da mulher." De resto, ela acrescenta que também disputa prazerosamente o fato de que nada aprendeu de novo no antro de vício que é a capital alemã. "Saí daqui *feita!*" – diz sorrindo e prossegue – "Lá longe, sempre fui professora, jamais aluna." Resgatando o meu assunto anterior, quero declarar que o meu propósito inicial foi o de poupá-lo dos seus próprios demônios. Ele está velho, embora mantenha a imaginação viva e ardente. Mas o que não consegue entender é que cada vez que se mete numa aventura desse porte, passa mais de quinze dias para se recuperar. Difícil é ter a coragem para dizer-lhe isso.

Na cadeira, com o rosto decomposto, continuava a ressonar imerso em sua noite profunda. Desconfio que para ele não exista dia, e sim trevas, trevas infindas onde só ele acerta caminhar à procura dessa impossível e desesperadora beleza. Um sonho arcaico, como ele costuma denominá-lo. Muito parecido com o *olhar arcaico* do escultor Brancusi.[88]

26 de agosto

Os volumes contendo as peças que estiveram em Berlim ainda não foram desembaraçados. As autoridades portuárias e fazendárias não conseguem atinar como uma mercadoria sai de um determinado lugar e retorna para esse mesmo destino. E, ainda, consultam, diligentes, seus alfarrábios para descobrirem ao certo o que é uma *obra de arte*. Quem sabe se na realidade esse "desentendimento" não é verdadeiro?

27 de agosto

Sem grandes detalhes, soube que fui indicado pelo Conselho Federal de Cultura para representar o Brasil, concorrendo ao Prêmio Gabriela Mistral, promovido pela Organização dos Estados Americanos (OEA). Este ano o prêmio se relaciona com Ciência Experimental e Artes Plásticas. Aguardo orientação.

28 de agosto – sábado

Enquanto espero o final dos tempos, posso ter certeza de que a *mercadoria* está de volta e em meu pátrio poder a não ser que as autoridades fazendárias confisquem tudo e façam voltar os caixotes para o porto ou mesmo pensem em jogar a controversa mercadoria (não é assim que eles denominaram aquilo que supomos ser obra de arte?) nas profundezas do oceano azul (ou verde).

---

[88] Comentários de Nonato (N. do A.).

Chegaram três enormes carretas com os caixotes que estiveram em Berlim. Ainda falta um caminhão que só descarregará na segunda-feira. Sinto-me um pouco mais seguro com esse retorno. Como costumo dizer, essas peças jamais deveriam ter saído daqui. Talvez eu pague o preço da minha inominável apostasia.

De manhã cedo, César Leal, que pertence ao Conselho Federal de Cultura, passa a me contar, com detalhes, a origem de minha indicação para o Prêmio Gabriela Mistral. É muito natural que eu me encontre ansioso para saber aquilo que de fato se passou entre os Conselheiros. Por que o meu nome foi lembrado entre tantas estrelas cintilantes do *Cruzeiro do Sul,* uma vez que eu sou um homem do norte, um renegado fora dos interesses do mercado de arte e dos seus códigos de permuta? Será porque se aproxima o *final dos tempos*, ou tão somente o meu próprio fim?

De posse do regulamento, o poeta César Leal explica: "Com base nas experiências dos anos anteriores, a Secretaria Geral da OEA julga necessário salientar que o Prêmio Interamericano de Cultura Gabriela Mistral é concedido em reconhecimento a um trabalho continuado que, depois de um determinado tempo, tenha alcançado uma dimensão considerável, redundando em enriquecimento da cultura própria da América, seja pela expressão dos seus valores próprios ou pela assimilação e incorporação a ela de valores universais da cultura".

O que eu pude deduzir é que esta é uma premiação para artistas com pelo menos mais de cinquenta anos de trabalho. Não me pareceu um prêmio de aventura, e sim de consolidação.

Não quero pensar muito nesse assunto, porque ele não me diz, pelo menos no momento, absolutamente nada.

30 de agosto

"É preciso matar a rainha."

Depois de uma prolongada espera, eis-me diante da peça *Die Liebenden* que viajará de novo para Berlim. A pequena cerâmica agora tem destino certo. Pertencerá a Simone Mahrenholz para sempre.

A moça mantém o mais absoluto silêncio depois de sua última carta do dia 23 de julho. Não importa. Deve ter suas razões, as quais, como acontece, escapam a mais ágil das conjeturas. O que mais valerá é o envio urgente da escultura prometida.

Sou informado pelo boletim meteorológico alemão que a temperatura média de Berlim é de 13ºC. Deve ser a temperatura média do ano, uma vez que ainda estamos no final de agosto e, no meu entender, no fim do verão. Posso recordar que em meados de maio já experimentava a sensação de um verão prematuro em Berlim. Então, era bem possível que o outono anunciasse as suas primeiras rajadas frias.

Gostaria de dizer, como Mersault em *O estrangeiro*, de Camus, que ganhar ou perder uma determinada coisa me era indiferente. Mas não me parece que é aquilo que está acontecendo comigo em relação ao Prêmio Interamericano de Cultura Gabriela Mistral. Tenho me movimentado em demasia e chego tolamente a pensar que... de algum modo seria uma espécie de derradeiro reconhecimento diante de uma obra "contínua que depois de um determinado tempo alcançou uma dimensão considerável".

Certamente os fatos reais não correspondem a esse "modelo ideal". Onde ficaria, por exemplo, a minha persistente insanidade e, ainda mais, a grave e impiedosa colaboração de forças demoníacas? Também se premia o mal mesmo quando ele apenas denuncia formas de desespero? Previ a carnificina muito antes de ela ser anunciada ao nosso infeliz mundo moderno.

1º de setembro

Pedi ao fotógrafo Luiz Ferreira Cavalcanti que enfocasse a escultura de *Moctezuma II*, personagem que muito admiro não pelo seu heroísmo, mas pela sua pusilanimidade. Tenho algumas ideias a respeito, mas não convenientemente amadurecidas.

A peça de Simone Mahrenholz seguiu hoje. Devo comunicar-lhe alguma coisa como, por exemplo, o número do conhecimento aéreo. Confesso que me agrada repeti-lo: 042 – 55244744 (Varig). Suponho que é tudo o quanto lhe devo. Talvez fosse excessivo e mesmo ridículo insistir nas *Elegias* como desfecho final. Chegar ao limiar das coisas e sentir que não poderia deixar de ser assim: "E nós que imaginamos a ventura em ascensão sentiríamos uma ternura imensa, quase perturbadora, quando uma coisa feliz cai". O percurso que resta fazer é a solidão. E, no meu caso, a estranha "despedida", que o poeta Carlos Pena arquitetou para mim: *Quando pelo desuso da navalha /a barba livremente caminhar...* Apenas não estou certo se até Deus, em silêncio, se afastou ou está prestes a se afastar.

Sei que tudo isso não passa de divagações contaminadas de uma notória cretinice. Acontece que eu estava posto em sossego, quando, de repente, me falaram em glorificações e outros pecados alternativos.

Na realidade, para que esse diário de Berlim adquirisse substância real, deveria ser encerrado no dia de hoje depois do envio da escultura *Les amants*, que, na verdade, o motivou. De algum modo, o *posfácio* redigido no dia 3 de junho é apenas o início ficcional de um tema que se prolongaria ainda por muito tempo.

As peças começam a retomar os seus antigos lugares nos grandes salões esvaziados das esculturas. Sinto que será um trabalho demorado, como se tudo ainda estivesse por fazer. Mas é apenas uma sensação ilusória, porque momentânea. Na verdade, olho silenciosamente para o conjunto como uma despedida. Sinto que as coisas começam a se completar, e isso indica um fim e não um início. "Antes que se despedace o copo de ouro, e se quebre o cântaro junto à fonte, e se desfaça a roda junto ao poço, e o pó volte à terra, como o era, e o espírito volte a Deus, que o deu."[89]

3 de setembro

Todas as minhas fotos tiradas ao lado dos caixotes que chegaram de Berlim denotam, inequivocamente, uma profunda tristeza. Eu mesmo ignorava esse meu aspecto: uma enorme barba de profeta numa face devastada.

De há muito que procurava o verdadeiro conceito de *desconstrutivismo*. Quem me esclarece é o crítico paulista Alberto Beuttenmüler escrevendo sobre dois pintores: Felipe Senatore e Oswald Forty. Vamos céleres ao discurso: "Desconstruir é descobrir a imperfeita natureza da criação humana de um ser que já não é tido como fundamento e estabilidade de estruturas eternas, tal como pensava Martin Heidegger. A perda da valoração, fundamento da estrutura, é hoje transcendental e empurra o homem para o universo em que a realidade é cada vez mais inatingível. Longe da ideia de destruição, o fazer desconstruído faz com que uma forma se produza novamente a partir

---

[89] Assim como diz o final do Eclesiastes: Cap. 12, V. 6-7 (N. do A.).

de uma imagem imperfeita, que se vai construindo/desconstruindo até tornar-se uma imagem tão irreal quanto o mundo em que vivemos".

Então é esse o conceito famoso e tão alardeado do que se chama desconstrutivismo? Desde quando essa ideia é nova? Desde quando a nossa estultícia é algo novo, capaz de provocar assombro? Ainda bem que o "movimento" já é considerado histórico e tem uma pátria distante onde deve estar sepultado.

Eu não havia ainda acabado de escrever essas linhas quando alguém bate à porta do ateliê. Ao abrir, deparei-me com um rapaz de porte atlético, barba ruiva, sobrancelhas espessas, e um ar de profunda quietude. Apresentou-se com o estranho nome de Dr. Intruso. Pediu-me para dizer apenas duas palavras: "O senhor tem toda razão quanto aos comentários sobre o desconstrutivismo". Não disse mais nada alegando que não queria me interromper e que, certamente, se fosse possível, ele reapareceria no momento oportuno. Na saída, verifiquei que ele usava uma longa gabardine negra que lhe chegava até os pés, mal deixando aparecer as botas enlameadas. Acontece que estamos nos trópicos, e, absolutamente, não chove há vários dias. De onde pode ter saído essa criatura? Será algum ardil de Nonato? E como ele chegou a saber que eu estava escrevendo sobre um assunto tão árido? Talvez o seu nome justificasse tudo.

4 de setembro – sábado

É curioso como um professor de literatura e poesia tenta defender uma tese tão estapafúrdia como pretendeu o meu amigo César Leal. Achou como provar que havia pontos de contato entre Albert Camus e Thomas Mann, porque ambos falam da *peste.* [90] Neste caso, deveria ter incluído, também, Daniel Defoe em *Um diário do ano da peste*, ou os *Anais da gripe espanhola no Rio de Janeiro*, e tantos outros livros que tratam de "flagelos". Tudo parece tão incongruente que na realidade merece o riso. Imagine se Tomás Seixas souber dessa extravagância; ele que recorda o Dr. Rieux[91] com uma reverência que chega às lágrimas...

---

[90] Com certeza César se reporta à *A montanha mágica*, de Thomas Mann, cujo enredo central é a procura desesperada da saúde perdida num sanatório para tuberculosos. Na época a tuberculose era chamada de *peste branca* (N. do A.).

[91] Personagem inesquecível do livro de Camus, *A peste*. Tomás o chama curiosamente de "o Dr. Rieux de la Peste", como se esse fosse o seu nome próprio (N. do A.).

Imaginemos que a literatura de agora em diante fosse qualificada por temas, por exemplo: como ficariam aqueles que tratam do adultério? Será que *Anna Karenina*, de Tolstói, tem identidade com *Madame Bovary*, de Flaubert, existindo também a possibilidade de aproximações entre *O amante de Lady Chaterley*, de D. H. Lawrence, e o *Dom Casmurro*, de Machado de Assis?

Justificar uma aproximação entre Thomas Mann e Albert Camus é sobretudo impossível pela distância da cultura, pela diferença dos temperamentos e pelo grau de complexidade dos tempos em que os dois escritores viveram. O único elo comum entre eles é que ambos *escreviam*.

Como aproximar Mann – um alemão, solidamente plantado no meio social tradicional de Lübeck, de onde contemplou o mundo com a certeza de sua classe social sob os pés bem firmados – com o magro franco-argelino Camus, semiguerrilheiro sem pátria, lúmpen *au hasard*, que tinha perdido a alma muçulmana e nunca viria a encontrar a cristã? De certa forma, a sua morte prematura tirou-o de um dilema. (Toda morte é um suicídio.) Até que ponto o acidente de automóvel, ao nascer do sol, não correspondeu a um desejo secreto?

No dia 5 de fevereiro de 1951, no *Caderno nº VI*, Camus observa: "Morrer sem ter deixado nada em ordem. Mas quem morre deixando tudo em ordem, a não ser...?". Logo em seguida, comenta: "Eu desejava, por vezes, a morte violenta – uma morte em que se nos desculpam os gritos contra a dilaceração da alma".

Quanto a Mann, era um alemão, um germano corado e formal, solene, e talvez um pouco irritante no contato pessoal. Camus era um berbere moreno, um viajante de alma disponível e vadia. Além de escritores, ambos sabiam que existiam doenças capazes de dizimar populações inteiras. Fica aí toda semelhança possível.

César Leal é um excelente poeta e um crítico de poesia dos melhores do país e, precavidamente, não deveria falar em romances porque não os conhece de todo, talvez até por desprezo.

5 de setembro

Muito oportuno que Camille Paglia, citando F. Jackson Knight, afirme que "Delfos significa o órgão gerador feminino. Descobriu-se", continua Paglia, "que o delta simboliza o púbis feminino até mesmo em sociedades tão distantes como as da selva brasileira."

7 de setembro

Dora Ferreira da Silva comentando a "Terceira Elegia", de Duíno: "(...) Não amamos como as flores depois de uma estação. É a seiva imemorial elaborada há milênios que impele e condiciona o impulso erótico e a vontade da preservação, o anonimato da espécie e sua história abscôndita que se revela na sexualidade masculina. É o domínio do inconsciente que dissolve toda escolha lúcida, todo o elemento mais nobre do amor, nas cegas manifestações da vida cósmica, na turbulência do *fermento inumerável*".

O Brasão

Ele pediu
que o retrato fosse assim:
no meio de caixotes
brancos, com faixas
de cor azul,
seu rosto triste.
Como em Getsêmani,
os outros dormiam.
Tantas caixas,
uma única palavra,
Frágil, gravada
como legenda.

Nota: no dia 4, de madrugada, escrevi esse poema. Nessa data de setembro, meu pai completaria noventa e cinco anos. À noite, sonhara com dois poemas diversos, sendo que o segundo – mesmo em pleno sonho – me surpreendia pela sua versatilidade e beleza. Acordei e nada restava entre as dobras do lençol. Sentei-me na cama e, semidesperto, anotei a palavra brasão. Em seguida, sem pressa, na mesma ordem inesperada, tracei doze versos exatamente semelhantes aos que se encontram descritos acima.[92]

---

[92] Lembrar que Tomás Seixas tem um magnífico poema com esse mesmo nome, "Brasão" (N. do A.).

Dois poetas haviam marcado visita: Marco Polo Guimarães e Weydson de Barros Leal. Ambos desejavam conversar sobre a "indicação" do meu nome, que estava concorrendo ao Prêmio Gabriela Mistral. Marco Polo aproveitou para colher informações sobre a exposição de Berlim. Andamos no *Grande Pátio* e jardins da Oficina, observando as travessuras dos cisnes australianos. A entrevista acabou por se transformar em uma longa conversa sem qualquer direção, o que na realidade foi muito proveitoso.

8 de setembro

– É você que é o Vicente Tarente, o tarado carente?

– Estou lendo um ótimo livro.

– Um enredo profundo, né?

– Não é Clara... é Branca de Neve! E era uma maçã comum.

– Falaram-me numa maçã caramelada.

– Como sempre, uma comédia de enganos...

– E os anões abusaram ou não abusaram da princesinha adormecida?

9 de setembro

O ensaio de Furio Colombo, "Poder, Grupos e Conflitos na Sociedade Neo-feudal", contido no livro *La nueva Edad Media*, é de arrepiar os cabelos. Seu estudo completa os de Umberto Eco, Francesco Alberoni e Giuseppe Saco, todos abordando o mesmo tema.

Suponho, apesar da seriedade do estudo desses três homens sábios, que acreditar numa nova Idade Média é um pouco prematuro, uma vez que nunca saímos dela. Charles Peguy pensava assim, e ele é que estava certo.

10 de setembro

"O amor vem de Deus. É de Deus e vai para Deus."

11 de setembro – sábado

"De uma vez por todas, vocês vão ou não vão prestar atenção à aula?!"

Chamei Nonato e perguntei o que estava acontecendo, pois o anfiteatro estava repleto de pessoas e no centro alguém ensaiva uma palestra. Ele ficou surpreso pela minha indagação, dizendo que tudo já havia sido combinado há muito tempo. Um senhor esquisito e barbudo que acudia (esse foi o termo usado por Nonato) pelo nome de Dr. Intruso é quem tinha começado a falar cerca de meia hora para um auditório certamente desatento dada a algazarra que reinava no recinto. "De onde apareceu esse sujeito e com que autorização ele ocupa o auditório?"– perguntei.

– Ele se autodenomina um estatístico regulador, astrólogo, falconista, mata-galinhas e agente secreto.

– Judeu?

– Não, neozelandês.

– Estranho, muito estranho!

– Não, Intruso. Seu nome é Dr. Intruso, pelo menos foi assim que se apresentou. Chegou numa leva de turistas de várias nacionalidades.

– É a segunda vez que o vejo com essa mesma capa que lhe chega até os pés e calçando botas. Já o encontrei na porta do meu ateliê, parecendo mais um personagem saído de um romance. Seus olhos quietos e negros não me pareciam os de um louco.

– Mas ele diz que é o contato de um contato. E já me repetiu que não pode ser silenciado...

14 de setembro

Dificuldades para enviar o material solicitado pela Organização dos Estados Americanos – OEA. Mais uma vez me deparo com as "extravagâncias burocráticas". Estou me referindo ao Prêmio Interamericano de Cultura Gabriela Mistral, cujo prazo de entrega, na cidade de Washington, esgota-se no dia 30 de setembro. Nem ao menos tenho certeza à qual organismo oficial brasileiro remeto a minha documentação, portanto não sei se devo encaminhá-la aos endereços competentes de meu país ou diretamente a OEA em Washington, embora nada me tenha sido solicitado por aquela organização. Não sem razão, temo pelo extravio de todas as seis vias, arduamente conseguidas.

15 de setembro

Presença de João Câmara, Jacob Klintowitz e Felix Farfan. Assunto: o planejado livro de Klintowitz, *Os novos viajantes*. Conversa erudita e cheia de subentendidos, uma vez que tanto João Câmara como o crítico Klintowitz estão preparados para isto. Câmara, sem dúvida, é um dos mais intelectualizados jovens artistas brasileiros, sobretudo porque sabe introduzir esses conhecimentos no seu universo de pintor e no próprio ato de pintar. Felix Farfan sabiamente escutava os mais velhos. Quanto a mim, precavido, usei, como sempre, minhas frases de efeito – corretas, é verdade –, mas destituídas de paixão. Pensava noutras coisas, meu mundo era outro, a paixão inesgotável pelos corpos femininos, por exemplo.

Todo o material necessário solicitado pela OEA seguiu para o Ministério da Cultura em Brasília. Resta agora aguardar as providências oficiais do nosso governo. Foi essa a informação que pude dar às indagações curiosas de Câmara, Farfan e Klintowitz. Depois acrescentei: "É preciso enfatizar a atuação de Antônio Callado junto aos Conselheiros, insistindo na minha indicação que, como não podia deixar de ser, era antagonizada por certos grupos fortemente estabelecidos do 'Cruzeiro do Sul'".

O conceito Ciência, Tecnologia e Artes Plásticas deve ter influenciado o ânimo do escritor Antônio Callado, que, na realidade, conhecia bastante e muito de perto o meu trabalho realizado aqui na Oficina.

Ajudado pela persistência de César Leal e compreensão de Eduardo Portela, o meu nome prevaleceu junto aos outros Conselheiros.

16 de setembro

Às vezes, acordo à noite e me pergunto: "Então, é só isto?".

18 de setembro – sábado

Pela manhã, Nonato me avisou que, além da presença de Dr. Intruso, circulava em todo o recinto da Fábrica um cachorro usando uma das minhas gravatas como coleira. Perguntei se o cachorro pertencia ao Dr. Intruso, o que Nonato respondeu afirmativamente, dizendo que se tratava de um belíssimo exemplar da raça inglesa *bull terrier* [93]: "Aliás, cachorro notoriamente violento, que na sua juventude era o de sua preferência, lembra?". E com uma certa malévola vivacidade prosseguiu: "Você se lembra da cadela White Rose, que pertenceu

---

[93] Seu nome é Ovídio de Odin, tão estranho quanto o seu dono, o Dr. Intruso, que se diz originário de Wellington, capital da Nova Zelândia, mas que trabalhava numa fazenda de ovelhas em Auckland. Estudou na Universidade de Newcastle Sociologia, Estatística e Matemática. Diz ter conhecido o escritor Graham Greene, na África, e que foi a partir deste encontro que agregou-se ao Serviço Secreto Britânico (N. do A.).

ao seu professor de inglês Kingston Aldridge, e com a qual ele acabou por presenteá-lo? Lembra-se também de Pablo, que arrancou a bochecha de um mendigo? Recorda, quando da sua permanência na Europa, do casal assassino, desta mesma raça, que você deixou na casa do seu sogro e que acabou por dilacerar a perna de um menino que fugira do Juizado de Menores escalando, à noite, diferentes muros dos quintais quando caiu, por falta de sorte, num improvisado canil que você apelidara de 'a toca dos leões'?".

Está sentada à sua frente, como Sue Bridehead diante de Judas Fawley. Achei oportuno envolver as desgraçadas personagens de Thomas Hardy em *Judas, o obscuro* com a confusão da situação em que me encontro. Olho a moça e percebo as indisfarçáveis "covinhas" no rosto de C.H.M., tão semelhantes às de Sue, que levariam o pobre Judas à perdição. E, com certeza, eu também não escaparia. E, porventura, não era isso o que procurava há tanto tempo – ser uma vítima de mim mesmo? Ela permanece sentada, indiferente, embora sempre risonha, como se pretendesse acentuar a maldita "covinha" para toda eternidade.

Chester, o meu cachorro, vem a mim e pede para se retirar da sala. Não parece interessado na cena e usa hoje uma coleira muito estranha. Alguém lhe amarrara (no pescoço e em parte do rosto) um pedaço de pano branco tão largo que dava ao animal uma aparência de que estava sofrendo de dor de dente. Uma figura digna de um desenho animado.

Aproveitando o pretexto da saída de Chester, abreviei a entrevista da minha pupila. Sim, da formosa educanda, da noviça, da minha última protegida... O que mais poderia acrescentar a respeito dela se nem ao menos me dissera a que veio? De resto, a moça sabia, desde o primeiro momento, como manter-me respeitosamente à distância.

19 de setembro

Assisti (em vídeo) ao filme de Paul Schrader (que eu não sei de quem se trata, pois não sou cinéfilo), baseado numa novela de Ian McEwan (também nunca ouvi falar, tampouco eles de mim, acredito). Veio no momento certo. O *screenplay* do notável Harold Pinter – esse meu velho conhecido – carrega a história de uma atmosfera mórbida, que certamente faltaria não fosse a sua providencial intervenção. *The Comfort of Strangers* (*Uma estranha passagem em Veneza*) pode confirmar uma enigmática carta de Freud, na qual ele diz: "Começo a crer que todo ato sexual é um processo que envolve quatro pessoas. Voltaremos a falar deste assunto, pois há muito o que dizer a este respeito".[94]

O trágico quarteto de Veneza dirige-se para a sua perdição final atendendo aos apelos monstruosos e subterrâneos de seus espíritos que nada mais parecem desejar senão o infortúnio e a morte.

A magnífica atuação de Christopher Walken, numa infinidade de passes, quase inverossímeis, sustenta a *visível* presença dessas forças luciferinas. Preciso rever esse filme outra vez para melhor avaliar a real natureza das *artificialidades* captadas por Harold Pinter, indispensáveis à natureza dessa estranha e trágica novela.

20 de setembro

Aparece uma mulher com um espalhafatoso vestido laranja. Uma atriz e bailarina da cidade de Santos, de passagem para Belém do Pará. Não é difícil imaginar de quem se trata, embora sem deixar de lembrar o sábio conselho de Oscar Wilde: "Não devemos interpretar tudo... A vida fica impossível".

21 de setembro

Dia agitado. Carta de Simone Mahrenholz datada do dia 12, postada no dia 14 e entrando no Brasil três dias depois, ou seja, dia 17. Tempo recorde, embora eu só a tivesse em mãos, ontem, um pouco antes do meio-dia.

Às três horas da manhã volto a assistir em vídeo *Uma estranha passagem em Veneza*. Quero a comprovação da qualidade dessa história, escrita sob o ponto de vista de um psicopata. Alguém nesta *regência* deve ter se apercebido dessa orientação. Talvez fosse Paul Schrader ou mesmo – mais provável – as tintas peculiares de Harold Pinter. Posso incluir também a música onírica de Angelo Badalamenti, sem esquecer que Christopher Walken age, do começo ao fim da história, como um perfeito louco... A sua *máscara* corresponde às palavras introdutórias e finais do filme: "Meu pai era um homem muito

---

[94] Eu já havia citado essa observação de Freud em algum lugar desse caderno, mas na medida do possível convém repeti-la de vez em quando, porque ela é de fato inquietante e verdadeira (N. do A.).

importante. Usou bigode preto a vida toda. Quando ficou grisalho, utilizava uma pequena escovinha para deixá-lo negro, como as mulheres usam nos olhos... *Máscara.* Todos o temiam, minha mãe, minhas quatro irmãs. Na mesa de jantar não se podia falar sem a sua licença... Acontece que gostava muito de mim. Eu era o seu predileto!"

Assim começa a narração, assim deve terminar. Depois da tragédia consumada, um policial pergunta à jovem turista inglesa que perdera o marido brutalmente assassinado: "Por que vocês procuraram gente como essa?".

22 de setembro

Devo apressar a resposta da carta de Simone Mahrenholz, uma vez que envolve "processos" bastante complicados. O rascunho já foi feito e consegui aperfeiçoá-lo, datilografando. Necessito agora da dolorosa transcrição para a língua inglesa, o que exige a colaboração do poeta Weydson de Barros Leal, cujo manejo nessa língua é extraordinariamente requintado.

Propriedade Santos Cosme e Damião

19 de setembro de 1993

Querida Simone Mahrenholz,

Uma carta, mesmo quando lida mil vezes, nos leva sempre às suas últimas palavras, ou seja, à página final, que flutua diante de nossos olhos aturdidos como um pequeno barco de papel levado pela correnteza, não deixando senão um nome – "a fugitiva imagem de um momento" –, embora esse nome, associado a uma entidade mágica não nos possibilite escapar da dor que prenuncia o que já chegou: "A nós que ignoramos o contorno da sensação".

Sim, você própria adivinha o pesado "lastro do outro...". *Quando "a hostilidade aguarda muito perto..." Eu observei isso desde o primeiro momento que a conheci. Nada se perde e você sempre resvala para o melhor.*

Desnecessário dizer no seu post scriptum *que esqueceu a "Terceira Elegia". Na realidade deu-me a chance de abordá-la e eu me ocuparei dos seus últimos versos, que muito me inquietam, embora evite comentá-los.*

Na sua próxima carta, estranhamente – veja o quanto andamos – você se fixará na tristíssima "Quinta Elegia", tão longa como desesperançada. Será que estou sendo inconveniente nesta minha reiterada sugestão de percorrermos as dez Elegias? Com que direito eu ousei tanto? Por favor, qualquer tipo de recusa em prosseguir, juro, não me deixará magoado: você mesma não diz que "a última alegria e a dor extrema são a mesma coisa, têm a mesma sensação?".

De passagem, citei o Dr. Oliver Sacks (de fato o livro é The man who mistook his wife for a hat), *mas confesso que nada mais conheço desse autor além do conjunto de contos – entre eles* The Disembodied Lady.

Então você o entrevistou para um radio-portrait! *Bravo! Bravo! Você é imprevisível e ainda sugere uma estranha conexão Nietzsche – Rilke – Freud (Sacks que pretende ser um novo Freud).*

Espanta-me, e ao mesmo tempo me envaidece, quando verifico que você se ocupa seriamente nas diferentes observações sobre Os amantes.[95] *É verdade, basta uma ligeira mudança de posição do observador para que mudem todos os significados de um objeto. Apreciei quando falou no* quarto lado. *Paul Valéry conjetura que "o homem vive e morre no que vê, mas apenas vê aquilo que sonha". Não me enganava, portanto, quando lhe solicitei que escrevesse sobre os meus trabalhos. Você os descreve agora, olhando um deles no interior de sua casa, e talvez o faça melhor. Que mais posso desejar? E ainda existem coisas que você pretende mencionar. Dizem que o poeta português Fernando Pessoa "costumava ver como um danado". O inglês Wyndham Lewis observa que a arte é a expressão de uma imensa preferência. De longa data, sempre me confessei um obsessivo adepto de arcaísmos, uma espécie de solitário navegador em águas primordiais.* Os amantes *faziam parte de uma série de esculturas iniciadas nos anos 1970. Aquelas que viriam a ser amaldiçoadas quando da visita de uma velha senhora ao percorrer as galerias. Não é que essa dama gritou, aos brados – e ela tinha razão de sobra – , "tudo isso aqui é um museu de horrores, uma intolerável carnificina, e espero jamais voltar a esse recinto infernal?". Por uma estranha intuição feminina, também ela descobriu o horror. O intocável segredo da reprodução de formas que* ainda *se faziam. A derradeira ousadia de tocar no coração da matéria.*

Concordo quando você diz que, mesmo sem o livro de Anton Ehrenzweig, não seria difícil distinguir as intenções de Os amantes. *Que belos comentários você*

---

95 Escultura em cerâmica integrante da exposição na Kunsthalle, em Berlim (N. do A.).

alcançou – talvez a mais filosófica parte de sua carta – ao analisar o sentido da solidão de Rilke: It is not possible to be I without a You.

Evito prosseguir porque minha carta pouco a pouco se alonga como um tratado. Aguardo impaciente a "Quinta Elegia".

Sinceramente seu,

Francisco Brennand

Como já mencionei, agora vamos passar para o ponto mais delicado, ou seja, o texto em inglês. Não fora a jovial disponibilidade do poeta Weydson, jamais eu conseguiria manter essa correspondência. De resto, eu também me permito indagar: Quem traduz as cartas de Simone Mahrenholz do alemão para o inglês?. Conversei com ela vários dias em Berlim e sei perfeitamente que ela não domina esta língua o bastante para responder estas cartas. Deve haver, então, neste circuito uma quarta pessoa.

24 de setembro

Curiosa armação essa contada por C. H. M. Mas não são assim todas as histórias? Portanto, o que poderia a pobre menina inventar que representasse algo de novo ou sincero? Lembrei-me do *Cancioneiro de Pero Meogo*, escrito em galego-português em plena Idade Média (as chamadas "cantigas de amigo"), que conta as "desventuras" de uma moça que vai à fonte em busca d'água, perde a virgindade e, uma vez tendo que se justificar diante da mãe, culpa os cervos do Monte por terem sujado a água, a água turva de sangue... Os cervos do Monte... Foram os cervos do Monte que lá em cima sujaram a água... Na cabeceira da fonte, embora um moço que a apreciava andasse nas cercanias...

No dizer do poeta César Leal, versado no assunto da crítica, os textos foram encontrados no Vaticano, daí o seu nome "Cancioneiro da Vaticana", publicado já no nosso século, em 1928, pela Universidade de Coimbra. No ano de 1979, pintei um quadro com um perfil feminino repleto de inscrições fragmentadas, todas retiradas desse cancioneiro:

Digades, filha mya...
porqué tardaste na fontana...
Os amores ey! Digades filha
porque tardaste na fria...

Os amores ey! tardey mya...
cervos do monte a áugua...
Os amores ey!
– Mentir, mya...
nunca vi cervos...

Acredito que Thomas Hardy teria falado desse assunto um pouco mais diretamente: "Machearam a mulher do carpinteiro". De algum modo a perplexidade nascida de tais "horrores" permanece a mesma. Não há como escapar, senão, entregando-se.

Como observa a endemoniada Camille Paglia, "o sexo é uma descida aos reinos inferiores, um afundar diário do culto do céu para o culto da terra. É abominável, abominável, daimônico".

Como é que a pobre C. H. M. poderia escapar de tamanho cerco? Como é que ela poderia pensar em outra coisa? "O que quer que faça você se arrependerá." É a atitude mais que sábia de Allan McLeod Gray, o que demonstra a inutilidade (terrível!!!) de qualquer forma de ação ou de contração... Certamente o escocês quer nos lembrar o nosso inexorável destino. Posso ainda acreditar, levando em conta as queixas de C. H. M., que o moço carniceiro, autor da "desgraça", deve ser chamado às falas. Mas a esta altura, quem garante que as histórias dessa menina são verdadeiras? Como vamos descobrir se Ariadne teria sido assassinada por Artemis por ordem do próprio Dioniso? Toda a mitologia grega está repleta desses casos desabridos. Quisera eu ser Apolo para conseguir embriagar os *destinos.*

30 de setembro

– Refiro-me a alguém que faz da fraude uma confusão.

– Só para me contrariar! – disse Nonato.

– Não precisa ser patético.

Começar a definir *coisas* acaba por criar equívocos e indefinições; depois não há como sair dessa *floresta selvagem* que é o pensamento. Continuo a dizer que a "coisa" é escura e não selvagem. Voltarei a falar no assunto. Os *hippies* da cidade de São Francisco, no final da década de 1960 , diziam que "coisa" podia significar *qualquer* "coisa".

1º de outubro

"Ifigênia... na boca maldita de Fassbinder." Essa é a grande manchete de hoje no jornal literário. Eurípedes está morto, já não pode reclamar o *desvio*. E não estou certo de que o faria. Mais fácil, suponho, é não concordar com a revisão de Goethe, a qual ainda fala em *salvação*. Fassbinder mostra que hoje já não há mais o que salvar.

Um trecho da história de Pílades: "A vida é cigarros, transa, flipper, cinema, cerveja, música, automóveis, Rolling Stones, dançar, cinema, flipper, transa, cigarros, Jean-Marie Straub, Coca Cola, Karl Marx, Jean-Luc Godard, transa, peitos, flipper, Johannes Sebastian Bach, cigarros, automóveis, música, flipper, dançar, coca-cola, cinema, música, dançar, transar".

A história, não quem a escreve. Não estou julgando coisa alguma – incluindo o texto de Fassbinder (isso é mesmo dele ou do revisor brasileiro?) – o que estou de pleno acordo é com Shakespeare: "*Life is a tale told by an idiot*". Afinal de contas quero apenas fugir da mistificação. Não tento provar nada nem ao menos que estou vivo.

Maria Rita, a cozinheira, acabou de entrar à procura dos despojos do meu almoço. Vejo nela a certeza de que eu havia terminado de comer. Hesita, ao notar o contrário, mas, no impulso, retira alguns pratos e utensílios de cima da mesa. O que pensa nesse momento? Qual a sua parte nesse estranho concerto? Que espaço nos separa e por que ela continua há tantos anos cozinhando minhas refeições? E se parasse de fazê-las, qual a harmonia que seria destruída nesse universo de rotina, que não pode significar nada? E se, ao contrário, tudo o que acontecesse tivesse plena significação: nada de casualidade e muito menos de causalidade? Não quero contrariá-la, mas, às suas costas, eu mesmo arrumo os pratos que faltam numa pilha meticulosa. Depois apanho do chão fragmentos de arroz e de carne moída com uma apaixonada piedade. Enfim, aguardo o desenlace.

2 de outubro – sábado

Asfixiado por serpentes como o Laocoonte. Contudo, não tento me desembaraçar. A princesa Nictímene, filha do rei de Lesbos, cobrejando, veio buscar o seu retrato, o qual, em forma de escultura, permaneceu por muitos séculos nas profundezas do mar. Reconheceu-o de imediato: "O mar não conseguiu destruir os contornos do meu rosto, embora os olhos tenham sumido. Restou a coroa".

Ao sair, chamou um dos seus escravos e carregou a escultura consigo, em busca do fundo da noite. Sequer virou-se para agradecer, embora, dando-me às costas, tivesse me proporcionado a demorada visão de um assombroso corpo serpejante, cujo contraste com a sua face petrificada acentuava ainda mais seus movimentos ondulatórios. O nome dessa extraordinária "cara de pedra" é R. Ignoro o nome do marido, que demonstra deleitar-se mesmo em público de ser o seu escravo. Não o critico porque eu também o seria. Aliás, hoje, por várias vezes tentei prostrar-me a seus pés e ela não me permitiu. Seu rosto de pedra cinzenta era insensível e severo, como o do fantasma que veio em busca do Dom Giovanni para levá-lo às profundezas do inferno. Olhava-me com o que restava dos seus pequenos olhos cor de pedra, mas não me via.

Hannah telegrafou, dizendo que perdera o número do meu telefone: "Tentei localizá-lo, mas foi impossível".

C. H. M., a enigmática adolescente, apareceu hoje de manhã demonstrando cansaço através de profundas olheiras. Repete que está doente da garganta. E se vai.

S., que voltou de Palma de Majorca e esteve em todos os bordéis da ilha, anda febrilmente à caça de dólares. Tenho me recusado a recebê-la. No momento, prefiro pessoas menos agressivas como C. H. M., como P.B., enfim, mulheres que não são prostitutas, mas que de qualquer maneira são mulheres. Para mim já são o quanto basta: um venenoso alimento que o meu pobre espírito transviado sempre exigiu.

Quanto a ela, R., a falsa princesa Nictíneme, quando poderei revê-la com seu duro rosto de pedra escalavrada, de olhos inexistentes, cingindo na cabeça sua bela coroa de rainha semelhante a um capacete de ouro? Dela restou-me a imagem fugidia de um corpo trespassado de sol e de sêmen. A quem amará essa desgraçada?

4 de outubro

É extremamente embaraçoso esperar alguém numa casa sem portão. Cresce em mim a *libido escribendi*. Com essa prosa maluca, estou me afastando ou me aproximando da realidade? Tudo indica que começo a baixar de nível. Daquele antigo ânimo real, nem o mais leve contorno. Não me atrevo, sequer, a confessar meus erros fatais, todos aqueles iníquos processos que me levaram a manter hoje esse pífio retrato de um alucinado. Que terrível mal me aguarda!

8 de outubro

Zenóbia, rainha de Palmira, está em *Os contos de Cantuária*, obra do conhecido Geoffrey Chaucer; igualmente é protagonista da novela *Blithedale*, do americano Nathaniel Hawthorne, como uma princesa imperial do Oriente. Profundamente atingida pelos desacertos da carne, em desespero, comete suicídio.

14 de outubro

O fotógrafo Helder Ferrer traz as primeiras imagens de *Nictíneme*, minha escultura que foi sequestrada por uma dama, cuja face era de pedra-castanha. Verifico que a bela princesa também poderia ser filha do Rei da Etiópia chamado Nícteo e, portanto, de raça negra. De qualquer forma, a mitologia insiste em afirmar que ela foi amada pelo pai; alguns dizem que compartilhava desse amor monstruoso; outros, que foi forçada a aceitá-lo. Depois de sua fuga para a floresta, Nictíneme é transformada em coruja por Atena, filha favorita de Zeus, apiedada dos infortúnios da princesa, na realidade, tão conhecidos pela toda-poderosa Atena.

16 de outubro

– É esse o jeito de você mostrar a revolta por ter perdido uma escultura tão importante? – indagou Nonato.

– Do livro, que livro?

– Estou falando da princesa etíope da qual só restam três fotos em preto e branco, com seu nome escrito em grego, o qual, com o tempo, você esquecerá o significado.

– Página dezesseis? Página dezesseis de quê?

– Essa investigação bagunçada é o que te mata.

Until dark.

O caminho da vida é o caminho do julgamento. Esse curso nunca será mudado.

Dizem que nós sonhamos o que queremos.

19 de outubro
Carta do pintor José Cláudio da Silva ainda sobre *O diário de Uidá*, que a meu ver deveria ser publicado pela singularidade da sua narrativa. A referência ao romance do grande Alejo Carpentier, por outro lado, demonstra a importância do assunto:

Olinda, 14 de outubro de 1993.

Amigo Brennand,

Uma das coisas ótimas que aconteceram na minha vida, ultimamente, foi o seu artigo sobre O Diário de Uidá; *tanto o artigo em si, como a publicação, trazendo esta o resultado de muitos me procurarem para saber onde comprar o livro, alguns até se sentindo preteridos e ficando surpresos ao saber que o livro ainda não fora publicado (me lembrei do romance* João Ternura, *de Aníbal Machado, que todo mundo já conhecia antes de ser publicado e até antes de ser escrito). Esperava anunciar-lhe alguma boa nova sobre a publicação, mas infelizmente ainda não tenho. As entidades consultadas só têm dinheiro para pagar os funcionários (para fazer o quê, não se sabe). No primeiro momento dizem: "A gente publica!". Depois vêm as explicações a respeito da impossibilidade da publicação. A única pessoa que sentiu urgência, o valor, foi você, primeiro. Lêda Rivas também fez o que pôde, publicando uma entrevista de página inteira no* Diário de Pernambuco, *17/ set., não sei se você viu; e Baccaro tem falado com uns e outros. Os amigos continuam lendo na xerox.*

Engraçado que depois que a gente conhece um lugar, começa a encontrá-lo a todo instante. Depois desta viagem, já vi várias referências a Uidá. Acabei de ler um romance de Alejo Carpentier, El reino de este mundo, *e o cubano fala em "Widah" (não resisto a transcrever a tese final:* "En el Reino de los Selos, no hay grandeza que conquistar, puesto que allá todo es jerarquía estabelecida, incógnita despejada, existe sin, término imposibilidad de sacrifício, repouso y deleite. Por ello, agobiado de penas y tareas hermoso dentro de su miseria, capaz de amar en medio de las plagas, el hombre sólo puede hallar su grandeza, su máxima medida en el Reino de este Mundo").

Então, no meio das tarefas e penas, lhe mando o meu abraço, esperando encontrá-lo otimista e ativo como sempre.

José Cláudio.[96]

---

[96] Nonato insiste em perguntar por que publico as cartas de amigos e não citei uma só linha das magníficas respostas de Simone Mahrenholz. Explico que, apesar do caráter puramente

20 de outubro

Vestido sempre com a sua longa capa negra, sem denotar no seu aspecto nenhum vestígio de quem se encontrava molestado pelo clima tropical, Dr. Intruso aparece de manhã, logo cedo, com um envelope de cujo interior retirou uma folha de papel datilografada, pedindo (ou quase exigindo) a inclusão de um texto no meu diário. "São fatos estatísticos preocupantes que devem ser publicados por quem de direito"– ele argumentou. E logo acrescentou: "Tomei a liberdade de incluir algumas linhas sobre o premiado García Márquez, cujas ideias não condizem com a de um escritor que carrega a responsabilidade de um prêmio Nobel".

"Em que sentido?" – eu perguntei. Ele respondeu de pronto: "García Márquez não sabe bem do que está falando ao declarar que quer todas as drogas legalizadas para evitar o seu consumo de caráter clandestino".

Muito à vontade, Dr. Intruso lembrou que, apesar das sutilezas dos argumentos do escritor, nada se poderia fazer contra as forças obscuras do mal. "Com drogas ou sem drogas estamos permanentemente drogados de sofrimentos e de falsas expectativas" – ele observou. Como quem quer finalizar um assunto, que não foge especificamente do restante dos vícios e das dores do mundo, eu tentei encerrar a questão: "Não escaparemos desse vale de lágrimas". Mas ele insistiu dizendo que os seus comentários não tratavam só desse aspecto, mas também abordavam notícias perdidas no interior dos jornais (talvez para não serem lidas) que nos dão conta de um mundo ainda mais cruel do que aquele das drogas.

Deixou-me com a carta na mão, e percebi que o documento, baseado em estatísticas, estava tratando de um fato espantosamente brutal, ou seja, uma referência à "caça às bruxas", que ainda sobrevive na Índia. O seu estilo era seco, jornalístico, mas extremamente incisivo, e tenho de reconhecer que dava conta do recado. Transcrevo-o na íntegra:

---

literário dessa correspondência, o meu grau de intimidade com a jovem filósofa é nenhum. Portanto, não me sinto autorizado a fazê-lo. Nonato reprova essa omissão pela qualidade excepcional – muito melhor do que qualquer uma das minhas cartas – em todos os sentidos: literário, poético e filosófico (N. do A.).

Na Índia moderna, numa remota região do norte de Bengala, dezenas de mulheres foram queimadas vivas nos últimos anos, como há séculos. As chamadas bruxas são acusadas de haver atraído a seca com a sua magia e assim causar a morte do gado. Os investigadores são os feiticeiros locais, chamados janguru. *Na base desses assassinatos, mais que superstições arraigadas, há, segundo a analista local Mahashwata Davi, interesses materiais, como dezenas de parentes ansiosos em obter a herança das bruxas.*

Os janguru, *insiste a analista, são pagos por quem tem pretensões sobre as posses das mulheres. Por US$500, estão dispostos a acusar de bruxaria jovens solteiras e convencer os habitantes da aldeia de que todos os males podem ser eliminados por meio do sacrifício.*

Os janguru, *que viajam de uma aldeia à outra em busca de clientes, os conseguem principalmente entre os parentes das jovens que não se casaram e devem herdar as terras dos pais. Uma mulher sozinha e uma razoável porção de terra são suficientes para desencadear a avidez de pessoas de poucos escrúpulos que os procuram.*

Ainda segundo a analista, a maior parte dos mais de cem casos de bruxas levadas à fogueira nos últimos anos nas regiões de Purilia e Midnapore têm essas características. Em alguns casos, houve mulheres que se salvaram por terem pago boas quantias aos janguru. *Em poucos casos, porém, foi a intervenção das autoridades que impediu o crime.*

É ainda numa parte da Índia que permanece outro terrível costume ancestral, ou seja, matar todas as crianças recém-nascidas do sexo feminino, ora fazendo-as ingerir água fervendo, ora administrando-lhes algumas beberagens de ervas venenosas. Para os camponeses ou mesmo citadinos do extremo sul da Índia, com essa matança *evita-se o "trabalho" futuro de se casar as filhas, "a obrigatoriedade do dote e outras mazelas peculiares às donzelas".*

Não é diferente com o que acontece na China atual: "A ultrassonografia, que permite conhecer o sexo dos bebês ainda na barriga das mães, permite uma verdadeira matança de meninas antes do nascimento. A imprensa de Pequim revelou o fato e pediu aos seus leitores que deixem de lado a crença feudal da superioridade do homem sobre a mulher, que incita no país uma preferência pelos meninos. Isso tem provocado o aumento proporcional da população masculina"

Depois de ter lido o texto (relatório) de Dr. Intruso – não sem certa náusea – verifico que estamos diante do *horror* conradiano. Uma "espécie de desarmonia obscura e tumultuadora".

Espero que esse "estatístico regulador" não me procure tão cedo para saber a minha opinião. A matança dos inocentes deve ter começado muito antes do infamante "decreto" de Herodes.

Aliás, por informação de Nonato, para o bem da verdade, desejo corrigir uma notícia truncada a respeito do Dr. Intruso. Ele não é um falconista, e sim, na sua terra, um caçador de falcões. E quanto à profissão de matador de galinhas, esse equívoco aconteceu por uma dificuldade idiomática quando Dr. Intruso ainda não se expressava bem no português. Ele falou uma vez num matador de aves, referindo-se aos falcões e não às galinhas. A única coisa que ainda me intriga é o fato de ele dizer-se "agente secreto". A serviço, meu Deus, de que potestade?

23 de outubro – sábado

Eu precisava ter feito alguma coisa, mas não consigo lembrar o quê. Neste justo momento eu me apropriei da "Canção do Jardineiro Louco", de Lewis Carroll, e logo pensei com meus botões que é assim que se escreve quando não se teme os artifícios. O que parece brincadeira não o é, de todo, nem ao menos no sabor: *Pensou que vinha uma serpente/ que o interpelava em grego/ mas, apurando a vista, viu que era/ a quinta-feira da semana próxima./ Eu só sinto – disse – / que não me possa faltar!*

O Dr. Luiz Tavares veio de manhã à Oficina e fez-me ciente que viajará à Alemanha na quarta-feira, dia 3 de novembro, para um torneio de xadrez. Aproveitei a sua inesperada visita para lhe perguntar o que recomendaria para uma bebida hidratante. Ele me respondeu sorrindo: "Cerveja sem álcool. E que pena você não tê-la gelada aqui, agora!".

Um destino comum nos espera, eu pensei. Quanto a isso, não tenho a menor dúvida: *O mesmo destino do insensato.*

28 de outubro

Isso era outra coisa que eu não lembrava. Admito, contudo, que não eram "flores" o que havia pintado, e sim *maníacas mandalas*. A maior parte das pessoas – não adianta mesmo insistir – permanece sempre desatenta, incapaz de ver o que quer que seja. A única vantagem delas consiste na recusa sistemática de comprar *mandalas*. Será que, por uma inesperada intuição, descobrem que essas flores terríveis como a cabeça da Górgona (uma espécie de vagina dentada) não os assusta – e com razão – de modo a afugentá-los prudentemente para muito longe?

29 de outubro
Longa conversa telefônica com a bela Hannah, que eu supunha desaparecida. Ela confessa que tem sangue árabe, depois que eu sugeri que se deixasse fotografar com o rosto velado, só lhe aparecendo os olhos. "Minha mãe é descendente de sírios." Contudo, não acreditou que a minha descoberta partisse de uma certeza:

– Você sempre me pareceu uma filha do deserto.
– Mentira, ela retrucou.
– E a pintura que resolvi presenteá-la, de onde nasceu? Por que *Tempestade de areia no deserto*?

Falei-lhe que estava lendo, de Tom Wolfe, *O teste do ácido do refresco elétrico*, uma loucura da meninada no atravessar dos anos 1960. Interessou-se de pronto. Esclareci que Tom Wolfe não se furta a ridicularizar essa grande experiência, a qual, entre cômica e patética, nada revolucionou.

Assim mesmo, ela quer ler.

31 de outubro – domingo
– É... Acho que estamos no mato sem cachorro!
– O dragão está quase aqui! O que é que um santo faz nessa hora, São Jorge?
– Reza!

2 de novembro
The day of the dead.

Venho à Oficina trabalhar e, como não posso ignorar o que o dia de hoje representa, tento pintar um quadro que lembre, mesmo que remotamente, o seu sentido imutável. Numa paisagem, melhor dizendo, num pátio emerso na sombra, uma figura de menina (destacada em negro, só silhueta) atravessa a passos largos esse campo minado. Suponho que consegui o efeito desejado, embora a rapidez da execução exija uma nova versão. Talvez um quadro de formato bem maior, algo em torno de 1,62 x 1,30cm. Enfim, uma verdadeira pintura sem dramaticidade, bem mais próxima da leveza turva do sonho.[97]

3 de novembro

As dores na perna direita provinham de "formações osteofíticas da patela", de certo modo, ainda incipientes, como diz o rádio-diagnóstico. Antes de mais nada, patela é a rótula (do latim *patella*). Formações osteofíticas incipientes quer dizer: leves excrescências ósseas. Amanhã continuarei outros exames. Só assim eu serei obrigado a me locomover. Por mim, eu ficaria o tempo todo parado.

4 de novembro

Em um novo consultório médico, rodeado de "pacientes" (nome mais do que apropriado para os que esperam pacientemente a morte), sentia os olhares em cima de mim, como se dissessem "esse Papai Noel não me engana".

A minha longa barba branca foi a sensação na clínica quando esperava na sala de radiografias e durante a longa conversa com o diretor do hospital, o meu amigo e contraparente Dr. José Aécio Vieira.

6 de novembro – sábado

Trabalho arduamente na segunda versão de *A cartomante*. Preciso saber de Ana Carolina, que diz entender de cartas de baralho, o valor real e simbólico de cada carta. Qual a mais decisiva, a carta fatal?

7 de novembro – domingo

Bem, suponho que um pássaro não precisa saber muitas coisas, e não é por outra razão que ontem fiquei surpreso ao ouvir C. H. M. afirmar que não gostava do próprio corpo. "Quanto aos elogios que o senhor insiste em confirmar, é porque jamais me viu nua" – ela disse. Eu deveria ter comentado que nenhum corpo é perfeito e cada um deve começar a aprender a desprezá-lo,

---

[97] O primeiro estudo desse quadro foi realizado no pátio da casa de Mata Redonda, cidade de Triunfo (N. do A.).

pois com esta atitude já é o começo da salvação. Deveria ter dito, mas não disse. Silenciei porque a minha *medida* da beleza é totalmente outra, tendo como centro de referência valores ocultos aos olhos de um comum mortal. Continuo a insistir: "Tudo depende do *contrato*". Toda beleza resume-se num momento fugaz e é preciso acrescentar-lhe alguma coisa, senão ela fenece.

8 de novembro

– Quem é você?

A cartomante segura nas mãos um ás de copas, encarando-me com um ar de desafio.

– Não entendi nada.

– Não é para entender – disse a mulher.

9 de novembro

Andaram abrindo as páginas do meu caderno e encontrei colado, de uma forma precisa, um pequeno cartão escrito:

Obrigado pela sugestão, senhor.
Dr. Intruso.

10 de novembro

É como se eu não soubesse que a Terra gira. Carta de Simone. A surpresa de sempre.

12 de novembro

Eu sei que não é necessário contar todos os detalhes, embora seja um prazer. Foi com certo esforço que respondi a carta da espirituosa e inteligente Simone Mahrenholz. Ela é sobretudo extraordinariamente sensível.

Enquanto isso, a filha do povo, C. H. M., faz o meu coração bater. Desde sábado passado, quando arrancou-me dinheiro, não escutei dela uma só palavra. Será que faz parte do contrato? Que figurinha maliciosa e fugidia! E dizer que até hoje ainda não toquei nela e nem espero tocar.

13 de novembro – sábado

– Passou o quê?

– Um meteoro.

Ela veio – a descarada – e passou como um meteoro faiscante e com uma enorme e sedutora cauda. Seu corpo uniformemente castanho-vermelho, ardendo como se houvesse estado numa praia um mês inteiro exposta ao sol. Naturalmente mentiu e era isso exatamente o que eu queria que ela fizesse. Entrará com lentidão no meu jogo, mas entrará. Hoje, pela primeira vez, perguntou-me quando poderia começar a posar para mim. Foi a minha vez de silenciar.

14 de novembro – domingo
O que está escrito aqui? Escrito na porta como o poema de Saint-John Perse, como o poema de Tomás da Veiga Seixas, que acabou de falecer, longe dos amigos e da casa que ele tanto amava.

15 de novembro
Bela maneira de dizer não: doente, incapaz de qualquer tipo de ação.

16 de novembro

Pensou que via uma carruagem de seis cavalos
parada e não longe de sua cama;
mas, apurando a vista, viu que era
um urso decapitado.
"Pobre animal – disse –, pobre animal estúpido!
Está esperando o seu jantar!"
(A Canção do Jardineiro Louco)

Lewis Carroll

17 de novembro
Começo a achar isso meio ridículo. Reescrevo uma carta a Simone Mahrenholz e acrescento um *post scriptum* sobre cinema.

18 de novembro
Estive relendo uns autores europeus... Devo escrever alguma coisa em memória do meu amigo Tomás da Veiga Seixas. Como começar?

À tarde, visita da escritora e filósofa Petra von Morstein. Falamos de *Nostalgia*, de Andrei Tarkovski.

19 de novembro

Artigo sobre o poeta Tomás Seixas, retirado do meu diário no ano 1986 exatamente nas datas de 3 a 5 de maio do mesmo ano. Se o tivesse feito com a finalidade de uma despedida, não teria sido mais propício. Trata-se de um diálogo nosso em torno do livro do poeta Max Jacob, *Meditations religieuses*. Este livro, que Tomás tanto amava, foi um presente meu trazido de Paris em 1952. A frase comentada no artigo foi: "*Le mystère est dans cette vie, la realité dans l'Autre*".

20 de novembro

Pela primeira vez, fui direto ao assunto com C. H. M., que chegou hoje muito tarde e sonolenta na Oficina. Uma hora de conversa foi o bastante. Falei claro, sem subterfúgios e também sem qualquer receio de que ela não entendesse as inúmeras propostas, na sua maioria, pelo menos inusitadas e mesmo extravagantes para uma moça de sua idade, embora "iniciada". Ela entendeu tudo. Antes de desaparecer no beco escuro de sua casa, de viva voz declarou: "Lição entendida".

Posso dizer que foram registrados vários pontos a meu favor, embora não exclua a ruína. De qualquer forma, qualquer risco assumido hoje será mais perigoso do que os de costume. Durante toda a entrevista, ela me olhava como se eu estivesse doido.

21 de novembro

Por mais esforço que fizesse, só consegui responder a carta da amável Simone Mahrenholz muitos dias depois de recebê-la (10/11/93). Assim mesmo, eu a reescrevi quase toda no dia dezessete (como foi notificado no diário). Na verdade eu apenas preparava o famoso rascunho, em português, que depois seria traduzido para o inglês. Desta feita, até textos em alemão foram enviados para a pobre Simone (haja paciência!), a qual não sei por quanto tempo ainda suportará esse suplício, de que não pediu para participar.

22 de novembro

Querida Simone Mahrenholz,

O nome de Lawrence Durrell não foi mencionado em nossas conversas, nem tampouco em nossas primeiras cartas, embora nestas suas últimas linhas você confesse a sua profunda admiração por este escritor, alguém que colabora "nas diferentes personagens que todos nós somos capazes de ser". Entretanto, é como se ele fosse um nosso velho conhecido, o que me faz lembrar que, logo no início do Balthazar, *Pursewarden (o enigmático personagem escritor que comete suicídio) tenha dito: "Se as coisas fossem sempre o que parecem ser, como se encontraria empobrecida a imaginação dos homens?". De resto, minha querida Simone Mahrenholz, esse magnífico* quarteto *foi escrito* sur place, *na própria Alexandria, ali, no centro do mundo, onde tudo era possível acontecer e aconteceu.*

Justine *e, logo depois,* Balthazar, *meus preferidos, não excluem, todavia, os admiráveis e igualmente secretos* Mountolive *e* Clea.

Foi em Clea *que Pursewarden comentou: "Mesmo estando apenas meio acordado, é terrível perceber que nos movemos num mundo dos sonâmbulos. Mas depois habituamo-nos".*

Quanto ao termo "sedição", eu quis mesmo definir como revolta, insurreição, motim, sublevação. "Sedição de contrários" estaria muito próximo a um supremo absurdo, aquilo que Nicolus de Malebranche situaria entre as coisas que são absolutamente incompreensíveis. Contudo, desde já, esclareço que é um termo muito usado por Gustav René Hocke, doutor em filosofia e alemão, como você. É dele também as "infinitas sensações" *que utilizei no final da minha última carta para definir a minha obra. Na realidade, contarei depois o que realmente aconteceu.*

Não, eu não interpretei, de forma alguma, feindschaft *como* friendship, *e sim hostilidade mesmo. No manuscrito de minha carta, ainda em português, a organização gráfica permitiria perceber isso. A partir do final do primeiro parágrafo: "(...) Não nos deixa escapar a dor que se prenuncia ou que já chegou: a nós que ignoramos o contorno da sensação". Sim, você própria adivinha o pesado lastro do outro... Quando "a hostilidade aguarda muito de perto...". Isso eu observei desde o primeiro momento e nada tem a ver, portanto, com as sensações do nosso encontro, e sim com a sua sutilíssima agudeza, sobretudo quando você frisou aquela proclamada "hostilidade que aguarda muito de perto", no dizer de Rilke. Na sua última carta, você foi muito generosa tentando justificar esse meu possível equívoco, a tal ponto que me deixou embaraçado.*

Na verdade, da passagem para o inglês e, consequentemente, no ato de datilografar, a excessiva proximidade dos textos levou-lhe a essa natural perplexidade – foi o erro da tecla que comprometeu a sinfonia.

Acredito que o trecho violento da "Terceira Elegia" é, de fato, o espelho da conditio humana. *Durrell (no* Balthazar*), através da personagem Narouz, também soube como arrancar das trevas esse passado obscuro: "Oh minha Mãe, fale comigo";*

e de novo escutou aquela voz de acordes perfeitos murmurar-lhe palavras meigas e cariciosas no intuito de atraí-lo à pequena câmara de tortura (Petesouchos, a deusa crocodilo, nada menos).

"(...) A voz era de uma mulher que ele amava, mas partia de uma forma horrenda, sentada na penumbra, o corpo informe, gordurento, de uma muçulmana sem véu, em frente da sua barraca. Enquanto falava, mastigava um bolo de gergelim, lembrando uma lesma sobre uma folha de alface, e, contudo, a sua voz tinha as entonações da voz de Clea!" É nesse momento que Durrell evoca que "o desejo pertence ao ovo e sua sede encontra-se abaixo do nível da psique".

Na verdade, é sempre um pequeno grupo de iniciados que se apercebe dessa presença "arcaica". Quanto aos outros, eles podem carregar em si a forma inteira da humana condição, mas não suportariam incólume a descoberta do "fio perigoso das coisas".

Chegamos na "Quinta Elegia".

Apesar dos seus precisos, inteligentes e poéticos comentários, aos quais nem eu nem ninguém poderia dizer mais (que linguagem!), resolvi anexar um texto interpretativo da nossa melhor tradutora brasileira das Elegias, *Dora Ferreira da Silva, traduzido simultaneamente para o alemão, a meu pedido, pela Sra. Linda Mandel. Embora essa senhora seja alemã de nascimento, além de formada em filosofia, não posso garantir essa nova tradução. Em todo caso, resolvi correr o risco por uma única razão: a "Quinta Elegia" talvez tenha nascido de um texto anterior de Rilke, escrito em Paris, no dia 14 de julho de 1907, onde ele menciona a presença de saltimbancos nas ruas. Muitos querem acreditar que essa elegia foi inspirada numa pintura de Picasso:* Les saltimbanques *(óleo sobre tela - Paris, 1905), que hoje se encontra na National Gallery of Arts, Washington. Esse fato interessou-me deveras (eu conheço o quadro), e acredito que a você atrairá pela coincidência.*

Suas curiosas observações aproximando o diretor alemão Wim Wenders com o espírito das elegias de Rilke me fazem pensar numa nova leitura de Paris, Texas, *e do seu último filme* Der Himmel über Berlin, *que chegou aqui com o título redundante de* Asas do desejo.

Não me espantou a presença de anjos. Aliás, o Terceiro Milênio parece sinalizar o renascimento das cerimônias e das religiões quando, certamente, passearemos, mesmo sem o saber, ao lado dos anjos e dos duendes. Dois interessantes diretores ingleses, Neil Jordan, com Angel, *e Peter Grennaway, com* O bebê santo de Macon, *não escondem suas intenções em torno do sobrenatural. Acrescente-se* Nostalgia, *do genial russo Andrei Tarkovski (já falecido), aquele que dirigiu o inesquecível* Solaris, *baseado na obra homônima do polonês Stanislav Lem – até hoje a única ficção científica suportável e inteligente que conheço –, em certos aspectos, uma especulação metafísica.* Reborn, *de Bigas Luna,* Paisagem na neblina, *do grego Theo Angelopoulos e, finalmente,* Navigator, *de Vincent Ward. Limitei-me apenas a citar filmes que conheço e que aparecem no mercado brasileiro. Todos eles, eu penso, têm um denominador comum: o direcionamento peculiar com vistas ao sagrado. Aliás, no filme do grego Angelopoulos, uma personagem cita a pungente interrogação inicial da "Primeira Elegia" de Duíno. A minha convicção é de que esses filmes assinalam desesperadamente a nossa perplexa entrada no terceiro milênio. O que você pensa? Há dez anos seria impossível um cineasta trabalhar com esses temas. Seria, com certeza, apedrejado. Que bom que você ainda fale de* Os amantes. *Agradou-me tanto a exclamação de sua amiga:* Oh, what kind of obscenity is this! *Segundo dizemos por aqui, ela atirou no que viu e matou o que não viu...*

O excelente sketch, *diz Steinberg, vale o comentário de René Magritte, o qual, além de bom pintor, dava-se ao luxo de ser inteligente. Estou lhe enviando um pequeno desenho dos anos 1960 encontrado nas páginas interiores do* Balthazar. *No outro lado do papel (sempre o outro lado das coisas), você encontrará uma parábola do Cristo: "Se alguém tem sede...". Estranho, não é?*

Certos comentários sobre a minha obra feitos na minha última carta estão entre aspas porque fizeram parte de um relato pessoal que acompanhava um documentário cinematográfico sobre a Oficina Cerâmica, realizado pelo diretor brasileiro Jayme Monjardim, em 1981. Durante todo o filme, é a minha voz que se escuta, às vezes improvisando conceitos, outras citando sobretudo trechos inteiros de Gustav R. Hocke, do seu livro Maneirismo: O mundo como labirinto. *Essas citações são habituais em todas as minhas conversas e escritos. "Eu sou uma citação." Adestrei-me como nenhum outro às leituras infinitas dos mapas do mistério.*

Nietzsche sabia que a mais eficaz das pessoas gramaticais é a primeira. Borges, o cego, arremata: "O estilo profético não permite o emprego das aspas nem a erudita citação de livros e autores". Abusei sem restrições dessa maravilhosa fábula.

Não existe tempo de resposta para uma carta. Não se justifique jamais. Apenas escreva, nem que demore mil e um dias.

Sinceramente seu,
Francisco Brennand

PS. I: Uma carta é de fato um quebra-cabeça, sempre acaba faltando uma peça essencial para fechar o jogo. E, com essa peça excluída, a imagem não se completa. Fui falar de cinema e só agora lembrei a indispensável presença do russo (atual) Pavel Longin, com seu filme Taxi blues *(1990), melhor filme do Festival de Cannes. Se o inigualável Dostoiévski tivesse feito um filme, esse filme seria* Taxi blues, *algo patologicamente russo. Outra falha que envolve a minha lista radical é a omissão do nome de Buñuel em* O anjo exterminador *(1962), baseado no romance de José Bergamin,* Os naufrágios da Rua da Providência, *sem omitir o extraordinário* La Voie Lactée *(1967-1968), ambos, a meu ver, filmes religiosos de caráter místico, embora o proverbial anticlericalismo de Buñuel o faça sempre ironizar quem pensa deste modo. Em todo caso, tenho a meu favor a afirmativa de Léon Bloy: "Nenhum homem sabe quem é".*

Eu ainda incluiria nesse grupo – sem nenhum receio – Teorema, *de Pier Paolo Pasolini (também dos anos 1960), cujo núcleo é uma afirmação do Cristo (?): "Se quer ganhar a sua vida, comece por perdê-la".*

Buñuel, apesar do seu gênio, foi considerado um renegado, uma espécie de desmancha-prazeres. Quanto a Pasolini, foi assassinado e quase devorado por delinquentes num subúrbio romano.

PS. II: Na justificativa do filme de Pavel Longin, existe um comentário inquietante: "É mais fácil matar um homem do que compreendê-lo".

23 de novembro

Eis aqui, finalmente, a carta traduzida para o inglês, constando de seis longas páginas, acompanhada de outros anexos como fotos, desenhos e gráficos. Eu não posso imaginar a quanto chegará o meu exagero.

Nomeando os anexos, seguiu uma tradução alemã do texto interpretativo de Dora Ferreira da Silva sobre a "Quinta Elegia". Aliás, isso já foi mencionado na carta e não sei qual o motivo de voltar ao assunto. Talvez pela falta de assunto.

24 de novembro

Como não acontece nada além do meu trabalho diário de escultor e pintor, e como isso não tem sido motivo ultimamente de qualquer comentário, tenho por obrigação reunir uma série de bobagens que demonstram – pelo menos para mim – um valor real. Esses registros me situam no tempo e me dão a ilusão de não ser uma figura tão marginalizada. Por exemplo: uma carta simplíssima recebida da cidade de São José dos Campos (São Paulo), falando laconicamente de um quadro meu, pintado em Paris em 1952, passa a ter um valor inestimável. Em primeiro lugar, prova que eu existia e que estava trabalhando em Paris nesta época. A fotografia da pintura é a prova desses meus anos de aprendizado. Em segundo lugar, o missivista-colecionador diz que o referido quadro é muito bom e que foi adquirido por um *marchand* há vinte anos atrás, o que também garante que a minha atividade de pintor tem preço e não está de todo esquecida. Reproduzo a carta:

São José dos Campos, 28 de setembro de 1993.

Prezado Senhor,

Sou colecionador de arte e possuo um Francisco Brennand datado de 1/1/52, óleo sobre tela 60 x 45cm, muito bom.

Ficaria muito grato se V. Sa. pudesse me enviar uma cópia do seu currículo e, se for possível, alguma informação sobre o quadro que adquiri de um marchand *há cerca de vinte anos atrás.*

Agradecido,
Clovis Arantes Salviano

Embora tenha demorado na resposta, antes de ontem a coisa foi feita e não sem certa emoção:

Prezado Senhor,

Sempre me surpreendeu o "caminho" que um quadro pode percorrer desde o momento em que sai das mãos de um artista.

Em particular, essa sua pintura pertenceu a um grupo de telas executadas em Paris nos anos de 1951/1952. Fazia parte de uma coleção de cerca de quarenta telas, que guardei avaramente enquanto pude. Eles eram por assim dizer – com o passar dos anos – a única memória viva de que dispunha para recordar a minha presença no antigo ateliê do pintor Francis Picabia, situado na 11, Rue de Chateaubriand.

Aluguei esse recinto com sua ex-esposa Gabrielle Buffet Picabia, ainda repleto de pinturas desse mestre. De pinturas e desenhos que couberam a ela, Gabrielle (antiga musa do Dadaísmo), no momento da separação.

Todos esses meus trabalhos foram realizados, portanto, nesse ateliê.

Sua carta lacônica comoveu-me exatamente por dizer o essencial e, sobretudo, por afirmar singelamente que o quadro é muito bom. É de fato bom! A fotografia "tão fiel" retrata não só a cor da pintura, mas todo o espírito do ateliê. E, em todo caso, era o início... Quando tudo ainda restava por fazer.

Um grande escritor italiano, Cesare Pavese, com toda razão, costumava dizer: "Há uma coisa mais triste do que não atingir os nossos ideais: é tê-los realizados". Não que eu me sinta realizado, longe disso, mas, como foi dito, não é mais aquilo que começa... E já tem aspecto do fim.

Tenho enorme prazer em lhe mandar um dos livros publicados sobre mim e o catálogo da minha última exposição na Alemanha (Berlim). Nos dois exemplares, o senhor encontrará o meu currículo mais ou menos atualizado, acrescido de uma bibliografia.

Quanto ao seu quadro, representa a mesa onde eu comia: uma toalha branca (cujas dobras quadrangulares antecipam os ladrilhos cerâmicos, sobre os quais eu hoje trabalho), um prato com um pedaço de pão e uma brioche; à direita, um outro pedaço de pão tabica, uma xícara, uma leiteira e um moinho de café, do qual ainda me servia. No fundo, um velho sofá de couro bastante gasto.

O senhor proporcionou-me uma grande alegria, e estou certo de que a tela está em excelentes mãos.

Muito obrigado,

Cordiais saudações,
Francisco Brennand

25 de novembro

Mando datilografar o artigo sobre Tomás Seixas, como já disse, aproveitando trechos antigos de meu diário de 1986.

27 de novembro – sábado

Ontem, as notícias de C. H. M. estavam cheias de desalento: a mãe sob tratamento neurológico e psiquiátrico. Isso não deixa de ser uma advertência para o tipo de comportamento que essa menina vem demonstrando.

29 de novembro

– Você previu isso?

– Eu prevejo tudo, o que na verdade é terrível!

1º de dezembro

Contaram-me que a gigantesca *Camisa de Vênus* não se ajustou ao obelisco da Estação Central do Metrô do Recife. O *phallós* era bem maior.

O que sabe esta gente sobre o que é um obelisco, *feixe de luz* em direção ao céu, *eixo de luz* ou um enormíssimo *phallós* de Deus, ereto, pontiagudo sobre o abismo infinito?

Aqui no Recife, não conseguiram vestir o meu obelisco, mas, desafortunadamente, na cidade de Paris, o famoso Obelisco, roubado dos egípcios, para a glória do povo francês, foi recoberto. Imaginemos o *phallós* de Deus obliterado pela "famigerada camisinha", tendo toda a sua energia cósmica entre o céu e a terra anulada, talvez para sempre. Maldição para Sodoma! Inadmissível que ideias tão estapafúrdias sejam aceitas servilmente pelos governos e, sobretudo, pelas organizações mundiais de saúde, sem quaisquer ressalvas, exatamente no dia mundial de combate à AIDS. Dizem que Deus antes de perder as criaturas começa por enlouquecê-las.[98]

3 de dezembro

– Demo... Será que "Demo" quer dizer "demônio"?

– Eu entendi...

– Mas precisa depilar as pernas para isso?

Não precisou ficar nua. Foi bem mais forte a revelação de que possuía um enorme sinal cabeludo na parte interior da coxa esquerda, não mais que seis centímetros, abaixo da vagina.

5 de dezembro – domingo

A história do faz de conta afirma que os chineses divertiam-se com os seus deuses. Acordei pronunciando essas palavras. Mas quando foi que os chineses

---

[98] Dr. Intruso pressiona para tratar desse assunto, incluindo, à sua maneira, as "purificadoras estatísticas". Fala num novo tipo de pornografia iniciada na Grã-Bretanha: a pornografia informática ou pornomática. Fala na indústria do sexo que é a única que cresce na combalida Iugoslávia. Ele diz que meninas são leiloadas no Acre e em todo território brasileiro, um dos maiores e mais desconhecidos escândalos nacionais. Tenho evitado os pendores estatísticos do Dr. Intruso, sob o pretexto de que algum dia lhe darei cobertura nas suas pesquisas, incluindo, a meu ver, a falta d'água que afetará alguns países no século XXI (N. do A.).

brincavam com os deuses? Certamente não depois que o budismo entrou na China. Deve ter sido muito antes do confucionismo que eles se divertiam.

6 de dezembro

– É grego?

– Ninguém entende mais nada.

– Também, o que é forçoso compreender?

– O rei viu a rainha desnuda e quedou-se pasmado.

8 de dezembro

Enterramos a nossa mãe hoje – depois de uma missa de corpo presente – na mesma tumba em que jazia o meu irmão mais velho Antônio Luís, aquele, dentre os filhos, a quem ela mais amava.

No fim da tarde, soube, não oficialmente, pelo Conselheiro Carlos Alberto Asfora (Itamaraty – Brasília), que eu havia ganho o Prêmio Gabriela Mistral estabelecido pela Organização dos Estados Americanos. Um detalhe: como não existe segundo lugar, a premiação será compartilhada com um velho artista equatoriano igualmente vencedor do prêmio. Confesso que o fato me lisonjeia, em vez de confundir. Que estranha e poderosa deve ser a obra deste artista para competir com aquilo que eu faço! Sempre a permanência do outro!

Junto com César Leal, Roberto Viana e Weydson Barros Leal, soube que o outro ganhador do prêmio foi o muralista equatoriano Eduardo Kingman.

Depois, fomos informados pelo crítico brasileiro Frederico Morais, o qual havia participado da comissão julgadora, que, a seu aviso, o outro ganhador deveria ter sido o venezuelano Jesus Rafael Soto, na sua opinião, um excelente artista com um mercado assegurado em Los Angeles e em Nova Iorque.

O octogenário Kingman continua como um pintor muralista tradicional nos moldes mexicanos da época da revolução etc. Enfim, foi o que eu entendi, pois Frederico fala muito baixo pelo telefone. Nesse momento, como notícia, não vem a alterar muito. O que posso afirmar é que os conselheiros brasileiros que me deram seus votos para que eu representasse o Brasil estavam certos por uma razão muito simples: eu ganhei o prêmio. Contudo, quem pode elucidar quais os nomes dos meus verdadeiros concorrentes? Eram trinta e sete, não é verdade? Pressupondo que todos eram artistas apreciáveis, muita coisa deve ter acontecido nesta disputa. No entanto, quem vai me esclarecer os pormenores?

Suponho que o meu imobilismo diante dos acontecimentos acabe sempre por salvar-me. Razão tem aquele que disse: "Toda ação é um enervamento".

13 de dezembro

Luís Tavares, que retorna à Europa sábado próximo, disse-me hoje que eu deveria parar de escrever esse diário, sob pena de não publicá-lo jamais. "É preciso parar para conseguir recompô-lo, talvez, quem sabe, até jogá-lo na fogueira, como você já fez com boa parte dele" – disse-me como uma ameaça. E acrescentou: "Faltar-lhe-á o fôlego necessário para continuar".

14 de dezembro

Missa de sétimo dia de nossa mãe, a qual o pobre irmão Antônio Luís não pôde assistir.

15 de dezembro

Um poema de Rilke:

E Deus me deu ordem para escrever:

Que com os reis esteja a crueldade:
ela é o anjo que vem antes do amor
e sem tal arco não me restaria
ponte nenhuma através dos tempos.

E Deus me deu ordem para pintar:

O tempo é minha mais profunda mágoa
e assim foi que em sua casca eu coloquei
a mulher desonesta, as marcas de feridas,
a morte rica (possa ela contar),
as bacanais aflitas das cidades,
a loucura e os reis.

E Deus me deu ordem para construir:

Eu sou o rei do tempo.
Mas para ti sou apenas o triste
confidente de tua solidão.
Eu sou o olho, com as sobrancelhas,
que por cima dos meus ombros vislumbra,
de eternidade a eternidade.
(O livro de horas)

16 de dezembro

A escultura *A águia aprisionada* seguiu hoje para o seu destino.

O abutre que devorava o fígado de Prometeu não deixa de ser igualmente escravo da desafortunada sina desse homem que desvendou (não foi roubo) os mistérios do fogo. Esta sempre foi a minha ideia inicial antes do acidente que danificou parte da cabeça da escultura do *Prometeu*. A peça já estava destinada – com data marcada – para habitar o centro de um lago. E refazê-la se me afigurava impossível. Não havia mais tempo. Contudo, não desisti e comecei uma nova modelagem da parte atingida. Nesse providencial *intervalo*, li uma apresentação crítica de César Leal sobre o jovem poeta Alexei Bueno, falando na sua série de *Poemas gregos*. Num deles, o tema é Prometeu, "mas um *Prometeu* que pretende vencer a águia e que faz tremer os deuses com os nossos próprios passos: Os teus grilhões do não-ser romper-se-ão, e a ave enforcarás".

"E o tempo é o nosso abutre", repete, convicto, o poeta Alexei Bueno.

Do ano de 1977 a 1984 fiz uma série de desenhos sobre o tema do Prometeu, incluindo maquetes e esculturas de pequeno e médio portes. Em todas essas figurações tolhidas por pesados anéis de ferro, jamais a cabeça de "Prometeu" foi definida como um ser verdadeiramente humano. Esse estranho hibridismo fazia do semideus o retrato de todas as criaturas que podem sofrer "o peso de uma dor permanente".

Nas dobras do tempo, sabia que, na passagem de Hércules pelo Cáucaso, este atravessou a águia com uma flechada, libertando a Prometeu. Devo reconhecer, no entanto, que foi a inusitada descoberta do poeta Alexei Bueno que me fez, afinal, transformar a cabeça do primo de Zeus num abutre insulado eternamente no meio das águas.

19 de dezembro – domingo

Na sua maneira plácida, Deborah me diz:

Não resistas. Nada se explica. Fecha teus olhos de bruma,
Pois a este sono forte nem o sonho acorda.
Um coração, mesmo de bicho, é feito para sangrar,
E depois, morto o perigo, se ostentar como troféu.[99]

20 de dezembro

Pela segunda ou terceira vez, num espaço de alguns anos, encontro o meu ateliê parcialmente invadido pelas águas. Durante a noite estourou um cano da tubulação que saía da caixa d'água. Livros, documentos, telas e desenhos atingidos e, quem sabe, perdidos. Na minha impotência, recordo de imediato o que Deborah me disse ontem: "Não resistas".

Tudo é frágil, vaidade das vaidades... Não é isso que já foi vaticinado?

21 de dezembro

Lembrar Tomás Seixas é um permanente reviver de conversas literárias excepcionais, todas elas envolvidas em sutilezas muito peculiares. Quem nesta cidade ainda ousava falar em J. K. Huysmans e embevecer-se de livros seus como *À rebours*, *La cathédrale* e *En route*? Quem se atreveria?

Recordo que na sua famosa sala de jantar penumbrosa, com a mesa posta, permanentemente repleta de porcelanas da China, ele me mandava sentar num velho sofá de veludo verde, que cheirava a mofo, para ler trechos de Huysmans que ele conhecia de memória, e não sei exatamente se o livro que pendia de suas mãos estava sendo lido ou se ele recitava: "Finalmente, sobre a lareira, cuja coberta fora também cortada do suntuoso estofo de uma dalmática florentina, entre dois ostensórios de cobre dourado, de estilo bizantino, provenientes da antiga *Abbaye-au-Bois de Bièvre*, um maravilhoso cânon de igreja, de três compartimentos separados, ornados como uma renda, continha,

[99] Trecho de um poema de Deborah Brennand intitulado "Domingo", publicado no *Diário de Pernambuco* no dia 4 de outubro de 1964, curiosamente em um domingo. Encontra-se no seu livro *Noites de sol* ou *As viagens do sonho* (N. do A).

sob o vidro de seu caixilho, copiados num velino autêntico, com admiráveis letras de missal e esplêndidas iluminuras, três peças de Baudelaire: à direita e à esquerda, os sonetos intitulados 'A Morte dos Amantes' e 'O Inimigo'; no meio, o poema em prosa intitulado 'Anywhere Out of the World' – não importa onde, fora do mundo".

Depois da leitura, ele dizia sorrindo, invariavelmente: "Como é que um autor brasileiro, por mais genial que seja, sem conviver com esse mundo europeu por muitas gerações, pode escrever de tal maneira? E aqueles que ousam, como parecem ridículos e estranhamente diminuídos? Hoje em dia é até muito frequente aparecer, entre nossos literatos, gente que se propõe a entender de pintura. Você que é pintor que o diga. E, no entanto, essa tropa não hesita em falar na Idade Média e na alta Renascença como se fosse altamente instruída e qualificada. Veja bem a diferença. Verifique Huysmans fazendo uma alusão a Odilon Redon e a um mestre como El Greco: 'Além da série de obras de Redon que guarneciam quase todos os painéis do vestíbulo, ele havia dependurado em seu quarto de dormir um esboço desordenado de Theocopoulos,[100] um Cristo de tons singulares, de desenho exagerado, de colorido feroz, de desequilibrada energia, quadro representativo da segunda maneira desse pintor, quando o atormentava a preocupação de não mais parecer-se com Ticiano. Essa pintura sinistra com matizes de cera e verde-cadáver correspondia, para o senhor d'Esseintes, a uma certa ordem de ideias acerca do mobiliário'. Não é espantoso?" – quase gritava Tomás, que habitualmente falava em voz baixa: os detalhes, a sofisticação, o conhecimento seguro das coisas...

22 de dezembro

Diga-se de passagem que a imprensa pernambucana foi pródiga em enaltecer o feito relativo ao Prêmio Gabriela Mistral.

---

[100] De origem cretense, o nome real do pintor é Domenikos Theotokopoulos, depois chamado El Greco. Embora Huysmans mencione a influência de Ticiano, presume-se que o Greco foi discípulo de Tintoretto quando de sua passagem por Veneza. Existem pontos evidentes de contato entre esses dois grandes artistas, sobretudo nos aspectos que aos olhos de Huysmans pareceram exagero, desordem, ou mesmo uma desequilibrada energia – na verdade, representavam a força estupenda que fez deles os mestres do movimento e senhores absolutos do espaço em pintura (N. do A.).

A pedido de Roberto Viana, o pintor João Câmara escreveu um depoimento que vim a conhecer muito antes de sua futura publicação nos jornais. É um depoimento curto, mas há em certas expressões tal perspicácia em relação a tudo o que eu fiz até hoje que me deixou surpreso.

Achei inadequado agradecer por telefone, talvez fosse melhor escrever um pequeno bilhete, o qual, parcialmente, demonstrasse o meu entendimento sobre o que foi escrito. João Câmara disse tudo aquilo que podia ser dito sobre um colega (?) e compreendi até onde ele queria chegar. Ele sabe que eu sei.

A minha resposta – talvez até um pouco evasiva – é uma confissão do meu fim:

Prezado João Câmara,

De um só golpe você desmantelou o labirinto que se propunha imperscrutável quando afirma que Raymond Roussel desenhou (no lugar de descrever) o mestre Martial Canterel, na sua propriedade de Locus Solus. *Como sempre acontece, você foi longe demais.*

Na caverna (ou no palácio), o Minotauro aguarda passos humanos que se aproximam. Está só e mais vulnerável do que nunca à aventura de qualquer espada. Não é justo, contudo, exterminá-lo agora. Francis Ford Coppola necessitou no Apocalypse now *de um Kurtz ferozmente degolado, enquanto Joseph Conrad, no* Heart of darkness, *retardou a sua agonia:* "The horror, the horror!".

A pergunta seria: Como prolongar uma angústia que é de todos?

Abraços, do amigo e admirador,
Francisco Brennand

23 de dezembro
Entre alguns turistas italianos apareceu Rena, vinda de Milão. Ficou de retornar amanhã. Por experiência, sei que elas quando prometem não voltam jamais.

24 de dezembro
Helena Viktoria completa nove anos. Pelo menos tenho o enorme prazer de vê-la crescer bem de perto. O que não posso adivinhar é por quanto

tempo ainda terei o direito de usufruir dos prazeres e sentimentos que são peculiares àqueles que respeitam as leis de família. O relacionamento dela com M. Gertrude tem sido perfeito, sobretudo depois da entrada em cena de Oliver Edward.

Rena não veio, mas telefonou avisando que parte para Milão nos próximos dias, cidade onde mora há pouco mais de um ano. Deu-me o seu endereço. Não consigo explicar o motivo de ter metido Cesare Pavese na conversa com essa moça. O fato é que lhe falei de *O ofício de viver*, da enorme solidão do escritor e do seu suicídio num quarto de hotel, em Turim (que conversa para uma véspera de Natal!), pouco depois de ganhar o Prêmio Strega. Talvez eu o tenha associado pela proximidade Milão-Turim. Sim, deve ter sido isso... Se não foi essa a razão, foi o meu desespero.

Para uma jovem arquiteta, era inteiramente despropositado eu estar insistindo em falar de literatura. No entanto, recomendei-lhe a leitura de *A lua e as fogueiras*, incluindo depois *Mulheres sós*, além de *O belo verão*. Ainda por cima disse-lhe (certamente uma falsa promessa) que, se eu viajasse à Itália, gostaria de visitar, em sua companhia, a pequena cidade de Santo Stefano Belbo, no Piemonte, lugar do nascimento de Pavese. Em tempo, compreendi que exagerava as coisas, inclusive, por não ser de todo um viajante, por ser um homem que dificilmente sai do seu lugar.

Desejei-lhe um bom Natal finalizando a conversa, mas juro que senti vontade de lhe fazer ciente sobre o que Pavese escreveu nas últimas linhas de seu diário. Certamente o teria feito, muito mais para que eu próprio meditasse naquilo que significava: "Basta de palavras. Um gesto, não escreverei mais".

25 de dezembro – sábado – Natal

O contorno que nos separa dos outros. "Por que o senhor treme tanto?", perguntou-me uma mulher. "Desde sempre", eu disse. "Desde sempre", repeti.

26 de dezembro – domingo

Deborah entregou-me ontem um poema seu como presente de Natal e, como ela frisou, também uma simbólica homenagem ao meu merecido prêmio. Disfarcei, mas não disse nada. As lágrimas não deixaram.

Na Longa Claridade

Diz – São aves de barro
Não vindas da mata
Mas, guardam a cúpula do céu
Todo em pedaços.

E a dor se tinge em corantes d'água
No dorso de fados obscuros
Se o silêncio canta, canta calado
Num pátio de cisnes mortais.

Diz – Foi um dia sem fim. Talvez
Quando os cabelos negros de Afrodite
Eram ornados e sempre desornados
Com lírios de vidro alvo.

E duas ou três sombras unidas
Ao clamor aceso da lenha
Revive a cor servil da brasa
Em pesados corações de argila.

Diz – Nunca o medo da rachadura
Cega o olhar feroz do abutre
Tão voraz, nem a eternidade
No auge do verão sem voar.

Lembradas então ao desamparo
As deusas unem o profano ao sagrado
Com ecos soltos do passado
Em longos e longos abraços.

Diz – Assim chegam lagartos e florais
Nos arabescos de tantos agostos
Ou desgostos em nuvens baças
Sobre o talhe imóvel do herói.

Sabe o tempo oleiro e arte
O celeiro do sol, o peso do luar
O porquê das avencas que se atam
Aos pilares onde pousam aves.

Diz – Aves de Barro, não vindas da mata.

27 de dezembro
Não me furtei a escrever um cartão de Natal para Simone Mahrenholz. Estranha correspondência esta, entremeada de longas pausas – zonas de um perfeito silêncio –, como de resto deve ser uma conversa entre duas pessoas que não sabem o que pretendem uma da outra. Procurei escrever tudo o que havia de mais convencional. Também não era para ser de outro modo.

28 de dezembro
Posso dizer que trabalhei o ano inteiro em várias versões dessa escultura representando a princesa austríaca e depois rainha de França, *Maria Antonieta*. Considerei esta última versão digna de fechar o ano de 1993. Apenas ela me obriga, também, a colocar a seu lado o seu desafortunado esposo Luís XVI. Que fique registrada a minha homenagem e admiração a esse trágico casal sacrificado por uma revolução, cuja consequência imediata foi o *terror* e, em seguida, o imprevisível Império Napoleônico.[101]

Nonato, que se encontrava ao meu lado e, inclusive, acompanhava a remoção da escultura *Maria Antonieta* do ateliê para o grande salão, pediu-me que esclarecesse melhor "a mancada" do refinado Huysmans sobre El Greco.
"Se alguém equivocou-se com as reflexões do refinado francês, foi você, Nonato" – afirmei com um certo enfado, de modo a não encorajá-lo a prosseguir. Debalde a minha intenção, pois Nonato, como se contasse nos dedos, levantando a mão esquerda, indagou: "Primeiro: o que ele quis dizer com 'esboço desordenado?' Segundo: Que 'tons singulares' são esses? Terceiro: El Greco com um desenho exagerado, ele que era a própria tempestade?

---

[101] Para Nonato, o Império Napoleônico não foi só previsível como desejado por todos os franceses (N. do A.).

Quarto: Seu colorido só poderia ser feroz. Quanto a essa desequilibrada energia, chega quase à tolice".

"Ao contrário do que você pensa, Huysmans estava coberto de razão", observei. "Ele se antecipava como escritor à crítica especializada, que só chegaria à tona muitos anos depois." Vejamos o que diz o excelente crítico Jean Cassou – quase que com as mesmas palavras – sobre o mesmo assunto: "El Greco manifestava seu gosto cada vez mais exacerbado pelas distorções monstruosas, pelas formas desmedidas, essas tempestades plásticas que instaurou o barroco e que, com mais violência que os maiores criadores barrocos, ele impulsionou até o mais dramático e impossível excesso. Ele, Greco, passado o tempo, não só foi esquecido, mas considerado insano. Por fim, sua glória surgiu fascinante. Ele é o gênio levado ao mais alto grau do arbitrário. É o absoluto singular".

29 de dezembro

Quando João Câmara falou no seu texto da vizinhança, da "loucura babilônica da Casa do Carteiro", evitei, na minha resposta, mencionar o nome de Joseph Ferdinand Cheval associado ao meu trabalho. Não o fiz, porém, por rejeitar essa aproximação – à qual de longa data eu já me referia a alguns franceses boquiabertos que me visitavam na Oficina Cerâmica. Sempre fiz questão em apontar o entrelaçamento dessa minha *reforma* tão aproximada daquilo que os maneiristas italianos denominavam de *cose stupende*, daí sua identidade com o *Sacro Bosco*, de Bomarzo, com a arquitetura de Gaudí e – não por ingenuidade – com o *Palácio Ideal* do carteiro Cheval.

Evidentemente que os franceses (ou europeus de outros países) me encaravam com espanto e incredulidade. Na realidade, alguns nem ao menos sabiam a que eu me referia. Talvez, jamais houvessem visitado o *Palais Idéal*, erguido na cidade de Hauterive, no sudeste da França. Aqueles que não desconheciam esse prodígio de arquitetura *naïf* colhiam, entre risadas, algumas fotografias, como lembranças de férias. Mas eles nunca iriam perceber o adiantado "estado de loucura" em que eu e o monsieur Cheval nos deixáramos envolver e, muito menos, as poderosas razões que levaram Joseph Ferdinand Cheval a construir, com as suas próprias mãos, o seu inigualável *castelo*.

Nota: o *Parque de Bomarzo* foi planejado pela mente furiosamente alucinada de Vicino Orsini, no ano de 1560, na cidade de Viterbo, nas proximidades de Roma.

Em 1969, André Malraux classificou o *Palácio Ideal* entre os monumentos históricos: "Pois se trata do único exemplar de arquitetura e de escultura *naïves* existentes no mundo".

31 de dezembro

O prazer de não dizer nada. Continua a lenta destruição do *Candeeiro azul*. Simbolicamente eis como deve encerrar o último dia do ano de 1993, com uma soma de muitas destruições.

Finalmente, o que foi o ano de 1993? O que teve de peculiar que o fizesse diferir de tantos outros anos passados e mesmo futuros? Certamente são iguais como igual é toda a loucura humana.

Uma acerbada melancolia de final de ano leva-me à procura de uma Bíblia que sempre mantenho à mão numa velha cômoda ao lado do meu leito. Aberto o livro sagrado, mantenho abaixo dos meus olhos o profeta Isaías. E, em voz alta, sem outro apelo, começo a leitura: "Porquanto dizeis: Fizemos concerto com a morte, e com o inferno fizemos aliança; quando passar o dilúvio do açoite, não chegará a nós, porque pusemos a mentira por nosso refúgio, e debaixo da falsidade nos escondemos" (Isaías – 28 v. 15).

1994

Propriedade Santos Cosme e Damião

3 de janeiro
Um cachorro branco, de aspecto fora do comum, com olhos de chinês e focinho desmesurado envolto por uma mordaça em situação lastimável – uma vez que toda costurada –, estava preso a uma correia muito curta segurada na mão direita de um homem cuja estatura excessiva lhe acentuava o porte atlético; barba acobreada e uma longa capa de oleado negra lhe chegava aos pés. Calçava botas e usava chapéu enterrado na cabeça até a altura das sobrancelhas. Ele se dizia um *foreigner* e gostaria de falar com o dono desse "mercado", Mr. Brenan.

Ao amanhecer de um 1º de abril, surgindo de uma maneira tão repentina quanto Manco Capac no lago Titicaca, um homem vestido em cores claras apareceu nas docas da cidade de St. Louis.

Tinha compleição pálida, penugem no queixo, cabelos louros, um gorro de pele felpuda e branca. Não levava baú, mala, valise ou pacote; nenhum carregador o seguia. Estava desacompanhado de amigos. Pelas expressões e risadinhas, pelos cochichos e pelo espanto das pessoas, era óbvio que se tratava de um estranho – em todos os sentidos da palavra.[102]

O porteiro não compreendeu com exatidão o que pretendia aquele sujeito erradio, surgido do nada sem saber qual o caminho que ele havia tomado: se teria atravessado o rio pela balsa ou viera pela floresta. O visitante demorou para ser atendido na recepção e foi cair nas mãos de Nonato, cuja atitude, em vez de melhorar o equívoco, agravou-o, apresentando o forasteiro como sociólogo, estatístico e astrólogo, além de outras confusões ainda não devidamente sanadas nesses últimos meses de convivência. Dr. Intruso foi o nome bizarro declinado por ele. O resto nós sabemos: nascera em Wellington, capital da Nova Zelândia, no ano de 1950, e em tempo algum foi matador de

---

[102] Esta pequena apresentação de uma personagem do livro *O vigarista*, de Herman Melville, parece-me uma tentativa do autor de criar um *puzzle* relativo a toda a história que se segue (N. do E.).

falcões. Pelo contrário, na sua fazenda em Auckland, costumava afugentar as ovelhas do seu vizinho que teimavam em destruir suas lavouras. Na realidade, a história deste intruso é muito mais complexa. Estudou na Universidade de Newcastle, na Inglaterra, e foi na ensolarada Brighton, no ano de 1973, que afirma ter conhecido Graham Greene[103] quando este realizava uma conferência. Nesta época o escritor contava 69 anos de idade, enquanto Dr. Intruso completara seus 23 anos.

As coisas começaram a se complicar porque esse "nosso forasteiro" quis dar a entender a Nonato que, pelo fato de Graham Greene ter participado do serviço secreto inglês (*Intelligence Service*) durante a guerra, isso também o influenciara a exercer algum trabalho dedicado à "espionagem inteligente e informativa".

O estrangeiro tem se comportado de uma maneira impecável, apesar da incômoda presença de Ovídio de Odin, o seu magnífico cão *bull terrier* que, em parte, amedronta e afugenta os turistas, embora esteja sempre manietado e amordaçado. Afinal, encontramos no antigo quarto de guardados, próximo ao canil da Fábrica, um lugar excelente, onde Dr. Intruso alojou-se com os seus poucos pertences e não muitos livros sobre estatística e astrologia. Odin teve o canil como dormitório e, assim, às noites, ficará ao lado do seu senhor.

Jamais soubemos exatamente de onde partiu a intenção de Dr. Intruso visitar o Observatório Astronômico, existente há longos anos no subúrbio da Várzea, localizado em terreno da Ordem dos Padres da Congregação do Sagrado Coração de Jesus. O que procurava descobrir num lugar tão modesto uma pessoa conhecedora de perto das instalações do Monte Palomar (telescópio de 200 polegadas) na Califórnia, os Observatórios de Paris e de Greenwich, além do de Copenhague, do de Milão, o de Catânia e Roma, na Itália, dos radioastronômicos como o de Jodrell Bank, na Inglaterra, do Bochum, na Alemanha, ou daquele de Parkess, o que mais frequentou, não

---

[103] Ninguém conseguiu checar a aproximação de Dr. Intruso com o escritor Graham Greene e, muito menos, o fato de tal aproximação ter acontecido na África. Aliás, há vários elementos controversos em relação a esse forasteiro. Algumas informações, não confirmadas, asseveram que ele saiu da Nova Zelândia, às pressas por ter sido acusado da morte de um fazendeiro e, em seguida, se apresentado à viúva e à filha menor, seduzindo-as sem nenhum escrúpulo. Foi inocentado por falta de provas. E, assim, ganhou o mundo (N. do A.).

muito longe da sua terra natal? Mais grave ainda, o Observatório da Várzea, criado pelo padre holandês Johannes Michael Antonius Polman, um professor de ciências e um curioso sobre astronomia, já não funciona há muito tempo. Foi ele quem construiu um telescópio (em caráter amador), levando-o para a sala de aula, deixando os alunos boquiabertos. Os estudantes, entusiasmados com esse novo brinquedo, começaram a frequentar o colégio com muito mais assiduidade e daí surgiu o clube de astronomia (CEA), fundado em 15 de maio de 1972. Apareceram sócios e funcionários, inclusive, criaram um boletim mensal sobre as pesquisas e descobertas, começando a receber respostas a nível mundial.

Entre os principais convênios do CEA, estava aquele ligado à NASA, iniciado em 1985, visando a cooperação técnico-científica com a Rede Mundial de Rastreio do Cometa Halley, a *International Halley Watch* – IHW.

Comunicaram ao Dr. Intruso que durante certo tempo o astrônomo Carl Sagan foi um dos consultores desse entusiástico grupo da Várzea. Por falta absoluta de recursos para continuar, o Observatório fechou em 1986. Os instrumentos acabaram espalhados nas várias casas de funcionários e sócios ficando até hoje à espera de um novo destino. Todavia, isso não impediu o Dr. Intruso de ter recebido um documento impresso com seis páginas narrando todos os feitos e convênios internacionais do CEA.

É factível que Dr. Intruso, encontrando-se no Recife – ninguém sabe a razão –, acabasse por descobrir esse recinto num bairro tão longínquo. Talvez por mera curiosidade, pois ele sabia, de experiência própria, que a ciência e a arte de predizer os acontecimentos, mediante estudos dos astros, despertavam grosseira hostilidade por parte dos astrônomos prontos a fugirem dos astrólogos como o diabo da cruz. E foi diante de uma plateia indiferente de padres holandeses que Dr. Intruso lembrou que, na Idade Média, a sua profissão era confundida com a teologia. Só hoje, por ignorância de muitos, ela transformou-se numa pseudociência. Quanto a ele, jamais se incomodou com esses julgamentos. Depois nos confessou ter sabido, através do padre João van der Donk, da minha existência e, daí, chegou à Oficina.

Nonato levanta a esdrúxula possibilidade ou teoria de que Dr. Intruso intencionava espionar esse local, onde nas proximidades há um Centro de Pesquisa de Engenharia Nuclear atrelado à Universidade, chefiado, por algum tempo, pelo sábio padre Borghi. Apesar de ridícula, essa hipótese não fica de todo descartada por conta das suas atividades de agente secreto (conjetura de Nonato) que, nas suas próprias palavras, levou-o, há cinco anos, à Índia sob o pretexto de estudar as religiões indianas, entre elas a animista e o hinduísmo, quando, na realidade, o centro do seu interesse era chegar às usinas atômicas em Trombay, perto de Bombaim.

Ora, sabemos que a Índia explodiu a sua primeira bomba atômica em 1974, sob forte apreensão do mundo Ocidental. O que Dr. Intruso conseguiu nessa sua missão (pessoal ou oficial?), muito ao estilo de Graham Greene, cuja vida aventurosa sempre interessou não só ao mundo como particularmente ao enigmático Dr. Intruso, ele não revelou.

Podendo verificar a nossa desconfiança diante do seu aparecimento e de suas histórias, um tanto vulgares como aventura, procurou despertar nosso interesse que ele sabia ser todo voltado para o mundo das artes... Daí porque lembrou que alguns arquitetos hindus atuais trabalham na tradição ocidental por vezes integrada na cultura nativa. Particularmente importante, frisou, foi a presença, durante algum tempo, de Le Corbusier ao orientar várias obras para a nova capital do Punjab, Chandigarh, projeto em que vêm colaborando numerosos arquitetos desde 1950 ("Quando eu nascia", disse como gracejo). Depois, teve a infelicidade ou "o mau gosto", como julgou Nonato, de ridicularizar o famosíssimo Taj Mahal, o Palácio Mausoléu erigido em Agra no século XVII, todo construído em mármore branco, como última homenagem do Imperador Xá-Jahan à mais jovem e mais bela de suas rainhas. Procurei conter o sorriso porque estava de inteiro acordo com o Dr. Intruso.

A mim particularmente intriga o fato de uma pessoa ligada ao âmbito universitário, que já exercera a função de fazendeiro, conhecendo grande parte do mundo, estar aqui nesta remota província à procura de ajuda relacionada com seus dados estatísticos, e logo numa espécie de intromissão no corpo do meu diário. Por que ele não publicava seus próprios livros? Os estatísticos sempre me pareceram pessoas com complexo de culpa só denunciando a desgraça em números cabais depois de acontecidas. A única parte razoável foi quando ele disse que pedia meu auxílio porque, dentro de um sentido premonitório, lhe parecia ser desastroso o futuro da humanidade.

Ontem, deixou-me em cima da mesa uma pequena nota e não me furto agora em transcrevê-la na íntegra:

Assunto: Político (Thomas Carlyle).

Não sei qual a relação entre o Prêmio Gabriela Mistral e o livro Dos heróis e do culto dos heróis, *de Carlyle, que passou a ser uma teoria da história.*

Alguém começou a falar num assunto qualquer e logo resvalou num fato político, o qual, por sua vez, permitiu-me lembrar do desabusado escocês, um homem que jamais escondeu a sua ansiedade por um mundo liberto do caos rodeado de urnas eleitorais.

O mundo moderno, no Terceiro Milênio, não autorizará, com certeza, a fragilidade e o luxo corruptor das democracias liberais. Habitaremos num mundo de sobrevivência, um mundo de fim de mundo, repleto de crueldade, de hordas sedentas e famintas, de crenças indefinidas, de flagelos e de toda espécie de danações. Urge encontrar – como imaginava Carlyle – os heróis providenciais.

Trata-se de uma lei de salvação. Alexandre da Macedônia, Júlio César e Napoleão não pediram licença à história para agir. Eram todos eles como heróis, a causa *e não o* efeito.

No dia seguinte, tive a oportunidade de comunicar-lhe que o seu pequeno texto havia sido incluído no diário, embora, em princípio, evitasse abordar matéria política.

De maneira inesperada, Dr. Intruso argumentou não lhe parecer tanto assim, pois, emprestado por Nonato, havia lido com bastante atenção meu livro publicado em 1990, com o curioso título de *Diálogos do paraíso perdido,* onde foram mencionados motivos relacionados à política, religião, decadência dos costumes, conceitos sociológicos, urbanísticos e até abordagens do ecossistema. "São páginas horríveis, retiradas de uma confusa entrevista que jamais deveria ter sido publicada", argumentei com desconfiança para encerrar o assunto.

– Não foi essa a minha impressão. O livro deixou-me, inclusive, interessado. De onde o senhor tirou a ideia de citar Stefan Breuer, de recorrer a uma indispensável citação de Hegel quando parece justificar, no todo, essa ideia de *confronto permanente*? – disse Dr. Intruso com certo tom triunfalista.

– Você está se referindo a uma citação do filósofo alemão que nada tem a ver com minhas observações subsequentes de uma manifesta puerilidade – eu disse.

Os olhos de Dr. Intruso permaneciam com a quietude habitual. No momento, ele era o senhor do castelo e, com muita dificuldade, eu poderia me safar de seus argumentos. Bem escrito ou não, lá estavam eles para serem discutidos. Portanto, não foi surpresa quando voltou à carga:

– Então o senhor acha ingênuo ou casual esse título "As cidades sitiadas"? Cidades sitiadas por dentro e, ademais, a coragem de dizer que agora vivemos num mundo às avessas? É muito forte concluir que as cidades estão invadidas, além de necessitarmos renovar todos os conceitos a respeito.

– No meu entendimento, a entrevista em forma coloquial, prejudicou a clareza e os fundamentos de todos os conceitos – aleguei em evidente retirada.

– Pobreza de argumentos – disse Dr. Intruso com uma referência a *Lisístrata*, de Aristófanes. Observe o quanto há de agudeza na observação de vivermos nas ruas repletas de estranhos como se fosse um acampamento permanente de forasteiros, consequentemente facilitando a organização de quadrilhas, de guetos, enfim, estimulando a afluência permanente do êxodo para as grandes cidades.

– Ainda assim não me convence. Se falei em Aristófanes, foi no intuito de registrar a população de Atenas no século de Péricles. Estou apenas de acordo que esses profundos desacertos serão motivo obrigatório de reflexão no Terceiro Milênio, no chamado século XXI. Contudo, o mundo não se modificou e nem vai se modificar desde o Código de Hamurabi. No homem, a desobediência, a tolice e a crueldade são irreversíveis. Reconheço e lastimo que os hebreus, partindo desse famoso Código de Hamurabi, o tenham interpretado como lei de retaliação: "Olho por olho, dente por dente".

– Falo com as suas próprias palavras: "Todos esperam tanto desse novo século e, na verdade, não vai acontecer absolutamente nada, a não ser a confirmação da nossa desgraça, por conta de uma série de erros ainda a resgatar". Deixe-me mais uma vez utilizar as suas expressões: "Precisamos compreender que tudo isto faz parte da pena de uma dor antiga, ou seja, de impulsos sacrílegos, que não são nem dos homens nem dos deuses, mas nascidos de antigos delitos não purificáveis pelos homens", contestou Dr. Intruso.

– Talvez possamos explicá-los com mais naturalidade através de um velho provérbio: "Que esplêndido seria fazer o mal e nunca mais ouvir falar nisso". Por que o Dr. Intruso não tenta fazer, especificamente, uma estatística sobre o mal?

Senti certa carga de violência nesta última frase, mas ao mesmo tempo o diálogo estava interrompido. Dr. Intruso deve estar a serviço de alguma "instituição", portanto, em breve, voltará a insistir nos seus propósitos. E para desencorajá-lo, eu o exortei: "Reescreva você próprio esse 'diálogo do paraíso perdido' com uma linguagem literária apropriada, retirando desse conjunto o tom vulgar da entrevista jornalística mal alinhavada".

Ele ficou algum tempo a me contemplar com um sorriso[104] indefinido que seus vastos bigodes ajudavam a esconder e depois me pediu licença para se retirar da sala.

Dr. Intruso havia comentado parte dessa nossa conversa a Nonato e teria dito: "O defeito de vocês artistas é, em última palavra, desejarem escrever e falar como se fossem permanentemente poetas". Recordo de uma conferência de Graham Greene onde este dizia: "Só nos últimos anos é que a palavra poeta foi circunscrita àqueles que escrevem seguindo um esquema métrico ou rítmico. Na época de Dryden, todo escritor criativo era chamado de poeta e seria difícil justificar qualquer definição que excluísse James ou Conrad, Tchekhov ou Turgueniev, da categoria de poetas. O Sr. Ford Maddox Ford nos deu a mais útil definição para a qualidade que esses prosadores têm em comum com Shakespeare e Dryden: 'Não o poder de dispor melodiosamente as palavras, mas o poder de sugerir valores humanos'".

Nonato disse em tom galhofeiro que Dr. Intruso, ao terminar sua citação, ficou perplexo, logo advertindo que essas palavras não eram suas, e sim do seu mestre Graham Greene.

8 de janeiro – sábado

Estranho o demorado silêncio de Simone Mahrenholz. Mesmo que eu tenha dito que esperaria mil e um dias por uma carta sua, já me preocupa essa falta de notícias, cuja ausência ainda não completou noventa dias. De algum modo ela haverá de silenciar. Por que não agora?

À tarde, trinta estudantes do Instituto de Artes de Chicago visitaram a Oficina. No meio do grupo, destacava-se uma pequena argentina (nascida

---

[104] Até hoje, depois de alguns meses de convivência, não conheço a cor dos dentes de Dr. Intruso. Às vezes, o seu rosto reflete apenas um ar de complacência que pode substituir o chamado sorriso (N. do A.).

nos Estados Unidos) que desejou ser minha aluna. "Deixaria tudo para vir trabalhar e estudar a seu lado". "Impossível", eu disse taxativamente.

13 de janeiro

Quarenta páginas do meu diário foram entregues nas mãos de Roberto Viana e Fernando Monteiro para que eles possam fazer uma leitura mais apurada de minha já longínqua viagem à Itália no ano de 1952, na verdade, páginas transcritas anos depois (1962), quando resolvi desenvolver parte desse texto há tanto tempo esquecido. Surpreendeu-me a atitude desses dois amigos ao concordarem que todas essas quarenta páginas deveriam, sem exceção, participar do caderno jornalístico que eles pretendem imprimir.

É a vez de dizer: todas essas páginas não valem o poema "Na Longa Claridade" (transcrito nesse diário no dia 23 de dezembro do ano passado) que Deborah escreveu em homenagem ao meu trabalho. Sempre disse e reafirmo: de nosso grupo ela é o *artista maior.*[105]

14 de janeiro

Mais do que nunca, sinto-me dominado pela hipocondria. As pessoas aterrorizadas pelas doenças não acabam sempre por ter razão? Só eu mesmo sei daquilo que mais temo.

17 de janeiro

Seleciono desenhos executados nos anos 1950 para ilustrar o "famoso" caderno *Gabriela Mistral.* Conseguir cerca de vinte trabalhos foi um achado oportuno. Suponho encontrar na feitura de cada um deles o mesmo espírito dos cadernos italianos.

20 de janeiro

Escrevo cedo a F. Monteiro sobre as 20 fotos (dos desenhos) e também sobre a possibilidade futura de uma reportagem sobre a *Batalha dos Guararapes*, com o texto recente do crítico Frederico Morais.

---

[105] Falo do grupo apelidado pelo amigo Ariano Suassuna de Academia dos Emparedados, do qual constavam César Leal, Tomás Seixas, Deborah, eu e o próprio Ariano (N. do A.).

Fernando,

Eis o conjunto de desenhos descoberto na escuridão das gavetas e que, suponho, irá ilustrar o corpo do diário italiano. Faltam dois cromos: o Autorretrato com vinte anos *e* Perfil italiano. *Na próxima semana, Fred Jordão*[106] *prometeu entregá-los. Anexo, segue como reparo o suplemento da revista* Manchete *(1972) sobre Pernambuco e a Batalha dos Guararapes, do qual você poderá verificar o quanto é adequada (se tivermos a sorte de boas reproduções) a ideia do "mosaico cerâmico", numa possível publicação no jornal* O Estado de S. Paulo. *Quanto aos desenhos realçados com lápis de cera, são todos do final dos anos 1950. Aqueles de traçado fino são do fim dos anos 1940 e dos primeiros anos da década seguinte. Enfim, foram desenhados com a mesma emoção de quem escreveu o diário. Você também compartilhará dessa impressão.*

Os títulos escolhidos (hoje) são os seguintes:

1. *A Camareira*
2. *José e a Mulher de Putiphar*
3. *A Passageira*
4. *Despertar I*
5. *Lêda e o Passarinho*
6. *Nu Sentado*
7. *Guia Romana (Óstia)*
8. *Veludo Verde*
9. *Figura*
10. *A Taça de Chá*
11. *Despertar II*
12. *Pequena Napolitana*
13. *Monalisa*
14. *A Bela da Gargantilha Branca*
15. *Homenagem a Balthus*
16. *O Sonho I*

---

[106] Fred Jordão é fotógrafo (N. do E.).

17. *Perfil*
18. *A Volta do Filho Pródigo*
19. *O Sonho II*
20. *Retrato*

Observação: esses batismos "arbitrários" dos desenhos não contam absolutamente como legendas.

21 de janeiro

Meteram-me dentro de um estranho cilindro onde fiquei enterrado como num túmulo por vinte (ou mais?) longos minutos, só a ouvir o matraquear de uma metralhadora sem que as balas penetrassem no meu corpo. Outros ruídos se fizeram notar e, de repente, cessaram. Eu não escutava passos, e ninguém sequer falava comigo. Contudo, era preciso resistir e eu resisti. Fora do tubo, já sentado, verifiquei a presença de um médico e de seu assistente. A enfermeira de plantão desaparecera. O médico perguntou se estava tudo bem. "Tudo bem", eu disse sem muita convicção.

22 de janeiro – sábado

Tenho trabalhado pouco: eis o resultado de um prêmio. Ganhar um prêmio é uma afronta.

Ontem na conversa com o médico, observei o quanto deve ser difícil para eles decifrarem nossas queixas extravagantes. Os seus códigos linguistícos são bem outros, daí a razão de tantos "vexames" (investigações silenciosas) para um diagnóstico mais seguro. Causa-me admiração, senão assombro, as descobertas quase xamânicas dos médicos antigos. "É verdade que se morria muito" – eu disse – "embora com toda a tecnologia moderna, as mortes também são inevitáveis: essa velha mania de morrer." O médico olhou-me apreensivo, mas não pronunciou palavra. Preferiu silenciar.

Aproveito a energia matutina e retomo o famoso quadro em processo de destruição. Agora ele deixou de ser uma natureza morta para transformar-se em *Maria Antonieta degolada*. No final do ano passado, fiz uma escultura com esse mesmo tema. Ambos vieram de um desenho (colagem) datado de 1977. Na mesma época, *Marat* e *Carlota Corday* surgiram desolados.

Finalmente a tela foi destruída. Destruída porque acertei fazer um novo quadro, o que também acontece quando uma pintura é bem-sucedida, isto é, quando não merece mais retoques. Na arte de pintar, "como costumava dizer o admirável Balthus", ou se acerta ou então não se acerta, eis de fato a questão.

Na Inglaterra, uma jovem professora de escola primária deixa o seu país indignado, inclusive o Parlamento e o seu primeiro-ministro, por sua censura à conhecida peça de Shakespeare *Romeu e Julieta,* transformada em balé. A jovem professora – coberta de razão –, falando uma linguagem do século XXI, achou o conteúdo da conhecida tragédia amorosa imprópria para menores, sob a alegação de estímulo à violência e ao ódio entre famílias, facções ou bandos inimigos. A peça valoriza excessivamente o amor sexual e convida os casais frustrados ao suicídio. Portanto, uma história pouco edificante, não só para a ótica da jovem professora, como para mim. E eu acrescentaria: duvido que, inclusive, seja propícia aos adultos. São poucas as histórias edificantes. E quando existem não chegam a interessar.

23 de janeiro – domingo
Admirável comentário de Nietzsche: "Amadurecer é reconquistar o sentido de seriedade que tínhamos quando crianças, ao brincar".

24 de janeiro
Fui ao Tribunal Regional Federal ver o *Prometeu* no meio das águas buliçosas do lago artificial. Lá estava ele, insulado, abutre (ou homem?), indiferente aos nossos julgamentos e aos nossos turvos olhares.

25 de janeiro
Definitivamente preciso averiguar o que acontece "com as minhas pernas". Ontem, na visita ao Tribunal, depois de muitas andanças, fui tolhido por uma dor profunda na coxa direita quase não me deixando chegar até o estacionamento onde se encontrava o meu automóvel. Arrastei-me miseravelmente na certeza de que deveria estar mortalmente pálido, pois os circunstantes olhavam-me sem saber bem como ajudar. Atitude que, na verdade, aumentou consideravelmente o meu constrangimento. Não emiti sequer um só quei-

xume. Fiquei em silêncio. Às vezes, parava à procura de um apoio que só estava presente a dezenas de metros do local. Mas o que me restava fazer? Explicar que tinha a coxa marcada por ferro em brasa?

26 de janeiro

Não sei se o poeta Alexei Bueno acredita na libertação final do homem. Eu não acredito. Mesmo a eternidade é o eterno sofrimento. Nada nos deixará escapar da dor, ainda que a *ave maldita* venha a ser enforcada. Outros grilhões aparecerão.

Vamos ao poema de Alexei Bueno:

Desde que o fogo, Prometeu, nos deste,
No Cáucaso do nosso próprio espírito
Como tu, mesmo em marcha, estamos presos
E o tempo é o nosso abutre

Nunca mais, por tua causa, pararemos,
Em nosso próprio andar agrilhoados
Como cegos que gemem por não verem
O que vêem no entanto.

Mas um dia, algo oculto e claro o pede,
Seremos finalmente, e como os nossos
Teus grilhões do não-ser romper-se-ão,
E a ave enforcarás.

Foi por isso que o injusto deus um dia,
Temendo algo maior, aprisionou-te,
Mas já no Olimpo todos ouvem trêmulos
Os nossos próprios passos.[107]

---

107 "Prometeu", poema de Alexei Bueno (N. do A.).

27 de janeiro
A primeira criatura que encontrei tentou me dizer alguma coisa.

28 de janeiro
Depois da conversa com casal de professores, apesar de resistir a todas as dores, apenas deixei-os sair para desabar sobre uma arca que havia no canto da parede, contorcendo-me como um animal ferido. Durou alguns segundos, quando, enfim, consegui caminhar tropegamente até o ateliê, onde pude ter pensamentos sobre a minha própria morte.

Não acredito nos médicos. Na verdade, como o poeta W. H. Auden, escuto *o som distante/do trovão num piquenique.*

29 de janeiro
O bom amigo, o embaixador Alberto da Costa e Silva, mandou-me da distante Colômbia o seu "livrinho" de poemas, composto e impresso na Gráfica Imperial em Santa Fé de Bogotá. Na página nove está escrito:

Vou pedir a meu pai
que me esqueça menino.

Alberto da Costa e Silva não precisava dizer mais e teria dito tudo se não prosseguisse:

E, se agora persigo o pedalar do menino,
é porque sei que sou final do seu riso.

E se não continuo agora é porque o livro me interessa e presumo ainda não ter chegado a hora de fazer a sua leitura completa. Mas a que tempo eu me refiro? Certamente não ao "escrito a lápis sob um epitáfio romano".

Q ARTVLVS
ANORUM IIII SI
(Quintus Artulus.
Tinha quatro anos de idade,
e puseram sobre ele
esta pedra).

Sim, Alberto, o poeta Auden tinha razão:

about suffering
they were never wrong,
the Old Masters.

Continuamos, Alberto, e alguém disse: "Lá vai a infâmia do espelho". Fiz questão de ler a dois amigos poetas o seu murmúrio:

Vou pedir a meu pai
que me esqueça menino.

Testemunhei uma assombrosa surpresa com o prêmio concedido a Gerardo Mello Mourão pela Guilda Órfica, Sociedade Poética Secreta, fundada no século XV, propensa (através de avaliações por decênios) a "descobrir" o poeta do século.

Pouco importa o desaparecimento gradativo dos membros secretos (juízes) dessa sociedade, como também os poetas escolhidos. Outros, da mesma forma, os substituem, e a faina oculta prosseguirá nos seus estranhos desígnios. "Goethc pode ter sido membro dessa Guilda Órfica, assim como Leopardi ou Yeats ou mesmo Borges", diz o poeta César Leal, amigo de Gerardo Mello Mourão. César acrescenta que poetas como Ezra Pound e o chileno Vicente Huidobro, quando vivos, foram cogitados para esse prêmio.

Contudo, os juízes pediram a Mourão que terminasse o tão prometido *Quarto canto dos peãs*, obra em que o artista trabalha há muito tempo. Para caracterizar ainda mais esse título de poeta do século, Mourão ganhará uma *casa*, com o direito de escolhê-la em qualquer parte do território sul-americano ou da costa mediterrânea, seja europeia ou africana.

Que magnífica, única e significativa honraria, ganhar uma *casa*, como quem ganha um peixe, talvez o equivalente a um tesouro oculto ou ainda muito mais!

O poeta poderia então sonhar com as planícies ásperas de pedra e areia da Patagônia, onde se criam gordos carneiros ou, quem sabe, numa aldeia montanhosa de Cefalu, em Creta, ou ainda em Tipasa – na Argélia, terra reverenciada por Albert Camus.

Nota: esse mesmo poeta, Gerardo Mello Mourão, foi duas vezes derrotado na sua vontade de entrar para a Academia Brasileira de Letras.

30 de janeiro – domingo
Resolvi passar um telegrama ao poeta Gerardo Mello Mourão. Tarefa difícil, mas vou tentar:

Confraria reunida no Templo das Ilhas Baleares, muito cedo da manhã, colheu votos assinalados na véspera. E, sob os olhos atentos do grão-mestre, foi efetuada leitura quando o nome do brasileiro Gerardo Mello Mourão levantou unânime murmúrio de aprovação: "Seus mistérios" – disse o grão-mestre como palavra final – "são para mim tão claros como o dia". Quanto a mim, pensei: que magnífica e significativa honraria ganhar uma casa como quem ganha um peixe! Abraço cordial, Francisco Brennand.

31 de janeiro
Além do telegrama, mandei livros e catálogos para o poeta ter uma vaga ideia de quem o cumprimenta.

Mas, bem pensado, não seria melhor ele ignorar tudo? Hermético, como Hermes Trimegisto. E, depois, o que vem a ser um nome?

1º de fevereiro
Ainda à procura dos médicos, embora eles não me devam nada.

2 de fevereiro
"Não existe acaso no futuro. Acaso é o passado."

3 de fevereiro
Aposto como fui mal interpretado de novo.

4 de fevereiro
Cada dia que passa, minha afeição cresce pelo pequeno Oliver (o Masquito, como eu o chamo). Quanto à bela Helena Viktoria, não precisa mencionar os meus indisfarçáveis sentimentos paternais.

O que será dessas duas crianças se um dia eu desaparecer, mesmo contando com a amorosa proteção de M. Gertrude? Como ficarão essas pendências familiares até hoje indefinidas? Que tipo de relacionamento possível envolverá as minhas filhas mais velhas com essas indefesas criaturas? Suponho que, tendo um pouco de amor, se resolverá tudo, mas, se isso não for possível, que se estabeleça a amizade, o respeito em memória do pai e perdure a complacência.

Que as minhas duas filhas mais velhas, a quem eu amo igualmente, recordem esse amor, no exato momento de amar e transigir.

5 de fevereiro – sábado

A última carta de Simone Mahrenholz foi do dia 30 de outubro do ano passado. Hoje, como sempre acontece, "impressentida como uma bala", chega outra carta datada 22 de janeiro de 1994. O tempo não foi longo, no entanto, pareceu-me uma eternidade. Mas se eu próprio lhe fiz ver que não me importava em aguardar mil e um dias por uma sua resposta?

As cartas de Simone – a sua linguagem (ou voz?) – são, na verdade, algumas das minhas poucas alegrias.[108]

6 de fevereiro – domingo

Rascunho a carta de Simone Mahrenholz. Pretendo quebrar o ritmo temático das nossas primeiras cartas. Devo deixá-la mais à vontade e esquecer as *Elegias de Duíno*. De algum modo, dependerá muito do tom dessa nova conversa esta esperada mudança. Ela é extraordinariamente sensível, e logo perceberá de onde sopra o vendaval.

7 de fevereiro

À tarde, volto ao hospital para conversar com o médico. Por enquanto parece que tudo isso me diverte; uma tal sensação que não deve ser estranha a vários doentes.

8 de fevereiro

Acrescentei um *post scriptum* ao rascunho da carta de Simone Mahrenholz, falando de Dostoiévski. Foi tudo o que fiz hoje de mais importante. Eis a carta:

---

[108] Para Nonato, alegria de intelectual é apenas um estado de bem-aventurada soberba, nada mais, e essa correspondência está com os seus dias contados (N. do A.).

Querida Simone Mahrenholz,

Seria mesmo de bom tom começar uma carta lembrando o malévolo comentário de Durrell: "É terrível, mas a vida não está do lado de ninguém". E ainda mais terrível, se acrescentássemos: a vida está sempre contra todos.

Suponho que na nossa época de telegramas, telefones, fax, e outras parafernálias, as cartas (esse luxo suplementar de alguns espíritos) não mais necessitam de sequência. Portanto, não devem corresponder a nenhuma indagação ou resposta. Uma carta é uma carta. Uma voz entrecortada dirigida à imagem vaga de alguém que supomos conhecer, mas que necessariamente não estamos certos de um envolvimento.

Você própria indaga se somos "os atores reais, aqueles que pensam e decidem...". Não continuo sua frase porque ela me amedronta. Sim, é o caso mesmo de tratar se de algo fora de nós, no entanto, uma estranha sensibilidade nos coloca nos rastros imprecisos desse tesouro, do qual teremos de compartilhar: "Uma herança".

Minha querida amiga, você lembra como começamos, numa sala de museu, em Berlim, essa nossa conversa? Ainda não havia cartas, nem roteiros, nem nomes. Apenas dois desconhecidos no escuro. Será que desse nosso diálogo inicial eu consegui, uma só vez que fosse, responder alguma coisa verdadeiramente significante? Acontece que eu estava decididamente encantado com a sua fala. Encantado e surpreso. Você falava! Eis tudo. Hoje tento recordar em que língua nós nos expressávamos e cheguei a conclusão de que não era em qualquer idioma conhecido. Assim, não me prometa responder as minhas cartas (sempre muito longas). Fale-me de você ou diga que saiu à rua e que nevava. Diga-me se antes olhou a paisagem através da janela e se nesse momento levantou as mãos até seus cabelos. Diga-me pouco, cada vez menos, porque ainda assim, é você quem fala e quem, em seguida, guardará silêncio por largo tempo.

Devo ser breve nesta carta (como se isso fosse possível), mas acrescentarei dois comentários. Um deles é de Nietzsche, seu compatriota: "Amadurecer é reconquistar o sentido de seriedade que tínhamos quando crianças ao brincar". O outro é para lhe fazer ciente de que ganhei o Prêmio Gabriela Mistral (1993). Devo recebê-lo em abril, na própria Organização dos Estados Americanos, em Washington D.C.

A carta terminou, mas, como sempre, continuo falando. Há também a possibilidade (ainda incerta) de, no mês de setembro, eu expor, junto a mais oito artistas brasileiros, no Mathildenhöhe, em Darmstadt. Novamente Alemanha! Mas tudo isso me parece não passar de uma imperdoável vaidade. O importante é não deixar escapar nenhuma palavra. Sequer o mais inútil, tolo e obscuro pensamento. Alguém nos chamando, talvez. Mas o que se escreve, insisto, não é para se obter resposta. São apenas palavras herdadas de um obscuro perfil. Palavras escondidas agora nas dobras profundas do linho branco de uma cama que jamais abrigou amantes ou que foi descrita em qualquer história conhecida.

Você percebeu a proposta? Você está livre. "Enfim – disse –, sei que a vida é amarga!"

Maldosamente envio um poema de Rilke escrito em português. Você será compelida a traduzi-lo. O poema é extraído de O livro de horas.

PS. A propósito do frívolo e do sério, envolvendo o fascinante assunto de escrever ou receber cartas, lembraria uma história lida há mais de quarenta anos no romance Os irmãos Karamázov, *de Dostoiévski.*

Num convento de religiosas, quando tocava a sineta da rua, quem primeiro corria para a porta era a pequena madre Prakóvia, sempre na suposição da presença de um carteiro. A superiora do convento, conhecendo muito de perto a vida passada da freirinha, intrigada com a repetição desse hábito insólito, acaba por indagar qual a razão dela teimar em esperar cartas, se não tinha nenhum parente vivo, além de não conhecer qualquer pessoa nesse mundo. A pequena madre retruca: "Um dia, senhora, tenho certeza que me chegará uma carta".

Com a mais profunda e crescente admiração,
Francisco Brennand

Esta minha carta é obscura e desesperada. Certamente Simone não conseguirá desvendá-la. Mas não foi essa a minha real intenção? Pelo menos não hesitei em dizer-lhe de frente que ela estava livre de não continuar a escrever. Ela comenta na sua carta: "Nós somos tão diferentes quanto dois indivíduos podem ser em relação à biografia, nacionalidade, idade, sexo, profissão, tradição". Imagino, portanto, o quanto deve ter sido penoso para essa moça manter uma correspondência nestas condições.

9 de fevereiro

Pela primeira vez, faço a vontade do curioso Nonato e reproduzo uma carta de Simone Mahrenholz.

Berlim, 22.1.94

Cher *(sic) Francisco Brennand,*

Sua última carta foi tão longa, complexa e coagente que me provocou o desejo de respondê-la de forma diferente. Isto pede uma porção de liberdade e algumas horas de bom humor, o que simplesmente não foi possível nas últimas semanas. E ainda que você tenha dito "Não se desculpe, apenas escreva, mesmo que isto leve mil dias" (o que eu achei tão doce!), quero finalmente mandar-lhe um sinal de vida.

Adorei sua carta; foi um prazer que revelou para mim uma nova nuança da beleza. Não é uma coisa incomum, graciosa e fora de moda corresponder-se com os outros da maneira como fazemos? Não sei por quê, mas tenho a sensação de estar mantendo uma tradição, de obedecer a uma herança (sem saber que tradição ou herança), e assim, toda essa coisa de nos comunicarmos por carta é, como as coisas verdadeiramente prazerosas na vida, uma dádiva do desconhecido, um presente que ninguém espera. Sinto também como se nós não fôssemos os verdadeiros "atores" – aqueles que pensam e decidem, mas apenas os escolhidos para "preencher algo" que permanece fora de nosso alcance. Seríamos apenas suficientemente sensíveis para atender aos papéis. De qualquer maneira, é um prazer.

É estranho ou talvez não totalmente estranho. Nós somos tão diferentes quanto duas pessoas podem ser: considerando biografia, nacionalidade, idade, sexo, profissão, tradição. E, ainda assim, parece que compartilhamos de muitas coisas. Aquelas coisas que talvez um de nós nunca saiba: o outro saberá. Durrell, por exemplo, pode ser um sintoma.

Prometo que dentro de 2 ou 4 semanas responderei sua carta. Agora mesmo o Berlin Berlinale (o festival de filmes), que começa no dia 11 de fevereiro, tem ocupado meus dias. Tantos filmes para ver (junto com o trabalho diário) e escrever sobre eles.

Agradeço-lhe os votos para o ano de 1994. Penso que este número deve trazer um bom ano.

Para você, o que mais desejo é saúde e bom humor, estando aberto à felicidade.

Sinceramente,
Simone

10 de fevereiro
Lembrando Emmê nas asas da extraordinária poesia de Soares Feitosa:

> *(...) Olhos negros...*
> *Brilho,*
> *Brilhavam de brilho!*

12 de fevereiro – sábado de Carnaval
Como Blake disse a Milton: "Estou do lado do demônio sem o saber".

Até que ponto poderia dizer o mesmo? Disfarçar é tudo o que consigo. Entende? Será que entende, meu caro senhor, o que significa não ter mais aonde ir?

16 de fevereiro – Quarta-feira de Cinzas
A malta ululante estava solta nas ruas num infinito cortejo de caminhos incertos. Eles triunfaram em toda a linha. Falta-lhes agora, apenas, a emergente chefia do *quilombo* vitorioso.

Coloquei no aparelho de vídeo o mais que oportuno filme de Ettore Scola, *A noite de Varennes*. Não pude evitar a emoção quando, no final, a atriz Hanna Schygulla ajoelha-se diante de um manequim de madeira (que fora vestido propositadamente com um manto real) e, ali, prosternada, recita a palavra mágica que a turba jamais compreenderá: "Majestade!!!"

19 de fevereiro – sábado
"Tolo é quem se agarra aos equívocos da cronologia. Com o passar do tempo, a verdade é o que mais se contradiz."

Eu estava comentando esse aspecto com o Dr. Intruso no momento em que ele, fugindo um pouco de sua especialidade, mencionou o historiador R. Taylor para quem o Palácio do Escorial teria sido construído entre 1542 e 1584.

Insiste o Dr. Intruso que, numa enciclopédia por ele mantida para consultas rápidas, estas datas se alteram para 1563 - 1584. "Filipe II teria feito o voto de construí-lo em 1557, após a vitória de Saint-Quentin, no dia de São Lourenço (o que explica a planta em forma de grelha – instrumento adotado no suplício desse santo)."

Quanto ao arquiteto, Taylor menciona apenas um só nome, o de Juan Herrera, enquanto a enciclopédia acrescenta mais três outros: Juan Bautista de Toledo, G. Castello e Francisco de Mora.

Interessa-me, no entanto, muitíssimo mais as conjeturas de Taylor no seu livro intitulado *Arquitetura e magia – Considerações sobre o Escorial.* Vejamos o que ele nos diz: "As linhas do Palácio, austeramente geométricas, não expressariam o 'frio classicismo sufocador de toda fantasia', a que muitas vezes o reduzem os livros de história da arte. Mas *esconderia*, ao contrário, a tentativa de reencontrar as proporções que se encontravam no templo perdido de Salomão".

Taylor desenvolve suas suposições relembrando que o Rei Filipe II, durante o desenvolvimento dos planos arquitetônicos, chamou para junto de si um jesuíta andaluz, o padre Villalpando, o autor de uma das ambiciosas tentativas de *reconstruir* as medidas e a planta do rei hebreu. Esse enigmático padre jesuíta teria sido o tutor de seu arquiteto, Juan Herrera. O que aparece, na teoria do historiador, é um Escorial visto como uma nova *Jerusalém celeste*, onde se guardam muitos mistérios.[109]

– Meu Deus, onde essa gente mantinha o seu espírito? – indaguei comovido. De que ossos e de que carne era feita?

– Filipe II, com toda a força de sua crença fanática, assistia à missa deitado num esquife – lembrou Dr. Intruso. Essa gente era inquebrantável e não temia a morte.

– Nesta época ninguém precisava de estatística e desconhecia a psicologia.

Dr. Intruso parece não ter entendido bem a minha colocação e respondeu dizendo que as estatísticas só amedrontam os fracos.

Antes de responder, prestei atenção a Odin que dormitava quase por cima das botas do Dr. Intruso, sempre enlameadas. De acordo com o relatório da vigilância, esse cachorro, quando consegue se soltar, dá-se ao esporte assassino de eliminar os vira-latas da redondeza, sejam eles grandes ou pequenos. Além disso, é o dono inconteste de todas as cadelas no cio. Caso

---

[109] Confesso que não sabia que o Dr. Intruso se dava a estudos de ciências ocultas. Em todo caso, Nonato verificou entre seus livros de cabeceira *O equinócio dos deuses*, do ocultista inglês Aleister Crowley (N. do A.).

não se encontrem nesse estado, elas têm o mesmo destino dos cachorros. Odin é um matador, um campeão. Dr. Intruso me faz acordar com uma pergunta: "No que pensa, senhor?".

Na realidade, eu me indagava até que ponto soam verdadeiras as cavilosas informações de Nonato apontando Dr. Intruso como um assassino: teria matado um homem e seduzido, a pretexto de ajuda, a sua jovem família. Para mim, o rosto desse forasteiro é imperscrutável. E, de resto, que mãos estranhas ele possuía! A cozinheira Maria Rita disse-me que costura a sua própria roupa e às vezes faz a sua comida. Quantos anos ele teria passado em sua fazenda em Aukland depois dos estudos na Inglaterra, e por que essa intempestiva reclusão nos confins do mundo, em se tratando de um homem letrado e propenso à aventura? Um mistério – um mistério. Viver num ultra-longínquo lugar, talvez em alguma aldeia na Nova Zelândia, onde nada era transitório, pelo menos assim ele pensava.

Saímos juntos da sala, cada um à procura do que fazer.

20 de fevereiro – domingo

Deborah começa a escrever "Anjo da Noite", um poema sobre Berengária, a donzela lusa de muitos nomes, que se tornou rainha nos campos do frio, esposando o rei Waldemar, da Dinamarca.

Pena que estejamos os dois tão doentes. Pelo menos ela sabe e saberá como comportar-se na hora do fatal. Eu não. Como saberia uma ovelha negra mudar de cor? Se é negra, é porque escureceu de mágoa ou de pura dor. Dizem outros que uma ovelha negra é uma ovelha má.

Anjo da Noite

– Dá-me a ilha de Samso como brinde de noivado.

Beengfierd

E, sendo o ser todo ser,
eu, vetusta ou jovem lusa,
dei o meu olhar de claridade
à vastidão única das brumas.
E só no coração uma saudade
era de havidos campos,

campos quase não vistos,
ó enamorado de minha formosura.

Sombria ou ruiva foi a cabeleira
o pouso da coroa em garras
abutre no alvor da minha fronte
fincando unhas de diamantes.
Assim, eu disse que as mulheres
não deviam usar trajes escarlates.
Talvez dez dias e oito noites passassem
nas distantes florestas de Lorvão.

E o meu reino cresceu em culpas
o meu legado foi agouro e mal.

Ó enamorado de minha póstuma formosura,
por que de mim tão pouco sabes?

23 de fevereiro

De madrugada, olhei longamente o pérfido retrato de Madeleine Bernard pintado por Gauguin. "Que olhos rasgados e terríveis, e que boca cruel", eu pensei.

Pelo jeito, o pintor quis seduzir a irmã do amigo, mas tudo indica não ter alcançado tal propósito (o seu retrato é a maior prova disso). Ela deve tê-lo encorajado o bastante durante as sessões sem, contudo, deixar o ato consumar-se. Coisas de mulher.

Como repetia Murilo Mendes: "Há tardes em que qualquer vagabunda parece mais alta que a própria musa".

24 de fevereiro

Registro a curiosa notícia de que o grande Piero della Francesca tenha morrido no mesmo dia, mês e ano da descoberta da América (12 de outubro de 1492). Essa coincidência permite a criação de uma legenda histórica. A iconicidade de um Piero (artista misterioso) como ideal de transição entre o mundo antigo e o mundo moderno.

26 de fevereiro – sábado

Cometi um pequeno erro. Juro que não fiz nada demais. Nada condenável e sem apelação. Fui entrevistado por uma revista espanhola e respondi com algumas tolices aquilo que me foi perguntado. Nós estamos sempre pronunciando o impronunciável. No final, a megera achou por bem indagar se eu acreditava no amor. Nesse momento cometi um erro e respondi como Dante: "O amor que move tudo, o sol e as outras estrelas". A meu ver, deveria ter silenciado.

27 de fevereiro – domingo

Ausência de nomes ridículos. Quando a paisagem ficava idêntica àquela dos seus sonhos, eu dizia: "Agora posso morrer".

28 de fevereiro

> *Se o tempo é história, a velocidade é apenas sua alucinação. Uma alucinação perspectiva que arruina qualquer extensão, qualquer cronologia.*
>
> Paul Virílio

3 de março

Às vezes é uma ironia! Soren Kiekergaard: "Nenhum gênio apresenta um 'de modo que': o apóstolo propõe de maneira absoluta e paradoxal um 'de modo que'".

É preciso compreender que o estilo profético, como propugnava Borges, não permite o emprego das aspas, nem a erudita citação de livros e autores. Como pode admitir um fanático o seu próprio fanatismo se ele está envolvido – por todos os lados – com verdades que não lhe pertencem? São vozes de um outro. Com profundo acerto Gerardo Mello Mourão comenta que o precursor não deu o seu nome aos enviados dos fariseus e disse: "Eu sou a voz que clama no deserto".

O Mestre recusou-se a dar o seu nome contentando-se em informar apenas que era o Filho do Homem. Por outro lado, Cioran parece ironizar os filósofos quando afirma: "A maior parte da filosofia reconduz a um crime de lesa-linguagem, a um crime contra o Verbo". De modo que...

8 de março

Foi em "Acontecimentos a Bordo da Goleta Banbury", conto do esquisito Witold Gombrowicz, que pela primeira vez ouvi falar da "Síndrome de Tourette". Depois – sempre aparecem informantes vagos – me disseram ser Mozart uma das pessoas atingidas por esse mal. Agora leio numa revista qualquer aquilo que me faltava entender dessa doença em toda a sua extensão. Tenho, inclusive, o nome por completo do desgraçado que lhe deu o nome: Gilles de la Tourette. Aqui está a notícia com todos os seus possíveis significados. Estranho, não é? E, depois, dizer que são os artistas que inventam (ou exageram) as coisas: "Entre tais males, o mais grave toma de empréstimo o nome de Gilles de la Tourette. Não é muito comum, mas, quando aparece, traz tiques múltiplos – motores e vocais ao mesmo tempo. Não bastasse isso, a pessoa pode desenvolver a coprolália, isto é, começar a falar palavrões sem perceber ou, ainda, tornar-se agressiva fisicamente. De repente, em uma conversa, essa pessoa dá um tapa no outro sem a menor intenção de fazê-lo. Trata-se de tiques nervosos bastante graves, só que de origem neurológica. Felizmente, por meio do uso de medicamentos, existe tratamento para esse mal. Não se deve fazer vista grossa quando alguém começa a apresentar tiques. Eles podem ser sintomas".

E é isso mesmo. Nada mais posso acrescentar. Não hoje, certamente, porque ontem, enfurecido, cobri de palavrões a pobre M. Gertrude. Depois, tranquei-me no banheiro e, por mais que ela batesse, não abri a porta pela noite toda. Ficou na brancura dos azulejos espelhantes a lembrança do quanto era perversa, fina e alongada a boca de S. O., como a boca de uma serpente.

9 de março

Petra von Morstein esteve aqui no dia 18 de novembro de 1993. Ela mesma confirma essa data na sua recente carta. Poucas vezes, uma pessoa do seu nível me disse coisas tão apropriadas sobre uma série de coincidências, melhor dizendo, predeterminações que sinalizam alguns aspectos do meu trabalho nesses últimos trinta anos. Dizer coisas exatas não é propriamente um elogio. Portanto, registro os seus comentários.

Alguém, um dia, teria de dizer isso que Petra von Morstein ousou antecipar:

Calgary, Alberta (Canadá), 21 de fevereiro de 1994

Prezado Francisco Brennand,

Faz 3 meses que voltei do Brasil e me assusta quão rápido o tempo passa quando estamos no nosso meio habitual. Dolorosamente rápido.

Evidentemente, eu não tenho aprendido a lidar com o extraordinário – que também está presente no familiar. Durante minhas semanas no Brasil – foi minha primeira visita – pude elevar todas as formas de pensar e viver cada momento plenamente. A experiência de conhecer você e seu trabalho nunca me deixará. O catálogo de Berlim, que você tão gentilmente me presenteou, é um esplêndido aide-memoire. *Eu tenho mostrado para alguns amigos artistas aqui que dividiram comigo a alegria e o reconhecimento que vivi quando estive no Museu Brennand no último 18 de novembro. Não devo presumir que você lembre o nosso encontro; mas talvez pela espontaneidade imediata de nossa conversa e pela alegria sem preconceitos ou interpretações com que nos falamos, fique na sua lembrança. Seu trabalho se fez plenamente presente para mim, e eu, como se por uma graça de Deus, pude me identificar, sem embaraço, com e neste trabalho.*

Eu vim com meu colega Sebastião Pedrosa, da UFPE, onde ministrei palestra e seminário sobre a necessidade da arte dentro do contexto da concepção dionisíaca da realidade, de Nietzsche. Então eu encontrei suas figuras e espaços, máscaras de Dioniso que tornam Dioniso verdadeiro. Eu mesma pude ser uma figura nesses espaços e contribuir para sua verdade – foi como me senti e me sinto em retrospectiva. Quando conversamos, não pude me lembrar de um espaço onde tinha me sentido similar, embora as imagens estivessem vivas e presentes. Era San Galgano, na Toscana, onde estive faz muitos anos e aonde retornei junho passado, poucos meses antes de vir a seu santuário. Tarkovsky fez Nostalgia *em San Galgano; nós falamos sobre Tarkovsky na nossa conversa. Anexo uma fotografia que fiz ali, no ano passado, como se pudesse transmitir minha experiência. Sem tempo para ir a Milão, olhei todas as reproduções da* Madonna de Brera, *de Piero Della Francesca, com o ovo suspenso da cúpula. Eu encontrei esta obra sob sua cúpula azul.*

Plantas selvagens em aberturas e nichos; atendidas, mas não controladas. Visibilidade e sonho inseparáveis em formas de frutas. Quando vi sua obra, eu tinha apenas começado a conhecer frutas tropicais, e o que eu vi me pareceu como se de um sonho ou mito, e eu sabia ao mesmo tempo que o que eu via era o que eu via. As formas de frutas no seu trabalho fluíram de minhas novas experiências, nas quais tudo o que eu via era extraordinário.

Ainda luto para integrar estas experiências à minha vida aqui onde não há uma única folha viva, onde na severidade do inverno em temperaturas de -20ºC. e -30ºC., a luz está no gelo, no ar cristalizado, nos galhos congelados. Não há transição entre espaços internos e externos como nos seus espaços, onde tudo se integra. Procuro compreensão na unidade dos opostos, é onde eu e meu amor pela filosofia estamos à vontade. Invernos gelados encorajam opostos, e preparar-se para sair é como se preparar para enfrentar o inimigo. Há momentos quando eu me reconcilio com este inimigo por sua beleza. Mas nunca sem desafio.

Ponderei por que não tinha escrito para você antes. Talvez precisasse esperar para escrever e agradecer-lhe para eu sentir o solace *de fazê-lo. Tenho chegado num ponto, como costuma acontecer em fevereiro, em que minha alma não suporta mais o inverno. Você conhece tais invernos? Pode imaginá-los?*

Escrevendo-lhe agora faz-me confiar na realidade da experiência de seu trabalho e seu meio e me encontro novamente à vontade na unidade dos opostos. Espero que minha carta corresponda à memória de nossa conversa em novembro. Não é minha intenção que pareça schwärmerisch.[110] Schwärmerei *não é a intenção; ao contrário, é a expressão da presença real. E confio que você a receba como tal.*

Espero poder retornar ao Brasil e a seu santuário no futuro próximo. Quero desenvolver mais trabalhos aí como aqui, partindo da base real da filosofia, ao invés de partir de uma fortaleza acadêmica. Seu trabalho é inspiração para mim. Existe onde eu quero que a filosofia esteja; a filosofia existe nele além de todos os seus métodos.

Com admiração, em conversação,
Petra von Morstein

11 de março

Momentaneamente, sou tentado a citar Auden quando esse lembra, em *A mão do artista* palavras do soldado-narrador, do conto "John-off-the-Bear": "Passo por uma floresta sem árvores, por um rio sem água, por um povoado sem casas. Bato numa porta e todos vêm abrir. Quanto mais histórias conto, mais minto. Não sou pago para dizer a verdade".

---

110 Exaltado, entusiástico.

14 de março
Não venderei um só dos meus sofridos quadros. Não esses que olhei hoje, de frente, no ateliê e nas velhas paredes da casa de São Francisco. Não estão à venda e também não poderiam passar por qualquer mão.

23 de março
Chamei a atenção do Dr. Intruso e de Nonato para um comentário de Cioran: "Nós outros devemos, a um resto de juízo, o privilégio de sermos ainda superficiais".

Acredito convictamente que se não fôssemos superficiais estaríamos perdidos sem nenhuma possibilidade de sobrevivência. Um mundo de loucos e suicidas prevaleceria.

Aproveitando a presença dos dois amigos, lembrei (não sei por que cargas d'água) o famoso encontro de Stanley, jornalista e viajante inglês, com o explorador e missionário escocês Livingstone, no coração da África. Segundo as crônicas, Livingstone estava perdido na floresta e seu colega Stanley, depois de exaustivas e perigosas façanhas, acabou por descobri-lo. Fala-se num diálogo insólito, nesse momento crucial em que os dois acabam face a face. Esse é um fato passado há cento e vinte anos e acho que a poucos pode interessar: nas margens do Lago de Tanganica, cujas águas se espalham até às montanhas do Zaire, fica a pequena cidade de Ujiji, antigo centro de escravos para onde Livingstone dirigiu-se como missionário antiescravagista. Hoje essa cidade tem o nome de Vila de Livingstone e foi nesse local que os dois homens se encontraram sob a sombra de uma frondosa mangueira... Os dois únicos brancos em uma área de 1.600km.

Cerimoniosamente tiraram o chapéu e travaram o seguinte diálogo:

Stanley: Dr. Livingstone, eu presumo.
Dr. Livingstone: Sim.
Stanley: Doutor, agradeço a Deus pela permissão de cumprimentá-lo.
Livingstone: Fico feliz por estar aqui para recebê-lo.

É mesmo incrível que uma conversa tão tediosa quanto absurda seja lembrada cem anos depois.

Ao que parece, Stanley ficou intimidado ou mesmo constrangido ao lhe faltarem as belas palavras que supunha ser sua obrigação pronunciar naquele momento tão solene.

Como o Dr. Intruso mostrava-se interessado, prossegui dizendo que o discurso terminava aqui, mas, para os que ainda esperam novidades, há um museu na bolorenta cidade de Ujiji. Aqui, o *grande momento* foi capturado em *papier mâché* por um professor local. Também é só o que há no museu.

O Dr. Intruso fez questão de dizer que se tratava de uma história muito interessante e que o diálogo dos dois exploradores nada tinha de tedioso. "Pessoalmente percorri toda a África Oriental... Não sou nenhum capitão Burton, mas, à minha maneira e na procura de outras missões, conheço bem a África e a sua infinita miséria. Presenciei – sempre a serviço – os piores aspectos da grande seca e da fome na Somália e na Etiópia. Essa é a vida real, eu presumo" – ele fez questão de ressaltar. Nonato continuou afastado a nos olhar de viés, como se tudo aquilo não passasse de uma farsa urdida para ironizá-lo.

Para não deixar o Dr. Intruso sem resposta, mais uma vez asseverei – o que de resto ele não desconhecia – que o social não me interessa. E, para completar, eu diria como Hamlet: "O homem não me deleita". Não me foi agradável suportar o olhar do Dr. Intruso depois desta minha afirmação. Confesso que baixei os olhos. Quase como uma represália, continuou lembrando uma citação de Graham Greene que ele chamou de "um dos mais famosos viajantes desse século. Ademais, neste texto, o escritor inglês inclui dois autores que o senhor presa muito, segundo o seu amigo Nonato. Vamos ao que diz: 'Essa África pode tomar a forma de uma brutalidade inexplicada,[111] como aconteceu quando Conrad anotou em seu diário do Congo: 'Quinta-feira, 3 de julho... Encontrei um funcionário público inspecionando. Poucos minutos depois vi, num acampamento, o corpo morto de um backongo. Fuzilado? Cheiro horrível'; ou um sentimento de desespero, como quando Céline escreve: 'Escondidas em toda essa verdejante floresta de vegetação contorcida, umas poucas tribos dizimadas de nativos se acocoravam entre pulgas e moscas, esmagadas pelos tabus e comendo apenas, durante todo o tempo, somente tapioca estragada'".

---

[111] Trecho do artigo de Graham Greene, "Análise de uma Viagem" (N. do A.).

Preferi guardar o mais completo silêncio porque senti que pisava terreno pantanoso. E, neste território, não podia medir forças com o Dr. Intruso. Nonato, igualmente, parecia petrificado. Não resta dúvida que o Dr. Intruso, de posse de alguns troféus, parecia perfeitamente cônscio de que lavrara um ponto e foi ele próprio que pediu licença para se retirar.

25 de março
Preparo a ida a Washington, D. C., na próxima semana e, logo depois, Nova Iorque.

27 de março – domingo
Será que devo falar na entrega do Prêmio Gabriela Mistral? Já me parece algo profundamente constrangedor receber honrarias, imagine acrescentar a elas uma série de palavras ocas... Acredito que o momento definirá esse tipo de situação. Vamos aguardar.

16 de abril – sábado
Custa imaginar que em sucessivas noites de insônia me servi da releitura do meu diário da Itália. Recebera um jornal de minha terra onde me prestavam homenagens. E, como fora combinado, algumas páginas desse caderno italiano seriam divulgadas.

Na portaria de um hotel em Nova Iorque jurei a mim mesmo que jamais voltaria a cometer tamanho desatino, um diário repleto de acontecimentos. Quase um romance, talvez. "*What a shame*", *I said.*

Dezesseis dias fora do Recife sem tocar em papéis nem para fazer contas, silencioso e aturdido, correndo com as pernas infirmes à procura de pinturas que eu sabia muito bem onde encontrar.

"*Balthus's adolescents have a history*", assim Guy Davenport disse no seu *A Balthus notebook.*

Quando menos esperava, em Washington, D. C., no Hirshhorn Museum and Sculpture Garden, deparei-me com uma menina nua no esplendor de sua rosada carnação que eu devorara numa modesta reprodução em preto e branco na cidade de Paris. Essa tela de Balthus data de 1947-1948.

Ah! Si tu la voyais! Vê-la ao natural, apresentando afetadamente, com o gesto do seu braço direito, a mão sensualmente espalmada à amiga que, num canto escuro do quarto, parece pouco à vontade em interromper a leitura de um livro, jogado em cima de um tapete. (Livro interdito!)

Ah! Si tu la voyais! E agora ela estava a meu alcance. Poderia até tocá-la se quisesse. Toda nua, ostentando o seu sexo impúbere numa frontalidade desafiante, construída, terrificante e mistificadora, como numa representação sadomasoquista. Contudo, a pintura é rigorosamente construída como uma equação matemática. Todos os gestos das figuras indicam linhas de força que participam conjuntamente com os objetos, mobílias e a própria estrutura do quarto, numa só unidade indestrutível.

"A sombra do seu peito direito está incorreta, faz um buraco na tela", comentou malevolamente uma de minhas filhas que me acompanhava. O entendimento de Conceição, não de todo insensato, talvez até fosse correto, mas em nada diminuiria a estupenda inspiração erótico-fetichista desse quadro de Balthus.

Recebi o Prêmio Gabriela Mistral na sede da Organização dos Estados Americanos (OEA) em Washington, D.C. das mãos do embaixador Baena Soares.

Representando o meu colega equatoriano Eduardo Kingman, estavam presentes duas filhas. Falei de improviso, agradecendo a honraria e citando dois outros artistas brasileiros: o pintor Alfredo Volpi e o compositor Camargo Guarnieri, que receberam há alguns anos o mesmo prêmio, para nós, artistas americanos, distinção da maior significância.

Nova Iorque

Eu me apercebo o quanto uma láurea qualquer pode representar uma armadilha fatal.

Grandes artistas não costumam ser premiados e, certamente, jamais pensaram em tal possibilidade. Entretanto, o grande Cézanne passou a vida inteira almejando a *Légion d'Honneur*, condecoração que o governo francês concede até a um cidadão que se joga no Rio Sena para salvar um cachorro prestes a se afogar. Ao pintor Cézanne, não lhe reconheceram mérito para tanto. Ele próprio engrandeceu-se enquanto o Estado, indiferente e incapacitado de julgar, cobria-se de opróbrio.

À noite no hotel, ao lado de minhas filhas, pude ler com mais atenção o que dizia na íntegra o diploma:

PARA LA EDUCACIÓN,
LA CIENCIA Y LA CULTURA

TENIENDO EN CUENTA LA DECISIÓN ADOPTADA
POR EL JURADO INSTITUIDO PARA CONCEDER
EL PREMIO INTERAMERICANO DE CULTURA

GABRIELA MISTRAL

CORRESPONDIENTE AL AÑO MIL NOVECIENTOS NOVENTA
Y TRES EN EL CAMPO DE LAS ARTES PLÁSTICAS,
ACUERDA OTORGAR EL MENCIONADO PREMIO A

FRANCISCO BRENNAND

POR SU EXTRAORDINARIA Y ORIGINAL OBRA EN PINTURA,
ESCULTURA Y MURALISMO, Y POR HABER UNIVERSALIZADO Y
ELEVADO AL MÁXIMO NIVEL ESTÉTICO EL ARTE DE LA CERAMICA.

DADO EN WASHINGTON, D.C., SEDE DE LA SECRETARIA GENERAL
DE LA ORGANIZACIÓN DE LOS ESTADOS AMERICANOS,
A LOS CUATRO DIAS DEL MES DE ABRIL DE MIL NOVECIENTOS
NOVENTA Y CUATRO.

SECRETARIO GENERAL SECRETARIO DEL CONSEJO ORGANIZACIÓN
DE LOS INTERAMERICANO PARA LA ESTADOS AMERICANOS
EDUCACIÓN, LA CIENCIA Y LA CULTURA

Recife

25 de abril

Minha volta ao Recife foi rápida. A primeira preocupação foi agradecer ao escritor Jorge Amado por um recente artigo seu publicado em um dos jornais da cidade. Resolvi escrever-lhe uma carta:

Propriedade Santos Cosme e Damião, 26 de abril de 1994

Meu caro Jorge Amado,

Apenas agradecer o seu recente artigo seria muito pouco. Talvez quase ninguém percebeu que o núcleo do seu texto exemplar tem como proposta a transferência do exercício da crítica das mãos canhestras e dos quase sempre olhos turvos dos críticos para a proverbial força divinatória dos escritores.

O escritor que não é um crítico pode vivenciar a arte e transmiti-la como ela é e não apenas como lhe parece ser. Ele pode captar, invocar estados emocionais de uma forma que os críticos jamais ousariam conseguir. Recentemente, nos Estados Unidos, têm sido feitas experiências nesse sentido, e o resultado foi deveras surpreendente. Entre outros, um estudo heterodoxo do poeta Mark Strand sobre o "supostamente" conhecido pintor Edward Hopper. Sem hesitação, Strand afirma: "Tudo o que foi dito e escrito no decorrer de todos esses anos sobre Edward Hopper é pura besteira". Quem senão um escritor como Jorge Amado teria a coragem de abordar fatos pessoais e dosados de tanto humor no decorrer de um artigo, cuja finalidade única era comentar o trabalho de um pintor? Nenhuma menção, mesmo que longínqua, às linhas, arabescos caligráficos, volumes entrecortados, flexibilidade dos contornos, efeitos evanescentes de matéria, ritmos cósmicos, contínuo amadurecimento direcional, cores fora do espectro solar e outros detestáveis jargões críticos, os quais, em última análise, são a matéria-prima da própria consciência crítica de cada artista, que por sua vez deve ser o senhor do seu ofício.

"Um pintor, antes de mais nada, deve saber pintar bem, eu creio", disse abusadamente Luís II da Baviera.

Gostei imensamente do seu artigo, na proporção em que você nos conta uma história. Como na pintura, toda obra de arte deve narrar alguma coisa além dos limites do objeto representado. Lembrar que deve existir, em espírito, certo aspecto bizarro, como a prosa de Baudelaire dedicada a Franz Liszt: "Através das brumas, além dos rios, acima das cidades onde os pianos cantam a vossa glória".

Deixou-me comovido o trecho onde você identifica e afirma que: "O Aliança de Paulo Sérgio Tourinho é o Aliança de Brennand".

Diga isso ao Paulo Sérgio, a esse incrível e generoso amigo.

Abraço, do admirador

Francisco Brennand

27 de abril

De madrugada, ao lado de Nonato, revejo *Morangos silvestres*, do mestre Ingmar Bergman. Nos "extravagantes" sonhos do professor Borg, encontrei situações admiráveis nas audaciosas imagens e nos diálogos, como: "O primeiro dever de um médico é pedir perdão". Mais adiante, um suposto acusador vocifera: "Além de tudo, você é mais culpado do que a culpa".

Suponho que nos dois casos as parábolas atingem, em cheio, toda a humana condição. Pelo menos a mim atingiu, levando-me às lágrimas. Foi o que eu disse ao indócil e inafetivo Nonato.

28 de abril

Sábado, 9 de abril de 1994, o *The New York Times* publicava: "Michelangelo's *Last Judgment* was unveiled yesterday in the Sixteen Chapel after a team cleaned away centuries of grime and other accretions".

Desta feita, o meu interlocutor foi o Dr. Intruso por ter sido a primeira pessoa que avistei no aeroporto no dia da minha chegada. Ele havia acabado de tomar seu café da manhã e logo encontrou no jornal, na página treze, detalhes mais completos da notícia. Nas suas diferentes passagens por Roma, a sujeira (só para os olhos modernos) do colossal afresco jamais lhe incomodara, mas, no entanto, sentiu-se maravilhado quando se deparou com uma foto central da figura do Cristo parcialmente limpa: "O resplendor daquela cabeça, o gesto terrível da mão direita acima dos cabelos revoltos, a espantosa claridade que fazia lembrar de imediato a mesma visão de Tolnay nos mostrando um Cristo do Juízo Final metamorfoseado no mito do *Sol invictus,* e que este Cristo se assemelha a Apolo, e ainda, que o *Sol invictus* da antiguidade se transforma aqui em *Sol justitiae*". Verifiquei o quanto parecia cismarento quando observou com seu acento taciturno: "Será que o admirável escritor Gustav René Hocke, de quem ouvi pela primeira vez a menção do livro de Tolnay sobre Michelangelo, permanece vivo para verificar, ele mesmo, essa grande revelação? Desde 1949 morava em Roma, e, quem sabe agora com os seus oitenta e seis anos, ainda continue firme, caminhando em direção à praça de São Pedro".

"Então, você é desses que também se deixou *envenenar* pelos *labirintos* do Dr. Hocke?" – comentei sem esconder a surpresa.

Dr. Intruso, como se não tivesse escutado, continuava falando em voz alta sobre o *Juízo Final.* Agora exalta o momento da criação quando Deus estende a sua divina mão à procura da mão do homem e elas se aproximam sem se tocar...

3 de maio

Jorge Amado esteve presente no domingo pela manhã com a sua mulher Zélia Gattai, sua filha Paloma e o nosso amigo, o médico Paulo Loureiro, a quem Jorge chamava afetuosamente de "meu mabaça", que quer dizer irmãos gêmeos. Muitos outros amigos apareceram nessa singela homenagem a Jorge.

5 de maio

Acompanhamento do catálogo da exposição na Galeria Espaço Vivo. Escolhi uma única editora que, entre as consultadas, aceitou cumprir o prazo exigido por mim para a entrega do conjunto (catálogo e cartaz), às doze horas do dia 10 de maio.

O trabalho teve início no dia três, e hoje eu já pude ver amostras de algumas páginas com excelente resultado. Os textos foram retirados do meu diário, com exceção da apresentação de Jorge Amado.

17 de maio

O jornalista José de Sousa Alencar (Alex) aproveitando, ou melhor, enfileirando os títulos dos meus quadros, acaba por tecer um poema: *Menina no Pátio/ e O Curral/ Enigma e Primavera/ Vigia e A Vidente/ vejo A Pequena Jardineira nas Ruínas de Mata Redonda/ Eu Fugitivo.*

21 de maio – sábado

Será que agora só pretendo escrever de oito em oito dias?

Pequenas notas.

Um pouco bizarro.

Triste pavão.

22 de maio

O poeta Soares Feitosa traz debaixo do braço um poema intitulado "Quinto Poema – uma exposição de pintura: O Domador".

Na mesma noite, Nonato me falou do poema de Soares Feitosa como algo "extravagantemente belo". Foi o que ele disse, embora, depois tenha acrescentado: "E tolo".

30 de maio

De madrugada, assisti ao perverso *The servant*, livro escrito por Robin Maugham, dirigido pelo genial Joseph Losey. Já conhecia de longa data toda aquela malvadez. Dias antes, anotei a epígrafe escolhida por Werner Herzog no *Kaspar Hauser*: "Esses gritos assustadores ao nosso redor são o que vocês chamam de silêncio?".

8 de junho

> *Que campo do humano, mesmo que se trate do mais puro, do mais dignificantemente generoso, ficará totalmente inacessível ao influxo de forças infernais.*
>
> Thomas Mann

Sempre se aproveita – por mais pérfidos que sejam – um pouco dos artigos do "Doutor Francis". Agora vem elogiar Bertrand Russell. "(...) É o melhor retrato que temos da aristocracia inglesa do séc. XIX, já que o avô de Russell, John, foi o primeiro-ministro do império em que o sol nunca se punha (diziam que Deus não confiava nos ingleses, no escuro...), e sua história da filosofia ocidental, também, era essa maravilha de síntese e espirituosidade. Seu comentário sobre Santo Agostinho (a quem admira como filósofo) é digno de Oscar Wilde: *The sun, he thinks, can sin.* O sol, ele pensa, pode pecar..."

Na realidade, o comentário de Russell sobre Santo Agostinho foi o que, de fato, me interessou. Uma extraordinária e singularíssima observação que, a meu ver, nada tem com o *sofisticado* (classe média) espírito de Wilde. O "Doutor Francis", êmulo das virtudes intelectuais dessa classe, com certeza, achou epigramático e, por sua vez, deve ter sorrido com o precioso achado... Ele é um homem dos corredores da corte e tem acesso a informações de todos os níveis, só que nem sempre bem avaliadas.

Bertrand Russell talvez lastimasse – nobremente – a idiossincrásica tendência do santo filósofo por enxergar *pecado* em todas as coisas... Não fora essa fraqueza, sua admiração seria perfeita.

Pois bem, senhores, mesmo sem aprovação do mais consciente dos padres da igreja latina, solenemente declaro que *o sol pode pecar*. Sua falta mais grave é não nos *abandonar* no escuro, não nos deixar definitivamente nas trevas, inclusive o "Doutor Francis".

O trêfego e erudito comentarista acrescenta, num ato falho, que o professor Russell, além do seu irresistível charme junto às mulheres, era priápico. Como tudo é possível – pelo menos em relação aos *limitados* (não ilimitados) sentimentos e atitudes humanas – não fica difícil imaginar o nobre Russell, com o seu doloroso priapismo, a correr pelas alamedas dos vetustos parques cambridgianos, indiscriminadamente atrás da devotada amiga Lady Ottoline Morrel ou do seu aluno ideal Ludwig Wittgenstein...

Antes que o diabo viesse fazer as suas cobranças ao "Doutor Francis" – como aconteceu inexoravelmente ao Doutor Fausto –, eis que a sofrida região do Nordeste brasileiro, transformada em alvo predileto das injúrias do "cronista da corte nova-iorquina", toma o pião na unha e resolve fazer justiça ao seu modo, isto é, cortar-lhe de pronto a *fazenda*, o que, mesmo para os afortunados da corte, dói e muito quando acontece lhes faltar os proventos.

E foi assim, no meio do salão da galeria, em um nível remoto de ombros e cabeças – quase sempre ocas – que o poeta Soares Feitosa pôde vislumbrar muito de perto e até tocar os ondulantes quadris das mulheres, ajaezados em pano vistoso, mal encobertas as pernas, marcadas de seda preta a incrustar-se no solado perverso de altíssimos esporões, na mobilidade de tantas mãos e dedos e também dos pés camuflados, não fazendo, contudo, esquecer as garras em perene crescimento, onde, em algumas delas, a cuidadosa pintura falhara, como falhavam as fatias apenas entrevistas dos quadros pendurados nas paredes inúteis. Quem os olhava? E por que olhá-los se as personagens pintadas também teimavam em dar-nos as costas?

"Somos todos cegos", pensou o poeta. "E por que então o arrepio? A minha cegueira maior foi atingida pelo arco do violino. De pronto, acerquei-me do pintor – não sem dificuldades e cotoveladas – para dizer-lhe que o poema estava pronto e para perguntar se por acaso ele duvidava! Não, ele não duvidava."

Soares Feitosa insiste em vigiar o cachorro da pintura *O domador* por entre pernas, coxas, costas e bundas, mas só por alguns pequeníssimos instantes. "Espetei-o completamente de encontro à parede e com um olho só! Não precisava mais. O que me diz? O pintor não disse nada."

Dias depois, em um dos esconderijos do artista (são vários), no meio de uma mesa redonda, apareceu um poema sobre as tábuas rudes. Mais uma vez indagou ao pintor se ele havia acreditado.

26 de junho – domingo

Recado de Nonato: "E então, você continua comprando almas! Ontem, mais uma vez *a monstruosa brincadeira* que sempre lhe custa tão caro! Na sexta-feira, soube que pintou um retrato da falecida, também outra ignomínia. A desgraçada era, de fato, a rainha das irregularidades, e isso talvez o justifique. Pelo menos você deve ter pensado assim. Que Deus lhe seja misericordioso e a ela também".

27 de junho

Comi, com a mão, todos os grãos de arroz que foram espalhados fora do meu prato sobre a mesa e a roupa. Notei o quanto estavam frios, mas prossegui até não sobrar nada. Depois, lembrei-me da menina da praia, a soluçar à medida que contava seus dissabores, os quais se assemelhavam aos de todas as criaturas na sua idade e nas suas circunstâncias.

Marco Aurélio Antonino conjeturava que "quem viu o presente, viu tudo, não só o que existiu desde a eternidade como tudo o que haverá no tempo infinito, pois tudo tem a mesma origem e o mesmo aspecto" (*Livro VI* – 37).

No *Livro VII*, o imperador indaga: "Que é o vício? Aquilo que viste tantas vezes. Todo acontecimento tem presente a ideia do que muitas vezes viste".

Mandei alguém à procura do Dr. Intruso, mesmo sabendo estar ocupado a escrever sobre o perfil da mulher moderna. Não demorou, chegando acompanhado de Nonato. De fato, estava trabalhando porque tinha nas mãos algumas folhas de papel. Confirmou estar desenvolvendo um estudo sobre a aspereza e violência perigosa da "mulher moderna" que, sem o saber, pretende ser uma nova Lilith, cujo lema, como todos sabem, é *não servir*. Enfim, observou Dr. Intruso: "Dei início a uma ligeira apreciação sobre assuntos jornalísticos acompanhados de considerações pessoais. O jornal consultado equipara as mulheres modernas a uma espécie de robô masculino, violento, mas assexuado, sempre uma presa fácil dos seus caprichos. Ao amor ela prefere sempre o sexo, e a sua linguagem é permanentemente desabrida. Esta é a nova mulher padronizada em filmes de grande público como *Thelma e Louise*, quando duas jovens se lançam para a autodestruição, ou em filmes de fuga como *V. I. Warshsbski*, um James Bond de saia. Fala sobre revistas assépticas (*Time*) e de livros escabrosos como *Jovens estranhas*, de Lillian Faderman, onde trata das mais famosas lésbicas do século".

Nonato, estranhamente em silêncio, cortou a palavra do Dr. Intruso e disse: "Cuidado para não resvalar numa pista falsa, pois é um dos ardis do *Sistema* aceitar acusações e situações mais ou menos violentas, como se as permitisse em nome de uma superior organização política. Não existe essa nova mulher. São referências permanentes às sociedades urbanas, deixando-se de lado legiões de mulheres que continuam a viver no mais perfeito desconhecimento de qualquer tipo daquilo que se arvora em chamar de liberdade".

Quase ao mesmo tempo, tanto eu como o Dr. Intruso concordamos com Nonato. Mas era necessário continuar o desenvolvimento das ideias vinculadas ao assunto para se chegar até as considerações finais discutidas pelo Dr. Intruso. Este, então, continuou: "Com essa rebeldia na qual perde feminilidade, adquirindo perfis masculinos, a nova mulher desconcerta os norte-americanos. A sua chegada marca o nascimento de uma fase diferente do pós-feminismo, como se fosse uma revanche". Nonato mais uma vez interviu: "Tudo isso é uma mentira. Aliás, os jornais são o mais perfeito álibi que conheço do *Sistema*". Virando-se para mim, lembrou meus comentários sobre problemas (notícias) semelhantes, acontecidos com as mulheres russas – ditas "modernas e liberadas" – depois da queda do regime soviético. Se não estou enganado, a matéria falava do hediondo vocabulário feminino que fazia enrubescer até um frade de pedra.

Dr. Intruso, sem levar em conta essa intromissão de Nonato, continuava sua leitura: "O país está olhando para a amazona do ano 2000. Uma mulher guerreira, de fibra, a qual se permite tudo o que é permitido ao homem, e algo mais".

– Um verdadeiro Éden ou uma tragédia americana? – indaga Nonato em tom de mofa.

– Como você pode permitir a continuação dos argumentos do Dr. Intruso com essas suas repetidas intromissões? – observei, inclusive pedindo silêncio a Nonato.

– Mas ele só falta falar em Madonna!

Pacientemente, o Dr. Intruso fez ver a Nonato que essas ideias eram apenas divulgadas pelos jornais. “Eu somente as transcrevo. Aguarde meus comentários para depois discutirmos.”

“Madonna – um novo modelo de mulher. Com frequência, sociólogos e psicólogos identificam em Madonna um dos protótipos da nova mulher andrógina. Madonna é a antítese da devoção feminina. Nada tem de virginal. É o espetáculo como provocação sexual: faz em cena o que as outras não se atrevem a fazer nem na intimidade.”

“Agora eu me permito” – disse Dr. Intruso – “a fazer comentários que são diametralmente opostos a tudo o que foi dito acima: num pequeno ensaio sobre o livro *Sex*, da cantora Madonna, o escritor inglês Martin Amis, de uma maneira corretíssima e muito sábia – coisa rara em resenhas desse tipo –, denuncia o seguinte: ‘Desde o início, Madonna incluiu a pornografia em sua gama particularíssima de armas culturais, porque ela compreende sua natureza industrial moderna. Em termos de faturamento, nos Estados Unidos a pornografia é maior do que a música e o cinema juntos. Ela é maior do que a indústria automobilística. O fato de Madonna ter utilizado essa potência enorme e obscura constitui um tributo, não apenas ao seu jeito para a manipulação, mas também à sua amoralidade inata. Seu talento para a implacabilidade. Os elementos de cultura popular que ela fundiu podem parecer indiscriminados e escolhidos a esmo. Na verdade, poderiam ter sido montados por um computador de empresa: pornografia, religião, multietnicidade, transexualidade, *kitsch*, homossexualidade, poder mundano, autoparódia e autoinvenção’”.

“É muito difícil e mesmo ousado” – continuou Dr. Intruso – “no mundo da *informação*, você distinguir o que é mera panfletagem daquilo que é de fato verdadeiro”. Ninguém sabe se “áspera e violenta” é a nova mulher ou se a grande massa feminina está apenas sendo manipulada para consumir a danação de *Thelma e Louise*, levando de quebra a insossa Madonna. De qualquer modo, brinca-se com fogo (fórmula muito antiga que satisfaz o nosso permanente vazio) e será nele que vamos *arder*.

“O espantoso nessas notícias colhidas em revistas, tipo cadernos femininos, é pretender ignorar o que há de mais grave nos verdadeiros relacionamentos ditos ‘amorosos’ depois da malograda revolução sexual dos anos

1960. Será que esse modelo tão *sedutor* de mulher áspera, violenta e durona já descobriu um antídoto contra alguns conhecidos *vírus* que se espalham em caráter de pandemia, desde que confessam preferir o sexo ao amor? Não seria mais conveniente pensarem numa castidade mútua no lugar de uma promiscuidade desabrida de ambos os sexos? Será que não levam em conta também a sobrevivência da espécie? Por que as mulheres não agem como Lisístrata,[112] refreando os seus companheiros, ávidos em fazer a guerra, exigindo deles a volta ao lar e um novo código de comportamento amoroso? Se elas o fizessem, estariam começando a salvar a humanidade, demonstrando ao mesmo tempo a verdadeira aspereza, violência e dureza exercidas sabiamente pelas gregas no momento oportuno."

Não mais se contendo, Nonato exclamou: "Por acaso o nosso místico astrólogo sonha em criar uma sociedade asceticamente totalitária para corrigir a humanidade?".

28 de junho

Luís Tavares da Silva morreu ontem às cinco horas da tarde. Na última vez que falei com ele ao telefone não emitiu um só queixume. Limitou-se a dizer que estava bem, que controlava os seus males e, sobretudo, não queria ser visitado. Foi tudo o que ele considerou antes de desligar o telefone, sem nenhuma espécie de despedida, embora tenha repetido: "Eu estou bem".

7 de julho

Como o terminar de uma música é sempre desagradável.

8 de julho

Há alguns anos, no episódio da infamante expulsão do notável corredor canadense-jamaicano, o negro condor Ben Johnson, para externar minha solidariedade ao atleta escrevi um poema. Agora, no recente caso do genial Maradona, acusado de *dopping* com efedrina ou alguns de seus derivados, preferi pintar uma tela homenageando o jogador.

---

[112] Lisístrata: comédia de Aristófanes que trata de uma "greve sexual das mulheres de Atenas a fim de obrigarem seus maridos a terminarem uma guerra contra Esparta" (N. do A.).

Dopado ou não, a graça histriônica, a leveza e genialidade inconfundíveis desse argentino durante os jogos jamais serão alcançadas nesse século. Quanto ao atual *team* brasileiro, podem enchê-lo (jogadores e técnicos) de toda a sorte de estimulantes – mesmo aqueles dos mais fortes – que nada vai ser modificado. Talvez até, simplesmente, caiam de quatro em pleno campo para olharem muito de perto a grama profundamente verde.

9 de julho

Veio Desirée, ou Claudine, ou Mary Joana. Posso chamá-la como assim desejar, pois ela própria diz não ter um nome. Entretanto, aceita a cumplicidade. Depois, alimentamos os cisnes negros. Ela toda vestida de branco como a noiva da morte. Mostrei-lhe minha homenagem a Maradona. Diante da tela, ela singularmente perguntou onde ele se encontrava.

Ela parecia não se conformar com a quantidade de livros que havia nas estantes, em cima das mesas e até nas cadeiras.

– Você ama os livros.

– Verdade. Eles ensinam.

– Jamais escapará deles. Você está neles. Talvez até seja eles. "Um livro no início..."

– O que está escrito é para ser seguido como uma salvação ou uma condenação, expliquei.

– Quem os escreveu?

Preferi não dizer nada. Ela acertara em cheio a natureza das coisas... Eles já estavam escritos.

10 de julho

O pintor Vermeer preenche a cena e vai misturar-se na sua álgida pureza, com um mundo excrementício, esse mundo que nunca deixou de ser assim. Agora, surgem cores aberrantes de anilina e novas maneiras de iluminar a beleza e a podridão humanas com fortes claros-escuros. Peter Greenaway confirma suas preferências (embora de uma maneira um pouco mais leve do que a de Donatien François de Sade) de falar e mostrar certas coisas... Lembra, por exemplo, que a decomposição dos corpos começa nos intestinos com a bactéria *Bisocosis Populi:* 130 mil em cada lambida humana... 250 mil num beijo de língua. E, se Eva beijou Adão, usou 100 mil na maçã...

Como é de reparar, ele aborda uma espécie de pseudociência para acalmar os corações. A música sincopada de Michael Nyman[113] (inconfundível) mexe com os nervos ajudando a gradativa introdução aos textos poético-eróticos escatológicos.

– Um cisne?
– Que espécie de cisne?
– Leda.
– Quem é Leda?
– É a mulher ferida.
– Ferida por quem?
– Por Júpiter.
– Foi essa a causa da morte de um cisne fêmea?
– Como sabe que era fêmea?
– Ovos.
– Ovos?
– Na direção dos ovos?
– Era talvez um ganso?
– Veio do zoo?

O nome do filme é *Zoo – um z e dois zeros.*

11 de julho

Destruí *O curral* (o porco) e pintei uma paisagem: *A represa.* Penso que acabei ganhando. Em todo caso, um excelente fundo para uma nova pintura.

Dela, da louca, nenhuma palavra. Com certeza pretende uma comunicação silenciosa. O massacre total. Será que chega a compreender que está trilhando o caminho certo? Que importa se suas ações já são mortíferas?

12 de julho

Trabalho febrilmente na *Represa.* É um quadro claro pintado com cores absurdas: verde, vermelho, castanho-escuro e branco. O resultado é uma

---

[113] O mesmo compositor que colabora com Peter Greenaway, cuja música muito contribuiu para o sucesso do filme *O piano*, de Jane Campion (N. do A.).

mescla de cinzentos sujos, com alguns lampejos sinistros. Parece um Vale de Lágrimas no sentido bíblico. Suponho que esta apreciação seja um dos meus tantos delírios.

Não tentei me comunicar com a fera felpuda. Ela aguarda avaramente o seu manto de pele escondendo uma nudez assassina.

13 de julho

"Como deve adestrar aquela que deve adestrá-lo?", pergunta o arguto Gilles Deleuze. Eu sei que tudo depende do *contrato*. "É o contrato de submissão com a mulher que constitui o essencial."

Hoje falei com ela à distância – como deve ser – e ela mais uma vez, cônscia do seu poder, brinca de esconde-esconde. Ficou de telefonar, mas isso não aconteceu. Zonas de indeterminações. É tudo por hoje e, talvez, para sempre.

14 de julho

Será que Mary Joana entenderá o contrato de uma *prorrogação ilimitada*? Afinal de contas, a mocinha não é nenhuma Wanda, de Sacher-Masoch. Mas será que não é mesmo? De algum modo, seja quem for a mulher, sempre conduzirá os homens ao suplício.

15 de julho

Amanhã, uma mulher desconhecida virá me fazer algumas revelações. Não quis se identificar.

16 de julho – sábado

Ninguém veio. Quanto à vênus do manto de pele, quando telefonei mandou dizer que dormia. Meu coração perverso e viscoso desmoronou num espasmo de paixão. Ela não perde por esperar. Eu é que devo esperar diante desta prorrogação ilimitada. Espero que ela saiba como cumprir à risca o seu papel.

Escuto, até a exaustão, dois balés de Gluck e encontro semelhanças em alguns trechos do final trágico de *Semíramis* com a música de Michael Nyman. Aliás, a coisa toda coincide: junte-se o tremendo espírito de Gluck ao próprio Voltaire, que, em 1752, em um comentário à sua peça *Semíramis*, disse que "as pessoas poderiam achar o espetáculo repugnante, acrescentando que os ingleses tranquilamente veem *Hamlet* hoje em dia".

Qual a razão do espanto diante do espírito escatológico de Peter Greenaway acompanhado da sinistra música de Nyman se os próprios ingleses de hoje (e eu também), diante dessa infeliz a clamar por iniquidades, desafiam o seu destino?

Voltando a Gluck, encontrei similitudes na música de Nyman tanto em trechos de *Dom Giovanni* como no de *Semíramis*. Aliás, ambos estão envolvidos pelas potestades infernais. Que importa se o italiano Baretti, indignado com as críticas de Voltaire a Shakespeare, execrasse a sua peça *Semíramis*? Importa mesmo é que essa desgraçada rainha foi um dos trinta e sete soberanos que dominaram os primeiros impérios assírios. E, no seu caso particular, debaixo da maior crueldade.

Quanto a Voltaire, ninguém discute sua exemplar cretinice misturada a uma impenetrável genialidade.

Desirée acaba de chegar e, logo de entrada, avisa: "Sou muito perigosa. Tenho a obrigação de alertá-lo", disse debaixo de um sorriso maldoso.

Na minha tolice, falei em *As relações perigosas*, como se essa observação livresca pudesse acrescentar algo a um diálogo tanto mais interessante quanto verdadeiramente perigoso e fora de qualquer literatura.

21 de julho

Escrevi um artigo sobre o pintor Ismael Caldas e é curioso como todo o seu preâmbulo denuncia uma confissão da minha desgraça. Não se trata apenas de Desirée. Aliás, sou eu próprio o algoz e a vítima que acabam por se confundir. Ela pouco se importa na plenitude de sua indiferença: "Eu te abaterei sem ódio nem cólera como um açougueiro".

22 de julho

Nonato aparece com cara de poucos amigos e informa ter folheado o meu diário. Acusa-me de recomeçar uma espécie de masturbação literária, beirando o nada. De certo modo, não concorda com a hipocrisia de Dr. Intruso de se fazer passar por um apóstolo a serviço do bem – insiste Nonato. E depois completa:

– Eu prefiro a possibilidade de uma abertura de espaço para alguns outros temas que façam com que essa sua história tenha um final.

– Mas se essa história é uma história sem final, como costumava dizer Melville! – exclamei. Você esquece que isso é um diário descompromissado de um artista que apenas se reconforta em registrar ou arquivar fatos que um dia lhe servirão como uma *aide-mémoire.* Inclusive, não se espante, meu caro Nonato, num sentido até terapêutico. Quero saber qual a doença da alma e do corpo eu sofria ou estou sofrendo.

– E por falar em Dr. Intruso, por que anda tão arredio?, perguntei.

– Como você sabe – esclareceu Nonato – ele leva uma vida muito estranha, e seus longos passeios dentro da floresta e banhos de cachoeira têm dado o que falar entre os vigilantes. Em todo caso, já é uma figura popular mesmo entre as mulheres (turistas). De resto, diga-se com justiça, ele não lhes dá a menor atenção preferindo a companhia do seu inseparável cachorro Ovídio de Odin, embora, segundo os vigias da noite – cuja guarita fica não mais que dez metros do seu aposento –, ele receba as frequentes visitas de uma operária negra de rara beleza e que trabalha do outro lado do rio. Atualmente, essa moça é manicure no bairro da Várzea para onde ele não mais voltou desde a sua passagem pelo observatório astronômico. Não vai à cidade, nem a qualquer outro lugar conhecido. A maior parte do tempo lê, escreve ou medita. A não ser conosco, ele é de pouca fala. De resto, propositadamente afirma ainda não dominar de todo o nosso idioma. O que sabe, fica por conta da sua vinda ao Brasil em 1987. Segundo declara, sua viagem esteve ligada ao seu ofício de informante categorizado: "Viera a Goiânia (Goiás) poucos dias após o acidente causado por negligência criminosa que trouxe mortes e mutilações. Uma bomba de Césio-137, usada anteriormente em experiências médicas, foi atirada num monte de lixo ao invés de ser posta longe das pessoas. Aqueles que a encontraram abriram-na e se depararam com um pó branco brilhante como fósforo aceso. Inocentemente, passaram-no pelo corpo como se fosse enfeite, espalhando o pó mortífero pela cidade. O lugar onde ocorreu o acidente, rua 57, num bairro popular, foi isolado, começando um sério trabalho de descontaminação da área".

– Além do acidente do Césio-137, Dr. Intruso estava interessado em investigar o precário funcionamento das instalações das usinas atômicas em Angra dos Reis, na cidade do Rio de Janeiro. Não desconhecia – a seu modo – o famigerado tratado atômico entre o Brasil e a Alemanha, a seu ver uma verdadeira calamidade. Ele não confirmou quanto tempo permaneceu no sul e, também, se voltara ao seu país ou a qualquer outro lugar onde fossem necessários os seus serviços de informação. A meu ver deve ter demorado muito tempo, inclusive feito cursos especializados no exterior, pois fala e escreve um português gramaticalmente perfeito – concluiu Nonato.

– Você está levando a sério essa ideia de o Dr. Intruso ser de fato um homem ligado a algum serviço secreto internacional? – indaguei.

– Não só isso, como também utiliza muitos outros disfarces, incluindo as suas preocupações com estatísticas e as possíveis grandes catástrofes motivadas por erros, ou mesmo atentados e motins. Isso não evita o seu conhecimento profundo de determinados assuntos – apesar de não demonstrá-lo – e também de uma enorme curiosidade em relação a tudo que lhe escapa. Não sei se lhe falou, mas ele o tem em conta de um personagem importante dentro do contexto político brasileiro.

– Nesse caso, o Dr. Intruso é seguramente um imbecil, sofrendo de uma irremediável falta de juízo ou, pior ainda, agindo de má-fé – respondi, demonstrando certa preocupação.

– Não é assim tão simples – contestou Nonato. Seria muito bom se as coisas parecessem sempre com aquilo que imaginamos.

Sem esconder uma profunda irritação, perguntei até onde essa conversa iria acabar, e como conseguimos nos envolver com semelhante *puzzle*.

– O pior é ele admitir a existência de um dossiê completo a seu respeito, principalmente do seu inexplicável conhecimento sobre os complicados movimentos das elites estratégicas no mundo. Entre outras coisas, chega ao absurdo de dizer que você não ignora o real motivo da conspiração que terminou com o assassinato do presidente John Fitzgerald Kennedy e do seu irmão Robert Francis Kennedy.

– Embora não pareça, o Dr. Intruso deve estar completamente louco. E toda essa história urge esclarecimento, além de um convite urgente para ele se retirar do nosso convívio – eu disse.

– Não será fácil – disse Nonato, com certa ironia. – O homem, embora não seja um ocultista, está convicto de sua participação numa sociedade secreta do tipo *Opus Dei*, ou outras, cujos nomes são impronunciáveis.

– Pela segunda vez essa história de ocultismo está sendo vinculada. Você falou, Nonato, que Dr. Intruso é um leitor do ocultista inglês Aleister Crowley, autodenominado “A Grande Besta 666”.

– Dr. Intruso nega esse enquadramento e apenas considera o *Equinócio dos deuses* um livro muito estranho, a meio caminho entre a patologia e o literário, escrito por um dos mais enigmáticos loucos do nosso século. Ele possui duas edições desse livro: uma inglesa e outra editada nos Estados Unidos pelo discípulo de Crowley, Frater Saturnus (Karl Johannes Germer).

– Não é por aí que nosso amigo pode ser acusado de louco. Aliás, ele não é louco de forma alguma – defendeu Nonato. Em seguida, acrescentou – A escolha de Viriata, a jovem manicure, demonstra o quanto ele tem a mente sã em corpo sadio. É verdade, com certo exotismo.

– Em que sentido? – perguntei.

– Nas noites mais quentes, dizem os vigilantes, ele sai para um pequeno alpendre e, recostado numa espreguiçadeira, deixa-se manicurar pela moça negra. Para o espanto dos vigias, cada vez que ela lhe cortava uma de suas unhas, antes ela levantava-lhe a mão e metia o dedo a ser manicurado até a garganta, lambendo-o repetidas vezes. Com isso, ela dizia conseguir cortar-lhe as unhas – expressão dela – duras como um casco de cavalo. E isso acontece ritualmente aos sábados, a partir da meia-noite, num lugar quase sem iluminação.

Todas essas situações narradas por Nonato me pareceram propositadamente insólitas, não sei com que finalidade. Estaria Nonato hipnotizado pelo Dr. Intruso e viera aqui, à minha procura, sem saber o que está fazendo? Confesso ter notado a estranheza das mãos do Dr. Intruso: enormemente gordas, em relação ao seu corpo musculoso e ágil. Talvez não se desvencilhasse da habitual capa preta de oleado para poder encobri-las. Além de tudo, eram muito mais vermelhas do que a própria cor do seu rosto queimado.

Senti certa perturbação em Nonato depois de todas essas revelações porque repentinamente ele se esgueirou, guardando um completo silêncio, embora eu não me furtasse a dizer-lhe que iria tirar a limpo essa história do dossiê a meu respeito até a última linha. Foi com um fio de voz que ouvi Nonato dizer qualquer coisa e de novo me pareceu um motivo de preocupação.

– Dr. Intruso sabe, de fonte segura, que você abomina a Congregação Nacional dos Bispos Brasileiros, entre outras coisas supostamente financiadas com dinheiro alemão; e, ainda, o seu agudo discernimento em jamais levar a sério as desastradas e incompetentes esquerdas brasileiras.

– Então Dr. Intruso está certo de que eu sou um dos "sete sábios da Grécia..."?

Nonato ainda disse alguma coisa, mas eu não me apercebi do que se tratava. Posso até jurar que nesse momento ele continuava a falar sozinho e tudo dizia respeito à minha pessoa. Escureceu, e eu não acendi a luz. Ouvi Nonato ressonando quando, pisando no chão com cuidado para não tropeçar, saí do ateliê muito mais confuso do que entrara.

23 de julho – sábado

Hoje, como se nada tivesse acontecido de anormal, ao entrar no ateliê não vi nenhum traço da passagem de Nonato. Todas as coisas estavam em perfeita ordem. As mãos de fada de Maria Rita tinham feito desaparecer todo e qualquer vestígio de malignidade da estranha conversação mantida ontem. De certa maneira, eu quero crer – e isto não estava fora da realidade – que o Dr. Intruso, como um personagem de Graham Greene, estava mais próximo de *O nosso homem em Havana* do que de *O cônsul honorário.*

Voltando às minhas inúteis reflexões, penso não haver desgraça nenhuma e tudo se resume num malévolo recreio, próprio aos jovens que apreciam as diversões. À tarde, Desirée, apesar de ter prometido, não veio, não telefonou, simplesmente desapareceu. Pude verificar que, se há desgraça, é de pouco peso. Não perdi o controle. Cheguei a pintar de manhã. Em todo caso, não sei se por irritação, destruí o quadro *Maradona,* agora transformado num mulo de circo. "Quadro estranho, esse, Desirée." O animal todo tatuado passou-se para os encantamentos decorativos do mundo dos pássaros multicores. Um pavão?

Madame O. acabou confessando, hoje à noitinha, que, apesar do aspecto adulto, Desirée só tem quinze anos. Nasceu no dia 24 de dezembro de 1978.

24 de julho

Encontrei no corredor de arcadas que fica entre as duas grandes naves o Dr. Intruso com um livro na mão e, antes que eu pronunciasse palavra, perguntou-me se eu já havia lido *Sartor resartus*, de Thomas Carlyle. Afirmei que sim, mas em tradução portuguesa. Confesso, mesmo neste instante, ter ficado perplexo com a insistência do forasteiro em voltar ao assunto.

Posso ainda recordar as palavras de Borges, analisando o espírito desse escritor: "Seu pessimismo sombrio, sua ética de ferro e fogo são talvez uma herança presbiteriana; seu domínio da arte da injúria, sua doutrina de que a história é uma escritura sagrada que deciframos e escrevemos continuamente e, na qual, também nos escrevem, prefiguram – com suficiente precisão – Léon Bloy. Não sei de livro mais ardido e vulcânico, mais trabalhado pela desolação do que *Sartor resartus*".

Seguramente não era a leitura propícia a um homem que cumpria uma missão secreta, ou seja, aquela de consertar o mundo.

Caminhamos em direção ao *Grande Pátio* onde Dr. Intruso apressou-se em fazer considerações que o atormentavam. Deixou entrever que conhecia de perto o povoado de Le Ménec, perto do santuário de Carnac[114], na Bretanha, cujo motivo religioso fica evidenciado para muitos.

– Gostaria de perguntar ao senhor se pretende construir aqui, nos trópicos, um Carnac sem fé, erguendo avenidas megalíticas com monumentos eretos, percorrendo a margem das florestas, descendo pelos vales e aproximando-se perigosamente dos rios – questionou Dr. Intruso.

– Trabalho em barro modelado e queimado, com a exaltada fé dos adoradores de corpos nus. Como propugnava Aleister Crowley, "uma festa toda noite para Nu, e o prazer do mais transcendente deleite!". E volto a acrescentar que é lá que estão as portas para os caminhos de Noite e Dia quando espero a prostituta apocalíptica de *As metamorfoses do vampiro*, jactando-se descaradamente: "Eu substituo, para aquele que me vê nua e sem véus, a Lua, o Sol, o céu e as estrelas!".[115]

Pela primeira vez, notei o Dr. Intruso não muito à vontade ou, talvez, até mesmo sem compreender o meu discurso. Além disso, eu mesmo sabia não estar falando numa linguagem clara. Por momento, tive vontade de interrogá-lo sobre o dossiê denunciado por Nonato. Mas o receio do ridículo deixou-me silencioso, além de reconhecer que as minhas histórias não são mais plausíveis do que as de Nonato. Daí, o melhor era deixar tudo de lado e, pouco a pouco, verificar a origem da "invasão" de Dr. Intruso, exatamente aqui, neste local, que para qualquer estrangeiro é invisível no mapa do mundo.

Fiz ver ao Dr. Intruso a necessidade de retornar ao ateliê onde eu trabalhava uma tela, até agora sem grande sucesso, o que para ele era indiferente porque eu sabia que a esta hora, em companhia de Ovídio de Odin, ele ganhava a parte mais densa da floresta em direção à cachoeira.

5 de agosto

Ainda não sei como abordarei Desirée no dia de amanhã.

---

[114] Não confundir com Karnak, o maior conjunto de edificações sagradas da antiga civilização egípcia, localizada na extremidade oriental do rio Nilo (N. do A.).

[115] "As Metamorfoses do Vampiro" – poema de Charles Baudelaire (N. do A.).

9 de agosto
Destruo o *Bordel azul.* É preciso recomeçar outra pintura.

Dizem que a grande tela de Picasso, *Les demoiselles d'Avignon*, chamava-se primeiramente de *O bordel* ou *Cena de um bordel,* não estou bem certo.

11 de agosto
Jacob Klintowitz, João Câmara, Félix Farfan e Mariângela vieram à Oficina para a escolha das peças que participarão da Exposição Novos Viajantes, a se realizar em São Paulo, dia 25 de setembro, no SESC Pompeia. Essa escolha sempre me constrange e chega a ser dolorosa, como se me virassem pelo avesso. Em todo caso, Jacob é inteligente e possuidor de uma rara sensibilidade, o que facilita reunir um conjunto de dezesseis desenhos, dezesseis placas cerâmicas e de uma peça monumental, *Prometeu*, com 3m27 (será essa a medida certa? Parece-me bem maior).

12 de agosto
A mulher nua do *Bordel azul* teima em reaparecer no novo quadro *A curiosa,* entrevista vagamente através de uma cortina laranja translúcida. Num banheiro, uma moça (quase incolor) afasta a ponta dessa cortina para olhar o que há ali dentro. Só o espectador muito atento descobrirá a silhueta violácea de outra criatura. Curiosa revelação do oculto. Mas o melhor é não explicar demasiado bem. "As coisas repousam em si mesmas, acentuam-se em sua realidade e são injustificáveis", conjetura Octavio Paz.

14 de agosto – domingo
Muito mais que *Fanny e Alexander*, o grande Bergman me parece realizar no seu antigo *As crianças de domingo* uma obra-prima autobiográfica.

16 de agosto
Sua majestade não fará nada hoje – *Le roi ne fera rien.*

No dia 11 de agosto, o pintor João Câmara falou-me de Stanley Spencer, excelente artista inglês muito pouco divulgado, inclusive na sua própria terra (não o suficiente). Deram-lhe no fim de sua vida o título de *Sir* talvez até para resgatar a indiferença anterior.

As estranhas "deformações" de algumas de suas figuras de há muito me interessavam. Fiquei de mandar a Câmara algumas reproduções dos afrescos do Pré-Rafaelita Ford Madox Brown, pintados na Rathouse, na cidade de Manchester. Tenho certeza que Spencer (seu humor e técnica) aprendeu muito com alguns inesperados aspectos do desenho de Brown. Curiosíssimas figuras distorcidas, muito próximas ao grotesco e à danação. E que estranha maneira de compor os seus quadros, fora de qualquer cânone de sua época!

Esse velho hábito de recobrir quadro sobre quadro resulta num emaranhado de linhas que recriam novas figuras a despeito de mim. Em todo caso, agrada-me muito, sobretudo por lembrar os processos seculares de um palimpsesto.

18 de agosto

Hoje à noite verei Juliette Binoche na terceira versão de *O morro dos ventos uivantes*.

O meu diário pouco a pouco se desorganiza. Não há mais ideias, e sim anotações histéricas e fragmentadas. Devem coincidir com a minha acentuada desestruturação íntima, uma espécie de vingança final ou talvez nem isso.

A casa sinistra descrita por Emily Brontë no seu inigualável romance *O morro dos ventos uivantes* não deixa dúvida sobre seu aspecto pesado, senhorial, mas um tanto tosca, quase inóspita e selvagem na sua rudeza. A versão desse novo filme (feito em 1992) difere daquele apresentado em 1939. Transforma a casa de Heathcliff numa construção sofisticada (gótico tardio), cenográfica, pretensiosa e nada convincente. Na realidade, no seu luxo, degrada toda a história que de resto não é bem narrada.

Os esforços de Juliette Binoche e de Ralph Fiennes descambam para um dramalhão vulgar. Aliás, Fiennes, que é um bom ator, neste enredo mais se assemelha a um "Jim das Selvas" ou a um descabelado e cruel comandante de uma nave espacial.

De qualquer forma, a infeliz Catherine ainda tem tempo de pronunciar uma das mais pungentes declarações de amor que se conhece: "Eu sou Heathcliff".

27 de agosto – sábado

Durante a semana, grande esforço para executar dois ou três quadros. A saúde não anda bem por conta de minhas loucuras. Febril, mas ainda assim trabalhei.

Numa dessas noites assisti a um filme interessante, *O segredo de um homem*, baseado numa novela de Stefan Zweig. Diretor correto: Andrew Birkin. Atores excelentes, sobretudo o menino que, guardando um segredo, passa a ser um homem. A história começa com a criança ajoelhada à beira de uma cama rezando: "Salve Rainha... mãe de misericórdia... vida doçura, esperança nossa, Salve. A vós bradamos os degredados filhos de Eva. A vós suspiramos, gemendo e chorando... neste vale de lágrimas...".

31 de agosto

A doença prossegue. Não sei se a despeito de mim ou procurada por mim, caminha no seu ritmo doloroso e apático como se me retirasse aquilo que tão orgulhosamente ostentamos na saúde, isto é, o brilho da nossa suposta personalidade. Usurpadores – isso é o que somos. Pobres de nós degredados...

Alguns medicamentos me retiram o sono. Vagueio pela casa como o fantasma de Canterville que há 300 anos não dormia.

8 de setembro

> *Ele estava certo – os que falam não sabem, e os que sabem não podem falar.*
>
> Santo Agostinho

Soube que filmaram *Ethan Frome*, essa obra-prima de Edith Wharton. Quem são os loucos e pretensiosos que a tanto ousaram? Apesar de seus aspectos triviais – e mesmo por conta deles – *Ethan Frome* é uma das mais belas, terrificantes e surpreendentes histórias de amor. Maior do que *Inês de Castro*, do que *Tristão e Isolda*, do que *O morro dos ventos uivantes*. Em nenhum desses amores desventurados os amantes sobrevivem à própria morte para encarar de frente uma vida possivelmente já sem memória.

Quem porventura poderia medir a intensidade dessa dor? Talvez nem mesmo a endemoniada figura de Zenóbia soubesse usufruir de sua vingança... Não houve sobra para ninguém, o tempo petrificou-se na desesperação. No romance, ela é tratada pelo apelido de Zeena, que em inglês pronuncia-se Zina, significando na nossa língua, ira, furor, cólera, fúria.

A filmagem de *Ethan Frome* foi promovida pela American Playhouse Theatral Films diante do texto original de Edith Wharton. Tenho a enunciar que eles foram corretos; eu diria até o quanto puderam, isto é, levando-se em conta os inevitáveis antagonismos da linguagem narrativa entre o cinema e a literatura. Poder-se-ia mesmo reparar que o diretor John Madden colocou-se na única posição possível, aquela da modéstia, ao enfrentar essa contundente história amorosa.

Alguns desvios, acredito, foram irrelevantes. Por exemplo: a mudança de profissão do narrador surgindo como um pároco e não como um engenheiro eletricista que chegara a hibernal Starkfield em nada altera a natureza da perplexidade e do comprometimento da personagem no desenrolar da história de Ethan Frome.

De certa forma, a presença do jovem clérigo, cujo espírito estava subjugado por uma enorme compaixão, confere à tragédia amorosa um valor moral que evidentemente já estava implícito no texto da escritora, mas que necessitava, no cinema, ressaltar e, quem sabe, simplificar. Essa realidade dos filmes transformada numa acelerada elaboração de imagens – vinte e oito quadros por segundo –, faz deslocar a *visão real* das coisas em um desamparado e tedioso devaneio que deveria ter silenciado ou mesmo posto em dúvida, enfim, algo pouco identificável. Bela situação para aqueles que persistem em amar a literatura e a vida!

Como o narrador, "a história me foi contada em pedaços por várias pessoas; e, como geralmente sucede em tais casos, era de cada vez uma história diferente". O próprio livro me fora presenteado – não sem uma quantidade prévia de justas louvações, acrescentadas de uma bela fotografia de Edith Wharton no seu aristocrático estúdio nova-iorquino – como que para substituir a lastimável indigência da imagem da escritora nas folhas enegrecidas de uma velha edição, encontrada nas prateleiras de um sebo. E, ainda para um não acabar de contribuições, encontro, pasmado, nas últimas páginas em branco do livro, um maravilhoso *post scriptum* com letra caprichosa em estilo gótico, cujo conteúdo – sem exagero – faria falta ao fechamento do romance. Sem pestanejar, Edith Wharton o assinaria. Tenho certeza.

"Por que aqueles três personagens, sem remissão, devem permanecer presos ao purgatório? Por que não eram livres para forjar seus próprios futuros? Que destino terrível, ser simplesmente uma configuração da inconstante mente humana!"

Parece-me que toda finalidade dessas linhas foi a de chegar ao assustador *post scriptum* de letras góticas. Quem as teria escrito? O estereótipo da letra não permite distinguir se foi traçada por mão de homem ou de mulher. Depois o que importa se esse romance de gênio do qual me ocupo é obra de uma mulher? Como *O morro dos ventos uivantes*, de Emily Brontë, é igualmente saído de um coração feminino. Não esquecer *A princesa de Clèves*, de Mme. de La Fayette, que marcou o advento do romance moderno. Poderia agora, independente dessa dúvida, passar ao soberbo *post scriptum*, que tanto me intrigou e ainda intriga. De qualquer forma, repito, é obra de mestre.

Tanto uma dedicatória como algumas anotações à margem de um livro podem enriquecer o seu conteúdo ou definitivamente maculá-lo. O que não dizer daqueles que, corajosamente, enveredam – mesmo se considerando um absurdo – pela continuidade da narrativa no pressuposto de que algo teria ainda de ser dito?

Dizem que um rei antigo teria interferido junto a um escritor para alterar o final desastroso de seu romance. As personagens não poderiam carregar nos seus ombros tanto sofrimento. Recordo o poeta Tomás Seixas, com lágrimas nos olhos e voz embargada, a declamar o seu poema: "Quem pode viver sob o peso de uma dor permanente?". Recordo, também, que alguém teria dito, diante do silêncio de Tomás, "continue, que a forma está perfeita", ao que o poeta teria respondido: "Continuar?... E você acha pouco? Descrevi o inferno e não posso acrescentar mais uma só palavra".

A meu ver, as famosas letras góticas inseridas no final de *Ethan Frome* descrevem o inferno como alguém que o deve ter conhecido muito de perto, talvez mesmo saído de lá.

"O fim do livro *Ethan Frome* é inexpremivelmente cruel, desconsertante, duro e terrível. Nenhum alívio para ninguém – e a desventura para todos, sem escapatória possível! A morte não premia os suicidas nem pelo coroamento do pacto sobre o abismo (a morte de ambos), nem pelo incompleto consentimento de arrancar ao menos de um dos dois – Ethan ou Mattie – a infelicidade do sucedido.

"Não. A morte é trocada pela *vida*... que destrói o que a morte não teria destruído; a *vida* mutila e apaga a lembrança, a recordação que seria possível para Ethan Frome ou Mattie Silver, como consolo por ter ficado, um ou outro, vivo, com o seu sonho desfeito na mão.

"Edith Wharton vem nos dizer não: não até para as recordações. As lembranças são reais ou inexpugnáveis, mesmo para os mais desgraçados – como os dois amantes deste livro –, e são arrancadas deles, afinal, desfiguradas, confundidas e tornadas irreconhecíveis – pobre Mattie, 'antiga borboleta numa floresta hibernal' – num mundo imerso em erro, fracasso e dor. Esse é o nosso mundo, diz ela, e nossa vida, quando esta não espera mais nada do amor, não tem sequer a morte para livrá-la do vazio, da feiura e do horror que amesquinha as criaturas, condenando-as ao pior castigo: viver. E viver sem direito a disfarçar a vida sob qualquer ilusão que não resiste; viver nessa cozinha do mundo em que *Ethan Frome* termina: fria, infernal e triste, alterada e exposta à única ruína que é tudo o que permanece no seu movimento sombrio e imemorial, quando se fecha esta última página terrível com tristeza e temor."

Chego ao fim. Nenhum vestígio sequer para se ter uma vaga ideia de quem revela *o conhecimento da dor*. Curioso que no livro havia uma assinatura ilegível, logo na primeira página, ao lado de um desbotado carimbo. O volume de capa dura, de pequeno formato, conservava ainda sua cor de um verde um tanto fanado, que, por estranha aproximação, lembrava o verde-cinza do maciço olmo fatal. Por que esse leitor (ou leitora) tão sensível deixou escapar este livro? Um livro caído como uma *alma penada* nas prateleiras de um sebo obscuro: seu purgatório.

Ah! Essa não é uma história para ser lida, e sim contada por outros. E, como diz o narrador, será cada vez uma história diferente. Eu mesmo contei-a dezenas de vezes aos meus familiares desatentos, os quais singularmente pediam depois para repeti-la.

Lá fora, a neve caía, pesada, vociferando seus insondáveis presságios. Quem estivesse no alto da colina avistaria uma dessas afastadas casas de fazenda da Nova Inglaterra que tornam ainda mais solitária a paisagem.

As três mais belas palavras que terminam com a última letra do alfabeto:

MATRIZ

NUTRIZ

FELIZ

Procurar duas palavras que comecem com a letra Z e que sejam as mais tristes:

ZERO

ZENÓBIA

28 de setembro
Apesar da confusão do texto "O Lago da Sombra", consegui terminá-lo. Inclusive foi datilografado com mais alguns acréscimos.

Ontem, assisti mais uma vez ao filme *Ethan Frome*. Foi proveitoso porque descobri o nome do diretor de fotografias, Bobby Bukowski, o qual revela e reconstrói o magnífico e trágico cenário de Starkfield.

A cidade de Starkfield descrita pela sensibilidade de Edith Wharton pode não ser exatamente a mesma (o que é igual), mas corresponde ao que fala a escritora: "Mas quando caiu o inverno sobre Starkfield, mergulhando a cidadezinha debaixo de um lençol de neve que caía incessantemente do céu pálido, comecei a entender como devia ter sido, ali, a vida – ou antes, a negação da vida – no tempo da mocidade de Ethan Frome".

29 de setembro
Conversei com o arquiteto Moisés Agamenon Andrade e seu filho Paulo sobre as possíveis modificações da casa do bairro de Casa Forte. Pretendo pedir-lhes que opinem (são ótimos arquitetos). Para mim, tudo serve desde que agrade à menina Helena Viktoria, ao pequeno Oliver e a M. Gertrude.

1º de outubro – sábado
Trabalho o dia todo na pintura do *Vulcão Zarzur – uma reportagem*, uma espécie de exagerada reportagem. Toda pintura já é em si um exagero.

2 de outubro – domingo
Muito cedo da manhã, desenho a graciosa figura de Carolina. Depois, visito Deborah e aproveito para ler em voz alta "O Lago da Sombra".

14 de outubro
Presença na Oficina do pintor norte-americano John Outterbridge, artista que expõe na Bienal de São Paulo, em companhia de Lizetta Lafalle-Collins, curadora do artista, e o senhor Dayle Prince, adido cultural do Consulado Americano.

15 de outubro – sábado
Termino um quadro da série *Mulheres pintoras* e um outro, *Mulher numa banheira*. À tarde, recomeço o trabalho interrompido do *Vulcão Zarzur – uma reportagem*.

16 de outubro
Vocês sabem que uma vida pode ter mais de um fim? Quanto ao final verdadeiro, eu não sei o que dizer.

17 de outubro
Colocaram uma enorme cama num quarto. Dizem que será a minha. Nunca tive uma cama que pudesse identificá-la, muito menos um quarto ou uma casa.

19 de outubro
O *Vulcão Zarzur – uma reportagem* transforma-se num grande nu flexível. As carnes da mulher foram aproveitadas das paredes do vulcão, da lava, da fumaça, das nuvens e da água. Evitei, a tempo, a sedução da assim chamada "cor de carne". O efeito é estranho, mas pouco me importa o julgamento dos outros. Somente eu tenho o direito de destruir e sempre recomeçar.

Desde a semana passada, modelo *Semíramis*. A coroa da soberana está partida ao meio. Esta escultura parece-me que, uma vez bem-sucedida a sua queima, fará companhia ao que há de melhor aqui neste Museu-oficina.

21 e 22 de outubro
Novos quadros: *Descanso do modelo* e mais uma pintura da série *Mulheres pintoras*.

23 de outubro – domingo
O futuro não é mais o que era. Perdemos o destino.

27 de outubro
Continuo o seriado. Apenas não posso batizá-las de *Pintoras*, tendo de modificar o nome para *Modelos*, uma vez que as posições são terrivelmente despudoradas para as mulheres.

Hoje à noite, a Oficina Cerâmica oferece uma recepção aos arquitetos participantes da II Bienal de Arquitetura do Brasil. Soube que o catalão Josep Maria Botey i Gómez está no Recife. Gostaria de revê-lo.

"Um universo onde tudo tem o seu lugar e a obrigação de ser frutífero..." Isto é Shakespeare, não é? Presumo que Próspero conjetura tal princípio em *A tempestade*.

6 de novembro
Se é assim...

26 de novembro – sábado
Miserere.

3 de dezembro – sábado
Domingo passado, na casa de Deborah, li um poema do aristocrata grego Solon. Depois tomei de Robert Frost alguns versos do seu poema "A Morte do Empregado":

> *Ele disse? Só quero saber.*
> *Como ele misturava tudo.*
> *Como certas coisas perduram.*
> *Ele nunca nos contou isto.*
> *No entanto, sabemos.*

Levei na quinta-feira, dia 1º de dezembro, treze quadros para a Galeria Plêiade, de Weydson Barros Leal, onde serão expostos ao lado de pinturas de João Câmara, José de Moura, Roberto Lúcio e Rinaldo. Todos excelentes artistas.

Hoje terminei uma paisagem – *Paisagem rosa* – que deveria estar no conjunto. Seria interessante uma paisagem no meio de tantos nus femininos. Acabei por levar a pintura que ficou na parede do próprio escritório de Weydson.

12 de dezembro
Novamente, depois de tanto tempo, manifestações ontem pela manhã dos desagradáveis sintomas da pseudosíndrome de Menière. O mundo girou, o que é terrível!

24 de dezembro – sábado
Depois de desaparecida cinco meses, Cláudia veio buscar um presente. Hoje é o dia do seu aniversário, embora pareça impossível saber ao certo a sua idade, nem de onde vem, nem para onde vai, tampouco o que pretende. Contudo, isso não surpreende ninguém, pois somos todos mais ou menos iguais: "degredados filhos de Eva".

25 de dezembro – Natal

Dr. Intruso e Nonato, a meu pedido, viajaram ontem para a cidade de Oeiras, antiga capital do Piauí, com a finalidade de fazer pesquisa de campo em torno das jazidas, cuja argila, de excelente qualidade, tem apresentado ultimamente inesperadas variações.

Dr. Intruso faz questão de levar Ovídio de Odin desde que neste percurso de automóvel tenha um motorista à disposição.

Nonato não esconde o seu desagrado, embora tenha achado uma solução imediata, colocando-se ao lado do motorista e deixando a parte de trás para o amigo (ou inimigo) que, munido de vários apetrechos fotográficos, deseja fazer uma extensa reportagem sobre as antigas edificações de Oeiras e seus arredores. Depois, pretendem descer o rio Parnaíba para chegarem ao Porto das Barcas e às praias do Norte, famosas pela sua beleza, entre elas Pedra do Sal, Barra Mares, Ilha do Caju, Peito de Moça, Atalaia e Lagoa do Portinho.

Antes da viagem, fiquei espantado com as meticulosas anotações de Nonato sobre essas praias colhidas numa agência de turismo. Devem ausentar-se cerca de dez ou quinze dias.

Por coincidência, na mesma noite da viagem, às vésperas do Natal (coisa rara), formou-se uma grande tempestade sobre a cidade do Recife, com relâmpagos e trovões. Para mim, não era novidade porque aconteceu a mesma coisa no dia do nascimento de minha irmã, Tereza Maria de Jesus, há muitos anos atrás.

O resultado deste temporal foi ter entrado muita água, através das telhas, no aposento de Dr. Intruso. Um dos vigias, encarregado de consertar o telhado e reparar os estragos no interior do quarto, trouxe-me um livro inteiramente encharcado, que eu tive o cuidado de não abrir, porque senão o dilaceraria.

Novamente as leituras do Dr. Intruso me confundiam. Apesar de molhado, o título do livro era *Bouvard e Pécuchet*,[116] de Gustave Flaubert.

---

[116] Um dos livros mais controversos de Gustave Flaubert. Alguns críticos chegam a dizer que não passa de uma conversa sem sentido entre dois idiotas. A meu ver, apesar do seu espírito absolutamente anárquico, de quem de fato não acredita no mundo, nem nos homens, trata-se de uma consumada obra-prima (N. do A.).

Definitivamente as leituras de Intruso não coincidiam com as suas intenções humanitárias. O vigia também entregou-me uma pequena pasta, onde havia alguns papéis soltos como se fossem anotações. Olho o primeiro: "Mais uma vez a verificação – dolorosamente conjugada – de que os grandes *aglomerados* humanos não serão mais possíveis no Terceiro Milênio. Seja pela natural massa demográfica suicida das megalópoles, ou então pelas multidões artificialmente convocadas para festejos ou tumultos. O desastre será total". O segundo comentário chamou-me a atenção pelo seu caráter, inclusive religioso: "Tudo na justa medida... E, certamente, não difere muito de outras estatísticas, semelhantes em qualquer parte do mundo. Tudo há de se cumprir, segundo a nossa vontade... Já desobedecemos uma vez: *Cairemos* uma segunda vez para sempre". O terceiro comentário, em papel muito amarrotado e salpicado de sujeira, embora ainda legível, tinha um título: "Categoria ou um ser humano?". E começava da seguinte maneira: "Na infância, sexualmente, o ser humano seria constituído de uma *perversidade* polimorfa no dizer de Freud. Uma vez adultos, podemos agir em diferentes direções porque a nossa sexualidade tem origem no nível da psique, portanto é cega. Cega, mas não inerte. De qualquer maneira, estamos sempre tratando de algo desconhecido – em todas as situações –, uma espécie de presságio que deve a princípio nos escapar pela sua natureza cósmica. O universo *deseja* e também reproduz...".

Parei um pouco para refletir se o Dr. Intruso não pertencia a um departamento ou mesmo a um subdepartamento com vistas a estudar uma possível arregimentação futura em defesa daquilo que todas as nações sabem ser inevitável, ou seja, o descontrole do poder sobre as hordas, em total desespero, num estado emergencial e catastrófico. Continuando a leitura do comentário de Dr. Intruso, verifiquei a sua referência ao notável escritor judeu, Isaac Bachevis Singer, que, de certa forma, corroborava com o seu pensamento quando afirmava: "Nos momentos em que fantasiava sobre uma nova metafísica, ou até mesmo uma nova religião, ele colocava a *atração* entre os sexos como base de todas as coisas. No princípio era o desejo. O princípio sagrado, como o humano, é o desejo. A gravidade, a luz, o magnetismo, o pensamento, podem ser aspecto do mesmo anseio universal. O sofrimento, o vazio, a escuridão, não são mais do que interrupções de um *orgasmo cósmico* que cresce eternamente em intensidade".

Como uma anotação à margem, Dr. Intruso acrescenta: "Acontece que a natureza dessa intensidade da qual nos fala Singer é, também, por conta própria, cega e destruidora. Não faz *justiça*, apenas *elimina*. Afasta os excessos de sua implacável caminhada. Os homossexuais devem compreender que a eles não é vedada a participação desse orgasmo cósmico, o que lhes é interdito é *sobrepujar* ou alterar leis que estão acima do próprio homem".

Procuro meditar porque não é a primeira vez que percebo essa preocupação do Dr. Intruso muito mais ligada à Organização Mundial de Saúde do que mesmo ao seu interesse pelos descaminhos da sexualidade humana. No entanto, ao revelar, o faz de uma maneira direta, pois sua pergunta não admite tergiversação: "Na realidade, o que pretende essa Associação Internacional de Lésbicas e Gays? Qual a razão de se dirigir às Nações Unidas? Por que não faz igualmente um *apelo* ao sol, à lua, às estrelas, aos rios, às montanhas, ao mar, às florestas? São forças mais poderosas do que a ONU que é, proverbialmente, impotente de resolver problemas bem menos complexos".

A AILG quer ser oficialmente defendida. Não admite a discriminação e acaba exigindo a sua presença na Conferência Mundial sobre Direitos Humanos. Obstina-se em ser uma *categoria* e não seres humanos. Com certeza acredita que, acontecendo essa "milagrosa" proteção, estaria perfeitamente a salvo de uma *condenação* muito mais antiga e inexorável que qualquer lei humana poderia jamais imaginar. Assim, como vaticinava São Paulo, "todos os que pecaram sem lei, também sem lei perecerão; e todos os que com lei pecaram, mediante lei serão julgados".

Havia outros documentos, mas não me senti autorizado a prosseguir. No entanto, não me escapou que esse último comentário tinha a data do ano passado. Por conseguinte, não fora produzido aqui.

O relógio do ateliê marcava meia-noite e cinco minutos. O ruído de foguetes espocava ao longe ou talvez muito perto. Meu pensamento andava distante à procura de elucidar os estranhos desvios da alma de Dr. Intruso. Poderia dizer como Frost:

Como ele misturava tudo.
Como certas coisas perduram.
Ele nunca nos contou isto.
No entanto, sabemos.

1995

Propriedade Santos Cosme e Damião

6 de janeiro

Aproveitando a ausência de Dr. Intruso e Nonato, procuro refletir melhor sobre o meu trabalho nestes cadernos que tomam uma configuração diversa da minha intenção inicial. Penso, sobretudo, em como policiar as constantes intervenções desses dois, agora, inseparáveis amigos que, queiram ou não, exercem sobre minha pessoa uma grande influência. Longe de mim pretender – o que seria inclusive de um ridículo atroz, e eu reconheço a medida de minhas forças – realizar algo parecido com *um drama dialogado,* à maneira dos verdadeiros escritores. Devo apenas continuar na minha habitual, mas confinada, feira de variedades (ou curiosidades), onde cabe perfeitamente a presença de alguns outros interlocutores. O pouco que pude saber a respeito do Dr. Intruso leva-me a acreditar que, indubitavelmente, a despeito do seu caráter real, ele se coloca a serviço de alguma instituição, seja ela secreta ou declarada. Ele jamais se permitiu dar opiniões diretas sobre suas posições políticas, mas não deixa de ser altamente suspeita a sua indisfarçável admiração por Thomas Carlyle, cujas teorias políticas, no dizer de Borges, "os contemporâneos não entenderam, embora elas caibam agora numa única e muito corrente palavra: nazismo".

É claro que, dentro dos contextos atuais da política mundial, não teria sentido o ressurgimento do nazismo como força política ideológica, com as suas características bem evidentes de supremacia da raça e ideais de conquista. Em todo caso, de maneira muito velada, pude aquilatar que o Dr. Intruso não só acredita, como está a serviço de uma possível reorganização política mundial. Uma *nova ordem* com vistas não mais a ideologias, mas à sobrevivência do ser humano.[117]

---

[117] Neste aspecto de sobrevivência, o Dr. Intruso esclarece que estariam incluídos, como fatores de perigo emergencial, não só os elementos morais e sociais da conduta humana, mas, igualmente, o severo controle da proliferação de armas nucleares e a gradativa destruição dos artefatos já existentes. A participação efetiva dos cientistas dentro das decisões governamentais. A supervisão constante das usinas nucleares; o lixo atômico; a inexorável proibição de novas explosões; os arsenais bacteriológicos; a guerra química; o rígido controle sanitário; a radical proteção do ecossistema; agricultura planejada (os celeiros do mundo); as grandes bacias

Dr. Intruso, em conversa ou nos seus raros escritos que me chegam às mãos, deixa bem evidente a ideia de que o Neoliberalismo, apregoado pelas grandes nações, é um declarado abuso de confiança,[118] uma forma caduca, falha e hipócrita, incapaz de conter as apavorantes catástrofes que se anunciam num futuro não muito distante. Não sei se ele admite, à maneira de Carlyle, o aparecimento do "herói" ou dos heróis que conseguiriam conduzir povos e raças a uma nova ordem universal. Note-se que o Dr. Intruso insiste muito no problema caótico da sobrevivência, uma espécie de condição moral provisória (como um estado de guerra) que não permite ao homem, como indivíduo, determinadas liberdades que prejudiquem a sobrevivência comum.

No seu modo de entender, Dr. Intruso não pode pensar em civilizações ou culturas de abrangência religiosa (ou não) que omitam os *interditos.* De resto, essa liberalidade, dita urbana ou civilizada, é apenas possível em alguns poucos países do mundo, ficando a maior parte da humanidade ainda entregue a toda sorte de desacertos sociais, políticos e econômicos que, por si só, já não possibilitam, nem de longe, sonhar com qualquer vislumbre de liberdade.

Dr. Intruso, certo dia, escreveu: "Como pode haver liberdade num mundo faminto e devastado por pandemias? Por acaso não existe uma *ordem* para uma cidade onde grassa a peste? Sei que esses assuntos são todos, por sua própria antecipação, profundamente desagradáveis de serem abordados, uma vez que ferem e irritam o Sistema. Qualquer um que o faça, será considerado inimigo público número um". Depois continuou no mesmo tom:

---

hídricas (água potável) sob controle internacional; erradicação dos questionáveis princípios do urbanismo atual; as megalópoles; o retorno a uma violenta discriminação; a possibilidade de grandes campos de isolamento; novos conceitos de trabalho forçado; pena de morte; implacável controle sobre o tráfico e consumo de drogas; as pandemias e restruturação radical da Associação Mundial de Saúde, conferindo-lhe poderes de intervenção; novos conceitos de controle de natalidade; o renascimento das cerimônias e das religiões; combate sistemático à pornografia e à indústria do sexo institucionalizada; censura geral da imprensa, principalmente da Internet – um dos males do século – que deverá ser colocada a serviço irrestrito da Nova Ordem (N. do A.).

[118] Dr. Intruso às vezes manifesta-se não só inocentemente, como contraditoriamente. Ele sabe que o mundo sempre foi cruel e absurdo e que não há como modificá-lo. Tem razão, contudo, quanto ao aspecto de uma ordem que sobrepuja a natureza humana com vista à sua própria sobrevivência (N. do A.).

"Pude verificar no diário do Senhor Brenan" – ele repete exaustivamente – "ninguém pode ter razão por antecipação." Eu acrescentaria que ainda está muito longe o momento em que esses conceitos possam ser discutidos livremente, por exemplo: quem ousaria, de bom grado, tratar de um assunto tão delicado, quando um dia a ralé, essa incomensurável horda de seres humanos, desencadeará os seus instintos mais primitivos num nível de destruição incontrolável. Nesse momento, quem conterá a avalanche? Ouso citar Carlyle[119] quando, em 1870, aclamou a vitória da "paciente, nobre, profunda, sólida e piedosa Alemanha" sobre a "fanfarrona, ufana, gesticulante, quizilenta, intranquila e hipersensível França". "O senhor imagine alguém apregoar, como o desabusado escritor escocês, a necessidade de existir em cada povoado um quartel e uma masmorra. O escritor, ainda por cima, acolhe o ódio e a pena de morte, e, ainda, para o espanto dos liberais modernos, abomina a abolição da escravatura!" – observou Dr. Intruso, sem mover um só músculo de sua face, como se tivesse, poeticamente, enunciando a placidez marmórea de uma tarde de verão. "Mais uma vez eu reitero" – falou Dr. Intruso quase gritando – "que num futuro muito próximo, não mais que vinte anos, as previsões de Carlyle e os conceitos políticos-sociológicos da 'Nova Ordem' serão postos em prática, em regime de urgência urgentíssima."

Certa vez, num debate interrompido, Dr. Intruso, como se estivesse de posse de um poderoso trunfo, indagou: "Vocês se lembram do grande motim na cidade de Los Angeles? E podem imaginar as proporções desse levante caso se alastrasse e chegasse a Nova Iorque com os seus guetos raciais?".

8 de janeiro

Afinal, notícias de Nonato, como sempre, disposto à delação. Entre outras coisas, afirma ter cumprido a missão em Oeiras e que se encontra na cidade de Teresina. Acusa o Dr. Intruso de ter se mancomunado com a bela Viriata, pois esta se encontra hospedada no mesmo hotel deles (Lux Hotel). Além de tudo, o casal anda perambulando pelas ruas, livremente, causando os maiores reboliços. Diz mais o telegrama: "Dr. Intruso não larga a sua capa preta

---

119 Dr. Intruso cita Jorge Luís Borges no seu prólogo para o livro *Dos heróis*, de Thomas Carlyle (N. do A.).

de oleado. E, Viriata, tirando partido do seu soberbo corpo de adolescente, anda quase nua. Acredito que acabaremos todos numa delegacia. Seguiremos amanhã na direção da cidade de Parnaíba à procura das belas praias que pretendo explorar. Dr. Intruso pergunta se na praia dos Lençóis, localizada no Maranhão (confundindo com a cidade dos Lençóis, na Bahia), existem minas de diamantes ou reservas auríferas. Pressinto enormes confusões. Por mim, não prosseguiria viagem".

Acaba por pedir-me orientação de como proceder. De minha parte, aconselhei-o a abolir os fantasmas e seguir o mesmo roteiro de Dr. Intruso. Apesar da propensão de Nonato ao descomedimento, posso imaginar seus justos temores, pois Teresina não é nenhuma metrópole onde certas coisas são vistas com complacência. E, de fato, a figura de Dr. Intruso, com quase dois metros de altura, vestido de uma maneira singular, ao lado de Viriata, causaria espécie até em Paris ou Londres, quanto mais em cidades piauienses.

15 de janeiro

Começa a me preocupar a falta de notícias de Nonato, embora, de certo modo, isso denuncie a regularidade das coisas. Tudo correndo conforme o planejado. De resto, lhe pedi exaustivamente para não usar o "diabo" do telefone.

Um motorista de caminhão que transporta argila das jazidas de Oeiras esteve pessoalmente com essa "dupla infernal" me comunicando que gozavam de perfeita saúde, pelo menos na época desse encontro. Na minha presunção – não sou nenhum adivinho –, eles só retornarão à Oficina Cerâmica no mês de fevereiro. Talvez, persuadido por Dr. Intruso, Nonato acabará ultrapassando as fronteiras do Maranhão, depois do grande delta do Rio Parnaíba.

Dr. Intruso, há algum tempo, viu no meu ateliê um livro de fotografias do escultor Frans Krajcberg tiradas dos telhados das casas coloniais em São Luís, e mostrou-se muito impressionado. Quem sabe se essa lembrança de Dr. Intruso não forçou Nonato a uma nova aventura?

13 de fevereiro

Recebo um telegrama urgente de Nonato expedido da cidade de São Luís do Maranhão. O final da mensagem deixou-me inquieto. Laconicamente, avisa da mudança de planos por conta de graves acontecimentos impedindo-os de retornarem, de imediato, ao Recife. Não conhecesse eu a capacidade de intriga do velho Nonato, ficaria de fato apreensivo. De qualquer forma, ele viajava em companhia de um estrangeiro, cujo passaporte e documentos legais nunca me foram mostrados. Fui tomado repentinamente por certa ansiedade, sobretudo depois que o meu secretário, Elcid de Almeida, alertado pelo abelhudo Solano Lopez – sempre muito informado das inacabáveis desgraças vinculadas na mídia falada e escrita –, mencionou estranhos incidentes acontecidos em Teresina e numa praia de Parnaíba, cujo nome, Peito de Moça, não era para ninguém esquecer... As notícias falavam numa chacina entre galeras motivada por três estrangeiros vindos do Recife.

Caindo em mim, atribuí a matança a esses "três loucos" saídos daqui da Oficina, envolvidos na autoria – ninguém sabe como – de algazarras e até de um crime de morte. Como um homem da estirpe de Dr. Intruso pôde cair em tal armadilha? As notícias de jornal colecionadas por Solano Lopez alertavam que a polícia do estado vasculhava toda a região do incidente e suas cercanias... "Como sempre acontece"– pensei – "as batidas policiais acabariam encontrando falsas pistas e não os verdadeiros culpados." Num dos últimos telegramas, testemunhas confiáveis presenciaram os três estrangeiros – não havia descrição deles – fugindo num pequeno aeroplano que decolara de uma praia vizinha à Peito de Moça em direção ao sul.

Achei por bem me acalmar e esperar por informações diretas de Nonato ou de Dr. Intruso, absolutamente inseguro de que isso venha a acontecer. Espero o pior.

14 de fevereiro

Foi com alívio que recebi a carta do amigo José Cláudio da Silva,[120] datada de 10 de fevereiro:

Amigo Brennand,

Ao abrir o pacote e minha vista bater no quadro, senti aquela pausa como quem dá um mergulho. E, quando voltei à tona, me saiu espontaneamente: "Mestre, que maravilha!".

---

[120] A presença do pintor José Cláudio da Silva é tão frequente no meu diário levando a crer que, além da amizade que nos liga, ele passou a ser uma verdadeira personagem (N. do A.).

Poderia ter sido qualquer outra de tantas expressões que exprimem admiração, encanto, mas me veio justamente essa: "Mestre, que maravilha!". Que, meio sem saber o que fazer, não para retribuir, mas, pelo menos, para comunicar o recebimento do quadro e também como o tinha recebido, o sentimento que me despertou, lhe telegrafei (veja a cópia do recibo do telegrama) coisas que ficam dentro de nós e elas próprias tomam a iniciativa de pular para fora sem que, por assim dizer, tenhamos interferência. Por analogia com um momento especial, e que me ficou gravado, e somente uma emoção igual poderia despertar, saiu-me essa frase do Sutra do Diamante.

Ia mandar cópia da página onde está a frase, mas vou mandando o Sutra inteiro, caso você não o tenha e, enquanto isso, ficando o dia inteiro com o quadro aqui na parede e não me cansando de olhar: o brilho do ventre docemente musculoso e o entresseios, os peitinhos que brotam a cada olhar nosso e o mais que não ouso descrever ou cujo nome ainda não foi inventado (eu gosto da palavra "vulva", não sei bem se pelo desenho das letras "v" e "u" ou pela suavidade do som, mais ainda se pronunciado "vúuva", fazendo do "l" quase um "u", nome eufêmico, encobrindo o que ela (a vulva) esconde, o grelo e seus segredos, a goela da vagina: já foi violada?), a cara de olhar onisciente, ela inteira, a moça, feita isca à espera do bote que a abocanhe, sem testemunha, coisa que o fundo do quadro bem transmite, como se tivesse sido encontrada viva entre as paredes do que sobrou de uma estância de Pompeia, esse trabalho de espátula, como se a luz tivesse corpo material, a carne modelada sentindo-se a consistência, a reação ao tato, os esbranquiçados dos peitos nascidos duros e adultos, a solidez das coxas.

*Quanto ao quadro que lhe mando, queria retribuir-lhe simbolicamente com alguma coisa que pelo menos significasse algo para mim. Esse quadro deve ter mais de dez anos e recentemente o descobri entre os salvos dos cupins. O valor que tem para mim é que é brutalmente honesto em sua ruindade e somente poderia ser apreciado por um intelectual. Estive em dúvida se deveria retocá-lo, mas, para não trair a pureza, mando-o assim e até envernizei-o (*oil colour *Winton Matt Varnish Winsor & Newton). Depois de você o olhar assim, posso tampar esses pontinhos.*

Um abraço e muito obrigado.
José Cláudio

15 de fevereiro
O pintor Ismael Caldas mandou-me, há meses, um estranho texto que só agora reproduzo:

Termo – Deus Romano que presidia aos limites dos campos e que punia a sua usurpação.

Numa foi o introdutor dessa divindade entre os povos da Itália. Construiu-lhe um pequeno templo sobre a rocha Tarpeia. Tarquínio, o Soberbo, desejando elevar no mesmo local um templo a Júpiter, resolveu mandar tirar dali todas as divindades, quer altares, quer templos, que no decorrer dos tempos tinham sido colocados naquele lugar. Todos os deuses cederam sem resistência os lugares que ocupavam; mas o deus Termo resistiu a todos os esforços para desalojá-lo do seu antigo e modesto templo.

Destarte, viram-se coagidos a deixá-lo onde estava. E construíram um templo destinado a Júpiter, ficando ele encerrado dentro do novo santuário. O Colégio dos Augures declarou que a estabilidade de Júpiter seria eterna, já que o deus era irremovível.

No início, o deus era representado por uma pedra bruta, em geral quadrada, semelhante às que usavam para delimitar os terrenos particulares; tinham, também, a forma de uma estaca fincada em terra; mais tarde, representam-no sob a figura de um pilar, com a cabeça humana, ou de uma pirâmide, encimada por um rosto; mas permaneceu sempre sem pés e sem braço, símbolo de sua fixidez e estabilidade.

Quadratus Deus – o deus quadrado, nome do deus Termo, que se adorava, às vezes, sob a forma de uma pedra quadrada.

Esse texto não está assinado, mas eu sei que não pode deixar de ser de Ismael Caldas. Poucos pintores daqui da terra da mandioca e das bananeiras se preocupam com assuntos dessa natureza, é claro, com honrosas exceções.

25 de maio
Está escrito na Cabala: "Deus conta cada lágrima das mulheres".

1º de junho
O silêncio deve prosseguir. A pintura e a escultura são o que devem interessar mais. Contudo, só Deus e talvez o Diabo percebam as dificuldades que representam cada quadro ou cada escultura executados por mim.

16 de junho

Meu caro Suassuna,[121]

Espero que você tenha lido O lago da sombra. *E é nesse pressuposto que envio o filme* Ethan Frome *para sua coleção de vídeos.*

Veja bem como as coisas da vida parecem se colocar em posições diversas. O grande Chaucer, nos Cantos de Cantuária, faz rememorar que Zenóbia, rainha de Palmira, era uma pessoa de grande recato: "Não tem decência e vergonha a mulher que deixa o marido se divertir com ela sem o propósito de procriar".

Contudo, Zenóbia, a mulher de Ethan Frome, mostra-se, sem sombra de dúvida, um demônio, uma fúria desencadeada.

Mudando de assunto, você lembra que falei domingo, na hora do almoço, sobre um poema de Henry Rousseau?

O Cisne Selvagem[122]

Um cisne selvagem apareceu nos meus sonhos,
buscando um grão que devorar.
Encontra um, vermelho, brilhante e fresco
e noite a noite devora o meu coração.

PS: Caríssimo Ariano, o Projeto Cultural Pernambuco-Brasil, em todos os seus aspectos, é excelente. E quanto ao texto, é digno do seu sonho incorruptível. Parabéns a Carlos da Fonte, a Raimundo Carrero e a Dantas.

Abraço-o no dia de hoje.
Francisco Brennand

18 de junho

Ignorava que a escritora Angela Carter e o diretor irlandês Neil Jordan (*Mona Lisa*) filmaram Chapeuzinho Vermelho com o título *A companhia dos lobos* (1984). Contenta-me que o propósito dos dois de transformar a fábula

---

121 Carta enviada ao amigo no dia do seu aniversário (N. do A.).

122 Poema citado nestes cadernos, mas repetido para o uso exclusivo de Suassuna (N. do A.).

infantil numa fascinante aventura de terror, acrescentada de uma pesada carga sexual, coincida com algumas de minhas intenções.

Desde o começo do ano, pintei cerca de quarenta quadros. Alguns deles bem próximos ao tema da menina que escolheu o caminho mais perigoso. É melhor considerar todas essas pinturas como estudos introdutórios, pois esse assunto me apaixona de longa data e gostaria de realizar um trabalho à altura, nada mais do que isto. De algum modo, a sorte está lançada. Resta saber aonde toda essa estranha obsessão me levará.

19 de junho

Se não escrevo poemas pelo menos aprecio aqueles escritos pelos outros. Neste poema de Deborah, todos devem perceber que ela fala de uma casa abandonada, mas só eu sei a origem dessa casa à qual ela se refere:

Sem o Verão nas Varandas

Voltou um sol gasto e branco,
alvejando, nas pedras, os degraus,
e o ferrolho aberto devolveu
as mofadas gaiolas de pássaros

daquela casa.

Sem o verão nas varandas,
com a brisa embalsamada,
ramos de parda floração
vencendo de assalto o pomar

daquela casa.

onde escuto, como se ainda chegassem,
no pátio, as rodas da viagem,
rangendo o passado nas lajes
assustando os vasos rachados

daquela casa.

Deborah Brennand

20 de junho
Morreu hoje um dos grandes pensadores – se porventura existem outros – de nosso tempo, Emil Cioran, de origem romena. Com Mircea Eliade, Eugène Ionesco e Constantin Brancusi, fazia um quarteto imbatível.

15 de julho – sábado
Com sua letra de mosca, ela escreveu seu endereço. Uma descendente direta de alemães, enorme e linda, mas que só sabia dizer como um ventríloquo: "Você acha, meu amor!".

16 de julho
Parece inacreditável que Nonato e Dr. Intruso, numa breve viagem em direção às jazidas de Oeiras, no Piauí, no intuito de permanecer apenas quinze dias, tenham demorado cerca de três meses. É verdade que recebi dois telegramas de Nonato sendo que em um deles não fez, senão, me assustar. Quanto à passagem do grupo por São Luís do Maranhão, numa mudança de roteiro, se devia a acontecimentos gravíssimos. Será que todas aquelas estapafúrdias notícias dos incidentes da praia de Peito de Moça tinham procedência e, de fato, envolveram Dr. Intruso, Nonato e Viriata?

Passado tanto tempo, na tarde de vinte e um de março, os dois, finalmente, apareceram na Fábrica. Viriata não estava com eles – detalhe esclarecido por Nonato muito tempo depois. No momento, a simples ausência do Dr. Intruso já indicava que algo extraordinário se rompera nessa viagem, agora transformada em pesadelo.

No dia de sua chegada, Nonato, cheio de reservas, observou que não lhe cabia elucidar o acontecido, mas ficou de deixar comigo algumas anotações, uma espécie de "Relatório Circunstancial". Um documento explícito para melhor entendimento dos que estivessem interessados tanto na sua origem como no seu desfecho.

Esse relatório tentava evitar falsas interpretações, inclusive, até a imputação de terem cometido um crime. Nonato pareceu-me deveras aterrorizado, justamente o contrário do Dr. Intruso, com sua placidez impenetrável de sempre, quando me procurou à porta do meu ateliê. O pobre Nonato implorou que os escondesse longe daqui, pois estavam sendo perseguidos pela polícia não só do Piauí como também, a essa altura, de Pernambuco.

Dada a gravidade do episódio em que se envolveram, se fazia urgente um refúgio seguro. Pediu-me que eu os homiziasse no castelo de Mata Redonda, na cidade de Triunfo, pois, certamente, ninguém iria procurá-los naqueles grotões serranos e longínquos (que há tempos servira de esconderijo ao bando de Lampião). Exortou-me, também, a tomar as devidas precauções, caso fosse intimado a esclarecer a passagem deles por Oeiras, Teresina, Parnaíba e algumas praias da costa leste do Piauí, sobretudo a de Peito de Moça, local da tenebrosa ocorrência, além da ostensiva presença dos dois em São Luís do Maranhão. Sua agitação contrastava de tal maneira com a mais absoluta indiferença do amigo que resolvi perguntar a Dr. Intruso se havia, de fato, acontecido algo tão grave. Dr. Intruso respondeu-me de maneira pausada, como se estivesse refletindo, até afirmar que nada de anormal havia sucedido, embora respeitasse os terrores do seu amigo Nonato, estando pronto a demonstrar sua solidariedade seguindo para o mencionado abrigo. E, outra vez, deixou bem claro que tudo estava na mais perfeita ordem: "Senhor Brenan verificará meus argumentos ao empreender a leitura dos manuscritos de Nonato. Se aconteceu alguma coisa, até o momento, nada consta contra nós outros e, muito menos, contra a menina Viriata".

Incontinenti, cuidei da partida dos dois no mesmo carro, ainda coberto de lama, no qual chegaram de volta das terras do Maranhão (prudentemente escondido por Nonato). Providenciei outro motorista porque o pobre Ernesto, na opinião dos viajantes, nesses últimos tempos, tem vivido num estado de profunda letargia. Assumiu o volante o endiabrado Solano Lopez. Este não erraria caminho algum, levando-os celeremente às portas do inferno. Só muito mais tarde, depois dos três desaparecerem de minha vista, pude me certificar – através do vigilante Mathias – se, de fato, partiram. Com o máximo de presteza, subi os degraus da escada do meu aposento para ler, com sofreguidão, o anunciado "Relatório". Começava de uma maneira simplória, embora demonstrasse, logo em seguida, um caráter patético, a começar pelo título: "A Assombrosa Viagem ao Piauí e a Outros Territórios".[123]

---

[123] Este título pareceu-me semelhante aos dos folhetos de Cordel, detestados por mim (N. do A.).

Entretanto, para a minha mais completa frustração, exceto a primeira página, o restante do calhamaço estava ilegível. Depois de retirar as folhas de uma bolsa de couro, notei o conjunto bastante enrugado como se tivesse levado chuva ou caído numa poça d'água. Aqui e ali, algumas frases ainda eram decifráveis, embora muito manchadas. Este descuido de Nonato pareceu-me imperdoável, muito próximo ao desatino. Será que definitivamente enlouqueceu? Daquilo que sobrou eu pude ler:

Relatório

1. Se a cidade de Oeiras provocou algum interesse no Dr. Intruso, ele não revelou através de palavras e nem ao menos me falou das inúmeras fotografias de velhos prédios e casarões ou mesmo das igrejas dessa antiga capital do Piauí. A mim não despertou nenhuma emoção e, acredito, a ele também. Nas jazidas de Oeiras, onde não demoramos mais do que uma semana (péssimos alojamentos), estive sempre à procura de alguém responsável que me fornecesse esclarecimentos sobre a qualidade desigual da argila que estava chegando na Fábrica da Várzea. Foram muitos os meus interlocutores, alguns que falavam demais e outros que falavam pouco, embora no seu linguajar fossem todos gente muito astuta. Diante de um deles, depois de vários dias nessa batalha inglória (diálogo de surdos), chequei o diagnóstico deste homem rude: "Doutor, a gente cava um buraco como todo buraco, procurando um fundo. E o paredão de terra vai se modificando de acordo com a fundura. Se fazemos a mesma coisa ao comprido, a diferença é a mesma: tem barro para todo gosto. O senhor pode imaginar, doutor, se todas as manchas da terra fossem iguais, o que seria de nós?".

Declaro que achei a resposta, além de sábia, bastante razoável. E nenhuma outra foi mais esclarecedora, embora reconheça que, do ponto de vista de minha missão, o resultado fosse o equivalente a zero. Certamente o departamento de química da Fábrica ficará furioso comigo. Quanto ao Dr. Intruso, não fez senão, o tempo todo, fotografar alvoradas e crepúsculos que aqui, como em todo os sítios do mundo, são belíssimos. Fotografou também parte das jazidas, às vezes de muito perto e outras de muito longe, com a atitude que você conhece de sobra: o homem que perdeu para sempre a graça de um sorriso.

2. Alcançamos Teresina onde, seguramente, posso dizer tratar-se de um dos lugares mais quentes do mundo, e com a nossa presença não fez senão chegar ao clímax indesejável de *Peyton Place (Caldeira do diabo)*, em tudo semelhante ao filme baseado no livro de Grace Metalious (1956?). Acrescente-se que um autor importante, escrevendo ao final do século XVIII, afirmava que a virtude calorífica do calor tem a propriedade de aquecer. Esse "superaquecimento" nos atingiu a todos, daí os notáveis incidentes que passarei a narrar.

O físico de Dr. Intruso e a forma da sua indumentária causaram agitação ímpar na porta do hotel ("parou o trânsito", como se diz). Porteiros e recepcionistas boquiabertos não sabiam como agir. Além de tudo, havia a presença insólita do cachorro Odin. Em todo caso, repetindo uma frase predileta do seu avô, como "dinheiro fala todas as línguas", acabamos hospedados em quartos diferentes e bastante confortáveis. Depois de muitas delongas, encontramos um lugar adequado sob a inspeção de Dr. Intruso para o alojamento do sempre superfavorecido Ovídio de Odin.

Contudo, isso ainda estava muito longe de me fazer presumir outras surpresas vexatórias reservadas a todos nós. E não é que no outro dia, ainda na hora do café, Viriata fez a sua entrada triunfal no restaurante, sentando-se ao nosso lado! O Dr. Intruso sequer pestanejou e não a cumprimentou por uma razão bastante simples: haviam dormido juntos. Estava ciente, desde a saída do Recife, de sua viagem de ônibus no momento em que chegássemos em Teresina. A partir desse instante, eu não tive sossego...

Do esperado "Relatório", de Nonato, vez ou outra, pescava ainda algumas frases tendendo para a comédia e ação sem sentido, como por exemplo:

"(...) Dr. Intruso nadou em direção à praia e levantou-se dando uma ordem qualquer a Odin que se manteve quieto e à espreita..."

"(...) Algumas dessas pessoas já se aventuravam a entrar na água quando percebi, sobressaindo da noite, a enorme, branca, prateada e fosforescente figura do Dr. Intruso, como um deus noturno emergindo do mar; o próprio Netuno enfurecido, de barbas em chamas, confrontando-se com alguns humanos de pele escura..."

"(...) Como ele se diz um agente secreto, deve saber como agir nestes casos brutais de rara exceção. Quero acreditar que, apesar de toda a sua experiência e dados os antecedentes de nossa escandalosa passagem em Teresina e na praia de Peito de Moça, éramos figuras marcadas e facilmente identificáveis para uma rápida e provável detenção. Evitarei alongar-me nesse relatório, porque, mesmo sendo aprisionado, terei de contar-lhe, de viva voz, e com muitíssimos mais detalhes, todas as ocorrências. Estou mesmo pensando em contratar um advogado criminalista, embora eu seja apenas um possível cúmplice ou, talvez, nem isto..."

"(...) O noticiário ainda se estendia quando o Dr. Intruso, sem olhar para mim, exclamou: 'Odin trabalhou com perfeição'. Sem me aperceber, como se estivesse pensando em voz alta, mencionei que detestava cachorros, sentimento, aliás, compartilhado por gente da estatura de um Goethe e de um Strindberg..."

Com todos os deuses, não há como citar escritores desse nível para discutir o desgosto pelos cães e, sobretudo, numa praia do Piauí com o nome de Peito de Moça e na região de Lençóis, no Maranhão.

Não me era difícil descobrir que o relato de Nonato primava pelo absoluto nonsense. O restante era impossível de ler, mas a minha curiosidade, confesso, aguçou-se consideravelmente. Em uma só página, bastante legível, que acabei por descobrir no fundo da bolsa, tive de suportar os maiores desaforos do velho Nonato: "Que diabo esse homem queria que a gente encontrasse nas minas de Oeiras – como se fossem as 'Minas de Salomão' em busca de um tesouro – para identificar variações na matéria-prima, quando, na verdade, nenhum dos dois, nem ele nem o Dr. Intruso, era geólogo, químico ou mesmo ceramista?". Ficava patente que havia uma intenção minha de livrar-me deles ou, simplesmente, criar situações embaraçosas para ambos. Entre outras acusações, ele me chama de um *espreitador*, incapacitado de participar das agruras humanas, tanto mais visível o sofrimento, maior o seu deleite... Confessa que urdiu seu "Relatório" de uma maneira ingênua e primária com a firme determinação de aproximá-lo da mais completa idiotice folhetinesca. Entretanto, diz o furioso Nonato: "Se há algum idiota nessa história é você e não eu". Depois, acrescenta: "No seu proverbial desprezo pelos outros, nem sequer imagina que todos esses acontecimentos venham a ter consequências funestas, inclusive contra você próprio (o feitiço voltando-se contra o feiticeiro)". Achei curiosa certa observação de Nonato quando ele diz que, em algumas ocasiões, durante aquela inusitada viagem de fuga, procurava não olhar as pessoas, mantendo a cabeça voltada em direção ao solo, como se isso o tornasse invisível, justificando a atitude como uma recomendação de um genial escritor francês, relativa ao seu herói Fabrício del Dongo, que, ao fugir da prisão, atravessa uma cidade inteira, conseguindo safar-se dos seus perseguidores, usando desse mesmo expediente. Em seguida, num tom mais ameaçador, procura me envolver com as obscuras atividades políticas do Dr. Intruso – ainda não esclarecidas – lembrando o meu cinismo de afirmar, a torto e a direito, que não existem histórias verdadeiras: "Sempre acontecem numa direção diversa daquela que é contada". Num crescendo, a reação de Nonato ainda é mais inquietante quando, no fim de suas histéricas acusações, afirma que, no percurso da fuga, eles tinham sido reconhecidos desde os primeiros momentos (conforme se via pela cara dos guardas, suas estranhas conversas, seus turvos olhares sobre Viriata, sempre ignorando a figura de Dr. Intruso). "E se não fomos presos em quaisquer dos lugares por onde passamos ou pernoitamos, incluindo-se o retorno ao Recife, isso se deve às tenebrosas elucubrações do Dr. Intruso com o Sistema, seja ele legal ou criminoso." E desabafa: "Talvez até com as potestades infernais". Na parte final do manuscrito, chega à afoiteza de me xingar como "um canalha obsceno e cabotino". Nonato tripudia com igual virulência ao escrever: "Habituado a vilipendiar os outros, não se apercebe de sua falta de imaginação quando você, sem um motivo plausível, coloca a imagem duvidosa de Dr. Intruso no pináculo da glória, resultando desse episódio uma medíocre seminovela, quase uma história em quadrinhos, que me transporta à extrema juventude e me faz lembrar a famigerada saga do Fantasma, sua namorada Diana Palmer, o cavalo Herói, o cachorro Capeto e o pigmeu africano Guran, chefe da tribo Bandar, o único que sabia da imortalidade do Fantasma". Sem perder o fôlego, Nonato insiste na punição: "Será que você vai ilustrar essa algaraviada, cujo desfecho é tão imprevisível quanto a imortalidade do Fantasma? Mas, quem sabe, isso não é exatamente aquilo que você arquitetou, traçando suas habituais linhas tortas, não para acertar, e sim errar, marca registrada que, com o tempo, se tornou a sua legenda favorita: Errar para sempre?".

Tenho a dizer que tanto Dr. Intruso quanto o meu implacável juiz, depois de uma longa temporada na cidade de Triunfo (Mata Redonda), voltaram à Fábrica e, finalmente, Nonato acalmara os nervos. Anda muito bem informado, com a ajuda de Solano Lopez, sobre o caso da praia de Peito de Moça, o qual tomara os mais diferentes aspectos. Agora, parte da polícia do Piauí estava procurando um negro alto, vestido com uma bata branca, uma moça muito loura, um anão e um *poodle* cinza, que teriam sido, por motivos obscuros, os causadores da tragédia. Em nenhum momento, essas três pessoas foram acusadas do nefando crime, mas a polícia necessitava dos seus testemunhos para, definitivamente, encerrar o caso. Virei-me para o Dr. Intruso e disse: "Veja você como será difícil esta sua tarefa de modificar o mundo... A vida em si é uma permanente e cruel inexatidão". Ele, demonstrando-me o máximo de respeito, respondeu: "É por conta disso que não hesitaremos em agir. Nada nos será cobrado. As criaturas desse mundo, incluindo os deuses, são todas facilmente enganadas. Reside aí a facilidade com que se sucedem os ditadores e os presidentes...".

Aproveitei o ensejo para esclarecer ao impressionante Dr. Intruso que minhas posições adquiridas diante da vida não coincidiam na sua totalidade com os seus rigorosos anátemas. "Continuo a utilizar a mesma legenda de sempre" – disse-lhe. "Sou um senhor feudal, supersticioso e pornográfico. Portanto, pode me colocar como uma das suas primeiras vítimas, no momento em que a sua idealizada Nova Ordem Mundial começar a funcionar."

Pela primeira vez, percebi o Dr. Intruso demonstrar bom humor quando respondeu: "No seu caso, daremos a honrosa exceção de morrer bebendo cicuta como Sócrates, que foi acusado de corruptor da juventude. Quanto às suas ideias indefinidas e alopradas (permita-me o termo), de fato, o senhor jamais poderia estar a serviço da Nova Ordem. Tenho a acrescentar – e isso é importante que seja registrado – que, em absoluto, não o atribuo e muito menos a Sócrates a condição de corruptores. A humanidade é que é corrompida, mas, mesmo assim, temos de zelar pela sua sobrevivência".

4 de agosto

Lendo Borges, descobri que ele fala no poeta celta Taliese, o qual diz não haver no universo forma alguma que não tenha sido sua: "(...) Fui uma palavra num livro...".

6 de agosto

Nevermore[124]

Eu disse: "Há muito tempo alguém me afirmou que elas existem, mas não pisam em nosso território. Habitam nos sítios do longe e só às vezes, muito raramente, sobrevoam a dez mil metros de altitude nossa terra verde e ainda incruenta. E assim passam distantes, sempre intangíveis, inconquistáveis. Eu mesmo consegui ver durante toda uma vida três ou quatro delas, em circunstâncias muito especiais".

Numa manhã em Oxford, no recinto de uma tabacaria, deparei-me com Jane Burden, aquela que posara para Dante Gabriel Rossetti como Rainha Guinevere. Mantinha-se no meio da pequena sala, não demonstrando interesse por nenhum daqueles objetos. Estava ali com a sua aparência de fantasma, embora com uma volumosa cabeleira de uma ferrugem oxidada até o marrom. A vestimenta, que outrora foi branca, parecia suja e molhada. Essa enorme túnica chegava-lhe aos pés, nos quais notei, entre as tiras das sandálias de couro, vestígios de terra. De onde teria surgido esta rainha? Era ela. Tive certeza.

Ele disse: "Poderia tê-la apenas visto. Uma mulher e sua certeza. Como um santo, uma mulher ungida. Luz que bebe sua presença abstrata. Como um jarro – o que contém existir – ou seu mistério, sina ou silêncio".

Eu disse: "Enlouquecida, de meias de seda, descalça, saiu de uma loja correndo. Os longos cabelos vermelhos soltos, quase desgrenhados, e como uma cega esbarrou em mim que passava pela larga calçada da Budapester Strasse, em Berlim. Caiu feio no chão e não fui eu quem a levantou. Outros cavalheiros foram mais prestimosos. Esgueirei-me dali, não antes de olhar-lhe pela última vez o rosto afogueado, belo e enfurecido. Era uma delas".

Ele disse: "Poderia ter os cabelos presos: a última maneira de sua intimidade, a derradeira chave, o dorso marcado, sentença que além do tempo recolhe distâncias e nos faz prisioneiros de sua definitiva audição".

Eu disse: "Na mesa de um café em Paris, ao lado de seu companheiro, a moça de Zagreb, olhos cor de cinza, fixava algumas flores colocadas num

---

[124] Este fragmento foi publicado como texto autônomo em agosto de 1995, no *Suplemento Cultural* do *Diário Oficial do Estado de Pernambuco*. A fala do seu interlocutor, entre aspas, é a reprodução em prosa do poema "Nevermore", de Weydson Barros Leal, dedicado a Francisco Brennand (N. do E.).

balcão às minhas costas. Buscava as cores que ela não tinha. Seu olhar apenas me trespassava e então alguma coisa me crucificou para sempre. Sorriu a um comentário do companheiro. Era ela. Não poderia estar enganado".

Ele disse: "Inútil querer alcançá-la. Ela passará, porque este é o seu saudável motivo, seu enigma buscado, que não sabe ser alcançado, ou declarado segredo esquecendo seu leito".

Eu disse: "Solitário, num elevador do hotel em Nova Iorque, aguardava a porta fechar quando ela surgiu. Colocou-se na espaçosa cabine vazia, frontalmente a mim. Não fez nenhum gesto para apertar o teclado do seu andar. Olhando-me nos olhos, como alguém que cobra uma dívida irresgatável, pronunciou algumas palavras em uma linguagem desconhecida. Insistiu depois, quase vociferando, em perguntar uma segunda vez o que eu jamais poderia responder. Esta não habitava sequer o nossa planeta, mas era uma delas. Tenho certeza".

Ele disse: "A hora, a margem, as asas que nos erguem, tudo é caminho para sua aparição que se dissolverá ante nosso encantamento. Essa mulher amada, talvez a mesma que amamos como a única, essa mulher que agora passará, porque não cessa esta luz que é angústia".

O poeta Weydson Barros Leal completou: "Dediquei o meu poema àquela que nunca saberemos. O título 'Nevermore' é uma homenagem a E. A. Poe, em que busquei a epígrafe: *And all I lov'd, I lov'd alone*".

4 de setembro

O corpo da mulher tem urgências.

9 de setembro

Depois que vi um quadro de Maria Carmem, cujo modelo era uma mulher grávida, resolvi também pintar o mesmo motivo. Hoje me foi prometida uma mulher nesse estado (que os vitorianos chamavam de "estado interessante").

6 de outubro

A Real Academia Sueca anunciou ontem o nome do poeta irlandês Seamus Heaney como o vencedor do Prêmio Nobel de Literatura. Confesso que, em vez dele, preferia o admirável escritor albanês Ismail Kadaré, que também concorria ao prêmio.

7 de outubro
O tema de Chapeuzinho Vermelho me apaixona. Mas isto não quer dizer que esteja atacado de licantropia.

18 de outubro
Visita antes de ontem do Dr. Saúl Peña K., presidente da Federação Psicanalítica da América Latina. Deve ter vindo do Peru para participar do Congresso "Cem Anos de Oficina Psicanalítica", a realizar-se no Recife.

21 de outubro – sábado
Assisto pela segunda vez ao filme *Exótica*, cuja história, em vários planos, deixa-me numa permanente desorientação.

O que aconteceu, acontece ou irá acontecer? Tudo deve permanecer no limiar da desgraça, embora Christina preencha a cena com a sua beleza, terrível e intocável.

23 de outubro
A notícia elogiosa sobre o meu trabalho no *The New York Times*, Domingo, dia 3, 1995, surpreende-me não pelo que a matéria encerra, mas pela incerteza de saber quem a fez chegar a mim. Recordo que um arquiteto canadense, Larry Wayne Richards, passando na Oficina, falou-me vagamente sobre esse fato.

1º de novembro

> *Era um artista e consequentemente um imoral. Na verdade, ele era imoral e portanto deveria ser um artista.*
>
> Agatha Christie

Num velho recorte de jornal, encontro um magnífico comentário de Rilke. Só mesmo a aguda sensibilidade do poeta poderia descobrir tal aspecto sobre a pintura de paisagens.

Durante toda a minha vida de artista, poucas vezes encontrei críticas que de fato me surpreendessem, algo impressentido, quase uma fatalidade, pelo seu acerto e sapiência. Só aqueles que conseguem "estabelecer relações entre realidades distantes" podem chegar perto deste conceito. Rilke era um deles:

"Quando o homem começou a sentir a paisagem como realidade indiferente é que pôde compreendê-la". Rainer Maria Rilke mostra que existiu uma lenta transformação do mundo em paisagem, correlativa a uma evolução do homem. Segundo Rilke, para a Antiguidade a paisagem era uma cena vazia que não existia e que não tinha sentido nenhum enquanto o homem não aparecesse animando-a com a ação serena ou trágica do seu corpo. A paisagem era orgânica, isto é, ela era vista pelo olhar prevenido do homem que relaciona tudo com ele mesmo, com suas necessidades e seus interesses. Era desconhecida a paisagem que não fosse relacionada à ação do homem sobre ela: "Desconhecida a montanha em que nenhum deus com rosto de homem morasse; desconhecido o promontório onde não se erguesse nenhuma estátua visível à distância".

A descoberta da *paisagem* pelo poeta fica bem evidenciada nas suas cartas sobre Paul Cézanne a partir de sua visita ao Salão de Outono em 1903. Num crescente fascínio, Rilke passou a escrever uma série de cartas sobre o pintor, nas quais todos os seus questionamentos artísticos passaram a se centralizar. Diz em 13 de outubro de 1907: "Teria aprendido muito pouco naquela época diante de Cézanne, por isso ter tanto a ver comigo agora, e noto como me tornei diferente. Estou a caminho de me transformar num trabalhador, em um longo caminho talvez, e provavelmente só nas primeiras milhas; mas apesar disto, já posso compreender o velho homem que foi a algum lugar distante, lá na frente, sozinho, seguido apenas pelas crianças que lhe atiravam pedras. Hoje, estive de novo olhando os seus quadros (...) como se estas cores nos livrassem de uma vez por todas da indecisão. A boa consciência deste vermelho, deste azul, sua veracidade simples nos educa...".

Numa outra carta, de 16 de outubro do mesmo ano, ele observa: "Alguém contou ao velho de Aix que ele era 'famoso'. Mas ele sabia melhor o que dizia respeito a si mesmo, e deixou que falassem. Diante de suas obras, volta-se à ideia do quanto todo o reconhecimento (com exceções muito isoladas e evidentes) deve tornar alguém desconfiado em relação a seu próprio trabalho. No fundo, quando é bom, não se pode viver para vê-lo reconhecido, senão ele é só meio bom e não é suficientemente desapegado...".

De onde eu menos esperava que saísse, eis que surge, num país sem críticos de artes plásticas (com raríssimas exceções), um admirável estudo ou pequeno ensaio sobre o mesmo assunto, isto é, a *paisagem* e Cézanne. Quem escreve é Flora Süssekind, mas, tanto quanto o poeta Rilke, ela desenvolve o mesmo sentimento de estabelecer relações entre realidades distantes. Para não falar do título surpreendente "Branco sobre Branco", quando a "conquista da brancura cria correspondência entre *Moby Dick* e as *Santas Vitórias*, de Cézanne". E ainda mais: o ensaio apareceu na *Folha de S. Paulo*, no dia 28 de setembro de 1991, exatamente cem anos depois da morte de Herman Melville, fato que propicia, independente dos acertos e associações críticas da melhor qualidade, uma atmosfera mágica reverenciando *in memoriam* dois admiráveis nomes da história da arte de todos os tempos.

Flora Süssekind começa o seu texto com a seguinte e curiosa indagação: *Melville – Cézanne – Handke*? Para os neófitos, tal aproximação pode parecer definitivamente absurda. Mas acontece que ela é dessas, repito, que sabe manter relações entre realidades distantes. Alguém pode perguntar: o que é que tem a ver um autor moderno, como o alemão Peter Handke, com Melville e Cézanne? Flora esclarece: "A pista, na verdade mínima, é simplesmente a comparação repentina, a partir de uma janela de avião, da montanha de Santa Vitória a uma baleia mergulhando na paisagem". Mais adiante a autora lembra que "a aproximação entre a secura descritiva de Handke, a expressão silenciosa de Cézanne e a abundância detalhista, a estratégia digressiva de Melville que, se a princípio pôde surpreender, tem, além da breve comparação de Handke, outros pontos de apoio. E parece capaz de evidenciar, ainda, aspectos fundamentais do método literário de Herman Melville". As intenções crípticas e poéticas da autora não se limitam a uma *análise* pictórica da obra de Cézanne, e sim – metáforas à parte – à vitória do branco sobre o branco: "Talvez não exatamente temor no caso de Cézanne, mas uma espécie de intensificação da presença do branco. Em especial se observadas as séries de *Santas Vitórias*, trabalhadas em aquarelas. (...) A utilização do branco do papel para ritmar a figura, uma visão fragmentária e elíptica e sobretudo nas últimas séries a expressão das vibrações, dos reflexos e dos movimentos do ar pela superposição de transparências coloridas...".

Na verdade, o ensaio de Flora Süssekind, apesar de todas as suas geniais associações, é dirigido sobretudo a uma análise mais aprofundada de *Moby Dick* e da procura do absoluto que "permitiria a Melville reencenar confrontos entre navios e montanhas brancas de gelo, entre o *ímpeto* e a *indiferença*, e figurar novamente à margem, mas não de todo a salvo, como Ishmael, o seu sujeito.

Neste caso, impiedoso a ponto de, pela mútua deriva, parecer estender para si a dissolução ao léu, a indiferença morta, fatal, anunciada para a versão clownesca de *iceberg* que se arrasta ao longo do poema e lhe serve por vezes de interlocutor".

Na voracidade das citações e das repentinas afinidades se esgota a minha vã filosofia. Mas que compromisso tenho eu com o que escrevo (ou escrevi), se na realidade apenas retiro do meu excessivo diário anotações que se alargam por quase cinquenta anos? E, se nestas citações, eu vou a reboque de criaturas geniais, não me cabe a culpa, antes o mérito em divulgá-las. Esse hábito é antigo. Vem desde o início dos cadernos de viagem em 1949, cuja finalidade era muito mais saber o que os outros pensam do que propriamente externar meus devaneios. Finalmente, eu era e sou um estudante que mantém sua curiosidade, como dizem os espanhóis, *por todo el mundo.* Como por exemplo, não pude evitar – lendo um estudo histórico sobre pintores da Renascença por Rosabianca Skira-Venturi – reproduzir um texto sobre Piero di Cosimo, um dos artistas de minha predileção: "O homem não é mais um ser superior, esclarecido pela inteligência, reduzido ao estado selvagem; ele parece, ao contrário, assemelhar-se ao mundo animal pela deformação do seu corpo. O quadro ilustrando *A morte de Procris* é um dos mais característicos pela pureza do estilo e pelo sentimento tão poeticamente expresso, do contraste entre a feiura e a injustiça da morte que torna o corpo disforme e sobretudo a indiferença da natureza inacessível na sua paz...".

2 de novembro

O que pretende o famigerado Mahler com a sua *Sinfonia nº 1*? Revelar-nos a sua tormentosa angústia mesclada de uma apaixonada erudição musical, que por ser um plágio de todos acaba por não dever nada a ninguém? Sua sinfonia *O Titã* assusta. Por duas ou três vezes fui tolhido de assombro, e outras vezes pelo som inaudível como se ele tivesse desaparecido, e pior: quando retorna, assemelha-se a um carro desgovernado ladeira abaixo, sem comando. Agarrei como pude o *fio de Ariadne* e, puxando-o, defrontei-me surpreso com a *Tocata e Fuga*, de Bach, num deslizar constante de estrelas até o centro do mundo.

4 de novembro

M., tendo como companhia a amiga C., senhoria da casa onde mora, veio engalanada para mais uma sessão de pose. Ambas compartilharam da "minha direção", com perfeita boa vontade, embora como artistas estreantes. Contudo, a sólida beleza do corpo de M. deixou-me sempre confuso, o que me fez recordar as palavras singulares do genial Nabokov em certo trecho de *A luta*: "Talvez o que interessa não seja de forma alguma a dor ou a alegria humanas, mas sim o jogo de sombra e luz num corpo vivo, a harmonia das pequenas coisas reunidas... de uma maneira única e inimitável".

Na saída, a pequena M. esconde na minha mão um bilhete onde tenta lembrar a sua língua materna, hoje quase esquecida: "*felicitá per sempre. Ti voglio bene molto*" (*sic*).

5 de novembro

Volto à Oficina e ao meu ateliê só para rever impressas as fotos do corpo trigueiro de M. É preciso começar a desenhá-lo. Estudar o conjunto com paixão e depois pintá-lo, reinventando, se possível. Na verdade, se me fosse dada a habilidade de copiá-lo, para mim já seria o bastante. Nas curvas negras da forma, o mal infinito.

11 de novembro

Presença de M. com uma série de novos vestidos apropriados para as diferentes poses, sobretudo um de cor verde incandescente como um sinal de tráfego. Sinal verde será um bom sinal? Ir em frente não será perigoso?

12 de novembro

Levei uma tremenda queda no ateliê. Não sei como não fraturei o ilíaco e a cabeça do fêmur, uma vez que tropecei numa tela e fui jogado ao chão sem nenhum anteparo. Por momentos – com a vista escura sob o peso de uma dor intolerável – acreditei que não me levantaria sozinho. Mas depois de uma prolongada imobilidade, eis-me novamente sobre os pés.

18 de novembro

M. não veio hoje. Passou por uma cirurgia na sua linda perna. Segundo contou, foi o resultado de uma surra de cinturão ministrada pelo seu bondoso pai, o qual teve a requintada "gentileza" de utilizar o lado da fivela. Na verdade, as consequências foram desastrosas, uma vez que – mesmo passados quatro anos – houve rotura dos tendões, de veias e vasos sanguíneos, formando uma massa tumoral na perna direita um pouco acima do joelho. Essa sua deformação, inclusive, tirava-lhe o prumo das pernas, propiciando posições inesperadas dos seus pés, o que era de grande valia para algumas poses originais. Mas acontece que a vaidade feminina jamais poderia tolerar tal defeito.

23 de dezembro

Apesar de doente, a pequena M. reaparece com a perna enfaixada, usando uma bengala. Sentada comodamente numa poltrona, começou a falar de sua vida na chegada ao Brasil. Viera de Monza por volta de 1989, órfã de mãe e com apenas treze anos. "Não foi muito fácil", ela disse.

Aproveito a sua imobilidade para medir-lhe o tornozelo perfeito e logo observar que o mesmo merecia um prêmio e uma corrente de ouro. Isso foi dito com a mais absoluta seriedade, o que não evitou o seu sorriso.

Diante dos meus *exageros*, convém advertir que a minha paixão pela forma nada tem a ver com a lascívia de H. H. do famoso romance de Nabokov.

Meus critérios de julgamento se aproximam da desconcertante opinião de um suicida. Eis o seu recado: "Nada é sempre a mesma coisa como os outros dizem ser. Tudo aquilo que antes jamais havia visto é o que eu de imediato reconheço melhor". Portanto, reapareçam agora, lado a lado, as bonecas de Hans Belmer, as adolescentes de Balthus, as mulheres-objeto de Allen Jones e as Vênus de todas as épocas, vivas ou mortas, que terão sempre o seu lugar à minha mesa.

24 de dezembro

Hoje é aniversário de Helena Viktoria. Será devidamente festejado.

Andei recordando com mais insistência de *O pimpinela escarlate* (*The scarlet pimpernel*) por conta da participação da atriz Merle Oberon, que no fim dos anos trinta interpretaria a inesquecível Catherine, de *O morro dos ventos uivantes*. Todas essas histórias lidas e relidas na juventude, além de confirmadas pelo cinema, deixaram uma marca indelével. Já cheguei a dizer que o meu ódio à Revolução Francesa veio da leitura sistemática do imbatível justiceiro Pimpinela Escarlate, personagem saída da pena genial da baronesa Orczy.

25 de dezembro – Natal

Não é inútil precisar que o Cristo apresenta a seguinte peculiaridade: é o Criador de uma doutrina espantosamente única, "aquela que pode anular o passado pelo simples ato do perdão".

Digressões

Três acontecimentos me fazem recordar a noite de Natal:

No verão do dia 24 de dezembro de 1931, à meia-noite, debaixo de um violento temporal agitado por relâmpagos e trovões, nasceu minha irmã Tereza Maria de Jesus, na praia de Boa Viagem, numa casa não muito longe da nossa. Estranhamos – eu e meus irmãos – a ausência protetora da nossa mãe, para nós inexplicável. Foi uma noite de terror, mas uma milagrosa noite de Natal.

Não tinha ainda vinte anos quando fui presenteado por um amigo com *A canção de Natal – Conto de fantasmas*, de Charles Dickens. O abalo da insólita e empedernida avareza da personagem Scrooge, na presença de três fantasmas, mudou-lhe para sempre o espírito; e quanto a mim, a noite de Natal jamais pôde ser a mesma. Acrescentar "Missa do Galo", conto do genial Machado de Assis, parece ocioso visto pelo mesmo prisma, conquanto alguém tenha escapado das tentações da carne conduzido pela inapelável, obscura e santificada noite de Natal.

No ano de 1951, morando no ateliê do dadaísta Francis Picabia, ao lado de minha mulher Deborah, solitários, não aguardávamos ninguém, quando por volta da meia-noite bateram à porta. Era Aloízio Magalhães como um anjo mensageiro a nos obsequiar com um belo pedaço de um negro pudim inglês, tão propício à ceia de Natal. (Nas paredes carcomidas, pintadas de um rosa indefinido, quadros de várias fases do velho pintor dadá nos olhavam, lembrando coisas que não sabíamos, mas que nos diziam respeito.)

30 de dezembro

José Cláudio manda a mais sugestiva das mensagens desse fim de ano:

Amigo Brennand, outro nome da papa-ceia, *de manhã, é* estrela-d'alva, *que eu queria lembrar (planeta vênus).*

1996

Propriedade Santos Cosme e Damião

1º de janeiro

Como desejava, consegui pintar um quadro: *Duas meninas e um cisne negro*. A tela não é má, contudo, esperava algo mais audacioso.

M., ainda com o seu sotaque italiano, telefonou-me à tarde para recitar as suas encantadoras bobagens.

3 de janeiro

Em uma tarde de pura amenidade, entre outros assuntos, lembrei a Nonato as suas histórias incríveis sobre a viagem ao Piauí, no começo do ano passado, repleta de estripulias, embora no final das contas tudo tenha saído bem.

Até hoje não consegui entender alguns pormenores dessa assombrosa viagem, como, por exemplo: por que no momento crucial da tragédia, quando o Dr. Intruso elogiava a ferocidade de seu *bull-terrier*, você declara não apreciar cachorros e sentia enorme prazer só em pensar na existência de escritores totalmente avessos ao convívio desses bichos, entre eles se destacando Goethe e Strindberg? Gostaria imensamente de saber onde você foi buscar tal invencionice e num momento tão inadequado.

Nonato não pareceu surpreso, e sim contrariado, pois de imediato respondeu dizendo que esta referência ele recordara àquela hora – ninguém sabe como (e você conhece os descaminhos da mente) – de um trecho de um escritor japonês. "Se você de fato quer saber, eu lhe direi com detalhes" – retrucou Nonato. "Essa oportuna associação veio de um conto 'Passagens do Caderno de Notas de Yasukichi', do grande contista japonês, Ryūnosuke Akutagawa, nada menos que o autor de *Rashômon e outras histórias*. Foi ele o autor dessa curiosa verificação."

Não deixei de sorrir quando senti o prazer de Nonato em me confundir. E conseguiu. Subitamente ele voltou à carga: "Você não pode imaginar a cara do Dr. Intruso quando fiz, em voz alta, essa observação".

"Falando em Ovídio de Odin" – prosseguiu Nonato – "a vila operária próxima à Fábrica está repleta de cachorros de diferentes idades, todos com a inconfundível marca dessa raça tão apreciada pelos ingleses como um cão valente, imbatível e fiel. Que ignomínia! O que será de nós num futuro próximo rodeado dessas feras por todos os lados?" Depois continuou: "Dr. Intruso, além de descendente direto de escoceses (ele é um celta), me parece declaradamente louco, conquanto você ainda não tenha se apercebido. Na passagem do ano, um pouco antes da meia-noite, brindou-me, lendo em voz alta o seguinte texto:[125] 'As forças cósmicas que ardem no interior do enérgico guerreiro irlandês Cuchulainn – principal herói do Ciclo Ulster medieval, o chamado Ciclo dos Cavaleiros do Ramo Vermelho – explodiam subitamente, como uma erupção que tanto o assoberbava como esmagava tudo ao seu redor...'".

Nonato explicou ter fingindo cochilar na esperança de que o outro não insistisse nessa estranha leitura, mas fora debalde porque ele o empurrava com a ponta de suas botas enlameadas e o fez até a madrugada através de constantes toques nas suas pernas, às vezes até nas ilhargas. Foi obrigado, assim, a manter-se acordado, escutando essa escabrosa narrativa: "Levarchen, a profetisa, contemplou alarmada o cortejo, quando este se aproximava da cidade e do castelo de Emania. 'A carruagem está decorada com as cabeças sangrentas dos seus inimigos', declarou ela. 'Belos pássaros brancos traz ele na carruagem como companhia e veados selvagens inteiros, inermes e atados à carruagem'. 'Conheço esse lutador da carruagem', disse o rei. 'É o pequeno garoto, filho de minha irmã, que neste dia começou suas marchas. Ele certamente maculou sua mão de sangue; se sua fúria não for aplacada de imediato, todos os jovens de Emania perecerão em suas mãos...'".

Ainda aborrecido, Nonato lembrou ter o Dr. Intruso, mesmo de manhã, continuado sua sangrenta narração sobre os feitos de Cuchulainn, o qual, entre outras qualidades, era um belo rapaz: "Tinha sete dedos em cada pé; e, em cada mão, o mesmo número de dedos. Seus olhos eram brilhantes, com sete pupilas cada um que resplandeciam como sete pedras preciosas. Em cada face, tinha quatro verrugas: uma azul, uma carmesim, uma verde e uma amarela. Entre as orelhas tinha cinquenta longos cachos trançados de cor amarelo-claro semelhante à cera amarela das abelhas, ou como uma pepita de ouro amarelo, brilhante sob o sol forte. Trazia em seu peito uma manta verde, com fivelas de prata, assim como uma malha de fios de ouro...".

---

125 Trechos esparsos do livro de Joseph Campbell, *O herói de mil faces*. São Paulo: Edição Cultrix/ Pensamento (N. do A.).

"Acredito" – disse Nonato – "que ele prosseguiria o dia inteiro se eu não tivesse me retirado abruptamente. Dr. Intruso cultiva os heróis e os guerreiros e eu, a paz dos mansos. Por diversas vezes já lhe recomendei para ficar de olho neste estrangeiro porque ele poderá nos causar ainda sérios aborrecimentos."

E foi assim que Nonato terminou de narrar o seu suplício, na véspera do Ano-Novo.

21 de janeiro

Talvez levado pelas exortações do Dr. Intruso a respeito da "sobrevivência", acabei por esboçar desenhos e comecei a modelar uma escultura de tamanho razoável, cujo título será *O sobrevivente*. Inclusive, está nos meus planos fazer um casal cujos corpos perderão gradativamente os reconhecíveis sinais de humanidade por causa do excessivo sofrimento.

6 de março

Cresce *O sobrevivente*. Começei uma maquete de há muito idealizada, cujo tema é: *O canibal*. Nos anos 1980 tive oportunidade de fazer dois *Bebês canibais*. Agora chegou o momento de realizar, em grande formato, o chefe da tribo. Contudo, não denuncia qualquer tipo de ligação com as preocupações do movimento "antropofágico" paulista, de onde só saíram coisas tolas.

5 de abril – Sexta-feira da Paixão

Trabalho desde a manhã escutando, no mais alto som, o *Réquiem*, do inigualável Mozart, e depois Fauré e seu *Réquiem Op. 48*. Por último – desconhecido para mim – o *Réquiem Op. 9*, de Duruflé.

12 de julho - sexta-feira

Quinze ou vinte dias acamado, fora de combate, nas mãos de Hécate: vigílias, sonhos, sono, pesadelos, noturnas encruzilhadas, sortilégios e outras coisas mais.

Leio *História da literatura inglesa* escrita por Anthony Burgess quando, em 1958, se achava na Malásia. Literatura para principiantes, mas, no momento, não deixa de ser proveitoso.

Unfathomable smile, estendido entre os limites do *ser* e do *não ser*. Com grande esforço, venho à Oficina em busca de *Às avessas*, de Joris-Karl Huysmans. Para contrabalançar, pego também *Os contos de Cantuária*, do inigualável Chaucer.

13 de julho

M. pergunta se não tenho um livro para lhe emprestar, "uma história de amor", ela diz. Procuro nas prateleiras da estante e volto com *A história de uma prostituta*, cuja autora, Marie Thérèse, era senhora de um estilo que a justificava. Na realidade, um texto descoberto e publicado originariamente pela revista de Jean-Paul Sartre, *Les temps modernes*, para mim o suficiente como critério de seriedade.

Ao pegar no livro sem abri-lo, mas observando o título, ela reclamou: "Pedi uma história de amor e você vem com *putanas*! Meu Deus, será que não entende das coisas?!".

Constrangido com a reprimenda, pego *O morro dos ventos uivantes*, talvez a mais bela história de amor da literatura – e lhe entrego sem nenhuma recomendação. Nada comentou ao receber o livro, guardando-o em seguida em sua bolsa.

Há milhares de anos que tentamos corromper as nossas companheiras e elas resistem com bravura.

15 de julho

Numa atitude bem ao feitio de Solano Lopez, este convidou o Dr. Intruso para passar uma semana em Mata Redonda, pois ele se mostrara interessadíssimo, desde a sua temporada no ano passado na cidade de Triunfo, em fotografar a magnificência da paisagem serrana. Os intermináveis muros de pedras soltas que percorriam desde o topo da montanha até os vales mais profundos, se entrecruzando, cabriolando em volteios que só as mãos de gente muito rude poderia ter coragem e acerto para executá-los. Nada me foi comunicado, mas, confesso, não ser contrário a essa viagem, não fosse a intervenção do gerente-geral Alexandrino que, muito justamente, mostrou-se preterido na sua hierarquia.

Solano Lopez costuma não obedecer a ninguém e, na cidade de Triunfo, passa por fotógrafo desquitado, pois, no seu entender, lhe abre mais facilmente os caminhos para o ofício de amar.

20 de julho

Ser mulher de alguém já é uma coisa bastante complicada.

Faulkner

Será que ser mulher sem dono é mais fácil? Infelizmente os desígnios da Mãe Natureza dizem que não.

29 de julho

Finalmente chega da Venezuela a minha escultura *Gnose*. Esteve exposta em Caracas e Maracaibo na Bienal do Barro, realizada no Museu Sofia Imber, sem que eu tivesse há mais de seis meses qualquer notícia dela.

E por falar em *Gnose* e em gnosticismo, acabo de ler um admirável artigo de Harold Bloom: "Apocalipse e os Anjos na América Virtual". O título do livro de Bloom sobre o mesmo assunto é *Presságios do milênio – A gnose de anjos, sonhos e ressurreições*. Com a sua habitual prosa maleável, erudita e cheias de insinuações irônicas, ele denuncia ou mesmo codifica essa espécie de gnosticismo fraudulento, o qual, em última análise, "pode levar à rebelião em larga escala dos insultados e feridos, levantando-se para afirmar e defender a centelha divina em si mesmos". Prossegue Bloom: "Nossas indústrias, em desenfreado florescimento de culto aos anjos, 'experiência de quase morte', astrologia, redes de adivinhação de sonhos, são versões em massa de um gnosticismo adulterado ou travestido. Às vezes me permito uma fantasia em que vejo São Paulo tornando a descer sobre uma América contemporânea onde ainda goza de muito prestígio entre religiões tão diversas como o Catolicismo Romano e os Batista do sul. Ele ficaria pasmo não com a mudança, mas com a mesmice, e julgaria estar de volta a Corinto ou Colossos, de novo se defrontando com mitos gnósticos dos anjos que fizeram este mundo. Se lermos São Paulo, descobriremos que ele não gostava de anjos. Há uma críptica observação na Primeira Carta aos Coríntios (Cap. 11, v. 10) de que 'A mulher deve cobrir a cabeça com um véu por causa dos anjos', o que desconfio que remonta às histórias do *Livro de Enoque* sobre a luxúria angélica pelas mulheres terrenas".

Já de volta da sua temporada em Mata Redonda, mostro esta notícia ao Dr. Intruso perguntando-lhe se ele conhecia Harold Bloom. Sem demora, o homem da capa preta respondeu: "O meu secreto parentesco é muito mais com Noé da Bíblia ao lhe ser anunciado o Dilúvio do que com alguém, como esse senhor, um beletrista com ideias sem uma finalidade prefixada. Certamente ele não pensa em salvar ninguém. Como o senhor, ele é uma personagem babélica que se compraz da confusão das línguas".

E, quase sem nenhuma pausa, acrescentou, recitando como se estivesse lendo a Bíblia, com voz tão segura que me fez pensar que trapaceava: "E viu o Senhor que a maldade do homem se multiplicara sobre a terra, e toda a imaginação dos pensamentos do seu coração era só continuamente má" (Gênesis - Cap. 6, v. 5).

Diante do meu silêncio, animou-se e prosseguiu: "Então disse Deus a Noé: 'O fim de toda a carne é vindo perante a minha face, porque a terra está cheia de violência e eis que os desfarei com a terra'" (Gênesis - Cap. 7, v. 13).

Não havia nada semelhante no tom da voz do Dr. Intruso que lembrasse os sermões dos padres católicos ou dos pastores protestantes. Sua voz dura e metálica prosseguiu fazendo considerações de uma lógica implacável: "É espantoso esse senhor falar dos *presságios do milênio* e não se aperceber, na sua frivolidade, que estamos à beira do desastre, onde todos, assim como ele, serão atropelados pelas próprias palavras. Certamente não sobreviverão.

O senhor veja como Noé está preocupado com a sobrevivência das criaturas, pois foi o escolhido para protegê-las. Logo, ele entra na Arca com os seus filhos e sua mulher e as mulheres dos seus filhos. Ele sabia que a preocupação maior do seu Deus era a sobrevivência dos seres vivos: 'E de tudo o que vive e de toda carne, dois de cada espécie meterás na Arca para os conservares vivos contigo, macho e fêmea serão' (Gênesis - Cap. 7, v. 19). 'Das aves conforme a sua espécie, e dos animais conforme a sua espécie, de todo o réptil da terra conforme a sua espécie, dois de cada *espécie* virão a ti, para os conservares em vida' (Gênesis - Cap. 7, v. 20). 'E tudo toma para ti de toda a comida que se come e ajunta-a para ti; e te será para mantimento para ti e para eles' (Gênesis - Cap. 7, v. 21). 'Assim fez Noé; conforme a tudo o que Deus lhe mandou, assim o fez' (Gênesis - Cap. 7, v. 22)".

"O que me agrada no Velho Testamento" – sublinhou o Dr. Intruso – "é o seu tom inflexível, sem nenhuma tergiversação. Uma ordem era uma ordem a ser cumprida. E, se assim não o fosse, haveria punição. O senhor sabe que não me sinto à vontade em estar citando a Bíblia, porque não sou religioso. Mas o que me atrai nas religiões – e elas servirão aos nossos *propósitos* – é a imperativa necessidade das interdições. E, sobre esse aspecto, nada mais significativo do que a voz tonitruante do Deus Trovão, Deus dos Exércitos, Deus Ira."

Nonato se aproximava e a conversa foi interrompida. Sabíamos de sua indisposição ante textos bíblicos, quanto mais de ouvi-los recitados por Dr. Intruso (para ele um grande impostor).

Depois da saída desse gigante celta que costumava atordoar o pobre Nonato, este não esperou Dr. Intruso fechar a porta e logo começou com as suas inconfidências. Deixou-me ciente que, no dia 20 de julho, Viriata dera à luz a um menino. Apesar da reconhecida opinião de Dr. Intruso de que ninguém tem o direito de dar à luz a mais um ser humano – previamente condenado a viver num mundo em vias de destruição –, disse-me Nonato da sua total aquiescência com o fato, conservando a mesma impassível atitude mantida diante de problemas exteriores aos seus propósitos de ação.

Toda família de Viriata, inclusive os seus irmãos, foram solidários com a gravidez da menina e, assim, convivendo com os seus, Viriata chegou a ser mãe. Uma vez nascida a criança, Dr. Intruso acercou-se com a finalidade de dar-lhe um nome: "Ele se chamará Taliesin". Toda a família concordou, inclusive Viriata, pois, inexplicavelmente, apesar do tratamento desdenhoso do estrangeiro, ainda continuava apaixonada.

Dr. Intruso não demorou na modesta casa operária mais de dez minutos. Antes de retirar-se, sem que ninguém soubesse o real significado de sua sentença, disse em voz alta: "No futuro, esse menino será um Poeta e todos se curvarão à sua graça e sabedoria".

"Viriata não abandonara as suas misteriosas incursões noturnas ao aposento de Dr. Intruso e nem o hábito de exercer a profissão de manicure, cujo ofício, como sabemos, ela pratica de maneira inusitada", disse Nonato. Diante do meu desinteresse em relação a essas intrigas, foi a vez de Nonato retirar-se.

2 de setembro

Assombrado com o filme *O homem das estrelas*, do italiano Giuseppe Tornatore, rodado na Sicília, em território primitivo, onde as paixões humanas chegam perigosamente a um estado cataléptico. As "confissões" abertas das personagens nos levam a Dostoiévski, escritor apontado pelo filósofo Cioran como o único a atingir o subterrâneo da miséria humana: "Os grandes escritores são precisamente aqueles que têm o sentimento desses 'baixos'". Ele revela tudo o que é profundo e aparentemente mesquinho, todavia é mais que mesquinho. É trágico.

A personagem "o caçador de talentos", atuando no coração das velhas cidades sicilianas, na sua miserável vigarice, se apercebe tarde da catástrofe provocada por sua incúria.

Ainda com a caneta na mão, verifico o quanto estas palavras coincidem com as trágicas profecias do Dr. Intruso.

Recado a Paulo Craveiro:[126]

Como falamos da Irlanda – aliás, você, além de mencioná-la, viajará em breve para Dublin –, conjecturei que não há nenhuma iniciação mais perfeita a essas infinitas pradarias verdes – verde também a sua bandeira – do que as palavras do grande diretor de cinema John Huston. A partir do capítulo 20 do seu diário, você entrará nos portais do lindo solar de St. Clerans, propriedade adquirida por Huston (paixão à primeira vista).

Continuo, apesar das pesquisas, ignorando se o diretor de Under the volcano (À sombra do vulcão), *baseado no romance do genial Malcolm Lowry (e filmado no México), nasceu de fato na Irlanda ou era apenas filho de imigrantes – para mim dá na mesma coisa: uma vez irlandês, irlandês sempre. Não aguardei sua visita para entregar-lhe o livro prometido. Não é um empréstimo. Não se empresta nada daquilo que fala da Irlanda. O livro é seu.*

26 de setembro

Para diminuir a soberba daqueles que lidam com construções ou reconstruções, convém lembrar as madraças e mesquitas da lendária cidade de Samarcanda. E não esquecer também da figura magnífica de Tamerlão. Sem ele não haveria Samarcanda.

27 de setembro

Enquanto o Dr. Intruso dialoga horas a fio com os cisnes[127] negros de origem australiana, com o solitário viúvo Agostinho e com a dupla selvagem apelidada de Tristão e Isolda, Nonato se esgueira no aposento do estrangeiro – um dos seus hábitos prediletos – à procura de cartas, de documentos ou de indícios incriminadores do empedernido forasteiro.

---

[126] Paulo Fernando Craveiro é jornalista e escritor pernambucano (N. do A.).

[127] Dr. Intruso aproveita para demonstrar seus conhecimentos em astronomia. Cisne: "Constelação setentrional situada entre a Lira e o Lagarto, cujas estrelas principais, muitas delas duplas ou múltiplas, se dispõem em forma de grande cruz, na Via Láctea" (N. do A.).

No seu malévolo comentário, Nonato assustou-se com o número de telegramas provenientes do exterior, a maior parte expedida por uma irmã adotiva de nome Morongo (de ascendência Maori) a qual reside em Melbourne. Quase sempre ela lhe exorta para que retorne o mais breve possível à Austrália ou à Nova Zelândia porque há graves problemas econômicos a resolver, além de transmitir os reiterados apelos de sua mulher Lisa, uma desamparada da sorte.

O desespero de Nonato recrudesce quando se depara com telegramas vindos dos mais diferentes quadrantes da terra, sempre redigidos em código, aos olhos do meu pobre amigo, de caráter indecifrável. Entretanto, como ele veio a demonstrar, parecem cartas ou fragmentos de textos montados de uma maneira propositadamente deslocada para retirar qualquer sentido à frase proposta. Como por exemplo, um deles iniciava da seguinte forma: "Até a mão começou a tremer, exatamente como a árvore. Uma árvore que principiava a ressecar pelo alto. Um navio com o mastro partido em dois. Que morram todos! O que nos importa? Siga o exemplo da sua gente. O mesmo jogo cruel. A vulgaridade do mundo. A infelicidade de um homem vivendo num intrigante *flash* de crenças e costumes do passado. Assinado, À Leste do Paraíso".

Agora ele me pergunta: "Que sentido pode ter isso? Você com suas notórias artimanhas é capaz de penetrar neste emaranhado equivalente à representação gráfica de um hieróglifo? Porque algumas frases, ou a maior parte das palavras, são reconhecíveis; apenas se encontram numa inadequada justaposição. O conjunto oblitera o pensamento para qualquer sentido lógico de decifração".

Nonato caçou outro telegrama no bolso interno do paletó e disse: "Este aqui parece uma brincadeira porque é evidente sua origem enciclopédica, e é como se tivesse se referindo a determinadas regiões pré-históricas, onde se praticavam rituais de fertilidade".

Entregando-me a papeleta, vi copiado, na íntegra, um trecho sobre as conhecidas cerimônias do *maypole,* comemoradas na noite que antecede o 1º de maio, diretamente ligadas ao folclore inglês. O telegrama rezava o seguinte: "As mulheres sem filhos deviam ir até junto de certas rochas à procura da fertilidade e aí praticarem os rituais antigos, de esfregarem-se de encontro às pedras ou sentarem-se em cima delas. Algumas fontes sagradas tinham a fama de curarem a esterilidade. Imagens sexuais de um homem e de uma mulher mostrando os órgãos genitais encontram-se nalgumas igrejas cristãs. O ciclo agrícola sempre incluiu a prática de fertilidade. O *maypole* era um espalhafatoso símbolo fálico em torno do qual as pessoas se juntariam a dançar. Significativamente, até há pouco tempo, realizavam-se festividades deste tipo, no recinto de The Trentle, em Cerne Abbas. O próprio Gigante de Cerne Abbas era tido, por razões óbvias, como detentor do poder da fertilidade. As mulheres estéreis deviam sentar-se presumivelmente num falo de 9m na esperança de ficarem grávidas. As raparigas solteiras, na esperança de casarem e de terem muitos filhos, deviam dormir uma noite sobre o traço branco de contorno do gigante".[128]

Para acalmar Nonato, à beira de um ataque de nervos, expliquei que o segundo telegrama era totalmente claro. Em primeiro lugar, porque falava de um monumento situado em território inglês (familiar ao Dr. Intruso), cuja autenticidade e origem eram postas em dúvida. Portanto, os seus aliados se encontravam diante de uma controvérsia qualquer; em segundo lugar, estava perfeitamente delineado, pois se tratava de um assunto ligado a desregramentos sexuais que poderiam levar a desfechos insanáveis. No entanto, – e este fato é muito comum entre agentes secretos – determinados temas sugerem, às vezes, o contrário do que propõe, ou seja, a promiscuidade sexual teria como o equivalente uma possível "epidemia de *Influenza*". De resto, a assinatura cabalística JHD quer dizer "Deus destruiu isto", uma admoestação de que a crise tem um caráter abrangente e universal. De algum modo, os rituais de fertilidade estariam ligados à reprodução. Afinal de contas, confirma a *Sobrevivência*, palavra-chave para os seus aguerridos companheiros de organização.

"Por que você próprio não tenta, junto ao Dr. Intruso, uma avaliação dessas cartas roubadas? (telegramas). Ele não vai se aborrecer porque a sua confiança em nós dois é total. Nós é que não confiamos nele, e não me diga o contrário" – eu disse. "Quanto ao primeiro telegrama, preciso analisá-lo para

---

[128] A efígie gigantesca de um homem nu, criada possivelmente há cerca de 2 mil anos, como símbolo de fertilidade. Há controvérsias a respeito da autenticidade desse desenho, pois um historiador, cuja obra *History of Dorset* foi publicada em 1774, afirmou: "Ouvi da boca do feitor da quinta que se trata de um desenho moderno, gravado no tempo de Lord Holles", ou seja, por outras palavras, entre 1641 e 1666. No entanto, talvez signifique apenas que Holles regravou a figura (N. do A.).

verificar o significado desse jogo truncado de palavras e de frases. Talvez a repetição de algumas delas nos dê uma pista. Por exemplo: se houver uma repetição das palavras viagem, sonho, revolta, chuva, estrela da manhã, etc. Acredito – e não estou muito longe da verdade – que o Dr. Intruso deve jogar estes telegramas na cesta de papel. Você lembra que uma vez qualifiquei o Dr. Intruso como uma pessoa muito mais próxima ao *Nosso homem em Havana* do que a qualquer história séria de espionagem como, por exemplo, *O agente secreto*, de Joseph Conrad – uma das narrativas mais terríveis contra este tipo de atividade? Contudo, Nonato, é preciso não ignorar que o Dr. Intruso é um agente secreto a serviço de uma causa inadiável."

Num gesto de rancor, Nonato sequer me deu tempo para terminar minhas explicações e logo vaticinou: "Aquele que vive da espada, pela espada morrerá".

16 de outubro

Texto para uma apresentação da pintora e desenhista Maria Carmem:

"Ninguém nos deve nada", assim falava Pavese. Entendia do assunto, uma vez que matou-se. O papel do artista é fracassar como pessoa alguma jamais fracassou. "Chegar ao último ponto do aniquilamento", conjeturava Emil Cioran. "Estou morto e não tenho sentimentos; me interesso apenas pelo fracasso", teria dito Samuel Beckett à sua amiga Peggy Guggenheim. "Para ganhar a vida, é preciso começar por perdê-la." É assim que está escrito *nos textos sagrados, não é? E quem tem a audácia de descer todos os degraus do inferno, convivendo com o infamante e a dor abaixo do nível da beleza (que beleza?), muito abaixo, onde só contam os sinais da pedra no coração da matéria. Nestas trevas, ela viu e riscou no preto e no branco formas minúsculas, hominídeos, invertebrados, demônios ctônicos, fósseis de há muito desaparecidos, hieróglifos, insetos sanguinários, fetos arbóreos, nervos e o esqueleto de sua própria mão, emaranhados numa* sincronicidade *regida pelas leis inelutáveis do universo.*

Ela viu e traçou, e outros também traçaram esses mesmos raios finíssimos e repetidos bilhões de vezes, trilhões de estrelas negras que vagueiam nas gravuras de Rembrandt, Piranesi e nos torturados desenhos de Van Gogh. Uma trindade. Nenhum só nome a mais a não ser aquela pequenina estrela chamada Maria Carmem.

19 de outubro

E ele gritou: sou um lobo! Chapeuzinho deu risada...

Chico Buarque de Holanda

Procurado por duas estudantes da Faculdade de Filosofia, Alexandra Farias Santiago e Polyana Angelote Camêlo, ligadas ao Departamento de Letras, a fim de esclarecer alguns tópicos de uma entrevista dada por mim a um jornal local sobre uma série de quadros com o tema *Chapeuzinho vermelho*. Não vi razão para não lhes atender de pronto.

Algumas abordagens, para elas um tanto insólitas, deixaram-nas curiosas para ver essas pinturas. Eu não havia ultrapassado ainda o número de cinco ou seis quadros, embora utilizasse imagens bastante livres para um assunto que elas supunham ter uma conotação de fábula infantil. Bastante interessadas, observaram o trabalho e indagaram se poderiam entrevistar-me. Fiz saber às duas jovens ter me baseado em algumas lendas medievais, anteriores à versão de Charles Perrault.

Na minha interpretação, Chapeuzinho Vermelho usa seis máscaras de diferentes cores, cada uma delas sugerindo uma situação especial das emoções da menina diante do perigo. A primeira delas em duas tonalidades de branco, quando ainda se encontra na presença da mãe, recebendo conselhos. Logo em seguida, ao atravessar a floresta, a cor cinza predomina na máscara, se transformando gradativamente no azul. Depois, a cor turquesa se intensifica à procura de um verde profundo. Esta última máscara tem uma enorme boca escancarada, dentes à mostra e lábios aberrantemente pintados de vermelho; o verde e o vermelho representando as cores das *paixões humanas,* como pretendia o pintor Van Gogh. Nesta fase derradeira, acontece algo surpreendente: a moça seduzida pelo *lobo*, que antes havia devorado a sua avó, acaba por mostrar sua real natureza, expressada pela máscara verde – uma encarnação do Demônio. *Chapeuzinho* representa o *mal intrínseco* – vem de um mundo subterrâneo – enquanto o *lobo* não passa de um homem travestido de lobo, portanto, uma vítima fácil de ser destruída.

Sobre o livro *Os sentidos da paixão*:

No estudo psicanalítico sobre Chapeuzinho Vermelho, Maria Rita Kehl, em “A Psicanálise e o Domínio das Paixões”, demonstra o seu afastamento de qualquer tom romântico: “A história medieval de *Chapeuzinho* é uma tragédia em que a menina além de beber o sangue, devora os restos da própria avó e, depois, numa cena erótica escabrosa, deita-se nua com o lobo e é devorada por ele". É uma versão de extrema crueldade, mas não uma crueldade gratuita. Pareceu-me, antes, uma tentativa de fornecer interditos a algumas de nossas paixões ameaçadoras.

"A crueldade, a violência, a fome (que não é uma paixão, mas pode mobilizar paixões intensas), a sexualidade incestuosa (o que este lobo/avó representa?). De alguma forma, trata-se de uma lenda civilizadora" – diz Rita Kehl – "pois as civilizações são construídas sobre a matéria bruta das paixões; são tentativas de se estabelecer os domínios, de se dar forma às paixões". Essa interpretação me interessou sobremaneira, a ponto de tentar prosseguir com essas reflexões, expressas em termos psicanalíticos, aproximando-as rigorosamente das artes plásticas, no meu caso, da série de pinturas sobre "a curiosidade castigada da menina que escolheu o caminho mais perigoso".

Sobre o filme de Neil Jordan *A companhia dos lobos* (*The company of wolves*):

A fabulação de Neil Jordan é prodigiosamente onírica, pois o diretor não hesita em demonstrar a vontade secreta da menina de se transformar numa *loba*, portanto era intencional a sua preferência por rapazes de sobrancelhas aproximadas – apesar dos exaustivos conselhos da mãe e da avó, no sentido de evitá-los. Sendo ela metade mulher, metade loba, compreende-se o fascínio que exercia nos *lobos*, inclusive demonstrado numa história paralela contada pela avó, na qual uma imprudente aldeã se casa com um viajante desconhecido que para o seu desespero foge na noite de núpcias, evitando atacá-la, pois era um lobo disfarçado. Daí se explica a metamorfose final de *Chapeuzinho* em loba, sem que ninguém pudesse evitar essa escolha. Seguiu o seu companheiro floresta adentro, ao lado de uma alcateia, para nunca mais voltar. Mas não seria esse, também, mais um dos seus inacabáveis sonhos embutidos na convulsiva narração do cineasta?

A versão de Neil Jordan e a de Rita Kehl, acrescida de mais duas ou três histórias medievais, foi o bastante para desencadear uma série de quadros alusivos a Chapeuzinho Vermelho. Acontece que minha interpretação final nada tem a ver com a psicanálise, tampouco com o cinema. Desenhei a cabeça de um lobo para servir de máscara a um homem, isto é, ao falso *lobo*. Esta máscara, realizada por um artesão popular, ficou bem mais feroz do que o meu desenho, diria até mais dramática, mais teatral. Eu próprio poderia usá-la e deixar-me fotografar em diferentes situações, sempre acompanhado de longas batas pretas, para contracenar com a figura colorida e jovial de Chapeuzinho Vermelho, a qual deve estar vestida da maneira mais moderna possível, não excluindo a minissaia, a seminudez e até o nu, como acontece no desfecho da narrativa.

Na minha história, como disse, a menina do chapéu vermelho tem uma máscara diferente para cada um dos seus *passos* em direção ao fatal: Chapeuzinho Vermelho é o próprio demônio pronto para vencer a fragilidade do homem-lobo.

AFS/PAC[129] – Como surgiu a ideia de Chapeuzinho Vermelho nas artes plásticas?

FB – As mais velhas lendas sobre Chapeuzinho Vermelho, provenientes de uma tradição oral e de fabulações generalizadas durante todo o período da Idade Média (ou talvez de muito antes), sempre incluíram fartas e deliciosas ilustrações as quais percorriam da crueldade à simples aventura de uma menina trelosa e sem o devido sentido do perigo. Tomei conhecimento de um livro cuja orientação psicanalítica de vários escritores tratava das fábulas e dos diferentes mitos, cujo nome, *Os sentidos da paixão*, enfatizava a sua real finalidade. Eu havia pintado quadros e estudos tentando recriar, à minha maneira, estas velhas narrativas. Por sorte, encontrei uma moça que, apesar de seus vinte anos, mais parecia ter quatorze. É a *menina* dos meus três primeiros quadros. Olhando atentamente a estrutura do seu corpo, sua cabeça infantil encimada por cabelos castanhos com longas tranças, ela parece a figura ideal para representar esse papel. Quando surgiu a oportunidade de ver o filme *A companhia dos lobos*, de Neil Jordan, fiquei encantado com o enredo – os irlandeses são mestres do sinistro, do escuro, da fantasia, dos encantamentos. Toda narração é passada nas enevoadas trevas das florestas europeias. No seu conjunto, tudo muito bem dirigido, muito bem pensado, sobretudo quando utiliza as diferentes movimentações das figuras no tempo e no espaço. Como

[129] Entrevista de caráter puramente informativo para duas universitárias, Alexandra Farias Santiago e Polyanna Angelote Camêlo, que fizeram um doutorado sobre Chapeuzinho Vermelho (N. do A.).

Alice no País das Maravilhas, Chapeuzinho não só se transforma, como também sonha o que os outros estão sonhando.

Pouco sabemos da natureza humana, de nossa bestialidade, da nossa integração com a Mãe Terra, das forças vivas e subterrâneas, que às vezes nos conduzem a lugares insuspeitados. Jordan, dentro da história, cria três diferentes pesadelos para Chapeuzinho, e em todos o Lobo está envolvido, embora a menina não deixe de ser uma estranha cúmplice do seu possível algoz. De repente – não posso precisar a origem dos meus pensamentos – recordo a incrível história de Lilith.

AFS/PAC – Qual a relação de Lilith com Chapeuzinho na sua versão?

FB – Curiosamente a história de Lilith é muito explorada pelas feministas norte-americanas. Trata-se de um mito de origem sumeriana que diz ter sido Lilith a primeira mulher de Adão, ambos criados por Deus no mesmo momento: duas criaturas absolutamente iguais, originárias do Paraíso. No entanto, Adão ignorava os verdadeiros sentimentos de sua companheira e, ao primeiro apelo, a mulher retrucou: *Nunca servirei. Não servir é o meu lema!* O espanto de Adão com esta atitude é mais ou menos o mesmo dos homens diante das aguerridas feministas atuais. Lilith foi, na verdade, possuída pelo demônio, foge do Paraíso, mas em seguida é jogada nas profundezas do inferno, onde viverá para sempre. A figura desconcertante dessa *primeira mulher* existiu numa fase anterior ao *pecado*; é de certa forma uma tentativa futura dos hebreus em absolver a transgressão de Eva. A endemoniada Lilith simplesmente não aceitou o domínio de Adão e, portanto, aquele dos desígnios de Deus.

AFS/PAC – Você assevera que a versão de Chapeuzinho, conhecida pelas crianças, não contém nenhuma função moralizante, como se pensa.

FB – A história de Chapeuzinho Vermelho, nas linhas açucaradas de Charles Perrault (séc. XVII), escapa desse significado moral exatamente por escamotear as versões mais antigas. A pedagogia moderna, a meu ver, comete um grande erro ao eliminar a ideia de que existem pessoas desconhecidas, ou seja, figuras alheias ao âmbito familiar que deviam ser evitadas a todo custo. Hoje, as crianças são educadas ou *amestradas* para chamar a quem quer que seja de "tio".

Na atual narrativa de Chapeuzinho só se aproveita o fato da mãe recomendar à filha que, durante seu trajeto pela floresta, evite falar com estranhos. Na minha infância bastava uma visita inesperada, até mesmo de um parente longínquo, para que se desencadeasse uma choradeira geral das crianças, todas educadas corretamente para temer os forasteiros.

Infelizmente, os pedagogos modernos insistem nesta falsa premissa de apelidar os desconhecidos de "tio".

Todo mundo é bom. Mas a verdade não é bem assim. Basta ler os jornais do dia. A história de Chapeuzinho serve de exemplo no momento da menina puxar conversa com o primeiro caçador encontrado na floresta e este desconhecido é o *Lobo Mau*.

A extrema versatilidade, inteligência e disposição de Alexandra Farias Santiago e de Polyana Angelote Camêlo levaram-nas muito longe nas suas pesquisas. Com menos de um ano, elas amontoaram – numa cidade difícil como o Recife para assuntos de cultura – cerca de sessenta versões de histórias diversas de Chapeuzinho Vermelho. Entre outras, vim saber que o grande Guimarães Rosa havia abordado o mesmo tema com o seu pequeno conto "A Fita Verde no Cabelo", republicado pela Editora Nova Fronteira, em 1992. Outrossim, numa original interpretação, Chico Buarque de Holanda escreveu em 1979 um poema musicado chamado "Chapeuzinho Amarelo", no qual demonstra o seu talento, ironia e humor habituais.

Espanta-me que a admirável investigação dessas duas moças, aliada a um estudo sobre o *demoníaco* realizado por Ermelinda Ferreira, já não tenha se transformado num livro didático de real importância, sem contar com as prodigiosas ilustrações colhidas igualmente em livros brasileiros e estrangeiros.

21 de dezembro

Embora doente, começo os desenhos para o novo (segundo) mural do Palácio da Justiça – Fórum Thomás de Aquino Cyrillo Wanderley. Neste trabalho, saindo do tema dos juízes togados, aparecem jovens mulheres representando a Juventude Estudiosa. Enfim mostrando a juventude com um peso maior do que a própria justiça.

Os argumentos estão apenas idealizados, uma vez que não foram traduzidos plasticamente em desenhos e pinturas. Entretanto, sei muito bem o que expressar, aliás um tema pouco difícil e, certamente, sujeito a incompreensões. Mas onde é que me interessa a compreensão, sobretudo antes de eu emitir qualquer juízo? Como convencer que o inferior, o não acabado, o imperfeito e a juventude são o objetivo maior do homem?

Foi com Witold Gombrowicz que descobri em abundância os argumentos de quem ama – até ao desespero – a imaturidade. Extraí do seu diário o que se segue: "Um dos meus objetivos espirituais e estéticos é encontrar um acesso mais aberto, mais dramático para a Juventude; revelar-lhe seus laços com a maturidade, a fim de que uma e outra se completem. (...) A juventude mostrou-se para mim como um valor mais alto da vida... mas esse 'valor' tem uma peculiaridade inventada sem dúvida pelo diabo: sendo juventude, ela se mantém abaixo do nível de todo valor. Estas últimas palavras (abaixo de todo valor) explicam porque não pude criar raízes em nenhum dos existencialismos contemporâneos. O existencialismo esforça-se por reinventar o valor, ao passo que para mim o 'subvalor', a 'insuficiência', o 'subdesenvolvimento', estão mais próximos do homem do que todos os valores. Creio que a fórmula 'o homem quer ser Deus' expressa muito bem as nostalgias do existencialismo, ao passo que eu lhe oponho uma outra, ferozmente incomensurável: 'O homem quer ser jovem'".

Este surpreendente polonês, que morou vinte e cinco anos em Buenos Aires, tem algumas de suas poucas obras traduzidas para o português, confirmou contundentemente o que eu sempre procurei na minha arte e também na minha irrefreável atração pela juventude.

22 de dezembro

Volto a um trabalho penoso. São os deveres do ofício. Resolvo ter a companhia do genial Erik Satie e escuto as *Gymnopédies*.

Lent et douloureux
Lent et triste
Lent et grave

23 de dezembro

O ambiente de intriga entre Nonato e o Dr. Intruso chega ao seu clímax, a ponto deste último se afastar do meu convívio. O estrangeiro, como compensação, tem hoje como seu interlocutor o motorista Solano Lopez, um compulsivo contador de histórias notoriamente exageradas, uma espécie de Barão de Münchausen caboclo. De resto, na versão de Nonato, o Dr. Intruso chegou a confidenciar a algumas pessoas do nosso âmbito de trabalho e nas suas conversas à noite com os vigilantes, quando Viriata não estava presente, que deverá partir muito em breve numa missão de grande importância. Embora não precisando a data nos seus planos, esta viagem não durará mais de um mês, e logo estará de volta, aqui, para viver neste paraíso da Várzea.

Segundo Matias, um dos vigilantes, a preocupação maior do Dr. Intruso seria separar-se de Ovídio de Odin, seu cachorro. Quanto a Viriata, como todas as mulheres, foi feita para esperar. Se uma gestação dura nove meses, o que representa aguardar apenas trinta dias de ausência? Este foi o argumento de Dr. Intruso que, a esta altura, já havia resolvido que Odin iria para casa de sua irmã, Morongo, enquanto ele transitasse por Bruxelas e em alguns lugares perdidos do Oriente, a Malásia inclusive.

Esses ruídos chegaram a mim, mas nada me foi confirmado, muito menos pelo Dr. Intruso, no qual não vejo nenhum sinal de cansaço ou qualquer tipo de preocupação. Todavia, estarei pronto a ajudá-lo no que for possível. Na realidade, desde a sua chegada, ele tem sido muito bem tratado como nosso hóspede. Presumo que nada teria a reclamar. Em todo caso, não me parece correto falar em assunto de viagem a uma pessoa abertamente voltada para ligações internacionais. Isto é assunto dele e só dele.

Nonato, que anda vagando nos corredores da Fábrica como um fantasma, vez ou outra – como se nada de melhor tivesse a propor –, tem sugerido a possibilidade da publicação das cartas de Simone Mahrenholz, até hoje retidas. Ele considera um documento literário da maior importância, insistindo em afirmar que eu as mantenho secretas por um irrefreável sentimento de inveja.

Como algumas cartas de Simone são muito longas, não posso resumi-las ou retirar trechos que se refiram, sobretudo, aos seus estudos e observações das *Elegias de Duíno*, de Rainer Maria Rilke, pedra de toque de toda a nossa correspondência.

Na verdade, qualquer tentativa de resumir essas cartas iriam alterar a sua graça e a profunda sensibilidade da autora em relação aos mais diferentes assuntos, portanto, dou nova forma, e vou reproduzi-las na íntegra:

Berlin, 23.7.93 – Chér *Francisco Brennand (*sic*)*

Fiquei trés enchantée *(*sic*) ao receber notícias suas no cartão-postal de Monet – o qual, como você sabe, parece muito com você – e a foto com* Les amants[130] *em seu local original. Mesmo neste pequeno formato, posso sentir fortemente o quão tocante é a escultura.*

Estou feliz por você ter encontrado o trecho de Rilke. Gostaria também que você observasse outra parte da "Segunda Elegia de Duíno", que também é uma das obras que gosto em poesia. Trata-se da primeira metade da parte final da "Segunda Elegia" e que fala de esculturas gregas:

Admirastes nas estelas gregas a prudência
do gesto humano? O amor e o adeus sobre as espáduas
pousavam de leve, como se de outra matéria fossem
feitos, que nós desconhecemos. Lembrai-vos das mãos que,
sem peso, se apoiavam, apesar dos corpos vigorosos. Senhores
de si mesmos, eles sabiam: aqui estamos,
em nosso palpável domínio; mais poderosamente
os deuses podem nos premir. Isto é assunto
dos deuses".[131]

Procurei na Kunsthalle por textos sobre sua exposição. Envio-lhe os que encontrei. Especialmente os dois mais longos são muitos simpáticos e positivos, assim como muito bonitos. Consegui estes textos no arquivo privado de Heribert Jacoby, o homem da barba negra. Não consegui descobrir até agora se Dieter Ruckhaberle tem mais algum. Talvez descubra depois.

Eu deveria desculpar-me por não ter escrito sobre você para o jornal. Houve algumas razões para eu não o ter feito. Uma delas é que o meu emprego na Kunsthalle e minhas atividades de repórter para o Tagesspiegel são excludentes.

---

130 Escultura de F.B. cuja maquete participou da exposição em Berlim. O local original da escultura é o *Grande Pátio* da Oficina Cerâmica no Recife (N. do E.).

131 Tradução de Dora Ferreira da Silva, in R. M. Rilke, *Elegias de Duíno*, Rio de Janeiro: Ed. Globo, 3. edição, 1984 (N. do A.).

Eu estava em um conflito moral, uma vez que não posso escrever sobre uma instituição (como eu gostaria de fazer, levando em conta a organização publicitária de sua exposição) e por outro lado receber dinheiro dessa mesma fonte. Assim pensei. Mas talvez surja outra oportunidade para eu escrever sobre você um dia. Nunca se sabe. Não poderia dizer que não há inspiração. E há outra coisa que mal posso expressar. O meu prazer e espanto por você estar pensando em enviar-me a "pequena peça"[132] *que me atraiu tanto.*

Imaginar isto enche o meu coração de alegria.

Carinhosamente,
Simone Mahrenholz

31 de dezembro

Todos os últimos dias do ano, na monótona incandescência do trabalho à espera do *fatal,* quando as próprias ideias falham, surge então – vindo do nada – aquilo que costumamos chamar de inspiração.

Impossível recordar quantas vezes repeti frases mais ou menos semelhantes. Mas o que nos resta senão reproduzir indefinidamente os nossos pensamentos finitos, uma infinidades de vezes, talvez com outras palavras, mas cujo significado é invariável? É o limbo da mesmice que temos de suportar, com a necessária humildade, pelo restante de nossas vidas. Quem diria que esse condicionamento ou esta servidão é exatamente aquilo que nos salva, uma espécie de teto a nos proteger!

Um vago mal-estar me domina como uma sensação dolorosa por ter cedido aos insistentes apelos do meu amigo Nonato em publicar as cartas de Simone Mahrenholz. Se por acaso fossem tolas, eu teria aceito com tanta passividade essa intrujice? Não estaria eu à procura de fantasiar ou enriquecer os meus textos chamando à cena uma mulher de altos dotes de inteligência e sensibilidade? Contudo, não recuarei uma vez que tudo já foi começado.

Eis, na íntegra, uma outra carta de Simone Mahrenholz correspondendo a minha iniciativa de manter, durante algum tempo, essa delicada controvérsia em torno das *Elegias de Duíno:*

---

[132] Refere-se à maquete de *Les amants* (N. do A.).

Berlin, 12. 9. 93 – Cher *Francisco Brennand* (sic)

Estou feliz! Seus "amantes" estão aqui a preencher meus espaços com sua presença e espírito, e sinto-me tocada e enriquecida. Disse a "eles" para nunca pararem de me falar ou transmitir suas vagas, secretas e ambíguas mensagens. Espero que me falem de muitas coisas o resto de minha vida.

*Agora "eles" estão aqui em minha sala berlinense com suas heranças brasileiras (ainda que tenham algo de arcaico supranacional) e me fazem pensar onde viveram nos últimos quinze anos e que tipo de história tiveram desde que você os fez (1977, está na assinatura). Poderia me dizer alguma coisa sobre o que "eles viram", ou onde normalmente estavam antes de vir aqui? De qualquer maneira, eles já criaram uma relação com seu novo ambiente e com seu novo "principale" (*sic*).*

Esta escultura chega no meu melhor momento. Durante o trabalho em minha tese, encontrei um livro escrito pelo psicólogo Anton Ehrenzweig, A psicanálise da visão e da audição artística *(1953). Como o título sugere, trata-se de uma abordagem psicanalítica – talvez a única que me impressionou até agora. Normalmente, eu considero essas aproximações triviais, fracas, não gratificantes. Mas este livro é certamente rico e diferenciado, escrito realmente por um espírito artístico. Enquanto sua escultura "chegava", li esta tese, que diz que há sempre uma dupla comunicação entre o artista e o espectador. Uma comunicação aberta, articulada (onde a impressão de "beleza" ou "feiura" toma o seu lugar). E então, surge uma secreta comunicação, uma conversação direta de mente à mente. Esta contém elementos reprimidos, os quais o ego e especialmente o censor do superego não permitem que venham à consciência. Aí estão as tensões, paixões, medos, ansiedades, obsessões sexuais e muito do que é forte tabu. E ainda que nem a consciência do artista nem a do observador ou crítico estejam prontas para esta mensagem, a subcomunicação é bastante clara e direta. Ehrenzweig continua e diz (influenciado por Nietzsche) que há uma "lei de estrita proporção": quanto mais a mensagem escondida e explosiva pressiona para cima a fim de ser reconhecida, mais é pressionada para baixo pelo nível censor do superego, e maior é a impressão de "beleza". Portanto, um "estilo bonito" nunca é algo do trabalho, mas indica um grande conteúdo que não cabe na presente sociedade. Isto explica a temporalidade do estilo e do que é considerado "belo". (Tudo isto está bastante simplificado neste pequeno resumo, o original é muito mais rico.)*

Ehrenzweig segue dizendo que prefere os últimos trabalhos dos artistas porque aí eles não necessitam esconder tanto, daí o conteúdo latente fica mais claro para o olho que sabe ver. Para mim, foram estas teses tão interessantes que me inspiraram a ver em seu trabalho o embate entre a "comunicação que há na superfície – onde a bela forma toma lugar – e os seus secretos elementos, que estão abertos ao subconsciente, mas não ao ego".

E mesmo sem este livro, é fácil ver que "seus amantes" expõem seus diversos níveis de forma clara. Por um lado, tudo é bastante inocente e delicado, como duas focas se abraçando, e, por outro, é um tanto obsceno. De certa forma, não esconde seu conteúdo sexual, mas ainda assim permite a quem vê perceber nada mais que uma tocante ternura (especialmente quando a olhamos de frente, da maneira como foi exposta na Kunsthalle). Quando fiz associação com Henri Laurens, e que foi a razão pela qual a escultura me chamou a atenção, o conteúdo sexual não existia. Este revelou-se aqui, também porque agora eu podia vê-la dos quatro lados, (em vez de três) e acrescido ao fato que se pode observá-la melhor de cima, pois ela está posta num pedestal baixo.

Estou certa de que meus pensamentos sobre esta peça irão sofrer algumas modificações com o tempo. Falarei deles talvez depois, pois agora pretendo abordar outros assuntos.

Queria lembrar que você escreveu sobre Oliver Sacks (a propósito, obrigada por suas cartas que leio com interesse e prazer). Também estou interessada neste autor. Na verdade, entrevistei-o uma vez para um programa de rádio. Ele é uma pessoa muito gentil, charmosa e muito interessante, que se reconhece como o seguidor direto de Freud (mas ele não é). Você não mencionou quais dos seus livros estava citando, mas suponho que leu o mais famoso: O homem que confundiu sua mulher com um chapéu (The man who mistook his wife for a hat). *Não lembro dele falando sobre Wittgenstein, mas eu, assim como você, aparentemente não o considero como um dos meus filósofos favoritos, tampouco Heidegger, ainda que, por exemplo, suas observações sobre* Sein und Zeit *(Ser e Tempo) eu estime bastante. Estas me recordam Martin Buber: você conhece seu* The dialogic principle? *É um tipo de filosofia que também é um pouco de prosa, arte, e pode ser um apelo à mente de um artista.*

Estou feliz que você tenha gostado da parte da segunda Elegia. Você citou outra que, para mim, assim como vejo estes versos, é uma obra de solidão.

Seu "zu sein" (ser) é possível apenas se há uma contraparte: sente-se assim mesmo somente se se está ciente de que há o outro. Por uma parte, através da maneira que o outro nos vê, e por outra através do modo como somos diferentes do outro. E ainda também por inúmeras outras razões não é possível ser "eu" sem um "tu" (The dialogic principle, O princípio dialógico, *Buber).*

Se não há ninguém, ninguém compreendido, ninguém amado, o resultado é o sentimento da não-existência, a irrealidade do próprio corpo, a qual Rilke tenta compensar tocando o seu rosto com as próprias mãos. Mas ele sente que isto é "substituição": Doch wer wagte darun schon zu sein?[133]. *Para mim, este versos igualmente revelam algo sobre o paradoxo que o artista tem que encarar: ser criativo, seguir a voz criativa de alguém – um deles tem que estar só, um tem que suportar a solidão. Mas para ser, para sentir-se vivo, há que se sentir uma contraparte ou talvez algumas contrapartes. E não pode ser um artista sem ser muito forte para desenvolver a própria individualidade...*

Este doloroso paradoxo, todo artista tem de solucionar novamente a cada instante, e não há soluções fáceis. Portanto, sinto muita pena pela solidão de Rilke quando leio esta passagem. Você sabia que quando ele era jovem foi amante de uma das mulheres mais fascinantes de sua época, Lou Andreas-Salomé? Uma jovem russa que primeiro encantou a Nietzsche (ensinando o velho Nietzsche quando ela só tinha dezoito anos). Quando ela não quis casar-se com ele, iniciou-se seu ódio pelas mulheres... Então, já com mais de trinta anos, ela encontrou o muito mais jovem Rilke, o 1º homem com quem teve a sua primeira relação sexual, embora todo homem que ela tenha conhecido tenha querido casar-se com ela. Já aos cinquenta, ela tornou-se aluna de Freud, que nutriu um forte sentimento de amizade por ela. E afirmou que nunca tinha encontrado alguém que tivesse tanta intuição natural e percepção profunda de suas teorias (a mesma impressão teve Nietzsche muitos anos antes). Aqui está uma conexão Nietzsche-Rilke-Freud (Sacks). Agora, finalmente, vou continuar a viagem através das Elegias *e ler a quarta... Leio esta e sinto dor. Lágrimas, porque a dor é enorme. Alcanço o nível onde o maior prazer e a extrema dor são exatamente a mesma coisa, parecem o mesmo.*

Então escolherei esta parte, embora qualquer outra possa ser escolhida e não comentarei mais nada.

Nós, porém, quando pensamos totalmente o Uno,
logo sentimos o lastro do outro. A hostilidade
aguarda, muito perto. Os amantes não hesitam, sem cessar,

---

133 "Quem, no entanto, por tão pouco ousaria ser?" – trad. Dora Ferreira da Silva, in R. M. Rilke, *Elegias de Duíno*. São Paulo: Ed. Globo, 3 ed. 1984 (N. do A.).

entre limites – eles que aspiraram refugio, espaço, busca?
Compõem-se, então, para fugitiva imagem de um momento
um fundo de oposição, penosamente, para que
a possamos ver; que clareza se nos proporciona,

a nós que ignoramos o contorno da sensação,
aderidos ao exterior de sua forma. Quem
desconhece angustiosa espera diante
do palco sombrio do próprio coração.
Olhai: ergue-se o pano sobre o cenário
de um adeus.[134]

Mas este é um adeus ou uma despedida apenas por esta carta.

Carinhosamente,
Simone

PS. Reli esta carta e percebi que esqueci a "3ª Elegia". Terei que esperar.

Uma vez traduzidas as cartas de Simone do inglês para o português, Nonato volta a fazer suas cobranças, lastimando que toda esta correspondência não esteja colocada em ordem cronológica, isto é, as minhas cartas seguidas das respectivas respostas de Simone Mahrenholz. Assim, no seu entender, as coisas ficariam bem mais claras. Depois acrescentou uma pequena observação intrigante: "É muito difícil se tratar com essas mulheres do norte". "O que você quer dizer com isso? Talvez insinuar que elas são figuras hiperbóreas? É preciso lembrar que essa referência só cabe para o fabuloso extremo-norte, incluindo as planícies nórdicas e da Ásia Central... suponho que você não pretende chegar a tanto" – eu disse.

Nonato respondeu não ser tão complicado quanto eu, apenas quis dizer que Berlim está situado bem ao norte da Alemanha. "Foi só isso", ele disse.

---

[134] Tradução de Dora Ferreira da Silva – in R. M. Rilke, *Elegias de Duíno*. São Paulo: Ed. Globo, 3 ed. 1984 (N. do A.).

Qualquer leitor atento descobrirá que as minhas cartas para esta jovem filósofa começaram entre julho e agosto de 1993 e, consequentemente, todas as suas respostas poderiam facilmente ser localizadas nos meses seguintes, incluindo os primeiros meses de 1994, quando esta correspondência cessou.

Nesta próxima carta, Simone Mahrenholz, logo no início, demonstra certa perplexidade em relação ao nome de Lawrence Durrell, pois não tinha certeza se já tocara no assunto comigo. Vejamos suas palavras:

Berlin, 30.10.93 – Chèr *Francesco Brennand (sic)*

Fiquei realmente espantada quando você mencionou Lawrence Durrell na sua carta, e me perguntei: será que lhe contei que sinto uma forte inclinação para este autor ou foi por acaso que ele mencionou o Quarteto de Alexandria, *este maravilhoso opus, o qual nem todo mundo está apto a experimentar? Isto tocou-me, este acaso, fazendo-me pensar se há uma secreta "afinidade eletiva". "Afinidade" entre pessoas tão completamente diferentes quanto nós...!*

E a propósito: você escreve sobre "sedição de contrários". Sedição? Sedição: "Aufruhr", *tumulto. Sedução:* "Verführung". *A essência do erro: que "contrários" podem na verdade existir exatamente entre sedução e* "Aufruhr", *tumulto?*

E aqui uma outra questão de terminologia: você escreveu sobre o trecho que citei da quarta elegia de Rilke: "Feindschaft ist uns das Nächste". *E você escreve tão harmoniosamente sobre isto, que me pergunto se você não leu* "Feindschaft" *como "amizade"...* Feindschaft*: inimizade, hostilidade. O que amei naquele trecho de Rilke: o conhecimento sobre a terrificante proximidade dos opostos, contrários: você diz amor, você diz estar próximo, você diz ser gentil e aberto, você ama, e então sente crescer algo um tanto diferente:* "Wo wir Eines meinen, ganz, ist schon des andern Aufwand fühlbar. Feindschaft ist uns das Nächste. Treten Liebende nicht immerfort an Ränder...?".[135] *Este perigo, involuntário, de não ser algo completamente, mesmo que você queira, esta firme presença do oposto, estes ritmos de sentimentos, de tendências opostas...*

---

135 "Quando pensamos totalmente o Uno, logo sentimos o lastro do Outro. A hostilidade aguarda muito perto. Os amantes não hesitam, sem cessar, entre limites..." Tradução de Dora Ferreira da Silva, in R. M. Rilke. *Elegias de Duíno*. São Paulo: Ed. Globo, 3 ed. 1984 (N. do A.).

Você escreveu para esta passagem: "Observei isto desde o primeiro momento que a vi. Porque você sabe sempre escolher o melhor". Agradeço este elogio, mas não consigo associá-lo ao contexto: Rilke fala de "Feindschaft". *Por isso fiquei pensando se você não leu "Feindschaft" como* "Freundschaft"*! Talvez seja um lapso de fantasia de minha parte! Do trecho que você citou da "Quarta"*[136]*, gosto mais de:* "du locktest Vorzeit empor in dem Liebenden"[137]. *A súbita impermanência, a presença arcaica, este estar aqui e em todo lugar, agora e a qualquer hora, este ser tantas outras pessoas...:* "Welche Frauen Hassten dich da. Was für finstere Männer regtest du auf im Geäder des Jünglings".[138] *Eu sei exatamente o que ele quer dizer, e eu não devo ter tido jamais a oportunidade de falar sobre isto com ninguém, e isto é uma enorme graça para com a humanidade, que ele tenha colocado em palavras, mas eu me pergunto: será que todos se sentem assim, ou houve um tempo em que só ele se sentiu assim, será que isto é a* conditio humana*? Ou é apenas um grupo menor de pessoas, incluindo você, incluindo eu?*

Agora, a "Quinta Elegia". Tenho a impressão que esta é uma das mais severas. Enigmática. Muito mais que amarga. Ele fala de algo de uma maneira tranquila e terrível, mais que terrível. Não é uma Elegia em que eu me sinta em casa, não estou nem nunca vou querer sentir-me em casa (embora todo aquele que entenda um pouco já está envolvido, já é um parente...), parece-me um pouco como uma prisão gelada. Suspeito que esta Elegia salta fora das outras... Mas diga-me o que você acha, se você não sente o desejo de fugir.

Isto faz-me recomendá-lo um filme, dois filmes: são do diretor alemão Wim Wenders (Paris, Texas). Um é Der Himmel über Berlin (Heaven over Berlin), *o outro,* In weiter Ferne, so nah![139] *– não sei o título em inglês. Este último é bastante conhecido, e ambos tratam do mito rilkeano dos anjos, e estão ligados às* Elegias de Duíno, *têm algo do seu espírito. Se você tiver a chance de vê-los, ao*

---

[136] Esta citação não pertence à "Quarta Elegia", e sim à "Terceira" (N. do A.).

[137] "Conjuraste no amado a pré-história obscura...". Trad. de Dora Ferreira da Silva, in R.M. Rilke, *Elegias de Duíno*. São Paulo: Ed. Globo, 3 ed. 1984 (N. do A.).

[138] "Que mulheres, nele te odiaram! Que homens sombrios em suas veias jovens despertaste", idem (N. do A.).

[139] "Tão longe, tão perto" (N. do A.).

menos o último, o novo (apesar de formarem um conjunto), você deveria ver. Você encontrará os anjos, e esta mistura de êxtase, tristeza, amor, conhecimento, a doçura das coisas amargas. O amor...

Uma amiga minha, encontrando Os amantes *(*sic*), exclamou: "Oh, que obscenidade é esta?". Não pareceu exatamente uma aversão, tenho que acrescentar. Hoje, estando perto de mim, eles expressam algo tímido. Um deles me olha. Será que ele sabe que estou escrevendo para seu mestre, seu "demiurgo"?*

Você citou não apenas Lawrence Durrell, mas também Paul Valéry. Isto lembrou-me de um "scetch" *(*sic*) de Steinberg que vi recentemente junto com uma declaração de Magritte. As palavras que você escreveu sobre sua obra eram citações. Você as colocou entre aspas. Quem você citou?*

E agora, finalmente, tenho que me desculpar por fazê-lo esperar tanto por uma resposta. Havia tanta coisa pra fazer, que eu buscava um tempo livre, um momento tranquilo. Na próxima serei mais rápida. Enfim, assim espero.

Parabéns pela sua indicação ao prêmio! Desejando-lhe os melhores votos e pensamentos, sua

Simone

Nesta última carta, Simone demonstra com bastante evidência a sua formação filosófica. Daí porque, logo no início, faz perguntas sobre um possível engano de minha parte, confundindo sedição - "*Aufruhr*" (tumulto) - com sedução - "*Verführung*". Então ela insiste "que contrários podem na verdade existir entre sedução e "*Aufruhr*" (tumulto)?

Na minha resposta fui bem claro: o termo "sedição" é definido como revolta, insurreição, motim, sublevação. "Sedição de contrários" estaria muito próximo a um supremo absurdo, aquilo que Nicolas de Malebranche situaria entre as coisas que são absolutamente incompreensíveis. Contudo, elucidei que é um termo muito usado por Gustav René Hocke, doutor em filosofia e alemão como ela. Também é dele as *infinitas sensações* que utilizei no final da carta para definir a minha obra.

Mais uma vez Simone Mahrenholz insiste numa questão de terminologia, perguntando se eu não confundi "*feindschaft*" com "amizade". Procurei esclarecer que não interpretei de forma alguma *freundschaft* como *feindschaft*. No manuscrito de minha carta, ainda em português, a organização gráfica permitiria perceber isso. A partir do final do primeiro parágrafo: "(...) Não nos deixa escapar a dor que se prenuncia ou que já chegou: a nós que ignoramos o contorno da sensação. Sim, você própria adivinha o pesado lastro do outro... quando a hostilidade aguarda muito de perto...".

Isso eu observei desde o primeiro momento e nada tem a ver, portanto, com as sensações do "nosso encontro", e sim com a sua sutilíssima agudeza, sobretudo quando frisou aquela proclamada "hostilidade que aguarda muito de perto", no dizer de Rilke.

Na sua última carta, ela foi generosa tentando justificar esse meu possível equívoco, a tal ponto que me deixou embaraçado. Na verdade, na passagem para o inglês e, consequentemente, no ato de datilografar, a excessiva proximidade dos textos levou-lhe a essa natural perplexidade – foi o erro da tecla que comprometeu a sinfonia.

No final, faço ver que os comentários sobre a minha obra estão entre aspas porque fizeram parte de um relato pessoal acompanhando um documentário cinematográfico sobre a Oficina Cerâmica, realizado pelo diretor brasileiro Jayme Monjardim, em 1981. Durante todo o filme é a minha voz que se escuta. Às vezes improvisando conceitos, outras citando sobretudo trechos inteiros de Gustav R. Hocke, do seu livro *Maneirismo: o mundo como labirinto*. Estas citações são habituais em todas as minhas conversas ou escritos: "Eu sou uma citação". Adestrei-me como nenhum outro às leituras infinitas dos *mapas do mistério*.[140]

Presumo com essas dissertações, facilitar um futuro leitor a compreender as rigorosas interrogações da jovem filósofa em relação a alguns supostos equívocos de minha parte. E, de algum modo, também corresponder às exigências cronológicas de Nonato.

---

[140] Na carta do dia 22 de novembro de 1993, transcrita no diário, não consta a enxurrada de citações de Gustav R. Hocke que foram utilizadas naquela enviada à Simone Mahrenholz, devidamente aspeadas. Sua curiosidade em saber quem estava sendo citado é legítima (N. do A.).

1997

Propriedade Santos Cosme e Damião

1º de janeiro

Venho ao trabalho não por mérito, antes por hábito, quem sabe para me esconder das situações incômodas, evitando assim perguntas sem respostas. Continuo impondo as minhas máscaras quase como um dever de ofício: Maskára. Permaneço como um contador de histórias, embora Nonato, no hábito de vasculhar o meu diário, me acuse de estar escrevendo cada vez menos. Ele sabe que, na medida em que desenvolvo o meu trabalho de pintura – incansável a partir de 1995 –, como consequência imediata, há uma diminuição nas minhas leituras e, igualmente, uma redução de registros e textos.

22 de fevereiro – sábado

As vozes do silêncio invadem tudo e a pintura sonolenta flui, borbulhando na correnteza do seu próprio leito, preenchendo todos os espaços vazios. Nada será dito, mesmo ainda que a respeito do bem.

O "sensível" cineasta James Ivory acaba de rodar *Surviving Picasso* e confessa ter sido um verdadeiro inferno lidar com intrigas internacionais que procuram desmoralizar o seu trabalho. Um dos netos de Picasso, responsável em administrar sua obra, foi taxativo em proibir (nessa versão bastarda sobre um dos grandes gênios da pintura) a possível contribuição ou privilégio de reproduzir obras originais do artista. Ivory, com a mais deslavada idiotia, insiste em repetir: "Filmar a vida de Picasso sem mostrar os seus quadros (sequer as reproduções) é um verdadeiro suicídio. Logo Picasso, que afirmara uma vez: 'Meu diário são os meus quadros'".

A malignidade de caráter de alguns diretores de cinema acaba sempre por se revelar um dia. James Ivory aliou-se nesta duvidosa empreitada à senhora Orianna Huffengton (nem sei ao certo a maneira correta de escrever esse nome), autora de uma infamante biografia do pintor, intitulada *Picasso, criador e destruidor*.

23 de fevereiro

Os profetas estão sempre errados de ter razão.

Boris Vian

18 de março – sábado

F. Alain Gegauf, ligado a um importante banco da cidade de Zurich, Privatbank, informou-me que um artista de sua terra, exatamente há vinte e cinco anos, vem construindo com suas próprias mãos um "castelo encantado" repleto de esculturas e objetos. Eu apenas pergunto se de fato é igual ao meu, se tem o mesmo *juízo,* o mesmo *tom*, os mesmos *vícios*...

Eis o nome do artista, escrito pelo próprio Her Gegauf:

Bruno Weber

Dietikon – Spritenbach – Weinreben park, Zurich

Quem sabe se o seu trabalho não é ainda mais terrível, mais proibido, mais prodigioso, sendo ele um europeu? Na verdade, essa indagação não esconde a minha ironia, porque decididamente é impossível fazer algo semelhante ao que realizo, sendo eu um brasileiro. Não haverá pecado igual.

20 de março

> *Em meu Estado, cada homem pode salvar-se à sua própria maneira.*
>
> Frederico, o Grande

Cerrado[141]

Pedras esburacadas que ouviram o som do primeiro estrondo. O olho do lagarto, no lugar da objetiva, procura o sentido das coisas. O mundo das águas. Corredeiras. Um pé de homem imerso na água. Depois outro pé. Ele caminha – todo o roteiro é o descobrir de uma caminhada sem volta... O vento, o tambor ainda como um discreto fundo musical. Como numa anunciação, o besouro negro fecundante curva-se sobre a flor.

"Aqui é o Pau-Brasil!!!", diz um caboclo (vozes truncadas). Um outro amassa e acaricia o focinho mole de um cavalo, dando-lhe comida, quando escuta alguém dizer: "Vamos!". Sempre o caminhar áspero, os pés rachados, mãos de pedra e sangue.

---

[141] Observações sobre o documentário *Um outro Brasil*, do cineasta Sérgio Bernardes (N. do A.).

O olho de Deus entrevisto na onça furtiva e na atenta coruja. A face glabra e castanha dos homens. O lobo-guará, os pássaros, as flores carnudas. O longo corredor das "Minas de Salomão", onde só algumas mãos podem tocar o tesouro de pedras preciosas. Caminha. Os pés fendidos das grandes emas, e mais uma vez as patas fechadas dos cavalos. Caminha. A mão mergulhada na água clara, metamorfoseada numa alga, como se fosse a mão da ninfa Tetis, acariciando a barba de Zeus. O grande silêncio no Planalto Central. Os desfiladeiros pré-históricos. A música que irrompe e cessa como a ventania. A rosa dos ventos.

Pantanal

Quatro cavaleiros puxam um pesado barco através das águas rasas do pantanal para, em seguida, o arrastarem pelas trilhas da floresta (imagem rápida dos feitos hercúleos de *Fitzcarraldo*, de Werner Herzog).

Alguns músicos com instrumentos arcaicos tocam sem que a música seja percebida. Há um som vindo de fora, de cima, de baixo, dos lados, por entre as ramagens. Dos abismos? Vem de fora... A imagem congelada da garça e do jacaré à beira de um pântano, nos remete a uma espécie de "constrangimento expressivo", ou seja, o gosto da analogia mágica, fazendo lembrar os estranhos versos do poeta Tupan Sete: "Lá, onde cresce a solidão e sonha a garça". Somente o prodigioso é belo, no dizer de André Breton.

O voo prolongado de um pássaro – reto como uma flecha – à procura do alvo. A folha que se fecha, como a terra deve se fechar ao ímpio invasor. Ao longe, nos sítios do longe, uma tempestade anunciada: *água sobre água.*

Amazônia

Um grande barco iluminado à luz dos relâmpagos. O comandante de rosto curtido, indecifrável. A viagem noturna, a luz vermelha em cima dos arvoredos. Margens que se fecham com mil olhos devoradores, acusando a memória do rio Congo, no *Coração das trevas.*

Animais e pássaros, saídos de livros raros como se fossem invenção dos imaginosos viajantes, criam vida e andam – o inacreditável, absurdo e majestoso tamanduá-bandeira. O homem vestido de árvore, o pequeno peito túrgido da índia. A árvore com a casca semelhante à geometria da carapaça do tatu. A gigantesca folha fossilizada.

O grande teatro remanescente das riquezas dos seringais. Sangue, morte e música. O rosto expectante do maestro. O enorme bombo e os pratos de metal que não soam. Escuta-se sempre o mesmo silêncio e a esquisita melodia desliza (vinda de fora) como uma serpente.

A onça onipresente, guardiã do paraíso que não deveria ter sido perdido, levanta a pata e ameaça. Ninguém fala. Repito. Conversas propositadamente truncadas. O que se deveria anunciar está sendo anunciado. Só os índios falam para ninguém entender. Mesmo o nome dos peixes...

Tudo é dito e interrompido. As crianças enfileiradas mostram alegria em movimento, mas não falam. Uma delas se destaca e apenas sussurra. Mas eis que alguém surge de repente e se envolve numa enorme bandeira brasileira: céu, água e floresta. Coitado de um país sem o culto de sua bandeira!

Fecha-se o pano (palmas prolongadas).

27 de março – Quinta-feira Santa

A forma que se ajusta ao movimento é pele
– não prisão – do pensamento.

Octavio Paz

19 de maio

Oh príncipe, que ideia doce, inocente, pastoral, digo até mesmo cândida, que o senhor tem da vida!

Dostoiévski

Vejamos os meus últimos registros: sábado pintei um retrato de mulher, cuja boca escancarada poderia lembrar um grito. Não o famoso *grito* do pintor nórdico Edvard Munch, mas de alguém abrindo a boca deixando escapar uma enorme língua serpentina que ninguém adivinha se está saindo ou retornando goela adentro.

Na noite de ontem, fui colecionando palavras num estado de semivigília e o resultado foi o seguinte: *As coisas já não são as mesmas/ Uma fratura na alma/ É melhor limpar agora/ O pálido cinzento da cinza/ O rosado de uma rosa morta/ Ser um punhal/ Bem como a ferida/ Eu queria a escuridão/ Aqui ela está.*

21 de maio

O meu amigo Tomás Seixas lembrava que existiram escravos na longa e estável civilização egípcia.[142] A Bíblia também não para de falar neles e, mesmo em Atenas, centro filosófico do mundo, a escravatura era admitida. Sempre que podia, eu retrucava: "Não exatamente escravos, uma vez que escravos somos todos nós sob qualquer regime por conta da servidão humana. O homem não nasceu, necessariamente, para ser feliz". O prazer, diz o antigo catecismo pitagórico, é mau em quaisquer circunstâncias, porque nós viemos aqui para sermos punidos e devemos ser punidos. Momentos de felicidade são fugazes, relâmpagos que nos lembram o que poderia ter sido o paraíso; daí a nossa incrível melancolia saturnina.

Dr. Intruso está de pleno acordo com Pitágoras e com as ideias de punição, que para ele correspondem à necessidade dos trabalhos forçados, sobretudo em um mundo agonizante.

"Como poderíamos nos dar ao luxo de deixar milhões de pessoas desocupadas, isso sem levar em conta o seu estado de miséria ou riqueza, quando uma quantidade muito maior de seres humanos necessita de uma ajuda urgente para sobreviver?" – indagou o Dr. Intruso. E prosseguiu: "O que temos de suprimir é este falso estigma de que a escravidão só foi imposta a determinada raça. Qualquer raça ou coletividade, diante de certas condiçoes, poderá sofrer interditos, ou seja, trabalhar sem usufruir vantagens em benefício do bem comum".

Eu sabia que o pensamento de Dr. Intruso neste sentido era incorruptível, cego, mesmo demente. Que ele prosseguiria até o fim com os seus desígnios. Portanto, procurei não estender este assunto, como eu já havia dito, nós somos naturalmente servos da natureza.

25 de maio

Acho a solidão uma constante na vida, não só a do artista como a de qualquer homem. Sentir-se só implica na necessidade urgente de uma reflexão, o que

---

142 Embora os historiadores modernos e, sobretudo, os próprios egípcios, neguem que as Pirâmides tenham sido edificadas com ajuda de trabalho escravo, inclusive, fazendo ver que existia uma legislação especial que dava aos servos determinadas prerrogativas, justificadas por leis, a meu ver, essas concessões não eram exatamente aquelas que gozavam os sacerdotes, a família real e o próprio Faraó. Portanto, eram escravos (N. do A.).

a maior parte das pessoas se recusa a fazer. Há uma observação do escritor Cesare Pavese, homem que não blefava – inclusive cometeu suicídio, e eu respeito muito os suicidas –, que diz: "Ninguém nos deve nada". Então, se ninguém nos deve nada, nós não devemos nada a ninguém. Um corolário lógico, mas que redunda num agravamento da questão, porque uma vez que ninguém nos deve nada e nós não devemos nada a ninguém, a solidão é absoluta. E se todos estamos verdadeiramente sozinhos, estaremos, pelo menos, irmanados nesta solidão não compactuada. Todos somos companheiros de infortúnio, degredados filhos de Eva. Daí porque persiste uma longínqua e velada solidariedade humana, quase imperceptível, mas real, independente de raças, ideologias e religiões.

Suponho que a advertência de Emil Cioran sobre as pessoas que aspiram à glória contribua para desfazer uma série de equívocos que cerca o assunto: "De que serve ser conhecido, se outrora não nos conheceu tal sábio ou tal louco, um Marco Aurélio ou um Nero? Não teremos existido nunca para tantos de nossos ídolos... Nosso nome não terá perturbado nenhum dos séculos anteriores... Que importa os que vêm depois? Que importa o futuro, essa metade do tempo, para quem adora a eternidade?".

Parece-me muito pouco falar em cem anos. El Greco, um dos grandes, senão um dos maiores pintores de todos os tempos, passou pelo menos trezentos anos ignorado pela crítica; mesmo nas antologias da pintura espanhola, não era citado. Foi preciso que alguns artistas do século XIX o reencontrassem para que fosse colocado, enfim, no merecido pedestal. O que não quer dizer, também, que não volte a ser esquecido.

Depois de fracassar como pintor na corte de Felipe II e de ser ignorado por Felipe III, El Greco refugiou-se na cidade de Toledo, cidade mística por excelência, cheia de igrejas e mosteiros. Cidade de Santa Tereza d'Ávila. Gregorio Marañón fala que El Greco certamente pintou em igrejas onde Santa Tereza estaria orando. E pintou nos momentos em que a freira se encontrava solitária e perdida nos seus devaneios místicos. Santa Tereza, que dizem haver levitado, certamente ficava cega aos apelos daquelas pinturas, cujas personagens, sagradas e profanas, de há muito haviam se desgarrado da força da gravidade. E, no entanto, nunca houve referências de nenhum dos dois, um em relação ao outro. Os santos jamais fazem alusões às obras de arte. Para eles, tanto faz estar diante de um artista genial como de um artista comum. Em tudo eles saberiam ver a beleza, porque veriam "o tudo em cada coisa". Isso foi uma observação de Aldous Huxley a respeito do gosto artístico dos santos. Muitos artistas pintaram Francisco de Assis, mas este santo jamais fez referência a nenhum pintor nem a qualquer forma de arte. Os santos não se interessam por arte. Como observa Umberto Eco: "Deveria ser, de certa maneira, gente muito desagradável".

3 de junho

Apesar das previsões de Nonato, Dr. Intruso não viajou. E a mim disse que esperaria até o fim do ano para tomar uma decisão definitiva porque a sua misteriosa Organização de múltiplos tentáculos e de inúmeras "células" não andava funcionando como o previsto. Sem me explicar de que forma era avisado (certamente não era através dos telegramas, nem dos documentos que o pérfido Nonato subtraía dos seus aposentos – os quais deixava visíveis e jogados por toda parte, como se não lhes desse nenhuma importância), Dr. Intruso poderia ter a visão do que se passava em regiões remotas e nas *células* do poder.

Apenas pude deduzir, por vagas suposições do Dr. Intruso, que o sistema, através de delações, teria rastreado em diferentes países o mecanismo ultrassecreto desse grupo que pretendia reger o mundo do futuro, isto é, a Grande Máquina da Sobrevivência. "Eles têm nomes em seu poder, e estou ciente de que agora estão em meu encalço. Daí a necessidade de uma reunião definitiva no fim desse ano em Bruxelas" – disse Dr. Intruso. E continuou: "Definitivamente, o poder no século XX acha-se completamente desprovido de humor e de fantasia. Não há lugar para benevolência. A luta é feroz de ambas as partes, e eu posso ser liquidado a qualquer momento e da forma mais insidiosa possível, a ponto de parecer um simples acidente. Tenho prolongado minha permanência no Brasil, ou melhor, aqui entre vocês, não só pela qualidade excepcional do acolhimento que tenho recebido, mas também pela espécie de compasso de espera (pelo menos aqui estou a salvo). Na realidade, aguardando ordens definitivas.

O mundo hoje se encontra virado de ponta-cabeça. Mas, aqueles que governam e representam o Sistema mantêm-se incólumes e só começarão a agir quando sentirem a medida de nossa força. Como não representamos partidos nem ideologias, nem estados e muito menos potências, fica um pouco difícil – pelo menos até agora – uma identificação de nossos propósitos. Por incrível que pareça – e é isto que os partidos de esquerda não se apercebem – o Sistema necessita do caos. E eles, os da esquerda, são o principal combustível para mantê-lo.

Ultimamente, de maneira sub-reptícia, o Sistema tenta nos acusar de uma tentativa de reorganização das forças de extrema-direita e até mesmo de estimular um recrudescimento do Nazismo ideológico. É verdade que isso tenha acontecido em algumas partes da Europa, mas não por nossa culpa, desde que, à nossa organização, essa gente é tão estranha quanto o próprio mundo da todo-poderosa 'democracia'. A malignidade e a tolice imperam tanto nas *matrizes* do Neoliberalismo como entre o neonazismo. Ambos persistem nos erros cruciais do século XX, portanto são irresponsáveis e suicidas: permanecerão 'fora da arca de Noé'. O que nos tem salvado até hoje é a nossa proposital falta de militância – quanto a qualquer forma de terrorismo, nem pensar – o que nos torna invisíveis aos sistemas secretos de inteligência. Temos o orgulho de dizer que a nossa Organização não se assemelha a nenhuma outra. Estou tentando explicar o inexplicável – acrescentou o Dr. Intruso –, mas o senhor poderá averiguar as dificuldades que nos cercam no momento em que essa luta tornar-se conhecida. Percebo que nesse decorrer de tempo que pude conviver com sua equipe já exteriorizei todos os meus pensamentos. Nada mais há para acrescentar. Além disso, não pretendo ser importuno, porque de agora em diante não farei senão me repetir".

O Dr. Intruso já havia silenciado há bastante tempo e eu não tinha percebido. Não que eu não estivesse atento a tudo que ele dizia, mas o seu longo enunciado de frases muito curtas e sincopadas, embora não me dificultasse o discernimento, provocava-me uma certa letargia. O seu repentino silêncio acabou por me despertar. Não sei se o Dr. Intruso notou, mas, pretextando o adiantado da hora, retirou-se da sala mais apressado do que habitualmente fazia.

Apesar de concordar com o cerne das teorias de sobrevivência, sinto-me na obrigação de amenizar (por que não através da literatura?) essa ideia fixa do Dr. Intruso e, no nosso próximo encontro, vou presenteá-lo com a versão inglesa dos três contos, num só volume, de Robert Louis Stevenson, "The Body-Snatcher", "Thrawn Janet" e "The Merry Men", que Luís Tavares, num dos seus retornos de Oxford ou Leeds ou mesmo de Londres, deixara em minhas mãos, não sei se por empréstimo ou dádiva. Talvez até ele o tivesse comprado no Aeroporto de Heathrow para ler no avião, e, na falta de algo com que me obsequiar, deixou-me esse livro de contos, entre eles

"Janet, a Aleijada", que é considerado uma obra-prima entre os contos desse extraordinário escritor inglês. Dizem que Stevenson declarou que se não tivesse escrito essa história e a de Tod Lapraik, em *Catriona*, não seria um verdadeiro escritor.

Lembrei-me, com certa nostalgia, de que Stevenson e Graham Greene haviam sido, à maneira deles, dois grandes viajantes. Eu particularmente jamais pude esquecer devido às condições e à época em que foi lido *O Morgado de Ballantrae*. Com razão, Stevenson encontrou em Jorge Luis Borges um irrestrito admirador.

Senti que era muito tarde. Talvez três horas da manhã. Antes de subir as escadas do dormitório, olhei uma grande tela que se encontrava no cavalete, representando M. de costas, com seu vestido verde esmeralda que resplendia de encontro a um muro tão velho quanto o tempo. Ela não calçava sapatos, mas conservava um meião branco que era um complemento necessário para toda luminosidade do quadro.

Insensivelmente, aprovei-o com um gesto de cabeça. Mas, ainda assim, não tinha certeza se estava terminado. Gostaria que estivesse. Como não estava, isso iria dificultar o meu sono já tão desalentado.

11 de junho[143] – Batalha do Riachuelo

Começam as homenagens indevidas. Não por parte dos que desejam homenagear, mas em relação a mim, pois não me acho merecedor de qualquer título. Sempre me pareceu que qualquer forma de reverência é o começo do fim; uma espécie de desejo oculto de se desvencilhar de alguém que incomoda pela singularidade ou mesmo por outros defeitos, em geral, graves. Daí, o processo mais eficiente é enclausurá-lo na sua própria fama.

Não é do meu alvitre ofender a ninguém. Tome-se como uma observação puramente subjetiva essa minha desestima contaminada de presságios, ligada à própria definição nos dicionários da palavra "honorífico", que significa honroso, digno: "A demandar o corpo para lhe dar honorífica sepultura" (Pe. Antônio Vieira). Entretanto, longe de mim a modéstia, porque, à socapa,

---

143 Nesta data o pintor e escultor completou 70 anos e alguns amigos resolveram publicar um livro que abrangesse a totalidade de sua obra (N. do E.).

estávamos eu e o poeta Weydson Barros Leal[144] a planejar uma pequena biografia em forma de plaquete, onde eu poderei reafirmar, além de datas cronológicas, as minhas posições perante a vida e a arte, uma vez que nesses últimos tempos algumas pessoas estão começando a me atribuir pensamentos, feitos, posições políticas e até mesmo fortuna, o que, em suma, não passam de grosseiros equívocos. Esta despretensiosa biografia representa tudo o que de fato eu mereço. Mas eis que surge, neste período, vinda não sei de que potestade, a ideia magnífica de se editar um livro com todas as características de um trabalho abrangente e ambicioso.

Enfim, isso não foi apenas um plano hipotético porque dentro de pouco tempo o poeta Weydson estará encarregado de desenvolver uma biografia mais pormenorizada com acréscimos de meus depoimentos e posicionamentos cronológicos. Além disso, foi contatado, em São Paulo, o escritor Olívio Tavares de Araújo, que se encarregaria da parte crítica e ensaística do livro. Um detalhe que muito me agradou foi Olívio (que eu já conhecia) ser cineasta; inclusive, assistira a alguns dos seus documentários, entre eles: *Farnese* (1971), *Volpi* (1975) e *Universo de Siron* (1978).

Eu tinha a necessária aproximação com esses três pintores e podia avaliar o quanto Olívio foi sensível e correto nas suas apreciações. Igualmente, ele escreveu *Imitação, realidade e mimese* (um ensaio sobre estética – 1963) e uma biografia de Mozart (1991), que mais parece um tratado escrito por um erudito austríaco sobre o admirável Amadeus Wolfang Mozart, um dos mitos do poeta Murilo Mendes.

Devo aguardar toda a evolução desse trabalho, que será lento, evitando qualquer interrupção no meu ritmo habitual de criação aqui na Oficina Cerâmica, logo agora quando estou empenhado em elevar ao máximo minhas pesquisas no campo da pintura, embora este livro – pelo menos por minha vontade – seja destinado exclusivamente à escultura. Acredito que Olívio pensa da mesma forma. Fala-se também na possibilidade de uma exposição retrospectiva na Pinacoteca do Estado de São Paulo (atualmente

---

[144] Poeta e crítico de arte, com formação europeia e norte-americana. Mantinha nesta época a Galeria Plêiade, no Recife, trabalhando com novos valores da arte pernambucana. Escreveu *O aedo* (1989), *O ópio e o sal* (1991), e *Os círculos imprecisos* (1994) (N. do A.).

em reforma), que é dirigida por Emanoel Araújo. Mas como tudo isso é remoto, o melhor é não manter nenhuma esperança. Aliás, incluindo até o planejado livro que também pode não sair. Pelo que vejo, tudo se resume em hipóteses.

Como hoje é um dia de reflexão, tenho a meu favor algumas esculturas em fase de acabamento, entre elas a fêmea do casal de *Sobreviventes* e o *Grande canibal*, tendo sido esta última começada em 1995 e só concluída este ano. Esta escultura deveria ter participado de uma exposição organizada por Raul Forbes, em sua Galeria Brasil, com outros artistas, em homenagem ao *Abaporu*, de Tarsila do Amaral. Infelizmente, como não foi possível concluí-la na data aprazada, viajaram em seu lugar os dois *Bebês canibais*.

Daqui a dois dias, terei o prazer em comemorar (desta feita uma verdadeira comemoração) o aniversário do pequeno Oliver, que completa cinco anos. Sem temer qualquer pré-julgamento, não hesito em afirmar que ele será um artista. Não só os seus desenhos ou rabiscos, mas a sua demasiada atenção às imagens, quer sejam vistas na televisão ou mesmo em livros, demonstram uma precocidade notável para a sua idade mental.

25 de julho

As pinturas e o trabalho de modelagem podem e estão fazendo diminuir sensivelmente os meus registros diários nestes cadernos. Outrossim, não pretendo, todas as vezes que executar um trabalho, fazer descrições pormenorizadas (à maneira de Van Gogh) daquilo que estou realizando. “Se deseja ser feliz, seja misterioso”, como propugnava Gauguin. O que não posso evitar são as interferências constantes de Nonato e, um pouco mais espaçadas, as de Dr. Intruso. Já esgotei toda a minha paciência em avisar a Nonato que não me interrompa nos momentos em que estou pintando ou em que me encontro no ateliê de esculturas. Em relação ao ateliê de pintura, posso trancar-me à chave, o que não evita, porém, que ele bata na porta ou chegue a utilizar o interfone para se comunicar comigo, embora eu não atenda nem uma coisa, nem outra, ficando apenas em mim uma irritação tão profunda que prejudica a continuidade do trabalho. Embora, às noites, após o jantar, às vezes numa caminhada no *Grande Pátio* ou mesmo sentado numa mureta, tendo como companhia algumas esculturas na sombra, eu receba esses dois amigos com o maior prazer.

Nonato insiste nas suas perfídias e Dr. Intruso nas suas projeções habituais a respeito de sua próxima viagem, apesar de nada estar marcado em definitivo.

Mesmo que eu não pretendesse ver, por diversas vezes tenho notado no andar do Dr. Intruso (jamais na sua face) certa aceleração de ritmo, o que, a meu ver, denota intranquilidade.

Mês passado, no dia dos festejos de São João, estivemos (os três) em Mata Redonda na companhia de Solano Lopez e pudemos, à luz das fogueiras, trocar confidências. Nonato havia me informado que no relatório semanal da vigilância estava registrado, pelo menos duas vezes, a presença de um automóvel com placa de corpo consular, ocupado por três homens (estrangeiros pela cor, atitudes e sotaque) que indagaram se havia entre nós uma pessoa por nome de Dr. Intruso, descrevendo a figura de um homem alto, de barbas castanho-avermelhadas, de um trajar esquisito, e, embora estrangeiro, falando um português perfeito. Como desculpa, disseram estar à procura de um velho amigo que fora visto em São Luís do Maranhão no começo do mês de março, o qual tivera, inclusive, uma entrevista com um engenheiro químico americano, especialista em minérios e plantas medicinais.

Apesar dos inúmeros turistas estrangeiros que nos visitam, tínhamos dado ordens severas na portaria para que, diante de todo e qualquer movimento suspeito de indagações a respeito de pessoas ligadas à diretoria ou aos amigos mais próximos, nada fosse revelado. Essa ocorrência deixou Nonato fora de si, no pressuposto de que finalmente eu viesse a acreditar que o Dr. Intruso era um "fora da lei". Quem sabe se esses sujeitos não estavam a fim de prendê-lo pelos seus prováveis crimes acontecidos no Piauí? Não só o meu silêncio deixava Nonato transtornado, mas também a atitude de Dr. Intruso quando avisado da presença desses elementos à procura de uma pessoa em tudo parecida com ele, não mexer um só dedo e em nada alterar o seu comportamento habitual, ou seja, a mais completa indiferença diante de situações perigosas.

Esses fatos, evidentemente preocupantes, na visão de Nonato, mereciam uma atitude drástica quando, finalmente, a justiça sairia vitoriosa.

O Dr. Intruso, num momento especial (Nonato afastara-se da fogueira à procura de fogos de artifício), teria confirmado a sua premonição revelada numa longa conversa que tivemos há algum tempo, dizendo o seguinte: "Eles têm nomes em seu poder e estou ciente de que estão no meu encalço".

Nesta mesma noite de São João, depois de recolhidos, mesmo com luz deficiente, eu tentava a releitura do *Diário íntimo*, de Amiel, quando bateram na minha porta. Ao abri-la, me deparei com Nonato usando uma touca na cabeça à maneira dos personagens de Dickens, com uma lanterna na mão que iluminava a sua face de baixo para cima, conferindo-lhe um aspecto fantasmal. Quando fez menção de entrar, barrei-lhe a passagem apesar dos seus apelos de que teria algo definitivo a me propor. E, antes da minha aquiescência, saiu-me com algo tão inesperado que eu tive vontade de jogá-lo varanda abaixo.

"Esse homem, o Dr. Intruso, é como Alcibíades: célebre e às vezes popular; aventureiro perfeitamente adequado ao provérbio do filhote do leão."

Neste momento, eu já o havia agarrado pela gola do seu largo pijama de flanela e começava a empurrá-lo. No entanto, teimoso como uma mula, ele continuava a vociferar: "Foi assim que um homem alimentou em sua casa um leãozinho privado de leite da mãe e, nos seus primeiros dias, o viu cheio de brandura, acariciar as crianças, divertir os velhos mais de uma vez, até ficar nos seus braços como um bebê, feliz e acariciando a mão a quem sua fome fez obedecer. Mas, com o tempo, ele revela a alma que deve ao seu nascimento".[145]

Embora perplexo com tal disparate, ainda tive forças de enxotá-lo em direção às escadas da torre. A lanterna caiu-lhe da mão e, aos tropeções, desapareceu da minha vista. Antes de entrar no quarto, acerquei-me da varanda para olhar a fogueira que crepitava na chuva. Lá embaixo, silhuetados de encontro às chamas, estavam de pé o Dr. Intruso e o magrelo Solano Lopez. Supunha o Dr. Intruso adormecido, mas com certeza ele voltara ao relento, encontrara Solano Lopez assando milho e assim teve como companheiro um narrador de histórias inverossímeis, dignas de competir com aquelas dos caravaneiros do deserto atravessando a noite ao pé de uma fogueira. "Isto talvez lhe acalmasse os nervos", pensei. Se é que ele os tinha.

Retornando ao meu leito, apesar do frio, não me deitei, preferi continuar a velha leitura do *Diário íntimo*, de Amiel,[146] de que só tomei conhecimento com vinte anos, por volta de 1947. "(...) Enquanto lia, observei um *tic* do meu estilo espontâneo que é a superabundância dos cambiantes sinonímicos. É o minucioso tatear na ideia, a necessidade do completo. É mau, é bom? Ignoro-o.

---

145 Na sua peça *As rãs*, Aristófanes investe contra Eurípedes, fazendo Dioniso perguntar a Ésquilo qual a sua opinião sobre Alcibíades, que é comparado a um jovem leão (N. do A.).

146 Tradução portuguesa de Teresa Leitão de Barros. *Diário íntimo*, de Henri-Frédéric Amiel. Livraria Tavares Martins – Porto – 1944 (N. do A.).

Em vez de traço único e central, emprego uma saraivada de traços, provavelmente porque estou meditando, quer dizer, procurando. Quando se sabe o que se quer dizer, pode empregar-se a fórmula simples; quando se pensa com a pena na mão, vai-se e vem à volta do nosso assunto. Daí, dois estilos diferentes".

Ora, essa é muito boa! Teria logo de abrir esse livro, neste momento, e encontrar um tipo de digressão dessa criatura sensível que foi Amiel, vindo a calhar com todos os estilos e confusões com os quais eu tenho convivido nestes últimos anos! Essa é boa! "Dois estilos diferentes." O melhor a fazer é aproveitar o frio desta madrugada e ferrar no sono, se é que o sono me aceita.

26 de julho

Depois daquela comédia noturna em Mata Redonda, Nonato evitou falar de novo no "filhote do leão" que perigosamente eu alimentava – no seu entender – sem medir as consequências. Silenciou por completo a sua "face grega", mas não arrefeceu o ânimo em maldizer o Dr. Intruso em qualquer momento que encontrasse oportunidade.

Hoje, na hora do almoço, aproveitando a entrada de Maria Rita no ateliê, acabou sentando à minha mesa. Convidei-o para almoçar, mas ele recusou-se, pretextando ter sido convidado pelo Dr. Intruso para comer num restaurante da Várzea, junto com Viriata. No meio da minha refeição, interpelei-o sobre Taliesin, filho do Dr. Intruso. Ele, aproveitando minha descontração, informou: "Acaba de completar um ano e tem a vitalidade de um touro".

Notei que Nonato se mexia na cadeira à espera de prosseguir no seu palavrório, quando logo acrescentou: "Se a mãe permitir, em breve você irá conhecê-lo".

Afinal, ele acabou abordando o seu assunto predileto, ou seja, a habitual deslealdade para com o amigo ausente: "Será que o Dr. Intruso pensa que além de ser Noé é um novo Gengis Khan, o Flagelo de Deus, pronto a renovar a face do mundo com os seus sobreviventes?". E célere continuou: "Você lembra do livro que andou lendo durante a nossa permanência em Mata Redonda? Pois bem, na volta, peguei o volume esquecido sobre o assento do automóvel e verifiquei tratar-se do *Diário,* de Amiel. Não li mais do que duas ou três páginas, as quais achei interessantíssimas. Versavam sobre os conquistadores da Antiguidade como Átila, Tamerlão e o próprio Gengis Khan, que deveriam perdurar na memória dos homens, como César, Carlos Magno e Napoleão".

Interrompi Nonato para esclarecer que o doce Amiel apenas reproduzia neste momento as opiniões de um tal de Cahun (*La bannière bleue*), história do mundo na época de Gengis Khan, sob forma de memória: "Avista-se a civilização pelo avesso e ao invés. Os nômades tomam a seu cargo exterminar a depravação dos impérios agonizantes. Esse prodigioso furacão, descido dos elevados planaltos asiáticos, fez cair os carvalhos apodrecidos e os edifícios carunchosos de todo velho continente. Levantaram e misturaram as massas profundas dos povos, remexeram a etnografia, fizeram correr rios de sangue, e renovaram a face das coisas. Os *Quakers* ignoram que há uma lei das tempestades da História, como das da natureza. Os que amaldiçoam a guerra parecem-se com os que amaldiçoam os raios, os temporais ou os vulcões, não sabem o que fazem. A civilização tende a apodrecer os homens, como as grandes cidades a viciar o ar". Para clarear o espírito de Nonato, extremamente perturbado, senti-me na obrigação de prosseguir: "As catástrofes estabelecem violentamente o equilíbrio e impõem brutalmente a ordem que parecia ser desconhecida. O mal se une a si próprio. As derrocadas substituem o regulador que não se encontrou. Nenhuma civilização poderá suportar mais do que uma determinada dose de abusos, de injustiças, de corrução, de vergonha, de crime. Atingida a tal dose, a caldeira arrebenta, o palácio desmorona, a construção se desmantela, as instituições, as cidades, os estados, os impérios caem em ruínas. O mal que o organismo contém é um vírus que o devora e acaba por triunfar se não é eliminado. E, como nada é perfeito, nada pode escapar à morte".

Uma vez terminada a citação, fiz questão, ao dirigir-me a Nonato, de exortá-lo para que nem ele, nem tampouco Dr. Intruso insistam mais neste assunto de "fim de mundo". De longa data eu conheço esse terreno movediço e não vou afundar nele antes do tempo, muito menos modificar as minhas ideias. E adiantei: "A meu ver não haverá *sobreviventes*. Se for necessário, reproduza essa nossa conversa na ocasião em que você estiver almoçando ao lado do Dr. Intruso. Não é possível que você, conhecendo o meu diário, ainda insista em provocar discussões bizantinas. Não esqueça, Bizâncio caiu".

29 de julho

Dr. Intruso tem a confirmação de sua partida, mas tudo o que se pode conseguir dele é o refrão, "muito em breve, muito em breve". O que eu sei é que essa "urgência" não acontecerá antes da minha viagem a São Paulo, no final do ano.

Isso ele disse particularmente ao motorista Solano Lopez – por ofício, um moço de recado – e logo fiquei sabendo da verdade. Solano Lopez também comentou da felicidade de Nonato com esta partida. O malicioso motorista, *doublé* de fotógrafo, acrescenta: "Acho que ele anda de olho em Viriata". Não disse nada a esse rapaz, mas eu também de há muito tempo andava de olho em Viriata, mesmo antes da chegada do Dr. Intruso, porque queria fazer dela um modelo ideal. E não o fiz por escrúpulos e formação, porque, desde a infância, o meu pai proclamava a mim e aos meus irmãos: "Jamais as empregadas domésticas e sobretudo nenhum contato com filhas ou mulheres de operários". A consequência imediata desses sábios conselhos nos levou, em tempo certo, aos braços das prostitutas. Com certeza a honra familiar dos futuros chefes estava salva. Hoje, com o passar do tempo, verifico que o meu pai tinha razão.

No entender de Nonato, o Dr. Intruso é incapaz de demonstrar de uma maneira explícita qualquer tipo de sentimento. Apesar de todas as tentativas, ele jamais pôde saber ao certo quem é essa moça de nome Lisa, que saiu da Nova Zelândia para a Austrália, residindo numa região não muito longe de Melbourne, onde mora a irmã adotiva do Dr. Intruso. Diante da malévola curiosidade de Nonato, tudo isso representava muito pouco, além de outras perplexidades insanáveis que o faziam atribuir a Dr. Intruso ora poderes demoníacos, ora uma sabedoria de profeta, o que significava, na realidade, profunda admiração por uma pessoa que ele qualifica de altamente perigosa.

De há muito não menciono as obras da *Castelania*, as quais nem ao menos posso dizer se andam com lentidão, pois, por dificuldades econômicas, tenho tido sérios obstáculos em fazê-las avançar. Posso acrescentar, e isso um tanto nostalgicamente, que estou apenas no meio do caminho. No próximo mês de novembro, o projeto de reformas do velho conjunto da Cerâmica São João da Várzea completará vinte e seis anos.

Parece-me doloroso verificar que, mesmo na parte estrutural da reforma desses imensos galpões industriais, encontrados parcialmente em ruínas, tudo ainda deixa muito a desejar. Não precisa mais de que uma chuva forte para descobrirmos o quanto o pretenso templo é um pardieiro disfarçado, embora, aos olhos dos visitantes, aparente ser uma catedral mágica, rodeada de florestas. Mesmo as fachadas frontais que olham em direção ao longínquo Polo Sul estão carcomidas.

A oficialização de M. como modelo permanente tem me facilitado a tarefa de pintor na descoberta dos seus inigualáveis encantos. Cheguei a pintá-la mais de uma vez como uma Danae, recebendo sobre o seu corpo trigueiro o mais puro ouro. Essa sucessão de quadros promete uma futura exposição, embora seja do meu feitio passar por um pintor renegado, cujas telas permanecem como uma atividade secreta. Não importa. Permanecerão secretas.

15 de setembro

O Dr. Intruso, não sei se à espera de um conselho oportuno, pediu-me uma audiência (estranhei a expressão) para comunicar sobre os rumores de medidas disciplinares tomadas contra os agentes relutantes, mesmo quando chamados, a voltarem às suas sedes.

Por várias vezes o Dr. Intruso me asseverou não ser propriamente um agente, pois sua formação universitária e o contato de alguns escritores, indicados pelo mestre Graham Greene, o colocaram numa posição invejável perante a Organização. Tinha voz própria. E, como afirmou, era um homem corajoso. Eu sabia que ele esperava uma resposta por menor que fosse, mas não podia fazer ideia dos momentos de turbulência que atravessava. Disse-me apenas que, uma vez despachado Odin para Melbourne, ele iria a Londres e, uma vez no aeroporto, seria identificado por um senhor chamado Brent a quem ele não conhecia. "Não era para procurá-lo, porque ele me distinguiria na multidão, pois pertence a um grupo inferior afeito a espionagem dentro da própria Organização. Só depois seguiria para Bruxelas."

"Você diz não representar um partido, mas tudo indica seu envolvimento em problemas políticos e fatalmente você se deixará enredar por esse maligno mecanismo", eu disse. Como se fosse um autômato, o Dr. Intruso respondeu com a mesma convicção dos mártires (embora nele não houvesse nenhuma vocação para o martírio): "Estou a serviço da *sobrevivência*, apenas não posso dizer como Noé que recebi uma mensagem divina, mas não há como errar: 'E de tudo o que vive, de toda a carne, dois de cada espécie, meterás na arca, para os conservares vivos contigo; macho e fêmea serão'".[147]

---

[147] Gênesis - Cap. 7, v. 19 (N. do A.).

16 de novembro

Minha filha Conceição faz aniversário e me pede de presente uma paisagem. Lamentavelmente, não tenho pintado paisagens. "Persevero toda noite para a festa do Nu e o prazer do mais transcendente deleite!" Afinal de contas, chegamos a um acordo e lhe presenteei com um quadro mais antigo, quando eu ainda pintava paisagens nas terras vermelhas cor de sangue dos sítios de Mata Redonda.

10 de dezembro

Contrariando todos os meus hábitos de não sair para lugar algum, levei o Dr. Intruso ao aeroporto, devendo ele partir primeiro em direção a Lisboa e em seguida, numa nova conexão, direto a Londres. Perguntei o motivo dessa troca de aeronaves e ele me respondeu pela primeira vez, em todo nosso convívio de mais de quatro anos, com vulgaridade: "São ossos do ofício". Também pela primeira vez, fui tentado a perguntar-lhe a razão da singularidade de seus trajes, invariavelmente os mesmos desde que eu o conheci, para uma pessoa em princípio obrigada a passar despercebida. Então ele me respondeu com a voz firme e profunda que sempre admirei: "Porque eu sou assim". Pelo espanto que a sua figura provocava entre aquela multidão habitual dos aeroportos, posso bem avaliar os dissabores passados por Nonato na sua tragicômica viagem ao Piauí e ao Maranhão.

Enquanto o Dr. Intruso, falando um português irrepreensível, despachava seus poucos pertences no balcão da companhia aérea, Solano Lopez, que não nos soltava, confidenciou a inexistência da despedida de Viriata, pois ela se ausentara, em desespero, carregando consigo Taliesin, ninguém sabe com qual destino. Dr. Intruso não prometeu voltar nem escrever, mas não acreditei nas suas palavras.

14 de dezembro

Estou embarcando hoje para São Paulo. O livro *Brennand* será lançado daqui a dois dias. Viajo com antecedência, porque é necessário o meu contato com a imprensa e com outros artistas. No avião, como sou chegado a "pensamentos inúteis" e, às vezes, mesmo desarrazoados, lembrei o quanto seria ridículo para um artista da categoria de Picasso tomar conhecimento de milhares de publicações de livros a seu respeito. Mas, como estamos no Brasil, vamos respeitar as regras locais. E, depois, livros publicados sobre mim são escassos, escassíssimos. Daí a diferença.

São Paulo

16 de dezembro

O lançamento, como diz no convite, será à noite. Aproveitei a tarde para visitar o amigo Emanoel Araújo e todo o acervo da Pinacoteca do Estado de São Paulo provisoriamente localizado num dos grandes pavilhões do Ibirapuera. Entre outras coisas, aproveitamos para ver a exposição de Camille Claudel, artista e escultora sobre a qual tenho feito, presumo, algumas considerações desprimorosas. Não gosto dela e não me sobra, igualmente, nenhuma admiração pelo seu mestre, fazendo exceção à estátua de Balzac. Como isso é um diário – creio ser secreto –, posso dizer aquilo que bem entender, mesmo que sejam tolices. Em conversa com o poeta Weydson, lembrei-lhe de um dos seus versos do poema "Monumento a Balzac": *Que nome ou incontrolável poder/ trazes sob tão pesada sombra?*

De fato, algumas pessoas presentes babavam de admiração diante dos monstrengos de Camille. Salvou-me a oportunidade de ver uma magnífica exposição das pinturas do escultor Ernesto de Fiori. Dele, eu conhecia apenas poucos quadros em coleções particulares paulistas. Admirava-o como escultor. Agora estou defronte de um excelente pintor, em cujas esculturas inexistem a devida e necessária liberdade, no meu entender, excessivamente plácidas e graciosas. Embora as cores fossem diversas, percebi em De Fiori alguma influência do grafismo pictórico de Raoul Dufy, sem nada desmerecê-lo. Aliás, chamou-me a atenção a qualidade e profusão de seu trabalho.

À noite, conforme previsto, ocorreu o lançamento oficial do livro *Brennand*, quando tive o prazer de apertar a mão de vários amigos paulistas, inclusive a de Marcelo Grassmann, a quem não via há um bom tempo: grande desenhista e gravador brasileiro. Pio Guerra, Roberto Viana, Joaquim de Arruda Falcão, Weydson Barros Leal, Olívio Tavares, Emanoel Araújo, enfim, aqueles que deviam estar presentes, incluindo uma boa quantidade de pernambucanos residentes em São Paulo.

Não vou julgar o magnífico texto de Olívio, intitulado "Proposta para uma Leitura de Brennand", dificilmente alguém poderá, no futuro, escrever sobre a minha obra sem antes consultá-lo. Fico particularmente grato logo no início do seu texto, quando diz: "(...) Então, aquilo que até aquele instante sempre me parecera uma verdade absolutamente óbvia – a qualidade da obra de Brennand – mais ainda para o público inteligente e sensível ao qual pertence o meu amigo –, não o era, realmente, para todos. Não discuti o assunto, mas dei tratos à bola até chegar a uma conclusão. Por incrível que pareça, estou hoje convencido de que foi um problema de (des)informação, (in)comunicação. Incrível, porque Brennand é um artista internacionalmente consagrado, quase uma estrela da mídia, e não há como dizer que sua obra não é muito conhecida. Mas talvez ainda seja, sim, insuficientemente conhecida. Ou melhor: *inadequadamente* conhecida. Enfim, e não por culpa dele, é evidente, mas da falta de atenção de quem a olha, até, às vezes, *equivocadamente* conhecida".

Outro detalhe que me agradou e que poderia parecer irrelevante foi a parte final (última folha) do livro onde se localizam os créditos. Nela está escrito: "Terminou-se de imprimir este livro no final da *primavera*, em 1997, em São Paulo, Brasil".

Emanoel Araújo, sempre atencioso e interessado, insiste numa exposição de minhas cerâmicas o mais breve possível, a ser realizada ainda nesse grande pavilhão do Ibirapuera. Relutei o quanto pude e acredito tê-lo convencido de que o meu sonho maior é expor na sede mesmo da Pinacoteca do Estado de São Paulo (construção do fim do século XIX, antigo Liceu de Artes e Ofícios, que se encontra atualmente inóspita para qualquer exposição).

Eu disse a Emanoel: "Depois do vídeo da exposição de Maillol (realizado por Olívio Tavares), não posso, nem de longe, pensar num outro espaço tão prodigiosamente belo e mágico como este".

No dia seguinte, ele nos levou para ver o andamento das reformas, o que confirmou e ampliou a minha recusa de não expor em qualquer outro local. Ninguém pode me acusar de relutância diante de um convite. De contrapartida, a culpa não é só minha, incluindo nesse complô o próprio Emanoel Araújo, que fez a Pinacoteca sobreviver, devendo-se também a ele e à sua dedicação o começo das atuais reformas projetadas pelo excelente arquiteto Paulo Mendes da Rocha. Embora nada tenha ficado acertado, eu me regozijei pela minha insistência de aguardar uma mostra futura no mesmo local em que os mestres da escultura francesa, Rodin, Maillol e Bourdelle haviam expostos suas obras.

Teria de voltar ao Recife ainda sob as trevas de uma indefinição. Mas eu preferi assim.

Recife

20 de dezembro

Nonato estava indócil por notícias não só de São Paulo. Presumivelmente ele esperava – não sei por que cargas d'água – um telegrama em código da parte do Dr. Intruso ou – como ele fez questão de apelidar – de seus asseclas, dando orientação do paradeiro daquela estranha figura que, no seu entender, a esta altura já deveria estar nas mãos da Interpol ou do *Intelligence Service,* ou mesmo da CIA. Quanto aos russos, não se pode falar mais na extinta KGB. Dessa, pelo menos, o Dr. Intruso estava salvo.

Não dei nenhuma atenção aos histerismos de Nonato e fiz-lhe ver que o Dr. Intruso era um homem superior e, com certeza, se viéssemos a ter, algum dia, notícias do seu paradeiro, seria o anúncio de sua morte. Ainda não havia falado desses assuntos a Nonato, evitando a possibilidade de importunar o seu desafeto, mas pensei que era chegada a hora de dizer-lhe: "O Dr. Intruso está sendo caçado por gente muito mais poderosa do que esses serviços secretos de fancaria. É o próprio Sistema, possuidor de mil faces, que se encontra inapelavelmente no seu encalço. Portanto, verifique bem não ser assunto para brincadeiras. Poderíamos pensar em vários nomes para esse poder oculto, qualquer um serviria: Corte, Castelo, Potestade, Babel, Caverna, Império, Montanha e até Hipotenusa, desde que não há como identificá-lo. 'Esse obscuro comando, acima do bem e do mal, que há muito determinou sua exclusão' – costumava dizer com certa mofa o Dr. Intruso – um poder sem face, sem nome e sem moradia, a controlar todas as atividades humanas e, em consequência, as do planeta. Não saberemos jamais como enfrentá-lo em qualquer latitude ou lugar onde estivermos. Ele é onisciente e onipresente e, portanto, imbatível. Não usa disfarces para lidar com a mesquinharia humana, desde que, por sua vez, é igualmente mesquinho. Há um processo de vasos comunicantes ou um fio condutor que liga os comandantes aos comandados, os senhores e os servos. Compreenda-se, ninguém é livre, todos são atingidos igualmente pela servidão humana. O homem jamais conheceu, ou melhor dito, jamais aspirou viver em liberdade. Eis o segredo dos degredados filhos de Eva'".

"Mas que rematada loucura, certamente vocês estão brincando ou trapaceando, se é que acreditam nesta intrujice", vociferou Nonato saindo da sala e batendo a porta com estrondo.

23 de dezembro

Como não poderia deixar de acontecer, o restrito mundo intelectual do Recife não ficou lá muito satisfeito com o lançamento do livro *Brennand*. O texto de Olívio foge aos padrões habituais da crítica provinciana e, sobretudo, ousa furar a barreira da conspiração do silêncio, atitude adotada de longa data e cheia de eficiência na tentativa de obscurecer o andamento não só dos meus trabalhos como das minhas ideias. Como eu tenho observado em várias ocasiões (já me habituei a ser considerado um artista renegado), de forma alguma me foi surpresa receber um telefonema do poeta César Leal repleto de ironias e, ainda mais grave, afirmando que "Olívio não entende o bastante de filosofia para ter colocado a sua crítica a nível filosófico".

No critério do poeta, o autor do livro faz uma confusão muito grande em relação às posições filosóficas de Nietzsche, atualmente ultrapassadas, a respeito dos conceitos dionisíacos e apolíneos. Ora, todos sabemos – e Olívio, melhor do que ele e eu – que novos juízos entre arte e conhecimento não correspondem a importantes testemunhos históricos referentes a esses dois deuses. Outrossim, no mesquinho entender de César, na abordagem da obra maior de Oswald Spengler, *A decadência do Ocidente*, Olívio cometeu até erros de cronologia relacionados à publicação dessa obra.

Nas diferentes conversas mantidas com Olívio, observei sempre o quanto ele estava atualizado em relação a essa "disputa" entre os deuses e as suas definitivas configurações. Seria pensar mal de Olívio se ele "considerasse Apolo[148] apenas como o senhor das artes, o deus luminoso, do esplendor solar, aspectos autênticos desse deus, mas parciais e unilaterais, quando, antes de mais nada, ele representa um elemento de natureza terrível e feroz".

O crítico e ensaísta Olívio Tavares lembrou-me certa vez de que a própria etimologia de Apolo – segundo os gregos – também sugere o sentido de *o destruidor total*. No dizer de Giorgio Colli, é sob essa figura que o deus se apresenta no começo da *Ilíada*, onde suas flechas levam a doença e a morte ao campo dos aqueus. "(...) O atributo do deus, o arco, arma asiática, alude a uma ação indireta, mediada, protelada. Aqui, toca-se o aspecto da crueldade, ao qual se acenou a propósito da obscuridade do oráculo: a destruição, a vio-

---

[148] *Nascimento da filosofia*, de Giorgio Colli. São Paulo: Editora Unicamp, 1996 (N. do A.).

lência protelada é típica de Apolo. E, com efeito, entre os epítetos de Apolo, encontramos o daquele que golpeia a distância, aquele que age a distância. Por ora, não é clara a ligação entre essas características do deus – ação a distância, destrutividade, terribilidade, crueldade – e o configurar-se da sabedoria grega. (...) Aqui, uma testemunha com o peso de Platão sugere-nos, pelo contrário, que Apolo e Dioniso possuem uma afinidade fundamental, justamente no terreno da *mania*; juntos eles esgotam a esfera da loucura e não faltam bases para formular a hipótese – atribuindo a palavra e o conhecimento a Apolo, e a imediatez da vida a Dioniso – de que a loucura poética é obra do primeiro e a erótica do segundo."

César desconhece por natureza o saber dos outros, portanto, lhe é totalmente estranha a compreensão de Olívio dessa profunda afinidade entre Apolo e Dioniso. Quanto às interpretações de Nietzsche, em parte contrapondo esses dois deuses, eu, pessoalmente, se é que houve equívoco, prefiro permanecer na companhia do genial filósofo alemão tanto quanto Olívio desenvolveu o primado desses pensamentos.

Voltarei ao assunto, não para discutir com César, que eu reconheço ser um grande poeta (digno de um Prêmio Nobel) e um admirável crítico de poesias, um dos maiores do Brasil. O que não pude deixar de fazer – e isto é da minha natureza –, no momento em que ele disse que iria escrever um ensaio para rebater o livro de Olívio Tavares, foi desafiá-lo para que o fizesse, porque certamente ele não conseguiria passar de uma linha sequer. Falta-lhe o ânimo necessário para discutir sobre trabalhos que não envolvam diretamente a sua pessoa.

25 de dezembro

Como sempre, registro o aniversário de Helena Viktoria que completa treze anos, entrando agora na sua fase de adolescência e que começa a manifestar algumas atitudes inesperadas que, na opinião de M. Gertrude, são fatos normais da sua idade. Como também não deixo de fazer, hoje almocei com Deborah e lhe contei detalhes do lançamento do livro. Diga-se de passagem que ela já o leu e achou excelente a crítica de Olívio Tavares, assim como o conjunto gráfico editorial. Igualmente enalteceu a biografia desenvolvida pelo poeta Weydson.

Quando lhe falei do incidente do telefonema de César, Deborah, com a sua natural sensatez, reprovou-me acerbamente estar discutindo com um amigo cujos comentários buscavam uma interpretação crítica diversa.

31 de dezembro

O mundo nos reserva muitas surpresas e confesso que, nesse agitado final de ano, não esperava mais uma delas. E não é que Nonato veio me comunicar, com certa solenidade, ter pedido a mão de Viriata a seus pais, além de registrar Taliesin como seu filho! Tenho a declarar que ele não parecia nem um pouco fora do seu bom senso. Apenas me comunicou que durante o período em que eu estive ausente em São Paulo, Viriata retornara da cidade de São José do Egito, onde tinha parentes acolhedores. "Você não pode imaginar" – disse-me Nonato – "a beleza dessa mulher toda vestida de branco – traje que ela usava habitualmente em Teresina – ao atravessar a balsa sobre o Rio Capibaribe, tendo ao lado o seu filho, igualmente vestido de branco. Quando vi de perto aqueles olhos, quis tê-la como esposa, mesmo que tivesse de ser fulminado por um raio. Esposá-la era tudo o que eu queria naquele momento. Não era por nenhum desejo vil e licencioso, como você pode acreditar. Se tudo fosse um desejo físico, certamente me contentaria em juntar-me com ela, o que, de antemão, sei que não recusaria, pois, mesmo na época em que o Dr. Intruso começou a falar em sua partida, eu já lhe tinha feito esta proposta. E, creia-me, se o Dr. Intruso não tivesse partido, eu o mataria para conseguir Viriata como minha mulher..."

Diante do meu natural espanto, Nonato prosseguiu: "Você pensa que eu não sei que ele andava sob ameaças de origem desconhecida e de gente de coração maligno (tanto quanto o dele) pronta a liquidá-lo, sem nenhum temor? Um acidente... um atropelamento... uma picada de cobra venenosa... um tiro na calada da noite... que poderia até ser o meu. Ninguém jamais desconfiaria, sequer você com o pensamento sempre voltado para as altas rodas e as intrigas do velho mundo. As coisas aqui também têm as suas sutilezas e todos somos descendentes de Caim". Então foi a minha vez de perguntar: "E você vai casar no civil e no religioso?". "Mas é evidente, se eu a quero como esposa" – respondeu Nonato. "Padre João van der Donk, da Paróquia da Várzea, nos casará o mais breve possível, embora ainda sem data marcada, porque Viriata e a mãe pretendem fazer, com a minha ajuda, um pequeno enxoval. De resto, Taliesin é muito mais meu amigo do que do pai, que sempre se manteve à distância."

Para encerrar a conversa, eu disse gracejando a Nonato: "O corpo dessa menina ainda está quente da presença de Dr. Intruso em sua cama e você já pretende raptá-la". E, depois, acrescentei: "E se Dr. Intruso voltar?". "Deixe ele comigo", respondeu o bravo Nonato.

1998

Propriedade Santos Cosme e Damião

9 de janeiro

Com o mesmo empenho – eu tenho todo o empenho em que se não interrompa – recomeço a tarefa de montagem do grande mosaico composto de *collages*, *assemblages,*[149] de narrativas, de mal-entendidos e até mesmo de verdades que, mesmo arrancadas de nossa natureza mesquinha, teimam em surgir como episódios constrangedores com toda aparência de mentiras, embora sejam verdades.

Pela manhã encontrei um recorte de jornal brasileiro dentro de um livro de Ian McEwan largado pelo Dr. Intruso, cujo título *Enduring Love* não faz justiça à eternidade do amor. Como eu conhecia dois livros desse mesmo autor, *Cães negros* e *O jardim de cimento*, de pronto a matéria me prendeu a atenção, a começar pela originalidade do ensaísta Arthur Nestrovski, fazendo "Trinta Perguntas para Ian McEwan": "Como contar o que não pode ser contado? Como preservar a incompreensibilidade do que é incompreensível? Como evitar a traição do evento pela compreensão? E a traição de si? Será possível escrever num modo não simbólico? Será possível repetir com palavras uma forma de conhecimento perpetuamente adiado? Será possível casar, afinal, o imaginário e o real? Quem é capaz de testemunhar, sem se adonar de um fato? Quem é capaz de ser testemunha de si? Como evitar a sedução da narrativa? Como escapar do que é bonito? Como deslocar o domínio da escrita para além do artesanato e da dominação? Como escrever tudo isto com palavras? Como escrever? Como chegar a esse conhecimento do que não se deixa apreender pelo pensamento, nem pela memória, nem pela fala? Quais são os limites da representação? Quando o que está em jogo não é uma questão só de técnica, mas de escrúpulos? Como fazer coincidir a narrativa e o testemunho? A história e a leitura? Quais são os limites da metáfora? Será possível reter cada impressão como a primeira impressão? Será possível

---

[149] *Collages*: processo muito utilizado pelos pintores cubistas que acrescentavam aos seus quadros pedaços de jornal, madeira, cordas, papel de parede, etc.
Assemblages: termo utilizado por André Breton e seu grupo (surrealista) para caracterizar determinadas montagens ou superposições de elementos ligados ou não à natureza dos objetos ou quadros que se propunham justificar (N. do A.).

ver tudo de novo como pela primeira vez? Será possível estar presente à nossa própria vida? Como fazer a experiência entrar no real? Como combater o sentimento de não sentir mais nada? Como preservar a literalidade do evento? Como distinguir, de maneira clara, entre psicologia e ética? Será possível juntar de novo o narrador consigo mesmo? Como traduzir tudo isto em palavras? Como traduzir?".

Todas as trinta perguntas de Arthur Nestrovski feitas ao genial escritor Ian McEwan são absolutamente procedentes e até inquietantes. Não poderíamos prescindir de nenhuma delas, mas algumas nos causam tal desassossego que se torna difícil continuar a escrever, seja por soberba ou inocência. Separo apenas cinco delas para não ser excessivo: "Como contar o que não pode ser contado? Quem é capaz de ser testemunha de si? Como traduzir tudo isto em palavras? Como traduzir?". E, como não posso deixar de acrescentar, completo com essa pergunta arrasadora: "E a traição de si?".

Não me cabe desenvolver nenhuma dessas perguntas porque têm endereço certo. O escritor interrogado que as responda. Inclusive algumas delas eu nem saberia como decifrar. Enfim, todas valem por si próprias e ainda mais para Ian McEwan.

Foi assim que comecei o ano, com a minha primeira *collage,* no pressuposto de quc "as idcias não são de ninguém", como afirma Gabriel García Márquez em *Do amor e outros demônios.* E, depois, o colombiano medonho ainda conclui: "Andam voando por aí, como os anjos".

Com suas trinta perguntas, Nestrovski se dirige, com modéstia, a Ian McEwan, evitando o erudito radicalismo de Calvino nas suas *Seis propostas para o próximo milênio.*

10 de janeiro

Nonato, que eu nem sabia estar presente na Fábrica por conta dos seus indisfarçáveis fervores pela bela Viriata, irrompe aos gritos no meu ateliê, sem pedir licença para dizer: "Eles voltaram! Eles voltaram! Os homens do automóvel branco e chapa consular andaram novamente a perguntar pelo Dr. Intruso e, agora, por Viriata, cujos laços afetivos põem em perigo a minha pessoa como também a do indefeso Taliesin". "A mesma gente?" – eu perguntei. "Que gente?" Ele se dirigiu à minha testa franzida como que explicando o óbvio para um retardado, e prosseguiu dizendo que a conselho do padre João van der Donk deveriam fugir para São José do Egito, só voltando quando as coisas estivessem definidas e mais calmas. "Nem ao menos quero me servir da ajuda de Ernesto, motorista. Quanto a Solano Lopez, o canalha, chegou ao desplante de fazer propostas a Viriata para que ela viesse passar uma noite com ele, não quero vê-lo nem pintado" – vociferou Nonato. "Combinei com João Figueira, o vigia mais valente da Fábrica, o empréstimo de sua mula. Contando com a sua escolta, chegaríamos até a rodoviária, com Viriata e Taliesin montados no dorso do animal. Dali seguiríamos com segurança para São José do Egito, onde nenhum serviço secreto do mundo poderia nos encontrar" – concluiu Nonato.

Levantei-me para oferecer meus préstimos e solidariedade, inclusive a alternativa de seguirem para Mata Redonda. Ele não me deixou terminar a proposta e, quase aos berros, disse: "Sei dos seus planos, ou seja, dar cabo de mim e apossar-se de Viriata, como Davi fez com a mulher de Urias".

Diante da loucura de Nonato, demonstrei concordar em tudo e até justificá-lo na escolha dessa cidade do interior tão afastada da civilização. "Lá vocês contarão com a família de Viriata oferecendo-lhes a segurança necessária" – eu disse.

Na saída do esbaforido Nonato não pude deixar de evocar a figura de Dr. Intruso. Por onde ele andaria a esta altura? Teria seguido para Bruxelas, que, no tempo de Conrad, este a comparava com uma sinistra necrópole? Não seria Antuérpia (a necropóle) que fora visitada por Marlow?

Depois da viagem do Dr. Intruso, numa rápida consulta ao *Herói de mil faces*, de Joseph Campbell, anotei do meu próprio punho: "O último ato da biografia do herói é a morte ou partida. Aqui é resumido todo o sentido da vida. Desnecessário dizer, o herói não seria herói se a morte lhe suscitasse algum terror; a primeira condição do heroísmo é a reconciliação com o túmulo".

Por uma estranha premonição, sei que o Dr. Intruso não voltará. Quando muito, espero dele alguns sinais de vida transmitidos através de códigos, ou mesmo de seus familiares residentes em Melbourne. Chega a vez de perguntar: o que essas duas pobres mulheres – Morongo e Lisa (esta última apenas supostamente indicada por Nonato como a sua verdadeira esposa) – percebem ou mesmo adivinham da verdadeira profissão do Dr. Intruso? E, ademais, que recíproca ele oferece a esses parentes que, é bem provável, existem apenas na sua imaginação?

14 de janeiro

Um texto predominantemente viscoso.

(De uma história em quadrinhos)

É um pouco estranho, não é? Ela não veio e nem virá. Onde eu errei? O que disse para afastá-la assim tão de repente de mim? Qual o momento exato em que se desencadeou essa recusa? Ela não virá porque não faz sentido ir a um lugar sem endereço certo. No entanto, por que insiste ainda em dizer que está a caminho? Nas últimas horas da noite, afirma que virá amanhã, depois da missa de um parente morto.

Na espera matutina, escutei o poeta: "A nós, a dor das pedras. A nós, o desgosto". Na inacabada aflição da tarde, o poeta sentenciou: "Enfim, outra coisa. Tudo é outra coisa. O que vivemos é o que não somos. (...) É o que não é".

A desgraçada senhorita deve conhecer à perfeição a inexistência do *devir*, por isso joga com dados falsos. E eu que havia escolhido o *Concerto para Flauta nº 1. K. 313 em G. Maior*, de Mozart, para escutarmos no mais perfeito silêncio, presumindo que ela adivinharia o sentido último desta preferência. Deve ter compreendido que só na sua total ausência as coisas de fato aconteceriam de maneira muito mais sutil, isto é, eu ouvindo Mozart, completamente só, compositor que ela não apreciava.

Ontem cometi um equívoco. Aliás, em pensamentos, palavras e obras estou sempre a esbarrar nos enganos, uma das minhas marcas registradas. Pois bem, assinalei a escolha do *Concerto para Flauta nº 1. K. 313 em G. Maior*, de Mozart, quando na realidade era o *andantino* do *Concerto para Flauta e Harpa K. 299 em C Maior* o trecho especificado para a fugidia senhorita apreciar. Como não mencionei a sua qualidade de atriz – profissionalmente ela é atriz de teatro –, posso sugerir a possibilidade dessa furtiva criatura estar a representar um papel qualquer que a ela mesma tenha se imposto, ou que esteja única e alegremente divertindo-se à minha custa, o que de resto não é impossível, na sua condição de estrela sedutora, ao anunciar o seu brilho e em seguida desaparecer entre as nuvens.

Confesso que esta singular atitude surtiu efeito, pois fui tocado pela ponta do florete e, por obrigação de honra, tenho de acusá-lo: *touché*. Paciente, entretanto, esperarei as próximas cenas, embora também possa estar em jogo uma espécie de desfecho semelhante ao da peça de Samuel Beckett,

Esperando Godot. Todos sabemos que Godot jamais aparecerá. Mas não seria o momento de indagar se a sofisticação dessa menina chegaria a tantos requintes de perversidade? Existem tantas realidades quanto podemos imaginar. Daí eu estar pensando coisas, numa determinada direção, que em nada coincidem com as reais intenções dela. E, ademais, pergunta-se: será que tudo nasceu de um propósito? E se não houver remotamente nenhuma vontade de enganar e tudo for mesmo como propugna o poeta, "tudo é outra coisa?".

"Estou quase acreditando que gosto mais das mulheres do que da pintura." Isso foi o que disse Adolfo Bioy Casares nas suas impagáveis *Histórias de amor*. E eu até acrescentaria que ele coincide em tudo comigo, não fosse o fato de amá-las ainda mais quando consigo transformá-las em criaturas de tintas aperfeiçoadas.

Antes da chegada do ceramista argentino, eu estava a ler o inacreditável conto "Ad Porcos", de Bioy Casares. Não tive alternativa senão parar. Começaria mais uma vez depois de sua partida, mas o homem falou de Roberto Arlt e falou de Ricardo Piglia. A uma pergunta minha, respondeu ter conhecido Witold Gombrowicz em pessoa. "Chamávamos – quando ainda andava em Buenos Aires como um desconhecido – de 'o polonês'", ele disse. O pintor e ceramista Alberto Cedron impressionou-me o bastante para que não retomasse o conto do seu genial compatriota com a pressa que me sufocava.

Mas, assim mesmo, como esquecer o diálogo: "Agora, de boa-fé ignoro quem disse isto, quem disse aquilo; quem, por exemplo, apostou o mérito do verso ou talvez da situação apontada pelo verso: 'Em meus sonhos eu o vi'. Recordo, com perfeição, que as palavras correspondentes à partitura de Margarita-Mefistófeles sugeriram a ela sonhos em que viu Fausto quando ainda não o conhecia, mas tudo se confunde na mesma nostálgica distância, embaralho as passagens ouvidas antes e depois do entreato, o que falamos no teatro e o que falamos mais tarde, em outros lugares, dessa noite extraordinária".

O que eu sei é que devo, na primeira oportunidade, sair à procura de *A danação de Fausto*, lenda em quatro partes de Hector Berlioz. No conto de Casares, uma desconhecida afirma que a peça em questão é um *oratório* muito mais do que uma ópera...

Berlioz, fantástico compositor, foi pintado por Gustave Courbet, seu admirador, resultando numa verdadeira obra-prima. Contudo, a família do músico restituiu o quadro por achá-lo um insulto. Vejam como são as coisas! E depois diga-se que são os artistas que complicam tudo.

25 de fevereiro

Marco Aurélio de Alcântara mandou-me parte de um ensaio datilografado que seria o desenvolvimento natural dos seus primeiros textos escritos em 1970, onde ele faz referência ao enraizamento profundo das minhas esculturas com os mitos, símbolos pré-históricos e com todo o imaginário grego e romano. No ensaio inicial, ele procura essas sugestões (*matrix*) com as esculturas rúnicas, gaulesas e celtas e as inscrições rupestres, acrescentando as formas arredondadas da Deusa Mãe, da Mãe Terra, da Deusa da Fertilidade, dos bichos da terra, das raízes das árvores, das plantas e dos animais: de todas as distorções da Natureza perversa que é na realidade o meio ambiente da zona da cana-de-açúcar, no qual nasceu e se criou o artista.

Esse estudo original de Marco Aurélio já denotava – o que não é de espantar – a sua profunda *verve* para abordar assuntos de arte, como também um roteiro perfeito nas desencontradas trilhas que por vezes encaminham a inspiração de um artista.

Num segundo ensaio mais longo, Marco Aurélio carregou um pouco nas tintas, sobretudo no sentido de não deixar bem claro se os meus trabalhos tinham a força de uma criação original ou se eram diretamente inspirados dessas fontes arcaicas. Neste mesmo diário, pode-se encontrar minha indignada resposta, que se limitou a repousar nas próprias páginas manuscritas sem chegar ao conhecimento do público. Todavia, recordo, e cheguei a dizer que, com o tempo (numa observação mais demorada diante do meu trabalho), ele modificaria determinados conceitos. Este último ensaio, ele garante que será transformado em livro. Sem dúvida realizou um trabalho perfeito, perfeitíssimo. Outrossim, a associação de minhas esculturas com certos aspectos da obra de Brancusi também representa uma descoberta pouco comum para a crítica habitual brasileira, embora para mim não represente absolutamente nada.

Diante da qualidade excepcional desse ensaio, que tem tudo para ser transformado em um livro de sucesso – inclusive tem-se a ideia de editá-lo em Portugal –, fiz ver a Marco Aurélio o quanto seria interessante seu lançamento no mês de setembro, quando vou realizar uma retrospectiva de esculturas a convite de Emanoel Araújo, diretor da Pinacoteca do Estado de São Paulo. Embora admitindo essa possibilidade, M. A. argumentou precisar de mais tempo para aprofundar seus estudos sobre Constantin Brancusi.

Marco Aurélio fica perplexo de eu ter vivido em Paris no começo dos anos 1950 sem procurar conhecer Brancusi. Observei que, nesta época, envolvido pelos meus estudos de pintura, não tinha olhos senão para as superfícies planas, o que me empatava qualquer visão de formas tridimensionais, embora não ignorasse que todos os mestres da Escola de Paris, como Picasso, Matisse, Léger, Braque e Gauguin, houvessem incursionado com mais ou menos intensidade pela escultura e pela cerâmica. Mas este é outro assunto que poderemos ou não voltar a abordar.

21 de maio

Recebi uma carta do Dr. Intruso, datada 30 de abril, escrita em Vilna, capital da Lituânia. Não me pareceu absurdo estar tão longe de Bruxelas como me fez acreditar. Embora reconhecendo a natureza da sua missão, ninguém poderia jamais adivinhar ou conjeturar – tarefa tão difícil como traçar um mapa das lendárias viagens de Marco Polo ao Oriente, ainda hoje contestadas – em que direção seguem os passos do Dr. Intruso. Porém, este não é o assunto principal que me preocupa relativo a essa sua inesperada missiva. Num português muito claro (diz ter escolhido essa língua porque naquelas bandas é mais eficiente do que qualquer código cifrado), ele me exorta a assumir toda a responsabilidade pela educação de Taliesin. E mais assombroso ainda, quando, sem nenhum preâmbulo, diz que essa criança atrai todas as forças convergentes de um verdadeiro *iluminado* e que será, com certeza, o Noé do século XXI. Habituado à linguagem do Dr. Intruso, ora muito razoável, outras vezes enlouquecidamente visionária, comecei de imediato a me preocupar no possível enfrentamento com Viriata e, ainda mais sério, com o esclerosado Nonato. Apesar de toda sua sapiência, Nonato mostrava-se um homem sem fé, acrescido agora dos seus desfalecimentos amorosos por Viriata e certamente pelo menino, novo centro quase intransponível de resistência. Em nenhum momento de sua carta (não muito longa) falou-me em separar Taliesin de sua mãe. Mas o Dr. Intruso não ignora que a fidelidade das mulheres é coisa muito frágil, devendo prever que a esta altura a antiga companheira já se encontra nos braços de outro homem, circunstância que certamente dificultará os seus planos.

No final da carta, ele justifica sua viagem à Lituânia, Letônia e Estônia, por conta do mesmo motivo que o trouxe a Goiânia (GO) em 1987. Agora, de uma maneira muito mais grave, porque se tratava de uma comissão que investigava, doze anos depois, a radiação da Usina de Chernobyl, na Ucrânia, para vários países, incluindo parte da Polônia, Alemanha, França e até da Inglaterra, todos – de uma maneira ou de outra – atingidos pela contaminação dessa usina que liberou substâncias radioativas espalhadas pelos ventos por toda a Europa Ocidental. O *Sistema* evita, a qualquer preço, que essas notícias sejam divulgadas para não estabelecer o pânico. Mas este fenômeno letal envolve não só pastagens como toda a agricultura e, consequentemente, a vida animal. Avisa que não pretende se alongar em detalhes técnicos que caberiam aos vários cientistas do Centro de Ecologia e Hidrologia, de caráter internacional, responsáveis pelo controle dessa lastimável situação.

Terminou sua carta de uma maneira humilde, um pouco fora do seu feitio, pedindo que eu me aproximasse de Taliesin. Não sei como ele não se apercebe que o filho ainda não completou dois anos. "O senhor já chegou a vê-lo?", indagou Dr. Intruso.

A carta tinha um *post scriptum* um pouco confuso porque ele escreveu parte em inglês, parte em português. No que eu entendi, dizia o seguinte: "As hordas macabras em todos os quadrantes da terra farão a sua cobrança, embora tardia. Tanto como o senhor, não sou um homem de calendários, mas o século XXI, já na sua primeira década, confirmará meus vaticínios".

Curioso, a carta não tinha assinatura.

11 de julho

Imagine uma mostra de Balthus no Museu de Arte Moderna do Rio de Janeiro. Ainda a tempo, eu soube que o solitário pintor recusou-se a sair do *Grand Chalet*, seu retiro alpino em Rossinière (cerca de 1.000m de altura) localizado no centro da região de Gruyère, denominada *"le Pays-d'Enhaut"*.

Ainda hoje, tenho orgulho – e estas páginas demasiadas justificam – de ter sido, aqui no Brasil, a primeira pessoa a descobrir o pintor Balthus, hoje famoso e na boca de toda gente.

15 de julho

Transformado em realidade um livro sobre as minhas esculturas (fato consumado), eu tento ainda esclarecer alguns pontos obscuros de minha biografia – se é que alguém pode ter a absurda pretensão de possuir uma história. O que se disser de um homem, dir-se-á de todos os homens. Mas se é indispensável prosseguir nessa comédia de enganos, não sou eu quem vai estragar a festa, embora fique evidenciado que todos nós, sobretudo literariamente, pecamos por "pensamentos, palavras e obras". Não sou nenhum filósofo, por isso repito Platão, o qual nega à escrita, em linhas gerais, a possibilidade de exprimir um pensamento sério, e diz literalmente: "Nenhum homem de siso ousará confiar seus pensamentos filosóficos aos discursos e além do mais a discursos imóveis, como é o caso dos escritos com letras".

E dizer que, no calor desse permanente atropelo de palavras, acabo sendo seduzido pela ideia de *resgatar* meu diário para, por minha vez, transformá-lo em um livro. Neste impulso, tudo diz que não vou escapar. Tenho consultado algumas pessoas mais próximas, e todas me fazem ver que eu não posso continuar a adiar indefinidamente esse propósito, pois se assim o fizer, de que valeu estar a escrever durante quase cinquenta anos? Aos mais insistentes eu respondo: "Escrevi porque todos os livros já estão escritos. Daí, eu não fiz senão repeti-los". De certo modo, isso atenua o meu pecado, mas não me absolverá e nem evitará que eu passe a participar da chacota geral. Todos dirão uníssonos: "Finalmente, ele se revelou. É um dos nossos. Não passa de um homem comum". Todo o mal reside nos cadernos que entulham as gavetas e ainda está em tempo – como já fiz com uma boa parte deles – de destruí-los pelo fogo.

21 de julho

Continua o mesmo sentimento de perda: a paixão baudelairiana pela mulher que passa. Com um sentimento de intolerável frustração, eu a perdi de vista: "*Ó Toi que j'eusse aimée*" (tu que eu teria amado). Eu repito: quantos já fizeram o mesmo?

Com certo exagero, neste diário registrei quatro desses encontros fugidios. Mas é assim que deve ser, porque todos que foram tocados por esta experiência, se tivessem conseguido quebrar o encantamento da distância, estariam perdidos para sempre porque haviam encontrado a mulher de sua vida, o que seria fatal para não dizer o pior dos castigos.

25 de julho

A exposição na Pinacoteca do Estado de São Paulo está definitivamente marcada para o período de 23 de setembro a 15 de novembro. De certo modo, coincidirá com a grande Bienal. Confesso que isso não me incomoda. Alguns chegarão até a mim, e esta sobra é o quanto basta. Neste sentido, julgo-me irmanado com Balthus que jamais admitiu com simpatia as exposições oficiais, sustentadas pela força propulsora das enormes quantias de dinheiro. Um verdadeiro espetáculo, coroado de ouro e lantejoulas, onde se misturam o excelente e o péssimo.

15 de agosto – sábado

Editado hoje o meu primeiro artigo num dos jornais da cidade do Recife. Como experiência, resolvi amontoar sem nenhuma ordem cronológica uma série de textos pinçados dos meus cadernos, na suposição que diante dessas páginas impressas eu venha a tomar o gosto da soberbia. Assim eu comecei: "À noite, a inconquistada e inconquistável Lilith me aguardará cheia de sangue e saliva, pronta para assentar o seu último e definitivo golpe de misericórdia...".

12 de setembro

Voltando ao diário? Não, definitivamente não. Apenas queria registrar que o diabo do velho parece enlouquecido ou prestes a enlouquecer.

Da malograda viagem a Marte, o "planeta vermelho", encontrei anotações não registradas no meu diário: deserto por deserto, prefiro o magnífico deserto africano da Namíbia, com areias movediças, jogando-se dunas abaixo, sem nenhuma direção, com o estrondo de mil trovões à procura do nada, a não ser o livre ofício de despencar, rolar, rodopiar, afrouxar e assobiar. Prefiro ainda olhar, estupefato, a faminta voracidade de um leão, alimentando-se à beira-mar de uma baleia podre. (Leão solitário nas dunas dessa faixa costeira desértica, silhuetada, de encontro a um céu implacável, como se fosse uma réplica perfeita da pintura de Henri Rousseau, *A cigana adormecida.*) Ou o nomadismo desesperado dos gigantescos elefantes e das suas crias à procura de água e de sobrevivência, como também não tardará a acontecer no Terceiro Milênio com grande parte da humanidade.

Algumas notas soltas serão coladas no diário e, de resto, tudo aquilo que me impressionar pode e deve ser aproveitado, como, por exemplo, essa conjetura de Wittgenstein: "Quem sabe demais acha difícil não ter de mentir".

Perguntam: "Qual o significado do título do seu quadro *Anjo picado por uma abelha*?" Respondo que uma tradição délfica atribuía às abelhas a construção do Segundo Templo. De acordo com os órficos, as almas eram simbolizadas pelas abelhas. No simbolismo cristão, a abelha caracteriza as diligências. "E quanto aos 'ovos' nas cerâmicas?" Elucido que em sepulcros pré-históricos russos e suecos ovos de argila eram depositados como emblemas da imortalidade.

Uma pequena e corajosa nota de jornal me chama a atenção para um tema que será crucial no século XXI, ou seja, a decisiva reestruturação da pedagogia moderna, assentada em um aforismo idiota: "É proibido proibir". Como esse assunto está ligado diretamente aos subterrâneos do Sistema, poucas pessoas ousam envolver-se. E foi com surpresa que verifiquei o longo discurso de um diretor de escola "em defesa da pedagogia da violência, ou seja, de um ensino cujo êxito depende em última instância do sofrimento do aluno".

Com efeito, ao devolver um colegial faltoso para os pais, o tal mestre afirma entre outras coisas: "No momento em que privamos a criança da atividade ou do amigo ao qual se afeiçoou, podemos comprovar, com maior clareza, a eficácia da maldade forjada como instrumento didático".

Assunto extremamente delicado, mas necessário à reflexão, embora eu não engrosse as fileiras daqueles que dizem ser nossa juventude irrecuperável. Bastaria lembrar uma opinião do filósofo Sócrates (470-399 a.C.) para verificar que ele também falava uma linguagem em tudo semelhante aos habituais censores de nossa época: "Nossa juventude ama o luxo; ela é mal educada; ela faz pouco da autoridade e não tem nenhuma espécie de respeito pelos velhos. As crianças de hoje são verdadeiros tiranos. Eles não se levantam quando um velho entra numa sala. Eles respondem aos seus pais e são, caracteristicamente, maus".

Exemplos como este de Sócrates, eu poderia colecioná-los à vontade (sempre reclamando dos jovens) até em inscrições sobre uma cerâmica babilônica de 3.000. a.C.: "A juventude está apodrecida no fundo de seu coração...".

Apesar de todas essas comprovações de uma eterna juventude desorientada, ainda assim eu insistiria numa urgente revisão da pedagogia atual. Somos "máquinas de sobrevivência" e o futuro século será uma larga noite de sobreviventes. O tempo me justificará.

15 de outubro

Na exposição de São Paulo, aconteceu a mais perfeita integração entre escultura e arquitetura. Achei conveniente pedir a Olívio um segundo vídeo, onde eu estivesse ausente, sobretudo a minha fala sempre demasiada. No seu primeiro vídeo, *Brennand e o sentimento trágico do mundo*, a minha presença enche a cena e a transforma numa pantomima. Portanto, aguardo uma recuperação visual nesta segunda tentativa. Não sei quando Olívio terá tempo para fazê-lo. Talvez, como é do seu feitio, sem prejudicar a perfeição de tudo o que faz, aguarde os últimos dias da exposição para começar o seu trabalho. Espero confiante.

Voltei ao Recife exatamente no dia da inauguração da Bienal de São Paulo. Evitei visitá-la. Fiz de propósito. Ao chegar, encontrei, entre a minha sempre parca correspondência, dois telegramas de Dr. Intruso. Num deles, notifica: "Fui localizado e tenho a certeza dos dias contados. Estou de partida para Bruxelas com vistas à esperada reunião. Tudo depende de um médico iugoslavo desconhecido e que também nunca me viu. Meus pensamentos se centralizam em Taliesin e naqueles que deverão sobreviver ao meu desterro final".

No segundo telegrama, num código desesperado, apenas diz: "Salve Taliesin". A meu ver, isto significava ao mesmo tempo uma saudação à maneira dos romanos e, também, um apelo impetuoso de ajuda.

16 de outubro

Embora não soubesse o endereço de Nonato em São José do Egito, pedi a Solano Lopez o favor de passar pela casa dos pais de Viriata e indagasse o paradeiro desse casal, que bem poderia estar numa outra cidade, uma vez que o medo em Nonato era uma segunda natureza.

Solano Lopez deve partir amanhã de madrugada em direção ao sertão. Para amenizar a ira do desastrado Nonato, resolvi que Elcid de Almeida, meu assessor há mais de quarenta anos, também o acompanhasse, usando de toda sua diplomacia para explicar não ser necessário o retorno de Viriata nem de Taliesin. Apenas necessitava com urgência resolver um assunto da maior gravidade, o qual não se relacionava com os entreveros do Piauí, tampouco com os seus supostos seguidores do carro branco. Todavia, reconheço, nesta proposição um tanto vaga, que Nonato poderá escapar pela tangente.

19 de outubro

Num telefonema de Elcid, que parece até ter nascido para locutor radiofônico dado o seu vozeirão, não havia nenhuma possibilidade de engano quando este confirmou a inabalável recusa de Nonato em deixar de lado a sua família para resolver assuntos pendentes, que com certeza nada lhe diziam respeito. Em primeiro lugar, gritou Elcid ao telefone: "Enfureceu-se como um touro miúra diante da muleta vermelha do toureiro, lançando-se como um louco, de cabeça baixa em direção à barriga de Solano Lopez, que escapou por ser magricela e não ter barriga alguma. Com apenas um gesto, isto é, uma ligeira flexão no corpo, fez Nonato passar pela porta aberta e se esborrachar no terreiro empoeirado". Elcid pediu-me instruções. Mandei-os voltar incontinenti. Que Nonato fosse para o quinto dos infernos com a sua Viriata!

Contudo, a presença do pequeno *Iluminado*, de quem o pai tanto esperava, permanecia sem uma solução. Dei uma ordem seca: "Usem de astúcia, sequestrem o menino e tragam-no com todos os cuidados devidos à sua hierarquia".

22 de outubro

Taliesin chegou em paz e hoje mora em uma parte da minha casa no Engenho São Francisco, tendo como guardiã a bondosa governanta D. Lúcia, que já cuidou de mim quando do meu desterro (fugindo de uma louca), em setembro de 1978, na Fazenda Camucim de São Félix.

Logo na sua chegada, olhei o menino com atenção. Ele suportou o meu olhar. Sem nenhuma hesitação, estendeu-me a pequena mão dura e áspera como a do pai. Não posso fantasiar a ponto de dizer que descobri nele o *Iluminado*, como pretende o Dr. Intruso. Contudo, não resta dúvida: ele é *diverso*. Não fez menção uma só vez quer seja à mãe, quer seja a Nonato. Estava calmo, e talvez até um pouco sonolento. Encarreguei Elcid de levá-lo à casa de São Francisco, onde D. Lúcia o aguardava.

Nesses últimos dias, tenho pensado com frequência no destino do Dr. Intruso, embora toda e qualquer suposição, por mais imaginosa, não possa atingir as realidades que nos escapam. Como o pai, o menino não sorria.

25 de outubro

Decididamente, à medida das diferentes publicações dos meus artigos nos jornais da cidade, não me cabe oferecer nenhuma resistência em transformar o velho diário num livro.

Ontem mesmo, dia vinte e quatro, foi publicado um desses textos cujo nome me leva a um filme de Vincent Ward, intitulado *Vigil*, rodado na Nova Zelândia, pátria de Ward e também – aí reside o mistério – do Dr. Intruso. O que pode ter acontecido diante dessa coincidência? Eis um bom pretexto para começar a escrever no meu diário uma história que tenha como ponto de partida uma fazenda noturna e enevoada entre vales rochosos, onde um homem, carregando um segredo, parte à procura de seu destino. Antes de mais nada, antecipo-me à narrativa e lhe acrescento um título. Qual será o nome do livro? O nome do livro é *O nome do livro.*

25 de novembro

Começo com a primeira pergunta de Arthur Nestrovski feita ao escritor inglês Ian McEwan: "Como contar o que não pode ser contado?".

Ontem recebi estupefato uma longa carta, assinada por Lisa Peers, que lembra ser a esposa de Dr. Intruso. Comunica um terrível acontecimento: a morte do seu marido. Foi postada na cidade de Melbourne. Abaixo transcrevo o teor original da carta sem nenhuma correção de minha parte:

*Prezado Senhor Brena (*sic)

Ousei chegar a tanto, porque Intruso (meu marido) não só me deixou seu endereço completo como também narrou-me episódios de sua vida nestes últimos quatro anos de convivência muito próxima no seu museu e nas suas terras. Lastimo dizer que ele faleceu (ou foi assassinado) há nove dias na sua pequena propriedade na Ilha de Auckland.

*Se falei na possibilidade de assassinato, é porque ele havia mencionado que, se por acaso algo lhe acontecesse, eu ficasse certa de um atentado. O senhor, por favor, não espere de minha parte nenhuma coerência sobre todos esses fatos que tentarei, à minha maneira, narrar. Não sou intelectual e muito menos dada a leituras, mesmo que esporádicas. De política, nem falar. Sou apenas uma bailarina profissional (*ballet *clássico) e até isso posso confessar que o fiz sugestionada ou mesmo pressionada pela minha mãe Elizabeth. Esta sim, uma apaixonada pelo* ballet, *que teve de interromper, após sair de Sidney, para morar na Nova Zelândia com seu marido, onde passou a viver até a morte dele, quando eu já contava doze anos.*

Meu pai morreu tragicamente, caindo de um desfiladeiro quando tentava salvar uma ovelha que se encontrava presa entre os rochedos.

De repente, deu entrada nas nossas vidas (na minha, na de minha mãe e na do meu avô) um vizinho que mal conhecíamos, mas que era dado, na opinião do meu pai, a afugentar nossas ovelhas de suas plantações a custo de muitos tiros de espingarda. Acontece que, no dia do acidente, esse vizinho estava nas cercanias e, antes da queda fatal do meu pai, eu, que o acompanhava no topo das rochas escarpadas, ouvi perfeitamente um tiro e a silhueta desse homem entre as brumas. Daí porque no meu pobre coração de menina eu supunha que ele seria o criminoso, o que não era verdade, uma vez, que cerca de duas horas depois, este mesmo homem trouxe-nos o cadáver disforme e ensanguentado à sede da fazenda. Deve ter colocado sua vida em risco para chegar até o fundo daquele despenhadeiro em busca do corpo. Apesar disto, a minha mãe o expulsou.

O senhor queira desculpar a maneira de concatenar os fatos (essa estranha expressão "to enchain" *foi sugerida pela minha mãe que tem mais instrução do que eu), mas terá de ser desta forma que levarei a minha história até o fim, contando sempre com a sua permanente ajuda até nos momentos que pensei em desistir desta carta e não fazer comunicação alguma. A nossa penúria econômica e o meu estado de saúde (estou gravemente enferma, embora mal tenha atingido os trinta anos) obrigaram-me a pensar numa possível ajuda de sua parte como amigo que foi do meu marido.*

Insisto em revelar que toda a regência desta carta está sob a batuta da minha mãe. Ela é ao mesmo tempo o compositor dessa estranha música, o maestro, o coreógrafo e a bailarina.

Sou apenas o fio condutor, tendo como herança minhas vestimentas de ex-bailarina, como ainda tenho o pão. Temo só de ouvir as pancadas na minha porta, como se estivéssemos na iminência de sermos aprisionadas ou assassinadas, como fizeram com o meu marido, que até hoje não posso ao certo dizer se conheci.

Alguns meses depois do enterro do meu pai, meu avô – sem que nós soubéssemos de suas intenções – contratou às escondidas o serviço do nosso vizinho que tinha por nome Intruso para ajudar-nos no trabalho difícil e árduo que é o de lidar com ovelhas numa fazenda desaparelhada de qualquer recurso. Tal episódio ocasionou da parte de minha mãe uma furiosa reação não compartilhada por mim, pois morria de curiosidade diante desse estranho homem, cuja altura mais parecia a de uma montanha, e cuja barba vermelha lhe deixava sempre o rosto em chamas. Desde o início, suas enormes mãos me conquistaram. Só não posso responder quais os encantos que ele utilizou para seduzir a minha mãe porque não resta dúvida de que ela também foi seduzida.

Comecei a notar que, pela manhã, ela lavava o rosto com mais cuidado, penteava os longos cabelos outrora desgrenhados, remendava os seus velhos vestidos quase sempre rasgados. Também percebi que minha mãe retirara de um velho baú seus antigos trajes de dança, não só as malhas negras como as sapatilhas e os mofados saiotes que jaziam esquecidos há tanto tempo. Esmerava-se na comida, pois a nossa mesa era compartilhada agora pelo senhor Intruso, que não trocava palavra conosco, mas conversava bastante com o meu avô a respeito dos falcões, uma das obsessões do meu pai. Dizia então o meu avô: "Para Justin, o pai dessa menina, falcão bom é falcão morto. No entanto, Justin era um tolo. Só se exaltava por causa dos falcões. Ficava bravo se eu matasse serviço, mas não exaltado como os falcões o deixava. Sua paixão era os falcões. Matá-los. Que tolo! Ninguém conseguia acabar com eles. Não era de sorrir muito. Mas se os capturava, sorria. Penso nele com os falcões... Em como eram para ele, como os via, entende?". Eu sabia que o meu avô tinha muito o que acrescentar, mas calava-se cismarento.

Uma noite, não muito tarde, ouvi minha mãe uivar como uma cadela nos braços daquele forasteiro que era tido até bem pouco tempo como o assassino do meu pai. O vento e o ar gelado me fizeram ficar acordada, quando escutei o que não devia e nem podia ouvir: os segredos não só de minha mãe, como o de todas as mulheres. Assim, deitei-me em cima do meu coração para abafar o pó esquisito que nele ia crescendo cada vez mais, e fingia indiferença olhando as rosas apodrecerem.

Toda manhã acordo com frio. Neste dia, em particular, eu também estava disposta a seduzir o meu vizinho, atraindo-o até à carcaça de um velho automóvel que era, nas minhas brincadeiras de infância, a única casa verdadeira e o palácio dos meu sonhos, sob o pretexto de espiar, escondidos nas árvores circunvizinhas, o pouso de alguns falcões mais ousados. Uma vez ao meu lado, tomei a mão do forasteiro e lambi cuidadosamente seus dedos sem que houvesse da parte dele alguma reação. Apenas posso dizer que logo em seguida levantou-se abruptamente e saiu sem qualquer aceno.

Não demorou muito para minha mãe – igualmente no cio – verificar que tinha em mim uma poderosa concorrente. E não foi por outra razão que, mais uma vez, expulsou Intruso de nossa convivência.

Pouco tempo depois, meu avô adoeceu. Resolvemos vender a fazenda e partir para Melbourne, na Austrália, antes passando em Wellington para que minha mãe fechasse suas transações bancárias. Chegando em Melbourne, ela pretendia continuar o seu interrompido aprendizado de ballet, *introduzindo-me igualmente nesta "graciosa profissão", como costumava definir a dança.*

Hoje, olho a minha imagem refletida em tudo isso, faço música, caio toda para trás e escolho flores que irão enfeitar o meu túmulo.

Mesmo agora, depois da morte de Intruso, ainda não consegui atinar qual a razão que levou minha mãe a processá-lo sob a alegação de tentar seduzir uma menor de idade. Eu nem sequer percebi que ela estava se referindo a mim. Será que pretendia extorquir dinheiro com esse processo ou seria apenas uma vingança pelo fato de ela se manter ainda apaixonada pelo estranho vizinho?

Intruso foi intimado e aprisionado na sua distante ilha, na Nova Zelândia, e julgado em Wellington, para onde tivemos mais uma vez de nos encaminhar.

Quando chegou a minha vez de depor (exigência do advogado dele), para desespero de minha mãe, eu disse abertamente: "Eu tentei seduzi-lo e ele sequer me tocou... eu mesma corri atrás dele como uma cachorrinha... Eu o amo".

Foi durante este processo, nas inquirições feitas ao senhor Intruso, que descobri um pouco do seu passado: por incrível que pareça, antes daquele exílio voluntário nos confins do mundo, ele havia passado pela Universidade de Newcastle, na Inglaterra, formando-se em sociologia e estatística. Ao perguntarem o porquê desta desistência de sua carreira, apenas respondeu: "Aquilo tudo não me servia para nada". Foi quando ele disse alguma coisa que até hoje não me saiu da memória: "Que todo o meu esforço seja convocado para uma promessa".

Inocentado por falta de provas, Intruso partiu novamente para a Europa, não sei com que destino. Em Melbourne nossa vida fluía nas aulas de ballet. *Vivíamos com parcos recursos provenientes da venda de nossa propriedade. Quando menos esperava, seis anos depois, ele reaparece na cidade e, nos procurando, pediu-me em casamento, o que logo foi aceito pela minha mãe como uma espécie de honrosa reparação. Depois da cerimônia, em vez de irmos para um hotel, levou-me de volta à minha casa e dali mesmo desapareceu para sempre. Tenho a perfeita consciência de que minha mãe foi a culpada de todos os meus infortúnios: janela poente e triste numa demorada continuação. Nunca deixou de ser, nem a certa manhã quando o nosso principal coreógrafo começou a me cortejar. Por isso, como um desejo de imediata definição, dentro de pouco tempo, deixei a companhia de minha mãe para viver junto ao coreógrafo.*

Na noite em que este jovem me possuiu, apertada entre os seus braços, eu pensei: "Sinto que nunca mais abrirei o meu peito; para mim, nada é mais quente do que tua presença, tuas mãos, Intruso... Mostraste-me uma pintura, e disfarcei o meu encanto de mistério no momento, pois tudo se confundia. Prefiro a repetição do mesmo quadro. Choro como uma criança em busca do que procuro agora, nesse instante. Que me leve o mundo para o pior. São fortes teus passos, caio dentro de cada som que deles repercute. Não gosto de disputar meus costumes, seguirei minha tristeza, correrei para a loucura, farei de minha vida um murmúrio, mandarei para ti meu cadáver. Onde o sol estiver, quero que estejas tu. Te darei os melhores anos de minha vida, mas quero vê-lo vivo e vivo. Choro a cada passo, peço à floresta".

Enquanto eu pensava essas coisas, o meu companheiro chegava ao orgasmo e logo adormecia confiante e quase morto, como todos os homens, depois de praticar o que chamam de "amor".

No estado em que me encontro, nesse contínuo entorpecimento, não consigo discernir com precisão aquilo que imagino estar realmente acontecendo. Talvez eu delire. Estou doente e o amor não é coisa bonita. Mais sombras e o mais absoluto silêncio. Não durmo já faz algum tempo. Realizei minha transparência. Meu escuro é outra realidade. Brisa após brisa, consciência após consciência. Visto-me de penumbras; quero a humildade. São antigas as minhas cinzas... É nítido o meu passado... Dou-me o erro em desvios, o sofrimento das horas, fechei todas as portas, caí na miséria, escuto apenas a angústia que me rodeia, sem saber das montanhas, nem das caravelas, muito menos se há um porto seguro do outro lado do mundo.

Na conversa que mantive com Intruso, nos poucos momentos em que eu não delirava, ouvi-o mencionar várias vezes a palavra "sobrevivência" e, se não me engano, ele também aludiu à "Arca de Noé". Eu tive vontade de lhe perguntar se já não era demais sobreviver a um instante. Mas miseravelmente calei.

A sua irmã adotiva, Morongo, cheia de grande bondade, visita-me com certa frequência. Foi através dela que fiquei ciente do assassinato de Intruso. Ela havia acompanhado tudo pelos jornais e, inclusive, mostrou-me fotografia do cadáver daquele belo homem que sempre me pareceu um deus indestrutível. Na foto desbotada do jornal, em cima do seu catre, ele debruçava-se para frente agarrado a uma massa branca que era a do seu cachorro bull terrier. *Os dois pareciam um só corpo, embora o motivo de sua morte tenha sido provocado por uma mordida profunda na coxa direita, que lhe atingiu a artéria femoral, ocasionando anemia irreversível. O cão estava com algumas vértebras partidas. Talvez o último recurso de Intruso para evitar o desfecho fatal.*

Nisto tudo, para confirmar as nossas suspeitas, Morongo – não sem algum temor – confessou-me que aquele bull-terrier *da fotografia não era Ovídio de Odin, que foi envenenado ninguém sabe por quem – aí reside o mistério – um pouco antes de Intruso retornar a Melbourne.*

Poucos dias depois desse envenenamento apareceu-lhe um homem que ela nunca tinha visto, dizendo-se representante de um canil famoso de Londres especializado em bull terriers, *com um cão desta raça, exatamente da mesma idade de Ovídio de Odin, tão semelhante – para quem não os conhecia – que parecia se tratar do mesmo animal. Era um presente da Sociedade dos Amigos da raça* bull terrier *para uma pessoa que sempre criou alguns dos seus melhores exemplares. Aceitou a oferta, embora com certo constrangimento, à espera de Intruso que a esta altura já havia lhe telegrafado avisando a sua chegada iminente.*

Morongo afiançou que, ao saber do ocorrido, o rosto de Intruso ensombreceu-se. E, sem dizer palavra, afora os cumprimentos habituais, carregou o novo cachorro consigo. Já estava por entrar no automóvel quando ela correu para lhe entregar o pedigree *que estava dentro de um envelope lacrado, mas por curiosidade abrira para verificar, sem entender muito do assunto, que o cão tinha por nome Cérbero.*

Este animal só o atacou porque era um cão adulto e desconhecido, não reconhecendo em Intruso o seu senhor a quem devia fidelidade. Alguém teria urdido tudo isto, mas não seremos nós – duas mulheres indefesas – que vamos chegar ao cerne da questão. Como o corpo não foi reclamado, Intruso jaz ao lado do túmulo do meu pai num cemitério próximo à fazenda onde vivi durante a minha infância.

Ah! Ofereçam-me flores. Tirem o meu cansaço e me deem cópias de seu mundo que eu desconheço e que já não tenho forças para descobrir. Até o sonho que me enganou tornou-se branco e duro. Quem sabe alguém implore por minha grinalda?

Estou enferma e o amor não é bonito. E como é triste o movimento das pessoas que Intruso tanto desejava preservar. Vamos rezar para que eles possam sobreviver. Ah! o delírio... Deitei-me em cima dos meus lobos que uivam e cantei. Não deixarei aberto o nó que vivi tentando ser. Não deixarei que olhem por mim meu horizonte. Hoje corri para fora do meu quarto, quando voltei estava louca.

Mais uma vez, senhor Brena, queira me desculpar. O propósito desta carta não foi perturbá-lo com minha doença, nem com o meu delírio. Sei que a coragem terá que me vencer. Por que falam tão alto? Prefiro ficar presa aqui, onde estou. De vocês há pouco para falar. Ah! Os sobreviventes que fizeram Intruso sonhar. Como na minha infância, quero ficar na minha mata, protegida pelas folhas escuras e violentas. Cobrir-me com o peso da escuridão e fechar meus olhos junto com as cascas das árvores já endurecidas. As grandes pedras que formam seu solo me aceitarão como sua filha. E o vento não se incomodará com a minha presença, as raízes de todas as famílias se unirão para que, com cuidado, arrastem-me toda terra adentro. Ah! o delírio. A doença é turva e incolor. Mas que se faça justiça, pelo menos me enterrem ao lado de Intruso, pois só os túmulos têm o silêncio, a alegria vem junto.

Meu caro senhor Brena, é do seu direito jogar essa carta numa cesta de papel. Mas, em todo caso, estou certa – apesar da minha loucura – que o senhor entendeu minha ansiedade e o meu pavor.

O senhor mesmo resolverá qual a melhor maneira de ajudar esta pobre mulher que perdeu a entrada que a levava à esperança. De há muito que o meu companheiro, o coreógrafo Jimmy, morreu da mesma doença que me faz definhar. Em nome de Intruso, entrego-me em suas mãos.

Que suas plantas floresçam e prosperem.

Lisa Peers

PS: Apesar do delírio e da febre, voltarei a lhe escrever mais uma vez.

26 de novembro

O horror! O horror!... No meu entender, quer estejamos a serviço do mal ou do bem, essas duas entidades acabam por se confundir nos seus indeterminados propósitos. O nobre Dr. Intruso ao ser interpelado pela justiça teria dito: "Que todo o meu esforço seja convocado para uma promessa". Ele a cumpriu, e por conta disso foi imolado.

Como uma personagem que carrega um segredo, lançou-se num mundo sem trilhas à procura de pessoas que só obedecem ao medo, desconhecendo toda e qualquer felicidade que não seja aquela do instante. O mundo de presságios é o mundo dos profetas sempre visto em suspeição, demorando para que os seus séculos se completem.

Lastimo pelo Dr. Intruso. Hoje, no *Grande Pátio*, sem nenhuma precaução de ser observado, ajoelhei-me e pedi, diante de todos os deuses, tendo um só deus no ápice da pirâmide, pela sua volta. Que seu espírito retorne forte e guie os primeiros passos de Taliesin no mundo e que os deuses, embora mortos, lhe sejam propícios.

28 de novembro

Evocar a coragem é um convite permanente a lembrar o seu oposto, a covardia. Estive propenso a mandar um aviso a Nonato comunicando a morte do Dr. Intruso, sem entrar em detalhes. Sei perfeitamente o seu endereço, porque ele comunicou a Elcid de Almeida. Na sua longa fuga para o "Egito" acabou pousando no estado do Acre onde, junto a Viriata, pretende montar um cabaré nas proximidades da floresta. A meu mando, Elcid viajou com o mesmo destino e suas primeiras informações confirmam que o casal vive na mais perfeita paz e felicidade. O referido cabaré terá o nome de Paraíso Perdido e fica nos arredores da capital Rio Branco.

Nonato diz que está nos seu planos, em futuro próximo, ter um filho cujo nome será Francisco de Paula! E ainda me mandou um recado, acentuando a Elcid que eu entenderia: "Nada mais importa, o que importa é a *submissão absoluta*".

Até o momento, da parte deles, nem uma só palavra – mesmo que secreta – no tocante à existência e destino de Taliesin. Talvez no futuro pretendam reclamar os seus direitos, o que acredito ser improvável.

Inteiramente enfeitiçado pelos ardores sexuais (o conhecido calor) de Viriata, este antigo estudioso dos signos e da cabala ainda chegou a lembrar ao confuso Elcid que "O grande M de mulher e mênstruo é o portal do inferno e, no seu reverso, o V de vagina é também o V do vazio...". Observação cujo significado meu bondoso mensageiro não entendeu de forma alguma, embora no seu regresso, com ares de desaprovação, confidenciasse que Nonato, repetidas vezes em público, no recinto do cabaré (um espaçoso pardieiro ainda em fase de reconstrução), ajoelhava-se e, levantando a curta saia da sua mulher, beijava-lhe o baixo ventre repleto de vasta cabeleira pubiana.

"Ela se pintava por baixo e este detalhe não era exclusivo para os gostos de Nonato, pois era compartilhado por muitos que também chegavam a acariciá-la diante do olhar sempre extasiado do marido" – completou Elcid com a seriedade de quem proclama um edital.

Além disso, eu pensei, não havia nada a temer, uma vez que o meu velho amigo desdenhosamente ignorou a morte do Dr. Intruso e jamais se aperceberá que Taliesin é intocável.

2 de dezembro

A melancolia me invade e sou incapaz de preservar, inclusive, o meu regime espartano de trabalho. Entretanto, providenciei uma imediata ajuda a Lisa Peers, pedindo que ela não só acuse o recebimento da quantia, como também me dê notícias sobre sua saúde. Ela não me pareceu – durante toda a sua carta, elementos narrativos circunstanciais mesclavam-se ao mais puro sentimento poético – ter preocupações com o desfecho de sua doença. Em alguns momentos conseguiu arrancar-me lágrimas.

31 de dezembro

Há vários dias que leio e releio a segunda carta prometida por Lisa Peers. Estranhamente, nas diferentes leituras que tenho feito, permaneço sem coragem de acreditar no que estou lendo, não de parágrafo a parágrafo, não mais de linhas nem de palavras, mas de letras ornadas de um sacrossanto poder, como se de repente alguém houvesse atingido um estágio acima das expressões conhecidas da condição humana, conseguindo a sentença final que todos esperamos no dia do Juízo. A carta em nada se parece com a primeira, nem no estilo nem no conteúdo, se é que um escrito sagrado pode ser julgado apenas de uma maneira literária e não como uma evocação da própria palavra divina. Quem escreveu? Quem poderia ter escrito, senão Lisa, a pequena Toss em estado de graça? O melhor que faço é ter a coragem de revelá-la. Eu a transcrevo penalizado, ocupado de fascinação. Que eu não me arrependa jamais.

Que lembrança de príncipe eu tive agora: "Ser príncipe é ser como um morto". A carta de Lisa revela exatamente *o que não pode ser contado*. Mas ela parece dizer: "Apanharei pedra por pedra, sangrarei o quanto quiser, o que quiser que eu sangre, nesta gelada desesperação. Tudo isso é paixão, senhor!".

No final da tarde, depois de muito refletir (e por que não falar em temor), decido não mais publicar a segunda carta de Lisa Peers. Pareceu-me tão audaciosamente cruel e pura e intensa e inocente na sua agônica confidência, denunciando "aquilo que não pode ser contado", que, se o fizesse, seria um crime de falso testemunho. A carta, extensa como a primeira, se assemelhava a um boletim secreto de uma enfermaria de hospital, entre odores antissépticos e de corpos femininos mal lavados "invocando maresia e mentes de salgadas luxúrias". Como poderia, então, revelar tais imagens sem conspurcar a memória de Dr. Intruso e, sobretudo, a da pequena Toss em *estado de graça*... Em estado de graça, é verdade, mesmo com seus dejetos de criança que lhe maculam o leito.

Inutilizada a carta, registrarei apenas – supremo contraste – a estranheza de uma obscura observação de Morongo, riscada às pressas, com tinta verde e letra irregular no final da carta de Lisa: "Eu, Morongo, cheguei aos cinquenta anos e confesso que não me diverti. Como uma possessa, repetirei mil vezes: fui esbulhada dos meus legítimos direitos de viver e não me diverti...".

1999

O testemunho

O próprio acaso é sondável, tem a sua regularidade.

Novalis

Comentando as minhas notas d'Itália, presumi o mundo europeu como algo inevitável e imprudentemente cheguei a afirmar que todo e qualquer organismo estranho seria de pronto fagocitado para o interior daquele refluxo contínuo. E não foi outra a força que a mim também arrastou para o seu núcleo vital, fazendo-me, de pronto, uma de suas imperceptíveis células a pulsar no mesmo ritmo de todos e, portanto, capaz de afinidades, encontros e até de estranhos sortilégios. Daí em diante, nada foi impossível, e o pouco presenciado por mim pareceu suficiente e propício a sonhar os milênios. Num deliberado anacronismo, farei desfilar recordações de fatos passados ou presentes, de criaturas vivas ou mortas, pouco importa.

Todos estavam lá e nenhuma diferença faria em ver e ouvir Stravinsky ao vivo em Genebra ou escutar o incomparável Wilhem Furtwängler, regendo o *Egmont*, de Beethoven, numa noturna catedral. Saber que Dostoiévski pisara, ele também, solo suíço e italiano e que comentara, desolado, *O Cristo morto*, de Holbein. Repentinamente cruzar num branco corredor de hospital em Lausanne com o autor de *The moon and sixpence*. Comemorar em Florença, ao lado de Jéssica, um anjo gótico, o quinto centenário de Leonardo: Florença, a cidade onde o mestre dos mestres viveu nada menos do que trinta anos. Rondar, todas as manhãs, as margens dos lagos suíços pintados por Courbet, sondando os reflexos n'água do Chateau de Chillon, à procura de um elo perdido. Sonhar as praças de Itália, ensolaradas e desertas, no roteiro metafísico de De Chirico. Escutar Goethe, Byron, Nietzsche, Chateaubriand, Stendhal, Pater, Rilke e finalmente Joyce reverenciando Dante, o poeta maior. A adolescência de Balthus em Beatenberg e sua nomeação por Malraux para dirigir a Villa Médicis, em Roma, ocupando, quem diria, o mesmo lugar de Horácio Vernet e do inesquecível Ingres.

No Boulevard St. Germain, às vésperas de minha volta ao Brasil, o milagroso encontro com Marianne Peretti, que me levaria ao ateliê de Balthus, em meados de novembro de 1952, quando o pintor dava os seus últimos retoques no quadro (hoje famoso) *La chambre*, e dava início a uma grande tela: *Le passage du Commerce Saint-André*.

Sem prévio aviso e mesmo sem nenhum resquício de cronologia (propositadamente omitida), me defronto agora com um desconcertante mosaico de citações – uma espécie de testamento mal alinhavado – embora muito significativo para a perfeita compreensão de minhas preferências não só vivenciais como estéticas: os pintores Pré-Rafaelitas; Rossetti; os Nazarenos; O Mar de Gelo de Caspar David Friedrich; a descoberta dos afrescos do Camposanto, em Pisa, pelos artistas ingleses; Marcel Proust: A morte de Baldassare Silvande, Visconde de Sylvanie; A Baviera; A Floresta Negra, meu pai e a baronesa alemã tocando piano a quatro mãos, Davos-Platz; Camões; Cervantes, O Cavaleiro da Triste Figura; o Príncipe Michkin; o Papa, o homem mais moderno da Europa, como pretendeu Apollinaire; A Tapeçaria de Bayeux, Os normandos na Inglaterra; Baudelaire; Ricardo III, O Pimpinela Escarlate; Sherlock Holmes, o gótico, o românico; Fromentin e Dominique; Delacroix; Turner, o Tâmisa; o Sena; o Tibre; o Reno; o Danúbio; Bach; Mozart; Brahms; César Franck; o Monte Branco; a Villa de Wagner em Bayreuth; Luiz II da Baviera em Linderhof; Vasco da Gama; Marco Polo; Stevenson e O Morgado de Ballantrae; A montanha St. Victoire; A Montanha Mágica; O Imperador Pedro, o Grande; São Petersburgo; o Conde Tolstói: A Sonata a Kreutzer; Calígula, o jovem imperador de vinte e cinco anos; A Batalha de Trafalgar; o Almirante Nelson, Lady Hamilton; Felipe II, a Invencível Armada, O Escorial; O Mediterrâneo.

Poema de Feliz Desaniversário

Deus avisa sempre
Antes de castigar.
Já não há sacramentos
Nem destino.
Perdemos o sinal.
Agora,
Só resta o grande macaco negro,
Verde como a floresta escura,
Vindo do coração das trevas
Sem cor – dominando a cena.
Oh, o horror... o horror!...

Tudo embola no extravio
Do pecado.
Como quem esqueceu os trapos de uma branca
Túnica que nos cobriu
Na saída dos dourados portões do paraíso.
Nada escapará
Desse oráculo contrariado:
Nenhum só dos homens,
Nenhum só dos anjos,
Nem mesmo os deuses que se afastam
Em silêncio.

Parafraseando Baudelaire em seus *Escritos íntimos*, deixarei estas páginas para nomear a minha tristeza.

Propriedade Santos Cosme e Damião, 11 de junho de 1999.

ÍNDICE ONOMÁSTICO

C

D

E

F

G

H

I

J

K

L

M

N

O

P

Q

R

S

T

U

V

W

Y

Z

~ 1990 ~

Jarros e esculturas ornamentais feitos pelo artista passam a integrar a coleção do Hospital Aliança, Salvador (BA).

O artista publica o livro *Diálogos do paraíso perdido*, pela Prefeitura Municipal do Recife (PE).

Ilustra o Livro *Érato: 69 poemas eróticos e uma ode de vinho*, de Marcus Accioly, pela Editora José Olympio, Rio de Janeiro (RJ).

Exposições

44ª Bienal de Veneza, coletiva. Brennand integra a representação brasileira no evento. A pedido do *Jornal do Commercio* de Recife, um de seus companheiros, o artista plástico paulista Wesley Duke Lee, escreve: "O que mais impressiona na obra de Brennand é sua ousadia, na proposta e na visão. Esse *opus magnum* de Brennand faz parte de um grupo de obras raras espalhadas pelo mundo. Estas obras abordam uma questão planetária, ou seja, um lugar específico no planeta. A origem é muito antiga e está ligada a questões relativas ao sagrado. Dou um exemplo importante para a civilização ocidental, o *Omphalos* de Delfos, na Grécia – o umbigo do mundo. Brennand achou seu *power place* xamânico e nos revelou sua mitologia individual (...). Penso que a problemática dessas obras e também sua grandeza residem na grande liberdade e energia individual necessárias para expressá-las. A recompensa é que elas resistem ao tempo e falam do coletivo, mas afirmam a ação do indivíduo". Veneza (Itália).

Premiações

Medalha do Mérito José Mariano da Câmera Municipal do Recife (PE).

Medalha concedida pelo Conservatório Pernambucano de Música, Recife (PE).

~ 1991 ~

Participa de leilão no Renato Magalhães Gouvêa Leilões de Arte, São Paulo (SP).

Exposições

Pernambuco Estética e Resistência, coletiva, participa com a pintura *Cabeça de Salomé*, Galeria Artespaço, Recife (PE). Curadoria: Alberto Beuttenmüller.

Premiações

16º Internacional Trophy for Quality, premiação para a Oficina Cerâmica Francisco Brennand, Miami, Flórida (USA).

~ 1992 ~

Realização de mural cerâmico para o edifício-sede da BIRMA S.A., São Paulo (SP).

Em 13 de junho, nasce Oliver Edward Brennand, seu segundo filho.

Exposições

Expo 92 - Exposição Universal de Sevilha, coletiva, participa com três esculturas *Pássaro Rocca*, Sevilha (Espanha).

Imagem do Brasil - A Procura Europeia de um Paraíso Terrestre e a Arte Moderna Brasileira, coletiva, Zurique (Suíça).

Interpretações, coletiva, participa com a pintura *Adolescência*, uma interpretação da obra homônima de Grant Wood, Galeria Futuro 25, Recife (PE).

Arte Moderna Brasileira: Acervo do Museu de Arte Contemporânea da Universidade de São Paulo, coletiva, Casa da Cultura, Poços de Caldas (MG).

Pernambuco Estética e Resistência, coletiva, Galcria Montessanti-Roesler, São Paulo (SP). Curadoria: Alberto Beuttenmüller.

~ 1993 ~

Participação no 3º Encontro Latino-Americano de Cerâmica Artística e Artesanal, Florianópolis (SC). No evento, Francisco Brennand é homenageado e recebe um pergaminho com mais de 800 assinaturas de artistas e ceramistas de toda a América Latina.

Exposições

Francisco Brennand, individual, retrospectiva de pinturas e cerâmicas, Staatliche Kunsthalle, Berlim (Alemanha). Curadoria: Dieter Ruckhaberle.

Premiações

Prêmio Interamericano de Cultura Gabriela Mistral pela Organização dos Estados Americanos (OEA), Washington (EUA). O Brasil fora contemplado apenas uma outra vez, também na área das artes plásticas, com Alfredo Volpi, em 1986.

*IT & SE - Prêmio Melhor Stan*d da feira Tille and Show, Miami, Flórida (EUA).

~ 1994 ~

O artista é homenageado no 3º Salão de Artes Plásticas de Escolas Técnicas e Centros Federais de Educação Tecnológica de Pernambuco, CEFET/PE, Recife (PE).

Exposições

Cerâmica: Um Desenho Permanente, coletiva, participa com a peça *Prato cerâmico*, Espaço BNDS, Rio de Janeiro (RJ). Curadoria: Luís Octávio de C. Cunha.

Os Novos Viajantes, coletiva, participa com duas esculturas *Sem título*, SESC Pompeia, São Paulo (SP). Curadoria: Jacob Klintowitz.

Marinhas, coletiva, participa com o mural cerâmico *O mar*, Galeria Nara Roesler, São Paulo (SP). Curadoria: Stella Teixeira de Barros.

Individual de pintura, com 21 telas produzidas entre o fim dos anos 1970 e o começo dos 1990, Galeria Espaço Vivo, Recife (PE). Curadoria: Fernando Monteiro. Na ocasião, o pintor pernambucano Ismael Caldas escreve o texto "Lição de Pintura", no qual diz: "Ao lado da obra em escultura e cerâmica, a pintura de Francisco Brennand, cultivada com rara competência no seu magnífico retiro – isolamento que não deve ser confundido com misantropia –, mostra a todos que a sutileza e a delicadeza podem-se associar à força, e que o talento para a arte da pintura não é distribuído democraticamente; ao contrário, é um dote, um privilégio da Mãe Natureza (...). Em sua última exposição de pintura, o artista exibe com elegância todo o seu poder de fogo. Na *Pequena jardineira* e na *Menina do pátio*, a composição ajustada sobre a força de um desenho de alta voltagem tem um efeito quase paralisante e deixa o espectador forçosamente mudo – a linguagem da pintura é intraduzível, cruel. Nas paisagens *O fugitivo I* e *II* e *O vigia*, a atmosfera criada gera uma estranha similitude com o que Malcolm Lowry chamava de 'absolutamente necessário'. Igualmente, estranhos e comoventes, os casos de *O curral* e *O pátio* revelam a capacidade e a extensão do processo criativo de um grande artista. Absolutamente necessário".

Premiações

Troféu Expressão Artística pela Prefeitura Municipal do Recife (PE).

Troféu Expressão Artística pela Associação dos Artistas Plásticos Profissionais de Pernambuco, Recife (PE).

Medalha do Mérito Industrial pelos serviços relevantes prestados à indústria do Estado pela Federação das Indústrias do Estado de Pernambuco, Recife (PE).

Medalha Joaquim Nabuco pela Assembleia Legislativa de Pernambuco, Recife (PE).

Troféu AIP – Personalidade Pernambucana (Destaque 94 – Arte) pela Associação de Imprensa de Pernambuco, Recife (PE).

~ 1995 ~

Exposições

II Bienal do Barro, coletiva, Museu de Arte Contemporânea de Caracas Sofia Imber, Caracas (Venezuela). Participa com a escultura *Gnose*. Na ocasião, publica-se o livro *Brennand: Mestre dos sonhos*, de Jacob Klintowitz.

Filhos do Abapuru, coletiva, Galeria Arte do Brasil, São Paulo (SP).

Premiações

Diploma Lula Cardoso Ayres pelo Conselho Estadual de Cultura de Pernambuco, Recife (PE).

Troféu Construtores da Cultura – Oficina Cerâmica Francisco Brennand pela Prefeitura da Cidade do Recife (PE).

XX Troféu de Ouro para a melhor imagem de marca pela Trade Leader's Club Editorial Office, Madri (Espanha).

Medalha Joaquim Nabuco pela Assembleia Legislativa de Recife (PE).

~ 1996 ~

Realização do filme *Francisco Brennand: O demiurgo* (30 min, vídeo, MG), dirigido por Feli Coelho e Celso Giovanni, Recife (PE).

Exposições

Porcelana e cerâmica, Museu do Estado de Pernambuco, Recife (PE).

Arte e Religião, coletiva, Galeria Futuro 25, Recife (PE).

Pernambucanidade e Regionalismo da Pintura Brasileira, coletiva, Citibank, Recife (PE).

Arte e Literatura, coletiva, em comemoração aos 50 da Cultura Francesa, Rodrigues Galeria de Artes, Recife (PE).

Artistas Plásticos, coletiva, Mansão dos Antiquários, Recife (PE).

ABAV - Recife, Salvador (BA).

Premiações

Diploma Memória Viva do Recife pelo Museu da Cidade do Recife - Forte das Cinco Pontas, Recife (PE).

Medalha de Santiago da Espada - Ordem do Mérito Cultural pela Presidência da República do Brasil, Brasília (DF).

Medalha do Instituto Rio Branco pelo Ministério da Relações Exteriores, Brasília (DF).

Medalha Fundação Engenheiro António de Almeida pela Câmara Municipal do Porto, Porto (Portugal).

Medalha do Mérito Cultural pela Fundação Joaquim Nabuco, Recife (PE).

~ 1997 ~

Publicação do livro *Brennand*, de Olívio Tavares de Araújo e Weydson Barros Leal, com fotos de Rômulo Fialdini, pelo Sebrae.

Exposições

O Artista, O Tempo, coletiva, participa com as pinturas *Sem título*, *Salomé e Herodes*, *Homenagem a Ingres*, *Sem título* e *Autorretrato vestido de cardeal*, Tribunal Regional Federal da 5ª Região, Recife (PE).

Escultura Brasileira: Perfil de uma Identidade, coletiva, sede do Banco Safra, São Paulo (SP); e Centro Cultural do BID, Washington (EUA).

~ 1998 ~

Construção do *Lago das Sombras*, em um vale próximo à Oficina Cerâmica Francisco Brennand. No centro, há um monumento com 6,6m de altura em cujo topo fica uma das versões da escultura *Árvore da vida*, Recife (PE).

Realização do vídeo *Brennand e o sentimento trágico do mundo* (27 min, vídeo, SP), dirigido por Olívio Tavares de Araújo, Recife (PE).

Lançamento do livro *O triunfo de Eros*, de Mark Bridge (pseudônimo do jornalista Marco Aurélio de Alcântara), pela Letras e Artes, Recife (PE).

Realização do vídeo *Mundo de beleza de Francisco Brennand* (20 min, vídeo, SP), dirigido por Olívio Tavares de Araújo, Recife (PE).

Realização do mural cerâmico *A justiça se faz* e conjunto de desenhos e pinturas sob o mesmo tema, para o Fórum Thomaz de Aquino Cyrillo Wanderley, Recife (PE).

Realização do mural cerâmico *A juventude* para o Fórum do Juizado de Menores do Recife, Recife (PE).

Exposições

Brennand, individual, retrospectiva apenas com esculturas, Pinacoteca do Estado de São Paulo, São Paulo (SP). Curadoria: Olívio Tavares de Araújo.

Ranulpho 30 Anos com Arte, coletiva, Galeria Ranulpho, Recife (PE).

Premiações

Menção Especial pela Associação Brasileira de Críticos de Arte – ABCA/ONG/UNESCO.

Prêmio *Os Melhores de 1998 - Artes Visuais* pela Associação Paulista de Críticos de Arte.

Personalidade Aeroportuária pela INFRAERO - Empresa Brasileira de Infraestrutura Aeroportuária.

~ 1999 ~

Inicia-se a construção da *Praça Burle Marx* no jardim da Oficina Cerâmica Francisco Brennand, projetada pelo paisagista Roberto Burle Marx, Recife (PE).

Doação da escultura *Rei Lear* para o Instituto Rio Branco, Brasília (DF).

Realização do mural cerâmico *Terra do Sol,* medindo 690m^2, para o Fórum da Cidade do Recife (PE).

Doação de *Pássaro Rocca*, escultura totêmica medindo 2,8m, para a cidade de São Paulo. A escultura encontra-se localizada na estação Trianon-MASP do Metrô de São Paulo (SP).

Exposições

Brennand, individual, Teatro Nacional de Brasília, Brasília (DF). Curadoria: Olívio Tavares de Araújo.

Cotidiano/Arte. O Consumo, coletiva, Itaú Cultural, São Paulo (SP).

EDIÇÃO E IDEALIZAÇÃO
Marianna Brennand Fortes

COORDENAÇÃO EDITORIAL
Marianna Brennand Fortes
Inquietude

CONSULTORIA EDITORIAL
Silvana Monteiro de Carvalho
Arte Ensaio Editora

ASSISTENTE EDITORIAL
Carolina Benevides
Renata Azevedo

PRODUÇÃO EXECUTIVA
Mariola Filmes e Produções

EQUIPE DO ARTISTA
Cristiane Dantas
Marinez Teixeira

TEXTO CRONOLOGIA
Weydson Barros Leal
Marinez Teixeira
João Cândido Zacharias

FOTO CRONOLOGIA
Orlando Azevedo

CAPA, PROJETO GRÁFICO E DIAGRAMAÇÃO
Flavio Flock

REVISÃO
Frederico de Carvalho Gomes
Sara Simões Silveira
Elizama Almeida
Cristina Parga
Ó Editorial

REVISÃO LÍNGUA ESTRANGEIRA
Flora Thomson-DeVeaux
Sophie Bernard
César Alarcón
Isa Carvalho

ÍNDICE ONOMÁSTICO
Elizama Almeida
Veronika Berg

IMPRESSÃO E ACABAMENTO
Companhia Editora de Pernambuco - Cepe

IMAGENS
1 / 2 e 727 / 728 | Manuscritos dos cadernos do Diário de Francisco Brennand

Inquietude
Rua João Francisco Lisboa, 790 | 09
50741-100, Várzea, Recife | PE

inquietude.art.br

CIP I Catalogação na Publicação
Elaborada pela bibliotecária Gabriela Faray (CRB7-6643)

B838

Brennand, Francisco, 1927
Diário de Francisco Brennand : o nome do livro, vol. III : 1990 - 1999 / Francisco Brennand. - Recife/Rio de Janeiro : Inquietude, 2016.
728p. ; il. color. ; 23cm.

ISBN 978-85-93047-00-8 (obra completa)
ISBN 978-85-93047-03-9 (v. III)

1. Brennand, Francisco, 1927-. 2. Diários – artistas. 3. Memórias. 4. Arte brasileira. 5. Pintura. 6. Escultura. 7. Cerâmica. I. Título.

CDD – B808.883

Índice para catálogo sistemático:
1. Diários, manuscritos: 808.883

Medusa.
Bastão aquarelado, tinta nanquim s/ papel,
29,7 x 21,2cm, 2002.

Autorretrato aos 70 anos. (pág. 6)
Acrílica s/ papel, 49 x 39,5cm, 1997.

Esta obra foi editada entre 2014 e 2016
nas cidades do Rio de Janeiro e Recife.
Fonte | Adobe Caslon Pro e Centennial
Papel | Pólen Soft $80g/m^2$
Impressão | Companhia Editora de Pernambuco - Cepe
Tiragem | 2000